本書出版得到國家古籍整理出版專項經費資助

本書爲全國高校古籍整理研究工作委員會立項資助項目

中國文學研究典籍叢刊

慎墨堂詩話

第一册

〔清〕鄧漢儀 撰
陸 林
王卓華 輯

中華書局

圖書在版編目(CIP)數據

慎墨堂詩話/(清)鄧漢儀撰;陸林,王卓華輯. —北京:中華書局,2017.3
(中國文學研究典籍叢刊)
ISBN 978-7-101-12414-9

Ⅰ.慎… Ⅱ.①鄧…②陸…③王… Ⅲ.詩話-中國-清代 Ⅳ.I207.22

中國版本圖書館 CIP 數據核字(2017)第 008991 號

責任編輯:許慶江

中國文學研究典籍叢刊
慎墨堂詩話
(全四册)
〔清〕鄧漢儀 撰
陸 林 王卓華 輯

*

中華書局出版發行
(北京市豐臺區太平橋西里 38 號 100073)
http://www.zhbc.com.cn
E-mail:zhbc@zhbc.com.cn
北京瑞古冠中印刷廠印刷

*

850×1168 毫米 1/32 · 65½印張 · 8 插頁 · 1340 千字
2017 年 3 月北京第 1 版 2017 年 3 月北京第 1 次印刷
印數:1-2000 册 定價:228.00 元

ISBN 978-7-101-12414-9

《中國文學研究典籍叢刊》出版説明

中國古代學者對文學的認識、思考、研究和總結，是以多種形式書寫、流傳並發生影響的，有的是理論性的專著，有的是隨筆式的評論，有的是作品前後的序跋，有的是作品之中的評點。這些典籍數量豐富，種類衆多，涉及各個時期的不同的文學現象和文學思潮，以及不同的作家作品和文體文類。對這些典籍文獻的收集、整理，在近百年來，一直是學術界著力的重點，取得了很大的成績。

爲了進一步推動這一工作的進展，我們組織了《中國文學研究典籍叢刊》，選擇歷代具有代表性的、比較重要的典籍，採用所能得到的善本，進行深入的整理。因各類典籍情況差異較大，整理的方式也因書而異，不求一律，或校勘，或標點，或注釋，或輯佚，詳見各書的前言與凡例。《叢刊》的目的，是系統地爲學術界提供一套承載著中國古代學者文學研究成果的，内容更爲準確、使用更爲方便的基礎資料。我們熱切地期待學術界的同仁們參與這一澤惠學林的工作，並誠摯地歡迎讀者對我們的工作提出批評指正。

中華書局編輯部

二〇〇六年六月

目録

慎墨堂詩話卷三

慎墨堂詩話卷四

慎墨堂詩話卷五

慎墨堂詩話卷七

慎墨堂詩話卷八

慎墨堂詩話卷十

目録

慎墨堂詩話卷十一

慎墨堂詩話卷十二

慎墨堂詩話卷十三

慎墨堂詩話卷十四

慎墨堂詩話卷十五

慎墨堂詩話卷十六

慎墨堂詩話卷十七

慎墨堂詩話卷十八

慎墨堂詩話卷十九

慎墨堂詩話卷二十

慎墨堂詩話卷二十一

慎墨堂詩話卷二十三

慎墨堂詩話卷二十四

慎墨堂詩話卷二十五

慎墨堂詩話卷二十六

慎墨堂詩話卷二十七

慎墨堂詩話卷二十八

慎墨堂詩話卷二十九

慎墨堂詩話卷三十

慎墨堂詩話卷三十一

慎墨堂詩話卷三十二

慎墨堂詩話卷三十三

慎墨堂詩話卷三十四

慎墨堂詩話卷三十五

慎墨堂詩話卷三十六

慎墨堂詩話卷三十七

慎墨堂詩話卷三十八

慎墨堂詩話卷三十九

慎墨堂詩話卷四十一

慎墨堂詩話卷四十二

慎墨堂詩話卷四十三

慎墨堂詩話卷四十四

附録一　鄧漢儀傳記資料

附録二　鄧漢儀論詩序跋尺牘輯録

前言

「慎墨堂」是清初鄧漢儀的堂號，《慎墨堂詩話》卻非其著作，而是我與友生王卓華博士從其編選輯評撰寫的有關清人詩歌總集、别集及筆記中，將内容關涉詩學、形式類似詩話的文字輯録而成的一部新著。

一

鄧漢儀（一六一七——一六八九），字孝威，號舊山，别署舊山農、舊山梅農，晚號鉢叟，郡望南陽。據清初沈龍翔《鄧徵君傳》「蘇州人，徙家泰州。少穎悟，讀書日記數千言。長，工屬文，十九歲補吴縣博士弟子員」〔一〕的記載，一般認爲他是原籍蘇州府吴縣，崇禎八年（一六三五）爲吴縣庠生，清初遷居揚州府泰州（今江蘇所轄市）。陳維崧順治十四年（一六五七）爲鄧漢儀《過嶺集》撰序，云其「序閥閲，則鄧仲華簪組之族，門户清通；譜邑里，則吴夫差花月之都，山川綺

〔一〕夏荃輯：《海陵文徵》卷十九，道光二十三年刻本。

麗」〔一〕，序言介紹了作者祖籍蘇州，出身世家。只是緊接的兩句「籍雖茂苑，産實吴陵」，以及時人稱其「以吴趨之妙族，生東陽之秀里」〔二〕和「厥世吴國，實産海陵」〔三〕云云，似乎又是指漢儀出生於泰州（漢爲海陵縣，東漢廢，併入東陽，晉復設，唐武德三年改名吴陵，於縣置吴州，七年州廢，仍名海陵，南唐升爲泰州治所，明省海陵縣入州，領如皋一縣，屬揚州府轄，清初因之〔四〕）。看來，鄧漢儀可能自父輩開始已經寓居泰州，故云與泰州黄雲「童稚情親」（二/二〔五〕），爲少小之交。因祖籍所在，而回蘇州考諸生，亦曾「讀書吴門之西郊」。回蘇州的具體時間，當始於崇禎四年十五歲時。「予十五遊吴會，稱詩於西郊諸子間」〔六〕。然居住之地仍爲泰州，所著《詩觀》評吴偉業《琵琶行》，漢儀自稱「昔客吴趨，葉聖野過晤論詩」（一/一），地道的蘇州人，是不會説自己「遊吴會」、「客吴趨」的。拔諸生後參加鄉試，如自述崇禎十二年（一六三

〔一〕陳維崧：《陳檢討四六》卷七《鄧孝威詩集序》，《四庫全書》本。

〔二〕龔鼎孳：《定山堂古文小品》卷上《鄧孝威官梅集序》，康熙刻本。

〔三〕張琴：《翩翩鄧子八章章八句》，《慎墨堂詩拾》附録，天津師範大學圖書館藏《慎墨堂全集》抄本。

〔四〕［道光］《泰州志》卷一《建置沿革》，道光七年刻本。

〔五〕爲省減篇幅，本文凡引自《詩觀》初二三集者，一般以簡注方式括注出處，如初集卷一爲「一/一」。第一個數字，是表示《詩觀》初集（二集爲二，三集爲三）；第二個數字，是表示卷數。「二/二」意爲《詩觀》二集卷二。

〔六〕鄧漢儀：《申鳧盟詩選序》，申涵光《聦山集》卷首，康熙刻本。

九）「己卯，余應試白門」〔一〕。其於崇禎十七年春夏稱離任泰州知州陳素爲師〔二〕，有兩種可能：一是陳任知州時，漢儀曾隨其讀書；一是陳於「壬午充應天同考」〔三〕，即南直隸崇禎十五年鄉試同考官，而此年漢儀參加南京秋闈。《鄧徵君傳》云其「忽以足疾輟試，遂棄去」諸生身份，未必與入清後的時局變化有關。

可以佐證以上推測的，是其《筆記》中所記「吴纘姬孝廉，沉毅負才略。預知登州之變，即移家還海陵。甲申在維揚，與黄中丞家瑞、馬兵憲鳴騄，倡義社，以扁舟邀余共事。余有詩答之……竟不赴其約」。吴纘姬，字璣灘，泰州人。中崇禎三年鄉試。其先以戍籍家登州，清軍犯山東，挾弓持槊，護親出重圍，歸於海陵。入清「嘉遯不仕，甘老丘園，人咸高之」〔四〕。據漢儀筆記，纘姬南明初年曾與淮揚巡抚黄家瑞、揚州知府馬鳴騄在揚州組織義兵抗清。如此際漢儀仍在蘇州，當不會

〔一〕鄧漢儀：《慎墨堂筆記》，天津師範大學圖書館藏《慎墨堂全集》抄本。

〔二〕鄧漢儀《寄贈陳上儀師白門》「萬里雪銷通曉騎，三春雁盡護居庸。南來書訊邊城少，北望旌旗御闕重」兩聯分別注云「先生自泰復調冀州」、「闖賊陷北京」，可據以考證陳上儀其人和詩歌寫作時間。

〔三〕盛楓《嘉禾徵獻録》卷三七：「陳素字太淳，號涵白，桐鄉人，崇禎癸酉舉人，甲戌進士，知開州……在事三年，民深德之。丁憂，補泰州，拔陸舜於童子試中。壬午充應天同考，闖賊陷廬州，度不能支，挂冠歸。癸未補冀州，國破不出，自稱天山道人，卒於家。」

〔四〕［雍正］《揚州府志》卷三二《人物·隱逸》，雍正十一年刻本。

（一六五〇）始回京（兩年後官原職）。在順治四年至六年，龔鼎孳漫遊江南，在泰州與小於自己兩歲的鄧漢儀一見如故，多次宴飲觀劇，分韻賦詩。在鄧漢儀順治四年寫作的《官梅集》中，就有八首與龔鼎孳的唱和詩。深秋分手時，鄧撰長詩《送龔孝升奉常游江南》相贈，其中有兩點值得關注，一是「羡君年正少，那復遠慕嚴陵釣；羡君名甚高，那復長棲仲蔚蒿」，這是勸慰因服喪期間「歌飲流連，依然如故」〔一〕而遭彈劾的龔鼎孳不要沮喪，不會永遠像嚴子陵、張仲蔚那樣落魄隱居；一是結尾表示「我恨未從君，踏破萬山之青蒼，徒守淮南桂樹終相望」，化用《招隱士》「桂樹叢生兮山之幽……山中兮不可久留」〔二〕，表達了自己希望追隨龔鼎孳出遊四方而不願幽棲隱居的心曲。

此後的兩年間，龔鼎孳主要寓居揚州、南京，鄧漢儀多次於其寓所飲酒賦詩。龔鼎孳順治七年夏季服闋赴京〔三〕，次年鄧漢儀入京師，至順治十年春離開京城，順治十一年再次入京，至十三年春離京，先後兩個一年多的時間皆寓居龔府，「余浪遊燕都，客龔芝麓先生家」〔四〕。期間龔鼎孳亦由太常寺少卿升任刑部右侍郎（順治十年四月）、户部左侍郎（十一年二月）、左都御史（五月）。順

〔一〕蔡冠洛：《清代七百名人傳》，上海：世界書局民國二十六年版，第一七二四頁。
〔二〕王夫之《楚辭通釋》卷十二解題云：「此篇義盡於招隱，爲淮南召致山谷潛伏之士。」
〔三〕宗元鼎：《芙蓉集》卷七《庚寅夏日送奉常龔孝升先生還朝》，康熙刻本。
〔四〕鄧漢儀：《定園詩集序》，戴明説《定園詩集》卷首，康熙刻本。

治十二年十月、十一月，龔鼎孳因執法寬待漢人等事，先後降十一級。十三年四月貶至上林苑，任蕃育署署丞，以部院大臣下放至京郊爲皇宫飼養雞鴨鵝，其心情可想。是年秋季出使廣東，道經江南時，鄧漢儀隨行赴嶺南，次年三月始同歸。〔一〕鄧漢儀《詩觀》評龔鼎孳詩云：「昔客京師，及過庾嶺，以至萸灣、桃渡之間，僕莫不奉鞭弭以從。」（一/二）説的就是自己跟隨龔鼎孳在京師府邸，以及過大庾嶺往返粤東，返江南後在揚州茱萸灣、南京桃葉渡的詩酒幕賓生涯，可謂踐行了「從君踏破萬山之青蒼」的夙願。友人陸舜在《鄧孝威過嶺詩序》中，曾説到鄧、龔友誼並贊及鄧的人品：「鄧子之與先生，可謂道合忘年，傾倒不近者邪？既先生累官京師，則招鄧子於别署。委蛇退食之暇，即與鄧子吮毫濡墨之會也；憂讒畏譏之日，即與鄧子痛哭流涕之時也。先生未幾而躋崇秩，復未幾而累左遷。一時僚友朝士、門生故吏，趨避聚散之緣，殊有難可道者。鄧子蕭然一慷慨布衣耳，論交十年，升沉一致，大雅相成，名益海内，可以遠追王、孟，近方陳、董。鄧子有不爲先生重而益以重先生者哉！」〔二〕後一句對鄧漢儀人品和地位的推崇，是頗有分量的。

〔一〕龔、鄧順治年間的交往，主要參考了鄧曉東《清初清詩選本研究》卷下《清初清詩選家年表》，二〇〇九年南京師範大學博士論文。

〔二〕陸舜：《陸吴州集》，清刻本。

此後，龔鼎孳返京，次年遷國子監助教，直至康熙二年始重官左都御史，從此仕途坦順，連任刑、兵、禮部尚書，晚年兩主會試，門生滿天下；「屢招」漢儀，卻被其「以親老爲辭」〔一〕，不再赴京，然彼此友誼至老不衰。《定山堂詩集》約有近六十題詩涉及鄧孝威，雖然有許多是寫於順治年間，但是彼此交往從未間斷。如鄧漢儀評龔詩云：「疇昔之歲，予曾作招隱之書致之合肥，蒙其賦詩寄答，不以僕爲狂誕，固知歸田之志有素也。」（一／一）《慎墨堂名家詩品》因序梁清標《使粤詩》而深情回憶「丙申冬日，儀曾陪合肥先生之嶺南，而合肥則從兵革豹虎中，與儀刻燭聯吟，夜分不寐，各著有《過嶺集》。今合肥已逝，……則平津秋閉紅粉樓閒，覽斯集者應同泫然矣。」龔鼎孳以明進士遇李（自成）降李、遇清降清，加之狂放不羈、沉溺聲色而爲人詬病。然其爲官「唯盡心於所事，庶援手乎斯民」〔二〕；平居惜才愛士，廣交下層賓朋，「窮交則傾囊槖以恤之，知己則出氣力以授之」〔三〕，爲清初文學的復興保存了一批人才，對下層文士與新朝的兼容做出了積極努力。

〔一〕鄧勷相：《徵辟始末》，清抄本。

〔二〕吴偉業：《吴梅村全集》卷三七《題龔芝麓壽序》，李學穎集評標校，上海古籍出版社一九九〇年版，第八〇四頁。

〔三〕錢林：《文獻徵存録》卷十《龔鼎孳》，咸豐八年刻本。

在第二階段期間，身爲布衣的鄧漢儀雖主要從龔鼎孶游，亦有入他人幕府的行跡。如吴綺曾於順治六年撰《客秣陵送鄧孝威之壽春》五古詩，有句云：「壽春爭戰場，今古具樓櫓。君去得所依，長吟入軍府。」〔一〕順治十年（一六五三）春，鄧漢儀隨戴明説赴汝南道任。戴氏字道默，號巖犖，滄州人，與龔鼎孶爲進士同年，入清官户部侍郎，順治十年緣事謫河南布政司參政，分守汝南道。漢儀自述云：「憶壬辰歲，余浪遊燕都，客龔芝麓先生家，與巖犖先生邸相對，時時過從。……繼先生以少司農出參宛藩，招余同往」〔二〕；此即《筆記》所謂「戴巖犖自少司農左遷南陽參政，余在幕中。每於夕置酒談讌，夜分不輟。」《詩觀》評戴明説《宛南秋日慰留鄧孝威》曰：「癸巳同公之宛南，結又茅廬以居。秋深忽忽欲別，相視和歌。」（一／四）評海寧朱爾邁（字人遠）云：「癸巳冬，校文吕僉事署中，極賞人遠作。」（三／八）即此年冬，在浙江杭嚴道吕翕如官署中任文秘〔三〕。順治

〔一〕吴綺：《林蕙堂全集》卷十三《亭臯詩集》，康熙三十九年家刻本。

〔二〕鄧漢儀：《定園詩集序》，戴明説《定園詩集》卷首，康熙刻本。

〔三〕據明代分巡道以按察司副使僉事爲之，清朝前期因之，乾隆十八年裁去。友生裴喆告知：此吕僉事當爲吕翕如，字正始，直隸清苑人，順治十年任浙江杭嚴道，海寧州在其轄下；順治十二年卒於任，見周亮工《賴古堂集》卷五《過清苑哭吕正始，是日次大汲》自注。

十一二年間入山西巡撫陳應泰幕[一]。康熙四年（一六六五）鄧漢儀入河南汝寧知府金鎮幕，並與其次子敬敷交（二/五金敬敷詩評）。康熙六年至七年（一六六八），客揚州友人吴綺湖州知府幕，曾與之共事《唐詩永》之選[二]。「十年彈鋏向天涯」，是以戰國齊人馮諼寄食孟嘗君彈鋏而歌，得孟嘗君厚遇的典故，説明自己中年以來浪跡於當朝名公府邸的幕僚生涯。

三

將康熙九年（一六七〇）庚戌開始，列爲鄧漢儀人生的第三階段，從經歷上來説，是因爲母逾

〔一〕鄧漢儀康熙十四年（一六七五）撰詩《送金公長真陞江寧觀察》之一有云：「芙蓉幕下共瞻荆（始與公訂交陳撫軍幕下），二十年來縞紵情。」此年金鎮由揚州知府升江寧驛傳鹽法道副使兼署鹽運司事，上推二十年，陳姓巡撫只有陳極新（順治十一年至十六年任陝西巡撫）和陳應泰（順治十一年至十二年爲山西巡撫，該年十二月至十五年爲浙江巡撫）。考漢儀行跡，《詩觀》初集自序云「舟車萬里，北抵燕、并，南遊楚、粵」，即曾從河北赴山西。故當在順治十二年（一六五五）間，曾在太原入陳巡撫幕，與金鎮結交。二首聯云「十年彈鋏向天涯，始信平原氣誼賒」，亦説明多年來的浪跡游幕的生活。

〔二〕鄧漢儀：《詩觀》初集卷七宗元鼎詩評。汪超宏先生《吴綺年譜》誤作吴綺「與宗元鼎同選《唐詩永》」。

七十〔一〕，漢儀不再遠遊〔二〕（被迫赴試宏博除外），「惟百里負米」（《詩觀》二集序），以養慈親。來往最多的是揚州，足跡亦時涉南京、如皋（雍正三年前屬泰州），偶及無錫；從事業上來説，是因爲奠定其一生詩學地位的《詩觀》此年便進入了正式編選的進程。「僕歷年來浪遊四方，同人以詩惠教者甚衆，藏之笥篋，不敢有遺。庚戌家居寡營，乃發舊簏，取諸同人之詩，略爲評次，蓋閱兩寒暑而始竣厥事」（初集凡例）。在《詩觀》中有明確寫於該年十二月的評宗元鼎詩語：「庚戌嘉平，從雉皋雪中歸，因呵凍書此數句。不知考功、儀曹論詩京邸，以僕言爲何如？」（一/七，考功指王士禄，儀曹指王士禛），而序成於「壬子季秋望日」即康熙十一年（一六七二）九月十五日。

從《詩觀》的編刊凡例，可見詩選是得到當地政府官員的支持的：如初集的資助者爲「淮揚當事，主持斯事者，則轉運何公雲壑林、李公星河景麟，明府孫公樹百蕙，功爲甚鉅」。何林，宛平籍山陰人，諸生，康熙十年任兩淮都轉鹽運副使；李景麟，陝西韓城人，貢生，康熙七年任兩淮鹽運司

〔一〕康熙十七年（一六七八）孟夏，鄧漢儀「時予以家慈八十稱觴事」（《慎墨堂名家詩品》施閏章《愚山詩鈔》序），則其母約生於萬曆二十六年（一五九八）。

〔二〕鄧漢儀評李攀鱗詩云：「尊君鄴園先生節制兩越，舟泊維揚時，招予入幕，情禮隆重。予以母老，未之許也。」（二/十）李之芳，字鄴園，康熙十三年任浙江總督，隆重禮聘漢儀入幕，雖未允，亦可見其爲當時著名文學幕賓。

州分司運判(年收入:養廉銀二千七百兩、心紅銀二十兩、薪銀六十兩〔一〕);孫蕙,濟南淄川人,順治十八年進士,康熙八年任揚州寶應知縣,十一年充江南鄉試同考官(後官户科給事中、福建鄉試主考官,著《笠山詩選》五卷,卷二有《簡鄧孝威》七絶)。二集歷時五年而基本成書,「則以刻資維艱之故,觀察金公長真首任其事,而轉運薛公淄林、何公雲壑,别駕卞公謙之、俞公彙嘉、大令許公石園及太史徐公健庵,皆捐資相助,故克有成」。金公長真指江寧分巡道金鎮,薛公淄林指鹽運同知薛所習,卞公謙之指揚州府管糧通判卞永吉,俞公彙嘉指管河通判俞森,許公石園指儀徵知縣許維祚,徐公健庵指翰林編修徐乾學(時丁憂在籍)。此外,友人的襄助亦是編刊經費來源的重要方面:「捐資最多者,則黄子天濤九河、顧子臨邛九錫、范子獻重廷瓚」(初集凡例)。黄九河,泰州姜堰人;顧九錫,江都人;范廷瓚,如皋人,即都是揚州府人士。不僅《詩觀》初集皆選三人詩,黄、顧之詩仍見二集,可推測他們持續支持著鄧漢儀的選詩事業。事實上,在初集凡例裏,鄧漢儀便已啓事天下「是編行後,即謀二集。鴻章賜教,祈寄泰州寒舍;或寄至揚州新城夾剪橋程子穆倩、大東門外彌陀寺巷華子龍眉宅上;其京師則付汪子蛟門,白門則付周子雪客」。程穆倩是寓居江都的歙縣程邃,華龍眉是江都華衮,汪蛟門是江都汪懋麟(時在京官内閣中書),周雪客是南京周在浚(亮工子)。康熙十三年,即初集問世後兩年,漢儀復選《詩觀》二集,「是編始自甲寅,成於戊午,

〔一〕《重修兩淮鹽法志》卷一三〇《職官門·官制下》,光緒三十一年刻本。

閲五歲而竣事」（二集凡例）；「初、二兩集，廣搜博採，極廿餘年之精神命脈，成此大部，心力可謂竭矣！」（三集序）然在友人的鼓勵下，康熙二十四年寓廣陵董子祠，開始三集的編選，又歷時五年而三集成，期間忍受著「垂老失偶，孤帳冷衾」的喪妻之痛〔一〕。三集序撰於康熙二十八年（一六八九）三月，逝世於該年秋季〔二〕，享年七十三歲。

四

從五十四歲開始的第三階段，鄧漢儀在前期積累的基礎上，耗時二十年編成鉅著《詩觀》初、二、三集；思想感情上亦徹底接受了身處其中的新的時代。尤其是進入康熙朝之後，他對新朝的認識早已擺脱了第二階段的不即不離，而是以平民布衣的身份，努力融入這一偉大的朝代。其編選清詩總集的歷程，與康熙朝前期的重大事件，亦存在著千絲萬縷的聯繫。以下依次介紹。

康熙八年玄燁親政，次年《詩觀》初集開始動工，康熙十一年深秋書成，自序中體現了普通士

〔一〕孔尚任：《湖海集》卷十一《答鄧孝威》，康熙刻本。

〔二〕袁世碩《孔尚任年譜》云該年「秋天，當孔尚任游歷南京的時候，鄧漢儀便與世長辭了」，濟南：山東人民出版社一九六二年版，第一一五頁。

子經歷了巨大史實變局後産生的宏闊的歷史視野：

《十五國名家詩觀》之選成，予反覆讀之，作而歎曰：嗟乎！此真一代之書也已。當夫前朝末葉，銅馬縱横，中原盡爲荆榛，黎庶悉遭虔戮。於是乎神京不守，而廟社遂移，有志之士爲之哀板蕩、痛仳離焉，此其時之一變。繼而狂寇鼠竄於秦中，列鎮鴟張於淮甸，馴至甌閩黔蜀之間，兵戈罔靖而烽燧時聞，此其時爲再變。若乃乾坤肇造，版宇咸歸，使仕者得委蛇結綬於清時，而農人亦秉耒耕田，相與歌太平而詠勤苦，此其時又爲一變。……予才萬不逮吴公子，而幸值鼎新之運，俾草茅跧伏之士優遊鉛槧，以勿負歲時，亦一樂也。而今天子且博學好古，進諸文學侍從之臣，臨軒賦詩，以繼夫柏梁、昆明之盛事。

「柏梁、昆明之盛事」，分别指始於漢武帝的君臣宴歌聯句賦詩的柏梁體和唐中宗駕臨昆明池賦詩、群臣應制倡和。序者從明末清初的種種戰亂，到康熙元年南明永曆帝的失敗，看到在新朝的統治下，逐漸兵戈靖而烽燧熄，百姓安居樂業，國家統一安定的人心向背大趨勢，慶幸自己能够趕上「鼎新之運，俾草茅跧伏之士優遊鉛槧」的好時光，以此爲樂。

康熙十二年十一月，吴三桂舉兵雲南，肇始三藩之亂；次年二月取常德、澧州、長沙、岳州。「滇閩叛亂，東南震驚，揚人多惑易擾，訛言道聽，家室朋奔，城門夜開，填衢泣路」〔一〕，此即其友

〔一〕汪懋麟：《百尺梧桐閣文集》卷二《贈揚州知府金公序》，康熙刻本。

人汪懋麟丁憂在籍時眼中的揚州城内的動亂景象，亦就是鄧漢儀二集序言所謂「於時藩兵弗戢，烽達沅湘，山藪群盜，罔知國紀，並事草竊。諸大吏嚴重封疆，羽檄四出。廣陵士女，奔竄江上，爨煙爲之不舉」。在城内百姓皆惶惶不可終日之際，他以「亂固暫耳，徐當自定；鉛槧吾業，敢自廢乎」的淡定和自勉，表達了對新王朝的信心。在這四方震動、人心浮摇之秋，鄧漢儀之所以不同於普通揚州人士的「多惑易擾」而心静如水，「坐昭明文選樓，日披四方所郵詩藁，雖困餒不倦」，是根源於對天下大勢的看法：「七國雖强，豈能越殽澠尺寸？唐時河北諸將雖跋扈，敢終失臣節乎？此予所以當人情騷動時，而選事未嘗或輟也。」康熙十七年（一六七八）正月，康熙下詔，開博學宏詞科，敕内外大臣「各舉宏詞博學之士，齊集闕下，以待策問」，要求明年三月來京應試；八月十八日，「大周昭武皇帝」吴三桂病逝於衡州皇宫；九月下旬，鄧漢儀撰成二集序。此時，湖南、廣西、貴州、四川、雲南等地尚在叛軍治下，可是序中卻充溢著對平定叛亂的信心，編選者以是書之成，積極呼應著國家興盛之機：「迨戊午，是選告竣〔一〕。值天子下明詔，命公卿諸大臣各舉宏詞博學之士，齊集闕下，以待策問。若是書之成，敷揚德化，以助流政教，有適

〔一〕據此該書在撰序之時已經編成，然卷二崔華詩總評曰：「己未出都，抵里門，值水旱頻仍，支吾萬狀。會有文章太守如公者來蒞邗江，亦未遑修謁。壬戌春，始得覿慈顔；而公歡然倒屣，有如舊識。」可見康熙二十一年春尚未刊行。

合者。」在某種程度上，是將此書作爲詔試博學宏詞的獻禮之作。

康熙二十二年（一六八三）八月，清朝收復台灣。康熙二十四年漢儀自覺「遭遇盛時」，復起三集之選，歷五年而成書。康熙二十八年春，康熙帝南巡，主旨是驗收前此「曾允淮揚士民所請，疏浚下河」的工程，正月二十七日駕臨揚州，「維揚民間結綵歡迎，盈衢溢巷」；二月十一日在杭州曉諭扈從諸大臣：江南、浙江爲人文萃集之地，入學額數應酌量加增；南巡所經之地，犯錯官員及在監犯人俱準寬釋，「以示朕赦罪宥過之意」〔一〕。同年三月，鄧漢儀自序三集云：「余也雖未獲登天禄石渠，從諸臣後珥筆承明，著爲詩歌，以揚扢熙朝，尚得遂厥初願，於萓庭承顔之暇，而選一代詩詞。」如果説康熙大帝以博學宏詞科來選取天下英才，草根士子鄧漢儀則是自覺地以《詩觀》「俾天下魁奇俊偉之士、鴻才博學之儒，咸登是選，以見聖天子右文好士、敦尚風雅。有此人才輩出之盛，即繼漢魏四唐而起，亦庶乎可也。」這種感受到康熙盛世的到來，「試圖爲自己和同時代的人尋求一種積極合理的代際身份認同」〔二〕，借一己之詩選來展示一個時代的詩歌和文化之盛的動機，在其晚年尤爲明確和强烈。

〔一〕王先謙：《東華録》「康熙四十三」，光緒十年刻本。

〔二〕（美）梅爾清：《清初揚州文化》，朱修春譯，上海：復旦大學出版社二〇〇五年版，第一一四頁。

鄧漢儀在爲《詩觀》二集撰序時，已知自己被薦舉與試〔一〕，此年六十二歲。他一方面因母老而無意赴試，一方面因多方薦舉而難卻盛情；一方面以熱情的眼光看待天子下明詔的這一重大舉措，一方面以「打醬油」的態度對待自己的赴京之行。故結語云：「顧予實衰庸淺陋，伏在草莽，惟百里負米，以養八十之慈親。而群下過舉，郡縣敦迫，敢不奔趨，以赴盛會？賴國恩浩蕩，終放之江湖，以哀集一代之風雅，兼得勉將菽水，以遂烏鳥之私情，予也不重有慶幸哉？」他所期待的是：皇帝能最終放之還山，滿足其編纂一代風雅的宏願和照顧老母的眷眷之情。次年三月在太和殿體仁閣筆試《璿璣玉衡賦》及《省耕詩》，鄧漢儀有意不用四六文寫賦，看來是預先計劃好的。

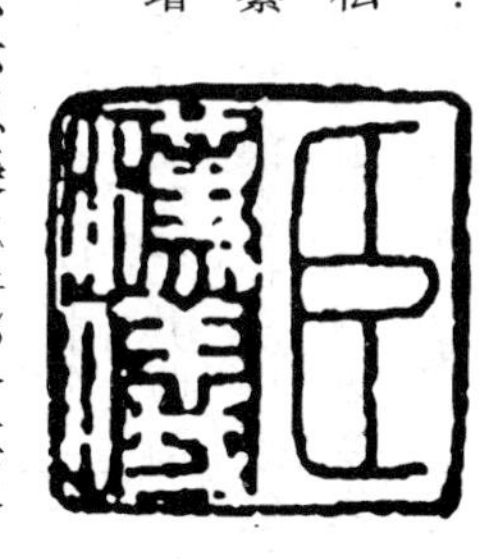

後來皇帝特授内閣中書舍人銜，復褒獎其「才學素著，因其年邁，優加職銜，以示恩榮」〔二〕，令其終身感念。當其十年後編就《詩觀》三集時，自序落款鈐印爲「臣漢儀」，應該可以說明印主對康熙十

〔一〕薦舉者譚弘憲，字慎伯，順天文安人，順治九年進士，時任户部郎中，後官衡州知府、山東驛鹽道運同，《詩觀》初、二集皆選其詩。

〔二〕鄧勷相：《徵辟始末》。按：鄧漢儀跋語云：「徵辟之役，三男同予抵京，故見聞獨詳，叙置最確要，是他日年譜中第一段要緊文字。予還山日久，舊事都忘。甲子長至後一日，得見此册，豈不同於《東京夢華録》、《清明上河紀》耶？ 舊山叟，時年六十有八。」

八年宏博之試的基本態度。

五

鄧漢儀一生以詩名，「博洽通敏，尤工於詩，與太倉吴梅村主盟風雅者數十年」〔一〕，與當代名家錢謙益、余懷、冒襄、周亮工、施閏章、宋琬、曹溶、陳維崧、尤侗、王士禛、吴綺、孔尚任等，皆有唱酬往來。生平詩歌創作甚富，「遊淮有《淮陰集》，居揚有《官梅集》，遊粤有《過嶺集》，遊潁有《濠梁集》，游燕有《燕臺集》，遊越有《甬東集》，膺薦有《被徵集》。皆逐年編紀，手自删定。」〔二〕今存有《官梅集》和《慎墨堂詩拾》兩種。《官梅集》一卷，《中國古籍善本書目》集部别集類著録。是書爲清順治四年前後於泰州所作詩歌集。原刻本已佚，現存有南京圖書館藏清無近名齋抄本等。正文前題「丁亥詩編」，「濟南劉嶧巃老師鑒定，吴州鄧漢儀孝威父著，同社陸舜玄升父閲」，共收詩一一八首，有龔鼎孳、劉孔中、葉襄、方苞序以及陸舜弁歌。其時清朝立國不久，鄧漢儀在詩中表達了依違新舊的複雜情感。《慎墨堂詩拾》九卷，《江蘇藝文志·揚州卷》著録。由道光泰州夏荃輯録而成，從無刊刻，現存清末、民國抄本等。該書共輯古近體詩四三九首，分别輯自《同人集》、《感

〔一〕阮元：《淮海英靈集》丁集卷一，嘉慶三年刻本。

〔二〕沈龍翔：《鄧徵君傳》。按：沈龍翔，字闇公，蘇州府常熟縣人，順治十七年舉人。

舊集》、《詩持》、《昭代詩存》、《詩永》、《皇清詩選》、《揚州府志》、《江都志》、《泰州志》、《春雨草堂別集》、《吴陵國風》等總集、别集、方志、筆記中。著名的《題息夫人廟》「千古艱難惟一死，傷心豈獨息夫人」一絶，便是從《昭代詩存》輯出。卷首並從各家文集中輯得王士禛《鄧孝威被徵詩序》、陳維崧《鄧孝威詩集序》、李鄴嗣《甬上遊草序》、陸舜《過嶺詩序》等。

鄧漢儀的詩壇地位，主要不是因其詩歌創作，而是得自他對當代詩歌的編選評價。研究清詩總集較有成就的日本現代學者神田喜一郎，甚至認爲《詩觀》「可能是清初最重要的一部詩文選集」〔一〕。早在該集問世之初，李鄴嗣康熙十六年即贊揚編選者「自有網羅收一代，肯將壇墠讓千春」〔二〕；董元愷《綺羅香》推崇鄧漢儀「跋扈文壇，獨擅長城台輔」〔三〕；曹貞吉《賀新涼》詞寄鄧孝威「屈指騷壇誰執耳，羨葵丘、玉帛長干側。千古事，名山得」〔四〕，以主持壇墠、跋扈文壇、騷壇執耳等詞，肯定其在當代詩壇上的領袖地位。所選《詩觀》初、二、三集，「搜羅富而抉擇精，同時司選事者無慮十數，皆海内聞人，咸斂手拱服於先生」（《鄧徵君傳》）。所輯評的當代詩歌，除了《詩觀》三集，還有《慎

〔一〕（美）梅爾清：《清初揚州文化》，朱修春譯，第一三〇頁。按：將《詩觀》視爲「詩文」選集，恐非出自日本學者。
〔二〕李鄴嗣：《杲堂詩鈔》卷六《丁巳除夕從友人借得詩觀夜讀即賦二首寄孝威》，康熙刻本。
〔三〕董元愷：《蒼梧詞》卷十《綺羅香·文選樓坐雨酬鄧孝威見贈却和原韻》，康熙刻本。
〔四〕曹貞吉：《珂雪詞》卷下《賀新涼·寄鄧孝威》，《四庫全書》本。

墨堂名家詩品》，《中國古籍善本書目》集部總集類著録。該書的成書方式具有開放性和間斷性的特點，類似今之系列叢書，開始於康熙十四年，「乙卯以來，余有《名家詩品》之選，四方同人以集惠教者頗衆」〔一〕；至康熙十七年七夕時，「《名家詩品》已刻十餘家，皆極精嚴，無敢濫入」（《詩觀》二集凡例）。子目今存三種：彭桂《初蓉閣集》二卷、施閏章《愚山詩鈔》二卷、梁清標《使粵詩》二卷。明確刊行過的，還有王士禛《蜀道集》二卷〔二〕及王崇簡、王熙、王曰高〔三〕、李元鼎〔四〕、梅枝鳳〔五〕

〔一〕鄧漢儀：《慎墨堂名家詩品》施閏章《愚山詩鈔》序，康熙十七年刻本。

〔二〕孫殿起：《販書偶記續編》卷二十著録《慎墨堂詩品》二卷，爲王士禛撰、鄧漢儀編次，上海古籍出版社一九八〇年版，第三一八頁。此書當即《詩觀》三集卷八方象瑛詩後鄧漢儀附記所謂「壬子，王公阮亭使蜀，著有《蜀道集》……余久評次，成《詩品》行世」。壬子指康熙十一年，看來《蜀道集》是《詩品》中較早刊行的一種。《販續》與《山東文獻書目》均將之列爲「詩文評類」，應該是不確的。

〔三〕鄧漢儀康熙十五年《致瞿山》尺牘云：「邇來弟又有《詩品》之選，每位一册，……已刻有梁司農、王宗伯、司馬及王給諫北山之集。」梁司農指梁清標，康熙十一年至二十三年任户部尚書（大司農），其間，王熙於康熙十二年至十七年任兵部尚書（大司馬）；而自《詩觀》初集問世至鄧漢儀逝世期間，無王姓者任禮部尚書（大宗伯）、侍郎（少宗伯），故「王宗伯、司馬」當指已經致仕的王崇簡及其子王熙。王北山名曰高。

〔四〕《詩觀》三集卷一「石園先生詩，余既勒成《詩品》」。

〔五〕見梅枝鳳《東渚詩集》卷首《慎墨堂詩品舊叙》，清嘉慶滿聽樓刻本。

孫在豐〔一〕、李振裕〔二〕、蘇良嗣〔三〕、程瑞綸〔四〕、丘元武〔五〕、謝開寵〔六〕等人的詩選。其中，康熙十四年冬，選評彭桂詩，刊刻於次年夏，梅枝鳳詩約評於康熙十六年，施閏章詩選刻於康熙十七年，梁清標詩刻於《詩觀》二集刊行之後。蘇良嗣詩刻於康熙二十一年或稍後，孫在豐、丘元武詩約刻於康熙二十五年。可見編選者是在《慎墨堂名家詩品》這個總書名下，以單個作者的詩歌作品爲出版單元，選評一種刊行一種，即其《致瞿山》尺牘所謂「《詩品》之選，每位一册」〔七〕，並非全部選

〔一〕《詩觀》三集卷一「司空先生以治河之節開府泰州，予與之論詩，因得請其稿，勒爲《詩品》」。

〔二〕《詩觀》三集卷一「醒齋先生京師手授詩稿，予久刻之《名家詩品》中」。

〔三〕《詩觀》三集卷六「甲子初夏，彭君然石託王君嵩山，以《鏡煙山房詩》郵寄盧公，屬余拔其尤者，載之《詩觀》二集。徐索其新篇，另登《詩品》」。

〔四〕《詩觀》三集卷十三「余卧病今春，書卷未觸，忽案頭得程子孚夏詩一册，驚喜徘徊，存若新展。久之，乃知爲孚夏所定《詩品》，愈展愈不能釋」。

〔五〕鄧漢儀《丘柯村詩序》：「丙寅秋，來訪舊交於淮上，特棹扁舟訪余于鑾江，出詩見示。……余既登君之作於《詩觀》、《詩品》而復勒全詩以告當世。」

〔六〕吳綺《林蕙堂全集》卷四《謝晉侯詩品序》云：「吾友鄧子孝威，見其真摯之辭，謂略同於杜老，因加删定之役，遂耑授於棗人。」此則史料，據王卓華博士《鄧漢儀著述考略》。

〔七〕陳烈編：《小莽蒼蒼齋藏清代學者書札》，北京：人民文學出版社二〇一三年版，第八頁。

定後的統一出書，與徐增編輯選評的《九誥堂元氣集》相似。在此後的流傳中，能將彭桂《初蓉閣集》、施閏章《愚山詩鈔》、梁清標《使粤詩》三本單人詩選彙集在一起，實非易事，亦純屬巧合，與其説是清初詩歌總集，不如視爲由鄧漢儀選評的清人别集更爲恰當。

從早年以詩歌創作而聞名，到後期轉向以詩歌選評爲職業，與鄧漢儀中期以來的人生經歷密切相關。具體表現在兩個方面，一是中期從龔鼎孳等幕主游，一是後期寓居揚州城。

在《詩觀》三集自序中，鄧漢儀引述友人對初、二集的評價：「廣搜博採，極廿餘年之精神命脈，成此大部，心力可謂竭矣。」二集成書於康熙十七年（一六七八），二十餘年前則爲順治十年前後，此時正是他至京從龔鼎孳遊的起始之際。初集自序中，還曾這樣回憶自己走上選詩、評詩之路的緣由：「予生也晚，然適當極亂極治之會，目擊夫時之屢變，而又舟車萬里，北抵燕并，南遊楚粤，中客齊魯宋趙宛洛之墟，其與時之賢人君子論説詩學最詳，而猥蒙不棄，其以專稿賜教者日盈箱笥。」所謂舟車萬里之行，就是王士禛序其詩言及的「鄧先生昔嘗北游蔡州，南遊嶺表矣，遠或萬里，近或一二千里，皆歷歲月之久而始歸」的入幕從游經歷〔一〕。這種天涯入幕的過程，不僅是通過行萬里路而識山川風物之美，更重要的是他以文學幕賓的身份，結識了各地許多「時之賢人君子」，相與「論説詩學最詳」。如評龔鼎孳《歲暮喜孝威至都門同賦》曰：「僕壬辰客燕，諸大老多折

〔一〕王士禛：《帶經堂集》卷四一《鄧孝威被徵八詩序》。

節敦布衣之好者，今聞亦銷歇矣。」評紀映鍾《贈閻古古送還沛上次韻》：「與古古別久矣，讀此猶想燕京擊筑時。」評鄧廷羅《燕京送家孝威南還》曰：「長安贈別，詩可盈篋。」（一／二）評王鑨《和長兄覺斯華山詩》曰：「昔客燕京，大愚曾出此詩相示，歎爲警絶。」（一／三）評孫宗彝《雙龍洞步屠赤水韻》：「昔與虞橋握手京華，但以經濟相許，不知其有仙佛大本領在。」（一／四）評閻爾梅《贈彭中郎，時歸自滇黔》：「昔在燕京，與古古別，今二十年矣。」（一／十）評郝浴詩：「頃與環極魏先生論詩京邸，先生以『老』之一字爲詩家極境。」（二／一）吴沛詩總評曰：「默巖太史與僕訂交京師二十餘年，情至渥也，甲寅遇於邗上，出西墅遺詩見示。會拙選將竣，特爲録梓，以識高山。」（二／十二）正因爲順治十一年在京師與北闈舉人吴國對（十五年進士）的交往，才有機緣於康熙十三年看到其父的《西墅草堂集》。與新貴大佬交布衣之好，與入幕遺民慷慨擊筑論詩，中年的這種遊幕經歷，使之「有機會結識同時代的名流，開闊自己的眼界，並有可能建立起自己的關係網」〔一〕。只是這種關係網並非僅僅用於謀取個人的升斗菽水之需，在後來的詩歌編選事業中更要發揮巨大作用。

揚州府附郭縣爲江都，作爲直隸州的泰州與之毗鄰，「州在府城東一百二十里……西界江都」〔二〕。長江與運河在此交匯，使之成爲南北漕運的樞紐。雖經十日屠城之慘，商業尤其是鹽商

〔一〕尚小明：《學人遊幕與清代學術》，北京：社會科學文獻出版社一九九九年版，第四五頁。

〔二〕［道光］《泰州志》卷二《疆域》，道光七年刻本。

貿易的需要，仍使這座城市在清初迅速復甦。早在康熙初年，在時人眼中已經是「今日廣陵繁侈極矣」（一/七評曹爾堪《廣陵懷古》）、「今日則繁盛極矣」（一/十一評陳瑚《揚州感興》）。「此間既彙集有大江上下各類名士雅人，又有足够供他們展開沙龍式文學活動的歌樓舞榭」，加之順治和康熙前期任職揚州的官員「大抵既穩健幹練而又風雅卓絶」〔一〕，如順治三年任兵備道的周亮工熱心資助貧士出版、順治十七年任推官的王士禛紅橋修禊、康熙十二年任知府的金鎮重修平山堂、康熙二十五年孔尚任駐揚州參修淮揚水利，皆爲主持風雅的著名文官。身爲揚州府所轄州人，泰州鄧漢儀本來就與府城有著天然的文化和親緣聯繫〔二〕，加之相距僅百里之遥的地緣優勢，使之經常往返兩地，中老年的「惟百里負米」（二集序），指的就是寓居揚州的選詩生涯。《詩觀》序跋凡例中，多處涉及揚州（維揚、廣陵、邗江、邗）與該書的關係：除了上面已經提及的當道資助和友人代收郵寄詩稿，鄧漢儀在初集凡例中介紹自己選詩過程時，指出康熙十年「辛亥，久駐維揚，諸公過存，辱以專稿見餉，兼以南北郵筒繹絡相望，遂成鉅觀」；「僕至邗，同人即貽以公書，戒以

〔一〕嚴迪昌：《清詩史》，北京：人民文學出版社二〇一一年版，第六四頁。

〔二〕江都姚思孝字永言，爲南明大理寺少卿，其孫姚諲昉（？—一七一一）爲鄧漢儀女婿、江都鄭元勳外甥，參《詩觀》三集卷七姚諲昉詩總評。順治十年春，如皋冒襄爲子禾書「娶婦於邗上，爲姚永言年伯女孫」，見《巢民文集》卷六《老母馬太恭人稱觴紀實乞言》。鄧漢儀與冒襄的密切關係由此可見。

『寧嚴毋濫』〔一〕。僕始終守此盟，一人不敢妄入」。爲了編選《詩觀》初集，此年鄧氏在揚州待了很長時間，並將自己的編詩計劃告訴當地友人，不僅得到衆人的紛紛薦稿，在編選原則上亦與在邗的友人約定「寧嚴毋濫」，視爲盟約。在二集自序中云康熙十三年「甲寅春，予復至廣陵，……時坐昭明文選樓，日披四方所郵詩稿」；康熙二十五年，孔尚任因參修淮揚水利，至「江都董子祠訪鄧孝威，時選《詩觀》三集」〔二〕。揚州這一積聚著衆多熱心文化的官員和追求風雅的富賈的商業都市，亦吸引了各地的落魄文士來此尋找入幕、坐館或資助的機會。初集凡例介紹的「其客邗面訂是選者，則杜子于皇濬、張子稺恭恂、計子甫草東、趙子山子澐、宋子既庭實穎、彭子中郎始奮、魏子冰叔禧、朱子錫鬯彝尊、諸子駿男九鼎」，這些客居揚州、參與選訂的人士中，杜、計、朱等，皆是清初詩歌創作的一時之選。揚州在當時擁有的區域文化和經濟中心的重要地位，爲鄧漢儀持續二十年編選卷帙浩繁的《詩觀》三集，提供了廣泛的人脈、便利的地緣和可靠的財源等有利因素。

六

乾隆初期，宜興瞿源洙在爲清初鄉賢任源祥詩文集作序時指出：「古未有以窮而在下者操文

〔一〕《詩觀》初集卷三桑豸總評曰：「近僕謬司選事，楚執極意周旋，而惓惓致書，以濫收爲戒，則固同人所共佩也。」

〔二〕孔尚任：《湖海集》卷一，康熙介安堂刻本。

柄也……獨至昭代，而文章之命主之布衣。……閭巷之士，不附青雲而自著，此亦一時之風聲好尚使然乎。」〔一〕可以説瞿源洙敏鋭地觀察到自清初以來的文壇變化。晚明以來的詩社、文社的繁盛，一些下層文士積極參與選政，得以在一定程度上左右文學風尚。尤其在清初，天翻地覆的時局變化，打亂了衆多文人的政治生活軌跡。由於種種原因，使得其中一些人棄科舉而以詩歌編選爲業。「近來詩人雲起，作者如林，選本亦富，見諸坊刻者，亡慮二十餘部。他如一郡專選，亦不下十餘種。或專稿，或數子合稿，或一時倡和成編者，又數十百家」〔二〕。數量更爲衆多的詩歌作家，則希望自己的作品能够入選其中，爲將來的科考、升遷、入幕或坐館，帶來積極的社會影響，從而形成了一種各有所需的互動關係。對於選詩者的這種文柄在握的文化身份與地位，鄧漢儀有著清醒的認識和認同，其評席居中《文選樓》「六朝事業悲流水，千古文章憶舊臺」一聯云：「亦見得文士有權。」歆羨蕭統主編《昭明文選》而成千古事業（一/七）。二集收録莆田劉芳蔭十題詩，此人著有《孝友堂集》，「躬行醇篤，未肯以詩名，没而令嗣始梓之」。友人杜濬認爲「非登選本，未可以傳遠而垂後也」，於是向鄧漢儀推薦：「因屬予論次，得如干首，以報茶村。」（二/十四）經過選評者如此記載，選本之於詩歌傳播的重要作用，已與《詩觀》在當代詩壇上的執牛耳地位相提並論了。

〔一〕錢仲聯主編：《歷代别集序跋綜録》清代卷，南京：江蘇教育出版社二〇〇五年版，第一三二三頁。

〔二〕錢價人：《今詩粹》凡例，《今詩粹》卷首，順治刻本。

這種文士有權、文柄在握的感覺，至晚年而越發明顯，其評孔尚任《文選樓》詩云：「予選《詩觀》，借榻樓上〔一〕，賓客多至者，誰謂筆墨無權也？」〔二〕將此語與初集批語對讀，已經頗有以當代蕭統自居的意味。這大概就是海外學者所謂「通過所編選的文選，鄧漢儀建構了一種類似那些置身於晚明科舉考試之外的城市文人學士的非官方的公共身份認同」〔三〕。

以「騷雅領袖」〔四〕身份主持當代詩選數十年的鄧漢儀，通過編選《詩觀》行使筆墨之權，主要表現在以下幾個方面：

在詩學思想上，鄧漢儀倡導漢魏盛唐的雄渾闊大的詩風，反對自明末以來的「細弱」、「幽細」、「浮濫」的創作風氣。他不僅對晚明竟陵派和華亭陳子龍詩歌創作的消極影響明確表示不滿，而

〔一〕據孔尚任自注，該樓在江都旌忠寺。方孝標《鈍齋詩選》卷十五《廣陵懷古詩》亦有《文選樓》詩，自注云：「在太平橋北大街東旌忠寺内，《廣輿圖考》云在府治東南文樓巷地。」

〔二〕孔尚任：《湖海集》卷七《己巳存稿》，康熙介安堂刻本。按：此卷所收均爲康熙二十八年之作，《文選樓》詩位於《哭鄧孝威中翰》之後第九題，所附鄧漢儀語，或爲生前所云而由參與此卷選評的友人黄雲、吴綺、宗元鼎所補入。

〔三〕（美）梅爾清：《清初揚州文化》，朱修春譯，第一二二頁。按：不知是作者還是譯者的原因，《詩觀》這部詩選皆譯爲「文選」。

〔四〕［雍正］《揚州府志》卷三十一《人物·文苑》鄧漢儀傳「尤工詩學，爲騷雅領袖」。

且對清初佔有主流地位的宗宋詩風直接予以批評。他曾在私家筆記中，明確指出：「今詩專尚宋派，自錢虞山倡之，王貽上和之，從而汜濫其教者有孫豹人枝蔚、汪季甪懋麟、曹頌嘉禾、汪苕文琬、吴孟舉之振。」〔一〕《詩觀》初集凡例首條便云：「詩道至今日，亦極變矣。……或又矯之以長慶、以劍南、以眉山，甚者起而嘘竟陵已熠之焰，矯枉失正，無乃偏乎？夫《三百》爲詩之祖，而漢魏、四唐人之詩昭昭具在，取裁於古而緯以己之性情，何患其不卓越而沾沾是趨逐爲？故僕於是選，首戒幽細，而並斥浮濫之習，所以云救。」漢儀與錢謙益、王士禛、汪懋麟諸人，皆爲友人，但是並不妨礙直言批評，此即孔尚任所服膺的鄧漢儀的品格：「每於稠人中，服君笑容寡。有時發大言，是非不稍假。」〔二〕同樣，即便是在凡例中的概而言之，被言者亦是心知肚明的。如汪懋麟康熙十六年撰《孝威、鶴問以詩見簡平山堂依韻奉答六首》之二，就聲明自己的詩學主張：「自顧嶔嵜可笑人，高吟最喜劍南新。王楊盧駱終何物，甘於東坡作後塵。」〔三〕視唐詩爲無物，而要師法蘇軾、陸遊，明確與友人鄧漢儀、宗觀唱反調。在次年春天撰寫的個人詩集的編選凡例中，更是明言「庚戌官京師，旅居多暇，漸就頹唐，涉筆於昌黎、香山、東坡、放翁之間，原非邀譽，聊以自娱，詎意重忤

〔一〕鄧漢儀：《慎墨堂筆記》，民國抄本。

〔二〕孔尚任：《湖海集》卷七《哭鄧孝威中翰》，康熙刻本。

〔三〕汪懋麟：《百尺梧桐閣詩集》卷十五，康熙十七年刻本。

時好，群肆譏評」，也是委婉地表達了對《詩觀》編選宗旨的抵觸。詩學觀念的尖鋭牴牾，並不妨礙鄧漢儀委託其在京代收衆人詩作，亦不影響汪懋麟對《詩觀》編選的深度參與〔一〕，這或許就是康熙前期詩壇人際關係的原生態。

在詩歌編選上，鄧漢儀注重「憂生憫俗、感遇頌德之篇」這些傳統社會的主旋律題材，反對時人詩選專注於「花草風雲、釐祝飲讌、閨幃臺閣之辭」，提倡「鋪陳家國、流連君父之指……追《國》、《雅》而紹詩史」（初集自序）的宏大叙事和家國情懷。其爲友人張琴詩集撰序時指出：「近之爲詩者，多爲細瑣柔曼之音，甚而香奩昵褻、麯櫱荒淫，靡不播之篇章，矜爲麗製。詩道之卑，於是乎不可問矣」，讚許張詩「大抵憂時憫俗、懷古景賢、敦本念先、越國過都之作。諸凡淫哇之詞，皆所不涉」〔二〕；其贊顔光敏詩「每於國計民生、安危利弊之大，沉痛指切，是以屈子之《離騷》，賈生之奏疏，併合而爲詩者」〔三〕，都是與關注政治時事、家國人生是同一旨意的。「詩史」，這一唐人因總結

〔一〕《詩觀》二集所收梁清標、馮溥、魏裔介、王士禛、饒眉、徐倬、喬出塵等人詩作，皆由汪懋麟向鄧漢儀提供或推薦。

〔二〕鄧漢儀：《耐軒集序》，夏荃輯《海陵文征》卷十五，道光二十三年刻本。

〔三〕鄧漢儀：《樂圃集序》，顔光敏《樂圃集》卷首，康熙刻《十子詩略》本。

杜甫詩作的創作特點而提出的重大詩學批評概念〔一〕，内涵著對反映社會現實、同情民生疾苦的重視。在《詩觀》中，約有四十五處（初集十一處，二集二十一處，三集十三處），以「詩史」評價有關作品。如評余盃《蜀都行》「成都被獻寇殺刈生靈幾盡，此篇逼真詩史」（一／十一）；林云鳳《金陵雜興》「紀南渡之事，足稱詩史」（二／四）；彭而述《邯鄲行》「猶記北兵破城日，旌陽觀裏屍如麻」（一／四）、顧岱《出滇雜詠》「協餉至今需百萬，西南曾否貢金錢」（二／五）爲「詩史」；秦松齡《荆南春日寫懷》「真是詩史」（三／四）。有關評價涉及晚明、鼎革以及三藩之亂等明末清初重大歷史事件。此外對杜詩的諸多好評中，往往亦包含著對「詩史」創作傳統的强調。在詩歌形式方面，鄧漢儀較爲看重以歌行體爲主的古體詩：「詩必以古體爲主，今人不會做古詩，只算得半箇詩人也。」〔二〕較之近體詩，此類作品具有長於叙事的特點。强調「古體」的内在原因，就是這種體裁更加適合表達詩史的内容。友人讚揚其「高卧昭明閣，重編南國詩。齊梁靡曲盡，漢魏古風遺。」〔三〕戒幽細而斥浮濫，汰靡曲而存古風，與對杜甫所開創的「詩史」傳統的提倡，是互爲桴鼓的。

〔一〕孟棨《本事詩》「高逸第三」：「杜逢禄山之難，流離隴蜀，畢陳於詩，推見至隱，殆無遺事，故當時號爲『詩史』。」李學穎標點，上海古籍出版社一九九一年版，第一八頁。

〔二〕鄧漢儀：《慎墨堂筆記》，民國抄本。

〔三〕李鄴嗣《杲堂詩鈔》卷五《丁巳長夏得鄧孝威寄詩即韻奉答》之三，康熙刻本。

在詩歌編排上，鄧漢儀有其一套標準。從其初集、二集的凡例中可以看出，就政治身份而言，「同人不分仕隱，詩到者即爲登選」，「詩篇隨到隨刻，並不因爵位之崇卑、人物之新舊」，即無論是投身新朝的新人、權貴，還是隱居不仕的舊人、遺民，其詩歌創作都在《詩觀》的編選視野之内，與清初遺民吴宗漢、陳濟生、朱鶴齡、徐崧、陳瑚、屈大均、錢澄之、梵林、黄容、韓純玉等「以遺民爲主題的詩選」〔一〕，劃出了鮮明的界限，亦與《詩觀》「選一代詩詞。俾天下魁奇俊偉之士，鴻才博學之儒，咸登是選」（三集序）的編選宗旨更加吻合。從而將詩選的目標「指向重建以文化成就爲根基的群體，因此也就抹去了服務於新王朝和不服務於新王朝的人的差異性」〔二〕。此外，針對當代詩壇「輓近文運衰，選事亦滋弊。利齒巧唉名，所録皆並世。高官枉凌壓，盛名見牽綴。汗青須有資，取捨叢謗議。事類撿伍符，情同操贄幣。普天竟同流，識者一歎愾」〔三〕的選政弊端，《詩觀》凡例主要交代了自己在入選與否、地位貴賤、位置先後、收詩多寡等方面的編選原則，如關於入選與否，他强調對質量的堅守，就是與同人「戒以『寧嚴毋濫』，僕始終守此盟，一人不敢妄入」。康熙十

〔一〕鄧曉東：《清初清詩選本研究》，二〇〇九年南京師範大學博士論文，第五三頁。

〔二〕（美）梅爾清：《清初揚州文化》，朱修春譯，第一二五頁。

〔三〕潘耒：《讀鄧孝威〈詩觀〉選本，喜而有贈》，《詩觀》三集卷三。按：潘耒《遂初堂集》詩集卷二《少遊草》收録此詩，名爲《贈鄧孝威》，正文亦有較大異同。

七年戚玾以「江左騷壇誰樹幟，精嚴旗鼓獨推君」相許〔一〕；潘問奇康熙二十五六年間撰《懷鄧孝威》，在回顧了晚明以來「衆喙徒交訌」的詩壇紛争之後，以「挽流奮一洗，屏翳爲之空。選語必矜貴，涣然若發蒙。深心慎甲乙，六義乃昭融。以兹惠後學，孰曰非元功。海内亦風靡，百川知所宗」〔二〕的描述，來讚揚鄧漢儀的詩壇地位。潘耒（稼山）《讀鄧孝威詩觀選本，喜而有贈》，亦對《詩觀》選評成就有高度評價：

鄧公文章老，才力本雄邃。激昂討風騷，會心存篋笥。鐘鎛賞奇音，淄澠别真味。清嚴大冢宰，刻覈老獄吏。獨柄無旁撓，擺落名與位。高眠文選樓，樂饑以卒歲。抗手對蕭君，雅道庶無愧。嗚呼三十年，詞客如羹沸。賴君刈蕭蒿，杜蘅吐芳氣。

鄧漢儀於「清嚴大冢宰」數句，有側批「僕豈敢當，然自矢如是」，詩末總評曰：「選家林立，僕從未敢輕置一喙，然中有獨是，則非稼山不能暢發此旨也。」由於《詩觀》從初集到三集的編選，有個漫長的時間跨度，編者本人的學術地位和《詩觀》本書的社會影響先後早已不可比擬，勢必要影響到選詩標準的一貫性。尤其是到選評三集時，「若迫於所不得已，郵筒竿牘日陳於前，欲婉則違於己，

〔一〕戚玾：《笑門詩集》卷十七《贈鄧孝威（時客廣陵文選樓）》，康熙刻本。
〔二〕潘問奇：《拜鵑堂詩集》卷三，康熙刻本。

欲直則忤於人。與其忤於人也，寧違於己。則是人自爲政，有非鄧子之所得而操焉者矣」〔一〕，後世所生「未脱酬應」〔二〕的臧否，當即緣此。但是，從鄧漢儀對潘耒贈詩的知音之慨中，説明其即便在選評第三集時，至少在主觀上仍努力文柄獨握，堅持著「清嚴、刻覈」、「寧少毋多，寧嚴毋濫」〔三〕的編選原則。

鄧漢儀晚年曾借選評張潮（字山來）詩而發感慨：「同一詩集，經選者心眼一爲洗發，頓使作者之精神另開生面，此不可學而能者也。」將評選詩歌的手眼高低，同樣視爲需要天生靈性、「不可學而能者」，並將對詩歌的評選上升到賦予原作新的生命的藝術高度，體現了他對選詩、評詩之於當代創作促進作用的理論自覺。他之所以説「惟山來自知箇中，傍人那得領會」（三/三），是因爲張潮本人亦是清初著名的詩文選家。嚴迪昌先生在論述「詩史與詩話史、詩的觀念變遷史」之間的關係時，指出「詩的流變過程，原是創作實踐和理論觀念的共振運載歷程，詩人與詩論家原屬一體」〔四〕。有關論斷，在鄧漢儀評點《詩觀》這一典型事例上，得到了充分驗證。

〔一〕張潮：《詩觀》三集序，康熙二十九年序刻本。
〔二〕沈德潛：《國朝詩別裁集》卷十二，乾隆二十五年刻本。
〔三〕張潮：《詩觀》三集序，康熙二十九年序刻本。
〔四〕嚴迪昌：《清詩史》，第十頁。

七

鄧漢儀對當代詩歌的評點，在《詩觀》中主要有三種形式：詩句之評、一詩之評和一人之評，即以人繫詩，以詩繫評，詩有夾批、總批，人有附記、總評。三集共選一千八百餘人近一萬五千首詩，大多數皆有評價。評語長短不拘，内容豐富。由於選評者所具備的詩學眼光、所身處的歷史階段、所具備的特殊條件、所涉及的作家人數等因素，均賦予《詩觀》評點對於研究明末清初尤其是清初近五十年詩歌創作、詩壇風氣、詩人事跡的獨特性，成爲記録明清之際社會變遷和士人心態的重要文獻。該書以評點資料爲中心的詩學文獻價值，主要體現在以下幾個方面。

（一）提供了清初詩人的小傳資料。《詩觀》的作者小傳，文字雖極簡略，僅涉及字號、里居、詩集等，然多可以彌補現有文獻之缺失。《清人室名别稱字號索引》等爲我們提供了大量的清人字號及籍貫等資料，但因未參考《詩觀》，故造成許多疏漏。如：明末清初張縉彦（河南新鄉人，崇禎四年進士，入清官至布政使）。《詩觀》收其詩七題，並記其字坦公，號大隱，有《歸雲軒稿》（二/八），「大隱」、「歸雲軒」可補有關工具書記載之不足；再如清初義士侯性，與錢謙益、歸莊、曹溶、葉奕苞、徐崧、王邦畿、胡介等皆有交往，錢謙益與之唱和詩，在《詩觀》中名爲《贈侯月鷺》（一/一），在《有學集》中爲《贈侯商丘若孩》，知此人爲商丘人，字號月鷺、若孩。《清人室名别稱字號索引》不載其人，本名缺失。錢邦芑《送侯若孩從軍》有云「漁陽烽火昨來驚，倚劍遥看太白明。大帥龍堆朝卷幔，書生虎帳夜談兵。墨磨鐵盾飛新檄，箭射蠻書下故城。會見降旗迎馬首，鐃歌高唱陣雲平。」〔一〕可見其人曾參與抗清活動。《詩觀》小傳爲「侯性，月鷺、若孩，河南商丘人」（一／八）。據此查方志，始得其傳記：「侯性，字若孩，邑人侯執介之養子。執介妻，田通政珍女。田無子，少育性爲子。及長，狀貌魁梧，腦後有異骨，人目之爲封侯相。爲人豪放博達，補博士弟子，錚錚諸生間。尤善騎射，自負有文武才。明末從軍於南，累功拜爵。後棄官養母，隱於吴之洞庭山。母終，遂葬焉。性在吴，與故明之逋臣遺老如錢尚書謙益、杜將軍弘⿰土韋、姜給事埰輩共相引重，稱遺民寓公。歿於吴，其子北還，徙鄢陵，今亦泯然矣。」〔二〕再如二集先後收入「彭桂，爰琴，江南溧陽人。《初蓉閣詩》」（二／三）和「彭椅，原名桂，爰琴，江南溧陽人。《谷音集》」（二／五），可以大致推斷彭桂改名椅的時間。再如「葉舒胤，學山，江南吴江人」（二／八），足見後人將《葉學山詩稿》的作者署作「葉舒穎」，是因避「胤禛」諱。三集著録杜濬號「茶星」（三／十），亦不見他書記載。

（二）記載了清初詩人的生平事蹟。有關評語關涉詩人生活、交往情況，有助於考生齒、辨親緣（如某爲某之令嗣、令兄弟、大小阮之類），關係到家學師承、經歷交遊等史實。如程先達總評：「東廬先生幼時浮家景陵，遂登楚之賢書。繼遭寇亂，家業盡落，不得已，司鐸隨州，蕭然難給。幸

〔一〕卓爾堪：《遺民詩》卷九，康熙刻本。

〔二〕［康熙］《商丘縣志》卷十《隐逸》，民國二十一年石印本。

直指聶公有特達之知，薦拔國博，歷轉部曹，竟榮登晉陽五馬。性不好榮，飄然歸里。今年已八十有五，著述不倦，所吟詠最多。程君禹門索其稿見寄，值余三集之選將竣，敬採數章，載諸卷帙，並示孚夏，用共欣賞。」（三/十三）小傳載其字質夫，號東廬，湖廣景陵籍，江南休寧人，著有《天香閣新舊詩集》。《詩觀》三集將竣的時間在康熙二十八年（一六八九），先達時年八十五歲，可推知生年約爲明萬曆三十三年（一六〇五）。此人爲崇禎十二年舉人，康熙四年至六年爲山西平陽知府〔一〕。李漁此際道經該地，媒婆向其推薦十三歲的「喬姓女子」，李因「旅囊羞澀」而推辭，正是這位「太守程公質夫」爲其出金納之〔二〕。評語中所涉「禹門」爲程化龍，爲康熙九年進士，官内閣中書，《詩觀》載其字禹門、念蒿，江南休寧人，青浦籍，有《開卷樓近什》（《清人室名别稱字號索引》於其名下僅有籍貫松江、室名開卷樓的記載）。「孚夏」指程瑞禴，爲休寧率口人，程化龍爲塘尾人〔三〕，兩人似爲堂兄弟。瑞禴父端德（午公、鼎庵），長子瑞初（旦伯、訥庵、松軒），次子瑞禴（孚夏、雲峰），三子瑞社（次郊、澹園），四子瑞礿（宗衍、碧川）。他們的詩作，分别收入《詩觀》二集卷二、三集卷五、卷十、卷十三。漢儀指出：「疇昔結社山茨，得鼎庵先生爲領袖。……回憶先生執

〔一〕［雍正］《平陽府志》卷十九《職官・知府》，乾隆元年刻本。

〔二〕李漁：《喬復生王再來二姬合傳》，《笠翁文集》卷二，康熙刻本。

〔三〕程化龍、程瑞禴所居村名，參見［道光］《休寧縣志》卷九、卷十一，道光三年刻本。

耳，已如隔世。不圖今日復見長君旦伯此編」；「程君孚夏者，乃鼎庵令似，作詩有家法，聲滿吴越間者也」；「自鼎庵先生得詩之嫡傳，而孚夏紹其家學，一洗鉛華，獨標正始。令弟次郊、宗衍拈筆吟詠，秀骨妍思，一時駢集」。正是在這樣的評語中，交織起休寧程氏父子、昆仲的親緣關係和詩學家風，鮮明地體現出鄧漢儀「有一些不同尋常的社會網絡，這個網絡的大體脈絡都保存在他對《詩觀》詩詞的評論之中」的評點特點〔一〕。有的評語，涉及清初著名文士的晚年際遇，如高詠「授徒京師，行將得縣令，忽擢詞林，修《明史》，稱榮顯矣。以資斧不繼，抱病南還，遂爾窮死」（三／一）；喬萊「性不喜飲酒，每夕陽騎款段歸邸舍，則開閣翻書，漏數下不輟」；王昊「戊午弓旌之役，維夏僅授中翰，非其志也。乃銓部疏未上而維夏死，部遂除其名」（三／五）；沙鍾珍「萬里從軍，論兵悉中窾要，僅得佐郡，復爾遭讒，今已昭雪，則奇才終大顯也」；李中黄「力學砥行，詩歌古文辭皆卓犖不群。癸卯闈中擬元，因索後場弗得，竟致放廢。子石孤憤，遂焚棄生平著作，片字不存」（三／八），均可爲有關傳記補充諸多細節。

（三）描述了清初詩人的人生志趣、挫折遭際、品格風範。《詩觀》評點的特色之一，就是既評詩亦評人，既評詩藝又評人事。在評人評事的諸多言論中，揭示了清初諸多詩家的内心世界和人生遭際。如評龔鼎孳《題孫沚亭太宰山雨樓，和陶公韻》：「疇昔之歲，予曾作招隱之書致之合肥，

〔一〕（美）梅爾清：《清初揚州文化》，朱修春譯，第一二三—一二四頁。

蒙其賦詩寄答，不以僕爲狂誕，固知歸田之志有素也。觀此贈太宰數章，情緒蕭惻，意豈須臾忘江東蒓鱠者乎？」（二／二）評萬壽祺《贈胡彦遠》「荷鋤歸去田廬閉，莫向人間學問津」爲「良友之言」，並指出胡介「歷年遊京洛，交貴遊，尚未能體貼年少此語」（二／一），對了解分别以貳臣、遺民著稱的龔、胡二人不無裨益。評張蓋「自甲申後，久脱諸生籍，以母夫人饘粥不繼，間授徒自給；或爲故人招致幕中，旋皆棄去。近聞築土室於村外，絶不與世人往還，雖妻子亦不見，其殆古袁閎之流與？」（二／八）許維祚「高才雅量，迥絶時流。其蒞真州也，一往澹静，公府蕭然如無人，而庶務畢舉。以其餘閒，讀書賦詩，大有元次山、韋蘇州之風烈」（二／五）；韓魏「尊人文適先生，合家死揚州之難，而醉白以復壁僅存，乃能鋭意古業。詩歌秀宕之中，復兼英邁，爲一時同人所共推。天之所以報有道仁人者，固不爽。而醉白之克紹家風，不尤稱卓絶哉！」（二／七）喬出塵「俠腸豪氣，使黄金如糞土。今一旦囊空，顧視世人較量金錢，不差毫髮，始而憤，終而平」（二／十三）；李永茂「起家澹令，爲名給諫。當召對時，上親移御燭審視，風采大著。潼關之役，孫督師治兵關中，方欲養鋭，以圖大舉。秦士大夫之在京者，促戰甚力。先生掌諫垣，屢駁之，遂拂執政意，奉差出。迨郟縣師創，大廈難支。先生跋涉蠻荒，嬰疾而卒」（三／一）；方淳「愛古嗜潔，所居斗室，自書册彝鼎、茗香琴硯之外，未嘗移懷。每至佳辰令節，素友相過，觴酌數行，繼以刻燭，蓋一代之韻人、吾黨之高士也」（三／四）；張韻「卜築邗城之外，雜蒔花樹，惟事讀書。家雖屢空，而未嘗以干時。然喜結賢豪，每見義形於色」（三／五）；田秉樞「時而論兵，時而學佛，時而酒社詩壇，蓋異人也。

年已遲暮，事業無成，類避地之田疇，託登樓之王粲。相逢江上，感慨爲多，出其吟篇，光焰奪目。昌黎所云『詩窮後工』，殆君之謂耶？」（三／九）無論是名臣要員、下僚佐吏，還是畸人寒士、逸民隱者，其生平事跡、出處心曲，在鄧漢儀的筆下皆有生動描述。至於《初集》閨秀卷中對當時女性作家的介紹，多數堪稱聲情並茂、傳神寫照的傳紀，可與錢謙益《列朝詩集》小傳媲美。

（四）品題了清初詩人的創作特色和文壇影響。由於鄧漢儀與《詩觀》入選者大多存在著密切關係，對他們的詩歌創作特點的揭示亦往往一語中的。如總結龔鼎孳詩歌創作「三異」：「每與同人酒闌刻燭，一夕可得二十餘首，篇皆精警，語無咄易，此一異也；當華筵雜遝之會，絲竹滿堂，或金鼓震地，而公構思苦吟，寂若面壁，俄頃詩就，美妙絶倫，此二異也；他人次韻，每苦棘手，而公運置天然，即逢險韻，愈以偏師勝人，此三異也。昔客京師，及過庾嶺，以至萸灣、桃渡之間，僕莫不奉鞭弭以從，故爲識其略如此。」（一／二）評黄雲「二十年前屏跡村舍，於漢魏四唐之詩，靡不窮討源流，綜其至變。已而從孟貞、與治、伯紫諸君子論詩，益復臻於醇備」（一／二）；彭爾述「晚年詩雖極秀潤，終帶英氣」（一／四）；徐芳「詩以空微巉峭爲尚」，陳玉璂「詩清勁老韲，獨立時靡中」（一／六）；吴綺「最愛劉滄詩，此作固堪髣髴」，徐籀詩「皆岸然絶俗，不屑一字近唐，律體尤爲峭刻」（一／八）；金敞「詩堅蒼深峭，一字不近時人，而復軌於古法，是特立於群流者」（一／九）；徐乾學「詩以漢魏四唐爲主，不雜宋人一筆，是能主持風氣、不爲他説所移者」（二／二）；朱彝尊「詩氣格本於少陵，而兼以太白之風韻，故獨爲秀出」（二／七）；馮雲驤「邊塞詩奇情曠致，有沙礫飛揚之勢；而入蜀諸吟則又險奧蒼古，與雪嶺棧閣争勝」（三／二）；曹溶詩「以深老生硬爲主，不屑入時趨一字」（三／三）；田雯「學唐而不襲乎唐，學宋而不囿於宋，古雅奇鬱，正變皆踞上流」（三／四）；繆肇甲「精於風雅，邇來每進，益工古體，一洗塵氛，獨臻淵雅；而近體則風神秀脱，辭旨妍和，幾於錢、劉、許、杜之間遇之；絶句殊得風人諷歎之遺」（三／一二）；葉燮詩「以險怪爲工」（三／十二）。有關評點，往往别具隻眼，與時論唱反調，如認爲宋之繩詩「平淡中饒有静氣，正得之韋、陶，淺人以爲皮、陸耳」（一／八）；程邃詩「蒼老者往往入少陵之室。時人但以險澀目之，非通論也」（一／十一）。亦有對當時詩壇創作風氣的明確針砭，如認爲當時的五言詩創作「學六朝者失之縟麗，效韓、蘇者流於徑莽」（一／五評趙進美）；借評景陵譚篆詩指出「歷下、公安，其敝已極，故鍾、譚出而以清空矯之。然其流也展轉規摹，愈乖正始。不有大雅，誰能救乎？……世奈何復舉寒河之幟，而思易天下之風尚也！」（一／七）亦不乏對有關詩家的委婉批評，如指出方文「詩專學長慶，僕昔與之論詩蕭寺，頗有箴規，爾止弗善也。要汰其俚率，存其蒼老，斯爾止爲足傳矣」，趙而忭「詩意主新艷而未能穩妥」（一／五）；李文純「喜作五言近體，每苦尖刻」（一／八）；吴度「沉酣康樂，下筆便自神采過人。其於諸家，雖有企擬，而神韻較謝爲多」（二／五）；侯方域「其詩世罕推之，要其闊思壯采，皆規模杜家而出者，但未免陰襲華亭之聲貌」（二／七）；陳維崧「近詩脱去成語熟句，純以老致清氣相引，是其杆頭進步處」（二／十）。諸多點評，對研究相關詩人的創作特色，均極具啓發性。

（五）保存了清初詩人的詩學評論。《詩觀》的評點雖以鄧漢儀自己的話語爲主，同時亦大量引用時人的詩學意見。所引諸家詩論，多不見本集。如引杜濬論詩「諸妙皆生於活，諸響皆出於老。至極之地曰玄曰穆，而根柢在於聞道。不然，見識一卑，即潘江陸海圈牢中物耳」（一／一）；杜濬評李贊元曰：「今之爲詩者，力飾其外則内乏神情，刳心於内則外無氣象，所以兩失。而素園先生獨内外兼勝，所以卓然推爲詩伯。」（二／九）評龔鼎孳《送歌者南還，用錢牧翁韻》引錢謙益語云：「往歲吴門歌者入燕，過余言別，有龜年湖湘之歎，爲書斷句以贈。龔孝升在長安倚而和焉，傳寫至濟上，盧德水酒間曼聲諷詠，泣下沾襟。坐客皆凄然掩淚。」（一／二）錢謙益評張若麒「初與伯兄宿松同時以進士宰燕趙，宿松治河間以寬，天石以果，並茂循績。別幾二十年，各備歷艱虞。公余歸田匿影，公躋華膴，爲納言名卿，令子俱以文噪世，次公登館局，取士最得人，直聲震天下。公年未艾，忽請告歸，有牢溟渤之奇，徜徉笑傲，宜爽籟發而雅風存，洋洋乎東海雄矣！」（二／八）冒襄評蘇良嗣云：「楚黄始於黄國邾城，襟帶江淮，爲功烈重鎮。自蘇公賦赤壁、記雪堂，詠『長江繞郭』、『好竹連山』之句，地以人著，垂六七百年矣。余幼侍先祖令虔蜀，繼先君三秉憲湖南北，監三十萬樊城軍，捍防百萬鄖襄獷賊，余奔走行間，往來於極天烽火。之黄，無復遊覽吟詠之事。今又閲四十餘年，老卧蝸牛廬中。老友鄧孝威襆被攜詩卷，過訪敝幽，首出黄守蘇公小眉詩集，評閲丹黄，擊揚讚歎。姓既相同，地與字合，豈夙世前身，再來舊地耶？次兒丹書，昔荷深交，每向余稱公之胸懷識量、經濟文章，爲當今第一。惜予老而未得褰裳往就也。附識以志景仰。」（三／六）王士禛評彭而述之女詩作云：「宋葉石林先生每晨起，集諸女子婦爲説《春秋》。近武林黄夫人顧氏若璞，好講河渠、屯田、邊防諸大政。予讀其書，未嘗不自慚鬚眉也。青立見示蝶龕近詩，如種桑、問織諸篇，仿佛《豳風》遺意；而哭母、憶妹、課兒之作，尤有《河廣》、《載馳》風人之志焉。因歎禹峰先生之教，其被於閨閣者如此，殆不減石林；而夫人之才，亦詎出黄夫人下耶？」（三／閨秀）以上所引，均不見杜濬《變雅堂文集》、冒襄《巢民文集》及今人整理之錢謙益全集、王士禛全集。

（六）總結了清初詩人對古代詩歌的廣泛接受。鄧漢儀詩學主張宗法漢魏四唐，主張「漢魏四唐人之詩昭昭具在，取裁於古而緯以己之性情，何患其不卓越」（初集凡例）。在具體評點中時時指出古代詩歌對時人創作的影響或時人詩歌與古人的異同，是鄧漢儀詩評的重要方式。僅以《詩觀》初集第一卷爲例：在古代作家中，其最喜杜甫。該卷共十四處提到杜甫，如評王鐸《秦州》「補少陵《秦州》諸詠所未及」，《安邑有懷》「於少陵，學其深厚，不學其粗疏，故墨光浮動紙上」；評孫廷銓《挽船行》「哀楚痛切，以擬少陵《無家别》諸篇，可謂神似」；評周亮工《百丈巖瀑布同公蕃賦》「氣完力厚，此從沉酣少陵得來。以爲摹擬王、李，未免管見」；評杜濬《送王孫茂之廣陵，于一子也》「樸處、拙處，神似少陵」；評季振宜《寄嚴顥亭一百韻》「此詩通篇既有次第，逐段自成波瀾。鎖細處皆真，鋪叙處俱老，自堪與少陵《北征》並傳」，《病馬行》「此等詩，極有關風教，不僅規摹少陵，稱爲奇偉」；李天馥《楊鄂州招遊祖家園》「拗體全學工部」。有關評語，既指出少陵風調的影響，又指出清人對少陵的超越。此外便是王維，如評王鐸《送客入延綏》「在摩詰、嘉州之間」（嘉州指岑參）；評孫枝蔚《插秧》「古雅詳晰，與儲、王《田家》諸詠正堪頡頏」（儲指儲光羲），《京口酒家送張牧公歸臨洮》「情文宛轉，在摩詰、龍標之間」（龍標指王昌齡）；評黄九河《張家灣曉發》「摩詰七律一味和潤，卻不流入輕滑」。作爲一位選家，鄧漢儀對各種流派的詩歌創作，持有較爲寬容的態度，對其中的優秀之作，能做到兼收並蓄。如卷中評錢謙益《讀梅村宫詹艷詩有感書後》「如此跋艷詩，便有絶大關係。不得輕議温、李一輩」，《霞城累夕置酒，彩生先别，口占記事》「韓致光香奩詩，每托於臣不忘君之義」，對創作過艷情詩的温庭筠、李商隱、韓偓不無好評。再如評季振宜《舟中》「前段寫舟景，空微澹渺，後以情事找足。細玩康樂諸篇，方知結撰之妙」；評王鐸《三鄉過連昌宫址》「公極歎折空同，此詩可謂神似」，則分别涉及南朝謝靈運和明朝李夢陽。「作爲揚州選家群的領軍人物，鄧漢儀不僅年齒最長，經歷最富，而且幾乎與該地區所有選家均有聯繫，並與南北詩人亦有交往，因此他的詩學觀頗能體現集成色彩」〔一〕。這種集成色彩，在其評價時人對前此創作的接受中亦有充分體現。

八

《詩觀》三集共四十一卷，分别爲初集十二卷（第十二卷爲閨秀詩）、二集十四卷閨秀别卷一

〔一〕鄧曉東：《清初清詩選本研究》，二〇〇九年南京師範大學博士論文，第七七頁。

葉便是黄雲詩作，惟有書林道盛堂本所録董含諸作，無《田家詩》，而録其《捉搦歌》至《碧玉歌》八首和相關詩評，以及對董含的總評。亦有康熙本、書林道盛堂本與乾隆本文字不同者，如二集卷三第三十九至四十葉，共選評陳廷敬《沁水道中》至《寄楊松谷鄴下》七首詩，每首康熙本和書林道盛堂本皆有側批，乾隆本則無。另二集卷四第三十七葉末行爲濮陽錦《西山紀事》其二，前兩本接下來的兩葉爲盛符升、王庭、毛甡、卓天寅詩、評，乾隆本接下來的兩葉是濮陽錦《西山紀事》其三、其四詩、評及其人總評和左維垣八題詩及其評語，一直到第三十九葉倒數第二行爲王仲儒小傳，三本文字才重新恢復一致。産生諸本異同的原因待考。本書之輯校，以康熙刻本爲底本，以書林道盛堂刻本和乾隆仲之琮深柳讀書堂本爲參考輯補本，有關重要異同皆出校記説明；各本皆有的訛字、缺字，儘量依據他書考訂；異體字、俗體字，一般徑改爲通行字。

此外需要説明的是：

（一）《慎墨堂詩話》所收詩人，並非《詩觀》所收詩人的全部，凡集中選入其詩而無評價的詩人不予録入；同理，現在所録詩題，亦非《詩觀》所收詩題的全部，凡選詩而無評價的詩題不予録入。即，使用者不能依據本詩話去統計《詩觀》所收詩人及其詩作總數。

（二）《慎墨堂詩話》所收詩人，有多人分别出現在初、二、三集中。本詩話在輯録時爲了保持《詩觀》原貌和選評的歷史性，對此類現象不做彙輯合併的工作。

（三）《慎墨堂詩話》不僅據各種版本的《詩觀》彙校整理出相關評點文字，而且輯録了鄧漢儀選評、參評的《慎墨堂名家詩品》、李贊元《李素園集》和孔尚任《湖海集》等清詩別集中的評點資料，並據所撰《慎墨堂筆記》以及《十六家詞》輯録有關的詩話、詞話文字等詞評文獻，同時將其所撰各種詩詞序跋輯爲附録。由於鄧漢儀參與選評、序跋的詩歌著述甚夥，所做工作必有遺漏，懇請方家不吝指點，以待再版補充。

《慎墨堂詩話》之輯著，歷時有年。本世紀初，撰寫《清初總集〈詩觀〉所收徽州詩家散論》時，便心生此念。二〇〇四年指導王卓華攻讀文獻學博士學位，遂建議其以鄧漢儀《詩觀》的文獻學研究爲課題，從事學位論文的寫作。二〇〇六年初，將「詩話」整理的出版計劃報呈中華書局顧青先生，得其積極鼓勵，遂約卓華共成此書。前期之輯録、輸入，請他獨任其勞，辛苦良多；後期之校改、引得，由我主操其事，自應擔責。在資料的增補和文字的覈校等方面，得到許雋超、劉岳磊、裴喆、張小芳、胡瑜、侯榮川、曹冰青的大力支持；交付出版後，復蒙俞國林、劉彦捷先生熱情關照、嚴格把關，在此一併致謝！

陸　林

二〇一三年六月至二〇一四年四月初稿

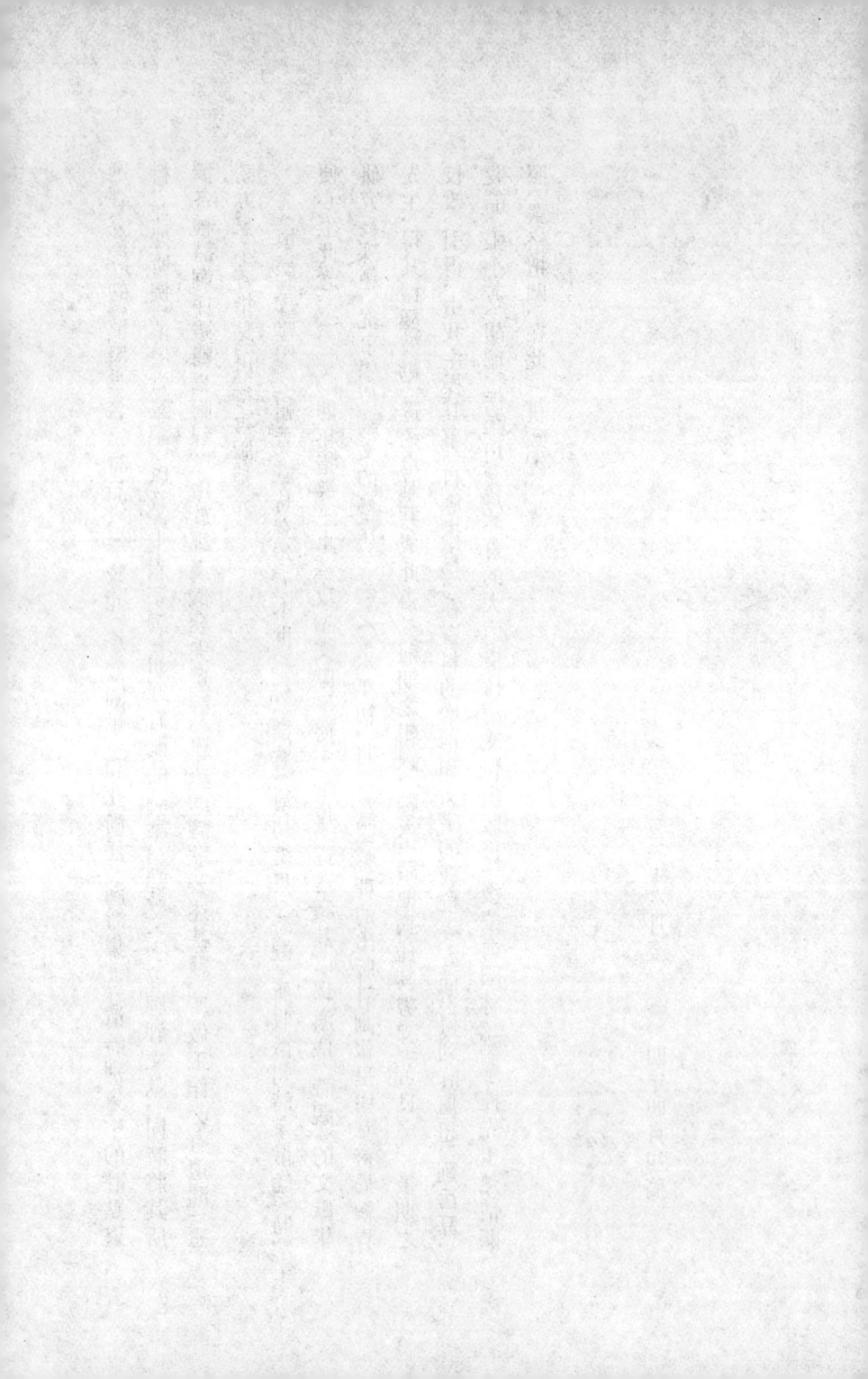

輯録叙例

《慎墨堂詩話》主要據鄧漢儀選評之總集、别集等詩評類著作輯録而成，兼及其評詞文字，不收其有關文的評論。其中卷一至卷十二輯自《詩觀》初集，卷十三至卷二十七輯自《詩觀》二集，卷二十八至卷四十一輯自《詩觀》三集，以人名爲條目，據原書卷次順序編次。《詩觀》以康熙慎墨堂刻本爲底本，以乾隆仲之琮深柳讀書堂重修本（下稱乾隆重修本）和書林道盛堂本爲參校本。卷四十二分别輯自康熙刻本《慎墨堂名家詩品》、梅枝鳳《東渚詩集》、謝良瑜《畦園詩集》、李贊元《出門吟》、《悔齋集》、《又新集》、孔尚任《湖海集》、宗元鼎《芙蓉集》和江闓《江辰六文集》。卷四十三輯自民國鈔本《慎墨堂筆記》。卷四十四輯自《廣陵倡和詞》、《十六家詞》以及對李元鼎、孫枝蔚、董元愷、宗元鼎、陳維崧、江闓詞作的評點。

鑒於《詩觀》以人繫詩，以詩繫評，詩有夾批、總批，人有附記、總評的體例，此書擬本著既忠實原著、又簡省篇幅之原則，在輯録其中的詩學文獻時，不添加任何過渡性或銜接性文字，必要時以一定之符號來區分。具體做法如下：

一、對於一詩之詩句夾批，在詩題及相關詩句之後以冒號引出。如：

《自潤州九華山越嶺至蓮花洞》「來人若對值，單徑豈互容」：六朝音調，出之深細。

二、對於一詩之總批，在詩題後以冒號引出。如：

《擬陳子良七夕看新婦隔巷停車》：子良原篇頗覺寂寥，此篇可謂美好具備。

如詩末總批是針對具體詩句而發，則先根據評點者所加圈點，酌録相關詩句，再出總批。如：

《秦淮竹枝詞》其二「水榭近來張酒席，橋頭門上戲平分（南俗以弋陽子弟寓水西門，呼爲『門上』；蘇伶寓淮清橋，呼爲『橋頭』）」：非熟於金陵者，不知此故事。

全詩無圈點或皆加圈點者，一般只輯録詩題與評語，不抄録全詩；全詩有圈點而無評點者，不抄録詩題。

三、對於一詩，如既有夾批又有總批，先出夾批，後出總批；夾批與總批之間，以「⊙」號表示其後文字爲一首詩之總批。如：

《聽楊懷玉彈琴歌》「四坐慷慨不能平，楊君彈罷泪縱横。楊君早年西蜀豪，素精馬槊與弓刀」：已斷復連，章法最妙。「千金囊槖散無餘，惟有内府琴猶在」：老絶。⊙王于一有《聽楊太常彈琴》詩，讀之令人徘徊淒惋。艾山此歌，正復如是。

四、對於一人之附記、總評，與詩評文字不接排，另起一行，以「●」號表示，如：

●戊申秋杪客茗上，與菌次有《唐詩永》之選。……

五、「○」則爲《詩觀》等原有的另行分段符號，現予接排。如：

《擬丘巨源詠七寶畫圖扇》：梅岑擬古諸詩，皆無毫髮遺憾，不似江文通時有利鈍也。○

此詩妙在簡而雋。

六、對於一題多首者，詩題後標明「其一」、「其二」等。如：

《後飲酒》其一「儲以嫁嬌女，賣羊會鄰保」：閒話偏妙。⊙歸輿如此，又何戀長安軟塵十丈耶。 其二「雖無滿坐客，亦能致好友」：今縉紳宴客不爾爾。⊙此口但宜飲酒。

若同時有句評、詩評、一題之總評和一組之總評者：其中一詩之評前仍用⊙，一題各首或一組詩總評前用「◎」。

七、凡原文模糊漫漶處，以□表示；原文爲墨釘或空白處，除可考者外，亦以□表示，並出注説明。

異體字、俗體字，一般徑改爲通行字。

八、彙鈔有關鄧漢儀傳記資料，作爲附録一。

九、輯録鄧漢儀所撰論詩序跋尺牘資料，作爲附録二。

十、選録有關鄧漢儀詩學評論資料，作爲附録三。

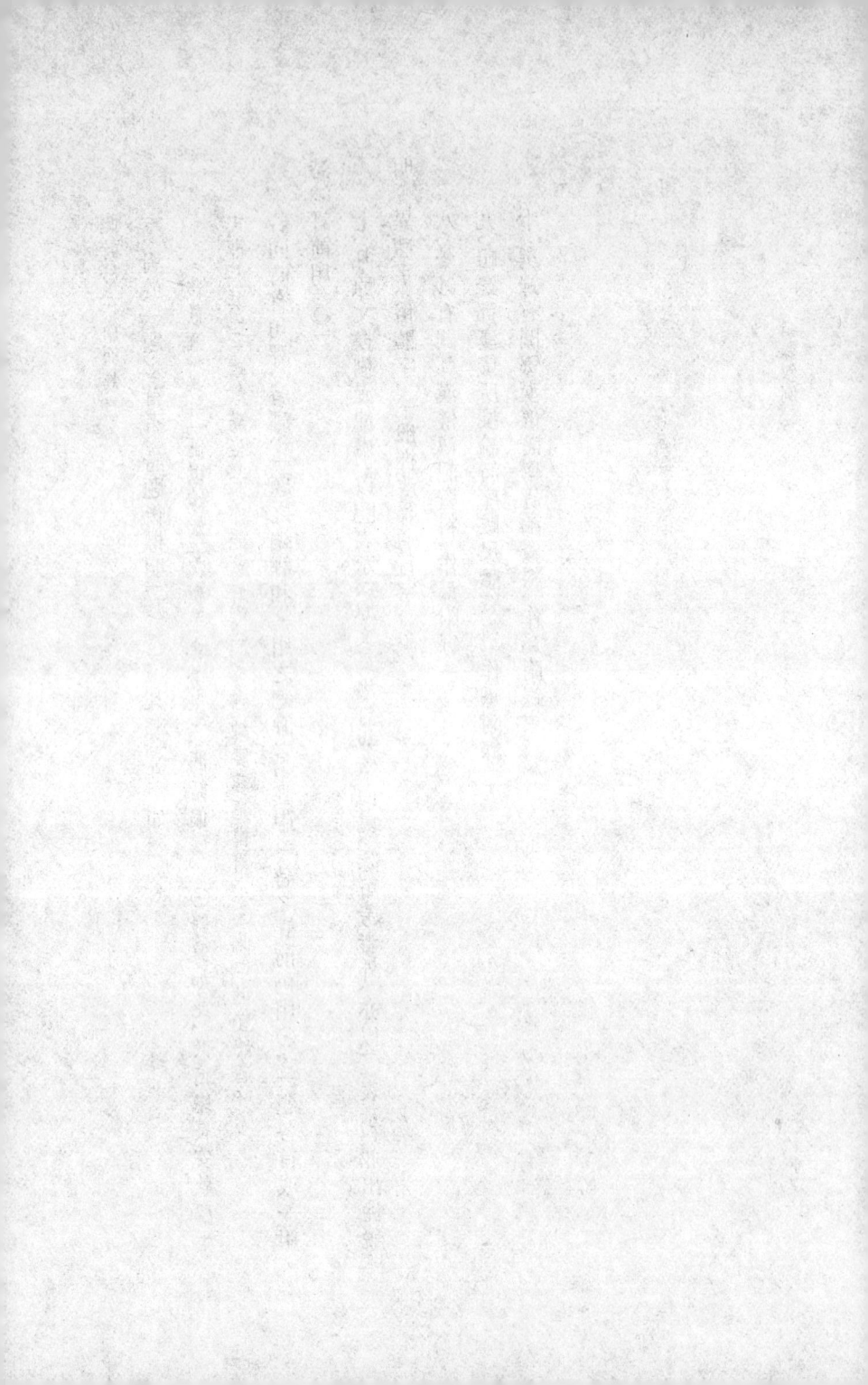

慎墨堂詩話卷一〔一〕

錢謙益

受之、牧齋、蒙叟，江南常熟人。《秋槐》、《高會》、《夏五》諸集。〔二〕

《南滁望滁陽王廟，遂趨臨濠道中，感而有述》「真人信天授，詎能一劍掃。牧羊蕩秦灰，銅馬啓漢造。赫赫高光業，驅除豈云小」：上下千古，鼎革之際。⊙虞山具一代史才，合肥每每言之。此詩略見大意。

《飲酒》「愛酒令人狂，愛官令人鄙」：寧狂勿鄙。⊙世人只愛官，不愛酒耳。虞山兩兩比併，恐難爲不知者道。

《後飲酒》其一「儲以嫁嬌女，買羊會鄰保」：閒話偏妙。「明燈吐新花，夜雨響秋草。君如不快飲，負此酒家媼」：好光景。⊙歸興如此，又何戀長安軟塵十丈耶。其二「雖無滿座客，亦能致好友」：今縉紳讌客不爾爾。「厭厭復陶陶，意不在五斗」：可謂解事。「此叟方茗艼，頹然指吾口」：

〔一〕此卷輯自《詩觀》初集卷一，原署「東吴鄧漢儀孝威評選/同學李文胤鄴嗣參閲」。

〔二〕乾隆重修本作「受之，號蒙叟，江南常熟人」。

妙。⊙此口但宜飲酒。

《大觀太清樓二王法帖歌》「嗚呼此卷不易得，摩娑使我神慘傷」：此是少陵得意處。「自從京闕暗戎馬，又使館閣淪滄桑。人間西清熠禁苑，天上東壁埋文昌。槖駝交跡踐竹素，牛馬漬汗污縹緗。甲衣狼籍剔鈿錦，礮車迸裂窮琳琅。游家蘭亭填爨下，褚摹禊帖擲道旁。魯公孝經麻姑字，兒童插標叫市坊。卷軸遑惜三千富，款書寧數丈二長。白麻何處博青縹，碧箋翻喜歸黄腸」：此段形容〔一〕，可謂盡致。⊙但題法帖，便無意味，中間寫出喪亂時翰墨遭劫一段情事，便使人撫卷三歎。

《楊龍友畫册歌，爲友沂作》「空坑師潰縉雲山，流星玉兔不可還。即看汗血歸天上，肯餘翰墨污人間」：大爲貴竹生色。⊙借馬上生論，卻説出許大關係。想一代興亡事跡，盤結胸中，固遇題輒發耶。

《王師》其二：「歸來見天子，身是内家兵」：婉蓄。◎深刺當時之事，可爲炯鑒。

《讀梅村宫詹艷詩有感書後》其一「水天閒話天家事，傳與人間總淚零」：如此跋艷詩，便有絶大關係。不得輕議温、李一輩。其二「褉日更衣成故事，秋風紈扇又前生」：言情都在筆墨之外。

《送吴興公遊下邳，兼簡李條侯》「寶劍千金吴季子，長城半壁漢條侯」：典而切。⊙興公、條

〔一〕康熙慎墨堂本、乾隆重修本均無「此」字，據書林道盛堂本補。

侯，僕眼中二奇士也。詩能傳其氣概。

《贈侯月鷺》其二「與君贏得頭顱在，話到驚心手共捫」：沉痛。其三「莫向夷門尋舊隱，要離千載亦同心」：月鷺時僑吴中。⊙胸懷激楚，故能透發情事。

《丙申雲間九日作》其一「乍見天吴離浪立，卻看地軸拔潮回」：筆鋒犀鋭。其二「銷沉鮫室餘窮髮，磨滅龍宫向夕陽」：詞雄意警。⊙「登臨莫漫誇能賦，四海空知兩鬢霜」：虞山詩，晚年每登雄鍊。

《霞城丈置酒，同魯山、彩生夜集，醉後作》「喪亂天涯紅粉在，友朋心事白頭知」：此謂感慨。⊙豪快，卻自淒激。

《贈雲間顧觀生秀才》「鈴索空教沉鐵鎖，泥丸誰與奠金湯」：令人歎恨。⊙「此夕明燈撫空局，朔風吹雨漏茫茫」：撫今追昔，不禁塊壘填胸，能無血淚滿楮！

《寒食後一日作》「東風誰唱吴娘曲，暮雨蕭蕭闇禁城」：此語流傳，勝於天寶樂府。⊙「寒食淒涼作不成，春光取次又清明」：情致動人，不減繞樑之奏。

《雲間諸君子再饗余於子玄之平原北皋，子建斐然有作次答》其一「沉醉尚餘心欲擣，江城悲角殷嚴關」：如此警鍊之作，最不易得。

《十月朔日抵廣陵》「流螢尚作蕪城夢，跨鶴真同華表歸」：不勝滄桑之感。

《留題秦淮丁家水閣》其二「丁字簾前是六朝」：如此懷抱自佳。

《秦淮水亭逢舊較書》「如今老大翻惆悵，重對殘燈説往年」：已往情事，總思量不得，門外人那知。《金陵雜題絶句》其二詩注「丁酉秋與龔孝升言别金陵」：每定山南歸，牧翁必扁舟往晤，備極綢繆。此絶殆其實譜。

《金陵觀棋》「殘局分明一著難」：寓意甚深。

《丙戌南還，留别武安故侯妓人冬哥》其一「吹篪剩有侯家妓，記得邯鄲一曲歌」：便不是尋常情語。其二：冬哥女俠，故虞山每每形之唱歎。

《金壇客座逢水榭故姬，感歎而作》「黄閣青樓盡可哀，啼妝墮髻尚低徊。莫欺烏爪麻姑少，曾見滄桑前度來」：見歌場舊人便形感歎，此是唐人遺意。

《霞城累夕置酒，彩生先别，口占記事》其一「紅顔白髮偏相殢，都是昆明劫後人」：道破。其二「促坐不須歌出塞，白龍潭是拂雲堆」：其聲激宕。其四「但覺燈前少一人」：情語。其五「今夕驚沙滿蓬鬢，方知永巷是君恩」：更是深一層語，無人道破。其七「消受暮年無個事，半衾暖玉一龕燈」：合説得妙。⊙韓致光香奩詩，每託於臣不忘君之義。此借彩生傳寫心事，可愛可傳。

《村莊紅豆花詩》其三「取次江南好風景，莫教腸斷李龜年」：絶妙詩題，那得不有此感愾。

●憶丙申冬，予宿半塘舫軒，虞山則舟泊橋下。侵曉招予入舟，以手評拙稿相示，因謂予曰：「昨東遊，友人贈詩盈數尺，總無一字。」予問故，虞山曰：「只是中間無一意思爾，固知近日學大樽者均坐此病。」因評虞山稿，故附及之。○虞山詩始而輕婉秀麗，晚年則進於典重深老。

王鐸

覺斯，河南孟津人。《孟津詩》。

《獨寐》「江皋花漸開，靈鳥鳴西牆。遠遊竟何事，衹以攪我腸。耿耿天爲曙，緘淚擁衣裳」：《十九首》之遺。⊙音節遒老，正以顯淺而臻古法。

《寇急宵避潘家塘》「蒼黄潛匿蒿中屋，草澤濕洳不敢哭」；「石崩打破南山砦，洛陽路上人屍礙」：從長吉變化得來。

《送雪帆之秦》「陶穴蹙黄河」：此句更妙。⊙至當而極精。學孟津者宜細心玩此。

《與少林僧問曇英》「衲衣沉破寺，香雪閉前峰」：步驟極佳，遂覺奇語皆臻妙境。

《上堯芳門南山》「繁華銷地脈，今古剩江橋。無盡談龍戰，山山落莫潮」：深厚。⊙意調極警，章法又安，此爲孟津極筆。

《賀九寺》「樹合若無路，傍尋有寺通」：入手極合。「一雁壓春風」：「壓」字警。

《不是昔貌》「心瘁强歡娱」：深語。⊙全得杜之神貌。

《聖壽寺觀梁陳石幢刻經聞磬》「客杖驚山鳥，鐘聲走澗蛇」：喜其渾成。⊙險不入怪，鍊不入魔。佳甚。

《歷巴蠻書蒼溪》「巴江貫一門」：絶妙《水經注》。「蠻域劃乾坤」：結得厚。

《秦州》「一方餘土屋，幾處有農桑。秋鬼依禪院，驕軍奪婦璫」：補少陵《秦州》諸詠所未及。

《三鄉過連昌宮址》「今日花飛春又落，破籬殘雨叫鵂鶹」：一結淒惋欲絶，抵元微之長篇。

《遊西山感時》「痛哭先朝功德寺，年年石馬泣西風」：有如此寄興，方許作詩人。⊙氣完力厚。

《安邑有懷》「無情最是堯時月，照盡重華照寂寥」：何等筆力。⊙於少陵，學其深厚，不學其粗疏，故墨光浮動紙上。

《壬申秋入洛經邙山》「誰知萬古銷沉後，閒殺浮雲夕照邊」：結得悠然，卻已沉痛。⊙公詩氣力沉雄，正賞其格法安雅、韻致蕭散處。

《故園》「故園牆北開梅蘂，幾日河南罷鼓鼙」：疏老有意。⊙「新兵聞道三秦勝，次第興師掃蒺藜」：公晚年頗有浮沉金馬意。然讀此等詩，知公非無意當世者。英雄血淚，銷之酒鐺歌板間，可歎也。

《聞建德破》「煙塵滿地居難定，山裏重開梔子花」：轉覺風流。

《下太行頂歷佳泉風門至萬善驛》「西晉征車天際轉，東周大地眼中開」：眼界空闊。「故國雲深雁不來」：妙句。⊙雄渾，是孟津絶調。

《定陵夜祀》「齋壇慟哭靈何在，腸斷龍池日夜流」：如此結，非盛唐高手不能。⊙公極歎折空同，此詩可謂神似。

《近望牛頭寺》「鐘磬不關興敗事，藤蘿猶掛古今秋」：沉著又渾成。「割據雄圖憂後日，夕陽無語下寒丘」：絶妙史策。⊙如此登臨，纔爲不負山川，只是眼明識老。

《祀昭陵醴泉北山》「枯松狐穴人聲寂，秋日鵰飛山勢高」：寫來寂歷。⊙「試望寰區今幾曆，天風蓬鬢漫騷騷」：讀過如入空山古廟，心神俱悄。

《坦公自里中至》「蝴蝶飛飛千載夢，秦宫漢畤已成灰」：不勝黍離之感。⊙「别君君去春將老，紅燭青罇君又來」：新鄉開門迎賊事，人争寃之，而出處之際，不無可議者。讀此詩，輒如聞隴水嗚咽之聲也。

《與崑山三弟鑨》「釀秫須謀日日醉，乾坤何物换漁磯」：人人能言之。⊙正以不用猛力險語，見其神韻。

《恒山南道》「前村定買葡萄酒，醒眼將如風景何」：情緒綿緲。

《江中遊歷》「霜增涼月白，江截亂峰翻」：幽奇。⊙「老淚揮花木，窮鄉念子孫」：警而亮、深而鍊，此爲匠心之製。

《送客入延綏》「緑樹緑雲看不盡，雁聲飛過玉門關」：在摩詰、嘉州之間。

《席間聞破城逃出梨園歌》「筵前今夕重相見，淚落春風唱鷓鴣」：自然感懷。

《老兵》「淚垂只説功名誤，怕教兒孫過雁門」：豈惟老兵？

《往會亭》「如何樹樹穠花發，三月城邊不見春」：不經北地，不解此詩之有味。

《問孟惠舊址》「人説蓮花是戰場」：妙。⊙予近遊維揚花村，有「舊是兵戈地，層層布酒筵」之句，與孟津同一指也。

《白溝河》「公然一派西山水，流到沙場便不同」：惟深情人見得。

●孟津與戴滄州論詩曰：「不奇不古，不深不厚，不創不難。故曰：勿驟學其易，恐草率爛熟也；勿驟冀其甘，恐淺薄套襲也。」此深於救今之論也。而侯朝宗則曰：「孟津材極博厚，氣極雄拔，求之章法，不能無間然。」此又深於視孟津者。宫子宗衮從覃懷歸，以大愚所刻《孟津詩》見示，因爲選較付梓，皆奇創而又軌於法者，請爲世之學孟津者取則焉。

高珩

璁佩、念東，山東淄川人。

《七夕》「蟋蟀西堂秋有夢，芙蕖南浦夜初霜」：雅調綺情。「白帝黄姑期有數，也應天上怨清商」：找題面。⊙筆情秀令，似兼宫體。

《新秋》「今古年光原逝水，陰蟲切切莫深愁」：結語近聞道之言。

吴偉業

駿公、梅村，江南太倉人。《梅村詩集》。

《下相懷古》「亞父無諍言，奇計非所望」：何辭？「古來名與色，英雄不能忘」：看破英雄。⊙大爲重瞳生色。然是正論，非有意翻案也。以此服梅村史識。

《避亂》其一「屢唤不肯開，得錢且沽酒」：我急彼緩，曲盡情事。「路近忽又遲，依稀認楊柳」：妙。「村女亦何心，插花尚盈首」：閒筆妙甚。⊙曲盡亂離情態，令我不堪回首。其二「官軍昔催租，下令嚴秋毫。盡道征夫苦，不惜耕人勞。江東今喪敗，千里空蕭條。此地村人居，不足容旌旄。君見大敵勇，莫但驚吾曹」：雖復言之，未知肯垂聽否？

《琵琶行》「偶因同坐話先皇，手把檀槽淚數行」：入到情癢處。「抱向人前訴遺事，其時月黑花茫茫」：妙。「坐中有客淚如霰，先朝舊直乾清殿。穿宫近侍拜長秋，咬春燕九陪遊讌」：説到姚常侍身上。「前輩風流最堪羨，明時遷客猶嗟怨。即今相對苦南冠，昇平樂事難重見」：平心語。「白生爾盡一杯酒，繇來此伎推能手。岐王席散少陵窮，五侯召客君知否。獨有風塵潦倒人，偶逢絲竹便沾巾。江湖滿地南鄉子，鐵笛哀歌何處尋」：找到白生，方有結構。⊙昔客吴趨，葉聖野過晤論詩，謂《連昌宫詞》、《長恨歌》等篇乃關係一代掌故，而竟陵不録，所以爲舛。今讀祭酒斯篇，流連歎述，令人涕淚沾裳，乃知無故而妄擬白傅《琵琶》者，音雖諧，弗善也。

《宫扇》「遭逢召見南薰殿，思陵日昃猶揮汗。天語親傳賜近臣，先生進講豳風倦」：叙入此段，方有關係。「自離卷握秋風急，蹇驢便面誰人識。聞道烽煙蔽錦城，齊紈楚竹無顔色。石榴噴火照皇都，再哭蒼梧愧左徒。舊内謾懸長命縷，新宫徒貼辟兵符」：轉到衰涼情事。「雨夜牀頭搜廢篋，摩挲老眼王家物。半面猶存蛺蝶圖，空箱尚記霓裳疊」：不禁淚沾襟袖。⊙一宫扇寫出盛衰始末，使人婉轉彷徨。玉玦珊瑚、鈿蟬金雁，所繇係才人之感歎耳！

《聽女道士卞玉京彈琴歌》「飛鳴入夜急，側聽彈琴聲。借問彈者誰，云是當年卞玉京。玉京與我南中遇，家近大功坊底路。小院青樓大道邊，對門卻是中山住」：看他次第出落之妙。「中山有女嬌無雙，清眸皓齒垂明璫」：此下俱從玉京口中敘出。「聞道君王走玉驄，犢車不用聘昭容。幸遲身入陳宮裹，卻早名填代籍中。依稀記得祁與阮，同時亦中三宮選。可憐俱未識君王，軍府抄名被驅遣」：數語敘事，極爲快利。「我向花間拂素琴，一彈三歎爲傷心。暗將別鵠離鸞引，寫入悲風怨雨吟」：照顧卞玉京，極有章法。「貴戚深閨陌上塵，吾輩漂零何足數」：兩語收束。「坐客聞言起歎嗟，江山蕭瑟隱悲笳。莫將蔡女邊頭曲，落盡吴王苑裹花」：數語作收。⊙有此等恨事，卻有此等好詩，千載傷心，一時掩淚。

《雁門尚書行》「忽傳使者上都來，夜半星馳馬流汗」：敘事詳確。「尚書戰敗追兵急，退守巖關收潰卒。此地乘高足萬全，只今天險嗟何及。蟻聚蜂屯已入城，持矛瞋目呼狂賊。戰馬嘶鳴失主歸，横屍撑拒無能識」：摹寫戰敗一段，泣風雨而號鬼神，覺尚書生氣猶存。「嗚呼！材官鐵騎看如雲，不降即走徒紛紛。尚書養士三十載，一時同死何無人！至今唯説喬參軍」：補出喬監軍，健絶。⊙詳略開闔，擒縱起束，俱以龍門手法行之。其敘戰事始末，則係一代興亡實跡，非雕蟲家所可擬也。◎韓聖秋曰：「按公潼關之役，從峽渡河，與總兵牛成虎訣，以幼子托之。遂登山痛飲，投白馬於河伯，尋赴洪流而死，猶遺一羚羊角於山頭，望見白馬出没黄濤中。此諸城丘通判爲余言如此。丘時屬監軍，其言或非無據，姑並存之。如公，亦可謂非偷生而事讎者矣。」

《銀泉山》「五陵小兒若狐兔，夜穴紅牆縣官捕。玉椀珠襦散草間，云是先朝鄭妃墓」：腕力健甚。「選侍陵園亦已荒，移宫事跡更茫茫」：牽連及之，筆法最妙。⊙「路人尚説東西李二李寢園亦在山下，指點飛花入壞牆」：説鄭妃，又牽連選侍及二李，筆力參差入妙，全以史法爲詩。《臨淮老妓行》「妾是劉家舊主謳，冬兒小字唱梁州」：虞山每切切冬兒。近姚總兵茂孳亦爲予細談舊事。「消息無憑訪兩宫，兒家出入金張屋」：有此一段奇事，故須以歌行寫之。「請爲將軍走故都，一鞭夜渡黄河宿」：妙。「老婦今年頭總白，淒涼閲盡興亡跡。已見秋槐隕故宫，又看春草生南陌。依然絲管對東風，坐中尚識當時客」：挽到老妓上，淒淒楚楚，最難爲聽。⊙興亡盛衰，如許大事，卻借一老妓發之，所謂白頭宫女、紅豆詞臣。有心人於此，不禁情長耳。

《蕭史青門曲》「嗚呼先皇寡兄弟，天家貴主稱同氣。奉車都尉誰最賢，鞏公才地如王濟。被服依然儒者風，讀書妙得公卿譽。大内傾宫嫁樂安，光宗少女宜加意。正值官家從代來，王姬禮數從優異」：此段言樂安公主。「先是朝廷啓未央，天人寧德降劉郎。道路争傳長公主，夫婿豪華勢莫當。百兩車來填紫陌，千金榼送出離房」：此段言寧德公主。「萬事榮華有消歇，樂安一病音容没。莞蒻桃笙朝露空，温明秘器空堂設。玉房珍玩宫中賜，遺言上獻依常制。卻添駙馬不勝情，至尊覽表爲流涕。金册珠衣進太妃，鏡奩鈿合還夫壻」：此段言樂安之殁。「此時同産更無人，寧德來朝笑語真。憂及四方宵旰甚，自家兄妹話艱辛」：此處説入寧德。「明年鐵騎燒宫闕，君后倉皇相訣絶。仙人樓上看灰飛，織女橋邊聽流血。慷慨難從鞏公死，亂離怕與劉郎别。扶攜夫婦出兵間，改朔移朝至今活」：全詩著力在此一段。「粉碓脂田縣吏收，妝樓舞閣豪家奪。曾見天街羡璧人，今朝破帽迎風雪。賣珠易米返柴門，貴主淒涼向誰説」：與上一段豪華相反。「苦憶先皇涕淚漣，長平嬌小最堪憐。青萍血碧它生果，紫玉魂歸異代緣」：此處插入長平公主。⊙樂安、長平已逝，只寧德尚在人間，至爲慘戚，李嶠詩所云「山河滿目淚沾衣，富貴榮華能幾時」也。能無歎息！

《過錦樹林玉京道人墓》「相逢盡說東風柳，燕子樓高人在否。枉抛心力付蛾眉，身去相隨復何有」：點醒癡迷老子。「良常高館隔雲山，記得斑騅嫁阿環。薄命只應同入道，傷心少婦出蕭關。紫臺一去魂何在，青鳥孤飛信不還。莫唱當時渡江曲，桃根桃葉向誰攀」：找出柔條一段，正見雲裝結局之妙。⊙憶癸巳冬，汪然明招同趙月潭飲湖上之不繫園。然明言及卞生毀妝學道近事，月潭未之深信。比甲午春，予同錢牧齋宗伯往吴閶鄭翁家訪之，則樓頭紅杏照人，隔牆隱隱聞梵唄聲。屬鄭翁致殷懃，終不肯出。今已葬錦林，一抔土矣！讀梅村歌，爲之歎惋。

《讀史雜感》其二「國中惟指馬，閫外盡從龍」：可歎。其三「上書休討賊，進爵在迎鑾」：實録。其四「可憐青冢月，已照白門花」：慘不忍聞。◎八首典古壯麗，皆能妙合今情，然不露感慨，不涉譏刺，固含風咀雅之篇。

《項王廟》「救趙非無算，坑秦亦有名。情深在魯沛，氣盛失韓彭」：括盡項羽本紀。

《送紀伯紫往太原》「不識盧從事，能添幕府雄」：全首壯麗。⊙初唐氣概。

《送周子俶、張青琱往河南》其一「當時軍祭酒，何不用吾曹」；其二「傷心譚往事，愁見洛陽花」：古人於送行極爲鄭重，多感慨箴勉之詞。讀二詩，令人發新亭楚囚之歎。

《送純祐兄之官確山》「地瘠軍租少，官輕客將豪。相逢蔡父老，閒説漢功曹」：典整又流逸，此非祭酒不能。

《長安雜詠》其二「秋風砧杵催刀尺，江左無衣已七年」：先朝所以罷織造也。其五「瓠子未成淇竹盡，龍門遠掛白雲間」：今河强淮弱，山陽、寶應之間歲歲挑河，將何以處之？其六「誰道盡提龍武將，翻教遠過闔閭城」：三吴租賦所出，亟須撫養，此詩大有關係。

《揚州》其一「當時只有黄公覆，西上偏隨阮步兵」：甚惜之也。其二「只今八月觀濤處，浪打新塘戰鼓聲」：詩兼論斷。

《將至京師寄當事諸老》「不召豈能逃聖代，無官敢即傲高眠」：平恕之論。⊙「記送鐵崖詩句好，白衣宣至白衣還」：此笑啼不敢之時也，詩卻字字斟酌。

《過鄭州》「只留村酒雞豚社，香火年年賽藥王」：癸巳，予策馬過此，曾有詩寫荒涼之狀，然不及祭酒才調之高也。

《送曹秋岳以少司農遷廣東左轄》「秋風匹馬尉佗城，銅鼓西來正苦兵。萬里虞翻空遠宦，十年楊僕自專征」：氣象巍峨。⊙筆力透過紙背。

《送楊猶龍學士按察山西》「紫貂被酒雲中火，鐵笛迎秋塞上歌」：燦若雲錦。⊙聲容壯麗。

《題華山蘗庵和尚畫像》「布衲綻來還自笑，篋中血裹舊朝衣」：别位衲子，不敢當此二語。⊙纔是贈蘗庵詩，泛作宗門語何涉？

《送吴門李仲木出守寧羌》「不堪巴女曲，尚賽武都王」：莊雅整鍊，純是唐音。

《聽朱樂隆歌》其一「自是風流推老輩，不須教染白髭鬚」：善爲推許。其二「茂陵底事無消息，沙邏檀槽撥不成」：小中見大。

《贈寇白門》其一「殿前伐盡靈和柳，誰與蕭娘鬬舞腰」：正意襯出。其二「細馬馱來紗罩眼，鱸魚時節到長干」：正自難堪。其四「此地故人騶唱入，沉香火暖護朝衣」：難爲回首。

《口占贈蘇昆生》其一「獨有龜年卧吹笛，暗潮打枕泣篷窗」：淒艷絶倫。其三「回首岳侯墳下路，亂山何處葬將軍」：婉麗處最能感人心脾。

《讀陳其年邗江白下新詞》其二「阿麼枉奏平陳曲，水調風流屬窈娘」：説得隋家天子敗興，妙筆快致。其三：陳髯填詞，妙絶當代，固宜吹玉笛和之。

●錢牧齋曰：「捧持大集，坐卧吟嘯，如渡大海，久而得其津涉。清詞麗句，層見疊出；鴻章縟繡，富有日新。有事採剟者，或能望洋而歎。若其攢簇化工，陶冶今古，陽施陰設，移步换形，或歌或哭，欲死欲生，或半夜而啼，或當餐而歎，則非精求於韓、杜二家，吸取其神髓，而佽助之以眉山、劍南，斷斷乎不能窺其籬落，識其阡陌也。」

孫廷銓

枚先，道相，沚亭，山東益都人。

《挽船行》「來騎一何怒，飛鞚走闤闠。鞭撻縱横下，不得少遲延」：摹寫快利。「皆云江南來，東人投逝川。微軀誠自惜，寧爲問募錢」：可畏。「哀哀挽船行，時命亦已然」：吞聲。⊙哀楚痛切，以擬少陵《無家别》諸篇，可謂神似。

《謝李吉津招遊西山不果》「但見暮色古，北走關塞長」：妙。「青門多歧路，白雲有故鄉。行行自羈束，山水豈能忘」：結得遒遠。⊙高簡，彌覺雋永，筆墨勝人一籌。

周亮工

减齋、櫟園，河南祥符籍，江西金溪人。《賴古》、《偶遂》、《恕老》諸集。

《庚子重九前四日板屋作》「昨夜兒信來，已成他人宅」；「寒花有素心，爲我色不懌」：難爲卒讀。

《庚子重九雜感，用古詩韻》其一「掩涕擁敝衾，細數平生誤。披誠説向人，誰能諒我素」：反己責躬，此是進一步學問。其二「炯炯地下眸，望此赭衣人」：慘甚。⊙讀此詩而不下淚者，必非孝子。

《唐祖命長歌見寄賦答》「别來出處空郎當，幾度音書斷白狼。林宗墓碣生秋雨，薛老清風久甕藏」：轉筆最健。「丈夫有恨磨金石，一夜山河淚花碧」：墨花飛舞。「四海歡聞檮杌誅，張儉江湖人未識」：指懷寧也。⊙俯仰今昔，意緒蒼涼。其文采飆馳，是其餘事。

《别客》「深更沙際棹，卮酒遠遊人」：新而辣。○首篇有「客心支夜永，江影就燈全」二語，絶妙。

《客自秣陵至，便與俱歸》「君來殊有意，只似促余歸」：如此起法甚少。「不若秦淮好，相期守釣磯」：結亦妙。

《黄田守夜》「樓高欹古驛，岸斷壓孤篷」；「鬼氣低翻火」：《長江集》中有此奇鬱。

《重九日茶洋驛有懷舍弟靖公》「高臺難北望，客意憚秋風」：從容大雅，言外有不盡之意。

《白蓮驛》「一燈隨雨亂，半榻向僧分」：筆力緊，不衹語鍊。「砦門看早閉，虎跡亂紛紛」：收束妙。⊙全首警拔。

《汀署聽雨，有懷秣陵諸同人，兼寄羅星子、胡元潤，時兩君偕予入閩，留榕署中》「别去蹤無定，同來信亦遥」：題意括盡。

《送胡三元潤返白門》「頗欲留君住，能還亦我私。慮親開遠信，仗友飾歸辭」：起法超甚。⊙先立意而筆隨之，故能驅除浮冗。

《病甚扶掖登舟，枕上成詩》「江風吹藥竈，榜子促醫人」：高秀如百尺之桐。

《獨卧驗夢庵》「萬山連夜雨，獨客五更心」：是萬山中語。

《送王勝時返雲間》「初亦隨緣住，經時不忍還。兵戈看漸老，生死此相關」：起法今人所少。

⊙佳處在淡在樸，徒以警句求之則非。

《空隱和尚俗臘》「病尤甘敗寺，老益賤虚名」：空隱真實學道，絶無堂頭習氣，余在嶺南海幢寺曾與晤接。

《寇退郊望》「千家灰大漠，萬鬼溽荒蕪」：慘痛處，如讀《古戰場賦》。

《臘月二十日小飲詩，朱静一倡》「官罷令詩賤，途窮看僕驕」：不朽。⊙「酒難支此夜，雪欲到來朝」：實歷語，道來令人拍案。

《龔半千移家》「小心過逆旅，大意失黄金。硯亦移將破，山猶入未深」：中有無限含蓄。⊙深老，爲集中極筆。

《不寐步梅花下，念宗定九多病鄉居，不得數見，柬此》「未是人千里，依然水一方」：清氣相引，不僅琢句之鮮。

《題李武曾灌園圖》「讀書知孝貴，食力羡農尊」：言可垂訓。

《喜王玉式至廣陵，玉式五年未歸矣》「歸來投野寺，萍跡太無端」：寫出高致。

《初春得陳伯璣遠書，細字千言，難爲老眼》「貧堅新歲月，老畏舊風波」：閱歷過來語。⊙「細書開静夜，燈影苦摩挲」：骨力巉巉。

《皖江值文燈巖》「山是匡廬大，江從九道開」：奇突。⊙首二句似不説著燈巖，而讚歎處正在此，非俗流所曉也。

《梁溪成二鴻舊以孝廉訓皖，臨江築小閣，讀書其間，十年不成，歸也》「江城開小閣，閣後盛唐山」：老筆如鐵。

《從余澹心移竹，澹心躬送至》「老友躬相送，新枝我見憐」：章法次第。「恰逢秋雨滴，簷際已懷煙」：蕭然自韻。⊙清迥獨賞。

《題龔半千半畝園》「畏人常裹足，感激虎狼恩」：味末二語，得居心涉世之法。

《夜登邵武城樓感懷》其一「羈人莫向城頭望，百折樵溪盡夜流」：渾茫。其二「猶夢故人朝命駕，空憐奴僕暗籌歸」：情緒真切。

《丁亥除夕獨宿邵武城樓有作》「荒城戍柝三更盡，孤燭鄉心萬里餘」：精神百倍。

《戊子上元獨坐舊雨堂感懷》「夜雨空堂此上元」：老。⊙一篇之中，百感交集。

《寒食詩話樓感懷》「遺令未須頻禁火，孤城此際半無煙」：反意，妙妙！⊙「天涯作客逢寒食，馬上看花見杜鵑」：不事凋刻，卻筆力、意識俱高人一頭。

《馮伯宗至自秣陵》：一句一意，卻又是一筆寫出，此神來興到、不假思索者也。

《江行雜感》「萬里夢回千嶂雨，一帆風動五更潮」：氣力完厚。

《仙霞關》其二「荒亭坐佛空泉裏，薄板肩人細雨中」：山水間著不得應副語，如此巉深蒼峭，固是「巧匠琢山骨」耶。

《長汀舟中有感，時家嚴慈在白下，妻孥在榕城》「即教白下書能寄，那識榕城客更遷。此地西通章貢水，歸心日夜大江邊」：筆力縮定，一線不走。⊙此等詩無以奉贊，但詠老杜詩曰：「毫髮無遺憾，波瀾獨老成。」

《清漳城上感懷》「青燐照雨變丹霞」：奇絕。「戰鼓即今猶未歇，漳南自昔重豪華」：咨嗟感歎，筆有餘情。

《桃源縣答宋去損、卓初荔》「斷岸數家孤似島，長河一縣冷如秋」：風景情緒，寫得蕭涼如見。

《寄濰縣楊再蘧、蔡漫夫、于鳴岐》「長風白浪魚書遠，細雨孤山客夢深」：公此種詩，極高渾又極静密，已造丹成九轉之候。

《從山後倒入無想寺與僧惺悟》「敝廬響滴千山雨，破衲新縫九月霜」：字不輕下。⊙「陰森枯柏迷無路，倒聽鐘鳴有佛場」：蒼潤沉鍊，卻氣格完渾，非猶雕搜之習。

《登超然臺望馬耳山，用謝在杭韻》「何能便向山中住，憾不遲從雪後來」：用意婉曲。⊙清冷之致逼人。

《東武懷古》其一「石址空鞭山鬼骨，桑田亂墾海龍皮」：奇險。其二「峰窮碧落争趨海，客到天門欲問津。黔首舊傳三萬户，不知今剩幾秦人」：破險而出。⊙每一拈筆，便有臨碣石、觀滄海之概，只是才雄氣老。

《百丈巖瀑布同公蕃賦》「支分泰岱山容闊」：壯而能實。⊙「白日增寒人影肅，空巖木葉響蕭蕭」：氣完力厚，此從沉酣少陵得來。以爲摹擬王、李，未免管見。

《陸咸一招同陳階六、張鞠存、楊修野宴集，咸一以閩學使初歸》「快心空有丁年夢，苦語偏傳子夜歌」：秀爽。⊙「落盡桃花酒不波，春風作勢吹黄河」：風致蹁躚，似藐姑仙子。

《張鞠存曲江樓雨後看牡丹，即席限韻》「細雨難催孤棹去，繁花苦約老人看」：逸情高調。

《靖公弟至》「爾又遠來余未去，高堂清淚幾時乾」：情真語摯，讀之泣不能止。

《清漳送郭無疆歸莆田》「總是猿聲難更聽，故鄉作客亦懷歸」：移用他處不得。

《題畫送伯紫》「鷓鴣聲裏草萋萋，沙際舟停夕照低」：中有畫意。

《送徐存永遊大梁》「兔園入望迷荒草，詞賦何人重馬卿」：用事用意俱到。

《哭樵川楊凌飆茂才》「文人命薄將軍死，誰賦城南舊戰場」：筆端有氣。

《次邯鄲簡李浦珠》「眼底滄桑猶未悟，何須夢裏説黄粱」：唤醒癡人，勝于棒喝。

《邗上重晤黄濟叔，題其近畫》其一「歸來不索荆關畫，得看江南別後山」：有意。其二「念爾箴予應有意，倉皇急示五湖圖」：此謂良友。其三「待得長征人到後，同君細細寫龍堆」。時龍眠方公從塞外赦歸」：兩意夾説，大有情致。

《章丘追懷李中麓前輩》「鵝管檀槽明月夜，百年猶按奉常歌」：風流可想。

《喜蔣用弢至自閩南》「戰瘢莫共燈前看，恐惹霜華上鬢毛」：因是戰地故人，不比尋常話舊詩，特引人墮淚。

●錢牧齋序云：「或曰：子之推許櫟園也，其指要可得聞乎？余告之曰：有本。古之爲詩者有本焉。《國風》之好色、《小雅》之怨誹、《離騷》之疾痛叫呼，結轖於君臣、夫婦、朋友之間，而發作於身世逼側、時命連蹇之會，夢而噩、病而吟，春歌而溺笑，皆是物也，故曰有本。唐之李、杜，光焰萬丈，人皆知之。放而爲昌黎，達而爲樂天，麗而爲義山，譎而爲長吉，窮而爲昭諫，詭恢奡兀而爲盧仝、劉叉，莫不有物焉。魁壘耿介，槎牙於肺腑，擊撞於胸臆，故其言之也不慚，而其流傳也至於歷劫而不朽。今之爲詩，本之則無，徒以詞章聲病比量於尺幅之間，如春花之爛發，如秋水之時至，風怒霜殺，索然不見其所有，而舉世咸以此相詩相命，豈不末哉！」

杜濬

于皇、茶村，湖廣黃岡人。《變雅堂詩集》。

《寓園即事》其一「三歎推枕起，仰視天宇行」：不盡。其三「其聲頗厭聞，彼自以爲美」：曲盡。◎三首借物起興，具見嫉惡之指。此爲風騷之遺。

《贈孫無言，因送之吴門四首》其一「所以西州慟，對君不能已」：無言經紀于一之喪，且料理其遺稿，洵爲高誼，宜于皇娓娓言之。其二「古人重一言，豈必縑盈箱。頤子少褊隘，正復得中行」：如此箴規，方合古道。其三「好士而得士，歸來開心魂」：遊吴門，只勸其尋二君，何等識鑒。其四「交道非一端，慎勿執辭賦」：又下一針砭。⊙贈送詩如此關係，方知草草作應酬語者，亟當覆瓿。

《送王阮亭北上》其一「干請誠則拙，談藝固其優」：相投在此。⊙「文章有神交有道」，惟阮亭、茶村兩公足當斯語。其二「寧知官愈高，於我匪得策。豈伊肝肺殊，良繇道里隔。歸余有知己，來卜金陵宅謂溉水先生」：是我意中語。⊙送阮亭又説及溉水，亦覺知己寥寥，有獨立風塵之感。

《揚州草》「有米之家亦無飯，客子聞之仰天歎」：奇語、實事。⊙揚州草值甚貴，而庚戌冬尤甚，此爲實譜其事。

《揚州雪》「商人亦覺今年寒」：尖冷。「江南亦有雪，江北來何爲」：妙。⊙大是遊戲。

《揚州炭》「呼兒燃薪急煎炭，炭未乾時薪已斷」：苦境癡情。

《揚州春》「請君但聽曲，莫聽六街三市哭」：此仁者之言，長官聞之休怒。

《揚州客》：五首寫得盡態極妍，窮悶中可發一笑。

《賣船行，爲施愚山》「吁嗟乎！無船妄想過一生，有船不賣可知矣」：妙入人情。「愚山一笑君言然，以君作我亦賣船」：更爲解頤。⊙都是尋常眼面前語，他人卻尋思不到。一經茶村手，便覺風趣洋溢，其才高，其筆妙也。

《同心念一老歌》「開樽頗怪無酒氣，小榼未啓香氤氳」：二語襯得好。「問之何由得有此，童子喘定始細論。嗟乎！世人贈送踴躍走豪富，三韓氣息尤所奔。獨君父子同心念一老，使我震動感激聲還吞」：妙在童子説話不再敘。⊙子美每吃人一飯、受人一物，必感激讚歎，此真仁心厚道，非輕薄兒所知也。茶村猶存此意。

《快哉行》「君不見，太守謝壇民擁足，相賀吾侯今日可食肉」：趣甚。⊙久旱逢雨，寫得淋漓馳驟，有畫熱畫水手段。

《後快哉行》「或言龍掛三日前，火雲騎日殊茫然」：先爲寬勢。「今雨回天良有以」：起下一段。「快哉真賊盡得株，累寬廓清不獨滁陽安。是日密雲方布濩，列缺吐火豐隆歡。金蛇出没銀箭攢，絶奇雨點大如盤。東塘放溜西堰滿，古井亦復生波瀾」：此段急勢緊板，收一篇之局。⊙敘述擒盜一段，形容詳悉，筆法錯綜，收到雨澤上，如萬馬歸營、金鼓並作。此以古文手筆爲歌行者也。

《唐港耕人歌》「倪生一朝長歎息，驅我力作寧非天」：二句作歌本旨。「東鄰借錢鎛，西鄰借桔槔。南村買黄犢，北村賣寶刀」：逼似古樂府。「倪生答言良有以，僮僕忠良古無幾。污萊重使遭侵漁，不如棄向黄河水。唐港耕人名亦佳，既耕還讀原繇已。但求了得官家糧，歲時婦子皆歡喜」：次第寫出。「吁嗟乎！倪生之先人功高未得圖麒麟，有子儒雅復苦貧。始知韜鈐詞賦兩俱錯，對君且説田家樂」：長歌以慨，令我擊節三歎。⊙但説耕人之樂，便少情味。此從時事寫出無限感慨，讀之欲歌欲泣。○天章近卒於彭城，終無血胤。閲此詩，可爲太息。

《歸不得行》「老僧日日問我行，使我低頭惟默塞」：寫來好笑。「昨日緘書汗流頰，今日題詩淚沾臆。老翁他事休再論，歸飛願借扶摇力」：讀此而不動色者，非人情。⊙俗兒不足論，何以故人終不得見顔色耶？窮途之困，極矣。茶村寫得曲盡。○無一語傷俗兒，無一字怨故人。茶村可謂厚道。

《觀棋行》「老夫睹此惆悵不能餐，棋乎棋乎何足歎」：末二語結出本意，覺此詩非無爲而作。

《花時貰緼袍》其一「號寒終有日，不悔見癡真」：不是真癡，那有此高興。其二「正使平成奏，於人何與哉」：狂極。

《泊秦郵贈劉雪舫》「寧論今昔異，只作本林丘」：末二語好安慰，卻是繁華過來人處困窮妙法。

《送别龔孝升》「獨困方知拙，難言始是貧」：非遇極真情、極厚道人，難爲作此語。

《送歸玄恭歸吴》「江上水連天」：與老友贈别，便有一段真氣回翔筆墨間，著一毫粉飾不得。

《中秋讌李三友池上》「免被嫦娥見，年年羈旅中」：苦語。⊙深老。

《八月八日同天章、任公飲虞山張子齋中，歸經一草亭，夜談紀興》「夜雨傳杯静，秋燈説鬼青」：疏老矣，卻有沉鬱深華之氣，此非于皇不能。

《登多景樓》「夕陽江色異，甘露寺門秋」：妙。「步歸防小梗，躍馬遍林丘」：老極。⊙小小登臨，卻眼中意中説出無限情事，此詩所以高人一等處。

《過昭關題壁》：因鄉情帶出深感，筆意纏綿無盡。

《題蒲道人亭子壁》「雪消江始白」：妙。⊙「錫山歸棹便，應向此中停」：好亭子，令人神往。

《柘皋早發》「水田先作曉，山路幾時平。後騎風相逐，前人影漸明」：形容「早發」二字，可謂◯「雪消江始白」與「夕陽江色異」，非遇極静人，誰能領略。

入神。

《天章酌我》「秋深添酒味，老至減詩情」：深思有味。⊙茶村飲我維揚僧舍，適天章至，談讌彌日，知爲至性人也。近於密庵坐，知天章已作古人，惜哉！

《信宿燕磯山閣，大雪逢初度作》「雪光形水濁，風力束江高。曠野翻無岸，中流豈有舠」：起得嵯峨。

《邂逅張子酒肆，夜歸寺寓踏凍作》「山荒聞虎嘯，江黑見漁燈」：清老又深厚，黝然古光。

《倦圃詩爲秋岳賦》其二「繞園無限好，收拾在扁舟」：看得細。其三「宇宙行金令，江山草木稀。如何東嶺樹，直可數人圍」：又説出胸中話。⊙是茶村極意摹少陵《何氏山林》之作。

《清明客瓜渚作》「亂世紙錢薄，荒江兵馬雄」：讀罷淒然。○是説清明，卻説到「荒江兵馬」，其妙難言。

《含山道中》「城門掛弓矢，池水動波瀾」：天然興象。

《幽棲寺》「煙巒侵北盡，雷雨暗西來。遠色包滄海，奇聲裂石臺」：筆力甚勁。

《秋日登周處臺》「如此江山只舉杯」：妙絶。⊙「如此江山只舉杯」，多少含蓄，宜定山一見有「探驪得珠」之歎。

《至廬州與孝升相見作》「喜心翻到淚沾巾，傳説君歸信是真。草疏雲霄攖攝相，麻衣風雨葬慈親。千秋業待呈知己，十載窮堪泣鬼神。交最豈宜來獨後，應憐磨鏡具隨身」：一筆寫出，何等淋漓。

《送王孫茂之廣陵，于一子也》「殷勤喚我聲猶昔，卧起看兒眼倍昏」：樸處、拙處，神似少陵；而情誼肫肫，尤深我人琴之痛。

《再送李三友之金陵》「主人再出客未行，研田老爲誰力耕。三頓加餐管醉飽，四回見月詳虧盈。白頭知感諒何益，黄葉題詩傷此情。冀君暇日偕季二方石也，視我十口鄰臺城」：老筆盤硬，似龍蛇夭矯。⊙此等詩，格局、識力俱臻絶頂。○與廬州贈孝升詩並傳。

《丁叟河亭，用錢虞山韻》「桃葉水生來燕語，鍾山雲氣護龍身」：粼粼有生新之致。

《乙巳臘盡還南寓，戲爲口號》其二「出門必上元，還家必除夕」：兩「必」字，要看得活方妙。◎

三絶雖是戲占，卻盡蕩子行徑。

《酌天章》「偶然鮭菜缺，厭説客中貧」：「厭説」較深。⊙宛是唐人。

《梅下》「不見歐梅花，且拾歐梅子」：韻極。

《秦郵旅夜，李鏡月、閔賓連載酒》「淮南列郡如棋布，惟有秦郵是醉鄉」：寫得曠而趣。

《寶應阻水》「北風吹老黄河凍，遂有歸人冰上行」：實境。

《再客戲柬鈍人》「一窗寒日營何事，老眼穿針補破衣」：此時那得不思麗人。

《淮陰送别徐松之》「可笑淹留余失策，翻疑君去太怱怱」：客中苦語。

《宜陵别蔣前民》「今日臨歧方自笑，半樽殘酒送君歸」：交真詩亦真。

《送龔孝升至燕子磯》其一「一行霜雁沙頭宿，留待孤帆出浦飛」：寫景又遠又微。其二「長江南岸青山下，翻送居人策蹇歸」：好光景。其三「直上燕磯高處望，青山白雪是神州」：眼界空闊。

●茶村自記曰：「愚嘗論詩，諸妙皆生於活，諸響皆出於老。至極之地，曰玄曰穆，而根柢在於聞道。不然，見識一卑，即潘江陸海，圈牢中物耳。每與二三同志言之，不敢以告他人也。」此茶村自言其得力處。辛亥冬，同客廣陵，因出其篋中稿三百餘首見示。予特拔其尤者，與世共珍之。

孫枝蔚

豹人，陝西三原人。《溉堂集》。

《少年行》「豈知樹上花，委地不如蓬與麻。可憐樓中梯，枯爛誰論高與低」：樂府神境。「相傳新使君，憐才頗重文。爾曾不識字，張口無所云。鬻田田不售，哭上城東墳」：更苦。「昔日少年今如此，地下貴人聞不聞」：貴人當日曾不料此。⊙舊家子弟零落之餘，光景更有甚於此者，莫謂溉堂言之過也。

《長相思》「吁嗟！鳳凰身有五色之文章，不如鴻雁多稻粱」：寫貧士之狀，幾於聲淚俱下。然寧爲饑鳳，不爲鴻雁，此自吾輩雅負氣岸耳。

《插秧》「皇天憫老農，霈澤滿前溪。曉起集四鄰，插秧時難稽。已開牀頭甕，復烹牆上雞。手力互相助，即此成提攜」：筆筆入古。「珍惜頻顧盼，不聞兒女啼」：善寫。⊙古雅詳晰，與儲、王《田家》諸詠正堪頡頏。

《過黄天濤秋佳館，兼柬令兄仙裳》「新知誠可樂，舊交益難諼」：結得老。⊙清氣轉折，結處更有煙波。

《夏日坐郭長仲水邊梅花亭長歌》「自笑生平寡遭遇，與客看梅但看樹。雖然不見花開時，亦省卻傷花落處」：以議論領起。「今年五月客潛江，繞郭洪濤礙杖屨」：入題。⊙蒼辣之氣，如老檜蒼松，不屑一字近媚。

《十六夜同房興公明府飲陳元水宅》「明燭琴書見，疏簾雨雪聞」：大家數。

《漢水》「黑雲朝不散，白鳥夜難飛」：手筆極闊。

《同方爾止、吴仁趾陪吴薗次登多景樓，時薗次赴湖州任》「潮頭日午添帆影，樓角風微散酒顔」：吾尤愛此聯。⊙老筆排蕩，更多超秀。

《漢口送同遊諸友歸里，數日後予便往潛江》「白浪打船書在手，紅桃隔岸酒沾唇。江頭送客愁清曉，店裏關門坐晚春」：四語形容客況，極爲真切。⊙想爾時風景，令人不覺神動。

《送方爾止》「愁爾入門還出門」：愛其老法。

《遊焦山》「風起中流浪打船，秦人失色海雲邊。也知賦命原窮薄，尚欲西歸太華眠」：元氣横溢，必傳之作。

《京口酒家送張牧公歸臨洮》「那識我曹情最苦，送春時節送人歸」：情文宛轉，在摩詰、龍標之間。

《潤州紀感》「已是半生曾九死，勸人拚命喫河豚」：調諕處多少感慨，語尤十分老辣。

《題卓文君當壚圖》「惱殺城中年少子，敢來調笑酒家胡」：亦是文君意中語。

●豹人詩，有雄豪、深秀兩種，予則録其法老機圓之作。

●予選梅村、櫟園、荼村、溉堂四公詩竟，適黄子天濤過訪，余謂之曰：「四公詩可謂極一時之盛矣，而予登選最嚴，蓋濫收密圈，反使作者之精神不出。故予閉門了此，極爲敬慎。」黄子雅服予言，乃知深思好學人，所見固略同也。

范鳳翼 異羽、太蒙，江南通州人。《超逍遥草》。

《追憶高景逸、周蓼洲、顧塵客、周綿真諸君子》「天運已飈馳，詎忍尋真樂」：胸次何等。⊙公負清流重望，林居且五十餘年，時事卒以敗，惜哉！

《訪沈汀州不遇，時值其有新安之行》「九秋落木毘陵驛，孤舟苦雨崇川客」：起得疏朗。⊙數語大有別致，然正合唐調。

《宿焦山海門庵曉望》「日末孤帆杳，霜前一雁微」：思緒清警。

《泛漲》「乍見魚龍趨大壑，忽驚雷雨暗孤城」：排宕有氣。「遠勢浮空到海平」：妙。⊙全以氣行。咫尺間有萬里之勢。

《秋日過焦山海門庵》「門銜滄海初升日，峰落空庭未夕陰」：高亮。⊙「時聞夜讀兼清梵，静者因之長道心」：於題外不肯溢，於題中不肯荒。養到思沉，方有此作。

《登東昌城樓》「風壯海濤連漢湧，嶽高寒雪入樓多」：《滄溟集》中不易得之句。⊙醇雅又高鍊，卓然可垂。

《從祀獻陵》「五月臨朝千載墓，中官掩淚説仁宗」：「一種青山秋草裏〔一〕，路人惟拜漢文陵」，

〔一〕「裏」原作「路」，據許渾《過秦始皇墓》改。

同一感歎。

《秋日渡京江》「金焦逆走亂帆中」：句奇。⊙「秋高不怕波濤險，欲看江南楓葉紅」：高興。

季振宜

誂兮、滄葦，江南泰興人。

《舟中》「月色不得出，風雨來翩翩」：此境可想。⊙前段寫舟景，空微澹渺；後以情事找足。細玩康樂諸篇，方知結撰之妙。

《湯泉》「細雨從西來，屋外秋風響」：蕭遠。⊙古鬱秀朗，可方少陵《太平寺泉眼》詩。

《送沈馨聞歸嘉禾》「一唱黄雞曲，星斗欲闌干。江畔有輕舟，羽翼未爲難。但憐餘雪在，慎勿著衣單」：數語令人情動。⊙叙述詳縷，兼有老氣。結處别緒離離，甚得河梁風旨。

《依前韻贈别諸子》「三年魂魄清，不復夢長安。矧兹二三友，意氣可納肝。雖然非要鬧，形影喜不單」：次第不苟。「視彼穹蒼意，陰雲猶漫漫。中庭星欲墮，銅籤報夜闌。遲明送情人，摇首倚樓看」：中兼比興。⊙因送諸子，卻序出歸田一段始末。從此説入，方不是漫然作東門祖道語。

《寄嚴顥亭一百韻》「其時言路閉，守口久相沿。仗下斥嘶馬，班中啞寒蟬。垂頭塞耳者，甘心避老拳。萬姓膏豺狼，瞪目視熬煎。莊馗立狐狸，塌翼失鷹鸇」：二叙家世交情及宦遊，此忽入時事作議論。此太史公文筆之妙，不意於詩中見之。「惟君厚故人，形影相周旋。遇我好顔色，譬彼夔憐蚿」：顥亭篤於交情，而於滄葦尤有針芥之合。「指揮如田父，痛飲口流涎。落帽歌嗚嗚，狂叫舞蹁躚。飲罷便出門，相顧笑嗎嗎」：摹寫顥亭豪飲之狀在目。「親朋畏規禍，卻步莫肯前。身其餘幾何，首尾避當權。君獨無所顧，肝膽爲我縣。不憚黄金注，能令瓦礫全」：此尤人所難。「吴山峰淼淼，西子月娟娟。九里松罨罨，六橋水濺濺。虎溪招法侣，軟語對高禪。茶筍澆魔漿，器鉢襲香煙。布地隨士女，黄金雜翠鈿。定中性彌静，白馬經可詮」：點染歸山一段，姿態溢出。「時有好風來，漁人唱採蓮。風前誰弄笛，雨中亦扣舷」：更妙。「閒居奉板輿，行藥藉勞宣」：此下摹寫家庭之樂，字字實録。⊙長篇每令人欠伸，此如層巒斷壑、曲洞回巖，步步引人著勝。○此詩通篇既有次第，逐段自成波瀾。鎖細處皆真，鋪叙處俱老，自堪與少陵《北征》並傳。安得如鄭善夫所云「長篇衹以爲難而非所貴也」？

《病馬行》「賊亦愛馬挽馬韁，主人之恩何可忘」：主意在此二句。「毛黄肉削落荒岡，高山之水流湯湯。萬折千盤聒夕陽，荒荒瘦影野月光。啾啾饑鳥啄背瘡」：描寫病馬，筆光閃爍。⊙一馬耳，説出感恩報主之情如許篤至。此等詩，極有關風教，不僅規摹少陵，稱爲奇偉。

《夏雨》「昨日中條山對面，今日眼中山不見。白雲浩浩白如練，山容盡被浮雲變」：寫雨景奇幻。「浮雲變態無常理，三千里外驚遊子」：此下轉入鄉思。「雲山影裏無數樹，樹多處是江南路」：蒼然以遠。⊙雨中寫出山景，極靈異杳邈之致，而終歸於懷鄉。柴門菊松、秋風鱸鱠，達者懷抱，不當如是耶。

《懊儂歌》「憶昔閉門窮約日，長安大道如梏桎」：此段叙事，極有原委。「有何功德横如此，人生貴博五鼎死。銅盤膩燭堪炙手，燭珠成灰吹不起」：心中拿得定，眼中看得清，方能了此。「負儂儂終爲君喜」：是大菩薩語。⊙雲雨翻覆，交道類然，而於宦途尤甚。滄葦慷慨言之，幾於怒髮衝冠。而終日負儂，儂終爲君喜。遇此等咄咄不平事，正須如此應付。山鬼伎倆，那值高人一笑乎！

《靈石山中有感》「已睹升平日，如何盜賊多」：起得好。「斜陽帶大河」：壯句。⊙通首純是感慨意。

《潼關有感》「豺狼稽戰伐，巴蜀化王侯」：深心老識。◯「興亡非一代，形勝覽層樓」：每至一地，便有無窮愾歎，而詩復遒健。

《送馮三硯祥》「推篷殘月在，黑夜莫貪程」：著筆新辣。

《贈葠鹿》「石頭城正桂花開」：此句便雋。⊙「茅店春風濁酒杯」：生創中饒有風韻。

《無題》「衾寒未飲通宵酒，雞唱容酬隔夜詩」：極雅静，又極温細，可知香奩體正未易涉筆。

《寒食舟中》「傍水夢魂難得去，滿關風雨奈何歸」：情語無跡。⊙宛轉飛動，正緣深心體貼得來。

《滄州古剎》「嘶風老馬斜楊裏，茹菜窮僧古佛前」：生健。⊙「新聲一夜江南笛，落盡明霞月又圓」：辭采流奕，而意自壯拔。

《送兄謫戍過通州河》「獨是今朝天欲陰」：苦語。「弓刀跋扈無親友，詩畫蕭條自古今」：一幅出塞圖。⊙黄門姓氏已垂青史，而此時此事在骨肉間，情何以堪！讀侍御詩，令人不覺涔涔淚下也。

《送王思令》「患難乾坤催白髮，蕭條行李剩清名」：是名臣行徑。「東門大道平如掌，心畏離歌撥不平」：結得樂府之情。⊙曹秋岳云：「唐人詩最重送行，而今人以爲酬應，何也？讀滄葦諸篇，覺風規未遠。」

《送朱蒿庵給諫》「嶺表秩卑原有罪，篋中書蠹已無功」：温厚悱惻。「去去莫嫌秋雁少，子規聲急萬山空」：勉其早歸，是古人遺意。⊙於君父極其委曲，於朋友極其温存。《小雅》詩人之義，於今再見。

《秋病》其一「枕上聽雞詩欲就，夢中擁鼻句難尋」：風況不惡。其二「破簾閉户人常静，殘葉滿天烏亂啼」：蕭瑟崢泓，絶不似宦遊人語，其胸次何等！

《壽陽道中》「車騎聲喧淺渡中」：畫。⊙於樸至之中，露其秀挺。

《靈石》「風吹土屋懸牛鐸，火照旗亭剩馬槽」：風土語，如此刻鍊。⊙獨抱憂時之識。

《洪洞》「天翻石燕連朝雨，地到陶唐五日風」：天然工麗。⊙北地風景，獨寫得秀動芊綿。

《贈白門丁繼之》其一「白髮遺民翻舊譜，烏衣年少唱新詞」：風流可想。其二「羨爾草堂真可戀，秋深雙燕畫樑飛」：音欲繞樑。⊙丁叟家踞秦淮，夙諳北里。於今相見，猶是賈昌、賀老一流人也。滄葦以輕麗之筆寫之，固自令人情動。

《贈送祝子堅》「春燈影裏嘗新酒，梅雨聲中對破牀」：淒艷。「長歎老去無知己，淚濺錢家紅豆莊」：是我輩人。⊙詩情摇曳，在筆墨之外。

《和汪户部琬贈送梁御史熙》「雪後暫酣燕市酒，春來還看洛陽花」：自然高雅。⊙「倩誰腰扇遇人遮」：在集中爲近人之調，然已超軼儕等。

《有感》「履虎至今心轉悸，寧教當日逆龍鱗」：血漬紙上。⊙結處極合《春秋》之義，知滄葦是讀書人。

《酬贈柏鄉魏相公見寄》「兒翻棋局看成幻，婢曬朝衣特認真」：侍御立朝，嶽嶽有聲矣。及投閒之會，閉户著書，若不知有洛蜀之事者。杜子于皇同客廣陵，每向予談及，深爲歎息。此其寄柏鄉相公詩，固非矯飾也。

《舟中即事》其一「卻爲上灘如上天」：此是苦境。其二「塔影迎人漸漸長」：畫不出。⊙意中有此語，卻被拈出。其三「鐘吼前朝荒廢寺，雞鳴殘破兩三家。西風小店錢沽酒，少婦當壚鬢插花」：極合古法。其四「竹篙長短爭溪岸，無數商船繫夕陽」：自然而佳。

《送歌師徐順昌》「休言及見開元盛，白盡江南弟子頭」：一往有深情。

●憶丙午秋，與宋荔裳把晤於福緣僧舍，荔裳極口滄葦詩不置。稍從諸選得見數篇，未免有嘗鼎一臠之恨。及方石盡以全帙見寄，乃得縱横觀之。其詩專務創闢，而又無處不法古人，真令我歎賞不置，知荔裳之言不我欺也。

季公琦

希韓、方石，江南泰興人。

《廣陵蕭寺晤杜茶村，兼柬蔣前民》：「乾坤霜雪豺狼滿，信有窮交戀夕曛」：遒老絶倫。⊙入手從容，結束精警，洵爲合作。

《懷宋荔裳觀察蜀中》「宦轍千盤回劍閣，詩心萬里繞江源」：盛唐高調。⊙大雅元音，卻有飄飄凌雲之氣。

●方石填詞工麗，擅名江左，黄六、柳七未足擬也。惜寄詩甚少，不能多載爲恨。

陳台孫

階六、越庵，江南山陽人。

《過一蒲庵贈閻再彭》「逼側乾坤内，逍遥寄一蒲。未能工俯仰，聊爾學跏趺」：起得老。「埋名抗顧廚」：句深。「偶來尋薜荔，因得掇蘼蕪」：做「過」字意，極有次第。「茫茫歸棹急，搔首獨踟躕」：結得老。⊙通篇俱寫過時光景，不作一溢分語，至字字蒼潔，尤屬老匠宗工。

李天馥

湘北、容齋，江南合肥籍，河南永城人。《容齋新舊稿》。

《王侍中粲懷德》「白槿哀素商，奄忽遊大造」：比興得妙。⊙奔迫之餘，忽逢知遇，自應有此感激。

《鮑參軍昭戎行》「特知傾國士，激義走健兒」：發音俊爽。⊙「但虞功不立，豈爲長道悲？」庸儒保家室，拘拘傷别離」：慷慨悲歌，足壯從軍之色。

《丘郎中遲宴别》「柳條傷遠道」：秀絶。

《古少年行》：狀其豪俠，不待多言。

《春日作》「端居寡營尚，悠然澹心情。百年感逆旅，何爲勞吾生。忽聞春風至，有酒急須傾。醉卧東窗下，階前一鳥鳴」：神似陶公。

《裂帛湖》「遊幸紀金元，龍舸驚水族。别殿青芙蓉，綺疏映翠舳。錦石與秋花，滄桑换樵牧」：末段即少陵《玉華》、《九成》之遺指。

《廢陵》「爾時微郕王，猶難保江東」：此是公論。⊙一則史論。

《送張素存省親歸里，用張茂先答何邵韻》「寄託一何曠，延賞同濠魚。嗤彼鶯與鳩，方驕投槍榆」：徵古而秀。

《王銀臺古藤歌》「此物傳是元時植，銅駝幾度閲荆棘。屈指今將四百年，飽露餐煙知何極」：方是古藤。「棚以文杉欄以石，頓覺階砌生輝光」：不可無此好事。⊙狀古藤，極其婀娜盤鬱之致。層次叙置，更覺法度井然。

《送白仲調》「何處秦淮朱雀橋」：韻。⊙風藻飛馳，大是可愛。

《鬭促織歌》「捕得養身兼養性，辨形辨色知柔勁」：形容入微。「飼之日久健且馴，驅騰引卻皆惟命」：妙。「似恨長材不得試」：妙。「委頓糾纏猶不捨，主人見之汗盈把。自從角戲無此敗，今朝反出阿奴下」：好看好看。「誰知前優今忽劣，被創可惜金絲額。垂頭喪氣獨吞聲，勝負相循同一轍」：借物喚醒世人。⊙一小物翻出如許議論，胸中靈，筆下快，當屬必傳。

《過水盡頭遠望》「日光倒射山光入」：奇絶。⊙境界迥別。

《翠微山》「黑風吹沙白日昏，點點神鴉歸廟門。陰嵐化瀑走峻壑，激空霹靂蛟龍翻」：摹擬惝怳。「住靜圓通白髮僧，見人猶説洪熙盛」：少陵風調。⊙獨有遠懷。其幽奇森異，則純乎長吉。

《大龍山》「四圍方拱合，一線忽凌空」：一氣奔騰。

《雉河》「菜香園卧犢，草潤地飛蟲」：語鍊而鮮。

《春日郊遊偶紀》「四境方憂雨，春泉此地饒」：紀實。

《俠客》「年少悲歌客，秋原落日情。快逢燕大俠，羞學魯諸生」：全首英氣獵獵。⊙似老杜《贈王將軍承俊》之作。

《送劬庵兄司李廉州》其二：雅貼。

《嚴絜庵少司農招遊祖家園》其一「漸近蠶桑路，村村布穀聲」：讀去和風襲人。其二「樹古疑風雨，祠荒誤鬼神」：奇。⊙造語奇險，腕底疑有五丁。

《九日遊蜀山》其一「秋鶚下山風」：句雄。其二「薜荔藏山鬼，旛幢護女神」：新。

《水天一色亭》「古瓦神鴉集，陰廊佛火鮮」：神彩皆勝。

《來青軒》「浩劫傳行幸，滄桑剩品題」：貼切。

《送葉眉初司李貴陽》其一「在昔流官聽約束，於今番落任羈縻」：切事。其二「天涯何處石門山，繡勒春風驛路閒」：入手飄逸。⊙典麗之章，妙兼情事，遂無浮響犯其筆端。

《送毛錦來假歸新昌》「一江春水客初歸」：俊甚。⊙大雅不群。

《送盧惠浦司李重慶》「千山桃竹洞蠻居」：奇麗。

《夏日蔣虎臣前輩、程周量、張素存、楊鄂州招遊祖家園》「近郊風俗花爲業，負郭人家水作村」：澹而切。

《中頂》「花下尋春春未歸，殘紅新緑留春暉。隔樹黄鸝格磔語，掠波白鷺參差飛」：筆墨迥別。

《春遊》其一「荒垣蛺蝶炊煙斷，廢冢牛羊牧笛哀」：中具民瘼之感。其二「寶篆幾年消劫火，畫旗斜日捲靈風」：荒涼可念。⊙野火空林，颯颯可畏。

《楊鄂州招遊祖家園》「城南春色太無賴，處處花枝紅滿樓。百五節過任爾放，十千酒外非吾憂」：筆意恣放，而有準繩。⊙拗體全學工部。

《遊蜀山感舊》「蠅拂空傳山雨黑，龍膏獨蝕土花紅」：懷舊意，寫得森麗如許。

《雲屏庵夜宿》「遥吟竹籟紅塵外，漸近猿啼碧澗前」：設色鮮麗，而骨性自高。

《水盡頭坐飲》「臨水飛觴期共醉，肯教容易負煙巒」：點染鮮麗。

《送吴虞升從征》「定軍山上月輪秋」：風度飄揚可喜。

《初夏同王北山給諫遊裕親王園》「大堤草長王孫路，别業花深帝子家」：妙有關合。

《送黄蘭巖户部備兵寧夏》：典雅秀令，足埒盛唐。

《寓齋雜興柏鄉相國讀書別業》其一「東閣已今三易主，遊人莫認舊平津」：結意饒有感歎。其二「開閣三千無舊客，興懷百一有新詩」：寓指深切。

《送杜子静假歸南宫》「漳南何限新黄柳，好寄長條慰旅愁」：典而秀。

《送王敬修除令墊江，道過高密，迎親之任》「講學課耕多少事，臨邛莫學止前驅」：勸勉得好。

《美人曲》「畫眉啼徹曙，愁殺畫眉人」：巧而雋。

《送彭右文歸索縣》其二：柔麗，可入《竹枝》。

《曉獵》「紅塵不斷處，一騎臂鷹來」：古。

《五華寺》「空階長石華」：令人心冷。

《皖上逢張曲山侍御》「相逢且喜韶光好，二月花城放碧桃」：「落花時節又逢君」同此風調。

《棲賢寺》「畫眉啼徹翠屏空」：可想其境。

《野渡》「日暮風微争渡急，隔船音語是同鄉」：令人動鄉井之思。

《江上竹枝詞》其一：似棹歌。其二「大艑知是載鮮來」：是白下風景。其三「遍覓吹簫人不見，絲絲楊柳覆江船」：「不見」轉覺情長。其五：聲情俱妙。

《送謝傅公司李江寧》「遥擬江天秋正好，布帆無恙使君來」：正覺其遠。

《櫻桃詞》「近市女兒低語唤，湘簾風緊不分明」：閨帷語，温細至此。

《偶憶巢湖》「三月鮓魚九月橘，令人那不憶江南」：蒓菜秋風，實有此感。

《觀劇同王阮亭賦》其一「總緣生小是多情」：君固情種耶。其三：好天良夜，如是、如是！

《送錢礎日遊山東》：神韻最逸。

《春杪小飲河亭各賦》其二「花間射罷彎弓坐，妒殺幽州遊俠兒。時公戢召林射於城下」：大是豪逸。

《贈吴子遠》：似太白。

《贈韓修齡善説野史，順治年間曾蒙召講隋唐故事》「十年供奉慚吾輩，野史當時動至尊」：今修齡已作古人，不獨柳老。

《碧雲寺》「長廊猶認老僧家」：悠然。

《渾河》其一「時作黿鼉出浴聲」：雄。其二「古來多少征夫淚，流過長城作怒濤」：獨有深識。

《舍利塔晚步》「滿林明月一僧行」，與「百花深處一僧歸」同妙。

《送蔡崑暘修撰左遷歸里》「回首色絲從此隔，令人那不憶中郎」：故事，用得如此蘊藉。

《送耿又樸假歸濟陰》「軟塵京洛從兹遠，偏愛荏山好翠微」：風致正如弱柳。

《七月十五夜》：逼似中元光景。

●容齋太史才既英奇，詞復警麗。當其承明珥筆之餘，匹馬歸邸舍，屏絶塵事，日披閲古人書，以爲娱快。而吟詠日多，歲輒成帙，無不沉雄卓鍊，堪與漢魏四唐共馳驅者。僕得覽其諸集，因爲評較授梓。許子竹隱云：「容齋虛懷延納，于聲氣風雅尤有振興之功。」然則把酒論文，正自有日，當不必望燕雲而發河山之慨也。

黄九河

天濤，江南泰州人。《深柳堂詩集》。

《北上於袁浦發家書》「紙短苦意長，挑燈重封題。欠伸啓篷窗，月落村雞啼」：情景迷離。⊙純是篤愛天倫之言，讀之起人瘖歎。

《下第南歸經淮陰，值暴水發，不得訪阮鶴緱》「撥悶長安沽老春，痛飲荆高少一人。余亦拂衣急南下，山陽城畔更相親」：埋伏。「此時有心訪舊不能住，惟對驚濤白日空欷嘘」：照應。⊙長歌不講起伏照應、即離開闔之法，才雖多，無爲也。此篇極夭矯變化而不離乎法，非於此道有面壁之功者，顧可浮浪下筆乎？

《元夜輟耕、玉行、石城、兄仙裳、侄月舫小集玉照堂，限雲字》「節當荒歲後，沽酒不成醺。但覺人堪戀，無妨夜已分」：一絲初引，自屬繞樑之音。

《濟寧恭謁先師聖像》：此等題著讚頌語不得，只以點染足之。

《夜泊惠山汲泉作》「松間有明月，偏照薜羅裳」：獨有静氣迎人，足浣塵土腸胃。

《月夜坐虎丘石上》「出門無好月，恰喜到山晴」；「偏愛生公石，猶傳六代名」：起得縹緲，結得鄭重。

《憶先人墓》「何時遊子淚，雙落墓門前」：淒然。⊙辭家遠遊，卻不勝白楊衰草之感，此爲仁孝之音。

《同徐宜之、張山佀晚登吴山》「山蒸四面陰」：老。

《春夜望顧仲光、劉長康不至》「雁自何方落，花當此夜開」：字字蒼健。

《君山閒眺》「十年烽火地，依約指漁燈」：結有深見。⊙登臨間説出關係，便非小夫浪子所能望其項背。

《春草》「細細柔侵屐，綿綿遠接天」：温細。

《舟行即事》「大河寒浪緊，斷岸夕陽明」：風景如見。⊙一味疏老，遂覺塗飾脂粉者有雅俗之别。

《贈宗定九》「家仍鄰謝傅君居東原，乃謝公别墅，貧已似相如同人贈君有《家徒四壁歌》」：贈定九便字字確貼，故佳。

《送毛大亦史歸婁東》「羡有此身娱白髮，竟無餘橐買青山」：可感。⊙京華遊況，以俊筆寫出，詩亦髣髴錢、劉。

《滸墅遇毛亦史、吴元音，兼得曹倬雲先生音問》「霜增夜氣侵紅蠟，月引愁懷上錦箋」：佳絶。⊙「春風準發孝廉船」：清艷。

《寄李映碧先生，兼柬令嗣元祐、九畹、倚江》「從教姓字煙霞老，肯許封章道路傳」：此爲真隱。

⊙廷尉高枕著書，極合幼安、淵明遺法。天濤可謂相契之深。

《甘羅城望黄河》「今古淒清有戰場」：意思飽滿，故筆墨酣適。

《雨中登多景樓》「含風草樹翻低浪，到岸帆檣起亂鷗」；「梁代標題蒼霧冷，孫郎戰跡暮山浮」：頷聯説景，頸聯説事，法度極爲井井；而詩情秀潤，則如卓家眉黛，望若遠山。

《南池望太白酒樓》「不有許賀誰爲登」：拗體，殊有崎嶔歷落之概。

《登丹陽望湖亭》「城闉欲斷見山巔」：好畫。⊙寫景蒼遠，有晻藹飛動之致。

《冒雪抵錢唐，晤吴六平、鄭有章》：一往見其輕利。

《邗上訪劉公猷先生不值，時予與先生將先後入吴》「預期石上聽歌去，短簿祠前酒易賒」：筆致如紫燕受風，似不經意，卻自雋勝。

《京口再遲家兄仙裳不至》「鐘催小艇人先渡，風便寒江雁獨遲」：輕盈可愛。⊙「已對邗溝空悵望，停橈此地又愆期」：仙裳每爲余極口天濤。觀其臨風悵望，殊令人思西陵阻風、彭城話雨時也。

《過亡兄公言故宅有感》「不憶當時亦黯然」：淒然友于之懷，不減李東川《題盧五舊居》之作。

《張家灣曉發》「行過沙磧纔分路，喜看人家漸啓扉」：確是曉發。⊙摩詰七律一味和潤，卻不流入輕滑。天濤此作似之。

《將出都門，春夜紀伯紫諸君攜樽相餞，即席分得深字》「已知漸近分攜地，何事能如惜别心」：全於澹雋處見其風神，固是雅人深致。

《贈送閩南曾則通歸隱峽江》「春風短髮冠黄籜，秋水扁舟起洞簫。别後蒹葭空悵望，月明人在萬峰遥」：音和而旨婉，若於楓青月白之夜讀之，當有起而遥讚之者。

《冬暮孫豹人先生見訪，同諸子夜集小齋拈韻》「簾外寒深雪未晴」：佳妙。⊙杜茶村云：「諸妙皆生於活。」此作有之。○豹人衝雪發剡溪之棹，天濤置酒爲梁苑之吟，皆爲僅事。

《題交三侄畫箑頭西湖小景》：筆意委婉。

《秦淮偶見》「侍兒似解旁人意，一霎珠簾下玉鉤」：僕采金陵竹枝詞最富，此亦其一則佳話。

●天濤挾策遊京師，交遊甚盛，一時薦紳先生莫不推許。所撰詩歌，伯紫、繹堂諸君已序而行之，顧惓惓下問於僕，似以僕爲足把臂入林者。敬採新詩，以質瀨内，當知著作日富，益歎「汪汪千頃陂」耳。

釋大健

蒲庵，江南江寧人。《花笑軒集》。

《人日登鍾山》「香火餘宫監，悲涼向野僧」：筆意閒淡，卻自感人。

《杜茶村見過》「蘆荻晚蒼蒼，煙嵐在下方。蘭舟維此際，萍跡任他鄉」：格、韻俱高。⊙妙境妙人，不可無此妙筆。

《登黄鶴峰》「南渡空留寺，遥聞下界鐘」：結意不凡。

《放舟下燕子磯》「回首陸離雲外寺，鐘聲不斷放舟時」：想見空江解纜時。

慎墨堂詩話卷二[一]

龔鼎孳

孝升、芝麓、定山，江南合肥人。《尊拙》、《香嚴》、《春帆》諸集。

《雪後韓固庵、吴菌次同過春帆，用明月照積雪五字爲韻》其三「太息語朔風，天涯此同調」：堅響。其四「辛苦得閒身，不飲更奚益。請看田竇門，誰者舊賓客」：短章旨厚。其五：古峭。◎從《十九首》中淘洗而出，此爲古詩正始。

《訪山公後再同聖秋，用春帆五韻》其一「開徑得亂松，相見如平生」：似晉人語。其二「河山故不殊，夕陽下城闕」：所寓者深。其四「多憂不學道，晚暮復何益。悔將管樂心，錯料鹿門客」：令人深警。⊙誰能爲此言。其五：天然韻度而旨趣深長，似殷、劉諸公對語。

《題孫沚亭太宰山雨樓，和陶公韻》其一「海雨何蒼蒼，飛鳴來山間」：好摹寫。「空堂松風生，撫枕殊蕭然」：筆意蕭然。⊙觀其用筆，態閒而韻適，固有翺翔雲表之概。其二「銅池與金谷，無乃

[一] 此卷輯自《詩觀》初集卷二，原署「東吴鄧漢儀孝威評選/同學杜　濬于皇參閲」。

尊，賢館翹材多品目。公家少保文忠儔，許身社稷卑垣屋」：一則史論，説來獵獵風生。「伯仲大名邁祖武，野夫步屧從公論」：照映起處。⊙叙述舊事，覺興亡之故洞如觀火，詩之有關係如是。

《許菊溪紫苔山房醉歌行》「十年閒却持螯手，故鄉那得頻重九。銅盤燭爛江雲開，半夜烏啼白門柳」：情思爛熳。⊙興致豪宕，不可羈制。

《寄懷趙友沂兼柬洞翁，和孝威韻時友沂南還，舟滯濟上》其一「忍淚看行色，難爲離別言。燈殘初罷酒，書到轉銷魂」：是爾時情事，寫得逼真。其二「世態入歸舟」：無可奈何。「猶留賓客在，莫怒武安侯」：憂從中來。其三「入宫讐國色，變徵雜秋聲」：令人色動。其四「勿問行藏事，俱稱憔悴人」：箇中消息自知。「感時雙鬢白，過眼一枰新」：是局面。⊙時友沂被放而公亦憂讒畏譏，故言之沉摯如此。

《燕邸和答鄧孝威見懷》其一「萬念灰征戰，千秋付涕洟」：純是血淚。其二「此行猿鶴怪，到日鵂鶹鳴」：對法健。其三「登臨寬白眼，感慨到烏衣」：情事如畫。「盍簪如可老，吾病爲君稀」：痛語。⊙此己丑同客白門時事也，讀之黯然。其四「向來飛動意，春至轉荒蕪」：逼真老杜。其五「飄零來闕下，人物憶隆中」：人不能註。⊙公於宦情淺而於交誼重，不覺言之懇摯。其六「戰後青山色，愁中我輩人」：苦腸妙句。◎數詩皆有真氣，非關字句之奇者。

《歲暮喜孝威至都門同賦》其一「飄零同雨雪，出處判滄浪」：人不肯道。其二「愁中來此客，別後著何書」：老氣。其三「綈袍虚白眼，征騎動春城」：實事。⊙僕壬辰客燕，諸大老多折節敦布衣之好者，今聞亦銷歇矣。其四「偶横高閣屐，猶見夕陽村」：邸中有半隱閣，可望西山。「綦縞心能隱，艱難友是恩」：淚語。「蕭蕭存故態，同避五侯門」：公亦爲此言耶！⊙定山當鈎黨方興之日，聞僕至京，甫下驢即呼酒快酌，同賦八韻。嗣後霜燈促膝，情好最敦。今天各一方，把讀舊詩，猶忽忽若前日事耳。

《送嚴都諫顥亭假歸虎林》其一「吾道誰朋好，天心豈薜蘿」：渾而警。其二「頗聞諸法吏，感動亦沾巾」：想見一時風采。其三「天末漸烽息，汝曹行晝眠」：老筆排奡。「向來論激切，實望止戈鋋」：挽結有力。◎三詩神采飛動，字字爲顥亭寫照。

《送陳子壽自中州返虞山，和坦公韻》其一「試登嵩嶽望，可有戰雲飛」：頷聯雙關，不衹筆力之雄迅。其二「兵戈羨布衣」：深語。⊙「共醉花朝月，秋花汝又歸」：清采照人。

《暮秋同青若諸子登仁壽寺閣》「便與人間異，空庭得老秋」：發端妙甚。「轉因沙路闊，能使夕陽留」：説得出。

《石仲生招同沈仲連登城西寺閣，看西山積雪》其一「春争凍壑微」：細。其二「珠林隆萬後，指點説桑田」：非復尋常憑眺。其三「石氣明斜嶺，山形變夕陽。蒼林盤棧細，白鳥劃煙長」：康樂之神韻，杜陵之氣骨，合而爲定山之詩。其四「火繞長壕出，冰臨古井開」：此首又復雄渾。

《楊菊廬比部於蘄水城外玉臺山建亭曰春曉，其地近緑楊橋，取蘇長公杜宇數聲春曉句也，以予舊遊，請爲賦此》其一「何意城南月，重開戰後花」：總是追想語。其二「最憐樓櫓急，横槊對垂楊」：指寇亂守城事。其三「慚愧舊啼鶯」：感極。其四「前朝隔杜鵑」：佳絶。「憑高更懷古，獨信子雲賢」：四詩只此兩句找完。⊙公令蘄春，正當黄巾蹂躪之會，擐甲登陴，意甚慷慨。今時移物換，於比部之索題亭子有深感焉，較他人虚摹景物者，霄壤殊隔矣。

《清江浦留别杜于皇》「星外鴻高下，霜中月有無」：寫景最曠。

《初春琉璃廠燈市初開，觀者甚盛》「天寶傳遺事，華燈帝闕東。即今移錦樹，依舊領春風」：説來偏有關係。⊙從老杜《洞房》諸詩脱出。

《重陽招諸子登雨花臺，晚集小齋限韻》其二「萬山青酒幔，一半入殘陽。帆外愁長路，花前得故鄉」：光景如畫。其三「落日催歸屐，歡場試更登」：看其連章次第之妙。「秋色好金陵」：樸而雋。其四「不知秋爛熳，幾客到蘅皋」：蕭閒澹永，與金陵山水正相映發。

《吴詠亭偶集》其一「濁酒香殘墨，孤亭早夕陽」：對得變。其二「陰晴秋盡好」：會心語。其三「樓臺燈漸吐，梧柳露交垂」：新警。⊙此等詩極細極老。

《題宗定九新柳堂》其一「永豐坊角青如昨，玉笛情多不可揮」：幽緒纏綿。其二「天寶草堂詩史就，建安官渡戰笳悲」：説出關係。⊙風情駘宕而語兼感慨，故佳。○附絶句：「垂楊垂柳古邗溝，三月煙花信客愁。誰記靈和前殿事，青青留得舊風流。」亦自含情無限。

《秋仲喜鄧孝威自廣陵至白下，夜集限韻》「舫移江館三更笛，蟲亂秋堂一樹燈」：秀鍊。⊙「閉門摇落無餘事，乘興歌呼野客能」：「芳蘭竟體」，如其詩品。其二「寒雨聲中望孝陵，樹猶如此暮煙凝。到門客續春前話，惜夜星分醉後燈」：律體中兼樂府、漢魏之神，最爲風古。

《燕都送鄧孝威歸廣陵》「此去名山深歲月，向來吾黨各風霜。難堪到日茱萸水，北望秋城雁一行」：蒼莽高健，真是老筆如鐵。其二「同學十年頻雨散，牽衣那盡故人情」：公以友朋爲性命者，僕尤感之。◎牧翁極賞此二詩。

《秋日偕澹心、伯紫、稼公，過姚寒玉郊園》「山拔平沙青更闊」：作意之句。「隔城樹色浮殘酒，近寺秋陰逼塔光」：看景俱遠。⊙山遊着不得套語、鬧語。如此真静，見其本領。

《送陳康侯返虎林，和固庵韻》其一「不分西秦韓庫部，扁舟先繫草廬傍」：老。其二「清門忠孝兼文藻，法護僧彌幾弟兄。此去煙霞開倦眼，勿從京洛數狂生」：神情規切，不祇風調之高。⊙情事穩貼而筆力更高，直空時習。

《答余澹心見遲茂苑不至之作》其一「春盡江干真繫舫，徑開花下晚逢君」：筆墨酣適。其二「故人顔色就歸舟」：生辣。⊙「多難餘生已白頭，別來清夢滿滄州。卻因龍卧名山穩，轉憶猿啼嶺路愁」：性情之言，絶無浮響，讀者勿僅賞其姿度。

《王于一、陳伯璣、杜蒼略、孫秋我、梅杓司諸君别於燕磯分賦》「分攜重爲話前期，人立江船被酒時。簫鼓六朝秋並歇，關河雙涕老交垂。愁中月墮如憐客，別後詩成各向誰」：此等詩一字一擊節。⊙氣骨蒼老，一洗粉黛。集中以此爲必傳。

《上巳同趙友沂諸子集吴園次玉琴齋》「地入春樽得五湖」：秀曲。⊙「那能蹴踘鞦韆外，白日高眠一事無」：氣味近晉人，而老樸則純乎工部。

《送嵇仲舉南行》「舊時增放亭前水，絲管經心一紀遥。桃葉諸郎多髮白，寇家紅袖亦香銷」：直述情事，天然可愛。⊙「長安梅柳總蕭條」：一氣呵成，老處媚處皆有。

《果善寺贈旅公》「蒲團坐穩亦英雄」：卓甚。⊙「鄉夢微牽薜荔風」：清警。

《送罽麟禪師歸五雲》「平生我愛雲門寺，今日因公託夢遊。人到溪山春事好，雁回關塞野風秋」：神境。⊙健邁絶倫。

《送報恩和尚還山》「獅子座開宫闕地，龍髯天示去來因」：盛事。

《送孟傳是歸武昌》「黄州對岸樊山好，夢裏扁舟二十年。客舍正臨蘆葦月，秋風又上木蘭船」：高岸絶人。⊙「白頭扶病菊花前」：公爲楚令久，每爲余言，夢寐猶不忘清泉赤嶼間，故此詩直自寫其胸臆。

《和聖秋九日》「即無風雨無閒客，孤月論心後夜難」：突兀。「四氣歡淒分此日，一城砧杵鬬新寒」：東坡曾言之。⊙「僧老窯荒蓬徑斷，淹留真愧腐儒餐」：以歷落起，以方整結，妙有體裁。

《留别胡彦遠》「路窮吾轉諱饑寒」：亦是實話。「西山薇蕨東山屐，輪與時賢白眼看」：一肚皮不合時宜。⊙兩人情事寫得纏綿盡致，讀之令我憮然。

《送戴經碧太史督糧江右》「詞客江山餘感慨，清秋桑戟下風煙」：深憂老識，涉筆便見，此豈僅詞人之詩。

《題李慎庵水部册子李，江陵人》其一：秀脱。其二「荊州形勝雄吴蜀，兵隙經過二十年」：老氣盤鬱。⊙絶似老杜《苦憶荊州醉司馬》一首。

《送陳胤倩返西泠》「家殘亂後橐裝輕，開府祠堂古柏清。傭保已能歸李燮，狗屠聊復愛荊卿」：古道照顔色。⊙深心高調，壓倒一時詞人。

《送旅公還山，和聖秋韻》「千峰秋月到歸船」：佳絶。⊙「臨分更灑遺弓淚，想像論才講座前」：温綸嘗獎藉孤臣曰：「下筆千言，不假思索，當今才子也。」公述之甚悉。

《石仲生學士邀同趙洞門諸公遊摩訶庵飲松林寺》「回首珠林烽火路，十年京洛愧雞棲」：一結出人不意，然卻是意中語。

《送曾庭聞下第歸贛州》其一「應憶河湟征戰後，鬢毛曾對朔風蒼」：上六句蕭瑟不堪，結語忽作横戈擊缶之概，令人壯心勃然。其二「脱手詩篇汝有神」：辣極。⊙情事曲盡，老氣横溢。

《送吴默巖太史謝病南歸，和洞門韻》「建業樓船烽火急，殘秋涕淚幾登臺」：起得遥邈。「中朝鴻鷺吾鄉少，里社雞豚戰地來」：真事老筆。

《送李琳枝侍御察荒中州》「親見攀車淚萬行，金昌城下水茫茫。圖書浄對三吴雪，緹騎驚無一鶴裝」：此是當日實事，妙以健筆寫出。⊙既切時事，又切其人出處，詩乃一字不泛，今人只是塗好看耳。

《九日過慈仁寺，同琳枝、階六、聖秋諸子登毘盧閣，劇飲松下》「晚花愁傍戰場濃」：結得厚。

⊙淹雅明秀，當是許丁卯一流。

《寒夜柬朱嵩庵》「名列黨人終是福，事關青史豈論官」：名言不朽。「酒琖詩筒任客看」：微辭。⊙豈是鳴其不平，只是胸中見得定耳。

《送顧松交考功假歸吴門》其一「諸侯玉帛車門集，可是丹霄拂袖時」：起得傲岸。「辛苦群公身老健，百年馬棧耐棲遲」：微有人怒。⊙老氣磅礴。其二「微躬經歲乞歸難」：非身歷不知。⊙昔人云：有當世之望者，求退良難。固知退亦非易事也。以草野之見輕爲議論，幾不同於傖父。

《送戴紳黄司李維揚》其二「遺民一下丹書淚，横海全銷鐵甲軍」：箴規處見前輩。⊙聞其爲即席次韻之作，清圓秀令，猶似當年龍松共硯、脱手彈丸時。

《送吴菌次守吴興》其一「健吏救時心欲細，遺民望治眼全枯」：東南民力盡矣，同一苦淚。其二「廉泉香渚到今孤」：愛民好客，屬望惓惓，今峴山之口碑猶存，六客之風流未散。展對二詩，深我泂溯。

《過八寶飲李素臣草堂，次過廬韻》「京洛年年棋局换，煙波朋好至今留」：末二語别有鍾情，世人那得知。

《送歌者南還，用錢牧翁韻》其二「誰唱凉州新樂府，舊人彈淚覓紅桃」：淒艷之極。其四：諷。其五「後庭花落腸應斷，同是陳隋失路人」：潯陽商婦、天寶樂工，亦復何與人事？遇傷心人，便自不能已已，此梅村所以賦《王郎行》也。◎牧翁云：「往歲吴門歌者入燕，過余言别，有龜年湖湘之歎，爲書斷句以贈。龔孝升在長安倚而和焉，傳寫至濟上，盧德水酒間曼聲諷詠，泣下沾襟。坐客皆淒然掩淚。」

《吳門賓朋送至錫山，徘徊亭上，偶成絶句》其一「誰識紅塵車馬外，二泉亭下冷如秋」：冷然。其二：想見愚谷當年。其三「今日君宗零落盡，後生輕説黨人名」：經道南祠，能無感慨及之。

《和紀伯紫壁間韻》「南朝誰奏無愁曲，半壁江聲咽水犀〔一〕」：此敗豈不繇酒，正是公論。

《秋杪杜于皇招同蔣前民諸子登清涼臺》「西風殘葉能多少，變盡江山九月天」：蕭槭如見。

《九月一日登雨花臺口號》其一「多少斜陽城闕外，酒痕吹落故陵秋」：可譜絲竹。其三「紅牆木脱露荒亭」：真景。◎上陽、華清，唐人每多淒怨，而況今日循覽登臨，諸什具有感慨，此原本風騷、直抒血涕者也。

《諸子枉送燕磯，月下集飲口號》其三「滿眼山川留客醉，夜潮猶似繫歸船」：含情最遠。其四「何事玉笳沙磧冷，遊人偏讓雁南飛」：風流藴藉。⊙當六朝風景之地，銜杯話别，他人即有此筆墨，不能有此性情。黯然銷魂，詎關兒女？

《題方爾止姬人抱鴛圖》其二「痛哭青燈風雨夜，更無人識放歌心」：酸心語。⊙名士傾城，説得如許纏綿關切，能無「佳人難再」之感耶！

〔一〕「犀」原作「西」，據龔鼎孳《綺季水閣同于一、于皇、子翥、杓司、其年小飲，和伯紫壁間韻四首》其三改。

《友沂飲中同作》「朱欄碧樹滿江東」：嶺南舟夜，公與予話及出處之事，誓墓之志甚堅，而爲時所倚重，不能遂其雅懷。此詩固直道其衷曲者。

《九日龍瓜槐登高》：極似老杜絶句。

《題許有介群鴉話寒圖》其一：古。其二「白門楊柳春應好，莫傍五陵金彈飛」：誰是解人。

《送張友鴻南行》「試經筝笛坡前樹，可有吴宫烏夜啼」：樂府遺調，讀之使人迷離。

《上巳集枚公齋中，同薗次作》其三「腸斷玉簫金勒外，天涯散盡踏歌人」：深情寄託。◎詩不妨艷，要須有情致耳。三詩綺藻繽紛而流宕可誦，故爲擅場。

《丙午中秋，營丙舍於里門，武伯年侄千里命駕，且爲虞山先生義憤，有古人之風，於其歸，占此送之》其二「當時原有受恩人」：此道不談久矣，武伯獨肮髒爲故交吐氣，宜合肥嘖嘖稱之。

《清和二日被九堂即席，和别閻古古》其二「不爲窮交良夜醉，道人原是死灰僧」：説出心事。其四「人間莫信神仙事，痛飲狂歌是大丹」：勝地良朋，清歌妙舞，那得不有此佳絶之作。忽憶十年前置酒秦淮、聽歌虎阜時也。

《寄懷冒辟疆》「心折茱萸江一曲，巾車南去布帆開」：此景猶在夢寐，見定山交情。

●公詩篇卷浩繁，博麗罕匹。僕尤録其深警樸老之作，以所重在氣格識力，不僅才調也。辛亥寒食，風雨杜門，因點筆成此。顧子臨邛見而賞愛，趣付諸梓，傳示寓内同人，不知以爲當否。

●公賦詩有三異：每與同人酒闌刻燭，一夕可得二十餘首，篇皆精警，語無呰易，此一異也；當華筵雜遝之會，絲竹滿堂，或金鼓震地，而公構思苦吟，寂若面壁，俄頃詩就，美妙絶倫，此二異也；他人次韻，每苦棘手，而公運置天然，即逢險韻，愈以偏師勝人，此三異也。昔客京師，及過庾嶺，以至萸灣、桃渡之間，僕莫不奉鞭弭以從，故爲識其略如此。

紀映鍾

伯紫、戇叟，江南江寧人。《真冷堂詩稿》。

《渡黄河》「白楊風蕭蕭，吹彼落日荒」：荒色如見。⊙筆甚崛强。

《宿滹水》「滹水百里遥，舟行四晨夕」：極似老杜紀行詩。「北風勢轟天，來帆疾如射。力竭一篙中，進寸挫已尺」：盡情摹擬。「共言郡兵過，生氣盡蕭摵」：又及時事。⊙老杜潭、岳間詩有此奇快。○讀之令人懍烈。

《次板浦》「巨魚吹潮頭，怒與風伯戰。餘威散爲雨，大注回飈漩」：寫出光怪。⊙昔人稱《古詩十九首》驚心動魄，一字千金，請移以贈戇叟。

《望東灜山》「張網向潮頭，日夕水中宿」：逼真。⊙「咫尺天人殊，龍蛇劇走陸」：形容海壖荒涼，字字入木。

《月夜渡東溟》「群山勢奔奏，巨星倏有無」：滉瀁光怪。⊙雄渾其氣，猛迅其力。

《學圃歌，贈鄧孝威》「生事尚饑寒，吟詩坐蒿堵」：數語正自蒼潔。

《城邊路》「城邊路，歌舞處，十年變爲墓。十年犁爲田，十年成淺渡」：滄桑之感，令人猛省。

《將相談兵歌,題蔡懷真畫册》「相公者誰吴橋公,將軍姓名曰蔡忠」:點明處見古法。「相公昔爲帝藩翰,豫州建節羅英雄」:頻點相公、將軍,是龍門筆意。「一忤權貴龍在野,再遭國難雞爲群。年過五十猛氣在,王翦既老稱冠軍」:看其一筆飛渡之妙。「我訪將軍齊化門,將軍留我啓壺樽。蟹羹魚炙行日夕,高談話昔情逾敦」:全以古文筆法爲詩。⊙「且加餐飯我作歌,將相談兵非故紙」:前段叙得情節鬧熱,結尾便有哽咽不能明言之意。○叙事確有關係。

《報國寺雙松歌》「或言此松似石鼓,冰苔蝕籀缺釵股。或言此松類神駿,蘭筋決滅秋霄迅。或言此松其太古無懷氏之民,邊幅裂盡存吾真」:筆法奇峭。⊙此亦何減柳州諸遊記。

《姜滙思侍御置酒歌》「官窑酒斝浄脂雪,反手細書嘉靖年。端然在掌質温厚,法物一見心應憐」:閒處着想,偏覺緊甚。「酒酣咄咄擊唾壺,長松吹響相歌呼。門前塵土送轉轂,門内琅玕照玉觚」:燕都風味,一一寫出。「置身蘭臺不得志,何況東南山澤之臞儒」:如此説,翻見侍御身分。⊙鋪叙處極錯落,閒冷處極古雋,收束處極悠揚。

《秦楚坑》「淒淒鬼雨秋燐下,坑内鮑魚又騅馬」:奇甚確甚。⊙眼光照徹千古。

《目送》「夕陽明鳥背」:總非恒徑。

《泗州道中》「長淮通水舶,中土變鄉音」:史事時事,備此一詩。

《孝升前輩繡佛閣上看西山積雪》:蒼樸如古篆,而氣象亦大。

《客舍屢空久矣,牀頭忽有斗酒,喜而詠之》「孤燈聞雁去,明月下庭間」:好景。⊙「憐他老瓦鉢，窈窕勝雙鬟」：筆意翛然。

《雁門關》「太原城北路，直與雁門連」：極似初唐。

《太原雨後》「萬嶺交陰氣，孤城俯白波」：「交」字、「俯」字是眼。

《邊城七夕雨》「明河埋古塞，積雨發秋雷」：着意沉鍊。

◎戇叟詩往往以孤峭勝，三作獨爲雄警。

《遊西山六首》其二《香山寺》「石泉凝積雪，煙栝冷斜陽」：是塞上山景。其三《來青軒》「群山趨一閣，春色自東來」：破險而出。其四《卧佛寺》「月印娑羅壽，雲垂石屋閒」：造語警異。其五《碧雲寺》「花氣凌春動，泉聲繞屋聞」：錘琢無痕。其六《静德寺》「山僧零落盡，誰與話三車」：沉警之思，復以峻響完力赴之，故聲光迥異。

《登報恩寺浮屠》「流沙萬里車書絶，獨有神光舞百蠻」：人歎其筆墨瑰異，僕直謂其字字切長干塔，所以爲佳。

《次韻贈鄧孝威》「屠狗可憐長結客，爛羊終日聽封侯」：唾壺欲缺。⊙崎嵚歷落，自是英雄語。

《真定大悲菩薩高七十三尺，稽首頌之》「滹水遠圍衣帶白，常山朝接髻螺青」：形容處筆力甚悍。

《蕩陰岳忠武廟》「當年父老牽羊地，不遠香孩夾馬營」：筆鋒射人。⊙「漳流無恙淙淙碧，落日聲中氣不平」：逼似少陵「諸葛大名」一首。

《次答黄天濤留别》「每懷把酒來禽地，都付臨歧折柳心」：詩腸委婉。⊙伯紫詩晚年漸入温細。

《題僧壁》「鄰僧只在煙鐘外，拄杖高懸懶過山」：只寫得一閒字。

《被九堂夜集，和送閻古古》：風流韶令，又是戇叟别種。

●詩必宗唐乃爲合調，而摹擬皮毛者又失之。伯紫始繇巉峭，繼乃雍和，所以去膚而得其神，卓然爲詩家之冠。

《再寄傅真山》〔一〕「奇士懷三晉，乾坤見老狂」：老硬如鐵。「恒山雲暮起，遮斷淚千行」：起結見其老手。

《贈閻古古送還沛上次韻》其一「沛上雲龍池，千秋更幾人。王侯毋相背，俊傑自留身」：是知己語，不是尋常酬贈。其二「最薄虚聲士，知君不愧名」：與古古别久矣，讀此猶想燕京擊筑時。

《五代閩王墓》其一「割據群雄力，三關勢鬱盤。中原深血戰，瀕海肆偷安」：大力盤注。其二「兵刃推同氣，驕奢竭一隅」：詩家只是識卑，所以氣懦。伯紫十年讀史，故下筆斬然，獨與人異。

《漢光武生處》「迢迢豐沛地，衣帶接黄流」：莊雅沉鍊，深於學杜。

《劉東平廢第曹縣》「郿塢藏終廢，丁公罪莫原」：定案。

〔一〕自該題下共五題七首詩，據乾隆重修本「又三十一」頁補，康熙本無。

●伯紫京師寄僕近稿，自言詩格較進。僕從九日風雨獨寓蕭寺時讀之，英矯而兼雅正，固云：文章千古事，得失寸心知耳。亟附梓以公當世。

黄雲

仙裳、舊樵，江南泰州人。《悠然堂》、《桐引樓》諸集。

《春初棹舟訪宗定九於東原村舍，途中作》「彼美寄丘園，守道無外求。安得結鄰並，南村以淹留」：攬其氣味，在陶、謝之間。

《讀書堂與諸生講禹貢》「誰爲無父人，把卷增涕洟」：結穴此句。⊙竪義極大，有關名教。

《虞山拜子遊墓》「理數遞顯晦，事勢相盛衰。天心自有常，道喪無過疑」：緬然情深。⊙辭理相附，故質雅可頌。

《汝寧人日坐韓聞西齋中，同譚左羽、何子受賦》「覽物意無厭，同心眷彌重」：渲染有自然之采，而節腠緊甚。

《羅山龍崗寺送春，呈錢大令》「遊目睇層關，青峰羅指掌。惜哉荒草塍，當年盡腴壤」：地圖、風景，一一寫出。「一邑有盛衰，萬事難回想」：包藴。⊙於選體得其至深，故弱思縟采淘汰俱盡，而憑弔處尤令人緬然情長。

《清溪古樹歌》「世間乃有大器如此樹，零落荒山委僻路」：感慨甚遠，收束亦辣。⊙筆力盤硬詰屈，是少陵《枏》、《柏》諸歌行之遺。

《雛鴉行同北平韓經正賦》「群雛落水無完膚，水邊取烏如取魚。沿村惡少聚如堵，野鳩黄雀紛相呼」：摹寫曲盡。「俯拾兩雛活一半」：妙。「韓生見我氣咽不能語，久知天下事有不平如巢烏」：説出。⊙胸中極熱，眼中極清，遇如此不平事，那得不指髮衝冠，此固詩人巷伯之義也。

《江村元日》「性廉求世少，親健得天多」：名言至論。⊙我輩戀戀蓬茅，正復爲此，宜仙裳言之真篤也。

《居巢令重修亞父井》「奇謀如見用，亞父即張良」：史論獨出。⊙居恒每笑宋儒專以成敗論人，如亞父之舞劍鴻門，急攻滎陽，煞是警着。事之不成天也，奈何横口詈之？得仙裳，令我胸次豁然。

《歲暮白上人歸自崇川》「犬吠出深樹，人家多掩扉。寒河雙槳動，破寺一僧歸」：神韻俱妙。⊙唐人詩，妙在氣力不動而風韻有餘。孟津諸公非不雄博，而猶少一唱三歎之致。我仙裳遂能造其微。

《秋夜同宗定九桃葉渡頭望報恩塔燈》「何事南朝寺，乘閒到未能」：結得有味。

《旅館雪夜》「雪疑深夜重，衾念老親寒」：真極。⊙情意藹然。

《往松塢拜顧與治墓，途中作》「酒旗三里店，驢背一林松」：途次風景，迷離如畫。○「那須披墓草，到眼淚重重」：與治曾入閩拜宋比玉之墓，爲之立碑。今仙裳於與治亦然。甚矣，良友之情重也！

《酬程穆倩見貽馬金囊》「始知銅柱外，新亦附梯航」：小中見大。⊙詩亦古質。

《北歸經鶯脰湖晚眺，卻寄倪伯屏、褚硯耘諸君子》「亂槳趁斜陽」：「趁」字妙。⊙恰是鸎脰風景，詩亦淹潤。

《遊雨花臺，因過半山園小飲遇雨》「亂松崗北寺，一徑酒家扉」：是城南風景。⊙「無窮好事者，行樂舊京畿」：結有深感。

《澄泥小硯久失，復歸志喜》「附身無不失，那問一丸泥。完璧事如昨，還珠理未暌」：借小物寫出胸中感慨，少陵多有此法。

《蒲塘法寶寺，次壁間魏別駕韻》「殿閉海雲陰」：壯險。⊙此詩最有力。

《真州候潮同友人登樓作時奔視櫟園先生》「此日金陵去，茫茫未息愁」：己酉冬，予將至秣陵省浚儀之難，貸金不得，遂悵怏而返。仙裳毅然請行，予視之有慚色矣。

《湖上留別真源先生、馳黃、緯如、虎男、湘平諸子》「過橋沽酒去，臨水送人歸」：可想其境。⊙用筆極活。

《桐鄉陳刺史宅贈黃介石》「白門多難後，生死亦相依。閱歷一心在，蒼茫萬事非」：嘗讀史，若鮑宣之於苟諫，脂習之於孔融，可謂不以盛衰存亡貳其心者。桐鄉沒，既得仙裳，又有介石，真堪風示千古。

《過花月山堂舊址》「寒螿喧雨夕，新燕舞花朝」：正復難堪。⊙庚子冬日，僕過某氏廢園，有絕作耳。

句云：「蕭蕭梧竹此城隅，腸斷西風淚眼枯。畫屧粉妝何處是，雕欄夜夜走群狐」；「柴市淒涼暮雨愁，從軍小隊更邊州。忽經緑野平泉地，始識君恩萬古流」。陳子其年讀之流涕，惜猶未見仙裳此作耳。

《臘廿四日阻風暨陽》「歲晏猶羈旅，民生足苦辛」：字字老氣。

《用里過褚硯耘園居》「簾前啼鳥留春住，石上濃花對酒飛。把臂不須談往事，管弦清切易沾衣」：情緒迷離。⊙不須激切，偏於閒澹處惹人涕零。

《偕内子入廣陵舟中感舊自甲申避亂，離郡閲十三年，已無家可歸矣》「夢到故園愁易醒，語追離亂不堪終」：真切。⊙「肯信繁華逐轉蓬」：我輩身經喪亂，每有感觸，便復泣下沾襟。似此舟行之作，卻説出永嘉、天寶一段情事，詩之可傳，正復在此。

《汝寧南湖登觀音閣書事》「王孫此地迷芳草，煙雨何年見白衣」：憑弔淒涼而委婉多風，故衹覺其藴藉。

《經落帆亭，是癸巳春與陳澹仙先生别處》「今日獨齎磨鏡具，當時相送落帆亭」：腕力絶健。⊙「故交十載散浮萍，檇李風煙此再經」：不勝扣策西州之痛，而詩特温藹動人。

《寄懷陳伯璣，時客遊邗上余方居廬海陵》「忽報征帆繫柳條，蓼莪吟苦卧山椒。懸知鬢改多年别，未信書沉百里遥」：委婉妥貼，而森秀之氣自不可遏。仙裳云：「少學詩從嘉州入手。」此固不誣。

《陽兒至江上，中途遇雪》「沽酒卻投何處村」：老。⊙家常話寫來愷切動人，是謂真詩。

《邗上喜晤趙韞退大參賦贈先生辛巳序予文稿，計別去二十有二年矣》「重過維揚少故人」：令人慨然。⊙婉轉合格。

《懷范汝受久客楚中》「翩翩濁世佳公子，共許揚州范十三」：律中帶古，筆力矯異。⊙一氣頓宕，用險韻，殊無擬議之煩。

《王左車、安節橋梓招集莫愁湖》：一片清光，繚繞無盡。

《喜晤吴興公，先是別於陳澹仙刺史家，澹翁已没》「存亡去住皆成恨，歧路銜杯淚滿裳」：兩句收拾全詩，何等筆力。⊙看來甚平，卻處處是法，固繇學力。

《下第自金陵歸，夜泊朱家嘴，舟中呈唐祖命》「秋盡仍從舊路歸」：可感在此。⊙「幸有故交相慰藉，中宵痛飲已忘機」：「寒笛對京口，故人在襄陽」詩有其致。

《己酉冬夜重泊朱家嘴，有懷祖命》「犬迎生客依然吠，月出寒江分外新」：淺筆見致。⊙全詩只做「重泊」二字。

《己酉夏日東皋對酒作》「狂歌徙倚柴門外，正有鄰家送濁醪」：如此結最好。⊙「喜多行坐白頭吟」，是此時光景。

《甘露寺絶頂呈姜侍御》「陰崖猶存漢碑碣，戰壘即是吴山河」：磊砢而英多。

《過京口》「臨風鼓吹煙中舫，映日樓臺雲外山」：是唐調，卻極切。⊙鬆秀卻不落纖巧，是晚唐之高者。◯荀郎年二十九即鎮京口，我輩白髮風塵，能無三歎。

《桃花塢暮雪，宿蔡九霞息關，枕上作》「因風時灑紙窗鳴」：思幽筆老。⊙情景曲盡。

《武康静林寺》、《餘英溪》、《羊没山》、《千秋橋》、《郭林山》、《莫干山》、《龍湫》、《銅官山石燕》、《防風廟》、《仙人渚》、《飲馬井》：數絶具有感慨，便不是尋常題志。

《題孫阿滙見贈畫箑》「煙昏山後寺」：此中想出畫意。

《將之西湖，讌集煙雨樓惜别》其一「分明欲絆須臾住，託看鴛鴦晚上樓」：無限柔情。其四「燕子重來春未暮，韭溪橋畔是君家」：不説破更妙。⊙作艷體詩，妙在遠近即離之間，使人情動。猶憶王阮亭座間，汪苕文讀陳其年《無題詩》十二章，極賞歎「人在春風二月初」一句，是真得艷詩三昧者。

《鴛湖棹舟過吴佩遠東溪村舍》「夫人廟角殘陽滿，棹入桃花路轉迷」：此境可想。

《宿梅谷師南郭草堂》：極得唐人吞吐之妙。

《青溪月夜續燈庵即事》其二「金陵萬事都如夢，月色猶留舊板橋」：嗚珂巷裏，紅板橋頭，正自深人惆悵。閲二詩，使我發十年桃葉之夢也。

《贈白璧雙》其二「白髮開元成往事，廣陵猶見白三郎」：借題發論，只是胸中原具滄桑之感耳。其三「今日長安遍同調，致身寧待鬱輪袍」：此首有嘲謔。⊙庚戌，僕有《枕煙亭雪集聽白三琵琶》四絶句：「寒日林園酒復陳，琵琶急響似西秦。赤眉銅馬千秋恨，譜入鵾弦最感人」；「北極諸陵黯落暉，南朝流水照青衣。都來寫入霓裳裏，彈向空園雪亂飛」；「白狼山下白三郎，酒後偏能説戰塲。颯颯悲風飄瓦礫，人間何處不昆陽」；「天寶傳頭竟屬誰，四條弦子斷腸時。禿衿窄袖當壚女，今日公然識段師」。蓋是日彈甲申、乙酉年事也，附録以質同人。

《李大尹種柳雉皋已二年矣，庚戌予將移家歸海陵，因題絶句別李公，併以別柳》：令公懷抱冰雪，而愛客有加，即此種柳一節，風流可想。然非仙裳，不能傳誦其事也。

《羅山道中作》：每遊楚豫間，見頽垣敗壁，一望荆榛，便有「生靈已盡」之歎。彼身居華屋者那得知。

《烏回寺》「遊子忽驚身在遠，烏回寺裏聽啼烏」：語淺情至。

《送何龍若歸京口》「只恐還鄉無舊業，濃桃空傍戰塲開」：難爲人聽。

《梁溪舟宿聞吴歌》「江南風景凋殘後，纔聽吴歌第一聲」：是喜是悲，總難爲懷抱。

《二泉亭後過石佛洞小憩》：静極。

《德清縣作》：自然。

●仙裳二十年前屏跡村舍，於漢魏四唐之詩，靡不窮討源流，綜其至變。已而從孟貞、與治、伯紫諸君子論詩，益復臻於醇備。姜真源侍御刻有《悠然堂詩》，李奎瞻大令近刻其《桐引樓集》，瀨内亦既見之，而以予謬司選政，乃屬其嚴爲簡汰。予客蕪城，楗户了此。蓋當代作者如林，而求如仙裳之風神秀上、格法婉愜者，目中實罕其儔也。仙裳行將策馬金臺，與十五國人士揚榷風雅，當必許南陽生爲不阿所好乎？

顧九錫

臨邗、思澹，江南江都人。《春江草堂集》。

《白頭吟》其二「妒此畫中人，朱顔得常保」：迂得妙。

《採蓮曲》其一「蕩餘暉，腕力綿。腕力綿，整翠鈿」：蟬聯鎖屑，聲情俱妙。其二「忽然止，鴛鴦起」：言外不盡。

《懷王西樵吏部》「自從歸故里，山光不欲開」：疏疏自老。○西樵罷吏部，客邗上，當途少以豬肝餉者，而西樵安之，日事嘯詠，固知其爲静力人也。而此詩正約略寫盡。

《寄紀伯紫》「幡然勿改圖，末俗欽鳳麟」：徐合素遊燕，僕曾作古詩寄伯紫勸之歸。今觀臨邗作，正不須歸耳。

《贈黄公元》「以此遭蹭蹬，百爲無一成。仰天惟大笑，毅然事從征」：寫出俠士鬚眉。⊙奇人行徑一一寫出，而詩亦磊砢英多。

《寄呈龔大宗伯》「終當依日月，豈敢戀蓬蒿」：可謂金聲玉色。

《春日檢出杜于皇札子》「不須頻命駕，心事幾曾疏」：便似茶村筆意，古人倡酬往往如此。

《經泰山》「風雨秦碑朽，虬龍漢柏存。底須尋輦道，封禪未容論」：蒼厚。

《九日同劉玉少賦》：得力唐人，故無近今之習。

《晚渡盧溝橋》「風急衝歸鳥，天昏吼石鼉」：此首氣極厚。

《再過武城》：得憑弔之旨。

《金山題壁》「千峰窗外落，萬派枕邊聞」：刻意摹繪，遂空一切套語。

《寄懷孫豹人》「村酒一杯三月醉，虚窗半榻幾年疏」：韻甚。⊙温然可掬。

《送徐聞宰遊楚》「有懷屈宋雲連峽，釃酒英皇月滿樓」：沅蘭湘芷，在其毫端。

《答毘陵鄒訏士》「得醉何須戀一官」：有意。⊙「幾時得泛蘭陵棹，季子祠前把袂看」：不勝羅綺，卻自清健。

《重九柬宗梅岑》「百年多病謳吟老，此日登高感慨同」：重九詩以蒼涼古直爲尚，頸聯亦何讓昔人。

《秋日同黄雨相、魯紫漪天寧散步》「年來戰罷仍歌舞，秋到人間有歎嗟」：音節慷慨，如聞禰生之鼓。

《燕子磯晚渡》「落葉蕭蕭揮扇渡，寒星歷歷景陽樓。可憐獨有悲秋客，漫負漁簑向石頭」：好結。⊙筆意高邁。

《黄河夜泊》「沙明兩岸渾如雪，濤擁千鯨直似雷」：全首壯拔。

《送汪蛟門之宣城》「隋苑芙蓉人寂寞，北樓風雨墨淋漓」：具見老氣。⊙首尾運棹，極爲自然。

《九日懷十七斯雨弟》「征徭海國荒煙晚，峰火江城落日遲」：深情穩調。⊙沖雅，不事怒張之習，却意自別。

《九月懷瓜渚諸子》「亂餘閉户仍同調，病起開樽祇獨愁」：近見學初、盛者，癡肥不可言。如此鬆秀，正復楚楚可愛。

《贈京口何御六》「歧路交游偏慷慨，故園戎馬正紛紜。遲回芳草無多泣，詞賦飄零幾似君」：正得于鱗佳處。

《寄懷吴薗次水部，兼呈龔合肥尚書》「疲馬夕陽千里劍，青山驛路故人卮」：輕逸。

《曇華庵散步，同乃功六侄》「尋僧别院野花開」：秀絶。

《同王仔園、龔右周江聲閣納凉》「江雨欲來雲氣暗，海煙初瞑鳥飛還」：翛然絶俗。

《寄仙遊令家八兄但耶》「故園書發芙蓉日，異地緘開橘柚前」：筆致鮮韶。

《讀王阮亭先生漁洋集》其一「閒乘小艇紅橋外，二月新鶯聽幾回」：世那得如此使君。

《家侄畹仙讀書古橋，悵然有懷》：子瞻以寒食、重九未可虚度，惟臨邗領略此指。

《同黄仙裳、宗鶴問旗亭偶集，時仙裳將有都門之遊》其二「此日花前須盡醉，愁心千里寄君難」：妙入唐人三昧。

《步平山堂懷六一居士》其一「一片荒煙迷蔓草，幾株寒柳照晴暉」；其二「日暮忽聞哀柳外，一聲清磬落人間」：平山爲歐、蘇遊賞舊跡，而僧人改而爲寺，當事亦無有矯而革之者。讀臨邗二詩，使人增歎。

●臨邗博綜今古，所葺《經濟約編》一書，合肥已序而行之；而伯紫、梅岑、玉少諸子，復盛稱其有韻之言，爲能婉轉秀貼，獨臻佳境。僕客邗江，特爲點定，俾知萸灣、竹西間，固不乏俊人也。

劉梁嵩

玉少、次山，江南江都籍，河津人。《次山樓集》。

《當壚曲》「十三翠袖初着地，十五雙眉解人意，十六當壚作家計」：是樂府章法。

《擬古雜詩》其一「翩翩九苞禽，梧桐誰與期」：遒甚。⊙高才不遇，可爲歎悼。其二「遊子如飛蓬，佳人空踟躕」：含旨無窮。⊙不勝榛苓之感。其三「不解羅敷辭，争歌楊白花」：有含貞守素之意。◎少室古詩，結體如阮公，摛詞似二陸。

《琴》「聲妙不在弦，亦復不在指」：嗒然忘言。

《燭》「宵中促妝細，釵下看人妍」：逼似宣城。⊙聲情幽艷。

《山龍潭曉行潤州道中》「縱目一以眺，始覺羅嶇嶔」：清綺遒上，是三謝風旨。

《從避風館登玉山》「峰前帆色同江緑」：用意皴染。

《過臨清大寧寺敕書閣下，見米元章、方兩江大字碑》「憶昔隆萬重熙日，聖化無爲垂世則」：以下純發議論。「良久擡頭忽驚問，閣上敕書今有無」：結出意表。⊙梵宫琳閣似無大關係，而中有至感，則慨歎生焉。每與少室盱衡往事，輒有非他人所可解者，此《三百》、《楚騷》之微指也。

《崔鎮風夜》「相對人無色，還疑舟自開」：摹寫處極爲傳神。

《報國寺看松》其一「妙舞公孫劍，通身草聖書」：草聖、公孫，爲從來作者所未及。其二「未知巢鶴穩，近似與龍争」：起極崚嶒。◎趙友沂曰：「慈仁寺古松十餘株，真奇觀也。年來嘯詠感慨，發爲篇章者不一，有如汪子雨若、方子玉如，則有《弔松詩》；鄧子孝威，則有《賀松詩》；吴子玉隨，則有《慰松詩》；韓子聖秋、吴子岱觀、丁子野鶴，則有《對松詩》；王子山長，則有《别松詩》；許子天玉、嵇子淑子、吴子錦雯、施子尚白、王子懷人、亦世，則有《礪松詩》。今劉子次山、靳子茶坡，又有《看松詩》；而余與劉子小石、吴子菌次、汪子石函，各有《古松長歌》，以步諸子之後。」◯僕稿焚卻久矣，有次山詩堪與松並峙千古。

《客真州登天寧寺浮圖》「望中鳥與數帆低」：畫。⊙穩而警。

《天險閣》〔一〕其一「水下滹沱汾曲合，山過上黨雁門來」：非登臨不能如此指畫。「中原地勢經西拆」：此句確絶。⊙玉少家世龍門，往往從數騎出入故關、井陘間，故能言之確切。其二「人意正隨峰向背，馬行忽與雁高低」：形容更妙。⊙渾厚沉雄，目中豈有北地。◯時人腹餒筆弱，往往以「清空一氣」四字文其短淺。顧視次山，豈不猶小兒突逢大將旗鼓耶？

《宿核桃園山家，乘月獨上數峰坐最高處，時夜將半矣》：只此一題，便見詩人興致。「夜静隔

〔一〕以下四題（最後一題《莫愁湖聽雨》無詩句），康熙本無，此據乾隆本補。從批語可知爲劉梁嵩撰。原在黄雲《汝寧人日坐韓聞西齋中，同譚左羽、何子受賦》詩題與正文之間，板心刻有「又三十二」，爲一整頁，首行爲詩句「旋折初驚大壑回」云云，實爲五十二頁之末行《天險閣》的詩句，故補插於此。

溪人共語，秋空橫嶺雁南飛」：清冷空曠。

《登清風臺二首次章兼懷高南村》其一「百世人知上此臺」：警醒大衆。「雲歸竟欲過溪來」：妙句天成。其二「周室君臣空聚散，高臺松柏不興亡」：具眼。◎二詩有關名教，而妙在不腐。

●玉少在吾黨諸子中，詩格特爲英迅。邇年歷遊邊郡，其詩益爲雄渾。《天險閣》以下五律，是其燕京郵寄新篇也，輒爲歎絶。

《莫愁湖聽雨》「汀前春草秋還緑，溪上潮聲雨共流」：此景正堪描繪。⊙詩情縹緲，在義山、致光之間。

《春雨述懷》「人前燕頷原難異，近日蛾眉不敢工」：可哭在此。⊙「青春幾度亂離中」：崎嶇歷落，懷抱自是不同。

《送龔芝麓先生北上》「一載兩逢南北路，八年再舉别離杯」：清音高唱。⊙送行詩易套，送大老詩尤易入套。似此清亮圓警，真空谷足音。

《凌歊臺故址》「可兒曾説丹陽尹，過客茲登宋武臺」：矯健。⊙「霸圖銷歇歸禪寂，木落山空度劫灰」：讀過覺天風瑟瑟，滿襟袖間。

《老鸛口夜警》「戍裏征人局外看」：是畏途光景，卻寫得豪宕有氣。

《登望亭湖》「靈旗咫尺招風雨，憑弔終因烈丈夫」：細潤之中，不掩高氣。

《滕王閣》：無意求工而渾淪一氣，是爲老手。

《長橋月下聽吴人謳曲》「開元白髮人何在，聲徹江南淚滿衣」：遥情如寄。

《掃梅花嶺斷碑志感》「記得年時二三月，陌頭車騎踏青來」：少所遊歷，老而不能忘，况經兵燹之餘，能無太息？

《過鮑曼殊言别》「明日出城江上愁」：是言别，不即是送别，調復高老。

《李海塢雨夜聽鄰舟女郎度曲》「玉鏡無緣人漸老，空聆此曲在他鄉」：可謂情深。⊙紅淚嫣然，笙囊盡濕。

《宿遷驛舍和吴趨女子壁間韻》「相隨一片龍荒月，曾照金閨是故人」：哀慘如聽邊笳。

《送宗梅岑歸東原》其二「良久月光當户滿，西風吹入稻花香」：寫村景極幽倩。

《山響樓湖口縣》「半崖懸處掛漁罾」：真。

《大孤塘白泉寺》「禪扉静掩泉聲細，僧語松中客到關」：静境，層層寫出。

《焦山阻雨，宿野航上人容聽閣》「薄暮枕樓聽急雨，緑陰深處響飛泉」：秀静。

《題畫》：「四圍山色北窗深」：好景。⊙安得結夏其間？

白夢鼐

仲調，蝶庵，江南江寧人。《燕都近稿》。

《久雨歸興》其二「萬事青山冷，千林白月孤」：意極警策。

《送張牖如歸吴門，兼寄宋既庭》「水痕高過馬，樹杪亂行船」：是爾時風景，故妙。

《送許星亭任安定》其一「山谷西羌裏，民風樸未雕」：發端妙。其二「蜀魏争雄地，羌戎服教方。何期今牧長，竟得古龔黄」：雄古之氣，咄咄逼人。⊙送行詩卻説來如許關係，只是古事熟、時事透。

《次韻贈劉公戫》：公戫寄興蕭散，常有大隱金門之意，惟仲調爲能道出。

《夏日送薛衛公給諫歸覃懷》其一「故園山正好，王屋對荆扉」：筆路闊甚。其二「莫謂京華遠，時從北斗看」：忠愛惓惓。⊙送諫官慷慨易而温厚難，如此和平，自屬正響。

《庚戌九日宗伯夫子招同黑窯廠登高，即席限韻》其二「燕市風寒燕酒熱，天涯兄弟幾人來」：雄風拂袖。⊙登山撾鼓，氣色甚惡。其三「還憶漢皇沉璧馬，幾回桑海變銅駝」：俯仰情深。⊙極目時事，言之沉烈，知仲調爲有心當世人。其四「休言落帽顛狂客，兕虎年來道莫容」：何來此悲激之音，固令四座色動。

《贈許子位步韻》「唾壺切莫敲殘缺，只恐歌寒水不流」：仲調當拔幟先登之日，而胸懷騷激，每形詠歌，其於子位殊有琨、逖聞雞之概。

《壽宗伯夫子》其一「濟世還嗟與世違」：實話。其二「山飛獵火雕盤急，凍合層城馬渡遲」：聲猛色麗。◎步杜韻凡八章，此二首尤爲善寫衷曲。

《柳敬亭八十遊京師，説書春帆齋頭，席上敬亭限韻刻燭，賦贈》其一「醒木一聲書一齣，羅家好酒色如霜」：好絶。其二「軍前請死語尤莊」：是寧南當日事。「衝冠氣亦衝牛斗，座上曾飛二月霜」：説出柳麻生氣。⊙英風滿紙，是《刺客》、《遊俠》諸傳爛熟胸中，乃能有此筆墨。

《贈都諫張螺浮先生》「又別青山見至尊」：高響。⊙臨軒賦詩、賜環入直，皆一時盛事。仲調以健筆寫之，當與國史並垂。

《仲冬望後六日大雪，宗伯夫子招集諸同人即席限韻》其一「谷口地靈今且隱，吕梁天險昔曾經。拂衣本是尋常事，辜負韶光戀錦屏」：各説意中事。其二「草堂尚在鍾山下，舊火新煙冷竹屏」：他人但作門面好語，仲調獨有磊落見性之言。然非漉水，未能格外相賞也。

《賦得馬上城中見雪山，即步空同原韻，兼贈閻古古》其二「星辰劍履看天上，屠釣英雄識草間」：氣骨骯髒，故落筆自爾矯岸。

《北歸即事》其一「惆悵挑黄至正年」：胸有全史。⊙河決一事屢形詠歎，豈是碌碌温飽人。其二「而今捫虱人難識，方信苻堅不易才」：鬚眉如見。⊙君臣相遇，其難如此，安得不以斗酒澆之。

《孟廟》「平生合傳耻荀卿」：卓識。⊙儀過孟廟，瞻仰久之，而門廡荒頽，有不可言者。諸大吏豈無意乎？乘此右文之時，請而新之，亦盛事也。讀仲調詩，因偶紀之。

張　陛　登子，浙江山陰人。《静遠居詩選》。

《過雲崗寺》「石洞鏤千佛，空山界一城」：妙。⊙山川詩必以刻劃而佳，一平衍，則隨在可移去矣。此詩佳處，在字字着意。

《遊晉祠》「丹殿夾層樓」：「夾」字便警。

《天津夜泊》「孤城臨大澤，萬艘接神州」：語壯而切，故佳。

《丹陽道上有感》「作吏頻驚轉戰時，荒煙衰草望中迷」：此指當年爲法曹時話。⊙回首往事，語兼感慨。

《望海珠寺》「粘天島嶼鮫人遠，畫蠹樓船大將行」：語切時事，不僅爲丹山緑水點染生色。

《飛來寺》「絶巘吞江湞水回，此山何日寺飛來。鐘聲遠度崑侖石，樹影遥侵碧落臺」：氣概雄偉。⊙高麗，幾壓一時作者。

《春日和澹歸師原韻》「乾坤不改山河影，歲月常懸箕尾心」：意想沉摯。⊙不作一切禪梵語，此詩方可贈澹公。

《同龔孝升中丞遊海珠寺和原韻》「乍疑旗影樓船動，卻望榕陰古戍開」：貼合。⊙「要知夜月光如練，會有獰龍聽法來」：光彩流溢。

《登白鶴峰》「千古風流尊異代，兩朝氣節想當時」：爲髯公生色。⊙菁葱秀蔚，總無浮響。

《同曹秋岳侍郎過壑庵，贈休山上人》「煙蘿地僻支公宅，水竹天成大士居」：筆意閒静。

《韓聖秋、方子詒招集慈仁寺松下分韻》「閣殿簷侵夾道松，坐看謖謖隱鳴鐘」：起處突兀。「不見屏開天壽峰」：此句矯異。⊙「故苑荒臺幾處逢」：低徊憑弔，固是勝懷，處山水間亦何可浪過。

《泊彭澤湖》「淺岸平開萬疊山」：雅貼。「眼底桑麻人事幻，耳邊雞犬客心閑」：新句。⊙寫景平遠，饒有勝情。

《登張家口城樓》「絶壁跨橋分漢土，朝宗流水向神京」：輿圖指掌。⊙「自古懷柔原有道，敢臨大漠盛談兵」：嚴滄浪云：唐人好詩多在邊塞。此作颯颯有氣，殊令人壯顔。

《經雁門關》「泉從絶頂分溪澗，雲到中峰隱薜蘿。每憶當年邊戍苦，烽煙無警荷戈多」：整逸老確，極意經營之作。

《南華山莊作》「西風小閣沉沉處，坐聽村家楚竹謳」：渾然唐調。

《黄河有感》「漠漠寒鴉啄斷碑」：荒涼可想。⊙「何事年來事鼓鼙，煙臺處處列雄師」：兵驕將悍，蒿目堪憂，豈惟河上爲然。

《秦淮雜詠》其二「故宫禾黍盡飛灰，午夜菖蒲萬炬回。簾裏踏歌翻似海，船稍撾鼓劃如雷」：通首盛唐。⊙本是開元遺事，卻動夢華深感，非舍人不聞此言。

《胡太乙世爵招飲寶成堂，觀女樂即事》其一：「曲高只用低聲度，怕有樑塵涴靚妝」：翻新。其二「別院重呼秉燭看」：寫得富麗盡態。

釋瀞挺

佷亭，浙江錢塘人。《雲溪近稿》。

《採薪行》「徒卒奪之不肯與，奮刃一擊路傍死」：直得妙。「黄昏陰黯鬼火照，清宵但聞猿狖叫」：淒慘欲絶。⊙有此情事，雖使菩薩亦當努目。

《錢塘懷古》其一「七十二峰零亂後，只今依舊採蓮船」：渾然風人之旨。其二「可憐五國城邊柳，望斷江淮天一涯」：愀然難聽。其三「傷心華月高樓近，郊外青旗久寂寥」：風情欲絶。⊙風藻芊綿，卻寓情深篤。少陵《秋興》豈不穠華，而異代增感。知此，可與讀佷公之詩。

《渡揚子江》「最苦清談能廢事，茫茫回首厭虚名」：興亡定案。⊙不專説景，固自健厚。

《秋雪庵》其二「坐徹空潭千尺冷，幾年閒卻釣魚磯」：蕭冷。

釋宗蓮

達旨，湖廣鍾祥人。《南詢草》。

《留别龔芝麓奉常》「廬陽明日路，魏武舊旌旗」：前路蕭澹，結處陡發鋭思。

許承欽

欽哉，漱雪，湖廣漢陽人。《詩意》。

《夏仲自正覺寺遊佛峪，遂登龍洞山絶頂六首》其四「鐵壁散蒸煙，繚繞圍鮫宫。龍神氣鬱勃，勢欲呼雷風」：形容處出神入鬼，令人不可思議。其五「懸乳落涼衫，蝙蝠飛成陣」：妙。⊙每首布置有法，而結束甚老。其六：鑿奇穿奧，筆力欲透紙背。吾畏其膽壯而思險也。

《分水嶺》「中有暗浪喧，雷霆行履舄」：奇句。「仰視已墨沉，俯瞰乃紺碧」：細甚。⊙形容壯闊，足稱斯題。

《黯淡天》「積鐵張壁壘，驅使霹靂戰。陷陣失秋毫，性命須臾賤」：筆力如鐵。「後人謂已没，拚飛生轉盼。却望後人舟，箕簸當天半。捩頸一投梭，驚飈落鳧雁」：江行風浪間，便有此景。「龍女獨不從，咨嗟去如箭」：好想頭。⊙全寫灘行之惡，末路悠然、杳然，又如在桃源道上。

《茶洋》「老蟂不敢蟠，鼓怒招倏忽。跳沫積昏晦，千里縮溟渤。旁崖草木偃，危磴猿猱訥。晝夜見雌雷，擊碎橫飛孛」：寫得洶湧森怪，令人震怖。⊙如置身驚濤亂壑間。

《蒼峽》「迴峰如陣雲，散亂飛我傍。化爲萬頃雪，堆起英靈岡。玉花不肯結，散與波臣鄉」：一片靈光，耳目爲炫。「蓄怒待來楫，攢簇千鋒鋩」：好形容。⊙從險急中寫出超捷，筆力變幻，覺雷霆日月在其五指。

《石竺山》「洞壑赴曲蛇，壁影留孤鶴。冉冉紅霧來，花姑鬬大藥。丹光繞突奥，琴心殷寥廓」：是何境界？靈地恍惚。⊙摹想仙靈之境，令人欲棄塵世。

《吕梁洪》「鑿石甃岸敵崩嚙，洪崖繚繞蒼山根」：盤鬱生硬，筆力直與河伯争雄。

《過李家口》「千秋争戰地，斟酌戍樓孤」：得此一結，全詩俱振。大復每每忽於落句，何也？

《次南陽》「不意三川事，吾生屢見過」：感慨最遠。⊙應有之意，他人不能寫得如此匀浄。

《過蔣家河》「虚簷垂棗栗，大澤散雞豚」：典麗，卻不蹈襲他人一字。

《繡嶺》「漢瓦蹲仙鹿，唐碑抱古桐」：賞其斑駁。⊙已不勝時代之感。

《雪後遊華嶽至娑羅坪》「瀑水嚙枯藤」：鋒鋩隱隱，如太阿在匣。

《晴川閣眺望》「古今餘感慨，鏖戰憶曹劉」：結得妙。

《上虞山絶頂清風亭》「陰火亂天星」：妙。「惟有蜉蝣島，燕煙不斷青」：妙。⊙惝怳陸離，令人心目頓换。

《琉璃河》「洑流摧古墓，烽堠斷漁家。磨洗前朝事，蒼茫望翠華」：妙。⊙極慘淡，卻極英快。專摹富麗，詩便癡肥不可讀。

《白溝河》「遼宋曾戎馬，風煙十六州。河聲寒組練，朔氣老氈裘」：高踞百尺。⊙「誰定割鴻溝」：確貼白溝，不祇筆情之壯。

《德州渡浮梁》「河勢割燕齊」：切。「轉漕疲萬里，雨雪看輪蹄」：着眼。⊙輿圖、時事，一一在眼。

《界河驛》「比來萑符盛，控制累鄒滕」：大有關係之詩。

《南沙河》「野店雞聲苦，深林獵騎還」：「苦」字下得妙。

《宿遷縣登舟喜風》「祭神方打鼓，放溜即推篷」：風來紙上。⊙筆底有浩浩洪濤。

《弘濟寺觀音閣》「江聲朝古佛，閣勢接飛仙」：妙。⊙誰能移易一字？

《雨霽出涉邑南關眺望》「太行草木孤村擁，遼水魚龍大澤腥」：全學盛唐，卻氣力英猛，高士猶爲卻步〔一〕。

〔一〕「高士」，疑爲「高、王」之訛。

闔威儀。

《登華嶽廟後萬壽閣》「畫棟參差過日月，飛甍的皪傍星辰」：中有光氣。⊙莊嚴弘麗，如睹閶

《錢塘江觀潮》「靈旗百萬驅雷鼓，强弩三千試水犀」：壯聲如雷。⊙隱隱有雷轟電掣之勢。

《上望海亭》「積水空濛朝霽蜃，亂山回合擁雲屏」：紫翠之光，摇摇筆底。⊙此等題，着得一毫

寒儉氣否？故須以此事屬君。

《古寺》「齋壇晝閉陰雲合，夜壑風開鬼火吹」：聲光迥異，如讀《九歌》、《大招》。

《薄暮望徐州諸山》「指顧中原横要害，紆迴大澤鎖堤封」：此言古事。「獨憐戲馬臺邊水，不爲

彭城奠鼓鐘」：此言今事。⊙固是英雄語，不墮凡弱。

《宿扳罾口》「海口月生潮欲上，津頭風起水初渾」：雄風忽起。⊙楚風最勁，不知何以經鍾、

譚，忽變爲細瑣幽弱之音。今見漱石，乃知洋洋江漢正復有人。

《宿天津夜分大風》「此夜鮫人增涕淚，異時龍伯盛衣冠」：瓌瑋。⊙總無恒采弱調，更出以

健思。

《泊楊柳青夜立廣野中》「有時陰火送潮生」：妙。⊙「枯楊暗嘯黎丘鬼，短劍誰銷濩澤兵」：弇

州謂：「七言律至空同而大，至于鱗而高。」予謂漱石可當此二字。

《風行至南陽湖》「百里魚蝦都會地，土風應自賤農桑」：如此纔見身分。

《次梁王城》「四壘健兒今鋭甚，眼前龜鑒在膠西」：含蓄最深。

《秋日登晴川閣》「鐵鎖穴深垂斷綆，桃花祠廢冷銀箏」：組織絶代。⊙墨花飈起，只緣胸具古今。

《黄鶴樓望大江時西山方用兵》其一「障塞縱横看楚豫，輿圖割據指曹劉」：雄闊。其二「廟社有時歸草昧，乾坤何處不波瀾」：寄興最遠。⊙胸有經史，緯以時事，那得不英偉絶世。

《登九里山四望》「九里山前古戰場」：確。⊙「劉項旌旗紛草樹，韓彭壁壘幾滄桑」：「落日照大旗，馬鳴風蕭蕭」詩有其概。

《由來鶴橋登樓觀趵突泉》其一「千樹衝波起倒噴」：光麗。其二「伏流千里來王屋，直走三河貫濟源」：根據經史。◎二詩雄分、秀分俱有。

《回風磯》「不分乾坤意，悠悠盡向東」：渾淪得妙。

《三江口》「緑林饒俠客，白舫半新兵」：二語無限感歎。

《陽邏堡》「竹山秋戰急，伐鼓正催兵」：只如此自妙。

《漢口》「艤棹詢風物，先聞運價高」：切時事。

《香瑞庵寓兵》「部兵鄉語禿，知是隴頭兒」：怕。

《鵝兒湖》「正是淮南櫻筍日，相邀同賽女郎祠」：嫵媚。

《五龍山》「西風捲盡寒雲影，一帶流泉過古松」：蒼鬱。

《圍定堡》「澤潞兵戈今暫偃，將軍馬上帶麞歸」：着眼。⊙風神獨絶。

《釀泉》「春寒不管遊人醉，流到城南賣酒家」：韻絶。

●農部詩近數千首，皆遊覽山川、紀叙時事之作，瑰奇奥麗，得未曾有。以僕有詩選之役，傾囊見示，恨幅隘不能多載也。洋洋江漢，風格漸入卑靡，突起勁師，與三湘七澤争勝，舍農部其誰與歸？

王　熙　子雍、胥庭，直隸宛平人。

《送同年冀太守任襄陽》「此地猶歌大堤曲，習家池上醉花朝」：氣韻和雅，結處風流轉勝。

鄧　旭　元昭，江南壽州籍，吴縣人。

《將之洮岷道，病寄京師諸公》其一「飛書問戰屯」：厚。其二「使節慚都護，王程滯雍州」：天然典貴。⊙一往雄健，非蘭苕翡翠所可方擬。

《海陵訪舍弟孝威有作》「蒼茫來海國，端擬對牀眠」：結得遒緊。⊙章法極老。

鄧廷羅　叔奇、偶樵，江南江寧人。

《燕京送家孝威南還》「因人良不易，作客豈宜多」：語堪百拜。⊙長安贈别，詩可盈篋。而古心厚道，則首推偶樵矣。

慎墨堂詩話卷三〔一〕

申涵光

孚孟、凫盟，直隸永年人。《聰山詩集》。

《昔在》「碧血旁皇白日昏」：忠節騎箕之烈，與日月争光。此詩鋪陳事實，字字不苟，當爲不朽之作。

《邯鄲行》「探轂沙丘去不回，霸圖消歇更堪哀。邯鄲之人思舊德，至今猶上武靈臺」：以古事作結，煙波萬疊。⊙頓挫抑揚，皆與古會，在嘉州、常侍之間。

《春雪歌》「歌聲入夜華燈暖，不信人間有餓夫」：言之可涕。⊙胸有本領，不徒以風雅勝人。

《遣興》「落日澹行藏」：厚。

《獅子腦訪殷伯巖》「昨日郡中望，此峰當夕陽。撥雲尋逸老，踏雨到山堂」：起得高曠。

《山中回，伯巖送至馬服山，宿竹林寺，明日别去》「下看林外路，昨夜此中來」：細而真。⊙風

〔一〕此卷輯自《詩觀》初集卷三，原署「東吴鄧漢儀孝威評選／同學宫偉鏐紫陽參閲」。

格散朗。

《雨後林慮道中早行》「不知山寺近，漸覺遠村低」：山行真境。⊙「孤雲入杖藜」：想路清微，不獨遺調之亮。

《井陘》「嗚咽城邊水，猶疑戰士魂」：壯激。⊙「一燈茅店裏，懷古向誰論」：以壯起，以悲結，詩特矯甚。

《輓張尚書湛虛先生》「遺老如弓劍，吁嗟今漸無」：何等心腸。⊙以此輓尚書，字字血淚。

《寄懷孫鍾元先生蘇門》「萬死扶鉤黨，孤忠有逸民」：字字是夏峰實録。

《寄西山張覆輿、王都鄰、殷伯巖、張上若》「空餘慷慨猶多事，不廢謳吟亦近名」：聞道之言，令人悚服。

《集飲南園》「時方多忌歡娱少，人自無營笑語真」：詩不徒紀景物，要須有見道之語。頷聯字字刻至，當屬必傳。

《答王祭酒敬哉先生》「午夜悲歌出處同」：惟祭酒可以當此。⊙一字不諛，見兩公之古處。

《靈巖寺》「松根出石走龍蛇」：奇句。⊙「老菊黄垂洞口花」：此首獨雄拔出群，絶類北地。

《齊河道中》「爲報遺黎應努力，軍需方急水衡錢」：鼂盟抗懷高蹈，而關心民瘼如此，孰謂處士不足與語天下事也？

《出都前一日社集龔孝升先生龍松館分韻》「人情漸覺悲歌少，酒客依然意氣真」：獨抒肝膈，斯謂知己，他人但作酒肉帳簿耳。

《長安曲》「相逢各相抱，馬上遞煙酒」：情事以真而妙。

《郊夕》「煙中人打魚」：筆墨入化。

《殷睢寧伯巖棄官北歸》「與子重逢亦偶然」：感慨繫之。○伯巖爲睢寧令，梟盟促之歸休，殷即拂衣歸里，兩公真古人也。

《飲野人草堂，醉後泛舟漳浦》「多少樓臺隨雨散，獨將茅屋待秋風」：唤醒世人。

《寄懷路妹婿吾徵》「姑蘇臺上應回首，白日寒煙是薊門」：去右丞何遠。

《題人野亭》：有意。

《黄花谷》「亂碑零落遊人少，一道飛泉下夕陽」：幽冷，欲逼毛髮。

《溪上》「兩岸蘆花飛白雪，午橋煙裏一舟來」：一幅好畫。

《送人》「一路風吹楊柳花」：離情惘惘，正在此際。

《寄冀襄陽公治》「細雨蒼梧亦可憐」：不必説明。

《燕京即事》其三「獵罷歸來催夜飲，江南少婦解弓刀」：不忍再讀。

《泛舟明湖》「秋來俱在雁聲中」：曠。

《宿靈巖寺》「上方鐘定無飛鳥，一片秋聲葉滿山」：梟盟諸絶，俱藴藉風流。

王崇簡

敬哉，直隸宛平人。《青箱堂詩》。

《山中》「一鐘摇暮岑」：純是静氣，如深山道流。

《秋暮偕兄弟夕至玉泉》：秀而健。

《晚過趙長公、次公村居，憶尊公黄澤》「旅人燈下至，霜雁月中來」：自然娟静。

《送宋玉仲歸萊陽》「河橋紆馬跡，風雪妒雞鳴」：「紆」字、「妒」字都鍊。「乾坤自不平」：無窮感歎。

《與四弟企也、張甥輯五，感幼時讀書山寺家園事》「明月無前代，青山識少年」：高渾。

《寄贈申鳧盟》：深思高調。

《送周農父》「瀟然無不可，四海一書生」：格法渾成，自屬盛唐高響。

《寄赤豹》「孤帆閲世多」：含蓄。⊙「清宵聞漏曉，尚否憶鳴珂」：委婉深厚，風雅正傳。

《送高璁佩假歸》「小樓門閉四時花」：名句。

《九日和李吉津》「西山猶向夕陽開」：九日詩須以高凉悲壯抒其懷抱，此作何遜少陵？

《姚若侯至感贈》「萬里風波雙眼内，三年悲喜一燈前」：無限情事，在此二句内。「五陵庭樹半荒煙」：仍説不盡。⊙情意藹惻，格力又極高超，此爲絶調。

《九日青壇、體舜、吉津偕登道院樓》「乾坤吾輩尚登臺」：感慨不露。

《新秋感興》其一「非緣古道多妨俗，自是今人不好名」：諷刺婉甚。其二「盈庭聚訟惟鉤黨，伏闕求官藉論兵」：追維往事，正使王夷甫諸人不得不任其咎。其三「至今箕尾光難滅，古木寒煙恨不窮」：賴有恤典，可爲雪恨。其四「漁陽秋色照桑乾，日暮沙飛雁度難」：起甚偉麗，足匹少陵《秋興》。⊙偉議危詞，可當奏疏、可入史論，如此始爲不負風雅。

梁清標

玉立、蒼巖，直隸真定人。

《閒居》「田園幸未荒，西郊有青疇。新雨稻粳熟，水榭迎早秋。高樹喧鳴蟬，清池泳輕鯈。何時謝塵纓，十畝長優游」：情懷抒展而音節蒼雋，固足高睨陶、謝。

《郊獵篇》「翻身欲入邯鄲城，舉鞭笑指新豐市」：獵獵風生。「夜看星辰太白高」：結復遒上。⊙雄豪不必言，而骨力堅聳，一往見其猛鷙，固爲絶塵之作。

《感興》其二「曾聞勤遠略，池水象昆明」：活極。其三「縱横嘶怒馬，獨見五陵豪」：格調本初、盛而用意深摯，正於整麗中妙有藏蓄。

《送張月征年兄還金華》「君無傷落拓，出處竟何如」：婉甚。⊙落句可謂「貌不瘁而神傷」。

《寄懷王敬哉年兄》「月中聞笛醉登樓」：唐人佳處，往往得之自然，有意刻畫則失之。如此作，全是風神掩映。

《送胡韜穎年兄還太原》「鮑叔敢言知管仲，漢廷未許訟陳湯」：悲歌慷慨，是擊筑本色。

《送公美兄之禮縣任》「兄去不須悲遠宦，伯鸞家世本西京」：如此結，真是難得。《新秋感興》其一：聖歎論詩，四句一截。此詩上四句説鄉思，下四句説時事，格法最細。其二「蒓羹遥隔戰場深」：秀警。「十載江關去就心」：藏意甚渾。

《古意》「層冰夜渡黑羊河」：王龍標《從軍行》有此雄健。

楊思聖

猶龍，直隸鉅鹿人。

《雪中柬喬文衣》「相見不必勞相問，竟須一飲三百杯」：悲歌跌宕，似子美贈鄭虔、畢曜諸篇。

《雪中送廉弟歸》「河橋路凍斷行人，飛鳥無聲没前村。望而不見徒逡巡，冒雪歸來獨閉門，含恨空齋誰與言」：蒼茫斷續，讀之惘然。⊙繁弦急管，狀其淒蹙。

《舟發錢塘，看嚴陵一帶山水》「峽束江流壯，陰森别有天」：《水經注》。「人家樹杪懸」：真。

《寄懷殷伯巖》「薄命一官仍短褐，勝遊五嶽有孤笻」：伯巖筮仕睢陽，即拂袖歸，邇年歷遊名山，大有尚平五嶽之興。猶龍一詩，可謂傳照。

《送宫紫玄歸廣陵》其一「昔去風雲成想像，重來江海已波瀾」：含意未申。其二「細雨秋風客到家」：自然入妙。⊙高秀輕脱，似高常侍。

《卜築》「況值年光催雨雪，猿啼鶴怨幾時還」：結亦遒緊。

《過魏環溪可亭留飲深談》「獨憐李牧還祠廟，零落殘鐘卧澗溪」：憑弔蒼涼。

魏裔介

石生，貞庵，直隸柏鄉人。《嶼舫集》。

《夏日感懷》其一「惻惻烈士心，常恐智慧衰。榮名古所向，修業當及時」：令人動惜陰之想。其二「至人有愚色，盛德貴深藏。卓哉大易訓，知柔亦知剛」：佩斯言也，豈復有褰裳濡足之患。其三「終當謝朱黻，揮手赴長林」：其如蒼生何？⊙音節亦似左太冲。其四：皆聞道之言，讀之發人深省。詩無關係，可不必作。如此篇，真堪作座右銘。

《過楊忠愍祠》「灑泣再讀擊奸草」：正氣凜然，讀之毛髮欲豎。

《園居即事》「激水下松關」：泉石經綸，具見此什。

《九日集樸園》「霜前一雁横」：自然佳絶。⊙凡詩烹鍊則傷氣，疏落又少意。此中火候，惟深心讀書者得之。

《過傅掌雷太史曉園》「著述關風雨，交遊念死生」：胸有古今，故性情迴别。

《喜辯若弟至都》「鄉心落故山」：轉折清老。

《送宫紫玄歸廣陵》「秋盡寒山出，羈人不可留」：發端最古。

《獲鹿道中過漢淮陰侯祠》「沙深遲倦馬，野闊響孤蟬」：頷聯妙在是北路，移南中不得。

《井陘西瞻白面將軍祠而歎之》「亂山堆落日」：「堆」字妙。⊙老筆横披，千人自廢。

《燕九節同猶龍諸友遊白雲觀》「寺挾雙峰起，雲留片雪明」：「挾」字妙。⊙局寬思警，備見識力。

《秋懷》「鴉聲落夕陽」：「落」字妙。⊙格法大方而鍊句更精，故爲獨步。

《九日登崔府君廟》「鴻雁不來秋自老，柴桑對酒菊重開」：矯健。⊙高嚴渾厚，全從讀書養氣得來。

《春日過盧溝橋》「桑乾直下連滄海，天矯青龍控帝畿」：盛世完音，一洗衰颯。

《燕臺秋興》其一「翠微北望諸峰沓，古木龍鱗已有年」：望古情深，筆端蒼鬱。其二「歎息豪華成寂寞，嚴城風雨暮砧催」：胸懷磊落，直是高人一層。

《鄗城遺址》「堤上人家餘野火，路傍翁仲傍枯枝」：其光熊熊，可以燭天。「年年此去長安道，日暮荒城讀斷碑」：矯絶。⊙精悍無敵，固子美詠懷古跡之遺。

李霨

坦園，直隸高陽人。

《秋日寓感》「寒莽宿饑雀」：是魏晉遺音，王、儲正少此蒼肅。

《望惠山暝不克陟》「陂陀間高下，林壑佈森邃。少斂雨餘雲，微辨煙中寺」：繫情丘壑，雖未登臨，煙嵐已鬱勃紙上。

《曉》「平林薦初日，餘夢受新寒」：「薦」字新矣，「受」字尤警，昔人所謂「吟詩要一字兩字功夫」。

《磁州道中》：大家數。

《喜晤孫星衡》「城郭矜榕樹，盤餐首荔枝」：「矜」字、「首」字不易下。

《吴山樓寓》「今古幾錢塘」：結矯甚。⊙「乾坤此爲客，臨眺易懷鄉」：英健。

《舟過崇德》「輕帆進拂東南風」：拗體，卻自秀潤。

《自杭往衢，江行雜述》「林端蒸雨報梅黄」：極切風土，故琢句都别。

《登延津城百角樓》「樓迴丹青開百角，浦徵風雨見雙龍」：鏗鏘激越。⊙氣體高勝，卻又秀拔，故佳。

《將發榕城，留别孫星衡》「萬里舟車窮海夢，十年風雨故山薇」：高、岑極境。⊙氣力極足。

梁清寬

敷五，直隸真定人。

《秋日過賈氏别業》「深院鹿眠臺」：秀潤，居然摩詰。

《秋興》「無邊月色連天白，數點鴉啼大地秋」：落落岸異。

傅維鱗

掌雷，直隸靈壽人。

《過石仲生齋看竹》「山光割暮寒」：創處見其苦心。

《渡龍崗河》「秋重遠林黄」：看其矜琢處惜墨如金。

●掌雷詩多創闢，如《看竹》「煙鎖閒亭暮，蕉分曲徑風」；《冬月》「疏林凝野色，一雁叫離群」、「雨急寒燈暗，鳶啼古木高」、「氣咽陵園暗，風回海嶽青」；《偶作》「春色驕青燕，和風散緑楊」；《朝行》「林疏葉落千山雨，寒重鐘沉萬堞風」；《過襄陽》「鸛下沙汀秋欲老，烏啼木葉夜初涼」，皆其造意寫象、盡態極妍者也。

王鑨

子陶、大愚，河南孟津人。《大愚集》。

《潁陰諸公約居少林寺》「性爲山所得，念兹不能忘。群賢縱高談，木石焕文章」：是遊山人本領，謝康樂不知。⊙發意蕭涼，筆亦孤迥，元次山之匹。

《哀洛陽故宫》「壬午賊來破洛陽，殺戮劫奪如虎狼」：章法次第。「血漬鑾輅埋灰燼，刀捲陰風入掖廊」：形容淒慘。「春風無復人倚樓，泱泱瀍水繞宫流。哽咽烏烏不忍聽，日夕麋鹿上城頭」：杜陵《哀江頭》何以過此。⊙典麗似初唐，飄逸如太白。

《秋日入燕都》「塞馬驚官驛，殘兵補箭囊」：畿南凋敝，一一寫出。

《自雲中歸》「馬帶秋雲下」：形容甚異。⊙「天寒風入塞，霜重夜臨關」：熟讀杜詩，方能有此雄渾。

《仲春至陽和》「邊城日氣黑，戰地血痕腥」：狠。「草死收駝子，冰枯拾雁翎」：都是異響。⊙精力貫注。

《憶覺斯長兄入蜀》「木洞低藏驛，關門遠射波」：何等深鍊。⊙「家園遥望處，涼月上煙羅」：結「憶」字意，法老心細。

《春至陽和》「土崖崩戍壘，獵火射城樓」：刻畫有光。

《冬日晚行塞上》「群鴉投落日，羸馬嚼枯蓬」：「投」字更遠。

《深井思鄉》「殘雨秋花亂，寒風古木疏」：上句更佳。

《雁門關》「土敞惟生柳，雲低不見山」：大愚邊塞諸作，皆深警奇拔，卓然與子美、空同並驅，讀之增人壯氣。

《西郊》「古木畏寒秋」：「畏」字如何下。「兵戈身已老，忍淚向庬丘」：老。

《過靈石山》「萬峰朝白日，一徑出青巒」：地形歷歷在眼。

《二侄藉茅約遊西山》「山禽冒雨飛」：妙絶。

《遣愁》「月掛歸心滿驛樓」：僕向有「纔起鄉心月過樓」之句，至今吴越間稱之，不敵大愚之深渾也。

《入霍州》「霍叔寂然周鼎没，年年鐵楗鏁重關」：以感慨結意，方是。

《星軺驛》「陰谷雲腥龍夾雨，暖風花氣麝含香」：公戫嘗爲余言：「七律極難得滿足。」今見大愚，推爲獨步矣。

《憶少室緱嶺、石淙、盧巖諸勝，柬故友重遊》「山中疊岫成飛浪，巘外停雲作斷峰」：上四句叙，此二句總，詩律最細。「曾記當年題勝處，薜蘿一帶紫煙封」：以虛結。⊙有鼎彝斑駁之色，而詩格更老。

《和長兄覺斯華山詩》「一帶大河窺塞北，五陵陰雨下關東」：比于鱗何如？⊙昔客燕京，大愚曾出此詩相示，歎爲警絶。今復披誦，益爲神悚。

《登泰山》其一「太古高崖鐫鳥篆，多年老樹起龍雷」：鬱然蒼古。其二「衹見眼中飛海水，忽聞峽裏叫天雞」：筆力排奡，如神龍戲海。⊙典厚肅穆，如睹閶闔衣冠。

《問河南》「窗紙猶懸嵩嶽月，秋心獨滿洛陽臺」：秀氣浮動。

《少林寺》「山中無人來，貝花開且落」：似右丞。

《夜夢》「還家一夜夢，錯到泰安州」：大愚時視學山左。

《欲往江南》「一夜西風過潤州」：意態安閒。

《逢故人》「饑饉頻經兵火後，逢人不敢問家鄉」：久客實有此情。

《秋日同張坦公水堤登眺》「多少傷心不忍見，一群白鷺等閒飛」：含蓄。

《聞鐘》「旅人最是閒中苦，怕聽蓮花寺裏鐘」：「閒」字着得妙，若忙人則竟不管矣。

《訪友不遇》「夜静更深風送月，亭前吹落刺桐花」：饒有風韻。

張文光

譙明，河南祥符人。《斗齋詩選》。

《雲棲》「堅深結草木，高秀動煙雪」：非静眼人不能寫此。「北山幽以徑，南山幽以壁」：老。⊙

山水間着不得一套語，此爲直寫神貌。

《登汴城角樓》「中原形勝地，畫角起邊聲」：着眼。⊙頡頏嘉州。

《醉别》「虚堂寒共被，醉語見情真」：氣蒼思警。

《送沈繹堂太史分憲大梁》：唐人於送行詩，俱用全力注射，解此者惟譙明。

《冬日載酒慰趙錦帆去國》其一「經濟原多事，文章亦近名」：深識之言，非同孤憤。其三「作宦心元苦，歸田賦莫傳。漢家新氣運，淪落幾才賢」：詞氣藹然。

《清淮曉發》「萬里河流故國聲」：是中原人語。⊙高亮，是詩家正派。

《湖雨登毘盧閣示僧》「辰鐘疑有老龍聽，巖壑陰陰聚百靈。雲捲浪紋微帶緑，雨蒸山氣不分青」：風雨杳冥，疑有蛟龍蟠其五指。

《吴門懷古》「草緑閶門千騎獵，不教麋鹿上姑蘇」：風調逼古。

《餞蕭紫眉候補南歸》「十年辛苦緣何事，贏得梅花雪裏看」：令熱中者意消。

趙賓

錦帆，河南陽武人。《學易庵詩選》。

《雜興》其一「什襲置重室，夜夜吐光芒。世無張司空，紫氣從彷徨」：意氣激昂。其二：頓發冬青之淚。其三「路傍百結子，呼號崩心肝。杯羹堪續命，誰肯擲一錢」：「朱門酒肉臭，路有凍死骨」，誰能恤翳桑之餓夫乎！其五「寧知千百載，零落草壤間」：片言唤醒。◎古詩摹選，今人類作模棱語。錦帆以高朗出之，使彼我之懷俱豁，固當傑出。

《武城》「遺民棲斷岸，老樹出城墻」：懷古撫今，兩意俱足。

《滁縣》「新漲鼓沙痕」：凄壯。

《天津東李芳洲》「估船經島國，潮響到城樓」：切天津。

《燕市逢張坦公》其一「蘇門偕隱處，泉石有經綸」：諷新鄉也，而貪於一出，奈何？其二「酒徒無恙否，同醉望諸宫」：大有燕趙悲歌之氣，宜擊筑和之。

《雨夜訪萇光碧天壇》「老樹高天黑，空廊夜雨鳴」：響極。⊙深而健。

《大梁》「邸第樓臺纏野蔓，中原簫鼓斷斜陽」：氣色高華，而悲涼之意自見。

《先農壇》「不堪頫仰成今古，薄暮東風冷客襟」：以感慨結。⊙典雅，是應制體，而妙有蕭遠之致。

《涿州》「名王獵臂海東青」：氣雄力猛，能開萬石之弓。

《長安喜逢彭禹峰》「倜儻指揮天下事，風騷驅使古今書」：二語極切禹峰。⊙僕得交禹峰，未交錦帆。讀此詩，想英雄將無同？

《送陳公朗右轄山左》「天外岱山瞻少室，城邊濟水絡黄河。登臨便是遊鄉井，漫向春風問薜蘿」：錯綜如繡。⊙别有意緒，不僅以宏闊見長。

《送孫九畹僉憲蜀中》「驛亭虎鬭驚鄉夢，棧道蛇盤怯馬蹄」：雄渾壯麗，兼而有之。

《京邸哭王覺斯先生廿四韻》「中興事業渾杯酒，老去心期付簡編」：晚年心事，盡此二語。⊙蔡邕作《有道碑》，受者無愧；昌黎志《子厚墓》，瑕瑜不掩。此詩妙在處處斟酌，不作一味阿諛。僕以此服錦帆。

《送沈繹堂備兵大梁》「登臨定憶西窗燭，歲月頻瞻古驛梅。廢苑離宮花幾樹，夕陽官渡首重回」：送人遊宦，但作門面語，易耳。惟將山川時事經緯成篇，斯爲可傳。

《秋日訪友人報國寺》：憶昔年與聖秋、岱觀連榻慈雲僧院時。

《過程箕山半野園》「經年恠爾朝參懶，是處松陰可著書」：宦遊人如此風味，絶少。

●北方詩氣格極高，聲調亦壯，然必須有精實之意行於其間，乃不涉於粗莽。故僕選譙明、錦帆、大愚詩，賞其雄闊，而尤登其深傑者。若吴音柔緩，又須以北氣調之，乃爲高健，此僕十年來與同學諸子論詩之旨也。

宋琬

玉叔，荔裳，山東萊陽人。《安雅堂詩集》。

《都門送別宫紫玄》「驚風飄朔葉，玄雁鳴中林。豈無稻粱志，浩然江海心」：委婉頓挫，得河梁之遺緒。

《蜥蜴行》「須臾翻静嘿，臨敵轉恐慄。將邇復斂身，欲動或屈膝」：極力摹寫。「古來師老馬，戰勝未敢必。衰至則寡謀，禍機戒不密。可憐智伯頭，竟爲仇人漆」：發出許大議論。⊙雄詞鷙語，直追老杜蒼鷹之作，下視香山大嘴烏等篇，奴僕命之可也。

《秋夜有懷胡蒼恒憲副，作長歌寄之》「面縛轅門吐谷渾，氐種謳歌羌女舞」：聲彩俱異。「北風吹淚雪滿野，臨歧握手莫相忘」：風概豪舉。⊙洋洋大篇而頓挫有法，讀之惟覺獵獵風生。

《贈蜀中李鵬海進士》「亭邊呵止故將軍，驢背誰知前進士」：滄溟長歌，華整而兼有逸氣，最忌拖沓。荔裳直可接武濟南。

《初冬同趙一鶴、歐陽介庵宿雞山寺》「坐久月初高」：妙句。⊙無意求工而自然雋勝。

《寄懷胡蒼恒》其一「羌笛雁飛初」：佳句。⊙已近自然。其二「安得聯牀語，更深著茯苓」：讀荔裳詩，使人躁心都釋，如聆玉琴。

《送別嚴方公任南安大參》「檄到黿鼉宅，詩留鳥鼠山」：穩秀。

《宿五峰山》「松光青不定，海氣白成團」：思路幽細，而出之朗潤，所以稱爲大家。

《邯鄲》：題不難其典，難其韻。荔裳此詩，可令當壚趙女歌之，等於「黄河遠上」之曲。

《驛夜》「空閨應是刀環夢，泣向流黄説鬢絲」：荔裳乃復多情爾爾，此謂才人。

《杜祠飲歸，留别歐陽介庵》「五夜聽泉冒雨歸」：輕圓，復帶警逸。

《登西嶽廟萬壽閣》「明星環珮雲來濕，仙掌芙蓉雨欲揺」：有縹緲凌空之致，而神彩迥異。

《雲臺觀》「金榜蝌文程邈篆，玉函龍氣老聃書」：鼎彝碑篆之氣，使人肅穆。

《登華嶽作》其一「天開閶闔纔尋尺，地界雍梁入渺茫」；其二「星近祠壇光欲墮，月臨仙掌夜偏明」：與滄溟、覺斯登華詩，各有其勝。

《寄楊猶龍方伯》「風流燕趙登樓客，露布巴渝洗甲年」：偏覺秀氣滿指，我欲以蜀錦襲之。

《同歐陽令飲鳳凰山下》「寄語武陵仙吏道，莫將征税及桃花」：秀動。

《青陽峽》「空山十月無冰雪，紅葉叢中蛺蜨飛」：雅艷，是晚唐之佳者。

《馬嵬》「可憐杜宇聲聲血，只在長生殿裏啼」：音調淒楚，不勝鈿蟬金雁之思。

施閏章

尚白，愚山，江南宣城人。《越遊》、《觀海》諸集。

《集倪園》「問誰始結構，丹鑊維太史」：密麗清英，兼顔、謝之美。

《贈楊猶龍》其二「歡娱日東出，戚戚何内傷。坐有江南客，含意同慨慷。擊節再撫膺，淚下已浪浪。抱弦未忍絶，知己安可忘」：體氣高妙，不僅詞調之美。

《贈沈繹堂太史分憲大梁》「落葉下燕臺，行雲去不息」：雋遠。⊙「振衣躡嵩高，延頸睇北極。拳拳復何言，但有加餐食」：神似蘇、李。

《寧陽行》「誰能盡沾灑，緩死亦須臾」：慘。「豈無蠲租令，不得收溝渠」：此奉行者之失。⊙惻然仁者之言，真從肺腑流出。

《簡方吉偶索畫障子歌》「五日一石十日水，如何三月不下筆」：樸處是工部。⊙短章正爾矯邁。

《靈巖行》「鐵崖湧出袈裟古」：奇。⊙刻畫山川，極其奇詭。摹寫荒凉處，復令人震慄。

《禹廟》「化作蒼龍上赤霄，頭角鬚髯如刻畫」：筆下如驚濤駭浪，魚龍出沒其間，令人歎絶。

《漢柏行》「春暮天寒鸛鶴悲，陰霞繞樹沉雲黑」：與少陵韋偃畫松諸歌，同其壯拔。

《家長也太守招遊曹山及吼山》「石斷忽成溪，懸崖陰復低。登臺迷上下，浮艇失東西」：起得突兀。⊙非性情與山水冥契，那得如許靈秀。

《送王挺生之荔波》「城荒洞有民」、「努力是王臣」：唐人贈别每多箴諷，不似今人一味頌美，愚山能得古人遺意。

《登州作》「亂雲時結蜃，六月未聞蟬」：用筆甚狠。

《舟發》「時艱偏用拙，事往始疑非」：閲歷語，讀之拱服。

《露筋祠》「往來纓冕客，慚歎向誰論」：只不説盡，見其筆高。

《俞明府招集西施山》「英雄不信輪巾幗，羅綺誰知是甲兵」：妙貼情事。⊙「月明夜半湖山静，應有珊珊環珮聲」：風流絶代。

《夏杪息柯亭二首》其一「下方人静鹿常遊」：句不易得。◎二詩極爲深雅。

《登岱》其二「雙崖石裂鷩龍鬬」：奇絶。⊙與大愚作，真一時瑜亮。

《望長白山》「多年夢想赤松子，何處招尋白兔公」：筆墨自然酣飽，只是才高一切。

《東海廟》「半天松柏魚龍影，白晝旌旗風雨聲」：筆挾蛟龍。⊙寫得壯幻。

凡，讀之飛舞。

《太白酒樓》「百戰風流餘草木，千年春色抱樓臺」：含意甚深。⊙「何如此際一銜杯」：俊朗不

《青州道中》「荒村老樹聞鶯少，舞絮驚沙攪客愁」：天然好詩，純是功詣。

《九日登千佛山》「天際長風真落帽，樽前今日是閒人」：容與大雅。

《送孫平侯守平樂》「瘴雲連洞黑，錦石倒江青」；「榕樹奪空庭」：全首整鍊，更多警句。

《題郵亭》：得唐人之神髓。

《寄陶赤若》「好寄愁心南去雁，向君爲作數聲啼」：清思冷調。

嚴沆

子餐，顥亭，浙江仁和人。

《報國寺雙松歌》：「大都月市番估集，胡牀翠幕陳西東」：入廟市一段。「吁嗟！此松澹蕩有真意，只愁化作雙虬龍。直上燕山絶壑一往不得見，悵望千峰與萬峰」：筆亦蚴蟉如虬龍。⊙末一段有「篇終接混茫」之意。

《酬錢礎日》「偶來策蹇玉河濱，羊裘亂撲長安塵。眼前悠悠看長鋏，誰識成都賣卜身。我本苕溪漁艇客，走馬金門寒躅躑」：看其轉折。「元宵九陌燈火微，宜將清酒濕春衣。吟詩正愛江南美，知爾長懷富渚磯」：昔人稱摩詰收拾處恒嫩，顥亭有之。⊙讀王維、李頎諸歌行，正以風度容與見其大雅。顥亭一往恬秀，正覺超人。

《田凝只索畫，久不得報，歌以代柬》「案頭緗素委零亂，貴游尺一相迫索。必逢好友情性諧，吮墨含毫始光澤」：顥亭真是名士。「玉盌烹茗泛香雪，十指拂拂神初來」：是興酣落筆時。⊙筆墨娟然可愛。

《九日興誠寺和龔芝麓先生》其一「宫闕起青峰」：佳絶。⊙秀句，如不經意而得。其二：風度恬雅，而神骨殊自傲岸。

《春日漫興》：二詩見顥亭歸田之志。

《送馬覲揚前輩之偏關》「山走太行回上黨，河連汾水出雲中」：此等處又極似滄溟。⊙雍容和雅，自是盛唐高響。

《送楊自西之高要》「桄榔亭迥抱琴來」：秀絶。⊙「濯濯如春月柳」。

《贈張仲若前輩出鎮宣雲》「漠南蕃部承恩久，紫塞葡萄逐馬還」：妙切今事，與昔人送行邊者不同。

《送龔芝麓先生使粵東》其一「金殿頻嘶仙仗馬，增江正站武溪鳶」：典雅不泛。其二「千秋吾道本艱危」：合肥知己。⊙此首更爲蕭逸。

《酬趙雍客，兼懷鳴社諸子》「攜來新句燕關北，卻夢扁舟霅水西」：吞吐抑揚，無不婉合。

《慰戴經碧喪妾》其一：娟秀。其二「淒涼獨有相如在，取酒誰看作賦工」：使人頓爾寂寞。

《賀鄧玉書新婚》其一：摇曳如靈和殿前柳。其二「新縑舊素知何似，織就鴛鴦總不殊」：是爾時情事，移用不得。

陳祚明

胤倩，浙江仁和人。《采菽堂詩選》。

《於金魚池上偶成》「平沙既逶迤，蒼然見西岑。復此池上樂，坐獲濠梁心」：筆墨不多，正符囊體。

《瘦馬行》「憶昨齊毛上林苑，十二天閒校獵返」：此説當時。「時移物换廄早改，西來大宛誇龍駒」：此説今日。「神衰不覺眼低迷，肉盡誰憐骨骯髒。鬣疏瘡破烏啄皮，負薪隴阪山猿欺。野燒乍疑獠火作，秋雨獨畏陰風吹」：形容得十分可憐。⊙「但留駿骨在人間，倘築金臺有知者」：作者其有所託乎？何言之沉痛悲激也。

《北征雜詩》其一：氣壯思猛，固爲傑構。其二「驚濤吞日月，崩岸走蛟螭」：此首饒有感慨。其三「鐘鼓報龍君」：響句。其四「魚鹽來海上，舟楫聚城頭」：切天津。◎《北征》凡十一首，特録其尤矯異者。

《中秋長安對月》：紙上有淚。

《送曹秋岳少司農分藩粵東》「倘能懷五柳，松菊故蒼蒼」：唐人送行，意多箴規，語無忌諱，不只詞令之工。胤倩殊得其旨。

《送韓固庵齎捧之章貢》「馬度蒸林赤，槎迴水驛春」：工極。⊙「祇同今夜酒，莫厭數沾唇」：風調翩躚。

《燕山雜詠》其一「秋色回中接南苑，更衣亦在舊長楊」：一結含情無限。其二：沉鬱哀涼，難爲卒讀。

《中山將臺》「龍旗七萃羽林開，大將長城飲馬還」：雄風健筆，如勁鶻摩空。

《香山》「錦石親承鑾輅轉，玄猿猶記翠華東」：風麗。⊙俯仰悲感，偏多藻逸。

《海淀》「雲去蘭臺作雨聲」：文采流宕。

《燕市春歌》：數首紀事，偏覺雋勝。

《元夕燈詞》其二「羯鼓催爲鸜鵒舞，琵琶細逐鳳凰簫」：神似青蓮，而用意則別。

《報國寺松歌》「人間亦有千秋物，不必煙霞鎖碧溪」：别有感興。

《送吴方漣司李潯州》「官衙吏散無烽火，荔子低垂翡翠遊」：風神絶世。

《宫中行樂詞》「馬後齊懸雙白鹿，武皇元有射蛟材」：情深而色麗。

胡承諾

君信，湖廣景陵人。《青玉軒詩》。

《蕭明府、沈留守死難詩》：存此五詩，可備國史。

《冬日山行》其二「雪消冰轉合，山霽谷多陰」：語必百鍊。◎二詩字字靈動。

《曉渡漢江》「沙磧入中洲」：如畫。⊙「宜城今夜酒，遥酌仲宣樓」：清雅，最不傷氣。

《題西塔寺》「天風吹古殿，人跡響空廊。薄暮湖煙起，樓臺隱夕陽」：生創處直逼空同。

《夏日郢中集吕工寅宅》「郢酒風偏快，湘筠淚未乾」：用事入化。⊙此題其一有「片雨夷陵黑，殘霞夢澤紅」之句，亦新警。

《石固除夜同諸子宴王氏宅》「小雨軒櫨外，梅花燈燭前」：秀氣浮於紙外。

《秋日贈點雪上人》「樹葉交深坐，藤花照獨行」：秀。⊙琢鍊精工，足匹賈島。

《田家偶步》「古墓虬松偃，叢祠灌木榮」：都無凡響。

《卜居》「耕田隨楚老，蕩槳學巴童」：又似老杜。⊙格律獨老。

《歸》「疏雨虹蜺影，微風秫稻花」：工鍊。

●君信五言近體，多典雅深創，不爲寬套之言。摘其警句，皆堪珍愛。如《陷襄陽》「陣虛雲自壞，軍敗鼓先愁」；《雨後》「翠鳥銜魚疾，秋瓜上架低」；《寒夜》「雲水皆疑雪，風嵐共翳燈」；《晚望》「陽崖留落日，陰嶺洩微雲。淡煙塗遠岫，疏塢匿寒林」；《正月十五夜》「苣火驅山鬼，膏糜享社神」；《春日訪友》「岸曲風難正，沙虛日更閒」；《新鄭懷古》「煙銷禘竈火，壑變洧淵龍」；《宿西塔寺》「湖冷高甍月，林殘舊井霜」：皆一字一珠者也。

《陵陽鎮》「遥看木末鎖青煙，驚在垂猿度鳥邊」：起勢聳特。⊙遊山水間，筆力直欲鑿開混沌，必傳無疑。

《早發石埭》「村童荷鍤曾驅虎，野老澆田自咒龍」：異想靈境。⊙如入桃源，渺然異境。

《雨中黟縣》「撥雲古道封寒雨，映日層峰變晚霞」：境地靈幻，妙能寫出。

《祁門放舟》「行雲忽斷低群岫，去雨餘飛雜亂流」：直以道元《水經注》手筆作詩，遂字字靈闢。

《自浮梁赴饒州》「晚猿初起船纔繫，春鳥能言花盡開」：自然可喜。⊙「曲聲哹哳無須恨，一夜微停畫角哀」：中唐人得意處。

《至湘潭，謝魯玉招飲》「楚人門巷瀟湘色」：妙絶之句。⊙「楚人門巷瀟湘色」，從無人説到。

《康郎晚泊，有懷王琢章》「隔岸煙雲生楚越，一汀風雨見樵漁」：讀過如置身彭蠡間。

《湘中懷陶仲調、劉杜三客白門》「長笛遠煙平楚晚」：可想其境。⊙「香吹漁子還家路」：不欲一字猶人，是其骨性。

《湖上春霽有懷友人》「雲夢晚燒獵騎出，瀟湘春暖雁行來」：高艷。⊙風致直跨錢、劉。

《送汪潁修還漢上》〔一〕：飄逸可喜。

●君信七言近體，如《羊棧嶺》「清泉北注茹溪水，徑路南連歙郡城」；《送李語齋之錢塘》「吴地江分三道入，越郊人上兩高時」；《舟中望徐仲霞所居》「别浦漁樵常共壑，一家煙火自爲村」；《答吴既閒》「舟藏凍浦人行少，葉落平岡樹影寒」；《春日鄰飲》「數聲去雁孤村雨，一縷晴霞二月花」；《雨中尋毛翰如莊居》「層雲曉覆溪流上，布穀春啼雨點中」：皆警卓之句，惜未全璧，附録於此。

《長沙晚春》「楚國皆奇秀，洞庭雲最多。胡爲江上客，無奈晚春何」：起處絶似青蓮。

〔一〕「汪潁修」，民國刻本《青玉軒詩》作「江潁修」。

《澄湖雜詠》其一「小艇無人挐，便從浦上宿」：似太白。其二「落花容易多」：右丞遺調。

《廣陵詞》：藴藉。

《復州詞》「最是荒庭宜牧馬，材官多住市西頭」：怨而不怒，風人之遺。

《送蜀中諸子之黔中》「别酒未醒人已散，城頭遥望五溪山」：已造太白神境。

●自竟陵説行而風雅之道微，君信生於其鄉，乃能矯然不從乎其説，是真豪傑之士，卓立於波流者。世即欲强奉鍾、譚，以伸獨見，恐不足當有識之一噱也。

余懷

澹心、無懷，江南江寧人。《味外軒稿》。

《同石苓登天寧寺塔》「側聞楚禪師，一磚誦一咒。非經神力扶，莫識坤輿厚」：塔詩唐人每多傑構。此卻處處切鹽州，固爲不墮前人窠臼。

《遊天寧觀楚石禪師衣鉢歌》「國初貢自高麗王，頒賜名僧古來少」：説出原委。⊙「夏鼎商彝久淪落，珠襦玉匣終難保。萬事傷心空野煙，對此茫茫色枯槁」：對此古物，那得不有滄桑之感。

《拜于忠肅公墳》「隔湖月照鄂王墳，淚灑兩朝冤少保」：恰有一對。「憶昔景泰年間事，隻手扶天助天討」：叙事簡古是筆力。⊙忠魂毅魄，肅肅如在林木間，固是筆端有神。○章法獨遒。

《遊弁山資福寺呈霞胤師》「諸天梵唄鉢龍歸」：資福爲北山幽麗地，而霞公又工詩愛客。僕曾阻雨信宿其中，至今夢魂猶戀戀蒼巖翠靄間也。

《由畫溪經三箬至合溪》其一「紅樹人家小閣西」：光景如畫。其二「樹杪船歸山市散，灘頭砧急夜燈明」：何信陽有此深秀。◎二詩筆姿幽艷，能傳山水之勝。

《登碧巖》「石壁排空地有龍」：奇絶。⊙菌次屢爲僕談碧巖之勝，僕愧未之登也。讀濬心詩，如置身樓峰龍洞間。

《秋日遊碧浪湖夾山漾》「篷窗推人白鷗天」：雅浄如拭。

《城南春曉》「欲問齊梁舊風景，江流環繞秣陵城」：意在言外，此唐人斷句三昧。

《上巳雨中看花作》「何處繡簾彈錦瑟，美人寒食又天涯」：不勝紅袖他鄉之感，固是名士。

《金陵寺看花》「竹外斜陽天外月，照人分手石城西」：此境亦豈復易得？

《西陵詠古竹枝詞》：數詩皆可備西湖典故，不僅風調之佳。

釋空昰

劍叟，湖廣蘄水人。《天外遊》。

《與錢牧齋宗伯話舊》「好尋一片清涼地，破衲芒鞋度夕陽」；《柬徐元歎山居》「無數青猿叫水南」：二詩清冷，正爾韻勝。

張琴

桐仙，耐峰，江南泰州人。《塞外遊草》。

《彈琴峽》「千峰泉共流，至此山獨逼」：筆力與山川相敵。⊙山川各有情貌，無雷同者，能以真氣相取，故語語懇篤。

《宣署雜詩》其一「客中寒欲起，殘角數聲哀」；其二「麞麀臨水飲，雕鶻逐晴呼」；其三「客中愁易老，塞上草難青」：全從子美《秦州》諸詩鎔鑄而出。

《居庸關》「九塞雲邊出萬峰」：作此等詩，雖欲爲清婉柔妮之音，而不可得矣。然非手筆雄闊者，終如懦人不能關强弩耳。

《下花園早發》「苦吟直過石泉西」：結得有力。

《渡桑乾河》「二月堅冰照日寒」：筆墨堅整。

《塞外春雪未消，思歸闢地種竹》「今歲春光一百二，天涯無日無窮愁。女墻積雪時時在，古澗融冰細細流」：純學少陵。

《大翮山》「大鳥已翀舉，秦皇檻車至」：言外有譏諷意。

《碧桃亭》「春風猶昨日，廢址屬誰家」：問得妙。

《昂兀剌倉》「開倉境外勞，全藉丁男力。丁男無一存，倉上長荆棘」：二十字抵張籍一篇長樂府。

《曠閣》「閣外有空山，閣中多鳥跡」：荒涼寫盡。

◎五言絶全以含蓄不盡、耐人思索爲佳。少陵雖老手，恐此處猶遜太白、摩詰諸公也。桐仙直造勝境，豈不令人歎絶。

《雪夜聞笳音》「相逢共是南來客，滴淚空堂聽馬嘶」：末句是聞笳時苦境，若只説聞笳，反索然矣。

《山東道中雜詩》其一「遥知花裏道人歸」：韻極。其二「寄語縣胥無太迫，待將野繭細抽絲」；其四「莫訝枝枝皆愛惜，全憑梨棗上官糧」：桐仙里居、遊歷，所見國計民瘼，必形之詠歌。蓋深心用世之人，自不徒以花月自了也。僕選詩，亦亟登此種，期採風者擇焉。

萬斯備

允誠，浙江鄞縣人。

《訪兀庵上人不遇留贈》「爐香寒不散，雪擁澗長明」：真景。⊙悠然雋冷。

《嘉禾寄懷巢端明先生山居》「板蕩失青春」：疏情高氣，已立雲霞之表。

《過太白亭弔孫山人墓》「如此風流應不少，斯人乞得姓名傳」：澹遠。⊙全詩雅浄，結意更自邈然。

韋人鳳

六象，浙江武康人。

《過太白亭弔孫山人墓》「荆榛斷壑流殘雪，松杪空亭捲暮雲」：中有太白，呼之或出。

吴崑

西崖，江南華亭人。《吴子詩集》。

《送宗梅岑歸東原》「吁嗟！丈夫生長七尺軀，達則功名事業輝天衢。不然放志在丘壑，區區得失焉足拘」：忽然長嘯，聲振林木。「君今歸上東原舟，芳草斜陽杜若秋。北窗高卧白石爛，起對南山且飯牛」：收足「送歸」意。⊙梅岑讀書東原，足跡罕至城市，而聲名震動遠邇，惜尚遲雄文之薦，宜西崖之贈詩慷慨也。至此詩之起結頓挫，一一有法，固爲佳篇。

《讀宗梅岑芙蓉集題贈》「明月美人簫」：佳句。⊙筆姿妍雅，有珠樹臨風之況。

《題宗梅岑東原讀書圖二首》：二首極似皮、陸。

韓　魏

式靈，醉白，江南江都人。

《同孫豹人、宗梅岑、汪季甪、孫懷豊遊紅橋二首》其一「桃花歷亂李花殘」：繽紛可愛。其二「年來種盡垂垂柳，一任春風啼鷓鴣」：與阮亭「綠楊城郭是揚州」同妙。

桑　豸

楚執，雪薌，江南江都人。

《宗鶴問歸自兩河，賦得客從遠方來》「耿耿此心期，迢迢赴車轍」：音節斷續，自趨壯涼。

《春雨客秦淮》「春潮入市流」：佳句。⊙「板橋垂柳外，我擬覓歸舟」：情韻是江左之高者。

《登功德山觀音閣》「古道入迷樓」：吐辭雋勝。

《九日即事》「秋老前山寺，江青隔岸峰」：藴藉。⊙規度不殊，便已超邁。

《上元感懷》「六街猶是當年路，不聽梅花落笛聲」：可感。⊙杜書記十年薄倖，暮年便有支離憔悴之感。楚執所歎，將無同耶？

《蜀岡夕望》「錦帆玉輦今何在，惟見烽煙起暮村」：君言愁，我亦欲愁。

《送王椒郤之崇川》「談天客去悲長夜，轉望臨邛早倦遊」：翻得妙。⊙「戍鼓淒涼沉島月，海雲明滅鎖滄洲。談天客去悲長夜，轉望臨邛早倦遊」：頸聯警，結束韻。

《江舟曉發》：全是畫筆皴染。

《春日登平山堂》「猶懷學士歌楊柳，似聽宮人怨落花」：筆意婀娜。⊙風調妍美。

《春日雜詠》其二「那堪萬縷千絲外，十二紅樓隔水西」：風流絶世。⊙楚髯風韻今猶不減，我輩安得以鬢絲禪榻爲辭。

《哭仲渭千》其一「虛檽敗紙響秋風」：淒然難讀。其二「不復連牀詠風雨，呼童窗外伐芭蕉」：痛極，語卻自韻。○渭千詩才書法，冠絶一時，乃溘先朝露，宜雪薌有人琴之感。

《登騁懷樓有感》「朱樓十里茱萸渡，散作寒煙黯不開」：淒動。

《聽隔院弦索》「漫擬崑侖誇第一，段師神調有楓香」：用事極活。

《玉鈎斜》「試上宮人斜上望，春風一樹野棠花」：韻甚。⊙從繁華説入寂寞，讀之令人起悟。

●楚執夙以風雅擅聲淮南，而主持壇坫尤嚴正不阿。近僕謬司選事，楚執極意周旋，而惓惓致書，以濫收爲戒，則固同人所共佩也。

季開生

天中、冠月，江南泰興人。《出關草》。

《玉門感興》其一「援師坐視英雄死，天地常懸慷慨心」：大是激越。其二「休道玉關天下險，曾驅十萬葬東洋」：俯仰往事，言之沉烈，正自足垂鑒戒。

《關前誌別》「今日玉關無内外，臨歧握手莫潸然」：温厚和平，在此時尤難。

《尚陽堡即事口號》其一「邊城老將秋霜下，夜半聞笳起自歌」：結得遒壯。其二「無棲烏鵲知多少，啼向長城似望鄉」：詩腸騷興，不比凡響。其三「鄰翁索畫歸來晚，還把殘編對夕陽」：風土、情事俱悉。其四「敢因雁磧窮年雪，悵望長安花滿枝」：好絶。⊙極自安分守道之言，坡公謫海外時有此襟度。其五「狼虎乍啼兒女哭，夜添松火敵寒威」：結得沉警。其六「極塞有山多北向，重邊無水不西歸」：山水實録。⊙兼《秋興》、《諸將》之勝，而情事淒激，景物殊詭，則其時與地爲之。倘非有遷謫之行，安能發出如許瑰異。

《初呈剩師》「兵火十年人一見，家鄉萬里夢同回」：真極、痛極。⊙塞外卻與剩師相見，固是奇緣。

《集郝雪海齋中用前韻》「秋空邊塞狼封冷，月射沙場雁陣開」：盛唐。⊙「慚我詩思今更拙，醉揮清麈約登臺」：奇麗之語，能令遼海頓生氣色。

《登鐵嶺三清觀》「不知邊塞春深淺，西望浮雲鬱未舒」：結得蒼鬱。

《送左大來先生葬》「未遂首丘須淺葬，好留枯骨待恩波」：此首竟成詩讖。

《石洞寺酬順法師》「煙含石脊移龍谷，潮轉峰腰帶鶴村」：何等沉鍊。

《遼陽道中》「海潮仍洗殘兵壘，邊日曾窺大將營」：光焰萬丈。⊙「隋堞唐宫皆寂寞，惟聞山杵夜虚鳴」：壯而能實，深而能老，故爲超軼不群。

《香巖寺》「古殿明懸雙澗白，虚巖隱結萬松青」：鍊而能顯。

《龍泉寺》「豐碑破盡苔花老，古佛無言坐講堂」：十分沉著。

《喜剩師至》「過雨蛟龍翻絶壁，驚秋蟋蟀亂虚砧」：絶域故人，空山酬對，應有此淒警之作。

《剩師弔孫西安先生墓，先生諱蕡字仲衍，洪武流之遼左，後竟坐藍黨，誅於流地，葬安山》：仲衍久没，得兩公而名始彰。

《寒夜偶成》「山容豺虎村常冷，春近魚龍海欲温」：雄渾。⊙此等詩前追少陵，後駕北地。知此者，定不以僕爲浪語。

《慰吴雪帆》「不復飄零愁李白，冰霜竟得故人同」：雪帆言事慷慨，頗有批鱗折檻之風，而鉤黨之間，輕於去就，識者病之。天中與之把袂窮邊，雪涕勞苦，固情之所激，有不得不然者乎？

《觀獵後訪沈子》「隔浦歸鷹千樹直，遥峰警雁半行斜」：氣渾語鍊。⊙壯麗輕秀，此詩兼擅其長。

●昔客金臺，與諸名流唱酬甚盛，蓋無不傾心黄門者。地望既高，才華丕著，而又虚懷延納，以聯布衣之歡，能無聲譽飈起乎？直言獲罪，徙居窮邊，而詩益精勁。與古人敵，可愛可傳，詩不其一端與？

曹貞吉

升六、實庵，山東安丘人。《珂雪集》。

《奇石歌，贈李諫臣》「滿堂大叫稱奇絶，參差入眼真瑯玕。寧數蘇公虎豹首，米顛靈璧空煙巒」：筆力夭矯聳異，前惟子美，後則空同。

《渡灘水》「雪壓大河流」：壯。

《日照道中》「十里潮聲捲落沙」：望去寶光陸離，知爲偉構。

《遊采石，登三臺閣》「山連吴楚枕寒流」：確。⊙「萬松深處見重樓」、「釣艇全疑幾點鷗」：筆墨都近自然。

《登岱》「風雷何處覓秦松」：典穩處特見蒼辣。

《答翼辰話舊之作》「客渡長江雨半垂」：好絶。⊙「忽忽春愁壓鬢絲，那堪重話舊游時」：一往怊悵，懷抱何其深至。

《金山》「江氣尚浮三峽雨，石根空嚙百年潮」：氣力欲撼金山。

《花朝得家弟過江消息》「花明故國初啼鳥，人渡平江欲暮潮」：讀舍人寄弟諸篇，便想王司勳主客兄弟。

《贈柳敬亭》「樽前莫話寧南事，朱雀橋邊淚幾行」：今年秋於陳階六座間猶晤柳老，意氣衰頹盡矣，尚爲一故人灑出塞之涕。讀此詩結句，令我彷徨。

《送家弟之黔中》「行間絳灌須温語，幕府殷劉有盛名」：大有經濟。⊙不作尋常折柳語，固自胸蟠武庫。

《得家弟途中報，悵然有懷》「天意定教寧貴竹，人言君或似相如」：對法健。⊙雍容甚都。

《宣城苦雨》「朝來歸興濃如酒，怕上鼇峰聽子規」：風韻。⊙何讓許丁卯。

《蕪湖觀競渡》其一「最憐子夜笙歌後，更與何人半面看」：僕過吴江有句云：「不識吴娘何處住，垂虹橋外滿人家。」王司勳歎以爲佳。觀舍人作，正同此風調也。其二「爆竹一聲煙霧起，親呼妖伎與纏頭」：使君於此風流不淺。

《清明送朱錫鬯之揚州》「共向樂遊原上望，鈿車流水日初斜」：只似作一首樂府，而送别意在其中。

朱淑熹　艾人，江南泰州人。

《酬黄仙裳見寄顔平原書八關齋會報德記碑》：「顔公碑版十數通，摩娑日掛東園中」：一路敘置絶老。「火燒兵劫城池改，乾坤幾度更桑海。惟有顔碑巋獨存，青天紫氣常光彩」：説出顔碑光焰。「幾經耳熱羨客談，道遠莫致情空含。叔度論交三十載，遥貽佳本同蘭茝。白頭狂喜舞復歌，相思江樹迷煙靄」：找完相贈意，筆意嫋嫋。⊙筆力盤硬瘦峭，絶類少陵《贈顧八分》歌行。

《濟寧舟次奉寄鄧元固夫子》「客中沽酒慣，春日看花愁」：能於姿度之中行其老法，最得唐人深處。

《廣平李子納姬吴門，歸資偶缺，予稍爲解贈，口占並送》：如此韻事佳話，的的可傳。

《柳敬亭自京師歸，過訪吴陵感贈》其一「親看出塞人長别，誰使孤臣馬更來」：此中聲淚欲出。「當筵休説開元事，何處昆明少劫灰」：含情無盡。其二「冷落任安偏氣誼，凄涼優孟在風塵」：惟敬亭可當此二語。「當時豈乏陳遵客，矯首朱門事又新」：可感。◎客秋遇敬亭於維揚，淚滿襟袖，蓋爲懿誦出關故也。讀艾人二詩，沉痛慨激，益使人彷徨不能已。

陳志紀

雁群、懿誦，江南泰州籍，江西吉水人。《塞外吟》。

《塞外歲暮枕上作》：「荷鋤兼荷戈，斥堠分所勤。從來生肅理，無非天地仁」：安分知命，盡此數語。「百情久已遣，忽夢入君門。花磚鵷鷺集，余亦列簪紳。説書侍講筵，春殿香氤氲。賜宴及儒臣，芳醴沾朱唇。復捧賜書歸，拜舞謝至尊」：此段情事最不忍讀。⊙盡投荒之職，抒戀闕之情，愷惻淋漓，讀者神動。

《寧古春日雜興》其一「從人學射獵，驅馬試謳吟」：老氣盤鬱。其二「一行來絶域，萬里見春寒」：健筆凌空。其三「雕盤迴野色，雁轉望家書」：是塞外真情景。其四「猖狂逃斧鉞，歡喜得耕耘」：兩語具見忠愛。「昨自春田返，牛羊入暮雲」：警絶。◎四詩感恩、悔過、愛國、懷鄉，情感備至。其蒼渾老健，則固謫戍之餘，讀書鍊氣所得也。

孫觚 道讓，山東益都人。

《題周減齋先生讀畫樓》「峨峨百尺樓，盡開六朝山」：不屑屑着畫上講，澹雋之極。

章耿光 子覲，江南江陰人。

《白蒲鎮喜晤黄仙裳，先是别於荆南胡夫子幕中》「夢尋每逐孤帆路，想到誰郵一紙書」：子覲詩不多見，觀此作，想見天機清妙。

汪士裕 左嚴，江南江都籍，歙縣人。

《人日集仙蕙堂，懷趙星垣時爲銅仁令》「正是花前對客時」：步驟合法，神韻亦復不減。《春日讌集，懷王霜崖時爲石泉令》「江上鯉魚難問訊，月中鴻雁定思家」；「自是陰平烽火靖，年年湔水繞官衙」：筆意雋遠，能化典實爲風華。

慎墨堂詩話卷四〔一〕

彭爾述

子籛、禹峰，河南鄧州人。《滇黔詩》。

《龍潭曲》「垂楊倒影走遊魚，一門大小人者七。白日屍浮水不流，骨肉指爪相綢繆」：詩史。

⊙「霜華缺月下鐘聲，時見英魂結隊行」：蒿里之曲，可以招魂復起。

《驃國詞》「吁嗟乎！　蘭滄江上國殤哭，佳人已過濁河曲」：難爲再讀。⊙豈惟滇南，正復言之墮淚。

《留別崔修庵》其二「遥知閭左空，征輪及荔枝。深覺撫字難，何日罷鐵衣」：具有民生之感，不僅交情繾綣，於此見禹峰襟抱。

《歸化寺歌》「往事滄桑不足論，花落木落幾黄昏。高車大纛何處去，亭午荒山寺閉門」：淒然。⊙今昔興亡之故，寫來歷歷如掌，所以可傳。

〔一〕此卷輯自《詩觀》初集卷四，原署「東吴鄧漢儀孝威評選／同學劉體仁公㦷參閱」。

《關嶺歌》「孫曹霸業久澌滅，西川王氣亦銷歇。惟有此嶺長存天地間，將軍姓字日月懸」：矯悍兼以鬱蒼。其叙關嶺本末，特爲詳悉。

《秋日灘江東龍隱寺讀磨崖元祐黨人碑》「蔡家父子何披猖，三百九人開生面」：説得奸臣無色。⊙「薜荔緑沉元祐人，雷雨陰垂皇宋碣」：爲黨人揚眉吐氣，嘖嘖稱快。

《過洞庭》其一「蛟龍還割據，草樹此平分」：便不尋常。其二「江豬迷舊窟，地肺結新丘」：胸次開闊，故落筆岸異。

《平越三丰觀》「團團叢桂裏，鼓角易黄昏」：蕭騷之極。

《藤峽懷古》：筆最老健。

《别嵩岑》「秋風驕鐵馬，想像渡瀘聲」：飛動。⊙全首逼杜，結語更雄。

《雞場别石崑圃》其一「粤山一萬里，獨有鷓鴣飛」：妙。⊙落句遠甚。其二「他鄉芳草路，瘴雨落花時」：春容大雅，又是禹峰一格。

《沅州》「五溪傳俎豆，獨有馬公祠」：結意最遠。

《黄平客居》「粳稻連檣至，貔貅意若何」：寫風土甚悉，結更藴藉。

《平溪衛訊故監軍》：清圓而氣自厚。

《飛雲洞》「幾經秦亂後，莫作武陵猜」：一結最有味。

《資孔驛》「到此黔中盡，山巔兩樹存」：地圖，確甚。

《平彝衛》「環山簇石筍，拔地起松根」：語必確切。⊙「路入芳華縣，溪邊忽有村」：穩貼處見其光怪。

《永寧州》「歲月金錢費，關河鐵馬情。似聞南詔使，廟算欲休兵」：數語見經濟。⊙大斧畫地，正與玉關謝使同意。謀國者何可不知。

《粤西送別劉宓城，時奉使北歸》「故人逢異國，幾醉越王臺。使節蛟龍繞，重陽風雨來」：壯甚。⊙氣韻沉雄。

《滇中送楊拙庵之秦》「溪橋飲馬催紅葉，野店停車問杜鵑」：絶似岑嘉州《送嚴河南》一首。

《別滇中僚友之官粤西》「鷓鴣亭子梅花驛，萬里征人馬上看」：風流千載。⊙「宦遊不謂邊城苦，遠別其如知己難」：禹峰晚年詩雖極秀潤，終帶英氣。

《寄衡州觀察胡君》「華風邊月漢唐年」：卓犖。「萬里懷人秋月下，衡陽可有雁書傳」：找足懷人，是其章法。⊙蒼然秀蔚而步武井然。

《滇中奉別袁九叙中丞》「路盡朱垠天北户，國通身毒水西流」：典麗。

《靖州別高將軍》「琥珀紅燈醉眼横，兩年把臂靖州城。天涯樽酒留書劍，海内烽塵老弟兄」：起得雄甚。⊙極有氣魄，頓挫自老。

《自滇南移粤，再過武岡，與吴六吉太守話舊》「風景不殊人更老，江山無恙亂偏多」：老筆健調。⊙此等詩比王孟津更爲完渾。

《新寧竹亭王明府招飲》「極目關山南楚盡，漸看百粵入交州」：雄闊。⊙結處覺萬里山川在目。

《再登黄鶴樓》「隔岸春城來檻外，亂帆斜日到樽前。山連秦蜀開荆甸，水下東南盡楚天」：四語確貼黄鶴樓。⊙太白謂「崔顥題詩在上頭」，遂爾輟筆，應是才思稍詘耳。如此首，豈不可壓倒前人？

《關嶺懷古》「可憐華夏三分上，一去荆州竟不還」：感慨獨遠。⊙是子美詠懷古跡之遺。

《初到滇池》「水下蘭滄同大夏，山連蔥嶺接姚州」：壯麗可誦。

《靖江廢邸同諸君秋集》「石鯨薜荔秋蟲出，玉甃梧桐野鳥還」：意深調響。⊙通首從「廢邸」二字着想，遂爾矯拔。

《黔陽送張龍涵之官宛城》「君去試看襄水上，東都將相半南陽」：筆力挺健。

《筇竹寺》「頗耐興亡是夕陽」：厚。⊙徘徊欲絶。

《過鐵橋》「試問臨邛持節客，當時何路入昏明」：定山贛州有詩云：「黑雲陣壓鬱孤臺，鼓罷軍聲萬壑哀。不信樓船過峽石，横江鐵鎖一時開。」與此詩意旨甚合。

◎右《滇黔詩》共選三十七首。附刻禹峰《燕楚詩集》。

《古懊儂歌》其一「生女逢亂世，不如瘞荆棘」：蒼直，卻令人哽咽。

《鄂渚歌》「青閨嬌女黄犢車」：罪狀在此一句。⊙寧南受國厚恩，而甘爲跋扈，大是可恨。

《潯陽歌》「老侯鼻息剛如縷，小侯腰膝已無主」：兩語形容甚妙。「虎耶鼠耶，侯豈知耶」：冷。⊙每厭今之擬樂府者，音節既訛而情性亦復槁滅。禹峰以古貌發今情，自是英雄不肯寄人籬下也。

《長沙雜詠》「紅顔不自保，偷生草間宿」：不減少陵之《哀王孫》。⊙足備興亡掌故，詩亦質雅，可侔漢魏。

《邯鄲行》「依違向我欲有言，微見衣褶舊淚痕」：便寫出愁態。「爲問女郎年幾許，爺娘更是某鄉土？如何流轉值此中，更向邯鄲學歌舞？幾番欲説且逡巡，羞將姓字向人聞。古來生女良足悲，未詳本貫淚先垂」：筆意悠揚。「猶記北兵破城日，旌陽觀裏屍如麻」：詩史。「將軍掠我入氈屋，手執乳酪傾一斛。雙槳直入琵琶洲，聞得長官喜殺戮」：難當此境。「將軍言語類烏孫，碧眼禿衿刀磨血」：好摹寫。「長官奉命又出師，手挽弧矢竟不歸」：又是一番磨折。「阿兄賣妾狹斜巷，倚門忍作青樓姬」：更苦更惡。「此言未已潸潸泣，華袿珠襦一時濕。醽醁滿貯金叵羅，氣結魂消不能執」：段落甚妙。「我聞玉河今兩岸，桃花李花結成片」：非慰之，正傷之也。「即如邯鄲一片地，千年香粉雜煙霧。寶瑟跕履醉叢臺，金燈華燭歌玉樹。香魂鬼哭石麒麟，安知不是流落人」：啾啾唧唧，滿堂風雨。⊙白傅《琵琶行》不過叙潯陽老妓，兼爲己遷謫志慨耳，究無大關係也。此篇備述離亂，雜以哀情，覺滿目愀然，不勝銅駝金谷之感。

《因王鵬起思太原舊遊》「沸脣天地滿，無處覓劉琨」：慷慨悲歌，大是有氣。

《衛輝投張調鼎觀察》「干戈老夜猿」：妙。⊙才情氣格，兼擅其長，能不令竟陵卷舌？

《磁州晤湛虚司馬，公曾爲兩廣總制》「山河老一蓑」：渾闊，不肯作纖小語。孟津有其調，無其格。

《衡藩舊邸酒南將軍》「紅妝耀甲明」：此句可感。

《丙申除夕同袁參嵐、李臨淮、黄焕夫、家弟昉聖守歲》「天心容虎鬬，歲序裂鴻溝」：深摯。⊙詩極沉快。

《寄池州劉輿父、吴渚倩諸子，時客衡陽》「豈意寧南檄，終成犯闕兵」；「往事都如夢，江流六代聲」：回首往事，言之淒激。禹峰固是祖、陶一輩人。

《衡州送吴孟堅歸池州》「壁裏遺經在，無爲學廢詩」：古道。⊙「幾作巢中卵，猶存袴下兒」：不勝黄壚知己之慟。

《桐柏道》「丈草驢迷蹬客路，叢祠虎避獵兒弓」：着力摹寫。⊙用筆强硬，直欲飲羽石梁。

《高柴里》「中原水患三河淚，南國軍興百粤兵」：按景切事，皆極深老，使小儒無處下筆。○昔在宛城，僕以詩示公，公爲一字評，曰「大」。僕未敢當也，請還以贈公。

《燕邸晤張譙明給諫話舊》「荒城猶憶淮揚月，我去吴門君住齊」：勁。⊙氣魄甚大，卻寫得情事娓娓。

《王似鶴按察之中州》「雪苑寒雲梁殿闕，朱仙父老宋山川」：典麗而壯。⊙「聞説宣房煩壁馬，好從河伯問桑田」：古今事參錯筆端，自覺光焰逼出。

《中牟遇培公話舊》「夷門草覆侯嬴里，官渡沙鳴魏武魂」：造語必奇。

《渡河》其二「少府金空曹衛地，長干鬼哭宋梁人」：何等心眼。◎二詩皆用全力，無一筆輕下。只是學博而識尊，故舉無近人之論。

《長沙秋興》「粤嶠秋風薊北馬，吴糧落日洞庭船」：警鍊而有氣，自然不墮小家。

《經上蔡》「少婦黄頭門半掩，南家借取北家鹽」：質俚而有古意。

《扶台店》「山家雞子如拳大，執杖喧豗趕野貓」：寫得有趣。

《潞藩樓》「羅綺都隨鼙鼓去，金閨白日老狐眠」：慘甚。

《家園晤董心水》「興亡南北真殘夢，往日江山剩酒狂」：可稱悲壯。

《過約價口弔譚擬陶》「藝苑飄零詞賦盡，江山寂寞柳垂絲」：正難堪此。

《雨中興國寺酌劉大祈》「怪是愁心江雨暮，郎官湖上酒盈巵」：渾然。

《簰州即事》「隔岸孫曹餘戰鬼，千年青火照烏林」：聲響震動。

《衡藩邸酌將軍》其一「衡陽怕有南來雁，錯認笙歌醉故侯」：堪爲出涕。其二「大娘未死秦青在，閲盡繁華是此人」：興亡之感，每每寄之若輩，固是才士蕭騷。

《雁峰訪破門》「怪有招提著樹巔」：好境界，令人神往。

彭始奮

中郎、海翼，河南鄧州人。《娛紅堂詩草》。

《順陽川》「静言念身世，壯心還自驚」：哀樂無端，正是羈人懷抱。

《弔慕容故墟》「惜哉輕自棄中山，一去龍城終不還。客來悵望日垂暮，驅馬徘徊廢壘間」：興亡之跡，寫來淒惻動人，而筆亦遒艷。

《歌贈陳其年》「樓山亦余丈人行，夙昔從吾父，避亂横山陽」：轉筆健甚。「嗚呼樓山今已亡，采石一去天蒼涼」：頓挫激宕，大有筆力。「吾翁今復没萛咩，徒將餘事工文章」：可歎。「男兒久遊相視不得志，何似驅車還故鄉」：風概豪上。⊙從樓山生出議論，便覺兩人交情都有本末。氣勢汪洋，直若江海。

《喜再晤劉公戩兼憶舊遊》「猶記從遊潁上村，池邊榆柳青青麥。婆娑永日春水間，園外櫻桃馬上摘。相對偶從林下棋，酒酣閒倚階前石。君旋春日過梁園，命我相送河上驛。歌管盈盈紅粉妝，坐近楊花夜如雪」：令我忽思舊遊。「君前寄我書，猶言長相憶。次云屢作河上遊，每過樹邊傷離别」：疏宕處，極似李青蓮筆意。「更復殷殷爲余説」：中有公戩。⊙少陵之妙在拙，太白之妙在快。此作直以快勝。

附：劉體仁《贈别彭海翼長歌》「生平感遇難具陳，結客不信白髮新。即今卧病清潁曲，眼中愛有英雄人」：想見劉生。⊙風流跌宕，非鬚眉不俗人，安能有此筆墨？

《泊舟題破廟》「前朝功德寺，風雨見殘碑」：每過中州，見市鎮已墟，祠廟猶在，毁垣叢莽之中時見金碧，感傷久之。不謂中郎同我情也。

《武當山行》「鳥人遥峰雨，山昏欲夕煙」：蒼警。

《鎮遠舟行》其一「寂寞何王殿，巖花强自紅」：遒警。其二「江狹水難平」：妙。⊙「共喜武陵近，乘流堪夜行」：蒼厚之氣，浮紙而出。

《送高堯臣之上京》「秋來沙磧寒先重，地敞關門月自明」；「衰草窮陰萬里生」：讀過輒覺邊風颯颯自塞外來。

《寄隴西觀察趙韞退年伯》「陰山控馭六千里，河套因循三百年」：貫串《史》、《漢》，熟習地里，乃覺筆端勁挺，而無靡氣。

《弔古》「卻憐屠狗椎牛客，終是燕雲十六州」：筆鋒剽悍，似幽燕老將。

《滇南》其一「家口西來三十萬，年年米價貴昆明」：只是道其實事，此謂詩史。其二「久客愁攀廢苑松，舉家天末盡相從」：興懷不淺。⊙譜滇南景物，極爲矯異。尤愛其起句之風神。

《漢江舟行》「浪湧磯頭崖欲動，雨來波面水先昏」：精力迸注。「入夜乘風不就村」：妙。⊙寫舟行光景，妙在婉而貼。

《晚泊》「愴然獨夜家千里，煙雨空江聽鷓鴣」：唐人神境。

《秦淮》：想見三十六曲之勝。

《荒亭偶題》「雨過梨花落幾層」：寂然。

附：龔鼎孳《贈送彭海翼詩》：二詩最有氣岸。

彭始摶

直上，河南鄧州人。

《秋柳》其一「爲報輕霜休更落，憐他萬縷更千條」；其二「愁心終古在河梁」：和阮亭《秋柳》者幾千首，遜此二律之澹宕。

戴明說

道默、巖犖，直隸滄州人。《定園詩集》。

《召公水陂》「小民終歲奔租賦，帝子一去長堰殘」：大可歎息。「人稀餉匱筋力綿，經營安得大官錢」：誰爲白之當宁。⊙水陂之利，一時將吏父老皆以爲便，而人稀餉匱，至今任其汚萊而不知講。此詩只當一篇好奏疏讀。

《老婦行》「供者佝僂噉者怒，轟雷愁氣崩殘室」：描寫盡情。「老婦長跪方致辭，當頭一擊血如漆」：可恨。「籬邊悄憶李光弼」：妙。「可憐倉皇今日畢，雞鳴咆哮日又出」：事又不了。⊙供億之苦，說來令人欲哭。此等詩，逼真老杜《兵車行》矣。

《餵馬行》「鎧甲遍城潦遍野，檄文傳餵南征馬。里正中宵布裹頭，顆粒寸草逢人求」：古筆直入。「將軍額外還折夫」：難堪在此。「但避誅求死亦喜」：實情真事。⊙哀慘之極，如聞邊歌野哭。

《楊叟行》「烹雛手自爲君割」：妙。「江流半染雲氣起，小月沉沉没山脊」：便是一幅好畫。

《因友南旋言意》「定驚聊復喜，燈酒對神州」：沉厚。⊙深心苦語，藉友言之。

《十一月風》「發發魚龍夜，長川果穩眠。孤城臨樹暮，戍火背堤然」：陡然而起，風生襟袖。⊙「那堪弦管在，徙倚入流年」：氣渾而響堅，可與孟津、新鄉相敵。

《人閒用少陵韻》「道淺妻孥累，家荒征税浮」：苦情真話。⊙中抱殷憂，豈不讀書人所能曉。

《鄭州》「角鼓無休日，蓬茅正壯年。只看殘屋壁，偏是少人煙」：一氣奔蕩。

《新秋雨中悲漲，和彭禹峰》其一「盤渦奔死鹿，雪浪滚浮鯛」：鍊句甚妙。其二「況是稽天浸，來凌斗大城」：筆力排宕。「誰脱寒山葉，飛飛盡五更」：渾老。◎定園詩以氣完格正者爲第一，二作復何間然？

《雨中再集》「摇落前朝野寺秋」：妙。⊙不難其巉峭而難其渾老，此詩最爲合格。

《聞公愚遊海淀回感賦》「荻雁連天秋不管，興亡流盡是煙波」：轉折呼應，皆極蒼穩，而寓旨哀涼，不減落葉哀蟬之曲。

《新野議事臺》「秋落江聲吴楚混，日垂山氣鼓笳鄰」：此下説入時事，筆力渾奥。

《長門辭》「君恩閒不薄，忍淚護宮衣」：閒處亦是君恩，妙妙。

《閨淚》「春情薄似淚，流去幾時歸」：惜春乎，惜淚乎？總是無聊中想出。

《送劉佑申歸》「世人無鮑叔，相勉積黄金」：每遇窘時，歎定園此句之真之厚。

《戍婦辭》其二：哀咽。

《南陽野望》「城中人已稀，隙地將誰待」：與行屋《反北邙行》同意。

《百花洲》「無限古時花，紛紛開自落」：此景最堪想。

《題徽宗畫鷹》「誰知艮嶽山頭燕，風雨年年駡蔡京」：人之不如燕者多矣。

《贈歌者》：「莫向五雲深處唱，年來太液草萋萋」：萬般淒惋。⊙定山極賞此二絶，每座上酒酣，喜爲賓客誦之。

《宛南秋日慰留鄧孝威》其二「且緩瓊花天上棹，爲君研露畫瓜州」：風流千載。其三「中原半屬將軍制，好賣新詩换絡鞮」：明眼。其四「悲來買卜君平宅，策杖蕭蕭留鄧侯」：僕和定園此絶云：「豫山驪唱滿筵秋，明日騎驢入汴州。羽檄如飛軍鑲急，空城髮白是君侯。」想見一時分袂情緒也。其六「最是孤燈燒不盡，鄉心雙照月明中」：癸巳同公之宛南，結又茅廬以居。秋深忽忽欲别，相視和歌。至今把誦，猶憶當日緑酒紅妝、西風驪唱時耳。

《送麻將軍赴肅州》「爲説雲臺圖畫早，秋風莫瘦酒泉人」：藴藉得體。

《題李五弦少司馬陳姬遺像》「何年留得霓裳曲，痛殺開元未死人」：寓旨甚深，宜范箕生獨擊節此首。

李因篤　天生，陝西富平人。

《秋興八首，客長安作》其一「帝子朱門起戰樓」：奇警。「轉餉江天頻告瘁，南方征調幾時休」：得此結，全首俱有着落。其二「碧竹香蘭消歇甚，昔遊無路接同群」：高調騷情。⊙每結必警，是其佈置之精。其三「近説西羌諸部勁，秋深牧馬過邊來」：大是杞憂，言之豪激。其四「何處笛翻楊柳夜，故園風雨憶飄零」：神韻悠揚。其五「西來宛馬絡青絲，萬炬圍城罷獵時。黍逼故宫秋自滿，鴻號中澤暮何之」：如此方可謂之沉雄。其六「戍楚窺黔多不返，遊魂旅旆日相招」：遥遥風緒。其七「村春寥落斜陽裏，野哭分明舊創餘」：滄桑之感，豈惟地勢。其八「漢世人才循吏古，麒麟不獨紀邊功」：領略斯言，太平可致。

●興象雄偉而貫之以識，風調整逸而行之以氣，遂能踵少陵而軼空同。曹侍郎秋岳、張舍人穉恭、計孝廉甫草咸稱許不置，有以也。

胡國柱　擎天，奉天遼陽人。

《秋雨》「分明增客況，豈但老梧桐」：音旨蒼涼，固近我輩。

《烏龍江》「繞山南匯漢江東，迢遞遥連湘楚通」：雄邁獨出。⊙「萬丈玉龍蒼壁下，千群白馬亂流中」：骨蒼筆老，寫山川真覺鬱勃有氣。

《送別盧坦先》「雁陣西來甫見秋，無端鼓棹動歸舟。纔逢橘緑青樽夜，又別寒陽古渡頭」：秀動。

《夏亭》「坐久不知人世遠，微風送雨酒初醒」：神到。⊙想其胸次，杳然天際。

佟鳳彩

高岡，奉天遼陽人。

《恒州登天寧閣》「幢幡垂玉宇，樓閣入煙霄」：莊麗，似初唐手筆。

《寒食思歸》：疏中見老。

《過辰州石門關》「人跡半空驚語墜，馬蹄隔澗帶雲躋」：全首精力迸射，無一弱語。

《大田署中望屏山》「數椽柏府雄邊徼，一帶寒簷宿斗牛」：精神大於身，故言之英鋭。

《釋鷹》「驍騰獵騎下巴西，曾騁雄姿擊狻猊。晝角聲高才自捷，朱旗影動勇難齊」：筆有神勇。⊙「獨解雙絛憐健翮，應知矯矯入雲梯」：開筆電擊風馳，倏爾天清月朗，此謂神鬼於詩。

孫宗彝

孝則，虞橋，江南高郵人。《愛日堂存稿》。

《偕曹秋岳先生遊韜光寺，步高忠憲公韻》其二「嶽嶽懷古人，正氣誰與酬。危節在天壤，不朽匪丹丘」：爲道南生色。「風雲薄丘壑，芳蹤衹此留」：蒼栗。⊙曹秋岳曰：「淳古警切，真有道之言。」

《猛風》「松濤不可平，虎氣有餘肅」：凜然風木之思。

《示子》「人家憐幼子，母氏戀衰兒」：至情之言，動人深涕。

《題嵇師巢入閩卷〔一〕》「霜篷明月路，風橋小春天」：新警。

《歸舟》：「急櫓別千山」：警。「未忍細心看」：含蓄。⊙只不肯輕下一字，所以往往警異。

《拜岳武穆墓祠》「製旗風雨黄龍夢，涅字山河碧血痕」：壯麗沉痛。聞虞橋遊虎林，特修忠武墓，此一事真可傳。

《蘭溪道上》「虎跡闞門穿暮火，烏棲嶴曲凍衰榆」：極險極僻處，寫出遊人高興，以此服虞橋懷抱。

《涵青閣訪葛公井》「緑水蒼崖涵一色，瓊樓瑯館傍三台。應門喜見僧如鶴，探井驚看石盡苔」：筆下有乘鸞跨鶴、遊戲三島意。

《嚴州曉渡》「迴看黝嶺煙將吐，平望荒城蔓欲封」：鑿翠流丹，何其耀艷。

《雙龍洞步屠赤水韻》「列炬漸看仙路近，藏舟俄覺朔風温」：昔與虞橋握手京華，但以經濟相許，不知其有仙佛大本領在。讀南遊諸作，方知之。

《遊金華山，將至鹿田不果》「錦障芙蓉開紫玉，翠圍松柏舞青鸞」：別有天地。⊙森奇瑰麗，總非恒觀。

〔一〕嵇，原本爲「稽」，據乾隆刻本《愛日堂詩集》卷二改。

《餉酒》「世事堪消一酒狂」：尚是牢騷。

《入金華》其二「人傳路上曾行虎，雞犬而今絶不喧」：前首令人喜，此首令人怕，筆情最妙。

孫光祀

作庭，山東平陰人。

《送楊職方奉使安南》「御筵陳海陸，賜服耀麒麟」：燕、許弘裁，令郊、島失色。

徐元文

公肅、立齋，江南崑山人。

《東林寺》「傍澗探龍骨，緣溪躡虎蹤」：圓俊，極諧正始。

趙開雍

五弦、韋齋，江南寶應人。《東魯》、《嶺北》、《粤西》諸草。

《謁孔林》：如此等題，只是還他樸實，着一才情意見不得。

《老龍池阻風》「江行最苦北風惡，十日之中九日作」：數語清健，再添一句不得。

《觀音巖》「徑幽僧導火」：字字真確，非予舊遊，不能知其妙。

《三弟過金山僧舍，以風雨止宿》「風濤聲怖客，山閣雨留人」：只是大雅，不屑描頭畫角。

《禹廟》「中庭餘檜柏，猶似作龍形」：一結蒼邁。

《桐廬道中》「灘高潮力減，風順櫓聲便」：詩貴精實，一味空翻不得。此詩可愧世之僞爲高、岑者。

《登梅嶺》「高攀一線嶺，下瞰百蠻天」：尚是初唐風格。

《泊吴城》「魚米歸商舶，雞豚賽水神」：確貼吴城。

《南池》「城隅秋水自千年，杜老經過亦偶然。遂使池塘增氣色，始知人物重山川」：可與曠論千載。⊙名人舉動如此關係，只是爲我輩長身分耳。

《登石鐘山》「絶壁夜深森洞壑，空潭晝激恐魚龍」：即子瞻意，寫來淋漓滿志。

《蕪湖别張荀仲》「袖手中流看黛色，驚心深夜怖濤聲」：情事婉貼。

《螺川雪阻》「寒江不渡歸人夢，大雪偏摧孤宦舟」：中唐佳處。⊙「溯流滿擬兼程下，三日停橈阻石尤」：疏老清圓，兼有其勝。

《桂林别王蒼崖之養利》其一「殊方何以格離題」：婉而厚。其二「進退茫茫都未卜，欷歔不獨爲離群」：他家於結處每苦説盡，韋齋獨妙有含蓄，此其養到。

《浮湘》「暴漲無端吞古埭，好風不肯送歸人」：好。「漫道抽簪今履坦，眼看何處是通津」：又感慨。⊙從容順適，而意已深至。○韋齋守宜州甫一載，即挂冠歸，逸致高風，足繼彭澤。

《過洞庭湖》「莫向中流吹鐵笛，老龍潭底未安眠」：渾闊。

《金山樓居》「樓居恰俯江三面，風雨無端日閉門。怪石釜翻左右没，亂流箭激東西奔」：筆端疑有波濤出没。「山色常留積水痕」：妙句。⊙蒼堅老硬，有參天溜雨之勢。

《柬劉松庭》「耦耕原上有茅堂」：一氣蒼茫，略無支飾。此惟寢食杜陵，方能詣此老境。

《焦山》「梵宫地迥蒼龍狎，海國天低健隼盤」：敵過焦山。⊙厚力雄情，將禪房小景一筆掃盡，此方是焦山之詩。

《新集別俞生》「旅館張燈宜縱酒，須知今日是離筵」：纏綿婉戀，妙以淺淡出之。

《子淑、星垣兩弟送至江干，詩以志別》「明朝漸遠真州道，柳色鶯聲客裏春」：妙在「客裏春」三字，無限情味。

《次江東門懷古》其一「英雄消歇知多少，紅粉猶傳身後名」：令人慨然。其二：僕嘗謂：「唐人斷句是樂府之遺，最易感發人意。」如此二詩，固屬銷魂之作。

郭士璟　飲霞、梅書，陝西涇陽人，江都籍。

《寄池陽太守》其二「最上翠微亭，峰勢層湧出」：起得突兀。「溪泉十一處，半入石虎室」：奇快。⊙純是山水間快語、奥語，以贈使君，當爲不俗。

《真州道上》「處處水流石」：妙。⊙簡傲似常建諸公。

《秋浦》「微風空波颺」：妙。⊙空濛澹渺，豈食煙火者能道隻字。

《妙光閣遠眺，次宗鶴問韻》「四野平花氣」：妙。⊙「登臨何限意，落日大江流」：處處是「遠眺」，而筆情最曠。

《春病》「世事容貪睡，勞勞尚酒巵」：豈有感耶？⊙竟是少陵坦腹江亭時語。

《中秋》「清光宜八月，冷淚落雙親」；「弟兄猶遺興，長夜促杯頻」：藹然見孝友之性。

《舟中聞笛》「未識瀟湘應有怨，偶依楊柳便思秋」：情深之語。⊙「聽罷夜深衣露濕，蓼花蓮葉總颼颼」：雋響幽思，如逢秋士。

《紅橋泛月，次宗鶴問韻》「揭來清影隨心賞，短笛橫簫夜夜秋」：妙是紅橋夜景，迷離如畫。

《偕諸弟登北固》「三吳地盡南連楚，大海雲蒸東去潮。山入滄波渾倒影，人從傑閣一吹簫」：氣岸雄偉，胸次直吞雲夢。

《金山》「無限白雲飛不去，一天秋色小亭西」：悠然。

《送孔子常之江右》「寒雲一片蘆邊雁，相送潮聲到小孤」：風調極合。

丁象煇 原道，河南鄧州人。

《大風玉壐歌》「猶記秦郵水倒流，舟人震慴據船頭」：唱入。「長年駭顧顏色變，小吏傳呼非近見。雕紋細髮聳盤龍，爪鱗鼓動玄黃戰。熟視乃識斬蛇人，内史特紀彭城宴。其書奥與岣嶁同，李斯程邈奚所羡」：着力描寫。「卻憶真人履天位」：「卻憶」二字轉宕，生出波瀾。「何年誤落邗河湄，奇光的爍珊瑚枝。白環銀甕見有日，龍文虎彩寧吾欺」：結束不漏。⊙事奇詩亦奇，讀之覺有蛟龍翔舞。

丁日乾

謙龍、漢公，江南泰州人。《漁園詩》。

《燕京雜興》其一「泥沙冰雪開，照人顏色老」：京師苦境。⊙「千里忘勞瘁，緬焉懷四皓」：何等胸次。其二「浪擲已靡悔，還山矜歲月」：謙龍以高堂白髮故，懶就公車，鄉黨稱爲純孝，一詩備見其指。

《遊牛首山》「遥矚雙闕峰，翠微密如鬟」：善爲渲染。「頹陽猶在林，卻望遠江静」：雋甚。⊙劉辰翁稱柳柳州古詩「短調紆鬱，清美閒勝」，謙龍此作有焉。

《治城朝雨》「朝氣飛雲雨，振衣躡崇殿。畫棟矯遊龍，仄廡無棲燕」：密麗可愛。⊙「巖嶺接混茫，苔茵迴葱蒨」：妙兼顏、謝之長，正復誰議優劣。

《約同人修林子仁先生墓公諱春，别號東城》「予家東城宅，是公閥閱地。羹牆猶在斯，丘墓忍弗治。須補石上書，爲公闢草昧」：有此關照。⊙東城先生不獨科名之盛、宦況之廉，抑理學大儒也。謙龍肅然思治其遺墓，其景仰爲何如！

《秋雨吟》「側聞西溪人，早已賣黄犢」：真事。⊙言簡而意盡。

《仙裳從東皋歸，攜佛眉畫扇見贈，走筆賦答》「好山有密林，静流無湍波。期君蠲百慮，揮弦去沉疴」：逼真晉魏遺音，然正使情事畢出，所以爲佳。

《寄懷吴賓賢》「芒鞋悔識長安路，衣上沙塵落無數。自挽鹿車見君詩，欲行欲止始無誤」：見謙龍懷抱之異。⊙賓賢居斥鹵之鄉，所居陋軒，日與松竹相對，當代高流也。謙龍中一段，可謂極其景仰。

《嗟此一隅》「長鬚豐頤面微赤」：好畫。「先索船錢與供給」：真。「易券重加幾分息」：真。「爲語巨室老蒼頭，回看母妻相對泣」：渠也不管。⊙僕子原易張威，況令之收債，益復縱橫無忌。所以衣冠而權子母，非自靖之策也。試讀謙龍此歌，庶有悔乎？

《蕪城水閣夜集》「開軒落日射如電，紅亭畫舫參差見。須臾傳點五色燈，千家無光一樓絢」：筆墨酣飽，寫得淋漓如許。「繁華再睹開元舊，電火聊爲樂昏晝。天明不放酒杯空，詰朝更起爲君壽」：收得悠揚，意已周至。⊙但作歡場繁麗語，易耳。於熱鬧中卻具憫時憂俗之旨，此詩所以可傳。

《紅橋舟中觀女郎演劇歌女郎俞文水家伎》「垂髫我亦事嬉遊，王孫芳草儘淹留。自經烽煙暗河洛，江頭風鶴蘆花秋」：胸中有此一段，纔與逐隊歡場者不同。「春風吹暖劫灰盡，卻説江都夢又真」：語有深感。⊙全首似作流連沉湎之態，然細玩言外餘情，卻有「不待管弦終，搖鞭背花去」之意，是謂蘊藉風流。

《白門秋集高座寺彈指閣》其一「人從黄葉過，寺有白雲歸」：輕俊。其二「山亭秋雨來」：自然而妙。其三「空山一酒亭」：好。其四「身名六代寺，丘壑十年心」：幽雋秀澹，如菊如梅。

《客松園同韓石耕看南山一帶紅葉》「秋殘山更好，日落樹猶斑」：幽倩。⊙「叢叢深淺色，偏動旅人顔」：詩有自然之色，不假粉黛。

《送李箕山遊西湖》「樵多春樹少，歌罷酒樓遷」：貼今日風景。

《奉老父登季弟問琴樓，倩鄰叟剪除竹樹》「同時諸老健，繞膝一兒遊」：此等詩最近性情，引人三覆。

《古塘于氏園》「不知何處好，但覺是山村。都入亂峰路，難尋野水源」：嘉州神境。

《花朝題隱園》「柳絲垂過壁，朝夕繞厨煙」：造語自然風秀。

《金陵别韓石耕，之于湖訪郭民部》「汗漫山陰棹，支離落葉前。逢人江路上，沽酒石橋邊」：章法極有次第。⊙一片真氣浮動，卻出之輕倩。

《紅橋遣興》「夾岸垂楊秋氣早，横橋斜雨夜聲多」：瀟涼逼人。⊙「何事興亡重感慨，且持樽酒對枯荷」：虹橋詩，人寫得喧闐，君説得黯澹，固是有心人别有寄託。

《訪介立、友蒼兩上人舊居》「僧去纔知山不深」：詩心静遠。

《書北固山舊讀書處》「山中短榻禪燈在，橋外垂楊酒市遷」：河山不殊，風景則異，能無十年酒樓之感？

《江行泊静海橋》「人歸一路夜潮聲」：好。⊙「此外微茫何所見，山深草滿亂蟲鳴」：全以筆情擅長，覺風流自爾佳勝。

《燕邸憶江南梅花》「自知疏劣宜貧賤，且訪銅坑賣酒家」：蕭條高寄。

《九日登雨花臺》「此日何人還載酒，六朝無地不悲秋」：蕭瑟多感。

《雪後行荒山中》「雪光亂捲乾坤合，荆棘新開僕馬疑。數里始逢蒸棗熟，晴天猶覺凍雲遲」：

寫荒山景，可云刻至。

《戊子過汴城》「沙隴尚沉前代碣，田疇非復故侯瓜」：大有滿目荊榛之歎。

《溪村訪舊》「惟有野鷗來往熟，門前秋水亂蒼苔」：氣韻幽凉。

《隱客棹雨，過漁園乞竹有贈》「到舍翠筠應不損，成林曲徑定須開」：老氣紛披。⊙「何等心期思種竹，呼童帶雨放舠來」：别調殊情，具見篇幅。

《季秋安溝信宿，與中表諸兄弟話舊》「四十年來頭俱白，兒孫滿眼漫牽衣」：極真極快。

《題安溝紅葉》「獨有此中烏桕樹，一溪兩岸似江南」：令人想曹娥江上。⊙我欲移家此間。

《太平庵訪蓮宗上人》「茅屋閉門人語寂，舊僧遥憶月明中」：光景大是可想。

《仲秋復過姜堰鎮》「卻思堰上同遊客，不見提壺過板橋」：風韻極好。

《有憶》「孤艇夢回雙槳夜，薄衾春覆兩人時」：六朝人有此柔艷之作。

《江上漁父吟》「潮去潮來雙鱖美，不須棹過大江歸」：筆意自遠。

《溪上》其一：似元次山。其二「何事病餘華髮亂，江山戰後故人稀」：謙龍澹静人，着想自别。

●謙龍於宅畔構漁園，池亭竹石俱勝，客至則引與賦詩，所著甚富。

張玉裁

禮存，江南丹徒人。

《送楊鄂州使交阯》：雅飭。

張玉書　素存，江南丹徒人。

《安南即事》「鐵騎昆明道，戈船粤水西。諸軍催轉戰，天意罷征鼙」：老氣盤鬱。⊙壯偉，有氣局。

羅承祚　景有，江南丹徒人。《枝閣詩集》。

《贈許潄石先生》「會當荆棘滿天涯，鷺浴鷗眠何處家。不必門栽彭澤柳，豈期路指故侯瓜」：矯然獨上，如空中白鶴。

《瀏陽舟中》「峰連疑徑絶，石斷引溪斜」：穩秀。

《贈李枚及歲暮歸里門》「太行分左右，州縣數曾經」：高睨。⊙起法獨爲超軼。

《遥和黄仙裳中秋飲王山漁宅之作》其一「兩屐繞頽廊」：佳。⊙「西鄰客子近，咫尺異匡牀」：風神諧暢。其二：此首念及時事，惻然仁者之言。

《寄題太華王玉質手蓉閣詩》「百二關河鏡裏逢」：氣勢峥嶸。

《别王懷人》：輕華之氣，如夕翠朝煙。

《張異資遠牧崖州寄懷》「吏鎮蜃鮫清海浪，民連蠻漢雜山居」：沖秀，時露英氣。

《贈家鏡庵久遊歸里》「把酒徐聽雨後鶯」：秀。⊙字字鏗鏘。

《入郡舟行微雨，憶吴宗玉、胡裕民二同寅》「浮槎輸輓防河急，刺眼仳離祝歲豐」：關心時事，固非尋常筆墨。

《步平山堂故址，有懷六一居士》「幾歲僧袈掛石樓」：輕盈可愛。

何林

喬子、雲壑，浙江山陰人，順天籍。《彌年集》、《犵山蕪言》。

《登恒山天寧閣，兼簡張忞公》「仰觀我佛形，俯窺衆生相。仰觀何肅森，俯察何悵怏」：筆筆摹古。「隆代委山樊，先民剪流浪。覽彼終古跡，心焉多悲喪」：慨然終古。⊙氣奥色黝，古情穆然，如此方是登恒嶽詩，與尋常小山水有别。

《擬古》其一「遠别不繼音，近别無留影。遠近理亦齊，嚴駕在俄頃」：意旨俱遠。其二「將草比園柳，不得並貞堅」：擬古嫌其蹈襲，如此自出機杼而又暗與古合，斯爲絶調。

《眺嶽麓山》「十年心事向椎題〔一〕，那更吏道成牽厄」：杜家奡兀處。⊙古色斑駁，卻能一氣轉宕。

《早春》「日射層冰薄，風摇直木蘇」；「趙北黄金柳，遥遥著道途」：似六朝、初唐人之作，聲情艷而别。

〔一〕「椎」疑爲「誰」。

《夜坐二首》其一「落日辭荒縣，孤城月上來」：高曠。其二「萬事三更盡，方知静者娱」；「圓月望中孤」：清不入癯，老而能媚，詩心何其雅浄。

《登唐縣城樓二首》其二「大漠通天地，遊藩此世人」：落想甚曠。「墟煙看落晚，喪亂幾經巡」：遒甚。⊙峻嶒聳特，卻又合格調，所以爲佳。

《屏居即事》「終日但迴廊」：妙。

《黄梅雨有懷越中》其二「驛路堪泥馬，江流可放船」：筆意飄宕。⊙次首寫入越中之景，娟然静秀。

《亭午》：倏雨倏晴，寫得變動。

《雪中簡左翼彤》「但忘遲暮慨，觴酌好相催」：色調生新。

《湘鄉早發》「岸平知嶂遠，水闊識灘鬆」：《水經注》。⊙「曉黑多江雨，移時野霧重」：寫湘雨迷離無盡，是一幅畫圖。

《荆州懷古》「荆州古戰地，南部獨稱雄」：筆力矯矯。

《至口底遊堯廟》「薊門此地覓堯封，更向空山拜廟容」：是堯廟詩，借用不得。

《歲晚漫作》「歲暮卻同人易老」：清思獨出。

《漫詠柬張瑶倉》「越吟莊舄元因病，蠻語参軍不自由。楚柂吴檣知見否，山陰亭畔幾清秋」：全是少陵風味。

《靖州約黄天柱、胡學博登五老峰不果》「疊嶂東驅開邵桂，層巒西去入蠻傖」：筆力開大。⊙形容壯盛，固足張楚。

《至漢口登晴川閣、黄鶴樓有作》「兩樓並立争天地，二堞平開壓上邦」：從無人道。

《立秋》「獨有湘江頭上客，思情勝過尾江頭」：非深於情者，不解此詩之妙。

《答楊德公見寄聽鵑之作》其二「兩樣關心君不見，滿山紅謝到前溪」：妙。⊙伴説得妙，詩心亦爲摇宕。

《九江阻風，夜令數童歌曲，有懷江州故事》：意興殊自浩落，似子瞻江舟聞笛時。

李呈祥

吉津，山東霑化人。《曲江》、《唐城》二稿。

《秋杪舟泊邵埭，晤杜子濂感賦》「天外誰留不死身，眼前驚見夢中人。故園禾黍秋無恙，絶塞冰霜舊有鄰」：似聞擊筑之音。⊙公初從塞外赦歸，故言之沉痛如此。

《蕪城秋懷》其一「濠穿鐵鏃石樓平，萬馬投鞭此鬭争。紫極晨飛諸道檄，黑雲晝壓廣陵城」：沉鬱。⊙登洛陽殿、上平乘樓，無能有此騷激。其二「千載風流人不見，平山堂上兩文忠」：我爲起舞。⊙懷古情深，涉筆便見。

《恒嶽恭紀》：蒼穆有體。

《水竇崖》「水轉潺湲穿竇出，巖深蒼翠鑿空來」：妙。⊙「舊有危亭堪一眺，夕陽遥帶太行迴」：

峻嶒深刻，詩中帶有邊塞氣。

杜浹 子濂、湄村，山東濱州人。

《虎林即事》「岳墓風雲雙涕淚，孤山梅鶴一綈袍」：高警。⊙胸次真静，遇山水間俱不草草放過。

《括蒼杯渡庵》「絶壁粘空生秘藥，清流櫛派種嘉禾。南屏似髻垂金鷟，東溜如鞭走石鼉」：四語摹景，光采瑰異。⊙此詩可謂沉鍊。

李國璉 連城，陝西韓城人。

《晨起遊寺》「荒園忘露濕，古寺看雲低」：好。⊙處處傚「晨起」二字。

《虎峪寺》「好山朝梵閣」：妙句。⊙匀貼，更出警句。

《林》「暗葉冷人衣」：妙。⊙「垂鞭連草色，落日倚寒扉」：幽蒼。

《魚》「蘆堤换酒歸」：雋甚。

《遊龍門》「武帝旌旗倚殿崇，夏王宫闕此山中」：起法得之《秋興》。⊙弘敞高麗，如以寒瘦出之則不稱。

《太史祠》「坐對黄河酒數杯」：壯甚。⊙次首有「西連梁奕雲中起，東帶黄河天上來」之句，亦雄麗。

《南岡秋霽》「花塢晴飛翠杪聲」：百思乃得。⊙「何處吹來霜雁色，玉關萬里帛書情」：貼發處更饒秀警。

《雨後齋飲次韻》「曲洞蘿開雲欲憩，深林日霽鳥争歸」：刻意追琢。⊙「吟魂寂寞憑誰寄，水繞村橋竹繞扉」：詞滿而不傷氣，只是意到。

《雨霽》「雲收秀壁花偏艷，月落空廊酒未闌」：奇句。⊙「幽中信是完名地，笑指煙霞獨倚欄」：石隱風味，寫得沉酣。

《和定光上人韻》「閣道煙飛迷緑樹，洞門春暖帶青霞」：莊嚴富麗，沈、宋之遺。

李化麟

澹河，陜西韓城人。

《登龍鳳山》「松寒疑雨至，嶺湧似潮行」：妙。⊙「仙人如可遇，日月老柯坪」：琢句以險而得工。

《題碧雲寺》「石磴雲封樹，巖扉月照苔」：工鍊。⊙唐人禪院每多勝作，此能與之頡頏。

《九日盧溝大風》「幾處漁人歸別浦，一行旅雁入邊樓」：風景指次如畫，而妍潤可喜。

李景麟

星河，陜西韓城人。

《泰安驛館柬諸年丈》「春盡猶爲客，泰安聊駐車」：發端容雅。「風定樹明霞」：名句。⊙氣韻殊好。

《登泰山》「日光摇蕩宵纔半，海氣蒼茫晝欲昏」：何等形容。⊙孫豹人曰：「『精神四飛揚，如出天地間』詩有此境。」

《贈劉孟孚年丈補高唐守》「盻子佇看聲績異，還宜飛蓋接應劉」：有佩玉鳴珂之度，固是應制體裁。

《寄賈聚五世兄》「長沙前席知非遠，絳灌於今異舊時」：如此用事纔化。⊙情意款篤，結更有味。

《維揚春日郊遊》「隔代香銷緑鬒鬒」：温、李佳句。「十年烽火斷邗關」：結更蒼老。⊙縟麗而清思不減，當屬晚唐高手。

《九日宿蘆浦志感》「頹舍千村炊火斷，黑雲萬竈水蛙鳴」：悲壯。⊙軫念時艱，言之淒惻，又何必監門之圖。

冒襄

辟疆，巢民，江南如皋人。《水繪庵詩存》。

《立秋前六日負疴，同梅岑上人及諸子小集水繪庵，時小三吾新修初成，即席各賦》「今日病不出，恒懼明朝添。何如强起遊，曠覽清秋天」：極會解脱。「水濠還抱石，樹秃仍倚簷」：一幅荆、關妙染。「登頓忘小欲，與君飲且眠」：結得佳，見手法之精。⊙起結皆有法度，中間點綴一二雋語，如六朝人之評論山水，足令會心。

《寒夜聽白三彈琵琶歌》「兩月詩酒無不爲，晨昏放浪窮端倪」：發源最妙。「主人大叫非吾心，七十日來稱朱琴」：忽湧一波，氣致生動。「白生懶慢真清狂，諸君且坐盡一觴」：興來神到，筆如風雨。「只有陳隋遺恨聲，千年宛轉纏胸臆」：妙絶。「我有萬感付琵琶，我有長歌手八叉」：收處不即不離，卻與起處相照。「平生好客無其家」：難得。⊙是冬僕遊雉皋，寓洗鉢池上，憶作是題長歌，漏已三下矣。大雪迷漫，林巒池閣如畫，而巢民急遣銀鹿來蕭寺，索予新詩。是夜，巢民不寐，重命侍兒焚香煮茗，圍爐而和鄙什。其詩離合詳略，起伏頓挫，備極神工，拙構固遠不逮也。

《秋夜同龔芝麓大憲集紫萿山房》「多少南朝事，樓頭幕府山」；「燈火秋偏盛，英雄老畏閒」：全首高壯，盡芟卑靡之氣。

《懷陳其年》「嬌女鬟頻輓，德妻愁不言。高樓湖海上，手把自詩翻」：其年行徑一筆寫出，固知己之言。

《追憶趙友沂》「烏衣門第在，每過只低頭」：末二句令人驚心刺骨。

《懷紀伯紫》「八口住真州」：的是贈贛叟詩，他人借去不得。

《九日先約諸子懸霤山登高，雨阻湫廬有作》「共訂登高懸霤北，連綿夜雨到如今。陰晴變態元無定，九十秋光未可尋」：此等蒼樸老健之詩，真足挽回風氣。

《寄吴梅村先生》其二「聞道子山消息在，白頭紅豆只悲歌」：末二句道着梅村心事。

《水繪庵送方謙六之燕，喜坦庵年伯全家入關》「萬里窮邊迎白髮，五更獨客走黄河」：恰有此等情事，湊着巢民好詩。

《顧子兼重來過訪書贈》「蓬蒿細話前朝事，海内何人厭老狂」：感慨渾然。⊙虎阜、秦淮，爲風流窟宅。今垂老江鄉，突遇四十年前置酒徵歌之故人，能無三歎。

《題美人畫册，應阮亭使君》其二「流鶯兩兩空言語，小着羅衣總不勝」：静娟。⊙傳神都在意外。

《與陳其年諸君觀劇作》「最無消息是清音」：此句最深於曲理。

《贈柳敬亭》其一「青燈白髮江湖裏，常夢當年舊狗屠」；其二「如今衰白誰相問，獨對西風哭故侯」：借敬亭寫出胸中無限感慨，令人摇摇不能自主。

《小秦淮曲》其二「艇子銀燈唱入城，船中樓上光縱横」：絶妙好辭。⊙安得置身其間。其三「夾岸哀箏横笛外，誰家小立怨昏黄」：寫入閨怨，可謂情長。

王廣心

伊人、農山，江南松江人。

《冬至》「東堂宦興銷殘雪，南國鄉心散早梅」：秀甚。⊙如此詩，可謂之穠纖合度。

顧大中

震雉、見山，江南華亭人。《鶴巢集》。

《疇昔篇，贈黄子大中丞黄公如千仲子也》「八月横潮秋水急，長弓大劍闌江入。萬艫延燒火鳥飛，孤軍轉戰馮夷立。是時桴鼓猶親操，勢窮力竭從波濤。爾之兄弟不及此，天爲忠孝存鴻毛」：此段筆陣横厲。⊙前幅極力揚厲中丞，末段贈黄子較有身分，此善於製局處。

《雪後登歌風臺》「一劍收秦鹿，秋風萬里心。悲歌誰掩泣，壯士已成禽」：數語了高祖本紀。「雪後此登臨」：老。⊙筆力極高。

《春渡淮陰，張考功鞠存招飲夜話》「一飯春寒漂母祠」：秀絶。⊙風調神情，皆擅江左之秀。

《贈紀伯紫入閩》「多情愁對青溪柳，老向南荒擘荔枝」：氣味深厚，且饒風韻。

柯　聳

素培、岸初，浙江嘉善人。

《復漢光武廟祀》「當日雲臺將玉佩，祇今畫壁拂霓旌」：爾雅不佻，是前輩風味。

《西溪小築》「度壑鐘聲蕭寺外，穿林塔影小樓東」：雅鍊。⊙和藹之氣，迴翔楮墨。

《採蓮曲》「恐驚舟畔羅裙女，棹入深溪不肯回」：説得有情。

許　珌

天玉、鐵堂，福建侯官人。

《王貽上招同來鶴樓觀趵突泉》其二「簷端霽壑澄如練，衆岫亭亭畫夕陽」：巖壑如見。⊙山水詩易於清遠，難於典麗。天玉獨爲鏗鏘震動之音。

嚴曾椝　方貽，柱峰，浙江餘杭人。

《趙友沂席上和韻贈紀伯紫》「日落人從江上來」：澹妙。⊙「歌罷春生笛裏梅」：和柔澹雅，自是正則。

曹鼎望　冠五，澹齋，直隸豐潤人。《楚遊》、《新安》二集。

《何太守道岑、宋别駕牧仲招遊赤壁》「丙午歲之冬，仲月朔入日」：直起，得古法。「噫嘻，五侯七貴何其富，轉眼樓臺穴狐兔」：有此一番感歎，詩情乃足。「何如此赤壁，千秋恒崒嵂。詩賦護殘碑，遺像儼石室。斯地與斯人，豈隨煙草畢」：爲髯蘇千載吐氣。⊙前幅叙次，風景如畫；末幅淋漓慨歎，殊有名士風流。

《雪中懷金天駟年兄》「回首武昌城，雲深空没滅。望望九江口，故人久離别。曾無尺素書，只此寸心結。何時開樽酒，空堂霏玉屑」：筆意皎潔。

《石照山》「惟空故生明，惟静乃能永」：似晉人説理。⊙「石照」二字，不刻畫而意已盡，與俗手迥别。

《登齊雲巖，和顧九疇先生韻》「雲飛象眼路，松蔭虎蹄泉」：春容大雅，惟陳拾遺有此。

《冬夜雜興》「凍鳥攢江樹，煙蓑隱釣翁」：澹齋爲郎署時，便留心民瘼如此，而詩更秀雅合格。

《喜雨》「鶴鹿圍書案，風雲上畫樓」：高鍊。⊙昔人以青山緑水中作二千石爲韻事。讀使君作，令人想見風流。

《登靈金頂》「遠峰圍峭閣，高寺隱洪鐘」：圓穩之中，特標神韻。

《隋翊公、朱玉招飲識舟亭，即席分賦》「江上樓臺入畫圖，林巒深處一亭孤。當窗帆影看看近，隔岸漁歌漸漸無」：寫江土之景，最安閒，有筆意。

《舟泊九江，遇韓少府桐庵赴任汀州，賦此贈別》「無意逢君醉客舟」：妙甚。⊙似高常侍送李寀少府之作。

《斗山亭同人夜集》「亭圍山影半天中」：好景。⊙「舉頭明月在高桐」：不屑屑求工巧，卻興象都足，只是氣厚。

《四宜亭》「皖封城外大江流，浪走波迴撼戍樓。山寺鐘聲分曉暮，孤亭木葉識春秋」：筆力岸異。⊙氣爽格高，不屑落中、晚一字。

《過沙溪訪呂真人遺像》「至今惟見幽人舍，丹井龍文表舊題」：襟期磊落，下筆有橫睨千載之概。

《黄州雨泊》「雨餘山欲暗，赤壁夜停船」：風景宛然。

《雪舟》「微聞欸乃聲，蓑笠人不見」：比柳柳州「孤舟蓑笠翁，獨釣寒江雪」更遠。

《登齊山》「聞説風流郭太守，高亭揖客送清暉」：詩亦風流相賞。

《碎月灘》「溪中碎月流千古，樓上詩翁何處遊」：興懷不淺。

《落石亭》「忽見灘頭鸂鶒鳥，雙雙飛過畫堂間」：漸近自然。

劉佑

孟孚、雲麓，直隸曲周人。《尋遠樓詩》。

《香山寺》「此間曾駐蹕，翠色滿高臺」：結意足。⊙不用鈎疏，自有深永之趣。

《重遊九峰寺》「碑老前朝氣，楓明夕照身」：奇警。⊙蒼蒼差可語。

《登叢臺》「龍戰幾年驚趙壁，馬嘶此日繞叢臺。休悲探瞉沙丘事，挾瑟憑高醉不回」：筆如遊龍。⊙有傑邁之氣，不覺其詞旨哀涼。

《清泉寺》：悠静舒徐，風度可掬。

《過九峰寺，贈原直禪師》「橋邊雷響千巖瀑，檻外雲埋萬壑松」：蒼鍊。⊙純用厚力，覺字字深老。

宫家璧

百朋，奉天遼陽人。

《乾溪洞》「一水過無痕」：妙。

《平溪衛》：二詩全首俱極安閒。

嵇永仁

留山，江南無錫人。

《湖上風滿樓柬鹵均》「何緣得放湖邊艇，日聽紅兒幾度歌」：此福恐難消受。

許承宣

力臣，江南江都人。《宿影亭稿》。

《送申周伯之楚》「春盡清江上，孤舟兒女心」：高亮。

《擬杜曲王將軍宅夜聽歌》「不堪金甲地，還有玉人存」：大可咀味。⊙獨有諷切。

《喜劉玉少至自晉中》「太行歸馬一囊詩」：風情大是峻朗。

《七夕禪智寺送王阮亭先生》「秋至再逢離别宴，月明重洗送行碑」；「回首竹西官閣裏，莓苔争護使君詩」：每見送行詩，官階德政刺刺不休。如此清俊之作，自屬罕遘。

《文選樓送張與三還江寧，兼懷孟新、闇公諸子》「一夕樽罍數白頭」：意極蕭涼，而出之婉秀，故不覺。

《東園送湯天若返金沙，兼柬長魯、子友諸子》「梅花香裏歸帆急，桂樹叢邊客夢賒」：力臣詩獨以温雅擅場，時覺芬馨滿袖。

《平山春望》「二月鶯啼故苑寒」：有芳菲柔曼之致。

許承家

師六，江南江都人。《獵微閣詩稿》。

《送吴薗次守吴興》其三「解弦會有期，春鳥喧芳洲。努力慰知己，還紓黄屋憂」：語多規勸，不失古人贈行之體。〇三詩風旨簡峻，正得晉魏遺意。

《歸舟泊荻港》「安得長牧悉輿情，一洗民間愁與疾」：寂寥短章，旨趣自别。

《廣陵懷古》其一「門前雙井在，嗚咽動寒蟬」：結得淒緊。其二「草樹千峰暗，乾坤一帶青」：妙。其四：説古事即帶今情，筆力最健。

《送申又伯還西安》「帶礪看三輔，烽煙仗一身」：氣韻識力，俱逼盛唐。

《己亥夏秋雜詠》其一「羽書江上急，赤腳走城東」：氣味沉鬱。其二「陣雲沙草隔，寒笛戍樓空」：精鍊。其三「一溝天地分」：妙。其四「親老寒煙路，兒啼積雨聲」：妙。其五「囊空還浪跡，深覺布袍單」：數首皆雄渾老健，得少陵之至深。

《留别徐雨蒼》「平生湖海淚，多半屬同遊」：淡處極老。

《留别宗鶴問》「南北還歧路，春風信馬鞭」：大樽一派，格調非不高敞，然只是應付；矯之者，又趨而之竟陵。吾黨苦以大力挽之，故頡頏古人，而性情復能矯出。

《過東西二梁山》「龍虎風威動，江湖戰氣屯」：雄風勃然。⊙「誰失東南險，登臨欲斷魂」：子美《白帝城樓》詩有此健拔。

《送涂牧卿歸西江》「頭白櫓聲寒」：異。⊙「頭白櫓聲寒」，一語撐起全篇。

《送雉皋劉遠思之河南》「隻身衝雪路，百戰舊鴻溝。楚漢驚人眼，關河帶客愁」：筆力健拔。⊙雄情傑概，固足傲睨中原。

《集仙洞》「峽雨巖邊落，江峰洞口懸」：奇警。⊙從容合節，更能矯厲出群。

《贈龔芝麓先生使粵還朝》「夕陽孤照使臣鞍」：幽而能壯。⊙如此詩，可謂之「緣情而綺靡」。

《避亂海陵喜晤鄧孝威》「貔貅隊裏一詩人」：僕不敢當。⊙「良友鬢眉亂後真」：烽煙滿地，偏有此等好詩。可知天寶亂離，只便宜杜陵野老耳。

《得談青令侯官書卻寄》「烏石漫成飛輓道，鰲峰不斷羽林軍」：接得有力。⊙「尺書迢遞渡江雲，戎馬郊原卻憶君」：確切又風華。

《池陽喜晤顧莪在、宋御之、史耳翁、于章雲諸子》「最愛雲山壓戍樓」：妙句。⊙「半世行藏多作客，片帆南北屬悲秋」：風格最好。

《登北固凌煙亭》「絶岸風威來虎豹，空江日落走龍蛇」：非壯麗不稱。⊙「回首昔時梁殿閣，不堪日暮擁悲笳」：聲如洪鐘，一空細響。

《阻風》「卻有漁舠剛七尺，披蓑拍浪打魚回」：如見其景。

《郊遊》「眼前壁壘孤城暗，曾擁雕戈卧鐵衣」：傑甚。

《梅花居士約以明年梅放日薙髮入林賦贈》「寄語梅花休早放，白頭聊作醉鄉人」：語帶嘲謔，自妙。

劉懋贇

質公、僅三，江南泰州人。《雪村草》。

《金陵懷古》「野哭千年無代無，陰燐青青戰骨白。興亡銷盡廢垣存，垣邊豎牧驅黄犢」：絶類長吉。⊙雍門之淚，迸落楮墨間，固是有情種。

《江上夜泊》「蛩歇人煙雜，魚腥水氣涼」：色調匀美。

《鍾山》「落日歆翁仲，秋風賽蔣侯」：妙麗。⊙「縱有冬青在，年來幾樹留」：悄然情深。

《訪康僧閣古跡，道遇觀上人，引參唐裝師塔，遥望金陵諸山》「浩劫千灰内，熒然佛火紅。方看僧補衲，旋避客關弓」：起處岸傑。

《渡燕子磯》「一亭青對酒，雙鳥白隨人」：自然雅秀。

《初春送客還京口》「江南紛戰馬，君過肯徘徊」：選言務勝。

《從蕪城抵舍大雪》「夜闌還起聽，急響更柴扉」：秀。

《深秋同張湛生、賈祺生諸君遊水月庵》「諸君不厭招提寂，佛閣禪林好嘯歌」：淹潤而不掩高氣。

《秋日集送友人歸吴門》「片帆後夜瓜洲月，好載潮聲到館娃」：險韻，行以天然，且姿態流美。

《送曾庭聞歸江右，予亦將遊白門》「白髮新從秋雨劇，黄雲未向戰場收」：姿制妍雅，而出之疏朗。

《九日登西山》「天低戰壘征鴻過，地捲風沙獵騎回」；「舊山指顧登臨處，惟有斜暉照草萊」：浸淫於唐人之境。

劉胤祚 永錫、達庵，江南泰州人。

《道中即事》「土屋留真氣」：讀「土屋留真氣」之句，能令人樸。

《喜張祖望過訪》「此地無車馬，相過意獨真」：達庵官濟南，與一時名流如野鶴、祖望、心甫、爾止、駿男輩唱和極親。此詩見一斑矣。

《送倪周初之吴郡》「吴月一帆輕」、「啼烏君獨行」：蕭凉，如對秋士。

《夜》「殿深群魅嘯，人静一燈微」：險創處頗似孟津。

《赴贛城》「帆影雲山没，灘聲日夜流」：詩極閒適。

《道中述感》「破壁銜泥憐廢宅，飛花帶雨促行人」：意欲取新，卻自渾成。

《陸景宣因訪其先人祠過豐陽，即席賦贈》「蒹葭夢接西泠月，杯酒吟殘白苧詩」：風調嫻美。

《中秋夜泊滕王閣》「夜凉無酒醉蘆花」：秀色可餐。

《送張丹崖》「客中還送客，況是故鄉人」：末句深一層。

徐倬 方虎，浙江德清人。

《湖上贈夏鹵均》「花柳坐催名士老，湖山約與酒人看」：手筆芳妍，如香橙碧藕。

愼墨堂詩話卷五〔一〕

趙進美

巖叔、韞退，山東益都人。《清止閣集》。

《安陸作》「睠念趨庭地，髫鬌平生居」：□□□音哀音感□□□陳思送應氏之作。

《過雲夢》「巖動流雲滿」：節短思□，何殊小謝。

《武昌雜感》其一：滿目荒涼，毫端寫盡。其二「浩浩長江流，俯受衆山趨。迴波何蜿蜒，漢水中相輸」：寫《地理志》如在目前。「雉堞互有無」：畫。「營營一世間，智者自傷愚」：名言静識。其三：一則史論。其四「千金不入意，寸心豈相許」：比興，得《國風》之深而寓旨特厚。其五「遠望耆舊里，丁彼漢運屯。我懷沔上翁，長歌歸鹿門」：氣鬱調古。其六「出郭梟鷺集，向野汀煙亂」：此言楚中供億之苦。「悔不當盛年，努力事弓箭」：良有激乎，其言之。⊙五言詩，學六朝者失之縟麗，效韓、蘇者流於徑莽。韞退蓄意清邈而結體蒼嚴，自是古今獨步。

〔一〕此卷輯自《詩觀》初集卷五，原署「東吳鄧漢儀孝威評選／同學丁日乾謙龍參閲」。

《芻豆行》「昨聞軍符夜深至，朱批白版數行字」：傷心時事，正自不嫌説盡説透，使聞者知戒。

《自中州至澒子道中》「石門銜斷壑，闢勢引諸峰」：造句險峭。

《過衛宿廢苑，時衛水漲城，不浸者三版耳》「中朝弱弟梁王貴，亂歲諸侯衛叔賢」；「繞池修竹猶堪賦，無奈啼烏夜燭前」：舉止秀逸，不意千載而下，重見趙倚樓。

《江行》其三「謀身何止愧漁樵」：遠。◎四詩可謂清新俊逸，使大復拈毫，何能及此。

《金陵懷古》其二「零落烏衣王謝盡，長干車馬自相逢」：何等藴藉。其三「清湖小艇催雙槳，不信經過有莫愁」：末二句令人諷歎無已。其四：借古事發出胸中感慨，淹雅韶令，如見洗馬當年。此自風骨夙成，不假雕飾者也。

《廣陵》「遺民猶自歌袁粲，日暮風煙接石頭」：真是詩史。

熊文舉　公遠、雪堂，江西新建人。《雪堂選集》。

《懷答盧德水先生》：一詩具見出處。

《雜詩用李于鱗韻》：三詩峥泓蕭瑟。

《燕京卧病述感》「夜雨吹窗紙，春風到酒旗」：拂袖之願，豈惟今日。

《應召述懷》其一「怪得兒童笑，干旄煙外尋」；其二「白頭寧碌碌，扶杖乞荒山」：疊山卻聘而後，重見此詩。

《蒲州》「腸斷清秋鸛雀樓」：筆力宏闊。

《簡友》「近日音書無個字，頗聞兵馬已多番」：磊砢歷落，又是一種。

《憶同門人韓聖秋遊太華山，乙酉舟過江南，聖秋適避亂白門，不及晤言爲悵》：追溯往事，聲情別有感託，不只流連山水。

《寄歸宗蠡雲上人》「幸從兵火息諸緣」、「金輪峰上掃晴煙」：有如是懷抱，方許作詩人。

《簡寄傅度山》「金馬人歸一夢中」：蕭蕭摵摵，都是淚痕。

《漫書寄友》「青山一任騎牛看，無處堪容白鼻騧」：林下一人，於今斷屬新建。

《偶成》「輸與黄巖僧補衲，彌天風雪未開關」：純是血涕，莫僅作達觀語看。

《瞥過》「可知錦襪留錢處，猶有零脂斷粉香」：言之傷心。

《寄弔年友曾二濂都諫》：不勝人琴之痛。

《贈歌者步虞山韻》其一「惆悵虞山老宗伯，浪垂清淚送王郎」：言外有諷。其二「彈動琵琶天欲老，傷心寧爲牡丹亭」：含蓄。

曹　溶

鑒躬、秋岳，浙江秀水人。《倦圃詩稿》。

《送李雲田還漢陽》：昔在嶺南，與秋岳論詩，於七言古必以突兀頓挫爲長。此篇叙置，殊有蒼虬夭矯之勢，固與時手平衍者不同。

《燕中雜詩》其一「碧草城冰晚，朱樓戍鼓春」：錘鍊精工，而中有意義，便自警絶。其二：墨彩騰踔。其四「戰地仍堪隱」：名句。「素諳哀樂理，易感是征夫」：大雅。其七「老親思病子，涕淚少乾衣」：至情語，可爲隕涕。其八「佯狂誰任汝，失路馬頻嘶」：一結深心，閲世之言。其九「悠忽相隨老，何人略跡看」：子長、子美，千古解人。其十一「兵民勢孰强」：卓句。其十二：數詩力大思警，不祇詞采壯麗，足侔燕、許。

《寄懷李雲田》其二「孤花戰後春」：風旨不凡。

《廣陵贈别袁藿庵》：藿庵風流雋望，久在歌場酒社間。三首形容，可謂備至。

《人日芝麓邀遊海幢寺，以事不克赴》、《遥同芝麓、孝威海珠寺之作》：秋岳近體專崇初、盛，不落一字中、晚。二詩成於軍書旁午之時，而瑰異驚人，固屬天授。

《製硯詩》其二「不信窮途知己在，一雙鸜鵒眼長青」：含意最遠。

李文胤

鄮嗣，杲堂，浙江鄞縣人。《笑讀齋詩稿》。

《天童寺》其一「松陰交一徑，竹氣老諸山」；其二「過橋天覺闊，登寺地忘高」；其三「千光犇佛座，一氣滃山堂」；其四「山形容一寺，日景照千門」；其五「塔影浮波出，鐘聲觸石來」；其六「巉巖斜導日，洄石亂欺泉」；其七「燈影山無漏，鐘聲水欲闌」：巉巖創闢，如五丁力士，有鑿山開道之勇，然卻是山中真境，非好爲奇語以欺世者。

《金陵懷古》其二「獨有天池春漲水，湯湯欲入故宫流」：風流藴藉。其四「卻問舊游攜酒處，白楊十字滿斜曛」：以樂府之聲情，綜爲近體，悲涼古艷，直踞騷雅上流。

《京口懷古》其一「湯湯江水仍飄岸，誰使千群武騎還」：「誰使」二字，有多少議論在内，不衹詩情之豪宕。其二「隔崖誰唱還都樂，不見東巡下御舟」：古意新聲，起人三歎。

《吴門懷古》「淒斷越城橋上望，不堪飄雨過横塘」：憑弔吴宫，前人多有勝製。杲堂新情别出，固自絶人。

《西陵懷古》「臺烏欲言亡國事，女冠誰唱故宫詞。千年剩有潸然涕，重向葫蘆井畔垂」：淒然難讀。

《會稽懷古》其一「固陵渡口多舟楫，新唱江南桃葉謡」：傷心語，妙以風華出之。若令女郎按歌，定爲四座罷酒。其三「王謝還東事絶倫，風流遥賞獨沾巾。右軍本切興亡計，康樂從來江海人」：超然蹊徑之外，詩心史論，於此獨絶。⊙杲堂讀書萬卷而情性殊異，故落筆便自騷艷動人。

《勾甬懷古》其一「前行更欲窮何處，已到咸池日出傍」：《地理志》。其二「樓臺俯見歸蓬島，鼓吹遥聞過戰洋」：杲堂懷古詩，地各八章，雄偉古麗，直奪少陵之席。僕遊勾章，杲堂出以相示，因手録以歸。今不能盡載，俟另爲一帙，與同人共賞之。

《甬上秋望，柬鄧孝威》其二「只合陶公投隱處，濁醪黄蛤老江村」：結得深穩。

《郡樓秋眺，再柬孝威》其一「一編越絶問漁磯」：警絶之句，恨不令梁鵠民讀之。

李念慈

屺瞻，劬庵，陝西涇陽人。《谷口山房詩集》。

《憂旱》「人情習反側，安能守紀綱。饑饉變易生，憂心更皇皇」：非屬杞憂，實是老見。「詩書滿箱篋，終難易稻粱」：貧士苦事。

《宋中遇雨》「苗乾賦猶在，豪猾況需索」：所苦在此。「所悲在四方，不獨八口厄」：好心腸。「召沴或有原，傷哉誰爲白」：仍説不出。⊙蒿目憂時之言，字字真摯。

《冬夜溉堂飲，餞孫豹人之鹽官》「子廬非我廬，我居君反行」：實事。「饑餓或偶然，終期守令名」：古道相勖。

《復庵范湘濱隱者歌》「懷中離騷與老莊，高峰夜讀聲琅琅。哀猿感嘯陰鬼哭，月寒山色入低昂」：骨緊而氣奥，老勢鬱蟠，比於孔明廟前之柏。

《飲孫豹人溉堂歌》：淋漓跌宕，一抒胸中磊塊。非豹人不能當此詩，非劬庵不能爲此詩。

《封船行》「船人載兵不得餐，持米偷向稍艙煮。煮成被奪兒女啼，還恐兵聞肆箠楚」：鄭俠《流民圖》無此哀慘矣。劬庵固深心當世者。

《得舍弟書》「客況寧辭苦，家書不厭真。我歸未有日，問訊汝徒頻」：極樸極真，家人骨肉間固着不得一粉飾語。

《遣憤》其二「客貧歸不得，拭淚看欃槍」：可敵子美《秦州》諸詩。

《晚度故關》「地臨井鬼盡，路向晉燕分」：何減唐人。⊙蒼甚。

《除夕》「比來還自笑，猶是受人憐」：他人便不肯説。

《適莊西馮公幕留別諸子》：一氣磅礴。

《西涼雜詠》其一「十年驛路勞車馬，八月天山絶雁鴻」；其二「白草新邊落日低」：邊塞詩自然蕭涼壯激，足長人氣智。

《金陵將歸，喜杜公履至得家訊》「舟楫横江飛送客，鶯花夾路急還鄉。頻年縱使垂空橐，預擬趨庭意興長」：一句一轉，老氣排宕。

《即事》「誰家酌酒吹燈罷，夜半猶聞歎息聲」：偏自關心。

《題畫》其二「滿江秋色暮雲來」：詩中有畫。

《金陵寓中對雪》「一日開箱一典衣」：是蕩子行徑。

《客中夢遠行與家人別》「不知身在天涯外，猶向樽前苦別離」：非久客不能爲此言。

《虎溪》「此日山僧迎客至，乞緣先過石橋來」：調笑得妙。

《吴六益池亭看花》「松江十日九風雨，無雨便爲花事忙」：有別致，如空同「溪上十家九酒樓」之詠。

陳維崧

其年，江南宜興人。《湖海樓詩稿》。

《東平劉生歌》其二「男兒有身力當努，焉能日與婦爲伍」：是壯士語。

《幽州馬客吟歌辭》其二「不見高樓邊，碌碌兄與嫂」：是樂府聲調。

《碧玉歌》其二「嗔人呼碧玉，揚袂上高樓」：驕憨如見。

《行路難》其一「男兒詞賦過鄒枚，往往不爲鄉黨喜」：今日尤屬風氣。其二「同是悲歌慷慨人，半作榮華半枯槁」：飲醇酒、近婦人，原是英雄無可奈何之事。其三「男兒致身遲亦得，獨不見伯符公瑾其人皆少年」：不禁擊碎唾壺。其四「神仙亦貴能遊戲，憂愁豈有昇天緣」：陳生可謂善於作達。

《贈別孝威鄧氏》其一「庶隨同門友，駕言偕握粟」；其二「遭時各有命，寧憂天路遐。北風惠光儀，與我相婆娑」；其三「恩愛亮不虧，何必慕連理。語君且盡觴，明當戒行李」：以建安之高調，攄河梁之渺懷，固當染翰一時，流聲奕祀。

《同孝威集元錫雪庵倣康樂體》「久客四節遒，多難百憂盛」：憶寒夜共集雉城，其年奮筆淋漓，墨光的爍，固令僕輩有天人之歎也。

《贈李研齋太史》「語君且飲勿愀愴，眼前萬事太鹵莽。故里新年棧道開，官軍已縛邛筰長」：贈研齋，卻叙置蜀中離亂本末，詩所以可傳。

《金陵行》「金鋪繡樹須臾改，自古煙花不相待。兩院蕭條畫閣無，六宫黯淡銀箏在」：無限傷心，正復濃麗。⊙寫來極濃艷，卻極淒涼。元、白雖工於言情，筆墨正爾不及。

《寄雲間宋子建並令嗣楚鴻》「君不見婁東太史青門宅，愛度新聲勸賓客。就中令子詞最多，四弦鵾鷄聲裂帛。主人慷慨客離席，玉露青軒夜狼藉」：富貴繁華，春夢耳，賴有王、謝佳子弟差强人意。此篇叙述穠至，末段寫到楚鴻，尤爲拉雜動聽。

《贈陸君陽》「先皇全盛十七年，江東琵琶誰第一」：起得好。⊙極没要緊人、没要緊事，説來大有興亡之感，此非深於風雅者不知。

《宋搨黄庭經》「廷珪和墨澄心紙，殿上宫簾静如水」：好摹寫。⊙此首更淋漓滿志。

《顧尚書家御香歌》「緑鬟小史意致閒，卻愛微紅添寶鴨。陳生此時聞妙香，欲言不言魂茫茫」：一細物耳，卻寫出無限興亡之感。「忍看天寶年間物，我亦東吴少保孫」：一結悲涼特甚。⊙章法絶細絶緊，此是其年進一格詩。

《將歸留别練塘諸子》「勞君霜夜彈，莫打失巢禽」：結得厚。

《送弟宗石之歸德》「辛勤慚老僕，扶汝到商丘」：如此等詩，何讓老杜。

《七月十四夜定惠寺附薦先人，賦謝巢民先生》「今宵煙月底，人鬼總他鄉」：淒然。

《中秋送家叔還南》「吾生飄泊日，難忘是天倫」：其年本色，絶妙絶妙！

《贈侯碩膚》「誰憐戚畹何平叔，曾作西京執戟郎」：字字典秀。

《贈宋尚木》「十年内史傷心地，頭白班聯在亦稀」：如此詩便蒼健。

《冬日廣陵雜感》其二「隔江十四樓中女，多少珠簾學内妝」：綺思出以健筆，固是少陵《秋興》之遺。

《送澹生較書南歸》「江山寥落賓朋換，錯認當年杜牧狂」：有諷。

《秦淮即席贈姜綺季》其二「只餘燕子認諸郎」：音節妍婉，當令二八女郎按拍歌之。

《歲暮懷文友武林》「相逢勸飲且須飲，未到白頭休斷腸」：樂府聲情，脱盡蹊徑。

《憶法藏寺前柳》「當時春夜頻來往，曾見依依十二年」：風流婉轉，宜王阮亭愛之不置。

《聽白生彈琵琶》其二「依稀寒食鞦韆院，簾幕重重聽此聲」：李謩《吹笛記》何以過此。其四：借琵琶抒出胸中悲感，令人迷離徜怳，不能爲懷。陽羨固騷怨之宗也。

《贈王仲超》「含墨空齋寫楚辭」：寫得最遠。

《和阮亭冶春絶句》其一「孝廉聞一當知幾，瑣瑣興亡君怨誰」：妙處在説不盡。

《題孫豹人小像》「秦關隴水三千里，流落孫郎二十年」：磊落如見。

《小秦淮曲》其一「小倚曲闌思往事，傷心斜日柳條條」；其二「斜鋪楚簟夢江南」；其四「秦淮大小君休管，嗚咽千春總一般」：四首婉轉淒凉，何減劉賓客、白太傅。

徐緘

伯調，浙江山陰人。《歲星堂詩集》。

《酬施尚白比部》「論由攻難愜，道以沉冥貫」：似陸士衡贈友諸作。

《過倪文正公園亭》「紅妝老去青山在，轉見風流冠古今」：「生在華屋處，零落歸山丘」，昔人同有此感。此爲文正寫照，固自别有關情。

《柳麻子行》「君不見，跌宕雄奇太史公，沉鬱頓挫杜子美，柳麻説書亦如此」：評得不差。「桐城相公寧南侯」：好筆。⊙僕亦有《柳生行》，爲李劬庵所極賞，然正不若伯調之頓挫淋漓也。

《贈宣城杜蕃舒》「九族斬刈如蒿蓬，伯也遺孤在腹中。少婦踉蹌履虎尾，免身竄入他人宗」：當備國史，豈惟家乘，詩之最有關係者。

《夜過戚城歌，同曹顧庵席上作》「戚城南去連淮甸，六代繁華成古丘」：撫節發聲，便自綿邈。

《寓山草堂歌》「長淮飛渡如奔電，尚書歸來萬事變」：有飈馳電擊之勢。⊙叙置興廢，是元微之《連昌宫詞》筆意。

《毛黼季見示弘治朝太醫院進呈本草品彙書本全册卻賦》「弘治甲子進泰陵，乾清宫中黄玉几。婕妤展讀才人擎，我觀反復涕濕纓」：以賦筆紀實事。「嗚呼！孝皇明聖古誰比，若網在綱萬事理」：結甚遒緊。⊙老杜於畫馬、觀劍，俱寫出一代事跡，讀之使人流連。此詩叙述往事，筆力横絶千人，固必傳之作。

《五日愚山少參邀同諸公出郭看龍舟，因憶去年五日同飲西湖張登子寓閣，率爾言懷》「萬事撫今兼憶往，憶昨張子寄我書」：過峽。「臨江節士今安在，欲訪餘杭賣酒人」：雙結。⊙結構遒緊，得古詩之三昧。

《司獄行，贈奉化項若水》「由來不望王孫報，今日方知獄吏賢」：如此賢主人，自當贈詩。

《漢瓷歌，宋荔裳先生命作》「滿酌玻瓈勸沉醉，酒酣索我漢瓷歌。我病宿酲將奈何，請公置酒重摩挲」：如此結，方有情致。⊙一起一結，手法極老。中間點染，皆有古色。

《梅市子真廟》「封事九閽遠，雲霞三島深」：穩稱。

《彤山王氏園亭》「江受四來雲」：創句。⊙曠達在目。

《石宕廟》「女廟夾青山」：叢祠光景，荒荒可畏。

《中貴高公談宮禁舊事高已爲僧》「秋雨夢乾清」：老。⊙此等詩最惹人淚。

《甘露寺》：雄壯，又極貼合，固爲名作。

《岳陽樓》「龍女嫁常早，巴陵酒剩沽」：全詩遒麗，正得江山之助。

《過七里瀨》「漢家厄十世，夫子廟千年」：幽艷淒涼，賦心獨絕。

《自江山陸行道中止宿》「嶺穿山鬼脊」：奇闢。⊙氣渾力厚，惟空同集中有此。

《過白洋朱少保莊，登黨山望海》「横海當年大出師」：高壯，擬子美《白帝城最高樓》之作。

《岳武穆王墓》「堤柳山桃枯更發，汴州歌舞滿臨安」：全詩華整，結更發人深痛。

《于忠肅公墓》「風雨杜鵑西市血，祠堂燈燭九朝恩」：壯涼。⊙讀之可當《招魂》之曲。

《送家敬庵北上》「天南星斗樽前出，直北雲山馬上看」：聲振林木。⊙雄壯而不失之粗，詩固以風骨勝。

《臨平宿家敦昭、素人兄弟，時余將之揚州》「天垂沙海劃孤村」：刻意做題，風神不減。

《祁忠敏公十載諱辰，飯僧寓山禪院，余信宿其間，雨泛有作》「劍履中丞葬十年」：興亡之感在其中。

《懷吴錦雯長安》「豈有薦雄堪待詔，祇應屠狗尚高歌」：今亦酒人散盡。⊙以此贈錦雯，不愧知己。

《六陵》「古墻幾處藏蛇遍，壞栱何年换柱來」：騷楚難續。

《苕上與鄧孝威話舊有贈》：一詩具存没聚散之感，非苟作者。

《許寺》「殿轉衆山來」：傑句。⊙通首整秀。

《江上》：直處見古。

《古艷詞》「妝罷羞不出，向壁彈箜篌」：嬌憨如見。

《流螢篇》「水精簾外梧桐月，幾度黄昏便白頭」：含藴，得龍標之神。

《見優者梁小碧奏伎，有懷張平子、王玄趾》「樑塵不管人間恨，每到當筵依舊飛」：妙處都無跡象。

《重過芳樹齋》「一曲清歌千斛酒，至今濃醉未曾消」：有興。

《紅粉山》「共言今歲桃花漲，不出溪橋得浣紗」：大有《竹枝》之遺。

《沛縣道中》「馬上一時增意氣，沛公從此入咸陽」：筆端有氣。

《梅花下贈李閬翁宗伯》「小鑾已遺何戡老，送客留髡萬感生」：淒然腸斷。

《豐城夜别陳元水》「孤舟野泊無尋處，頭白陳生送出城」：光景如畫，最是堪念。

《江樓宴集呈愚山少參》「樽前歌舞低紅燭，坐上詞人半白頭」：可感。

姜廷梧

桐音，浙江山陰人。《芳樹齋詩草》。

《京口讌集，賦得江風山月》「暮景江山麗，風散素月明」：法嚴而音愜，渢渢入古。

《與張木弟展張用賓墓》「當日冠世人，委棄此山岡」：六朝每多哀逝之作，如此篇宛曲抒寫，固當比肩任、謝。

《渡江》「勾踐吞吴日，斯江即戰場」；「至今沙草渡，有客弔夷光」：起結卓犖。

《馬渚道中》：雖涉晚唐而幽倩可愛。

《登白洋黨山望海》其二「天連白水浮城郭，草盡黄沙放馬牛」：氣力絶大。

《禹陵》「松杉霜雪冬方厲，風雨蛟龍夜出遊」：有衣冠肅穆之氣。

《少年行》：輕俠行徑，二詩寫盡。

謝天樞

爾玄、星源，福建侯官人。《嶺外詩集》。

《投贈彭禹峰大參》「開口談此道，即爲世共棄」：良然。「不信我同時，尚有斯人出」：英雄相視，自爾莫逆。「公笑謂此生，鬚眉有奇氣」：傳出禹峰神氣。「何日驅中原，請以士馬戲」：好膽氣。

⊙向與禹峰聚首卧龍岡畔，互有倡酬。後禹峰官嶺外，僕曾爲近體八章寄之。今讀星源詩，字字真確，遂如與禹峰指顧山川，雄談快飲時。

《象鼻山》「桂陽鬱蒼蒼，群山盡東奔。此山獨强項，不知衡嶽尊」：似子美入蜀諸吟。

《榕樹樓》「湘水背流三百里，飛樓巀嶪壓城起」：蒼鬱。⊙「我來萬里登此樓」：氣遒而頓挫亦老。

《清明》「未成歸故國，兒女欲蠻風」：其四有「蒸盤異國食，濁酒百花朝」之句，亦復秀鬱。

《劉仙巖》「英雄無退步，來借道經鈔」：高人一層語。

《逍遥樓晚眺》其一「城截江流起，山吞霸氣多」；其二「誰爲謀斗酒，即此作吾廬」：二首穩而健。

《再入宜陽道中》「虎爪攫船厲，猿聲入枕高」；《示柳城令》有「虎落殘兵戍，摇鐏濁水春」，《將發東蘭》有「亂書收向篋，壞屋折充廚」之句，俱新異。

《登獨秀山》「江通吴楚輸軍粟，氣盡西南失霸圖」：氣魄甚大，卻不是一味膚殼。

《大藤峽》「鐃吹軍中陳獐樂，樓船天上擁儒冠」：形容壯盛。「猶傳萬弩下危灘」：結遒甚。⊙通首英聳。

《再題黨人碑》「三百九人今在斯，空山寒食使人思」：起得突兀。⊙又《龍隱洞觀黨人碑》有「詩酒尚驅殘碣下，朝廷已盡瘴雲邊。山川有恨恒秋氣，姓字能留亦國恩」之句，俱有深識。

《南樓感懷》其二「十載空傳收尺地，歲煩吴楚下金錢」：結語大有關係，無人肯説。其四「桂花吹瘴家家鬼，桃葉澆灰口口醺」，語亦新異。

《東蘭紀事》其二「剥來丹荔泥猶印，裹去青鹽貴似金」：手筆甚辣，不僅以奇麗相賞。

《謁虞山廟》、《柳侯祠》：二排律組織經史，獨見精整。

《龍水竹枝詞》其三「祖背竹兜肩太守，入廚自取飯充饑」：寫出荒涼。其六「五日偶逢天不雨，哭牽太守到龍湫」：蠻中風景，與中土大别。星源歷歷描寫，可譜《竹枝》。

陳忠靖

念共，曉堂，江南泰州人。《曉樓詩集》。

《遊西園》「月護一庭香」、「石氣樽前動」：虚涼疏秀，口吻俱帶煙霞。

《望月》「此時天欲露，昨夜夢還家。白袷依秋樹，朱樓隱暮花」：對句，非深於詩法者不能。⊙全首蒼渾。

《春望》「天能縱去鴻」：此句超甚。

《黄河東歸》「河黄原有色，山緑竟無名」：氣體似中唐。

《舟過徐州》「百雉俯黄流，群山繞欲周」：輿圖指掌。「戰伐英雄地」：警拔。⊙獨有雄傑之氣，直逼空同。

《别蕭紫眉》：一氣呼應，調近淒楚。

《同魏雲章舟下衛河》：圓愜。

《夜泊南陽大風雨》「草木山山變，吾來濟泗東。寒舲五夜雨，愁鬢一天風」：氣概甚好。⊙森爽。

《與王蜀隱别》「兩行知己淚，一片故人心」：疏老。

《歸與山漁夜話》「翻憐秋草别，何以慰心期」：倒裝見筆力。⊙寫盡悲喜情況。

《秋日途中》「菰蒲涼夜雨，蟋蟀響秋山」：雋。⊙讀過涼氣襲人。

《天津渡口望月》「潮與月皆平」：厚。⊙手筆極闊。

《登狼山，次孫物皆韻》「海戍醒鷗眠」：「海戍」句不獨新警，亦切今日之狼山。於此可以藥浮蔓之習。

《黄河東歸》「鳥劃孤煙雲外影，人乘巨浪月中聲」：對句混茫。⊙蕭瑟空濛，如聞落葉。

《答王蜀隱》「大河不鎖還家夢，中嶽空懸獨客心」：直揭苦衷，而吐音鏜鞳，不類小家。

《天津玉皇閣晚眺》：寫景在遠近即離之間。

《家嚴墅中同諸兄弟侍坐賞中秋》：曉堂薄於宦情，而庭闈念切，故言之真篤如此。

《送張埴允任石泉》「衣冠四海塵千斛，道路中原酒百觚」：清而能鍊。

薛耳

仔鉉，固庵，江南武進人。《毘陵十二家詩選》。

《羅山》「春秋書鄳阸，漢楚此争鋒」：用筆挺勁。⊙風骨獨健。

《除夕寄舍弟安期、子服》「鄉中傳亂信，江外未歸人」：深情菀結，而出之樸老。

《答葉聖野》「江南今夜夢，那念宦游貧」：氣格老成。

談允謙

長益，江南丹徒人。《樹蘐草堂集》。

《登報恩塔》其一「兵戎刦火經多歲，高問罡風吹盡無」：灝氣凌空。其二「椎金不泯先皇賜，瓦碧多書督造臣」：可補國史。其三「異域貢金供鑄鼎，低徊當日帝圖雄」：確切。其四「屢唤六朝人不醒，空教鈴鐸語秋霄」：寄託甚遠。⊙壯麗矣，偏餘感慨；典實矣，饒有風情。此當銘之碑版，不從年代銷沉者也。

費密

此度，四川成都人。《燕峰集》。

《朝天峽》「孤艇接殘春」：佳妙。「風光惑榜人」：「惑」字好。⊙虚字下得最妙。

《沔縣村居》「無書傳子弟，耕鑿在乾坤」：結老。⊙「故國不可到，春風吹閉門」：疏老又似子美。

《棧中》「盡過奇絶處，不負有平生」：筆下不忙，見其學力。「白馬巖中出，黄牛壁上耕」：奇語破荒。⊙奇確。

《高郵遇故人》「朱門齊牧馬，白骨亂開花」：慘語，出之矯麗。⊙感慨深厚。

《送劉與生還廣元，兼呈王嶽》「雪裏微燈夢杜鵑」：令人叫絶。⊙總無恒貌。《西鄉縣》「八十老翁居住僻，相逢只説太平時」：一結老健。⊙此度詩矯岸自異，不食人間煙火，卻按之格律，無不諧合，是於波靡中屹然砥柱者。

喬鉢

文衣，直隸内丘人。《名家定本》。

《宿江磯寺》「夜來猛虎過，早起看蹄痕」：結得陡健。《偶題》「雲散公堂鵑驟起，風吹雉堞虎纔歸」：異句。「朝來伐鼓臨江岸，細把魚龍判是非」：筆力矯絶。⊙文衣宰湖口，日坐雲濤嵐翠間，故筆墨秀岸爾爾。今刺三巴，不知新詩又如何險峭也。《宿寒亭驛》「當年夜哭人何處，細雨蕭蕭不可聞」：蕭瑟不堪，大是詩境。

辛民

先民，嚴公，直隸順天人。《辛子詩集》。

《昌化寺》「市小鹽争價，霜高菜煮根」：竟是工部。「夜半鐘聲罷，殘燈是佛恩」：深厚。⊙先民詩多霸氣，此則渢渢正響。

黄與堅

庭表，江南太倉人。《忍庵集》。

《雨後從禹杭發臨安》「雲動得山光」：全首俱切風土，不衹淹潤。

《送蘇昆生》「遠别章臺館，輕裝子夜詞」：大是不俗。⊙唏嘘罷酒，是江南逢龜年時也。

《語水道中》「樹迥争遮越，山低欲渡江」：此句更遠。⊙詩有妙句，從當境忽然而得，直是心靈筆妙。

《宿慈勝寺》「夏木影遮中岫月，曙禽聲起一樓鐘」：異境寫出。⊙追琢，又極天然。河西務老生「二十年工夫」之言，良爲不謬。

《雨夜宿西湖慈受庵》「半樓荒雨亂高眠」：對句，人不能到。⊙「一别西泠十五年，趨裝重過意茫然」：膚率爲詩家大病，庭表出之深毅，想其苦吟斷髭時。

《功臣山》：還他大雅。

《婆留井》「怪道真王身不死，水犀萬弩射潮平」：玉帶錦袍人，千古生色。

賀宿

天士，江南丹陽人。

《香山寺》「樹深疑有雨，徑曲不知山」：不煩揣摩，自爾神合。

釋今釋

澹歸，浙江仁和人。

《毘陵天寧寺答贈鄧孝威》「誰遣兵荒争洞壑，尚餘衣食累乾坤」：頸聯是閲歷過來語，亦見道力。

《人日龔芝麓、鄧孝威、張登子垂訪海幢寺奉和》「風雨雜陳今昔夢，松筠長護死生關」：語刻而意厚。⊙澹公學佛最爲勤苦，謂定山曰：「公等濟世愛民，是慈悲大菩薩。如貧衲，不過是自了漢，海幢稍雜，即往雷峰矣。」留詩珍重而別。

《過韶州江口遥禮曹溪》「龍洞荒碑深没蘚，貫城殘血舊沾衣」：追思往事，一字一涕。⊙「歷亂風幡原不定，法堂草滿幸知歸」：英雄退步，正復可憐。

徐　芳

仲光，拙庵，江西南城人。《行脚篇》。

《覃懷道上早發》「地過河濟大，天入太行低」：拙庵詩以空微巉峭爲尚，此則忽爲宏壯之音。

《維舟》「暗裏識鄉聲，移篙不用唤」：比「或恐是同鄉」更妙。

《史山河上别楊屋山年丈》「蒲團清夜辦相思」：「辦」字有情味。

胡文蔚

豹生、約庵，浙江錢塘人。《嶺南集》。

《舟行》其一「層巖白雲吐」；其二「浪捲櫓聲弱」：二詩大似柳州。

沈　寬

碩庵，浙江仁和人。《燕市偶吟》。

《飲曹子顧邸中分賦》「莫道滄桑多變易，禁城垂柳正參差」：風流婉約。

《讀吴梅村宫詹永和宫詞》「群盜縱横日，深宫涕淚時。千年亡國恨，珥筆近臣知」：二十字作詩跋，妙極。

釋圓生 梵伊，江西南康人。《疊華齋稿》。

《西湖閒步》：秀潤。

黄　稼 穉曾，江南溧陽人。《菊園集》。

《白下送吴漢若歸梁溪》「文章争一字，風雨對三更」；「錫山惆悵望，霜樹遠含情」：情真氣潔。

房廷禎 興公、慎庵，陝西三原人。

《初夏泛舟西溪和天葉韻》「過雨動沙鷗」：「動」字妙。⊙「暮歸燈雜樹，徙倚更憑軒」：情景寫得秀愜。

《題宿斗臺》「夜對千峰月，朝看萬樹煙」：詩有高穆之氣。

王祚昌 天葉，陝西涇陽人。《漁古堂近詩》。

《郭次斗邀觀内亭西府海棠》「此時客醉已如泥，但願花開常有主」：結句冷甚。⊙讀梅村拙政堂連理山茶歌，惝怳久之。繁華如夢，能盡「花前一杯酒」者少矣！郭公何人，乃能如此風流相賞？

《清明遊武曌泉》「峭麓新流雨，幽巖小潤田」：山川亦有不幸，乃以老狐被辱，正不可無此洗發。

《壽昌贈石潮上人》「雨過風泉吼，同師好閉關」：勝境静侶，此會正不多得。

《聞警憶老妻》「憶爾頻遭亂，偏逢予遠行。篋囊雖寡累，子女定關情」：只是真。

《哭簡季麟太守》「試問歡迎冠帶者，可能彭祖在人間」：喚得醒否？⊙「自歎十城無守志，先教一死盡臣艱」：歎喪亂以來，如此公者不少，不有表揚，終於湮没。存此一詩，所以慰忠魂也。

《蘭溪贈徐鑑湖》「江岸鐘催詩句出，天涯燈射酒樽明」：細潤之詩，難此蒼老。

《十八尊者航海圖》「但生希倖心，前途渺無岸」：此中悟出禪意。

《子陵釣臺》「何如並隱羊裘跡，名姓終身豈復知」：昔人有論及此者。

《窯嶺》「籃輿到處雲煙滿，入耳時聞瀑布流」：幽極。

《仙霞嶺》「登臨山樹都難辨，霧裏蒼猿叫六時」：數語寫盡。

●天葉《厚俗編》一書，僕甚愛之，以爲扶植人心不小。比從豫章歸，以近稿見示，兼津津房慎庵、任嘯庵二公不置。蓋留心風雅，與乍得詩名而閉門自高者，相去遠矣。故特表之。

任　璣

嘯庵，陝西涇陽人。

《薄遊》「江水淚痕邊」：絶不修飾，見其大雅。

《贈松江張二太守》「東城送客還騎馬，南國投詩且繫船。萬里相逢如昨日，重陽一别已三年」：起得高脱。⊙一起超然獨上，餘俱穩貼。

《客光澤，喜王天葉來自廣陵，並訊孫八豹人》：此等詩初無可喜，其樸老處乃是子美嫡傳。

柯崇樸

寓匏，浙江嘉善人。《鼓應編》、《紀遊草》。

《月下舟行》「久客鄉思深，扁舟夜猶發」：音節都妙。⊙似劉隨州。

《登莫釐峰》「孤峰獨向湖中闢，倒影入湖湖盡碧。可憐萬頃堆琉璃，落日沉波摇琥珀」：筆端滉瀁。⊙力量既大，才思亦復馳驟。

《龍渚》「雲開巖勢險，水嚙石痕深」：著意。

《尋毛公壇》「疊嶺松杉合，雙泉日月開」：不肯作目前語。

《過滹沱河》「蕭王麥飯處，今渡復如何」：高健。⊙起得好，下便一筆掃去。

《宿南鎮祠》：典雅莊重，如見宗廟法物。

《夜泊平望驛》「此夜不須愁旅泊，歸帆明日故園人」：欣幸意，寫得委婉。

柯弘本

聿修，浙江嘉善人。

《對酒》「今日樂相樂，安知身後名」：純似樂府。

《憶遠曲》「無限南鴻飛欲盡，不知人倚最高樓」：泠泠清怨。

柯維楨

翰周，浙江嘉善人。

《遊嵩山》其一「勢壓三川橫地軸，位尊四嶽表天中」：移不得。其二「西自太行通地脈，東連鄂坂作天關」：確是中嶽，故佳。不徒賞其雄偉。

《途中雜詠》其一「興來不射陰山兔，一箭秋雕下碧空」：絶好氣概。其二：橫厲中原。

黎士弘

愧曾，福建汀州人。《託素齋詩集》。

《重經廬山》「帆轉山情隨岸出，江寒樹氣接雲蒸」：幽冷蒼渾。⊙已寫出廬山真面目。

《秋歸》「何年逐鹿留空戍，幾點飛烏過廢城。極目興亡深涕淚，耐他寒柝響殘更」：有此興感，詩心蓊蔚。⊙蒼涼沉壯，一掃頑艷。

《宿苧洲》「江東正報征書急，府吏催錢夜打門」：大似謡曲。

《登從姑山望麻姑舊壇》「望去秋雲垂四角，一峰晴處是仙壇」：如畫。

黎士毅　道存，福建汀州人。

《越王臺》「三更杜宇啼偏急，幾樹冬青緑未收」：殊有所感。⊙往事今愁，一時交集。

戴本孝　務旃，江南和州人。

《戴山》「南風披短榻，鄉夢苦吹殘」：澹妙。⊙點染有異。

《得舍弟消息》「燈花濕淚痕」：幽句。⊙詩思清瘦，擬於梅鶴。

戴迻孝　無忝，江南和州人。

《入高田山遊大剡溪宅》「崖午日先夕，居人户常掩」：紫翠襲人，別有天地。

林古度　茂之，那子，福建福清人。

《新柳篇》「可堪繫馬章臺畔，漸許藏烏向白門」：韻絶。「多少鬢顔銷歇盡，曾如楊柳故還新」：如此結自好。

《新燕篇》「來尋故壘添辛苦，多少新人更舊主。數數身輕楊柳風，低低翅濕梨花雨」：情態一一描出。

●二詩，林那子和曹能始作。時與曹未有交也，因見和篇而異之，則始以忘年，終成白首，交情所自始矣。二首是四子風調，卻情致環生，無臃腫堆塞之病，所以爲佳。

顧夢遊

與治，江南吴江人，江寧籍。

《夜投祖堂勖公房》「登嶺絶樵訊，蔽榛聞梵音。下循水岸轉，遥見山門深」：山行妙景，一一寫出。⊙絶不忙迫，寫得風景悠然，令人神遠。

《秦淮感舊》「佳人向晚傾城來，只貴天然薄珠翠。誰知薌澤自誰邊，樓上舟中互流視」：是鳴珂巷中舊日風光，寫來飛動。⊙開元盛事，説來最是感人。然非與治久家秦淮，不能寫得如此生動。

《烏衣巷》：自然而佳。

《莫愁湖》「葦風漁艇出，波月酒船回」：我想其境。

《市隱園酌別黄眉房》「可惜復爲别，園林好月初」：嘉州妙處。⊙清瑩可鑑。

《送邢孟貞還石臼》「月當分手夜，分外冷高秋」：領得起。

《題萬年少隰西草堂》「山色過淮少，漁風出浦多」：亦自壯勝。⊙「高岸隱黄河」：恰是隰西，又恰切年少。

《樵青詩爲黄仙裳賦》「何處山猶好，容君入白雲」：中唐佳境。

《臘八日水草庵即事》「清水塘邊血作燐，正陽門外馬生塵。祇應水月無新恨，且喜雲山來故人」：起得傑奡。⊙老氣逼人。

《辛卯元六日集黄眉房齋中，時風波初定，卜寓白門，坐中茂之、季公同爲寓公，而余與瘖明、澹心遊蹤未定，慨然有賦》「傷心已過方思痛，壯色能留未是貧」：淡而真。⊙「不知别後高陽客，各醉東風何處春」：情緒離離，聲溢紙外。

《送祖心還嶺南》「心事兩年同下淚，鶯聲明日獨憑樓」：説不盡。⊙音調清圓而意旨慘激。

《三月二日朱公是移酒酌别，喜晤曹離庵諸子》「半醉看山更上樓」：妙絶。⊙「傷離卻有新知樂，預擬他時乘興遊」：圓穩極矣，卻自有高秀之氣。

沈復曾

大復、林公，江南泰州人。《旦園詩集》。

《己丑仲春同孝威諸子合社小集即事》「招我塵外蹤，締此丘中盟。三益望石友，四始聯金聲」：看其次第。⊙「人情愜所戀，況乃衰白並。清夢餘春草，明月被柴荆」：鮮華妍秀，如初日芙蓉。

《水南泛舟》「夕鳥下疏煙，客衣落花滿」：居然小謝。

《同李平庵夜話酒閣不能下，乃作歌三首》其一「世亂驚吾在，林棲共爾愁」：勁拔。其二「誰信桃林甲，西征杳不還」：浩然獨唱。其三「風江盡日喧」：風格極似少陵，而指事言情更能含蓄。

《得郭夢原孝廉書，因憶陶使君》「故人千里目，片紙萬行啼」：難此空老。⊙「風流今日盡，魂斷武昌西」：林公詩以壯麗勝，如此清逸，最爲難得。

《雪夜村店懷雪舫》「鳴鞭古城下，鈴鐸晚風淒。急雪騰荒店，饑鷗巡舊溪」：何等蒼渾。⊙全用氣力。

《四月朔夜雨》「三更愁不寐，四月雨猶寒」：老。「荒燈語夜湍」：好句。⊙確是四月朔，所謂「老去漸於詩律細」也。

《將西同詞臣、孝威賦》其一「東南銷王氣，立馬向齊州」：悲壯。其二「憑吊千秋事，縱横客未還」：堅甚。⊙是時詞臣遊燕，予遊豫，林公欲入秦而竟不果，然悲歌慷慨，則已神馳殽、函、二華間矣。

《寄懷鄧孝威燕邸》「河朔幾人同濁酒，江楓萬里一漁蓑」：高調更有殊情，不僅聲響之摹七子。

《讀黄眉房江上吟感述》「拔劍一呼天地老，飯牛纔唱海山枯。聽來又似秦廷筑，慷慨樽前嘄灌夫」：壯心欲滿天地。

《早春懷鄧孝威邗上》「昨在邗河草堂静，坐臨風雪不開門。比來客到真相憶，况復梅花暗撲樽」：一氣頓挫。⊙林公詩以自出手筆者爲上，此作正自得杜之深。

《送龔太常芝麓遊燕》「梨園子弟舊相識，一曲清平歇暮笳」：一結殊爲名勝。

《秋日題長鏡上人浮玉山庵》其一「千年草樹深江雨，落日魚龍起夕波」：此處更細潤。「最是漁人輕雪浪，煙蓑不避白黿渦」：確甚。其二「石路漸深山市遠，禪關長閉海雲涼」：京口江路如畫。

⊙「慚愧飄蓬許玄度，欲將清夢付滄浪」：此等詩不賞其雄整，正愛其深秀。

《寒食郊行》「龍蛇火斷春三月，桃李花飛雪萬家」：此爲揚州亂後所作，固自襟情矯矯。

《高沙道中》其一「襄陽估客鬢如雪，愁對青湖白鷺鶿」：古。其二「顧郎春社桃花酒，的爍青珠寫露盤」：高郵酒質濁下，顧小侯家釀獨清和入品。其三：三首老而媚。

●啓、禎之間，海陵風雅一派幾於響歇。林公起而聿倡正聲，後乃彬彬蔚起，扶衰振雅之功不可没也。

何　煜

瘖明，江南青陽人。《雙柑園詩》。

《送余澹心赴真州，兼懷白門舊遊》「長憶白門攜濁酒，同吟青桂荅高秋」：轉接都有神。⊙氣格高勝。

《歲杪黄眉房招集寺寓觀劇，時予將同黄子之海陵》「夜寒如坐黄沙月，燭暖能銷碧瓦霜」：通體疏秀。

陳　素

亟白、澹仙，浙江桐鄉人。

《遣興》其一「慚余面目非，違心錯俯仰。啼笑歸自然，誰能恕慨慷」：老樸，所謂「畏人嫌我真」也。其二「持此懶與愚，任運以相竟」：聞道之言。其三「一心聊自持，逆順非豫設」：極是。⊙任運知命，知從讀《易》得來。

《題樵青圖卷，贈黄仙裳》其三「心到天涯誰共語，古人猶在擔頭書」：意極深厚。◎三首思甚危苦，而出之婉俊。

釋函可

祖心，剩人，廣東南海人。

《丁亥春將歸羅浮，酬别黄仙裳，次原韻》其一「路經三笑寺，歸向五羊城」：老筆。其二「世情休厭薄，吾道自知非」：厚語。

《爲某氏諸孤托鉢》「衆口共餐朋友淚」：奇語。⊙是何等心腸，不愧佛子。

《弼臣病阻白門，寄書並詩次答》「孤舟卧老長干月，破衲被殘大漠霜。共是異鄉生死隔，西風吹淚不成行」：兩兩對照，説出愁苦。⊙妙是一氣呵成。

邢昉

孟貞，江南高淳人。《石臼集》。

《高座寺尋介立上人作》「黄葉落未盡，招提猶是秋。目躭清寂境，更上西齋樓」：蕭然絶俗。⊙神似蘇州，洵如伯璣所云。

《同吉人、元長、聖獵過臞人山莊，時予將有武昌之役，因以贈别》「緬思漢陰老，俱言息機好。如何有行役，遠涉千里道」：看其過渡處，筆情最妙。「武昌新戰地，楊柳多憔悴。漢上轉含情，樓端獨揮涕」：着此數語便警拔。「霜天穫稻功，此際憶衰翁。倉廩如相慰，予寧再轉蓬」：收轉極合。⊙筆意悠閒，無一語入懈，固其學力過人。

《九江城南樓晚眺》「撫事遽成往，含淒方在今。履運適如此，憂端苦沉沉」：如此澹筆，人不能下。⊙「昔人此謙賞，嘉月陶幽襟。長使千載下，緬想南樓心」：又絶似康樂，不僅在字句之間。

《與見末别宿舟中作》「夜露濕莎雞，流連語初罷」：唐人妙境。「岸回林木重，猶似見君舍」：宛然。⊙數語耳，情事層疊寫出，允稱老手。

《琵琶亭下作》「此地連年兵革苦，前月殺人如刈楚。岸上無人鬼哭多，江邊白骨堆成土。我來溢浦更逢秋，祇聽江聲咽復流。孤城未有三家店，旅客曾無一葉舟」：此段寫亂後之景。「亭子蕭條亦可憐，琵琶聲絶成聱連。誰知此夕江州淚，非復傷心爲四弦」：含情邈然。⊙借琵琶亭寫出胸中感慨，固知此老非石隱不留心當世者。

《黄子仙裳才情妙美，走山澤以樵自名，丁亥春渡江，來視其師陳澹仙先生，古誼過人，殆有季布、嚴仲子之風，蓋不徒隱於樵者也，爲賦短歌》「明日報恩事已了，卻把斧柯歸白雲」：一筆挽轉，見其腕力。⊙澹翁刺海陵，與仙裳國士之知，故白門之難，周旋備至。孟貞此歌，固其實録也。

方文

爾止，江南桐城人。《塗山集》。

《永平》「借問虎頭石，城南七里遥」：健甚。⊙筆力自是蒼勁，與時手迥别。

《同黄仙裳飲河亭，兼悼顧與治》：八句中開闔次第，井井有條。此老最精於法。《題酒家壁》「風塵燕市裏，或恐有荆高」：崎嶔歷落之氣，醉後寫出。●爾止詩專學長慶，僕昔與之論詩蕭寺，頗有箴規，爾止弗善也。要汰其俚率，存其蒼老，斯爾止爲足傳矣。

李　盤

小有、根大，江南句容人。

《賦得四鎮富精鋭》其一「投石娱高帳，横吹坐大旗」：只作誇揚自好。其三「往事何堪問，鞭箠妄語兒」：一字不作貶詞，只形容其軍容之盛，而言外之意已見，識力極高。○此詩關係一代掌故，是小有集中不朽之作。

趙而忭

友沂、在趙，湖廣長沙人。《虎鼠齋稿》。

《廣陵贈鄧孝威》「何妨醉裏烽火盛，自愛燈前涕淚銷」：友沂固有懷抱。⊙友沂詩，意主新艷而未能穩妥。如此苕發，又極天然，斯稱僅構。

王無咎

藉茅，河南孟津人。《續孟津詩》。

《行至温縣憶家》「冰潭留鼠跡，石路踏花陰」：做。⊙氣味沉毅。

《送五溪歸越》「遠路亂秋山」:「亂」字入畫。「勿言歸計晚,今日少鄉關」:厚。

《城南小園,先文安公所構别業也,昔爲予讀書地,每一經遊,不勝感歎》「一望金陵萬事非」:一語便深。⊙「只今閒詠瓜藤下,猶記囊詩待父歸」:家國之際,銜感最深。

《贈劍叟》「今日相逢淒斷處,兩人回首是桃源」:劍公令桃源,以憂去。史太傅薦之守徐州,行改守揚州,以兵亂薙髮爲僧。觀其待文安一節,正自古道照人。

《棲霞》「絶壁風雲趨衆壑,大江日月走中峰」:「趨」、「走」二字是眼。⊙寫江左山水,亦以壯闊之筆行之,極得文安家法。

慎墨堂詩話卷六〔一〕

曹申吉

澹餘，山東安丘人。《南行日記》。

《遊君山作，兼贈連從事、李巴陵》「小艇類浮鷗，了了辨青嶂」：妙。⊙少陵五古，多自選體中來，熟玩當知之。此詩雖屬唐調，而氣韻逼真三謝。

《湘行即事》「九背還九向，曲曲湘流趣」：所謂「帆隨湘轉」。「雞犬白雲深，猿鳥青冥住」：點染都佳。

《赤壁歌》「吴蜀君臣魏父子」：一句包括生史〔二〕。「公瑾醇醪美少年，卧龍魚水真臣主。片言契合紫髯奮，群賢勢足奪風雨」：摹寫如生。⊙筆力挺勁，有射潮之勇。不痛駡曹瞞，高人一層。

《確山道中》「樹老通猿穴，雲深響鹿蹤」：荒景逼出奇語。

《平靖關雨發》「雲在半山中」：真境。「樹老一巖紅」：新刻。⊙落紙欲濕。

《舟宿金口驛》「纜急知峰轉，帆低覺浪懸」：字字真的。

〔一〕此卷輯自《詩觀》初集卷六，原署「東吴鄧漢儀孝威評選/同學孫枝蔚豹人參閱」。

〔二〕「生」字，疑作「全」。

《上簰早發》「力共一灘争」：妙。「漁罾隨岸勢，石齒動江聲」：巉峭。⊙詞意生新，五丁遜力。

《晚泊竹林灣風雨》其一「悔深勞内訟，險逼貴忘機」：深警。其二「安危託榜人」：真極。⊙可謂深入淺出，已臻神境。

《湘陰道中》「精靈湘鬼廟，風雨洞庭舟」：渾淪、穿鑿皆有。⊙「浪急千帆白，山遥一點浮」：浩浩洪流，在其五指。

《發湘潭晚泊》「虎跡荒江大，猿聲永夜寒」：細密卻又渾闊，才詣雙到。

《過三門灘》「石齒蕩三門」：妙。「群山如揖客，依約領黄昏」：精絶。⊙字字整毅。

《潭州野泊》「帆移覺樹行」、「野火入江明」：用意甚巧，以氣渾不覺。

《長沙阻風》「鳥急寒相向」：空極。⊙「客舟遥可妒，片片掛帆來」：蕭涼在眼。

《曉發抵嘉魚縣》其二「燒急人防虎，沙晴霧隱鼉」：妙。⊙「每怪危帆轉，當如遠夢何」：深刻處，絶似北地。

《簰洲風雨》「魚龍寒改窟，鳥雀濕隨舟」：何從見得？妙妙！

《武昌寒泊》「禹功江漢大，楚俗鬼神尊」：闊大。⊙警拔處，非深心讀書人不能到。

《晚抵采石磯》「春入魚龍氣，山通潮汐音」：妙。

《漢陽留别丘曙戒别駕》「雲際青山湘女廟，天邊黄鶴楚王城」：鮮妍合調。

《夜宿白螺磯》其一「絶壁下臨蛟蜃室，狂瀾深賴鬼神才」：從無人道。其二「一帆月黑天無際，萬里風摇地有聲」：妙妙。⊙「那堪更聽蕭蕭雨，此夕能催白髮生」：風雨杳冥，魚龍出没，總在毫端。

《長沙懷古》「千年賈傅才偏盛，卑濕何緣滯楚鄉」：結亦不弱。⊙莊雅，如擲地金石。

《秦淮雜詩》其一「估帆慎莫停，軍符捉汝去」：絶似謡曲。

《晚泊池州江口》「簫鼓遠來頻賽社，一江風定佛燈青」：秀。

《廣陵雨發》：摇漾可人。

周茂源

宿來，釜山，江南華亭人。

《樟樹鎮》「我獨倉皇向東走，村村閉門絶雞狗。經過藥市見人煙，市上無魚酤無酒」：筆力勁絶。「且莫行歌採橡栗，夕陽下山虎欲出」：更有餘情。⊙字字實歷，言言悲痛。

《同諸子偶飲夏考功廢宅有感》「一斗不醉盡一石，仰視屋樑三歎息。此地今成孫楚樓，當年本是袁安宅」：忽然發歎。「考功父子長已矣」：嗚咽。⊙謝公不保五畝，郭令僅有古槐，已堪傷悼，而況滄桑之餘。讀釜山此篇，使我竟日不樂。

《舟行偶感》「殘花積翠中」：妙。「石阻半江風」：妙處在「石」字。

《黯淡灘》「海氣群龍變，江聲萬木寒」：上句更佳。

《括州雜詩》其一「野田滋鼠蛤，官舍牧牛羊」：異境。其二「毒龍行雨暴，妖蜃決波狂」：寫山川，極其瑰麗。

《細林》「當年使節空來往，藥鼎何曾授至尊」：史事在胸。⊙筆雄色艷，結處尤佳。

《聽教坊人理舊曲》「爲問望陵何處所，秋風惆悵六萌車」：令人惘然。

黄　永

雲孫，江南太倉人。

《龍衣舟行》「偏憎賈客紛紜集，翠羽明璫載絡繹。争居奇貨附舟行，敢假天威同辟易」：此言裝搭之苦。「關津處處復留停，物價高低自品評。官府學倴三倍利，輿儓盡飽五侯鯖」：此言留停之弊。「畜怒偏工侮縣官，先聲況可凌漕卒」：其惡至此。⊙「聞道皇家親浣濯，民間仍苦虎狼人」：朝廷儉德，自古未有，奈何以尚衣之故，縱若輩之恣肆乎？此詩真可入告矣。

《青兒弦索行》「半老青兒鬢邊緑」：悄極！⊙「董郎默坐客不言，嘹嚦征鴻過庭院」：何物青兒，乃令一時名士刻燭贈詩？雖作房老廚娘，應可不嗟淪落。

史樹駿

光庭，庸庵，江南武進人。

《夜飲聽孟三吴謳》「誰歌舊曲令腸斷，昔有何戡今孟三」：妙。⊙僕最惡擬初唐歌行者，堆砌摹倣而無生氣。庸庵短章矯厲，正自絶人。

《河間秋興》其一「燕雀啄餘千樹棗，蛟龍吟斷九河冰」：切「河間」。其二「投筆自憐非燕頷，坐聞鄰女擣寒衣」：極似高季迪。⊙氣象雄整，清思自出。

毛重倬 卓人，江南武進人。

《吴江聞笛》「孤笛對離人」：妙。

《舟次清江浦，泊天妃廟前》「晴看風雨至，夜聽鬼神朝」：驚人語。⊙筆力深透。

龔百藥 介眉、瑯琊，江南武進人。

《春暮湖濱遣興》「嫖姚昨夜軍書到，愁殺春風十二樓」：風流可愛。⊙一結全詩俱振。

陳玉璂 賡明、椒峰，江南武進人。

《登北固山樓》「魚龍一夜静，吴楚萬家浮」：高調。⊙題面字字照管。

《月夜同友登玉山》「老僧論往事，月上海門東」：全首妥潤，結更悠然。

《阻風燕子磯》「遭亂驗身輕」：此等句毘陵所少。⊙老健。

《黄河》「大星垂谷口，斜日蕩天門」：雄警，不類吴音。

《沛縣道中》「馬渡黄河盡遠山」：一句中有千里之勢。⊙「自是六龍留王氣，至今猶見五雲還」：椒峰詩清勁老靠，獨立時靡中，僕所深折。

張纘孫 宗緒，浙江錢塘人。《粤遊草》。

《上十八灘》其一「孤帆石罅開」：奇句。其二「地扼雙江合，天開百粤雄」：確。◎予昔遊此，故知二詩之妙。

龔雲從 仲震，江南武進人。

《送蔣三舅氏遊閩》「兵連疲吏誅求急，役急儒生負擔勞」：獨切時事。⊙「君到不須紛涕淚，鄉關比户滿弓刀」：落句結出正面，更有關係。

周綸 鷹垂，江南華亭人。《石樓删稿》。

《由馮公嶺抵括蒼作》「獵火亂寒星」：深厚，不作膚語。

《郯城》「衮衮看前席，憑誰一寄聲」：經過一地，必寫其山川風俗，用備輶軒之採。此爲深心當世人。

《小集贈女郎鶯初》其一「假意向人佯不語，回頭争看眼秋波」；其二「柳腰一捻纔盈把，記取東風莫浪吹」：柔情婀娜。

《閒情》「卻臨青鏡細簪花」：幽媚。

《西湖》「不見長堤衰柳色，那知猶有舊時人」：煞是關情。

錢朝鼎

禹九、黍谷，江南常熟人。

《南還漫興》「洪濤抱轉中原日，濁浪横飛窣堵煙」：奇闢。⊙「腸斷苻堅百萬鞭」：雄而厚，是其學詣過人。

《飲五層樓有感》「鼇海烽煙撓日月，羊城歌舞冷兜鍪」：不經人道。⊙確切之甚，卻字字有光。

董黄

得仲、律始，江南華亭人。《高詠樓稿》。

《江總宅》「黑頭漫曳尚書履，紫禁争傳狎客名」：不置褒貶，是詩人忠厚之遺。

《西陵雜感》其二「可憐不渡黄河水，惟有旌旗滄海東」：此論從來未發，不僅才調之高。

《吴閶迎春曲》「剪刀不斷小姑愁」：渾甚。

許旭

九日，江南太倉人。《秋水集》。

《穿山》「流雲勢欲穿崖過，到海根疑縮地回」：極力追琢。⊙「百載風流今寂寞，猶餘文采照荒臺」：地即桑民懌讀書處。

《由天平范園至華山，夜宿聽雨》「經廊微火寄僧眠」：風秀。⊙地有喬松二株，是晉時物。居人將以充爨，趙凡夫出數金與之，得免。今不二十年，凡夫亡，松亦不知何處矣。○只此一事，想見前輩風流。

《遊天界寺》「江山尺寸歸新主，尚有穹碑記賜田」：如此寄慨，可謂温厚。

《桃葉渡》「十丈新桁横接岸，渡頭何用畏風波」：今改作長橋，失卻「渡」字意矣。事有便而非古制者，此類是也。

《宫詞》其二「六宫盡道江南好，無那君王不肯行」：二首紀前朝舊事也，録之以備詩史。

錢鼎瑞

寶汾，江南華亭人。《東溟集》。

《飲恒素堂，贈胡其章先生》「採藥已逐荆蠻人，停杯偶説前朝事」：波宕處極爲老成。「同時通籍十六人，承恩入對文華殿。殿頭痛哭議南遷，左右群驚至尊盼」：叙事有英氣勃勃。「相看不盡飛揚意，願傍浮丘讀異書」：結亦完密。⊙中間説召對一段，可補國史，詩亦淋漓盡致。

王昊

維夏，江南太倉人。《碩園集》。

《雜感》其一「錢塘亦有南征將，下瀨樓船何日還」：用筆冷甚。其二：今歸仁堤不築，淮揚將有魚鼈之憂，爲之奈何。其三「浮玉山頭兵十萬，帳中好把陣圖看」：殷然事後之防，司閫者何可不知。其四「文學使車重到處，長安直北望天山」：足當一則邊議。

《竹枝詞》其一「郎心未識分離苦，容易行過寶帶橋」：情深之語。其二「閶門夾岸香無限，五月初開茉莉船」：是金昌亭下語。

毛牲

大可，浙江蕭山人〔一〕。

《寄答施尚白》「新潮初生舊潮去，汗漫將歸採菱渡」：風致娟好。⊙語鮮氣妙，騷賦之遺。

《中秋前一日集曲江樓分韻》「滿門車騎傾吴楚，無奈燈前送莫愁」：狂奴故態。

張埈

效青，浙江錢塘人。

《同陸麗京諸子集雲居山樓》「草樹常依寒雨徑，江濤偏撼夕陽樓」：高壯。⊙雖是七子聲調，而氣韻偏雅。

陸堦

左堿，浙江錢塘人。

《寄懷朱人遠》「一天星斗湖中出，七夕蛟龍海上浮」：似北地集中壯句。「最是傷心月明裏，空疑顔色照孤舟」：清矯獨出，是左堿别調。

〔一〕「浙」，原爲「湘」，徑改。

蔣玉章　篆鴻，浙江嘉善人。

《送魏交讓之暨陽》「到來還醉蘭陵酒，拂劍重看季子碑」：勻秀，是詩家正派。

《鹿城道中懷歸玄恭、葉嵋初》「煙入戍樓銜暮色，雲生驛樹結秋陰」：好在「銜」字、「結」字。

⊙「不得追遊到竹林」：篆鴻賦才卓爍，故其爲詩正覺新秀絶倫。

魏允枘　交讓，浙江嘉善人。

《暨陽》「秋雨遠來江氣合，夕陽斜墮瀨雲黄」：不獨工麗，亦貼暨陽。⊙暨陽爲江左門户，二吴之所守也〔一〕。詩特壯健而有識。

陳大成　集生，江南無錫人。

《孟夏王西樵招集湖舫泛月》「樹色收殘雨，人家共遠燈」：寫景遠甚。⊙明秀如山來鏡裏。

葉舒崇　元禮，江南吴江人。

《冬日宋荔裳先生招遊道場山分賦》「長嘯意悠然，月散澄湖曲」：邈然無盡。⊙「湖光澹不流，

〔一〕「二」，疑爲「三」，詩句有「三吴事業殘碑在」。

峰髻青如沐」：層次入秀，喜無繁響。

《夏夜同鐵崖、荔裳、西樵諸公湖泛》「明月滿秦簫」：佳絶。⊙「愁聽浙江潮」：娟娟楚楚，宜以斑管書之。

顧震省

明曾，江南崑山人。

《無題柬王司勳》「絶世是雙鬟」：妙會。⊙「不逢王内史，那得此追攀」：氣體佳勝。

顧有孝

茂倫，江南吴江人。

《酬王西樵員外》其一「傷心忍聽山陽笛，淚眼相看暮雨中」：似有所指。其二「無限六朝佳麗地，動人詩思泥人憐」：使人情動，是其筆妙。

徐乾學

原一，江南崑山人。

《送宗鶴問之吴興》「曾共張華遊上洛，還因柳惲過西吴」：切事而調更響。⊙「況有湖山看不厭，烏程日問酒家壚」：秀美韶逸，自是金華殿中人。

韓　裴

晉度，浙江歸安人。

《送宗鶴問返廣陵》：步伍秩然。

彭孫遹　駿孫、羡門，浙江海鹽人。《柏悦堂集》。

《秦箏歌，送顧翊南之鄜州》「曉參漸落箏聲歇，不見秦城見明月」：壯涼最近秦聲，結更碧天無際。

《過邵伯湖》「溪魚時自擲，水鳥慣卑飛」：絶不著力，而情景具備。

《無題和阮亭》其二「小暖輕寒深院裏，懊儂情思是三秋」：有弱不勝衣之態。⊙羡門驚才絶艷，所爲香奩諸什，凌轢温、韋，固當今騷賦之宗。

倪　粲　闇公，浙江錢塘人。

《送喬文衣之劍州》「渝峽遠通涪萬水，嘉陵險接閬中山」：起勢峻嶒。⊙峰巒突起，全詩遂臻奇勝。

蔣玉立　亭彦，浙江嘉興人。

《題中州陳簡庵溪南草堂》「春郊月上提壺出，曲徑花飛策蹇還。碧樹紅泉行處見，拂衣何處不東山」：春容大雅。

顧　宸

修遠，江南無錫人。

《過楊椒山墓》「何處東樓灰既燼，香風陣陣白楊花」：足慰忠魂。⊙正大可傳。

項景襄

眉山，浙江錢塘人。

《南屏攬勝》「繫纜枯樹根，寒煙坐微白」：似韋蘇州。⊙「落花滿空林，披雲坐磻石」；「月起竟忘歸，零露沾衣濕」：字字高老，一洗時氣。

《壑庵泉石》「俯玩池中芷，仰觀浮雲飛」：筆意自然。⊙簡而盡。

嚴正矩

方公、絜庵，湖廣孝感人。

《登首陽山》「姬圖歸曆數，商代識君臣」：平心語。

《西征》「戎馬喧闐内，淒然憶五湖」：蒼樸，得杜氣。

米漢雯

紫來，直隸宛平人。

《冒雨至豐臺看芍藥，因過望仙樓小集》「十里花光連地闊，萬行山色接天陰」：響而貼。⊙寫景匀細，筆帶煙霞。

白夢鼎 孟新，江南江寧人。

《憶昔行，贈程穆倩》「不忍坐見黨人死」：説得有身分。「今來邗上正三月，惠山尚遇桃花雪。攜手與君河上行，楊柳青青照白髮。回首清漳座上雄辨時，與君白首稱相知」：此段淋漓慷慨，令人亟呼大白。「當時諸子烈烈化松石，惟我與君著書飲酒言心期，老大乾坤一酒巵」：遒極。⊙回首往事，言之激烈動人。存此一詩，以見前朝禍敗所繇始。

戴王綸 經碧、芝樞，直隸滄州人。

《秋日和彭禹峰見寄》其一「軍書争赤白，我馬信玄黄」：新辣。其二「河流依舊黄」：妙。⊙「一望沉湘路，沉沉老夕陽」：沉雄之氣，直與禹峰對壘。

戴王縉 紳黄、雲樞，直隸滄州人。《蕭雲齋集》。

《秋懷用少陵韻》其一「一葉向人秋」：曠遠。其二「戰地暮雲開」：時事入得不覺。其三「闐闐彫殘日，湖山好作家」：大有棲山之興。◎三詩極錘鍊而不傷氣。

《雨夜懷鄧孝威二首》其一：「風雨千林葉，江湖萬里心」：渾甚。其二「雨逐江聲黑」：奇句。⊙「何時重把袂，清夢自悠悠」：思沉調創，是滄州家法。

張　謙

牧公，陝西狄道人。《得樹齋詩》。

《寄白石圃訊南陂舊居》「君每騎驢過，何人爲應門」：如話。

《舟夜》「江雲衝面過，山月去舟低」：用虚字好極。「行藏萬慮齊」：厚。⊙牧公爲詩，輒從樸老處入手，不墮小家。

《江上》「可惜春風裏，偏聞畫角聲」：老極。⊙字字逼杜。

《春閨曲》其一：極渾成。其二：字字入解。

《清溪》「欲聽江南楊柳曲，美人立在杏花西」：亦復善操吴音。

●每與豹人言秦地多才，然後來之秀咄咄逼人者，必首推牧公：此固汗血之駒，不日千里者也。

查繼佐

伊璜、釣史，浙江海寧人。

《九日飛來峰登高限遥字》「樹頭躡磴初無路，湖外看江正有潮」：確。⊙「僧心亦解聽吹簫」：不肯蹈襲，卻自暗合繩尺。

卓天寅

火傳、亮庵，浙江武康人。

《傳經堂詩》「灑涕龍門空史冢，蕭條虀臼寫殘碑」：淒然祖德之感。○火傳詩近作甚少，故祇録其一。

卓胤域 永瞻，浙江武康人。《思齊詩集》。

《北固》「波浮山勢雙龍躍，雪擁江聲萬馬奔」：京口形勢在目。⊙聲彩奪人。

吴鏘 聞瑋，江南吴江人。

《送别紀伯紫之金陵，因寄顧與治、王元倬》「三山歌館雖如昨，六代行宫可似前」：有味。

《送袁重其歸吴門，因寄諸同學》「事有盛衰增感慨，别無遠近總淒涼」：起有生致。⊙二詩淹秀而饒别致。

閔麟嗣 賓連、鑄塵，江南歙縣人。《悟雪草堂詩集》。

《信陵君》「侯生爲存趙，毛薛爲存魏。得成一信陵，兩卻强秦帥」：卓論。⊙總之信陵在能知人，詩特拈出。

《高漸離》「矐目朴秦帝，不中其如何」：含蓄。⊙荆、高原是一路人，太史公作傳，極爲嗚咽。此詩得其旨。

《漂母》「夫豈以望報，進之勿爲德」：看得漂母識見甚高，惜淮陰未能領略。

《嵇康》「譬之夫火然，離木非有燧」：《陰符》中妙理。

《遊洪山寺》「客來值春深，零落感如此」：筆意蕭涼。⊙「爲問忠武松，何時更摧毀。空餘石鼓崖，獨立經榛裏」：全用憑吊，似子美詠陰房、壞道時。

《開先寺》「野色歸石橋，松陰布苔徑」：襄陽神境。「下有讀書臺，風泉踞幽勝。入門愜奇懷，觸處滿清聽。是時驟雨收，山靈不我吝」：看其出法。⊙步步寫去，覺泉石在眼。

《雨中登黄巖寺，宿上達僧房》「倏忽起雲氣，漠漠迷朝昏。雷電倚絶壁，風水相吐吞」：形容幻異。⊙尺幅間覺蒼異滿目，固是境殊，亦繇筆妙。

《空生閣》「欲窮瀑水源，峽束忽無路。上有蛟龍居，下雜古今樹」：筆力開創。「數石何漸漸，飛動令我懼。側身入空冥，盤曲審跬步」：叙得條理秩然。「山僧不常棲，終年白雲住」：奇。⊙是何靈境，令人通體震怖。

《玉淵潭》「石忽不受水，水怒如激電。其勢必斜飛，下與蛟龍戰」：《水經注》那有此奇鬭！⊙「高歌扶杖歸，習習風吹面」：猝然而見，振筆疾書，乃能有此。稍逝則失之。

《緑水潭》「步步與泉别」：妙。⊙只形容潭景，一語不溢。

《石門》「躡磴未千盤，側身將萬轉」：細。「落石抱荒雲，樛枝帶古蘚」：又似康樂。⊙遊屐所到，耳目不肯放過，故抒寫一一皆爛然。

《登文殊臺看瀑布歌》「摩天削壁寒雲濕，樹老苔深石骨黑。迢迢澗水翠微來，千尋直挂長河急」：駕空而來，何其突兀。「千山萬山惟一音，耳畔衆響皆休息」：非身在山中那得知？ ⊙至此地賞心極矣，故筆力蚴蟉離奇，輒與相赴。

《大林寺西竺寶樹歌》「枝柯未入畫圖工，正直豈遭鬼神怒。草草閲過晉唐人，昔日孫枝今已古」：俱是老杜神髓。「君不見，門前花徑衆香國，芳菲遍植寒泉側。等閒摇落任東風，何如西域青青色」：又找足。⊙全用鐵筆横掃，絶無雕鏤之跡。

《自蘄州放艇至田家鎮》「岸轉山疑合，江迴水易斜」：逼似。⊙佳句得之實歷，全詩復整雅可觀。

《鏡湖庵贈雪悟上人》「湖向松巔落」：妙。

《宿東林寺》「鐘荒山月白，春老石花消」：好景。

《武昌漫興》「亂石驚濤轉戰秋」：狠句。⊙調高似濟南，識老如北地。

《黄鶴樓》「血埋鸚鵡千年碧，雲起瀟湘萬古愁」：託旨深遠。⊙「干戈滿地輕詞賦，王粲應悲作遠遊」：興酣落筆，似不顧崔顥題詩在上頭。

《題三疊泉》其一「斷壑始通看瀑路，九門不鎖雨珠天」：山水奇，筆墨自庸不得。如此鑿險，是縋師陰平手段。其二「剪裁雪縠天孫怒，劍戮秋蛇鬼母號」：作意搜奇，幾如波斯寶船，應接不暇。

《登五老峰》「依稀天樂雲中近，卻惱松濤聽未真」：又幻。⊙起似平坦，結處現出神異。

《天池寺》「鐵瓦風吹山殿動，石池春湧乳泉流」：寶氣騰踔。

《牡丹》「已知春去渾無主，不信花開尚有王」：淡而妙。「人間頗怪蒙塵土，合領東風入建章」：

蒼厚。⊙他家但工作麗語，此獨寓旨深遠，正使穠艷者卻步。

王又旦

幼華、黄湄，陝西郃陽人。《山中集》。

《自千尺幢緣猢猻愁行》「巖屋照頽陽，曾岑倒松梓」：極力摹寫。「亂峽無全天，坤軸忽崩圮」：奇確。⊙形容處筆筆剛悍。

《蒼龍嶺》「削壁突斷絶，微徑始躋攀。長虹馳遠影，飛落青冥間。迅飈兩崖起，獵獵雲氣還」：字字傳蒼龍之神。⊙簡奥、靈秀皆備。

《御道》「向訝最高峰，到此了不見」：爲山説法。⊙切實説來，已極變换。○黄湄寢食書史，嗜友若渴，故其詩沉毅而多真氣。

嵇宗孟

淑子、子震，江南山陽人。

《桐廬有感》「估客船開橘柚新」：此句最切。⊙「溯洄好問打魚人」：秀絶，如置身桐君道上。

《婺州晚泊》「雙溪日落人歸馬，八詠樓空夜聽笳」：風味恬適。⊙「獨館寒燈正放花」：自是錢、劉高唱。

《蘭溪》「水下瀫溪連太末，地分寶婺接東甌」：不可無此典實。⊙獨臻雅境。

《湖上月》「船坐銀河夜數星」：新而渾。「紅樓香細酒初停」：好境。

《西湖漫興》「大江日夜悲吴越，獨有西泠不載愁」：結語有無限感慨，多少經濟！

《秋盡去武林，留别官雪湄年丈》「晴川九月渚蓮紅」：側入有筆。⊙上四句莊重，下四句摇曳，詩格最變。

《午日同澹庵諸子登太乙閣》「雨下巴河打客窗」：好句。

《南屏雜詠》其二「正愁明月寒侵骨，卻被深松遮半邊」：静眼。其三「道人不解風旛論，獨愛門前六六峰」：便是真禪。其五「周旋世外惟麋鹿，消受春風雲一窩」：胸次最異。

吴雯清

方漣，浙江仁和人。《雪嘯軒詩》。

《横雲石》「謖謖松濤叫壑寒，飛泉争澗聲潺湲。横空忽落如雲石，縹緲千尋難躋攀」：是何境界，令人心骨俱冷。⊙「老僧穿隙踏雲還，路迷紅葉無尋處」：落筆直欲追出奇勝。

《石鐘山》其一「欲尋鏜鞳處，欹枕聽潺湲」：結得住。其二「江聲到遠峰」：妙。⊙妙語正在髣髴即離間。

《宿文殊院》「落日照松煙」：警。⊙「一燈禪榻寂，高枕萬峰巔」：詩中有畫。

《段橋夜坐》「風碎一湖月，天空半夜雲」：頸聯非深領湖光者不知。

《晴川閣次家賡庵韻》「接天山色陰晴變，匝地江聲日夜流」：一句中包括數義。⊙雄渾不負山川。

《黄鶴樓有感》「芳洲碧淺迷鸚鵡，蒼樹春深聽杜鵑」：筆致娟秀。

《平山堂雅集》「載酒不尋前太守，聞歌誰憶舊隋家」：風調婉愜。

《野廟》「荆棘高低盤寶馬，蜘蛛絡繹補靈旗」：□畫野廟，荒涼可念。

《送家長庚出使安南》：冠冕正大，是應制體。

《宿楊村》「一水亂灘從枕過，千山圍月到窗來」：鑿奇而出。⊙險拔處令人叫絶。

《晚入藥谷》「穿壑板橋驚欲墮，隔林茅屋望猶疑」：實境虚寫。⊙「僅有殘僧相對晚，寒潭清嘯少人知」：巉刻，方能盡山水之勝。

《澗立》「惟有澗聲喧不住，留人倚杖聽潺湲」：此境誰人享受。

《送友入燕》「故人驄馬如相問，爲道窮愁不著書」：如此翻新，妙妙。

吴山濤

岱觀、寒松，浙江仁和籍，歙縣人。

《塞上雜詠》其一「沙平遠見行駝緩，草淺頻呼怒隼偏」：句中有眼，不祇聲采之壯麗。其二「六月雪山消未得，油油禾黍又新秋」：風土之異如此。其三「番人貢馬循牆入，漢使乘槎絶域過」：紀實。其四「人情但説江南好，積雨殘花易斷魂」：岱觀官同谷，不得意，乃退而遊西邊幕府。所著關塞諸吟，皆雄麗悲壯，醉後每喜向人頓足歌之，真烏烏秦聲也。

孫蕙

樹百，山東淄川人。《笠陽詩草》。

《過嚴子陵釣臺》「餘清散江樹」：妙句。「古人亮有懷，悠然適其素」：結亦遒上。⊙堅響厲節，起人竦企。

《歸鳥》「所庇非榮蔭，矰繳理何懼」：取材潘、陸而緯以性情，固非循聲逐步者。

《遊涑川》「水破魚龍夢，春邀日月浮」：「破」字、「邀」字皆奇警。⊙詩極沉摯。

《登婺城密印寺塔》「諸天朝海日，一雨卧江虹」：高燦。⊙「登臨懷謝監，縹緲意何窮」：選意微調，皆踞上流。

《泊舟滯雨》「帆高納遠灘」：妙。⊙全詩整麗，警句殊出人意表。

《過澠池》「破驛深防虎，懸崖暗渡人」：空同得意處。⊙意刻而氣渾，可謂良工慘澹。

《病》「往事才名忌，生涯義命尊」：見道之語。⊙語皆獨造。

●集中五言律，如《涑川》「斷岸飛春雨，空樓入野雲」；「勁竹敲殘瓦，蒼藤印古苔」《高郵》「兒魚環岸腳，雛雁抱蘆根」；《靈隱》「日撼金銀闕，雲盤鶴鹿場」；「猿啼升嶺月，松抱過溪雲」；《吳門》「客途聽越語，鹿跡問吳宫」；《秦皇》「關山虛霸國，風雨覆荒陵」；《清明》「禁煙寒食路，霽雨杜陵春」：皆奇警，特爲録出。

《汴梁城樓感賦》「大河連郡郭，中嶽出雲霄」：對仗精整。

《題華陰王玉質手蓉閣》「憶昔酒客解金龜，搔首問天傷落魄」：宕開有法。「我生夢已破鹿蕉，欲凌絶頂求大藥。古雲渫泄護蘭寮，琪草葳蕤映松幕」：寫得繽紛奪目。「寂寞青天滄海流，手把芙蓉展戲謔」：題面只一點。⊙氣高力大，不僅以詭麗摹似長吉。

《遊香山寺，贈李聞喜九畹》「絶壁三峰摇夕照，長河一曲抱春流」：弘敞欲壓滄溟。⊙氣岸巍峨，自是盛唐絶調。

《龍門》「勢下三門吞郡郭，波翻九曲入鴻濛。削成兩岸飛晴雪，横擊中流落曉虹」：洶洶崩屋。⊙全首壯邁，落筆時應有蛟龍飛舞。

《王後齋筠邀飲西湖》「殿閣中流積翠深」：畫。⊙「六橋風雨畫陰陰」：森秀。

《贈别郭有大》「黄壚酒近大江流」：無人做出。⊙雄偉，卻極流宕。

《遊天竺寺》「九里寒松生大麓，三天翠竹落清溪」：光氣閃爍。

《登婺川八詠樓》「苦憶東陽清太守，苔陰滿地客登樓」：此詩妙在風神。

《渡江望金山寺》「烏鵲巢懸瓜步月，魚龍浪激甕城秋」：工鍊之極。⊙「氣鬱南徐控上游，孤巒日壓大江流」：字字是「望」，細玩乃知其妙。

《過澠池》「澠水東來抱郭寒，成皋西拱入層巒。何年紫氣衝關出，今日青簾立馬看」：地形歷歷如見。⊙「雄圖割據全銷歇，歃血臺空戍壘殘」：鋒鋩四射。

《登白帝萬壽閣，望太華三峰》「檻外風煙秦樹滅，望中雲物漢陵低」：噌吰動聽。⊙「當時幻指明王夢，玉簡金綸護紫泥」：聲出金石，豈同凡響。

《登靈寳縣女郎祠》「河聲入洛三門合，嶽色來秦萬里明」：何等眼界。⊙「徙倚愁聞二月鶯」：筆端有萬里之勢。

《登潼關城樓》「九曲河流雄塞外，三峰嶽色入中原」：雄拔。⊙「忽憶翠華餘恨在，銅駝隍鹿不堪論」：有車轔鐵驅之概，是謂秦聲。

《月下集城樓遠望》「月明烏鵲翻星斗，潮漲黿鼉撼堞樓」：氣壓一世。⊙闊大又細膩，直空作者。

●七言律則《野渡》「浪息灘頭雙鷺立，雲邀渡口一龍浮」；《天竺》「雙乳峰摇蒼樹夕，一虹澗鎖白雲深」；《晉遊》「幾灣涑水環裴嶺，一騎龍門吊史遷」；《秋思》「千峰晝閉梧桐雨，一雁霜清薜荔花」；《秦川》「上蔡獵場金勒滿，阿城妝閣酒車通」：皆爲名句。

《吴歈》「簾外注秋波，低聲歌白紵」：自爾藴藉。

《太華》「雲間忽敞中原色，俯看黄河一線來」：闊甚。

《長門詞》「夜來頻向階前立，花落無人月一樓」：柔甚。

李瀅

鏡月，劬庵，江南高郵人。《敦好堂集》。

《宿開先聽雨，留贈石濤禪師》「煮瀑拾枯松，啓窗聽春雨」：讀過聲響都寂。

《玉淵潭》「險絶三峽橋，崖色爛肝紫。邐迤聽水石，激撞怒不已。須臾落深潭，瀰漭無停晷。

雷鼓何喧闐，飈輪疾於駛」：委曲傳寫，如千條瀑布。⊙曲傳山水之情，不奇快不已。

《登文殊臺看瀑布歌》「是時曉日照山邊，赤光煜爚珊瑚鞭。驚風旁掣忽不下，恫心駭目神茫然」：匠心摹擬，筆端疑有煙霧。⊙全力摹寫，直是眼前奇景，不肯容易放過。其形容入神處，令我耳端時聞風雨。

《三疊泉》「亂石蹲青兕，飛濤撼蟄龍」：語皆百鍊。

《登五老峰》「泉流削壁虹蜺掛，石壓枯藤虎豹蹲」：奇偉生創，又不似北地之莽。

《宿萬松坪，贈聞極上人》「冰霜氣凜陰崖下，日月光遲疊嶂邊」：沉着。

《天池寺》「佛燈幾夜埋深谷，鐵瓦千年捍烈風」：但覺其深秀，不覺其雄麗，此中難言。

吕祚德

錫馨，江南金壇人。《大坯詩選》〔一〕。

《武陵春郊從湖墅步松木場》「苔色上石壁，郊原緑如此」：澹秀。⊙「隔墅見流水」：語不多而趣永。

《燕臺雜詠》「九萬亦有程，卑枝且息肩」：慮患擇安，中具危旨，氣體亦似晉魏。

《懷陳伯璣》「陳子盛年三十許，詞源倒峽吞吴楚。幾歲上書不見收，干戈避地江之陬」：章法

〔一〕「坯」原作「坏」，據民國《續丹徒縣志》卷十八《藝文》改。大坯，宜興山名。

清楚。「我欲挾君驚人句，峨眉亭上與君遇」：煞得。⊙襟袖飄飄，臨風欲舉。

《渡淮》「戰血碧經秋」：警。⊙「高雲撼戍樓」：詩帶英毅之色，便非時筆。

《虞山雨中春望》「陰崖泉欲滴，遠溆樹何平」：「平」字妙甚。⊙思徑屢搜，不輕下筆。

《烏沙峽風便》「江豚拜上遊」：警絶。

《大風登黄鶴樓》「樓勢欲吞江，登臨萬派降」：雄傑。⊙「三楚盡當窗」：屬當勝地，故筆墨遂爾騰踔。

《祭風臺》「火攻經一戰，鼎峙定三分。地借孫吴力，天成諸葛勳」：定論。⊙精悍。

《雨中過高座寺訪無可上人》「漢使豈難留故節，中原莫問隔名山」：語有原委。⊙只是氣厚。

《禹陵》「寶山回首冬青樹，共入斜陽野火吹」：結處妙於題外着想。

《題雲門廣孝寺禪房》「石乳迸時新竹引，天光到處早梅開」：意力俱到。

《金牛嶺道中》「蹊田盡放三春雨，合澗驚聞十里雷」：如入異境。⊙筆下有煙雲杳靄意。

《黄粱夢處》「未必盧生真有夢，大都仙客指人迷」：如此方不爲古人所瞞。⊙看得極活，於此悟讀書之法。

《夜宿洞庭湖》「夜氣旁蒸澤國雲」、「角聲何處水犀軍」：寫得空淼無際。

《贈羅弘載》「卻離苕上到揚州，都是樊川舊酒樓。自古文人無薄倖，至今詩卷盡風流」：風流蓋代，筆意極似書記。

其聲。

《西郊訪艷》「怪煞坐深催未至，琵琶聲咽畫廊低」：清艷，可入冬郎集中。

《棲靈寺》「只今歌舞殘灰盡，未許閒僧静夜聞」：結意深穩。

《西湖四時歌》其二「切藕牽絲緒，采蓮誰可憐」：古。其四「郎心若肯熱，不在十重綾」：如聞

《風阻潯陽》「北風吹獨卧，夜夜九江城」：妙在「夜夜」二字。

《靈隱》「冷泉亭子無人識，盡向嶢岈洞裏遊」：如此指點，非深於山遊者不能。

《照山旅夜》「易醉客眠還易醒，春風夜半亂啼鴉」：僕泊虎丘，有絶句云：「白堤春盡水連空，吴榜頻吹柳絮風。忽忽酒醒眠不得，五更新雨打船篷。」與此詩情景相似。

《立秋》「鷓鴣聲裏送秋來」：是鷓鴣聲，則在他鄉可知。此詩心之妙。

《長干清明竹枝詞》其一「漢家舊有新豐市，賜火於今久不聞」：温厚。其二「遥憶隋朝歌舞地，無人清淚滴雷塘」：此是正論。⊙卻自風韻。

姚文熊

非庵，江南桐城人。《紅雨軒集》。

《述歸》「茅店夢中春夜雨，荒村驢背夕陽山」：晚唐佳境。⊙秀動有致。

陳豐陛

元蓋，福建晉江人。

《燕京和别鄧孝威》其一「龍蛇起陸心難隱，虎豹當關夢亦寒」：出處之際，非人所曉。其二「祇將白髮供詞賦，誰道青山累姓名」：此是我輩心期。⊙淹潤婉惻，工於言愁。

宗觀

鶴問、民表，江南江都人。《咸園》、《山響》諸集。

《遊夾山漾過能仁寺》「處喧耽冥搜，久寂違沆瀣。動静互倚伏，玆理誰與廣」：全學康樂，結束處尤如樂、衛清言。

《遊峴山》「偶充俄頃歡，永結殷康想」：遒。⊙句句是吴興峴山。非屢遊此中，不知此詩之妙也。

《仙人山下訪歸雲庵》「密林抱山扉，華景散輝映」：摹寫神似。「野寮閴無僧，枯禪響清磬」：杳然。⊙鮮華之氣，如曉日初霞。

《登碧巖最高頂》「龍子紛無數，戲水輝紅鮮」：靈境異筆。⊙尋幽搜異，覽過遂覺雲嵐在眼。

《龍華寺》「到寺未知門，洞口丹崖複。一徑轉深篁，長松夾萬緑」：是入寺光景。⊙層折烘染，雲霞蔚然。

《白雀寺》「丹梯層次上，登頓忘崎嶔。長廊轉殿角，香積通遥岑。巖亭聳升望，湖波渺難任」：

寫得璀璨奪目，卻是實境，藉綺筆以傳。

《從竹徑入資福寺》「流鶯春滿谷」：紛綸薈蔚，徑路自爾豁然。

《月下看慈仁寺雙松》「夭矯虬螭旋舞低，支離日月陰森向」：極像雙松。⊙有刻劃處，有渾淪處，總無弱筆。

《古桃葉渡聽吴人度曲》「公欲渡河休問楫，美人已失王家妾。岸傍遊冶踏歌來，疑是回廊響步屧」：數行欷歔憑吊，如聞商女微吟。「移情最是絲與竹，萬事能教忘反覆。曲終橋上月如霜，依舊山青流水緑」：使君於此不凡。⊙「一聲河滿子，雙淚落君前」，豈是尋常懷抱。

《登報恩塔》「江山濛一氣，龍虎鬱千盤」：雄渾。⊙「峨峨雙鳳闕，翻作下方看」：大家舉正，卻自警勝。

《松巔閣遠眺》「海氣日光陰」：奇句。⊙恒想俱盡，卻又非分外求奇。

《滄州》「沙白水分途」：畫。

《臨清》「一城三面坼，城裏渡帆低。衛水斜承汶，黄河直犯齊」：移不得。⊙地形水勢，井井筆端。

《汴梁道中》「眼前人事盡，邈矣宋宣和」：疏疏寫去，收束峭甚。

《洪澤湖》「聒天雷吼徹，拔地雪翻奇」：形容盡致。⊙「回看驚拍處，一葉命如絲」：聞此地極險，讀鶴問詩猶覺風濤滿目。

《泗州》「返照走危檣」：豈能免於慨歎。

《盧溝》「怒水壓飛橋」：雄句。⊙「多情城畔月，送客自前朝」：骨力剛勁，故下筆即無懦響。

《聊城》「水陸衝舟馬，東南給棗梨」：極貼。

《望江次蒲庵韻》「隔江蘆荻岸，斬伐盡沙洲」：數語耳，有江山寥廓之勢。

《宿圓證寺題壁》「鶴歸夜響千巖月，虎過山留萬壑風」：追琢精工。

《自靈隱入韜光道中》「橋横流水歸僧憩，花暖輕雲照客閒」：光鮮。⊙「一徑煙篁入翠鬟」：搖筆綺麗。

《韜光庵前遠眺》「潮定英雄誰射弩，陵荒帝子有遺龕」：是望中事。⊙俱言庵外之景，字字奇秀。

《愛山臺》「山没雲煙生洞壑，天晴蒼翠滴芙蓉」：僕客吴興，每坐卧此臺，移情久之。覽鶴問作，如置身煙水窟中。

《晚秋感興》「成山廢道今難問，海運休將前席籌」：治河爲今日要務，齎盜糧如何可行，且前朝行之而漂没不可勝計矣，宜鶴問蒿目及之。

《大梁》「酒醒關門擊柝聲」：高老。「銀筝金甲都消歇，彈指桑田又可耕」：令人緬然。⊙感慨最要深渾，此首得《國風》遺意。

《朱仙鎮》「凄涼夜火黄冠在，獵獵旌旗陰雨翻」：風騷之遺。⊙許丁卯有此雋，無此傑。

《臨漳懷古》「兩朝父子文章伯，亂世君臣戰鬬魂」：俱有論斷。⊙「西風詞客飄零過，飛蓋還思清夜園」：雖是篡代，而寵遇文士一事差爲可傳。此恕於論人處。

《武康口號》其一「茶山竹市無城郭，雙槳輕摇過縣來」：風景如畫。

《秣陵口號》其一「後庭玉樹今休唱，南國佳人北地歌」：自是可憐。其三：三絶足紀一時之事。

《贈王玄照》其一「自言老至丹青癖，怕唤廉州王使君」；其二「雪霽篷窗臨小幅，此中呼出趙吴興」：玄照乃弇州先生之曾孫，舊任廉州太守，偶客苕上。僕曾次吴梅村祭酒韻作八絶贈之。然情緒藹惻，則推我鶴問矣。

張恂

穉恭，陝西涇陽人。《西松館詩集》。

《豫中雜興》「居諸曾未幾，所過盡頹垣」：詩篇古雅，類曹子建、王仲宣。

《淇門驛題壁》「雖不聞朝歌，那堪見野哭」：淇上荒涼異常，此詩一一寫出。

《渡漳河》「不見銅雀臺，但見漳河水」：極似高常侍。

《玉田早發》「落日榆煙白，蕭條古北平」：簡老精潔，五古中最不易得。

《開原道中》「晴沙莽無際，四顧煙茫茫」：氣體是建安。

《茅屋》「山鬼暮窺人，野鴟低向客」：荒慘。

《燒荒》「晝若朱旗翻，夕若燭龍迅。豺狼遠遁逃，蟲蠕反灰燼」：文氣古質。

《題穆倩畫册》「虞山夫子有長歌，亦謂王蒙至今在」：樸得好。⊙「近來海内稱神品，處士高名豈偶然」：穆倩詩畫書篆，俱有奇情古趣，自非解人，誰能相賞。

《米太僕廢園》「至今人説米太僕，想像當年全盛時」：醒眼。「太僕爲園幽韻偏，羞與繁華鬭粉鉛。蕭疏自得閒居趣，曲折真成物外閒」：點入太僕。「豈知高岸一爲谷，勝地華林同溝瀆。稻花空倚斷磚香，戎馬能隨剩水牧」：以感歎作收，煙波萬里。「爲語路人休歎息，長楊五柞已蒿萊」：蓄意在此。⊙千言萬語，只歸重在結束兩句。雖説太僕廢園，意不在太僕也，解人自知之耳。

《古關歌》「摩肩擊轂重行行，觱篥城頭吹月明。一吹茅店荒雞鳴，再吹杜鵑啼無聲，三吹行人白髮生」：音節全是古樂府。⊙後段拉雜撩繞，如聞塞角。

《龍堆行》「四面環山若女墻，句驪遺址土花香。千年古跡誰人見，總是今時麋鹿場」：短章亦學子美。

《嶧山湖》：大家數。

《峒峿》「石田狐兔穩，冰雪雁鳬饑。極望天風急，方知素願違」：沉厚。

《香山寺》「細泉争石磴，紅葉染花宫」：深鍊。

《洪光寺》「殿古肅煙巒」：妙。⊙蒼辣，饒有警句。

《齊河道中》「陌上藏舟出」：奇確。

《重過蒙陰縣》「荒除累更加」、「雉兔忌桑麻」：留心民瘼之言。

《虹縣道中》「名猶存百里，荒竟到孤城」：屯田一事久成畫餅，宜穉恭蒿目言之。

《夏日邊村》其一「葭牆頻過虎，草屋任藏蛇」：風俗譜。其二：樸質而有風味。

《久不得家信》「亦是人間世，如何信息難」：便是惱意。⊙「百齡王母在，誰竟報平安」：閱歷苦境，乃能作此苦語。

《閒居》其一「始知邊徼地，原隔洛陽人」：警快。其二「夕陽叢灌裏，猶傍戰場明」：結句令人黯然，全首亦辣。

《月下從樊河趨鐵嶺作，時雨後新霽》「老馬智微茫」：獨闢。

《蒲陽偶興》「海嶽北風鳴」：傑甚。⊙「唐宗遺戰跡，憑弔不勝情」：全體壯邁。

《晚過塔寺溝》「蒼茫征戰地，幾處著戎衣」：結得遒緊。

《九日》「文章戀老儒」：「戀」字妙。⊙氣疏而意警。

《風》「天晴山氣昏」、「竟日撼柴門」：學老杜需學其深雄處，若一味粗率，則恐貽有識之誚也。此詩須看其骨力，有獨異人處。

《野燒次韻》「烽煙遺未了，野火至今流」：光流篇外。⊙覺斯論詩，必以生創爲上。穉恭出關諸作，恨不令孟津見之。

《即事》「鳴鑼傳野戍，擊鼓享山神」：此等詩字字雄健，逼真空同。

《雪後望山澗》「籬邊凍合雞豚出，野外寒驅虎豹蹲」：警甚。

《上巳前一日野集趙家臺》「誰料昔年征戰地，漫容觴詠客紛紛」：一結矯厲而有意。

《河上閒眺》：「遥看冀北關山月，老憶城南韋杜春。擬織芒鞵編箬笠，渭川他日學垂綸」：西歸之思，摇摇寫出。⊙老氣排宕，而筆亦有光。

《陸子玄孝廉來訪》「茅齋草榻餘生拙，濁酒寒燈午夜深」：氣象渾穆，而意味悠然。

《夢中得句》「遼左有山連韎韐，洛陽何處騁驊騮」：工部詩何嘗不有聲彩，只是氣之老、識之尊耳。此作殊有《秋興》之遺。

《山神廟》「所祝牛羊無虎患，非關黍稷願年豐」：邊風在耳。⊙荒陋之俗，寫來動人魂魄。

《城西送復恭、壽恭兩弟》「弟妹驚看出塞歸」：真氣裝裹。

《宿丁飛濤儀部書帶草堂》「問爾孤山舊茅屋，何年清夢許招攜」：寫來清雅，卻是謫居人語。

《張司馬蘧林、諸太史震坤、陸子玄、孫鹿樵同集，飲郝復陽侍御齋中》「人情未厭金張好，世事原輕屈宋才」：感慨不減。⊙「老恨流離同作賦，愁銷觴詠倦登臺」：風情摇曳，而寓感實深，固非漫作。

《塞上》其一「沙磧日昏鳩鵓雨，石田雲暗馬牛風」：琢語不凡。其二「想見群兒戲棘門」：包括。

◎塞上詩以壯涼悲激爲勝，二作極有盛唐風概。

《開原懷古》「誰留敗堞倚斜曛，虎嘯荒林暮急聞」：如此起極高壯。⊙有沉鬱之氣，不僅藻采繽紛。

《鐵嶺》「顧眺蒼茫會，登臨感慨生」：轉。「霧黃隨日氣」：奇句。「沙田敗鏃明」：「明」字警。⊙「昔亦稱雄鎮，曾傳集重兵」：健如蒼隼。

《秋日訪友開原古刹》「尚有當年寺，猶存古塞隅」：起得好。⊙「塔勢干雲影，鈴聲間鳥呼」：語鍊而氣緊。

《高梁橋》「曾無金谷園，略見前朝寺」：盡之。

《北平》「不見射雕處，天橫萬古雲」：正合唐音。

《古塞上》其二「誰使巋然柴水上，不隨波影向西流」：言外悠然。

《遠堡》其一「潭裹古龍留不得，好風吹度小渾河」：響徹雲際。其二「無勞繡棋誇金碧，樹底炊煙塞日黃」：極貼塞上。

《客鐵嶺苦雨》「黑雲又罩帽兒山」：似《竹枝》。

張載緒

鄜裔，原名湛儒，字水若，陝西涇陽人。

《平山堂送櫟園先生北上二首》其一「郊關陳祖帳，薄暮起江風。舊德仍遮道，高名昔避驄」：詩有和淑之氣。其二《又限山字》「雨浣江峰隨驛路」：秀句。⊙「濁酒不堪供淺酌，春風到處慰離顏」：愛其風韻。

錢中諧

宫聲，江南吴縣人。

《歲饑感事》「吏民喜拜蠲租詔，只有農家釜未炊」：一結寓情深篤。

熊僎

匪莪，江西臨江人。有全稿見寄未到。

《過桐舫偕鄧孝威、王仔園、高治安夜集限韻》「唱酬未忍輕相擲，期閏寒更作小年」：興復不淺。⊙名士風流，具見篇幅。宜家元昭兄每向予稱之。

吴崇先

式武，鶴山，江南泰州人。《世綸堂稿》。

《邗關送别何青綸》「風沙寒驛夢，鴻雁曉霜聲」：頷聯大是上流語。

《暮秋步甘露寺》「潮鳴梵響雜，徑轉佛燈連」：筆墨淵静。

《僧房坐雨》「階滴桐陰雨，雲蒸地角雷」：氣味甚厚。⊙茶村《總持庵詩》云：「每到拈毫素，人驚發興奇。不知乾净土，出産老夫詩。」僕每讀之失笑。鶴山吟興，將無同耶？

《承恩寺柬邀鄭日旦》「春融花氣足，鐘定月明多」：幽閒雅倩，如聞素琴。

《黄河即事，和李書雲内兄》「鄉音隨地改，暮雨漲沙平」：是黄河真景。⊙涉北路詩，便有沙礫風霜之氣，此自情隨境遷者也。

《秋山晚望》「平馳下古松」：句勁。⊙「前山第幾峰」、「疏樹見行蹤」：句句是「望」中景，故妙。

《和友人古鏡質酒詩》「笑看簾下女，拂拭照傾城」：結句寫出情思。

《進黄河口》「至此舟方静，昏昏月下行」；「幸聞人語集，荒草是何城」：確切地勢，固非空中摹繪之言。

《燕子磯夜泊》「濤聲浮月出，夜色帶帆收」：調圓氣雋，不溢題分。

《秋夜聽琴》「碧天照秋水，此夜更分明」：琴詩以澹泊真静爲尚，此篇一洗凡艷，令人想成連海上時。

《採茶》「葉嫩心私惜，叢深手細披」：細潤芬芳，惜陸羽當年未聞此語。

《渡寺即事》「寒雲半補門」、「兵過幾家存」：寫荒殘景色，如在目前，是留心康濟者。

《觀瀑》「源從何處至，日日亂鳴山」：起得佳。⊙「觀空天地間」：起結妙甚。

《訪友留飲》「清吹散平野，白雲横遠岑」：清吹横秋，煩襟爲之盡滌，詩之能醫俗者。

《雪霽即事》「重封猿竇先藏栗，低壓梅枝漸覆廬」：細潤。⊙極似《松陵集》中詩。

《贈友歸隱》「看花幾日居山寺」：是高人，是名士。⊙「興到詩成還命酒，白雲紅葉滿孤亭」：寄問鶴山：是何友人能高蹈若此，何不著其姓氏？

《舟中雜興》「山城雁度千家杵，村落雞聲五夜船」：鍊句矜秀。

《題宫紫陽年伯舊山讀書堂》「新雨一簾催曉夢，故山萬卷對殘春」：風調秀邁。

《悼亡》「欲呼萬里橋邊月，爲訂三生石上盟。何處天風吹素影，滿前木葉作秋聲」：以安仁之筆，傳奉倩之情，風韻翩躚，想見「珊珊來遲」之候。

《雪後月皎甚，自草堂策蹇詣梅花嶺》：題妙甚。「且封茅屋三間白，慢策山塘一蹇行」：氣度容與。

《夜坐》「中亦有微渣，想是山河影」：昔人玩月，意謂不如微雲點綴，此乃特下注腳。

《夜步》「笑掠鬟邊雲，閃入蘆簾去」；「碧玉小家女，來嫁汝南王」，篇中「蘆簾」二字有斟酌。

《雁來黄》「看來雖是葉，葉葉有花姿」：如此形容，可謂慧心静眼。

《題文君當壚圖》「往來多少高軒客，怎及夫君犢鼻褌」：有如此識力，所以遂奔相如。不然，臨邛小邑，程、鄭相望，區區令客，能使蛾眉訂白頭之約耶？此詩可謂寫出文君心事。

于　瀞

穎士，原名大儀，江南江都人。《山舍詩》。

《進京口》「江鳥背人下，海雲當面生」：造語每入唐人勝境。

《遊牛首山》「山尊衆嶺平」：通首明潔。

《金山觀龍舟》「笙歌連島嶼，兒女狎蛟龍」：語自光鍊。⊙確是金山龍舟，字字警貼。

《遊靈谷寺夜雨》「夜雨失蒼龍」：深渾。⊙蒼黝之極，引人於深。

《舟泊東溝》「矮屋枕溪流」；「漁燈與新月，都到酒杯浮」：江行晚泊風景，寫得歷落如畫，絶類王、孟當年。

《九日尋望海樓故址》「忍看狐鼠盛，老樹颯秋風」：一結遒鬱，通首皆振。

《送費此度之秦郵》「一棹及桃花」：好。⊙雅潔，得詩家正傳。

《立春日放舟寄顧與治》「春力上微潮」：警。⊙「漸覺官梅好，難堪戰馬驕。東風旗影外，何地訪漁樵」：極有法度，而意自矯出。

《陳念共復自覃懷歸里，次田授韻奉贈》「河内又來歸，荆榛滿夕暉。未能還禁闥，且復奉庭闈」：筆意優柔，最妙。⊙「太行山下路，揺落似君稀」：結句有無窮歎惜。

《哭韓石耕》「江海一棺孤」：慘。「歎息蒼天忍，真能殺腐儒」：吞聲。⊙穎士於貧交，最篤氣誼，如石耕其一也。讀此作，令我慘然不能終日。

《登凌雲臺望月》「遥望海門天莫辨，波濤無際鬬蛟龍」：蒼茫萬里。⊙穎士諸詩，清遠如秋空鶴唳。僕尤録其雅鍊之作。

《雨後步攝山》「當門夜月冷殘雲」：是雨後景。⊙思緒精密，振響更自清越。

《寄送陸吴州北上》「黄金交態風雲重，紅粉扁舟驛路行」：語不易下。⊙「壯遊莫信鼓鼙聲」：何大復七律，祇風度和雅，遂稱擅場。如此警拔，直兼空同之勝。

《廣陵雪後同半千、無文、豹人寺樓小集》「一夜風寒凍寺門，朝來積雪遍山村」：沉警。「湖海光添諸佛冷，亭臺勢壓暮雲昏」：是樓中眺雪光景，十分錘鍊。⊙七律如此精力滿足者，指不多屈。

《謝無文送酒》「非關好明月，不敢命樽罍」：珍重之極。

《過廢寺》「蕭蕭漏秋雨，滿地長蚰蜒」：荒涼不堪。

《觀音閣》「鐵鎖千尋苔不漬，夜來風雨幻龍飛」：矯甚。

《春仲待諸駿男》「擬共茱萸灣口話，落花寒食正江樓」：風神好，情致尤好。

《白門感舊》其一「十四樓中誰更在，嗚珂巷裏月如銀」：令人惘然。其二：雜之劉賓客、李義山集中，不可復辨。

●穎士稿有新舊二種，壬子新秋始爲郵寄。其已登《詩志》諸選者，此不再録。詩篇始尚清婉，近益遒拔。更上層樓，其進未可量也。

史逸孫

耳翁，江南金壇人。

《遊齊山》「亭高不盡山間月，洞僻時聞寺裏鐘」：實境虚景，筆端善爲形容。

謝楙樹

震生，江南泗州人。《肩山堂集》。

《江南過故勳第宅》「東陵轗軻作老圃，華屋零落歸山丘」：古情歷落，而感慨之意隱然。

《過準提庵衛處士集飲》「戰氣馬牛應未放，客懷雞黍自須留」：高鍊。

《九日寶道堂偕友人賞菊》「微軀易老愁何濟，令節難逢秋可憐」：健筆凌空。

《過漂母祠》「從來惡少輕人傑，多少王孫不療饑。獨有憐才並忘報，蛾眉真俠勝鬚眉」：一番感慨，一番讚歎，胸中具有今古。

蔡爾趾

子構，江南山陽人。

《送倪天章、王任公》「人從春水闊，目送柳絲垂」：妙有神韻。

吕振之

大律，陝西臨潼人。

《暮抵平陽》「廟貌千秋臨舊國，村墟百里供新租」：俯仰今古。⊙質雅不佻。

石　璜

夏宗，江南如臯人。《匏庵集》。

《田父詞》「顛倒日暮莫高歌，恐有官家小吏過」：不必説盡。⊙極似張文昌。

汪文孫

孝猷，浙江錢塘人。《羈音》。

《同錫山侯駿聲、吕恂令飲黄鶴樓即事》「江寒十月無梅放，日暮孤洲有雁來」：雍容和雅，正是唐人嫡派。

●孝猷與雯遠，然明翁之文孫也。與可以槁遠郵，録之以志連璧。

陳寅

靖共，直隸大興人。《主一堂集》。

《重過濠梁感懷》「重過舊濠梁，踟躕大道傍」；「停驂欹落照，淮水日湯湯」一往輕利。

《旅夜》「鳥聲啼樹苦」：音調淒清，如聞旅雁。

《雨後過茌平縣》「祗懷碻磝舊，寧朔豈功名」：詩意平遠，結處獨爲蒼健。

《午日次白溝》「獨來龍戰處，試看馬蹄塵。薄醉過沙雨，孤吟老客身」：筆力勁絶。⊙沉雄古鬱，如太阿照人。

《白門感興》「新亭名士少，白下舊烏多」：風調流美而中懷宕激，百過倍覺情長。

《香社寺》「白鳥飛春水」：好。⊙佳妙之句，愛而不忍割，見作者身分。

《聽友人彈琴》「調高林樹響，聲徹石泉開」：思路沉著，卻又響又穩，是得心應手之候。

《冬夜同杜輟耕、龔文思、陳挹蒼、梁素冶宿永興山房分韻》「古木支蕭寺，殘碑記舊文」；「同人能慰我，轉覺放歌勤」：起能老，結能深。

《詠蠟梅》「暗風吹不落，寒月獨相侵」：此等題最忌雕飾。如此落落大雅，自成高調。

《虎丘》「月明簫管年年勝，多少繁華指顧中」：輒喚奈何。⊙「忽漫飛雲盤澗壑，卻看殘日冷梧桐」：風秀絶倫，是張、陸一流人物。

《金陵懷古》「六朝歌舞秦淮月，百戰興亡燕子秋」：輕麗。⊙艷冶淒迷，如觀吴女，如逢楚士，一時不能爲懷。

《過勞勞亭》「入眼江花傷過客，懷人春酒滿離筵」：音節有異。⊙太白二十字風流極矣。此首摇曳嫵媚，何減前人。

陳聯

捷三，直隸大興人。

《僧舍早歸》「衝寒尋野色，不覺過前峰」：高絶。⊙起處直闖高、岑之室，餘亦圓穩。

《登清涼臺》「倚樹見江流」：清蔚之色，全染煙嵐。

●余友茶村盛稱使君之慷慨英犖，而輟耕近過草堂，以詩稿見示，讀之高逸不群；且言其倡會秦淮，聿振風雅，真近今所罕遘哉。令嗣翩翩，足繼家學，尤可羨也。

陳誠

孚薦，江南江寧人。《嵒山詩集》。

《感懷》「饑驅難卒讀」：筆端殊自簡肅。

《題陽羨徐渭文梅花塢畫卷》「短橋雪意和雲封，數里未了香斷續」：豈非仙境。「春風吹夢還相識」：妙。⊙倘恍迷離，寫景俱臻微妙，而段落更爲入法。

《遊天闕》「燈留千劫火，錫挂一枝棲」：深警。⊙字字是天闕，所以爲佳。

《五月十三夜登燕子磯》「山雲連水没，畫舫帶星來」：畫不出。⊙韻甚。

《清明踏青烏龍潭》「山峰晴照入花紅」：艷而刻。⊙「隔院歌吹笛裏風」：是晚唐，非宋調，以其用筆之高。

《送童西爽歸雲間》「極目九峰雲一抹，期將清夢訪袁安」：秀遠。

《春夜讀書》「半榻風清鐘定後，驚聞窗外竹聲寒」：清冷，欲沁人骨。〔一〕

孔衍樾〔二〕　心一

《詠菊》〔三〕其一「緣墻作畫圖」：自爾風韻。其二「五更朱燼落，四壁墨花凋」：筆花初艷。其三「舒卷隨時轉，盈虚到曉分」：離此大雅，一筆不著。其四「欲使花全放，還嫌燭半明」：觀察於此題，凡得詩四十八章，篇皆有韻，字必争妍。予尤録其渾雅之章，爲東籬增艷。

〔一〕康熙本《詩觀》本卷至此結束，乾隆重修本則多出第七十八至八十三等六葉，收闕名、萬鍾、王廷璧、法若真、佟世南、徐旭旦等人詩二十五題三十六首（卷首目録無相關人名）。《詩觀》三集卷十一徐旭旦詩後記云：「浴咸清才風發，藻思雲湧。所爲詩歌，皆不假思索，援筆立就，而並臻醇雅。余詩選一集、二集皆採登卷軸。」可見康熙本原應有徐氏詩。

〔二〕乾隆重修本闕名，泰州圖書館藏書林道盛堂本有「孔衍樾」及「心」字，據補。據《清詩初集》卷九等知，孔衍樾，字心一，山東曲阜人。亦見《詩觀》二集卷四。

〔三〕詩題據泰州圖書館藏書林道盛堂本補。

《白沙遊廢寺》「經堂蒼鼠竄，禪席野狐鳴」：寫荒涼之景，特爲刻至。

《儀真登道院高閣遠眺》「陰雨垂龍爪，剛風梳雁翎」：筆下有風雨奔騰。

《出江遇大風雨》「龍起雲垂幕，鼉鳴浪蹴城」：警策。

《詠天竺果次韻》其一「舍利千銖來佛國，丹砂九轉化仙姿」：非不工麗，而神骨秀異，較衆作有尹邢之别。其二「任名嫵媚多高節，縱點胭脂無近姿」：妙在質雅。其三「終疑天地乖温肅，卻愛雲霞護本枝」：絶去雕飾。⊙高雅處推爲老筆。

《秋日鄧孝威舍人寄詩見懷次韻奉答》其一「幾載袂分燕市月，一朝劍合秣陵秋」：轉折有力。其二「仕隱谿來均不易，浩然興感未能休」：遒老。◎二詩神骨高健，視鄙作真塵土。

《題法黄石山水圖》「澹霧疏煙傳令序，風簑雨帽是何人」：對句曠遠。「殷勤空示棲真路，那個川巖可乞身」：言外大有領悟。⊙題山水，卻寓超然巖壑之想，自是君身有仙骨。

《人日南村雅集用僧持韻》「是非論到漁樵少，美刺傳來簪紱多」：味外味。⊙意篤詞諧，推爲佳勝。

《踏燈竹枝詞》其一「農事方興祈歲穀，滿城齊唱插秧歌」：切燕京。其二「購燈常見傾千貫，卻向貧兒吝一錢」：讀此應發慈憫心。

《詠秋海棠》其一「何期塵滿茅扉日，分得名園數瓣秋」：渾渾説來，籠罩得妙。其二「三春曾見垂絲艷，零落東風夢一場」：不獨風艷，而寄託甚長。其三「西施若許同歸隱，共上扁舟泛五湖」：是先生此日語。其四「偶燒庭燭疑人影，舉步輕盈掌上來」：姿態横生。

萬　鍾

石君，江南江寧人。

《燈前菊影》其一「有艷虚懸質，無香暗結紋」：工極。其二「芳姿九月出，奇態五更消」：其狀物固爲神似。

王廷璧

昆良、蒼嵐，河南祥符人。

《晚宿淇門》「收罾驚睡鷺，駐馬落秋花」：琢語奇秀。⊙筆雄思厚，非深於詩道者不能。

法若真

黄石，山東膠州人。

《山亭》「當門鷺宿沙初白，隔嶺人歸月半明」：語特娟妙。⊙神骨俱秀，語帶幽光。

佟世南

梅岑，奉天遼陽人。

《九月三十日過天界寺》「蕭寺全黄葉，山僧半白頭」：疏老。⊙江空月白，狀其詩境。

《秋杪乘風過太湖》「點點蒼山前忽後，飛飛白鷺有還無」：寫得蒼茫。⊙氣雄骨傲，覺波濤在耳。

《新月》「嬋娟何意憐詞客，先送蛾眉上翠樓」：姮娥亦復如是，寫來情致動人。

徐旭旦

浴咸、西泠，浙江錢塘人。《世經堂近稿》。

《上元前一日同人泛湖看雪晚歸》「一夜千山白，六橋人跡稀」：好光景。⊙寫得悄然，是雪後景。

《清明過塘棲》：一往綺麗。

《桃源感賦》「雖多柳色留人眼，尚少桃花襯馬蹄」：感觸之詞，正妙於直。

《紅花舖題壁》「絲弦北地年來習，酒味中原分外清」：新情妙緒。⊙「一曲未終旋欲去，衹緣攬轡上神京」：筆姿韶麗，而出人頭地處妙有勝情。

《春夜遊錫山鄒園》「良夜莫辭重秉燭，當年歌舞已蒿萊」：慨然。⊙詩極清艷，結處尤有力。

《平望湖舟中七夕》「最是金閨年少婦，夜深不忍看銀河」：有羅袖動香之態。⊙「天上佳期靈匹合，人間離恨客心多」：艷而能清，極情思之飛動。

《立秋虎丘即事》「短簿祠前疏雨歇，生公石上晚鐘流」：中唐筆致。⊙「梧桐未落秋先到，菱芡初肥暑漸收」：清新、華綺，兼有其勝。

《霞起亭曉望》「宿雨初收華頂樹，寒煙深鎖海門臺」：蔚然深秀。⊙風韻不減摩詰。

《東湖樵夫祠》「止存浩氣還天地，已失浮名任古今」：如見其人。⊙「獨憐俎豆千秋在，愧殺金川舊士林」：一往情深，凜凜尚有生氣。

慎墨堂詩話卷七[一]

王士禄

子底，西樵，山東新城人。《司勳五種集》。

《暮春懷廣陵宗梅岑》「春亭夜來寂，憶爾東原人」：便自情長。⊙「江鄉二三月，況復韶光匀」：風旨何減鮑、謝。

《用江淹古意韻贈宗生醴陵》「汝自孔文舉，慚吾非李君」：觀此等詩，知前輩接引後進處。

《晨發獲鹿，暮抵井陘，周覽百里間巖壑，因書即目》「車回礙石角，徑轉開蒙茸」：刻畫處如掌上螺紋。「卻從平楚外，又睹天邊峰」：悠然不盡。⊙次第描摹，覺一字一句皆鈎剔山水真理，由其心細而骨蒼，故舉無膚似之論。

《發井陘次故關作》「石路足蜿蜒，縣崖遞虧蔽。山横望若絶，崖轉徑仍遂。略無十步直，大抵兩壁對」：著意描寫，筆力透出紙背。「行行近關側，巖巘尤奇怪」：看其層次。「睥睨界其上，高與

[一] 此卷輯自《詩觀》初集卷七，原署「東吴鄧漢儀孝威評選/同學陳維崧其年參閲」。

青冥會」：有此一番感歎，文字方有關係。⊙指顧形勝，不難其壯闊，而難其真確。西樵一一詮次，如睹地圖。

《朱滄起先生招同楊堯亭遊西頂》「縈紆十里間，高下遞掩複」：奇確。⊙遊一地，必盡寫此地之勝，堪駕子美、柳州。

《上黨使院題王覺斯尚書壁上畫石》「剥蝕故足惋，補綴詎良謀」：真賞鑒。⊙凡詩文、書畫、骨董，皆不可不着此想。

《新甫》「漢武此築宮，未必方士謬」：特見。

《司徒廟歌，宗梅岑屬賦》「南人尚鬼足淫祀，山魈林魅憑幽宮。越巫楚覡慣靈語，寓錢窸窣爐煙紅。此事吾徒置不道，只足奔走駭兒童」：此是正論。「披讀髣髴得其概，心知不與淫祀同」：回護。「雖使狄公復起此祠不可廢，應與伍員季札傳無窮」：結穴在此。⊙忽予忽奪，筆力變炫不常，令人讀之驚歎。

《題宗梅岑東原讀書圖，兼慰其下第》「東華紅塵老夫見，不及東原風物幽」：末二句是閲歷過來語。

《孫豹人移居歌》「吾曹歲月足可惜，願子飽食不須餘。及此耳聰眼未暗，安坐於斯好著書」：老筆瘦硬。⊙飽食著書，是吾輩今日大受用，但碌碌風塵，無從覓得謝仁祖耳。

《普庵堂吴道子水陸畫軸歌》「朱隱碧黰神理在，絹素古黯增蒼茫。爲臆捉筆百靈急，搜譎抉詭誰容匿。幢纓冠玦天人儀，雲烟龍鬼幽冥色」：□□□□少陵之神髓。⊙振筆有古黝沉麗之色，而章法更遒。

《夢榼山三白松歌贈丘沁水荆石》「蓮宮三松尤絶奇，兩松磊磊一微欹。十人縈手方合圍，氤氳恍有神靈棲」：此段三套二，□□同之□。⊙通首皆從夢中寫出□□□態，又一作法。

《疑冢歌》：「魏武自是雄猜人，殺人不須怒與嗔。以猜召猜百慮作，究也無策藏其身」：四語判然。「老瞞朽骨安足問，何勞盡掘七十二抔尋幽窀」：□□□□一層。〔一〕

《宋荔裳四漢瓷盞歌》「爲言杜老不云『秦州城北寺，傳是隗囂宫』殿之遺基。土人掘地得此器，竊攫其四恒提攜。指揮奴子取示客，開匣發袱光離離」：筆力如健鶻摩空。「惜也少陵客秦汝未出，不然定有驚人詩」：不可無此想。「吁嗟乎！宋侯今日之杜甫，萬首新詩繼夔府。野夫才非杜宋儔，醉眼摩挲奈何汝」：如此方收拾得盡。⊙徐伯調亦有此題歌行，詳雅可誦；而老氣排宕，則推我西樵矣。

《寄奴泉歌》「前有當塗後典午，寄奴奮跡誰疇伍」：起得震蕩飄忽。「鴻名雖未追高光，齷齪猶解羞齊梁。覆楚平秦信雄略，屹然南紀流湯湯」：定論。⊙慷慨歷落，令龍行虎步人千載吐氣，與阮亭《丹徒行》可以並垂。

〔一〕以上三首有關文字，各本皆漫漶難辨。

《紫雲洞歌》「倒懸兩笏支崩騰，互啓雙門納光煜」：畫出靈異。⊙寫得光怪陸離，卻又不墮長吉之鬼。

《湖心亭風雨歌，吴香爲、葉子肅席上作》「急雨注射激萬弩，層波黝黝争喧豗。回風雲旗颯出没，鼋鼉鼓沫江妃哀」：寫出雷轟電掣之狀。「山脅乍穿怒濤湧，危橋欲坼神鞭回」：極力描寫。⊙與子美《渼陂行》，可謂各有千古。

《送汪舟次遊攝山》「巖回疊浪萬痕皴，雪壓虬松半身槁」：好摹寫。「孤吟楓柏逐霜紅，獨剔莓苔認佛貌」：精力不懈。⊙流逸處似太白，蒼鬱處似子美，必傳之作。

《焦山宋繡觀音卷歌》「詭製應從巴棘傳，奇紋祇訝春蠶糅」：一經點染，遂覺藻思飛揚，固知人不可以無筆。

《次韻答宗梅岑初夏病中對雨見寄二首》其一「翻喜離居日，詩筒得屢尋」；其二「詩成行藥夕，書到據梧時」：情味深長，足見交誼之篤。

《曉發平定》「唐風勤且儉，遺俗到今然」：土風敘得樸至。

《芹泉驛道中值雨》「嶺緑轉千盤」：字字精鑿。

《汾上雜詩》：四詩不膚不詭，據實詮次，是一則《風土志》。

《東烏嶺》「崩崖欹赤石，墮嶺軋黄松」：思入清冥，出句必險。

《聽白璧雙琵琶》「不是狂奴能作達，此中應有淚千痕」：八句中具有長歌體勢，結語緬然，令人怊悵無已。

《十笏草堂成有作》：老杜浣花草堂諸作有其樸老。

《北野邀遊石壁山寺》「疊澗窅疑連洞壑，傑峰蒼不借煙霞」：神骨奧異。

《發陽城》「沁水千迴緣麓足，嶺田百級作階痕」：北地山水，秀遠不及東南，而蒼莽壯闊則居然獨勝也。讀西樵入晉諸作，令我緬然。

《上黨》「南睨河山全覺下，宵看星漢只疑平」：僕登蘇門山見此景。「足底黑雲天下脊，幾朝車馬赤霄行」：雄拔無比。⊙廣陵客舍，與西樵論詩言：「滄溟《黄榆馬陵》諸詩〔一〕，雄奇瑰麗，足壓千古。今人漫相訾議，實夜郎不知漢大也。」西樵深以僕言爲然。今讀《上黨》諸篇，固不意濟南復生此傑。

《神頭山謁李衛公祠，次葉文莊韻》「神歸風雨宵聲厲，地僻雲嵐晝色遲」：迷離惝怳，不可思議。⊙鬼神風雨，一時並集。三閭呵筆作《天問》時，有此靈異。

《程崑崙招集萬歲樓》「三年夢裏西津雨，午夜燈前北固鐘」：珠玉生於行間。⊙「千尋江閣引諸峰，夕景登臨策短筇」：疏秀不減高、岑。

《風阻同友人復上焦山絶頂，坐景周上人山閣次韻》「雲鶻自盤巖際樹，天風留坐閣邊燈」：自

〔一〕「陵」，原爲「鞍」，據李攀龍《登黄榆馬陵諸山是太行絶頂處》改。

然高秀。⊙氣静而語錬，固爲合作。

《尋裴公洞》「屐聲驚怖鴿，戛戛掠巖飛」：山遊特有此景。

《由棧道巖至觀音閣看落照》「夕陽共江影，歷亂上人衣」：極在眼前，非妙筆不能拈出。

《夜行楊子橋道中》「篙師慣風水，暗裏相招呼」：天然入妙。

《石門縣》：一幅畫圖。

《鶴林寺》「客到不知風物改，逢人猶問十三松」：感慨係之。

《丹徒鎮雨泊》「江雲挾雨壓帆黑，丹徒鎮前還泊舟」：古甚，復韻甚。

《梁溪》「數曲清波山一面，今朝身在伯鸞溪」：有欣幸意，是名人舉動。

《過吴江寄懷顧茂倫、吴聞瑋》「相思不到垂虹路，湛湛楓江春可憐」：每一誦過，如聞芳杜。

《鶯脰湖漁歌二首》其二「八尺苧麻縫作網，網得銀魚春雪明」：是《竹枝》聲調。

《讀宗定九芙蓉集二首》其二「對君誰得矜雕績，謝客風流迥絶倫」：意致安閒。

《歷下舊居懷宗梅岑》「自緣驛使經秋少，未是嵇康懶報書」：于鱗寄宗、吴諸子詩，往往有此風調。

《草堂雜詠四首》：四詩全以風趣勝人。

《袁浦喜宗梅岑過訪二首》：秀色如卓家眉黛。

王士祜

子側，東亭，山東新城人。

《冬仲宋荔裳招遊道場山，即席分賦》「積雪耀遠岑，嵐光轉明媚」：是山中冬景。⊙「次第來群峰，參差多遠致。」言尋道場跡，聊灑塵坌累」：全用静氣抒寫，煙嵐浮出紙上。

《廣陵和宗梅岑韻》「相思應逐東原路，珍重梅花對酒巵」：琅琊兄弟往往以風情勝人。讀子側此作，正覺濯濯王恭，於今未遠。

《渡楊子江》「長江不盡來荆蜀，天塹平分控五州。地近沉舟悲戰伐，人從擊楫想風流」：筆力横闊。⊙有横槊磨盾之風。

《潤州懷古》「晚向石公山下望，潮聲東去海風驕」：雄健無前。⊙每一搦管，覺纖聲柔氣俱盡，當屬曹家父子一流。

《登北固山甘露寺絶頂多景樓》「孫劉往事頻搔首，悵望江城起亂砧」：高敞是其本色，而更能雅貼。

王士禛

貽上，阮亭，山東新城人。《漁洋山人新稿》。

《金陵曉發》「煙際下漁舟，樹杪帶行客」：筆意空微。⊙雋思雅韻，如見晉宋間人。

《雨登湘中閣眺望》「不見煙中人，但聞煙中語」：公戱爲余言：「阮亭五言古體，其短章蕭遠簡雋，厥妙難名。」如此作，是真韋、柳集中不易得者。

《巢民招泛洗鉢池看月》其一「月影散水木，光景紛奇絶」：是康樂妙境。其二「修林帶高館，巉嵑相因依」：徑路自別。⊙「斯人不可作，乘月扣舷歸」：胸無俗情，日覽異書，乃能有此雋遠之製。徒曰規摹古人，非真知阮亭者。

《閔園曉起作》「庭户闃無人，茗香睡方足」：宦遊人那解領此。⊙「淡坐欲忘言，清風灑修竹」：此景何其娟静，妙能寫出。

《秋日題閔園水亭》「南人習煙水，結屋如舫居」：是真州一幅畫圖。⊙「茅亭碧溪上，浦漵臨前除」：讀此不復作塵世想。

《新秋揚子橋舟中》「無事悲客心，曠如久離别」：邈然高唱，讀「無事悲客心」二語，想見才人處極得意時，每有難以告人之情緒。

《岊猶舟中寄東原宗梅岑二首》其一「懷中團扇詩，睠此清秋節」：絶佳。其二「稍看煙景夕，篙師柁樓飯」：簡言彌雋，澹言逾綺，自是君身有仙骨。

《庚戌早春雪中寄懷廣陵宗梅岑》「前年幽州大風雪，馬毛如蝟鳴雕弓。白檀山高鷹隼疾，狐兔殺伐無留蹤」：筆力迅發，如霜鷹下擊。⊙中間兩層寄畫，寫得曲曲有情。

《昭陽顧生畫便面棧道圖歌》「江水如油下南鄭，閣道似髮通陳倉。紅氈裹背笠覆首，人物結束疑唐裝。車馬班班入雲際，如蟻緣垤相扶將」：形容入神。⊙古色斑駁，而位置處皆極自然，可謂才法雙到。

《送陶季之潞州》「先生昔日登武夷，鐵船峰頭看弈棋」：歷叙遊跡，何其工雅。「豐臺紅藥花照眼，驪駒忽告將西馳」：纔點入本題，絶有次第。「我聞上黨天下脊，當年潛邸傳臨淄。飛龍荒宫没煙莽，斷碣髣髴開元詞。紛紛梁晉夾河戰，鴉兒萬騎陳軍麾。錦囊負矢盛意氣，歌聲慷慨留三垂」：此段極豪健英邁，如觀重瞳鉅鹿之戰。⊙「君家草堂臨射陂，門前五柳藏東籬。何時單舸徑歸去，北窗高枕談黄羲」：擒縱開闔如大將軍指揮，而百萬之師皆受節制。末段豪宕，令人意氣頓生。

《送朱秋崖歸安宜，兼訊陳冰壑》「當年我作淮南客，落帆屢及桃花紅」：看其波瀾老成處。⊙「自别淮南老鞍馬，筆墨蕭颯如秋蓬」：叙次曩遊，覺轉盼之間已成陳跡，那得不有風流雲散之感。

《膠東張雉畫葛洪移家圖歌》「惠懷之際那可道，萬乘不洗金墉羞。王家寧馨失三窟，華亭鶴唳悲清秋」：接入晉史一段，不惟風議錯落，亦覺情態横生。「張生妙筆擅黟㸃，令我逸興生丹丘」：此下以閒筆找足題面。⊙作七言古，直以《史記》大家筆法行之，故起伏照應、頓挫安放，皆有神以運乎其間，而絶無繩尺之跡。此非深心讀書人，未易幾此。

《送沈康臣歸越中，兼寄姜鐵夫》「櫻桃紅過楝花老，潞河曉峭千帆檣。榜人長嘯指於越，衣冠送客臨高梁」：過渡處極其濃至，而風緒自清，足見手腕之妙。⊙落筆綺藻雲馳，而局陣自老。此惟深於古人之法，故能裁制天然。

《題棧道飛雪圖，送曾道扶之漢中》「今宵畫圖裏，如聽暝猿吟」：結處見其法老。

《將抵毘陵，先寄雲孫、訏士、文友》「水驛煙中飯，山橋樹杪行」：新情秀氣。

《高橋曉望惠山，卻寄修遠、留仙、心甫、流綺》「煙深微辨樹，潮落緩聞鐘」：「微」字、「緩」字是眼。⊙寫景從容，章法更密。

《鑾江舟中雪霽月出，即事題鄒喆畫》：神韻獨絶。

《送吴菌次之官吴興》：翩翩華貴，自是情發意滿。

《紅陵》「飽看紅陵雪後山」：思潔而體輕，故涉筆即有天然之韻。

《潤州曉渡，用皇甫冉萬歲樓韻卻寄蔡芬》「鐵甕城邊重懷古，當年萬馬蹴重圍」：結最遒健。

《送汪茗文入都》「故人恰向愁中至，感激真從難後平」：阮亭與鈍庵官京師時，爲文字交，極其深篤。故形於詩歌，皆從真氣流出，無復緣飾，真千古絶調。

《十一月十七日送家兄子側歸里》「淮南凍雪一千里，客子胡爲今日行。吴楚漸傳春氣至時長至後五日，金焦雙照大江明」：全首蒼渾，亦復真至，此阮亭風格獨上時也。

《别公甗後卻寄二首》其一「今夕滁陽人，應夢鑾江雪」；其二「時聞斷雁聲，遥向江南去」：風情自遠。

《丙午七夕河間道中懷宗定九》「何處江東日暮雲」：韻甚。

《雪後早朝待漏寒甚，懷宗定九》「故人此際江南隱，夢覺寒溪落木時」：絶似孟襄陽。

《真州絶句》其一「半江紅樹賣鱸魚」：鄒程村極賞詠此絶，今已成古人，能無歎鍾期之不再耶。其二「殘月曉風仙掌路，何人爲弔柳屯田」：柳七今日乃有知己。其三「嫁與襄陽賈人子，窗中學唱踏銅蹄」：僕《白沙詞》云：「一夜東風吹，估船發江渚。高樓誰倚欄，半是襄陽女。」與阮亭此詩正復相發。

《九日平山堂》「樽前莫話南朝事，幾樹垂楊有暮鴉」：風流絶代。

《題葉欣畫》「桃花萬點春三月，時有東風爲掃門」：風韻撩人。

●琅琊諸王，以詩名當代久矣。西樵詩，半出宗子定九手訂，而僕略爲點次；阮亭則全録其近稿，而已登《國雅》、《詩志》者不載；東亭詩篇原少，略採數首，已見一斑。要一門之盛，前掩張、陸，後壓軾、轍者也。辛亥寒食，坐慎墨堂，援筆偶記，能無千里停雲之憶耶？

宗元鼎

定九、梅岑，江南揚州人。《芙蓉集》。

《早秋雜詩》其一「欲計鬢絲凋，參差難預想」：撫景悼躬，不勝流連歲年之感，固非徒以妍詞相尚。其二「千念未夜息，萬感與朝期」：百慮參差，令人發草緑西歸之想。

《從避風館登玉山，望大江南北》「回廊瞰江水，依山何委折。側徑阻前路，橋樑度所絶」：曲折摹繪。「南人識水性，舟楫往來悦」：是實。⊙「愁切春蘭晚，傷心羞採擷。將窮山水跡，飄然謝緇涅」：含香隱秀，幽姿可掬。

《自潤州九華山越嶺至蓮花洞》「來人若對值，單徑豈互容」：六朝音調，出之深細。「山花媚遠峰」：妙句。「行行登絶頂，獨立聽松風」：渡入越嶺。「天然生古洞，左壁虚玲瓏」：渡入蓮花洞。「萬事信有定，往哲戒憧憧。紛紜徒攪情，安樂乃能終」：康樂每於即景後説理，梅岑得其法。

◎四詩得康樂《石壁精舍》、《從斤竹澗》諸詩神韻，沈約之《宿東園》、江淹之《登香爐峰》都不及此。

《八公洞石澗流泉，幽篠密翠，休憩其下，夜宿隱上人静室》「青葱芳樹疊，愁絶杜鵑啼」：寫景芳媚。「頃之樵歌寂，春月滿前溪。逍遥步柴門，長川任所之。萬山一何静，兩人對此時」：豈屬恒徑。⊙讀「頃之樵歌寂，春月滿前溪」，又「萬山一何静，兩人對此時」，但覺清暉娱人。客兒之「林壑斂暝色」，未足多稱。

《遊招隱寺，是戴顒故宅，洎蕭梁太子讀書處》「山徑轉紅亭，窈窕窮幽致」：幽倩之極，卻能入古。「彼美征士跡，千載猶足企。阿姊真賢媛，捨宅修遺志」：以下叙述往事，靡靡可聽。「獨居尚含情，憑吊豈無愧。奄忽難强留，榮名不可墜」：是憑吊本旨。⊙有「碧桃滿樹、風日水濱」之致。

《擬劉孝威遇織人寄婦詩》「身是他鄉身，心是故鄉心。區區抱真亮，艶治不復侵。歸來南陌上，不戲秋胡金」：司馬長卿未必解此。⊙前段鋪叙得十分穠至，則贈婦處一往情深，不必言矣。此詩之原本《三百》者也。

《擬徐孝穆和王舍人送客未還閨中有望》「如何珠履散，教妾倚欄干」：嬌甚。⊙似齊梁人聲口。

《擬丘巨源詠七寶畫圖扇》「春眠暫委牀」：難得之句。⊙梅岑擬古諸詩，皆無毫髮遺憾，不似江文通時有利鈍也。○此詩妙在簡而雋。

《擬陳子良七夕看新婦隔巷停車》「人生重嘉慶，天意愛情親。同是婀娜女，風流及此辰。交新期婉孌，款舊待殷勤」：是題中「看」字之神。⊙子良原篇頗覺寂寥，此篇可謂美好具備。

《舟人以風順遂過寶應縣，不得謁臧洪、陳容兩公雙烈祠，祠爲濟南王阮亭先生修復，因援筆賦之》「昔年政聲王濟南，多才嗜古恣幽探。千載遺跡易泯沒，射陂雙烈無人談」：從王濟南做起，便不是尋常懷古詩。「久欽風烈安平縣，欲瞻遺像生平面。病軀懶拙頗蹉跎，數過扁舟未一奠」：此段文情駘宕，最得少陵手法。⊙「百年以内何奔波，春煙城郭奈愁何。渚蒲漸長白鷗起，且作長歌問淮水」：表章前賢，是必傳文字，結段尤佳。

《王西樵先生屬蕭靈曦畫三舟圖，作歌題贈，兼示蕭子並序》「君不見昔日陶崑山，日泛三舟西塞間」：引來確當。「麯院荷香泊妓船，平湖玉色沉冰月。扇底歌能遏彩雲，掌中舞復嬌羅襪」：寫出賞心樂事。「直令蘇堤配蘇小，如將西子比西湖」：千秋恰配。「日望丹青狀天目，蘭陵雅性尚高束」：收完「示蕭子」意。⊙中段寫三舟，最爲興致豪宕；末用閒筆作收，正自完合題意。僕亦有此題作，爲西樵稱賞，然不逮梅岑遠矣。

《聞上元瓦官寺唐武后錦裙佛幡猶在，因作詩二首》其一「不留感業寺，翻復在長干」：古艷稱題，結有諷。其二「粉黛登神器，羅裙護世尊。如何馬嵬襪，流落向荒村」：瓦官之裙、馬嵬之襪，有幸不幸存焉。諷刺處全似義山。

《蕭思話彈琴石》：詩題好，而格韻復高。

《宜陵秋水庵同周櫟園先生夜坐》「泊舟喧晚市，聞磬冷群思」：瘦思清響，另有風味。

《遣悶》「眼底流光太可憐」：此句甚老。⊙筆情幽懶，有「隱囊紗帽」風流。

《甘露寺北軒，追和杜牧之原韻》「感深落月前朝笛，愁絶垂楊故國笙」：極似牧之風調。「重來十載題詩客，依舊人間浪有名」：感深在此。⊙風動春朝，月明秋夜，可想見此詩風致。較紫微原篇，政自不減。

《題郊居》「茶竈聲清響竹廊，小亭新構面横塘。漁夫晚唱煙生浦，桑婦遲歸月滿筐」：安得置身其間？⊙梅岑此詩，旗亭茶舍爲人傳寫久矣，政不減昔人機房織帕也。

《春飲友人宅》「亂世幾逢花下坐，好春多在病中看」：是少陵格調。

《蕪城春日同薗次分韻》「關情最是揚州路，十里朱樓捲幔香」：昔與同人共集邗上旗亭，薗次有「碧幔長廊大業花，紅弦小拍開元曲」之句，爲一時傳誦。今見定九是詩，應歎爲一時瑜亮。

《垂絲海棠》「香藕牽絲縈弱袂，清霞和雪作柔膚」：何等温麗。⊙「枝間小小同心結，花下真真軟障圖」：「小小」、「真真」，恰好佳對。頸聯更自纖穠中度。

《櫻桃》「採貯冰盤新對酒，幾同紅淚薛家壺」：結語更佳。

《題雨中千葉碧桃》「千層蝶翅湘雲濕，一點琴心緑綺憐」：詠物至此，真稱絶技。⊙王阮亭目此詩爲「青春鸚鵡、楊柳樓臺」，政自不易。

《雨中留鄒麗農》其三「最好流光是三月，如何抛卻渡江歸」：清麗動人，似白傅初年之筆。

《題紅橋酒家》「不要纏頭要小令，因他聽熟後庭花」：既無酒債，又多好詞，我將日坐黄公壚頭，淺斟低唱，豈非樂事。

《秋日曉行》「忽見行人指新雁，天邊嘹嚦兩三聲」：淡而妙。

《瓦官寺獅子國玉佛》「如何四百八十寺，不及宮中一蔣侯」：氣韻沉雄。讀史處可謂顧盼英偉。

《吴音曲》其一「誰知大業銷亡日，親見長城沈后妃」，其二「麗華膝上能多記，偏忘牀前告急封」：詩貴風華，而尤以足垂鑒戒者爲尚。二絶非不韶令，而正在用意之深，使人三復。

《獨步》「春風欲引遊人到，蝶舞花飛過野橋」；《小樓》「倚闌不肯輕歸去，芳樹濃煙日正西」：二詩春情摇漾，都在聲句之外。

●戊申秋杪客茗上，與薗次有《唐詩永》之選。閱温、李全集，乃知古人詞雖穠麗，而魄力之大、意識之高，迥非時流可望。後人徒用粉飾，遂爾比擬西崑，其實去之甚遠。定九喜尚兩家，而機清格老，正與塗脂抹黛者大别，宜琅琊諸王亟爲推許不置也。庚戌嘉平，從雉皋雪中歸，因呵凍書此數句。不知考功、儀曹論詩京邸，以僕言爲何如？

程可則

周量、石臞，廣東南海人。《遥集樓集》。

《花朝龔大司馬招集城南次韻》、《河亭集飲》：唐人詩，每以容與澹雅見其風韻。讀周量二詩，令我歎絶。

《贈計甫草》其二「孝友安時命，文章損道心」：此語更深。◎贈人詩但作門面語，易耳；必有一二痛癢語，始妙。二詩真摯動人，豈惟甫草下知己之淚。

《送吴薗次之任苕上》其二「便挾吴均賦，言登墨妙亭」：猶是昔人風度。

《都門送冒青若歸里》「青門花未散，白社酒同揮」：極夷猶之致。

《寄懷冒巢民》「但使文章交有道，不須攜手聽吹簫」：風致、意議都佳。

《河亭》：意調俱别。

汪琬

苕文、鈍庵，江南長洲人。《駢拇集》。

《遊鄧尉山遇徐生》「裊裊薜蘿衣，之子來何晚。道與寂寞會，興向崇深展。倘秉偕隱心，結廬詎在遠」：選音按步，純乎謝監。

《過江距廣陵三十里值雨，寄王十一使君》「微雨江上來，江村杏花落」：蘇州神境。⊙蕭蕭數筆，天然幽冷。

《泊石湖有懷》「不見故人來，時向煙中望」：雋永。⊙一幅倪迂畫圖。

《梅花下聽潘爾開琴》「撫此未終曲，驚禽啼不眠」：悠然。⊙句句從「梅花下」著想，琴之情理已出。

《登鄧尉山》「鄧侯棲隱處，聞在西南峰」：起得高兀。⊙茗文五言，規摹左司，然實從三謝淘汰而出，故濃淡處皆見風格。

《歌贈計甫草》「歎息梅村常在口」：緊拍。「體勢皆與梅村同」：又應。⊙「天下幾人稱作者，翰林獨數吴梅村」：通篇皆從梅村起議，章法獨精。至詩情飄逸，則逼真青蓮矣。◯近日學大樽者，皆有衣冠而無情性，一味膚殼，又其流弊，願與吾黨共商之。

《送吴薗次守吴興》其一：妙是一氣。其二「郡閣宜長嘯，溪山繞案前」：吴興郡署多唐宋名人舊跡，予時手一編，坐愛山臺上，青山紅樹，迷離簾幕間，固勝境也。

《秋日送人之秦》「漢宫遺跡難重問，玉笛金笳動客情」：茗文論詩，每右大復而短空同。此詩風調朗逸，居然信陽。

《送客遊楚》「十年湖海愁將老，萬里烽煙喜漸開」：感慨係之。⊙調圓色麗，當推正始。

《和王十一巴州歌送青印》「滿簷山色鷓鴣啼」：與陳胤倩「荔子低垂翡翠遊」同妙。

《長安少年行》：江寧、右丞之間。

曹爾堪

子顧，顧庵，浙江嘉善人。《杜鵑亭稿》。

《送汪舟次遊廬山》「思閒訪松桂，選暇搴蘭蓀。澄練彭蠡漲，綺霞爐峰屯。燈滅林樹杳，石蔽山扉昏」：造語極雋。⊙體排而氣逸，固是六朝風製。

《冬日重過遼后梳妝樓》「下馬憑吊酸風苦，盤龍辮髮誰家女。玉蝀橋邊烏夜啼，喔喔如聞契丹語」：淒艷，絶似長吉。⊙騷情艷思，雜以淒苦，讀之如聞大小忽雷。

《抵封丘縣寄宿荒廟》「道人賣藥貧無褌，枯坐誰燃薪火温」：此道人竟是安禪坐聖。「猶戒征人噤不語，牆外官兵來打門」：荒涼極矣。⊙讀昔人「居人掩閨卧，行子夜中飯」及「入門各自媚，誰肯相爲言」等句，淒然久之，猶不若顧庵之委曲詳至也。

《雨後登湖心亭》其一「中央塵不到，惟見水泠泠」：恰貼。其二「西湖銷夏好，紅藕近房櫳」：勝事。

《夏日泛湖，次朱錫鬯》其一「花與衣香動，歌兼酒氣聞」：絶似庾子山。⊙「三更來夜月，半嶺散晴雲」：時遇宋尚木、王印周，皆往江西。其二：四詩輕倩動人。

《秋邸雜詠》「秋吹塵更苦，誰信馬蹄輕」：宦情原自索莫，何況風波之餘，那能不深蒓鱸之興？

《韋公祠海棠》「燕雀空堂雨，牛羊隔隴煙」：韋祠昔爲朝士遊賞之地，今亦荒廢。覽顧庵詩，正自有「新蒲細柳」之感。

《廣陵懷古》「馬過朱欄識酒香」：確切揚州。⊙「不盡淚痕傷往跡，夜夜紅雨濕雷塘」：今日廣陵繁侈極矣，然識者正有日中之慮。試讀顧庵詩數過，庶有警乎？

《禹陵》「山鳥驚飛狐鼠竄，方知泉底蟄神龍」：神彩飛動。⊙藻雅是其本色，此更有蛟龍蚴蟉之勢。

《湖上清明，有懷許傅巖、蘇環中》「西陵松柏芟除後，南國鶯花燧火前」：詩史。⊙僕去年過湖上，意中正復有此，卻被顧庵道出。

《上巳前一日集沈繹堂寓樓分賦》：詩情正如靈和殿柳。

《湖上絶句》其一「折取並頭蓮，擬作鴛鴦聘」：「聘」字下得新。其二「五龍橋下月，應與照相思」：柔情如水。

《西湖柳枝詞》其一「公子千金因買笑，莫教輕向枕邊啼」：此啼那便易得。

《月夜送别劉海門》「來時荷葉如錢小，落盡紅蓮待爾歸」：風情全近樂府。

《湖中小舫子》：可補鐵崖諸曲。

沈　荃　貞蕤，繹堂，江南華亭人。《南帆雜詠》。

《寄别計子山》「夜月蒓鱸夢，秋風叢桂詞。天涯忽分手，能不重淒其」：淡淡説來，神韻最勝。

《交河道中》「汀葭開野色，沙草盡秋聲」：「開」字好。⊙工部云：「賦詩新句穩，不覺自長吟。」

固知詩不貴於兀奡也。繹堂清健雅致，正復濯濯能新。

《大風泊河口不寐偶成》「風檣依絶岸，沙浦度深更」：起得老。⊙樸老處純學少陵。

《將雪渡嶧陽湖》「山靄寒逾浄，湖雲凍不飛」：襄陽佳句。⊙優柔澹蕩，正覺風格獨全。

《十月十五泊舟宿子河濱》「驚心問烽火，此地泣瘡痍」：頓挫獨老。⊙氣韻沉雄。

《送王念蓼給諫分守榆林》「樽酒吹羌笛」：雋極。⊙「同作他鄉客，憐君萬里遊」：俊整。

《丁酉元日》「山青逼畫簾」：佳。⊙「暫擬學陶潛」：極冠冕而不俗，筆力最高。

《送雪龕宗兄任保寧》「地從巴水折，天入劍門低。夜月桐花艷，春風杜宇啼」：中四句典確。

《至日別友》「小至淮陰風物暖，天涯歸客夢魂勞。背城寒日暉暉下，隔浦晴雲冉冉高」：老氣

「池塘應有夢，鄉思更淒淒」：末猶饒情緒。

無敵。⊙一洗脂澤，獨以骨力勝人。

譚篆

玉章，灌湘，湖廣景陵人。《賜書堂詩集》。

《武昌客樓》「江鳴寒食雨，山障竹樓春」：新警。

《懷冒辟疆》：情語絮絮，固自泥人。

《入山贈碧公》「年年寒食節，瀑水灌山門」：矯甚。⊙只言山中之景，而碧公之高可知。

《送宗人遊江南》「金陵啼杜宇，往事説陪京」：風神憔悴，固是名流本色。

《道中聞杜鵑》其二「君臣造次已當年」：渾識。⊙「獨有雲陽石上恨，千秋風雨淚潺潺」：音旨逼近楚騷，不獨體物精切。

《舟泊漢上》：極現成，寫來妙絶。

《舟雨》「杜宇過江聲更苦，篷窗愁對亂峰西」：其音騷屑。

《九江舟中望廬山》：一幅江行圖。

●歷下、公安，其敝已極。故鍾、譚出而以清空矯之。然其流也，展轉規摹，愈乖正始，不有大雅，誰能救乎？灌村産竟陵，而親承家學，乃其詩和雅蒼雋，無一字學竟陵者。世奈何復舉寒河之幟，而思易天下之風尚也！

劉體仁

公㦷，江南潁州人。《蒲庵集》。

《書悔詩》「譙南泥水地，決計掩荆扉」：老辣。

《將歸蘇門別業，和周量，兼示西樵、貽上同作》「洛下秋風起，何山可結廬」：蘇門之勝，實甲河北。僕曾流連百泉亭上，愛玩移時，而張大隱復以共城香稻相餉。公㦷果欲卜居，僕將有褰裳結鄰之意矣。

《過潁上》「水程波噏甘羅冢，官渡人來管仲祠」：難此典秀。⊙氣味沉厚，因自道其風土，故與他手不同。

《三月歸自燕京，與鄧孝威集飲東園，即席賦贈》「久住吴儂春草夢，還家燕客海棠時」：風流相賞。⊙秀氣欲飛。

《送王貽上之揚州》「看花官閣聞新詠，行部垂楊覆舊堤」：舉止妍雅，逼似六朝人物。

《維揚喜晤黄仙裳，兼讀近詩賦贈》「談交餘劍氣，謀隱自冰心」：是我輩語。⊙秀中帶老，自是天資高勝。

《悼亡姬束素》其二「人間選夢非容易，莫揀蠻腰誤楚王」：意極委曲。⊙隱隱聞太息之聲。

劉懋勛

膚公、堯叟，江南泰州人。《篔山園選稿》。

《周櫟園先生讀畫樓二首》：二首極爲空澹。

《秋日泛舟西渚，同鄧孝威、周雪山》「富貴亦須臾，誰者侯與王？明月更鼓枻，中宵起彷徨」。

《九日登文星閣，同梁園田雪龕使君暨同里諸子》「延眺極城闕，庶以散鬱陶」：結得遒上。⊙令名宜早建，詎令志士傷」：末段大有寄託。

《過黄河遇雪》「循沙昏水驛」：摹繪逼真。

《望岱》：是望岱，不是登岱，語語分寸。

《廣川臺》「誰復傳繁露，遺容黯暮燈」：一唱三歎。⊙懷古黯然。

《良鄉除夕同王四暘作，兼示建州羅次公》「自憐車馬困，誰數塞垣春」：蕭騷之甚。

《蕪城道上望京口有感，同孝威、漢公、奠兩》「人家鐵馬後，雉堞斷煙餘」：屬當亂後，正有茫茫交集之感，而詩特英岸。

《盧溝橋曉發》「路入殘星暝，橋連積雪明」：盧溝名作多矣，此獨切「曉發」，固爲心細法老。

《重過憫忠寺》「雲間雙閣暝，林下一僧行」：高亮。⊙絶似何信陽。

《南歸留别家介公，兼呈農部旋九叔》「轉惜鬢毛蒼」：筆力絶健。

《白溝懷古》「易水煙波闊，漁陽雨雪多」：兩句似離而合。「停車重悵望，扼吭更誰過」：緊拍。

《贈清溪蔡碩公年世兄，次燕京留别韻》「衣冠兩世歸殘劫，縞紵何人共久要」：唐人詩正以平穩而得高勝，此作有之。

《秋晚贈劍大師歸楚黄》「那忍江亭尋戰壘，長憐霜鬢老蓬蒿。遺書久已銷殘燹，亂日曾傳靖羽旄」：筆端有橫戈擊筑之概，非劍叟不能當此作。

《送周櫟園先生歸石城》「天關虎豹誰爲守」：中有所觸。⊙二詩極愜情事〔一〕。

《過羊叔子故里》「緩帶人歸空廢壘，殘碑淚盡只平蕪」：調意俱争上流。⊙整而能逸，麗而不膚，故佳。

〔一〕「二詩」指《周櫟園先生重過吴陵招同諸子讌集共賦》與此詩。

《王阮亭儀部招集京邸賦贈》「試看賓朋梁苑盛，何人不倚切雲冠」：主客之名，固是傾動天下。《滹沲河阻風》「奔濤急下龍蛇勢，冷月還連虎兕愁」：莽莽有氣。「笛高鄉夢滿空樓」：佳絶。⊙雄健，直可抗席滄溟。

《東蒙道上遇雨》「雷因谷險聲偏鬬」：壯句。

《南歸道次下相，遥哭先太恭人》「極目鄉關何日到，紙錢樽酒哭慈幃」，「聽猿實下三聲淚」，以其哀至。

《舟阻戴家閘，余改陸先歸，留别同行諸子》「回看煙樹人猶北，不耐鶯花我獨南」：音吐清韶，自是拔俗之作。

《出郭訪周雪山有贈》「十月衣寒雨雪中」：雪山才氣縱横，抑鬱以没。讀此，正深我山陽聞笛之感。

《初冬邀顔佳胤、宗定九夜集近園，得歌字》「驛亭船到霜初落，池館鐘來月較多」：疏而有韻。⊙堯叟結屋城西，擁書萬卷，時招諸同人嘯詠其中。苟非衿情相愜，罕能窺其户閾。僕嘗擬之傅茂遠一流人，固非誣也。

《題錢均曆小影》「銀鈎鐵畫腕初停」：畫。⊙「愛讀秦碑兼漢篆，好尋奇字到雲亭」：筆意蒼甚。

周迪吉

子俶，江南太倉人。《東岡集》。

《雜感》其一「去年莊青翟，今年劉屈氂。覆轍相尋續，累卵高必危。牽犬望里門，鶴唳空遥思」：讀此寧可戀棧，不一發秋風蒓菜之思乎？其二「時會遘漂泊，貞介永自持。空房理朱弦，嘈嘈欲訴誰」：中道而悔者多矣，此詩良可警悟。

《南昌雜詠》其一「山出湖根斷，江從樹杪斜」：生創。其二「百年形勝地，過客動悲思」：此首叙亂後之景。「只有章江水，蒼茫到此時」：渾淪。⊙三、四有「月落鐘堂黑，霞蒸藥竈紅」、「青嘗羅漢菜，黄擘佛頭柑」之句，亦新鍊。

《進賢道中》「山腰江忽出，虎跡馬多疑」：奇確。

《別上谷諸子出貴溪》「鷩魚沖簖立，亂石過船鳴」：更妙。⊙「還思庾樓夜，落月主人情」：胸中原有一部佳山水，故語語靈闢。

《晚次衢州》「估舶南來話，難爲孤客聽」：凄絶。⊙「樵擔穿柴塢，漁歌出碓汀。饑鳥荒冢黑，病果遠林青」：中四句摹景甚異，結語尤爲動人。

《晚秋登桐山》「江劃孤峰出，登臨接混茫。潮聲穿古塔，帆影度寒廊」：四語寫嚴灘之景，可云刻至。

《梁園感懷》其一「朱輦四朝恩」、「凄涼玉殿門」；其二「艮嶽黄河浪，繁臺白日冰」：凄惋出以整麗，彌深感涕。

《金陵憶舊》其一「獨有淮揚一片月，横吹短笛是劉琨」：今竟安在？可爲長歎。其二「鍾陵王氣鬱嵯峨，舊内重經翠輦過」：不必深論，興亡之故了然。⊙「報導甘泉烽火急，吹笳浴馬渡黄河」：追溯往事，輒令新亭之淚重染襟袖。

錢陸燦

爾弢、湘靈，江南常熟人。《圓硯居詩集》。

《借問》「計田之所收，猶未半需索」：可爲痛哭。「昔有此屋廬，買地争寸尺。今因此田税，拆屋基地赤」：今昔時事，不同如此。「君若欲買屋，大第在肘腋。君若欲買田，千畝唾手得」：誰令至此？⊙蠲租之詔時頒，賑荒之使相望，而掊克之吏且以急斂博上考，致江左腴區化爲确土，罪豈在桑、孔下也。湘靈言言實録，豈讓監門之圖。

《學士港》「短棹衝湖合，雙橋對塔分」：秀而貼。

《泰安州曉行》「馬思故豆行猶戀，客倚空裝發不難」：字字真的，與他人盂浪下筆者有異。

《蒙陰縣》「蕞爾一城憂不細，蒼生蟣虱道途傍」：筆力巉刻，結更有餘感。

《宋玉叔坐上與袁籜庵别》「故國無心尋北里，新詞如夢在西樓」：切籜老。⊙「但説吴趨歸去好，煙波桃葉使人愁」：一見荆州，便使人有夢華之感。此詩情文兼至，如聽吴謳。

《金陵柳枝詞》其一「北里燒殘人又嫁，不須風雨也無聊」：令人想鳴珂巷舊事。其二「寄語東風須趲簇，爲儂遮取上樓人」：深情艷想，讀之魂銷。

《白秋海棠和周雲客》其二「自緣零落無顔色，故遣蟲聲訴白頭」：詠物詩正以不着意而佳。二首極有言外之趣。

徐延壽

存永，福建閩縣人。《尺木堂集》。

《溪行》「雨至群山瞑，孤舟繫淺沙。水添侵岸葦，雲重壓溪花」：四句都寫雨景。⊙「雲重壓溪花」：僕在嶺南，有「雲黑一村花」之句，較存永爲何如？

《宿雲隱妙香上人房》「雲藏孤寺迴，北面見高峰」：寫出山形。⊙「僧恐明朝雨，呼歸鉢底龍」：妙處全在起、結。

《康不貪之清流，同舟至延津而别》「逢村多貰酒，醉度九龍川」：老絶。⊙筆意楚楚，結更矯異。

《送唐司李赴梧州》「山果如人面，春來處處花」：不可移動。

《黄田雨泊》「飯熟飽江煙」：「飽」字費功夫。

《觀前旅夜》「枕浪畏舟偏」：舟中實有此景。

《高座寺》「四百南朝寺，何時得盡過」：推開妙。⊙我意亦然。

《南浦與周茂三開士言别》「不盡湯休怨，閩山多夜猿」：人愛其鍊，我賞其老。

《送羅星子之清源，兼寄王勝時》「閩天遊未倦，觸暑更南征。縱是他鄉好，難消久客情」：此等空老處，全學高、岑。

孫　鈊

古喤，浙江嘉善人。《芷庵集》。

《南旺道中》「是山皆魯甸，一水截吴流」：精切。

《送陸季沖之任鬱林》「地近蒼梧常帶雨，天連勾漏半飛雲」：是粤中風景。⊙整麗，自是盛唐一派。

《送王懷人歸漢陽，寄張素先、孟天友》「楚人齊唱白銅鞮」：工爲氣象之言，卻自警逸。

《塞上曲》「黄榆白草連天末，擊得生獐夜半回」：聲情極諧樂府。

張一鵠

友鴻、忍齋，江南華亭人。《滇黔詩》。

《武陵至沅陵雜感》其三「衆峰出重陰」：畫。「感歎撫微躬，鮮力涉高深。自非迫王程，誰復事騣騣」：風調逼古。⊙骨格在子建、公幹之間。

《毛子霞見招再登黄鶴樓》「江出孤峰上，樓開萬井邊」：倒得妙。⊙整朗有新氣。

《過洞庭湖》其一「夏雨添湖闊，湘流動草香」：妙。⊙少陵雄，忍齋秀，各有其勝。其二「身同南去雁，今昔宿平沙，萬里長爲客，征篷何處家」：高脱。

《辰龍關》「二酉抱神龍」：傑句。⊙「興亡千古在，立馬倚長松」：山川奇絶，筆力遂能與之鬭勝。

《偏橋至鎮》「有水可乘筏，其如難渡何？不辭車馬憊，還怯虎狼過」：自是確切，安得以分界堠子議之。

《立秋後過興隆衛，宿玉皇閣》「㵲水日東注，黔山夜早寒」：工於發端。⊙「達生我久矣，逆旅自能安」：蕭條處，偏寫出高興。

《宿太平庵，是日至新添衛》「青山背日寒」：難得。

《到滇》「身坐萬山巔」：荒涼地面，逼出奇思警句。

《小孤山》「衆山環拱一峰青，壁立江心勢杳冥。陰雨怒濤生夜壑，亂松神宇聳孤亭」：現出小孤。⊙可敵子美「天畔群山」一首。

《蘄州》「千里蘭溪邾子國，一聲杜宇緑楊橋」：用事秀極。

《野泊》「愁説關山近衡岳，猿啼夜夜到孤篷」：結處見騷人才子身分。

《頂跕》「更苦蠻歌猶未歇，鷓鴣啼處月將殘」：無限蕭騷。⊙不難其雄猛，難其風秀。

《伏波將軍廟》「至今蠻女舞，猶唱漢鐃歌」：合拍。

《送馮再來赴永昌》「到日莫憑關索寨，武侯營内亂啼鴉」：逼真龍標。

釋行悦

梅谷，江南太倉人。

《村院秋居》「鄉語譯方真」：讀過如身在桃花源。

《重登八境臺》「江雲欲作重陽雨，木葉猶鳴薄暮蟬」：秋風在耳。⊙「四顧愁生瘴嶺煙」：筆意脱盡煙火，似梅公之爲人。

《湘上作》「不信鷓鴣何所見，只言行不得哥哥」：可入棹歌。

《種梅於東皋舊院》「梅花依舊種窗前」：便是高流舉動。

林嗣環

鐵崖，福建晉江人。《燕來詩》。

《古意》「嫁雞逐雞飛，不願鸞鳳友。妾意諒不移，君來當御否」：古極。⊙見守貞秉順之意。如此詩，極有關風教。

《倭漆引》「摩娑劇於十八女，耳邊無數海濤風」：不減昌黎。

《天妃宫》「月明夜半靈風動，無數魚龍詭服朝」：典麗，兼復靈動。

《虎林竹枝詞》其二「鄉親莫怪軒昂甚，新與將軍養馬來」：新事正復如此。

《會稽竹枝詞》其一：「儂看競渡郎看我，又打黄鶯過板橋」；其二「已暖鴛鴦驚草起，郎聲只在板橋西」：鐵崖《竹枝》譜寫風俗，纖俚畢備。僕尤録其極雅馴者。

●鐵崖罷瓊海觀察歸，僑居西湖，自號徹呆子，爲風流人士所宗。其詩多奧異，不可可讀，僕則録其稍近人者。

項玉筍

嵋雪，浙江嘉興人。《懶真堂詩集》。

《嚴灘即事》「飛雲忽淹留，咫尺如面牆。不識去時路，但聞流湯湯」：疑是仙源。⊙山中景，寫得霏微晻靄，妙甚。

《子蓉過荒園小飲》：散朗可懷。

《朱葵石招遊鶴洲，與旅師茶話》「亂流趨渡處，補得小山幽」：幽絶。⊙純是畫意。

《夜泊獨山》「隔嶺歸麋鹿，沿溪響鷓鴣」：好景。⊙「夜情圓月滿，客興獨山孤」：「空翠難强名」〔一〕，以評此詩。

《冬日欒城送魏子還山東》「雪浄諸城路，春歸老樹村」：蒼氣。⊙「前行逢舊雨，煩説向青門」：一氣清折。

《遊臺頭寺，登元相班祝墓》「繁華空逝水，誰與禁攀躋」：説來可感。

《遊小石屋》「路盤飛鳥背」：險而俊。⊙秀倩中有傑句。

〔一〕「空」字原闕，據謝靈運《過白岸亭》補。

《雪夜懷韜光》「雪封窗外虎蹄深」：結得蒼警。⊙「遥憐響澗經殘榻，更惜歆樓著遠岑」：寫景密麗，能用宕筆作轉折，故佳。

范廷瓚

獻重，江南如皋人。《吴吟》、《竹西詠》、《漚莊集》。

《登天平絶頂處》「嶙峋石笏與天齊，絶壁雲開萬象低」：氣象極大。⊙「聞道名園春色好，只今唯見草萋萋」：高亮處絶類滄溟。

《峰頂望雪》「冷侵霜竹僧歸寺，冰合枯崖虎嘯群」：奇崛，不讓空同。⊙摹雪景妙切「峰頂」，遂爾標異。

《經西洞庭》「龍遊荒院依僧住，鳥跡空崖學禹書」：非洞庭不稱此語。⊙「笠澤春風好結廬」：典則行以奥麗，雅符山水。

《二月十四日登銅井，下鷲魚澗，轉銅坑，訪某僧不遇，過烏山嶺，再上馬駕山，雨中復登朝玄閣，宿素庵》「花密不知村外雨，林深莫辨雪中山」：靈境冥濛。⊙「淹留閣夜成孤宿，一榻清幽素夢還」：真景層次寫出。

《二月十九日觀沸珠泉，登竺山，經潭東訪雲中叟不值，繇彈山嶺望西華，過幞山，尋巢居竹深處宿》「未收風雨樹中來」：奇句。「絶壁無僧花亂開」：可想其境。⊙荒寒在目，卻自自引箸著勝。

《二月二十日雨中集華嚴閣遠眺，冒雨過雙松，移舟妙風庵》「水村香發鳥飛前」：筆有幽芬之氣。

《二月二十二日登舟還靈巖，繇西湖過虎山橋，經光福，望蓮華峰，沿[illegible]村至木瀆》「忽逢山斷見花開」：真景。⊙「遥峰影墮村村雪，曲塢香含樹樹梅」：筆致空濛，如逢花霧。

《雪中鄧孝威見過，小飲六鶴齋，留贈一章，次韻奉答》「談深殘月過林梢」：險韻詩以自然爲佳，獻重更饒名句，良不易得。

《維揚懷古》「廿四橋邊拚取醉，當壚莫惜酒如泉」：風神秀令，是過江人物。

《平山堂》「遥峰天際堪招隱，暮雨寒汀幾緑蓑」：音調輕揚，如因風柳絮。

《上方寺》「寺聽梁朝樹裏鐘」：禪智山光，令人發墓田之想。讀此詩，正迷離不能自主也。

《無題》「舊遊門巷經過少，故國丘壑音問疏」：想見典釵賣珠一時情事。⊙風緒遥深，讀之開人懷抱。

《春日訪吴蕊仙，次繡霞堂原韻》「相逢恰在題詩處，落紅無限空歸去」：極合。⊙蕊仙詩畫冠絶江南，近入空門，矢志冰雪，乃與小范老子相酬贈於花林竹塢間，可稱盛事。

《詠懷古跡》其一「誰慰六朝魂，悲風作寒雨」：此絶可以招魂復起。其二「相唤採茱萸，客中逢九日」：極古。

《蕪城竹枝詞》其一「廿四橋邊新月冷，簫聲何似廢宮秋」：鮑溶敵手。其二「酒闌共入荷花去，癡殺堤邊遊冶兒」：情景迷離。⊙維揚十萬金錢，俱從畫船簫鼓中費盡，秦淮、白堤所未有也。其三：風流獨絶。其四「邗江九日客思家」：意極淵永。◎四絶情文兼擅，當編入水調，令女郎歌之。

●獻重廣陵人而家世東吴，所著《吴吟》及《竹西詠》極爲藝林傳寫。予特拔其尤者，爲拙選增重。要獻重古心雅道不讓前賢，而跌宕風騷尤爲獨絶，固吾黨所共矜式也。

李如泌

鄰臣、廉水，四川井研人。《貽仙集》。

《雨夜黔友李功甫招飲》「夜寒知累酒，雨細更愁陰」：氣味沉摯。

《自含城之清溪，赴賈伊任招》「水國漁歌静，柴門犬吠低」：極肖摩詰。

《喜李二宋至》「正從寥落處，何意得君來」：廓然。⊙兩首起句絶佳〔一〕，詩亦卓然大雅。

《病中答龔升璐》「作客鬢眉短，思家夢寐全」：深老。

《去矣長安道》「故人非不問，車馬畏聯翩」：怨憤語，仍自忠厚。

《題不波船》「十年風浪後，忽到不波船」：起得遠。⊙得起二句，下一筆掃去。

《鄉夢》「萬里魚書無計得，千群犀甲幾時休」：與少陵「步月」、「看雲」同一慘戚。

《客廬州地藏臺》「香臺雲滿神龍小，畫角風高烏鵲哀」：傑甚。⊙「最是解人有僮僕，淒涼時勸

〔一〕「兩首」指《留别鄭鞠思司馬暨升璐龔子由肥鄉之燕》與此首，前首起句爲「不知天地内，何事别離多」。

客中杯」：奇語從天而下。

《酬會稽羅弘載》「醉客難憑貰酒裘」：翻得好。⊙「遇有故人同總角，好攜新月共登樓」：字字真篤。

馮愷章

潔士，浙江慈溪人。《寧澹齋草》。

《秋日遊仙姑洞》「瑶宮仙子駐雲蹕，跨鳳一聲雙崖裂。裂石翻空驚隕星，欲墜不墜不可拾」：筆可破石。

饒宇朴

蔚宗，江西進賢人。《寸草軒詩》。

《漢口夜泊》「江空細浪作秋聲」：讀罷覺秋聲滿紙。

顏堯揆

紫崖，福建晉江人。

《贈夏鹵均，即送其南還》其一「一亭花竹頻貪睡，酷愛交歡寂寞人」：寫出名士風流。其二「蘼蕪冷落金臺客，忍上空亭憶子猷」：秀甚。

王　巖

平格、築夫，陝西長安人。

《送雷伯籲之鹽場》「人煙依海市，沙鳥渡潮聲」：清警。

《慰僕》「急雪打征袍」：好。⊙「天地存吾輩，艱難賴爾曹」：深穩。

羊璘 長玉，河南汝陽人。

《王粲宅》「誰憐詞賦客，掩淚去西秦」：風調高古。

李士端 無頗、慕庵，河南汝陽人。

《昌黎淮西碑》「論功推介胄，建議首鹽梅」：此詩足定淮西之案。

錢霍 去病，浙江上虞人。

《土城山》「春色不隨流水盡，暮山猶見彩雲飛」：與「石上青苔想殺人」同一情癡。

汪鶴孫 雯遠、梅坡，浙江錢塘人。《春星堂近詠》。

《秋感》「銜杯愁不斷，看劍老相催」：蒼樸。

《贈濟南劉石叟》「俠骨昔曾同趙勝，壯心今豈老馮唐」：巉巖見骨，有獨立塵表意。

《雨後偕李寅谷遊家孟雲倬園亭觀梅》「卻悔從前我未看」：濤雋，兼有老氣。

《哭東嶽酒家許大》「綠楊芳草東山路，不忍騎驢醉老春」：韻甚。

《題毛馳黃平遠樓詞》「秋光染就東籬色，細雨微風亦斷魂」：温膩。

《友人園亭聽吴伶蔣叔韜度曲曲爲洪昉思新製》「吴伶亦解陽春調，數問誰家製曲人」：留地步，極有詩情。

江運昌 如胥，江南通州人。《三餘堂詩草》。

《登焦山》「金鰲連臂指，鐵甕控咽喉」：神力頓王，確是焦山好詩。

《夜聽江濤》「乾坤竟夕勞」：妙甚。⊙詩忌平熟，此首喜其新辣。

《詠松》其一「天地至今留太古，巖阿盡日鬱朝暾」：以作松贊極當。⊙詩有元氣。其二「六朝樹記前人事，萬古風號正氣歌」：鬱然深秀。

秦定遠 以御，江南泰州人。《快雪居詩草》。

《甘羅城遠眺》「南連淮水通清口，北枕黄河湧濁流」：地勢歷歷。⊙穩秀。

席居中 允叔，遼東錦州人。

《雨夜感懷》「夜静覺寒重」：幽細。⊙如東野詩，讀之使人不歡。

《文選樓》「六朝事業悲流水，千古文章憶舊臺」：亦見得文士有權。⊙十分推重維摩，詩人特見。

《茱萸灣》「淡黄堤上柳，凋盡舊時顔」：風韻不减。

《隋堤柳》「翠色爲誰好，從無錦纜牽」：憑吊緬然。

《偶成》：畫意。

釋行潤

王田、濮崖，四川合州人。

《燈下讀湛然和尚思鄉詩有感》「但聞風鶴東西亂，不見鴻魚上下傳」：一氣頓生。⊙雖復出世，人當離亂後，能無故鄉骨肉之感？此便是真佛子。

周在浚

雪客，河南祥符人，家金陵。《藏密菴》、《秋水軒》二稿。

《宿山中小閣》：難其静老。

《山溪道上》「煙雲礙馬蹄」：警。⊙「潺湲聲不斷，處處是清溪」：蒼中帶韻。

《病起檗子過慰》「鄉音認建康」：老。

《將歸青齊，先送雲巖兄返大梁》「太行南接黄河岸，一片帆歸古汴州」：起得岸然。⊙「洪濤又説決商丘」：地勢情事，無不備寫，一結尤爲精健。

《秋懷》「誰向郊原埋戰骨，謾言功業盡將軍」：大有關係，詩氣亦沉厚。

●雪客賦才既高，夙秉家教，而又經歷艱險，故其詩往往造微而入變。拙選所登，未足盡雪客之萬一也。

朱文心

瑂龍、拙庵，江南通州籍，吴縣人。《燕臺》、《鳳嘯軒》、《惺園》諸集。

《詠懷》其一「所以君子心，廩焉自結束」；其二「攬鏡念平生，浩歎將如何」：妙在不盡，此謂古詩。

《江南曲》「繁華莫唱江南曲，吴宫春草年年緑」：結處情味有餘，風調益覺遒上。

《匡廬山人歌，送胡二柳孝廉歸江西》「青山亦不摧，流水亦不絶。謝公行處空雲煙，東林舊跡莓苔滅」：音節入古。「廬陵胡生才且雄，匣中寶劍雙飛龍。拂衣欲出人間世，走卧匡廬第一峰」：入題合法。「上書北闕不待報，笈卧胡姬舊酒樓」：風韻半天。⊙極似青蓮，以其有豪宕秀逸之氣。

《涿州先主祠》「黄帝戰蚩尤，刀兵始此州。英風銷不盡，宗子起重收」：起得巍峨，有横睨千秋之氣。

《金陵江口夜泊》「千帆半夜聲」：妙。⊙極是現成，卻風情韶令，墨氣浮動紙上。

《雲臺山天慶觀，和李小有》「星斗巖前接，藤蘿杖底分」：高調。

《雨中舟行》「天闊雨冥冥，孤帆過驛亭」：筆力極似杜公。

《九日陳户部邀登黄樓夜飲》「風露嚴城欲暮秋，重開燈火上黄樓」：此等起法，似平穩而極超異。⊙滄溟的派。

《贈鄧孝威》「好將燕趙悲歌語，還與羊欣寫練裙」：筆墨騰踔。

《青縣夜泊》「樽前初對滄州酒，有客重爲北地遊。風起驚濤在空樹，夜深涼月入虛舟」：不衫不履，最爲異人。⊙氣暢而音和，正自標勝。

《里居送黄仙裳北上》「別酒初醒見柳條」：佳絶。⊙「可惜河梁分手地，桃花潭水碧迢迢」：風韻在嘉州、東川之間。

《環翠亭》：寫「環翠」二字盡致。

《送揚州翁郡丞之任桂林》「七十二峰青未了，刺桐花裏試鳴琴」：風流不減。

《題忠順夫人畫像》「笑殺白登傀儡戲，北庭原自有紅顔」：形容耀艷，結語以諧而妙。

《送熊鍾陵學士請告南旋》「歸到潯陽江口望，應憐秋色故園多」：妙在不著而令人想。

《山行》其一「洞口仙人何處去，青山如畫鳥空啼」；其二「一帶寒煙暮雨西」：二首韻極。

《送李素臣、許葭水歸里》「偶然乘興君應爾，益復無聊我奈何」：起處以晉人語入詩，固妙。

《離筵贈歌伎》「明朝易水燕臺曲，怕聽陽關第四聲」：浸淫於唐人之境。

《送王鍊師入關中》「茂陵松柏今零落，好訪蘭巖衛叔卿」：典麗而有思路。

慎墨堂詩話卷八〔一〕

計　東

甫草，江南吴江人。《名家英華》。

《朝歌道中早行遇雨》「主人起留賓，牽袂請少住。我懷嗟孔棘，去去勿復顧」：行路光景，寫得曲盡，詩亦逼真老杜。

《登白雪樓有懷滄溟，兼憶王、謝、宗、徐、梁、吴諸公》「只因不肯附分宜，一一風塵麾出守。文筆偏工拙宦人，富貴誰能争不朽」：中段爲文人吐氣，足令權貴失色。

《别徐恭士長歌》「我生遂作饑驅者，十年兩客平臺下」：劃然長嘯。⊙僕駐梁園三日，即驅車入汝南，竟未及見恭士。讀甫草是篇，令我想見平原氣誼，恨當時不披帷索晤，坐失此良友也。

《歌贈彭中郎禹峰先生次子》「君家著作不可當，中丞篇翰多光芒。生男接武頗老蒼，蹋歌飲酒尚書堂。五陵年少莫相笑，中原好避彭中郎」：僕欲一見中郎之面。⊙傲悍似少陵《贈顔少府》

〔一〕此卷輯自《詩觀》初集卷八，原署「東吴鄧漢儀孝威評選／同學冒　襄辟疆參閲」。

短歌。

《湯陰道中絶句》其一「最恨彈琴東市日，錯將六尺寄山公」：中散地下，應服此語。

《感舊口號贈史三兄》：每讀子美《哭嚴僕射》及《贈蕭使君》之作，生殁之感爲之泫然。今讀甫草是詩，知己之誼形於楮墨，固西臺一痛於此再見耶。

《沈繹堂憲副招同諸公宴集》：别有懷抱。

曾畹 楚田、庭聞，陝西寧夏籍，寧都人。

《瓜洲遇雪》「欲濟誠何事，羈愁昧死生」、「可憐飄蕩子，昨夜醉蕪城」：時地必不肯輕易放過，全詩首尾俱擊應。

《晴川閣》「湖南征戰苦，到處有塵埃」：精力勁悍，能開萬石之弓。

《武昌南樓吊古》「落日池塘裏，深宫駟鐵聲」：極其刻鍊。

《赤壁阻兵》「晉魏留孤壘，江風日暮吹」：行路荒荒，寫盡風色。

《沌口》「如何兵革阻，復見沔陽秋」：極合。⊙「輕生貧賤慣，不是羡封侯」：氣格雄健，力敵萬人。

《同劉石生曉發櫟陽》「雕跕萬年縣，雨衝東渭橋」：鍊字極佳。

《新豐》「春風三户亂，獵火萬家深。雞犬猶思沛，淒涼漢闕心」：全詩氣力甚猛。

《出青門一日渡涇渭》「到眼春風過，關河渡未休。九州從時起，八水自天流」：典實，行以疏秀之氣。

《費丘關早行》「馬首分殘夢，千山拂面來」：造語能與山水之性相符合。

《劉壩》「烏龍江欲出，劉壩即聞波」：筆鋒觸人。⊙筆有洶洶崩屋之勢。

《麻平寺逢友人楚至》「空山留一寺，下馬忽逢君」：發端最老。

《雞頭關》「燒荒熊出壩，樹密虎搏人」：颯颯可畏。

《五狼溝》「嵐風埋宿莽，石磴瀉飛泉」：「埋」字更妙。

《漢中寄懷唐采臣》其一「亦羨諸侯邸，金貂重客卿。無心工草檄，終日苦移兵」：庭聞此時客平西藩幕也。其二「亂後重相見，途窮信累君。猶憐江左淚，化作隴西雲」：窮途語，卻自骯髒磊落，固是襟懷不凡。

《漢渠望長城》「頹垣山氣直，盛暑塞雲多」：能曲寫塞上風土，語必深刻。

《喜入大孤》「所親能劇飲，吾弟有園蔬」：久客還鄉，寫出驚喜情況。

《黄竹嶺》「處處燒田棧，春光黯不開」：景真語險，固是才思勃鬱。

《折灘》「輕生且醉眠，失記下山巔。船自峰頭落，人從浪裏穿」：奇拔至此，卻是題所應有。

⊙「回首龍巖上，千川與萬川」：讀去如聞雷霆之鬬。

《午日金山園雜興》：詩料先好，佐以快筆，佳絶。

《鳴沙洲》「不見黄河春氣動，卻從沙磧辨陰晴」：非親歷，誰能寫出？

《塞上清明集高臺寺》「忽出東門回首望，赫連勃勃有孤城」：起極老健。

《唐采臣度支同劉孝吾總戎出訪賀蘭草堂》：四詩寫西塞風俗，極爲伉涼深壯，有金戈鐵馬之聲。

曾傳燦 青藜，江西寧都人。

《將立夏戒僕子亟治所田》「安坐出謀慮，紛紜計已忒」：庭聞匹馬邊塞，有磨盾橫槊之風；青藜則躬耕讀書，襟期高邈。其見於詠歌，固自各别。

《歲暮武林别葉子九往京口》「布帆從此去，江水正蒼然」：清迥如聞寒笛。

魏學渠 子存，浙江嘉善人。

《春日雜詩》其二「桃李遍郊原，所思在香草。豈不樂芳菲，銷歇難自保。采采擷蘭芝，貽予平生好」：浴芳擷秀，有高睇遐攬之概。

《贈葉聖野》：慷慨有餘哀。

《吴山晚眺》「寺廢留紅葉，溪寒遲白雲」：輕俊。⊙絶似馬戴。

《松陵道中》「千帆擁樹來」：畫。⊙「微風拂岸草，細雨濕江梅」：領聯佳處難言。

《禹陵》「虎嘯秋林穿石紐，龍吟夜雨失梅梁」：自然清麗。⊙「玉帛塗山千載後，至今宛委鬱相望」：典雅流逸，與顧庵、桐音可稱鼎足。

《千人石》：可入《竹枝》。

《尋真娘墓不得》：輕倩處極爲合唐。

張新標

鞠存，江南山陽人。《淮山詩選》。

《嶧山湖》「魚鄉網作田，水驛舟爲宅」：水鄉實録。⊙得謝之菁英而別有杼軸。

《派夫行》「吁嗟欲訴口如塞」：形容盡情。「官長猶遭怒罵威，小民血肉豈堪惜」：極是。「歸來宿逋今償得，他日攤夫再向人」：民心是此輩。

《牧馬行》「傳云奉文駐牧者」：有辭。「況復稻肥馬不食，踐踏盡委泥沙側」：更爲可惜。「前軍聞已渡河梁，後軍仍有十日住」：奈何。「征租虎吏溪邊立」：復有此事。⊙民間疾苦，説得極痛快、極纖細。鞠存固今日之賈長沙、汲長孺。

《倒座崖》「有山皆拱北，無水不通潮」：按定。

《舟曉》「河流警夙夢，棹影撥殘星」：不嫌於涉晚唐，是其身分處。

《憫忠寺懷古》「青燐白骨還祠廟，斷塔殘碑自曉昏」：是憫忠寺詩，移用不得。

《分水龍王廟》「汶泗百灘争二水，繹蒙千疊導諸泉」：《水經注》。⊙昔人詩妙處，不過一「切」

耳。此詩字字切，所以爲佳。

《初登雲臺山》「人從層阪穿雲窟，僧向崩崖種石田」：空同有此深創。⊙「巖前衆壑護龍眠」：眼光筆力，高踞群流。

宫偉鏐

紫陽、組弦，江南泰州人。《采山外紀》、《前入燕詩》。

《有懷陳太僕》「我欲攜牛腰，丹黄聊與存。浮雲蒼狗幻，威鳳青冥騫。立功會有時，潛確道彌尊」：氣味逼古。

《褉日讌集春雨草堂，和田雪龕州牧》「每怪古人好飲酒，歲月銷磨十八九。一從解帶憩山阿，劉伶數子真吾友」：層次頓挫，皆中法度。

《八寶宿李氏園亭》：蒼翠如滴。

《響山詩》「大都車馬少，應爲竹松多」：疏脱，有意藴。

《褉日西園，次劉雲麓使君韻》「客逢佳樹合」：幽倩。

《園居，和沈林公韻》：氣力甚完。

《龔芝麓前輩招飲水閣》「千秋抗疏嚴檮杌，一夜吹簫泣杜鵑」：是洄水知己語。

《春客長干，王元倬招集陳階六寓園，時寇姬白門在座》「才非救世官多誤，客有閒愁吟未安」：深識語，非捉鼻人所知。

《題姑山草堂》「可有餘春留勝地，卻教斯世署遺民」：問得妙。

《白門偕諸公齋話述懷》「朱門漫引蓬蒿侶，側耳鳴雞悄自憐」：「人言愁，我亦欲愁」。⊙貌不瘁而神傷，讀之情動。

《燕地述感八首》其一「浮雲不辨夕陽紅」：全首高涼。其二「畫橋宛轉扁舟入，平楚蒼茫小閣低」：是草堂一幅圖畫。其三「寂寞軟塵懷故國，自從桑海歎蒼茫」：悟得。其四「卻憶明年花放日，小園沽酒荷春鋤」：正復傲人。其五「當年間道此南征，中夜聞雞到舊京」：叙述蒼老。「黃金裘馬青雲色，白首漁樵落日情」：是南渡情事。⊙是足色杜公。其六「紅樹驛亭羈婦夢，紫微華省吏人行」：比興騷蕭。其七「少婦凝妝嚲翠鬟，封侯消息望燕山。玉樓人去腸空斷，銅柱銘成鬢已斑」：熱血壯懷，轉藉柔腸寫出，騷人之遺也。其八「捉鼻自歸名下士，絕裾猶是昔年人」：氣憤而語平，風人本色。◎喪亂之餘，薄遊京洛，情固有難於言者。紫陽諸首悱惻牢騷，固張衡、王粲之遺旨也。

《午晴舸放》「船行未改岸還往，波去不離舟但前」：細曲，能盡舟行之情。

《宿靜海南五十里》「側聽既恐纜忽斷，驚棲還慮盜頻煩」：律中帶古，卻寫得情事曲盡。

朱鳳台

慎人，江南靖江人。《退思堂集》。

《編里書懷》「邑小易衰困，不任嚴征徭」：竟是一首《舂陵行》。「未能免征索，聊復布恩膏。生聚縱難言，庶幾免奔逃」：平心説去，愈見豈弟。⊙語語真篤，是能不負心以負國家者，蒼生拜厥賜矣。

《龍泉關道中》其一「馬從峰頂渡，人自渚中來」：眼前有景。⊙「水脈通千谷，山形接五臺」：格穩語鍊。其二「小試豺狼窟，平翻雷電宫」：此首更爲雄渾。

《秋夜范公序兄弟話別》「不忍盡杯酒，相依此夜闌」：情深在此一句。

《送友人》「數日畏言别，征車已及門。視君席上起，餘我案頭樽」：一氣抒寫，情文兼至。

《謝開父老》「傳聞財愈困，況復道多兵」：款款絮語，具從肝膈流出。

《温北社山行》「車馬遠依山樹小」：寫景絶静。

《茨溝營》「旗翻風月驚飛雁，角散霜天嘯曉猿」：聲彩壯麗，幾欲壓倒七子。⊙「當日勝遊殊自壯，書生争似挾雙鞬」：二詩皆調開陽時，追憶阜平風土之作，結處甚有照管。

張綱孫

祖望，浙江錢塘人。《西陵二子詩集》。

《春日李東琪訪予孤山草堂》「遥望青松間，落日蔽層阿」：如此竟住，佳絶遠絶。⊙蕭然數筆，正自澹遠。

《遊石屋山》「曲嶂翠如複」：畫。⊙「惜無山阿人，託體瞑雲宿」：泠然以清，復極蒼蔚。總之託體至潔，故無近采。

《從村中暫返城居西園》「歎息全盛時，華燭秉庭隅」：不堪回首。⊙「嘉客起倚瑟，美人亦呼盧。惜哉今夜月，零露長春梧」：後段感歎，何殊雍門之奏。

《廢園郎季千、沈去矜夜坐》「微月向荆扉，古樹流螢白。涼風吹懷抱，雜坐感今夕」：寫出荒廢。⊙選音而發，無不矜妍。

《漁家女兒行》「裙短不惜露雙腳，自起撑篙復摇櫓」；「手提竹籃過橋去，籬邊且摘野棠花」：楚楚有趣。

《秋夜舟中》「湖蟹聚沙明」：做。

《積雨》「魚蝦春水腥」：佳句。⊙「那知篷户外，山色盡冥冥」：「積」字寫得盡致。

《登天門寺》「百丈天門寺，千盤竹徑幽。危松高並檻，仄石墮依樓」：四語摹寫高險略盡。⊙處處狀其危峻，便不寬泛。

《懷項子釗唐山》「乳虎銜人離石窟，哀猿引子挂春蘿」：刻意描寫。

《懷祖明薊門》「燕地雪深能走馬，薊門春老未聞鶯」：頸聯能盡燕中之景，詩亦圓足。

《春日吴門偶飲聞警》「吴門春酒百花飛」：音調壯涼，中多含藴。

《送吴興公之北》「親老暫辭成痛哭，看君雙淚滴春泥」：波瀾獨老，結句令人腸斷。

《春日同祖静舟過爛溪有感》「波回風急大魚鳴，曲浦平沙煙霧生」：起得雄壯。

《過智果寺》「殿塌雉飛華棟裏，樓高人出翠微間」：極力摹寫。⊙鍊字鍊格，俱極精密。

《賒酒》「月上猶未歸，扁舟纜何處」：王、裴佳處。

《哭幼青伯河渚》「昔日知交誰問棹，秦亭來去有浮雲」：大是傷心。

《出塞曲》「不知何處春風轉，四月遼陽青草生」：旗亭雙鬟能歌此否。

張賁孫

祖明，浙江錢塘人。《西陵二子詩集》。

《同閩中王伯咨遊歷吼山曹溪洞》「亭亭似晴雲，風吹晝不捲」：遊山詩自當宗法康樂，似此鑿翠流丹，一往深蔚，知寢食於謝集者。

《曉發富春江》「徑仄緑篠媚，巖峭白雲宿」：神似康樂。「達理苦不全，時危恥干禄」：俱本康樂意。⊙昔在嚴灘，歎其山水奇麗，耳目頓換。讀祖明作，遂覺赤亭形勝，如在目前。

《宿吴震蕩村》「貧家無女男紡績」、「殺雞尚祭土神祠」：短章殊峭，摹寫荒俗亦在王建、張籍之間。

《過臨平晚步安隱寺，轉過西州庵》「蒼鼠巡簷竄，黄狐夾道鳴」：荒寒如見。「樹杪看山平」：真。⊙字字着意。

《登懷州高臺寺藏經樓》：妙有典實，不然他處移得去矣。

《過孤山廢莊》「興廢何年事，荒園此獨存」：便有遠想。「無牆不閉門」：可感。

《送吴次公之河北訪輿公》「天邊一騎繞孤城」：意壯。⊙從少陵《送韓十四江東省覲》詩脱出。

《過盱眙縣第一山》「千秋石馬田間出，夜半嘶風客底聞」：悲風颯颯，飄屋墮瓦。

《秋日過河懷古》：西陵詩氣格極大，只意少耳。此作壯而有意，故佳。

《登雲龍山憩黄茅岡》「龍成雲氣人安在，鶴老山空水自清」：悲歌慷慨。⊙詩以氣勝，故頓宕如意。

鄭　重

山公，福建建安人。《霞園草》。

《丁未五月大江以北飛蝗蔽天，獨不至靖，賦以誌喜》「昨夜征符下，兵餉如火亟。念此孑遺黎，攢眉徒逼仄」：《石壕》、《春陵》有此淒激。⊙不以蝗退爲喜，而以民窮爲慮。此等心腸，即與陽道州、元次山何分今古。

《登孤山》「四面異其形，陰晴生突兀」：畫出真形。⊙「遥望海門潮，驚濤出龍窟。蒼茫隱翠微，置身在雲闕」：眼界極曠，思路極細，故山水間套語淘洗殆盡。

《遊南山禪房》「自覺塵緣浄，幽尋入梵宫」：悠然冷雋。

《燕邸留別黄開平、謝箇生》「離愁生夜雨」：「生」字妙。⊙清籟入雲。

《秋夜宿南山白足軒》「月微兼冷露，香燼又殘鐘」：筆墨閒静，如對深山道流。

《別覺和尚》「眼空忘世易，情至別山難」：亦是高人宿習。⊙每有沉思獨往處，爲時賢尋味所未到。

《雪晴》「沙暖蒼煙薄，花明翠靄深」：氣力完渾。

《送謝傅公之新安和韻》「何事堪除俗，離家萬念輕」：淺人不解。

《舟次姑蘇，贈别謝傅公之粤西》其一「樂道風波静，守愚夢寐安」：一詩具見本領，不僅作尋常折柳語。其二「千金此一夕，痛飲且狂歌。方惜關河别，其如天末何」：情致嫋嫋。

《再登鐵獅峰遇雨限韻》「風生巖壑迎新瀑，雲護松篁起暮煙」：氣岸極大，而實静細。

《立秋日别鄧子方》「滿天月好人方去，一葉秋飛感自生」：真澹之極，故寧爲中唐，而不屑優孟初、盛。

《秋杪途中懷弟識如》「計程何日相歡聚，臘月梅花雪裏看」：情意藹然，何殊子瞻竹牀對話時。

《聞雁思歸》「萬里關山何處是，一泓清水暮雲平」：結得遠甚。

《秋閨》「倦掠雲鬟空悵望，誰傳心事入秋聲」：有「天寒翠袖」之致。

袁　元

北海，江南天長人。《忞庵草》。

《贈李較書》「只許鏡分身」：雖作艷詩而氣韻自老，從李太白《宫中行樂詞》得來。

《落花》「空聞金縷抛紅豆，妙選香塵葬緑珠」：温、李佳境。

《丁丑道出寧陽望岱》「禮先四嶽光堯典，秩視三公重禹封」：典雅莊重，一洗纖佻之習。

《雪中發琉璃河》「鐵槊千秋遺浩氣，虹橋一道枕寒溪」：聲中宫商，斯爲正始之響。

《白松》「素女勻霜裁静練，玉龍銜璧灑長風」：妙有姿度，不僅粉黛之工。

《柳枝詞》「便是芳心也相似，笑舒青眼待檀郎」：旖旎，得温、韋之遺。

《惜春》「滿地落紅飛燕子，隔簾人唱鷓鴣詞」：此境正復動人怊悵。

宋之繩

其武，柴雪，江南溧陽人。

《東湖雪鴻庵晚望》「澄湖遠浸數峰寒」：畫出東湖。⊙柴雪詩平淡中饒有静氣，正得之韋、陶，淺人以爲皮、陸耳。

《贈報國寺僧觀止》「雙松庭院應如昔，江外人今已白頭」：輒唤奈何。

鄭日奎

次公，静庵，江西貴溪人。《静庵》、《虎阜》諸集。

《劍池》「老樹莽回合，日月半蔽虧」。虚壁陰風寒，到潭雲影遲」：身歷幾忽之，讀此詩覺陰幽在目。「敬防雷雨時」：奇想。⊙今人遊虎丘，但作風麗語耳。如此巉刻奇峭，得未曾有。

《一線天》「兩崖勢欲合，萬象全幽昧」：形容得出。「躑躅有餘礙」：妙。「静覺雷雨蓄，幽疑鬼神會」：奇情森露。⊙與子美《萬丈潭》諸詩真足匹敵。

《中航渡》「嚴城譙鼓動，行路人已稀」：一路寫來不忙。「灘聲亂人語，不知舟暗移」：神到。⊙唐人五古，其快妙之句往往出漢魏上，雖風格稍遜，而佳處正堪作十日想也。静庵此篇，當屬王、岑得意之作。

盧紘

澹巖，湖廣蘄州人。

《少白湖》「逢人頻問南來信，江上鱸魚尚有無」：穩。

《粤西秋興》「潭影紛摇榕樹色，蠻天毒飽桂花風」：奇思異彩。⊙確是嶺外風景，寫得瓌艷。

胡在恪

念蒿，湖廣江陵人。《梁宋遊草》。

《早發舒州，有懷郭大令》「舒州城外水交流，坐擁寒沙憶舊遊。遠霧自迷千里色，驚飈空送一天秋」：風格在錢、劉之間。

《寄弟》「可容畢卓一生興，更作平原十日遊」：流逸。⊙「雁字空書汝水頭」：一字染真，萬劫不壞。此詩妙處，只是一真字。

錢光繡

聖月、蟄庵，浙江鄞縣人。《歸來閣集》。

《范蠡湖》「嗟嗟少伯如可起，應悔當年失策矣。治思閒情一往深，倚棹徘徊夜如水」：婁敬輩未必不祖少伯。⊙應令少伯短氣。

《巖臺寺》「門掩隔溪藤」：畫。

《金閶舟中》「震澤千溪入，吴淞一氣涵」：移不得。

《送董巽子》「君忍忘將母，予憂失課兒」：真處可爲墮淚。

《田家》其一「收得木棉三百本，兒童不飽也教温」，其二「日暮牛羊收拾早，昨宵虎跡大於盆」：詮次風土，奇情溢出。

《虎丘中秋竹枝詞》其一「岕茶惠酒饒清味，添賣金絲石馬煙」：《風俗譜》。其二「蹴鞠乍完還陸博，不知明日斷朝炊」：是吴人情性。

嚴　熊

武伯，江南常熟人。

《曉景》「驚夢叱驢聲」、《午景》「馬倦急投槽」、《暮景》：牧翁論詩謂：「縱有佳句，軼越情事，題所不受。」三詩寫長途風景，字字真切，知武伯之稟承師訓有素也。

吴　綺

薗次，豐南，江南江都人。《亭皋集》。

《客秣陵送鄧孝威之壽春》「嗟哉沿江屯，衣帶亦成阻。我去苦未能，新寒薄絺紵。離魂難奮飛，翻爲悔歡聚」：爾時葉落青溪，一樽話别，正自蕭摵，不能爲懷。今讀此，忽忽發我十年之夢也。

《青山行懷古》「推篷指問黄頭郎，云是將軍神道處」：點眼。「一朝失計在移軍，清風小用臨江嘯」：史識。「可憐魄染胭脂血，蒲首歸來事難説。幾年墓木拱白楊，夜夜猶然叫鵾鴂」：錯落離奇，幾於秋墳鬼唱。⊙「至今白骨滿蒼山，折戟猶存戰血斑。豎子無成悲廣武，詞人多恨哭江南」；「吾徒意氣豈能灰，當時所用違其才。夕陽下山黄葉雨，江風颯颯魂歸來」：一代興亡掌故，備於斯篇，而憑吊處仍不失之亢激，真必傳之作。

《送唐髯孫赴粤幕》「飄零巷北連茅屋，細雨空堂夜燈緑。幽憤難教鸜鵒知，途窮卻向銅駝哭」：寫出長安一時客況。⊙紀律精嚴，不獨詞章之瑰麗。○髯孫高才絶藝，江左共推。僕與把酒泣别桃榔亭，後竟奄逝，覽此能無泫然？

《送人歸里》「關塞雪初盡，大河春水生」：高調入雲。

《送徐碩林歸彭城》：秀氣滿楮。

《夜宿西湖》「花氣六橋煙」：風韻撩人。

《歸雲庵同愚山、阮懷諸子》「亂峰争落日，一徑入深秋」：真景。

《江上訪新亭舊跡》「南渡群賢酒一觴」、「今古難堪幾夕陽」：晚唐佳處。

《卧佛寺》：荒廢在目。

《和王阮亭訪大明寺》「潞河南望隔江烟，七歲清明冷石泉。何處樓臺留梵劫，有人詞賦倚吴天」：得遥和意，而筆墨娟静可愛。

《沈常山看宋時三桂》「西湖風月誰爲主，南宋山川獨此花」：老氣無敵。

《丁未二月過雉城，遊罨畫溪，登含清閣》「千峰齊向雪中青」：名句。⊙菌次最愛劉滄詩，此作固堪髣髴。

《文君》、《明妃》：二詩意興俱到。

《見人扇頭是友沂絶句，愴然和之》其一「教人腸斷刺桐花」，其二「曾向章臺拂柳花」：人琴之感，讀此正復淒然。

《友人納姬，戲爲催妝，姬汪姓，南人也》「桃花潭水兒家住，只問郎情深不深」：雅。

《題畫》「漁郎醉卧蘆花裏，笑指魚龍觸浪行」：其音鏗鼻。

《過友人齋頭看竹》「鄰家莫把王猷擬，看竹還應爲主人」：翻得妙。

史大成

及超、立庵，浙江鄞縣人。

《登北固望焦山》「登臨近作防邊地，瘗鶴何人問水中」：作泛泛登臨語，易耳。立庵獨切近事，是其高人一層處。

《和洪暉吉元夜微月觀軍中煙火之作》「倘是天心示太平，沉沉雨後放新晴」：起甚突兀。「還愁風鶴人驚慣，誤看東方燧火明」：四明苦兵革久矣。⊙從歡場説入時事，知立庵非草草命筆者。

嚴胤肇

修人，浙江歸安人。《宜雅堂集》。

《南澗喜霽，同徐子山行作》「空山草木静，至性固莫奪」：筆墨簡静，詩如其人。

《潤州城外觀燈作》「更深夜寒帆欲開，十里風濤送江色」：鋪陳妙麗，而以感慨作收，章法絶老。

《登金山》「江聲連楚蜀，山色變春秋」：自是金山好詩。

《登桐君山》「青天雨色來朝霧，白晝雷聲上午潮」：修人詩多以清遠爲勝，此則壯思傑出。

《遊壽山寺贈開上人》「齊天瀑布呼龍下，匝地松陰放鶴還」：聲光忽異。⊙響高力厚。

《泊富春驛》「七里灘聲到客船」：自然。⊙劉隨州何以過此。

《菰城懷古》「斜日半篙流水碧，更無黄歇子孫耕」：令人悄然。

《楚宫》「酒酣燭至冠纓絶，莫道君王重細腰」：添出一番佳話。

《秋閨》「階前玉露微茫色，飛作關山一夜霜」：何處更容擬議。

陳允衡

伯璣，江西建昌人。《愛琴館集》。

《止宿楊大文新居》「觴酌不在多，清言永兹夕」：風味悠然。⊙澹雋，似韋蘇州。

《遊響山訪梅杓司不值》「草樹依城轉」：真。⊙「松風生夜色，人語雜溪聲」：宛然襄陽。

《廿七夜抵寓舍》「把火喜人歸」：真景。

《和黄州王補庵惜别》「美人心遠獨吹簫」：風神獨絶。

《東湖湖上亭巋然獨存，安公能言圍城中事，索題一詩》「休談白骨動驚魂」：是亂離後語。

《黎先生草草廬中酬别喻寧孺、劉開生、熊正秋》「霜壓樽前儘夜閒」：做。⊙生新可愛。

李文純

一之、戒庵，浙江鄞縣人。《耕石近業》。

《月夜》「月情依水滿，霜氣戀林深」：清迥而氣力獨完。

《求村》「雨過虎留跡，煙生牛辨村」：戒庵喜作五言近體，每苦尖刻，此獨老氣逼人。

《山家》「豺虎門庭狎，衣冠童穉嗔」：寫荒落處，妙在創而真。

《山晚》「野禽疑噪虎，山鬼似憑人」：入賈長江集中，正復難辨。

戚　藩

价人，江南江陰人。《名山隨筆》。

《韜光庵》「金繩路湧江湖色，錫杖雲開吴越陰」：黝然有光。

《望天門》「石危線路窺天窄，沙溜猿聲帶雨渾」：筆險思峻。

《煙霞洞》「濤通絶穴暗生花」、「蒼涼古木正啼鴉」：价人武林諸遊詩，皆幽奇險峭，不經人道。僕尤録其最完渾者。

董道權

秦雄、巽子，浙江鄞縣人。《缶堂詩集》。

《雪中答李杲堂》「爺未出門共爺語，爺既出門啼向誰」：辛酸語，不忍竟讀。「他日仍登李子堂,李子爲我作歌聲蒼涼」:妙在仍過李子。「窗前冰雪消有時,惟有故人顔色長相思」:如此知己,那得不感。⊙貧士出門光景,寫得欲哭欲笑,固老杜《同谷七歌》之遺。

《王麐友同宿客舍志感》「爲惜天崖此日身,轉憶先人舊時事」:説入往事,以作波瀾。「此時君作懷中兒,何處尋來馬革屍」:真是慘事。「吾翁若翁交最好」:一句綰住。「若翁遊魂歸未得,吾翁買土葬無力」:酸風四集,如聽哀猿。⊙叙述兩家先世,令人涕淚浪浪。詩之本於至情者。

《遣興》「干戈未息詩書賤,薪米方艱口腹尊」:巽子奉母至孝,而家苦食貧,所居宅舍,半爲健兒所據,故其言淒激如此。

《翠微庵贈無異上人》「錫隨鶴影穿燈入,門聽泉聲向竹開」:刻劃殊佳。

《遊蜀岡》「當時錦纜隨天子,不若從郎射虎回」:無人説及。

蔣壙

寅升,江南武進人。

《秋懷》其一:出遊豈救饑之策。其二「別有扁舟興,飄然古渡秋」:《詩》云「聊以行國」,即是此意。其三「天涯陰亦好,無力更登臺」:蒼極。⊙此首義兼比興。其四「孤游誠莽落,極望總淒迷」:起二句領起全詩。其五「有稅壓柴門」:「壓」字警。其六「人馬蕭條色,難堪點歲華」:「點」字有意味。其七「撫時非盛事,作客豈良謀」:脱盡名人通病。其八「萬古警魂地,先飛一夜霜」:起得莽蒼。其九「難明是客心」:深。其十「魚枯淚不銷」:大有擊筑舞雞之興。

●寅升《秋懷》詩，極爲都下傳寫，僕從友人蔣瞻武處得之。今聞其人已長往，然不敢不出以公世也。

趙三麒

乾符、石渠，山西武鄉人。《似園集》。

《感懷雜詠四首》其一「此鳥有遠懷」；其二「直道何能枉」；其三「側想高堂宴，望雲勤日夕。反愧貧家子，負薪能自竭」；其四「仕隱雖異途，共懷心所悲」：竟是阮公《詠懷》，豈屑比肩潘、陸？

李夏器

不器，浙江烏程人。

《和東柯樵唱》「短髮有時終白帽，長鑱無恙幾青山」：不器詩每學步竟陵，此獨緒清思永，逼真錢、劉一派。

張　蓋

覆輿，直隸永年人。《張子詩選》。

《出村見山雪》「歸來煙靄中，獨與樵夫遇」：澹然冰雪，總非塵壒中語。

《客中送人歸鄉》「附書愁不達，汝到定相過」：真樸，直逼工部。

《殷伯巖招同白涵三、郝元直、苑西柳、霍亮雅、申鳧盟、劉資深集飲》「人醉雨聲中」：佳絶。

⊙「病軀先就榻，應恕鹿皮翁」：清響逸思，大類襄陽。

《渡沁水宿穆陵關》「水市暮多聞」：字字深老。

《客歸》「從人道已非」：箴規處見古誼，覆輿非徒以狂名著者。

《山居張湛虛司馬枉駕，山人以予壺飧不備爲展待，因要遂臣先輩》：兩公俱可傳。

●覆輿自甲申後，久脱諸生籍，以母夫人饘粥不繼，間授徒自給。或爲故人招致幕中，旋皆棄去。近聞築土室於村外，絶不與世人往還，雖妻子亦不見，其殆古袁閎之流與？ 鳧盟郵致其詩，因録數首於此。

殷岳

伯巖，直隸雞澤人。《留耕堂詩稿》。

《感懷》其一「口腹累友朋，顧念頗自恥」：彈鋏之客，聞之亦當自止。其二「疑事必無功，專欲必無成」，「小人恣醉飽，君子危泰盈」：此伯巖所以拂袖而歸田也。

劉逢源

資深、津逮，直隸曲周人。《積書巖詩選》。

《薊門秋興》其一「石疑伏虎一軍驚」：造句必險。「醉尉霸亭那敢問，夜深氊帳打球聲」：風氣。其二「雁掠荒雲啼隧道，鼠緣古瓦下園扉」：冬青之淚，浪浪滿紙。

《秋日漫興》其一「武安形勝千年在，兵火蕭條此一時。禾黍已深毛遂冢，雲霞常護吕仙祠」：此津逮自叙其風土也。⊙「寒雲落木繞荒陴」：蒼鬱。其二「一龕蕉雨夜談兵」：丘壑中乃有此人。

⊙「稍喜世緣貧日少，何妨丘壑寄餘生」；「牀頭龍劍時時吼，五嶽胸中似未平」：以淡起，以憤結，想見胸次。

王俞巽 乃繹，直隸廣平人。

《金山口望禹廟》「一山分兩岸，一水散千支」：詩必征實，乃能造異，此詩正以確而得工。

趙　湛 秋水、石鷗，直隸永年人。

《秋杪劉雲麓使君招集春雨草堂》「罷官仍愛客」：起五字甚妙，足愧世之閉門拒客者。

釋戒顯 願雲、晦山，江南太倉人。《匡廬集》。

《歸宗寺》「鐵塔懸山髻，銀簾走寺門」：如許光怪。

《硃砂峰贈尼民印公》「泉流曉日紅」、「燒藥待仙風」：錘鍊，疑有神工。

《過清涼臺下斷壁》「鐵雲當路塞，雪浪繞衣鳴」：右軍遊惡道，歎其奇絶，晦山想同此情。

《玉簾泉》「青崖閃雪門」：此句尤妙。⊙僕嘗謂，杜公夔峽詩，山川做了一半。舉似願公，將無唐突？

《初至東林蓮社感懷》「閣迴雲生浮海像，堂空月照渡溪僧」：天然奇秀。⊙煙雲之氣繚繞筆端，乃能現此怪異。

《天池寺》「巖巒宿霧三冬暝，臺殿天風萬古寒」：天風海氣，團結而成。⊙「龍起池中朝吼雹，仙回洞口夜驂鸞」：全首蒼警，目中幾無北地。

《五老峰坐夏》「忽地霧來山盡縞，半空泉落屋如船」：氣厚，不覺其纖。⊙「那知僧定萬松巔」：令人神遊其境，遍身冰冷。

《五乳雨後聽泉》「溪口忽崩三峽浪，殿頭高鎖七峰陰」；「個是憨師真説法，天風不斷海潮音」：振衣高嘯，林木爲震。何來有此道人。

◎願公廬山詩幽奇古麗，讀過如置身崇巖邃壑間。惜未能全載也，僅登近體數首，以當卧遊。

《登雙峰絶頂》「一枝石筍撐雲出，萬里江光破浪來」：是一是二。⊙力大於身，筆筆岸異。

屈大均

翁山，廣東南海人。

《觀五老峰背三疊泉》「飛泉若煙霧，白晝走雷霆」：語語開闢。

《登紫霄峰》「古木鬼神朝」：創極。⊙「一片洪荒色，天風鬱不消」：聲光俱異，令人驚叱。

《從軒轅宅入迷居洞》「昨宵逢道士，疑是七星松」：奇絶難名。

《琪林晚望》「花積玉壇深」：琢句奇麗。⊙「雲中君未降，淒斷鳳簫音」：騷雅絶倫。

《渡瓊海》「潮落虎門封」：奇麗，不是人間渲染。

《谿雲母峰上大小石樓》「何人吹鐵笛，忽過鮑姑峰」：結得陡異。

《自沖虚觀入錦屏峰》「萬松寒欲折，雙瀑日争流」：琢句必險。

《黍珠庵晚眺》「秋花藏磴道，石竇出風雲」：對句更妙。

《金沙洞夜作》「松定知泉遠，峰高見月微」：摹景入微。

《望五老峰》「夕陽一返照，明滅金芙蓉」：此首又復空澹。

《攝山秋夕宿天開巖下》「一夜疑風雨，不知山月生」：靈境恍惚，筆能傳出。

《鄴城吊古》「興廢雖無定，奸雄自可憐」：語含調笑，固自藴藉。

《雁門秋望》「風助群鷹擊，雲隨萬馬來」：做邊塞詩，又自蕭涼壯激。

《舟次河西務》「東南頻轉餉，猶自缺軍需」：亦復關心至此。

《自湖口出楊子江》「魚拜寒潮去，鴉銜暮雨歸」：尋常之景，一經妙筆，便覺森奇在目。

《西樵大雨同雪公往碧玉洞觀瀑布》「驟雨驚林壑，開門落葉紛。遥知東瀑布，澎湃下重雲」：高興，一往而深。

《南海神祠》：整麗矣，卻自有氣。

《送韓子之秦》「八水已吞秦舊塞，五雲猶繞漢離宮。貂衣夜擁終南雪，玉勒秋嘶太白風。珍重寸心休漫許，閒從草野識英雄」：圓穩典麗，自屬盛唐名手。

釋方璿

睿石，江南太倉人。

《登穿山》「春到無花鳥自啼」：語可静悟。⊙恬静，而思路特出。

吴振宗

興公，浙江錢塘人。

《感懷》其一「氛昏蕩白日，伏劍欲安之。十載一來歸，氣咽不能持」：此首言涉世之難。其二「明月照羅帷，中夜不遑安。起步高臺上，悵然懷所歡」：此首有懷友之意。其三「傾曦匿朗曜，頹魄光未舒」：此首言倦遊之意。「曰予遠行役，三陟疲登車」：看其篇法頓宕處。⊙興公長於選體，此能抒情宣志，語無蹈襲，固爲卓爾之篇。

王相業

子亮、雪蕉，陝西三原人。《泗濱草》。

《懷古》「新豐雞犬空思沛，南國冠裳已沼吴」：深刺不覺。⊙春容温雅，正爾情至。

《雨中至龍興寺，同叔則諸君子賦》「山下鶴迷華表雨，鉢中龍去鼎湖陰」：意到語鍊。⊙確切時地，與尋常寺集者不同。

《冬夜石城舟中聽雨》「傷心都在石城西」：無能遣此。

侯　性

月鷺、若孩，河南商丘人。

《次答田雪龕表兄》「謀身奔走仍詩債，流寓饑寒又病魔」：押得穩極。⊙兩地兵戈、十年蹤跡，一筆寫盡。

王猷定

于一、軫石，江西南昌人。

《送侯述鄴之秦中二首》其一「太華一笻看日月，軍書十萬領熊羆」：對句變。其二「圖書盜賊歸何處，財賦兵車莽未休」：智深勇沉，形於楮墨。⊙于一詩有專集。憶是詩，是沈林公録以示僕者。言念良友，俱爲下世，存此詩志予感也。

胡　介

彦遠，浙江錢塘人。

《寄龔野遺》「一葉落高木，草堂秋自生。故人已千里，明月欲三更」：一味清樸，固屬老筆。

《過黄粱店題壁》「鐵笛長空人不見，太行西去雁南飛」：不説盡，是唐絶風味。

《露筋祠紀事》「觱篥一聲齊捲甲，大家回首露筋祠」：如此説露筋祠，不必更加讚歎，惟高手解此。

韓　畕　經正、石耕，直隸大興人。

《望天台》「絶壁垂樵徑，春泥陷虎蹤」：「垂」字好，「陷」字尤好

《送友人之晉州》「清霜脆布袍」：經正詩，如此宏敞高麗者，又是一種。

《山家即事》「微風欲滅草堂燈」：是晚唐，卻自佳。

《夏日登鼇柱山望海》「忽驚溟渤天垂盡，始信東南地半浮」：胸中浩蕩，眼中空闊，方能有此傑作。

《樵子》「相看兩不識，持柯下山去」：泠然自遠。

《舟行》「舟人暗相語」：老於江湖之言。

《早發》「卧聽往來船，橈聲自鳴軋」：現前景，寫出固佳。

《經古寺》：是古寺，移不得。

姚永昌　茂孳，浙江慈溪人。

《確山道中》「孤墅晝喧知逐虎，荒城曉發不聞雞」：汝南兵革之餘，此詩字字傳照。

徐　籀

亦史，江南吴縣人。《吾丘集》。

《元夜月下經徐氏舊宅忽憶》「十年困兵火，此地獨奢華」：可痛。

《江上萬佛林》「瓦碧養深苔」：「養」字鍊。⊙「揖僧重理問，浄域幾年開」：妙在不説破。

《關山嶺》「四十年來香一瓣，石罏底下紙成灰」：寄慨獨深。⊙亦史所著《吾丘詩集》，皆岸然絶俗，不屑一字近唐，律體尤爲峭刻，此其一斑。

《燕臺懷古》「不信當年有郭隗」：無限牢騷。

《九日送丘壽亭南還》「蘆管夜吹城上月，緑樽青火送人歸」：俊。

吴景凱

舜舉，浙江烏程人。

《石門》「虎窺谷暗銜林嘯，鳥喜雲低掠岫飛」：碧巖真境。⊙筆鋒巉刻。

朱　鈦

君爽、柳堂，浙江鄞縣人。

《重九後二日同友人集歸來閣限韻》「黄花滿插皆云好，短鬢蕭疏不耐簪」：柳堂烏衣舊族，今混於酒人。與僕有知己之言，僕未敢忘也。此詩疏秀而有高韻，固爲雅流。

王余高

自牧，浙江蕭山人。《退庵詩稿》。

《中條山》「出没如波濤，連峰去無盡」：刻露。⊙伐幽搜異，筆力嘗覺有餘。

《秋夕泛燈船分韻》「燈入蛟龍宅，歌翻鷗鷺天」：警。

《到家》「惟有溪山經百戰，蒼蒼不改舊時情」：真情苦境，一筆寫出。

《掃徑》：悠然。

《偶題》「久疏天下計，莫作卧龍看」：正復高自位置。

《題畫》「晚飯林中寺」：逼古。

《雜興》「纔過板橋添寂寞，夕陽一半在蒼苔」：松圓有此空秀。

釋序樞

立勝，江南如皋人。《樹庵偶存》。

《至靈隱寺》「輦道尚餘花雨暗，蓮峰長壓冷泉流」：秀色可食。

《十八澗》「昨夜五雲山畔宿，今朝十八澗邊來」：起得蒼老。

●久别立勝，庚戌秋杪乃晤於東皋之洗鉢池。行將問道堯峰，把玩新詩，殊令我惆悵白雲黄葉也。

梁以枏

仲木，直隸清苑人。

《北固山讌集分賦》「奔流峙金焦，急浪翻魚龍」：擬顏光禄，而去其縟艷，固爲矯矯。

梁以樟

公狄、鵠民，直隸清苑人。

《同陳善百諸子竹西舟泛作》「斜日酒醒誰唤得，一聲江月落銅鞮」：鵠民著有《卬否詩集》，秘不欲傳。此得之便面所書者，淹秀固獨擅也。

楊樹聲

無聲，福建漳州人。

《九日》「忍淚眺胥臺」：蕭颯有氣。

《褚硯耘招飲園亭》「月出板橋低」：絶似右丞。

談震德

青令、雪山，江南江都人。

《野宿》「水涸江方定，山深稼始秋」：子美潭、岳間詩是此筆意。

《仙霞嶺》「此日登臨可當歸」：老氣横溢。

程康莊　坦如、崑崙，山西武鄉人。

《避地土河》其二「不堪秋思苦，誰復搗衣裳」：筆意蒼樸，一空綺麗之習。

《雨中過金山，同諸公飲留玉閣》「龍腥忽霧中」：奇快。⊙傲岸不與俗伍。

《焦山》「樹杪人家經雨出，海門魚浪逐風來」：讀過，天風滿襟袖間。

《竹林寺》「江映高窗雙嶼出，天圍絕頂衆峰低」：猛思壯調，不失太原公子本色。

陳祺芳　子壽，江南常熟人。

《苕川秋晚留别歌姬》其一「一簾微雨看梳頭」：爲想紅窗擁髻時。其二「蘇臺大有迎郎曲，只怪衣香染未銷」；《同女郎珮聲山行一絕》「珍重弓鞋踏蒼蘚，寒花齊發鳥争啼」：三首俱鮮妍可愛。

惲于邁　含萬，江南武進人。《退耕堂詩草》。

《登泰山》「廓然見天地，萬壑皆空青」：眼界空闊，筆墨遂極靈眇。

《入井陘》「守之得其寶」：包括。⊙「兩山夾奔峭」：巉削處，不肯輕放題過。

許　宸

菊溪，河南内鄉人。

《鄧元昭招飲萬竹園即事》「秋嫩蛩多力」：全首晚唐，而多别句。

《七夕同唐祖命、丁漢公諸子夜集得橋字》「開樽試倚穿針夜，不道銷魂果六朝」：風流獨上，令人想南樓嘯詠時。

王載寧

玄思，江南吴江人。

《虎丘竹枝詞》其一「千載霸圖猶寂寞，何須山下問真娘」：世人猶作訪真娘墓詩，何也？其二「珠翠叢中人失伴，管弦聲裏日沉西」：是虎丘真景。

羅　坤

弘載，浙江會稽人。

《吴興竹枝詞》其二「明朝初八能仁寺，官府傳呼買放生」：確貼吴興。

釋超潭

淼粟，江南歙縣人。《躡霜草》。

《玻瓈泉》「亂石盤青虎，深源養白龍」：奇秀。⊙是《寶月集》中得意之什。

李世恪　共人，湖廣江陵人。《謀笑軒詩稿》。

《井陘道中》「石澀溪亦怒」：妙。⊙「仰手接衆雲，俯瞰情屢怖」：意深語峭，危栗在目。

《禽言》「富人惡向耳邊啼，倉穀須糴爾何爲」：冤家。⊙寫得富人可惱又可笑。

《宿乾河》「路充新虎跡」、《裕州道中》「破村斜見壁，斷樹遠疑人」：中土荒涼，二詩可謂描盡。

《送曹九》「中情欲告誰，夜半寒山雨」：不言別，而恨恨如見。

莫與先　大岸，湖廣潛江人。

《南陂詩》「吾土匪善防，偶爲馮夷私」：明於地勢，可備咨訪。

易　東　田授，江南泰州人。

《姑惡》「妯娌新和，順值千金」：反得妙，可以維世。

《雨中看琅琊諸峰》「泉聲雲裏出」：泠泠瑟瑟，使人有濠濮間想。

《趙孝子》「痛哭前朝事，傷心忠孝門。千秋爾父子，百戰此乾坤」：蒼激，有燕趙之風。

《客感》「野店入黄昏」：妙。⊙殊有高氣。

《訪鐵庵上人不值》「犬吠澗邊鐘」：清澈如澄潭皎月。

《暮秋遊西湖，雨阻宿板橋》：秀色如望九子峰。

《歲暮集送翁岱瞻》「一帆落葉鐘初動」：筆致輕盈。

《得陳念共覃懷寄書奉懷》「雨入行山鴻雁滿，風連廨舍雪霜吹」：「餘霞散成綺，澄江静如練」二語，可移贈是詩。

《次韻贈侯若孩》「勳名劍履扁舟去，涕淚關河詩卷多」：響欲遏雲。⊙「洞庭落木雲千頃，誰識湖陰有釣蓑」：清艷似芙蕖映日。

馮雲驤

訥生，山西振武衛人。

《送楊鄂州奉使日南》其二「樽前解甲看歌舞，蠻女猩裙珥玉環」：有寶馬蹀躞之概。

曹　釗

靖遠，直隸豐潤人。《鶴龕集》。

《雜著》其一「壯哉掛劍客，千載渺風高」：英雄鬚眉，歷歷如見，視彼守財者，只蜣蜋耳。其二「喬木本無心，披拂自悠悠」：不説破。⊙其自負何等。

《文殊院看鋪海》「旭日動微光，晶熒天欲剖。蕩蕩波濤翻，隱隱帆檣走」：吾友韓固庵曾言之。⊙形容黃海之奇，筆端殊爲變幻。

《新樂候風》「老魚跳浪揚白波，雪山滚滚截銀河」：杜老奡兀光怪處。⊙頓挫極老，歌行能手。

《驛吏歎》「牽馬出門去，馬怠行路遲，倒死道傍問者誰。饑烏啞啞繞馬叫，飛飛銜腸掛樹枝。驛卒歸向驛吏語：途中馬死取有皮」：摹寫盡情。⊙「驛中官，常苦卑，往來迎送無了期。驛中馬，常苦疲，晝夜奔馳無已時」：今驛站之苦，亦屢行申飭矣。然此患猶未盡革也，宜靖遠痛切言之。

《署中有鳥巢樹間，夜值風雨墮其雛，爲童子所捕，命籠置簷間，雙鳥往來悲鳴，遞食就哺，待其羽成而縱之，並繫以詩》「雙鳥銜蟲來復往，老鳥摧頹小鳥長」：樂府神境。「不見其巢見其子」：好。「我當此際中心傷，開籠欲縱忽彷徨。毛衣未豐安遠翔，況復鷹鸇吻怒張。育之數宵今已壯，參差看爾騰天上。雙鳥前導何揚揚，激昂刷翅鳴相向」：好佈置。具此種心腸，可談王道。「雛乎雛乎胡不歸，南北東西背母飛」：結最古，且有照應。⊙細瑣詳悉，卻筆力强勁，不失之纖巧。○始終言老鳥之慈，動人深省，詩之興觀畢備者也。

《秋夜感事》「邊亭吹草白，落日壓山晴」：虚字著力。「茱萸期九日，蟋蟀恰三更」：好。⊙有蒼渾之氣，不僅以字句爭能。

《上巳雨中偶成》「鵝鴨穿蘆葦，兒童出蛤蜊」：新句出以堅響。

《此地》「一片荻蘆月，輝輝影自圓。涼風新雨後，露氣晚花前」：看去無奇，他人不能有其隻字。⊙無一嫩字柔響，是從少陵沉酣得來。

《客感》「客懷驚爆竹，生計賴鎡錤」：堅樸。⊙純以意勝。

《消息》「閲世交游寡，攤書感慨無」：深語。⊙語有筋兩，足垂不朽。

《茌平道中》「山左愁無雨，畿東又苦蝗。客心常耿耿，天意只茫茫」：鐵筆横厲。「塵飛大麥黄」：樸甚。⊙渾蒼如幽燕老將。

《别山晚眺》「人家疲驛傳，香火冷神鐘」：取新伐異，是鬬蠶叢手。

《歲暮雜詩》「日色僵青鳥，天聲落皂雕」：鍊字奇而警。⊙雄鍊，是空同對手。

《保定道中》「年年種楊柳，不見夾官牆」：結好。⊙「人家依稷黍，風俗想陶唐」：全付精神，團聚筆底。

《感懷》「壓角寒聲重，欺燈夜氣涼。前朝白髮叟，據座説興亡」：「壓」字、「欺」字好極。⊙「前朝白髮叟，據座説興亡」：一結令人緬然。

《煉丹臺》「石尚記軒轅」、「空山老白猿」：光氣鬱然。

《指月庵》「誦經馴虎至，洗鉢豢龍來」：安得此地，日焚香趺坐其間。

《薊門》「遠塞關河雲外轉，諸陵風雨望中收」：放開眼光。⊙「獨有薊門橋下水，年年西去又東流」：氣勢籠罩，卻極沉著。

《靈應山》「只今洞口傳風雨，猶覺雄聲帶角鳴」：龍翔鳳舞、虎嘯猿啼，並集毫楮。

《大梁道中》「斷垣殘瓦金龍祀，衰草寒煙帝子樓」：蒼涼斑駁，如入深崖古洞。⊙「風雨可憐歌舞地，銅駝銅雀總堪愁」：此是滄桑一大變故事，詩能寫得淋漓飛動。

《野宿》「入座腥風聞虎過，出林毒霧識蛇遊。隔溪何處熒熒火，野宿燃薪夜飯牛」：筆光閃爍。

⊙全寫荒野之狀，令人神竦。

《登始信峰》「險絶疑無路可從，天然石壁引長松。侵衣雲氣都成雨，應谷濤聲欲攫龍」：「别有天地非人間」。⊙寫來奇奇怪怪，卻是世間所有，非静歷者不知。

《覽鏡》「覽鏡莫沉吟，本乏封侯相」：豈其然。

《春遊》「落日衆山低，牛羊滿谷口」：蒼然。

《獨立》「鷺鶿不解愁，何事白成雪」：遠。

《飲酒》其一「紛紛輕薄徒，持杯輒狂叫」：予逢狂飲之客，以虐政苛令困人，見之輒避。如靖遠，差可與飲。其二「胸中自不平，座客原無過」：借客發其牢騷，少年往往有此。◯畢竟此客宜罵。

《秋閨》「涼夜月明眠不得，輕拋紈扇倚闌干」：靖遠詩每多壯涼，此忽淒婉，如聞《子夜》之謳。

《桃花源散步》「乘興杳然隨釣去，歸來新月送黄昏」：是散步光景，悠然可念。

王戩

孟穀，湖廣漢陽人。《突星閣詩》。

《長沙即事》「麓江雲浸黿鼉窟，湘水天清橘柚杯」：大有《九歌》、《天問》之遺。

《登岳麓山》「七十二峰來岳麓，四千餘丈望衡山。朱陵紫蓋遥難見，晴嶺重巒此更攀」：蒼奥，如讀岣嶁碑。

●此懷人令嗣、亦世小阮，楚地奇儁也。亦世以刻稿見示，録此以見一斑。

宫夢仁

宗衮、定庵，直隸静海籍，泰州人。

《甲辰出都酬贈行諸子》「窮達會有時，捲舒安其常。顧盼發慷慨，遲暮詎云傷」：中情騷激。⊙蕭騷之極，發爲商歌，正不徒音節之擬河梁。

《天壽山》「千古興亡事，蒼茫誰與論」：不盡。⊙音諧旨遠，覺一味悲憤，未免徑露。

《居庸關》「昔年兵甲氣，此日静無聲」：指顧處有輕裘緩帶之容。

《八達嶺》「童山當晝白，絶澗入秋青」：警策。「人聲轉石屏」：奇。⊙似少陵夔峽諸詩。

《宣府》「層巒纔一線，入望萬家封。雉堞連雲出，龍門射日重」：筆力迅悍。⊙地圖一一如畫。

《登上谷北山山寺》其二「列戍屯荒草，層陴鬭暮蛩」：老氣横九州。

《右衛城樓坐雨》「銜泥餘興在，更向野狐坡」：蕭蕭颯颯，有塞垣意。

《紫芝白石山房爲陳屺漁賦》：二作弘麗，而多老氣。

《夏陽答顧見山水部》：愀然有祖德之感。

《清江送張友鴻之滇中司理，並寄訊藩臯諸同人》「昆明戰伐今何似，寄語加餐老伏波」：每讀前輩送餞諸詩，和平而不激峭，以此見世道之隆。宗衮此作，將無同耶？

《張青㚕寓閣贈令兄中嚴、令弟孝占》「二謝才名垂采石，三張家世本烏衣」：三張皆與僕交好。

今中嚴墓木已拱，而青弁遠宦回中，孝占亦久絶音問。讀宗衮作，能無慨然。

《故城夜泊聞盜警》：平淡，卻能周悉情事。

《槐龍篇》「縱酒秋槽緑，分題夜蠟紅。飄蓬忻御李，大樹卻歌馮」：綿麗而不流於縟穊，猶是貞觀、麟德之遺。

《送沈國望監楚軍》其二「書記翩翩手自揮」：寫翩翩書記之狀，最爲飛動。

《覃懷雜詩》其一「道人午覺搵衣上，指點河山宋兩京」：此道人頗爲不俗。其二「城郭雖存兵燹後，蠻兒帶箭穴藩垣」：每一遊歷，必備寫其風土人情，詩章方爲警絶。惟我宗衮，斯可語此耳。其三「當年讓國今香火，梵唄鐘聲世不祧」：穆然情深。

王錫琯

玉叔，又興，浙江永嘉人。

《登甘露寺玩江樓》「雲歸山樹暗，月上海天遥」：筆墨清俊。

《望湖亭》「爲問蒼生存幾許，版圖鱗集正堪商」：後湖舊以收貯黄册，末聯寫得鄭重。

李拔卿

枚及，江南泰州人。

《晚出南口城》「吹笳半壁城將晚，牧馬諸陵草正豐。卻問當年誰鎖鑰，北門終想寇萊公」：可感。⊙作邊塞詩，便多高涼之氣，而此更深渾。

《過東岔道》「祇爲防秋築塞勞，城頭山半倚雲高。何年斥堠弛宵警，一路驚沙捲夕飈」：起得健拔。⊙筆端藏有感慨，一掃平鈍之氣。

《宣鎮》「途經鷂嶺山全險，地近羊房草易秋。鹵簿昔聞從帝子，犬牙今復制諸侯」：四語典核。⊙精健，如摩空鶻鶚。

王無逸

河南孟津人。《續孟津詩》。

《雀臺懷古》「在昔英雄餘戰伐，只今歌舞剩山川」：婉轉清麗，能使銅雀臺上伎，千古猶有餘悲。

王無荒

河南孟津人。《續孟津詩》。

《江夜》「滇閩往日曾加賦，吴楚今年暫罷兵」：移借不去。⊙少陵之詩稱爲詩史，只是感時觸事，妙有諷切耳。此詩真愷，足知留心經濟。

王無回

緣督，河南孟津人。《續孟津詩》。

《龍門山洞讀書感懷》「桃花昨日窺銅馬，龍洞多年響鐵衣」：沉麗，不肯作枯率一語。

杜世捷 武功，湖廣黄岡人。

《讌黄天濤杜來閣分韻》：了無俗韻，有「人澹如菊」之意。

《友山園病鶴》「病翮猶能舞，孤懷不肯鳴」：淡語最刻。⊙「頻來花有約，偶與鶴相迎」：清而辣，是杜家詩法。

宫鴻營 東表，易庵，江南泰州人。

《廣陵舟泛》「生來不是繁華客，也逐簫聲到水隈」：味其結語，此豈紈扇羅囊中人耶。◯「橋分楊柳堪移艇，路繞荷花可覆杯。處處臨河懸酒旆，家家繞岸造歌臺」：中四語，寫盡紅橋之景，正妙在不穿鑿。

《閨中早春五首》其一「忍把身中無限事，但逢好景一淒然」：好自憐惜。⊙極淺極淡，卻極是情中語。其四「舊時公子歸何處，不看雙飛也淚流」：情深矣，可奈何？其五「春光九十知何許，纔下南樓上北樓」：末語妙兼樂府。◯數絶能以唐人體製而傳六朝之神，不得不服爲烏衣之雋。

慎墨堂詩話卷九〔一〕

王　撰

端士，江南太倉人。《芝廛集》。

《書大儀店壁》「盡道興平移鎮後，樵柯牧笛不曾歸」：輒復欷歔。

《渡河至陳橋》「趙宋旌旗還在眼，華山容易祝升平」：一行路備寫史書、時事，真讀書有用人。

《臨清阻泊》「沙昏魚菜喧新市，日暗牛羊下舊城」：北路荒景。⊙中邊俱足。

《汴梁感舊》「玉京園地千官冢，博浪城基萬骨丘」：確切。「孝陵月出照中州」：含蓄。⊙水漲大梁，千古奇變，正復以健筆寫之。

《偕伯氏周臣過織簾故居，即同顧伊人訪陳確庵夜宿》「猶見康成遺故籍，忽思元亮老孤村」；「感舊愈難今夜別，追維生死對黄昏」：有次第，有結構，詩家老手。

〔一〕此卷輯自《詩觀》初集卷九，原署「東吴鄧漢儀孝威評選／同學黄　雲僊裳參閱」。

侯方巖　叔岱，河南商丘人。

《山行即事》「日抱群峰入，天開萬壑虚」：「虚」字著力。

《登首山乾明寺》「檜拆龍鱗黑，泉分石乳青」：光鋩欲射。⊙十分氣力。

徐作肅　恭士，河南商丘人。

《贈賈静子》「自然千載事，詞賦已能工」：無聊之語。⊙英雄而以辭賦自了，可勝長歎。

《南村》「飛花動夕幽」：侯、賈、徐、吴諸子溘先朝露，近以風雅擅雪苑者，舍恭士其誰？恨未得其全稿讀之。

侯方岳　仲衡，河南商丘人。

《十弟移居袁樓》「地僻堂連竹，庭偏户傍籬」：此境不俗。

《姑蘇積雨有懷》：少陵憶弟妹諸詩，只一真字，此作有之。

《元夕詞》「紅妝無數樓頭看，手弄芙蓉碧玉杯」：想見太平。

林逢震

存悔、青湄，福建晉江人。《瀫上草》。

《寄漳中陳伯翼、管會之年丈，兼懷劉培甫、廖南偉》「舊酌鶯仍喚，新篇雁肯聞」：秀愜。⊙「秋籬曾泛菊，勝友兩參軍」：饒有情致，嫋嫋動人。

《端陽前一日西子湖觀龍舟》「只今饒勝事，猶憶浣溪紗」：結得有意興。⊙「菱曲隨波出，荷香拂棹斜」：著想都别，鍊句更工。

《署篆浦江，寓白佛精舍》「樓迥千峰見」：高勝。⊙局完力厚，豈屬率爾之吟。

《過釣臺》「漢代久虚王佐席，江頭長護客星寒」：中有史識。⊙落落大雅。

《燈花》「喜卜明朝未忍彈」：佳絶。⊙「曾度芸窗窺史蠹，還深翠閣照妝殘」：詠物詩獨有入情之語，令人叫歎。

《春日遊古幽居次韻》「廢興今昔休惆悵，寳地時時護鱲衣」：如此方可傳。⊙但賦景物易耳。能於緊要處發揮，非胸具史見者不能。

《春夜讀史》其一《文君》「歡極當壚饒俠氣，茂陵知己有妝臺」：詞人得如此受用，已足勝於凌雲發歎多多。其二《合德》「長門日夕歡無際，簾外春寒怨寂寥」：妙有地步。其三《楊妃》：唐明皇云：「此去劍門，烏啼花落，水緑山青，無非助朕離恨。」是此詩注腳。

《迎春詞》「雨雪連宵今始霽，風光披拂到釵裙」：袁中郎令吴時，有此風調。

華　袞

龍眉，江南江都人。《愛鼎堂詩略》。

《將入燕有作》其一「人生重少壯，牖下將何爲」：有激昂起舞之概。其二「中原何蕭蕭，出門望荆棘」：古音獨彈。⊙仗劍出門，胸懷正須有此。

《秋夜吟》其二「登高眺四野，但見浮雲色」：妙。◎二詩體肅而氣潔，固足追蹤昔人。

《賦得薰風自南來》「避日就北窗，揮弦謝征逐」：妙在不煩。⊙「中有素心人，開軒媚幽獨」：澹然絶塵，疑爲彭澤高唱。

《金陵行》「鍾山松柏根俱死」：其年亦有此題長歌，雖繁簡各别，要皆流連時運、起人痞歎者也。

《春堤曲》「旗亭酒醉忽不見，滿路飛花芳草香」：尚是盛唐名作，不類西昆。

《金山》「形勢吞京口，風濤控海門」：壯甚。⊙雄警。

《望金山》「倒影江翻塔，懸崖寺裏松」：確甚。⊙妙處在句句是「望」。

《憶金山》「日月生江底，黿鼉拂釣竿」：奇甚。⊙讀龍眉金山諸詩，令人耳目俱换。捨山水無有真詩，僕昔與茶村言之，於兹益信。◎「曾坐晚鐘殘」：此詩又妙在句句是「憶」。

《送龔半千返青溪》「六朝空戰伐，十廟感興亡」：纔有關係。⊙「送子金陵去，故鄉猶異鄉」：但作折柳詞易耳。如此精貼，方爲不朽之製。

《柬孫豹人》「巷深楊子宅，門對董公祠」：不可移易。⊙寫溉堂，幾於頰上三毛。

《發青駝寺》「野曠亂星低」：著意。⊙全首穩而警。

《老樹》「不知誰手植，人代已全迷」：老。

《題友人別業》「耕鑿外無言」：全力包舉，故無弱筆。

《暮春喜杜于皇來自鑾江，將之淮陰》「桃花照白頭」：名句。⊙「相逢能不醉，天地久虚舟」：寫茶村又惱又笑，是爲良友之言。

《病起初至竹房》「草色逼園荒」：寫景幽，而用筆極老。

《七月十六夜卧牀見月》「翻驚秋未老，已落一庭霜」：清思獨運，總無塵語。

《送陳其年歸宜興》「夢壓一船霜」：情緒在聲響之外。

《遊趙園》其一「自然聞鼓吹，不用買笙歌」：紅橋在眼。⊙風景可愛。其二「河畔吹簫路，城陰古戰場」：獨切揚州。⊙「回首園林暮，輕風送去航」：此首便有蒼茫之氣，不當僅以遊讌詩目之。

《溧陽周二安見過賦贈》「草澤容歌哭，乾坤屬啞聾」：切極。⊙高爽之氣，逼似青蓮。

《瞻崇明寺塔》「流雲截飛鳥，孤磬落殘僧」：「截」字、「落」字妙妙。「天風響鈴角，星斗助然燈」：曠甚奇甚。⊙眼光胸次，俱高人一層，當屬傑作。

《尋至竹林山寺》「晴日煙嵐飛衆壑，空山鐘磬落層臺」：精光迸射。⊙語極深鑿，而氣自蒼奥，固非雕琢家所能及。

《金陵漫興》「江聲遥送六朝人」：妙。⊙艷極而不傷雅，固其情思有餘。

《野寺秋林》「竹侵人徑衣俱緑，葉落山房瓦半黄。狐兔丘原秋獵急，牛羊樵牧寺門荒」：頷聯幽秀，頸聯雄偉，一首中備有兩勝。

《登岱》「遥天日出中峰樹，半夜寒生古殿鐘」：琅琅金石。⊙此題名作甚多，龍眉幾欲奪五花之簟。

《秋日送王于一歸南湖》「對客不言應有故，仰天一笑獨何心」：樸處見秀。⊙于一昔客邗江，依人廡下，當事亦無有振而起之者，而二三諸子寂寥慰藉於草莽之中。讀其詩，猶令人淒然神動。

《錢塘懷古》「樓臺路曲盤千雉，煙雨春寒鎖六橋」：許渾、劉滄間。⊙安雅卻已包括，覺填引僻事者之爲陋。

《平山晚眺》「可堪六代繁華地，又作千軍轉戰場」：筆意流走，而氣最勁逸，此等詩竟可入漁洋集中。

《題鐵橋圖，朱公平蠻時所造》「桐梓驛南蠻氣靖，夜郎城北陣雲高」：雄麗，足配斯題。

《清明即事》「我來亦醉林邊寺，獨避遊人立暮煙」：寒食爲招魂之節，而揚人獨以爲樂。畫舫幔亭、鬬雞走馬，幾令平山片地迷離欲絶。讀龍眉詩，知其眼中不耐看也。

《答杜于皇竹下見别》「江南庾信哀方切，惜别秋天暮雨中」：龍眉與于皇交最篤，故其酬贈之什，語皆真摯，無一不可傳者。僕故急録，與天下見之。

《除夕前一日送于皇歸白門》「遠帆雪壓歙江浦，凍鳥雲迷閉石城」：遠客歸舟圖。⊙「頻年轉耐送窮情」：非極苦之境，不能逼出極好之詩。以此載歸白門，于皇固可自傲其不貧矣。

《送别》「洞庭孤宿夜，明月滿三湘」：不盡。

《閨怨》「狂夫已入飛狐口，依舊經年不到家」：翻得新。

《題半峰庵》「孤庵好爲防風雨，恐有鮫人夜扣門」：蕭蕭瑟瑟，疑在江濤海岸間。

《詠籠中鸚鵡》「教歌莫及思歸引，恐動鄉心憶隴頭」：意極到。

《蘇臺懷古》「秋夜月明荒草地，當年曾建館娃宫」：極是感歎。

●憶十年前，杜子于皇、龔子半千曾爲予嘖嘖龍眉不置。兹來邗江，屬有選事，龍眉出手鈔近詩四百首相質。予讀之，歎其雅正秀逸，能追步前人，而復矯然獨上，是詩家之傑出者。僕既不敢濫登，而又不能割愛，因簡其什之一，以公當世，且以見黄岡、谷水二子之知人也。

金敞

廓明，江南武進人。《夢餘存稿》。

《讓鼠》「爾匿我側，大笑於腹」：形容得妙。「中夜永歎，神窘智促。静以俟之，相爾於旭」：賴有此耳。⊙竟似柳州小文字，奇警可愛。

《擬古》其三「褰裳採蓮子，心心共蓮腹」：比興得體。⊙極深極細，方爲入情。艷詩亦何可妄作。○三首只是一妒字。

《芝湖》「千山攝冬心，雲木自高肅」：起亦高肅。「烝醞變石理，層層詭雲屬」：奇鬱。「昔賢營菟裘，風流照時俗。意表引清澗，沉影浸寒緑。遂得芝湖稱，盛事快遊矚。轉瞬披榛莽，行歌任樵牧」：説出芝湖原委。「盛衰固有端，君子戒盈福。不見山水間，名亦有顛覆」：結意遠。⊙筆意蒼奥，卻層次出題，如觀掌上螺紋。

《送毛亦史還婁東》「窮達不足論，立己義貴堅」：勖君良箴。⊙今人擬古，皆優孟衣冠耳。似此不沾沾摹擬而神格自與之合，當屬高手。

《寒夜題唐魏梁公宋侍郎邦達公傳後》「回首平臺落日黄，錢塘雲樹猶蒼蒼。趙家宫觀已荒土，餘得孤臣俎豆香」：憑吊蒼涼，令人惝怳。⊙多年故事，經文人一番慨歎，便覺生氣勃然。太史公作《史記》，多用此法。

《喬木山房》「坐愛高枝厲清響」：真知己。「蒼柯藉此深愛護，縱横景庇亦云廣」：説得喬木大有生氣。「學汝忘情終不得，歸來惆悵立清宵」：筆力傲絶。⊙通首老硬盤鬱，有少陵之遺。何、李雖極力形肖，不得臻此。

《朗庵還自豫章，詩以慰之》「知命誠難事，平心亦漸安」：大有深識。⊙「窮通皆造物，敢復畏艱難」：僕嘗謂：素位安命，是聖賢居心涉世妙法，奔競者徒失之。不意廓明先獲我心也。

《舟至開化》「天盡千峰立，雲深萬木齊」：刻至。「時務賤烝黎」：警句。⊙骨蒼力摯，必傳之作。

《雨夜》「自能增夜永，倍覺與寒親」：「自能」二字有意味。「人情試每新」：妙。⊙熟歷旅況，乃能言之親切。

《孤館》其一「生平真不信，頭白尚天涯」：老絶。其二「獨立神傷久，空齋强自眠」：二詩讀之悄然。

《除夜客福唐作》「不顧衰遲客，無言聽朔風」：「不顧」二字，似怨非怨，其故難言。

《舟暮》「治壘近聞新益戍，傷心頻説舊登臺」：氣力完厚，不僅以清脱相賞。

《雨中過富春江見深林桃花》「山欲入江隨岸走，船如觸地與花逢」：舟行實境，妙能寫出。⊙詩極靈活。

《四月還江上寓廬》「難解老妻頻問語，奈何君跡尚風塵」：憐之乎？抑怪之也？此問似不可少。

●廓明行己高潔，徐黄岡曾爲僕言之，而朱慎人司馬復稱道不置，且以新舊二稿見示。其詩堅蒼深峭，一字不近時人，而復軌於古法，是特立於群流者。

楊岱

東予，四川彭縣人。

《閬中》「野花頽岸發，枯骨斷巖平」：氣味逼真大家。

《棧道》「層巒飛瀑下，空木亂猿啼」：無意不搜，正是完足。

《夜泊》其一「只有斷猿無宿處，最高枝上徹明啼」：音調近楚。其二：聲情淒激，令讀者腸斷。

江闓

辰六，雒萄，貴州新貴人。《蚩泠集》。

《涉海螺山諸灘》「雲日從峰變，雷霆入地生」：奇崛。

《穿石洞》「深能容月入，狹不礙雲飛」：善爲形似。

《秋陰》「漸涼花較少」：是秋陰。

《瑶席池》「孤雲摩石壁，幽鳥下春池」：我憶舊遊。

《白雀寺》「煙漲繁陰暗，風迴疊翠清」：道場白雀，爲吴興勝地。二詩深麗蔥蒨，筆有煙嵐。

《姑蘇覽古》：極似太白。

《西湖》「月落堤初白，花開浪盡紅」：明艷。⊙「興衰渾已事，醉泊六橋東」：詩有和樂之氣。

《愛山臺》「蒼靄延晴樹，層陰布晚煙。曙光扶塔出，淡月傍城縣」：數虚字極用得好。

《送漢石叔之任粤東，次宋荔裳觀察韻》其二「聞道龍川地，奇花滿徑鋪」：耀艷，正與題相配。

《越州道上》「近水多成市，看山半是樓」：與愚山「四時皆筍候，萬井各溪邊」並傳。

《黄鶴樓》：娟秀，如倩女臨妝。

《鸚鵡》「羈絆故招當世玩，語言終恐解人稀」：深貼。⊙括盡正平一賦。

《題飛雲巖》「崖噴石乳珠成幄，洞走松花錦作扉」：神工鬼斧，鑿此奇麗。

《石橋浦望太湖》「最憐霸業偏銷盡，渺渺何從問闔閭」：結甚健。⊙是一首極好唐詩。

《迷樓懷古，次阮亭先生韻》「牛羊西下橋邊路，聞説當年是御溝」：秀色正不讓阮亭。

《康山題壁》「隔江雲接六朝山」：名句。⊙康山爲康對山舊遊地，姚永言廷尉特建亭榭，董文敏題其額。曩時，曾同梁公狄、王于一、趙友沂諸君觴詠其間。今已屬他姓，而友朋生死聚散，杳不可問矣。閲辰六詩，能無慨想當年乎？

《上巳吕儀部招遊平山堂分賦》「曲岸花深歌舫慢，小橋風定酒旗明」：艷秀不俗。⊙晚唐詩做到佳處，亦自可傳，必欲以癡肥學初、盛，誤矣！每與薗次談詩至此，輒有微合，辰六遂能適符此指。

沈泌

方鄴，江南宣城人。《雙羊集》。

《烏溪道中》「山勢合沓開，迴巒遞相向。沿溪俯迅湍，峥嶸不得上」：善於摹寫。「倏然天宇豁，歷境逾初望」：又開一境。⊙筆意深窅，絶似柳州。

《過閒雲庵》「鳥齊峰翠没，花映石泉明」：細秀。⊙一往深静。

《舟行即事》「寒山對酒風帆急，野艇張燈夜渡喧」：一幅舟圖。⊙和雅閒適，是宣城詩派。

●方鄴篤於聲事，荔裳、愚山、西樵諸公交推之。丙午同客邗上，唱和甚多，惜未留其稿。辛亥夏初，有事選政，以道遠爲艱。僅從俞部選本録得數作，真缺事也。

王賓

仔園，江南江都人。《又一草亭稿》。

《元夕步月》「誰信四郊人，逃荒饑且死」：只二語，結已足。⊙寄慨極深，章法更老。

《江上作》「坐久愛潮聲，不辨黄昏雨」：空濛難狀。⊙蕭然入古。

《熊匪莪明府見過又一草亭有贈賦答》「徙倚復長嘯，夕陽忽已低」：目中久不見此明府矣，詩亦落落有真趣。

《飲蔣勁草齋頭，遇郭子堅有感》「交歡須盡掌中杯，請看昨日花顔色」：短章自健。

《憶昔行》「翻手覆手胡足齒，不如掩柴關課令子，自斟三萬六千日之酒杯」：如此結局自妙。⊙每見富貴之人，當衰歇之日，鮮有不頽唐、失其所主者，只緣世味深、道氣淺耳。讀仔園詩，可以起悟。

《贈姚伯輔》「噫吁嚱！誰氏忽爲青眼之阮籍，熟視吾錚錚佼佼之伯輔」：正難其人。⊙三韓之士，無有不慶從龍者。伯輔懷古嗜奇，獨蕭條以布衣老。吾欽其人，吾愛此詩。

《李韋玉見過草亭漫作》「第宅更移人事非，交情尚説王與李」：直樸得妙。⊙「乾坤浩浩俯仰空，人間何事堪不朽」：物態雖則變遷，胸中卻自浩落，方能作此詩。

《送謝天開之天長》「詩留文選寺，馬向石梁城」：安雅。

《德州夜泊》「殘臘驅車處，春深夜泊船。客程思去路，歸意惜今年」：老而秀。

《送高駿霞讀書西山》「小騎出城西，春風一卷攜」：筆意韻甚。

《冶浦橋夕眺》「山色隔江看」：佳句。⊙入境窅異，幾欲策杖而往。

《立春前一日飲見山樓，時蛟門歸自射陵》「名酒戀歸人」：「戀」字妙。⊙「三冬看又盡，酬唱莫辭頻」：警句奪人心目。

《登光岳樓》「山色昏齊魯，河流劃衛漳」：風調極佳。

《送阮天雲歸白下》「那堪半載内，兩度送君歸」：起法逼真唐人。

《鑾江道中雨懷》「經過憶隔歲，明月按歌時」：結有餘味。

《過分水廟》「水從山際落，河到廟前分」：確切。⊙「龍舟争渡早，歌管自紛紛」：圓貼。

《送張桐仙》「壯心華髮銷多少，醉眼黄金閲是非」：耐人咀味。⊙詩思清婉，而多警句。

《雨中重集春草堂》「一年酒興清明後，三月詩情夜雨中」：極似程孟陽。⊙「高會今朝與昔同」：别有詩腸。

《送丁端揆之太和》「羈旅正同連夜話，天涯忽送故鄉人」：流動。⊙詩有不用苦吟而脱手即佳者。如此篇，正自亭亭濯濯。

《南旺湖》「汶水波光晴亦雨，梁山樹色有還無」：明浄如鏡，似仔園畫意。

《陪大司馬家伯遊瓊華道院》「隋苑煙寒頻極目，蕃釐樹杳只登臺」：響振林木。⊙莊麗，更帶秀逸。

《喜瞿見可過草亭》「博山霧細凝絲管，銀燭煙青照薜蘿」：秀絶。⊙此境風流，豈復易得。

《新秋夜泛》「碧樹連山千里月，紅蕖夾水一孤舟」：追琢匠心。⊙摹景後即用憑吊，可謂情文兼至。

《過友人别業有感》其一「門巷依然秋草緑，可憐一徑鳥空啼」；其二「記得到門還不扣，花陰悄聽讀書聲」：聲調諧美，更淒然有黄壚之慟。

●仔園鍵關讀書，罕接塵事，而篤於友誼，親切不浮。其所著詩歌，皆清韶雅茂，不逾繩尺，而自著風流。僕與之披襟對談，如逢王、謝，安得不以渡江第一流目之。

金鎮

又鑣、長真，浙江山陰人。《清美堂稿》。

《初至汝南》「當時百萬户，戰没無復餘。悲風起塍隴，流亡曠耕鋤。鳥雀時飛鳴，桑柘全凋疏」：風情高激。⊙在子建、仲宣之間。

《與僚屬登城議修葺》「南望冥阨關，北眺鵝鴨池。古來横戈地，雨雪猶霏霏」：指顧慷慨。⊙追步建安，真覺齊梁之陋。

《弋山》「石洞留殘藥，雲巖自古花」：「自是君身有仙骨」。

《賢隱寺》「把酒對吾州」：老。

《緑波樓》「只今尋舊跡，落照滿漁舟」：局度整暇。

《至義陽聞翟寅丈暮登賢首山賦柬》「獨馬入高秋」：風期秀上，當今誰有此五馬。

《九日偕鄭鞠思別駕登觀音閣》「茱萸佩去偕僚友，鴻雁到來思弟兄」：流逸。

《喜伯兄至自都門，時光商寇警始戢》「狹室燈明杯在手」：如畫。⊙「幸無羽檄紛紛至，見説親朋一一佳。此際勸酬堪達旦，猶牽弟妹不開懷」：情緒藹如，令人三復。

《寄答紀伯紫客燕》其一「足知邸第争虚左，未必真從屠狗遊」：亦是增氣色語。其二「勸爾吟成須早寄，玉關秋雁盡南飛」：秀甚。

鄭爊新

鞠思、闇齋，福建閩縣人。《汝南集》。

《楊林渡口即事》「穴鼠饑能語，巢烏濕未鳴」：荒景如見。

《申陽道上》「沙河度馬不成流」：刻露。⊙「憂時幾拭風前淚，莫慰哀哀寡婦求」：汝南爲流寇窟宅，今雖蕩平，而休養正須良吏。宜鞠思愷惻言之。

《重陽前一日同金長真郡伯登南湖大士閣》「更上一層秋氣爽，卻先明日菊花黄」：筆姿圓潤。

謝爲霖

孝輔、念蓼，浙江鄞縣人。《月湖詩集》。

《王蠋仲連》「笑彼聊城一紙書，教人不忠謀太疏」：特見。

《誤中副車》「天謂力士爾無譁，吾將付之轀輬車」：天遣不爽如是，令奸雄褫魄。

《和寄翁移居》：蕭瑟有秋氣，而筆自蒼潤。

●孝輔乃象三太僕之文孫，忠節公之令嗣也，閉門月湖之上，抱膝著書；而延接同聲，有若饑渴。與余唱酬憧憧橋畔，雅愜襟情，洵一時烏衣之雋也。

趙有成

子淑，柳江，江南江都人。弟溶，岷江。子綸掌、文綺、用友。以畫篆名家。《浮湘集》附《三山集》。

《舟中作》：有惜墨如金之意。

《快風行》「今得乘風破浪行，扁舟江上一帆輕」：不用險棘，自爾音節入古。

《宿針魚鎮》「莫愁今夜寂，漁艇棹歌還」：閒雅，復露警句。

《小孤山》「乾坤一氣鑿，今古鎮安瀾」：結得遒老。⊙氣雄力厚。

《過蘄州》「一閣衝江峙，千帆下夕流」：此予昔年舟行處，覽此如履舊遊。

《宿陽邏驛》「終朝對絶巘，不愧在天涯」：穩極。

《抵漢口》「澤國舟爲市，人家竹起樓」：獨切。⊙絶不寬泛，而多警思。

《嘉魚縣》「縣小江偏闊，城孤嶺獨低」：地里圖。⊙山水佳處，只一荒字，非韻人誰能領略。

《江舟雷雨》「江煙昏戍火，山鬼嘯寒灘」：何讓空同。

《君山》「源發三千里，波摇十二峰」：音調鏗鏘，如聞鼓瑟。

《石灘遇風》「風來雲勢黑，龍起水波腥」：奇拔。⊙筆端疑有雷霆。

《經燕子磯》「石磯下鎮蛟龍窟，鐵鎖平分虎豹關」：雄甚。⊙氣概極大。

《風雨不得登庾樓，負嵇郡丞約》「雲生山脊疑天落，水到江心逐地浮」：非江行不知。⊙「楚澤春光滿客舟」：偏有興會。

《岳陽樓》「蜃氣能教天地暝，珠光時捲浪濤回」：健而能壯。⊙唐子西稱少陵《岳陽樓》詩，與洞庭争勝。柳江精彩焕發，正自不讓前人。

《衡嶽》「日月半從巖下出，煙嵐時自洞中生。諸峰不定陰晴色，衆壑争鳴風雨聲」：四語不朽。⊙雄渾無敵。

《舟抵衡陽，寄介山弟令銅仁》「春深雲斷四千里，水漲灘高五百灣」：老確。⊙只叙途中景物而友于之情可知，宋人便刺刺不休矣。

《自排山道中入祈陽》「驛館風霜人卧月，村墟燈火夜鳴雞」：秀情濯濯。⊙有風輕帆利之致。

《渡熊羆嶺》「山從東向連湘北，嶺自南來障粤西」：「三晉雲山皆北向」，弇州於入晉時，始歎其確而妙。子淑領聯，他日適粤之指南也。

《巖山關》「草木至今仍戰色」：生動。⊙兵戈初定，行路關心，正自不能已於唱歎。

《遊七星巖棲霞寺，題渾融上人聽月亭壁》「流泉滴處青雲濕，虚壑看時白日昏」：奇險處卻以高爽之筆寫之，覺山川歷歷如畫。

《九月十五日復抵衡陽，宿回雁門》「孤月無如今夜圓」：字字圓溜，如聞曉鶯。

自然。《曉發洞庭》「水雲合處疑無地，海日圓時始見天」：疏朗。⊙「篙師擊鼓欲開船」：佳處得之

翩然。⊙「南北幾曾輕税駕，不須卧治總堪傳」：如此寫使君自韻，覺稱頌之爲煩。

《仲兄五弦復自都門還南安，出五雲移棹圖索題》「旅酒正逢寒食節，烽煙遠散夕陽天」：姿度

《過洞庭湖》「雲霞夜氣生」：好。「魚鼈戲春晴」：新句。⊙秀致湧出。

《琴棋灣晚泊》「暫向沙堤投一宿，來朝風便過前山」：是客行人語。

《三十六灣》「兩岸青山人跡少，關情半是鷓鴣聲」：令人如入湘潭。

《猺獞竹枝詞》其三「方領布衫長及腹，一雙赤足吃檳榔」：與謝星源作並傳。

◎右《浮湘集》共選三十首。附《三山集》七首：

《遊沙灣達君山，尋春申君墓，同韓子震、郭飲霞》「潮生山氣白，日落海雲斑」：好。⊙「楚相今

何在，孤墳衰草間」：意能層出，望之森蔚。

《古寺寒林》「僧老猶能説戰場」：好。⊙詩帶秋氣，結處尤勝。

《山居秋懷》其一「部曲健兒歡戰勝，西風滿地起鐃歌」：有舞馬稍、拓金戟之概。其二「書生酬

國争戎馬，元老憂時問布衣」：柳江負用世之略，於此可見。其四「只有野花開蝶在，年來依舊向斜

陽」：清麗。◯四詩有雄壯處，有深警處，俱得之少陵。

《題城西塔院》「禪燈新照北邙魂」：不僅作佛事語，卻從亂餘著想，是謂詩史。

●曹厚庵云：「詩也者，吟歎性情、鋪陳事實之具也；自性情化爲徵逐，事實紛爲應酬，求一無姓字詩題，且不可得。」旨哉言乎！觀子淑浮湘詩，山川景物，歷歷在眼，遂覺一切贈送諸詩膚冗可厭，宜顧庵、愚山、天襄諸公交口推之。

陶成瑜

石長，奉天遼陽人。《懷玆堂稿》。

《昆明秋日喜晤方樓岡、邵村》其一「不謂身南竄，還能得見君」：驚喜不定。其二「惆悵干戈外，蒼茫此一身」：筆力矯甚。⊙「異域難爲客，同聲乍見人」：滇南萬里，得遇故人，能無言之真痛！而樓岡、邵村與程子穆倩復交推其氣誼，殊令人神往也。

嚴津

子問，陶庵，浙江餘杭人。《瞟城寓言》。

《秬園詩》其一：胸中無限事，卻説不出。其二「連旬雖雨雪，何莫非良辰」：好胸次。

《過南翔，求長蘅先生故居不得，展拜墓下志感》「雖知道義無今古，其奈滄桑有變遷」：自是前輩舉動，今人不談久矣。

《晤許子位，話先岸兄及諸故交志感》其一「攜侄去家惟恃友，從衰識面得呼兄」。追惟人境馳風電，晤歎天涯隔死生」：四語説盡交情時事。⊙字字肝鬲，真絶、老絶。其二「煢煢作客凌霜雪，此會真如反故鄉」：陶庵遊瞟川，多感舊傷離之作，讀之使人緬然。

《讀黄、侯諸先生遺集》「摩挲雙老眼，欲讀已吞聲」：非陶庵不聞此言。

《口占贈曲師陸君陽》其一「花間漫作多情語，容易催人一黯然」：「容易」二字妙甚。其二「道宫合採懷仙引，莫取愁詩與淚彈」：一往情深。不禁青衫淚濕。

徐　梅

碩林，江南吴縣人。

《淮陰喜晤鄧孝威》「明月知秋好，輕寒入夜初」：一氣疏老，高、岑佳境。

《三溪》「山猿似鬼啼」：句創。「屋落澗跟低」：奇甚。⊙「絶壁看留字，蒼涼何代題」：「語不驚人死不休」可移相贈。

《登報國寺毗盧閣》「始知仙梵勝，必藉帝王功」：潤而厚。⊙絶類隰西當年。

《旌陽客樓風雨》「榻向衆山開」：妙。⊙「旅舍已蕭瑟，何當風雨來」：絶不傷氣，而語自秀拔。

《出大梁門》「客散夷門市，人空博浪沙」：大雅不群。

《采石山閣》「松色老春秋」：兼得妙。

劉孔中

藥生、嶧巃，山東長山人。

《將之潁川，留别吴陵諸子》「陂塘欲凍雁不下，風露已零梟正肥」：古意參差。

《題橘庵，用丁野鶴韻》「當枰名輩猶藏橘，對弈仙人久出樊」：立意高人一層。⊙「幽居不遣苔痕破，木葉平堆籬落根」：筆意幽凉，如置身丘壑。

韓　詩

聖秋、固庵，陝西三原人。

《冬夜集龔奉常龍松館聽曲同賦》其一「珥筆昔聞嗔宰相，濯纓今許傲漁樵」：頗盡合肥出處。其二「此際江南愁萼緑，天涯芳草幾重山」：結興甚遠。⊙清遥秀令，讀過移情。《燕市送鄧孝威遊宛南》其一「而今人去獨皇州」；其二「日暮依盧何處望，王孫春草滯他鄉」：婉戀多情，至今猶爲悢悢。

郭維寧

懷德，陝西蒲城人。《邘上草》。

《井陘道中》「斷崖雲欲墜，絶澗水皆鳴」：是雨後景。⊙懷德至邘上，始爲詩。其詩蒼健如此，未可量也。

鄭　廉

介夫、石廊，河南商丘人。《睡餘編》。

《遣興》其一「我今讀其書，猶可醫窮愁」：與摩詰《漆園》詩各有見解。其二「安得歇後公，常居台鼎位」：大爲歇後生色。其三「君臣揮涕别，使我傷懷抱」：致光沉湎香粉，誰知具大經濟。其抽身也，殆亦慮禍之心切乎？

葉有馨

予聞，江南華亭人。

《初冬社集曙戒堂分韻》「回思楓落江南岸，庾信飄零袛自悲」：詩心極艷，而不入靡。

顧萬祺

庶其，江南吴江人。

《都門即事》「忽見香車過南陌，始知佳節是清明」：貼燕京。

《酒城》「無情最是關門鎖，不爲君王守醉鄉」：諷刺有致。

冒嘉穗

穀梁，江南如皋人。《寒碧堂稿》。

《上巳修禊水繪庵分賦》其一「節序三春以佳，矧遘瑶華音。握蘭正婉娩，折柳嗟侵尋。且漱溪邊石，一聽丘中琴」：章法。其二「嬋媛紅芳年，羃壢青山郭」：風旨綿麗。

《送王阮亭先生北上》「豈無一樽酒，簫鼓亦不歡」：沉酣選體，卻不寬泛，固自超絶。

冒丹書

青若，江南如皋人。《枕煙堂集》。

《雨阻沂河，次午得渡，復行四十里抵沂州》「草坡生微涼，渴摘田瓜食」：叙置好，更能以樸勝人。

《早發羊留店，水阻汶河》「石亂黄沙渾」：酷似。⊙「青蒼半雲屯」：簡而雋。

《再渡汶河四十里抵泰安》其二「亭午止奉高，登山撫漢柏」：堅蒼。其三「澄潭濯新月」：結得妙。◎三首極力摹老杜手法，老勁則從漢魏得來。

《六憶歌》其一「自謂年年顔色好，碧桃花底還相逢。忽然春水三五尺，春花飄泊嬌無力」：轉接自然。⊙「昔日繁華更何處，遮莫桃花知不知」：簡而有法，開闔盡致，末語讀之感人。其二「一朝雨雹堆巑岏，十圍古樹驚雕殘。蒼皮崩剥翠鬣死，令我搔首增長歎」：筆力强勁。⊙感慨蒼茫處，直逼少陵。其三「吁嗟乎，西鄰婀娜之垂楊」：妙。⊙不必别下語。其四「須臾四面沉大網，一擁數百横相截」：極似子美《打魚歌》。其五「登臨半醉睨巑岏，尚憶孤亭俯青壁」：筆底如鐵。⊙又是一樣結法。其六「如今池缺如月蝕，瀠洄損卻玻璃色」：摹寫有趣。⊙六首中，此首尤字字入妙。

《贈柳敬亭，並題左寧南軍中説劍圖》「可憐多少銜恩客，寫向丹青只柳生」：令人感慨。

姚諲昉

舒恭，江南江都人。《康山草堂集》。

《再過廣陵》「故里歸成客，經春來往頻」：可感。⊙「野宿香醪減，離家客夢真」：以烏衣馬糞之族流滯他鄉，那得不有風塵之感。

《紅橋野望》「有園皆面水，無樹不遮樓」：疏敞。⊙亭亭濯濯，是江左韻流。

《海陵道中阻雨，夜宿白馬廟》「林黑辨孤扉」：好。⊙「急雨停空棹，荒村農亦歸」：寫得荒荒涼涼，大有情味。

《秋晚郊行》「秋墳啼舊鬼，夜月嘯清猿」：清警。⊙風格完好，然自雋上。

《暮春書感》「春花落盡柳風涼，卻笑無家問蜀岡」；「十載驚聞是故鄉」，「空多燕子認茅堂」：怊悵蕭騷，難爲入耳。

《送顧庶其北上》「旗亭客滯江南雪，驛路花飛薊北春」：俊甚。⊙有走馬調鷹之〔一〕，固是風彩照人。

《水繪園留別陳郎靈雛》其一「至今水閣垂楊外，獨客平明發棹歌」；其二「懸知繡被淒涼處，無那離情夜泊時」：歌聲婉轉，疑是秦青按曲。

吴參成

石葉，江南太倉籍，江都人。《蘭隱齋稿》。

《楚王廟》「悲涼韓國士，慚愧一虞姬」：僕過虞姬墓，有句云：「名能高吕戚，節已邁韓陳。」不謂石葉能獲我心也。

《迷樓懷古，和阮亭先生韻》「美人寂寞有妝樓」：澹而秀。⊙風情駘宕，使阮亭見之，應歎賞不置。

〔一〕「之」後疑脱字。

石 洢　月川，江南如皋人。

《景陽鐘歌》「此鐘鑄就何人識，興亡閱盡青銅黑」；「摩訶生縛蠻奴降，胭脂井下良辛苦」；「鐘兮鐘兮雷文古，我捫鐘兮淚如雨」：典藻繽紛，能傳憑弔之旨，固是庾、鮑後身。

吴 麐　仁趾，江南歙縣人。《樵谷近詩》。

《元夕》「轉覺春陰好，霏霏雪滿軒」：喧鬧場中人，那能解此。

《送廬山問公》「先期遊五老，一月一峰眠」：太白佳境。

《千人石》「老僧無處著，三月麗人多」：確。

《真娘墓》「春風墓草香，蛺蝶飛不去」：只如此已足。

《鄰舟》「相逢似相識，同泊緑楊邊」：韻絶。

《木末亭》「子規飛上前朝樹，春雨春風啼向人」：愁怨渾然。

黄之翰　大宗，江南山陽人。《止園詩集》。

《張大雲子歸自東浙，喜過止園坐月有作》「方秋辨樹聲」：妙。「曾似六橋行」：結健甚。⊙幽冷處正覺其雋。

《次蒙陰》「斷碑留古跡，殘火出陰房。惆悵雲天外，烽煙何處長」：筆老思警。

《同程濰東、宋射陵、張虞山、山曉和尚哭胡旅堂墓》「寒蛩盡日鳴荒草，秋雨連天拂酒巵。最是傷心皆故舊，修文一去獨何之」：蕭涼可涕。⊙彦遠昔別於金閶，遽爾長逝。大宗遊武林，特展其墓，並刻其遺稿，真古誼也。

《端陽前三日東湖舟中作》「一天風雨過荒城」：似劉隨州。「舟入雲林得磬聲」：「得」字妙。⊙「計日端陽經此地，益歌楚些暢孤情」：森秀如月中楊柳。

《招友人集黄鶴樓看返照》「煙生遠浦林陰碧，月起空江水色黄」：如畫。⊙翠色欲流。

《重陽前二日攜酒登燕子磯》「空將故國茱萸冷，誰遣高岡黄菊開」：筆力排宕。「日光莽莽浪中來」：壯極。⊙老杜九日詩俱蒼涼壯激，能寫己懷。大宗此篇，直可追蹤曩哲。

《燕市酒壚作》「七貴五侯金絡滿，何如此地倒銀瓶」：氣概甚豪。

《皖城舟中柬友》「多感香醪斟酌罷，滿山風雨半江多」：妙在是「滿山」又是「半江」。

《秋浦舟次》「幾人吟罷長天外，留取燈邊酒一樽」：記僕與定山遊粤時，舟夜聯吟有此光景。

魯　瀾

紫漪、桐門，江南江都人。《南徐住山集》。

《妙高臺同朱雲卿坐月》「風平萬籟圓」：久坐山中，方知「圓」字之妙，至不可思議。

《八公洞》「竹光纔到眼，石澗已聞鐘」：孟襄陽佳處。⊙悠然清泠。

《拜米元章先生墓》：絶無雕飾，然正以此爲佳。
《金山》「塔枕中流月，江圍四面帆」：是金山。
《七夕後一日偕顧臨邗步月妙高臺》「窺人月色自風流」：妙。⊙輕妙難言。
《中秋待月留雲亭》「今夜月明呼不出，何時纔見月當頭」：超忽。「繞寺江聲面面秋」：是金山。
⊙「人歸六代自風流」：淡掃蛾眉，止勝人間脂粉。
《京口九日雨留周方思》「重崖花氣朝雲吐，夾岸秋聲夜雨收」：妙句，屢諷不厭。⊙詩有鮮韶之氣，飄飄欲仙。○九日在金山，又值風雨，能無戀戀良友？於此知紫漪是詩人，亦是深情人。
《鶴林寺訪若上人》「石廊古字碑成蘚，竹院疏林葉盡風」：使劉隨州拈筆，豈復能加？
《望九華峰》「遥望沉香樓漸遠，一林寒葉打啼鴉」：詩中有畫。⊙登山不如望山之妙，非深於遊覽者，那知其故？
●遊山詩正以胸次高超、耳目曠異，乃能領略山之性情。讀紫漪《南徐住山詩》，秀傑罕儷，所云「清旦索幽異，乘月弄潺湲」者，當移以相擬。

羅世珍

以獻、魯峰，湖廣漢陽人。《紀行詩》。

《書西塞山寺壁》「到來身寄煙嵐裏，清梵晨鐘接混茫」：結亦混茫。⊙森然吐秀。
《别王汾仲》「江流漠漠天如水，圖畫何曾盡别愁」：清滌如遥林秋水。

《秦淮竹枝詞》其一「桃葉已無休問渡，行人橋上看榴花」：又是詩料。

曹偉謨 次典，浙江嘉興人。

《秦淮竹枝詞》其一「每過珠簾停打槳，惹他簾内罷吹簫」：未免有情，誰能遣此。其二「畫船人望畫簾人」：如畫。其三「輕輕斷送南朝事，一曲春燈燕子箋」：可恨之事，絶妙之詩。其四「曾經紅粉香消地，菜甲當開指甲花」：想當然。

張　芳 菊人、鹿牀，江南句容人。

《秦淮竹枝詞》其三「聞道飛蝗來浦口，青裙猶唱望江南」：風俗正是可憂。

高　阜 康生、江南江寧人。

《秦淮竹枝詞》其一「長年三老逢迎慣，一到簾邊兩槳懸」：光景如見。其二「賽月明高如白晝，略移紈扇到眉梢」：媚甚。

馮肇杞 幼將，浙江會稽人。

《秦淮竹枝詞》其一「何許相逢都不記，春風曾上雨花臺」：婉轉多情。其二「是誰譜得新翻曲，只博時人帶笑看」：淡得妙。

黄虞稷

俞邰，福建晉江人。

《秦淮竹枝詞》其一「朱樓畫閣征歌地，半是瓜畦半菜畦」：豈爲板橋珂巷言之。其二「本是教坊親養女，卻言身出故侯家」：亦自傷心。

周在浚

雪客，河南祥符人。

《秦淮竹枝詞》其一：情事都有，妙於渾然。其二「三弦撥動涼州調，故老聽來盡白頭」：何異商女隔江之曲。其四「北人纔得解征鞍，也學吴儂事事酸」：風氣大變。

周在延

津客，河南祥符人。

《秦淮竹枝詞》「夾岸明妝歡笑處，捲簾争看碧瑠璃」：音聲柔滑如丸。

吴　晉

介兹，江南江寧人。

《秦淮竹枝詞》其一「近日傳奇看最好，全家節烈演崑腔」：今人但賞崑腔耳。其二「金錢空自費前朝」：亦是遺聞。其三「今年官府禁遊閒」：好。

周蓼邨 貞萋，湖廣江夏人。

《秦淮竹枝詞》其一「美人只隔一簾中」：好饞。其二「水榭近來張酒席，橋頭門上戲平分南俗以弋陽子弟寓水西門，呼爲『門上』；蘇伶寓淮清橋，呼爲『橋頭』」：非熟於金陵者，不知此故事。其四「今日真堪不用檝，爲郎一試雙行纏」：有趣。

王楫 汾仲，江南徽州人。

《秦淮竹枝詞》其一「聞説燈船從此過，笑聲一片出香閨」；其二「寶鴨香消銀燭冷，有人還倚玉闌干」：二首情致可想。

孫汧如 阿匯，江南六合人。

《秦淮竹枝詞》其一「湘簾更挽蓬鬆髻，壓鬢斜開茉莉花」：老子興復不淺。其二「三弦緊撥和邊歌」：時調。其三：極瑣屑事，卻合風調。

王概 安節，浙江嘉興人。

《秦淮竹枝詞》其一「一聲觱篥一聲鐘」：好甚。其二「邊關小調最魂銷」：二首大有寄慨。

李　郊　董自，江南江寧人。

《秦淮竹枝詞》其一「争似殘陽破板橋」：深感。其二「建煙也向欄邊吃，熏黑櫻桃吐墨花」：可惜。

杜紹凱　蒼略，湖廣黄岡人。

《秦淮竹枝詞》其二：極淺俚，卻是《竹枝》遺調。其三「爲看鰲山如白晝，瓦盆争熖牡丹頭」：好様。

董　含　榕庵，江南華亭人。

《秦淮竹枝詞》其一「孝陵松柏無人問，還上鍾山祀蔣侯」：正論。其二：樂府餘音。

張彦之　洮侯、峭巖，江南華亭人。

《秦淮竹枝詞》：二詩足備故實。

徐奇　東來，江南長洲人。

《秦淮竹枝詞》「時有紅妝半面情」：妙在是「半面」。

洪嘉植　秋士，江南江寧人。

《秦淮竹枝詞》「垂楊夾道珠簾下，十五女兒白紵衣」：自然幽雅。

●辛亥初夏，偶客邗江，王子仙潛授予《秦淮竹枝詞》一帙，篝燈細詠，情緒堪憐。蓋石城兵火之餘，實切烏衣王、謝之感。因爲簡擇，爰播風流，固是水調新聲，豈屬巴渝舊響？

蔡孕環　公梅，江南泰州人。

《擬古雜詩》其一「一節窺其全」：具眼。⊙「死則長酸辛，生則多棄捐」：説得秋胡婦大有見解，安得以妒之一字抹之。其二「絲竹日趨繁，性情日趨少」：見道之言。⊙宦遊人當奉此爲韋弦。

《旅夜》「一感入冬深」：樸而妙。⊙詩情肅穆。

《登報恩寺塔》「製作應推真帝子，登臨已盡舊京師」：移不得。⊙「始愧十年簷下立，空從霄漢想威儀」：確貼。

《寄贈友人隱居》「世事支離聊濁酒，春風憔悴只孤吟」：風格疏老。

張元嘉

象闇，江南江都人。《浮山堂詩草》。

《黄甫及席上話舊，兼懷梵伊上人》「江南秋正好，無復怨囊空」：清俊。

《夜泊白鷺洲》「千里江流映落暉」：有柳絮因風之致。

《小孤》「波濤萬疊驚風雨，肯作珊珊環珮聲」：傑響。

楊通睿

聖喻，山東濟寧人。

《上巳日集太白樓，餞别黄心甫、吴雲軿》「地近魚龍宅，人同書畫航」：上句壯，對句雋。

《王介公先生招集古南池限青字》「落日蒼煙仍白社，孤帆别路冷紅亭」：氣高，不入晚唐。⊙秀氣難遏，固是王、謝風流。

楊通俊

聖企，山東濟寧人。

《王介公先生招集古南池限青字》「千年詩魄存荒碣，百戰名城倚暮坰」：更自高邁。⊙西山爽氣，飛來毫素。

楊通俶

聖美，山東濟寧人。

《王介公先生招集古南池限青字》「高柳蔽荒亭」：圓貼而多逸氣。

胡餘祿 吉修，山東濟寧人。

《上巳集太白酒樓，餞別友人》其一「山川曾苦戰，風雨故春寒」：傑邁。其二「新花懸別路，舊雨入離觴」：虚字極醒。⊙「春風催芍藥，贈爾只斜陽」：風格秀整，似王恭雪中披鶴氅時。

汪黄贊 揩斯，直隸易州籍，歙縣人。《目耕堂集》。

《慶都曉發》「鐘聞非一寺，村過每三家」：此景如見。⊙途景，妙寫得真曠。

《瓦官寺友集》「鐵佛耐千劫，瓦官存六朝」：拗體而詩情特勝。

徐　章 石霞，江南江陰人。《山止閣集》。

《移竹》：幽潤。

《鄧尉山贈剖上人》「泉流孤佛座，松定萬山光」：詩思清泠，如入萬峰間。

黄士瑋 函石，順天籍，山陰人。

《鄆城道上》「青燈欺客倦，路黑恕驢頑」：用虚字著眼。

《晚過大孤山》「浮屠帆上影」：真。⊙「佛火遥遥起，漁燈點點明」：逼真夜行光景。

釋銘起[一]

墨庵，浙江嘉興人。

《九日飛來峰登高》「四圍雲麓壓江潮」：奇句。⊙筆墨自不猶人。

越珃

山公，貴州新貴人。

《山中遣懷》「溪回泉響重，松引石顔開」：幽翠難名。

《舟泊蕪陰，重登識舟亭》「沙迎暮氣村邊合，帆挂斜陽樹杪行」：烹鍊自然。⊙摹景抒懷，皆臻雅境。

王與襄

龍師，山東新城人。

《登狼山》「春到兩山寒欲消，一天風日渡江潮」：極有風神。⊙高敞雄麗，自是滄溟一流。

錢岳

五長、循陔，江南通州人。

《遊虞山拂水巖》「水珠倒激嵐光濕，山鍊斜飛曙影高」：形容拂水，十分深刻。⊙「劍崖況復誇

〔一〕「起」，原爲「超」，沈起，字仲方，晚明嘉興人，入清爲僧，名銘起，字墨庵。

奇絶，欲向飛仙借羽毛」：喜不雕鏤，獨能開闢。

周斯盛　屺公，浙江鄞縣人。

《題錢聖月荷鋤圖》「青山舊夢初」：筆意疏老。

張　英　仲張，浙江海寧人。

《即事》「未銷春陣血，不死夜歸魂」：英風颯颯。⊙全首雄健，知得力於杜家。

釋大依　南庵，福建莆田人。

《寄懷呆翁和尚》「遊食難隨花下筇」：秀絶。

《喜天華和尚書至》「潮聲日落暖風多」：劉隨州名句。⊙婉秀多姿，卻不似宗門人硬作禪語。

閔　鵬　扶蒼，江南歙縣人，揚州籍。《古硯齋詩草》。

《得馬》「碧草扶朱勒，香泥縱錦韉」：「扶」字、「縱」字好。⊙有幽燕老將之氣。

《過孫文侯齋頭賦贈》「涼雲當户覆，白日到窗虚」：疏秀。⊙披其帷，其人斯在，想見風流。

《古劍》「掣影疑霜落，揮空若電流」：雖不敢敵工部「虎氣」、「龍身」之句，而亦自英岸。

《別棲霞上人返邗江》「月映舊江流」：好句。⊙「歸憑一葉舟」：空濛浩淼，似白露橫江。

《蛩聲》「長夜何知倦，聞聲不可尋」：空澹可思。⊙「耿耿難成寐，誰家更搗碪」：唐人詩自有靜細一種，然非竟陵「幽鬼」之謂。此詩空澹處，極爲合唐。

《送家民化之淮陰》「君家西楚上，淮水遠浮天。孤棹前宵去，虛篷獨客眠」：起句高秀。⊙風流洗馬，方其神韻。

《過吳石林齋頭》：寫景幽清。

《海陵歸棹》「水聲疑驟雨」：妙絶。⊙「水聲疑驟雨」，舟行時每有此景，卻被扶蒼寫出。

《冬夜》「風清犬吠更」：好句。⊙清寥絶俗，想摩詰居輞川時。

《長至即席分韻》「暖氣何來早，三冬未閉藏」：結句有識。⊙渾樸，更能用意，勝江左浮濫一種。

《登鑾江天寧寺塔》「山接秣陵諸樹出，江連京口晚潮生」：聞塔爲江上巨觀。此詩宏壯，正足相配。

《瓊花臺吊古》「憑高卻望隋皇路，檻外遊雲去不來」：憑吊處，妙有言外餘情。

《廣陵懷古》「文章六一消蕪草，粉黛三千蕩野塵」：工而韻。⊙體致娟逸，如紫燕受風。

《秋夜雨中不寐和韻》「思到鱸魚有故鄉」：語健。⊙客懷蕭摵，形容略盡。

《喜吳千里至》「鮑山遙在眼，行路勿同看」：憤世語。

《秋雨兼懷許圖九》：筆情秀遠。

陳　鈛

雲銘，浙江嘉善人。

《送吴熙臺年伯之任沔陽》「帆去小孤看曉渡，山經大别憶春遊」：工麗。⊙壬辰與子更訂交都門，情意甚篤。後聞爲楚令，悒鬱而終。今其令嗣雲銘，才藻翩翩，足繼前軌，殊令我色喜也。

曹延懿

九咸，江南太倉人。

《金川門懷古》「特詔有心全叔父，入宫何意哭癡兒」：靖難一案，數語判定。

吕師濂

黍字，浙江山陰人。

《滇南送春詞》「多事莫如雙燕子，還銜春色故宫飛」：冷語甚雋。⊙有心人到處不肯放過。

曹　鈖

賓及，直隸豐潤人。《瘦庵草》、《黄山續草》。

《舟中》「扁舟隨意放，巖花齊欲吐」：愛其雅潔。

《漁陽道中》「獵火穿林出，灘聲抱石流」：和雅，卻不流於輕弱。

《重遊溝子峪值雨》「幾年經閲歷，一望入蒼茫」：字字斟酌。

《忽雨》「長堤餘竹大，大壑忽風雷」：寫景有次第。

《指月庵》「佛火亂溪中」：陪得好。⊙「屋結丹臺下，高峰半在東」：與靖遠作真稱敵手。

《秋懷》「烽燧頻年銷戰伐，此身何處不堪歸」：强作憔悴支離語，亦屬詞人一病。一結可謂超然。

《歸懷》：是七子風調，然欲不推之爲正始之音，不可得也。

《静海縣》「不道水鄉仍苦旱，正當野岸暫維舟」：熟悉輿圖，乃能周知利害。此經國遠略，不意於歌詠見之。

《蜀山湖》「汶水波浮孤嶂出，劍臺人去暮煙空」：貼切。⊙疏爽之氣，楚楚逼人。

《同盧西崖晚泊天門山》「隔岸初鐘聞遠寺，横江微火識孤舟」：處處是「晚泊」，而詩特清迥。

《憩水晶庵》「一道飛泉群壑引，千層曲磴幾人行」：筆墨從容。「只有松濤掩竹聲」：「掩」字下得好。

《天門》「泉多竄竹通禪室，樹半横溪藉石胎」：筆筆追討靈異。

《遊雲谷禪院，喜晤檗庵和尚》「山峰不改舊時青」：含蓄。⊙「鐘磬悠悠林際落，九龍潭下鸖聞經」：只寫雲谷幽勝，而檗公之高可知。沾沾讚歎，反覺易盡。

《再遊黄山》其二「煙鬟黯淡將梳雨，石齒崚嶒欲嚙雲」：鑿句不落纖細。其三「祇緣重到逾難盡，翻憶初來未是奇」：遊黄山是奇福，三入黄山而有如此靈奇幽曠之詩，更爲奇福。然非賓及夙有仙姿道骨，恐覿面名山，無緣登眺也。

《老女怨》「未作並頭花，翻成寄生草」：如何不怨。

《烹雞篇》「門外誰人語，疑聞租吏聲」：似古謡。

《湯口程氏山樓》「門前便是登山路，轉過松林直向西」：如聞樵夫指點。

●都下人士一時競稱「三曹」。三曹者，冠五太史及長公靖遠、次公賓及也。太史高雅，靖遠英犖，賓及秀沖，皆擅詩家之勝。昔人共推魏氏父子横槊賦詩、西園飛蓋爲一時盛事，以較溗陽，能無遠遜乎？

顧彩 天石，江南無錫人。

《冬日金陵雜感》其一「十二曲欄新廟貌，三千銀甲舊將軍」：落落寫來，自然淒艷。其二：追遡往昔，不覺神傷。

張華錫 與瞻，江南蕪湖人。

《野望》「輦路已稀芳草茁，宫垣常占野鶯啼」：詩以入情爲主。此作淒艷，如聆商女之曲。

凌元鼒 蔚侯，陝西蘭州人。《存園詩集》。

《金山》「乾坤蛟蜃出，風雨海潮青」；「妙高臺上月，猶自照中泠」：全首傑邁。

《重過燕子磯有感》「龍江王氣東南盡，瓜步浮雲日夜生」：詞氣英聳。

《北固山》「峭壁年深蹲虎豹，奔濤天闊起風雷」：識踞題巔，故舉筆有揮灑之樂。

《贈孫豹人前輩》「鹿門且挈妻孥住，疏放看山獨杖藜」：贈答之詞務歸切實，蔚侯其有古作者之風。

《三詔洞》：似摩詰。

《桃葉渡》「渡口春光久零落，歌聲依舊畫船中」：婉而多風。

《竹枝詞二首》其一「歌吹不知何處去，夕陽猶在板橋西」：可入水調。

李嘉胤

爾孚、孟齋，江南泰州人。《草樓詩》。

《夜識軒》「山静縣亦古，窈然入初冬」：入手極老。⊙「柳下真吾師，閲世非不恭」：蒼直如古柏。

《經長城下作歌》「邊風剽疾邊馬黄，行人倚牆窺夕陽」：結得縹緲無際。⊙「强秦築城秦益强，卻笑城長秦不長」：築城亦萬世之利，特秦人爲計自愚耳。立論可謂有識。

《晴》「翻嫌月驟明」：好。⊙用意深至。

《九日石宫》「鐘鼓送殘秋」：合乎唐調，乃可深言此道。

《經秦地》「客戴一星行」：好。「古跡搜難遍，窮年老一城」：結亦堅。⊙戴巖犖司農極賞「客戴一星行」之句。

自在。

《入關》「家世淮南舊，茫然西入關。春風萬里盡，夜月一時閒」：好氣度。⊙起手超健，又極

《宿興化院》「僧老知人换，山高得月昏」：上句可感。⊙「澗翻苔上石，塔掛雨中村」：「翻」字、

「掛」字微傷於巧，卻全體雅適。

《六月聞砧》「燈前腕力微」：恰是六月，與尋常賦擣衣者不同。

《贈黎平翟寅丈》「蕨肥知地瘠，風細測蘆哀」：風土志。⊙此詩愛其格穩而氣厚。

《九日同客飲石宫》「醉眼極天窺月小，亂山遮樹逐雲開」：雄中帶細。⊙渾全好詩。

《贈人赴隴西》「寒冰夜合千山立，牧馬晨嘶别部喧」：秀采雄聲，直逼李東川、高常侍。

《上郡懷古》「星古帝子千年誤，讖説真人一水迷」：更有特見。⊙「荒草凍雲收赤幟，野營寒月

照青泥」：草樓如此等詩，真是卓絶。

《蒙城舟中》「家書到手魂更悸，歸計愆期夢亦稀」：紙上有淚。⊙性情真篤，不徒規摹拗體。

《懷徹微師》「貝葉千章新注就，更誰風雨過溪來」：此僧大佳。

《客靖邊作》「一曲驪歌半簾月，夜深孤燭看吴鉤」：豪而不粗，固是才人身分。

李善樹

廷標、雪廬，邢州太守草樓公令子。

《秋日棹舟過鄧孝威先生舊山草堂，以先子遺集求入詩選》「父執當年存叔夜，騷壇吾黨重陽

春」：詩有次第，有結構，固得唐人正傳。

●邢州既没，令嗣廷標翩翩負俊才，過予草廬，肅拜再四，以邢州遺稿見屬，兼出此詩相示。念其意之誠而克繼家學也，因並刻此。

蔡元翼 右宣，江南崑山人。

《雪後登惠山》「五里人煙接，寒山縣郭西」：二語底一篇《惠山小記》。⊙全詩明浄。

蔡元粹 右純，江南崑山人。

《過桃花塢御公静室》「殘碑亂蝌蚪，老柏蝕風雷」：蒼穩。⊙「小憩逢茶熟，清言待月來。誰知塵外契，鄉思未全灰」：遊心矩矱之中，秀色可掬。

中國文學研究典籍叢刊

慎墨堂詩話

第二册

〔清〕鄧漢儀 撰
陸 林
王卓華 輯

中華書局

慎墨堂詩話卷十〔一〕

唐允甲

祖命、山茨，江南宣城人。《耕塢山人詩集》。

《還山詩》其二「哀鳴自南還，戢翼棲山梁」：此耕塢忤懷寧被放時作也。風節矯矯，豈惟詞采映人？

陸　舜

玄升、吴州，江南蘇州人，泰州籍。《四遊草》。

《甓社湖》「水氣生空雨」：寫景空濛。

《入淮陰》「落日淮黄看積水，高風楚漢弔奇人」：似不著意，而峻嶒特勝。

《望瓜步鎮有感》「勤王獨見靖南兵」、「蕭條亡國聽江聲」：吴州雅雋之才，此更忼慨。

〔一〕此卷輯自《詩觀》初集卷十，原署「東吴鄧漢儀孝威評選／同學余　懷澹心參閱」。

閻爾梅

用卿、古古，江南沛縣人。

《贈嚴武伯》「山水離奇窮鳥道，虀笳辛苦試魚腸」：是古老歷年行徑。⊙筆力岸然。

《贈彭中郎，時歸自滇黔》「山水獨從兵後識，功名時向掌中看」：眼光四射。⊙昔在燕京，與古古別，今二十年矣。曾於單縣陳雪石齋中，見有遊稿一帙，恨未手録以歸。僅載二首，殊爲恨事。

丁澎

素涵，浙江仁和人。

《從征美人燈詩，和王玉映》「悄竊銅符行海上，鮫宮新捧夜珠歸」：鎔鑄大雅。⊙「豈是烏孫初款塞，何來神女突重圍」：有天然姿度。

朱潮遠

卓月，雲南曲靖人。《恍然亭草》。

《贈一足上人》「聊向法筵瞻禮樂，每從佛國認君臣」：關係語。⊙豎義極大。

李希膺

又元，奉天遼陽人。

《普安道中》「地近夜郎多瘴雨，天鄰越嶲少飛鴻」：氣矯筆健。⊙筆勢如天馬行空。

胡延年

蒼恒，河南光州人。

《過緑波樓，懷張助甫先生》「談兵廣武風生座，縱酒鮦陽甕作牀」：括盡。⊙昔客汝南，譚大令擬以助甫先生集屬僕點次，匆匆未能也。讀此作，殊爲慨然。

譚弘憲

愼公，直隸大興人。

《詠畢卓故里》「醉卧比舍間，玩世寧獨醒」：説出畢吏部身分，《五君詠》之遺。

吴雯

天章，山西太原人。《蓮洋詩》。

《登河中郡樓》「野花開遍薰風殿，春鳥啼荒魏豹城」：東川、嘉州有此風韻。

王抃

懌民，江南太倉人。《健庵集》。

《揚州》「百年洛蜀關時運，六代煙花兆甲兵」：説盡南渡情事。

王曜升

次谷，江南太倉人。

《送杜于皇歸白門》「客中鼙鼓詩如許，夢裹庭闈路幾經」：思路沉實。

顧　湄　伊人，江南太倉人。《水鄉集》。

《虞山歸舟作》「衣上酒痕兵後少，天涯詩思客中閒」：秀警。⊙逸秀之氣，何減二皇甫。

王　攄　虹友，江南太倉人。《步簷集》。

《龍江舟中》「潮來月有聲」：佳妙。⊙「鐵鎖燒殘久，興亡莫愴情」：蒼潤。

魏　禮　和公，江西寧都人。

《海淀李皇親舊園》「紛紛歌舞日，種得此淒涼」：結句令富貴繁華人頓爾心冷。

王道新　介公，山東濟寧人。

《邀諸君集飲古南池限青字》「幾從嶺外懷詩伯，久自中原望酒星。弱柳微黃籠戰壘，圓荷初碧繞荒汀」：妍思高調，足壓衆響。

張天植　次先、蘧林，浙江秀水人。

《歲暮途中即事》其一「野色欺殘鬢，霜威狎敝裘」：「欺」字、「狎」字著力。其二「才名消歲月，窮達半關山」：老成苦語。◎二律深嚴樸老，逼真杜公。

吴興祚 伯成，遼東清河人。

《長廊》「月斜犬吠朱欄影，雨後人歸蠟屐聲」：佳秀。⊙娟然静好。

《重臺》「倚遍石欄尋妙句，鐘聲已過碧山隈」：思路清微，不粘不脱。⊙客冬泊梁溪，三日而返，使君酌我二泉亭上，許以全稿見寄。久候不至，僅從他選登此二首，能無悵然。

吴　光 長庚，浙江歸安人。

《晴川閣》「星河平向窗中出，江漢低回檻外流」：雅貼。⊙珠圓玉潤之作。

孫自成 物皆、介庵，江南江都人。《霽園詩選》。

《題惠山鄒氏園壁》「窗開雲氣入」：此句勝。⊙「盡日依松石，何年駐鈿車。最憐幽澗水，洞口逐桃花」：末段落感慨意，極佳。

《再登大雲山》「黄葉穿溪鳥，蒼煙叫野鼪」：寫景，直是雅勝。

《遊曹吼兩山》「精廬半向雲根結，清梵時從巖際浮」：悠然清境，尺幅遇之。

《隋宫》「夜遊空唱月明中」：「六朝如夢鳥空啼」同此感慨。

《過淮關》「九曲風濤平等看，停橈頻問稅如何」：忠厚卻已道出。

《春日苦雨》：一幅村居圖。

李良年 武曾，浙江嘉興人。

《春日集紀伯紫齋中，兼送閻孝廉》「燕市酒人仍白下，江南春色負青山」：眉目疏秀。⊙「扁舟畏說張憑去，客裏垂楊未忍攀」：有垂楊婀娜意。

吴學炯 星若，江西南城人。《秋雨堂集》。

《金閶夜泊》「吴越興亡成一夢，青燐野戍自深宵」：結亦氣厚。⊙「高樓笛起三更酒，淺渚船歸一夜潮」：艷倩而有味。

鍾淵映 廣漢，浙江嘉興人。

《泠協律祠》「猶憶先朝協律郎，曾將樂府事高皇。幾時玉洞成仙隱，不向金門隸太常」：筆力蒼老。⊙健樸，無今氣。

計南陽

子山，江南華亭人。

《中嶽廟》「風雨春深偃翠旗」：雄秀。⊙「一自咸陽三月火，長留松柏萬年枝」：喬皇可頌。

孫　默

無言、桴庵，江南休寧人。

《舟泊富春》「人語亂雞豚」：新句。

《鑾江舟中送彭駿孫遊粤東》「送君情不極，愁見草萋萋」：全是説景，末找「送」意。

《仲夏楊太常招飲湖上，聽莊蝶庵彈琴分賦》「坐殘堤柳白，醉罷藕花香」：佳句。⊙「南屏餘佛火，皙皙隔林光」：令人神往。

趙吉士

天羽、恒庵，浙江錢塘人。

《九日登蜀岡》「村橋濁酒入孤蓬」：好光景。⊙清俊絶俗。

《冬日送夏宛來之朔方》「一劍花開大漠寒」：風調開爽。

王　轂

椒卻、墨舟，江南江都人。《枕緑堂草》。

《岳墓》「繡旗手揭宮中賜，一日金牌下十二。後先兩詔死生殊，總爲獄成三個字」：起勢嵯峨。

「忠魂未必戀湖山，遥隨二帝悲寒月」：知己語。⊙寫得忠武心如皎日，此等詩可維綱常。

《秋砧》「戰馬驅秦塞，征衣出漢庭」：筆情伉爽。

《西天目千丈巖禮高峰塔晤慧上人》「塔閉古松花」：妙句。

《月夜登銀山絶頂》「無奈喧金柝，南徐憶舊遊」：結處不覺百端交集。

《烏溪至馬渡橋》「松壓小橋崩，煙嵐疊幾層」：筆力奇矯。⊙「遏流安水碓，移屋就漁罾」：破險而出，自然驚人。

《箭插坪》：圓貼。

《草涼驛曉發》「石火濺霜蹄」：奇句。

《君山》「仙去斷碑青卧雨，祠荒叢竹暮生煙」：迷離斑駁。⊙詩情晻靄，可通怨慕。

《貞娘墓》「同心松柏知何處，惆悵山花滿墓田」：不作情癡語，王郎固是解人。

《金陵懷古》其一「南人莫漫誇天塹，醉數興亡倚釣窗」：如此澹宕，最有情味。其二「千古君臣渾不悟，依然高唱後庭花」：能無歎惜。其三「腸斷江南春色裏，子山何地更興衰」：工緻，亦復飄宕。其四「頻歷亂離身更賤，擬將簑笠伴溪翁」：少陵結法。◎四詩流連慨歎，不勝江左興衰之感。然俱錯綜史事，出以綿麗，故佳。

《函谷關懷古》「西謁咸陽三寸舌，東封函谷一丸泥」：征實，自有光焰。

胡映日　心仲，江西南昌人。

《放船》「霜葉近船明」：摹景入微。

《牧牛》「樵聲隱隱平疇近，吾亦歸來避虎蹤」：讀此幾忘人世，君豈箕潁流耶？

《東巖即事》「柴門近竹疑無屋，澗水侵籬卻到城」：蒼幽絶倫。

喻　指　非指，江西南昌人。

《冬日送夏宛來之朔方》「馬踏黄河夜雪飛」：壯。⊙「遥知統萬城邊路，草檄還能念釣磯」：英氣騰上。

杜世農　輟耕，湖廣黄岡人。

《初秋新安道中》「澗水同奔馬，千年石有痕。結茅隨地勢，到嶺近天門」：數言耳，覺有萬壑奔騰之勢。

《從容庵落梅同友人作》「梅是何年樹，香隨出院鐘。江城吹笛苦，夜雨入春濃」：幽情静致，一空凡艷。

郭礎

石公、横山，陝西涇陽人，江都籍。《瓊花草堂集》。

《舟行罨溪》「誰問花源路，前出多逡巡」：似初唐沈、宋風調。《曉上西山》「黄茅岡頭白石墓，云是仙人採藥路。芒鞋竹杖不復還，樵子罛師自來去」〔一〕：風調入古。⊙遒潔。

《靈隱寺》「竹傳僧竈水，猿嘯海門星」：創闢處令人叫歎。

《登清涼臺有感》「珊然來晤我，釵釧響松煙」：讀此詩，覺高公傖甚。

《金山秋雨》「江城古殿雨，霜葉海門潮」：刻意爲晚唐，然正工絶。

《遊花山禪院》「水流諸壑静，花雨一峰晴」：妙。⊙只是一味鑱刻，故臻於妙。

《遊韶光》：境已幽勝，寫來自佳。

《村居》「犬吠隔溪人」：妙。⊙詩近吴門派。

《贈别張十七》「半生常負美人心」：一往有深情。

《汴州懷古》其二「一代繁華一代愁」：傷心語。⊙「青燐月照金粱影，白日龍吟玉硯秋」：所以「生生世世不願生帝王家」。其三「清歌妙舞真如夢，輸與青旗插酒壚」：沉痛騷艷，《東京夢華録》

〔一〕此詩又見顧景星《白茅堂集》卷五，題爲《春曉侍大人遊回山》。

何以過之？

《古意》其一「莫因一語誤，愁亂髮千絲」：憐極。其二「郎面不如鏡，妾心亂於雪」：曲而妙。其四「當過二八時，門前看馬跡」：古。

《秋興》「只有荻蘆堪寂寞，六朝花草誤江南」：此中有一部史事。

吴璉

馨聞，似庵，山西襄陵人，揚州籍。《瑕瑜稿》。

《止園晚眺》：清蔚。

《櫳園答友人》「戰壘開窗舊」：妙。⊙「祇因君不到，愁共落花生」：流逸，中有警策。

《觀音閣》「日下牛羊夕，花開鐘磬煙」：往與韓臣、痦明搜平山舊碑，有「都將紅粉業，送入碧蓮胎」之句，輒歎其佳。馨聞是詩，正同此指。

《玉鈎斜》「年年寒食節，釵鈿冷東風」：情思淋漓，讀之魂動。

《睡起》「水光明去路，樹色半炊煙」：眼前景，卻能説出。

《地震》「風濤輕海嶽，雷雨戰龍湫」：蒼警。

《南郊别業》其一「暮色來修竹，江聲入短籬」：摩詰佳句。其二「花陰得故人」、「高天置此身」：二詩疏爽。

《大水憶朱二玉》「饑驅遊子出，險繫故人憂」：全首老氣。

《泛雨》「十里湖光山漸小，半雲天氣晝常陰」：閒中看出。⊙嫩處見幽，樸處見媚，故佳。

《登康山》「千里帆檣九月雨，萬家煙樹半亭秋」：秀而貼。

《夏日憩禪智寺》「千年殘劫餘鐘磬，六代遺風謝管弦」：意能層出，往往踞勝。

《初夏南郊餞莊蝶庵》「攜樽送客成佳會，策蹇看花向夕陽」：興會殊佳。

《落梅》其一「枝頭剩得春無幾，不信柴門風雪多」；其二「殘英遮斷來時路，春徑躊躇認馬蹄」：二絕妙貼落梅。

尤　侗

展成，悔庵，江南吴縣人。

《送曾道扶司李漢中》「蒲鞭約法隨羌俗，驄馬威儀近漢家」：雅貼。⊙典雅流逸，知博奧家必無儉態。

王宗蔚

崍文，江南華亭人。《蓉壂樓稿》。

《春日雜感》其一「陵原不散翠微霜」：秀警。「翩翩劍佩群公在，日暮長堤自雁行」：一「自」字有無限意思。其二「漫憐玉笛三山路，細雨疏燈恨未銷」：神情澹宕。◎二詩雄整，而有獨造處。

《江南曲》「玉筯難銷是綺年」：大是可憐。

《春思》其一「人在曲欄愁不盡，一天春曉弄銀箏」；其二「莫憶西陵舊歌舞，春潮一夜冷珠簾」：

二絕可謂「緣情而綺靡」。

甘　京　楗齋，江西南豐人。《軸園不焚詩》。

《采石》「江南昨日何曾戰，炮火空臺築水濆」：筆力甚健，而感慨繫之。

王　撰　異公，江南太倉人。《三餘集》。

《中秋山塘曲》「催科大吏下江南，不辨官糧來顧曲」：此詩大有關政事，不僅風俗。

楊　晟　御李，江西寧都人。

《村落》「青山近酒家」：沖澹。

卞汾陽　雲郭，江南江都人。

《宗鶴問至自兩河，同賦得客從遠方來》：相見復相送，二章曲盡情事。

《飲王西樵先生寓齋》「寒分深夜酒，月照隔簾笙」：組織得妙。

《送黄雨相攜家東鄉》「鹿車妻子堪遺世，虎韔乾坤重卜鄰」：卓犖不群。

《同魏子存、北宸、陳子更諸君集宿影亭》「銀燭横簫度碧雲」：香艷。⊙自是曲江風度。

《送龔芝麓先生使粵還朝》「寒響關河鴻雁聲」、「樽前月比去年明」：輕而麗，令我想何信陽。

《春集許氏潯園限韻》「十里大堤黄鳥樹，小橋春水白鷗天」：温、李佳境。⊙頷聯自是唐人名句，宜以錦囊貯之。

《贈王阮亭儀部》「此時並轡山公駕，芳草金鞭逸興濃」：字字雅貼。

趙　潛

雙白，福建漳州人。《冷鷗堂集》。

《西園》「腸斷烏啼春欲暝，小樓人掩杏花門」：妍秀。

《真娘墓》「可憐薄倖知多少，争及青山千載恩」：别想。

汪燿麟

叔定，江南江都人。《見山樓詩稿》。

《詠懷兼送王阮亭夫子入都》其一「徒羡虬龍枝，蒼茫蔽雲日」：堅秀。⊙風調逼古。其二：喜其不繁。

《李龍眠白描羅漢歌，爲沈方鄴賦》「次見三人同披圖，傴僂相向窺有無。旁有一尊欲側視，手扶拄杖鬚眉枯」：如披其畫。「番紋竹簟廣於席，一跪一坐一抱膝」：好筆力。⊙章法既遒，而逐段纂擬，俱極精工變化。

《家徒四壁歌，爲宗梅岑賦》「漢代自應逢蜀監，不負相如苦著書」：極其慰藉。⊙「人生得失固有時，宗子貧賤何須悲。東原草堂豈終卧，泌水衡門可樂饑」：筆意疏朗，似西山爽氣。

《亂後重過京口》「山空聞戰鬼，江静起鳴鼉」：渾淪有氣。

《喜杜于皇見過愛園》「賦詩逢歲晚，江上送君回」：一氣轉折，深於詩法。⊙「黄岡客又來」：樸。

《悶同蛟門弟賦》其一「不信生平志，翻然在飽温」：勢亦不得不爾。其二「剩得山樓上，吟詩到日斜」：足矣。⊙質樸處逼真工部。

《寄張韞仲孝廉》「乾坤戰伐未全銷，五斗何人不折腰。南國久知身已遁，北山無事隱重招」：一氣淋漓。⊙韞仲大有性情人，贈詩殊爲不愧。

《方爾止來自白門，共集宜樓》「江上水深才繫艇，竹西月出便登樓」：筆意超秀。⊙「堅坐論詩句句好，不知衣上露華浮」：風神秀令，所謂南國固多佳人。

《送靈巖退翁和尚歸隱衡山》「衡山高接四千丈，誰踏層巒曳短笻。石室到來驅虎豹，湘江渡後穩蛟龍」：高睨一切。⊙筆能作奇，詩乃不入庸俗。此詩只是振聳有力。

《淮陰送許青嶼侍御入都》「淮水連侵入衆湖，東南民力已全枯。千家田舍成魚鼈，百尺風濤阻道途」：全首氣力深渾，逼似少陵。⊙「聖朝言路須驄馬，願繪流離作畫圖」：前説淮揚災傷，末二句卻打著侍御身上。局既高超，而意復深摯，且勖勉侍御，言外極有餘情。

汪懋麟

季角、蛟門，江南江都人。《百尺梧桐閣集》。

《庚戌九月客京得家信，詠懷五百字寄叔定家兄》「我羈長安里，紛紛惱人事。夜半趨殿門，辛勤少酣睡。爲郎實卑冗，割肉强遊戲」：以下摹擬京宦之苦，字字實録。「借廡得石友，骨肉不少異。遠載百斛酒，斟酌供我醉」：有此石友，便可不嗟落莫。「清言兼妄語，雜亂那復記」：好。「人生重行樂，富貴非吾意。京華羅公侯，窮薄不欲覬」：高流實有此懷，難爲熱中人道。⊙長言累累，卻首尾一線。極得少陵《述懷》、《壯遊》諸篇之遺。○寄語舍人，古來天禄燃藜，金門據地，自是名輩風流。勿以索米維艱，向軟塵十丈中自傷寥落。夫固曰：「躭酒須微禄，狂歌託聖朝。」行與肯齋、實庵諸同官勉之。

《柳敬亭説書行》「吴陵有老年八十，白髮數莖而已矣。兩眼未暗耳未聾，猶見摇唇利牙齒」：點入最老。「朱門十過九爲墟，開元清淚如鉛水」：著眼。「如今五侯亦豪侈，黄金如山羅錦綺。爾有此舌足致之，況復世人皆用耳」：諷。「但得飽食歸故鄉，柳乎柳乎譚可止」：遒甚。⊙似爲柳生作募緣文字，又是一番機軸。

《補裘歌》「此裘著我三年久，驢背馱來京洛走。野宿曾沾茅店霜，夜酣半染旗亭酒」：形容處，筆墨極爲酣飽。⊙「豈知新故一朝異，幾回欲典無人視。誰道新衣勝故衣，故者如新那可棄」：筆力矯健，不袛以典博擅長。

《元夜禁中觀放煙火歌》「明月如輪碾金殿，濛濛玉露垂深院」：聞安丘曹宗伯極賞此詩。「羽騎傳呼催返駕，鐘鼓樓前已三下。飄若浮雲風雨過，萬點燈花一時謝。獨倚危欄似夢中，月影沉沉轉臺榭」：不可無此一收。⊙前幅層層描寫，如花團錦簇；收處金鼓寂然，令人形神俏絶。是以作賦手爲歌行者也。

《九日同程周量、譚舟石、沈康臣、朱錫鬯、李武曾、高二鮑、顧仲書、申蔌旆集刺梅園松下》「及此花明眼，須拚酒入脣。夕陽容易没，落葉滿城闉」：接得有氣。

《得家信》「春歸憑婦怨，客久憶兒啼」：工於言情。

《迎春》「苦憶辛盤生菜美，異鄉風景只悠悠」：寫景濃麗，卻自含情邈然。

《元日》「東方割肉非吾事，懶醉金盤玉膾筵」：較之唐人應制詩，不知誰爲工拙。

《清明集送朱十錫鬯之揚州》「欲唱渭城誰進酒，緑楊樓外見紅裙」：情致妮人。

陸求可

咸一、密庵，江南山陽人。《方城》、《閩中》諸集。

《兵過慰士民》「何期征滇兵，在此日驅馳」：難爲「在此」。⊙聲情哀惻，不是學步次山。

《修光武祠》「陰風夜颯神鬼哭，靈光晝見龍蛇伏。一林松檜老參天，六月寒濤響山谷」：此段形容最妙。⊙無中間一段，便覺腐氣。此詩心飛動處，惟密庵能解。

《慰驛牛》「送往迎來勞更多，知爾困苦奈爾何」：吏不如牛，可歎、可歎！「牛兮牛兮努力食細草，待天下無事偃武修文日，放爾於桃林之道，以全爾之壽考」：如此慰勞，總是無聊之想。⊙借驛牛寫出胸中苦淚，如此情事，官家那得知？

《溪石》「怒立中流披甲胄，奮身欲與蛟龍鬬」：昌黎筆力。⊙數行中如聞雷吼。

《自延平抵水口驛》「勇者壯士怯者叟，大如熊羆小蝌蚪。湍水逢之怒且吼，驚濤飛立立而陡」：極力描寫，奇怪百出。⊙不必身歷其境，讀之已洶洶逼人。

《舟子》「孤舟入亂山」：無意争奇而奇已至。

《大田驛曉行》「氣蒸知海日，潮起聽江聲」：全得孟襄陽神境。

《建寧舟中雜詠》其一「水色高低變」：細。其二「十日溪中雨，低雲壓帽來。風生薜荔冷，春晚杜鵑哀」：筆墨不凡。⊙蓊蔚可愛。

《宿閩坑寨》「峽冷鼪鼯竄，雲深虎豹眠」：光氣難遏。

《西湖夜泛》「群魚觸月痕」：新句。

《次宿遷縣》「馬陵一夜滿船霜」：螺髻天然。

《步青湖仙殿》「嵚崟共訝層崖險，曲折還疑去路非」：妙能寫出。

《自峽口過窯嶺》「周遭石壁如城郭，不盡濤聲似鼓鼙」：寫景逼真。

《過魚梁嶺》「煙光散作屋邊屋，雲氣疊成山上山」：刻畫。「小市還聞鄉語蠻」：結亦老。⊙筆墨都化煙嵐。

《泊水口驛》「山上人家棲木末，江邊侯吏立津頭」：上句景最妙。⊙「遇景不妨聊捲幔，暫拋書帙對沙鷗」：非有性情人，遇山水間便草草忽過，此時想見使君風韻。

《晚霽登城南眺望》「花侵驛路嘶驕馬，竹暗山園叫乳鶯」：圓潤無比。⊙亦覺氣足。

《登閣園山亭》「盤屈松根走廢壁，蒼涼石洞積深煙」：「走」字下得好。⊙蔚然深秀。

《聽曲》「最是解人聽不得，酒歸殘月已三更」：不盡。

《移蕉贈友》：情況絶佳。

劉廷傳

惟中，河南潁川衛籍，潁州人。《來新亭稿》。

《醉中憶梁園》「古人一以遠，而使我心哀。把酒望長林，秋光西北來。頹然松樹下，衣袖雜莓苔」：感慨淋漓，筆意亦極似太白。

《美人篇》「驊騮驕不走，銜鐶時作蛟龍吼。回頭遺我珊瑚鞭，轉向路傍折楊柳」：全是樂府聲情。「攜爾圍場看射雕」：豪甚。⊙音節頓挫，俱能動人。

《題臨淮開元寺壁》「淮海咽喉地，綢繆竟若何」：骨蒼意厚，結處具見經濟。

《雪夜宿王石帆山莊，柬城中諸友》「夜來雲氣重」：首句盡出雪意，餘俱清老。

《晨起雜興》：何等胸懷。

《我醉》「懷我不妨桃葉渡，勞君重唱竹枝歌」：風流可愛。

《無題》其一「蠻姬十五解文章」：難此解事。其二「自矜顔色如花好，墮馬鳴蟬不讓人」：寫出驕横。其三「緩把羅巾虚掩面，含羞低唱比紅兒」：讀數斷句，想見前輩風流，今公戫將無同。

謝良琦　仲韓、獻庵，廣西全州人。《醉白堂集》。

《送張蹇庵同年還山》「間關風雨蘇卿老，故國松楸望帝愁」：深秀中具離憂之旨。

《寄懷李研齋》「幾日饑寒吾道在，廿年蹤跡世情疏」：同調相憐，固自不比繁響。

周體觀　伯衡，直隸遵化人。《晴鶴堂詩》。

《壕黍村》「村中兩茅店，所飯豆與粥。行人苟不早，半投村中宿」：荒涼在眼。⊙「村老多白頭，村童多赤足。獨饒太古風，伏臘相親睦」：樸直疏古，自帶邊沙氣色。

《初春遊五峰禪林》其一「萬木嶺頭圍，春光上翠微」：起得鬱然。其二「松巢傳伏虎，碑字譯姚秦」：古色照人。⊙蒼深。

《宿景忠山望謁》「七十二盤折入雲」：絶似北地。「無定白毫人自見，有時空語夜常聞」：幻得妙。「漢時汾陰誰敢祀，竊從山下拜元君」：找望謁意。⊙落筆森然奥異。

何元英　蕤音，浙江嘉興人。

《送楊武部奉使交阯》「澤遍雕題蠻獠舞，檄傳浪泊鼓鐘迴」：高華典則，盛唐應制之選。

吴汝亮

海嶠，山東霑化人。《偶存詩》。

《秋杪登海豐文昌閣，次丁恪臣明府韻》「雲樹千重天地接，關河幾處雪霜清」：高亮，足繼滄溟。

《懷宋子開年兄》：婉轉盡致。

田茂遇

髯淵，江南華亭人。

《貧交行》「上堂拜母下揖嫂，與子縫裳復剥棗。君不見，古來英雄不用爲傭保，叩角行歌石皓皓」：樂府神境。⊙生平愛與燕趙豪傑遊，髯淵何其同我心也。

佘　坔

默庵，江南如皋人。《柳圍堂詩選》。

《登軍山絶頂》「塔懸霄漢孤煙直，蜃結滄溟戰氣沉」：秀鬱嵯峨，具高深之旨。

《雨中漫興》「雨色一天松亂吼，浪花吹没釣魚竿」：荒江風景，大是蕭瑟。

張養重

虞山、椰冠，江南山陽人。

《七里灘》「在險只尋常，過險翻嗚咽。悠悠對儔侣，回指千堆雪」：妙。⊙句句轉。

《石鐘山逢談長益》「一聲霹靂起蒼崖，怪石崩雲壓我首」：形容盡致。⊙「操舟登岸來者誰，京峴山中一老友。他鄉老友邂逅奇，攜手登峰倒樽酒」：從子瞻一記脱出，筆筆快健。

《自囦溪歷延平抵建寧雜詠》其一「舟穿亂石斜」：奇句。其二「聞鵑春淚滴，防虎夜心驚」：寫閩南風景，不難於奇鑿，而正難其老確。

《汀州道中》「左顧潮陽右贛州，新羅高據萬山頭」：高踞百尺。⊙「畬猺接地蟠關隘，烽火連天起戍樓」：氣象嵯峨，無言不老。

《閩中秋興》「投戈早已插金貂」：少陵《諸將》而後，復見此作。

《出福寧城》「亂攬青山入海流」：驚人。⊙氣力不動，卻已洞胸穿腋。

《閩江春暮懷古》「只好無諸成霸業，何堪南宋作行宫」：胸有史見。⊙「翠華轉眼如流水，芳草千年恨不窮」：端麗，能抒己見。

《夜抵嚴州》「江店殘燈帶雨摇」：好。⊙「風景不殊，舉目有河山之異」，此詩備之。

《板子磯》「晚來風起波濤闊，疑是將軍戰馬歸」：健甚。⊙「荒城草長埋金鏃，廢壘沙深卧鐵衣」：執筆輒有深感，詩亦何可妄作？

《竹枝詞》「晚來更挽高高髻，唤買街頭水桂花」：確。

《贈歌妓芳塵》「不意詞場三十載，新詩今付與紅兒」：可歎。⊙牢騷之至。

之長。

李國宋

湯孫，江南興化人。《螺隱居詩稿》。

《烏啼曲》「三更人静烏聲苦，魚貫累累出公府」：逼古。⊙音調危苦。

《遊榮園作》「神來接群悦，興往矜獨索」：頗盡遊理。⊙顔詩縟華，謝詩鮮秀，此則兼有二詩之長。

《述懷》其一「天地有不足，人反求其餘。積財若丘山，所用需錙銖。放於利而行，終將爲禍樞」：曾知天下將亂，而不能以儉示子孫，何與？其二：良足垂鑒。其三：勘破，真可出世入世。其四「寧不貞苦節，饑渴良獨難」：深見。⊙甚言秉節固窮之難，讀之三歎。

《淮雨歎》「洪河怒捲十丈冰，朔風吹裂波崚嶒。青狸白狐晝奔突，水底蛟龍閉窟穴」：光鋩射人。⊙筆力健拔，似子美《苦寒》諸短歌。

《漪園歌，贈吴夢祥》「我李百葉榮簪纓，先朝侍從多名卿」：叙述有體。「憶昔烈皇方龍躍，君家司馬登東閣。昭陽大族李與吴，當時勢焰何熏灼。昔也同盛今同衰，丞相門前可羅雀」：風起水湧。「看君亦厭世俗囂，偃卧丘園甘寂寞」：照管本題。⊙爲一漪園，叙出家世盛衰始末，令人擊節彷徨。此詩之有本領者也。

《阮晉林臨米襄陽西園雅集叙長歌》「江都阮生推能手，雅善臨摹稱絶妙」：入阮生，老氣。「盛明中葉萬曆初，神宗御極方晏如」：如此掌故，非耆舊不知。「三十餘年人事變，越石老死家業空。

兒孫轉徙失故物，卻令零落歸村翁」：言之可涕。「我聞斯語發長嘯，盛衰須臾事顛倒。名筆翻遭俗手涴，一物隱見猶難料」：結束有法。⊙零星瑣事，説來偏有關係。自非王、謝子弟貌瘁神傷，不能具此筆墨也。

《牛首山》「一氣滚寒江」：「滚」字妙。

《登牛首山》「萬壑争江勢，千峰繞白門。青林雲氣合，赤日石崖昏」：雄甚。⊙「滄波流浩浩，日夜動乾坤」：筆如蒼鷹下擊。

《村夜》「寒風陰鬼聚，夜雨毒蛇鳴」：全首學杜。

《袁浦觀河》「禹功不可問，虚望漢臣槎」：諷。⊙治河爲今日要務，詩能指刺深切。

《晚登梅花嶺》「鴻雁饑民國，牛羊故相丘」：獨雁。⊙不作寬套，便有意議。

《北固山》「躍馬吴兒真虎子，斬蛇赤帝有龍孫」：包括兩史。⊙京口形勝，甲於東南。詩特豪健而有氣。

《寶嚴寺人日雨雪》「燈火晝寒深殿閉，龍蛇春遠寺門虚」：頷聯蒼警，以下説到時事，題意方足。

《鍾陵》「野暗石麟寒燒遠，塵封金盌暮山秋」：華蔚淒清，一時並集。

《朝天宫感懷》「他日鼎成龍自去，只今松老鶴還飛」：丰神流逸，卻令讀者低徊。詩固以情勝。

《河塞》「竹楗何須憂瓠子，斗泥無復泛桃花」：筆花絶艷。⊙有典有則，知爲讀書人。

《石城曲》「開窗看山色，郎立江船上」：是金陵風景。

《江上曲》「一船張五帆，那得不愁儂」：中有情思。

《廣陵竹枝詞》其二「夜半槳聲聽不住，南船纔過北船來」：如聞咿軋。◎二首極風流摇宕之致。

王仲儒

景州，江南興化人。《夢華山齋詩草》。

《和舍弟歙州畫菊歌》「今年雨師無賴甚，收拾芳華何處置」：次第。「恰值南山惆悵時，不遣無花負重九」：極爲合拍。「共挹秋光入杯酒，盡醉登高重回首」：結老甚。⊙節節相生。

《同戴無奇飲北臺》「海氣抱空樓」：佳句。

《聞雁》「移灘白露明」：安愜。

《白沙雨中别友人》「江城冬夜雨，蕭寺異鄉心」：「疏雨滴梧桐」詩有其致。

《西郊晚眺》「酒旆風不定，秋樹葉還齊」：幽潤。⊙筆最恬霽。

《登八寶大觀樓》「海日行原隰，江雲薄棟樑」：著意描寫。⊙闊甚。

《送别顧瑟如之中州》「黄河繞漢宮」：望之鬱葱。

《城西》「堅城摧炮火，舊跡未全消」：確切揚州。

《昭陽墓》「高原夜静熊羆出，古廟春深鼓吹聞」：音震九宵。⊙「誰知戰伐千年後，此地猶傳柱國墳」：劍佩巍峨，如睹褒、鄂一輩。

《天寧寺别表兄李方同》「邂逅方將散旅愁，不知歸思正悠悠。異時隔日常相覓，此會他鄉只暫留」：轉折蒼老，深於古法。

《吴陵寓中寄家阮亭》「酒罷空餘塞雁飛」：情文兼至，能不令儀曹心賞。

《奉挽前相國吴柴庵先生二十韻》「南荒甘荷戟，北闕慘飛塵」：相國一生事跡，妙以整麗出之，卻自絲理畢現，繇其氣强而筆健也。

王熹儒

歙州，江南興化人。《勿齋偶存》。

《天寧寺懷顧六瑟如北遊》「黄河終歲多烈風，况今歲暮冰雪作」：豪邁之致，有似高達夫。

《登真州天寧寺塔》「地闊沉黄霧，天空下黑鷹。乘風最高處，蒼莽客愁興」：俯仰間覺耳目變换，詩能寫出。

《法輪寺臺上》「驟雨湖風黑，新晴浦日黄」：筆端殊覺森異。

《袁浦觀黄河，兼呈家阮亭》「九河迷故道，遺患在乾坤」：深識。

《碧霞宫大觀樓》「群帝虚無合，天風晝夜寒」：闊。⊙廓落盡致。

《訪吴柴庵先生》「後輩識行藏」：此句深。⊙想見司空表聖當年。

《席上送閻分月之廣陵》「細雨黄梅深院暝，重陰朱夏小樓寒」：韶令之姿，居然渡江洗馬。

《袁浦别蔡七畬若》「對酒春堤夢裏花」：艷姿清骨。

《秋涉書懷》「水深高竄空田鼠，風急低盤古墓雕」：作意練句。⊙獵獵風生，絶無柔態，如見桓宣武一流人。

《秋日懷江左諸子》「清秋横笛昭明閣，細雨推篷燕子磯」：清麗。⊙「天涯蹤跡知何似，半逐風塵半掩扉」：有臨風婀娜之致。

高晫

玄中、蒼巖，山西襄陵人。《滇遊草》。

《坐石聽老兵話》「十三落邊土，十五投三韓。十六列戎行，十七侍大官。十年甲不解，防秋桃花灘。苦戰三十年，一子没桑乾。妻死不知處，母死孤墳殘」：筆意全是樂府。「不見凌煙閣，矗起青雲端」：悠然無盡。⊙前段叙次逼古，結處最有餘藴，是深於《三百》之教者。

《目則山》「彷彿露崇岡，鑾營列山塢。廢竈留殘煙，道傍拾遺弩」。泠然泉聲落，似猶雜金鼓」：著此一段，方覺情事蒼涼。⊙形容山險，可謂曲盡，末更大有關係。

《送曹石霞歸楚中》「廣陵三月桃花渡，二十年前逢君處。沙黄草白昆明池，八千里外送君時」：絶似李青蓮。⊙「君今歸兮歸何道，九疑蒼蒼兮洞庭淼淼。黄鶴樓中鐵笛聲，梅花飛落楚天曉」：飄逸不群。

《老寨曉發》「萬馬立雲鳴」：聲雄色麗，不愧倚馬。

《牛羊道中》「樹閉陰風黑，藤垂古雪寒」：山川險邃，筆墨與之鬬勝。

《贈永昌王太守》「蔞葉垂簷滿，桐花入座紛」：精彩焕然，全乎盛唐偉制。

《炎方驛道中》「鳥道烽煙外，柴門蠻僰間。盤江千萬轉，只自照愁顔」：詩心警艷。

《送趙七竹歸武昌》「紅葉媚征衣」：錦衣駿馬，方斯鮮麗。

《寄答桑楚執見懷》「自笑子長牛馬走，誰憐杜甫鳳凰饑」：蒼巖與楚執交情甚篤，故其詩真剴而多逸氣。

《寄懷許竹隱》「看花幾度清明節，落月誰來丁卯橋」：竹隱詩人，故酬贈極綿婉而多致。

《楊鄂州來則庵過小齋閒話》「夜郎榕葉垂垂老，關嶺烽煙故故留」：詩情藻逸，疑江山靈氣磅礴而成。

《别寧州嚴靖公》「民力東南雙涕淚，心旌日夜大江流」：如此贈别，方是良吏，方是詩人。

《題雙峰大石橋》「窺人木客頻藏影，接樹鱗蛇倒挂蘿」：寫出怪異。⊙「絶壁過雲開錦繡」，可移贈此詩。

陶　澂

季深，江南寶應人。

《洪水行》「此時天吴吹水水皆立，馮夷擊鼓商羊出。茫茫真宰呼不聞，搏顙椎心悔何及」：著意摹寫，海立山飛。⊙輪囷逼塞，偃蹇排奡，誠爲傑作。

龔賢

半千、柴丈，江南崑山人。《半畝園詩草》。

《一公得法東遊》「折梅辭蔣廟，帶雪下吴船」：秀絶。⊙「相思但相念，切莫寄詩篇」：結處見相愛之深。

《登岱》「半空懸日觀，一竇仰天門」：登少陵臺，讀《南樓詩》，乃覺其字字確切不可易，今於柴丈《登岱》詩亦然。

《扁舟》「人語蠻煙外，雞鳴海色中」：造語奇。「不讀荆軻傳，羞爲一劍雄」：寓意深至。

《飲徐氏園》「水氣亭三面，城陰柳半腰」：逼肖。「最是歡娱地，年華覺易消」：感慨。⊙東南綺麗之鄉，最易銷人骨性。讀柴丈作，令我憮然。

《揚州曲》其二「妝樓半掩美人盡，茉莉花開香滿城」：亂中揚州情事，以倩筆寫出。

黄周星

九煙，湖廣湘潭籍，江寧人。《夏爲堂詩》。

《次韻贈萬年兄》「雙匣蛟龍經戰後，一編蝌蚪是焚餘」：沉渾不露。

彭士望

躬庵，江西南昌人。《遊山詩》。

《玉簾泉》「中更嫋遊絲，石隙數行瀉」：細。⊙數語簡而盡。

蔡方炳　九霞，江南崑山人。

《白下送黄仙裳》「天涯知己分攜苦，悔趁磯頭半夜潮」：溯風流而獨寫。

●仙裳爲予亟稱九霞道氣深篤，而令嗣右宣、右純皆雋才軼出。金昌亭畔，幾時得遂夢思也。

吴穎　見末、藺雪，江南溧陽人。

《望岱》：典貴之氣，如披册寶。

《過歸德》「屋邊犬吠驚新鬼，城上烏啼恨故侯。横睇睢州高許事，漫將軍國殉恩讐」：詩史。

⊙藺雪胸中，於古事、時事極爲貫串，故言之沉烈。

丁澎　飛濤、藥園，浙江錢塘人。《信美軒詩選》。

《送章載弘令壽光》「秋色亂山來」：警拔，卻以圓秀出之。

《送吕蓮洲比部辭官歸宋中》「一疏乞骸歸」：高亮。

《送孫九畹備兵保寧》「虎跡荒原戰後多」：音調流美，絶類吴謳。

《送趙錦帆比部歸汴州》「從此乾坤有荷蓑」：濯濯如新月柳，宜一時有「南丁北宋」之目。

《文丞相祠》「六月陰廊鬼火青」：陰涼聳異，筆端疑有神鬼。

《送曹持原之令西寧》「望到龍鄉何處是，桄榔亭畔最思君」：委婉入情。

《送王邁人少參由始安遷懷州》其二「兩地相看萬餘里，故鄉今隔幾重山」：從兩地上著想，便自遠甚。

《聽舊宫人彈箏》「不須彈到回波曲，説着先皇淚滿衣」：張祜、杜牧有此筆情。

《得徐世臣遊梁書卻寄》「可知客向夷門道，欲覓侯生説舊恩」：調婉思深。

張　宸

青瑚，江南華亭人。

《送周翼鹵駙馬還京》「名姬别館春無數，憔悴人間孫子荆」：風韻欲絶。⊙時貴主新薨，故言之凄楚，而詩特婉麗。

沈胤范

康臣、肯齋，浙江山陰人。《采山堂詩選》。

《過滿聽軒，追憶倪文正尚書》「問公疏鑿何年始，憶在崇禎歲辛巳」：老。「金殿灰飛戰血紅，大臣從死首推公。願從傳説騎星斗，恥效張良擊祖龍」：形容處十分精彩。「月冷金窗虚屈戌，雨傾碧城長苔錢」：今聞瓦礫俱盡，可勝三歎。「有錢莫買成都田，有酒須上鴟夷船。郧山種樹皆成拱，萬馬樓邊白日寒。東南山色爲誰好，狂來一問滄浪天」：唱歎流連，百種蕭瑟。⊙詩無關係，雖縟辭麗采何益？此歌爲文正叙歎始末，如招貞魂毅魄於九原，蓋足綿雅追騷者也。

《宿平原草堂，有懷諸開士》「客睡野堂啼虎豹，人歸隔隴下牛羊」：卓犖。⊙整麗是其本色，而此更沉警。

《與歌者吴巨聲》「座上龜年頭並白，煩君努力唱梁州」：情深。

《花朝遊馬山人園林》「有酒不須紅袖勸，櫻桃如豆鵓鳩啼」：讀過如坐春風中。

孫一致　惟一，江南鹽城人。

《新柳》其一「一任東風渾不解，知將青眼向何人」：含睇情深。其二「寄語陌頭年少客，縱令攀折莫今朝」：大有憐惜意。

諸九鼎　駿男，惕庵，浙江錢塘人。

《雞頭關》「雄關半天上，仰視不分明。下視坤輿底，如見江流傾」：善寫。「清江繞褒城」：老。⊙從險道寫入坦境，指端井井。

《寬川埠》「面觸樹杪雲，衣灑花上露。月黑饑虎叫，松密蒼鷹怒」：奇語。⊙筆鋒警利。

《秋林》「五更天反黑，撥樹方入呰」：真景。「蟾泉水氣毒，木客蘿衣怪」：騷腸賦筆。⊙境地固極幽險，而筆力亦能傳寫。

《華陰西嶽廟望嶽》「坐松逢月出，望嶽愛雲飛」：佳境。

《咸陽》「十二金人環殿闕，三千秦女捲衣裳」：工緻，而章法矯絶。

《往事》「嵩山剩有登封跡，許下徒留受禪臺」：如此看來，真覺萬念灰冷。

宋實穎

既庭、湘尹，江南長洲人。《過江集》。

《龔芝麓中丞以南行雜感見示奉和》「萬馬樓船百粵中」：壯采健思，傲睨王、李。

趙澐

山子，江南吴江人。《雅言堂詩》。

《白門雜感》其一「琵琶泣向關山月，何處香魂葬玉鉤」：腸斷之言，卻筆情秀艷。其二「供奉於今零落盡，莫愁湖水自蒼茫」：十四樓中風流頓盡，念之惘然。

毛騤

馳黄，浙江錢塘人。

《石鼓湖舟中》其一「雲脚離山黑，沙磯近水圓」：沉警。其二「野螢當晝照，山鬼媚人啼」：意主新創，不墮纖巧。

《黄陵廟》「南國翠華原樹拱，下泉金雁土花疏」：摇筆光翠。⊙「叢竹怨深人不見，月明空殿響瓊琚」：富麗高華，可埒沈、宋。

許之漸　儀吉，青嶼，江南武進人。

《由長寧驛乘桴渡黄河感夢而作》「歸雲氣湧千峰動，驅石靈開萬壑愁」：險奥，出以壯鍊。⊙「擬向葱山溯合流，禹功首造奠方州」：極尊氣格而健思溢發，固屬高篇。

周令樹　計百，河南延津人。

《題畫》「旭日浮元氣，高天下亂流」：渾闊。⊙「四瀨生平志，堪從壁上求」：用意深至，筆筆大家。

《岳忠武廟》「雨歇長河捲白波」：中有岳侯。⊙整麗中，有浩浩洪流之氣。

宋曹　彬臣，射陵，江南鹽城人。《會秋堂詩》。

《晚過靈隱寺訪晦大士》「黑猿窺古佛，紅樹鎖飛泉」：思路深猛，而局法亦安。

《登金山》「畫船衝寺面，霜堞鎖江根」：纔似今日之金山，移動不得。

《得程千一金陵消息》「壯懷窮獵馬，寒雨暗江城」：卓爍。⊙「萬山隨爾去」：著筆深摯。

《晚出鶴林寺》「到處牛羊歸路險，一時烽火夜來青」：極貼。⊙「衹見米顛遺穴在，杜鵑花事已冥冥」：全用慨歎，極合情事。

《晚遊雙峰》「六橋柳暗歸蹄杳，萬壑鐘浮野殿秋」：矜琢而氣自老。

程封

伯建、石門，湖廣江夏人。

《驛卒謠》「低語忙添恤馬錢，揮鞭箠楚驛門前。官馬營馬騎不足，廚邊狼藉官豬肉」：短章卻説得斬截。

《餉夫謠》「東南金錢亦有限，今年轉餉三百萬」：絶好一首新樂府。今人開卷擬古盈寸，斷當付之祖龍。

《辭白石江》「白石江，戰場路。潁川侯，此路去。副將軍，名藍玉。達里麻，敗何處」：音節短古。⊙「行人慣説此江惡，白晝能令風雨作。諸葛營邊戰鼓鳴，梁王冢上妖星落」：讀罷如聞猿啼虎嘯。

《入辰州界》「四圍山影塞，何路出辰溪」：開口好。

《送謝星源司理慶遠》「自爾官爲始，從前路不通」：胸有本領，故著筆沉至。

《謝友人送猓玀》「今年斗米三千貫，又送獠奴阿段來」：正意以側筆寫出。

《灘》「榜人罷槳齊高叫，知是獼猴部落來」：寫事全用快筆。

吴懋謙 六益，江南華亭人。

《燕京秋懷》其一「君王樂事真無限，煙鎖彤墀晝不開」：何減相如賦心。其二「青冢黄雲驅斷雁，白登黑月射群羊」：語極華鍊。⊙文筆艷麗，而思力更强。

《春閨》「朱簾春暖穿針線，繡到鴛鴦淚暗流」：情緒泥人。

佘峚（再見）

《贈黄山僧畫五松圖歌》「松乎松乎，我今與爾共棲息，啜茗焚香朝對弈。爲謝山僧勞潑墨，作歌紀别攄胸臆」：矯甚。⊙筆力岸異，有龍跳虎卧之概。石霞謂余：「此係默庵極得意筆。」非誣也。

《遊軍山》「氣合蓬壺三島外，煙籠玉笈五峰間」：氣調極高，卻不流入寬泛。

《春日送陳其年還陽羡》「久瞻劍氣高横斗，何慮蛾眉晚入宫」：筆力最健。⊙「莫爲故園松菊戀，只今旗鼓望隆中」：奕奕神王，令陳髯吐氣。

《寄懷譚長益〔一〕》「歲去幾時還笑語，月明遥夜獨踟躕」：疏樸，偏多遒媚處。

〔一〕「譚」，當爲「談」。談允謙，字長益，丹徒人。

《即席贈歌兒花仙》「客醉共攜燈畔影，春深相訂月中緣」：妙。⊙「看遍梨園幾少年，風姿誰得似花仙」：艷情詩貴在即離遠近間。默庵此作，有縹緲入情處。

●予遊雉臯，得交默庵，知爲有道仁人，不僅以詞章名世。近乃奄化，臨終有詩云：「七十三年一夢中，癡愚不悟總成空。牙籤數卷煩收拾，莫負生前一片功。」足以知其寄託矣。其令嗣再以遺稿見寄，予因續刻數首，以志人琴之慟云。

吴樹誠

芊生，難三，江南歙縣人。《宛鳩居詩》。

《秋雨祥符寺獨宿》「老僧歸叩門，開户已微白」：住得妙。⊙清冷，如冰雪在抱。

《靈谷寺遥望》「百萬青松盡，蟬鳴何樹枝」：數語無窮凄惋。

《馬食穀》「烏雀口啄即飽腹，猶責兒僮惰驅逐」：極似張文昌樂府。「急向屠門賣黄犢」：妙。⊙情事極慘極透。

《方山登岸沽酒，步抵灣沚》「流覽意不盡，峰頭新月生」：筆意極閒。

《送孫豹人之淮陰》「倘逢漂母毋勞念，孫八從來不受憐」：溉堂見之，應掀髯大笑曰：「吴子，吾知己也！」

梅清　淵公、瞿山，江南宣城人。

《爲予夔畫書泉圖並賦長歌贈之》「短閣臨流足幽絶，紅塵欲侵侵不得。客至同看渡浦雲，詩成共坐凌波月」：此中有畫。⊙筆姿閒適，正爾煙雲滿紙。

宫象宗　友逵，江南泰州人。

《歸燕》「明年春色好，還傍舊家飛」：説歸燕如許情深，可謂工於體物。

《雨》「别浦輕煙外，陰雲濕自園」：楚楚有致。

《别友》「朱旛開瘴雨，畫戟肅山箐」：唐人詩專取興象，如此從容整麗，自屬大家。

《金山》「龍吟長在殿中間」：奇語獨創。⊙昔人金山詩有「濤飛濺佛身」之句，不若「龍吟」句之險拔。

《九日即事》「隔岸蒹葭饒碧浪，背城風雨下平沙」：摹景中有蒼渾之氣。⊙少陵《九日》諸詩，俱帶悲激，此詩得其遺法。

《驟雨》「應有蛟龍穿水窟，不分晝夜汩山村」：空同《江州雨》一詩，全摹少陵《返照》。今友逵《驟雨》作，正與北地有遞相祖述之長。

《平山懷古》「當年簫鼓今何在，寂寞鐘聲送晚風」：平山堂今改爲寺，故有「鐘聲」之句，不似韋蘇州《西澗》詩混引「春潮」也。

《燕磯曉望》「俯瞷江流一葉風」：俯仰之間，萬里在望，固是興酣之作。

馬振飛　星卿、杏飈，江南通州人。

《夜泊》「苔補古遺碑」：新句。⊙溪流人静，風味正爾蕭永。

《詠劍》「風雨頻相守，神龍肯自藏」：爽氣逼人。

《宿塔山禪房》「青山何處不爲家，況復懸崖散晚霞」；「數竿修竹深深屋，幾疊新巒細細花」：正自天然。

李　基　公密，江南通州人。《潔庵草》。

《從劍山抵朝陽洞觀海》「精舍突藏龍窟裏，衲衣時掛竹枝間」：高唱入雲。⊙「危坡仄徑路多艱，倚杖微行不用攀」：氣岸巍峨，有吞吐潮汐之概。

沙鍾珍　彦弢，江南如臯人。《燕遊草》。

《遊西山秘魔巖》「龍餘舊跡回殘照，山帶晴霞瀉碧流」：千錘百鍊。⊙氣静思沉，不見雕琢之跡。

《春日登中頂望仙閣，次紀伯紫韻》「槐亭全散晚來陰」：筆意悠閒，卻多風韻。

《燕山雜詠》其一《盧溝》「拱極雲連鼉鼓浪，盧溝月照馬蹄霜」：整中帶秀。其二《太液》「一池玉浪有龍行」：振響絶高，是應制佳手。其三《玉泉》「誰知古殿自金朝」：風格本佳，正覺鉛粉皆韻。

迮　俊

旦庵，江南山陽人。《映春堂詩》。

《酬和張二見懷》「一春花掩扉」、「幸得一身微」：有遺世獨立之概。

《送閻牛叟歸淮陰》「日落杯辭手，天空雪滿裘」：情調如話。⊙「相聚轉相愁，停舟上酒樓」：一片真氣。

沈奕琛

石友，貴州普安籍，高郵人。

《春日集不繫園》「雲黑半垂天」：畫船絲雨間，宜有此筆墨。

許納陛

元錫，雪庵，江南如皋人。《思亭集》。

《道路擬山中》「雲陰飛菌閣，日高衆鳥散」：舉體晉魏，其叙次山居，令人動褰裳之想。

《詠懷》「清池含碧水，其中有鳧鷖。安得肅肅羽，樂此與爲俱」：憂思百結，纏綿成文。

《竹西感事》「地多新筆墨，人是舊風流」：嫣然有態。

《畏人》「畏人狂態減，多病壯心違」：老成閲歷之言。

《過洗鉢池訪鄧孝威有贈》「畫角孤城收夜雨，樓臺隔浦動寒濤」：悲壯清健，在雪庵集中最爲傑構。

《憶江南，兼寄范獻重》「十五年來成往昔，那堪劫後更相論」：麗而有思，豐而多韻，當使江左卻步。

《三月三十日》「常恐愁侵衰老日，那堪貧過好春時」：令人惘然。⊙有意學西昆，而清思獨出。

《秋深喜鄧孝威見過留飲雪庵同賦》「風吹細雨落殘更」：深情繾綣，故綿麗而多風。

《鴛鴦塘》「惹得採蓮女，低頭暗自傷」：不必説破。

《汴渠》「啾啾風雨夜，白骨沙頭語」：慘語。

《蜀岡》「那見宋朝春貢跡，而今變作野煙亭」：一爲愴然。

《浮山觀》「片石精靈今尚在，九州風雨自西來」：有雄傑之氣，與大復「黄河一線通滄海，人在仙人掌上行」之句並垂。

徐鼎鉉

梅生，質舫，江南通州人。《江南詩》。

《舟泊武昌，尋西山寒溪寺》其一「夾磴圍嘉樹，層崖瀉緑泉」：簇艷。⊙秀思鬱采，仍以頓挫行之。其二「僧樓跨絶壁，樵唱出前堤」：想路沉著，故無弱音。

《登蘄州城》「相逢遺父老，猶自哭軍旌」：少陵神境。

《八里江大風》「亂峰排舫黑，潑浪蹴天高」：英岸。⊙「長年能鎮定，差足慰波濤」：造語固自驚人。

《過小孤山》「鼉宫鑽佛火，鳥道架僧樓」：奇警。⊙創闢處皆極真確，是細心看山水者。

《入安慶界》「節鉞中丞府，旌旄列戍兵。從來稱扼險，南北古人争」：俯仰間，正自雄闊。

《泊蕪關，過識舟亭感舊》「何當天下士，蹤跡總沉冥」：和平中不乏英矯。

《登天門山》「落照千帆影，歸僧半榻風」：削去膚語，故能露其岸異。

《阻風烏江有感》「湍漭衝沙岸，還餘叱咤風」：起得英異。⊙一起有喝流倒捲之勢。

《宿磨盤洲》「殘兵屯野堞，蘆葦亘荒堆。哮虎衝人過，饑烏掠水來」：筆端光焰。⊙沉麗矯拔，似得江山之助。

《蟂磯孫夫人廟》「可憐吴國妹，不擁蜀宫嬪」：傷心語。「姬人長劍侍，風雨黯龍鱗」：暗用史事。⊙得此表章，夫人爲不死矣。

佘儀曾

來儀、羽尊，福建莆田人。

《真州客樓送衷娣之南州》「樓頭宿雨迷蒼樹，天際長江鎖亂山」：寫景極遠。⊙「一娣尚教離别易，半生無那世情艱」：情緒纏綿，而輕重淡濃最能合格。

《棲靈寺》「秋空漁唱頻來往，日暮軍笳入杳冥」：筆意空微。「蜀岡殘冢有碑銘」：遒甚。⊙感歎處獨有餘情。

釋成德

友松，江南江都人。

《夢遊普陀山》「塔射蛟鼉影，鐘摇島嶼天」：琢鍊精工，幾與無本争勝。

《晚過鏡水寺》：天然穩秀，可入《杼山集》。

《舟過吴興》「帆邊樹接峴山平」：非親歷不能寫。「爲愛巖巒不歸去，只愁啼出子規聲」：風韻絶佳。⊙昔人願浮家泛宅，往來苕霅間。僕丁未過此，日遊碧浪夾山，乃知前人寄託之妙。讀友公詩，又令人忽忽思往事也。

慎墨堂詩話卷十一〔一〕

喬可聘

聖任、陶庵，江南寶應人。

《旅中得長子邁雲間消息》「書來垂舊泪，人去對新愁」：二語大有筋兩。⊙神似少陵，卻能自出手眼。

《苦雨》「沙崩響易哀」：疏老，自是大家風味。

《柘溪冬日舟中》其二「松徑霜鐘尋白社，梅花鐵笛夢黄冠」：大雅春容，而秀氣拂拂紙上。

《秋村寄吴柴庵》：沖淡，有閒雲野鶴意。

喬　邁

子卓、鈍夫，江南寶應人。

《柘溪月夜有懷張嘉庵》「中情無復繫，思與静者論」：幽人襟抱如是。⊙絶類韋蘇州。

〔一〕此卷輯自《詩觀》初集卷十一，原署「東吴鄧漢儀孝威評選／同學紀映鍾伯紫參閲」。

《村夜》「鉦柝圍殘夢，星河迴客愁」：「圍」字下得警。

《水漲再過草堂》「半窗吹舊紙，一榻擁新沙」：摹寫水漲入畫，而局格極渾。

《哭萬年少》「窮途天地窄，亂世死生微」：句深。⊙以吊隰西，字字真切。

《八月》「獨鳥向山歸」：好句。

《丙申除夜》「山中甲子愧分明」：比靖節意更深。

《亂後淮陰得晤何達夫吴門歌者》「忽見何戡驚會面，叮嚀莫唱後庭花」：較「更與殷勤唱渭城」同一深情，别一肺腑。

《送趙五弦入覲》「匆匆若到雲多處，玉漏依然聽五更」：忠厚悱惻，具見此詩。

吕大器 東川，四川遂寧人。

《邅江》「野狐衝馬立，山鬼伺人驕」：造境森奥。

《潭市》「蜂房緣石竇，虬樹繞花叢」：思精而語麗。

《湘潭道中》「果熟猿朝暮，花深鳥送迎」：異景異筆。

《晚至閬州》「輕艇星前導，微波天暗移」：盡晚舟光景。

《采石磯晚眺》「煙護萬松三月雨，水圍千舍六朝人」：蒼然。

吕潛

半隱，四川遂寧人。《懷歸草堂詩集》。

《送友蒼大師住水西》「雪殘春路滑，雲過晚江空」：秀警。

《秋水園即事》「幾家圜市小，一寺背山低」：鍊。⊙詩能沉著，便覺氣象鬱然。

《送吴子晉還蜀》「風塵驚白髮，兩度看君歸」：衝口即是。⊙一氣呵成。

《邘江夏夜懷史赤豹蕭寺》「風號故相墳」：緊句。

《奉寄李制府》「灩澦嶔嵚四百灘，從今蜀道不言難。樓船震叠鯨波偃，蛇鳥參差陣氣寒」：光焰萬丈。⊙雄傑之概，英英射人。

余壵

生生、鈍庵，四川青神人。《增益軒草》。

《江望》「只有鄉心不東去，早隨煙月上瞿塘」：詩得遠近即離之妙。

《新灘觀捕魚歌》「傷鱗破額委泥沙，慘淡腥風陷朝日。跳波脱漏時有之，潛跡江潭秘呼吸」：杜陵神髓。「嗚呼，廿年殺戮人民空，今復毒流鱗介中」：説出。⊙直是老杜力量，何分今古。

《蜀都行》「萬里橋邊陽氣微，錦官城中野雉飛。經商半是秦人集，四郊廓落農人稀」：詩史。⊙成都被獻寇殺刈生靈幾盡，此篇逼真詩史。

陳　瑚　言夏，確庵，江南太倉人。

《揚州感興》「燈火樓臺作戰場」：實事。⊙「亂餘無夢度維揚，此日重遊淚數行」：此爲亂後之揚州言也，在今日則繁盛極矣。

《獻寇破武昌，令數十人舁乘輿，輿楚王而投諸江，城中二十萬户，其屠戮不盡者皆驅而沉之》「豈是膠舟沉其主，卻同魚腹葬騷人」：當時藩國之害如此。讀罷令人慨然。

陳恭尹　元孝，廣東南海人。

《送姜山上人遊南嶽》「正是到時二三月，上方明月下方雷」：奇語。⊙「燈前鬼芋穿沙出，霽後僧門鑿雪開」：具述舊遊，而送上人意已在言外。

《送何不偕之潮州》「龍川地古那逢令，鰐渚魚多不避官」：變化古事。⊙識力絶高，不袛詞調之美。

《甘竹灘上留别何皇圖，即送之羅浮》「兩崖相揖隔灘聲」：想見其境。⊙「已傷此地蒼茫别，卻羨名山自在行」：格法嚴老，不專以刻鍊示長。

《送沈方鄴遊羅浮》「高瀑倚風時作雨，諸峰含日半成霞」：筆含風雨。⊙「遥望層城，丹樓如霞」，可移以評此詩。

朱彝尊

錫鬯，浙江嘉興人。《潛采堂詩》。

《雁門關》「層冰如玉龍，萬丈來蜿蜒。飛光一相射，我馬忽不前」：筆力强勁。⊙「嗷嗷中澤鴻，聆我慷慨言」：似曹子建樂府。

《將之永嘉，曹侍郎溶餞予江上，吴客韋二丈爲彈長亭之曲，並吹笛送行，歌以贈韋郎，送其出塞》「船人擂鼓津頭泊，紅葉千山富春郭。忽作邊秋出塞聲，江楓岸柳紛紛落」：興來神到。「試向樽前歌一曲，梅花飛遍李陵臺」：收意遠而密。⊙用筆繽紛錯落，如雲霞散采。

《繇丹峰驛曉行，大雪度青雲嶺、桃花隘諸山》其一「寒沙虎跡交」：好。其二「空山無赤幟，廢壘有黄蒿」：二詩精警。

《七馬坊》「陶穴遺深井，沙陀没故宫」：厚而老，是錫鬯進一層詩。

《晚次崞縣》「百戰樓煩地，三春尚朔風。雪飛寒食後，城閉夕陽中」：風概獵獵。

《黄龍寺》「故老尚談元總管，成功實倚耿將軍」：實譜。⊙不專言寺，而流連於古今盛衰之際，故爲可傳。

《土木堡》「元戎苦戰翻回蹕，諸將論功首奪門。早遣金繒和社稷，祠官誰奉裕陵園」：唱歎得好。⊙議論盤鬱，極合史評。

《宣府鎮》「宫槐御柳今蕭瑟，虎圈鷹坊舊有無。邊事百年虚想像，誰誇天險塞飛狐」：俯仰今古，殊覺騷屑，而筆力特遒。

魏禧

叔子、冰叔，江西寧都人。《勺庭詩鈔》。

《早發華陽鎮》「不聞江上人語聲，惟聞滿江動檣櫓」：妙。「波黑天低光明滅」：神似。⊙寫得景色蒼茫，筆端殊爲有興。

《揖黄君》「身寒背倚濕蘆葦，腹饑口嚼乾蓮子。西頭之月不肯落，東頭之日不肯起。須臾人説開重門，短衣垢面揖黄君」：全是樂府神境。⊙「揖黄君」以下，不須再置一詞，章法妙甚。此冰叔以古文法爲詩者也。

劉祚遠

子延、石水，山東安丘人。《鶴林集》。

《雨後同友登岝山》「極北沙偏静，天南霧未開」：新而辣。

《雨霽早發看山》「雲移峰欲動，日淡壑猶陰」：細遠。⊙「歸來應歲晚，霜葉滿深林」：讀去凉氣襲人。

《過莒州》（時地震已經三年，猶瓦礫滿眼）「天道愛丘墟」：苦語。⊙「蕭條今尚爾，當日更何如」：極目蕭條，正動蒼生之涕。

《遊畫溪》：純是荆、關妙染。

《陸鶴田招飲園林即事》「錦綉坼山河」：「坼」字妙。⊙「登臨情不盡，魂夢尚煙蘿」：起極感慨，餘俱情景兼足。

《雨中過固關》「五原地接風霜古，三晉關連草樹秋。西北只今烽火静，尚留殘戍鎖空樓」：極切。⊙此詩只是氣厚，不僅以整麗賞之。

《重來濟上感懷》「高蹤惟見分金嶺，勝事空餘白雪樓」：筆意爽豁。

《東村》「鮑山之麓濟城東，樹色煙光莽蒼中」：絶似少陵。「野沃更沾三月雨，樓空常滿四時風」：名句。⊙疏老硬直，乃更嫵媚。

王　清　冰壺，山東海豐人。

《秋日燕臺述懷》「瓠子屢勤宣室慮，柏梁新選侍臣才」：貼合時事，有典有則。⊙氣華詞麗，而中多剴切，較勝唐人應制諸篇。

趙錫胤　玉譜，陝西膚施人。

《雨後曉行》「馬困宿泥中」：警句。⊙「山色四圍合，溪流一徑通」：秀穩。

《泗州》「波臣何震怒，王氣幾沉淪」：雅合。⊙「屢經淮泗地，風景最傷神」：今昔情感，俱能寫盡。

王曰高

登孺，北山，山東茌平人。《槐軒詩集》。

《登岱》其一「登封七十何堪譜，虞典曾傳輯瑞同」：含經咀史。其二「御帳還從龍峪出，白雲時繞日峰來」：光焰燭天。◎二詩典核精工，不讓燕、許。

梁鋐

子遠，仲琳，陝西三原人。

《望華嶽》「危石挂青松」：奇句。⊙「幾折層巒上，猶然矗數峰」：純是望中之景，迷離欲絶。

秦松齡

留仙，對巖，江南無錫人。

《登靈巖》「歲歲春風思國色，朝朝佛法懺吴王」：從來未發。⊙「塵劫總歸清静界，老僧不與話興亡」：妙處在從情字探討而出。

《過富陽》「烏桕樹齊青旆出，杜鵑聲歇布帆行」：秀絶。⊙「卻羨村家近江住，柴門日夕看潮生」：整而逸，秀而健，對巖可謂獨到。

《抵嚴州》「割漆人稀蠶正熟，焙茶香透酒初醒」：是吴越間風景。⊙娟娟蔚蔚，卻無纖媚之習。

適合。

朱廷熺

山暉，陝西富平人。

《酬李岸翁贈别》其一「銜杯仰視月，鄰舍鷄已鳴」：聲情逼似蘇、李。其二「函谷關上雲，太華山前路。馳驅聊躑躅，美人來遲暮」：高步遠矚。⊙摹録别者，優孟可憎。此則自抒己懷，而風旨適合。

蔣　超

虎臣，江南金壇人。

《送楊職方之日南》「長安逼側憐枯槁，解衣贈我當春早。官亭薄酒意�啟，信宿升車悵怏」：妙在著此數閒筆。「讓我南遊衡嶽老」：結得遒。⊙短歌饒有壯節，風旨動人。

婁鎮遠

君藩，奉天遼陽人。《鏡亭集》。

《舟泊德山寺》「塔影千溪静，碑亭一水深」：沉摯而光昌。

《過小孤山望彭澤縣》「怪石横空遲客渡，亂山繞岸湧溪流」：寫得出。⊙江山孤泊，風懷應爾蕭瑟。

《遊桃源洞》「溪流恰似秦時雨，村跡猶然晉代風」：思路深秀。⊙我已神遊其境。

《舟過燕子磯感賦》「堪憐當日紛争地，一水東流不再還」：便自英盼。⊙「洄湍奮激魚龍宅，絶壁雄争虎豹關」：手筆宏闊。

《岳陽懷古，和王茂衍韻》「只今一址頹然日，尚有詩人數舉杯」：結得大興飛舞。⊙典實風犂，此詩殆可無負。

《南湖》「停車借問春耕者，善卷先生幾葉孫」：悠然古境。

王無忝

爾迪，夙夜，河南孟津人。《續孟津詩》。

《夏日少林山居》「月亂螢流白，風高樹欲秋」：是山中静景。⊙筆墨精整。

《憶去秋同八弟登岱嶽，因語弟》：中四句實，首末用虚，可謂精於審題。

《過潼關》「關門之上古城樓」：開手便峭。⊙「山導黄河分豫野，人隨白月到秦州」：闊中有細，老處帶韻。

《函谷早發》「樹當野霧埋人眼，路過盤山遇虎蹄」：題面極大，詩固有龍行虎步之概。

《春日感洛陽故宫》「自是人隨蝴蝶去，傷心獨向月明中」：銅駝石馬，可勝淒怨。

《語天侯》其二「忽憶當年全勝日，春山無處不笙歌」：口邊意，拈來自妙。

《遼后樓》「一自翠華辭帝闕，土人拾得舊鳴璫」：興衰之際，往往有此。

馬駿

圖求、西樵，江南山陽人。《聽山堂詩集》。

《黄河北岸》「洪濤秋渡馬，惡樹夜蹲狼」：險句驚人。⊙筆强思旺，固是絶作。

《賦得平野入青徐》「斬蛇迷舊地，戲馬憶平臺」：墨氣淋漓。⊙「頗聞征戰處，耆舊至今哀」：通首有力。

《憫戰》「牧馬悲鳴天漠漠，沙場鬼哭火青青。不堪六代南朝寺，風月清宵戰血腥」：筆力絶强。⊙哀激，如讀《古戰場賦》。

《夜聽湖舫度曲》「悄絶燭紅人不見，隔林西面盡湖天」：見面翻覺索然矣，惟情深人解此。

《舟中作》「心傷斥堠連荒市，壁掛弓刀馬繫門」：年來每有此，所以欲賦《洗兵馬》也。

《閨意》「此夜艷情鴛枕盡，啼痕如線背燈花」：惟義山有此綺艷。

江皋

在湄，江南桐城人。《越閩遊草》。

《夜宿天遊觀》「諸峰弄影争相揖，虚壑傳聲静欲流」：妙。⊙「千盤曲徑問天遊，昏夜纔登最上頭」：難狀之景，從虚處寫出。

《望康郎山》「傳自興王銷甲後，溪毛不敢薦人間」：無限嗚咽。⊙「破廟鴉翻苔瓦落，寒潮蛟洗鐵衣斑」：寓指蒼凉，不僅作白水間好語。

孫自式

衣月、風山，江南武進人。《四詩集》。

《浮萍篇》「黄金終不渝，衆口煽爍之。妾心良皎皎，君心不自知」：比物連類，能攄忠愛之懷，而音節亦近漢魏。

《東陵村居》「方悟風塵疲，始識丘樊樂」：詩品在陶、謝之間。

《夏日遊嘉禾褚孝廉園林，登峰在閣》「時時見山僧，來往踏松月」：妙。⊙簡貴淵永，隻字俱不苟下。

《由石峽過黄河》「遍野蓬蒿往跡多，滿山冰雪西風大。濁水河邊捲怒濤，長年歌嘯能開柁」：數語絶勁絶老。

《過中牟》「戰壘連官渡，荒城枕大河」：興象極佳。

《夏發柘浦至江山》「閩越分楓嶺，寒暄異一時」：確貼。⊙絶不雕刻，氣象已在目前。

《柘浦道中》「飛雲隨去鳥，流水雜鳴蟬」：妙有風態。

《剡溪登縣樓贈劉明府》「賀齊吟眺處，猶見四山亭」：如此結法老甚。

《舜陵》「司馬浮湘成史後，蒼梧暮雨到今疑」：極力摹少陵詠懷古跡詩。

《西安即事》其一「玉峰日暖猶融雪，韋曲春深未見花」：貼切光麗。⊙春容爾雅。其二「建章宫闕鎖千門，颯颯飛塵極目昏。細柳新蒲俱寂寞，樊川御宿自潺湲」：運事老健。⊙一氣排宕，自是雄渾。

《春日越王臺懷古》「洑流渡澗笙歌咽，城廓銜山睥睨齊」：錘錬之至，聲彩皆近自然。

《九日同其文遊靈隱寺，風雨泛湖而歸》「霧擁雲根沉海日，風揺石壁隱江流」：氣格穩矣，而中有警錬處，能扼一篇之勝。

《真州登塔》「山色青蒼來北固，江聲日夜走東溟」：只言塔外之景，固自滔滔無盡。

《馬》「誰道一鳴妨立仗，緣知龍種性難馴」：風山其自況耶？⊙氣力絶雄。

《剡溪雜詩》其二「月明垂釣處，長憶謝公遊」：絶不著意，妙甚。

《己丑除夕》「今年渾欲盡，那復數歸期」：含情邈然。

《八月歸舟泊山陰城河》「霸業已隨流水逝，夕陽影裏颯靈旗」：詩心騷宕。

《戴溪亭》「不見王猷艤棹處，空林落照暝猿啼」：風情四映。

《真州絶句》其一「猶識維摩吟諷處，山僧指點舊書堂」：懷古邈然。其二「我亦樽前談往昔，江湖零落淚千行」：老致深情，於蹊徑之外，别有唱歎。

丘象升

曙戒、楚州，江南山陽人。

《移寓》「竹樓風欲動，猶似泊荒江」：客况蕭凉，卻是過嶺時風景。

《送張鞠存罷歸》「三月江南鶯亂飛，鷓鴣争唱不如歸」：起處妙是六朝風味，以此入律，何其風秀。

《送别黄蘭巖》「可堪悵望河橋外，無數風帆曉夜飛」：筆致翩翩，似太白當年。

丘象隨

季貞，西軒，江南山陽人。

《寄故人》「看山又渡江南去，君若來時一處愁」：妙絶。⊙此等語，非個中人不解。

《晚泊汶水對月》「卻感多情雙汶水，半分一道下南流」：唐絶神境。

《贈程穆倩》「縱然淡盡人間事，又寫青山過酒家」：妙。⊙風流絶世。

傅爲霖

石漪，福建南安人。《暘谷詩鈔》。

《重陽後三日邀諸同人泛舟，張揆原載酒共遊竟夜，泊九峰》「當頭月碧溪聲裏，對面峰青棹影中」：峰泖在目。⊙澄暉秀采，拂人襟袖。

《述懷》「歲荒民命賤，官罷故人稀」：可歎。⊙「幾回鄉夢後，翻訝未成歸」：如此吏，而竟挂彈文而去耶？

《青浦舟中》「蚊聲欺夜黑，螢火亂江空」：真景。⊙用筆深刻。

黄若庸

仲丹，福建閩縣人。《岸園集》。

《樟溪》「衆山明驛樓」：江山如畫。

《玉山道上聞鷓鴣》「鷓鴣莫向深林叫，多少行人淚未乾」：絶好唐調，卻自淒楚。

魏　憲

惟度，福建晉江人。《枕江堂集》。

《入海音洞》「尋聲難識面，唯有白雲痕」：是何境界！⊙「削壁疑無路，懸巖忽有門。倒行微徑狹，側入一天昏。漸覺晨光引，徐聽海水喧」：竟是一篇遊記。

《避風館》「僧開雲水門」：造句真。⊙「江濤一氣奔」：全寫江景，森異萬狀。

《雲屏》「馬瀆遠飛千艇至，龍江長送兩潮回」：壯句。「最是鄉園難極目，雙橋虚鎖粤王臺」：結亦健。⊙寫得蒼茫有氣。

朱克生

周禎、秋崖，江南寶應人。《環溪詩集》。

《詠貧士效陶淵明》「履險亦何事，騁足非其時」：效陶之淡，而加以沉鬱。

《冒雨尋玉虚觀故址》「丹竈封春草，青燐照墓門」：深鑿自爾秀麗，惟空同有此。

《小孤山》「地束江形窄，中流忽擁山」：奇拔。

《馬當山》「奔雷喧島嶼，飛雪灑衣裳」：狀險處，筆有飛濤。

《春晚渡江》「雨多山失翠，夜静水難昏」：寫景處極深異。

《靈隱寺》「南渡衣冠無宋土，西湖樓閣有空王」：頸聯見身分，使山人墨客拈毫，那得有此？

《旅興》「痛哭先朝誰柄國，十三年已亂黄巾。嶧縣在崇禎末時爲土寇所據凡十三載」：桓宣武所以登平乘樓而發歎也。

《贈韓職方舊姬，時爲比丘尼》「掃盡鉛華翻貝葉，不聽歌板聽殘鐘」：職方没而蛾雪少君能砥節操，真可方燕子樓故事。

《泛綉溪》「白板橋頭魂欲斷，寒鴉落日小喬墳」：鍾情在我輩。

《同計甫草泛東溪，訪朱子蓉不遇》「塔鈴聲在水雲灣」：絶句神品。

《冷仙亭》「憑欄欲問前朝事，舊内荒凉不見人」：惘然。

陳鈺

其相，冰壑，江南寶應人。《巢園詩鈔》。

《晚至獻花巖》「不知雲裏寺，覓路喜聞鐘」：悠然深静。

《移家柘溪》「虀鹽朝日暖，停筯聽春禽」：幽居詩須如此恬静。

《遊牛首山》「葉落有聲人不見，一群松鼠戲斜陽」：好光景。

《巢園即景》「夕陽似愛秋林好，只在蕭蕭蘆荻中」：澹妙。⊙僕近從京口渡江，有句云：「無限雪花吹鐵瓮，始知天愛潤州山。」與冰壑同一指也。

《送朱秋崖之江右》「石鐘樓觀春雲覆，彭蠡蛟龍夜雨愁」：壯偉。⊙濃淡合裁，而氣體亦自高秀。

劉中柱

砥瀾、雨峰，江南寶應人。《漁山園詩集》。

《江南曲》「愁煞渡江人，知傍誰家宿」：婉合。

《憶毛大可遊中州》「不知何處梁王苑，花草春風總斷腸」：和緩處真是風流。

《春遊雜詠》其一「流鶯不管興亡恨，只在陳侯墓上啼」：令人嗚咽。其二：極合《竹枝》。

李沂

壺公、艾山，江南興化人。《鸞嘯堂集》。

《聽楊懷玉彈琴歌》「四座慷慨不能平，楊君彈罷泪縱横。楊君早年西蜀豪，素精馬槊兼弓刀」：已斷復連，章法最妙。「千金囊橐散無餘，惟有内府琴猶在」：老絶。⊙王于一有《聽楊太常彈琴》詩，讀之令人徘徊淒惋。艾山此歌，正復如是。

陸廷掄

縣圃，江南興化人。

《春興》「花樹傷心麗，風雲入眼迷」：縣圃詩字字老到，此首尤爲警切。

《中秋》「美人猶未返，愁絶玉簫聲」：結意有三閭遺風。

宗元豫

子發，江南興化人。《澤畔稿》。

《憶昔行，寄陳確庵》「肅皇龍飛走楚甸，佳氣葱葱五雲見。天子南巡歌大風，群公玉帛趨行殿」：墨花飛舞。⊙中間從楚遊上追叙往事，發出一段精采筆力，遂與古人相敵。

李淦

季子、若金，江南興化人。《礪園稿》。

《智者寺》「長林日蔽竹陰濃」：别有天地，我思攜杖而往。

《初夏由鹿田至鬬鷄巖》「不知玉女歸何處，古木陰森有墓田」：結處邈然，起無窮之思。

《坐太傅巖上》「惟聞伐木聲，空山絶人跡。鷓鴣啼不休，泉流自莫莫」：二十字抵一篇遊記。

《望蘆洲》「隔洲煙火起，知是刈蘆人」：真。

《婺邸獨坐》「多少雲山春樹隔，不須深夜有啼猿」：客中難聞此調。

《宿塘棲》：風調最好。

《送客之閩中》「此去莫將瀛島望，九仙遊處亦蕭條」：不勝「蓬萊清淺」之歎。

陳世祥

善百、散木，江南通州人。

《遊仙曲》其二「釀成玉屑欣然醉，睡過蟠桃兩度花」：「中山千日酒」又不足道。其三「桃源兒女能多少，只曉秦家説祖龍」：「不知有漢」猶落第二義。

《過馬湘蘭故居》「搔首城隅人不見，涼颸落葉叫黄雞」：豈爲一妓言之，正有無窮之感，而詩特秀艷。

陶開虞

月嶠、鷳庵，江南通州人。

《聽歌有感》「分明訢與還幽抑，斜隔朱樓不敢哦」：煞甚多情，想白太傅、杜書記當日。

《久雨坍江》「日月銷沉雲霧窟，魚龍坐占貊貔祠」：聲調高卓。

《故中山燕園》「蟋蟀夜寒藏券閣，芙蓉秋老賜書樓」：留此段下場頭，供詞人歎詠，不禁離坐而起。

《寄黄仙裳義興三絶碑墨刻》「最愛荆溪三絶碑，右軍書法陸家詞。孝侯節行故相重，晉室風流長在兹」：有高蒼之氣。⊙骨力絶似少陵。讀此等詩，不敢更以中、晚目月嶠。

《瓊花觀》「野鹿不知香已散，月明還自卧荒臺」：温、李風流未遠。

《即事》其二「石田山水無塵染，遥聽鸚哥叫看茶」：青溪三十六曲間，差有此景。

《廣陵竹枝詞》其一「别院晚風淒切處，四條弦訴舊揚州」：著一「舊」字，便有無限感慨。其二「妾從楊柳橋頭立，郎自芙蓉舫上來」：質而雅。

程謙

山尊，江南歙縣人。《一石山房稿》。

《重過西湖》「月上重城閉，僧歸孤艇閒」：實録。⊙山尊詩以清逸勝，此首又妙在整鍊。

《雨過虎丘》「似覺名多累，翻因雨得閒」：千人一片石，大爲粉黛笙歌所累。此詩饒有冷眼。

《初夏新晴同杜茶村、閔賓連、蔣前民野泛》「野寺挂殘雨，輕舟愛晚晴」：虚字下得好。⊙「好風招客至，高柳遍啼鶯」：葱蒨有自然之色。

《江舟夜泊同諸弟小飲》「暝色入江煙，江聲流向天」：一幅倪迂好畫。

《登焦山》「滄江如此急，亂石自中流」：起得好。⊙起二句説出焦山身分，孰謂山水不藉重文人哉。

《宿雲聲庵》「樹密月難得，江喧夢獨閒」：令人神遊其間。⊙「偶因尋勝跡，到此忘躋攀」：機清而氣自厚，宜茶村每向予稱之。

《登金山》「今古一拳石，乾坤老戰場。寒城餘殺氣，古殿散空香」：氣極蒼渾，復切今事。⊙如此詠金山，使時賢閣筆。

黄霖

雨相、南巖，江南休寧人，江都籍。《西亭詩》。

《經山寺》「佛守千年樹，僧依萬壑鐘」：窅然靈異。

《冬日送友人之嚴州，因簡高尺木》「一葉桐君路，千山木客春」：深警。

《冬日送周二安北上》「燕市悲歌原舊俗，叢臺艷舞見荒墟」：二安高蹈，卻留意古今，詩能娓娓道出。

《城西泛舟》「依崗鳥道連樓閣，傍水人家半管弦」：極繽紛搖曳之致。

程　邃

穆倩，垢區，江南歙縣人。《蕭然吟》。

《送遠公還山》「江河瓢笠正，履蹈雪霜縣」：造語新警。⊙「長宵思曷旦，作佛亦堪憐」：思沉調苦，如聽哀蟬。

《坐卧一小樓，邢孟貞來詠倚和》「蒼林生脱葉，白髮到狂夫」：骨蒼神肅。

《翁壽如寓舍同某老叟》「筆舌幸孤堅」：詩亦孤堅如千丈虬松。

《兵中得還白門，和青溪太史韻》「無方不戰伐，何處是乾坤」：穆倩詩，其蒼老者往往入少陵之室。時人但以險澀目之，非通論也。

《冒雪過黄平立草堂》「夙興閒客子，堅卧好巖扃」：落落高岸，有王恭鶴氅之容。

《酬别林若撫長者》「登臨餘慷慨，處士在風塵」：若撫爲申文定公客，予昔從之學詩。其著作甚富，身没後，恐有覆瓿之慮也。

《半塘過吴駿公先生》「相逢百戰後，昔别大江秋」：筆力勁甚。⊙高老不群，穆倩詩以此種爲正則。

《酬贈龐密胥大令》「客路青衫夜，雲濤楚水船」：雋潔微秀，别有香光。

《郝仲趙宅中讌集，出蜀邸所藏畫册同觀》「花冷玉笙夜，江懸春雁聲」：頸聯一字一金。

《蠡湖夕照》「西風衰虎氣，極浦隱神珠」：生辣處，極思路之幽。

《寒夜河上居社集》「老樹高年臘，寒霜變酒瓢」：能深能别，與世人膚廓者迥别。

《李太虚先生命酒，同洞翁、友沂談往事》「那堪論汴宋，水火是經綸」：穆倩昔從漳浦、清江兩公遊，故詩中多扼要之論。

《白門喜逢邢孟貞》「正喜賦歸看縫抱，兒啼番可止牢愁」：極慰藉之情，想見良友。

《從錢牧齋先生舟次酬宋其武》「人間誰熟劉蕡事，我獨逢君話斷魂」：負用世之略，竟落落以布衣老。讀此，寧無拊髀三歎。

《邗上逢姜如須叔季，兼柬仲令》「憶别兩年如昨日，玲瓏又聽廣陵簫」：泠泠如半空笙鶴。

廖文英

昆湖，廣東連州人。《石林堂集》。

《漢口》「花飛知浪暖，雨足覺春深」：深秀。

《古乾河》「山昏樹有聲」：妙。「隔寨指殘燈」：妙。⊙行色蒼凉，筆端繪出。

《祝融峰》「摩崖路繞封苔磴，聽屐聲高上石樓」：高而又幽，非祝融無此氣象。

《楓木嶺》「風吹虎軟循山去，路遇疏梅只笑看」：令我擊節。⊙詩思峻險，結處更自風韻。

《沅州宴集》「月角萬峰嘶甲馬，樓船千隊下辰州」：雄壯。

《江州雪柬左寧南》「仙鶴叫寒雲萬里，白龍戰苦月三更」：雄情灝氣，有「雪夜入蔡州」之概。

《舟次寄胡沂庵漢口》「一夜江聲摇客夢，兩城更漏數離愁」：思極沉刻，而出之爽亮。

《别高晢湄刺史》「酒缸移向洞庭秋」：妙。⊙昆湖詩多險峭，僕則選其風韻流美者。

●越子辰六遊廬山歸，極稱南康太守廖公爲風雅宗；而黄子天濤客燕時，得交其令嗣仲玉、季玉，兩君正如謝庭瑶樹。較讀《石林堂詩》，能無欣企？

吴嘉紀

賓賢、野人，江南泰州人。《陋軒詩》。

《贈程澎》「食肉被紈素，極意媚微躬」：寫出癡狀。「我愛程仲子，矯矯魚鹽中。春草野萋萋，中有幽蘭叢。何以别氣味，君試臨清風」：裊裊不盡。

《古意，寄王又旦》「鞶帶徒爲飾，塵垢復欲浼。儻非故時人，誰更拂拭此」：近詩每失比興之義，此作猶有古風。

《題荷山草堂圖贈徐芳》其一「世事勿復問，澗泉鳴淙淙」：悠然白雲。其二「泉石誠足娱，壯顔倏已老。光采秋蘭花，零落同野草」：蒼堅秀鬱，得晉魏之神。其三「琴弦常苦直，梅子常苦酸。君聽蜀岡上，啼鵑摧肺肝」：古絶。⊙世人學選體，徒有其皮膚耳，實優孟不足觀也。野人直得其神髓，故無意揣摹而自與選合。

《廣陵送汪徵遠歸潛川》「秋水没繁華，流民雜凫雁」：聲情並美。⊙全體晉魏，卻緯以今之情事，故爲獨佳。

《贈吴學仲》其一「不用歌二龔，不須贊四皓。今日塵埃中，高趣有吴老」：起手超絶。⊙「亂後故園蕪，客中兒子小。日暮讀書歸，牽衣索梨棗」：逼似陶公。其二「王烈羈遼東，范宣客豫章。到處風俗美，終思還故鄉」：激揚古烈，可謂芬芳。其三「只今淮水上，鴛鴦鳴關關。寶劍分復合，古鏡破仍圓。高士配貞女，雙美人争傳」：如此方可謂之古詩。

《九日懷程嘉猷》「觴至誰共御，思君坐搔首」：懷人只末二句，章法絶老。

《青萍港》「人家門開鵝鴨歸，酒店月出藤蘿細」：如畫。⊙「村無盜賊客有錢，買君一醉高枕眠」：風景宛然。

《白塔河》「上河農厭下河哭，船來繫樹遭驅逐。同是耕田鑿井人，何惜樹陰不借宿」：予鄉素封之家，有擁稻數十萬石而不肯以粒米貸親知者，又何怪乎白塔之村農？野人過矣。

《秦潼》「網得大魚無米换」：真。⊙「可憐冷落紅顔婦，凶年賣飯不賣酒」：下河荒凉之狀，妙以快筆寫出，流民圖不是過也。

劉康祚

長康，江南丹徒人。《樵巖集》。

《山中人日》：筆墨和融。

《雪中寄孝愉問梅花消息》「萬壑陰雲鎖晝昏，大江雪片任飛翻。支離北固維摩榻，苦憶東泠隱士村」：矯如雲中鶴。⊙筆意高强，不作細弱語。

范國禄

汝受，十山，江南通州人。《江湖遊草》。

《入廬山》「總以日照臨，白雲助虚妄。加之以風雨，自然出奇創」：筆姿奇晃，畫出廬山。⊙直是一篇廬山遊記，以韻語出之，森奇靈奥，令人若置身泉瀑間。

《三峽橋》「濤聲遠自石中出」：奇。「溯源漸近聲漸强」：如聞水石聲。⊙極静極細，乃能探出山水真消息，又妙以健筆佐之。

《甘將軍廟》「化作流烏晝夜啼，廟前廟後風凄凄」：回風雲旗，在其筆底。「靈旗閃動雲頭雨，雨濕烏衣烏不去」：何減《九歌》。⊙蜷曲離奇，固是胸有全部《離騷》，乃能呼役風雨。

《同楊酒生登樓看月》：孤迥如瘦鶴。

《廣陵舟泛》「天下名園亂後稀」：妙。⊙從鎮淮門一帶日聽簫鼓，知天下太平又三十年矣。

《送錢舒庵之金陵》「看竹應過高座寺，穿針莫向麗華宫」：用事極活，故風致可懷。

毛師柱　亦史，江南太倉人。

《江行》「回首江南山，殘陽映微月」：空微秀澹。

《真江作》「廣陵旅遊罷，復作金陵客」：已得隨州佳處。

《將之如皋，留别吴門周鄰藿、新安汪慎爲、大梁蘇昆生、武林陳不卧》「燈分蕭寺雨，雪壓暮江船」：語鍊而意厚。

《都門秋日讌集黄天濤寓齋》「清砧月皎疏燈外，白雁秋殘好句中」：讌集詩如此清麗，最爲佳絶。

《徐大合素自甘州幕府來都，相見有贈》「題詩好遍雲中戍，射獵應過雪外城」：壯情勃起，有横槊舞蔗之風。

《冬日自德安返武昌，酬竇林夜坐見懷》「五更霜雪畏雞聲」：沉細又高亮，吾何間然。

《初秋襄陽放船下武昌，途中早發安陸，將入漢陽界口志感》「殘月客辭安陸郡，亂山人指漢陽城」：自然高秀。⊙「腸斷秋宵聞野哭，峽猿何必更三聲」：老辣之中，自生婉媚，是火候到時。

《過舊院回光寺》：可勝紅袖青衫之感。

《韓侯釣臺》「漢家宫闕銷沉盡，寂寞乾坤兩釣臺」：功臣高士，千載生色。

陳維岳

緯雲，江南宜興人。

《清明》「樂事總拋非曩日，春愁如醉尚狂生」：雖復哀愴，出自王、謝子弟口中，都有異人處。

《贈陸子玄》「處士江干田二頃，尚書墓道木千章」：蒼凉壯激，如漸離筑，如正平鼓。

《贈閻古古先生》「地有大風連沛澤，人來奇氣動幽州」：惟古古當此語。⊙「此處昔傳多俠客，荆高一去水悠悠」：緯雲詩極風秀，此忽爲穿雲裂石之聲，固知義聲慷慨，非同恒調。

《贈小史俞郎》「多少才人易淪落，毛修王粲不如君」：非憤詞，實今日時態。

阮旻錫

疇生，福建晉江人。

《報國寺松歌》「蛟宫老龍愁逼窄，騰身飛落梵王宅。碧爪蒼鱗不敢張，屈曲空庭低數尺」：有龍蛇夭矯之勢。⊙落筆驚風雨，令人欲怖。

龔士薦

彦吉，江南武進人。

《都門送毛亦史歸里》「别酒風花移塞日，愁心春水半江城」：風神綽約。

趙貞

松一，江南太倉人。《蘭懷堂詩草》。

《讀史》「眼底無英雄，遂爲識者輕」、「天授非人力，乃使都彭城」：具論古之識。〇重瞳以驕而敗，沛公以倖而成，此自公論，非翻案也。放出眼光，乃不爲腐儒所欺。

《黄河阻風歌》「黄河澒洞古罕儔，至今奔瀉無時休。雨工矯步封姨横，我欲鞭山塞悍流」：其氣悍決。⊙筆底有急湍怒流之勢。

《登太白樓歌》「酒闌歌竟發清嘯，但見河濤怒捲青天流」：風概亦似太白。⊙「男兒曠志歷九州，短鋏敝衣來遠遊。平生磊塊消不得，載酒狂歌太白樓」：蕭條感激，有王處仲擊碎唾壺之概。

《燕京搗衣篇》「錦衾繡簇盤花樣，妾手親裁著身上。定許春風不再吹，錦衾到眼應無恙。屈指歸期六十旬，含情望遠上樓頻。傳來雁足梅花字，又促寒衣寄遠人」：一路點染俱佳。⊙是初唐四子風調，卻無拖沓靡曼之習。

《燈下簡家書》「到來生百感，那得慰平安」：真話。⊙僕客京華，稔知旅況之惡。讀此詩，忽發窮途之慟也。

《得家慈手訊》「課孫筋力倦，憶子鬢毛疏」：所謂「至親無文」也。此爲性情之言。

《寒食》「此日易斜暉」：淡至。⊙「兩度逢寒食，春先倦客歸」：望之疏樸，卻中邊意思俱到。此非近人以率意貌高、岑者。

《寄内弟衍公》「卻憐書到日，又送客邊春」：筆力最健。⊙僕嘗與友人言：「詩有苦吟而佳者，亦有不必苦吟而佳者。情到筆流，一揮而就，此何所容其推敲？」松一此作是也。

《寒夜有懷，簡黄天濤》「冰雪尊詩卷，風塵厄姓名」：天濤每爲予言，松一爲人高簡而多真氣。此詩想見一斑。

《宣城遇雨》「鴻影劃秋煙」：一味平實，卻山行風景已悉，不必分外求奇。

《山行》「小藍橋下路，指點是荆門」：人但知前兩聯寫景之工，不知佳處全在結句，爲能收束全篇，此製局之妙。

《蘆花被》「山中藉爾堪高卧，不與西風遍地吹」：蘆花被説得如此風韻，莫與豪貴人道。

《雨後望濟上諸山》「萬壑雨餘旋噴瀑，諸峰雲散尚聞雷」：真景，難於寫出。⊙通首不落纖弱。⊙僕乙巳策蹇行濟北道上，望山色菁葱，無能作一好語。讀松一此作，如我意中之所欲云。

《衛河舟次得家信》「南國芙蓉秋信早，北堂萱草夢魂遥。懸知白髮愁中滿，料得紅顔别後銷。報道吴江楓色冷，不堪獨夜枕寒潮」：詩極蕭騷，難爲客子聽。

《天津九日》「瀛海三年留楚調，桑乾九日滯吴吟」：只如此自工。⊙九日詩，少陵每出以悲渾。此作莽莽有氣，固足抗衡前人。

《燕京次沈台臣原韻卻寄》其一「肯以囊空增客感」：此句傲。「翻因舌在受人憐」：此句悲。⊙自昔詞人客遊京洛，往往名聞天子，或公卿爲之薦揚，立致顯達，今皆無之。曹秋岳侍郎爲予言：

「隆、萬時遊士客京，無有零落者。如謝茂秦輩，其受贈遺，略與公卿等。」然則此風今又不可得矣，宜松一慷慨言之。其二「伏謁肯誇詞賦健，謀生始覺道途難」：久客長安，方知此之確。⊙雖當窮途逆旅之中，卻有磊落骯髒之概，翻覺子美騎驢旅食、冷炙殘杯，未爲氣色耳。

《遊西苑》「聞道至尊休物力，肯將隙地賜民耕」：可入封事。⊙方朔詼諧，意主譎諫；司馬賦草，不廢箴規。此詩結處，大得此意。

《古聊城》「不知守土義，翻作説降書」：予過東昌有絶句云：「火牛即墨戰如雷，燕將丹心死不灰。何事只今聊攝路，行人惟説射書臺。」蓋與松一此作同一意。

《女兒詞》「不肯低眉事村偦，只將顔色向花啼」：只爲胸中多「顔色」二字。⊙邯鄲才人嫁爲廝養卒婦，千古同恨。◯村婿有何不佳，多收數十斛麥，勝於黔婁多多矣。意方年弱，未盡解事耶？

《燕臺雜詠》其一「好爲長安競炎熱，故留清蔭待閒人」：自廟市移慈仁，而松間爲之不静。長安貴人亦時有攜樽罍鼓吹而至者，安得清蔭長伴閒人乎？憶壬辰秋，予與韓子聖秋、吴子岱觀，日夕來松下銜杯賦詩，差足爲雙松吐氣。自今念之，忽忽如隔世事耳。其二「陌上何心怨楊柳，兒家夫婿已封侯」：翻得好。

《花朝後一日》「昨日韶華今日夢，客魂那不逐春銷」：爲「後一日」增出許多妙想。

●婁東詩集，如亦史、翼微、台臣、東堂、倬雲、弘導、憲尹、修闇、雪洲、尹衡、舜光，皆天濤所授者，松一稿爲極備，故多採之。

曹禾

頌嘉、峨眉，江南江陰人。

《題剪髮圖贈蘇母》「孤燈冉冉照刀尺」：新句。⊙摹寫剪髮一段，奕奕有神。

周裴

翼微，江南太倉人。

《野田黄雀行》「荒田無食青草長，草根又作田家糧」：慘切，如聽隔窗鳥語。

《曉發蒙山》「水湧將浮日，雲連欲斷山」：著意摹寫。

《蕪城夜泊》「舟鄰估舶鄉音雜，花暗倡條暮雨多」：詩情最好。⊙風流俊爽，令人想叔寶當年。

《登大觀閣》「巡簷鳥向雲邊下，夾岸帆依樹杪來」；「凌虚未戒咸陽火，不信天宫有劫灰」：鍊處極爲安雅，結更有意。

《寄送瞿公歸五龍，次龔大司馬送旅公韻》「閒心白社思筇竹，舊約青山負釣船。此際江南春漸好，緩風輕雪早梅前」：清新俊逸，以評此詩。

《送沙定峰遊淇水》「太行天末隱芙蓉，翠積淇園路幾重。山勢千回終望嶽，河流百折自朝宗」：巍峨確切。⊙愛其典重，勝他人空翻一種。

沙張白　定峰，江南江陰人。

《牧童詞》「饗堂基上野梨開，山榆無主風吹緑」：音旨淒緊。

《送友》「才名豈不隆，所感非知希」：看得襄陽有遠識。

《同杜茶村登雞鳴山作》「地號臺城猶建寺，眼無宫闕只看山」：名卓。⊙「遥憶平蕪嘶牧地，六堂鐘鼓舊鵷班」：茶村有《秋日上雞鳴寺後湖亭》詩：「廢寺無僧住，山光亦不親。石門欹壞道，風葉侮遊人。直視毘廬面，猶多戰馬塵。霜鐘殊寂寂，空外吼何頻。」僕甚愛之。見定峰作，又爲歎絶。

《楚遊雜興》其一「滔滔不盡興亡感，熟讀離騷痛舉杯」：風調騷激。其二「雲收百里林皋出，春散千山草木迎」：逸響遏雲，如吹鐵笛。

彭師度　古晉，江南華亭人。

《别彦畯弟》「只道别離易，送君南陌頭。歸來逢日暮，燈火照空樓」：二十字中，無限情致。

《燕臺送黄天濤歸海陵》「還家定相憶，鶯唤夕陽時」：有花明柳媚之致。

白夢鼎　（再見）

《感遇》其一「起視星辰光，爛熳照大河」：雄視。⊙孟新負當世之望，而鬱鬱草中。讀此詩正復抱膝撫髀，意氣豪上。其二「饑寒聖人心，與我同瘖寐」：讀末二句，愧煞富貴温飽人。其三「芳草緑近天，照我溪上閣。雙鶴一鳴飛，胡爲歎離索」：振筆秀遠。⊙聲情逼真《十九首》，固非貌似。

《萬竹園同張瑶星、孫阿匯、錢湘靈諸公修郡志，呈周櫟園、鄧元昭先生》「鍾峰日月龍江雨，常在三山二水中」：讀末二句，輒思老杜「楚江巫峽半雲雨」之句。

《仲秋園居即事，呈櫟園、元昭兩先生，時郡志初成》其一「秋水當門風雨深」：秀絶。其二「荷葉香中人十里，鷓鴣聲裏雨千家」：雋令之中，氣自蒼厚。

《過春雨草堂，和宫紫陽年伯韻》其一「莫以躬耕忘海岸，聖人昨日正扶犁」：結處人不易到。其二「太平詞賦傳天寶，山水風流憶永和」：情文蓊蔚。

《春日同孝威、仙裳、天濤泛舟湖西，再和草堂韻二首》其二「千秋戰馬思忠武，一代雕龍屬彦和」：詩才騰踔。⊙「方在城南復城北，畫船煙草晚相過」：結意最爲近古。○四詩筆歌墨舞，饒有逸興。

張圯授

孺子，江南如皋人。《茗柯軒集》。

《聽通州白璧雙彈琵琶歌》「去歲傳説離通州，嚴風急霰吹羊裘。檀槽未譜相思曲，耳根已似聆箜篌。今年初夏集水繪，主人解事當今最。爲我走覓白琵琶，歡聲已溢垂簾外」：叙次歷歷如見。「登場一曲見大意，白髮高僧讀楚詞」：形容不泛。「吁嗟吁嗟白三郎，琵琶落盡深秋霜」：此下接人感慨，最有情味。「故宫禾黍已經年，夜深雨打鴛鴦瓦」：妙。「琵琶琵琶有如此，陵谷滄桑吾老矣。紛紛坐客向余言，尚有説書柳麻子」：《史記》手法。⊙庚戌雪夜，予同許漱石、陳散木、項嵋雪諸君在枕煙亭，聽白璧雙琵琶，孺子不至，深以爲悵。今仍遇之湘中懸霤間，乃有如此風流跌宕之作，真爲快事。

《雨後對月懷呆翁大師》「獨吟燈對面，深坐夜無寒」：中有月景。⊙清思欲徹。

《中禪寺訪友不遇，望隔岸池亭作》「客來枯樹下，僧立夕陽初」：便是禪意。⊙「柴門空閉鎖松筠」，自古皆然，惟静者自爲領略耳。

《春日餞别黄仙裳歸里，即入都門》「幾年作客形容老，千里辭親涕淚頻」：高亮而情緒自流，集中最爲警作。

《送陳其年歸陽羨》「滿地於今猶野哭，空囊何事獨宵征」：伯璣以鍾、譚詩爲橄欖湯，予謂必如孺子此作，乃是諫果風味。

《觀愉波女史畫蘭》「葉葉枝枝心上影，誰人覺汝用心時」：一「覺」字談何容易。

《月夜聽孫郎度曲》「一聲此夜難消受，只把金杯唤奈何」：「金杯」字面用在此，偏覺雅甚。

《坐文修山樓聽畫眉聲作》「莫教閒著張郎筆，試聽聲聲唤畫眉」：孺子學道人，而於情字領略極細極静，固非枯禪。

郁　植

東堂，江南太倉人。

《重陽日書懷》「已盡稻粱無過雁，乍銷烽火尚聞笳」：意調新警。⊙「隨人謾作登高望，風浪如山不見家」：一掃靡氣，可以救世之學步大樽者。

許嗣隆

山濤，江南如皋人。《孟晉齋集》。

《贈陸麗京》「爲告鄭虔曾撰史，豈知高允竟全生」：用事確切。⊙以古事配今情，筆力矯健。

《繫舟》：虚凉之氣，蕭蕭襲人。

《邗江寓樓喜穀粱自都門至》「正逢月好當秋夜，猶記書來是早春」：清空一氣如話。

《河亭》「唱到水煙斜斷處，人家簾子一時開」：令人魂銷。

《紅橋曲》其一「無端十月揚州路，卻看鴛鴦坐水樓」：遠甚、脱甚。其二「濁酒一杯歌一曲，菊花偏醉未歸人」：澹雋。其三「向夜酒闌歸古寺，玉簫聲斷又寒鐘」：蕭然。○山濤俊妙之筆，昔爲阮亭所賞。此三絶，大有柳絮因風之致。

葉　藩

桐初、南屏，江南太倉人。

《重陽前二日同貞棲、茶村兩先生坐快哉亭》「時當重九近，山有十分青」：老氣逼人。

《秦淮雜詩》「利涉橋邊波浪生，王家桃葉悔留名。時人竟作尋常路，河畔曾無喚渡聲」：惟我輩乃知此耳。

沈受宏

台臣，江南太倉人。《述齋詩草》。

《贈蜀都郭汾又觀察》「即今天畔眼，空復見升平」：字字蒼老。

《哭吴梅村祭酒》「官爵傷心話故侯」：知己語。⊙「是非百代從青史，哀樂千場送白頭」：後即有挽梅村者，無逾此作之確切。

《惜别毛亦史》「孤舟一月三千里，未過大江猶故鄉」：妙絶。⊙去唐人何遠。

《妝成》「東鄰姊妹新來嫁，卻比兒家更少年」：可勝紅顔淪落之歎。

曹繡

文虎，江南如皋人。《盱眙遊草》。

《早行》「征衣錯認朝光射，猶是荒村獵火明」：便是北道風景，詩能傳出。

《古香積寺》「惟有浮圖長自在，不關興廢是空王」：李杲堂有句云「只餘廟火照興亡」，意同而語别。

《登樓》「南望直窮千里目，緑煙滅盡水悠悠」：縹緲無盡。

《夜聽琵琶》「憑君説盡邊關苦，二十年前總不知」：感概深矣。

王吉武 憲尹，江南太倉人。

《破龍湄》「法雷夜響滄海底，鐵井怒裂毒龍尾。空山石破真珠噴，一夜化作蓮花水」：奇響驚人。⊙「洗鉢貯得真龍歸」，「雷雨還從鉢内飛」：奇峭森鬱，疑有蛟龍欲生煙雨。

王曾斌 弘導，江南太倉人。

《錢王祠》「風雨淒涼十四州」：妙。⊙「坐看錦繡欲生愁」：典則，出以飄逸，翩翩欲仙。

李 葉 倚江，江南崑山人，興化籍。

《無錫道中》「松勢引青山」：點染生動。

《晚眺》「氣蒸空翠低城堞，雨歇浮煙繞薜蘿」：清芬之氣，繚繞楮間。

周廷徵 修闇，江南太倉人。

《晚抵蒙陰》「荒城過客疑」：北路風光，寫得刻至。

許　焜　舜光，江南太倉人。

《石頭城》「論兵空石壘，設險歎金城」：圓穩。

馮官揆　端臣，浙江慈溪人。

《秋客虞山寄友人》「秋風聽雨酣」：描得好。⊙「去住只江南」：涼氣生於五指。

曹　漢　倬雲，江南太倉人。

《酬五鹿黄寳華送别》「岱樹矗天齊魯斷，江帆入夜雪霜真」：琢鍊處皆自然入妙。

黄　層　雨峰，福建同安人。

《移居》「移來一榻秋聲外，補閲春前未了書」：豈風塵中人。

吕　楠　雪洲，江南太倉人。

《過武丘精舍懷古愚上人》「一隊笙歌燈萬點，當時曾醉遠公房」：寫景迷離，一結殊爲遒上。

鄭吉士 有章，浙江仁和人。

《舟行即事》「百里竟分三日度，六時全少半帆過」：寫舟行苦狀，可謂曲盡。

許朝礎 雲石，福建漳州人。

《九日舟中感興》「園菊故鄉愁甲馬，塞鴻滿地隔樓臺」：意興蕭森，不掩雄情勝概。

沈　蕖 劭六，江南華亭人。

《送毛亦史還吴》「詩成桂樹篇長短，客渡桃花浪有無」：新秀。

徐　深 合素，江南華亭人。

《贈别蔣前民》「竹徑醉殘中夜雨，草堂吟老一林霜」：輕妍秀潤，令人吟諷無已。

《送黄天濤歸里，兼寄令兄仙裳暨東皋諸子》「交數心期誰劇孟，人從天畔别袁絲」：合素詩有新柳迎人之致，余甚愛之。

鄒　翊 儀吉，江南丹陽人。

《送友人入都》「布帆風送一江寒」：風格秀美。

賁　琮 黃禮，江南如皋人。《文餘集》。

《懷沙定峰》「把讀忘夜深，開門一天雪」：光景令人寂然。

《江亭東望》「分明一水無多路，不見柴門見夕陽」：遠。

陳甡成 捷公，江南江寧人。

《喜黃天濤歸里，兼憶尊公眉房》「説到故交聲已咽，只將雙鬢照燈前」：結句情緒摇摇，如聽山陽之笛。

李　敕 天叙，江南興化人。《實華堂集》。

《築堤謡》「寒雲漠漠天雨霜，督工長官髭鬚黄。烹羊宰牛持大觴，持大觴，威如狼」：好摹寫，都是樂府。⊙筆力悍如强弩。

《履冰行》「家有婦子」：四字有無限含蓄。

顧煒

仲光，江南如皋人。《墨澹齋草》。

《李倚江、家虞功道經西泠，雨集話舊，是晚即渡江東去》「落雁聚沙深」：圓而秀，卻不入嫩。

《靈隱寺》「憑看諸法象，獨認九芙蓉」：意沉語亮，固爲精能之製。

吴觀垣

六平，浙江錢塘人。

《都門送友南歸》「河浪摧鄉夢，風沙瘁客衣」：調適之中，忽振奇響。

杜世廈

柏梁，湖廣黄岡人。

《舟過燕子磯》「潮歸萬古痕」：奇句。⊙「孤舟傷客魂，峭壁轉江門」：清微，卻有力量。

《玄妙臺作》「迴飈孤塔動，疏雨萬山涼」：語警思勝。

鄭一鳴

凌蒼，江南江都人。

《宿萬壽寺》「閒僧逢客喜，宿鳥畏人遷」：便是高僧。⊙自然之極，無一熟徑。

郁江 尹衡，江南太倉人。

《都門送友人歸里》「龍門世路輕文舉，狗監因緣負子虚」：慷當以慨。

龐鴻 逵公，江南嘉定人。

《吴宫詞》「臺畔卧薪臺上舞，可知同是不眠人」：趣。

田鉉 太虚，江南泰州人。

《春夜寒甚》「燕子未來春已半，雪花纔歇雨還生」：昔人評梅花有云「煙姿玉骨，世外佳人」，吾移以評此詩。

朱璐 式玉、石城，江南泰州人。

《春思》「千年戰伐山川在，一夕樽罍感慨空」：寫景似平，而用意處甚爲沉刻。

蔣斯行 存恕，江南揚州人。

《過北禪堂與法涵二上人茶話》「茶瓜豈俗情」：清而有味。

釋野楫 梅岑，江南江寧人。

《江上送客》「是我還家路，如何復送君」：疏疏有致，是中唐逸響。

王雍鎬 京式、山漁，江南泰州人。《懷新堂稿》。

《寄懷吴門蔡九霞》「遥憐夢老平山路，已報花飛響屧廊」：體裁明皙，而雋氣自不可遏。

黄　鍾 長音，江南泰州人。《浮居草》。

《過魯故宫》「洙泗潺潺入御溝，年年依舊向西流。晴山照落銅駝暮，月夜魂歸妃子愁」：詩腸賦心。⊙文情哀艶，比於少陵《江頭》諸篇。

《晚次衡山縣》「岸旁猛虎夜咆哮，男兒意氣應如此」：壯心勃勃。⊙「山城吹笳復擊鼓，江清月動歸舟櫓。買酒船頭坐月明，酣飲長歌拔劍舞」：短歌中有蛟龍騰舞之勢，想見酒酣潑墨時也。

黄　沆 公言，江南泰州人。《煙鬟小草》。

《聽韓經正彈羽化操》「空階音未絶，梅影過春亭」：結處悠然，足移我情。

黄德溢

沛四，江南泰州人。《卧吟》。

《春山》「杜鵑啼不住，疑在最高峰」：結意縹緲。

●公言、沛四皆江夏之秀，而沛四爲聞遠令嗣，仙裳尤爲予極稱其孝友，乃溘先朝露。天濤示我遺詩，附録於此。

黄陽生

屺懷、月舫，江南泰州人。《念祖》、《郁李》、《吴越》諸集。

《醉里訪褚研耘先輩園居》「暗水趨池滿，秋聲出樹頻」：「趨」字、「出」字都佳。⊙固非塵凡中語。

《己亥秋深與鄧孝威先生坐家園》「豈知鼙鼓震，幽興爲君生」：全詩從亂後著想。

《聞顧與治前輩訃音》：詩境已造蒼辣。

《東原月夜與宗梅岑先生暨仲弟交三散步》「蕭涼無限意，白月掛藤花」：淡而妙。

《溪居望交三弟不至》「小艇題詩孤對酒，眼穿不見惠連來」：骨肉中有文字之樂。眉山固云：「與君再世爲兄弟也。」

《和唐祖命先生見寄》：只似作秋日遣興詩，而寄唐之意已隱然言外。

《月舫春夜寄白蒲諸子》「莫言客子孤帆遠，明月依然滿白蒲」：詩情在即離遠近之間。

黄泰來

交三，江南泰州人。《蓮浦集》。

《澄江道中寄張任天、章子覲、徐石霞、韓寶雲諸君》「竹暗春申浦，雲迷季札碑」：安閒，得詩家老法。

《姑蘇懷古》「採香徑没青山在，響屧廊空夜月孤」：清麗，如浣紗溪畔人。

《秋晚同唐祖命先生渡鑾江，夜次朱家口》「山雲繞寺塞鴻過，漁火照江風荻飛」：清思逸發，如聞牛渚嘯詠。

《雲陽覽古》「可歎蕭梁千古後，楸梧摇落建陵荒」：輒唤奈何。

《吴門即事》「疏鐘尚憶寒山寺，夢斷楓橋落葉聲」：詩腸特妙。

《邗關夜泊》「銷魂莫問當年事，何處紅樓翠幕垂」：似杜紫薇當日語。

●交三乃吾友仙裳令嗣，宗子定九之快婿也，年方韶秀，雅嫻詞賦，兼工畫篆諸技。與阿兄月舫稱二難，當時重之。

薛開

本庵，江南如皋人。

《曉步》「獵騎頻嘶早出城」：有筋兩。⊙胸有感概，故不僅爲花草之言。

《堰口雪夜黄天濤齋中晤焦穫孫豹人，即席分賦》「依然渭北與江東」：詩腸委婉，結處更遒。

何鐵 龍若，江南丹徒人。《秋墳集》。

《清明舟集》「春水醉桃花」：淒楚之音，易惹人淚。

《餞陳其年夫子北上，夜聽白三琵琶》「難堪此際關山月，更向江南馬上聞」：風情騷宕，絶類桓子野一輩人。

繆尊 黄目，江南泰州人。《逵園稿》。

《郊行即事》「老樹望中深」：清而潤。

《喜晤杜輟耕》「相逢不改交如石，别久何由鬢已霜」：對句健。⊙筆意瀟灑。

錢覲 目天、波齋，浙江錢塘人。《粟園詩》。

《遊西山》「出谷亂雲霾古寺，滿山殘葉起天風」：静細之詩，雅符山水。

顧九銘 斯敬，江南江都人。《怡園集》。

《遊金山》「塔高如日近，水急似山行」：妙。⊙寫景活。

《遊竹林寺》「四圍松蔽日，滿院竹留雲」：静極。

《春閨》「人道三春好，羅巾總不乾」：似太白。

《七夕閨詞》「雙星且是經年會，無怪狂夫愛遠遊」：好自慰藉。

姚　曼

東只，江南歙縣人。《即廬草》。

《舟行界首望珠湖，同張大公度》「孤篷客夢還山路，小市人争賣酒錢」：吐納風流。

王孫騶

參馬、受軒，江南泰州人。

《山行和滄州韻》「遥見雲屯嶺，入山不見雲」：獨爲精細。

韓　肅

聞西，浙江山陰人。

《懸瓠池懷古》「不聞鵝鴨喧，祗見狐兔跡」：憑吊處蒼凉動人。

魯東錡

載馨、蒙崖，江南江都人。《偶然草堂詩集》。

《南還，别同年吴菌次、黄繼武、沈國望、戴弘度、徐原一、馬殿聞、繆歌起、黄庭表、茅旦弋、鄭晦中、張禮存諸子，是日宿河西務》「歸帆輕似箭，離唱細于弦」：音調高激。

《雪夜蕭寺聞笛》「嗚嗚夜半吹來笛，疑聽簫聲念四橋」：結處風神縹緲。

《廣陵野望》「六朝佳麗餘蕭寺，一郡煙花澹葦門」：言外餘感慨意，而頸聯尤佳。

《陳確庵過訪草堂賦贈》「繁華風景幾年别，憔悴衣冠六代來」：叙述哀涼，方是贈確庵詩。

《雨中答友人》「猶憶當年楊子渡，滿船歌送採菱歸」：韻甚。

王奇遇

闇依，江南通州人。

《客語溪懷雁》「似爲稻粱南國少，甘蒙霜雪老金微」：意極深厚。⊙「今秋何事雁忘歸，細雨涼風木葉稀」：借雁寫懷，風旨固自遒宕。

袁　衡

帝簡，江西豐城人。

《秋夜對月》「烏衣喜對霓裳曲，白髮愁聞玉杵聲」：用意最深。⊙詩情澹遠。

釋行如

雪庵，江南合肥人。《詩存》。

《棲賢道上》「雲銜峰髻疑天接，泉濺苔衣似雨飛」：澹潤。

釋宗炳

慧謙，江南泰興人。《竹院集》。

《春日遊鄧尉山》「十里梅開香到寺，洞庭猶隔太湖煙」：身在煙霞，放眼極曠。

江允汭

石粼、曲江，江南婺源人，通州籍。《即園集》。

《文選樓懷古，和阮亭使君》「最是登臨易惹愁，況經世代復悠悠。讀書不見當時侶，殘簡空傳今日樓」：起處似不著題，而神情最妙。

謝天錦

漢襄，陝西蘭州人。

《望岱》「千林落鼓鐘」：氣力高勝。

《關山》「苔深蹲虎豹，木古下虬龍」：英岸如其人。

吴維翰

五玉，江南如皋人。《菊隱園稿》。

《從盧龍孫子儀叔祖宿金山雪公僧房》「塔影遥連樹，鐘聲遠應波」：不必穿鑿，正自雋勝。

《迷樓懷古》「可憐粉黛三千女，空占煙花十二樓」：全以老法勝人，覺取青媲白者，不無尹邢之别。

●五玉四齡失怙，事母夫人以孝聞，蓋至性有過人者，所著有《讀莪草》，點點是淚，恨幅隘不能載也。

鮑夔生　子韶，江南歙縣人，家贛州。《江上集》。

《登塵外亭，兼懷程周量舍人》「一帶荒城銜落日，兩江流水亂歸帆」：是虔州風景。⊙用險韻如不經意，固其筆妙。

李　湘　涪源，江南江都人。《於斯堂草》。

《登琅琊》「青扶谷口天」：圓而警，兼詩家之勝。

《江夜》「漁燈漸隱波濤静，蘆葉無聲秋滿船」：静極。

王　簡　心遠、野鷗，江南泰州人。

《秋雨歸村》「野浦舟争想到門」：「争」字妙。⊙「社日農家開濁酒，雨中何處問孤村」：善寫田家情事，得王、儲之遺。

錢　點　鑒濤，浙江嘉善人。《百可堂詩選》。

《春日滇行即事》「馬蹄雨過滑春泥」：秀。⊙風致絶類許仲晦。

《大華山遠望》「金沙江外人非漢，鐵索橋東路漸平」：地圖歷歷。⊙今日蠻方皆爲坦道矣，詩能傳出。

丁龍受　田來，江南泰州人。

《春深過朱處士山居》：氣韻恬雅。

《寄家漢公白門》「前代風流賞不盡，留君獨看海棠花」：獨饒興會。

丁行乾　自公、路嬰，江南泰州人。

《揚州》「歌吹風流遠，琵琶世態移」：寫景幽細，中多危旨。

《雨後書感》「日開猶帶雨」：蕭疏，似山中人語。

●路嬰乃謙龍之令季也，清慧絶倫而澹於世味，頗似桓子野、張思曼一流人，而中道夭折。謙龍每向余輩言，輒爲涕泣。所存詩不多，予刻其二律，以志人琴之痛。

丁元會　天叙，江南泰州人。《淇園集》。

《偶題》「家貧親易老，才短遇難期」：真至。⊙雅有捧檄之情，而願與時違，天復奪其算，豈不可爲浩歎。

《與諸子晚步》「亂火見山莊」：刻意處正自到家。

●謙龍序《淇園詩》有云：「吾家天叙篤學深思，爲文清刻，間寄情於詩，則又閒肆可喜，洵謝庭之雋哉。」亦以奄化可歎。

釋德孚

允生，澹庵，江南如皋人。

《謙龍、樵園、蒴蒼三先生過訪，因過柳館茶話和答》「身隱貪溪静，談深見月高」：「空山無人，水流花開」，詩有此境。

黄兆隆

永思，其先，江南泰州人。

《仲夏丁謙龍、王山漁諸子見過村居，缺爲展待感賦》「榴花明照眼，桐葉茂成陰。客至空歸去，黄鸝餘好音」：姿態極爲澹雅。

《宿江家橋早發》「竹塢煙深埋月色，板橋霜急散漁磯」：旅中荒遽景色，一一寫出。

黄衍

杜若，江南泰州人。

《春初三日浄業寺同聽法大師講》「春到早梅舒遠岸，雨餘芳草緑平田」：補景有法。「即今蓮社賓朋盛，不羡東林十八賢」：結更神健。⊙圓滿和潤，足徵火候。

黄師憲

汪若，江南泰州人。

《喜天濤兄自燕京旋里》「燈昏戍火深」：清唳如鶴。

黄　藻

公采，江南泰州人。

《別仙裳兄授經南村》「落葉緩驅驢」：寫得真率。

程　毓

育先，江南休寧人。《文草堂詩集》。

《秋日山遊即事》「躡屐轉幽深，磴級相凌亂」：筆能寫異。「石駁文霞煥，珠玉霏清言」：語不易造。「片月下遥岑，松聲落几案。　歸煙銷衆容，懷抱亦永歎」：又轉一境。⊙秀潔層變，如置身千巖萬壑間。擷其片言，皆堪珍秘。

《石帆峰》「危石如停帆，終古閲潮汐」：「石帆」二字刻露盡致。⊙數言是一篇大遊記。

《送顧與治過弘濟寺》「遥鐘下佛閣，落葉上人衣」：「下」字、「上」字皆著力。⊙此詩之妙固矣，然卻字字切弘濟，正見其細心不輕下筆處。

《長干行》「妾家長干里，裊裊柳絲柔。　如何不作纜，繫住郎行舟」：齊梁間人聲口。

程端德　午公、古莊，江南休寧人。《槐水山房近稿》。

《舟發吴陵》「舟發關河月，雞鳴野店秋」：俊亮。

《答孫黍庵寄懷》「書到乍驚吾輩老，詩成每憶汝翁憐」：一味真樸，想見古莊交情。

《别開陽崔明府》「梅笑嶺頭迎去棹，猿啼洞口問寒衣」：如此題，卻有幽思秀句，故佳。

《雨夜志感》「羈人頭白兵戈裹，縱聽伊涼也不愁」：翻説，倍覺情深。

《阻河間》「愁深懶對杯中物，坐看亭前燕子飛」：筆意自是遠俗。

《過桃園》「漠漠槐陰半入雲」：遠。

《度桃嶺》「惟有老僧無掛礙，時時相送嶺頭雲」：令我動遺世之想。

《詠歸堂即事》「一卷黄庭讀未了，遊蹤懶聽鷓鴣聲」：幽中帶媚。

《郡侯曹澹齋先生捐俸重修富山汪忠烈祠》：忠烈保障六州功德，於今未艾也。使君捐貲修葺，允矣可傳。

《平寇詞贈梁松圃明府》「從今箐密松深處，明月家家把釣竿」：寫溪山太平氣象，極爲清雅。

程　奇　公望，江南休寧人。

《十月遊白岳》「徘徊芝草經遊屐，留戀松蘿坐石磴」：筆端有典穆之氣。

《喜育先叔歸里》「客路猿聲淒入夢，鄉山樹色緑侵衣」：秀情雅致，如溪山雨過，青翠襲人。

《立秋前一夕》「夏老花貪雨，秋新葉愛風」：貼題極矣，而思路清警，固爲佳勝。

《秋》「雁至吴江上」：結句冷然。

張李鼎

吾鼎、慢庵，江南如皋人。《半紫野樵稿》。

《秋晚家園》「簟冷憎寒杵，墻陰響夜蟲」：絶似馬戴。

《酬郭處士過山居韻》「桂花開正好，不醉復何歸」：愛其結法之老。

《次答黄仙裳晴臘偶過荒齋原韻》：從容老當。

《喜姚仲潛同令侄舒恭來東皋次韻》「如雨風流散，春江一棹來」：起語佳。

《南屏》：穩。

《别二弟元昆》「餘生翻意外，更訝汝重逢。萬語見時塞，三年離恨濃」：杜家老境。⊙真極苦極。

李仙原

延公，江南如皋人。《可畫樓稿》。

《月夜懷葉桐初、杜田夫》「玉笛盡吹關塞曲，金砧又擣别離衣」：筆艷而體輕，自是烏衣之俊。

郜瑞麟　昭伯，江南如皋人。

《黄仙裳寓齋對雪，遲吴吾始、張季雅不至》「破扉關野天」：是雪景。⊙「何處乘船客，山陰隔暮煙」：慘澹飄瞥，乃覺情致悠然。

汪徵遠　扶晨，江南歙縣人。《滄螺集》。

《天海遇雨過石鼓峰庵》「雷聲捲大壑，雨在巖底峰。遥望蓮岫雲，已接天都松」：寫雨境，蒼茫奇幻，與他處不同。

《雨坐狎浪閣看羅漢級、藥溪、白龍潭諸瀑》「閣前巨石激奔濤，皎皎孤撐一潭雪」：精力緊猛，與山瀑争奇競勝。

《晚過雲谷》「鸞鶴半隨雲腳過，猿猱多向石心逢」：奇闢。⊙右軍過惡道輒歎奇絶，詩心有此。

孫自益　友三，江南休寧人。《歸來吟》。

《賦得燈前細雨簷花落，和王西樵先生原韻》「坐來卻憶當年事，愁絶乾坤一草亭」：結得老。⊙有安頓，有結構，今體之極善者。

黄　琯

卧山，福建莆田人，泰州籍。

《秋晚遣興》「悠然還伏枕，拙計定江湖」：卧山歷遊坎坷，故爾騒激。

鄧勖采

扶風，江南泰州籍，長洲人。《慎墨堂學詩》。

《遊野寺》「蟲鳴葉盡飛」：是野寺，摹寫盡致。

《别姚舒恭》「難爲分手别，款款話吴陵」：雋而能深，故佳。

鄧劭榮

若雍，江南泰州籍，吴縣人。《慎墨堂學詩》。

《梅雨》「蛟龍上古臺」：險句，卻穩。⊙首尾圓浄。

《送舒恭之潘村》「寂寞柴門路，飄然竟放船」：大是老健。⊙起得好，餘亦稱。

鄧勷相

方回，江南泰州人。《慎墨堂學詩》。

《秋日遊阿育王山，謁嵩巖禪師》「野花磐石路，訪道及高秋」：起好，是杜家筆法。⊙氣體不凡。

《立秋日微雨送姚舒恭次原韻》「一代風流成舊夢，六朝詞賦只虚名」：二語大是可賞。⊙勷兒年十四，忽自操管爲詩，風調極合。予輒笑曰：「所謂近硃者赤。」

●予年遲暮，吟詩送老，固也。諸兒見予苦吟，輒復邯鄲學步。黄口孺子，豈敢竊附大方？亦曰聊爲就正之資云爾。

慎墨堂詩話卷十二〔一〕

吴　琪

字蕊仙，别字佛眉，江南長洲人。乃方伯挺庵公之孫女，孝廉康侯公女也，世居姑蘇之花岸。

蕊仙生而穎悟，五歲時輒過目成誦。父母見其慧性過人，爲延師教讀。髫齡而工詩，及笄而能文章，益晝夜攻苦不輟。父母見其善病，屢止之，不得也。尤精於繪事，一時女郎脱簪解佩，求其片紙者日相望。許字管君，名勳，字予嘉者。管固貴公子，且時彦也。定情之夕，輿僕喧闐，冠蓋繹絡道左，而兩璧人掩映鏡光奩影間，見者竊歎爲神仙下世。嗣是翻書賭茗，掃黛添香，二十年如一日也。無何，夫死於官，室家了不可問。蕊仙以一女子，支離困頓於荆榛豺虎之交，然時與二三閨友撫絲桐而弄筆墨，意殊慷慨，不作兒女態也。慕錢塘山水之勝，乃與才女周羽步爲六橋三

〔一〕此卷輯自《詩觀》初集卷十二，原署「東吴鄧漢儀孝威評選／同學范廷瓚獻重參閲」。此卷目録後，列初集「較訂姓氏」：「滄州門人戴　晏丹敬、泰興門人朱慧曉裴東、泰州門人喬承璜特簡，子婿：沈壽焆賓承、姚譚昉舒恭，男：勖采扶風、劭榮若雍、勱相方回、勵秀七友」。

竺之遊。晤慧燈禪師，爲故大夫若青公季女，蕊仙遂洗心皈命於大張蘭若。慧燈令之薙髮，命名上鑒，號輝宗，蓋不復問人間事云。河南太守朱公聞其名，迎致之，蕊仙終以不樂喧雜，拂衣歸。將結廬於錫山二泉間，弗克就。近又駐如臯之洗鉢池，爲棲禪計，而遊倦無枝。或有貽之書者，議婚旅館，將挈之而奔。蕊仙則大書札尾曰：「自許空門降虎豹，豈容弱水置鴛鴦。」致書者慚而退。蓋勵志堅決如此。詩有新舊二種，予遴其尤者行於世。

《山中早梅雪後，喜閨友任歸見訪》「澗松青若故，野人貧似昔」：逼古。⊙「一朝顧柴關，白雲驚艷客」：蒼老，竟不似香奩手筆。

《題畫》「玉笙聲斷鶯啼處，狼藉落花飛不去」：妙。⊙「將身欲置畫圖間，相與神仙覓往還」：迷離森蔚，此中有人。

《書窗晨坐同妹賦》「圖史閨中友，雕蟲物外情。剪燈憐夜午，握卷待朝明」：名姝静女，日周旋於筆牀硯匣間，豈不占盡人間福分。

《送别》「萬里從軍急，孤身倚劍遊。家園落日裏，莫上最高樓」：忽作崩雲裂石之聲，知蕊仙是女中豪俠。

《幽居志興》「擇林知鳥異，藏尾識龍神」：蒼傑。⊙似高士語，不似美人語。

《村居》「鏡中人面想桃花」：煞是自憐。

《西山訪隱》「飄殘絮影遥知柳，啼遍桃花不見鶯」：是何境界。⊙妙句天成，想見慧心獨照。

《感懷》「夢去無人問落花」：自傷自歎，無限風流。

《和女郎吴芳華題壁詩》「邊城夜静烽煙隔，故園風生薜荔秋」：喪亂以來，紅顔塵土，不知凡幾，而才女尤爲可憐。蕊仙多情人，那得不有青冢黄沙之感！

《病中送春》「去隨流水無心問，别向空牀有夢尋」：蕭澹處極有情味。⊙一洗脂粉之氣，愈覺嫵媚。

《春日范獻重招集笏圃看玉蘭，次韻同洛仙賦》「駐鶴不分林外雪，停鶯猶勝鏡中梅」：有幾層意。⊙蕊仙客雉城，有獻重爲之擁護，洛仙與之倡酬，真可不嗟寂寞。讀此詩，想見一時筆墨之樂也。

《雉皋寓園秋日和黄仙裳見過》「滿山紅葉多閒地，欲向秋風置此身」：末二語，其有翺翔雲外之思乎？

《閨友見訪感舊》「料得百花洲畔月，年年長照水空流」：風神絶代。⊙君自此殆將悟矣。

《新秋夜登溪樓，吊乩仙清揚》「千載白雲空碧落，人間何處話長生」：足破千古之夢。⊙「角聲催漏夜涼輕，客況蕭條夢未成」：齒頰間都無恒語。

《春晴晚眺》「行雲飛盡江頭樹，畫出春帆送緑波」：結意縹緲，想君不是世間人。

《春思寄懷羽步》「年年憔悴芳華冷，書劍天涯悵别情」：女伴誰解者。⊙才女相逢，實有一番關切，況羽步當飄零蕉萃之時耶！念之慨歎。

《楓江舟次寄西泠錢夫人》「箏牀夢逐西泠路，畫艇魂消虎阜堤」：風韻天然，疑掌中舞、屏上行。

《村居秋夜》「平溪月上魚無夢，深樹雲來鳥不驚」：百鍊之句。⊙每讀蕊仙奇艷之句，輒歎道韞無才。

《閨怨贈芳娘》其二「當年嫁時被，悔殺繡鴛鴦」：正是多情語。其三：三絶靈秀，不減崔國輔。

《春夜》「東風吹夢知何處，寂寞鶯花月一庭」：此間正非解人不能領受。

《秋閨》「促織不知秋有恨，夜深偏向斷垣啼」：淒怨。

《和金陵難女宋蕙湘詩》其二「可憐此夜看明月，各抱單情别一天」：聲調高壯，和以艷思，不減唐人邊怨。

《秋蟬》「朱樓盡是笙歌地，不解悲秋奈若何」：刺人。⊙借秋蟬發出胸中感慨，筆情高勝。

《採蓮曲》「子得同心花並蒂，笑看斜溜玉釵鬆」：柔甚，卻細甚，此艷詩之必傳者。

《題梅》「爲嫌脂粉侵肌玉，不向羅浮化美人」：翻新。

《畫紅線盜盒圖》「笑殺西施無傲骨，肯將歌舞事君仇」：具如此識力，豈可以閨房紅粉目之？

《寄龔静照》「見説緑窗嫻劍術，白雲深處禮猿公」：静照是一奇女子。

《山居》「祇愛白雲無是非」：蕊仙生長朱門，而時有超然遺世之志，固是根器不凡。

周瓊

字羽步，江南吴江人。

少警悟，工詩，曾爲某大老側室，繼又適士人。士人爲一縉紳所中，陷囹圄，自度不能脱，乃命羽步往江北避其鋒。託所知，棲一大姓者廡下經年，篋中金蕩盡。所居陋甚，破窗頹壁，幾不蔽風雨。然羽步意致翛然，略無怨尤意。喜縱觀古史書，愛吹彈，時作數弄以遣興。郡中人士有以詩寄贈者，羽步即依韻和答。詩俱慷慨英俊，無閨幃脂粉態，推獨絶也。久居江北，鬱鬱不得志，歸吴中。或傳往依吴梅村，是其西園舊主。或又云，閨友吴蕊仙夙聯文墨之好，將與之爲五湖遊。近從雉皋得信，曰羽步已有所歸矣，其言似實。然羽步雖得委身豪士，而意興寥落，詩篇較昔頓減。予蓋憐其才而重憫其遇云。

《秋夜讀書同吴蕊仙賦》「角摧朱辨還須爾，頤解匡言每顧余」：相視莫逆。⊙羽步史事最熟，固得之絳帷剪蠟時。

《贈吴蕊仙》「文人薄命非因妒，俠女狂歌更種情」：深一層解。⊙羽步是仙？是俠？是女子？是書生？吾不得而測之。

《和韻留别》「碧草寒煙江上畫，野蔬村酒客中餐」：似名士口中語。⊙「更憐此夜溪前月，愁殺離人不忍看」：結處令人茫然，不能爲懷。

《秋懷》：蕭然可念。

《雨後遊水月庵》「雨過積泥侵屐齒，風來寒色滿山樓」：是雨後光景。⊙玩其行徑，居然名士高流，不避闍黎，何其大雅。

《送張又琴較書之邗上》「月明人憶舊斜陽」：佳絶。「石榴花下分明認，不信劉郎勝阮郎」：風流蓋世。⊙既極殷勤，又極規諷，一種憐才愛色之情，何其深至。

《秋夜感懷》「往事易悲休記省，壯心難遂且忘機」：深語最痛。

《贈冒巢民》「贈藥爲憐司馬病，解衣應念少陵貧」：居然以司馬、少陵自況矣，世奈何猶以紅粉目羽步哉！

《留别吴蕊仙》「錦字怕隨江雁斷，詩魂還逐曉鶯流」：清艷。⊙世路悠悠，以才若羽步、蕊仙而不免飄泊，可勝浩歎。

《感興》「碧草緑波無限意，從今莫上最高樓」：情緒摇摇。⊙「華髮似因多難短，孤衷寧爲晚春愁」：私意以羽步得志，膽似冬哥而文雅過之，以妾媵相待，誤矣！

《水繪庵即事，和冒巢民》「凋傷始識人情異，喪亂深知歷世難」：羽步寄託不群，故其詩多沉鬱牢騷之氣。

《春日和答劉字宫》「芙蓉小院一燈紅」：柔香在指。

《春居》「暖日不須來燕子，春風争肯逐桃花」：蕭疏，大有林下風。

《次韻答張詞臣》「波瀾世路無青眼，誰識人間我獨狂」：閨媛詩，卻有一種悲歌慷慨之氣，固非尋常女流。

《清明感懷》「一簾細雨樑歸燕，幾日東風樹老鶯」：名句。「旅懷中酒似多情」：情深之極。⊙此詩爲一時傳寫，固自空秀絶倫。

《次韻贈黄仙裳》「漠漠野桃陵谷異，依依江柳故園同」：寓指都别。⊙羽步實有一段簡傲之氣，非僅託之空言。

《將歸江南，次答鄧孝威見贈》其二「傷心多少繁華地，只有殘陽麋鹿場」：寄慨獨遠。其四「人在遥林落照中」：秀。其五「一首詩成千日謗，憐才此地卻無人」：謗者既多，憐者自少。其六「少年裘馬多輕薄，盡日春風醉五陵」：眼中儘耐不得。其八「晴雨總宜春正好，維舟獨自占青山」：佳時佳事，未知能諧此願否？其九「幾處漁燈依遠樹，一湖青草鷓鴣啼」：清麗難名。⊙依韻屬和，皆成絶妙好詞。如此人，而置之黨家銷金帳中已爲可惜，況更有傷心於此者乎？

《溪上偶成》其一「誰憐一夜春無主，静鎖東風擁落花」：其二「一溪花影抱琴歸」：清思秀韻，有飄飄欲仙意。

范　姝　字洛仙，江南如皋人，詩人范獻重之侄女。

早失怙，夙慧性成，九歲時輒能詠《新月》。祖盟鷗公極愛之，爲擇配以李君延公，名家子，且善屬文，將許婚焉。時有尼之者，祖不聽，遂賦于歸，琴瑟諧甚。閨門倡和，極筆墨之樂，然秘不示人，人亦鮮有知者。亡何，嬰家難，洛仙則布衣椎髻，長齋繡佛前，與延公風雨相慰，勞不少輟。集中所云「埋名驅薄俗，把卷卧衡門」，其實録也。然性既好文，喜與名媛之能詩者相結。周羽步、吴蕊仙先後客雉皋，皆與洛仙稱莫逆交，詩筒贈答不絶。所著有《貫月舫集》。壬子寒食，獻重攜其詩卷過吴陵，予雨夜篝燈，細爲評定，因得如干首，以爲閨秀之冠云。

《慰延公夫子》「埋名驅薄俗，把卷卧衡門」：大有學識之言。⊙「况君詩思健，相對好同論」：閨中有此良友，以詩篇相勞苦，寧不妒煞李郎？

《蟋蟀》：通首高老，直逼浣花翁，大奇，大奇！

《和延公過曠庵看菊》「詩成霜露急，衣薄奈君何」：詩以一氣貫注，結處温存，正得閨閣之體。

《雨窗述懷》「愁多不整鬟」：佳。⊙「擬便隨波去，輕舟渡遠山」：思清調愜，嚦嚦如聽鶯聲。

《燈夕懷脱塵》「回首恰當三五夜，斷腸真有百千思」：喁喁兒女語，正自凄切。

《懷周羽步》「何日江頭來一葉，更從燈裏話深愁」：語語情深，紙上都如有淚。

《新秋雨窗卧病，兼懷延公》「藥餌難攻愁思深」：詩思清如水。

《秋夜懷延公》「夜闌渾不寐，只是減腰圍」：妙在「只是」二字，無限意味。

《贈别周羽步》「無情最是橋邊柳，吹向人間長短亭」：妙。⊙驚思欲飛。

《挽吴湄蘭》「泉臺隔斷情難斷，夢裏相逢覺後憐」：婉轉纏綿，無限凄惻。◯「瓊樓一别無消息，風雨青燈我未眠」：「我未眠」與「我獨眠」有别，解人自知。

《癸卯暮春雨夜，挑燈偶檢殘帙，忽得羽步詩、湄蘭書，潸然涕下因賦》：只此一題，銷魂千古，不必更有詩矣。

《聞羽步近事感賦》「祇因無計盜紅綃」：大是關切。○羽步失身叱利，固緣命窮，亦屬識短。紅綃、紅拂，彼何人哉！

《次寄延公秦淮》「明月一簾花滿路，秦淮雖好莫貪遊」：「辜負香衾事早朝」，昔人猶以爲恨，而況浪遊山水間？李郎誤矣。

《七夕》「雙星今夜情多少，無那深閨憶故人」：悄然。

蔣葵

字冰心，江南泰州人。予受業門人蔣炤之女弟也。炤字麗天，爲秀才，早卒。

冰心生而聰慧，甫識字即能解大意，爲詩無師承，輒工。年及笄，遠近聞其名者，咸思以金屋貯之。父爲擇配，徘徊未有所就。迨父棄世，而歸陳。冰心自于歸後，一切内外家政，咸委之婢媵，專以讀書爲事。每午夜蘭房，一燈熒熒，與青鬟相照，咿唔之聲不絶也。家人咸以女書生目之。每製一詩，輒臨風自詠，或時爲女伴書箋，字畫婉媚。内庭讌集，冰心飲酒高論，殊有名士風，而閨幃間尤爲得體。其《贈小星》詩有「嬌癡我見猶憐爾」之句，足以知其德量矣。壬子春暮，天濤傳其詩卷至，予因採數章付諸梓。

《詠新柳》「欲舒青眼情難寄，但說蛾眉事總非」：寓指甚深。「隨風婀娜春無限，銷盡吟魂好句稀」：結意澹宕，正自泥人。⊙寫意之詩，正與塗抹者大别。

《暮春苦雨即事》「飛花滿院銷銀蠟，細雨空簾鎖黛蛾」：想見拂箋停管時。⊙閨幃詩，不難其香麗，正難其清雅。此作情思纏綿，固自獨絶。

《代兄述所見》「秋水流時終有意，春山低處豈無私」：艷詩如此秀澹，極佳。⊙「歸去珮環聲漸遠，空留丰韻伴相思」：何處佳人，經一番描寫，倍覺風韻。

《雨中新柳》「翠色最宜侵少婦，柔條未可贈離人」：天然妙韻。⊙「無力舞風飛更歇，由來腰細不勝春」：姿態輕逸，卻妙緒迴環，固自慧心人善於體物。

《夢醒聞雁卻憶女弟》「爾爲失群予憶妹，煩君寄淚到妝臺」：足見至情。

《定情詩》「可憐無限傷心事，羞展鴛衾詠落紅」：天壤王郎，古今同恨。

《新燕》「暖風吹入昭陽殿，妒煞輕盈趙美人」：此妒正不可少。

《雨窗有感》「訴與孤窗夜雨知」：吐盡情事。

《茉莉》「留與嬋娟助晚妝」：「助」字下得好。

《月下梅影》「卻到夜深人静後，一枝移上碧紗窗」：此時作何清課？爐香茗椀間，應須以苦吟消之。

《聞鄰女哭聲》「我爲相思腸欲斷，不堪又聽斷腸聲」：山陽之笛、雍門之琴、湓浦之琵琶，亦復何與人事？遇傷心人便自慟絶。冰心之聞鄰女哭，無乃類是乎？

《初秋三首》：三首逼似新秋光景。○獻重語予，此其爲冰心未出閣時所作。爾時綺館獨吟，大是風神散朗。

吳山

字巖子，江南當塗人，適同里儒家子卞琳（字楚玉）。

巖子幼攻筆墨，嗜詩書，自歸楚玉，頻遭患難，轉徙他鄉者七年。戊寅冬，始卜居於石城青溪間，爲棲隱計。無何江東亂，幾致覆巢。丁亥春，乃攜詩囊書篋，附龔奉常孝升舟出關，與徐夫人智珠登金、焦，遊虎阜，已乃之明聖湖，縱覽孤山、葛嶺之勝，詩篇日益富焉。錢塘、仁和兩令君聞其名，爲分俸見存，湖上傳爲佳話。吳梅村太史有《西泠閨詠》四章，一時賡和甚盛，蓋爲巖子故也。楚玉中道即世，無後，有長女玄文，工詩詞；次女德基，善畫，先後嫁劉孝廉峻度。峻度迎巖子於家，事如母。自海内喪亂，耆舊凋零，巖子以詩名當世垂四十年，古文詞皆秀雅絶俗，書法亦遒逸。年六十餘，白髮朱顔，有丹砂之色，望者如對高流逸士，蓋甚享才媛之福云。予昔與楚玉交，辛亥客維揚，巖子以《青山集》見貽。予成四截句題其上，巖子覽之喜甚，因論次其詩，付之剞氏。

《新霽》「遠天自空静，蟬風吹夕陽」：蕭然澹静。

《法海寺》「種色玉鉤斜，年年芳草發」；「輕風吹錦帆，今昔一明月」：何其雋妙。覺他人雕繪者，未免涉脂粉之習。

《越城歌》「姑蘇臺下草連天，鴟夷一艇何茫然」：本是哀音，出之澹永。

《泊舟香口》「一溪分竹進」：奇創。⊙有獨造之語，想見境之幽邃。

《新秋雨夜》「濕螢依户入，疏竹覺風歸」：讀過令人冷然。

《早春峻度理葺涉園，讀書薦隱齋》「願言留宿莽，三徑益深深」：鄒愚谷築惠山園成，鍾伯敬往見之曰：「先生此園只少一『荒』字。」即巖子末二句意。

《秦淮舟集，同劉、李諸夫人分韻》「六朝風物秦淮水，三月春情穀雨茶」：松圓詩老有此風韻。⊙輕麗之中，自饒高氣。

《禾水道中》「竹岸人家門巷静，桑園風景夕陽低」：雋潔可愛。

《中秋》「鳧雁不關離黍恨，湖山寧受後人憐」：秀微淵冷，卻不墮入竟陵一派。

《徙倚》「昨得家人信，青山滿蕨薇」：含情不言。

《題畫》「扁舟人不歸，想在溪中住」：了無色相，真是澹妙。

《清明》「春草萋萋歸不得，江南多少未招魂」：如此詩，便極渾極悲。

《送黄皆令閨媛》「君自莫愁湖上去，秣陵煙雨剩淒涼」：黯然。

《姑蘇棹歌》其一「一條古路分吴越，直到錢塘江岸頭」：即「吴越到江分」之意，而出之悠揚宛轉，便是棹歌。其二「木犀秋滿山塘上，一路清香到虎丘」：我想其境。

《廣陵雜詠》「静看六代江南志，坐盡維揚夜雨中」：此絶真可謂藴藉風流。

《題蘇若蘭璿璣圖》「若使連波無悔過，覺於風雅不相關」：悔是才人絶妙轉關，一味迷淪者，那曾夢見情字。○世亦有若蘭之才而絶少解人者，試問巖子又當何如。

《寒食憶逝》其一「未到平山明月上，水香深處共聞簫」：幽冷之極，卻乃情深一往。其二「春花落盡悲春去，尚有來春發舊花」：悲逝之意，妙在言外。

《挽汪静儀》「何處美人成解脱，鱗鱗魚膢洛神歸。静儀乙巳歸公甗，己酉覆舟而逝」：風騷絶代。

卞　氏　字玄文，江南江寧人，吴巖子之長女。

幼穎慧，當六七齡時，即信口成五七言句。巖子教以文史，靡不博通。及隨至西湖，見其母含毫濡墨，時時吟眺於青峰遠樹間，玄文亦依韻輒和。詩篇流吴越間最多。母愛之甚，謂必得貴且才者字之始稱快，而擇配維艱，玄文用是賦《摽梅》。年益長矣，迨父奄逝，母子俱客廣陵，劉孝廉峻度乃納聘焉。峻度性磊落，喜與天下之賢豪長者相結，贈貽宴會滋繁，而玄文慮能猝辦，用是弗復肆志詩書，即間一吟詠輒輟筆。未幾稱疾，年三十四而卒。所著有《繡閣詩集》。峻度慟之，爲梓其遺稿以傳。予因擇其尤者，附其母《青山集》之後。

《古意》「君子慎樹立，中心常寥寥」：堅峭蒼鬱，竟似晉魏人。

《和吴太史西泠閨詠》「題蘭墨帶瀟湘氣，看竹身移煙雨圖」：芳鮮，如帶瀟湘煙雨。

《别半塘居停》「春深燕子還來住，只費香泥不費錢」：妙。⊙結意新慧，開人襟抱。

《十八夜送燈雨》「惆悵不須追昨夜，韶光容易到明年」：可感。⊙「美人歸去静垂簾」：自非香閨綺閣人，那能作此清麗語。

《夏日雨後登閣望鍾山》「繁華六代蒼煙盡，王氣千年暮靄平。此際山靈應獨笑，興亡誰問古今情」：老氣縱宕。⊙不意閨閣中，乃能具如許深感。青山母子足千古矣。

《丙申中秋》「石城竟有玉關情」：喁喁兒女，乃有此種風調，吾敬服之，不僅文詞之藻艷。

《秦淮》「無限六朝詩酒思，流鶯啼過上林花」：飄宕。⊙紅板橋頭，青溪祠畔，乃有此才女握管而吟，吟輒佳勝，真江東韻事也。

黄媛介

字皆令，浙江嘉興人，楊世功之配也。

産自清門，兄姊皆好文墨，皆令遂嫻詩詞，且工畫。吴祭酒梅村曾製《鴛湖閨詠》四章贈之。乙酉遭亂，轉徙吴閶，羈白下。後入金沙，閉跡牆東，張無放及夫人于氏資給之。常鎮觀察李笥圃、金壇令胡蒼恒、丹陽令許菊溪，咸有饋遺。所著《離隱歌》詳其事。後時時往來虞山宗伯家，與柳夫人爲文字交。其兄開平弗善也，然皆令實貧甚，時鬻詩畫以自給。後僦寓西陵，所居一樓，與兩高峰相對，喻糜側理，是其經營，終不免賣珠補屋之歎。地主汪然明，時招至不繫園，與閨人輩飲集，每周急焉。繼從風雪中渡西興，入梅市，與商夫人諸閨秀唱和，所著有《越遊草》。予客湖上，世功攜皆令詩及畫見贈，珍之笥篋，弗敢佚也。壬子刻諸名媛詩，爲採數章，登諸梓。

《春王五日同娟生祁夫人諸姊姒讌集世經堂觀鮮雲童劇》「亂離親見驚中原，瞥眼流亡亦斷魂。盡道詼諧過劇孟，漸驚聲價逼黃幡」：忽然及此，風瀾陡起。⊙不難其藻逸，中一段煞有關係。

《同谷虛、修嫣、湘君、趙璧遊密園，遇雨集韻牌》「密樹隱流鶯」：集韻自然，又復警艷。

《懷居停季貞夫人》「以我今時坐，知君舊日居」：起得好。⊙「恐君他日至，我獨賦歸歟」：起結切居停，中四句只寫景。

《贈祁弢英》「月裏圍棋贏弟妹，一時歡笑動高堂」：風流樂事，一筆寫出。

《題樓居贈女伴》：自是天上神仙，令人且羨且妒。

《贈徐夫人》「人看盡道無相匹，只有圖中與鏡中」：如此賞歎，佳絕。

《採菱同祁修嫣、湘君、趙璧》其一「欲採湖菱愁指滑，背人先自脱金鐶」：寫出閨人情性。⊙唐人化境。其二「中流不是狂風起，應把全湖盡摘歸」：興趣寫盡。

商景蘭

浙江山陰人。商等軒先生女，祁忠敏公之配也。

有二媳四女，咸工詩。夫人每暇日登臨，則命媳、女輩載筆牀硯匣以隨，角韻分題，一時傳爲勝事。閨秀黃皆令入梅市訪之，贈送倡和甚盛。予覽其詩册，畫法遒婉，皆可愛。因採附《越遊草》之後，俾人知祁氏一門之盛，今古罕儷焉。

《送別閨秀黃皆令》「交深多遠懷，憂來不可絶。佇立望滄波，相思煙霧結」：氣蒼骨老，能得蘇、李之深。

祁德淵 字弢英，姜桐音配。

《送别黄皆令》：展箑如輕雲落絮。

祁德瓊 字修嫣，王鱺叔配。

《送别黄皆令》「美人理遠棹，秋色低星河」：短章遒緊。

祁德溋 字湘君，沈子合配。

《送别黄皆令》「雲間歸雁路何處，林裏飛花香可憐」：輕倩宜人。

張德蕙 字楚纕，祁奕慶配。

《送别黄皆令》「遥知月照孤帆處，正是風吹懸榻時」：多情之極，乃能作此語。

朱德蓉 字趙璧，祁奕喜配。

《送别黄皆令》「青青楊柳枝，飄摇大道傍。大道多悲風，遊子瞻故鄉」：河梁續響。⊙「芙蓉憑秋波，熠燿吐幽香。採以奉所思，所思難可忘」：總無時調，得之閨閣尤難。

胡應佳

字季貞，張登子夫人。

《送別黄皆令》「病中無那花前別，一樹西風落葉深」：情緒纏綿，語多凄惋。

鄭莊範

字予敬，蕭山李兼汝配。

《贈黄皆令西歸》：冰綃霧縠，方斯輕麗。

徐横波

字眉生，一字智珠，江南江寧人。

憶己丑秋，予同吴子薗次下榻龔芝麓奉常之寓園，園名市隱，距秦淮甚近。奉常每從他處飲，則夫人緘題屬予與薗次同賦。是日坐中林堂，雨聲淅瀝，予與芝麓、薗次銜杯剪燭，而和是詩。自今思之，猶夢繞寒潭落葉、小亭危磴間也。夫人有《柳花閣全集》，容續征授梓。

《海月樓坐雨》「黄葉爲鄰暮卷衣」：新句。「寒花晚瘦人相似，石磴涼深雁不飛」：上句脱，下句穩。⊙叙景蕭涼，終挾綺艷之思而出，自是香奩妙手。

李因

字是庵，號龕山亦史，浙江錢塘人。

資性警敏，耽讀書，恥事鉛粉。時時作韻語，人未有知者。海昌葛公介龕諱徵奇，偶得其《梅》

詩，有「一枝留待晚春開」之句，遂異而納之。乃偕與溯太湖，渡金、焦，涉黄河，泛濟水，達幽、燕，從遊宦者十五載。每遇林木孤清，雲日輝映，是庵即奮臂振衣，磨墨汁升許，劈箋作花卉數本，介龕每加以題跋焉。或花朝月夕，及嵐色晴好、雨聲滴瀝之辰，是庵則與介龕分鬮角韻，互相丹黄以爲樂，而扼腕時事，義憤激烈，恒爲鬚眉所不逮云。一日道經宿州，嘩兵變起，舟中錯愕不相顧。是庵獨越數舟，跡介龕所在。時被賊椎擊，叢矢創胸，且貫其掌，血淋淋爲之下。是庵不自覺痛，相見且訊且慰，猶手抱一編，曰：「簪珥罄矣，幸青氈無恙！」其俠烈如此。後介龕以憂憤卒，四壁蕭然，至不能舉火。是庵矢柏舟弗變，躬親紡績，或時寫丹青以自給；暇則讀書嘯詠如平時，尤人情所難者。所著有《竹笑軒吟草》，而吴公本泰爲之序。

《舟發滮縣道中，同家禄勳詠》其一「禪關山月黑，魚栅夜燈紅」，其二「溪深越女白，寺廢蜀葵紅」：二詩有壯思鬱采。

《秋江晚泊，和豫章李夫人韻》「秋水空明千里月，荒煙冥鎖萬重山。樵歌野唱猶行路，僧寺殘鐘獨掩關」：詩在劉隨州、趙倚樓之間。

《春日家禄勳聞命南歸，感懷之作》「楊花銜幕入，猶落故人衣」：刺得妙。

《秋日》「五里荷花十里香」：令人想西陵橋畔。

《京口道中即事》「明珠買得潯陽女，一曲琵琶古别離」：出閨閣人口中，更韻。

《柬王玉煙較書》「石窗蕉葉聲聲雨，滴碎愁人枕上魂」：代玉煙體貼，何其温細。

《贈柳如是較書》「秋風猶恐成憔悴，好護青青似舊垂」：如許憐惜。⊙徐亦史爲予談河東君舊事，靡靡可聽。讀是庵詩，猶想見當年風致也。

《長安秋日》「季鷹自解歸來好，縱乏蒓鱸也動思」：翻得妙。⊙裙釵中輒知此義，豈是凡流。

《寒食》其二「瀟瀟不斷黄昏雨，寒食煙消鬼火青」：「秋墳鬼唱鮑家詩」，是爾時光景。

《吊侍兒》「自憐恐作從軍妾，百尺寒泉葬小鬟」：兵火中侍兒能墮井不污，應爲表出。

陳結璘

字蘭修，江南常熟人，孝廉瞿曇谷諱玄錫之配也。

曇谷自粵西歸，與蘭修匿跡田間，以耕饁老。所著有《畯喜堂集》。

《田園雜興》其一「滄桑任老花三徑，烽火難更雨一犁」：筋兩語。其二：居然一幅村居圖。其三「老樹在門常掃葉，好山當户故低墻」：非深於隱趣者，不能爲此言。其四「蹇驢尚怯霜橋跡，羸馬偏驕紫塞鞭」：有言外之情。

●田園雜興，宋范石湖倡之於前，月泉吟社和之於後。今又得蘭修賦詩四十首，備極田家情趣，惜未能全録也。

袁九嫕

字君淑，江南通州人。方伯袁隨女，諸生錢良胤字王孫之配也。

王孫固舊家，梵閣書堂，極其邃麗，而伉儷咸工文詞，稱絶善矣。然天妒良緣，君淑于歸甫一載竟卒，年方十八，人争悼之。所著有《伽音草》，錢牧齋採其詩於《歷朝詩選》中。同里范子汝受更手授數首，皆錢選所未有者。予特表之，蓋重惜其才而愍其年云。

《春遊曲》「前林聞馬嘶，驚避百花裏」：古。

《秋日樓居》「房櫳鬱窈窕，芳樹紛蔥青。低枝觸錦瑟，冷然激清聲」：聲光都異。⊙全得康樂之神，不意閨幃臻此絶詣。

《感夢》「妙理貴希夷，葆真在靡慝。神氣誠不虧，紅顔生羽翼」：養真仙秘，盡此數言。⊙觀此詩，便知其有翺翔仙島意。

《送四兄君鳴侍御按三晉》「龍門山接青驄色，白馬津摇繡斧光」：盛唐高響。⊙中原七子讓此高麗。

《睡蝶》「日下翩翩如殢酒，夢中栩栩亦迷香」：詠物詩不粘不脱，更自香艷。

《寒食》「謝豹暗啼春色去，滿窗紅雨杏花寒」：輕秀絶倫。

《贈王孫》「聞道成都花似錦，任卿孤劍客臨邛」：想其賢達。

《宫詞》「夜深苔徑滋寒露，蹴濕珍珠七綵鞋」：不言怨，而怨在其中。

張昊

字槎雲，浙江錢塘人，孝廉張步青諱壇之長女也。

孝廉苦貧，以授經糊口四方。母陳氏，僅責以女紅，而槎雲喜讀書，覽典籍輒知其文理，所著詩詞及稗官小説皆工。從兄祖望，偶見槎雲詩有「殘風殘雪段橋邊」之句，悄然歎曰：「是妹必以詩傳，但福薄耳。」癸卯年十九，歸胡生名大瀠字文漪者，倡和極諧。丁未，步青赴春官試，卒於京師。訃音至，槎雲痛悼欲絶，有「孤山何太苦，變作我親丘」之句，讀者憐之。逾年，槎雲方晨起，與文漪論詩，語及關盼盼絶句曰：「詩至此得無傳乎？」既而曉妝畢，整衣臨窗，徘徊久之，凝眺雲際，忽曰：「吾腸斷矣！」侍兒扶至牀，目已瞑。先是槎雲夢白鶴振翮於庭，人言謂槎雲曰：「盍乘吾以歸乎？」若夫婦七年之緣已盡矣。」槎雲跨鶴背，憑空而起，有若神仙。及其卒，人始知爲兆云。槎雲有集名《趨庭詠》，兄祖望詳爲論次，而夫文漪爲梓之以傳。

《觀潮》「孝感曹娥志，忠留伍相賢。千秋遺恨在，故令怒濤傳」：氣格老，眼界闊，豈女子能辦。

《和文漪登六和塔》「遥聽城頭烏夜啼」：疏曠，而結處更老。

《元宵》「幾處舞筵消夜雨，一城簫鼓雜東風」：高秀。⊙於喧闐之節，寫蕭涼之景，淡濃淒艷，總現毫端。

《憶長安》：竟是高、岑佳境。

《秋暮》「一雁那堪飛暮秋」：秀動。

《寒食》「陌頭楊柳休攀折，繫住春光不許歸」：説得楊柳如許有情，妙絶。

《即事》「試將心事量楊柳，葉葉絲絲一樣愁」：柔腸慧心，寫來令人神動。

《西湖閒詠》其一「妾意不憐枝上蝶，妒他花底宿雙雙」：槎雲得配胡郎，一時稱爲合璧，又何須妒及花間之蝶耶。其二「三月楊花飛不盡，東風一夜滿湖堤」：只如此風景，能令女郎輩黯然魂銷。其三「鄰家阿婦生嬌妒，不許春光到妾家」：此鄰婦便是解人。

張　昂

字玉霄，張步青次女，槎雲妹。

《悼姊槎雲》其一「淚從今夜盡，别是此番長」：真慘。其二「孤榻夜啼兒」：真慘。⊙言言血淚，而老氣更自逼人。玉霄竟是槎雲敵手。

陳　契

字無垢，江南通州人，少司寇堯曾孫，大司馬大科孫也。

幼而穎慧，好讀書。適同里孫太學安石，家饒裕，不善持籌，遂中落。以契無子，不相得，挈妾婢異居。契乃歸母家，久之落髮，即司馬舊業所謂鴻寶堂者，事焚修，然不廢吟詠。所著甚富，范光禄嘗序其《茹蕙編》四卷行世。晚而益貧，至併日食，不以告人，隱忍而病。病數月不起，起數日，覆水窗前，脱手墜樓而死，人咸惜之。

《書懷》「夢去不關愁，曉來心自惡」：風旨雋潔。

《揚州早雁呈王阮亭先生》「遠過迷樓感故宫」：深。「别有孤鳴沉别浦，高風欲借起泥中」：打著使君身上。⊙「安棲邗水猶鄉土，遠過迷樓感故宫」：頸聯壓倒竹西。

《秋柳》「攀枝信墮英雄淚，殘照蕭條灞水邊」：和《秋柳》者數百首，而濯濯能新，則推此閨中之秀。

《悼小婢素梅》其二「猶然覓芳卉，斜插髻雲傍」：可兒。其三「每識予悲歎，温言慰寂寥」：如此侍兒自佳。○素梅何人？藉無垢夫人詩以傳，死足瞑目。

《春閨》「侍兒知我無情緒，不把朱簾上玉鉤」：難此解事。

王璐卿

字繡君，一字仙嵋，江南通州人，孝廉馬杏颺諱振飛之配也。

天姿穎異，讀書過目成誦，所繪禽魚花鳥極工。自歸杏颺後，時勵夫子以讀書，脱釵典衣，以佐膏火；有不足，則篝燈刺繡以繼之。每遇花晨月夕，輒貰酒爲歡，間製小詩，則彼此酬和。所著《鴛鴦社》、《錦香堂》諸集，珍諸秘笥，人或不得見焉。杏颺文戰偶北，則繡君慰之曰：「丈夫補衮作霖，乃分内事，渥水神駒，寧終阨轅下哉。」其勸勉有如此者。更時時自念平生，謂杏颺曰：「吾輩閨閣中人，稍通詩史，往往紅顔薄命，非有白頭之吟，即或憔悴飄零，下作賣菜傭之配，一字匪流，千古遺恨。吾與爾伉儷數十年，此倡彼和，雖爲夫婦，實則良友。視彼金屋珠房，猶塵土耳。待名成日，白雲紅樹間，偕君作海上三山之想，是吾願也。」蓋生平雅好仙佛云。生二子，皆教以成名。一日，感小恙，遂卒。杏颺每對客，談及曩時閨閫中茗香筆硯之樂，輒淚下沾襟。座客爲欷歔罷去。繡君有女弟名兆淑，字仙琬，亦能詩。

《碧霞閣》「清溪漁火隔雲紅」：「隔雲」妙。⊙寫景空澹。

《答杏飏簡稿》「美人日暮懷香草，帝子中流倚碧雲」：騷情激發。⊙大雅不群。

《喜杏飏歸舍卻和》「江月夜棲蝴蝶夢，山花曉壓杜鵑枝」：艷不入靡，秀不淪弱，此爲繡君超絶之製。

《試茗》「一卮難滌愁滋味，零亂梨花冷月團」：此爲懷杏飏所作乎？

《元宵雨中作》「何事弄珠龍女出，繞庭翻作雨花聲」：如此便近唐人。

王端淑 字玉映，浙江山陰人，王季重先生之季女，宛平丁睿子配也。

先生有八子，惟玉映能讀父書。爲人倜儻不群，負才工詩。初得徐文長青藤書屋居之，繼又寓武林之吴山。與四方名流相倡和，對客揮毫，同堂角麈，所不吝也。著有《吟紅集》，爲藝林所賞。予偶得其二詩，授諸梓，擬過江索其全帙焉。

《次韻答李季子》其一「捉麈欲譚人事冷，烏衣愧殺舊稱王」：結得深秀。其二「飛飛紫燕憶華堂」：二詩慷慨悲歌，是香奩中英物。

陸幽光 字孟珠，一字娥璧，吴門銓部之女也。

奔於義興，值義興敗，幽光遂轉徙江湖，時時向酒間花下爲人賦詩。後陷囹圄，又入侯門，又鄰北里，又託跡空門。總之蹤跡怪異，所至人輒嬰禍，洵亡國之妖也。然每述半閒堂裏事，天寶舊人，聞之往往太息。予向從邗溝甓社攬其吟章，多忽忽散去，僅從《江山集》得其二絶，非侈紅妝筆墨之麗，實深青衫涕淚之情。

《書懷即事》其一「但有文章堪墮淚，何妨永夜一燈寒」：果如此，便是燕子樓一流人物。其二：此首是本色。

湘揚女子

甲午嘉平月，予宿新城三家店，見壁間有女郎詩。其自序云：「兒家本維揚，系出湘楚，幼弄章句，長嫻詩辭。感公子之情重，矢白首以同歸。懔彼婦之肆讒，竄緑衣於異域，茹荼嘗蘗，曾刺血寫經，願結來世之緣；歷暑徂寒，惟孤燕征鴻，共續中宵之怨。宛其心碧，死亦冥然；時見葉紅，生則徒爾。乃幸鶬羡之汁，化彼閨中；豸使之章，得專閫外。殷勤驛使，正值折梅；瘁瘏僕夫，欣如御李。偕予父母骨肉而三及，彼朋從男婦共七盼。都門在即，慰此悸魂。感往事關心，深予紫淚。但得安小星之常數，即已荷夫人之深恩。遠非託小青氏之荒唐，近竊羞會稽女之怨懟，庶幾君子憐我，不知穢陋之章；風人有心，採入金閨之秀云爾。不留姓名，但呼我爲湘揚女子。燭盡不能細書，時老母嗔呼弗顧也。」

《題新城三家店旅壁》其一「春容消盡渾閒事，怕向籬邊摘海棠」：寫盡憔悴。其二「不敢專房稱冠寵，開箱惟取舊衣裳」：具此心腸，所以夫人終於悔過。

鄧氏

虹縣人，久居金陵，寧河王之裔，文太青光禄之繼室也，其詳載《歷朝詩選》閏集中。

壬辰予客燕京，華州孝廉東雲雛謂予曰：當逆闖據秦時，聞鄧名，掠爲女師；繼大兵至，載之入京。其驛亭旅舍，往往有題，志可感也，都不記憶。憶其《過華陰題壁》一詩，則錢選所未見，情詞淒惋，有動人者，予爲採之。

《過華陰題壁》「妾與王嬙同命薄，學騎邊馬度陰山」：雲雛曰：「若作薄命，便不妙。」

宋蕙湘

金陵人。

其題衛州旅壁云：「被難而來，野店露宿，即欲效新嘉故事，稍留翰跡，以告君子，不可得也。偶居邸舍，輒題四章，以期萬一之遇。命薄如此，恐亦無望矣。」

《題衛源邸舍》其一：竟是詩史，氣格極勝。其二「可憐夜月箜篌引，幾度關山作暮笳」：常建、李頎有此高艷。其四「誰散千金齊孟德，鑲黄旂下贖文姝」：未始不可，恐無孟德其人。

趙雪華

吴中羈婦也。

孫枝先太常過沐水李家莊旗亭，見其題壁詩，曾採入《南征紀略》中。

《題沐水李家莊旗亭壁》其一「驚破啼聲是夜笳」：真慘。其二「不因命薄生多恨，青冢啼鵑怨漢家」：紅粉流離，當軸者不得不任其咎。一結大有原委。

葉子眉 廣陵人。

其自序云：「妾祖籍廣陵，從事宫中。俄遭大變，剪卻霓裳，弓袖革靴，抱琵琶而北。道靈璧，睹虞姬石碣，感而且愧，書此以志。時庚寅七夕也。」

《題衛輝旅壁》：此二絶，予辛卯宿衛輝南關，旅壁中見之。

徐淑秀 自號昭陽遺孑，前朝南渡時宫人也。

鼎革後流落燕都，劉學士肇國見其詩，惜之，用餅金贖回，以贈武人邵某，歸而棲泰州之沈村。爲詩多抑鬱哀憤之音，予曾睹其全帙，恨未及手録。今淑秀已玉殞香銷，遺稿亦零落，僅從友人處得其一律，殘膏剩粉，伊可憐也。又有「昭陽遺孑聽漁歌，爾樂波濤我爲何」及「入畫無人知是我，倚欄看蝶認爲花」之句，皆可愛，惜其不全。

《淮陰道中》「不知世上無金屋，猶説臺前賜玉環」：此念難化。⊙明妃之家，公主之臺，何代無之？存此一律，亦使天下後世有情人皆爲墮淚也。

王芝玉 真州女子。

《題青州驛壁》「强將紅粉隨車騎，腸斷荒雞向曉聲」：此詩不知所指，大抵情辭哀切，類傷心者。

張　氏 廣陵人。

其自序云：「乙酉六月二日，遇難於西溝竇林莊居。彷徨無地，灑淚口占五絶，以爲訪詢之據。揮筆淚成，愧不工也。」《西溝道中淚筆》其二「扶上玉鞍愁不穩，淚痕多似馬蹄沙」：想見一時倉皇情景。其四「薄命紅顏千古恨，妾身何惜誤芳年」：家國之事，既已如斯，則薄命風塵，實所不惜。此作者之深淚也。其五「憐我故鄉生死别，花枝移向别園栽」：「死」之一字最難責人，所以明妃、蔡琰，史傳每有恕詞。

汪　氏 亦廣陵人。

自序云：「乙酉八月廿三日，偶得張氏淚筆，暗持讀之，聲韻淒絶，恨不一見其人。深歎予亦同此命薄，因磨淚和成五首。庶幾張氏見之，賜以筆削爲幸。」《和女郎張氏淚筆》其二「蒼天此際聊相問，埋我烽塵幾石沙」：無可奈何語。其三「身付鏌鎁爲上計，老蒼何苦不儂由」：此女殊爲慷慨。其五「寄語故鄉兄與嫂，花枝從此不須栽」：勸兒孫輩勿讀書，亦是此意。

●此廣陵兩女郎詩，余子澹心、周子江左、何子簃明、朱子漢生、劉子旅皇，皆爲屬和。其詩如峽猿蜀鳥、楚些越吟，不可卒讀，誠騷怨之宗也。黄子眉房刻之白下，更爲《女兒行》以紀其事，其詞云：「廣陵四月煙水緑，月映垂楊飄綺縠。漁陽鼙鼓一朝來，畫樓歌笑成哀哭。馬上娉婷十七餘，辛苦風霜向誰宿。可憐斗帳强爲歡，淚珠吹濕湘江竹。當年嬌小鬭芳妍，豈識紅妝是妖服。一曲淒清欲斷腸，猿鳴鶴唳和哀玉。更指江干盼落鴻，三山碧瘦千峰顣。夢斷秦淮悄夜寒，天南葉墮秋風肅。」壬子夏五，天濤以舊刻見寄，因録附此。

章有湘　號橘隱居士，雲間人，孫振公之配。

《讀寶燈夫人詩寄贈》其一「紅袖闌干人倚處，春風吹送漢皋芳」；其二「人間觳珮難消受，莫蕭郎愛遠遊」：讀此詩，知橘隱非尋常女子。

林文貞　宣城人，以字行。

《新秋雲田先生過訪夫子安又，爲寶燈周夫人索詩，漫賦絶句》其一「蘸粉調脂江上來，彩毫紈扇重徘徊」；其二「同心鄂被餘香熱，霍玉争誇嫁十郎」：西門柳色中，應有此佳語相餉。

吴綃

字素公，一字冰仙，茂苑人，進士許瑶蘭陵之配也。

幼敏慧好書，丹黄不去手；善繪事，每經點綴，靈動如生。吴中閨秀雅擅詩畫者，昔推徐小淑、文端容，兼之者惟冰仙云。性至孝，二尊常有疾，刺血書禱，輒愈。蘭陵多内寵，冰仙撫愛如同生，時稱有鵲巢之德焉。家有古琴，閒夜好風月時，撫弄終夕不倦。尤工絲竹管弦諸雜技，性耽弈，聞者有「睹卻釵頭玉步摇」之句，誠閨閫之絶才也。已而好仙，翩翩有凌雲出世之想。所著有《嘯雪庵詩集》，多題詠花鳥之作；而自其從官河朔來，則進於蒼涼沉壯，無復玉臺綺麗之習，冰仙於是乎不可測矣！

《春遊百泉》「圓折紛珠迸」：字字蒼老，集中又爲一格。

《題百泉》「朝歌邑號亦自好，欲問回車意若何」：不盡。⊙叙述風土，苕苕秀上，讀過如置身湧金濃翠間。

《畫家陸文祥偶過平干題此贈之》「老翁遠過平干中，雪髯金骨氣如虹。機雲世胄有古風，潑墨絹素誇神功」：直起，自是老法。「霜鱗半脱衰文裂，卷枝拏攫真虬龍。回溪窈窕濺珠沫，此間合得容梵宫。煙嵐隱映迷處所，耳邊忽似聞晨鐘」：筆力蚴蟉，疑有龍蛇出没。⊙少陵題王宰韋郎畫之後，又見此作。○前後叙置樸直，中間忽作風雨飛騰之勢，章法絶妙。

《嘯臺》「魏晉已如夢，荒臺今獨存。龍蛇正交鬬，鸞鳳自高騫」：高岸不群。⊙冰仙工爲花鳥之吟。其從夫河朔，詩更高健，一洗柔曼之習。

《銅雀伎》「惟聞王子敬，曾道最關人」：用事妙甚。⊙不意紅粉乃有此等筆墨，足令高、岑卻步。

《韓信城》「將軍不解謀身策，鍾室徒勞憶蒯通」：鎔合淮陰本傳，格高識到，足駕前人。

《鄜署驚雨不寐》「迸峽崩巒豺虎鬭，翻波激浪蛟螭攻」：雄烈可畏。⊙吴音纖弱，每難得此英岸之製，況出自閨幃，豈非僅事？

《七夕》「人間新巧年年變，直恐天孫也不知」：從未拈出，妙甚。

《旅窗》「羅帳四垂歌吹歇，一生閒事到心中」：樂府妙境。⊙偏有此恨，誰人解得。

《楊柳枝》其一「白門一樹偏堪恨，記得烏啼是五更」：情緒迢遞，固自音節殊異。其二「滿溪桃李紛紛笑，不信柔條絆得人」：風流獨絶。其三「春來到處煙條緑，欲認何枝是舊枝」：深語可懷。其六「依約美人曾立處，萬條斜卷半邊風」：冰仙殆自寫照。⊙才艷如花，情柔似水，那得不有此銷魂之作。

《海棠》「蜀兒祇愛芙蕖色，不把文君比海棠」：新思獨抽。⊙妙絶。

《菊花》「陳王不愛凡桃李，獨把秋芳比洛神」：拈來自佳。

《詠燕》「莫言遠志慚黄鵠，誰得如伊住畫樑」：固自情文婀娜。

《懷古》「不知賓客成何事，枉殺樓前斬美人」：公子何辭。⊙平原此舉忍甚、矯甚，得冰仙一駁快極。

張粲

字疏影，金陵鐵作坊人，農部許承欽漱雪之少君也。

秀眉目，鬒髮玉膚，性慧而静，喜讀書。年十五歸于農部，攜歸武林，處玉壺水軒中，窗外皆雜花繞闌。姬爇香烹茗，日宴坐其中，案頭唐詩一函、《蘭亭記》一卷，周覽臨摹不倦。會農部買舟北上，挈姬從。時土寇充斥，自嶧山湖迤邐泊頭諸村鎮，雷駭箭激，常凜凜蹈不測。姬獨以義命相感發，卒幸無他。及抵燕，僦居弊屋，塵沙雜遝，姬怡然自安，茶瓜蔬酌，賴以永日。姬初不解詩，農部暇即誨以音律，旬日遂能中程度，所著有《適燕吟》。庚寅十月，感痰嗽，醫藥罔效。比歲除，姬知是日必逝，戒農部無他往。抵三更，謂農部曰：「吾行歸矣，所不能割者，老母遠在江南，及君三年相愛之情耳。」因寄聲武林諸姬，誦佛號數聲而卒，時年十八。

《舟中立秋》「妾心如落葉，回首惜青春」：含藴，乃更多姿。

《春日憶金陵》：天然麗娟，出口自爾韻勝。

《燕中大風》：其聲雄健，乃復不似鉛粉人。

《信至》「怪得銀缸裹，燈花夜夜生」：語自有趣。

《七夕懷武林諸娣姒》「那知萬里銀河水，瀉入南天盡是愁」：一味妙悟，正得詩家三昧。

《對鏡憶冰綃姊》：姊妹相憐，閨中實有此情，詩能傳出。

《聞鄰家撫箏》「彈到斷腸渾不住，應憐飄泊在京城」：妙緒柔情，縹緲欲絶。

《聽漱雪夫子讀古逸史》「浮白大呼頻剪燭，少年豪氣未應除」：此等眼光，當是閨中畏友。

《晚春》「妾心正似橋頭柳，不遇東風恨不深」：不必説明，自有其故。

《弄簫》：韻甚。

《夢秦淮别業》「安得翩躚同燕子，隨風吹過大江東」：筆致正如臨風紫燕。

邵　笠

字澹庵，吴陵人。

詩媛徐淑秀爲其庶母，故澹庵遂工於吟詠。適黄杜若秀才，中更家難，四壁蕭然，澹庵惟爐香茗碗，静坐讀書。後不幸而卒，病中悉焚其全稿。僅搜得數章，斷璣寸璧，爲足寶云。

《和黄杜若夫子貸米詩》「吾儕本寂寥」：閨中人難得如此安分。

《新柳》：處處做「新」字。

《題美人對弈圖》「勝負全憑先一著，沉思頻自掠蛾眉」：君從何處看得此無人態？

《題鶯鶯聽琴便面》「見説畫工能寫照，琴心試問可曾描」：原自難畫。

湘中女子

湘潭人，失其姓名。

《湖南兵亂，爲遊騎所掠，欲犯之，女子以死自勵。兵子憐之，弗加害。至漢口，乘夜無人，躍入江中以死。衣帶間遺詩十首，藝林傳誦，共惋惜焉選四》其一「寄語雙親休眷念，入江猶是女兒身」：竇護此身，便是極好結局。其二「濤聲夜夜悲何極，猶記挑燈讀楚辭」：能讀《楚辭》，此女便是不凡，一旦魂繞汨羅，良可歎悼。其三「遠涉風波誰作伴，深深遥拜兩靈妃」：二妃應爲憐惜。其四：餘數首，字面有可商者，姑逸之。

吴　娟

字麋仙，石城人。

本名家後裔，流落不偶。卜居金陵之蔣園，與林茂之諸詞客相酬和。性好遊覽，曾歷牛首、祖堂諸勝，各有題詠。崇禎庚午遊崇川，登狼五，俯視大江，有憑虚之志。善作畫，工小楷尺牘，著《萍居草》行世。

《雨花臺》「林靄叢幽壑，江光澹遠天」：麗藻翔動，而格法老成，不類紅妝染翰。

《弘濟寺》「江流澄夕霽，梵唄雜樵歌」：極似弘濟風景。⊙秀愜。

《遊牛首歷祖堂獻花巖》「天女花香散，融公石跡遺。揭來初地息，山月影離離」：穩。

《仲春社集梅塢遥有所和》「只恐仙郎遥惱亂，青衫暗濕玉林春」：「兩姑之間難爲婦」，其此之謂與？

錢令暉

字亞芬，通州人，詩人錢五長之女，湘靈夫人袁九淑之從女孫也。與妹令嫻倡和，著有《紉蘭草》。

《春日遊狼山》「雲繞曲巖開畫閣，天連絶頂挂浮屠」：盛唐佳境。⊙力量詞采，俱臻絶勝。

《題畫上紅白桃花》「道是彤雲千片裹，嫌山何處雪飛來」：「紅白」意，參差寫出不覺。

錢令嫻

字幼靚，錢五長之季女，著《珠唾》。

《樓居偶成》「多病懶裁鸚鵡賦，薄寒初御鷫鸘裘」：多病、薄寒，正是佳人樓居詩料。

《水仙花傍竹》「似贈洛神螺子黛，供他對鏡掃雙眉」：情詞掩映。

徐氏

字幼芬，廣陵人，工部徐葆初石鍾之女，孝廉李淦季子之配也。與叔姑季静姎夫人迭有倡和，不幸早逝。

《春日》：寫景閒甚。

《宫怨》「終朝兀坐愁心亂，怕見傍人繡彩鴛」：能言其情。

《病起戴僧帽觀雪》「對鏡自憐同野衲，妝成撇卻玉搔頭」：寫出病態。

夏沚　字湘友，江南無錫人，薛既央之繼室也，與吴蕊仙爲中表戚。

壬子季春，值蕊仙初度，湘友手製水田衣相贈。畫便面蕭疏有逸氣。且致書與吴，以浪遊江北爲戒，吴果悁忿抱病歸。吴其卒也，一切後事皆湘友贊之，是真不負蕊仙者。

《懷吴蕊仙》「天涯燈火誰同調，歲暮風霜獨抱痾」：氣清而思婉，固爲一掃粉黛。

《衲衣寄吴蕊仙》「針線不嫌燈火暗，剪刀曾近佛罏香」：秀思澹采。⊙濯濯亭亭，是上清仙品。

慎墨堂詩話卷十三〔一〕

姜埰

如農、卿墅，山東萊陽人。《敬亭集》。

《秋懷》其一「人生不得意，四節皆淒涼」：説得透。其二「出門向故人，乞穀復乞絲。故人在何處，轉側反自疑。君子守故轍，毋乃見者嗤」：自傷語。⊙酸風四集。

《將還東萊，别真州諸子》其一「家鄉府帖下，問我存與亡」：如此便難處。⊙令人做客不得，所以爲苦。其二「阿兒哭爲爺，阿爺哭爲母」：真極、痛極。⊙讀之令風雲變色。

《懷劉司馬若宜》「出門逢少年，非復舊親戚。道傍生荆棘，跬步衹睽隔。我欲贈疏麻，路遠不可摘」：情緒委折，風格蒼老，當在陸、謝之間。

《宣州行》「水盎木瓢南鄰借」：好光景。「郡中耆舊貴公子，最後託契争邀迓。相逢不必問姓名，頗愛老夫好耕稼」：此公子不可少。「即今饑鶴人不知，恰有疲驢我可跨」：好。「自是衰年應埋

〔一〕此卷輯自《詩觀》二集卷一，原署「東吴鄧漢儀孝威評選／同學李念慈屺瞻參閲」。

骨，已促好友爲僦舍」：説出心事。⊙此爲公戍所，故極惓惓，而況山水佳、人情好，公之首丘於此也必矣。詩之傲奡，在杜、韓之間。

《雜詠》其一「江喧出口船」：好。其二「百戰千家在，三年一字通。白華常有恨，憑著馬頭東」：老極。⊙「歌哭何曾是，誰堪淚眼窮」：無窮苦楚，總寫不出，卻已寫出。

《送董樵自姑蘇之南昌，兼懷趙使君》「瓜步萬條煙柳日，潯陽九派布帆風」：風韻繚繞。⊙「若見使君應問訊，江東卧病鹿皮翁」：風流顧盼，絶似劉隨州筆墨。

《客宣城作》其一「細雨春帆過板橋」：好。⊙自覺風味不同。其二「百年心事北樓間」：含意。⊙「好爲吾骨買青山」：遺命葬敬亭，此詩已兆之矣。

《東歸》「側身天地是何意，亡命江湖未有名」：藴意沉切。

《贈孫生》「煙波驛路看明滅，楊柳河橋感廢興」：秀絶。⊙筆下有和風蕩漾。

《裘公渡》「夕陽明滅無人處，一帶平川没柳根」：如畫。

姜　垓

如須，箕簹，山東萊陽人。《佇石山人稿》。

《寄吴駿公學士》其一「中夜坐長歎，皓首思君子」：何減《十九首》。其二「新人雖云好，未若故人歡」：其言婉惻。「海宇寡儔侶，潛德遂所安。念子何爲情，踟躕傷心肝」：見道之言。其三「投之非其主，誰能明我心」：良然。◎三首怨而正，雅而深，真可上續風騷。

《遊高明禪院宿青嬴閣，題文心和尚卷》「將雨萬峰寒」：好。⊙蒼厚。

《送余大還白門》「蠡口停橈晚，胥江出餞遲。春衫沾別淚，細雨溼征旗」：落筆新麗。

《浴佛日玄墓聽剖公説法後，吴翁邀至司徒廟山居，同徐孝廉枋、楊文學炤、吴文學昌文作》「捲幔鑾莊火，吹旗古殿雲」：設色奇麗。

《雨中放艇谿横塘經靈巖山下作》其一「山花紅似火，苦勸故人留」：韻甚。其二「花事莽岑寂，山川迥別時。下秧湖獺集，收果夜猿悲」：起得莽蒼，而意特深曲。

《烽火山禪院雜詠，兼贈宋孝廉林寺、董茂才樵》「土竈炊殘雪，松窗鎖凍雲」：濃淡處各極工緻。

《和宋孝廉贈別》「燈火渡江船」：好。⊙情緒綿綿。

《黄門兄被罪幽拘，僕乘間入西曹伺問，及將母南竄，苦賊梗，會故友以轉漕往來河上，恃之無恐，卻賦志感》其一「中宵遠走憐徐庶，大難西行賴賈彪」：用事如此之妙。⊙整鍊之中，卻情事縷縷寫出。其二「楚亡白璧疑門下，漢起黄巾赦黨人」：典切而深警。⊙全副精神，貫串時事。篔簹如此等詩，不易到也。

《和鄧孝威立秋日送余赴吴會，兼懷葉聖野之作》其一「試向吴王臺上看，月明閶闔萬人家」：結得澹遠。其二「西風江口龍蛇動，遺廟棲鴉弔子胥」：騷屑之極。其三「煙霞客處猶無恙，攜杖過橋送玉壺」：怨而不怒，固覺翩翩。其四「雨花淅淅燕還宿，木葉蕭蕭江欲波」：離離落落，大見古致。◎四詩如須作於戊子，予已失其稿，奉世近録見寄。其風騷雅麗，真與江、鮑連鑣。

《新柳》其一「玉關雪盡行人泣，恐是春來管别離」：風流婉約。其二「永豐坊角啼烏散，肯伴梨花子夜零」：義山不能到此。⊙新情舊恨，借題傳寫，自爾綿婉無盡。

《秋日雜感》其一「關河擊筑逢人少，繫馬旗亭一舉杯」：結處含情無限。其二「芳草誰憐賦遠遊」：澹而妙。⊙貧篭騷才賦筆，兼以苦緒深衷，落紙便爾殊絶。

《和贈鄧孝威》「廟社非人力，乾坤只自憐」：識到。「桃源雖絶世，漁父未徒仙」：深語。「凄涼情易老，蕪穢隱能專」：深語。「渡河期鄧禹，奉使愧張騫」：典切。「挂帆秋色早，萬樹亂鳴蟬」：結得悠然。⊙通體風逸流美，中有深微獨到處。

萬壽祺

年少，江南徐州人。《隰西草堂詩》。

《南村雜詠》其二「東園桃李花，不若山中柏」：樸極。⊙風味似陶，而蒼辣處則純乎儲矣。

《隰西草堂詩》其二「芳草舟車路，桃花秦漢人」：蒼鍊。⊙深厚復秀美。

《過京口鄔大繼思》「江風驅斷雁，海霧壓沉牛」：「驅」字更好。⊙全首莊練。

《忽憶錢大》「忽憶南徐道，春風樓上年」：安雅。

《夜同徐大青山鼓琴》「燈青漏轉無人見，惆悵人間音不同」：空青一片。⊙蕭疏澹遠，一結如成連之移我情。

《草堂前舊梅一枝放花卻賦》「百年冰雪身仍在，十日春風花已生。亂後故人猶見汝，定中居士未忘情」：此等處全學杜。⊙空靈，卻出以老健。

《隰西草堂雜詩》其一「意中笠澤千頭橘，夢裏成都八百桑」：如此「意中」、「夢裏」，良佳。其二「著書未了復漁獵，滿地江湖人未歸」：如此可謂之含蓄。其三「啼烏聲中客自愁」：澹得妙。其四「出自北門逢雨雪，行看西日下牛羊」：工而韻。◎四詩妙有風韻，不露感慨，諸葛君可稱名士。

《入沛宫》「魂魄有時還至沛，樓臺落日半臨河」：筆意圓活。「我亦遠隨黄綺去，東山重唱採芝歌」：如此結纔完足。⊙雄渾之中，虚實兼備。

《廣陵讀史》「十二樓頭千載後，到今人面尚桃花」：此語風流，卻淒怨。⊙玉質娉婷，銷魂千載。〇末二語，大爲揚州女郎生色。

《贈胡彦遠》「荷鋤歸去田廬閉，莫向人間學問津」：良友之言。⊙彦遠歷年遊京洛，交貴遊，尚未能體貼年少此語。

《送客》「一樽酒盡舟千里，十月花開霜萬重」：風神絶代。⊙年少詩，只是風格才調與人不同。

《登歌風臺》「瀰瀰泗水還祠廟，誰見塵埃舊酒徒」：感慨繫之。⊙登斯地，值此時，慷慨悲歌，自應神氣伉爽。李、杜上吹臺懷古高吟，正復遜此。

《寄懷鄗沂公》「採藥萬山隨鹿豕，囊書百笈枕山阿」：貼切沂公。⊙全是騷雅之氣。

《冬日晚登東山》「十年豹虎人家少，幾處牛羊村舍低」：亂後語。「群山不動大河西」：奇警。

⊙登山不衹摹寫景物，意中言外，有無限感傷。

《登雲龍山》「北枕荒城仍畜牧，東臨野水見漁蓑。獨聞新決澶淵道，回首風塵起碧波」：高論殊情，如見孫伯符、周公瑾一流人物。

《梁公狄過訪賦贈》「墻東自有君公住，門外今傳陶令來」；「斜月啼烏人罷酒，早霜驅雁客登臺」：遇同調，自應有此筆情飛舞。

《送唐耕塢還姑孰》「君出自然逢有道，曾從東漢黨人來」：耕塢爲舍人視草之日，曾面詬懷寧司馬，弗之憚也。此等風節，正何讓乎膺滂！

《贈閻古古》「憐我天涯問消息，鹿車一乘載妻孥」：是古老行容。

《毘陵劉大過訪草堂，信宿遂別》「大河風起公無渡，小巷雲深我自眠」：風期磊落。

梁以樟

公狄、鷦民，直隸清苑人。《卬否集》。

《晚宿越城》「古月移前壘，荒風宿鬼兵。燎衣殘竈火，擊柝遠河聲」：四語瑰瑋可喜。⊙公狄喜爲新語。如此詩，警卓而氣自渾厚。

《安東道中》其一「鹿疃齊麥秀，龍尾護堤沙」：雄拔。其二「謡俗分南北，江山割楚齊。人家竈月近，海徼鹵煙低」：地形風俗，一一寫盡，卻緯以深思猛力。

《盱眙道中》「湯沐餘殘邑，難從耆舊論」：不可無此一結。

《贈劉西佩》「細數殘年跡，空堂夜雨鳴」：耐人思量。

《清明日雨北奠感懷》「萬井龍蛇雨，三春杜宇花」：淒麗絶倫。⊙滿目荒涼，寫來偏自騷艷。

《徐宸旌自陽夏遠訪賦贈》其一「弓刀虚井邑，篳簬徙江村」：淒絶。其二「崎嶇戎馬日，曾記舊參軍」：如此起法最老。⊙此客其與商丘之難者耶？宜公狄多慨激之詞。

《送王于一移家秦郵》「雨雪關河路，誰驅妻子行。百年猶念亂，吾道此孤鳴」：沉雄。⊙純是少陵，不可繩以年代。

《西湖雜興》「馬飲殘湖水，螢飛故苑墻」：筆墨自殊。

《登韜光庵》「四山青欲下，衆樹密難名。時有竹光入，遠聞泉水聲」：讀去蒼翠蒙密，已置身萬山中。⊙「猿挂翠微行」：軫石有此鍊，無此活。

《渡桃花澗訪恒上人》「雪瀑崩崖轉，松濤静壑鳴」：法老氣足，純乎王、孟佳構。

《白鹿泉》「壁絶山精隱，泉甘藥草鮮」：境幽語别。

《與馬習仲話有贈》「壯遊薪膽盡，兵法鬢毛皤」：警策。⊙錘鍊，而性情畢見。

《江上送馬習仲之豫章》「登臨此送行」：堅老。「溢渚天星近，康郎戰火明」：光爍。⊙精神光彩俱足。

《讀袁山先生遺稿》「戎車開楚皖，落日照前麾。龍戰軍聲合，星沉王氣微」：望之如火如荼。⊙聲光迥異，卻中懷騷屑。

《渡淮至泗上》「萬山龍氣合，一水霸圖開」：猶懷芒碭。

《送高二亮歸平州》「汝歸觀碣石，雲海正蒼茫。天地尚雄略，王孫幾夕陽」；「白頭羞莒飯，黄葉夢樓桑」：聲貌俱雄。

《舟泛玉山寺》「荒棧支鼉窟，驚沙走雁淙」：「支」字、「走」字俱警。

《别攝山瞿大師》「蕭然孤衲影，高意滿松門」：高絶。「山曙群青合，林空一鳥喧」：摩詰妙句。

《歲暮望大兄不至》「薄海交遊盡，殘山老弟晜」：真而厚。「暫歸猶勝客，敢作故鄉論」：苦語至情。

《大兄周忌》「蛟龍沉羽扇，蜻蛚跳殘書。哽咽荒鐘裏，魂驚歲月除」：沉痛在音響外。

《于一避亂盧家堡來晤，因得聞江上信》「念亂憂方大，披荆爾忽來。乍詢家室在，初諗甲兵回」：轉折深穩。

《秋日鑑湖留别萬履安諸子》「江山白髮歸人遠，杵臼西風過雁哀」：秀調，兼以猛情。⊙如此留别，自堪千古，奚減新亭一集。

《集漢陽王懷人、亦世邸中》「話殘檮杌燭三更」：警甚。⊙「楚水雲荒過雁聲，檐花細雨落蕪城。同裳昔日猶僑札，異國人間幾弟兄」：老而媚，感歎處正復不少。

《萬年少攜樽過話》「青眼高歌老鬢蒼，樽前忍説舊行藏。書生投幘多戎馬，公子從遊半酒漿」：騷耶賦耶？合而爲鷦林之詩，沉麗無匹。

《夜集霜皋談兄仲木舊事》「銜杯愁聽鳴蛙鼓，燒燭偷看斷兕刀」：壯拔。⊙覺仲木豪氣，猶在楮間。

《同魏和公西軒談往事感賦》「貔貅氣盡中原毁，蟋蟀聲酣廟祏移」：詩史。「傷心耆老難重説，寂寞山河鬢已絲」：渾淪悲壯。⊙三復爲之起舞。

《白田雜詩》「一曲琵琶萬行淚，朔風吹夢渡交河」：時事寫得繁艷，彌令淚滿。

《邗上逢舊歌者》：絶類唐人上陽宫諸作。

《哭大兄》「陌刀不浣男兒血，卻裹荷衣葬北邙」：仲木與公狄共守商丘，午夜登陴，聲情激壯。乃今抑抑死矣，能無三歎。

申涵光

孚孟，鳧盟，直隸永年人。《聰山集》。

《家誡示舍弟》其一：勖卿良箴。其二「豈復論行輩，官尊者居右」：説盡宦態。⊙説出聯宗醜態，可救時風。其三「罄折而周旋，無乃自勞苦」：説得極是。⊙此高風不可作矣！我思古人！

《黄河決》「魚遊松頂泰山卑，龍乎龍乎何時歸」：古甚。⊙似古謡曲。

《插稻謡》「高顴大髯，誰家者奴。下肥馬，坐溝塗。不聞流水潺潺聲，但聞鞭朴聲高呼」：安得執此高顴者而痛箠之。「貧人哭，富人喜」：真、真！⊙豪奴富翁，言之真可髮指。

徐　汧

九一、勿齋，江南長洲人。

《同吕非齋、譚掃庵攜妓酌山塘》「人影連堤花作市，磬聲交寺月爲鄰」：如行白公堤上。⊙幽蒨芬馨，全乎騷雅之性。

胡　介

彦遠，浙江仁和人。《旅堂集》。

《贈孫豹人》「揚州自昔稱佳麗，捲起珠簾擁高髻。觱篥風吹血滿城，駱駝如山負腰細」：吐論風起。「爲我語焦穫，得酒毋勞更作詩，李白杜甫世所嗤」：非是憤世。⊙豪宕感激，而音節更遒。

《發邗上寄丘四、宋大，兼傷萬年少之逝》「二月下蕪城，桃花春水明。新楊喧浴馬，廢苑寂啼鶯」：四句似六朝人語。⊙聲情迴別，初唐猶有此風調。

《訪陸冰修不遇，宿接濟寺，明日題壁而去》「長河日落魚龍晚，古殿燈昏風雨深」：秀傑。⊙此作便深鍊。

《建州酬龔中丞芝麓》「雨外孤帆傷久客，月中雙笛憶前遊」：俊絶。⊙情事寫得穠至，而音響尤爲縹緲。

《鳳溪投宿大雲寺，贈全庵上人》「幾陣快風吹客到，桃花古寺一僧眠」：此僧如太古。

杜濬

于皇、茶村，湖廣黄岡人。《變雅堂集》。

《長干阿育王塔詩塔尚未登》「憑空收海嶽，拔地半人天」：壯語。「高使雷霆鬪，孤令風雨偏」：奇句。「頗困詞臣筆，曾傾内府錢」：運事入妙。「祠猶鄰木末，門不對金川」：諷刺。「末法無真衲，先朝有賜田」：慨然。「竦身思矯矯，寄想亦仙仙。目力窮何際，心旌摇可憐。何當凌絶巔，一覽圻中邊」：末找「未登」意，筆意自健。⊙塔詩易於壯偉，難於沉實。此則典確，而運以風逸矣。

《金山曉陰，有懷亡友王二雪蕉》「夜潮喧達曙，漠漠散春陰。海气昏南北，鐘聲變古今」：混茫無際。⊙純是力量。

《登金山塔》其一「虚空誰得住，萬頃塔前奔。孤日沿波轉，遥天入海吞」：空中着筆，心目對之蕩漾。其二「極目非無岸，滄波接大荒。人煙沙鳥白，春色嶺雲黄」：現前指點，人不能到。⊙從曠遠處説到親切，識力思路都超。其三「歲月荒龍窟，乾坤此鸛河」：語有深感。其四「懸燈江海合，望月水天分」：闊而静。◎四詩只是心靈手高，當境忽然寫出，難爲擬議。

《北固》「西郊諸嶺現，北固稱其名」：畫出直形〔一〕。「石壁憑空下，江天插水生」：奇妙。「鳥飛孤閣半，人上翠微平」：「半」字、「平」字妙絶。⊙總非尋常思路。

〔一〕「直」，疑爲「真」。

《宿北固山下庵，此地昔年曾屯水軍》「山空孤磬滿，風便落潮聞」：此作全以空微勝。

《白龍洞梅》「探梅傍虎行」：奇快。⊙「聞說人稀到，能無鶴自鳴」：寫得一片空明。

《焦山》其一「觸處迷人代，茲山尚姓焦」：寄託獨遠。其三「出郭來差遠，憑高望獨深」：飄然而至。「密竹藏金像，回流灌石林」：用字都別。其四「雪埋孤衲笠，風亂老漁簑」：焦山真形。⊙是何等鑒賞。

《月夜重遊焦山》其一「東方動光怪，天水蕩相摩」：宛有月在。其二「月明無賴極，化作一江煙」：渾茫。⊙此詩不宜作近體讀。其三「潮來寺一低」：極奇極平。「老夫端倚醉，歌罷忽然啼」：這「啼」甚奇。其四「光芒纔一縷，氣象即千端」：寫江海日出如神。◎王阮亭曰：「此詩與滄海日出爭光。」

紀映鍾

伯紫、檗子、戇叟。江南江寧人。《檗堂詩鈔》。

《雨中再過杏壇》「緬想講誦時，茅茨偶披斥。光華裔身後，百后卻行舄」：此數筆似閒而緊。⊙文辭典麗，卻以深靜之意行之。予十年離宮牆，讀此輒深景仰。

《彥遠別我南歸》「記昔乙酉歲，斷髮出奔走」：竟是一篇叙記文字。「趺坐無他言，一卷嘗在口。問爲誰氏詩，喃喃稱老手。予謂老手難，古人寧幾有。展帙覺異色，竟讀歎且久」：光景絕妙。「既道姓名罷，行藏更非苟。淡比松下禪，堅類柏舟婦」：要緊處。「一家河渚棲，梅花帶左右」：點染盡致。「投刺長安道，錯愕辨真否」：真。「離合固難期，曰歸毋回首。湖上多桃花，澗中贏南畝。莫帶長安塵，輕點溪頭酒」：此見檗堂懷抱，宜向良友悉之。⊙「莫帶長安塵，輕點溪頭酒」：敘述訂交原由，歷歷如話。中間一路形容，委婉曲折，處處有味。一結尤徵古道。

《題畫贈合肥司寇》其一《慈仁聽松》「空濛翠靄中，永夜燒銀蠟」：如畫。⊙令人神往。其二《秦淮》「秦淮一折水，玉樹千年夢」：佳妙絶倫。⊙一字一珠。其三《繡佛閣遠眺》「木魚聲不息」：妙。⊙定山榜其閣，有「逃禪寬白髮，減米贖青山」之句。其四《西子湖》「中流紫鴛鴦，飛飛詠蘭芷」：寫得韻甚静甚。其五《長春禪喜》「竟夕得無事，木樨香滿山」：可悟。⊙竟是禪意。

《觀重勒瘞鶴銘》「華陽真逸何代客，或疑逋翁或貞白。鴻搴龍矯勢翩翩，劫灰未爛江心石」：筆下如鐵畫銀鉤。「我來焦山酷暑時，斯時水淺捫殘碑。再看堂上新題碣，何人更問水底斷缺零落之蛟螭」：收繳有千鈞力。⊙嚴整堅峭，在檗子歌行中又是一種。

《觀白石翁三丈畫卷歌》「大山未斷小山出，大溪渟泓小溪急。山迎溪互密濛濛，大松小松查枒横側交其中」：嵯峨蕭瑟如許。「看過丈餘始閒曠，孤亭似有人來往。從此山川又奇峭，渾雄一變成蒼突」：又妙。「人觀此翁畫手妙在疾，不知翁也未畫凝思坐一室。忽然盤礴神明開，天地低昂萬形失」：道子畫嘉陵江山水，是此副本事。「卻教舉世無人識」：可歎！⊙起伏斷續，蒼茫深窅，尺幅間頓有煙雨迷離、蛟龍出没之勢。此即詩中有畫，無須更看三丈卷矣！

《姚寒玉畫古梅屏幛歌》「姚氏畫梅世稱絶，古梅更有寒玉奇。輕綃尺幅且高閣，潑墨十丈光離離」：直起，得杜家法。「楚江匹紙鵝溪絹，五間大屋橫鋪遍。昆崙朔客當前立，大呼落筆如飛電」：筆鋒快利。「立者一幹掣空墮，懸石崩虹自礌砢。卧者數條强項起，病螭奮首肢猶惰」：將二梅復説一番。此等處，人不能學。「姚子精悍身短小，少年汗血推騕褭」：以下從容叙置，各有其妙。「堂上林間鬬工拙」：好。⊙寫古梅，卻以少陵寫松寫馬諸手筆行之，那得不雄奇絶世？

《過黑石嶺宿壽陽縣》「盡日厭看山」：非老於道途者不曉。

《偏頭關》「隔水收河套，攢峰固女陴」，「曾輕十萬師」：筆力剛毅。

《兵至閩中舊作》其一「鬼哭四鄰清」：慘。其二「關門宵不閉，大吏候江濆」：實録。其三「鳩工須併日，楊僕坐相催」：蒼甚。其四「千錢當雇役，中産罄夫徭。椎擊旃廬盛，權衡胥里驕」：時事，行以典蔚。其五「愛養天心啬，誅求吏牘能」：且復奈何！「深山猶伏莽，多壘不堪增」：深憂。⊙紀當時防海之事，言言切至。比於少陵西山諸詩，可稱敵手。

《三山秋興，次李空同河上韻》其一「海門吟望遠，片雨掠潮飛」：結得澹遠，妙甚。其二「星明吹角夜，燈黯酒壚春」：深警。其三「閩王營土宇，封域阻重關。行省前朝殿，層樓鎮海山。池隍藏厭勝，興廢亦循環。眺覽情無極，斜陽下浦灣」：望之鬱蔥。⊙只是必傳。其四「中夜一蛩鳴」：妙。⊙雄警深老，此爲檗子晚年進一格詩。

《東郡中秋雨中書懷》其一「歸期心自畫，對客失銜杯」：老。其二「去歲此宵雨，螺江動旅愁。夜深明月出，呼客再登樓。魯酒今年醉，商聲滿樹秋。疏燈人反側，淅瀝到牀頭」：此詩是一氣轉折。其三「同感飄零客，還吟魯殿詩」：氣力有餘。⊙老處是法，鍊處是才。

《河上感事》「神巫白晝臨」：不難其典，難其確。

《登太行絶頂》「蹶起雄爲天下脊，巋然恒作晉陽門。沁流一道穿河水，上黨孤城俯太原」：歷下《登黄榆馬陵〔一〕》諸詩，僕嘗服之。見檗子，又爲屈一指。

《史遠公以黄山遊記見示奉答》「纔有路時三澗雪，絶無人處一聲鐘」：已身在黄山中矣。⊙精力陡舉。

《送郭皋旭之大梁》「客去三河雁有聲」：妙。「沙草萋萋繞故城」：蒼甚。⊙應有故事，不必盡掃，卻神韻絶人。

《送吴長文出塞》「廿載再看顏色好，餘生强半别離愁」：轉接處，非深於杜者不能。⊙英氣勃勃紙上，如蒼鷹健鶻。

《陳孝兼過訪京口山寺喜作》「黄梅雨歇坐山樓」：妙。⊙俊逸。

《從軍行》其一「行臨李廣祠，揮淚長悲歌」：不盡。其四「策馬傍無人，獨向沙場笑」：比高達夫《薊門》諸作，各有千古。

《寓目》其一「廢堡無居人，野鼠動秋草」：幽森之極。其四「回看荒箐迷，細路一絲白」：讀罷令

〔一〕「陵」原作「鞍」。

人胸中有一「荒」字。

《題王石谷畫》「勞勞待渡人，不向酒家宿」：此如何畫？

《同戈驛》「衰草衹今無馬跡，滿山落葉戰西風」：唐絶佳處。

《南風》「等閒下馬看流水，拾得昆陽舊箭鏃」：讀此詩百過，以大白澆之，始稱快絶。

《送陳天聞還三山》「閩山多雨熟梅天，分手洪塘意黯然。今日秋風燕市別，追思已是十年前」：含情邈然。

●伯紫自京師歸，以《檗堂詩鈔》見示。其氣極雄渾，識極超卓，而運置天然，自合尺度。誠非老宿，未易臻此。

孫枝蔚

豹人，陜西三原人。《溉堂集》。

《舟進黄河口》「性命操汝手，男兒何太賤」：古絶。「因思堤決時，村民誰救援。哭聲人不聞，蛟龍正争戰。客心多悲酸，豈惟遊易倦」：少此段不得。⊙樸處非秦中老手不辦。

《登赤城山》「佛坐石龕虎久去，鼠墮松梢僧不打」：光怪語。⊙只是言其真景，他人便堆積故實，不堪再玩。

《淩蔚侯彈禽歌》「狖鼯何足快窮途，因君兼怪瀼西叟」：趣。⊙便學少陵《冬狩行》。

《發屯留，留别家兄大宗》「再會是衰翁」：不忍竟讀。⊙「戴家兄與弟，憂樂不相同」：真詩。

《愁坐》「愁坐火爐邊，門關雨雪天。故人一字絶，凍雀數聲傳」：神似杜老。⊙淒絶。

《送李武曾之雲中》「飛狐白馬行人少，紫塞青陂落日寒」：切雲中。「回首江南圖畫裏，春風紅藥滿雕欄」：結得風韻。

《京師遇李屺瞻有贈》「我苦無田君罷職，長安道上兩愁人」：朂庵才人，卻不利於官，與溉堂應擊筑相向。

《幼孫董兒讀書戲成》「陰德吾何有，書聲汝太高」：老子狂喜之語。

《宗定九邀同韓醉白飲紅橋酒家各賦》「破費杖頭拚不管，可憐天氣近花朝」：説出酒人意興。

《湖口作》「欲識客心愁絶處，飄風急雨過鄱陽」：此詩最古。

《鄱陽湖夜泊》「經過諸將成功地，老去封侯夢也無」：可傷如此。

《大風雪晚投村店》「如此寒天客打門」：真率得妙。

葉　襄

聖野，江南吴江籍，吴縣人。《紅藥堂詩》。

《雜感》其一「繁詞富高議，纖慮常百疑。蹣跚殉瓶罍，安坐希匡時」：笑盡頭巾輩。其二「潛見各有時，相爭胡咫尺」：所以人貴能守。

《春詠和曹秋岳》其一「青山存舊曆，紅萼漫新花」：深念。其二「心事聽關河」、「何用補蹉跎」：辭旨隱秀。其三「大雅誠寥濶，如君復幾人。九天聞鶴唱，萬里縱鷗馴。老健渾無敵，驍騰信絶塵。春風江總宅，彩筆動星辰」：置之老杜集中，不復可辨。◎四首字字高渾。

《春詠酬龔芝麓》其二「鬚頷黄冠客，猶傳補闕名。孤舟范蠡宅，高柳闔閭城」：筆墨高勝。

《和廣陵鄧孝威秋日送姜如須赴吴，兼承見懷之作》其一「千帆秋色下南徐」：俊甚。其二「客夢已迷歌吹路，舊遊還記酒家壚」：秀色可餐。⊙握别邗江，僕與如須擊鉢揮毫，一時傳爲盛事。聖野復爲遥和，其音旨蒼涼，何減飄風晨雨之詠。

《焚書坑》「蕭何自索關中籍，不向空坑問蠹魚」：讀史别識。

梁以枏

仲木，直隸清苑人。《澹軒遺詩》。

《過龍湫古刹》「尋源經此地，萬象起秋陰」：蒼蔚。

《湖上贈朱珍留》其一「艱難百戰日，冰戍古黄河」：此指守雍丘時事，言之沉痛。其二「箭痕腥血古，劍氣吐蓴肥」：指痕有血，筆端有淚。

曹溶

鑒躬，秋岳，浙江秀水人。《倦圃詩稿》。

《初遊壑庵》「紺宇非過隘，蒼靄自相逼」：看得静遠。⊙「招侣撫烟條，迴身向巖側。弛帶情已移，酌茗喧易息。涉月遂成娱，徇境轉乖側。群生貴適然，美好安所極」：辭蔚而旨堅，已造康樂深境。

《三遊嶨庵》「微波進輕舟」：妙。「松門屹中開，削壁如重樓。日西静香發，孤磬冷然留」：深鋭。「偶逢隙光入，窈窕全湖收。荒榛墮歸路，虎穴防深秋」：又是一景，蒼茫零亂。⊙屢遊屢變，探索無窮，此首更爲矯異。

《贈程穆倩》「壬癸之間鉤黨急，白靴較尉廷前揖」：此言漳浦。「盧溝被圍雪灑面，玉堂學士出催戰」：此言清江。「後先解網許南還，襆被輕舟疾如箭。紛紛交友争避匿，程子是日來相見」：入程子，筆老。「眼底曾無夙昔人，那得佯狂不爲此」：爲程子生色，卻是箇中人語。「曠野無援萬馬蹄，碧血數斗蟠愁雲」：哀魂欲泣。⊙全爲漳浦、清江二公寫照，而垢道人身分亦高。磊落蒼涼，如怨如慕，真當以竹如意扣桐江石而歌之。

王岱

山長、九青，湖廣湘潭人。《了庵集》。

《送言樸還南嶽》「茶筍課春陰」：秀。⊙妙在虚活。

《秋雨後步溪上，值津公至》「麻鞋過亂水，野服受涼風」：新警。⊙寫出相逢好景，令人神往。

《陳則梁先生招遊海月庵》「天風海欲潮」：濶。

《贈汪魏美、徐蘭生》「喪亂十年盡，餘生百戰圍。似余多難久，羨汝有家歸」：老辣。

《江樓即事》「湘漲魚龍徹夜浮」：高唱。「雨意欲來風滿榻，月光纔上水月樓」：又極微秀。⊙氣力大，神骨秀。

《登蓮花峰過天竺遇雨》「洞門路繞巉崖磴，石骨根盤澗底松」：精鑿。⊙峭壁飛泉，蒼深在眼。

《自十八澗至理庵同心公》「江濤萬里入孤亭」：好。⊙壯險，非復人境。

《尋至錢王廟登雷峰塔》「野老杖隨狐穴入，山鴉巢傍石人啼」：不經人道。⊙思深力猛，卻又氣格完渾。

《阻風南昌登滕王閣》「峰懸匡嶽横三面，水捲彭湖下九江」：似彭禹峰。⊙擊汰揚舲，豪情欲上。

《董楚望招飲共賦》「多難餘生還作客，百年遺恨更逢春」：老極。⊙空氣宕折，其中自爾精實。

《與徐伯調夜談》「感入新亭夜白頭」：老拔。「露冷春星低草閣，更殘悲角動山樓」：百鍊。⊙其聲震越，如鯨鐘天半。

《送毛子霞還武昌》「寒雲江路青楓黯，霜曉山城畫角哀」：高卓。⊙是盛唐風調。

《秦駐山看海潮》「遊人看潮不稱意，更上最高秦駐山」：以拗得古。

《河西市》「春風不管懷春女，飛遍碧桃山杏花」：竟是古樂府。⊙大是佚宕。

王永吉

修之、鐵山，江南高郵人。《丙申稿》。

《初夏懷季天中》「山空連鬼魅，野曠聚風雷」：氣渾語鍊。

《冬日感懷》「閒愁豈有故，遊戲亦無聊」：自言其狀。

《雪夜偶集，和印周韻》「不有荆軻俠，誰憐范叔寒。魚腸白似雪，月下共君看」：非大俠不能救友朋之急。

《病起，和王印周水部見贈》：公醉後，每有擊碎唾壺之概，此詩略見一斑。

●高郵幹濟之略、奏記之才，實不能自埋没；而詩則英爽，獵獵風生。

馮之圖

密庵，湖廣興國州人。《易老堂集》。

《湖陰舟雪》「高帆遲去住，大雪在江干」：高樸。「雞聲墮水寒」：奇語。

《曉發舟陽辛》「雨餘風力溲，夏首漲波新」：極做。⊙似近迂拙，而能入妙。

《雨渡洞庭》「洞庭天水合，霧雨雜空青」：畫。「魚龍秋氣落」：妙句。

《風泊》「孤撑浮玉亭」：老。「破霧一燈青」：好。⊙全是風色。

《吊屈賈祠》「賈傅恩殊楚放臣，吟騷投賦總酸辛」：詩從賈生發議。⊙「昭潭浪捲棹歌春」：吊古詩如此絶佳。

傅振商

君雨、星垣，河南汝寧人。《愛鼎堂集》。

《夜渡洞庭》「鷗眠漠漠蘆花水，何處空江無釣磯」：空濛滄遠。

《草涼早發適鳳縣》「野驛柴門路，溪雲淒不開。荒雞喚客度，獨鳥見人猜」：蒼渾。⊙全是少陵。

《石泉雨中泛漢江西渡》「波聲帶雨急，風力上洲慳。觸石鼋鼍怒，依沙鷗鷺閒」：光怪。

《九月八日駐軍城驛》「殺氣猶寒漢將營」：颯颯有風。「登高聊踐黄花約，極目煙寒亂木平」：收亦遒老。⊙極安愜，極雄邁。

《鳳縣偶成》「倒蟠山勢排天迴，西折江聲捲地廻」：雄警。⊙全詩聲色氣力俱備。

《度鳳嶺》「群峰遥向岷江送」：奇確。⊙「黄河忽墮三峰下」，固庵以爲確絶。此頸聯「群峰」句，非親歷者那能造此。

《宿紫柏山館》「翠影遥團駐鶴松」：「團」字好。「高天雲破遞霜鐘」：奇妙。⊙只是不輕下筆，故自能深能古。

《經五丁峽》「何處金牛啓蜀王」：妙絶。⊙「洞雲春曉野花香」：蝌蚪之跡，雲霞之光。

《静寧署中凝望》「地作蟠龍依渭水，天開絶塞拱蕭關」：老杜作意處。「極目五原秋草緑，風吹黄蝶暮雲間」：聲色非常。⊙龍跳虎卧，非尋常觀。

王一翥

子雲，湖廣黄岡人。《長跡園稿》。

《饒州别》其一「從來腸斷人，不唱尋常曲」：奇語。其二「舟子莫回頭，帆不饒州往」：直得好。⊙數言蕭瑟，使發人想。

《雙港别》「朝遇歌臺上，長眸不肯回。暮到歌臺下，期君暮不來。船開三十里，望汝下歌臺」：

筆意自在晉魏以上。⊙絶似古樂府。

閻爾梅

用卿、古古，江南沛縣人。《汧罝草堂詩》。

《答贈龔孝升》「無路何妨各自行」：公道話。⊙温柔寬慰之言，娓娓情至。定山每向予誦此詩，輒歎曰：「古古，予之鮑子！」

《贈萬年少》「持鉢江湖非静域，閉關城市豈深戀」：閲歷深語。⊙純是英雄苦淚。

《贈吴崧三》「正爲飛雲初過沛，如能辟穀便封留」：如此用事，何其飛動。⊙英雄之氣，略見眉宇。

《汧罝草堂雜詠》其一「遠害無妨結客稀」：至言。其二「我聞春夏事詩書」：用史甚愜。其三「舊家王謝偏懷土，多事巢由更買山」：避地者不可不知。其四「是處風煙摇鐵馬，彼都人士怨銅鞮」：簇簇見異。◎四首俱有卓鍊深透之語，不僅詞采襲人。

《蜀中雜詠》其一「過峽賓船祭鱉靈」：好。其二「地接蕃駹人習苦，荒山紅葉女郎樵」：蜀土風俗志。⊙寶色陸離，殊令目炫。

《卦山》「壑底松陰蟠嶺上，雲梢塔影倒樓前」：工鍊。⊙組織自然。

《石壁》「劈額懸崖横刺路，空根古樹倒垂枝」：寫山奇兀。⊙首作有「四隅高厂遮長日，一凹晴雲納小天」之句，亦警異。

《卦峰》「試問遊人何處醉，黄河東曲太行西」：曠絶。

屈大均

翁山，廣東南海人。

《懷西嶽》「黄河吞八水，白雪倒千峰」：壯麗。⊙「有客來相告，曾攀玉井松」；「從今攜手去，夜夜宿芙蓉」：一起一結，是做「懷」字。

《扶胥江夜泊》「須臾秋月上，摇蕩虎門東。彷佛精靈出，霓旌降貝宫」：此下全學太白。

《登浴日亭》「萬馬奔暘谷，雙螭御祝融。霞光飛上下，海市動虚空」：四語光鋩萬狀。

《言從浮嶠直抵榆，將訪剩大師不果，賦懷》「朔風吹大漠，駿馬媚其曹」：起得古。⊙「一望慈雲遠，行行中鬱陶」：筆意矯然。

《天池》「雪消時飲鹿，春盡未歸鴻」：筆能見異。⊙全首光氣浮動。

《舟泊宿遷》「雙鬟入蘆花」：好。「寒雲覆酒家」：好。⊙佳處輒令人擊節。

《春日雨花臺雜詠》其一「冬青折盡寒山路，何處堪容杜宇啼」：又是一番新意。其二「桃花不解王孫恨，開遍盧姬酒肆邊」：好絶。⊙工於言情，不祇聲調之合。

王猷定

于一、軫石，江西南昌人。《黄葉吟》。

《客燕偕内僧話》「且置威音事，閒談天寶年」：便得頭腦。⊙「世换人多默，語低心可憐」：爲與内僧言，故多沉痛。

《石城》「野戍重關静，王畿設險遥」：他人摹繪景物，此獨説出地形險要，卓矣可傳。

《阻雨望真州不得到》「只飛千騎甲，不渡一人舟」：快筆。⊙舉目有山河之異，言之沉快。

《金山》「犀甲何年事，春山草又生」：不盡。⊙「滿地江風動，如聞廟鼓鳴」：與他人泛作金山詩不同。

《妙高臺無月，值于皇生日》「天懸江海坼，夜静鼓鐘哀」：精警。⊙五六句非金山不稱。

《重陽》「十載重陽兩白門，同君話舊黯銷魂」：高樸。⊙風調自爾不同。

《訪陳師黄絶句，師黄爲靖南參軍》「可憐血戰殘衣在，板子磯頭幾片雲」：都非泛然酬答語。

徐　波

元歎，江南吴縣人。《浪齋新舊詩》。

《與范子宿雁山靈巖寺》「諸峰各秋夜，遠寺一吴人」：何減高、岑。⊙起最高邈，餘亦孤迥拔俗。

《涼秋寄林茂之》「不知何處别，徒憶晤時顔」：高曠而真。⊙豈猶可以「竟陵派」目之。

《送浪泊山人還南屏》「細雨貧交去，春流人事多」：妙、妙。⊙清新娟潔。

《宿弁山積善寺同周虚生作》「愛此清虚夜，與君得晏眠」：結亦老甚。⊙如此等詩，自是清微俊妙。

陸君弼

無從，江南江都人。《正始堂詩集》。

《立秋前一夕，夏玄成席上觀吴姬薛素素挾彈戲，因賦長歌贈之》「吴姬坐上薛靈芸，文俠風流迥絶群。酒酣請爲挾彈戲，約束青衫聊一試」：點入。「微纏紅袖袒半襟，側度雲鬟引雙臂」：摹擬絶工。「此時爲賦春江曲，寫遍君家小樣箋」：絶韻。⊙風流韻事，寫得翩躚婉媚。素素應藉此歌，以傳不朽。

王　醇

先民，江南江都人。《雲籟》。

《夜集陳師仲園亭》「咄嗟身後名，達者焉用之」：結得高俊。⊙似曹子桓兄弟。

《玄暢閣送袁崇父》「忽惹繁憂入，摇摇向夜初。知勞别後夢，恐斷客中書」：起得無端。⊙思曲而調亮。

●先民集，向在陽山四飛山房所得；無從稿，則唐子雲翎所贈者。二公年代稍遠，然惜其後裔凋殘，稿亦零落，因採數首附此。

姚孫棐

純甫、戊生，江南桐城人。《亦園詩集》。

《過燕子磯》「林引夕陽多」：好。⊙筆端秀甚。

《登投子山》「落葉銜林如過鳥，高峰競霽欲摩霄」：晚唐佳境。⊙詞意兼到，非率爾之吟。

《山居即景》「石咽澌聞聽澗響，山暝似不識天高」：幽曠。⊙細潤，卻不同纖響。

《天門》「歷磴疑無路可尋，石門中劃據雲岑。山間天地悠然見，谷口煙霞自此深」：要使他處移易不去，而筆最高。⊙分量亦足。

馮明期

熙宇，山西振武衛人。

《秋日登代州城樓》「邊隅四戰地，鎖鑰近如何」：結處含蓄，最得風人之遺。

《同吴子郊遊》「沙明野鶴來」、「萬古此銜杯」：筆力勁挺。

《漫興》「涼雲斷雁下，禿木野狐跳」：奇特。

曾晼

庭聞，陝西寧夏籍，江西寧都人。

《瓦亭關》「已入羌戎窟，何嘗堠火深」：渾雅。

《半箇城至寧安堡》「天地此中陰」：老。⊙「將家十七口，黑瘦一沾巾」：筆力英毅。

《次大同》「邊簫吹朔氣，狐跡走圓沙」：北地雄風。

《北口峪望蔚州》「風高谷口斷，石迸水痕深」：氣沉語警。⊙沙漠之氣，涼涼逼人。

《秦州》「松蟠群鳥跡，河静一樓聲」：蒼警。⊙補少陵所未及。

●庭聞詩以五言近體爲擅場。今春把晤邗關，倏爾長往。攬其遺編，可勝傷悼。

雷士俊

伯籲，陝西涇陽人。《艾陵詩集》。

《春日詠懷》其一「豈伊愛此樹，二人手植之。墻頭餘落日，裊裊夕風吹」：詞極質古，意極愷摯。其二「登高望丘墓，前後長荆杞。聖愚固皆然，鮮民悲天圮。孤鳥蹲寒樹，向夕鳴不已」：古鬱。⊙此等詩又學嗣宗，極沖淡，極有情致。其三「回首睇吾廬，兩眼淚縱横」：總不説盡。⊙字字漢魏，無一語落唐調。

王巖

平格，築夫，陝西長安人。

《讀余生生悲哉行感賦》「余生忽爾向我泣，手持一卷沾淚濕。自言亂世先塋盡破殘，千山萬水歸收拾」：叙置楚楚。「荒原日夜仰天哭，空山無人共鬼宿」：哀慘難聞。「君家三世歸土真難得，從今勿復歌悲哉」：慰之，實痛之。⊙叙述荒凉，讀過如聞啾啾鬼哭。

●伯籲、築夫其所著古文，人皆知購之，而不知其詩學也，予特表之。

釋讀徹

蒼雪，雲南人。

《贈元白之燕》「平生未到處，今日送君還」：逼似高、岑。⊙全以澹勝，此種詩須賞其格韻。

《送朗瓘入匡山》「九江黄葉寺，五老白雲峰」：渾然唐律。

《别吴中諸子》「春老還山路，江昏欲雨天」：虚秀。

《甘露庵解制送恒生還山》「同坐那知君是客，送行番覺我無家」：幽思百折。⊙空香襲人。

《汰公招遊狼山登大觀樓》「潮色不來風勢緊，客心欲渡浪聲寒」：寫得空渺。⊙讀過，覺江聲山色在我几席。

《中峰喜逢白公，夜集法公方丈》「兩山相憶秋同老，一夜剛隨雨到山」：好絶。⊙清微秀折，覺竟陵當年未臻此詣。

于奕正

司直，直隸宛平人。《樸草》。

《友夏將還竟陵》「塵囂不可見，見之西山裏」：定交之地，亦不苟如是。「霜林數椽屋，寒燈照二子」：此是嘉州妙境。⊙清微簡肅。以此論交，可云俗情盡浣。

《從戒壇至淩碧峰下》「深洞裹秋陽，峭壁掛飛甍」：刻畫。⊙全以孤情寂響，領取山水真境，正無一字墮入幽僻。

《雨宿潭柘》「山空不易眠，忽聽千峰雨。洶湧欲崩屋，與山相吞吐」：讀之如風雨來集。「乃省夜來聲，風葉交相舞」：悟矣。⊙非久在山中者，那能寫得如此真切。

《中峰庵雨後看澗水》「石迂水忽立，大聲走雷雹」：怖人。⊙寫山奇怪。

《度仰嶺將至巖下作》「蒼翠遥相戀」：妙。「嶺窮已至地，身猶在天半」：極力摹擬。

《滴水巖》「老龍破山出，山石半已泐。俯垂數千丈，欲墜墜不得」：奇景，須此奇筆。⊙字字着題，而筆殊傲奡。

《東平曉行》「我醒乍褰帷，樹影熹微明」：曉程光景，一一寫出。想江南道上，卧聽吴歌之爲樂也。

《白門初尋無補》「我來掛秋帆，江梅照兩槳」：韻極。⊙一掃俗情，讀之令人静穆。

《放舟將至金山》「晴江蓄冬氣，波紋細如髮」：看得細，寫得幽。⊙一往幽静，卻自風恬月霽。

《娑羅樹歌》「傾耳忽聞雨大作，穿樹乃見遠天晴」：寫出蒼茫。「譚子昂首向余説，岺山曾見蔽日月」：着此閒筆作收，妙妙！

《觀渾河一帶奇壁歌》「山頭草木思他徙」：奇語。「行行深入天彌小，日蕩嵐光山不了」：窅然以深。⊙筆力直欲逼出奇境。

《山歸，柬金卿非、王敬哉》「秋不關紅葉，幽能生夕暉」：創甚。⊙「玄對果何在，知君各掩扉」：思路深微，卻元氣不削。

《淮上逢譚遠韻》「霽當風雪後」：好。⊙「舟舟能共載，去入秣陵煙」：娟然可愛。

《過鄒滿字幽居》「入門花氣滿，開閣塔光垂」：真而妙。

《喜葛震甫歸自固陵》「見遲增别緒，遊老健詩才」：清健。

《初泛秦淮》「一夜秦淮水，家家波上窗」：畫出青溪。「流緩不歸江」：妙。⊙從來秦淮詩，以此首爲第一。

《來青軒》「葉欲有聲霜氣老，僧能無語梵音尊」：静細至此。

《青溪旅次奉懷母夫人，書寄兒藻》「母指兒衣曰漸寒」：真痛。

《宿中峰庵，與唐大來、黄六五、楊無補訂遊滴水巖》「不從絶壑巉巖去，領得秋光是亦非」：識踞絶頂。

●司直先生與鵠灣同人諸君共執騷壇牛耳，其詩清真澹雅，迥絶塵俗，品格在竟陵數子上。敬哉宗伯篤念故舊，乃遠道貽書，屬予表章遺集。而家君慧男公近作楚州司馬，今蒙其緘詩遥寄，因爲論次付梓。交情子職，並美一時，固當播爲佳話。

孫奇逢

啓泰、鍾元，直隸容城人。《歲寒居集》。

《送費生南還》：附費密《謁孫徵君作》：「千里孤征謁閉關，荒臺寂寞古村間。遠從夫子期聞道，老作徵君不愧山。隱几久忘蕉葉夢，開門時見鹿群班。巴人久失文翁化，自喜田何受易還。」

王相業

子亮、雪蕉，陝西三原人。《泗濱遺稿》。

《滄壩》「回合非一山，曲徑通其口。煙蘿忽開闢，豁然見田畝。松竹連數家，溪聲當户牖」：指次形勢，如掌上螺紋。「猶記太平時」：以下説事。「深山亦畏途，智者望而走」：良然。⊙山水雖佳，而風土則惡。覽此輒爲太息。

《紫玉屏》「赤城縈樹巔，横亘捫山腹」：入徑自殊。「陰黑古龍眠，風濤生石屋。倒影金芙蓉，幽光射空谷」：聲色迥異。「題壁何其多，雕鏤遍寒玉」：此大可恨。⊙造語深險幻異，固是山水之奇，亦緣筆性之别。

《上天竺寺》「别院通危橋，澗曲聲琅琅。萬木擁寒閣，千燈照回廊」：此景最别。⊙語不在多，正已寫盡。

《靈隱寺》「徘徊姑舍是，最勝愛山門」：處處傳寫便不是。「蒼翠莽無際，何處置丘樊」：曠甚。⊙别有看山法，是真領略。

《登韜光庵最深處》「泉聲儼前導」：好。「藤蘿遠亦交，松杉老難抱」：寫得好。「庶證衛生要」：康樂妙處。⊙尋山訪僧，心眼都别。雪蕉豈非有宿根人？

《下楊梅嶺歷十八澗》「林深難見石，翠合兩山隈」：其境可思。「澗響雜松濤，莫辨所從來。聽泉使人静，殊不厭喧豗」：已在太古之境。⊙幽絶。

《愁霖篇，丁亥居泗上作》「經遇泗口岸漸束，水性拂鬱波縈回」：善知水道。「是時愁霖真可愁」：好。「日脚雨脚參錯垂，光芒無主眼應眩」：少陵神奇處。⊙筆力開拓，光怪震炫，真鬼神於詩。

《除夕同季真、仲木、函公和石生韻》「萬感集今夜，非徒羈旅心」：包藏。「閲世豈宜深」：好。

《積雨》「鸛鵲還依塔，蛟龍故繞城」：真景。「垂堂且安坐，浩蕩信浮生」：老。

《震電二首》其一「秋雷翻屋瓦，夜電察淵魚」：警策。其二「電迸重雲薄，雷尋九地窮」：奇炫。

◎二首從少陵《江漲》諸詩得來。

《和蒲庵秋日大風之作》「氣肅高秋令，金行戰伐年」：高肅。

《渡江宿報恩寺，夜雨懷聖秋、于皇》：想見交情之篤。

《渡江》「山近猶疑龍虎氣，潮來終帶古今愁」：語有光氣。

《贈張天生》「衆鳥春聲喧樹杪，高花晴色入樓中」：設色非凡。⊙蒼老深秀，兼而有之。

《冬夜鼎子過飲》「燈殘須惜疏簾月，霜細遥知静夜鐘」：幽細，那不礙高響。

《無題》其一「過江猶唱南朝曲，宫非無人苔蘚生」：凄艷欲絶。其二「逢歡痛飲宜長夜，怕聽晨鐘酒又醒」：歌場酒社，輒唤奈何！

《雨中宿一衲庵，同月公、衲公、寧翁、鼎子夜坐》「欲借漁簑歸未得，一庵人聚雨中燈」：好情事，好光景。

《雨中宿虎丘僧閣，同史沉草、王其仲、慈公夜酌謾興》其一「出城望塔先知寺，選樹登樓不見山」：寫出虎丘真景。其二：韻。其三「吴越銷沉夜雨中」：唐人憑弔詩往往如此。

●雪蕉與茶村交敦古處，相視如兄弟，藏其詩稿於行篋，幾二十年，秘不示人。甲寅冬，乃手授於予，予因論次若干首行世。其詩蒼健渾雅，卓矣可傳。恨幅隘，尚未能盡登也。

許元方

季通，江南崑山人。

《丙子暮春有懷遊山不果，再次幼玟弟壁間舊韻》「夕陽欲盡閒攜杖，萬岫千峰雲亂歸」：悠然如在桃源。⊙梅村云：「居然王、孟遺響，澹旨多風。」

劉體仁

公㦷，江南潁州籍，河南永城人。《七頌堂詩集》。

《曉發》「候潮對京口，海月出蒼涼」：蒼異。「濕柳佤漁梁」：好。「好懷仍江鄉」：俊甚。⊙在孟浩、常建之間。

《過固關》「商歌過戰場」：警。⊙「夾天通徑險，積鐵削崖蒼」：如此完渾，爲集中傑作。

《贈傅壽毛》「秋陰生菌閣，黃葉下清樽」：俊而老。

《夜雨》「木落河流細，高齋聽雨眠。泉鳴穿竹下，松籟拂山巔」：蕭然可愛。⊙秋聲在紙。

《雨中發舟》「一帆衝野色，片雨背孤城」：極有容與之致。

《冬夕朗園》「鳥道盤樵唱，漁村散夕陽」：「盤」字、「散」字警。⊙紆鬱，轉自條暢〔一〕。

〔一〕此條評語，與下首全同，或有一條爲誤刻。

《朗園冬日甯氏昆仲攜酒過訪，同琳遊賦》「座外吹霜葉，籬陰下竹雞」：光景可想。⊙紆鬱，轉自條暢。

●公戫爲予三十年來八拜之交，丙辰冬倏爾長逝。點次遺集，不勝泫然。

姜希轍

定庵，浙江會稽人。《雨水亭餘稿》。

《贈羅若谷先生》「誰謂鬢不變，坐令雄心銷」：體堅詞潔，端然可寶。

《登越王峥懷舊》「遥睇滄溟開，俯矚群峰眩」：是何境界。「野飯松花饌」：好。⊙全體康樂。前森蔚，後轉宕，章法極得。

《西溪行，訪徐公偉作》「竹色沉沉漸深入，人家茅屋曉露濕」：層層寫入。「柴門細路野雞蹲，破廟山花社鴉立」：摹景奇麗。「高峰覿面層樓上」：峭甚。⊙節緊神聳，無一懈勢。

《仲春同宗鶴問遊吼山水宕》「有時雷雨拍天來，岸坼沙崩勢不回。噴沫銀珠高百丈，昂藏鬐鬣水雲開」：忽作波濤，有洶湧崩屋之勢。⊙墨餘紙外，寫出奇情怪勢，知其胸中備有千巖萬壑。

《過張四秦亭從野堂》「深廊曾嘯虎，老樹見棲雞」：奥思峻調。「都在馬塍西」：老。⊙構思嚴，用筆警，此爲京兆絶調。

《歸姚江作》「暗夜聞花氣，晴江見酒旗」：秀絶。⊙令我置身山陰道上。

《括蒼道中》「天涯征戰苦，荆棘滿山限」：空同結法。⊙戰地堪哀，言之沉激。

《晚眺》「塔當橋外直，峰入水中流」：秀雅圓脱，渾似右丞。

《祖堂》「虎向澄泉守，龍依古鉢藏」：寫景蕭寂，忽露壯語。

《落日》「水村桑柘火，山女苧蘿衣」：設色秀異。⊙「色射金波動，光牽白鳥飛」：如此風景自是若耶，與凡境别。

《和何崑崒郡伯春晴泛舟韻》「山椒懸石溜，竹桁晾春衣」：俱非常采。⊙和郡伯詩，卻自出手眼，無一切套句。

《山遊和宗鶴問韻》「苔静常眠鹿，溪流半覆雲」：想見幽境。⊙鶴問嘗稱京兆先生蠟屐扁舟，興趣獨永。如此筆墨，自是滿袖煙霞。

《眺望西山》「蒼煙鳥度藏經寺，碧澗鐘流繞塞城」：蒼鍊。⊙字字是「眺望」，其深警處耐人百思。

《登卧龍山紫翠亭眺望》「天邊鳥下行人少」：曠。「塔杪煙生古殿空」：幽。⊙一字不輕下，何其精嚴。

《送蔣大鴻遊雁蕩，予不得偕往，並以志懷》「躡屩秋風吟大壑，拍肩落日卧高松」：聲調壯麗，而氣自流轉。

《遊廣孝寺》「倒石潭空天影外，凝煙山半雨餘中」：十分錘鍊。⊙七律如此圓足警拔者，最不易得。

《觀星臺》「翹首秋原陵木盡，山前十廟碧嵯峨」：寫其真境，何須另着感慨。

《竹里暮煙》「漠漠水田餘返照，隔溪猶見杖藜行」：畫。

《寄王二仲昭》：京兆先生愛與布衣遊，如此風流，求之今日中最罕。

《句容道中口號》「萬樹青松俱百尺，可知昔日有龍蟠」：語氣壯闊。

●先生天才卓絶，更有若耶、雲門之山水爲詩助，秦亭、大可諸君子爲詩友，故其詩皆沉鬱而高華，允推哲匠。

郝浴

復陽，雪海，直隸定州人。

《遊千山登瓔珞觀》「照海一千峰，參差如潑翠。我行一玩心，敢謂養神智。煙霞入衣裾，庶用清痞寐」：落筆靈異，如睹瑶宮貝闕。「天可揖而至」：奇語。「猶記客秋來，紅紫紛如醉。霜風日夕生，瀟然本色出。歷落見茅庵，髣髴開十地。琅琅梵聲發，謖謖松濤費」：著此活筆，遂覺詩情無盡。「得無有救拯，巨細争一臂」：心眼何等。⊙聞千山爲陪京勝地，得此奇奥之筆，搜剔隱幽，正覺山川靈秀，依稀未遠。康樂、柳州安能專美於昔？

《羅漢洞》「深入幽轉明，一氣通前後」：指示粲然。「嗔笑皆慈悲，雖怪不爲醜」：是真面目。「抖擻出前巖，再坐洞門右。仰視簷石掀，怒出壓雲母。既壓而復翹，俯仰盡諸有。五老立階下，純用大夫守。左壁擁高鄰，蒼茫以背負」：寫得極細。「萬松多於毛，碧青那可數。一松一精舍，一石一春臼。雲來石如雪，雲去松如綬」：摹景深邃，疑非人間世。「可惜好巖壑，著處蟠蝌蚪」：往往有此恨事。⊙愈轉愈奇，愈奇愈確。直是胸中具有煙嵐，遇此名勝，寫來備極靈變。

《金剛峰》「林麓穿不徹，都爲蒼潤封，線天當路豁，滿插緑芙蓉」：幽森朗豁，具見毫端。「乃知此間大，衝突盡包容」：超曠。⊙寫金剛峰如掌上螺紋，而俯仰之間尤能盡致，是真不負山靈者。每讀先生山遊諸詩，真不數謝康樂、柳柳州。

《喜雪，簡魏石生總憲》「嚴霜開紫電，十月走雷聲。睥睨此造化，寒暑久不誠。何圖乾戰後，忽遭玉戲成。所以信彼蒼，於此密支撑」：敘述災異，筆力高岸，而中有至理。⊙評此詩者，或以感時觸序似少陵，或以生勁取勝似昌黎。要先生詩俱由創，不由襲。手筆極潤，議論極深，自是學問經濟人，不肯作一纖妍語。

《上元雨雪過酒家獨酌取醉，夜闌踏雪歸益無聊，念我同謫都物化矣，顧新遺日衆，感慰交存，後一日招聚草堂，聞歌酹月，因事書懷》：深情古筆，不減少陵。「月中之人今已矣，零落霓裳在眼中」：可感。「几中六葉宣窯器，上傳宣德元年字。不圖酌酒清如空，一照鬚眉皆墮地」：似是閒筆，卻是一篇生動處。「三復上古聖人書，一拜當今聖人賜」：根本性情，語堪不朽。⊙撫時感事，興緒紛綸。覺君親朋友間，寫來煞是篤摯。讀書學道人，吐納固自有異。

《同王無煩、李木齋遊石氏祇園四首》其一「祇是開懷好，邊愁誰復禁。同緣青草去，各放白雲心」：發端好，而指趣自别。其二「側身雙樹入，花氣浣衣裳」：新而穩。其三「松流大壑聲」：奇曠。其四「細柳浸天碧，森森一徑開」：徑路如畫。⊙一字不肯猶人，卻用意沉警，而遺調圓愜，所以推爲大家。

《夏日東園》其一「可能即五嶽，一日足煙霞」：高健。其二「森森松竹起，翠接紫金山」：確。「空有臨棋客，悠悠别墅間」：感而不露。其三「薜蘿還掛月，風雨好開罇」：老杜勝場。⊙不減老杜《何將軍山林》詩。

《懷搗生下第》其一「一第寧君重，悲看世態分」：無數悲憤。其二「便作投林計，東皋正不迷」：是連章接筍語。其三「詩書慚故步，風雨泣初心」：極痛。⊙慰藉故人，殊有地步，惜摩詰、昌黎未聞斯語。

《南院訪何修上人》「南郭香山路，今來度棗花」：自然大雅。

《入葛山有懷》其一「野雲隨意白，匹馬數峰青」：置身縹緲。其二「迂儒老舊山」：老。其三「偶作銜杯事，松花繞座香」：每觀落筆，輒歎其遠。「鐘鳴山欲紫，抱膝絳霄傍」：上界人語。其四「星河纏鳥道，鸞鶴滿人家」：百鍊之金，鬱爲光怪。其五「太行生紫翠，人在保州西」：筆老語麗。其六「窗外流雲響，青山雨一蓑」：語欲破壁。其七「展翠圍天住，虛空放鶴來。松深毛髮緑，雲暖石華皚」：追琢精工，歎爲未有。其八「時于香雨後，爽氣寫襟裾」：瑰瑋精深，一字不肯蹈襲，是謂開山五丁。

《千山》其一「分明懷葛氏，灑掃白雲天」：遒老。其二「誰此爲常住，風花卸客裝」：悠然。其三「樓閣從吾好，登峰假一椽」：起得超邈。其四「正好松花放，摳衣自在行」：沉酣於杜，有此發端。◎四詩總無恒情淺調。

《剩公》「諸天花語一龕在，從此千山是古堂」：千山以剩公傳，剩公又以先生此詩而傳。

《送李吉津還朝》「一路河山聞聖旨，七年風雪泣交情」：悲喜交集。⊙於絶塞送還客之歸，折柳之情自與尋常迥别。

《鐵嶺城》其一「鳥翻東北遼天盡」：曠。「魚上西南海路高」：此句更奇。其二「故李將軍此用兵，帑金十萬鑄嚴城。曾矜雲鳥兼山立，不信俾倪一掌平」：真是詩史。其三「杖底春風想聖人」：卓邁。其四「敕放歸田八十翁，中華宰相起遼東。名留古寺豐碑上，事在前朝天順中」：筆力高老，如健鶻蒼鷹。⊙弘麗蒼渾，更出以精鍊之識、博綜之才，斯爲騷壇老宿。

《曲逆舊城懷古》「春來梨雨新翻壟，鳥没斜陽自止樓」：琢鍊似盛唐。「最是悲歌空買駿，不將奇智護神州」：感慨。

《抱陽山有燕國讀書處》「回首今秋隔玉關」：怊悵。

《舊宫賜百官宴》「愛看連袂歌于蔦，不見當時元魯山」：公雖居東，不忘民瘼，故涉筆便有關係。

《贈剩人》「君來莫帶一分禪」：是謂真禪。

《昔出蜀以五月至利州，利州有風穴，能爲雌雄之風，浴繕疏公廨，暑不能侵；及六月至褒州留數日，而褒州又當谷口，竟日生風，浴每披襟露坐，若七八月之間；西川解造小扇，畫桐鳳於其上，搖之清涼可人：此三者皆風力之選也，而扇爲極致。浴伏處天末，躬造草閣三間，軒窗四開，雖不免於飛霜之日而當暑爲快，因感舊事而有作》「清涼記得桐花鳳，不換褒州與利州」：足譜風土，筆自風逸。

《雨》「遥思故國薰風裏，正薦青門五色瓜」：不禁鄉國之感。

《登葛仙清虚最高峰，望山後群峰如黛》：題已妙絶。

《無題》「千秋欲覓真經濟，淡泊終輸老臥龍」：此先生經世本領，一筆道出。

《唐城二月二日河燈竹枝詞》其一：清綺。其二「一枝花是兩枝紅」、「都在芙蓉鏡子中」：髣髴形容，光影欲射。其四「紅鸞照水明如晝，一尺金鱗比目行」：新麗奪目。⊙卻是《竹枝》，可儷賓客。

《醉題銀州酒家》其一「今宵不買銀州醉，枉向黄龍荷鍤來」：好興致。其二「遮莫安豐憔悴極，支牀飲酒蓼花天」：公當遷謫之時，而襟懷灑落，不異東坡居儋耳時。此謂聞道之人，可處憂患。

《近重陽》「依舊青山滿四郊」：無盡。

《望駐蹕峰》其一「行在六旬曾駐蹕，驛書一夜到唐城」：渾成。其二「見説峰頭紋似掌，龍翻五采至今成」：徵實，卻出以飛動。

●頃與環極魏先生論詩京邸，先生以「老」之一字爲詩家極境，然非讀書多、研理邃，而更參之以時變，閱之以山川，未易臻斯境也。復陽先生博極經史，精探濂洛，而以直節讜言，涉歷乎憂患，流覽乎邊隅，故其詩英奇曠奥，迥絶恒區，而又按之古人尺度，莫不吻合，詎摛詞家所可望其萬一者？適紀子伯紫以全稿見郵，因爲詳加評跋，以標示寓内。蔚州公見之，應爲擊節賞歎，兼曰：「南陽生可稱知詩者。」

《偶識藏山舊跡》〔一〕「嗚呼有程君，空拳争造化」：五字評得妙。「賣孤以存孤，信極而爲詐」：作用。「倚馬白雲深，雨雪向人灑。英雄含笑歸，松聲咽屋瓦」：摹寫藏孤一段，精光氣力，可射鬼神、磨金石。

《梁宗伯旋里途中先寄此作》「先生與俱崇，無奈與俱縮。不得一拂衣，吾輩其從孰」：退步自是英雄妙用，其相勉即在此。「妙理捲舒多，虚襟應久牧。元酒在中山，葛巾已新漉」：棠村先生應拜服此論。⊙古道照顔色。

〔一〕從此題至《季天中謫瀋寄呈仲生夫子，兼同門兄弟》，康熙本無，據乾隆本第七十四至七十五葉補。康熙本此兩葉爲喻成龍《金谷巖》至《山行》詩，乾隆本缺。

《題魏蔚州書李裕修家事》「寒鄉多美行，亦匡用爲儀。視此緇衣情，安與蔚州比。蔚州之所好，鄉人皆好之」：世賴有此。「行密應終顯，國蘭秀一枝。每看霜露白，曉夜發清思」：便見仁孝。「古人持議平，願結爲親知。今其骨肉間，雅實皆若斯。家山萬松緑，群鶴翔如箕。歸勸吾鄉老，聞此益孳孳」：何等心腸。

●幼讀書吴門，見文、姚諸公持清議甚嚴。士有敗類，恐文、姚知之，則終身不齒於鄉黨。自鄉之先達躬蹈不義，士咸靡然從之，風俗壞而紀綱於是益隳矣！讀先生此詩，知其匡救匪細。

《禱雨》其一「慈痛天心在，蒼生日夜呼」：沉摯。其二「柳貯街衢滿，簾收花氣增」：新情來餉。

《喜雨》「敢復知今日，終回天地心。四空聞雨響，五月見江深」：筆力透紙背。

《季天中謫瀋寄呈仲生夫子，兼同門兄弟》其一「聖世虚傳三蕊詔，師門親見兩生行」：真切。

喻成龍

武功，遼東金州人。《洗心齋詩稿》。

《金谷巖》「削壁一千仞，懸巖五百丈」：形容處似老杜。「鳥啼深澗中」：幽。「月明滄海上」：曠。⊙能爲深鑿，卻出之和諧，善散人懷抱。

《紫霞關》「深林聞人語」：俊句。「蕭瑟吹山風，落花經尺許」：是何境地，令人神往。⊙蕭疏明瑟，讀過疑有山風襲人。

《過天門山，懷郡齋方度如、張敬可，兼示同舟諸子》「起視遠峰秀，坐聽寒潮急」：秀色如望九子。⊙「苦負名利軀，泛舟從此入」：高朗秀潔，似對晉人。

《會聖巖》「危梯徑轉蓮花峰，蓮花直下開石路。路入絶壁不可攀，使我冷然增恐怖。側身攀援度回川，捫藤引蘿妨失誤。清風林影何蕭疏，碧流十丈晴飛雨。靈草雜花披陰巖，直此幽獨若有悟」：無數轉折，卻徑路一一可尋，想其手筆之妙。⊙寫丘壑難狀之景，粲然明晳，如置身回巖飛瀑間。

《呼風行》「回頭一望海雲出，水面颼颼覺有聲。五更風湧波濤驚，馮夷擊鼓舞長鯨。東港西港人盡起，歡欣動地如雷轟」：筆墨忽變，海立山飛。⊙寫到風起一段，覺驚濤黑霧陡生紙上。文人筆端，能驅雷霆、走魑魅，如是、如是！

《山行》其一「古木垂猿嘯，高原下日寬」：右丞佳境。其二「雲在半山飛」：妙。⊙仙姿靈籟，一洗凡俗。

《九日客金陵，與王汾仲諸子泛舟江上限韻》「臺榭晴秋雨，笙歌弄早潮」：「晴」字活看方妙。⊙寫江上之景，如在目前。

《大士閣》「香滿雨花聲」：似嘉州。

《泊烏沙夾》其一「杜鵑聲不住，明月影空流」：風致娟娟。其二「臨檻潮平席，開窗雲濕衣。板橋橫野渡，江路背柴扉」：字字畫圖。⊙申梟盟云：「唐人高出於宋，全在風神色澤之間。讀公詩，覺王、岑筆墨未遠。」

《宿華嚴寺》「月出松杉冷，天開河漢明」：高整。⊙氣完而語鍊。

《滴珠巖》「洞覆輕雷轉，巖侵舞鶴斜。陰晴飛宿雨，朝暮散天花」：蒼鍊，卻渾成。

《題五松俞氏書屋》「數峰當户牖，高卧在其間」：出筆高曠。

《九日登齊山，步杜樊川原韻》「戎馬事平人北去，江湖秋老雁南歸」：貼合。⊙神韻自然，真與樊川同調。

《太子磯》「到岸望迷瀠柱影，隔窗聽盡子規啼」：妙。⊙風景寫得幽涼可愛。

《湖上》「涼露濕衣渾不覺，夜深始悟荷香生」：筆意俊而健。⊙翛然絶塵，如聽笛聲鶴語。

《張公巖》「古壇有竈生蔓草，深洞無人開野棠」：古艷冷香，非凡筆可擬。⊙全作憑弔語，故佳。

《謁黄侍中祠》「竭心貫日笑黄冠」：尚不肯作文信國。⊙「瀟湘不盡西來水，流向磯頭夜夜寒」：全詩有氣力。

《登萬壽閣》其一「滿城黄葉弄秋色，虚閣寒濤來雨聲」：何減趙倚樓。其二「連天野水流無極，隔岸青山出半空」：筆致從容入老。◎二詩登臨間具不忘時事，是有心經濟人。

《將渡皖江阻風雪，泊流婆磯》「昏黑北風僵萬木，山城煙火静平川。寒江獨宿舟中夜，疲馬長嘶塞上天」：雪景寫得渾淪。⊙空傲處令詩家閣筆。

《賦得古碑無字草芊芊限韻》「文彩凋殘釵股没，精魂剥蝕緑苔深」：刻畫工緻。⊙義山有此精麗。

《江上漁人獻鰣魚喜賦》「銀鱗出水纔三尺，漁父擕來不賣錢」：直起，有老筆盤硬之意。⊙鮮妍，又極老氣。

《許田止既至大通驛，另覓小舟入湖，且訂郡齋之約復賦》：一氣寫成，叙事尤爲蒼樸。

《送張紫巖罷官之金陵》「他鄉夢冷吴江月，故國雲深白帝城」：兩語雅而貼。

《送孫豹人之廣陵》「棲遲留異地，衰白早成翁」：似杜。⊙前整齊，後疏散，風格殊妙。

《江行早發》「空江悄無人，帆檣出煙霧」：如畫。

《故人至》「門外故人來，堂中照明月」：好光景。

《天然橋》「濯足俯清流，峰頭月皎皎」：清絶。

《題畫》：空濛可想。

《宿天臺常住》「芙蓉萬朵寒生煙」：青翠欲沾紙上。

《舟岸聞鳥啼無寐因作》其二「集靈一去無消息，千載猶悲承露盤」：獨有遠想。

●壬戌春，田綸霞學使來維揚，雨中招予往郭外之寓園看花。酒間談及池陽太守之韻，云曾坐其艇子渡江，石尤大作，舟中寂寥殊甚，而太守貯書盈複壁間，爐硯壺觴畢具，賴是以送晨夕。繼讀其詩，高雅不可及，蓋是最上一流人。予久心識之。今秋復至邗，乃得吾友宗鶴問所寄喻公洗心近作，更老健深秀，蓋天資敏妙而又沉酣古籍，故屢進益工。其於杜家堂奥，何難直造乎？予故細爲品評，以公海内。至其潔己奉公之操、愛士養民之績，聲滿江東，僕不更贅。

慎墨堂詩話卷十四〔一〕

梁清標

玉立、蒼巖，直隸真定人。《使粤近詩》。

《發雄州》「昔遊詎忍忘，鄉心苦已迫」：情真之語。⊙「城郭飽戰烽，僅留一片石」：乘傳鑾鄉，追思先烈，正自少此一段文字不得。

《上灘行》「荒城昨夜催灘夫，沿村比屋群吏呼。鶉衣百結亦人子，倉皇追捉如逃逋」：叙次是鄭俠流民圖。「我來鼓枻三歎息，長年争叫風帆色。民勞驛殫恤未能，浮家泛宅境轉逼。白首江湖徒爾爲，坐老孤村計亦得」：此等心腸，真是大臣。⊙丙申同合淝過此，沿途縣令無有不攢眉出涕，力訴地方之窮苦者。今生聚近二十年，尚復如此，讀此輒爲三歎。

《登觀音巖》「盤磴斜通蓮炬紅，法雲倒湧琳宫黑。蜃窟陰森鬼斧開，丹樓窈窕星辰逼」：四語寫盡奇景，然最真確。「石轉灘迴迷背向」：《水經注》中語。⊙此巖壁立萬仞，而中有層窟，晝燃燈

〔一〕此卷輯自《詩觀》二集卷二，原署「東吴鄧漢儀孝威評選/同學宋實穎既庭參閲」。

火。俯視官舟，真如一葉，洵奇觀也。此詩形容，可謂盡致。

《梅心驛》「燭暗虎風生」：涼涼畏人。⊙「排馬凌晨發，煙江是皖城」：「山鬼吹燈滅」是此時光景。

《登小孤山謁天妃祠，用壁間李中丞韻》「飛閣鳴鼉鼓，仙飆送客舟」：壯采欲飛。

《遊湖口石鐘山，次壁間韻》其一「江聲晴到閣，巖響夜聞鐘」：熔鑄得好。其二「列炬探幽處，晨爲洞壑留」：次第。「倚杖瞰飛流」：好。◎有此二詩，可謂不負石鐘。

《過臨江》「民生消白羽，歲計飽黄柑」：實録。「潮落鼉痕出，樟陰雨氣含」：警秀。⊙孟津詩有其雄，無其穩。

《峽江雨中》「峽束江如線，篷驚雨似潮」：語無虚設。

《晚晴至吉水》「霽嶺翠當門」：好。「霧斂江山小，天空虎豹尊」：傑甚。

《彈子磯》「鳴瀧石氣尊」：好。⊙粤山多怪，而此磯最雄，詩亦稱之。

《過湞陽》「雙巖臯石峽，萬壘尉陀城」：秀處典處，皆能踞勝。

《峽山》其一「天留江路細，石蹴浪花飛」：是真景。其二「虎氣暗桄榔」：好。◎此最粤江奇勝處，二詩寫得曲盡。

《將抵南海》其二「窗昏海氣腥」：好。⊙殊方風俗，寫得荒落盡情。

《雨中東裝》「海雨送歸人」：妙。⊙「瘴鄉身一葉，頭白飽風塵」：輕逸。

《雨過峽山》「二月聽新鶯」：老。⊙「江路陰陰合，花香細細生」：想其北歸懷抱，極好。

《雨中過嶺》「春禽送客啼」：韻絶。⊙昔年花朝度庾嶺，亦在雨中。讀司農詩，摇摇輒憶舊遊也。

《渡黄河》「風閃驛燈寒過雁，路沿堤柳夜多霜」：雄秀。⊙蒼莽蕭瑟，此詩兼有。

《拜張許六王祠》「六矢當年知號令，千秋爲厲見旌旗」：使事如此之妙。⊙追寫往烈，英氣如生，應有啾啾鬼泣。

《包龍圖祠》「嚴霜落後瞻遺像，濁水澄時見笑顔」；「古今此地無關節，白日孤城冷蜀山」：用故事，能以己意行之，自爾超卓。

《舟過潯陽》「舟停湓浦衫應濕，虎嘯溪橋客獨還」：妙在於活。⊙用事善於脱化，遂爾亭亭濯濯。

《彭蠡湖》「廟貌康郎舊鼓鼙」：語有史識。⊙全詩秀令，而中有不磨處，以其識高。

《雪夜諸君召飲再登滕王閣》「吴楚天開暮雪樽」：闊。⊙「子野聞歌愁轉劇，煙波萬里柁樓昏」：情事寫得斐亹。

《旌陽萬壽宫》「波立蛟龍孤劍盡，月臨鐘鼓百靈朝」：聲勢震動。⊙比於少陵《玉臺觀》之作。

《過東湖》「寂寞經過人不見，章門雨雪一燈青」：清疏澹老，以弔孺子，差爲不負。

《廬陵小泊》「戰場人老講堂秋」：關係語。⊙「憑闌白首餘雙淚，螺子蒼煙綰客愁」：廬陵兵火之後，荒殘不堪。把此輒深太息。

《儲潭讌集》「廢壁沉雲開戰壘，横江層鐵鎖蛟宫」：雄麗莫敵。⊙此爲虔州迎餞之所，過此則十八灘矣。連年兵革之餘，江山如故，撫此不勝感愾。

《度大庾嶺》「翠含春色瘴江來」：奇麗。⊙「嶺門對擁銜山寺，鳥徑斜穿吐驛梅」：司農之詩，妙於秀艷之中特露警拔。如此詩，人知其風華獨擅矣，而不知其字字真的。

《歸舟漫興》「四山花氣漲春雲」：佳甚。「十載江湖銷戰伐，戈船此日又移軍」：結有力量。⊙老臣憂國，不得不言及此，豈得漫以煙雲花月之句了之。

《舟中寄懷汪蛟門》其一「春帆早過一梁山」：安愜之甚。⊙時公欲過廣陵，以王程甚迫，取道滁陽。其二「去日新詩贈遠行，珠官回首幾含情。五溪又裹南征甲，一客方依丙舍耕」：情致娓娓。「青草瘴中全病骨，白鷗汀畔望蕪城」：詩心愈澹愈警。◎蛟門每爲予言：「司農情深吐握，尤喜與草茅之士唱予和女，固吾黨所共瞻仰也。」讀二作情詞婉戀，足見一斑。

《皖江阻風得見家書》「何處林香多醉客，高眠閒煞里中兒」：人知公擁節南遊以爲榮適，而不知懷抱有難遣者。「閒羡里中兒」，固非誑語。

《采石磯》「金粉江山過六朝」：清艷。⊙「被酒尚留明月影，燃犀誰照暮春潮」：詩思清韶，正與江山映發。

《豐樂亭》「流水聲中太守樽」：好絶。

《關山》「清流關下澌澌水，戰地於今半草萊」：可勝折戟沉沙之感。

《過商丘》「兔園依舊蘼蕪緑，寂莫梁王好客樽」：每於結處有繚繞餘音，他人未免情枯才竭。

《大梁懷古》「零落憲王新樂府，夜深誰灸紫鸞笙」：極蕭瑟，極風流，此是才人絶唱。

《清溪道中》其一「猿嘯白雲裏」：好。其二「袖染清溪雲，帆載南華雨」：嶺南多雨，經春尤甚。詩中寫出蕭涼真景。

《柏鄉道中拜漢光武祠》「莫怪蕭王多瑞應，曾聞龍準斬蛇來」：語有光焰。

《太平橋》「今日再來歌板歇，斜風細雨太平橋」：韻甚。⊙亦自小滄桑。

《元夕》其一「嫖姚雅擅軍中樂，吹碎鄉心玉笛前」：自是嶺外人語。其二「見説市樓陳百寶，裝成春色海南多」：廣州繁盛自昔所稱，今猶不減耶。

《花田多種素馨，粤女穿花飾髻，昔人有風流惱陸郎之句，今名白蜆殼，數欲往遊未果》：曩時士女春遊，多從海珠寺放舟至花田，言南粤宫人葬處，其花多異香。

《重遊南雄郡署》「前度劉郎能識否，一般燕子入簾飛」：好。⊙今昔之感，令人情動。

《贛江歸舟》「昨日京華有雁來」：苦語，殊韻。

《過星渚》「故人今是石鐘山」：非情深山水，不能作此語。

《過項王祠》「牧兒横笛項王祠」：淺語，令人神傷殊甚。

《雨村》「何事飛花偏惱客，春光半減亂流中」：偏覺有致。

《望灊山二喬故居》「江左風流大小喬」；「霸氣銷沉人不見，碧煙如黛鎖春潮」：偏爲二喬有此傷感。

《江浦道中》「六朝送盡暮江聲」：公生長燕趙，而所爲詩最秀麗明蒨，如吴越間人。似此興懷六朝，居然過江風調。

《三月三十日宿州旅中》：唐人送春詩少此風艷。

《中山道中》「往來最愛垂楊路，又聽黄鸝唤遠人」：「最」字、「又」字中，藏無限風情。

●汪懋麟曰：「吾師生長京國，早登上卿，凡所撰著，皆廟堂雅頌之音，山川登陟之作蓋少也。頃奉使萬里，往來半歲，得詩四百餘首，探幽抉奥，競秀争妍，如康樂之遊江東，少陵之入西蜀，山川勝攬，盡在斯矣。因與孝威亟登卷首，用布雞林，俾天下文士不得專以遊跡傲我夔龍也。惜限於選帙，不能盡載。尚謀專梓，以顯全豹。」

●憶同龔定山尚書遊嶺南，距今十九載矣。甲寅秋日，汪蛟門舍人以梁蒼巖大司農使粤詩，屬予選次，因題其上。

王崇簡

敬哉，直隸宛平人。《青箱堂未刻詩》。

《贈陸藕隱、翼王》其二「既聞黄陶庵，千古在俄頃。與君話疇昔，淚灑西風冷」：此調今人久不彈。其三「相逢如夢寐，酌酒相苦辛」：三十年前避地故人，誰復相流連者？惟公古道照顔色。

《癸丑四月六日，錢飲光、毛子霞、陸翼王、陳胤倩、馬又輝、計甫草、嚴蓀友、朱錫鬯小飲豐臺芍藥圃，是日顧寧人有山東之役，未及約》「珍重花光奈若何，何妨醉向花前枕」：忽入感慨。「吁嗟，莫訝日斜猶自爲留連，有客適向山東去，群彦合坐豈偶然」：借顧作一轉棹，筆勢如遊龍之夭矯。

《後二日兒熙治具，約朱眉山、俞彙嘉、許元方、周光福、趙澹園、表弟張涵初、婿張左人、孫喬瞻、孫婿章元伯、四弟毅庵、兒槱、然、照、燕、默、侄燾、孫克善、侄孫克忠，飲芍藥圃放歌》「試看前日圃間花，今日好者是前否？眼中百事率如此，誰是千秋真不朽」：就目前感慨一番。「遂初堂，玩芳亭，廉公萬柳昔青青。數百年來跡湮滅，空餘白日照煙汀」：又將往事感慨一番。「獨有黄鸝聲似舊，共君好向醉中聽」：又呼轉。⊙尋常看花之集，卻説出多少滄桑之感。今日詩人，無此性情，那能有此筆墨。

《壬子三月，偕宋荔裳香山看杏花，宿來青軒，歷退谷、玉泉，歸憩興勝寺别墅，限韻》其一「山色流雲上，花光欲雨中」：選句，足入仙品。其二：筆墨匀和，皆屬火候。

《送沈仲連南遊》「老來何又别，欲去説從前」：淡中有深味。

《送俞彙嘉揚州别駕》：深情古道，具見此詩。

《摩訶庵感舊》「望遠登樓雨後山」：佳。⊙「也曾獵罷經過晚，百尺高松雪裏攀」：回思往事，風景如在目前。

《喜錢飲光至》「常憶兵戈驚散去，每逢故舊問歸期。一朝來我荒齋坐，爲簡懷君昔日詩」：一氣頓挫。⊙老氣不可及。

《陳緯雲、俞彙嘉青箱堂讌集》「草堂談讌無拘忌，麟閣勳名有是非」：語有道氣。⊙「杏花時節西山好，應爲諸公掃石磯」：真温厚和平之音。

《兒熙置酒，同眉山、彙嘉、淑汲、四弟毅庵及諸子孫馮園看海棠》「偕友偶來如覓夢，昔年原自近吾家」：蒼逸之氣，具見行間。

《望衍法寺千佛閣有感》「吾家舊在寺橋東」：樸甚。⊙「兩世因緣遊息地，書聲寂寞冷松風」：憶舊詩，讀去疑有悲風颯颯。

《山遊道經灰廠，甲申初夏避寇過此》「難言今日重經路，不是當年痛哭人。垂老未衰登頓興，此生合與白雲親」：清老絶倫。⊙回思舊事，一筆抒寫，幾如斷峽哀猿。

《戒壇憶天啓乙丑秋金卿非、于司直偕遊》「昔曾偕友到禪關」：蒼直處中藏委婉。「卻幸重遊存白髮，相看不老是青山」：宗伯寄予書，以司直稿相囑選梓，深情具見此詩。

《暮秋偕朱眉山、歸孝儀、張豫章、弟毅庵、兒然、照、燕、默、孫克善戒壇夕坐》「野狐恍惚憑樓竄，山鬼依稀騎豹來」：形容荒凉，可云刻至。

《重遊潭柘寺》其一「千山影壓僻門低」：錘鍊語。其二「催人暮雨遲遲去，欲喚龍攜潭水還」：蒼窅。◎二首極華鍊，又極蒼細。

《出山渡渾河歸》「煙銷平野雲歸壑，木駕危橋浪滾沙」：不用作轟雷掣電語，自爾氣象一變。

《容園月飲即席》「寒暉照席遥山黑」：此句尤警。⊙「拈詩莫笑讓人成」：心静筆老。

《送顧見山水部分巡洮岷》：華整似盛唐。

《秋夜聽歌》「深堂四座盡秋光」：「盡秋光」三字寫得寂寞蒼茫，兼深曲理。

《暮秋過摩訶庵園林》「喬木疏籬皆舊識，滿園煙雨冷秋蔬」：蕭蕭自老。

《初冬園夜夢中作》「人静閒階鶴夢穩，小窗深處一燈紅」：幽境，寫得恬適。

《夜飲憶五弟》「箏人不解傷懷處，猶唱當年變調歌」：情深人不當如是耶？

《西山即事》其一「垝垣敗瓦山邊殿，盡是前朝王子墳」：如此胸懷，豈徒草草登臨者？其二「主人何事登臨少，一任亭前溪自流」：「何爲西莊王給事，柴門空閉鎖松筠」，往往如此。其三：宗伯有其遺恨耶。其四「石磴盤旋十八層，層層亂柏曲相承。洪光門閉高峰下，雲破時窺佛面燈」：字字畫圖。其五「幾回默數昔遊人」：自是前輩語。其六、七、八：三絶都是寫其真境。

《偶過容園》「山色邀人樓上去，滿城煙雨萬家秋」：「山色邀人」四字韻絶。

《秋夕》「向曉幽林微雨歇，亂蛩四壁盡情啼」：直欲置我秋光中。

《聽歌》「何勞更作當年想，拋卻從前更有情」：耐人思量。

《對月》「半掩畫屏銀燭冷，疏林葉葉起秋聲」：唐人神韻。

●宗伯寄予《青箱堂稿》凡三種，其已刻者收不勝收，謹將未刻新詩選次登梓，與寓内人士共遵典式焉。戴滄洲每向予言：宗伯自爲諸生、孝廉時，望隆顧俊，一時公卿咸爲倒屣。今位極崇隆，而虛懷下士，有若饑渴。予雖别公二十年，在三千里外，猶寄書惓惓不忘，豈不令人有君宗之歎。

李霨

臺書、坦園，直隸高陽人。《心遠堂詩集》。

《秋感雜述》「驅馬故城下，烏鳶翔空壕。敗屋絶煙火，蓬艾如牆高。黄塵埋斷碣，遺名認賢豪」：音貌逼古。⊙沉鬱痛切。

《酷暑》「使民有恒期，師行避熇燉。兹役矧可緩，胡令多銜冤。浮埃蔽上蒼，雲雷久無恩。安得生羽翼，憤激爲叩閽」：蒿目憂時，言之沉切。⊙原本經術，直攄襟情，固非尋常詞流可及。

《秋日寓感》「世事若反掌，人境兩零落。昔歡百無一，長懷負夙諾」：委婉深摯。「還瞻故里墟，寒莽宿饑雀」：古音。⊙叙述身世，言之愷篤。擬於建安諸子，自足方駕曹、劉。

《有事太學宿御書樓下感述》「緬思昔建國，規模何宏廣。四維密以張，教化尤敦獎。成均作人府，經史資溉養。鏤板布四方，庋置危樓上。治平有根據，邪説莫能蕩。磐石數百年，厥報實默享」：追述其盛。「丹雘剥高甍，巘嶫欹銀牓。斷垣失障蔽，空庭塞榛莽。細民溷清閟，楗鐍無人掌。藜火銷太乙，夜氣窺魍魎。羽陵簡易蝕，汲冢逸難綱。牆壁隱詩書，章甫淪兵仗」：此言其衰。「即今弦誦徒，不費公家帑。救時見迂闊，懷古足俯仰」：微言救時。⊙真有關經術文字，其叙述盛衰，尤足深人俯仰。

《感述》「盛衰有主者，私念徒區區」：且復奈何？⊙本子建《送應氏》詩來。

《雜述》其一「厭静而尚囂，無奈非良圖」：至言。⊙借蟬説法，中有至理。其二「規模殊壯麗，金碧已剥落。賴有遊人來，時時慰蕭索」：寫荒落之景，殊爲可念。⊙今縉紳家求田問舍，紛紛不已，亦獨何哉？

《南苑雜詩》其一「長風吹驚沙，羸馬循殘壘。繚垣啓紅門，紺宇奉真宰。曾識經始年，金碧餘光彩」：此景正復何堪！⊙撫景傷懷，不勝今昔之感，詩亦頓宕森蔚。其二「融風吹南陸，獵獵帷帳鳴。披沙一開眼，油然見雲行。沉沉黯西山，遥遥接高城。濃陰蔽朝旭，曉起聞雨聲」：寫欲雨之景，如在目前。

《苦寒行》其三「嗟予苦寒差勝汝」：平心語。⊙與少陵何分今古。

《西山雪浪歌，同魏石生給諫作》「北風吹地草木腓，雲出膚寸迷朝暉，天吴跳天海水飛。雪花如手打人面，千山萬山皆白衣」：寫雪景，迷離欲絶。「何來羸馬黄門公，立馬叫奇絶。張眸瞪眂精神通，日日雪浪將無同」：點出。「崖封窟閉狐兔死，徑絶不睹樵人蹤」：深雪光景如見。⊙氣勢極大，咫尺間如睹銀山瑶闕。

《泡子河》「青山催馬齒，朱樹失蛾眉」：沉厚。⊙蕭瑟不堪。

《潞河道中》「笳鼓駝聲送，旌幢虎旅旋。武功方未已，行役自淒然」：大有止戈之願。

《靈璧道中》「雲氣銷龍虎，山形鎖鳳凰」；「猛士藏弓盡，空憐豐沛荒」：調高思警。

《將樂山行》「陟嶺蛟湖峻，探林虎窟腥」：沉警，不讓空同。

《阻風野泊》「捲蓬風力怒，觸石浪花分」：奇闢。

《雷雨泊溪灘》「幽嵒騰絮霧，老樹繞奔雷。魑魅深林哭，魚龍夜壑開」：中四語壯險。

《西苑舊跡》「異域僧徒在，應能辨劫灰」：結處是諷諫之指。

《清明同仲生諸年友登靈祐宫樓》「空尊噂墓鬼，高樹隱圜丘」：上句奇，下句秀。

《送王藉茅歸省》「鄉園看賣刀」：好。⊙胸有高識，故出語必雄。

《閒居》「蒼頭驅採藥，青眼放看山」：精警。

《同沚亭、冰壺遊桃花寺》「絶壁流雲合，飛泉急雨增」：妙於自然，卻臻勝境。

《秋日城西即事》「敗壕寒水咽，荒墅遠煙微」：好。「欲覓當年跡，同遊在者稀」：應有此感。⊙詩情肅穆。

《送李屺瞻司理廉州》「地仍秦象郡，富異漢珠官」：工麗。⊙王、岑有此典秀。

《春日西郊》其一「廢圃園荒井，危橋咽細流」：風調都爭上流。其二「遥山補斷垣」：他人尋味不到。

《春日偕予衮登報國寺閣》「春催草樹争殘凍，望入川原怯遠烽」：百鍊。⊙此詩不取其雄，取其細。

《九日大風雨舟阻邳河》「山遥梟繹煙中隱，水亂徐邳地外流」：此句説時事。⊙「畏途百戰經湖濼，伏莽縱横尚未收」：落筆安閒卻沉渾處，人不能到。

《歲暮和猶龍》「龍蛇起陸泫杓轉，狐兔驚圍大澤空」：北地有此雄拔。⊙「寒爐斷簡無相厭，一半年華送此中」：與且亭唱酬，可云敵手。

《雨遊中頂回香亭》「過雨雲垂上苑西」：好。⊙筆墨和柔。

《西苑感舊》「堆雲積翠橋形直，老柏長松殿址圓。輦路草生迷馬埒，河房水落鎖龍船」：惟初唐沈、宋有此手筆。⊙壯厲蒼涼，固是感舊，非同尋常應制。

《秋分大雷雨夕月時也》「於今夏正渾難據，欲向羲和問管灰」：卓有見地。

《送艾長人司農祭告中嶽》「崧高勝跡中天下，廟貌清嚴黄蓋峰。坐卧數千年柏樹，登攀三十六芙蓉」：筆力奡兀。⊙巍峨奇特，幾與二室争雄。

《留調臣》「試聽樹頭蟬，聲聲怨行客」：韻極。

《田兼三席上口占》「耐可吴歈催客醉，十年前事上心頭」：黯然魂銷。

《清明郭外》「最是遊人無意緒，翻將風雨惱清明」：翻得好，恰如我意。

《元宵次夜口號》「跳索兒郎團鼓女，分明妝出太平春」：風俗語，可愛。

《黄村道中》「乍喜逢人堪問路，遥聞林外唤鷹聲」：北路風景，寫來生動。

《宿盧溝》「毳幕纔安催秣馬，半規霜月照征裘」：是扈從時光景。

《夜宿玉泉山下》「枕傍細聽駱駝鳴」：好。⊙難聽。

《復遊觀音堂，至裂帛湖功德廢寺而返》「若箇曾經全盛人」：慨然。

《景帝陵》「白髮中官扶杖立，向人指點景皇陵」：不必更着議論。

《三屯營道中雪晴》「層冰馬踏翻忘倦，人在房山圖畫中」：寫出性情。

《景忠山》「山上碧霞祠宇盛，居人惟説戚將軍」：含蓄。

《雨中再簡子明》「别酒重斟苦易醒，凄雲寒雨一燈青。卻愁後夜瀟瀟響，客舍篷窗兩處聽」：情懷只如我輩。

《西苑雨中》「獨上金鼇停馬看，白鷗飛入五龍亭」：幽麗。⊙無鍛鍊之跡，卻佳。

《歸途雜述》「一半峰巒入白雲」：一幅山雨圖。

《太監王承恩墓》「遺弓當日何人拾，應有銀璫碧血痕」：慘語。⊙此璫得詩以不朽。

●相國燮理之餘，吟詠不輟，而深自韜藏；即受業梓其《心遠堂集》，而秘不示人也。許子竹隱客京師，乃請其刻稿郵寄。而相國亦曰：「此當年滄州座上客，曾共杯酒，可與論詩者也。」予謬爲選次，俾學者得見臺閣之宏篇，豈不盛與？

馮溥

孔博，易齋，山東益都人。《閫中倡和詩》。

《武闈即事，簡同事諸公》「還從紙上辨英雄」：確切闈中。⊙相國詩篇久覓不得，蛟門舍人出此作相示，予曰：「此可見燕、許一斑也。」亟登之。

魏裔介

石生、崑林、貞庵，直隸柏鄉人。《嶼舫集》。

《甲午春，流民南走如蟻，有夫婦至滹沱河欲渡，舟子索值無以應，遂併其子女赴河死，余聞而哀之，作投河歎》「舟子瞪目視，笑爲船上歌。饑夫語饑婦：我當葬蛟鼉，爾挾懷中雛，丐食行逶迤。饑婦更無語，長號赴奔渦。饑夫投其雛，捐命同飛蛾」：此等摹寫，全是古樂府之遺。⊙情事極慘，卻有此深情老筆，一爲傳照。其樸處、真處，皆得史遷神髓，豈非《石壕》、《彭衙》而後又見此作？

《哀盜》「醉眼方朦朧，縶縛後車屬。弓刀不及發，狼藉司寇獄。豈乏鐵衣朋，跼蹐不敢贖」：筆力猛鷙。⊙足以勸元惡。

《春日感懷》其一「此事樂有餘，此生甘鹿鹿」：當朝野倚注之日，忽爾命駕還山，其願已見於此。其二「余家世燕趙，由來恥浮薄。策馬古鄗城，遥望邯鄲郭。桓桓信陵君，仗義資大略。好與屠沽遊，孤寒欣有託。歎息斯人去，仁風不可作」：興懷在此。

《贈喬文衣》「崖山大艦鼓聲腐，黑風吹起蛟螭怒。戰罷歸來血滿股，手持露布横槊舞」：忽作高勢，如龍飛電掣，惟少陵長篇有之。⊙「子才真可萬户侯，何爲又向海濱去」：一甬上參軍耳，因是詞人，故作如許期望。如此描寫，自是漢庭真諫議。梅村所推，不足以盡之也。

《贈别申鳧盟》「與子落落成三人，不分廊廟及畎畝」：他位不肯作此語。「子今歸去洛水東，烹鍊丹砂慕葛洪。扶持元氣灝虚空，三十六帝外臣同。臨别何必灑淚紅，待予青鞋布韤枕石漱流彈琴而詠先王之風」：收法筆勢翩翩。⊙函三、伯巖、覺盟，河朔三高士不足奇，難在貞庵相國之忘分敦好，此誼遂爲信陵以來所不經見。詩能歷落寫出。

《獲鹿道中過漢淮陰祠》其一「相背豈君意，假王是禍胎」：韓侯無辭。⊙「相背」二語，是千古定案。其二「舍人書不載，告變豈無欺」：全在虛處著眼，只是識尊。

《平定道中》「山險原連塞，關嚴尚荷戈」：格正大，調雄偉，是爲盛唐名作。

《曉渡滹沱》「山氣侵城黑，青霜入鬢嚴」：奇拔。「流水斷冰兼」：押得奇。⊙如此用險韻，正覺遊刃有餘，豈非才大法老。

《過新樂觀伏羲臺浴兒池》「龍圖開道奥，鳥跡佑斯人」：語有寶光。⊙實處見典，虛處微秀。

《過定州觀雪浪石》「勝跡金元變，奇懷涕淚横。地經百戰後，瓦礫滿山城」：此是借題抒寫胸中，他人豈能及此。⊙他人衹贊雪浪石耳，此忽寫入滄桑，筆力奇横，遂爾目空千古。

《寄高温如官閬中》「涕淚見人煙」：好。「家書三月少，秋月正孤懸」：遒極。⊙是謂戰後之閬中，移動不得。

《重陽前一日同辯若弟遊善果寺》「僧話前朝事，烏啼古樹門」：此句更妙。⊙極澹漠，卻極痛切，與尋常隨喜話不同。

《淇瞻劉年丈邀集徐園，同猶龍、青嶠賦》「縱下憂時淚，何妨醉碧岑」：起得好。「忽驚雙鬢老，燒燭共長吟」：收得老。⊙愛其起結，不徒賞中四語之工。

《追送田鼒淵》「飛蝗殘晚稼，積雨黯秋城」：寫去路之景，最爲不堪。

《春日寄楊猶龍方伯》「五更常憶友，三載不論詩」：真切。⊙公與且亭交情甚篤，故落筆便有真穆之氣。◯讀「三載不論詩」之句，可見乾坤甚大。把酒論文之友，原不多得。

《自安定門旋由水關南望德勝門，述目所見》「樓殘遺堞立，寺廢古鐘存」；「干戈息數載，猶有哭聲吞」：偶爾郊行，便有滿目瘡痍之感，此豈尋常詞人可及。

《野雞鋪》「荒冢魚燈沉寶玉，平原馬首躍金戈」：屬當刼運，有非人力所可挽者。非深閱變故人，那得知？

《清明日送葬彰義門外，過天寧寺，因憶先塋有感》「誰家灑淚北邙下，使我懷歸南陌前」：頓挫老。「花飛古寺蹴春煙」：好。⊙一往情深，而格法安頓，不差錙黍。

《和楊猶龍》其一「三載珥貂真續尾，一書曲突恥焦頭」：公豈得作謙辭。其二「宦海已知羞曳尾，虚名更自恨龍頭」：此語深。⊙稷卨自負人，固應作是語。

《宴丘節同猶龍、文衣、觀仲遊白雲觀》「卻憶青山園故國，幾番興廢使人愁」：無窮悲颯。⊙全詩整雅，妙於結處有萬里煙波。

《紀伯紫過我嶼舫小酌賦贈》「十年散髮大江邊」：老岸。⊙「屋裏欲觀峰突兀，手中不放杯流連」：此一集，勝京華讌會多少。

《出西便門至慈壽寺，觀明李太后所造浮圖》其一「涅槃不識滄桑易，陽九誰傳錫類心」：筋兩語。其二「隔代惟存香火地，起人憑弔是碑陰」：妙寫荒落，使人俯仰，不能爲懷。

《彭城放鶴亭》「斷蛇事業餘荒草，戲馬悲歌剩古臺」：筆力入警。⊙有意必搜，無語不切。

《真覺寺》「城陰水浸臨高闕，日暮天低過塞鴻。寂寂頹垣生杞菊，然燈猶照象王宫」：興會忽發。⊙説入荒涼，轉生光焰。

《饋龔芝麓涞酒和韻》「御苑鶯啼猶閉户，晚春花落且銜杯」：和柔。

《九日同子俶遊皈依諸寺》「何處登高欲望鄉，愁人今歲怨重陽」：起法超甚。⊙「故驅秃馬一顛狂」：高老，得杜家深境。

《秋獮南苑》「儒臣後騎承恩寵，指點黄羊親與看」：自是盛事。

《賜馬》「新出宛群猶戀主，驕嘶不敢下金鞭」：此中具見忠愛。

《題畫贈龔芝麓》其一《西子湖頭春色深》「欲洗人間脂粉色，春風獨立聽鶯兒」：爲柳花閣上寫照。其二《繡佛閣雪眺》「閣外盡山山盡雪，沉檀香熟小薰籠」：◎二絶嫵媚，卻不纖巧。

《宿海會寺與老僧出門有望》「舊時歌舞諸年少，也向荒山學力耕」：非贊之，實憫之也，亦可睹世變。

《三河縣》「圈估誰憐民力盡，城邊驛路正逶迤」：諫臣之口，大臣之心。

《薊門》「一自興朝定鼎後，蕭蕭松檜滿山陰」：關係語。

《涿州公廨中古槐》「行人若問興亡事，古樹年年對夕暉」：黯然。

●乙未客京師，柏鄉相國時掌諫垣，得從杯酒，獲聆緒論。别近二十年，未敢輕以尺素相候。辛亥有《詩觀》之役，僅從友人選本採十餘首登梓。今蛟門汪舍人乃出其《嶼舫全集》見示，因遴次若干首，以光兹選。其詩傲岸蒼渾，足救靡曼之習，洵有如覺盟所云。

趙開心 洞門、簥篔，湖廣長沙人。

《就園》其一「境隨潭影静，神與去帆遥」：語似晉人。其二「漫言舟似葦，一葉此身輕」：語有感會。◎二首殊有静致。

《爲宗定九賦新柳堂》「經年河畔青如舊，滄海堪憐幾變桑」：結處大有感歎。

●中丞東華一疏，驚動瀨内，不屑屑以詩傳；而與予輩流連竹西、桃葉之間，輒多倡和。惜稿多零落，可勝人琴之感。

金鎮 又鑣、長真，順天宛平籍，浙江山陰人。《清美堂詩集》。

《北上别汝南州縣》「尚勉甘棠化，汝墳跡未湮」：貼入。⊙仁愛之旨，形於楮墨。凡爲守令，應共佩斯言。

《發汝南留别諸生》「夕陽下西山，班馬何依依。且盡盈樽酒，千古以爲期」：結處深得建安遺調。⊙既慰藉，又勸勉，情旨何其深篤。

《過信陵君奪晉鄙軍處》「趙存六國存」：主腦。「昨從大梁來，惆悵城東門」：矯厲。⊙說出信陵救趙關係處，大是史識。

《湯陰使院中松石絶佳，率爾題壁》「緬想寇氛急，滄桑幾城市。獨此巋然存，神物敢褻視」：言外寫照，卻是吃緊。⊙落落數筆，足爲松石寫照。

《送張師石孝廉下第歸楚黄》「家貧不易歸」：知己之言。⊙右丞有此調適。

《渡沙河》「賴增棋布石，行旅可宵征」：末二句確甚。

《都門送茅于純歸吴興》「到家温清處，美酒熟烏程」：風韻在此一結。

《贈雪石大師》「天中月吐坐禪時」：佳句。⊙「長齋猶愧王摩詰，慧業應過謝客兒」：清疏澹遠，應是贈衲子詩。

《過朱仙鎮拜岳忠武祠》「叩馬豈非諳世務，班師自欲植綱常」：正論。「芳草萋萋舊戰場」：老極。⊙如此作吊忠武詩，正自得體。

《馬上聞鶯》「最是停鞭斜照裏，汴河新柳緑鬖鬖」：風流獨上。⊙末二句不説聞鶯，卻自有離合映射之妙。

《題漳水使院天琴亭》「何必水山勞想像，不關弦指絶思尋」：恰是天琴，妙妙。

《鄗城奉謁魏相國，留飲葆石堂賦謝》「青門容我投元禮，黄閣惟公薦陸機」：春容大雅。

《次定州寄何石公内兄》「十三年別未開顔」：可感。⊙「此日郵亭聊駐馬，可能來話緑楊間」：

使君於貧交故舊，遇之極厚，於此可見一斑。

《癸丑歸都門呈諸親舊》「御河菡萏誇今盛，輦路垂楊比昔長」：與東山詩「有敦瓜苦」同意。⊙讀之大是可念，使人動菟裘之想。

《邢州道中經圓津庵》「香臺初日門扉静，一院紅舒夜合花」：寫景好。

《都門題友人停帆館》其二「兩面蓬窗常受月，只疑秋水隔蒹葭」：此句真是畫圖。⊙於「停帆」二字極爲醒發。

◎以上癸丑北征詩共選十七首。

《渡黄河再至汴梁，與舍弟治公别》「憶昨黄河風浪高，蛟龍噴起千層雪。隱隱艮嶽見樓臺，依依汴水明旌節」：風濤在指。⊙「何似連牀對雨眠，鴒原情事殷勤説」：友于之誼，十分愷切，不僅風調之佳。

《正陽關即事》「幾派中原水，奔流下潁河」：確甚。「驚心壁壘在，往代此横戈」：遒拔。⊙通首有英毅之色。

《壽春道中》「秣馬當官道，關弓過廢墟。青山如笑我，偏不狎樵漁」：英絶。⊙矯異絶人，卻正在箇中。

《過清流關》「巖關吐白雲」：確。「山疑鐵馬聞」：好。⊙意沉著，詞壯麗，此爲絶構。

《秦郵舟中述感》：使君下車，首問淮南水患，故形之歌詠，獨爲諄切。

濟世之才。

《獻歲于役淮陰，聞警遄歸有作》「雪壓扁舟淮水春，忽傳風鶴亂江濱。問誰甲馬驚黎老，聞説滇黔鼓戰塵」：老筆横厲，萬人莫敵。⊙烽火初驚，揚民四竄。使君只以安静爲主，久之自定，此爲時無計聊舒嘯，鷗鷺全能減宦情」：純乎劉隨州佳境，考功不能及此。

《渡江至京口作》「樓臺樹壓山平出，蘆荻風回潮漸生」：雅鍊。「新年北府又增兵」：確。⊙「宦

《望錫山》「果然雙槳到梁溪」：安閒得妙。⊙「道南祠畔好攀躋」：尋山問水，卻注念在理學一脈，此爲大儒本領。

《登虎丘》「果否闔閭埋霸氣，到今短簿擅風流」：流走，卻警健。⊙静思遠致，一掃虎丘脂粉習語。

《予改守揚州，汪蛟門舍人賦詩見贈，以修復平山舊址爲言，予愧未之及也，詩以志慨》「正逢白羽走江都」：老氣。⊙「殷勤爲囑平山舊，風調寧教六一孤」：如此垂念平山，真是兩文忠風雅嫡派。

《燕子磯絶句》其一「獨有釣磯長不改，夜深明月下滄浪」：幽。其二「突出江心形勝稀，蛟龍日夜護蒼磯」：壯。

《長干》「軟草平岡更淺沙」、「紅墻低見梵王家」：畫意層層寫出。

《紅橋》「轉思十載天中路，風雨南湖發藕花」：動人深念。

◎以上南遊近稿，共選十四首。

●使君向守汝南，有《清美堂初集》之刻，更選定何大復詩集行世，蓋風雅一道，寤寐以之。兹移守揚州，值時事倥傯，情懷少減，而遇景輒賦，莫不標勝探幽，詞流斂手。因合其北征諸作選跋登梓，與世共賞焉。

汪懋麟

季角、蛟門，江南江都人。《百尺梧桐閣近詩》。

《進山》其一「亦有桃李樹，參差長溪壑。無人祇自花，春風枉零落」：著此點綴，愈覺荒涼。其二「兩騎駕長輿，摇摇勢反側。頭風兼目眩，石徑苦逼仄」：形容入妙。「黄塵變僮僕，對面盡土色。吾勞固有營，爾亦慎乃職。陟川防巉巖，緣山恐荆棘。艱難仗汝曹，行行各努力」：即少陵「修筒」、「伐木」諸詩意。其三「日出未分明，煙光相蕩磨」：非親見那知。「有如鵬鳥翼，垂雲勢婆娑。又如海上鼇，駕風興層波」：筆力縱悍。其四「層崗如重關」：確。「上嶺復下嶺，俯仰煩躋攀」：妙在樸直。其五「夕陽轉娬媚」：妙寫。

《出山》「銜草嘶且齕」：細極。「關山不可越」：老。⊙諸詩全倣少陵入蜀，乃用其音節，而能抒己之性情。此謂神似，非形似也。

《雨不絶》「可憐酒肉臭朱門，道旁今有餓死魂」：確甚。「仰看雨勢猶昏昏」：妙。⊙人言民窮財盡，予以爲不然。災荒之餘，富者愈富而貧者愈貧耳。此言誰爲告之當事？

《河水決》「十日築成五尺土，明日崩開十丈五」：愈樸愈妙。⊙此等詩，真可入長沙疏、監門圖。

《喜孫豹人至京》「前月聞君將北征，欲信不信夜起坐。知君久已絶西笑，白首灰心守寒餓。豈意翻然自天落，白髭苦被淄塵涴」：叙次都妙。「高人舊樂泉石清，惡水溝頭臭欲唾」：逼真。「君且脱帽坐我堂，白飯正炊芻已莝。薄薄卯酒共飲之，菊蕊新寒朔風大」：如此主人，正自難得。⊙貧士客遊之苦、京師風土之惡，篇中備悉寫出。

《貸米》「徘徊故繞籬菊黄，慘澹低窺竈煙白」：十分摹擬。「長鬚遠貸五斛米，對我矜誇有奇畫」：傳神。「主人大笑爾且餐，灑掃秋齋招飲客」：如此主人，應得受餓。⊙索米長安光景，寫得可惱可笑。筆墨遊戲，一至於此。

《石車行》「山上白石採已盡，城中土木方無涯」：豈不可歎。⊙神似張、王樂府。

《過安豐訪吴野人陋軒不遇》「到此忽相憶，安豐老布衣」：老氣無敵。「可憐棲隱處，乞米不曾歸」：結得遒。⊙只是想到陋軒，便有此一首好詩。

《寄劉玉少客遷安》「疲民棲舊壘，戰鬼哭殘烽」：何減北地。⊙豪而警。

《送梁予培歸真定，時聞司農公使粤將還》「聽説羊城節，平安下嶺頭」：詩史。⊙極整極細，於此徵其學力。

《送梁承篤令錢塘》「殘鶯空晝啼」：好。⊙種柳疏溪，風流經濟皆見，詩亦淹秀。

《西山雜詩》其一「萬乘經過後，雙泉空自流。欲收京邑勝，衮衮到峰頭」：此等用筆，全學古人。其二：全首精悍，無一閒字浪筆。

《寄鄧孝威》「往昔揚州白露天，池塘猶有未開蓮。此時送客同高眺，無那悲秋是别筵」：開口岸異。⊙老筆一氣寫去，逼真少陵。

《送金長真太守之任揚州》其一「傾城車騎攀河上，滿路笙歌待竹西」：使君自汝南移守揚州，寫得離離蔚蔚。其二「但恨林泉僧占取，蜀岡蔓草待君删」：只以此事囑太守，何等心腸！其三「夾城燈火從來盛，不在尋常水旱中」：從無人説。⊙説出揚州繁盛，逼出使君風流。

《禹城道中見余題壁詩，忽忽四年感賦》其一「野店重來眼倍新，依然京洛倦遊人」：可感。其二「壚上主人知姓字，問余何事久風塵」：筆意甚婉。

《南苑雜詠》其三：與上二絶皆盡寫其雄壯。其五「何曾獻得長楊賦，匹馬青衫冒雨歸」：風韻獨别。⊙身叨侍從，才擅馬、揚，故染翰飛箋，皆能一一傳其盛事。

《途中雜感》「一鞭斜日過鍾吾」：唐調獨絶。

《過東郊，家人指亡姬葬處》「無端敗葉殘楊裏，説是朝雲四尺墳」：難爲遺此。

徐乾學

原一、健庵，江南崑山人。《歷遊草》。

《入晉四首》其一「寒水塗驛路，嚴霜被樹柯」：音節便似建安。其二「我行井陘口，古路多蒿萊。寒鳥夕已斂，浮雲慘不開。殘碑有遺跡，下馬還徘徊」：指顧蒼涼。其三「飛鳥尚難越，丸泥固可封。重關護燕趙，天險何其雄」：何其堅峻！其四「疲驛近壽陽，皚皚積深雪」：叙述風土，最爲堅蒼。「亂石妨車轍」：好。◎四詩氣體，在仲宣、子建之間，然又不徒襲其音貌，所以爲佳。

《楚中詠懷古跡》其一《廣燕亭》「雖非混一時」：斟酌。「吾誦謝朓詩，揚舲去還戀。荒亭倚大江，奔流疾如箭。霜楓下吴宫，夜猿吟楚甸。霸圖久銷沉，流傳但餘絢」：義備風騷，出之自爾秀朗。其二《陶公宅》「石樽出廢宅，柳色明郊坰。斯人雖已泯，彷佛思精靈」：弔古處極爲精彩。其三《軒轅臺》「方士多荒唐，徒使茂陵客」：可佐一則史論。其四《孔明廟》「吾聞渡瀘役，爲討西南蠻。此地一來往，千古還追攀」：此等處含情邈然，總由筆情之妙。⊙曠攬江山，根據經史，而行以己之妙筆殊情，遂爲一時絶調。

《隴山歌，送許天玉之官安定》「隴山高高隴水流，隴西六月如清秋。蕭關朝那近北地，酒泉張掖連涼州。諸葛戰征餘故壘，隗囂宫殿成荒丘」：氣勢巍峨。「許侯分符萬里去，曉發青門擁騶御。虞詡成名在此時，王尊叱馭看前路。京華故人折楊柳，欲行不行日漸暮」：入許侯，有次第。「目極輪臺鳥飛處」：蒼遠。⊙節緊調高，氣雄彩壯，此爲頡頏唐人之作。

《撤棘後贈葉元禮》「君不見吴山高高開館娃，館娃越女顔如花。羅衣著體嬌無力，六宫胭粉徒咨嗟。只言富貴當如此，曾向春江自浣紗」：風情摇曳。⊙後段妙得比興之體，而全詩逸秀，何減右丞。

《北征口號》其一「萬井疑狐火，千村散馬群。夷門衰草畔，酬酒信陵墳」：通體遒老。其二「廩鹿穿陵寢，魚龍入廟門」：語奇而確。⊙嵯峨蕭瑟，難爲卒讀。其三「邯鄲臨古道，睥睨立叢臺。緑樹千家合，紅塵百騎來」：此首極似太白。其四「杵嬰存趙義，豫讓報恩心。此地人今没，千年澧水深」：直起逼古。⊙感激殊深。其五「雕簷神鬼趨」：好。⊙「遺構傳新莽，猶持威斗無」：壯處、闊處直入少陵堂奥。其六「韓信論兵處，高壇細雨來。燕因空壘住，花傍戰場開」：高健絶人。

《題涿州店壁》「不逢荀僕射，那識是勞薪」：用事都别。

《北歸途中作》其一「縱然别愛弟，最喜近慈幃」：至性語。其二：思親懷友，情誼何其真篤。

《贈耿又樸編修》「慷慨聊城箭，高風想魯連。荒臺何處是，飛鳥下寒煙」：如此起法，高邁之甚。

《贈朱即山簡討》：一氣呵成，而疏秀則不減青蓮。

《桃源》「馬嘶空棧夕陽微」：好。「遺黎猶道徵求急，早晚征南鐵騎歸」：一結最有關係。

《宿遷》「浮雲西北連豐沛，不盡英雄萬古思」：豪情噴薄。

《西苑詩四首》其一「宸遊扈蹕宜春苑，多是青煙禁火時」：風逸。其二「九成臺殿護朝涼」：工絶。其三：好文。自是實録，非關溢美。其四「東郊未轉迎春仗，花氣依微近九霄」：殊有神韻。◎四時景物，寫得端麗風華，固是岑、賈絶唱。

《龍光塔次王仲山原韻》「震澤煙光吹不去，西神峰勢引還來」：雄麗。

《贈葉萊蕪姑丈》「抵掌河漕天下計，舉頭壇墠萬年封」：叙情後，忽而雄情溢發，音響直欲穿雲。

《峒峿》「村村榆柳盡，辛苦爲河堤」：關係語。

《宿遷道中》「倏忽逝金烏，寒飈吹不息」：正合唐人風調。

《贈趙秋水》「可憐楊白花如雲，日逐東風處處飛」：青蓮佳境。

《湖州送張菊人》「相逢莫漫愁離別，箬酒新香醉似泥」：只作慰留，情思委婉。

《潮州雜興》「猶勝城中韓廟裏，閒時繫馬桷筵前」：予昔在端州，見學宫皆爲牧馬地，此固實録。

《任丘見王西樵考功題壁》「旅壁留君詩句在，寒燈土銼有餘哀」：令我裴徊。

《河間見王阮亭題壁》：惜不見農部使蜀詩。

《贈歌者》：憐惜之甚。

《值合肥座主家童有感作》其一「獨抱銀箏别主君」：此句便惹人淚下。其二：端毅自廬州葬親還，道拜大司馬，一時賓客迎候江淮者如雲。今秋喪舟泊邗關，而平時故人罕過唁者。讀健庵詩，爲之太息。

●予嘗論健庵詩以漢魏四唐爲主，不雜宋人一筆，是能主持風氣、不爲他説所移者。把晤維揚，盡傾笥中所藏，授余點定。因歎吾道不孤，亟須臺閣諸公力追正始耳。

何天寵

昭侯、素園，直隸宛平籍，浙江山陰人。《紫來閣集》。

《贈表兄吴八金吾孟浩》「神廟有元老，經略東西疆。出建大將旗，入綰司馬章。季女寵也母，諸孫皆雁行。次兄二千石，大兄衛明光。最少家帝里，白眉此最良」：叙次家世，得之少陵魏佑、王冰諸篇。「青青岡上桐，高柯遲鳳凰。蒼蒼山頂松，虬枝歷雪霜。短衣兼皂帽，見人辟路傍。覽鏡各已絲，何如還故鄉」：譬喻入古。⊙此從古詩《焦仲卿》諸篇脱化得來，與唐古迥别。

《康郎山阻風》「三十六侯碧血寒，昔日披金今報玉」：質樸可傳。「告我莫悲遊子暮，贈我長風爲我渡」：妙。⊙數言耳，讀過疑有靈旗出没。

《露筋祠》「大嫂入簾海燕棲，小姑露坐夜烏啼」：樂府之遺。⊙「祠門夜閉沙如雪，文姬到此笳聲咽」：叙事古雅蒼潔，非浸淫漢魏者不能。

《弋陽山曉發》「涉水上崩沙」：好。

《故園》「鷄鳴滄海紅」：全詩典麗，結更矯健。

《午發歷城别友人》「雞聲上白煙」：新句。⊙純是青蓮佳境。

《宿遷項王故里》「雄圖雖不就，亭長藉成功」：爲重瞳生色。⊙非是翻論，是正論，熟讀楚漢《本紀》方知。

《寒食登雲起樓分賦》「石磴每經芳樹歇，峰陰平眺太湖連。行廚送酒銷寒食，蠟屐登樓話昔年」：選聲必妍，設色必麗，固是當家。

《淮安守凍》「强欲裁詩寒更徹，故人紅燭暖氍毹」：歲暮客途，自多騷屑，而詩更兼逸氣。

《送人》「争如野店低垂柳，能繫征人碧玉鞭」：正是情深語。

《秋閨》「誰道相思春色裏，橙黄楓老正傷心」：春女悲，秋士怨，得此一番，妙妙。

《明湖曲》：使白雪樓爲之，何以過此？

《寒食》「何人紅淚飄新冢，多是頻年征戍家」：有感及此。

《歸義驛》「岳陽路徑繞煙鬟，擬見湘娥竹上斑。一曲羅江千疊嶂，雲深何處九疑山」：音韻縹緲。

●昭侯爲如須姜公首拔士，歿光二十載，復奪幟南宫。其詩深穩和厚，詩家正則也。予强出之笥中，乃録其數首以行世。令嗣嘉琳，奇才早殀，詩載别卷。

張　琴

桐仙、耐軒，江南泰州人。《西湖遊草》。

《同友遊南屏》「蕩入浮圖外，松聲始浩瀚。不覺暮靄重，但見青雲斷」：徑路風雲，難爲指狀。

《八月錢塘江觀潮歌》「錢塘風雨乘舟入，潮聲吞吐秋天急。海門堆起一天雪，頃刻吹來帆影濕」：筆有驚濤。「請君試看錢塘江潮水，錢鏐萬弩射後何曾止」：結亦遒甚。⊙數行中，無數奇山怪水。

《孤山》「猿狖寒風急，鼪鼯樹影偏」：起得老，結得渾，中聯尤卓。

《夜至東塔寺》「夜深孤艇入，雪滿一橋迷」：想見剡溪訪戴時。⊙境界極幽，筆墨極静。

《蘇堤漫興》「南山煙水層層碧，北嶺霜林淺淺黄。欲過六橋尋野色，偶然雙槳破湖光」：一幅倪、黄好畫。

《冷泉亭》「萬株松下對青山，亭自悠然水自潺。到處龍宫鐘磬杳，隔溪鷲嶺鳥猿閒」：悠然窅然，别有世界。⊙筆力高迴，故煙霞之氣，霏微來集。

《保叔塔晚眺》「一塔巍巍插碧霄，登臨遥見浙江潮」：如此起法極樸老。⊙愛其氣老神潔，肅然如冰雪入懷。

魏勷

亮采，直隸柏鄉人。《玉樹軒詩草》。

《喜彭士報自豫至燕》「跋涉何辭遠，中原匹馬來」：高岸。⊙全首峻潔。

《夜行趙州道中》「人家傍水團」：「團」字警。⊙寫曉行如畫。

《夏日閉户匯景園雨中即事》「雲沉迷野鸛，池滿響遊魚」：秀潤。

《癸丑九日侍家大人南滑村登高，敬遵原韻》「歎息鄗王湮姓字，獨留高冢作平臺」：如此起手，便踞百尺。「不禁感慨評今古，多少繁華付草萊」：又縱又收，筆力殊健。⊙重陽詩要人感慨。此從鄗臺上唱歎而入，詩情縱宕，遂不可遏。

《盧溝道上》「人家夜雨盧龍塞，牧馬秋風涿鹿營」：安閒之中，壯思坌湧。

《送胡同升赴海寧幕》「沙寒月下嘶征馬，潮落江村響夜波」：朗俊，如何大復。⊙針線極細，非徒音節之美。

《秋日遊槐川書院有感》「閒登别墅菩提閣，因上槐川望遠樓。臺榭攲傾堆瓦礫，蓬蒿滿徑繞鵂鶹」：如此起手絶老。「霜寒落木古城秋」：結遒甚。⊙寫廢景，最爲動人。

《甲寅九日馬鞍山登高，復飲於高廟，敬步家大人原韻》「地接行山灝氣繁，寒流影裏見花村」：落筆極高。「從遊此日歡無極，厭説征西車馬屯」：壯邁。⊙又是一番風景，蒼茫在望。

宋德宜

右之，蓼天，江南長洲人。

《留别王貽上》「雙龍氣挾秋濤壯，一笏霜清夜月低」：整麗。⊙一掃寒蕪，足稱正始。

《題畫寄友人》其一「何時得遂蒓鱸願，柳畔漁磯坐詠詩」：詩情楚楚。其二「回憶故園梅正發，天涯相看畫中看」：即離之間，妙有思緒。

《答内兄王勤中寄畫，並悼内母亡内》「夢過西洲淚染衣」：淒楚，卻出以風麗。

《秋日寄袁重其》「猶記山塘明月夜，停舟都問舊袁絲」：一則佳話。

葉映榴

蒼巖，江南華亭人。

《過韓侯嶺》「空山無鳥雀，土穴住人家」：蒼涼在目。⊙不拈韓侯，只寫土俗，固老。

繆彤

歌起、念齋，江南吴縣人。

《觀韶光泉》「花有金蓮放〔一〕，魚多赤鯉遊」：筆情甚粲。⊙安閒，得詩之正裁。

胡在恪

念蒿，湖廣江陵人。《真懶園稿》。

《田家詩》「生計誠艱難，所重在急公」：堅。⊙「深樹溪邊緑，新蓮浦上紅」：真率，更能蒼潤，足抗儲、王。

《襄陽》「冠蓋久荆榛，習池暗風雨。可憐大堤女，春花開誰主。爲攜襄陽詩，鹿門一弔古」：薔蕞可喜。⊙沉雅蒼鬱，是漢魏遺音。

《題吴西灄亭子》「不是飄零久，林亭賞未真」：胸次迥别。⊙老而韻。

《晚泊巴河》「村到竹簾前」：真景。⊙光景寫得密麗。

《雨後課僕種蔬》「饔飧爾我齊」：好心腸。⊙「豆花雨正好，相累種黄虀」：事如〔二〕情更好。

《張翁止宿》「榻懸客夢生殘月，酒醒鄉關隔曉天」：清而鍊。

〔一〕「蓮」原爲「連」，據光緒《增修雲林寺志》卷六繆彤《韶光看泉》改。

〔二〕「如」疑作「好」。

《巴河除夕》「江聲萬里三更外，春色孤舟兩歲中」：軒豁。⊙全詩氣健而格渾。

《晚宿東林寺》「山静漸聞鐘梵遠，雲高愈覺月輪深」：親歷語。⊙幽而能亮，秀而兼老。

《滕王閣》「蕩潏魚龍過酒杯」：空同壯險處。⊙渾壯。

《青山》「江到三更響杜鵑」：卓犖。「匡家兄弟何相愛，長送飛雲滿鬢邊」：飄飄欲仙。⊙詩有凌空欲舞之勢。〔一〕

《彭澤縣守風》「六朝金粉東流去，我在揚州念四橋」：風韻撩人。

◎以上係豫章遊稿。

●甲寅冬杪，使君有章門之役，時烽火戒塗，人情危懼，使君則擊楫長征，嘯詠不輟。歸而以遊草示予，皆極奇情異致。謹採其尤者數章，以光拙選，使今世知尚有祖士稚、劉越石一流人也。

董　含

閬石、榕庵，江南華亭人。《閔離草》、《藝葵草堂稿》〔二〕。

《恭閲烈皇帝賜先少宰公御》「六等已刊群小案，三朝悉復黨人官」：盛事。「最喜亂離能擁護，卻憐家世竟凋殘」：此等處轉筆最健。⊙烈皇御書歌有三：一爲嘉禾高寓公，一爲茗水徐方虎，併

〔一〕自「何相愛」至「欲舞之勢」，據《詩觀》書林道盛堂本補。

〔二〕此處著録董含詩稿，泰州圖書館藏書林道盛堂本作「藝葵草堂稿」，其餘各本俱作「閔離草」。

榕庵而三，皆卓然可傳之作。

《田家詩》其一「手攜三尺雛，入城鬻誰家」：慘語。其二「臥聞圩岸崩，呼童連夜補」：真。其三「寄語城中人，莫言老夫姓」：癡農如是。其四「新逋朝未措，舊逋暮索償。不如棄田廬，去種他人秧」：年來多此。

《捉搦歌》：似俚而雅，似淺而妙，得樂府之神。

《子夜歌》：深情語。

《春歌》「逢春愁轉劇，昨夜何曾睡」：真。

《秋歌》「歡病從何來，與儂不相涉」；會撇脱。

《子夜警歌》：神絶。

《子夜變歌》「歡意有回時，重來妾亦可」：難得。

《懊儂歌》「歡情亦太劣，千言無一真」：惱。

《碧玉歌》「碧玉年十五」：妙甚。

●榕庵驚艷之才，獨步江左，而樂府尤爲矯出，故特録之。〔一〕

〔一〕自「《捉搦歌》」至「故特録之」，據《詩觀》書林道盛堂本補入。

黄雲

仙裳、舊樵，江南泰州人。《悠然堂近稿》。

《花朝飲故人梅樹下》「襟帶尚乖隔，況乃天一涯。衰遲愛流光，盛壯能幾時」：以慨歎作結。⊙疏澹處極似陶公。

《除夕寄女兒瓴梅》「汝母坐我傍，淚下如綆縻」：此結情味，正爾無盡。⊙前説寄梅，瑣瑣絮絮，大有興致。忽著「汝母」兩句，不覺骨肉情長，涕淚横集。

《曉發鄢陵，不得晤鄭公任，附庵僧柬寄》「萬事蹉跎原是命，君之浮沉良有以」：悟後之言。「三月十九鼎湖辰，傷君憶友繁愁起」：驚人。「君若還家問老僧，前路白雲予去矣」：杳然無際。⊙君親師友之際，叙得錯落委曲。想抽毫落紙時，應是百端交集。

《汴城上方寺禮鐵塔》「浮屠沙裏出，高矗十三層」：老氣。「舊物惟餘此，中原閲廢興」：有力量。⊙一起一結最妙。

《香山宿來青軒》「伏枕無窮事，灰心佛火紅」：妙。⊙結語妙在不説出。

《興教寺僧房感舊，同羅景有先生賦》「祇餘斜照裏，雙樹寺門秋」：餘音繚繞。⊙「人言愁，我亦欲愁」。

《靖江晚眺》「潮聲連夕照，帆影亂江光」：如畫。

《贈梁弦侯》「計年交最早，多難會全稀」：真摯。⊙忠貞之後，往往淹抑不振，可勝太息！

《過汴梁廢宮作》「亂定招徠三十載，蓬蒿猶有半城荒」：憫然有蒼生之感。⊙中原久爲灌莽，而年來稍甦。奈何天未厭亂，其若之何！讀結二句，令我愀然離座而起。

《朱仙鎮題岳廟》「班師似出高宗意，逢惡徒成秦相姦」：二語是史斷。「金戈鐵馬縱横地，古廟猶存落照閒」：筆力勁挺。

《邯鄲登藂臺》「短衣騎射定有意，昔日武靈安在哉」：蕭瑟壯涼，具見此結。⊙歷落有氣。

《和王敬哉先生九日宿來青軒懷舊》「曾聞太史藏書處，重過題留最有情」：找足。⊙「當軒睿墨存前代，多病孤笻剩老生」：從御墨上生出情緒，離離落落，大足動人。

《婁東修復前觀察馮留仙先生祠宇》「舉朝半醉烏程酒，名士拚沉白馬淵」：有執笏擊奸之氣。⊙「寧知九廟丘墟後，俎豆東南有數椽」：鬚眉伉爽，言詞英壯，足爲一代正人吐氣。

《仲子泰來就婚宗氏山莊，呈定九姻翁》「小院窗梅窺玉鏡，短轅壺酒繫烏羊」：艷而雅。⊙「過此一婚身債減，那能五嶽恣徜徉」：讀此詩能令人老。

《桃花塢集蔡九霞齋中，兼示門人右宣、幼淳兩令嗣》「門颺柳風花似絮，座聆客語飯成糜」：此對句出人意表。⊙「六載重逢雙鬢改，又堪煙浦唱將離」：情款温篤，而風調則極高華。

《同鶴問臨邗集旗亭》「遊人漸盛逼花朝」：極確。「何事當歡忽惆悵，哀鴻耳畔酒能消」：不可少此感觸。⊙於情事絶無旁溢，卻風味澹雋，如遇殷、劉一輩人。

《重宿南山寺》「秋寺雨荒黄葉徑，松門犬吠白衣人」：兩句情景俱出。⊙自訴自歎，語語皆從肺肝流出。

《重過秣陵，不復見顧與治》「流水板橋桃葉渡，斜風細雨石頭城」：二語便含感歎。⊙「誰人齋酒迎中散，當代論詩失顧榮。宿草一庭三徑廢，偶過門外馬頻驚」：字字深感，卻出之和婉。不覺此種風味，亦極似與治。

《題王安節畫》「卻訝溪雲深，回頭失歸路」：令我忽墮雲霧中。

《題程穆倩畫》「瀑布隔層峰，松間有路去」：詩中有畫。

《悠然堂同野鷗夜坐》「不因對坐三更後，那聽墻陰絡緯啼」：静。

《龍亢贈逆旅主人帖氏》「帖木名臣佐大元，龍崗今有子孫存。」：各有家鄉本原，經腐儒便一筆抹倒。

《過夷門》「恐有抱關侯姓人」：弇州過封丘有句云「馬前黄綬令勿跪，恐有當時高蜀州」，同此意。

《仰蘇樓重遇古愚上人》「别後滄桑多少事，青山猶有舊僧存」：與「故人尚有何戡在」同一感歎。

《鴛湖》：楓青月白，令人神往。

●仙裳詩，南音和雅，北音高壯，美擅諸家矣，乃屬予論次最切。予與仙裳童穉情親，論文輒合，固非僅縞帶之跡也。

程守

非二、蝕庵，江南歙縣人。《省静堂集》。

《寄答汪扶晨》「行邁念巖棲，入門思海甸。大都落拓者，夙夜各相羡」：蕭然數言，性情具見，正復「人言愁，我亦欲愁」。

《登姚永言廷尉康山草堂》「屐痕無自滅，檣影至今忙」：今康山已易主，堂樹頗爲壯麗。此猶贈廷尉者，固不堪讀。

《約孫桴亭、家濰東舟泛》「白雲時出没，指點問黄山。並屬中年後，何慳一月閒」：筆力清異。

《雪泛同桴亭》「樹老多藏寺」：蕭遠。

《送汪扶晨之維揚，兼懷孝威、野人、豹人諸子》其二「此行如故里，終日對詩人」：客中樂事。⊙「弟畜爲吾弟山尊同行，春潮話苦辛」：扶晨與山尊交情，一筆寫出。

《不及過曹聿修》「即今能覿面，應各話酸辛」：超絶。⊙蹊徑之外，别有情味。

《秋夜舟進楞伽山》「泊向橋陰收塔火，吟來磴外挹湖光」：尋味不盡。⊙讀之令人静穆，如晤深山道流。

《經弇州故居》「蘆荻半欹如早雪，木蘭初泊正斜曛」：新幽至此。⊙絶不學弇州，詩所以能贈弇州。

《喜汪扶晨歸里柬寄》「行李難歸歸亦得，知君欲慰倚閭親」：有傲岸之色。

黄傳祖 心甫，江南無錫人。

《弢光庵》「深緑映一片，鳥飛難出林」：如何圖畫。⊙幽蒼深細，山水間静心領會，乃有此詩。

●心甫首倡選事，所宗尚不一，而爲風雅功臣。

王清 冰壺，山東海豐人。《留餘堂詩》。

《守風》「過客但引領」、「筆牀不能整」：蒼勁如鐵，小家弱筆望之退避。

《晚泊臨清》「風連塔勢動」：奇句。⊙白孟新曰：「『風連塔勢動』，天然奇句，卻是真景。予登海鹽塔，亦有『塔勢連山動』之句。」

《次任城古南池，用杜工部原韻》「高樹想聞蟬」：押得活。

《阻風湖中》「風將素月冷，浪併黑雲浮」：沉着。

《韜光庵》「磴道行來斷，泉聲飛處連」：寫得蓊蔚，紙上欲生煙雨。

《李坦園先生園亭落成賦贈》其一「三春數舉杯」：老。⊙「層軒窈窕入，花徑逶迤猜」：悠閒静適，與他處丘壑不同。其二：「小草自知春」，天然妙句。

《李望石園亭招飲》「最憐邀月飲，況復向燈歌」：整中忽散，大是老筆。

《遊桃花山寺》「飛泉鳴澗壑，佛閣出峻嶒」：健筆。

《泛舟遣興，同書升、在公》「天邊寒鳥依依去，霜後殘荷故故浮」：閒適可愛。⊙白孟新曰：「用疊字似工部。」

《登卧龍山》「無限低徊懷古意，獨憐山色至今同」：含藴無窮。⊙「百里鑑湖明鏡裏，萬家煙火畫圖中。北臨滄海看吴會，東指蓬萊認越宫」：澹處絶警，淺人但賞其圓秀。

《湖心亭》「朅來登眺逢蕭瑟，卻憶何人賦勝遊」：一結想見先生懷抱。

《訪林和靖墓》「心遠惟思馴白鳥，時清曾不戀黄麻」：處士定評。⊙秀色拂人襟袖，如置身孤山。

《觀海》「萬疊銀山凝落照，一天紫霧走奔雷」：對句更爲光怪。⊙能潤能險，方能配得此題。

○白孟新曰：「先生目空四海，筆摇五嶽。讀此，具見一斑。」

《登馬谷山》「苔痕一徑入青霄」：神思忽到。⊙「洞口白雲奇勝處，不知何地覓松喬」：高響穿雲，山谷爲震。○白孟新曰：「興會高迥，奴僕群山。」

《趵突泉和韻》「飛來海外三珠樹，散作明湖萬頃花」：筆能散珠。⊙他人便多斧鑿痕，先生只是還他渾雅。

《石景山》「高閣虚浮山勢動，驚風俯聽水聲寒」：高壯，復深警。「傷心不忍過桑乾」：悠然無盡。

《戒壇》「煙巒四起松陰合，石磴平欹馬足驕」：錘鍊精工。⊙思路警，筆力健，足配少陵《玉臺觀》之作。

《潭柘寺》「太古名山絶境中，深林窈冥若爲通」；「探奇親見馴龍事，始信空王象教功」：起結超異，餘俱穩足。

《來青軒》「俯檻乍疑雙闕雨，憑高先得萬山秋」：筆墨整暇中，卻寫出空濛之致。

○西山四詩，雄絶一代。

《遊盤山千像寺》「無數蒼松皆怒立，將崩怪石各雄蟠」：雄絶。⊙字字闊大。

《宿袁老口聞，有懷家慈》「遥知堂上稱觴會，定憶舟中作客人」：讀之惻然。

《林幕雜述》其二「侵夜漏聲來客枕，十年憶侍玉皇前」：忠愛渾然。其三「山山盡拱孝陵松」：推尊之語，亦是實録。

●白孟新曰：「先生振筆直書，開拓心胸，推倒知勇，有司馬子長之風。居平不甚作詩，每一落筆，驚心動魄，不作細響；而興會所至，又何夐然而高、杳然而深也。子和世兄偶攜數首過廣陵，出示孝威，歎爲獨上。因採入《詩觀》，與世共賞。」

●嘗與王西樵論詩廣陵，言滄溟詩典麗深渾，得中原之正氣，標詩人之雅宗，絶非後輩浮響套語可幾其萬一。今更趨而益下，靡濫何自收拾乎？讀冰壺先生諸作，格法既遒，識議復邁，初、盛風軌，賴以復存。但以白雪相擬，猶爲皮相耳。

王爾梅

子和，山東海豐人。《南遊草》。

《至蘭溪》「南國苦多雨，今朝喜放晴」：穩秀。

《晚泊嘉興》「燈火移舟見，星辰穿樹行」：奇句。⊙詩心甚猛，故語有光焰。

《嚴州道中》「一灣行過一灣遮」、「扁舟過雨接煙霞」：寫其真景，卻字字錘琢，有功夫。

《夜》「何處吹簫者，哀哀怨暮雲」。客中腸已斷，淒楚那堪聞」：君固恨人。

《聞雁》「安能附汝翼，同作一行歸」：情至語。

《齊河口號》「細雨過橋回首處，一河遥隔故鄉情」：是在齊河道上詩。

《界河道中》「那堪雁語聲聲急，樹色泉聲總寂寥」：唐音。

《雨宿蘭溪》「一鳥低平江面飛」：畫。⊙「卻值夜深人定後，滿天風雨下漁磯」：此景難堪，此詩絶唱。

●白孟新曰：「予於江都明府席上，衆客喧闐時，忽子和聞予笑語，隔座大呼曰：『此其白仲調昆仲耶？何其聲之相似也！』予驚問子和，因悉世誼。翌日以詩見示，予歎其情真語樸，絶無支飾。而吾友鄧子孝威更採其風秀入格者，附於少宰公之後，傳示竹巖令君，應共歎賞。」

趙　嶷

國子，江西廬陵人。

《潼關》「關河風日古，草樹渭潼秋」：氣肅穆而聲宏亮，此爲沈、宋遺風。

《中條道上》「關河渾不斷，秦晉勢相懸」：地形指掌。⊙「秋聲蕭瑟裏，獨想聖人弦」：不屑爲諧語瑣調，獨見壯闊，固是高唱。

崔　華

蓮生，直隸平山人。《公餘詠》。

《山遊紀勝》「孤嘯臨遠風，勢與江波動」：偏能摹寫。⊙「横攬空濛表，不知煙靄重。拂石憩古苔，撫松托修竦」：遠近即離間，寫出奇怪。

《師子巖》「緣流亂水區，遵石入雲族。忽與煙霧併，稍知日月伏」：寫得離奇光怪，不可名狀。⊙蒼然深秀，在延清遊五崖詩之上。

《合掌峰》「空水倒群峰，恍惚天地易」：是何境界。⊙險奥幽削，幾絶徑路。

《詠史》其一「諫使返大梁，鑿鑿名教言。紛然縱横子，誰能與之倫」：特見。⊙毛薛之識，尚高侯生一籌。此爲卓論。其二「勸史東遊齊，頗亦傷縱横」：折得倒。「强作非自然，安釐誠知人」：定論。⊙看得極細極平，乃令仲連頫首。其三「嗟哉樊將軍，授首曾不惜。那知燕丹頭，更向函關入」：此屬天意，人豈能爲？讀之輒爲於邑。其四「名之曰辨士，毋乃非其質。嗟哉子房儔，千載誰能識」：確。⊙陸生深心密識，妙能勘出。

《越西行》「國家承平三十載，卒見烽火皆崩奔」：豈惟姑蔑。「奔走風塵萬嶺間，囓指血濺蟠桃山。浮圖一矢賀蘭志，誓不與賊生同天」：寫得忠義之氣，勃勃行間。⊙甲寅之變，名城大都委棄略盡。公能慷慨以收復爲念，英風、灝氣具見此篇。

《過吴門》「一官經亂久，五馬奉恩偏」：可感。

員外。

《京口》「瓜步連春雨，蕪城隔暮潮。何人夜吹笛，風月坐蕭蕭」：神韻獨佳。

《竹西亭》「追思全盛日，腸斷玉鉤斜」：收轉老極。⊙章法絶妙。

《吴門道院彌羅閣》「檻外天低吴苑樹，窗中人倚洞庭山」：圓映如玉。⊙玲瓏森秀，絶似錢

《施愚山太史、黄仙裳茂才小集署齋，次仙裳韻》「度歲此間容掃榻，陽關不遣樂人歌」：情思纏綿。⊙足稱良宴會矣！ 詩自委婉人情，可調琴瑟。

《題畫》其一「雲中辨山寺」：遠。 其二「嵐翠落空江，猿聲啼不住。明月照漁舟，繫纜青楓樹」：四句絶妙畫圖，畫亦不到。

《維揚感懷二絶句》其一：愜甚，復韻甚。 其二「三載鴻嗷秋月冷，蕪城何處聽吹簫」：太守之言。

●己未出都，抵里門，值水旱頻仍，支吾萬狀。會有文章太守如公者來蒞邗江，亦未遑修謁。壬戌春，始得覲慈顔；而公歡然倒屣，有如舊識。吾友黄仙裳亦出其《公餘詩》見示，蒼古秀雅，獨造峰巔；且忠愛悱惻之意，具形毫楮。其六一芳風，再見今日乎？ 宜金長真、田綸霞兩公爲我稱道不置。

程端德

午公、鼎庵，江南休寧人。《文山堂詩集》。

《海陵小泰山謁岳忠武廟》「旗翻晝日黄，塵蔽春雲黑」：壯采英調。⊙足補記載之缺。

《舟泊東城，同叔公麟登岸小憩》「燈火半東城」：真。⊙閒適。

《同陳彦超泛舟遊狼山》「新岸入滄洲」：畫。⊙「停橈纔谷口，日色已西流」：不假修飾，自然娟好。

《黄仙裳惠顧留飲息庵》「鶴夢在高松」：蒼句。⊙詩境最幽，詩情最潔。

《田家酒熟招飲》：蒼健，有陶家風味。

《秋客楚中，曹石霞邀訂詩會》「三十六峰仍有約，雲深須記故人扉」：神情殊妙。

《姑蘇訪季履、公安二叔，喜逢公望弟》「謾將離恨吹楊柳，且把閒情掛薜蘿」：秀氣拂人。

《鄰舟度曲》「若非少婦春閨怨，定屬遊人客路悲」。心事忽來愁不寐，青樓應有夢相隨」：此等接法，非深於唐人者不能。⊙情事旖旎，一筆不俗。

《東元道人潤州》「舊語不離今日夢，新詩那得故人看」：似松圓。⊙清思逸致，一往綿緲。

《澹石》「笙歌久散春遊後，仙梵恒清午夢餘。玄燕何曾尋舊主，白龍猶自繞荒廬」：全於荒廢上着想。

《舟泊田鎮》「林楓照客船」：寫景自然。

《柳》「空向江南怨落暉」：别腸妙筆。

《集范平淵北園四首》其三「若問遊人無姓名，家在黄山三十六」：老。◎四首幽情古意，迷離如畫。

《山齋話雨》：幽致，殊在人意外。

《同夏仲蜚遊太平十寺，題五明禪室》「老僧酣睡回廊下，啼鳥聲聲喚客歸」：「山静如太古」是此風景。

《同張彭子訪吴季房，爲踐梅花之約》「一泓溪水分南北，半畝荆扉便是家。鄰老相探無外事，春前曾約看梅花」：不須更下注脚。

《乙卯初度，避跡齊雲黄庭道院，敬我持册索題》「石壇松老半欹根，夜待歸雲不掩門」：蒼鬱。

《古莊偶題》「花前好鳥憐春色，幾欲銜來再上枝」：思巧語妙。

《柳山莊》「秫老稻香新釀熟，柴門犬吠喜人歸」：神遊其際，何況輞川。

程瑞綸

孚夏、雲峰，江南上元籍，休寧人。《羅浮近草》。

《途中懷諸弟》「生涯寧憚苦，世事未多更。但博萱闈笑，他鄉慰子情」：孝子悌弟之言。⊙黄仙裳曰：「懷弟詩以慈闈起結，方有原本。」

《抵杭州江干》「潮來迎客棹，雲起罩山城」：是錢塘風景。「開尊旅況平」：生得妙。

《友人招飲秀野園》「自然成爛熳，況復意相投」：結法老成。⊙黄仙裳曰：「氣完格渾，居然唐音。」

《壬戌五月三日有感，是先君子生辰》「夢猶依膝下，影不到庭前」：一味樸老，乃見至情。

《過釣臺》「雲臺那及釣臺逸，白水不如桐水閒」：名聯。⊙予過釣臺有句曰「雲臺爛動庸，遐蹤讓漁釣」，正與乎夏此作同意。

《夜過姑蘇》「兩岸笙歌燈漸暗，千家簾幕月微圓」：吴閶夜景，寫得嬋娟可愛，想見白太傅、劉賓客當年。

《泊王江涇》「記取東風還有意，酒旗吹向闔閭城」：風流可愛。⊙秀色紛披，一結尤爲攬勝。

《送民彝叔先歸》：詩筆最老，詩情最苦，可云盡洗粉黛之習。

《感懷》「旅夜難禁滴寒雨，家山回望隔層雲」：清思苦緒，紛來紙上，何減二蘇連牀聽雨時。

《壬戌春訪黄仙裳先生，因次仙舟圖韻》「黄石至今留圮上，嚴陵仍復老漁磯」：黄仙裳曰：「推與過量，然如此篤於義舊，海内正少。」

《讌沈國望憲副宅，議重建靖海樓》「何年敗壁寒蟲絮，一塢陰風野樹秋」：轉折自然。⊙字字秀雅。

《得家書》「兩弟郵傳書數行，北堂近日鬢添霜。翻憐遊子心偏感，那得殊方妹在傍」：手嚴氣老，無一時字。⊙詩忌雕刻，況在骨肉之間。如此清空一氣，真是難得。

《題畫》「遠樹兩三家，溪流俱落花。偶逢溪上叟，坐話夕陽斜」：詩已是畫。

《即事》：想見門風藹然。

《月夜即事》「杜鵑枝上月明時」：天然風韻。

《題蝴蝶帳》：有神無跡，已臻唐絶佳境。

《砧聲》「敲月那堪連復斷，遊人盡起故鄉心」：情語恰好。

《隋堤懷古》「此夕隋宫人不見，月明猶聽一聲簫」：固是惱人。

《夏日俞錦泉中翰招飲東園觀家劇次韻》其一「不用琵琶訪段師」：婉弱。其三「殘更自請留髡住，清夢依依繞畫堂」：忽發狂言。⊙僕謂此等題着情語不得，然如孚夏言情，又復點睛欲飛，令人歎折。

●鼎庵篤嗜風雅，壬子春蒙折節下問，僕謝不敏，且告之曰：「此間黄子仙裳深於詩學，僕之畏友，子曷就而商千秋之業？」自此兩君氣誼符洽，談詩數晝夜不倦。今年夏，仙裳忽偕一客來，則曰程君孚夏者，乃鼎庵令似，作詩有家法，聲滿吴越間者也。予覽其詩，始而雕華，繼乃進於清樸秀雅，逼真嘉州、右丞一派。因喜而付諸梓。然非仙裳，予不知孚夏。樂道人善，固如是耶。

慎墨堂詩話卷十五〔一〕

薛所藴

子展、行屋，河南孟縣人。《桴庵集》。

《河陽》「猰貐姿憑陵，烈焰灼璵璠。人煙莽蕭索，草木亦焦燔。四顧悲風來，中心起長歎」：轉筆蒼邃。⊙筆意盤鬱，正復蔥蒨，而哀涼之指亦見。

《紫金山》：正得晉魏之深。

《雜興》其一「浩哉廣武歎，英雄事若何」：無窮感歎。⊙自古皆然，有心者正自不能澹漠。其二「何不常揖遜，而俾有戰爭」：魏文登臺之歎，正復可畏。⊙亦是無可奈何語。

《送陳琪華》「相彼塌翼鳥，託跡於喬林。如何遠條揚，而遽斧柯尋」：此興殊深。⊙義本都尉，調兼平原，古鬱蒼涼，足深感歎。

《秋暑未退，齋前瓜瓠方實，一朝涼風驟至，衰颯遽形，愴焉有省》：氣味雅潔，託旨更爲深永。

〔一〕此卷輯自《詩觀》二集卷三，原署「東吴鄧漢儀舊山評選／同學徐乾學原一參閲」。

《寄四弟問匡廬之勝》「珠璣噴幾重」、「有無昔賢蹤」、「疊嶂高幾許，虬松若箇容」：句句是「問」意。

《四弟書來，極言南康署中荒涼貧窘之狀，遺詩慰之》「放衙即閉門，静坐煙霞裏」：其實軟塵十丈中僕僕酬應，不若南康太守之高閒也。再讀是詩，應爲頤解。

《過苑内遼后梳妝樓》「秖今不見舊時樓，尚見巃嵸千年土」：言之可歎。⊙「但看樂遊原上月，還照阿房未央無」：借一樓以存鑒戒，詩人之旨，何其深長。

《墾荒詞》「荒田布種全未熟，官家租税從何出」：何從遞此手本。⊙以此陳之廟堂，定有寬大之詔。

《汴中曲》「長跽長官莫楚毒，掘出金銀將身贖。熬得千辛與萬苦，不見朱提只白骨」：一字一淚。⊙如何作此癡想，行此虐令。

《護槐行》「呼童揭竿肆撲打，紛紛蝡動垂絲下。驅除略不遺餘力，秉畀肯使有寬假」：描寫十分氣力。⊙逼真少陵。○姑息之政，最爲害事。閲此詩，知非英斷，不能行其慈愛。

《籠鳥吟》「我來見之心竊悲，咄嗟汝鳥殆禾思。南山張羅罝北施，矰繳匝地彈射奇」：豈獨籠鳥心折？「不見鴟鶻鷹鷂當衢立，汝飛何處棲羽翼」：亦復無限淒惻。⊙非閲歷憂虞禍亂中來，那有此高識確論？

《反古北邙行》「悲風野曠鬼亦稀，黄蒿林立大如椽」：能不痛哭？⊙又是一番新事，可感可涕。

《齋前隙地纔半席，許童子藝豆頗茂密，感賦》「不見大河南北荒田連萬塍，恐累征徭不敢耕」：當時直指察荒，亦衹成故事。⊙借一童子藝豆事，説出如許經濟，其胸中真以稷卨自命。

《和憲石覓醉》「牆頭何處過歌舞，繚繞畫樑風雨吼。道是鄰舍張華筵，扣門覓醉三更後」：此段高興，孟津諸公時有之。「中有佳人公孫伍，彷佛當年梨園譜。高歌一闋南内曲，衆賓回首紛雨泣。」此曲想見開元時，鶴髮老翁心如失」：着此一段，方合當日情事。筆墨何等淋漓。「主意殷勤客興闌，不交一語騎馬去」：原是借酒杯澆塊壘，不交一語良是。⊙喪亂以後，諸老胸中實有一段説不出處，借詩酒發之，似顛似狂，欲歌欲泣，後人不能知其心曲也。

《古窯行》「世事何嘗欻聚散，得時爲貴背時賤。一朝鬻出遍廛闤，家家買得供常饌」：傷心慘目，有如是耶！⊙興廢之際，物理翻覆，豈獨古窯爲然？覽此不禁三歎！

《驛卒詞》「五更三點不交睫，頭枕驛門候消息」：苦境如見。

《魏酒行》「帝城無復故侯壚，猶有侯門釀酒徒。新開小肆近市廛，一斤平沽廿餘錢」：太平數十年以後，誰復有知此者？此種詩真是詩史。

《堆雲橋》「妝臺遼后去，煙雨但蕭蕭」：蒼而厚。

《慈壽寺》「竹房餘虎跡，松梵自龍吟」：警。⊙此等詩，在初、盛之間，不可限以年代。

《戒壇聽僧言感事》「崩崖欹佛腳，虚洞坼雲根」：警。⊙「老僧休浩歎，但看古乾坤」：一佛寺之廢，何足關懷，正自穆然情遠。

《洪光寺》「巖黑深藏魅，窗虚時過風」：警。⊙深心厚力，磅礴而成。

《五日飲城南湖亭，同玉調、坦公、環中、平侯即席賦》其一「百年猶此地，我輩尚能遊」：澹處皆老皆警。其二「戰後有高臺」：饒有感歎，所以推絶。

《得四弟商州家信》「遥傳兵火後，殘郡萬山邊」。古木空庭見，荒藤廢井懸」：沉酣杜公，乃有此蒼老之境。⊙荒殘之境，豈獨商州，讀過輒深禾黍之感。

《送許菊溪備兵商洛》「天下秦關險，商於寇壘平」：高古難及。⊙「木葉嘯猿聲」：到底沉鬱。

《四弟商州書至》「商洛來人處，春天聞雁心」：沉渾。⊙雄健矣，又情事逼出。此種手筆，今人所罕。

《送覺斯王宗伯祭告秦蜀》其一「碧雞何處是，峽樹掛猩猩」：望之鬱然。其二「鐵堂峽水鬭，木嶺夜猿愁」：鎔鑄今古之作。

《送上官金鑑轉餉蘭州》「輕軺何處去，萬里過秦川」：整麗又英健，空同之勁敵。

《飲梁園》「枕畔常聞喧霹靂，磯頭時復釣黿鼉」：高健。⊙「莫把故鄉梁苑比，繁臺已作老龍窩」：一結厚甚。

《友人住上方山，詩以問之》「一日幾回眠虎窟，炎天何處浴龍潭」：如此可謂之沉雄。

《詠史》其一「宋社已墟歌榭罷，半開春草亦榛蕪」：唤醒大衆，豈惟秋壑。其二「當年若使周民隱，不信關東有鋭師」：足抵三篇《過秦論》。

《雨後飲金魚池同玉調、夢禎》「乘興悠然尋往跡，金元戰壘一沙丘」：每於結處不苟，於此見勝信陽一籌。

《九日登高》「積水長虹迷遠燒，古壇高闕换新霜」：其光熊熊。⊙高調闊步，然不得以七子擬之，以其氣厚。

《秋日病中閒居雜興》其一「俯仰當年形勝地，雄關依舊鎖居庸」：動人俯仰，殊爲不盡。⊙雖有感觸，然極温厚。其二「八郡遺黎兵燹後，可堪更葬濁泥中」：河工一事，中原甚困，能無憂時之涕？其三「寒山影裏見邳州」：老。⊙俊逸，是常侍一流。

《問趵突泉索坦公詩》「吾家王屋山中水，千里流爲趵突泉。是否過黄分濁浪，陡然出濟漾空天」：胸有經史，一筆寫去。⊙如此詩，直與趵突泉平分千古。

《四弟守南康赴任便寄》「廬嶽高峰當檻出，彭湖明月與簾閒」：寫得十分風韻，然爲匡廬主人，固應有此。

《聞雁》「南飛看漸遠，知過孟州城」：右丞化境。

《宣武門樓吹角》「三十年前聞色變，如今只當等閒吹」：久則習矣，而不覺矣。妙能寫出。

《漕糧即事》「太平不用儲紅朽，半爲侯家作潦糧」：正爲東南民力計耳，反説妙妙。

●王覺斯云：「行屋約談詩三十年，中間世局澒洞，兵戈寇盜，星蝕日赤，山圻河涸，狼虎在牢，崩奔駭怪，於是乎極而變矣。其詩律體修潔，七古挾風霆之氣，又似水石砰訇，風沙翳肆，金刀鐵馬，出没荒榛斷崖之間。時而老健陡峙，時而覆五嶽、翻滄海。天龍人鬼，變相蟠屈。雖苦學茹持有年乎，亦其磨琢於世局之變者深矣。」

●昔客京師，承宗伯屢招，談詩弗倦。僕曾製近體四章奉贈，宗伯喜甚；而衛公給諫時時相從於酒壚吟社之間，蓋世好也。邇者淄林薛公臨揚，以《桴庵全集》見示。因爲選次若干首，登《詩觀》二集。其詩渾健蒼雅，全體少陵，固濟源、王屋特産異人，爲世之表儀者。

程正揆

端伯，青溪，湖廣孝感人。

《喪亂之後喜穆倩小阮聚首石城賦贈》「江南君歷盡，何處有秋蒓」：苦語。⊙慷慨悲歌，情文兼至，想見王伯輿當年。

《贈聚伯弟》「才老名心盡，生勞道眼寬」：非青溪不聞此語。⊙「澗巖得箬笠，天外一峰看」：蕭疏，亦復老鍊。

《九日雨中和韻》「客偏來九月，人竟廢重陽」：老筆。⊙高健不可及。

《九日和沈在夫傷溺之作》「百劫再生今故國，十年九日一登高」：渾樸中有沉着。

●青溪公詩篇寥寥，屢覓之不得。垢道人偶以册子見示，乃獲睹其數首。詩中有畫，洵令我作十日盤桓。

宋琬

玉叔、荔裳，山東萊陽人。《安雅堂稿》。

《螢苑懷古》：「後王乃荒淫，失計東巡狩」：用事俱極典雅。「婕妤拜手敕，輕紈競相鬭」：妙於形容。⊙此等題卻妙在莊重，以此推爲老手。

《竹罌草堂歌》「妙製流傳真者少，何侯得之爲異寶。大書深刻作堂額，客至登堂多不曉」：老筆瘦硬。⊙筆筆韶秀，其填實處總覺風韻撩人。

《剡溪道中作》「孤舟與石争」：空靈。

《己酉正月過姜如農東萊草堂》其一「何堪天譴日，即是國亡時」：痛哭。其二「殘碑記黨人」：要領語。其三「共飽江東膾，休歌海大魚」：難爲歸計。⊙語語愷切，是大有關係詩。

《申園同姜如農作》「重來松鼠大，相對渚禽多」：看其筆力。

《寓侯記原秬園侯廣成先生故居也》其一「君問浮生事，蒼茫掩淚痕」：老辣。⊙從廣成先生著想，詩便有味。其二「吾衰甘就隱，不復問歸耕」：好結法。

《檢閲故人姜貧簹遺稿，泫然有作》「安知嗣祖非爲福，況有要離可作鄰」：此是知己語。⊙惟貧簹足當此作。

《鸎磁杯》「千年磨洗魚龍氣，萬里追隨虎豹叢」：揞柱全篇。⊙「此日真同秦缶棄，幾時還遇楚人弓」：有此一詩，此杯終爲宋公有。

《勝果寺》「澗水幾層穿宋苑，夕陽一片在蘇堤」：神情絶妙。⊙點染處不纖，感慨處不露。

《九日同姜如農、王西樵、程穆倩諸君登慧光閣》「山色淺深隨夕照，江流日夜變秋聲」：新遠。⊙筆墨清滌，如煩暑之後，忽有涼風襲人。

《丁未閏四月姜及生先生招同孫魯山年伯遊牛首，從獻花巖至祖堂信宿乃還》「古木十圍遮鳥道，大江千里見龍蟠」：壯闊。⊙不爲細響，固足獻酬山靈。

《夏瑗公先生廿載淺土，門人盛珍示卜地葬之，以其夫人祔焉，高其義，爲詩以贈》：此義固高，詩亦典秀。

《姜奉世新寓園亭，故相國申文定公别墅也，余所居西百花巷，相去纔二百武，客中無事，晨夕往來，賦詩書壁，以紀歲時二首》其一「松菊荒蕪堪灑淚，江湖飄蕩此登堂」：淒然故鄉之感。其二「林塘疏豁用卿法，裙屐蕭閒有父風」：切奉世。⊙春容大雅，而天涯之感自見。

《徐州懷古》「父老能言西楚事，牧兒誰解大風歌」：此之謂夏聲。⊙鏗曳琳琅，卻俯仰今古，情致已備。

《京口弔談長益》「憐余幾續膺滂後，惟爾無慚生死間」：如此交情自可慟。⊙每苦作輓章者多無情之淚。如荔裳此作，真堪悲感路人。

王熙

子雍、胥庭，直隸宛平人。《寶翰堂詩集》。

《招隱詩》其二「予亦何爲者，馳驅朝夕間。荒途苦靡涯，時事良所艱」：去陸士衡、左太沖風規不遠。

《讀申凫盟詩有贈》其一「邊雲送雁還」：好。其二「危時驚地窄，旅食憎人多」：興懷往事，不覺神傷。其三「把酒憶秦箏」：秀絶。◎三詩高涼蕭激，可贈凫盟。

《送趙友沂下第歸揚州》「人行沙岸小，樹近夕陽偏」：畫。

《經靖遠伯故第》「華堂古瓦留」：好。《過故萬都尉白石莊》「陰洞朝光入，虚堂野色侵」。◎二詩懷舊情深，起人感歎。

《季夏友人招遊海淀》其一「虚亭受衆香」：「受」字本杜。其二「泉聲驚地底，險盡得高臺」：遒拔。◎二詩全學子美《何將軍山林》詩〔一〕。其三「草樹動斜陽」：好。⊙此首更饒情味。

《香山》「春風舞落花」：「舞」字好。

《來青軒》「遺跡聞人説，前巖舊禮星」：筆力殊健。

《洪光寺柏路》「晴日盡雲煙」：好。

〔一〕「山」原爲「園」，據杜甫詩改。

《卧佛寺》「娑蘿雙樹好，依舊殿前陰」：如此結法最老。

《退谷隆教寺前》「桃花屋角低」：自然佳絶。⊙諸遊詩皆以不事雕鏤，自然入妙。當擬之右丞、嘉州之間。

《送業師宋荔裳先生備兵秦州》「山禽能語多鸚鵡，塞馬如雲半驌驦」：工麗。

《玉汲庵登眺》「山不聞鐘路半迷」：好。⊙字字貼切「登眺」，詩亦秀潤。

《秘魔崖小憩》「僻徑何妨緣石轉，荒亭猶喜爲山留」：深老。⊙看其轉接處，大見法力。

《送四叔赴永州衛任》「無端又值梨花雨，春色離情殢酒巵」：妙絶。⊙深情百折。

《清明即事》其一：慨然。其二：賞此者少矣。詩亦蚴蟉獨絶。

《上巳日聽曲偶成》「銀箏錦瑟弄春暄，旖旎情懷窈窕魂。唱到一聲縹緲處，瀟瀟疏雨正黄昏」：淺語，殊令魂銷。

●聞司馬公曾出其詩集，與申子鳧盟論次，知其品評必有精當過人者。僕越在江淮，無從得其《聰山選本》，謹臆爲採擇。鳧盟見之，或以爲不謬；抑別有未盡，需商榷者乎？

丁　澎

飛濤、藥園，浙江仁和人。《扶荔堂三集》。

《送張少司空出塞》：「片語玉關行」：含蓄。「萬方新雨露，吹不到邊城」：可傷。⊙新鄉終短於識，故萬里之行所不能免。詩特騷激，如聞雍門之琴。

《遼海雜詩》其一「窟深藏虎豹，風急走鼯鼪」：純是高調。其二「戈船迴赤日，火霧改滄州」：出塞詩寫得奇麗如許。其三「海東還内地，日出見扶桑」：筆筆精彩。其四「折來新户口，廿載不知兵」：結語有深見。

《劉將軍祠》「愁雲滿地連沙草，原是將軍古戰場」：風旗獵獵。⊙氣盛而旨哀。

《東郊》其一「别部龜兹兼破陣，都將雙管夜中吹」：風土諳悉，結處仍自渾然。其二「見説安西多部曲，雲臺争念杜郵人」：可招山鬼。⊙鎮南之收，由於門户，而史諱不書。俯今追昔，可令九原動色。其三「朵顔外置三千戍，正統初屯十五城」：斟酌至當，其雄麗處不讓少陵《諸將》。

《廣寧》「野燒千屯孤斥堠，清秋一雁下空亭」：博而能壯，如馬上横笛作出塞聲。

●蔣馭閎曰：「遼左南臨渤海，東際三韓。漢之元菟、樂浪，介在其間。風物遒麗，異於西北二邊。近代以還，登臨絶跡。丁祠部藥園爲遷客，於兹者六七年，瀏覽山川，興懷感慨。自蘇、李河梁之後，塞垣物色未有盛於斯者。」

曹爾堪

子顧、顧庵，浙江嘉善人。《南溪詩集》。

《桃竹園故址邵堯夫别墅》「山中無杜鵑，坐聞風解籜」：妙於用事。⊙昔拜邵康節先生祠，有一老生持酒榼，酌予於湧金亭上，迄今猶未忘也。讀顧庵詩，令我神往矣。

《須水鎮晚宿》「漢楚劇戰争，兩龍攫此土。朽鏃出荒疇，平原散群牯。揚沙怪風吼，震蕩有餘武」：奇絶。⊙前叙風景，亦人所能至；末憑弔處蒼涼古壯，頓有擊筑横戈之慨。

《平定州至柏井驛五十里》「淙淙咽細泉，濛濛散靈雨」：蒼然。⊙筆不入媚，卻以斑駁勝人。

《翠蛟潭》「濤湧日月陰，脈錯雷霆拆」：全是少陵。⊙蒼奥，如披汲冢遺文。

《嘯臺》「弘正殘碑斷復續，左氏書法文崆峒」；「嵇公援琴阮公哭，虚負空巖長嘯聲」：質雅。

《古銀槎歌贈荔裳》「元季巧匠朱碧山，市隱皋橋稱絶藝。倪黄山水吴興書，幾與古人争位置」：如此掌故，非顧庵那得知。「至正年間遭殺僇，野火燒天煙萬斛。内府珍裘裂雉頭，舊家寶瑟焚蛇腹。獨此古物在人間，感慨乾坤同轉轂」：此段煙墨飛馳。「請檢陶家輟耕録」：好。「爲慶遭逢落公手，瓷盌況出隗囂宫。兩美相兼且觴月，干將莫耶亦神物。枕蛇騎虎安足愁，讀罷長歌歎奇絶。宋公本是神仙才，文筆不從人間來。何妨跳入銀槎裏，禦風萬里遊蓬萊」：補筆。⊙淋漓頓宕，覺胸中無格格不吐之物，固是傑作。

《德州南園館寓》「河冰一夜風」：好。⊙淒緊如見。

《題衛源寧境寺院壁》「飯牛歸廢殿，巢燕掠虚堂」：語自警。⊙寫盡荒涼。

《過五龍岡，留題戒公院壁》其一「寒食何人澆麥飯，陰陰桂柏轉生哀」：惹人涕淚。其二「層階雨洗龍如畫，古殿春荒鹿自遊」：難爲俯仰。◎二詩精麗復哀惻，讀過深人禾黍之感。

《錢牧齋先生挽詞》「俊廚何救東京没，刁顧還從北渡來」：足爲虞山定評，九原聞之，亦不能不服。

《元城竹枝詞》其一「市酤價重南和縣，小甕紅箋盡姓刁」；其二「寒夜更添滋味美，紅泥鮮筍到臨清」：譜其風土，可資談助。

《衛源竹枝詞》其一「行人遥見望京樓」：僕昔登此。其二「石押衙同狐夜語，月中環佩内家墳」：可入《夢華録》。

《金陵竹枝詞》其一「秦川公子黄金盡，種菜猶棲舊院中」：淒然。其二「射生獵盡銀牌鹿，誰向鍾山採木瓜」：更堪怊悵。

施閏章

尚白，愚山，江南宣城人。《黄海遊草》。

《浴湯泉》「黄帝鞭赤龍，銜珠地上走。長驅暘谷水，觱沸成仰漏。其下惟丹砂，百靈司左右」：光怪陸離，不可逼視。⊙從軒轅説起，便有原委，而敘置亦自詳實。

《鳴弦泉》「山中秋雨多，松際寒雲碧。昨夜復何人，數聲吹鐵笛」：筆墨之外，泠然自遠。

《登老人峰》「欲語若凝睇，夕陽在前山」：語在即離之間。⊙如呼老人而與語。

《雨止登煉丹臺》「忽如丈雪深，户外看不見」：非身到山中不知。「風吹裂雲片」：奇句。「惟餘九龍峰，輕綃隱半面」：閒中著眼，妙於娟倩。⊙着意刻畫，奇狀紛綸。覺謝公遊名山諸詩，尚有未盡情處。

《自西海門登始信峰至石笥矼作》「邃壑開虚無，海藏失扃鑰」：此言西海門。「連巒蕩層波，危嶼竦丹艧。人煙乍晦明，緬睇辨山郭」：摹擬盡態。「回策磴屨紆，孤峰吐岝㟧」：此言始信峰。「延賞垂昃景，石筍驚解籜」：此言石筍矼。⊙各段指次，俱極精實，而望之有横峰側嶺之妙。

《白龍潭上桃花源作》「曉起白龍掉長尾，四山飛瀑來喧争」：寫出神幻，筆端疑有風雨。⊙「問君蓮花庵在無，連朝細雨山糢糊。屋角一圭破雲影，青鸞舞處看天都」：一路寫景，層次如畫，而中間忽着數筆靈奇詭俶，莫可端倪。

《中秋夕坐光明頂看月歌》「芒鞵踏破層巔雲，石鼓人歸日未暝」：遊山樂事寫盡。「獨憐五老墮雲霧，相思不得同盤桓」：着此筆最妙。⊙「於乎，萬古此山此明月，何人不愧峰頭客，嘯翻雲海倚天闕」：良宵絶境，興致淋漓，固應有此暢快酣飽之作，爾時恨不同愚山人拍浮狂嘯也。

《黄山怪松歌》「騰身逾峽復斜空，片石搘撑成負荷」：畫出全身。⊙描寫諸怪松，如見道子畫諸天羅漢，一一傳其變態，令人心目爲慄。

《暮登文殊院》「松葉出寒磬，蓮花明暮煙」：空明之極。

《登蓮花峰頂》「路皆穿石腹，身已坐花鬚」：奇確。

《書煉丹臺側指月庵》「泉吞丹井月，坐對青蓮花」：便是異境。

◎三首全學太白。

《雲谷擲砵庵作》「寒鐘難出萬重雲」：靈絶。⊙他人極力摹擬而未到者，此獨片語拈出，何其静遠。

●此係愚山自宣城緘寄，云此黄山遊詩十二首之外，凡應酬詩勿入一字。意何嚴哉！今人買菜求益，殊愧我愚山矣。

沈荃

貞蕤、繹堂，江南華亭人。《充齋集》。

《阮公嘯臺》「天風吹颼飀，髣髴鸞鳳音」：聲振林木。⊙短節自老。

《翁山人述嵩少之勝有賦》「因君話幽勝，彷彿倚巑岏」：如此始足。⊙「古殿隋唐碣，長松風雨壇」：古色照人。

《破愁》「萬一破愁顔」：逼真少陵。

《度大隗山》其二「潭黑蛟龍伏，風腥虎豹屯」：二詩典貴，不同凡響。

《寄贈李素心岳州》「笛破楚山青」：好絶。⊙「此中紛杜若，好爲折芳馨」：固已得江山之助耶。

《秦皇陵》：數言已盡憑弔。

《送應公遊五臺》「嶺雪横秋下，天風捲塞來」：横厲。

《同馮緯人宿方順橋次韻》「小橋團柳色，廢院簇榴花」：下句更可感。⊙「青山古道斜」：如此風景，那得不愁。

《登廣武山》「山接嵩邙争北向，河連汾沁卻東來」：氣勢魁壘。⊙「阮公千載有餘哀」：讀罷能無英雄豎子之歎？

《從密赴鄭雪路巉巖，即事示季深、子山》「雪積崖陰石齒齒，冰澌澗底流湯湯」：樸氣高情。

《途次風霾，遲家音不至》「獨樹桃花照眼紅」：其不裝點處，所以絶似少陵。

《贈孫鍾元先生》「鉤黨竟須賈父策，黄巾終信鄭公賢」：先生年譜。⊙先生講道蘇門，其風節在姚、許上。繹堂此詩，可稱實録。

王士禄

子底，西樵，山東新城人。《十笏草堂集》。

《龔芝麓先生招同宋荔裳、曹顧庵、紀伯紫、施愚山、曾青藜、陶季、沈繹堂、姜鐵夫、程周量、舍弟阮亭，黑龍潭樹下晚集分韻》「張燈接暝色，林氣幻蒼黝，旁睨閃雲電，仰視見星斗」：四語幻異。⊙叙次平穩，忽露奇矯，足見才人小心。

《香山寺》「仰視星月逼，始覺春山高」：真境、妙境。

《晚至卧佛寺遂遊退谷》「崖松勢盤拏，遥望露肩頂。陰翠落前峰，餘雪被荒町」：可以神遇。⊙委曲幻奥，此詩兼有。

《凌晨復由退谷循蹊行，尋水盡頭，不至而返》「石罅山泉流，乍見還乍伏。清響空人心，琅琅逾琴筑。漥處滙遊魚，溪苔湛新緑」：幽闢，足儷《水經注》。⊙似常建遊白龍窟諸詩。

《玉泉山下作》「緑浄如欲無」：妙句。⊙寫景澄鮮。

《金魚池歌仿杜樂遊園體，同荔裳、顧庵、愚山、繹堂、周量、舍弟阮亭作》「翠微西破輕雲出，紫壇南耀層松上」：摹擬入神。⊙聲調逼似杜公，而情事一一寫盡。

《故明景帝陵》「莫向空山紛感慨，十三陵樹各悲風」：餘意更復多情。⊙「南内已殊淵聖没，絶溝何意魯昭同」：中具史論。

程可則

周量，湟榛，廣東南海人。《海日堂集》。

《雜詩》「孟嘗非不雄，狗盜徒區區。不見漆身人，死爲國士驅」：養士貴識，不然徒博原、嘗之名，無益也。

《劉公戩得古琴賦贈》「君懷復如此」：老。「颯然松風來，希聲滿人耳」：悠然。⊙澹處是神，堅處是法。

《送戴務旃遊華山》其二「君行侶猿猱，上下攀雲松，神仙遇有時，相將騰赤龍」：其潔不可及。

《送陳其年遊梁》其一「人生不適志，去住難爲謀。坐令千里道，極目生離憂」：令人徘徊。其二「風雲當自致，結交愼所擇」：仁者之言。其三「遥遥汴京雲，莽莽夷門道。侯瀛不再來，信陵亦荒草」：風調獨上。⊙氣古詞潔，風義亦備。高者可比《十九首》，次亦不失爲阮公。

《曉起與鄺無傲作》「回首思故鄉，衆卉萋以繁。黄梅摘方熟，朱荔垂當餐。嘉序長不歸，誰能假羽翰」：從容調適，何等心手。⊙妙臻古人。

《奉使太原留别諸同志》「峨峨廣武塞，肅肅飛狐口。歸當操唐風，貽我同心友」：古雅。⊙風旨温篤。

《送邵横庵之秦》「君今西去胡爲者」：老。⊙「爲愛終南山色佳，四時衆壑鳴風雷。蓮花百丈青照眼，秦宫漢殿何有哉」：數言多少轉折。

《送譚左羽之山東次留别韻》「天門祠太乙，滄海紀朝宗。處處緬前跡，山山聞暮鐘」：極力摹初唐。⊙湟榛詩多以澹遠取勝，似此典秀之作，尤爲獨絶。

《送譚舟石之官延安》「昔年東勝戍，遠隔大河陰。百戰經神木，三軍壓古林」：落筆便異。⊙不獨氣象巍峨，兼亦備悉情事，允爲傑作。

《蔣虎臣移疾南歸奉寄》「雪中人竟去，書至愴離顔」：超甚。⊙神似高、岑。

《故關》「絶壁纏龍氣，崩崖駭馬蹄」：精傑。

《度雙牌峽》「帆向夕陽争鳥道，天留孤塹峙江門」：筆力亦悍。⊙此峽極爲險峭，詩能傳出。

《鄱陽湖望廬山，因懷天和尚暨須識行人》「石堂舟遠忽聞鐘」：清遠。

《送張念瞿僉事之夔州》：通首高老。

《夜泊九思灘，卻寄韶州諸子》「雄州一去灘聲急，無數青山不見人」：光景令人寂寞。

《送劉永生》「何事相逢又相别，好花時節淚沾巾」：愈淡愈妙。

《送毛錦來歸江西》「如今大笑清江上，唱與魚龍五夜聽」：遏雲之響。

王士禛

貽上、阮亭，山東新城人。《遊西山寺》。

《香山寺月夜》「明月出東嶺，諸峰方悄然。殘雪尚在地，掩映西齋前」：神韻殊超。⊙風景岑寂，想見孤懷静對時。

《觀秘魔崖至龍潭作》「地僻山鬼鄰，鳥下蒼苔積。孤閣臨寒溪，林壑莽蕭摵。灌木紛相糾，陰崖互崩坼」：數語刻畫殆盡。⊙寫得悄然，令人危悚。

《晚望翠微寺》「蒼茫採樵路，似有微鐘起」；「紛紛飛鳥還，行人去何已」：蒼茫無盡。

《卧佛寺》「春夕月復佳，微雲滅遥岑」：佳絶。⊙純是韋蘇州。

《晚入退谷卻寄孫公北海》「西溪有歸人，東峰隱餘日。積雪封巉巖，微徑雪中出。殘冰流復斷，暗泉聽還失。不知荒寒中，前峰去安極」：如以身入萬山中。⊙「溪南萬竿竹，歲久漸蒙密。老僧溪上居，風骨亦削戍。爲述浄名意，更就支公室。慙歎解巾非，何年此棲息」：寫景忽遠忽近，若明若滅，最爲蕭澹。

《玉泉》「當年功德寺，荒涼嘯山鬼。何況芙蓉殿，遺跡皆銷毁」：後段感慨處，較勝西樵。

《碧雲寺》「入寺聞山雨，群峰方夕陽。流泉自成響，林壑坐生涼。竹覆春前雪，花寒劫外香」：忽雨忽夕陽，奇矣，又説及春雪。善爲傳寫，遂爾變狀無窮。

《皇姑寺》：可補遺聞。

《曉起至五華寺尋水盡頭作》「殘僧夜雪煨芋火，童子開門尋澗泉」：好光景。

《西湖雜詠》其一：可感。其二「紙錢社酒棠梨道，不到湖邊耶律墳」：豈獨耶律。

●民部壬子入蜀詩，聞極奇勝，未即索到。蛟門舍人以西山近作見示，因爲録此。

陳廷敬

子端、説巖，山西澤州人。《參野集》。

《冬日雜詩》「寒燈閉門時，明月照促膝」：其音肅穆。

《冬夜懷故山》「澗口桃源水，溪邊栗里居。養親容斗米，款客足園蔬。里社謀歸熟，雞豚託興初。近聞長吏好，能使宦情疏。冬日暄茅屋，春晴御板輿。人生須自樂，行矣莫愁予」：慨然有歸田之興，風調亦自孤騫。

《爲錢宫聲題周静香畫松屋圖歌》「十年不見錢郎面」：老氣。「歸來細視松十尋，長風謖謖吹衣巾。蒼濤飛翻白日出，窅窕爲我開深林」：此等處，非沉酣少陵不能。⊙「古來材大非偶然，坎壈豈受時人憐」：詩甚老辣森奥。末段勉錢郎歸隱，此意今人所未及。

《重遊聖樂寺》「白雲飛至今」：蒼老。⊙骨性大有異人。

《沁水道中》：「峽轉黄崖水，山開古鎮雲」：蒼傑。〔一〕

《孫侍御數年作我東鄰，一日移去，作此奉訊》「西山出牆角，峰色共東家。城晚疏行騎，臺高數見花」：筆墨都别。〔二〕

〔一〕此側評僅見《詩觀》康熙刻本，乾隆重修本等無。

〔二〕此側評僅見《詩觀》康熙刻本，乾隆重修本等無。

《白沓》「兵氣關春色」：警句。〔一〕⊙足紀時變。

《雨夜同素心弟》「大麓西來道，昏昏雨氣中。雁行連遠塞，秋色會寒空」：落筆曠邈。〔二〕

《正月十四日過靈祐宫，憩天翁方丈》「壇路春陰扃時樹，廟門風雪下靈旗」：十分沉著。〔三〕

《答王信初同年》「客舍鶯花催穀雨，寺樓鐘鼓報黄昏」：老而潤。〔四〕⊙總無細響。

《寄楊松谷鄴下》「關河匹馬身何適，風雪綈袍淚暗垂」：清健。〔五〕⊙「年華冉冉征途裏，寂寞黄門數首詩松谷，故給諫沁湄先生子也」：秦川公子摇落歧途，一詩可爲寫盡。

佟鳳彩

高岡，奉天遼陽人。《名家詩鈔》。

《過襄城首山》「汝水浮車馬，揚鞭指翠屏」；「軒轅曾問道，留詠寄山靈」：首尾匀凈。

《驚鏡》「那知明鏡裏，難比故鄉人」：老氣。

〔一〕此側評僅見《詩觀》康熙刻本，乾隆重修本等無。

〔二〕此側評僅見《詩觀》康熙刻本，乾隆重修本等無。

〔三〕此側評僅見《詩觀》康熙刻本，乾隆重修本等無。

〔四〕此側評僅見《詩觀》康熙刻本，乾隆重修本等無。

〔五〕此側評僅見《詩觀》康熙刻本，乾隆重修本等無。

《草廬》「獨憐漢相簷前鳥，訴盡春愁不忍聽」：令人思「隔葉黄鸝」之句。⊙結處無限深情，足敵少陵「丞相祠堂」詩。

《謁武侯祠》「豐山淯水自縈迴」：結得渾。⊙「本謂躬耕消歲月，那堪漢鼎漸傾頽」：此謂知武侯之心，覺王荆公「只合終身作卧龍」之語未當。

《襄陽喜雨》「暮雲有意垂龐洞，朝雨無情灑蔡洲」：高鍊。⊙句句是喜意。

《九日同卞月華司馬並諸公登貴筑東山》「檻外河山蠻瘴靖，閣中星斗玉霄寒」：盛唐高調。「聖水潺潺郭外盤」：雅甚。⊙登臨處眼界甚闊，故音響亦高。

李呈祥

吉津、木齋，山東霑化人。《乙卯南遊稿》。

《廣固城北門》「山市起浮煙，初日照高樹」：簡雋，且多鑒戒之旨。

《郭溝渡河又過西營遂至淮》「糧艘過清淮，玉粒及時薦」：爲民上者，亟宜念玉粒所自來。

《捨舟就寓夜大風雨》「悵然憶小舟，何處飄一線」：翻説到小舟，詩情最妙。

高道素

玄期，浙江嘉興人。

《閩歸漫興》「青苔上短牆，黄葉覆深屋。林香放早梅，徑淺冪疏竹」：四語可想其境。⊙詩心澹静。

《衡陽陳通政禖生招遊來雁塔、曲江樓即事》「鐘聲衡嶽樹，帆影洞庭船」：工致。「幾增軍士竈，更給水衡錢。使者空持節，蒼生未息肩。撫時驚歲月，端坐愧烽煙」：叙時事，逼真少陵。⊙懷抱蒼深，筆墨自爾老潔。

《龍井》「城逼亂山陰」：蒼鬱。⊙調整氣逸。

《湘江旅懷》「雲樹出湘中」：俊。⊙風神色澤，一一動人。

《舟泊桃源》「楚國山川周甲子，秦人雞犬漢桑麻」：高鍊。⊙華秀之中，不乏神骨。

《長安夜飲》「不須更唱伊涼曲，月色如霜總斷腸」：婉轉情長。

《重經滋陽道中遇風》「風塵恰似來時路，惟有垂楊異去年」：興感自別。

高晫

蒼巖，山西襄陵人。《新安近詠》。

《寄答楊鄂州次韻》「何似江淹賦，不忍再三讀」：語極老健。⊙次韻詩，卻有層次、有結構，絶無疊牀架屋之病。知其精於詩法。

《題白雲巖》「丈夫回首即神仙，此亦黄粱夢中客」：其識量何等超然。

《送施愚山》「秋風昨夜捲長空，忽失天都第一峰。牧龍丈人遍尋索，下顧卻在君詩中」：陡然而來，有排空駕雲之勢。「君今別山此去矣，山雲苦留留不住。請君倒篋出君詩，還我黄山君且去」：嘯傲戲謔，胸次大是寥廓。⊙筆意純是太白。

《寄懷陳確庵》「幾秋明月與君别，昨夜因君夢明月」：仙氣縹緲而至。「江北江南但白雲，落葉紛紛愁未掃」：妙語可思。「何時從君蓮潭上，手弄明月餐蓮花」：收束好。⊙跌宕多姿。

《登四和山》「杖底飛孤鳥，巖邊隱暮雷」：意沉語琢，仍自渾淪。

《金山》「山看直北盡，天亦下東流」：讀頸聯，頓覺胸襟浩闊。從來寫景，無如此之曠。

《遊岑山》：泠泠風動。

《送徐蘗庵》其一「酒爲看山盡，詩因送客多」：清而厚。⊙宛爾唐人。其二「書擁一樓山」：五字愧煞俗吏。

《送李廣庵之任揚州》其一「孤角江頭起，樓船初罷兵」：貼瓜洲。⊙風格完好。其二「風煙换六朝」：「换」字有無限意。

《寄贈江念翔》：用事如此圓秀，最佳。

《重九前二日城埠小集》「萬家影入寒山裏，一片秋來飛鳥邊」：空秀。⊙婉而多風。

《九日斗山亭宴集》「直上星辰把酒杯，最關情處此亭臺」：起得岸然。⊙逸興遄飛，乃有此心手調匀之什。

《送焦藴輝歸廣陵》「緣山棹破千溪碧，落葉帆飛兩岸紅」：清潤可愛。⊙安頓穩當，而姿態自生，知軼格求奇者原屬孟浪。

《仲春偕曹澹齋、張黄嶽、王莪懷、江定庵、項壺峰、胡卜男、朱石公遊潭渡，即事分賦》其一《問水》「昉溪石上風流在，盡日潺潺繞釣臺」：風神獨絶。其二《弈棋》「世事空煩杜甫悲，清風到處一枰隨。閒看重覆宣城譜，自笑全輸別墅棋」：思緒不窮。其三《聽松》「飛來萬壑春泉響，度出一林晚磬聲」：幽秀。其四《顧曲》「江州司馬原多淚，莫把琵琶譜舊聲」：令人按拍。⊙結語貼切而風韻。

《竹林小飲，步曹冠五韻》「懶雲帶雨依高樹，野鹿尋香卧斷碑」：悠閒處極有襟度。

《哭亡友胡敏公，次桑楚執韻》「嗚咽不成懷舊賦，獨挑殘焰夜沉沉」：使君于敏公鶴隨之没，賦詩寄輓，感切人琴。此古道，今人所少。

姜垚

蒼崖，浙江山陰人。《遊覽詩》。

《吹臺》「層城還北顧，帶水自東回。舊日梁王客，於今安在哉」：筆端有氣，在行墨之外。

《韓陵》「片石留古寺，名傳温子昇」；「經過聊記憶，非敢效徐陵」：安放温、徐，極老極巧。◯予昔過其地，崇岡古寺，碑字蒼然，蓋古戰場也。曾留一詩，遜蒼崖之老健矣。

《嘯臺》「坐見山争繞，流來水自清」：自然樸老。⊙予登其上，覺山川莽直，略無時情。以嫵媚語狀之則非，此詩正以高簡標勝。

《汴梁懷古》「朱門無復宋遺宫」：可傷。「一自梁王賓客散，月華流照吹臺空」：一唱三歎。⊙雄壯之中，時露凄惋，自見英雄本色。

《望太行》「就中彷彿神靈見，隔斷黄河不可招」：氣壓中原。⊙語語蒼莽，如見巨人劍佩。

《黄河》「馬頰即今非故道，宣房在昔有遺宫」：用筆矯異。「秋風此日浮槎便，無奈河源未可窮」：悠然。⊙健氣能舉，有扶摇九萬之勢。

《銅雀臺》「孤冢月明偏照夜，荒臺草色幾經春」：徐、庾賦手。「競説分香賣履人」：不肯説盡。⊙憑弔悲涼，正於不置褒貶中，而奸雄身分已見。

《澶淵》「白楊青草回鑾地，紫駱黄羊款塞年」：全用氣以舉之。「郡縣已開新版籍，風雲不改舊山川」：俯仰之間，不勝感歎。⊙以英麗之筆，寫黯澹之情，正自令人嗚咽。

蔣守大

曾策，江南華亭人。

《大梁行》「一朝去家遠爲客，駈車直抵梁王城」：入路楚楚。「衰柳逢春繞地垂，幾回繫馬不勝悲。相逢陌上冶遊子，爲説梁園全盛時」：起下一段。「梁園舊是王家宅，别殿離宫焕金碧」：叙述處何減《東京夢華》之録。「但知行樂無朝暮，不識滄桑有變遷」：轉筆。「龍種飄零變姓名，蛾眉宛轉從軍死」：傷心慘目，有如是耶。「我來無處問興亡，策馬荒臺空斷腸。日暮酣歌大梁道，嶺雲沙草路茫茫」：結煞處無限悠揚。⊙全仿初唐，而流麗飄逸處，則又兼右丞、嘉州之勝。

孫蕙

樹百，山東淄川人。《玉雞堂詩》。

《九月送弟蘗歸里》「煩苦蓄智力，逸豫漸生狂。是可作官箴，家食亦勖將」：意緒纏結，是骨肉間性情語。

《舟行夜雨》「寂歷渡荒村，人語出風樹」：簡雋。

《弔雙烈祠寶邑祠漢臧洪、陳容》「四世五公人，末路竟逆施。擁兵據河朔，睦曹與張疑」：彈劾本初，辭嚴義正。⊙辭義古雅，爲兩烈士激揚吐氣，尤爲英剴。

《舟出瓜洲》「鳥邊日微茫，眉際金焦落」：新氣餉人。

《清明前二日清水潭湖堤初成，同人雨集，舟次分賦》「靈雨颯爾來，逸興乘春酌」：古潔。

《挽船行》「屋中男婦饑不餐，船上獵鷹飽食肉。屋中男婦少完衣，船上健步遍綺縠」：大可傷心。⊙寫得出。

《打魚歌》「使君船，緩行讓我撒網去，漁魚聊此當逢年，啼兒饑女待朝哺」：未必肯聽，奈何！⊙是其觸目警心者，故言之痛切。

《送孔集兄北歸》「布穀春雨叱牛聲，柴門稚子待歸人」：短章節促意緊，殊盡情事。

《初至寶應》「近郭魚龍夜，明湖蟹稻春」：字裏有光。

《秋日舟泊弘濟寺》「大江流不歇，山色鬱層層」：森鬱。⊙其餘有「地重江環郭，僧閒月到門」，「疏林通曉日，暗水響秋崖」，「臨江浮水馬，捲幔閃秋螢」之句，俱精警。

《召棣舟次》「鸖影破湖雲」：卓句。⊙有「中流容與」之趣。

《夜棹獨酌》「洪波警酒夢，疑此有龍盤」：奇兀。

《臘上浣日雨雪連朝，衙齋無事，棋酒相歡，已而成感》「幽蛟乘凍匿，野鶴帶饑啼」：沉刻。

《盂城雜感》其一「魚龍晴近郭，風雨夜明珠」：極切。⊙明秀。○首作有「杜蘅收舫氣，鸛鷺領湖煙」之句，極創闢。其二「東南財欲盡，土木役無休」：公意興豪上，豈讓元龍？而一官羈紲，且值災潦之餘，心血枯盡。此詩可謂言之沉痛。

《湖堤工成感賦》「蟄龍銜岸出，哀雁背城飛」：寫情事，妙能沉刻。

《秋日登燕子磯》「三楚風煙青嶂外，六朝文物大江流」：高亮。⊙氣調意格，俱臻上流。

《舟次感賦》「鳥亂水村生夜火，鐘沉霜寺出冬煙」：深鍊。

《初春過高郵》「一帆小艇過秦郵」：自然而佳。⊙筆墨澹宕。

《花朝後飲劉雨峰園林，座有冰璺，時正梅花初放》「青樽座滿花朝雨，白雪人登月下樓」：有鬱蔥秀藹之氣。

《文遊臺》「西風殘照起漁歌」：遠景如畫。

《清潭感懷》其一「民困東南已七年」：實録。其二「頻歲惟餘村社酒，雞豚盡日賽龍王」：筆姿矯逸。⊙使君寄予書，有「雖爲邑宰，實同河夫」之語。此詩蒿目時艱，字字是長沙之涕。

《廣陵寒食》「萋萋寒食草，青滿玉鉤斜」：似初唐。

《春日途次》「竹路尚餘歌吹在，泠泠聲破廣陵煙」：幽。

《雜詠》其一、其二：二絶真仁者之言。其三、其四：今人侈言退休，只是假耳。二首字字道其真況。

喬萊

子静、石林，江南寶應人。《南歸詩》。

《山行》其一「面壁路疑絶，欲進步還卻。徑轉前山通，應是鬼斧鑿」：山行實境，寫來大有精力。其二「荒山不見人，彌望但蓬蒿。礧礧亂石錯，紛紛林木凋。層岡漫重複，突兀干青霄」：如入層岡複嶺中，風木叫嘯。⊙絶似少陵同谷詩。其三「山頭見城郭，草屋八九間。居人粲可數，日出市已闌。客至駭群吏，門設亦常關」：非久行北道，安知其言之確？◎三詩直是真確，可傳，可傳！

《烈風行》「我車反側不得安，斷輪脱輻重重縛」：極意摹寫。⊙筆筆英利。

《磐石歌》「羅紋細列銀絲絡，紅蘚斑剥苔痕長。中有細流出石竅，鏗然鏜鎝來清響」：非有米顛之癖，安能如此摹寫？⊙數千年磐石，遇石林乃有知己。

《德州渡河》「地遠屯莊車漸少，山連泰岱樹偏多」：他處不可借。⊙筆端悠然，絶去忙促之態。

《口占留别》「今日臨風歌折柳，鄉心先到射湖邊」：喜極之詞。

《再别汪五舍人》「我今恩許湖邊住，遲爾輕帆細浪中」：以此相期，乃是良友。

《雄縣》「漁舟箇箇斜陽裏，剥蟹烹鮮樹底眠」：是雄縣風景。

《晴》「遊子還家天亦許，連朝放出十分晴」：可見至性。

《渡河》「滿天風雨渡黄河」：惟風雨渡黄河，乃見鄉思之切。

●尊人陶庵先生評其稿曰：「風值水而漪生，日薄山而嵐出：貴自然也。爾胸中有自然，詩信筆寫來，去道頗近，久之可以成一家言。」蓋不獨衡鑒之精，而即其家人一堂，相賞在文字之間。此種古道，詎今所易有也？

釋銘起

墨庵，浙江嘉興人。

《淮陰雜詠》「東南幻出飛龍氣，風雨初銷澤國春」：光鋩觸人。⊙寫英雄，勃勃有氣。

《出太平關》：情境恍然。

《西湖》「不知湖面寬多少，埋没群峰不出頭」：是西湖别景，惟倪迂能畫。

查昇

漢中，浙江海寧人。

《天台道上》「山氣横空當面起，江聲一線逼雲來」：雄警。「清秋風雨生蘆荻，千古英雄出草萊」：傑情。⊙全首有氣力，有光焰，知其懷抱過人。

《九日剡溪登閬風臺》「隔坐忽聞秋水漲，百年初見菊花開。天門蜿蜒神龍下，地角空青夕照來」：氣欲吞江。⊙光氣動蕩，令人目不及瞬。

于王庭

伯揚、實庭，江南江都人。《滋蘭稿》。

《望廬山》「如何天欲斷，更覺地空浮」：全寫望中之景，覺筆端有霏微晻靄之氣。

《登滕王閣有感》「寒江舊水聲」：五字，便無限含蓄。

《暇日展閱亡友王于一所貽自書詩册志感》「到今留手跡，昔共剪秋燈」：頓挫入法。⊙中郎之於王粲，林宗之於茅容，皆以夙受獎拔，終身弗忘。今實庭感于一文字之知，形於詠歎，固知至性有過人者。

《江行至金陵》「感重頭全白，吟成花欲飛」：空微澹宕，絶去煙火之氣。

《江上中秋兼憶里中諸子》「天留今夜好，月到大江明」：何減錢、劉。

《留别里中諸子》「曉逢天半晴」：「天半晴」三字絶好情景。⊙「他鄉念兄弟，空聽囀黄鶯」：落筆淹潤。

《友人過訪》「狂歌聞四鄰」：好。⊙全首老健。

《贈張隱士》「獨坐江門垂釣綸」、「劇愛茅堂笑語真」：風致可懷，擬於少陵「錦里先生」之詠。

《重九前二日雨中和韻》「鎮日長江聽亂流」：健筆。⊙「爲愛黄花留晚節，那堪疏雨動新愁」：讀過有風雨之氣，生於紙上。

《登千華山》：字字穩貼，不事鉤棘。

《望東園有感》「花落花開憶阮公」；「直向竹林尋舊跡，酒旗歌扇滿西風」：韻甚，卻痛甚，是謂情生於文。

●昔王于一僑寄邗上，每嚴於論詩，不輕許可，時向予屈指實庭，曰：「淮南之秀，無逾此者。」今于一墓木已拱，而此度適以實庭詩見示。因爲評跋授梓，蓋不敢委亡友之言於草莽也。

吴秉謙

嗚貞，蕺山，遼東清河人。《尊聞堂詩鈔》。

《詠懷》其一「大觀極宇宙，庶幾慰生平」：其氣浩蕩，曹子建、鮑明遠之匹。其二「玉工不見採，寂寞沉河濱。所以荆山璞，三刖不得伸」：古質而藴義自厚。

《贈史華青》「隱見會有時，蒸變誰能方」；「浮沉理自得，優遊隨翱翔」：比譬得古詩之遺，而神骨堅蒼，直逼漢魏。

《至州山》「乍逢親與族，不復知是非」：懷鄉念舊，覺惻隱形於文墨。

《項里觀項王廟》「其人竟安在，青山草萋萋」：蕭然數筆，感歎已備。

《登卧龍山》「回望北海曲，洪濤飛紫嵐。蓬萊神仙宅，鬱鬱生雲藍」：寫遠勢更爲超忽。⊙山川形勢，摹擬歷歷在眼。

《塞下歌》「健兒鳴鏑射狐兔，酒酣自作帳中舞。帳中舞罷爲爾歌，挽弓擊劍將奈何」：金鼓交作。⊙雄情激發，有劉越石、祖士稚之風。

《邯鄲客行》「匹馬獨馳中山道，三更月上狐狸嘯。白葦黄茅深没膝，挽弓射透雙頑石」：寫出英雄氣岸。「年年花下春酒熟，醉看青山坐茅屋」：結局自妍。⊙「目如愁胡視天地」以贈此詩。

《大梁歌》「我來大梁日方暮，徘徊欲弔信陵墓」：歸重信陵。「宫中佳麗英雄氣」：如姬生色千載。⊙「博徒賣漿誰更識，夷門悲風日蕭瑟」：一則史斷。

《觀伎小紅演牡丹亭劇》「牡丹亭夢何茫茫，玉簫徐引聲悠揚。黯然消魂魂欲絶，纖腰裊裊隨風翔」：驚艷，足跨長吉。

《神弦曲》「鵾弦鐵撥催不休，雲中羽蓋來芳洲。欲來未來聲轉稠，夜半人空江上樓」：縹緲飛動。⊙得楚些之遺，拉雜可聽。

《吴宫怨》「傍湖人家小兒女，鴉髻垂髫私笑語。翠翹金鳳知誰是，浣紗曾向越溪水」：空中摹擬，情事都有。「採蓮歸去宫門閉」：妙。

《遊浄慈寺遂至壑庵》「山回更造壑庵道，柴門竹裏花如笑」：遞落好。「買山歸隱差可樂，願寄西湖山一角」：結遒甚。⊙點染盡態。

《錢江觀潮》「姑胥鹿走鴟夷怒，素車白馬來江滸。海門雙峽蛟龍舞，沐日浴月恣吞吐」：有鼓浪噴濤之勢。⊙一起絶勝，餘鋪陳俱有致。

《上越王峥》「種蠡人豪困籌策，苧蘿佳人試歌舞」：此平城解圍之祖。⊙沼吴一策，畢竟出之美人，種、蠡能無奪氣。

《報國寺禮窰變大士》「衆生亦具菩薩相，劫火不燒即龍象」：現前指點。⊙即現窰變身而爲說法。

《早朝》：和麗。

《微雨晚過青駝寺》「家園頻問信，尚未渡黄河」：如此結最活。

《舟次北固山下，至甘露寺，觀漢昭烈、孫仲謀試劍石》「惆悵孫劉事，江山久寂寥」：渾淪。

《登滕王閣》「棟雲生鶴嶺，閣幔捲章江。挂席來千片，沙鷗散幾雙。洪都懷古意，日暮獨憑窗」：安閒雅鍊，覺他人着議論之爲煩。

《趵突泉》「懸崖藏日月，穿水接滄溟」：鑿深破險。

《萬壽寺瞻鉅鐘》「晨昏風雨寒」：宏敞震動。

《黑龍潭》「還疑風雨夜，鱗甲動靈祠」：飛動。

《戒壇》「山鼠抱危欄」：奇句。

《將之粤示二弟子儀》「辛苦平生事，崎嶇萬里行」：樸老之至，卻有至性纏綿。

《韓淮陰釣臺》「王孫飯可哀」：老。

《泛舟富春山，晚宿桐廬》「水郭連山縣，輕橈下石灘。大江流不盡，明月照猶寒」：森然而起。

《過嚴州》「山川悲遠天」：寫情最真，正無取於雕刻。

《過羊祜廟》「峴山終不改，襄水幾時回」：疏宕。

《與修實録恭紀》「采薇無客願長饑」：雖云頌詞，卻是實録。

《出都至盧溝橋作》「柳外春鶯鳴黍谷，雲邊歸雁背幽州」：花明柳媚，狀其治麗。

《琉璃河曉發》「古來督亢稱饒沃，誰補河渠誌聖朝」：有關係。

《登泰山》「天門峽裏開幽谷，日觀峰頭俯大寰」：壯盛。

《宿遷觀黄河水勢》「黄河萬里下崑崙，併入淮流勢欲吞。豈許魚龍翻月窟，卻收雷電鎖天根」：蒼茫澎湃。⊙議論精傑，筆陣雄偉。

《廣陵懷古》「十年杜牧揚州夢，舊事徘徊恨不勝」：唱歎有情。

《祁門道中》「濃陰古木啼黄鳥，薄霧寒花點翠鬟」：蒼潤。

《擣衣曲》「塞下征戍兒，含愁看秋月」：含情無盡。

《月下聽鄰女吹簫》「乍聽簫聲發，心知人倚闌」：餘情嫋嫋。

《姑蘇子夜歌》「吴娃十五扶蘭槳，鴨嘴船頭學唱歌」：絶妙《竹枝》。

《漂母祠》「重瞳不具男兒眼，物色英雄是女流」：不能用人是項羽之失，豈惟淮陰。

●蕺山水部家學淵源，而資力英邁。其於風雅，直造古人之堂奥，而出以清麗高雄。蓋兼總諸家而斷制在我，非隨時俗以爲步趨者，宜其應制柏梁而特被凌雲之賞也。厥由薇省洊移粉署，而篤嗜友聲，肝腸如雪。大阮留村制府而後，君其嗣響。

江羽青

霞子，浙江仁和籍，江南歙縣人。

《送友人南還》「今看天外幾浮槎，忽忽煙雲變疇昔」：言外有感。「臨歧珍重河梁柳，鄉夢已隨雲雁飛」：婉轉繞樑。⊙節次俱合。

《同汪念弘夜坐》「莫言高卧穩，抵足聽雞鳴」：深着。⊙末句慨然，有當世之志。

《送黄予望歸婁東》「低眉故舊難」：訴出無限悲感，知黄君我輩人。

《舟次天津》「天空潮似馬，船到市如車」：不獨字字切津門，而筆光如劍鋒之四射。

《九日阻風望海寺》：驅墨如煙，狀其流逸。

《京口渡江》「鐵甲諸軍初撤壘，玉簫新妓正當樓」：又是一番追憶。⊙京口當南北之衝，今又增戍卒，安得玉簫新妓，點綴太平。

《秋日觀獵》「還約五陵遊俠客，雙鶥懸馬醉新豐」：令人想曹景宗當年。⊙全首雄偉。〔一〕

《送客至興田》「石廩仙芝九曲香」、「寶峰鐵笛間松篁」：典秀。

《題友人册子》：大爲好遊人鼓興。

《答友》「多愁宋玉渾無賦，日誦休文别後詩」：意最纏綿。

〔一〕此總評原在首句側，今據體例移至詩末。

《雨夜》「風雨不知愁思切，故教消息枕邊來」：此我輩近況，霞子亦有同情耶。

魏　鞏

庭堅，江南江都人。《養親園詩集》。

《柳營晚眺》「不暇憂兵馬，常來共唱酬」：何等胸次。「夕陽催海月」：好。⊙極似茶村風調。

《桃葉渡遇雪》「鐘山一片雪，飄落滿橋頭」：起得矯然。⊙「瑟瑟溪邊樹，蕭蕭水上樓」：詩亦蕭蕭瑟瑟。

《同半禪登燕子磯》「突兀臨江石，千年老樹斜。孤亭堪載酒，落木更聞笳」：壓紙如鐵。⊙起得崛强，有老木拏空之勢。

何負圖

祖文，貴州貴陽人。《伴山集》。

《臨流閣聽雨》「驟雨從西至，沙場萬馬聲」：寫雨景，極蒼茫之致。

《予買山，與越山公鄰，賦寄》「安閒但養數峰雲」：「山居原寂寞，不得故河渚」，陶村樂有素友。此詩饒有昔人風流。

丘履程

鴻漸、一庵，四川成都人。《劍閣芳華集》。

《寄費二參軍此度嘉州》「志士何妨聊袖手，不如歸卧聽啼猿」：結處勸其早歸，是良友之誼。

●黔、蜀迢遞，而費、江二子能盡出其藏詩示我，快甚！

彭桂

爰琴，江南溧陽人。《初蓉閣詩》。

《揚州鹺署爲董江都故居，署後有祠，遺井尚在，余於丁巳秋假榻數月，得遂瞻謁，感賦》「鄒魯儒風湮，嬴秦强力逞」：竟是一篇大文字。「誰令先生居，一朝作金礦」：鐵筆。⊙筆力古雅，如睹漢儒之容。

《古重陽遥和平山堂讌集韻》「河山託友朋」：「託」字意深厚。

《丁巳元日用除夕韻》「那堪頭白淚，竟日灑慈闈」：情至語，不堪再讀。

《送吴冠五北上》「江山送白頭」：與「送老白雲邊」同妙。

《聞劉了庵先生以兵阻不得歸蜀，卜居大城奉懷》「巴州歸未得，卜築意如何」：氣味蒼老。

《淮南喜晤程穆倩、孫無言、鄧孝威、宗鶴問、范汝受》「干戈與征税，辛苦遍蒿萊」：結得堅老。

《丙辰中秋，金長真憲副招同宗鶴問、吴介兹、何奕美、吴仁趾諸子，讌集生隱堂分韻》「天涯關塞多烽火，我輩江山尚酒杯」：讌集詩忽着感慨，固是胸中别有天地。

《懷李箕山》：感觸處，妙在渾雅。

《寒食後一日登清涼臺》「莫向離宫問遺址，無人能識翠微亭」：他手但作風景語，此獨欷歔憑弔，大是感人。

《懷鄧孝威》「送窮心事寧聞道，排難風塵亦好名」：僕有詩答爰琴云：「嚴風急雪打江城，非子誰憐歲暮情。關塞鼓鼙家已廢，乾坤榛莽硯難耕。春來尚滯昭明閣，世上微嫌布褐名。那更歧途歡把袂，一樽相對鐵燈檠。」質之爰老，可附唱和之末否？

《孫豹人自南昌歸廣陵喜晤》「空江揚子月還明」：澹而妙。⊙豹人自江右歸，僕與汪子季用各有八絶句贈之。

《過真州懷紀伯紫先生》「在昔李膺知郭泰，至今徐穉慟陳蕃（謂龔合肥）」：用事如此之確，惟闇古古能之。

《至揚州懷吴介兹》「那有奇章憐杜牧，酒旗沉醉玉簫風」：欲求奇章公而不可得也，爲之奈何？

《贈吴門王鶴洲》其一「吴苑好花看落盡，月明桃葉獨吹簫」，其二「如何急管哀弦裏，取次催人白髮生」：僕有贈鶴洲詩云：「肯貪黄綬走風塵，且向侯門穩貯身。教得吴兒聲似玉，重重簾幕最宜人」；「天寶清歌本絶塵，何戡幡綽屬前身。休懷明月分湖好，採訪而今是主人」。分湖，謂葉星期也，與鶴洲最昵。

●爰琴詩集，僕已選入《詩品》中，海内亦既見之矣。兹遇維揚，以新篇見示。愛其詩格屢上，特更録之。

彭極

則翀、建初，江南溧陽人。《冶雲堂集》。

《西山射虎歌》「昨日擒得猛虎歸，今日營門頒虎肉」：逼似張、王樂府。

《苦樂何嘗行》「君不見，西山獵户昨日擒得猛虎挫骨催燒之，老猿復得歸來攜其兒」：筆力絶古。〇與少陵《義鶻行》同意。

《泰安署中别爰琴兄》：一筆寫去，無限淚痕。

《舟泊李家閘遊石佛寺》「草亂當門暗，鐘微出寺難」：用意、鍊字都到。

《久客歎》「常揮故鄉淚，不必冷猿號」：令我淒然。

《江行即事》「逐風帆影隨雲盡，壓岸潮聲帶樹奔」：沉鍊。

《得爰琴兄都門信》「絶不待人惟歲月，最難爲客是風霜」：殊情高調。⊙至情之言，出之更覺沉毅。

《道次徐州》「馬踏黄河九曲冰」：風物寫得安閒，絶饒姿制。

《黄石磯阻風留題禪院》「沙崩白岸天如湧，浪裏青山影欲飛」：寫景蒼異。⊙此爲僕舊遊地。讀此詩，覺雲氣濤聲，蒼茫在眼。

《夜醒》「年來不是開元後，長聽江干戰馬嘶」：風景又殊，能無怊悵。

《雜詩》其一「但知桃子甘，不知桃仁苦」：古樂府之遺。其二「好留明月光，夜深來照我」：此首似崔國輔。

《經沂州欲訪高守備不果》「君是故鄉人，我別故鄉久。日落馬不停，搖鞭幾回首」：是口頭語，卻最近古。

《沂水道上遇清明》其一「客中那記清明節，但見家家插柳條」：魂銷此語。

《題三歸臺》「若非此地曾歌舞，那有行人駐馬來」：看破人情，古今一轍。

《元宵月食》「嫦娥想妒塵間樂，自掩明光不見人」：想頭好。

《過東山》「幾局圍棋別墅幽，當時歌舞不曾愁。如今一帶蘼蕪緑，衹見荒墩放牧牛」：今昔之殊如是。

●久知瀨上二彭擅「雙丁兩到」之目，而爰琴近示我則翀諸作，逸妙絶倫。採其英篇，足跨時彦。

毛際可

會侯，鶴舫，浙江遂安人。

《曉發滎澤》「務光彼何人，黴書委林壑」：今古時勢，不同如是。⊙叙得蒼涼可念。

《渡黄河》「始知鎮定力，可以靖風波。謀國苟若此，經營豈在多」：小中見大。⊙一渡河看出經世作用，知鶴舫藴抱異人。

《渡淇水》「照影聊一笑，所得鬢毛蒼」：結得堅老。⊙閱歷宦途，俯仰今昔，能無動懷？

《廣武山》「其言雖猖狂，胸中或有主。蘇門高隱者，相視不得語」：嗣宗非一味誕放人，可謂獨見。

《仙人沉香船歌》「夜深沉醉墮巖前，忘卻仙舟在何處」：奇狀寫出。「仙舟日見行人改」：可感。⊙「吁嗟乎，化工奇譎何所無，儒生尠見徒驚呼。君不見昔人鑿井逢篙楫，年月猶書吴赤烏」：真真幻幻，筆底疑有神鬼出没。

《遊憑虚洞》「群飛夏雲接地垂，倒翻海藏撑波立。捲舒牙鼻象欲奔，攫拏鱗爪蛟猶蟄。蜂房菌室何離奇，刻鏤鴻濛鬼母泣」：數語刻畫靈奇，疑非人境。⊙貴筑山水之奇，經鶴舫描寫盡致，應令鬼泣。

《酒後觀舞刀歌》「十年磨就始一試，耳邊風雨聞呼號。回翔飄忽何能比，百道澄光射秋水」：筆有風雨。⊙全是神力注射，以方子美《公孫劍器行》，各有其妙。

《冬日遊林慮觀珍珠簾》「峰晴留古雪，石怒抱寒霓」：精鍊。

《遊上黄華寺》「白雲飛欲盡，月上碧山頭」：結得縹緲。

《戊午予應詔北上，宿姚家塞即事》「河流崩到岸，雨氣遠疑山」：着力語。⊙情事詳悉。

《憩盧溝橋寄洪昉思》「不信清霜苦，君聽朔雁聲」：遠。

《中牟道中遇雨》「長河夜徙蛟龍宅，古廟秋昏贔屭碑」：壯拔。

《圓津庵》「趙王陵樹樵蘇盡，不及禪林古柏長」：結到興亡之感，便不是流連光景語。

《滹沱河懷古》「策騎河冰千丈合，燎衣竈火幾人從」：用事如此之妙。⊙尚論有識。

《盧溝橋述懷》「狗屠舊侶如相問，痛飲悲歌我尚能」：遒上。

《龍口泊舟雨後見新月》其一「不知新月生，已照溪南寺」：自然。其二「帶水平如練，澄光静處多」：寫景妙。

《清風店口號》「落日平原萬竈煙，垂楊樓畔酒旗偏」：如此風景，固爲不惡。

《沛宫》「垓下當年聲淚盡，漢皇何事亦悲歌」：問得妙。

《銅柱》「雲臺舊侣知誰在，不辨功臣薏苡冤」：以責鄧、賈諸公，當無以辨。

《楓岸曉行》「尚有數峰遮不盡，隔溪高削翠芙蓉」：畫。

●鶴舫以詩領袖東南久矣，頃同被徵書，握手都下，因得讀其近製，精警之中，更饒深婉。輒拔其尤，以光拙選，固藝苑之瑰寶也。

黄澹若

石笥，直隸元城人。《留笏草堂集》。

《報國寺雙松歌》「兩龍聽法慈仁宫，翻身化作雙古松」：陡然而起，具見夭矯之勢。「我欲世人同愛惜，好爲萬古留仙蹤」：不能。「倘仍前而不悟當，必復露頭角乘風雷而飛空」：結得飄忽。⊙戊午至京師，復見此松，枯禿過半，傷懷久之。讀石笥先生詩，淋漓感切，益復爲之雪涕。

《社集同錢子璧野飲梨花下，因過甘泉庵看狄梁公碑》「碑沉斷壠堪懷古，寺有高僧足品泉」：

悠然。⊙事佳，懷抱佳，詩安得不佳？

《遊西山》「陰森石磴黆鼯竄，縹緲煙扉鐘磬閒」：蒼傑。⊙「試上來青軒上望，四圍空翠落禪關」：壓得紙住，故寶氣四騰。

《尋菊》「晚香更過重陽候，冷韻偏開細雨天」：幽静如菊品。⊙想見先生之品、之韻，不在靖節下，故有此深細之作。

《登岱》「雲扶御道千峰轉，樹擁金宫萬壑奔」：其色篆籀，其音鐘鼓。⊙全首沉麗。

《探梅》其二「正當酒熟時，試看花開未」：絶句三昧處。

《成青壇招飲素園賞桂，以詩代簡，依韻和之》「故人洛下憐予在，日日須乘花外車」：風味佳。

黄任

志伊、逐庵，直隸元城人。

《丁巳九月聘較南闈，奉次總裁二公原韻》其二「微吟對松竹」：好。⊙運置蒼老。

《成安冀文學墨竹障子歌》「一爲夏仲昭推篷雪意，枯枝斜亞梅花屋；一爲王孟端瀟湘夜雨，九嶷茫茫帝子哭」：叙得老。「近時此技誰擅場，惟有山左馮青方」：筆勁如鐵。「客來見之每絶倒，歎息此筆今世無。今冬偶遊漳水干，邂逅冀子開心顔」：次第楚楚。「燭影微風動夜闌，坡陀柯葉聲珊珊」：描繪入神。「感其波瀾知有自，問之果爲馮公之高弟」：回照有筆力。⊙如此大篇，叙置、照應、點綴，種種入法，是謂老手。

《拏船行》「長年妻兒叩舷哭」：慘。「給爾青錢與白粟，惘然俯首牽船去」：情深一往。⊙於不得已之時，能爲體貼，能爲撫恤，方是民之父母。讀此詩，知其血淚滿紙，不減監門之繪。

《單父》「東風催解凍，處處尚蒿萊」：可感。⊙登臨處，具見憂世心腸，豈爲漫作？

《有感》「素封雖自貴，朱紱實君恩」：忠告。⊙諸君讀此，宜知自奮。

《黄河》「桃花漲落纔沉馬，酸棗堤開已葬魚」：語有深慨。⊙前朝任一潘尚書，用帑金五十萬而歸仁功奏，今何以多費而迄無成功？一詩備多感觸。

譚弘憲

慎伯，直隸文安人。

《題姚總戎入山圖》「鹿門歸去隨煙霧，又似龐公採藥處。非關服食欲求仙，自是英雄有退步」：筆力遒健。

《過雞黍祠》「共仰荒祠淹歲月，獨留高義重乾坤」：論古，獨以疏老見長。

慎墨堂詩話卷十六〔一〕

葛一龍

震甫，江南吴縣人。

《雪夜懷友》「夜半開門出，抱甕汲冰井」：高人行徑。⊙全詩俱冰雪之氣。

《送徐巢友還山》「買藥掛驢背，行歌去人遠。日落深澗中，洗足春泥暖」：高流風調，寫來超永。

《子夜舟中聽吴歌》「客眠已足酒醒時，百轉離腸爲誰斷」：清泠，更不須多語。

《新豐曉行》「土屋暖堪睡，主人燈在門。爰循疲馬路，漸入遠雞村」：四語寫曉行如畫。

《野橋懷郭聖僕》「故人别處猶堪憶，楊柳西邊蓮葉東」：風味不同。

王相説

懋弼、鞠劬，江南泰州人。《趣園詩》。

《北固感懷》「千古英雄帆過岸，百年翻覆水成洲」：岸傑。⊙臨流浩歎，大是無窮。

〔一〕此卷輯自《詩觀》二集卷四，原署「東吴鄧漢儀孝威評選／同學吴　綺薗次參閲」。

宫繼蘭

貞吉、鷟鄰，江南泰州籍，直隸静海人。

《定興范烈婦詩》「噫嘻，上臨無上之碧落，下徹無下之清溪。總此精氣蕩闢，獨來獨往，與世相維」：筆力直欲破雲追電。「當其含笑以赴，視死如歸，方且並乾坤以不朽，何有乎今日之惆悵與唏噓」：更爲吐氣。⊙有關名教之詩，宜壽川嶽、光星斗。

黄　輔

長孺、棄公，江南如臯人。《恕庵集》。

《歸江村即事》「地僻干戈恕」：深刺。⊙格穩而意摯。

《暮春遊鳳山寺》「兹遊誠寂寞，予意仰前賢」：深老。⊙一往見其荒遠。

《春晚聞鶯》「九十春光餘五日，黄鸝初叫柳塘西」：風度何其閒俊。

蔣　宸

古心，江南鳳陽人。

《冬夜與友人同宿報國寺後院作》其一「客枕雞偏惡，鄉書雁不傳」：深老。其二「彤弓新衛霍，青史舊臯夔」：轉覺壯麗。⊙破寺殘燈，寂寥唱和，固可驚風雨、泣鬼神。

錢邦芑

開少，江南丹徒人。

《靖江縣孤山詩》「煙嵐浮遠空，諸峰青未了」：繚繞無盡。「轉境得幽異，絶壁參空杳。草木肆蒙茸，怪石迷絲蔦。古穴不可尋，寒雲棲木杪」：極有次第。「領略具清皎」：好。⊙領幽伐異，而青蒼之氣來集，固自引人著勝。

顧苓

云美，江南吴縣人。《塔影園稿》。

《三月晦日過鄰家，見牡丹花盡落，有感題壁》「悠悠會百年，白髮誰憐惜」：感慨深婉。⊙氣味逼陶，妙在不摹其跡。

李雯

舒章，江南華亭人。

《重陽後二日與米吉土同遊高梁橋》「自憐不及涓涓水，日向朝元殿外過」：通首華秀，末即「昭陽日影」之意。

《早春遊萬駙馬白石莊》「青山半入朱軒裏，門外春風聽馬嘶」：不露感慨，但覺風神俊逸。

錢　穀　子璧、後江，江南華亭人。

《送越僧》「故山靈隱寺，帶甲幾時休」：健甚。⊙辭意高勝。

沈會霖　時沛，湖廣孝感人。

《秋興》「難後誰憐生獨苦，老來始悔事多粗」：歷鍊後語。⊙「昨夜霜前翻落葉，傳將懷抱到杯湖」：意興蕭涼，卻是才人風調。

傅　山　青主，山西陽曲人。

《送友之秦中》「爾去褒斜路，秦關兵尚多。難堪兒女意，其奈鼓鼙何」：起得沉雄。⊙情入邊塞，極爲淒警。

陳之遴　彦升、素庵，浙江海寧人。

《白頭宮女行》「傷心尚憶前朝事」：説入。「劍戟叢中身偶脱，香奩寶鈿人争奪。梓里凋殘何處歸，花宮寂寞無聊活」：寫出亂中光景，如見。「請看錦綺袈裟片，猶是椒房舊賜衣」：慘不忍讀。⊙次第鋪陳，情文哀艷。此子美江頭、微之連昌之遺調也。

《出塞》「陰風吹不歇，轉鬬過龍堆」：全首英健。

《撫寧縣》「沙晴春漲減，風横夕陽昏」：氣奥。⊙海寧詩才横絶如此，令我驚歎。

《登北固山》「飲馬幾回虚割據，卧龍從古混漁樵」：語有史識。

《贈開封守》「盈城雊雉迎熊軾，繞樹饑烏避隼旗」：大梁水灌之後，故其詩爾爾，而組織精工，則推獨秀。

朱隗

雲子，江南長洲人。

《魏忠賢祠廢基傍爲五人墓歌》「中丞狼狽抱頭奔，尚假餘威殺五人」：摹寫得好。「妻孥潛瘞不知處，恨鬼吞聲秋復春」。當年雄虺薰天勢，生祠創建人争媚」：埋伏。「樑皐三殿一尺餘，祝曰祖爺九千歲」：是何世界？「五人身首始得出，卻葬祠旁表路衢」：照應。⊙痛快淋漓，不愧詩史。

俞南史

無殊，江南吴江人。

《遊玄墓因禮三峰禪師塔院》「鐘聲杳靄間，流映春山緑。徑僻步紆迴，空香沾草木」：如入萬峰中。

朱士稚　朗詣，浙江山陰人。

《江行》「洲渚散清漪，蘆葦聲蕭蕭」：妙筆天然。⊙簡而秀。

林雲鳳　若撫，江南吴縣人。

《金陵雜興》其二「匆匆欲試青團扇，一夜金風捲地來」：卻又風韻。其四「閭巷凋殘兵火後，隔江無復玉人簫」：紀南渡之事，足稱詩史。

史玄　弱翁，江南吴江人。

《泊温州城下，望江心寺》「樹冷一洲煙」、「潮歸落日船」：矜秀。

《遊謝公石門山》「松緑静雲根」：妙絶。⊙雅净之極。

東蔭商　雲雛，陝西華陰人。

《碣石觀海》「西歸詩與丘園叟，新向扶桑看日回」：全首巍峨，結處更有神興。

《遊金山寺》「海氣有無晴晦日，石痕消長古今潮」：上句遠，下句刻。⊙總無敗筆弱調。

潘　陸

江如，江南吴江人。

《劍津》「曾聞朱鷺出，復見杜鵑啼」：詩史。⊙詩有關係。

《過蟂磯》「水上自能從白帝，巴中應悔謝青春」：大爲孫夫人迴護，只是胸有定識。

王　潢

元倬，江南江寧人。

《吴門訪徐元歎》「相逢莫語興亡事，耕稼惟應學老農」：近日惟沈耕巖得之。⊙結語有深心老識。

王光承

玠右，江南華亭人。

《登北固山》「樓船時聚散，戰馬亦玄黄。欲問孫劉事，平沙幾夕陽」：意識高人數籌。

王　烈

名世，江南華亭人。

《秋日家兄移居》「卻恨不如湘浦雁，江南江北一行飛」：情深之至。

朱鶴齡

長孺，江南吴江人。

《春望》「古樹秃還花」：警句。「青山帶酒家」：韻。

《過周安期山中故居》「身逃谷口名仍在」：可幸。「賦就甘泉世已非」：可傷。⊙「白蓮耆舊多凋謝，更與何人共釣磯」：傷逝之詩，優柔不迫，而蕉萃殊深。

宋之普

今礎，山東沂州人。

《野老歌》「常平倉貯糧千斛，豪强吏胥换魚肉」：千古同弊。

《田家留客》「田家不是慣居停，因君行遠無人熟」：如聞其語。「攜燈入寢囑及妻，早炊須及乳鴉啼。人生在家念行路，有時儂亦出門去」：遠行正難得此賢主人。

◎二首雜之張、王集中，不可復辨。

查繼佐

伊璜，浙江海寧人。《彭城詠古》。

《戲馬臺》「中原同逐鹿，馬上欲何爲」：起二句已定楚漢之案，餘俱卓健。

《九里山》「農耕白骨田」：好。⊙警老。

之識。

趙琳

石寅，山東萊州人。《彭城詠古》。

《九里山》「成敗俱烏有，山河走夢中」：奇句。⊙「碧血今膏畝，青燐古鬼雄」：雄警中有論世

之識。

馮如京

秋水，山西振武衛人。

《黄茅岡》「髡盡長堤柳，空餘薄暮情」：筆力强健。

《冬日途行》「日短草枯邊馬倦，天寒樹冷一鴉飛」：征途風景，蕭涼如見。

孫晉

魯山，江南桐城人。《曹溪詩草》。

《再入曹溪禮塔用龔韻》「驅雲掃衆峰」：好。⊙整齊中卻露奇警。

《曹溪》「更殘露下鷓鴣啼，月滿前山水滿溪」：起得悠然。⊙曹溪，予昔至其地，讀此詩如睹

舊遊。

吕大器

東川，四川遂寧人。《塞上草》。

《昭化縣》「不堪百戰後，寥落兩三家」：起得樸老。「古廟困蒹葭」：「困」字警。⊙音旨俱極淒

壯，逼似少陵。

《泊略陽下灘》「祇争一帶水，尚枕小溪眠」：盤鬱而出。

《寧遠》「唐代新豐市，千年霸業非」：全首俱老。「傷心興廢地，落葉不堪飛」：妙。⊙蕭激，如聽哀蟬。

《舟中聞笛》「萬里一身秦塞柳，扁舟五月玉門霜」：嘉州妙境。⊙「不比笳聲頻入耳，擬邀子野到征航」：刻劃處總歸自然。

《陽平關酬友人席仲材》「畚築當年亦細事，漫將涕淚灑荒萊」：慨然。⊙公築陽平關以撫流移，惜後無有葺之者。結語聲淚俱下。

《渡皋蘭作》「玉塞西馳尊八極，黄河逆轉壯三秦」：高警。⊙筆力强，精彩更壯。

《雪山》「褰帷已盡長城窟，勒馬還歌出塞行」：風調絶好。⊙筆端有健氣。

《鎮羌道上有感》「已許此身嚼塞雪」：想見風采。⊙慷慨請劍，具見丰稜。此河陽行邊時也。

《早發古浪》「且喜來無鐵箭傳」：狠句。「孤城昨夜堤防密，鼓角聲高壓遠邊」：節制爾爾。⊙空同《塞上》諸篇，匹此雄壯。

《雙塔道上》「白狼西去煙初静，莫唱涼州客思傷」：結語情深，正妙在不著意。

《靖邊作》「何處秋新將飲馬，將軍歲久不傳烽」：何愧營平。⊙「獨坐帳中驚白髮，何堪砌下響秋蛩」：烽煙雖息，而安不忘危，是籌邊老手。

自別。

《五涼郊行》「石列魚鱗能次序」：實譜。⊙「莫謂黃沙春不度，朔雲邊柳自芳辰」：境地殊，造語

《黑松嶺》「一線遥看古戍烽」：邊圖在目。

包爾庚

長明、宜壑，江南松江人。《直木居詩集》。

《錢塘早發》「蛟龍笑築壇」：警絶，⊙語有包含，彌覺精傑。

《登大觀樓》「但許鼋鼉吞國恨，未須鴻雁語鄉愁」：婉透。⊙思路沉着，卻以整暇出之。

《伍大夫祠》「何歲登祠無擊鼓，當年入市有吹簫」：氣格絶老。「西湖未少興亡恨，漫遣靈旗過六橋」：正自藴藉。⊙深穩雄秀，此詩當必傳。

張綱孫

祖望，浙江錢塘人。《紀遊草》。

《涿州城》「曉霜不在地，微白生牛背」：看得真細。「煙色狀飛鳥」：好。「野狼遇人嗥，饑鷹攫雉碎」：怕人。⊙着筆皆高，立意必險。

《琉璃河》「前人戒後徒，那知墮倏忽」：可發一笑。「闌干有鐵棒，半插沙水窟」：寫得英健。⊙短小精悍，以評此詩。

◎祖望北遊五言古，可頡頏少陵入蜀諸作，惜未得多載。

《鞏華城雪望》「寒雲垂大地，春色散長邊」：渾闊。

《度泗水》「老馬鬭風還」：好。⊙「始皇求鼎處，寂寞一沙灣」：如此可云高老。

《富春道中》「落雲停石巘，倒木溜山椒」：錬極。⊙奇闢處，疑有神工。

《早過沿山》「高帆帖嶺度，奔溜射潭廻。古壁攢風穴，晴雲洗石臺」：錘錬處，幾欲嘔出心肝。

《望廬山瀑布》「青天疑吐蜃，白晝掛飛龍」：惟翁山有此英偉。

《夜泊彭澤縣》「潛鼉崩岸動，鳴鶴大江來」：有崩崖裂石之狀。

《過小孤山》「潮分彭澤大，石裂馬當開。鬼斧龍宫削，神雲鶴觀來」：氣象大，精力厚，於此推服泰亭。

《登石門山》「群魚飛楚水，獨雁下吴關」：雄傑，出以完渾。

《謁康山廟》「黄雲生鬭水，白馬導陰風。日暮波濤色，猶堪問武功」：颯颯有雲旗出没。

《春雨石鼓灘望張真人修煉處》「鼎氣騰松上，雷聲戰峽來。饒江春百里，飛翠滿潭隈」：精警老健，全學少陵。

雷　珽

笏山，四川井研人。

《崆峒巖》「芙蓉倚漢青如削，薜荔依門翠半開」：烹錬而出，卻自矯逸。

《閩江舟夜》「灘聲夜集千峰雨，嵐氣春寒一葉舟」：標中、晚之勝。⊙詩意亦覺酣滿。

《晚泊》「月明山色在孤舟」：有天然翠黛。

卞三元

月華、桂林，□□□□〔一〕人。《苑署公餘詩草》。

《古劍篇》「既除海甸兇，不數龍泉功。捐棄若衰草，沉没郊野中」：言之嗚咽，龍泉知己。⊙比郭代公《寶劍篇》，可云神采悉敵。

《早發隆德過六盤》「隱隱霜林側，涓涓溪水聲。登山不見月，舉首已侵星」：寫早發光景刻至。⊙寫景入微，布格極當。

《湖行即事》「岸闊不知流」：妙。「林塘風雨合，落葉滿船秋」：蒼茫盡致。

《暝》「初月出山深」：好。⊙「寺鐘猶未已，隔院響秋砧」：清微秀越，厥美難名。

《隱者》「獨有煙霞意，肯羈世外身」：空矯之甚。⊙「北闕有佳友，東山多故人」：讀「北闕」、「東山」句，隱者地步愈高。

《客夜》「滿枕故鄉情」：妙。⊙全是少陵。

《過六盤山》：少陵律詩有徹首尾對者，此其遺法。○「石上響流泉」、「雲封萬壑連」：詩最整鍊。

〔一〕四字原缺，卞三元爲漢軍鑲紅旗奉天蓋平人。

《上崆峒》「蒼猿啼路微」：好。⊙「步步登仙道，茫茫望鶴飛」：此名勝地，非此傑構不稱。

《遊暖池》「時聞笛管在朱樓」：韻絶。⊙「可惜閒情難久駐，歸期明月上城頭」：閒情麗藻，想見羊太傅、庾征西當年。

《秋日寄楊四内弟》「隴頭水濺白雲飛，秦樹風高宿鳥微」：高岸。⊙前四語雄渾，後四語柔澹。寫景言情，可云兼至。

《平凉有感》「百里荆榛邊戍盡，十年戎馬塞城荒」：高渾。⊙邊地雖極荒殘，而爲詩則悲壯有氣，以擬工部《秋興》，真爲不爽。

韓純玉　子蘧，浙江歸安人。

《鄧尉山遇徐昭法即别，愴然有懷》「吴趨間隔三百里，離亂相兼十二年。此日弟兄仍一面，曩時師友半重泉」：衝口而出，即成好詩，可思其故。

《登七十二峰閣》「悵望煙波三萬頃，空留禹跡在神州」：有渾茫之氣。

《己酉秋日同獻兒寓慧雲寺》「先人題額依然在」：筆力盤硬。⊙「攜子重來我又老，逢僧暫住客如前」：氣極清堅。

釋南潛

月函，浙江烏程人。

《首陽詠》「還顧召公言，採薇人已矣」：冷極。⊙無端設出，都是事理所有。末更以不説盡爲高。

《將至靈巖作》「有童負笈未孤往，無事出門纔壯遊」：遂爲名語。⊙思路幽深，仍以顯出。

《感懷》「南史牀頭堆一角，六朝如夢雨茫茫」：讀至末句，令人憮然不能爲懷。

孫　觚

道讓、他山，山東益都人。

《七夕丘使君招同遊焦山》其一「山中攀大隱，天外紀同遊」：渾成。其二「檥舟捫絶壁，著屐破荒苔」：出之沉厚。其三「才子有丘遲」：結亦老。其四「烏啼京口樹，月冷海門船」：娟静。◎四詩絶有氣力，有精彩。在他山集中爲最警之作。

汪徵遠

扶晨，江南歙縣人。《穀玉堂近詩》。

《漁梁别程蝕庵》：是從蘇、李得來，故無近響懦情。

《感事》「忽忽落廛市，酬酢殊自疑」；「屬望在寥廓，含意當語誰」：顧盼殊自磊落。

《新安江出鐵索港》「盤旋隨石齒，全力制危灘。勢自終年急，聲連白日寒」：此等詩，非親歷不能下筆。

《舟泊富陽江》「射潮空往事，明月滿錢塘」：結處澹永。

《雨泊鎮潮庵》「樹影趨危岸，鐘聲響斷巖」：蕭瑟，如聞斷岸驚濤。

《邗江泛舟同吴菌次》「風氣愜吹簫」：風流文弱可想。

《宿石鏡庵》「亂烏争曉月，殘夢警霜鐘。高枕懸飛瀑，披帷入亂峰」：鍊字得古人遺法，非此不精。

《留雲庵話舊》「天空放夕陽」：好。⊙「僧語真淒斷，陪京話故長」：有柔鮮之色，結處更老。

《錢塘懷古》「幾聲鐘落山頭寺，半夜月明江上潮」：中唐妙境。⊙使隨州、考功操管，何以勝此？

《宿湖上感舊》：迷離惝恍，止自含愁渺然。

《過韓侯釣臺》「胯下留身分楚漢，冢前儲地待侯王」：説得韓侯英氣射人。

《秋日懷孫他山先生》「想象蘭香調錦瑟，争傳懷智譜瓊箋先生所製樂府，梨園争購」：寫得他山如許風艷。

《酒樓曲》「多情尚許抛紅豆，眉語留人顧曲時」：有情癡。

《贈雯妍》「無端淚落沾歌板，愁煞深更是子規」：纏綿旖旎，扶晨其書記後身耶？

《題潯江夜泊詞有寄》「莫教再聽潯陽曲，舊事關心恐淚流」：我輩大都爾爾。

《澄川同程蝕庵觀劇》「何待筵前争畫壁，雙鬟原識舊詩人」：非蝕庵不能當此語。

◎右穀玉堂近詩，共選十六首。

《坐玉屏望天都諸峰》「雲煙倏忽來，松泉相吐吞。風爲山驅除，俯瞷雲煙奔」：耳目惝怳。⊙筆底變幻不測。

《登蓮華峰》「雲根澀石齒，斂屐懸崖牢」：遊必如是，始奇。⊙「空嵌奔風濤」、「往來看猿猱」：總無恒情，讀之飄飄霞舉。

《下白沙嶺，宿擲鉢禪院》「隔崖鐘磬聲，泠從白雲度」：清微秀越，在右丞、嘉州之間。

《海門峰望鋪海》「寒風一旦生怒號，遠見流雲忽如織。後雲不逮前雲隊，前雲時借後雲力」：筆有雲濤。⊙從來摹黄海者，無如此作之快。

《坐狎浪閣》「高閣臨溪水，薄暮軒窗開。望見庵中僧，微雨下峰來」：畫。

《凌雲道中》「流雲不相待，先上天都峰」：筆有仙氣。

《息雲谷》「竹盡見茅屋」：佳。

《坐望仙峰》「步到望仙崖斷處，亂雲堆裏數寒峰」：望山更妙於登山，非韻人莫解。

◎右補刻黄山遊詩八首，《初集》先選刻三首。

吴之騄

耳公、達庵，江南儀真籍，歙縣人。《芝瑞堂詩》。

《湯泉》「萬緑環青溪，一水别温涼」：讀去殊覺仙風拂人。

《文殊院》「天都倚空立，蓮花根未栽。顧盼當左右，形勢俱欲摧」：説真説幻，皆有奇理。⊙空中都有摹寫，乃臻奇闢。

《登蓮花峰頂》「丘壑藏雲雷」：好。⊙「猿鳥不敢上，仙人時往來」：筆墨亦自峻潔。

《煉丹臺》「奇峰插天半，下如絶地軸。佳處太無情，形象盡駭目」：直欲抉出奇怪乃已。

《宿松谷庵緣接引松登始信峰》「雲嵐無定姿，變幻當斜陽」：「雲嵐」二語，妙絶形容。可知得意處正不在多。

《觀九龍潭瀑布》「群龍挾巨浪，迅激當晴嵐。漫空捲霜雪，上與孤雲參」：筆墨怪異。⊙寫得洸瀁靈譎，筆有蛟龍。

《舟泊燕子磯》「三吴名勝煙霞老，六代興亡夕照收」：偏以雋雅勝人。

《舟行練江》「山山懸瀑布，數盡玉龍飛」：青翠如滴。

《渡黄河》「辛苦大司農，歲幣輪河伯」：温厚。

蔡　堃

鉉升，江南江寧人。

《晚》「江黑走風燈」：警。「臺城自廢興」：老句。⊙能爲挺拔，足救卑靡之氣。

吴晉

介兹、介受，江南江寧人。《一硯齋近詩》。

《青齊署齋有懷林鐵崖觀察》「爲君寄一言，生還亦已足」：良友之言。⊙「生還亦已足」，不獨規諷鐵崖。

《雜詩》「塵網雖云密，達者遠其機」：擾擾塵壒中，此爲藥石之論。

《九月六日同宗鶴問、彭爰琴、吴樵谷、何奕美、王安節、金在五、正夏諸子遊牛首山，次日過祖堂限二十韻》「石磴循殿角」：細。「久之山月出，清輝照杯勺」。更訂尋幽棲，晨興辭弘覺。草露晴易晞，路險怯芒屩」：次第分明。「遇石一歇脚」：樸得妙。⊙摹寫山遊，歷歷在掌，而名言逸致，繹絡奔赴，固自步步引人著勝也。

《平臺晚眺》「謝李千秋客，鄒枚一代才。煙雲真過眼，隨興且銜杯」：健筆淩空。

《經何大復先生故宅》「我來百戰後，城倚亂山旁」：横厲無前。⊙一經憑弔，遽爾神傷。

《宿遷舟中風雨，望何奕美不至次韻》「急浪走寒聲」：健句。⊙蕭涼處轉覺嫵媚。

《重陽前二日登雨花臺分韻》「殘陽迷古寺，秋氣肅荒陵」：「肅」字好。⊙蒼樸。

《廣陵九日》「已傳隔郡亂兵入，況聽長淮戍鼓催」：全學子美。⊙疏疏見其蒼老。

《次桃源縣》「沙堤曲曲防隤岸，土屋蕭蕭壓敗鐺」：筆意蒼老。⊙愀然民生之感，詩氣尤爲蒼辣。

《移居溪上，次韻答同人見贈》其一「觴詠即教諸老在，登樓定賦感懷詩」：感歎良深。其二「眼看蔣山松栝盡，白頭宫監幾人留」：二詩妙以感慨作結。

《送姜西溟歸明州》「紛飛何事銜寒急，十日東歸即剡溪」：韻極。

《長至送倪闇公遊太原》其一「雁門關外南來雁，未到秋深已帶霜」：風韻。其二「多少黄雲迷戍壘，有無青冢葬嬋娟」：意深而調俊。

●介兹久從櫟園先生遊，所爲詩清麗秀迥，與白門山水相爲映發，而品復高潔，羞與時伍，蓋野王、仲蔚一流。

魏際瑞

一名祥，善伯，江西寧都人。

《野望》「風高鷹隼疾，日落馬牛鳴」：壯厲。「寒煙閉一城」：好。⊙矯鍊，不作率爾語。

《采石磯》「至今天變風濤怒，猶有嚴聲動鼓鼙」：颯颯有氣。「高皇夜宿留詩處，草莽微臣不敢題」：關係。⊙指陳實事，獵獵風生。讀之令人氣壯。

凌元鼒

蔚侯，陝西蘭州人。

《感懷》其一《清明》「弱柳受煙輕」：「受」字本杜。「乾坤隔死生」：慘。其二《端午》「水國鳴鼉鼓，山城轉繡旗」：情至文生，如許矯艷。其四《九日》「霜前逢雁至，江上哭親時」：老絶。⊙昔人云：

「至親無文。」以觀蔚侯諸作，極真痛，又極沉鍊，故知《北山》、《陟岵》諸篇，非詩人不能作也。

《送程周量職方出守桂林》其一「西風秋雁少，落日夜猿多。萬里灕江水，樓船擊汰過」：全首渾壯。其二「虎叫黄雲動，鼉鳴白浪從」：字字雄麗。⊙竟似空同《送陳左史赴貴陽》之作。

《寄題梁木天明府拙堂三首》其一「西山落日抱城荒」：「荒」字下得好。其二「路近三關金鼓急，地連九塞羽書飛」：最爲確切。其三「城頭戍卒頻吹角，堂上神君數舉杯」：純是少陵佳境。◎三首色即鮮麗，氣復雄偉，竟欲上追盛唐，不屑摹擬中、晚。

《再題梁木天須園二首》其一「細雨切燒畬」：警句。其二「爲園官廨後，種樹古城邊。落日葡萄雨，西風苜蓿天」：氣概甚好。⊙寢食古人，故落筆自老自厚。

●僕嘗謂孫子豹人曰：「關中詩家後起者，當推張牧公。」豹人深以僕言爲然。今又得蔚侯，才力開壯，文藻飛揚，數寄詩篇，風氣日上。當與豹人更詠子美句，云：「新詩句句好，應任老夫傳。」知穉恭、劬庵諸公聞之，有同賞也。

陳 誠

孚薦，江南江寧人。《嵒山詩》。

《對菊》「柴門静來往」：便有菊在。⊙自然處極近陶。

《浮山遊詩》其一《會聖巖》「無心出岫雲，朝去暮來宿」：超然。其二《滴珠巖》「不雲來密雨，湧地遍流泉」：刻畫而無跡。其三《壁立巖》「虎嘯溪流長」：肅然靈異。其四《觀音巖》：鍊而能活，至

「鐘聲隔晚霞」，迥然仙句。其五《繞雲梯》「尋幽松下路，涉級透層巔」；「人行平木末，日落矮峰煙」：造語都異。其六《佛母巖》「形色本無住，誰留佛母壇」：可悟。其七《華嚴寺》「煙嵐封篆壁，麋鹿飲花湄」：下句更妙。⊙筆墨有自然寶光。

《題桃源圖》「不斷溪流霞片片，嶺雲何處是迷津」：並迷津亦在有無間，何等妙想。

《題秋山行旅圖》「遮莫馬蹄雲裏見，行行已入萬峰頭」：層次藏意。

《送王石谷歸虞山》「别後試登高閣望，漫漫江水逐雲流」：空濛無際，似石谷子之畫。

蔣易

前民，江南江都人。《石閭集》。

《别于一、于皇先還瓜渚，不得到焦山》「江流月到亭」：好。⊙於疏落之中忽露警句，總繇法到。

《春雪宿于皇饑鳳軒》「亂馬踏邊聲，殘鐘吼禁城。雪將争曉霽，寒不放春晴」：筆底森嚴可畏。

《婦愁》「不知寒事逼，卻怪婦愁深」：我輩時有之。⊙家常語入詩，最妙。

《立春對雪，待于一不到》「急雪變春天，遲暮心何向」：比「急雪舞回風」更好。⊙想見二老交情。

《清涼山頂留别于皇》「秋老孤帆色，人輕百戰場」：于皇詩所云「别酒賓翻置」也，此詩是其注腳。

《雪中過于一》「急雪求深巷，荒池啓暮扉。銜泥何事出，裹藥冒寒歸」：真氣裝裹，故説情説事都妙。

《夏日樓頭待雨，杜若同家兄過飲分韻》「吴楚天分雨，江淮水接橋」：恰切瓜洲。⊙天然好詩。

《亂後過瓜洲舊居》「晴日江光凜，秋星殺氣纏。蓬蒿原自滿，此别更蕭然」：無人説到。⊙亂後光景，寫得冷甚、警甚，何減老杜《羌村》諸作。

《茶村、梅陌同步北固山徑》「乍驚秋樹少，猶覺夕陽深」；「幾時看戰鬬，寂寞到于今」：一味疏老，卻極濃至。

《雨後同史成江頭待月》「龍吼蒼江去，漁帆亂晚晴。浪危山改色，虹見雨吞聲」：起極高奇，卻是題中所有，而全詩亦傑出。

《秋夜江城寄懷豫庵》「雨歇晚鐘邊，秋燈對不眠。江喧殘月夜，雁矯欲霜天」：蒼然而起。⊙密處鬆處，皆見手法。

《十五夜默庵招飲》「戰鼓春風寂，漁燈夜氣腥」：警甚。⊙此一飲便可傳。

濮陽錦

無著，江南宣城人。《誰家園詩集》。

《峴山懷古，次鳳皇臺作》「輕裘固可思，沉碑亦難忘」：峭筆可愛。⊙從時事入，用古事結，章法極爲老到。

《甲辰四月十六日，從郢郡伯彝陵渡江，督夫輓粟餉西征將士，自峽口至秭歸記險三十韻》「舟子信鬼神，長跽言禍福」：起甚古。「人語聽不熟」：奇確。「兩岸一岸摧，一線通屈曲」：細甚。「四望謂諸峰，峰峰聲謖謖。大小猿鳥哀，如聞婦女哭」：此境最慘，以快筆寫出。「空抱雲煙宿」：妙。「山高氣益厚，雲重沾我足。一日百渡溪，溪水逾馬腹」：都是少陵神髓。⊙氣味類仲宣《從軍詩》，而詳悉確老、縱横一氣，則少陵《彭衙》諸篇差可髣髴。

《父書樓詩爲俞去文作》「吁嗟兮，吾家亦有檀欒閣，萬曆年中王父作。詩書盜賊何深讎，割爲鎧甲都零落。只今此閣空憑高，一溪流水還周遭。猶子欲歸歸未得，鼪鼯鸛鵒争來巢」：着此一段，方覺有情，而世運之變亦見。「何如先生手澤流寖長，樓中寸寸皆輝煌」：結得周密。

《泊紫沙洲宿》「村稀猶貰酒，江冷不成眠」：真極。

《于湖曉發呈龔郡伯》「山晴看日上，水野覺雲低」：自然景，寫來妙甚。

《月夜舟過小孤山》「千里樓船乘夜月，半巖燈火射江豚」：好。⊙極肖小孤，而筆力强勁，似少陵《灩澦》諸作。

《秦淮晚興》「家家燈火送歸人」：妙。⊙聲情婉妙。

《策口晚泊》「問渡沱潛舊識名」、「江接三巴漢沔争」：音節最好，如聞繞樑之曲。

《績溪道中》「客倦翻愁細路重」：真極。⊙如置我層巒飛瀑中，蒼翠欲沾衣袂。

《西山紀事》其一「於時捧檄開邛筰，到處聞風解鏌鋣」：頓挫，極爲古健。其二「地經百戰憐新鬼，峽近三巴哭夜猿」：悲壯沉鬱。其三「三年膏血枯全楚，到此空憐野雀餘」：不禁痛哭。其四「千里裹糧三路轉，一方倒甲六師移」：詩史。

●無著以楚中遊草示予，詩皆雄整，足儷古人。僕尤拔其最沉鍊者。飛書草檄，豈不賴有是人。〔一〕

盛符升〔二〕

珍示，江南太倉人。《南芝堂集》。

《昌平懷古》其一「恨餘亡國偏英主」：史斷。其二「未盡樵蘇悲落日，半枯泉脈咽寒溪」：音節遒整，而中懷騷激。

王　庭

言遠、邁人，浙江嘉興人。

《過函谷關》「背山城半角，束路澗千重」：雄而細。

《虎牢關》「出坡多水嚙，過雨即泥封」：寫地形真確，而筆力更超。

毛　甡

大可，浙江蕭山人。

《入湘湖書事》「蕩槳女兒歸獨晚，前湖新約採蒓絲」：新艷奪目。

〔一〕其三、其四兩首及此詩總評，據《詩觀》乾隆重修本，不見康熙本、書林道盛堂本。

〔二〕盛符升及此下王庭、毛甡、卓天寅詩、評，據《詩觀》康熙本、書林道盛堂本。

《送別高二彦彪》「兩年官舍同寒食」：此情極難忘。「紅亭酒色上征衣」：好。⊙詩情飛動。

卓天寅

火傳，亮庵，浙江仁和人。《傳經堂集》。

《即事》「猶自黄旗煩禹貢，空教白璧下滄州」：河患一事，苦無成功，言之甚爲愷切。

《江亭坐眺》「戍樓笳鼓喧金粟，古渡風煙蕩碧霄」：時事行以典麗，此爲沈、宋宏裁。

《渡江述懷》「榆柳恰荒征戍火，荻蘆遥隔釣蓑煙」：聲調高雄而中情激宕。

《江上即事有寄》「木末臺邊桃葉水，飄零少小記風流。誰知帶甲環京口，忽送輕裝下石頭」：嵯峨不凡。

●火傳爲風雅領袖，詩宗盛唐，不落卑靡近習，且以西陵諸同聲詩屬予論定。恨幅隘，不能廣登。知火傳諒予，不我督也。

左維垣〔一〕

衆堅，江南江都人。《蘚牀詩集》。

《雨不絶》「一寒常十日，三月擁重裘」：寫苦雨景色，極爲淒遠。

《題賈孚遠西山別墅圖》「過橋花作路，夾岸柳爲垣」：皮、陸佳句。⊙此中大佳，何必蘭亭、

〔一〕左維垣詩據《詩觀》乾隆重修本。

金谷。

《人日河舫》「月到水邊亭」：妙句。⊙穩秀，極似許仲晦。

《雨餘過方氏園亭，贈竹西老人口號》：「一天風色戰梅花」，《松陵集》中無此佳句。

《送潘鏡如還越東》「孤舟早趁四明春」：俊甚。⊙鏡如江左俊人，此詩正堪映發。

《村晚》「落落疏鐘何處村，宵來響入萬山昏」：落筆沉警。⊙衆堅用世人，而爲閒居之言，每極静遠，於此卜其根器。

《舟過茱萸灣望禪智寺有感》「梵王宫殿草全生」：中唐。⊙「路分楊柳天難盡，灣繞茱萸代幾更」：全不着色，卻蕭澹處較勝丹青十倍。

《舟行雜感》：三首有天然風韻，望之如垂柳婀娜。

王仲儒

景州，江南興化人。《夢華山房詩》。

《寄王式如》「契闊四五年，邂逅桃李月」：嘉州之清拔、隨州之疏爽，兼而有之。

《顧瑟如澮河圖歌，爲寶應孫樹百使君作》「來無所操吏不愉，箕踞上坐行恣睢。使君抗聲民何辜，彈章甘薺非苦荼」：好能吏。「或手足齊或金輸，或執長鑱或短鋤。決沙畚土澄潢污，重船飛送如飄蒲。長河百里六日疏，使君異績天下無」：如畫。⊙使君奏績甚奇；得景州描寫盡致，詩中有畫，幾欲奪虎頭之席，更奇，更奇！

《聽陳柳公彈琴賦贈》「月明何處水潺潺，聲在弦間在指間。指弦兩忘古音發，如訴深情歎復歎」：如聞弦聲出於紙上。「秣陵莊叟兼陳生」：老。「坐調冰絲拂緑綺，欣然頓失心中愁」：傳神。「顧我如今非少年，學書學劍兩茫然。看君指法入神妙，使我卻惜韶光遷」：此等處總是少陵筆意。⊙處處引人著勝。

《送吴北海表兄入都》「鄉人争屬望，兩世繪圖情」：淮南胥溺久矣，以此屬望北海，是古人意。

《真州渡江》「山光寒欲没，江勢遠如空」：煙雨滅没，在其毫端。

《過金陵舊寓》「舊犬能無吠，層軒只自關」：黯然語。⊙老甚。

《遊高座寺》「碑存微有字，松老半無枝」；「蕭梁舊宫殿，何處問罘罳」：蕭瑟感人。

《得家西樵考功訃音》「身已謝河山」：此等詩甚不忍讀。

《聽鄧孝威話平山遺址》其一「寺前秋井出，江外衆山平」：平山實録。其二「西郭霜連野，南朝月過樓」：俊極。⊙今將修復舊址矣，衆論僉同，誰復撓之。

《句曲遇家元式廣文，兼懷阮亭農部蜀中》「短劍西風來建業，萬山涑雨入華陽」：秀氣撲人。⊙「忽憶珠湖分袂日，峡猿何處斷人腸」：玩其風致，南方固多佳人。

《因李湯孫寄懷蔡七谿若、蔡九輢若兄弟》「朗潤二荀江外住，殘冬書到憶深秋。幾迴落月摇孤夢，無那炎風送去舟」：起處風神摇曳，如遇過江名流。

《樊川道中聽李立生表兄話秦中謝漢襄》「海内論才思北地，舟中有客話西京」：漢襄奇士，與吾友劉公戫最洽。僕亦邀縞帶之歡，景州當有同心耶。

《癸丑四十初度》其一「身名爾爾怯逢人」：是至性語，故爲可傳。其二「濁河南並清淮走，背海連湖直向東。耕鑿累年虚帝力，朝宗何日纘神功」：忽説及水利，知是留心民瘼。

《江樓曉望，示戴無奇》「海氣漸開殘月正，江峰初出亂帆斜」：空闊。⊙沉酣唐人，乃能心手調洽至此。

《登報恩寺七佛閣》「晴窗俯瞰登山路，劫火深悲建寺年」：名卓。⊙望之青葱，如五陵佳氣。

《送宗七鶴問之天津》「驛路春隨羈客騎，關門風颺總戎旌」：風華可愛。⊙翩翩華貴，殊似王、謝家，無塵土氣。

《廣陵秋詞》：二絶妙在不着意而令人思。

王熹儒

歙州，江南興化人。《勿齋癸丑詩》。

《雨水歎》「負薪歸來又逢雨，釜中有米不得煮」：説得透快。

《短狐行》「人傷於爾定何益，人去深波復潛匿」：只得教訓一番。⊙寧葬蛟龍窟，不受短狐傷，如是，如是。

《行路難》「此翁粗糲惜一飯」：好看。「君不見，東鄰狂客能使錢，窮年讀書惟敝氈」：此豈天意乎？⊙身擁厚貲而鄙吝不堪，甚有以一飯爲多事者，不知驕奢之子孫，隨而議其後也。予嘗謂：

瓊林大盈，雖天子尚不能長守其富，而況縉紳？讀歙州詩，可以悟矣。

《賣犢行》「市小驅牛塞官路，乍逢導騎長吏怒」：如此官長，要他何用！⊙極樸、極透。

《高門行》「烹羊擊鼓犒匠師，還似東家初建時」：點醒他。⊙「滄桑世事須臾變，空飛往日門前燕。斷礎徒纏秋草根，荒榛只掩春風院」：每見高門大宅，貴人没後，未有不轉售之他姓者，而求田問舍，汲汲無已，真是癡騃可笑。

《乍寒歎》「水田種稻不種棉」：奇確。⊙「窮簷婦子凍且饑，不知謀食還謀衣」：曲盡民隱，何減聶夷中之詩。

●歙州樂府，的是王建、張籍正傳，與他人摹古而失其性情者迥别。寒夜坐文選樓，點定諸篇，亟爲浮數大白。

《清明前二日集八寶孫使君舟次，是日西堤告成》：疇昔之夜，與使君高讌鶴軒，劇談縱飲，竟夕忘倦，風概至今可想。恨清潭一席，弗克買棹以從。

《聽雨》「南畝已云没，無憂身亦輕」：無可奈何語。

《掃先少參公墓》「歸發傳書千萬卷，種槐門巷掩蓬蒿」：亦是樂事，何必駟馬高車。⊙意氣激昂，卻深渾不露。

《寄懷吴萬子》「此日愁懷君亦爾，舊時佳興我全非」：疏爽可愛。

《五月一日同徐四平音、李五楚水、家伯兄東城晚眺》「小縣無山得夏雲」：新句。⊙落筆秀潤，有若明霞。

《秋日柬表兄李方同》「野水煙寒鄰苑廢，女墻人過古臺空」：純是杜書記、許丁卯風致。

《奉和家兄景州先生四十初度詩》其二「榮親伯氏應無憾，文藻江山已令名」：如此推許阿兄，總是至性。其三「風流寂寞青氈裏，心事蒼茫緑酒邊」：積金貽子孫者當何如。◎其二「劇喜高堂身併健」、其三「吁嗟我祖傳清白」、其四「追思總角從兄日」：四章只如一章，中用「劇喜」、「吁嗟」、「追思」作過接，妙極章法。

《得家西樵考功訃音》「老父寒燈涕淚中」：歙州哭西樵詩有三，皆極慘切。此作尤有神韻。

《廣陵秋詞》其一「秋來夜夜霜如霰，白草寒煙廿四橋」：都在言外。其二「射落雲中兩飛雁，桃花馬上整雕弓」：年來此風極盛。其三：飄逸，是龍標之遺。

●昔濟南考功、農部兩公論詩邗上，謂僕曰：「予家景州、歙州風格遒上，足儷前賢。」及今冬，同客文選樓，出其近稿相示。景州英邁而多風，歙州疏快而矯逸，均詩壇中所罕遘者。考功已赴玉樓，異時平山堂畔，當與農部快讀兩王子詩也。

李國宋

湯孫、大村，江南興化人。《螺隱居詩稿》。

《長橋懷古》「守志希泰山，畢命非鴻毛」：孝侯贊。⊙揚厲前賢，筆筆淵古。

《自蜀山至公瀆作》「崒兀群峰青，蜀領已在背」：傳神。⊙步履芳潔，一浣塵容。

《晚至公濆尋張公洞作》「稍就井亭憩，旋慮雲磴封」：筆妙。「返步覓歸轍，嶺寺聞宵鐘」：悠然。⊙寫晚尋光景，霏微滿眼，令人迷離欲絶。

《晨興入張公洞作》其一「上捫頑石仄，下睥空窵昏」：寫真。「力倦景始新」：君真善遊山水人。其二「後門閉深窅，前洞轉寥廓」；「足躡崩磴傾，手接懸峰落」：極險奥語，卻出之鮮華，故妙。其三「中外冥理判，寒燠積氣殊。微陽伏深扃，太陰冒高嵎」：造語如晉人。

《下白馬山尋玉女潭作》「嵯峨雲髻垂，髣髴玉女出」：俊甚。⊙芳馨幽蒨，如遇靈妃。

《玉女潭作》「遠覽遇獨契，勤搜矜屢中」：微言入解。「葉脱飄風送」：妙。⊙點染森蔚，皆帶冰霜之容。

《法藏寺樓雨後望銅官諸山作》「迢遞望南山，白日在高頂」：是新霽光景。「窗空嶽陰入，樓峻銅峰並」：琢秀。⊙寫雨後山色，宛若畫圖。

《遊善卷洞作》「淙淙澗泉瀉，歷歷山響答」：畫不出。「罥洞孤藤騫，拒門怪石突」：伐險而出。「晴晝雨頻滴」：好。⊙昔人稱遊山詩必推康樂，謂其澄華鮮異之中，又能剔發山水，故爲超勝。以觀湯孫荆溪諸作，金碧照耀而更眉目疏朗，安得此事獨讓客兒？

《漪園臨池老楊爲風所折，感而作歌》「往年河決邵埭北，官督柳薪事障塞。朝廷空費填海心，百姓豈有排山力」：發出大議論。「金錢歲飽徒隸手，陽侯興波怒不息。窮村枯楊斬垂盡，里正猶遭吏誅責」：安得以此入告。「寧知變異有不測，猛風惡雨來摧戕」：快筆如刀。⊙借老楊發出治堤一段感慨，方知詩不是無爲而作。

《京口渡江》「遠沙埋舊鏃，孤壘出寒林」：高秀。

《得王西樵考功訃音》其一「王猷亭外竹」：切甚。其二：程職方謂我曰：「考功緣哀毁之餘，遂致殞逝。」則湯孫此詩可云實録。

《望國山》「九岑環繞荆溪水，留得司徒半畝墳」：唱歎。

《祝陵懷古》「千年蝶化青春夢，半嶺鴉啼碧蘚庵」：李義山豈能過。

《送宗七鶴問之天津》「九河故道通滄海，三輔群山接薊丘」：切天津。「此地淹遲莫經歲，閨中計日已登樓」：勸其早歸，是古人遺意。⊙觀其風藻情味，令人耽賞不倦。

《寓樓望銅官山》「西風寓樓上，終日對銅官」：妙正在不着一筆。

《暨陽道中》「孤舟斜過小橋去，煙水殘陽又一山」：一幅荆、關好畫。

《廣陵秋詞》其一「最是無情江上雁，年年八月過雷塘」：婉轉可思。其二「欲向城西訪遺跡，敗垣荒徑水螢飛」：借事言情，縹緲無際。

●昭陽詩格極正，而苦其平易，如程不識之用兵，不肯稍稍用奇，以收出險之效。閲湯孫詩，風秀之中，每露警拔。其遊陽羡諸作，尤爲絶倫。觀其年既苕華，才復俊逸，誠令人歎爲難及也。

解　謙　志林，江南興化人。

《和吴夢祥移居漪園歌》「憶昔奉晨昏，各在天一涯。江以右，山以西，愧丹雘之未塗兮，顧堂構而興思」：有此一段感歎，令人唏嘘不置。⊙「二十年來滄海變，鍾山禾黍君不見。王孫惆悵歸無家，畫樑幾處巢新燕。吁嗟天地皆逆旅，何問烏衣與朱户。金谷繁華代有人，未知誰客復誰主」：處荒涼之境，不可無此一番慰藉。知志林作是歌時，真是笑啼並集。

《田家雜興》「驚寒把舊衣」：此語可傷。

《喜鄭表弟歸自武昌》「攜手話蒼梧」：蕭瑟語，都自飄逸。

《夢登滕王閣感懷》其二「悲歌不盡王孫淚，詞賦空傳帝子樓」：堪爲擊節。◎二詩不獨風調嫺美，其俯仰今昔，俱見忠孝之性。

《寄懷中翰吴北海》「幾朝玉殿松杉合，十載金門冠蓋多」：高健之筆，如老檜拏空。

《客高沙歸，不及别李楷士賦寄》「垂楊繫纜停沙久，巢燕依人傍水飛」：秀絶。⊙詩亦作飛鳥依人之態。

《奉挽相國外舅吴柴庵先生》「五朝青史舊黄冠」：七字堪贈相國，不必多言。

閻兆鳳

聖來，江南江都人。《濯錦堂集》。

《甘州清嘯樓》「孤懷當夕照，雙鬢試邊秋」：思苦而節壯，固不失爲秦聲。

《八月晦日永昌道中遇雪》「猶幸着衣乾」：直得好。

《走冰溝至老鴉驛》「山多不問名，草碧石逾頳。馴馬主人愛，高鴻遊子情」：斑剥可愛。⊙意調殊不猶人。

《懷非熊、式如》「一第那救梁鴻貧」：確。⊙殊情異調，紛來相餉，不祇以拗體勝人。

《閏秋九日送鄂司馬獵渭河》「臂猛盡教雕羽急，身輕誰更馬蹄高」：氣岸甚高，指顧有封侯之概。

《與君譽登西五臺》「浮雲漸放終南出，飛雨還從繡嶺來」：調響色麗，是磨盾雄才。

《隴山道中》「由來李牧封侯路，況值烏公禮士年」：全是細柳軍容。

《自沙泥驛走摩雲嶺至蘭州，是日風雨寒甚，余夙疾將作》「衝寒莫盡摩雲嶺，索火難逢候馬亭」：想見行邊之苦。

《清水邑》「須防虎晝行」：好。

《後樂園雜詠》「安得吴兒穿錦褶，調弦低唱小秦王」：以風韻勝。

《胭脂嶺》「燕支直北陣雲開，塞婦如花勒馬廻。獨上戍樓回首望，有人含思倚妝臺」：情思逼人。

《出莊浪詣岔口驛》「一語寄歸應不信，行人八月御重裘」：詩情飛舞之甚。

《經雪山》「安得營丘運妙機，層層冰玉盡將歸。明年六月茅堂裏，常使清涼上客衣」：别調。

《夜行安遠鎮》「萬里秋光原一片，不知邊月此無情」：老於邊塞之言。

《西寧》「白髮上書難更得，旅人猶在玉門東」：有「髀裏肉生」之感。

《夜出雙塔堡》「且喜肩輿勝鞍馬，帶將殘夢過溪來」：淺而真。

費經虞

仲若，鮮民，四川新繁人。《荷衣集》。

《往定軍山下潘氏授徒》「一官如夢斷，垂老只諸生」：讀罷，不由人不哭。

《喜張象翀至揚州話舊》「沽酒坐中夜」：好。「看花到暮春」：好。⊙他鄉遇故知，此一快也，而況兵後？

《雪》「丁年絕域迷歸路，寒夜孤舟未抵家。吴越乍聞歌楚調，空流老淚向琵琶」：其真樸處，一字一淚，讀之令我髮白。

《歸田吟》「騎牛不到人間去，白髮蕭蕭曬夕陽」：想其高致。

《亂後還家，成都殘民無粒食者三年，取草根爲食》：想見蜀中兵後之苦。

孔胤樾

心一，山東至聖裔。

《題藍田叔漁樵烹茗圖》：韻致泠然。

《長至後譾集詠瓶菊》「世眼誰知欽晚節，幽姿尚欲領初陽」：更標菊品。⊙字字傳題之神，其詩品亦最貴。

《郊外看新柳》「舞盡滄桑春又生」：多少含蓄。

陳瓊仙

蕊宫，江西臨川人。《雪鴻堂詩》。

《雨後過方雪疇、郭升厈旅寓，適升厈南行，留示雪疇》「螺峰客去初逢雨，藥市人稀早閉門」：秀絶。⊙煙姿玉骨，真是絶塵。

《虞城范動吉世叔招飲話舊，因出其司馬公疏草相示，有屬先大人手筆者，感賦》「閫外金錢猶召謗，胸中兵甲不防身」：深痛。⊙非忠孝深摯，安得爲此言。

張問達

天民，江南江都人。《北征稿》。

《泗州道上》「道傍逢野老，先代是公侯」：結語惹人淚落。

《嵐縣夜坐》「風沙愚虎豹，霜雪寵樵漁」：「愚」字、「寵」字皆警絶。⊙詩必如此，纔不入平鈍一種。

《曉發河堤》「遥聽風沙裏，前旌上太行」：好。⊙如聞前呼後應。

《報國寺訪友歸來夜坐》「月上一庭雪，燈孤半夜鐘」：極錬極渾。

《太原道上早有感》其一「總乏三時雨，强如六月霜」：言言苦淚。其二「囹圄亦故鄉」：慘。⊙

遊戲，實是苦語。其三「抱布入城市，群胥睨道傍」：惡。⊙真極慘極。

《金山寺》「鉢底蛟龍峰頂塔，滔滔看到幾時閒」：一結蒼茫無際，全詩俱起。

《固關》「將軍且莫誇形勝，何代邊庭静鼓鼙」：結得有識。⊙精傑老鍊之作。

《石峽山》「嶺頭車馬亂雲扶」：奇。⊙寫景説事，俱臻上流。

《晚度遺釵嶺》「萬木聲號饑虎鬬，千巖影瘦凍鳥啼」：四面風起。⊙但一讀此，便聞猿啼鬼嘯。

《紫荆關有感》「高低壁壘狐狸跡，明滅村煙虎豹群」：壯邁。⊙有漁陽摻撾之概。

《慈雲寺訪宗鶴問，遇黄自先送丘接青歸北門》「三吴明月隔黄河」：好。⊙「長途日薄看君去，殘葉秋深奈客何。濁酒傾來須盡醉，樽前感慨一時多」：體俊而骨老。

《過紫荆九如寺有感》「十載樵蘇煙火絶，於今纔見柳條條」：警卓，絶類近日王大愚。

《雁門初夏即景》「試看塞外青山路，只到於今放採樵」：看其一結，胸襟大，識見高。

《天門關》「三晉河山浮掌上，半崖雷雨掛雲中」：唐調之最響者。⊙何其雄敞。

《平定州槐水舖溪漲》「西風虎旅關門冷，落木雞聲野店秋」：壯麗無匹。

《宿湖口》「昨夜鐘聲驚客夢，隔船人語是同鄉」：正是淒涼景。

劉梁楨

玉栗，山西河津人，江南江都籍。《柳緡集》、《稱言齋稿》。

《白銅鞮歌》「夜宿平陽家，紅茵醉歌舞。斂手謝春桑，儂不嫻機杼」：妙諧風旨。

《過白堤》「金碧貴人祠，輝煌遮道路。俯仰百感生，高風邈難附」：正是我意中語，玉栗能爲説出，快甚。

《錫山題秦氏園亭壁，懷西秦王大椿》「泉聲響深竹」：妙句。⊙「下山山色暝，斜徑背山谷。谷轉山忽通，依林結山屋。入門驚寥廓，中庭多嘉木」：王、岑有此佳境。

《北固尋海嶽庵舊址》「殘碑扶蔓草，饑鼠走空廊」：虚字能鍊。⊙穩而響。

《夜宿金山，四鼓同李元水上留雲亭》「戍鼓分南北，風帆辨往來」：好絶。⊙纔是夜中光景，如在目前。

《真州江上逢故人》「蹉跎皆鬢短，耆舊幾人存」：感深。⊙絶似劉隨州。

《梅花嶺》「三月鶯花傳往事，孤臣戎馬説當年」：又健又深。⊙七言律全要氣力，如此真扛鼎之勇。

《秋雨述懷》「欲覓遺弓還笑楚，但思辟穀不封留」：意極沉着。⊙其胸次與舊山同。

《蕉花寄春雨草堂，時有鶴生雛》「移將懷素窗前種，添寫袁安雪裏圖」：香艷之姿，真是絶世。

《立秋前一日泛舟紅橋得牆字》「遭時戎馬憐衰鬢，繞樹流鶯唤夕陽」：又笑又哭。⊙意不在繁華也，寫來都有别致。

《柳緡舫讌集送客之豫章》「貧向天涯老客顔」：兩層意。⊙獨能用意，故高。

《題友人西山讀書畫卷》「夜深欲卧四山静，相對半牀松月明」：静甚。

周在建　榕客，江西金溪人，河南祥符籍。

《晚泊京口》「城頭聞鼓角，山面認金焦」：樸而當。⊙遣調設色，皆歸天然。

《長安留别家長兄，次芝麓先生原韻》「患難敢深愁裏淚，弟兄難罄客中杯」：痛語。⊙章法老，用意深。

鄭爲光　次嚴，江南歙縣人，江都籍。

《贈徐華谷年伯》：存其詩，存其人也，而詩自濯濯。

王日藻　印周，江南華亭人。

《偕吴六益遊報恩寺》「禾黍高原古寺存」：藏蓄。⊙意厚識尊，不祇賞其壯采。

杜　淶　子濂、湄村，山東濱州人。

《仲夏飲集梅山同賦》「信陵祠墓迷封土，元祐池亭掩濁泥」：風旨殊超。⊙「殘鐘敲罷黄冠下，極目蒼茫汴水西」：「念天地之悠悠，獨愴然而淚下」。公具此懷。

郭棻

芝仙、快圃，直隸清苑人。《快圃詩鈔》。

《平陸》「虎過風猶冷，蛇藏樹欲穿」：峻拔。⊙「峭壁乍流煙」：詩心穿險而出。

《渡滹沱》「大河原一派，全趙此中分」：全首沉鍊，足壓今古。

《瓜洲阻風》「聞道江風急，兵船坐潤州」：高拔。⊙「行蹤渾未定，來往歎浮鷗」：詩不可無爲而作，於此益信。

《翠蛟潭》「水煙蒸石黑，冽冽翠蛟宫」：奇句。⊙「雙山不讓風」：筆力幽奥。

《雨後登汴梁明遠樓》「沙井金錢元祐字，蓬溝玉玦景靈函」：典貴。⊙金碧燦爛。

《太原雙塔寺》「月近疑懸松頂上，雲來只在塔中間」：寫得靈變。「十里銀濤蕩碧山」：雄甚。⊙絶作。

《盤駝口》「千巖暝色三冬雪，百里泉聲一道河」：筆力高悍。

《三至崇善寺》「又是霜天聽落木，那堪霜月下蒼鶻」：流走處，氣自渾奥。

《晉祠》「山根怒迸一泉噴，繞水環山遂結村。石殿沉沉關雨氣，鐵人莽莽繡苔痕」：盤鬱而來。⊙雄麗。

《常開平王廟》「雁塞勳名猶可紀，鍾山弓劍已難藏。雲臺麟閣都消盡，不及并州一瓣香」：憑吊處極沉鬱。

金世鑑　萬含，遼東鐵嶺人。

《寒食永平道中》「山深古木短，沙淺馬蹄輕」：盛唐風調。⊙和平蘊藉，正始之音。

任　璣　齊七、訒庵，陝西涇陽人。《大樹軒稿》。

《秋日黄泰升同年遣使貽書相問》「憶昨遊江漢，因之浮瀟湘。掛席指衡嶽，鼓枻歌滄浪」：叙事有筆力。「豈無骨肉親，顧盼竟何嘗」：世態如此。「故人欣相見，執手話行藏。攀留數晨夕，款款意周詳」；「故人有孫宰，高義薄雲天」，於今再見。「使者持書至，攬衣還出房。跪讀故人書，書中意何長。讀罷長歎息，意隨秋雁翔」：結處老甚，都是天然章法。⊙秦風之厚，尤重桑梓，何以訒庵出遊而若是之困？然得一泰升，而同袍之誼尚未衰也。詩本《彭衙》，而叙置更悉。

《丙午生日宿鐵佛寺，曉發韓岡感賦，並柬李二晉玉》「落日下霜天」：俊。⊙老處彌秀。

《滕縣送别孫豹人》「敝邑誰相念，親知獨爾來」：真剴。⊙實有至情，一筆流出。

《任城寄懷鄧孝威》「題詩依佛寺，把酒對城樓」：雅友。⊙字字穩，而高秀難名。

《長夏蕪陰寺寓懷梁木天》「南國親知有是非」：可傷在此。⊙樸老，極沉酣少陵得來。

《郗山寺前對微湖有作》「千群沙鳥看難見，幾個漁舟對寺門」：明滅即離，筆墨殊妙。

王遵訓 信初，河南西華人。

《登伊闕憩枕漱亭》「何年奇跡極雕礱，大佛小佛盡嵌空」：樸老，極精緻。⊙氣力强，意味厚。七古中不易得。

《苦雨》「穡事傷摇落，天心不敢論」：蒼氣無敵。

《渡渭》：掃盡粉黛。

《木砦嶺》「山轉疑無路，雲深欲近天」：刻畫。⊙「高處春猶冷，畝途冰正堅」：地形時候，形容入妙。

《欒城道中》「村村秋水欲平橋」：悠然想見其處。

宋炘 子昭，河南商丘人。《玉尺堂詩》。

《秋日朱襄道中》「廢堡牛羊聚，荒村煙火微」：風景之詩，難此圓密。

《送謝舍人奉使江右》「豫章烽燧地，國事頗相關。戰久餘空壘，村荒對暮山」：高岸。⊙字字沉痛。

劉德新 裕公，遼東開原人。《浮丘山房稿》。

《蝶》「何粉迎春傳，韓香盜月眠」：姿態流麗。⊙香艷。

《蟋蟀》「木蘭悲遠戍，秋壑鬬閒堂」：無處不美。

《蒲萄》「盤堆馬乳涼」：工妙。

《琥珀》「吴宫非遇爾，幾誤鄧夫人」：巧思妙筆。

《信陵君》「救趙良由嬴亥力，歸梁更得薛毛功」：定論。⊙運用史筆，工而能變。

《嚴子陵》「逃名但道齊男子，物色方知帝故人」：自然入妙。⊙字字貼，筆筆老。

●憶客京師，許生洲、錢宫聲諄諄以濬縣稿屬予論次。其詩工雅，在嶠、頎之間，詠物、詠史，兩臻其勝，僕所心折。

汪如龍

原名燦，發若、健川，江南宣城人。《陽坡詩稿》。

《遊三十六灣》「遠望疑途窮，到來復相續」：山水間往往有之。⊙「窈窕山煙外，出没東臺緑」：筆底連蜷，殊不能盡。

《書懷》「見利寧矯廉，見危尚忠節」：其言可佩。

《淇水懷古》「湍急沙流石，風清日映鷗」：秀麗。

《吴興即事》：妙貼吴興。

《登晴川閣懷聶侍御》「波濤萬頃歸江夏，煙火千村混太虚」：胸襟甚闊。

《登道場山頂》「嵐氣千巖撲面重」：詩體質實，而秀氣自溢毫端。

《平陸道中》「村店多因穿地窟，人家半是住峰頭」：確切。

顧　樵

樵水，江南吴江人。

《鐘湖觀瀑布水》「巉石激餘飛，仰視不得正。一流成一聲，石亂聲相競」：摹寫深微，可云盡變。

茅　麐

天石，浙江歸安人。

《招顧樵水》「聞君素有滄洲興，來看溪南蘆荻花」：短章古俊。

李因篤

天生、子德，陝西富平人。

《秦中詠懷古跡》其一「洛陽年少君臣際，遺恨賡歌曠日逢」：風旨婉篤。其二「極目中原烽戍闊，當時尺劍掃殘疆」：筆墨横厲。⊙意致歷落，使人於行墨之外，别有尋思。

《哭陳使君祺公》「最憐捐舍無賓客，誰與招魂還故鄉」：可痛。⊙祺公與子德交情最篤，於其死也，哭之十二首，録此見其大概。

丁　煒

澹汝、雁水，福建德化籍，晉江人。《問山集》。

《懷馮訥生》「城闕一何深，煙雲蔽原隰。有情知望君，誰能髮如漆」：學選體，真得其神髓。

《懷王阮亭使蜀》「何時發三峽，聽此哀猿多」：短章逼古。

《柘浦山行歌》「入門蠨蛸網簷楹，立久主人始出迎。皤皤鬚髮白勝雪，扶杖但聞歎息聲」：亂後光景，寫得淒涼滿目。更妙在説不盡。

《道經順義縣至牛欄山宿》「稍知村徑暝，漸覺野禽歸」：右丞佳處。⊙蕭涼，卻寫得温潤。

《登露山》「二室分空翠，三河注遠青」：有秀微處，兼有渾闊處。

《過熊背嶺》「草暗非無路，山深半是雲。前村多虎跡，籬落閉斜曛」：不見刻畫之跡，卻已深邃。

《謁軒轅廟》「雲中疑杠崆峒駕，霧裏曾銷涿鹿兵」：用筆有神。⊙「殘碑剥落誰堪問，望斷橋山暮靄横」：有鼎彝之氣，奕奕生光。

《船下建溪》「百道飛灘奔石鬭，千峰積翠到溪分」：鍾錬。「瞬息乘流三百里，斜風急雨半空聞」：蒼茫。⊙寫險處，極其秀活。

《醉中八君詠謝幾卿》「借問挹車人，八騶欲何事」：各有所見。

《道經確山縣》「茅店誰沽酒，春山客獨行」：寫景，妙在不經意。

《西湖雜詠，次王阮亭韻》其一「不似唐家行樂地，驪山渭水遍離宫」：推美意在其中。其二「祇有流泉長不改，年年春水浸苔衣」：堪爲一慟。

《永安道中》「蟬聲一路聽無盡，不識深山過幾重」：悠然自遠。

● 詩道喧雜已極，高者飛揚叫號，卑者俚俗淺滑。有如雁水先生，雍容藴藉，力還大雅者乎？長干蕭寺，展讀爲之忘寐。

李　鎧

公凱、惺庵，江南山陽人。《山海集》。

《西七里坡》「當年烽燧場，守望多勝算。白骨今黃塵，荒墩空道畔」：詩史。⊙俯仰有年代之感。

《自大凌河至十三山驛》「萬物有顯晦，咄嗟回我腸」：老杜。⊙寫得盡致。

《秋日雜詩》其一「勁翮一朝傷，鞲上色枯槁」：勁筆。⊙足以諷勸。其二「遭逢亦偶爾，欣戚不在茲」：似陶。⊙聞道之語。

方仲舒

董次，江南桐城人。《瞻雲堂集》。

《冬雪歎》「大澤陰霾哀雁叫，孤村凍合饑兒啼」：奡兀古壯。

《病後》「怪來嘲自解，竟欲傲江湖」：無可奈何語。

《雪》：兩首一慰藉，一怊悵，各臻老境。

《有鳥》「尚絅惡文著，可以配君子」：比配具深理。

《李園西府海棠歌》「聞道北門李氏海棠冠棠城，奇柯合抱花無數」：入手老健。「異哉，此花之種本西府，洋洋大海當年度。迄今植者遍天下，無如江南天妃宫裏名獨著。兒時一過今廿年，飄蓬每致花期誤」：此段突兀争奇。「五蘂成簇簇萬千，放者居中含者附」：傲岸。⊙叙置結構俱佳，中段摇曳，忽生感傷，詩瀾最闊。

《秋曉》「山色近江皎，溪聲過雨清」：詩亦清皎。

《舟夜》「潮生舟勢急，霜落雁聲低」：出人頭地。

《夜起》「風聲微向四更起，月色最難連夜明」：境真語老。⊙詩味最老。

《感舊》「藕絲冰水歡何在，賸有琵琶暮雨詞」：風流獨寫。⊙詩思芊綿，一往如春草。

《即景》「一聲落葉一聲雁」：用仄調，乃如此之妙。

●董次名家俊才，而至性醇謹，於交遊之前輩極謙退，修子弟之職，茶村每稱道之。固不獨其詩秀拔，而思致更超也。

孔衍樾（再見）

《九日晚飲古松下》：「虬幹欲干霄，盤屈類蝌蚪。匠意雕鴻濛，逸氣凌星斗。奇詭不一形，造物稱巨手」：刻畫奇怪，令人心眼頓换。「卓兹戛雲姿，世緣誰作偶。縱未邀青眸，蒼龍自昂首」：松原不屑與若輩作緣。⊙慈仁諸松，蒼奇古鬱，極難摹似。予昔有作，皆焚燒之。闕里先生此詩，神幽骨傲，一見如披篆籀，與少陵「黑入太陰」之作並傳不朽。

《督亢陂》「誰進秦舞陽，冒昧充其副」：特見。「匕首見圖中，曾已執其袖。劍術争毫髮，豈曰嫌太驟。史叙急遽情，單將舞陽漏。那得承命來，同行不佐鬭」：從冷處看出，遂覺鑿鑿不磨。讀史所貴，有識有膽。「氣色仍不舊」：妙。⊙考亭以盜目荆軻而太子書斬，豈不舛極？得此妙論定識，遂覺鬚眉勃勃欲生。

《苦蚊》「藏身菰蒲時，團定盈千百。但乘夕色殘，絡繹出水澤」：寫物情頓盡。

《別騍》「入隊不争先，疾徐皆中格」：可恃在此。「爾卻似有知，雙眸倏灼灼。鬃豎首頻摇，四蹄時一躍」：摹寫畢盡。「新主戾氣多，豐軀將任若。努力效負荷，毋遭鞭箠虐」：未免有情耶，復爾爾。⊙讀此詩，想見主人慈祥，戲謔可觀，詩之高古不必言。

《墜馬行柬袁杜少》「一時右臂減屈伸，揮灑花箋成礙窒」：摹寫得妙。「近年宦跡尚筍輿，舉身入内暗如漆。跼蹐無從窺地天，但覺喧呼比衝馹」：點入時事，惹人來看。「我因先生生戒心，世路平險難預必。翻然欲上灞陵驢，一歌一詠常安逸」：忽作調笑語，胸次定屬何等。⊙墜馬雖同，然少陵是自寫，先生是寫贈杜少。其才情興趣，令人發狂欲笑，古今才人略同。

《看韓幹畫馬圖》「雙眸灼灼渾不停，俯仰頻將金勒噬」：二語寫馬，已入神妙。「我在塵中貎日衰，爾居畫裏氣常鋭。相逢猶動少年心，據鞍無從一揮涕」：卻將自己情事寫入，筆姿絶妙。「少陵詩句了無憑，畫肉畫骨分次第。韓公那見不如師，吾徒真賞在默契」：少陵原有韓幹畫馬贊，足見品題無定。⊙筆力權奇倜儻，實有天馬行空之勢。

《歲暮放歌》「稔知逢世較少疏，默簡寸心終不錯」：腳跟立定。「自入長安費矜持，兔園學術無所託。更將冠服倫禮容，罄折生疏含愧怍。恐將野態觸申韓，加意求詳反得略。狂奴故態亦何常，繩墨之中間一作」：將長安一段拘謹屈曲之狀，盡情描寫。非胸中磊落人，不能有此筆墨。「曾將涕泣别猿鶴」：他人無此。「負戴往來如夢中，胸懷各自藏憂樂」：妙。「但見少壯俱白頭，相對情味半蕭索」：車蓋場中，何處着此冷落語。「祭詩既畢静掩扉，挑燈細把梅花嚼」：得大快活。⊙賦性疏略，而中有定見，不爲時移。軟塵十丈中，情事如何看得？寫得縱横歷落，大足移人。

《天妃閘》「三千水甲練光明，颯颯風生争溪口。穿雲裂石怒非常，無數黿鼉晝夜吼」：筆與雷霆之鬬。「祠中蒲團坐老僧，日課法華辰到酉。門外安危喧若雷，試問僧知僧曰否」：此老僧明白爲大衆説法。⊙前段狀閘勢之險惡，可稱盡情，而妙在一結，金鼓忽停，獨聞梵唄。

《贈羅中丞歌》「史稱賢者重其死，欲立奇功報帝京」：史遷原不以死責人。「低入鴑群深自匿，密締賢豪厚羽翼。市中左袒漸多人，凝睇援兵齊作力」：燕居深念，非賢豪無此作用。「合是蒼生未解難，機事陡洩仰天歎。羅君就獄置黔州，鐵繞脛兮木貫腕」：可恨。「苦雨淒風七閲年，千籌萬慮化爲煙。盟心賓客一時散，爲死爲生均不全」：描寫情事，令人揮涕。「昆明池内剪鯨鯢，敗鱗殘甲齊革面」：露布鐃歌，有此震越。「秉筆諸臣咸動色」：鬨動天地。「禍亂但取心向主，古今時勢豈能同」：是極。⊙蠶叢地險，雲棧烽高，軍諜恒訛，丸書頗密。雖孤城陷没，尚有用智之姜維；而遠道蒼茫，莫辨輸忠之摩詰。不有鴻筆，誰寫幽忠。闕里先生乃爲播諸聲歌，用抒丹血，淋漓慷慨，紙濕煙飛。使七年圜土之羈臣，一旦湔洗垢污，銷除讒謗。較子長之雪隴西，少陵之救房相，殆爲過之。余因採掇佳吟，流傳都市。俾知强藩梗化，不乏赤膽忠肝；而臣節昭宣，自此青天白日矣。

●古體詩，須以雄變奡兀爲主。先生獨力遒拔，鞭風霆而叱鬼神，洵碧海掣鯨之手也。翡翠蘭苕，邈乎小矣。

陳祖法

湘殷，浙江餘姚人。《古處齋集》。

《晚出西射堂》「輕風吹夕陽，澹兹芳草陰」；「短嘯忽未竟，已來松上琴」：情緒逼似康樂，音調亦諧。

《春日遊鶴洲》「林薄煙氣沉，竹密雲光少」：悠然綿渺，殊覺移情。

《蒙陰山中》「日照狐裘色，風清箭羽聲」：寫豪客，鬚眉欲動。

慎墨堂詩話卷十七〔一〕

姚思孝

永言，江南江都籍，歙縣人。《康山草堂集》。

《寄懷滁陽舊知》「相期春未老，來乞醉鄉侯」：筆情幽秀。

《集飲康山草堂》「孤塔瀉殘陽，高吟正草堂」：起得高渾。

《惲仲升〔二〕、王雙白過訪》「荆軻無避地，易水遍天涯。擊劍詩三百，呼天鬼一車」：奇而老。⊙有蒼鷹擊殿之概。

《秦郵夜泊》「不謂寒冬道，淒淒滯一舟。問天懷舊夢，斲地起新愁」：翛然自遠。⊙律詩最重起結，此作得之，而全詩亦極深秀。

《得吴梅村書卻寄》「書成好遁名」：廷尉與宫詹同被徵召，而出處之際有數存焉。此詩猶是昔年胸鬲間語。

〔一〕此卷輯自《詩觀》二集卷五，原署「東吴鄧漢儀舊山評選/同學顧有孝茂倫參閲」。

〔二〕「惲」原作「鄆」，武進惲日初字仲升。

《水西初集，同楊内美、畢東郊》「環城多被秋光護，一葉無妨夕照催」：詩心最曲。⊙冠蓋讌會，卻有如此微情秀氣相引，想見濯濯王恭。

《過清平故里，應諸弟之約》「十年不問舊柴扉，驚喜相看是也非。醉菊無亭成別夢，桂叢有種抱斜暉」：一味樸老，纔是骨肉間真詩。⊙廷尉處昆仲間，有讓宅高風，吾友徐亦史能識之。此詩想見友于至誼。

《秦郵送別吴鹿友相國》「天空水戲魚蝦國，浪静風生蘆荻秋」：新而穩。「長安癡夢憑誰寄，望斷邗江今古流」：藴藉。⊙同舟李郭，相期正深，而筆情隱秀，正復不露。

●廷尉章奏，天下共傳其風采，而詩篇多藏弆篋中。令嗣心繩，爲予兒女姻戚，因得索其數章，以播寓内。其詩新琢秀逸，亦絶非近今所有。

陳瑚

言夏，確庵，江南太倉人。

《贈吴興公》其一「其事雖不成，其名滿人耳」：高伉。其二「別來忽如雨，歲月傷人多。逝水無回瀾，落花難上柯。明燈照孤影，短鬢空婆娑」：磊砢英多。

《唁顧麟士盜警，兼讀織簾居詩卷》「笑語群盜勿毁傷，此吾至寶君不識」：豈惟盜不能識。⊙戲謔處，卻是至理真趣。

《寒夜宿陳皇士齋中》「馬矢吹人面，蕭條吴市門。青山無草木，白骨滿乾坤」：飄瓦裂石之聲。

⊙略見懷抱。

《襄陽道中》「入市盡驚紅叱撥，攔街誰唱白銅鞮」：風神最妙。⊙流麗深貼。

顧夢麟

麟士，江南太倉人。

《盜警詩和陳確庵》「冬寒月黑有底急，坐煩豪客來張皇」：語帶遊戲，妙妙。⊙「尚擬攜詩買村酒，桃花深處訪遺民」：興高而體潔。

吴懋謙

六益，江南華亭人。

《送杜茶村歸金陵》其二「萬山皆雨雪，一老在江湖」：深闊。「春風知爾意，歸路滿蘼蕪」：結意不弱。其三「天意存藜杖，晴花放板橋」：厚而潤。其四「暮年兄弟少，往事别離多。群態雄心出，歡場老眼過」：警邁，直逼少陵。◎六益之詩，以淹博擅場。此獨清矯健拔，能出己之性情，與古人相敵，宜一時雲間推爲絶作。

戴迻孝

無忝，江南和州人。

《别觀莊一兄》「憶我出門時，君家兒女牽我衣，阿母垂涕如綆縻」：叙次參差入古。「大嫂無所言，背面掩妝泣」：如畫。「故人如已死，我往收其尸。故人若尚在，道路安足辭」：數言見古道，令人感歎。「拏船走馬揖君去，坎壈嶔崎風雪路。感君冰涕下如注，老母嬌兒不得顧。痛飲悲歌送我行，他年未卜生相聚」：寫得倉皇如見。⊙滿紙皆是血痕，讀之令我欲歌欲泣。至頓挫歷落，風格逼古，則非沉酣樂府古詩，安能有此。

方中履　素伯，江南桐城人。

《塞上雜詩》其一《岔道》「堡空無犬吠，雲缺見鵰飛」：確。其二《藥見嶺》「如何征戰罷，猶復少居民」：興懷不小。其三《宣府教場》「一望黄沙地，當年十萬兵。雪凋旌旆色，人老鼓鼙聲」：巍然而起，煞有中感。其四《渾河橋》「關山惟牧馬，塞水不生魚」：何減工部《秦州》。其五《張家口》「炎風惟幾日，臘雪動經年」：確。「來往氊裘隊，常依水草邊」：堅秀之甚。其六《萬全衛》「陰晴惟獵火，斷續是長城」：一幅塞上圖。其七《八達嶺遇雪》「路隘山將合，關寒雪易成」：確。

●諸詩蒼警雄邁，全體少陵。讀之如置身黄沙斷磧間，當屬必傳之作。

錢澄　飲光，江南桐城人。《重遊武水詩》。

《客園酬龍門先生》「梅花小閣藏嬌處，詠雪聽歌絶可憐」：正自可歎。⊙金谷銅駝，可勝哀感。

《新秋登慈雲寺千佛閣》「百道溪穿滿邑流」：匀凈可愛。

李念慈

屺瞻、劬庵，陝西涇陽人。《過嶺吟》。

《灘行》「高灘瀉急流，逆上如挽鐵。盤渦隱石角，轉折防觸厄。並力争尺寸，群命懸一繘」：無字不真確，筆力亦復勁悍。⊙寫灘行之景，字字入畫，語語刻骨。比於老杜入蜀諸詩，可謂神似。

《襄陽》：用典故，妙有風神，遂臻絶唱。

《攸鎮夜泊》「村喧新過虎，沙淺數移船」：是灘舟晚景。

《殊俗》「陰晝山魈見，風潮颶雨飛」：光鋩四射。

《廣州》「四時稀見日，終歲有開花」：確極。

《雷雨》「雷電終年有，蛟龍近海尊」：妙。⊙筆底有奔騰之勢。

《廣州雜詠》其一「煎滷盡憑沿海户，算緡原是外江人」；其二「近日紅粘糴更貴，梧州新阻稻船來」：兩絶大有關係。其三「二月江頭賣新麥，清明林下有黄梅」：風土固然。其五「婿家昨日送檳榔」：似娬媚，實荒涼。其六：確極。其七「飽颶卻棄舟航去，高價山中待贖人」：如何不憂。

●王西樵曰：「嶺南之地，於山有羅有浮，於海爲扶胥之口，於動、植有孔雀、鸚鵡，冬榮、側生之樹，於珍産有明珠、翠羽、車渠、玳瑁、丹砂、虎魄之屬。其英華之氣，皆足與文心相浚發。顧從來士大夫之過嶺者，不一其人；過嶺而稱詩者，亦不一其人。然百年來卓然可稱者蓋寡。向獨今司馬龔公奉使其地，與海陵鄧生漢儀偕，各以『過嶺』名其詩；其詩並耀艷深華，足以獻酬嶺南之風物。今明府詩，後出而與之匹美，若華岳三峰削成並峙者，夫亦愈知曠代文人各有其心眼才筆，而不得徒侈爲山川之助也。」

吴嘉紀

賓賢，野人，江南泰州人。《陋軒詩》。

《七夕同諸子集禪智寺碩公房，再送王阮亭先生》「山僧惜離人，殷勤煮石泉。今夕且歡會，新月正娟娟」：那復似送宦遊人。⊙風味澹絶。

《送王季鴻之武林》其一「殘月照餐飯」：妙句。其二「毛義室有親，趙壹囊無錢。莫待花落盡，山山啼杜鵑」：引事近古。⊙古色照人。

《送王幼華歸秦》「願爲前途月，昏曉尤皎潔。一更照君宿，五更照君發」：此詩亦可謂之皎潔。

《寄答汪扶晨》「獨飲山中茶，憶此山中客」：神似韋左司。⊙清絶。○只説贈茶一事，風韻逼似晉人。

《懷汪舟次》其一「川霽戲鱗介，林喧歡鳥雀。物情各有適，予懷獨鬱若」：風情古邁。其二「青錢寄來時，海天正風雪」：那得不感。其三「夜半急雨來，驚鴻聲啾啾。不眠起長歎，人在古吉州」：起得高超。⊙兩公交真，故詩真。絶去文飾，力還大雅，使人有「清風穆如」之歎。

《送吴眷西歸長林》其一「檗樹無甘蔭，冰壑無炎暉。從來高蹈士，不厭寒與饑」：佩君良箴。其二「枝上老鴉多，春來各生子」：俚而趣。⊙「無米親亦喜」：真骨肉閲歷透當之言，三復令我感泣。其三「糗糒日不足，何嘗無豐年」：非君莫爲此言。「里胥夜捉人，不問愚與賢」：《石壕吏》之遺。◎三詩各有情味。

《寄題龔大野遺秣陵新居》「驚疑兒女色，顧戀歸人情」：真。「澄潭入郭流，群峰繞舍青。悄然松際月，聞爾商歌聲」：此中有人。⊙絶塵之調。

《寄汪舟次〔一〕，兼示令侄徽遠》其一「毛褐御炎暉，葛屨行霜域。寒暄總自詒，敢怨人顏色」：語頗近道。其二「可憐輕薄場，恭敬鄉一老」：今世難得。⊙扶晨敦于交誼，風雨弗移。所謂篤行君子也，宜野人娓娓稱之。

《流民船》「嬌兒置夫膝，臨行復就乳」：不忍讀。「一米一低眉，淚濕東西路」：慘絶。⊙淮揚流亡載道，有圖繪所不能盡者。野人目擊心傷，行諸歎詠。當事者亦何可不聞？

《復洲田詩》其一「故主前來看，猶疑夢未寤」：神似。「寥寥亂後人，歷歷沙上去」：如畫。其二「刈草覆我階，疊石爲我堵。不復辨東西，向山編竹户。室成誰往來，蘆中有漁父」：筆能寫出。⊙鴻雁遺音。

《廣陵送汪徽遠歸潛川》「膠漆雖堅固，其如各一丘」：古義雅調。⊙風情迴別，無一字不近古人。

〔一〕原脱「次」字。

《海潮歎》「南場屍漂北場路，一半先隨落潮去」：非身歷，安能言之逼真。「總催醉飽入官舍，身作難民泣階下。述異告災誰見憐，體肥反遭官長駡」：這駡還不差。⊙無字不真，無言不快。

《送王幼華之海陵》「是我還家路，扁舟汝獨行」：工於發端。⊙全是性情。

《送吴冠五還屯溪》其一「無意手重攜」：妙。交情之真之厚，善能寫出。其二「過嶺春禽語，臨溪夜月明」：月明溪静，髣髴此詩之淵雋。

《登清涼臺》「廢殿只啼鴉」：清健。⊙「此地舊京華，登臨落照斜」：俯仰殊佳，不露感慨。

《贈歌者》「一從此曲中原奏，老淚沾衣二十年」：大是關切。

汪楫

舟次，江南休寧人，揚州籍。《山聞集》。

《西山紀遊六百字，呈同遊施愚山、高阮懷》「維時丁未秋，正近重陽節」：老筆。「瞬息苦少暇，大水遽堋渚。波濤滿空山，平慎生恍惚」：寫出奇幻。「忽憶窮簷人，賃舂形役役。辛苦謀一飽，覯此得無感」：又着數閒筆，最有情味。「日落山花殷，猶餘數峰赤」：妙於寫狀。「伊昔典午間，雲公此卓錫。寇至驚蒸黎，焚香化雉堞。至今山中人，大半是所活」：看其叙法，全從古文得來。「石筍垂丹梯，古洞立積鐵。冬氣周四時，靈曜不得烈」：令人凜烈。「偃蹇下山徑，亂雲相抵突。霏霏出煙霧，未雨道先滑。蒼茫翠微裏，何從辨虹霓」：此段有水窮雲起之妙。⊙詩篇雖長，然其中層次曲折，了了如畫。令人讀之，如置身千巖萬壑間，惟恐其盡。比於老杜《北征》，未或相讓。

《曉入青原》「明明千萬山，忽斷青天中。山根入窈冥，一谽將安窮。衹餘亂峰頂，蹩踏凌虚空」：數語如何可畫。⊙筆端蒼莽，全是煙霧。

《青蓮谷》「山脊墮平地，勢如猛虎伏」：非親見，如何形容。

《三疊泉有懷同學諸子》「倏忽逢白龍，天地齊奔崩。其上爲玉柱，其中爲金繩。下流忽異趨，不辨淄與澠。風雨常在峽，噴沫時沾膺」：形容變幻，有洶洶崩屋之勢。⊙起結但爲敘置，中段電掣雷轟，風起濤立。大奇，大奇！

《出谷》「紛紜萬里雲，亂至無高低。倏忽閉萬象，俯觀蒼茫齊。陰谷送悲風，白晝聲淒淒」：寫得十分悲颯，如聞猿啼虎嘯。

《荆樹行，爲無可大師賦》「無端飛電搜蛟螭，妍緑千年倏凋喪。行蟻争盤錯節間，飛鳥不宿枯枝上。老幹抵死撑虚空，腰鐮樵客徒惆悵」：筆力孱兀，頓有雷龍走其腕底。「藥地老人卓錫來，紛紛花雨隨風颺。生成誰非造化力，轉移只覺神明王。朽柯一夜發三枒，蕭瑟空山忽異狀」：奇事。⊙寫荆樹廢興之際，奕奕神王。非沉酣《柟樹》、《老柏》諸篇，安能有此。

《李九洪、徐孝持入青原觀瀑布，歌以送之》「爾去青原尋瀑布，敢爲僕夫告其處。釣臺之下清溪深，君行徑過此溪去」：領起全篇，何等突兀。「猿掛蛇行學不能，峰迴倏與飛泉遇」：入瀑布，警絶。「一半懸空半注壁，龍首龍身肯全露。老柏蒼籐位置偏，競出虬枝作煙霧」：蒼茫奇矯，如龍行空中。⊙是送人遊青原，卻是自己作遊青原詩。格局又變，而詩最英矯。

《白鹿洞歌》「若使此地祀佛老，日新何止數十楹」：讀過慨然，此是大有關係語。⊙山水間作如此經術文字，豈是平流。

《九疊谷》「斜日忽落崩崖高，老樹突出當奔濤。谷口作語谷中應，彷彿無數哀猿號」：驅役煙墨，奇矯至此。

《秦淮月夜聽蘇崑生度曲》「借問歌者誰，蔡州蘇崑生。吳兒愁一顧，楚客最知名」：筆力健絶。「在昔寧南建大纛，歇鞍便索陽春曲。錦衣按拍虎帳歡，烏巾調笑紅裙哭。只今喪亂苦飄零，老翁七十還如玉」：叙出此段，方有情致，不勝花落逢君之感。⊙全倣少陵「丹青」、「劍器」諸篇。

《白岳天門歌》「晴空滴盡老蛟淚，雨後幻作蒼龍髯」：筆有蛟龍。「君不見，留客遮門老楠樹」：結得老。⊙寢食少陵，乃能有此筆墨，吾甚憚其英鋭。

《送吳冠五歸里》「南天過嶺窄，溪水到門斜」：「窄」字、「斜」字都入妙。全詩俱樸老。

《登燕子磯》「老屋受長風」：警。⊙一字不溢。

《過鵲起磯故黄將軍敗左師處》「鐵炮功何補，鐃歌奏可傷。江干烽火息，笳吹滿昭陽」：靖南西禦寧南，而長淮不守矣！此作真是詩史。

《同羅飯牛、方載歌飲取亭》「大壑受斜陽」：壯闊。⊙氣味甚辣。

《歡喜亭同玉明上人觀雲海》「山與雲俱没」：五字便奇。「松風響何處，澗水下鄱陽」：蒼茫。⊙確是此中語。

《九雲屏》「列嶂隨嵐變，空潭得樹青」：靈奇。「漏天懸日月，絶壁走雷霆」：「懸」字、「走」字俱不易下。⊙如此詩，纔可與雲屏相敵。

《晚發甓社湖》「水喧鳧雁醒，沙湧芰荷枯」：好。⊙時與地俱逼肖，難此切當之作。

《江上阻風》「荒田飛敗葦，崩岸走饑鼉」：句句是風色。⊙精警無敵。

《入棲霞山宿宜谷，與眼聞上人》「松陰屋上齊」：此句尤妙。⊙「入門蒼翠合，不信有禪棲」：一味幽閒，方是山中人語。

《過山溪石壁》「夾岸攢烏石，中流湧白雲」：奇闢。

《下新嶺宿九里坑，登祥雲洞尋亭子故址》「佛隨深洞古，天得老松青」：真而幻。

《香爐峰》「天近無棲鳥，籐枯有掛猿」：創異。

◎三詩極其深鍊，然非閱歷過來，安能臆作新語。

《登清涼山》「樹盡猶稱避暑宮」：徵實得妙。「萬里江山憑送抱，忽驚身在石城中」：如此纔謂之闊。⊙眼前景、古來事，一一寫盡。

《暮抵香城山寺，有懷周伯衡觀察、徐伯調、陳伯璣諸子》「野菊背開崩石下，歸雲倒捲亂流中」：此句更奇。⊙氣格不傷，而意議矯出，固爲絶作。

《同澹歸師、曾旅庵、李九洪、徐孝持諸公登宜樓》「雲移忽覺千峰近，天遠徐看一鳥還」：氣體高潔。

《登青原山寺歸雲閣》「看山忽出萬重圍」：妙寫「雲」字。「下方風定虎猶嘯，一寺鐘鳴鳥不飛」：悲激蕭涼，逼出紙上。⊙「借問老僧何所事，朝從雲去暮雲歸」：俯仰江山，别有心眼，乃得此奇曠之作。

《三峽橋》「老狖抱巖飛電急，怒蛟穿峽濕雲開。山僧顧盼渾閒事，香飯徐徐下石臺」：予尤喜此結之妙。⊙數語形容曲盡，耳畔如聞雷霆。

《晚過爛泥坑抵凌霄崖》「返照入巖明虎跡，暗風過澗亂鼯啼」：筆光四射。「多情老衲憐生客，爲道前途無爛泥」：結亦韻。

《玉川門還幻修上人拄杖》「老僧不信山溪滑，一束枯藤手倒提」：真而趣。

●舟次與予訂交有年，論詩亦最合。辛亥予客廣陵，經始《詩觀》初集，舟次盡以同人稿見屬，而其所自製《悔齋詩》，則不欲予刻其一字。今春乃以《山聞集》見寄，樸老之中，益進雄渾，真有如顥亭所云「龍攫虎搏，易其平常」者。然則舟次之不輕刻其詩，意良足畏，吾安能測其所至也。

王又旦

幼華、黄湄，陝西郃陽人。《蔚庵詩》。

《雜述》「卑辭奉三爵，視我同飀塵」：仍不説盡。⊙摹寫薄俗，中情慷慨，而辭氣則在太沖、步兵之間。

《答吴五賓賢》「澥氣野茫茫，天風樹冥冥。餔糜共萊媍，歌嘯存箕潁」：形容陋軒人，十分刻至。⊙贊野人一字不泛。

《孫豹人自歷陽歸邗上》其一「努力爲八口，勞子衰暮軀」：風味似《十九首》。其二「囊底探餘錢，入市買濁酒」：想見古交。「歡娱夜遂深，秋月上高柳」：妙。⊙此首又似陶公。

《徐大招集康山留别諸子》「傾耳空堂下，絲管啁啾鳴。酸辛謝勝引，栖栖我何營」：其音嗚咽。⊙體氣逼古。

《入太行山》其一「暮雨秋風過太行」：唐人風調。其三「寂寞荒山秋色杳，無人更説白將軍」：蒼莽。⊙風概固有俯視中原意。

彭　椅

原名桂，爰琴，江南溧陽人。《谷音集》。

《舊院行，爲閻容庵先生題姜姬畫蘭作》「如真即名姜其氏，風流應擅長干里。自書甲戌上元前，爲贈翩翩蔡公子」：點出。「只今最恨石頭城，多時芳草埋香繡」：便自情深。「西廊南巷皆香陌，踏成滿路臙脂跡。青樓到處可停車，朱户誰家不留客」：想見當年。「昨日避人調錦瑟，今晨聞客下梳臺」：實事。「多邀狎客費杯斝，又買新姬教管弦」：寫來風韻。「但説湘蘭勝跡多」：借湘蘭以形姜姬。「或能撾鼓聲如雷，或能投壺光若電。或能彈棋拂手巾，或能操琴聽遊鱗。或能霹靂自控矢，或能蹴鞠不動塵」：錯落如雨。「舊院當年推領袖，錦江莫出湘君右。屈指姜姬正並時，如真豈在守真後」：又點眼。「落花還聽鷓鴣啼，横塘久散鴛鴦陣」：可傷。「非徒舊院最傷心，向日離宫不可尋。白髮亂餘亡故老，翠鈿消後絶知音」：此是一篇歸結處。「我從舊院路傍過，何曾髣髴遇凌波。土花綻處沉釵股，瓦蔓粘時栻黛螺」：淒淒切切，難爲聽者。「一代美人香草魂，可憐都被君收取」：收煞得好。⊙青溪舊聞，寫得拉雜委婉，如見其人，如夢其事。緣其胸中實有感會，遇題輒發，故雖繁艷，不逐淫靡。覽者庶幾一唱三歎，毋徒視爲紅板橋頭、青漆樓中之佳話可也。

顧岱

輿山、止庵，江南無錫人。《青霞草堂集》。

《放歌行》「白晝山魈來索飯，揮之不去交相訌」：荒涼至此。「又胡爲乎黑龍潭下瘴氣時青紅，主人沽酒一石取大醉，碧闌月上花朦朧」：只合如此。⊙筆力横異。

《短歌行》「不見嘉隆盛臺榭，衹見當年横死骨」：詩史。⊙鑾方亂後光景，寫來可涕。

《過辰溪》「石勢寒山背，灘聲掛樹頭」：沉鍊。⊙真得江山之助。

《同馬城璧、馮再來飲胡皛庵齋中》「竹葉蔽溪門」：好。「他鄉日易昏」：悲語。

《贈徐經歷》「寸心邊徼事，雙淚故園愁」：全學工部。「鄉音喜見汝，歸去許同舟」：款曲。⊙作邊吏，實有此種情事。寫得愷切。

《黄平莊》「陰風吹十夜，雪滿老鴉塘」：老。「蒼崖雲作地，白晝虎攘羊」：創而真。⊙全首氣力。

《銅廣坪》「問路怨高山」：「怨」字好。

《德風亭避暑》「亭虛仍毒熱，樹老有清陰」：蒼辣。

《秋日遊滇海，登太華羅巖》其一「水勢遠開雙塔迥，秋光返照萬峰浮」：狀其形勢，不衹聲調之高。其二「雲出斷崖歸破寺，樹盤曲磴繞仙臺」：奇闢。其三「荒村虎徑亂雲深」：便自蒼蔚。「莫道段蒙多變易，碧雞無恙月沉沉」：沉雄。其四「低徊六詔興亡事，醉倚山橋百丈松」：悠然無盡。◎諸詩奇偉秀麗，幾奪盛唐之席。

《滇還抵京口》「故鄉風景仍如客，久宦兒童竟似蠻」：是實事。⊙宦情至此，那不索莫。

《獅山懷古》「一別金陵三百載，夢魂還在上陽宮」：可思。⊙此紀建文時事。

《出滇雜詠》「協餉至今需百萬，西南曾否貢金錢」：詩史。⊙開邊一事，所以古人重言之。

許虬

竹隱，江南崑山人。《萬山樓詩集》。

《折楊柳歌》其一「柳折在儂手，花飛到誰家」：是意中語。其二「今年楊柳枝，明年楊柳根」：古。其三「生長雖南方，愛唱是北曲」：獨能切事。其四「乍可不結實，那可不開花」：此中大有情思。

《那呵灘》其二「下灘如生翼，上灘牽百丈。勿怨郎來遲，恨儂住灘上」：與古人何遠。

《前緩聲歌》「搖尾棲棲，歸告虎妻。虎妻曰咨，攫人須慎之，天真不可欺」：意本天真，而敘得委曲動聽，遂爲傑構。

《秋胡行》「人盡見知」：妙。⊙妙有別解卓識，不徒馳騁以見異，而音節是樂府，非古詩。

《喜雨行》「妾身能值粟幾斛」：慘語。「賣汝誰績麻，幼子不成育」：如聞其聲。⊙前段形容處，極其慘戚。

《禽言》「穀賤如泥，田家不得粥，富家去換肉」：俚而真。⊙今富家並不肯去換肉。

《古詩》其一「隔年一握絲，至今置蠶筐。纏綿情索莫，願化鴛與鴦」：比喻最古。其二「春花何楚楚，春服正褆褆」：古。⊙將古詩「不如飲美酒，被服紈與素」更暢説一番。其三「磐石意自堅，初體在根株。草黄還得青，榮條轉須臾」：比物連類，委婉盡情。

《聞簫》「離鸞不復來，但照茫茫月」：妙。⊙不作柔昵語，而音調蒼激，轉似秦聲。

《沙陽梗在洞庭南岸，庚戌七月初二日泊之》「古廟洞庭君，蕭條寄灘背」：望之縹緲。⊙搴蘭擷茝，全體芬秀。

《春日同人鷺洲小飲分賦》「爲歡良苦心，酒政多壁壘」。風色頗侵燈，探鉤興未已。歸渡轉蒼茫，短棹前灘艤」：結處彌臻蒼緊。⊙前路點染絶佳，收處絶不支蔓。是深於漢魏詩法者。

《别錢鑑濤》「倉皇風色起，霜霰零中衢。勉爲羈旅人，勿用空長吁」：蓄意不吐，乃臻古烈。

《浴阡陽湯泉歌》「誰開地脈辨沉灰，下有積薪燒不竭。潛蛟畏熱不敢遊，渴猿就飲吞聲愁」：着力形容，筆鋒注射。⊙緊鍊，更不煩支言。

《晴川閣》「雲開三楚合，江盡五溪連」：對更好。⊙格好，詞復確貼。

《七星關》「危橋聯地軸，古廟閉山靈」：烹鍊而出。⊙氣象莊肅。

《關山嶺》「虹斷收殘壘，龍争圻滑梯」：深琢。「猶疑轉戰罷，金鼓夕陽西」：結亦遒壯。⊙通首雄渾。

《寓滁陽仙觀，次壁間韻》：氣勢好。

《大江》「元氣東南抱，長風曉夜靈」：語有元氣。⊙有混浩之氣，蒼茫難盡。

《曲陽拜武侯祠》「孟獲子孫忘舊德，土人伏臘祝遺容」：樸直見古。⊙從少陵「蜀主窺吴」詩脱來。

《贈吕半隱》「揚州細發三春樹，劍水閒啼五夜鵑」：具有情感。⊙翩翩娟秀，卻自沉着。

《登黄鶴樓》「鄂渚波光吴楚共，蘭臺風色古今雄。千年赤壁煙難滅，二女黄陵曲未終」：典而傑。⊙偉麗，一空作者。

《秋興》「溪冷不開湘女瑟，洞深疑駐伏波軍」：其聲蒼激。⊙筆有殊彩。

《西湖雜興》「澆酒松間問綺羅」：意自深曲。⊙色響俱殊，而藏意處尤别。

《維揚懷古》「玉簫曲斷飛羌笛，瓊樹春殘長荻花」：淒艷。⊙逼似義山。

《大堤女》「公然不顧妾，一徑走襄陽」：古甚。

《採桑女》「行來桑樹邊，偶值東鄰女。各復忘採桑，斜陽還共語」：如見。

《送白谷禪兄參訪靈隱》「草鞋抛擲古杭州」：是贈衲子語。

《荆軻》「一從壯士西秦去，易水千秋更不波」：其聲雄烈。

●竹隱爲風雅宗匠，主持壇坫久矣。近過維揚，以未刻稿見示，因得縱觀其盛，固久宦南荒，益得江山之助耶？

徐旭齡　敬庵，浙江仁和人。

《題畫》「東風不解相思苦，吹作江南滿樹花」：詩心縹緲，疑置我桃洞、天台間。

《舟中示許師六》「西風有意憐清白，伴送蘆洲一葉輕」：箇中人語。

宋實穎　既庭、湘尹，江南長洲人。《老易軒詩集》。

《寄趙天羽同年》「一曲河湟新奏凱，何勞頗牧出雲中」：如聞鐃吹。⊙曹秋岳曰：「如幽燕老將，氣韻沉雄。」

《輓姜如農先生》「淒涼故國吳趨曲，感慨君恩謝朓磯」：貼切而秀麗。⊙貞毅久客吳門，以舊成宣州，遺命葬敬亭，志可哀矣。詩甚綿婉而淒艷。

《口占輓合肥龔宗伯》其一「余亦荆高一酒人，相逢意氣識公真」：筆最老健。⊙「尚書風度今能憶，剪燭詩成若有神」：定山風致如是。其二：乃更飄逸。

吴度

叔子，江南歙縣人。《北征集》。

《北征》其一「道逢客子還，相揖立路隅。勸我加餐飯，對之久踟躕」：情致纏綿，大有河梁風調。其二「鵬鷃同逍遥，奚辨豐與約」：聞道之言。⊙遠遊多悔，言之朗烈。

《烏聊山亭族叔暨兄弟侄輩餞飲》「新月懸半規，煙巒愈明密」：此景難盡。⊙情景交發，其密倩處，幾如翠竹紅潭，天然佳勝。

《自孔靈村逾嶺溪行》「山隩聚煙火，巖扉蔽樵嶢」：山村在眼。⊙「前瞻塗既峻，及至峰尚遥」：遠近即離，妙有心會，不僅詞章之美。

《白花鎮雪行過月明嶺》「溪毛愈澄徹，山木變青蒼」：是雪中景。⊙寫塗次雪景，點綴不多，已覺蒼寒在眼。

《金陵道中雪》「樹杪蔣陵煙，巖端石淙雨」：非謝客不能爲此語。⊙新情秀氣，拈筆便自霏微來集。

《湖陵舟中》「葭菼綠依微，漸見煙火出」：數言具述風土，固爲清滌。

《夏鎮夜泊》「時見菰蒲中，悠然動漁唱」：造詞秀麗，而氣體亦自深遒。

《夏日同友人遊南池》「樹色苔侵檻，荷香風入襟。稍聞鳴蟬起，益覺濠濮深」：筆意清曠，如置身晚涼森木間。

《陽穀道中立夏》「迎帆雲木秀」：好句。

《武清曉行》「月黑過戰場，似有髑髏語」：似常建諸人。

《廣陵春遊曲》其一「林邊與舟上，相望兩關心」：何其情深。

《湖上吟》其二「蘆葦有人聲，扁舟方採芰」；其三「家鳧與野鷺，遊戲雜湖煙」：古趣，妙在渾然。

《馬上見》其一「從容上馬去，不畏紫騮驕」；其二「春風如有意，吹動冪羅開」；其三「不須梳墮馬，已覺玉釵偏」：三絕俱原本樂府，而變其音節，大是可傳。

●叔子沉酣康樂，下筆便自神采過人。其於諸家，雖有企擬，而神韻較謝爲多。甲寅獻歲五日，於慎墨堂雪中呵凍閱之，賞其清英秀拔，殊令我作山陰道上想也。

余杰

生生、鈍庵，四川青神人。《增益軒草》。

《春仲客廬陵，同友遊神岡山翠峰寺》「曲徑緣陂塘，菁葱連雨氣。深林隱茅茨，蒼茫生遠勢」；「循崖入翠峰，頹垣攢薜荔。松古不知年，離奇難位置」：筆筆緊拔。

《戊申秋日陳子招遊翠屏山，遇三山友人》「江光動危瀾，奔流逐輕棹」：詞義秀聳，出落更有次第。

《壬子春仲同家不遠遊焦山》「乘危恐觸河伯宮，波襄濤湧驚魚龍。片帆飛渡任欹側，頃之足與山涯接。向時驚悸今得寧，扶笻拾級相競行。天光冥冥海氣白，群山絪緼成一色」：筆力矯悍處，非沉酣子美不能。

王逢禧

履將、招隱，江南長洲人。《鄴遊草》。

《雜詩》其一「行路亦有忠，同室豈鮮讐。何分秦與越，所辨在薰蕕」：識鑒甚深。其二「物候自爾爾，春風無此心」：澹得妙。其三「豈無爨下急，中道返柴荆」；「歲寒因人熱，遠愧童子情」：且感且憤。

《讀禰正平鸚鵡賦》「世亂才高路自窮，何須懷刺强求通。譏彈反覺尊黄祖，表薦虚教負孔融」：正平不得不服。⊙此詩方可謂之有識。

許　楚

芳城、旅亭，江南歙縣人。《偶影閣草》。

《無題》其一「布衣争閒氣，肉食隔高譚」；其二「憤俱貧士病，慎受俗人恩」：近道之言，令人肅然起敬。

趙吉士

天羽，浙江錢塘人。

《夏首登韜光》「一樓浮海日，百雉接江煙」：宏壯。

《青溪舟中》「水静灘聲轉，雲空樹影移。山山相對峙，最覺片帆遲」：幽静。

《醉贈張秋文》「寒到水邊樓」：好。⊙「相看須縱飲，明月正當頭」：風致繚繞。

《金山蘄王廟》「江煙時帶魚龍氣，潮水猶傳鼓角愁」：其音震越。⊙句句切蘄王廟。

《題卦山》「月滿清泉龍入定，雲連古柏鶴來巢」：整麗，卻深蒼。

《詠西社龍門》「峭壁一聲飛霹靂，驚泉百道走蛟龍」：何讓北地。⊙是盛唐嫡派，一字不落宋人。

《九日邀同諸公龍山登高》「鳥道殘紅垂老樹，龍潭飛練掛高丘」：許渾佳處。⊙格調俱争上流。

《交山平寇志感》「汾水蒼蒼出管涔，劉淵得劍此巖陰。幾多白骨成黄土，無數青峰長緑林」：古鬱。⊙筆墨矯然出群，只是胸有今古。

《宿晉祠顧亭》「懸甕巖前開絶搆，剪桐祠下響飛湍」：聲振林木。⊙全詩氣象，直逼大家。

《桐江歌》「一曲溪流山四面，不知身在一舟中」：極真。

梅枝鳳

子翔，江南宣城人。《石軒詩集》。

《登日觀峰望日出》「銜山火一點，吞吐未即起。一躍高尋丈，脱山疾於矢。宿靄散如煙，晨霞爛成綺」：非親見，不能如此描寫。⊙「東臨碣石，以觀滄海」，筆端寫得如許變幻。

《宿岱頂》「榻前三觀出，杖底五松迷」：莊麗，是宿岱頂詩。

《初至登州》「官廚繁蟹蛤，庭樹蔓葡萄」：《登州志》。

《歷下懷姑山先生時先生隱居黄山》「閉關黄嶽青冥端，三十六峰峰可餐。記得芒鞋追杖履，共看飛布湧琅玕」：高老誰敵。⊙以贈姑山，人與詩皆不朽。

《伏生墓》「豐碑不復遭秦火，孤冢依然是漢封」：憑吊詩，應如此蒼老。

《招竺芳》「香臺明滅窺陰火，龍象淒清聞夜猿」：此中少高僧不得。⊙氣味深厚，卻層次分明，固推老手。

《黄華洞》「巖積三春雪，桃開四月花」：修琢。

李　珪

公執，鶴汀，四川渠縣人。《説劍齋集》。

《自上坎至洋中陳山，下爲東山社，午過鳳翅洋至莒溪宿》「齊春嚮水碓，分汲注雲筧。已拂莒溪煙，未脱下洋巇」：森蔚。⊙徑路分晳，而煙墨繚繞，遂爾無際。

《送王孝先入秦幕》「黄雲隴樹經年隔，落日邊山一劍行。漢時尋常皆置驛，秦關百二未休兵」：極似高達夫。

羅　坤

弘載，浙江山陰人。《半山園集》。

《廣陵市小飲》：絶似太白。

《江行至白下有感》「匝岸寒煙飛燕子，迷天細雨拜江豚」：何減劉滄。⊙整秀，更有矯氣。

《西施山》「猶記美人歌舞地，何勞江燕説興亡」：意緒紛來，正覺難爲俯仰。

《寒食遊雨花臺》其一「怕向雨花臺上望，遊人指點説鍾陵」：渾然。其二「六朝粉黛傷心盡，南院無人更踏青」：是傷心語。

《夜泊淮陰》「醉眠孤客多春思，偏有吴姬調夜弦」：此情正復難堪。

《除夕渡黄河》「萬古黄河無晝夜，明朝孤客有新年」：凄然。

姚夢熊

襄周，江南太倉人。《西墅集》。

《次顧華峰擬建文遜位後詩》其一《悼方、黄諸臣》「應諒寸心懸日月，莫訾前箸誤朝廷」：此是正論，非恕辭。其二《謂迎降者》「事到死生忠義盡，時當患難腹心欺」：刻至。「金川將士歡聲沸，門卒潸然有涕洟」：可爲慨然。◎二詩足參史論。

吴周

後莊，江南歙縣人。《豐溪詩集》。

《送孫豹人省兄之山西》「只今蒲屈上，寂寞空山川。君去託憑吊，驅馬秋風天」：蒼然古秀。

《柬吴賓賢》「向老會面難，寸心何由傾。愁坐東軒下，獨夜秋泉聲」：悠然清泠，詩格亦自整峻，可贈賓賢。

《送江四》「渡口布帆猶未挂，解衣且看江南山」：高致爾爾。⊙簡逸。

《送謝大》「角聲新戰壘，春色舊王畿」：聲色意藴，皆造唐人佳境。

何　絜

雍南，江南丹徒人。《涓涓閣詩集》。

《雜興》「重華難再遘，悵望湘江深」：歸重此意。⊙結響高，運思潔。

《競渡歌》「盤遊十日難回首，羽書報進圌山口。一夕傳呼徹管弦，連宵號令嚴刁斗」：轉入離亂，筆如遊龍。「可憐昔日錦城空，徒見今宵鬼火紅。土室飄揺悲夜雨，單衣蕭瑟恨秋風」：黯然如過古戰場。「纔看虎帳烽煙熄，又聽龍舟鼓吹聲」：回頭者有幾人。⊙一篇兩扇，正相照應。末句迴環，尤多藴藉風流，不僅規模四傑見長也。

《燕姬曲》「閱起干戈爲麗人，欲奪花枝伴繡裀」：紅妝之爲祟若此。「從此將軍懷不開，上流處仲擁兵來。羽書悵恨催軍急，閨中不復更銜杯」：又是一番風景。「重把琵琶整翠翹，弓鞋另製新翻巧」：可恨在此，令人不忍竟讀。「青蚨入手何曾久，一聲都護一巵酒。傷心不復理絲弦，玉折蘭摧亦可憐」：負卻向日將軍，爲之奈何。⊙何許燕姬，乃煩將軍如此情重，不惜以軍鼓間決之。至身没之後而别把琵琶，負恩多矣，此緑珠、窈娘所以獨垂千古也。

《集相如叔水閣，贈戚价人》「花氣落山罍」：佳句足入奚囊中。

《焦山和宋射陵韻》「頻年戍火愁中大，萬頃驚濤定裏過」：筆興忽來。⊙遏雲之響，兼多沉思。

《西津送張牧公歸臨洮》「江南花發暫逢君」：何減嘉州。⊙雅潤清韻，如聆玉人寶瑟。

《少年行》「拋卻銀箏弄翠翹」：浪子行徑。

《哭董文友》其二「一從話別烏衣巷，不過城西金盞橋」：阮亭云「陳黄鄒董各名家」，今許士、文友已溘焉朝露矣，讀雍南此詩，能無悼歎。

《送王石谷》「吴綾十幅圖難就，似少鍾山紫氣浮」：結有意，便不是尋常折柳語。

程世英

千一，江南丹徒籍，歙縣人。《曉山詩集》。

《贈徐器之》「萬卷藏書宛羽樓，劫灰飛盡屹無愁。眼看荆棘銅駝改，無恙詞人尚白頭」：叙次淋漓，多形哀歎。若一味贊諛，便失風人之旨。

《憶昔行，贈沈廣文敬輿先生》「憶昔先生偕計吏，正當宇内稱平治」：二語領起全篇。「誰期荆棘愴銅駝，疇昔華綺付薜蘿。南皮讌飲秋風冷，東第絲弦夕照過。應劉凋謝風騷散，可憐過眼如飛彈。先生偃蹇一氈寒，韜光鎩羽常三歎」：此一段頓挫感慨，絶有神會。「道逢絳灌無顔色，家傍烽煙最苦辛」：過江名士，蕭條至此。⊙借廣文寫出盛衰之際無限情感，便自可歌可涕。若但以藻艷相許，非能知千一詩者。

《與董文友、吴西崖同宿焦山》「路折層層石，星垂面面松」：沉鍊。⊙設局造語都佳。

《贈宗子發僧舍度歲》「萬事到山静，連朝對佛閒」：真話。⊙老氣逼人。

《和吴仁趾見贈》「敢説公無渡，由來行路難」：用成語，極自然。

《古意》「一夕諸少年，同封關内侯。各出黄金卮，痛飲結綢繆」：只數言，最有味。

《詠何相如齋頭牡丹》「分付紅顔好珍重，爲留濃艷待重過」：韻度翩然。

《沈方鄴歸自粤中，復遊梁溪，爲促其歸》「急須歸贈海南珠」：僕在梁溪遇方鄴，與之痛飲，曾作長歌勸其亟歸敬亭，不謂千一同予指也。

《輓管元歸喪子見平》「可憐十載藏奇字，盡付青山當紙錢」：語可招魂。⊙當是子而才者，言之良可惋痛。

《題陳椒峰胥江詞後》「誰令王孫輕見面，春風吹起繡幃愁」：情之所感，正復奈何。

李煒

赤茂、格齋，浙江嘉善人。《物外軒稿》。

《雜興》其一「養志百年内，身名同晏如」：陶靖節本領，一筆寫出。其二「豈不長苦辛，所欲非壽考。人生憂患中，稱心亦爲好」：令我浩歎。⊙烈士肝腸，千載如見，彼肉食者那得知。其三「龍蛇守道真，毁譽棄若屣。寧能人世間，懷憂獨長喟」：結客之餘，忽而學道，此英雄舉動。其四「同衾戀膠漆，遠道怨商參。側身隴阪長，離懷誰能任」：古調獨彈。⊙宛轉盤鬱，得《離騷》之情。其五「樽酒自言温，意氣自言多。仰視北斗闌，明發當奈何」：眼中總看不得，只得以微言警之。

《有所思》「當年阿母畔，空學繡鴛鴦」：一結寄託深遠。

《贈墨庵》「突兀疏狂意，空憐日夜過」：以贈墨公，可謂切當。

《贈黄介石》：寫介石，鬚眉欲動。

《寄懷吴江徐寀之》「思君楓葉滿吴閶」：佳句。⊙雋令之姿，卻氣色飛動。

《寄懷墨庵兼詢聖歎》「虎豹鬭昏風雨黑，蛟龍蟄起歲時艱」：不拘拘繩尺，筆力常覺縱宕。

●格齋令嗣環瀛，曾同墨庵棹扁舟訪予於海陵，許以《格齋稿》見寄，久之不至。予友謙龍自越中歸，乃以《物外軒詩》屬予點次入梓。其詩高視闊步，類有太原公子氣概，而仙裳尤亟稱五古在阮、陶之間，洵不誣也。

張注慶

元長，曲山，四川保寧人。

《濯足仙女潭，同費此度作》「日暮望山雲，漁歌兩岸徹」：清曠絶人。⊙向於廣陵得晤曲山，柴丈極稱其澹懷雅誼。然觀其蹭蹬一官，知爲古人無疑也。

梅　素

素五，江南宣城人。《楚山集》。

《喜汪扶晨來宛陵賦贈》其二「攘攘滿城闉，爲計疏且卑」：高流之言。◎二首風論，大似劉公幹、王仲宣。

金敬敷

在五，浙江山陰人。

《廣陵郡齋奉懷家亦庵叔父》「那愛揚州月，輝輝照管弦」：情語，卻風韻。⊙詞意圓美。

《酬黄仙裳見寄，兼懷唐祖命、顧雲美、蕭伯闇諸君》「六朝松下酒，容易五年違。寄硯人空返，停橈客未歸」：清暉娱人，耽賞無已。

《金陵感舊》「六朝風景寧無恙，我輩蕭騷況絶倫。荆楚烽煙休太横，石頭幕府正嶙峋」：晉人風格，摇落殊深。⊙筆墨之外，别有情緒，引人蕭遠。

《廣陵新秋喜雨，柬幕中諸子》「龍氣下垂江雨黑，電光平徹海雲升」：與少陵「高江急峽」句並垂。⊙「野渡荷花放幾層」、「夜涼碧樹警秋燈」：雄處似劍光出匣，秀處如初日芙蓉。

《别歌者二首》其一「休聽離亭玉笛聲」：深情在「休聽」二字。其二「誰知殘夢雕鞍背，猶記鵾弦誤一聲」：風流絶代。

●乙巳秋客汝南，同在五策馬南歸，距今十載矣。咫尺郡樓，末由扳晤，乃忽接其近稿，清雋遥深。輒歎其肆力風騷，克承家學，固過江名彦所共推也。

許維祚

石園，遼東籍，順天人。《六雪齋詩草》。

《香山寺》「懶雲低講席，怪石咽流泉」：著意。「山空雨勢懸」：此句尤奇。⊙語必精傑。

《宿來青軒》「夕照依樓盡，歸鴉破晚煙」：起得渾茫，是杜家法。⊙「星河入夜全」：光鋩射人。

《懷妙山》「閒門掛落暉」：語似摩詰。⊙筆意悠閒，有手彈五弦、目送飛鴻之致。

《文成内兄書至賦寄》：純是真氣。

《丁巳夏日茶村見顧》「江海存吾道，風塵辨楚才」：少陵沉辣處。⊙古道不作久矣，惟高流相見，乃有針芥之合，豈風塵所知。

《登故園小樓》「苔生古墓殘碑在，雲暗山村獵騎回」：頸聯徵實，不落浮響，較爲力勝。

《送友韓還維揚》「華燈錦瑟揚州夢，白雁丹楓薊嶺秋」：忽着華鍊之句，乃爲警勝。⊙虚實相生，其風格流美，何減高、岑一輩。

《早春飲集蓮峰署齋得初字》「相對芳樽須盡醉，一簾寒月雪消初」：光景好，懷抱佳。⊙詩思清如蘭雪，想其襟期之曠。

《送翼飛》「愁中對酒傷春暮，醉裏吟詩送故人」：一句有三層意。「芳樹鶯啼倍損神」：老筆。⊙杲堂謂：「學中唐須有氣力，乃不流於清弱。」此作殊爲雅健。

《送李倩雲還廣陵》「邗溝好月待人明」：好。「碌碌風塵知己少，天涯漫道有逢迎」：令人慨歎。⊙秀雅絶俗，一結尤徵古道。

《初秋同維岳、魯瞻過黑龍潭》「柳暗龍潭一色秋」：畫不出。⊙羅羅清疏，時出壯語，四座俱廢。

《乙卯九日同檗子、妙山、友韓、又辛北郊登眺，復飲小園分得城字》「峰巒翠溢連煙樹，洲渚寒生老杜蘅」：媚中見老。⊙穩貼，卻處處力量。

《得雨志喜》「移牀草閣卧江寒」：妙。⊙「天心似慰蒼生渴，人意同忻邑里安」：不貪天功，是高人識見。結語如移我於江潭明月之間。

《易城春仲蔣别駕邀飲城隅》「山城落照亂啼鴉」：畫。「比年旅思渾無賴，欲覓閒畦學種瓜」：蒼勁。⊙興趣乃不與俗等。

《都門秋杪喜永公至自金陵》「天涯九日人重聚，江上三秋夢幾回」：何減劉隨州。⊙「長安詩酒推飛將，再爲騷壇闢草萊」：氣韻清恬，正復超勝。

《奉答荼村》「聞道扁舟仍不繫，暮煙疏樹復相思」：情旨俱超。⊙轉折有法，結處無限煙波，如此主客皆遠。

●石園先生高才雅量，迥絶時流。其涖真州也，一往澹静，公府蕭然如無人，而庶務畢舉。以其餘閒，讀書賦詩，大有元次山、韋蘇州之風烈。予友杜荼村客白沙，以其詩郵寄。予愛其俊潔而超胜，良吏之懷、詩人之旨也。亟爲遴次，以廣其傳。

陳志諶

君三，江南泰州籍，江西吉水人。《嶧桐園詩稿》。

《晚步》「簾櫳自静好，青山當我門」：筆意似陶。「春風來黄昏」：佳句。⊙詩凡兩段，曲折自老。

《漂母》「一飯豈望報，英雄良在兹」：説出漂母身分。「具眼亘古今，千載遺人思」：結法入古。⊙興言磊落，故自感人。

《題王無倪所畫灞橋風雪圖》「橋頭水紋凍不開，悠然折得梅花回。風吹老蹇雙耳直，雪花片片從東來」：便是一幅好畫。「閒釣槎頭縮項鯿，清詞麗句自堪傳。至今鹿門山月在，猶照襄陽耆舊邊」：歸重此段，令浩然千載生色。⊙前鋪叙平遠，後議論英健，章法絶佳。

《黄仙裳以魏相國所選唐詩見示，兼惠新詞，賦此奉贈》「乃以手評相國所選詩，示我作法真我師」：手筆樸處，彌見其媚。⊙讀書求友，是今日第一要務。觀此前後所陳，知其寄託甚遠。

《燕臺雜詠》「少年車馬更如龍，解劍直入芙蓉宫」：點染古藻。⊙仿初唐四傑體爲之，而言外有不盡之意。

《古廟》「廊空人倚樹，殿破鬼吹燈。夜黑陰雲合，天明蒼鼠騰」：四語悲壯雄麗。⊙此等詩豈復時調令情，令人拍案稱快。

《玉泉山》「路轉危峰峙，溪斜老樹安」：生創而穩。⊙必不肯襲人牙後一字，是其筆性大有勝人。

《曉發泰安州》「鶴唳不知嶺，鐘聲何處庵」：清響。⊙用險韻如此妥秀，知其深心古人。

《長安旅夜》「倏驚殘酒後，落木又亭西」：到底氣足。⊙「那堪秋月冷，況復夜猿啼」：旅中人那堪讀此。

《涿鹿即事》「窗前蟲語急，廄裏馬嘶殘」：清澈處可方襄陽，然正不流於枯率。

《望岱》「雲迷天欲合，峰削鳥思還」：實歷語。⊙從容恬雅之作。

《冬杪送蔣曠生歸吴門》「相見共揮邊塞涕，閒遊忍聽廣陵簫」：姑射仙姿。⊙「爲報吴陵春釀熟，早期沉醉過花朝」：季迪、仲默有此風神。

《寄友》「連因驛路無消息，苦憶深山滿蕨薇」：氣極渾淪。⊙全以風格標勝。

《閨情》「同玆清夜月，卻照兩人情。但願心相炤，何須月太明」：是情至語。

《蕪城竹枝詞》其一「十里旗亭古戰場」：警句。其三「牆外玉驄驕不行，牆中女兒淚如雨」：含蘊，得樂府之情。◎三絶大有情致，温、韋未足相駕。

《過某氏廢宅》「暮雨不堪談往事，人言昨夜響金槽」：盛衰之際，頃刻滄桑，人亦何可不發深省。

《歸舟》「不堪風雨漫天至，折盡垂楊萬萬條」：風流騷宕。

●君三乃茶庵觀察之令嗣，懿誦太史之難弟也。年方韶秀，閉户讀書，而愛與賢豪長者相結，此豈紫囊紈扇中人哉。甲寅獻歲，風雪杜門，而君三以近詩見寄。讀之歎其高秀風華，每進益上。因爲評定如此，以志緇衣之慕云。

金憲孫

邵度，直隸清苑人。《塒園稿》。

《陳留晤劉心周先生話舊，兼得伊匪莪消息》「庭樹開絳桃，綏山種不如」：如此閒筆最古。⊙

筆力勁挺，針線亦最密。

《新河篇》「乙卯夏五之六日，停車桃源西新集」：直起，是叙事體。「渠首青臉立城角，剪紙招呼勢頗惡。我軍壁壘堅如山，天殄群妖風雨作」：似史遷叙漢楚之戰時。⊙「誰將兵荒告執事，免使畿内無流亡」：藹公《决絶詞》似前後《出塞》，邵度《新河歎》似《兵車行》：總得力於少陵。

《會亭曉發》「梁苑空辭賦，芒山斷鼓鞞。故園千里外，背指數峰西」：安雅。

《儀真舟中》「密雨打回潮」：極真。

《獨樹》「病悔著書非」：閲歷過來語。⊙全詩蒼樸。

《登香巖閣》「崿頂垂鐘乳，檀林過麝香」：華鍊。

《舟過雷塘，雨中望禪智寺》「煙花孤冢上，風雨亂流中」：淹潤。

《嶧陽詠懷》「青山臨岱嶽，滄海下蓬萊」：音調甚壯。⊙氣體高勝。

《春夜飲程穆倩齋中即别》「歸燕覺春風」：「覺」字妙。⊙「心期相見晚，忽漫促征篷」：秀逸，兼之老成。

《平陽女子墓》「白楊空咽千秋淚，青草從飛萬騎塵。顔色尚懸梁上月，姓名寧洩路傍人。重思戎馬當年事，西望并州涕滿巾」：感慨繫之。

《丙午榜後寄復陽兄塞上》「月壓龍荒頻勸酒，霜侵沙磧重裝棉」：音節壯亮。⊙「敢言薄劣慚知己，乞米空回更力田」：復陽先生一代人豪，其處患能貞，尤徵道力，此作極爲寫照。

《何雲壑轉運席上遇鄧孝威，因詢及陳藹公感賦》「徹夜笙簫催曙色，半天風雨落潮聲」：對得別。⊙「酒闌猶問元龍在，百尺依然傲未平」：蕭疏澹逸，别有勝情。

《秋吟》「時有同心友，騎驢直到門」：快事。

《歲暮雜感》「故園葶藶草先生」：師之所過，荆棘生焉，可勝慨歎。

《出門述所見》「蹀躞龍媒何處去，南衙今日鬬鵪鶉」：别是一番風氣。

《銅雀臺》「陰冢虚懸七十二，不知何處當西陵」：阿瞞應爲失笑。

《鮮虞臺》「卻望義村春社散，芳堤紅粉目香車」：鮮色可愛。

陳　僖

藹公，直隸清苑人。《燕山草堂集》。

《決絶詞》其一「孤城遭寇侵，寇去來軍旅。玉石全未分，殺人血漂杵。夫死擄其妻，仳離失居處」：不能殺賊，而淫掠婦女，其謂之何？其二「夜半戰馬嘶，夾雜兒啼聲」：不忍聞。其三「妾死不足憐，誰憐死抱恥」：可傷。⊙如此情事，寫來可發長慟。

《即事》其二「三百八十木，經營動萬人。按行當五月，計日歷三春」：不妨詳析。⊙可當詩史。

《大同懷古》其一「昔隸熊羆十一萬，於今卸甲盡歸農」：全首七子，結有深識。其三「舊院琵琶明月冷，新春花草皂雕寒」：俯仰間有今昔之感，不徒詞之壯麗。

《友人至自三韓感賦，時又有大梁之行》「樽前雞黍中原月，袖裹風光塞外歌」：秀潤。

《家居雜詩》「髀肉輪人壯盛年」：藹公領袖河朔聲事，慨然有用世之志。而今蹉跎甚矣，浩歌歸田，能無三歎！

黄儀

吉羽，直隸元城人。

《秋興》其一「雲氣飄殘金甲雨，夕風吹入寶刀霜」：錘鍊精工。其二「聞道宸遊臨桂殿，更傳哀詔惜椒房。長門五祚需文藻，奏賦何人果擅場」：叙得壯麗。其三「弭災故事勤修急，下詔何人獻納先」：渢渢雅音。其四「漢皇亦有武功爵，太史曾傳貨殖書。立見朝廷榮卜式，更聞郎署用相如」：諷切處，寫得有體。⊙或以《秋興》不當擬，慮其浮襲，無關事體。如此指陳實事，深切兼以偉麗，固屬少陵功臣。

黄之琮

堃瑞，直隸元城人。《自娱草》。

《雜詩》其一「車馬相追隨，佳地擇所投」：潘、陸遺音。⊙短章入古。其二「行行歸里閭，夜起視參觜」：遒甚。其三「寂寞對春風，習習飛蛺蝶。可望不可親，使我心惻惻」：正自可惜。⊙結體魏晉，舉止自覺矜異。

《夕風》「清樽對鼓鼙」：好。⊙森異。

《淹留》「淹留已竟日，杯酒戀燈光。細雨秋雲薄，疏簾夜氣涼。功名無狗監，詞賦有奚囊」：蕭蕭自別。

《溪女》「乾坤春欲盡，溪女上蛾眉」：好處難説。

《孝陵》「多病留侯世相韓」：今日猶聞正始。

黄之裳

坤五，直隸元城人。

《懷家兄客五狼》「憶爾羈旅單，又恐所願殊」：深。⊙河梁風調。

《泗州山亭》「山豁衆流分」：造語别。

《狼山》「風塵留客杖，亭榭散樽罍」：大雅。⊙自是五狼詩，移動不得。

《遊靈巖》「層巒割霧齊」：寫景圓，造語異。

《冬夜大風雪》「蓬門封雪行無跡，凍鳥尋巢饑亂鳴」：氣蒼筆老，一掃脂粉之習。

《過舊城》「沿墻野老在，猶説舊繁華」：正惹人聽。

吴崇先

式武，鶴山，江南泰州籍，歙縣人。《桂籍軒稿》。

《惠泉山橋夜飲》「泉石有餘閒，誰知此閒味」：「何處無月，但少閒人」，坡公曾有此語。一結即《承天寺步月》意興。

《圍棋》「一着分明繫死生，貪心殺氣還須戒」：心書要語。⊙數語盡手談之訣，筆亦峭勁。

《寶刀行贈友》「知爾胸中多不平，借君持向風塵行，寧徒江海斬長鯨」：老筆瘦硬，稜稜有光。

《遊白雀寺晤豁堂和尚》「松陰遮寺路，亭影接湖光」：是白雀真景。⊙葱蒨之色，撲人眉宇。

《渡黄河》「濁泥翻不定，荒岸遠何窮」：寫出黄河真景。⊙鶴山屢渡黄河，詩皆英毅。

《除夜雪》「時因新歲月，天欲潔山川」：創獲。⊙詩只還他「潔」字。

《宿江店》「酒簾挑岸白，籬壁護泥黄。遠估投荒色，歸漁唱夕陽」：幽情别趣，在筆墨之外。

《寄冒辟疆，時龍二爲水部將僦居東皋》「幾度落花應有夢，數年紅葉獨題詩」：輕約可愛。⊙「别來歲月老鬚眉，長憶湘中閣上時。幾度落花應有夢，數年紅葉獨題詩。鹿門欲隱攜難遂，雁足頻傳事可期」：上六句總寄辟疆，而水部僦居只作餘意，格法極有輕重。

《遊西湖》「重見西泠舊畫船」：一語情深。⊙「清歌細酌難辭醉，況有荷香散綺筵」：情景俱足，姿態更爲妍美。

《河堤衝決志感》「金堤難撼蛟龍怒，甓社争看魚鱉驕」：河決一事，屢廑宸慮，而訖無成功，淮揚之苦極矣。鶴山留心經濟，所以蒿目而憂，形之筆墨。

《和胡静思楚遊登伯牙臺韻》「流水未忘弦有韻，高山無恙色猶青。至音久絶鍾期賞，夜雨還招帝子靈」：妙妙。⊙處處切伯牙臺，思路圓警。

《雜詠三首》其一「一箭殪猛虎，揚揚意氣歸」：古直。其二「快馬引强弓，疾馳當虎路。虎威知自歛，蹲踞不敢怒」：氣概甚猛。其三「今日得讐人，心中了一件」：痛快直截。⊙慷慨，想見俠客風流。

《溪上落花》「溪水似多情，不遣花流去」：有意無意，其妙難言。

《採蓮》「棹入緑陰歌乍起，但看荷葉不逢人」：此境殊爲可戀。

《閲射》「江東子弟新承寵，射虎寧誇古北平」：風氣俠然，小詩中説出許大關係。

田　庶

牧園，直隸大興人。

《秋至玉泉》「衆流澄遠天」、「淒淒生晚煙」：澄漪可愛。

《池口觀魚歌》「仰看大化青冥開」：結法得之子美。⊙前段表章前賢，筆力矯矯。後寫觀魚，極繽紛之致，覺才思有餘。

《大風》「風沙吼太空」：北景在目。「勢急野來鴻」：難狀。⊙寫大風，可謂神似。

《魯墅眺遠》「長堤天色引」：奇。「人影入沙洲」：是「遠」字。⊙「匹馬移殘柳，寒煙斷遠樓」：總不猶人。

《草橋》「秋水依天碧，零荷葉正多」：一幅草橋好畫。

《皖江四宜亭》「黿鼉負浪靈」：造語奇秀。

《登齊雲巖，用喻武功太守韻》「灌木藏威虎，幽巒度遠鴻」：蒼奥。

《春歸》「千樹落紅追宿雨，一林新緑入晴暉」：新異。⊙聲貌都别。

《清明》「枌社只今芳草地，長堤曲曲玉泉流」：絶似李義山。

《早春登昆盧閣》「十六門樓浮檻外，三千世界入毫端」：初唐壯麗處。「睇視高卑山海盤」：奇崛。⊙指顧雄闊。

《深秋送仲兄熙公回任》「數顧難爲語，明朝又異鄉」：總言不盡，所以爲佳。

《春興》其一「春煙寥落村村柳，獨弄弓刀傍玉臺」：言外有諷。其二「潮聲不待春雷發，萬丈波濤旭日紅」：聲勢宏壯。

《古意》其一「終南山色殿前酒，萬歲笙歌頌大風」；其二「遐鎮嵩山太室清」：⊙二首俱有寶氣射人。

王而强　乾庵，江南泰州人。

《同友人尋燕子磯諸勝》「青山不改當年舊，白髮偏疑此地非」：澹而真。⊙直臻中唐。

《往莊有感》「曾記昔時到，爲兒尚不愁。今年過此地，白髮已盈頭」：真。⊙老大之感，悲風四集。

林銘璜　祖夏，福建莆田人。

《九漈》其一「廟壓萬山溪」：句有力。「恰有盤崖磴，可無接筍梯」：細警。其二「興雪造雷跡，我今信所云」：「興雪造雷」四字，浮山老人所題。「百道湖光合，諸龕燈影分」：形容飛動。◎二詩確切之中，奇氣自見。

慎墨堂詩話卷十八〔一〕

邵　潛

潛夫，江南通州人。《寄公廬詩集》。

《將遊五嶽留别里中諸君子》「惟念金石交，把酒立逡巡。願君重自愛，聊以慰遠人」：轉入留别意作結，筆力殊健。⊙風格逼古。

《遊鄒學憲彦吉惠錫園》「零雨暮雲歇，秋氣晨易清。名園逝探歷，四顧抒中情」：高朗不可及。⊙入之蕭選中，豈可復辨。

《中秋夜集潘先輩仲和館中》「願比素靈質，千秋光未殫」：興起語，相照。⊙仲宣、子建差堪伯仲。

《寄陳仲醇徵君》其一「日落江樹昏，碧雲起天末」：發端即有秀情。其二「洵美曠士懷，而與青山宜」：吐言和美。⊙無一字不追擬建安。

〔一〕此卷輯自《詩觀》二集卷六，原署「東吴鄧漢儀孝威評選／同學汪懋麟季角參閲」。

《中秋前四日范異羽先生招集興教寺禪院》「遥睇江上山，載息雲際寺」：發言秀爽。⊙一往開霽，迥如明月入懷。

《吁嗟行，簡林若撫、顧仲默諸子》「文章敢擬明主知，佯狂祇畏時人口」：純是少陵筆意。「眼底時名縱復横，浮雲奄忽疇能久」：白眼横睨。⊙大有豪氣，安得鄒、李諸公不以上客遇之。

《大水漂溢民廬，病中賦此》「蛟龍蟠古木，魚鱉上空村」：筆力甚大。

《狼山值大雨雷電》「風鳴江雨至，天地晝冥冥。龍過雲光冷，鯨翻水氣腥」：颯然而來。⊙與上首皆爲潛夫刻意摹杜之作。

《韜光庵》「江湖當檻拆，日月挂簷平」：形容盡致。⊙極不纖小，卻已刻露。

《自龍遊至松陽》「疏林松鼠落，幽徑竹雞啼」：山行景物，一一如畫。

《登弘濟閣》「吴地煙花從此盡，楚天風雨自西來」：惟弘濟可以當此。

《子夜歌》「願無霜霰零，年年見梧子」：是樂府聲情。

《寄聞子將》「渺渺湖天晚更雲」：即將休文意一翻，絶妙。

劉道開

非眼，了庵，四川巴縣人。《各夢草》。

《白帝城歌》「噫欷歔乎，人有古今兮城有古今」：諷得深。⊙言可鑒戒。

《疇昔》「一生九死客，兩代六朝人」：真確。

《宿柏林驛》「山荒多虎跡，驛廢少人家」：老氣。⊙此在廣元、閬中之交，古葭萌關也。詩樸實，而偏饒興味。

《華陰萬壽閣望嶽》「關收山勢斷，河抱水聲來」：好。⊙「迭見三峰出，遥知十丈開」：深鑿語，卓然可垂。

《岳廟》「金戈鐵馬公生氣，緑水青山宋舊都。畫舫不須經廟下，忠魂最恨是西湖」：特識名言，不僅筆力之健。

《過佛圖關次舊韻》「吾生不幸逢多壘，扼險何曾見一夫」：了翁身經蜀亂，形之詠歌，皆極親切，當採入蜀志中。

《馬嵬驛過楊妃墓》「聽雨無人同棧閣，禦風有客問蓬萊」：運事極雅。⊙「最是傷心烽燧日，人亡猶進荔枝來」：言外有興廢之感。

《雞頭關》「近年流賊過，更比康莊穩」：豈不可恨。

《五丈原》「據此無能爲，仲達欺人語」：看破。

彭士望

躬庵，江西南昌人。《遊山詩》。

《玉川門》「五老好奇不肯住，奔溢餘波向東去。下爲千丈龍盤渦，上施百丈鐵圍柱。巨獸撑岈溪谷間，如戰昆陽風雨遇」：蒼莽，卻有原委。⊙魏子冰叔言：「匡廬奇絶處在玉川門，讀此猶髣鬭其勝。」

靳應昇 茶坡，江南山陽人。《渡河集》。

《廣陵楊花篇》「憶昔廣陵江水春，二十四橋多麗人。觱栗一聲塌城角，畫閣珠簾皆寂寞」：實事。⊙「我爲君勸君莫愁：風流千古隋天子，回首雷塘只廢丘」：風調俊美，情味悠長，足與東川、嘉州匹敵。

李沛 平庵，江南興化人。

《看雲》「芒碭占龍氣，蒼梧望帝鄉」：矯異。⊙如此雄老之作，平庵集中所少。

《雨中過玉山贈鏡上人》「兩地烽煙勞夢寐，一秋天氣半晴陰」：兩句各意。⊙「獨有妙高峰頂塔，年年孤立大江心」：思緒層出，不流淺薄。

王光魯 漢恭，江南江都人。《碧漸堂詩草》。

《拭劍篇舊所蓄刀劍，皆贈武人，近聞許佩兵自衛，乃稍見還，作拭劍篇》「數點土花瑩古鐵，知是何人頸邊血。袍衫拂拭愈分明，坐倚愁心向孤月」：劍光閃爍。⊙似李長吉，而去其僻澀。

《影園秋曉》「城南饒甲第，深户曉簾封」：妙。⊙今影園付之荒煙蔓草矣。尚留此一詩，足爲傳照。

《板橋水月》「袂涼欺酒淺，山近喜煙消」：竟陵少此勝場。⊙總無一字近俗。

《七月十七夜同潁生坐西方寺門外待月》「幾處紙窗留靜梵，隔河原樹隱秋燈」：別有世界。⊙静秀清微，引人於遠。

費密

此度，四川成都人。《燕峰集》。

《贛州》「廟謨資節鉞，亂卒倒旌旗」：爲文成生色。⊙「南行弔楊僕，春水遠迷離」：是能讀書人，落筆便自古雅。

《仙霞嶺》「野寺無僧住，蝸涎四壁乾。人家移絶壁，馬跡亂空壇」：寫得荒涼可畏。⊙奥麗。

《小仄》「煙裏人聲呼伐木，巖邊鳥跡亂開花」：説景。「殘民未死征徭在，新戍頻增驛路譁」：説事。⊙氣力沉渾，格識精到。

《阻風三江口》「百草春乾赤壁霜」：新句。「寒氣不開從伏枕，鱸魚多買當攜糧」：語真，故不傷巧。

●此度流離夔、閬、秦、隴，近從蘇門訪道以歸。吾友于子潁士築茅堂迎之講學，固盛舉也。

呂　潛　半隱，四川遂寧人。《懷歸堂集》。

《吴園次罷守吴興感贈》「楚塞煙波闊，吴船洞壑尊」：卓邁。⊙「不悔無家計，蕭條傍霅村」：寫得蕭然可喜，然非韻人，亦必不解。

《江陰晤年友張四若志感》「登堂如有淚，對面各無聲」：真。⊙「天涯兄弟少，淒絶動江城」：苦語。

《夜登君山》「風急浦燈微」：好。⊙「徐趁野螢歸」：句句是「夜登」，極有分寸。

《大水渡泗州》「浩浩春濤闊，孤城一葉浮。煙塵淮水暮，風雨泗陵秋」：蕭蕭風色。⊙筆底亦覺春濤湧起。

《汴梁》「望裏遺宫春草没，吟邊古戍夕陽平」：秀貼。⊙是爲今日之汴梁。筆情温麗，足與河山映發。

《客中逢梅溪侍御爲作畫》「岷峨歸思濃於酒，濡髮臨池作畫看」：擊節。⊙半隱蜀人，家於苕，故爲寫得濃至。

梅　清　淵公、瞿山，江南宣城人。《天延閣近詩》。

《前對酒歌》「呼兒瞪目遭怒駡」：原不必駡。「老妻笑出牀頭瓶」：賴有此耳。「自知微量只蹄涔，好事不啜甘如蔗。急傾數盞便醺然，醉後高歌罷復罷」：纔見高興。⊙寫酒興，極其淋漓。如瞿山者，始可與之飲。

《既渡河尋路不得，泥行四十里，夜至銅城感賦》「水没馬蹄深」：好。「頹廟存狼跡，空村絶鳥音」：造語逼杜。⊙寫行路之艱，語語刻至。

《敬亭山即事同施愚山》「眼前春欲盡，頭白幾回過」：可感。⊙詩亦蒼翠欲滴。

《張菊水招集玉山分韻》「雙扉藏石隙，微路出松根」：細。⊙全是畫意。

《春寒》「濃霧壓江城，春寒滿眼生」：少陵手法。⊙寫盡蕭瑟。

《送蕭鶴聞歸汝南》「客衣飄木葉，馬跡冷秋霜」：晚唐佳處。

《從夏鎮移舟渡吕梁》「河還久息鯨鯢鬭，地僻時看鷗鷺歸」：立意都高。⊙全詩警策，可謂「精神大於身」。

《荒山》「日落深溪群虎嘯，秋歸絶壑一猿哀」：中有「荒」字。⊙語語是荒山，確不可易。

《讀王昆柱先生正氣録感賦》「信國孤忠未忍論，先生此日義猶存。難尋半夜仙湖跡，不散千年赤里魂」：人既可傳，詩亦絶老。

《越中漫興》「鐵馬不歸人去盡，問誰江上射新潮」：對此茫茫，能無百端交集。

梅庚

耦長，江南宣城人。《山棲近詩》。

《括蒼漁父篇爲周太守宿來紀事》「客放惡溪船，船破惡溪口」：古。「太守大太息……太守大太息」：兩太息得龍門筆法。「漁叟得聞之，刺船入煙柳。至今風雪中，披簑露兩肘」：可敬。⊙不難此太守，正難此漁叟。

《發廬山由女兒港入湖，數冒大風，旬日方達小孤，舟中述景遣懷，因成長句》「豫章皇木堆如山，襄陽估舸高於屋」：着此二語，似閒而妙。「須臾百變心目眴，大叫只愁人未見。峭帆貪看石鐘山，鳴鑼已過彭澤縣」：筆到神來。⊙一路敘次，波濤洶湧在目，覺長江萬里，咫尺爲遥。

《藝麻詞》「但願當官免笞罵」：極是。「明年麻地將種蒿，蒿深吏索人能逃」：情所必至。⊙奚爲至此，卻是實事實情。

《錦江行》「城門晝閉還歌舞」：承平習氣。「心慕藁砧只自憐，口生石闕不得語。吾能拔汝汝無苦，袁宏正客桓宣武」：緊聳，得古法。「婦前索夫兒索乳，今夕何夕淚如雨」：此語不堪聞。⊙敘述情事緊甚、快甚，亦復慘甚。

《打虎歌》「人虎相抱來衆梃，舂喉決臆虎已穿」：好看。⊙「一雄迸逸兩雛伏，須臾一雛破圍出。媥孄剩一勢轉孤，觀者漸多圍漸密」：短節聳勢，如李將軍射石没羽。

《鱘魚嘴遇風》「海鳥波心墮，江豚人勢高」：摹險景，令人心怖。

《旌陽道中》「孤城千嶂入，絶壁萬人行」：健拔。⊙全首深心大力。

《山溪蛟發，不雨而漲，未幾浸及廬舍》「水母翻深窟，蛟涎浸一城。不應秋令肅，發蟄轉縱橫」：似少陵《江漲》諸作。

《同諸公泛舟青溪，因登響山》「潭煙聞鯉躍，人語觸鷗飛」：深秀。⊙風規甚好。

《江行漫興》「卻笑閨中空費力，布袍臨發更裝綿」：最爲動人。

《自白鷺洲乘新漲抵清波門作》「蕭江何似巴江急，五日灘舟一日行」：似聞棹歌。

《林茂之夏無蚊幬，愚山少參自湖西製紵帳貽之，恐其貧不能守，屬余與伯調、阮懷題詩其上，俾無售者》「恐其貧不能守，屬余與伯調、阮懷題詩其上，俾無售者」：此念更可感。「隆萬詩人林茂之」：七字傳乳山矣。⊙詩與事皆可傳。

卞永吉

謙之，□□□□〔一〕人。《來遠堂集》。

《初秋發夜郎》「石危鳴瀨急，峰削斷雲低」：是貴筑，移動不得。⊙情景安頓處，最爲雅愜。

《晚棹》「遠火照青山」：警甚。⊙「南風今夜急，有夢到鄉關」：詩品在摩詰、嘉州之間。

《秋晚登虎丘》「石亭涼月下，花徑夕煙封。林遠攢孤塔，雲低罨老松」：是虎丘。⊙山水間詩，

〔一〕四字原缺，卞永吉爲奉天蓋平人。

最忌寬泛。如此深鍊，知其登臨非草草者。

《九日同東見齋、俞彙嘉、薛淄林、何雲壑方園集飲》「同人皆異鄉」：情深。⊙插萸泛菊，可稱良會，而鄉關之意黯然。讀至「同人皆異鄉」之句，能無欷歔罷酒？

《春日泰安道上》「鶯聲與柳色，故故媚行人」：煞句悠然不盡。⊙天姿韶麗，故落筆便爾綺秀。

《春日途次懷俞大彙嘉寅丈》「馬上看山色，人家聽鳥啼」：右丞佳境。⊙「煙深楊子渡，春入范公提。記得懷君夢，朦朦在竹西」：何其情長。

《廣陵花朝步顧大愚庵韻》「細雨度花朝」：自然。⊙「年來遊覽處，多只在紅橋」：澹處、樸處，皆能入情。

《金山曉望》「晴雲連海氣，旭日射江城」：是曉景。⊙全寫望中之景，極闊極真。

《滁縣舟中》「前路方疑遠，鄉關漸欲迷。岸平沙水急，野闊塞雲低」：是初出都門風景，寫來曲盡。

《甲寅立春》「城西戰馬驕」：老。「獨憐堤上柳，春信到長條」：言外不盡。⊙矯健處，如饑鷹獨出。

《邗上送人之黄州》「烽火年來急，遲遲莫浪遊」：肝鬲之言。⊙安雅閒適，一結尤徵古道。

《五日雨中飲西園春雨草堂》其一「柳向横塘直，花緣曲徑回」：秀潤。其二「雨細竹初喧」：佳絶。⊙草堂題詠最多，如此淹雅明秀，自屬王、孟佳作。

《送何夏九下第歸楚》「天涯芳草暗銅鞮」、「御柳金溝信馬蹄」：清美秀逸，真有玉樹臨風之歎。

《惠山遇雨不果登》「青山半爲白雲藏」：已寫出惠山真景。⊙善登山者，正不必屐齒所到始云領略，一凝眺間而神與俱遠矣。讀是詩，知使君於此不凡。

《别離曲》其一「莫看長堤上，今年柳更青」：無限含蘊，妙得唐人三昧。其二「聚首亦何少，别離亦何速。高原有鶺鴒，步步聲相逐」：至性語，令人三復。

《春閨》「芳草莫教隨處緑，天涯遊子不曾歸」：含蘊處不減龍標。

《寒店次壁間韻》「客心已厭征途苦，又聽鄰家午夜雞」：十載征人，聞此定當頭白。

●尊君大司馬月華公，勳庸卓絶而垂情風雅，時與賓客將吏酬唱於丹山緑水之間。庾公南樓、羊傅峴山，無以過也。使君以韶年佐郡，政事之暇，掩關讀書，而吟詠日富，幾奪唐人之席。平山、謝墅風流，其一振乎？

何嘉頤

亦明、葛民，浙江山陰人。《梅音草》。

《大行山》「魚貫入青空，千百相追攀」：追討而出。「云是天井關」：老。⊙樂府之壯涼，古詩之盤鬱，兼而有之。

《渡黄河》「蒲阪坼秦晉，黄河動地來。乘槎青海合，望嶽白雲開」：氣概不凡。

《冬日同友人飲習家池》「到此真宜醉，風流古習家」：是我輩語。「接羅如可着，痛飲是生涯」：

好。⊙如此勝地，爛醉高歌，真是詞人奇福，詩亦警秀必傳。

《信陽道上》「年深荒未闢，人盡地偏多」：中土荒殘，不僅信陽爲然。此詩字字警切。

《渡黄河》「寒夜朔風過，流澌下大河」：起得岸然。⊙「從兹一葦去，天際認嵯峨」：兩渡黄河詩，一在蒲阪，一在滎澤，地勢不同，而筆情亦異，非僅以雄偉擅場。

《冬日過潼關大風》「沙飛疑戰鬭，日落漫淹留」：警絶。⊙筆端亦復有車轔駟鐵之風。

《金山》「老病驕人惟白髮，江湖送我又清秋」：筆力疏傲。⊙此詩有散髮岸幘之概。

《惠山遇雨不果登》「草昏吴越悵連天」：是雨景。

《金陵懷古》其一「天寶能羆殘壘外，茂陵風雨大江邊」：雄闊。其二「争看奏伎方停輦，未見投鞭已斷流」：用事入妙。「衹餘幕府梅花曲，驚起寒鴉噪石頭」：音節動人。⊙哀艷蒼涼，是能以義山之麗藻，傳杜陵之深抱者。

◎詩忌應酬，以其膚襲諂諛，無有性情，亦不關經濟，一望冠蓋姓字，喧闐滿紙，真可嗤也。讀亦明《行路》諸篇，雅鍊深切，是不肯爲時樣詩者，能無敬服？

鄧廷羅

叔奇、偶樵，江南江寧籍，鳳陽人。《二遠堂詩稿》。

《過彭城》「安得望闕中，百二河山都」：婁敬之言不謬。「可惜千里騅，蹭蹬陰陵湖。至今美人草，血染中原枯」：風典足愛。⊙精悍。

《褒禪寺》「龍洞留殘日，龜泉隱蟄雷」：着氣力語。⊙岸傑不群。

《邗上喜晤程穆倩招飲》其一「魂夢説風塵」：真。其二「鼎彝存世道，雞黍見天真」：深。⊙「我輩能今日，他鄉遇暮春。頻添客座滿，大半是遺民」：渾成之中，卻露警拔。

《渡黄河》「兩岸只今沙草白，更無楊柳度春風兩河苦夫柳役，人以植柳爲諱」：可紀時事，言之藴藉。

湯　寅

谷賓，江南丹陽人。《高詠堂集》。

《寄懷陳大維崧》「相憶柴扉西氿寒」：俊甚。⊙風神辭令，固是六朝間人。

閔麟嗣

賓連、鑄塵，江南歙縣人，揚州籍。《植學草堂詩存》。

《湄園觀菊》「秋光望無際，隱處羅香風。愛此冒霜花，卓立天地中」：以此品菊，真是知己。其詩亦絶類陶。

《送息心上人之天目省侍本師玉林大師，兼迎其卓錫黄山四首》其一「江月隨藤杖」：秀絶。其二「繞佛試三匝，明明師念深」：含藴。其三「飽看廣陵濤，往聽天目雨。寂然坐深松，脈脈欲無語」：筆墨入化。其四：「中有老比丘，白雲媚幽獨。性愛漸江清，曾向蓮花宿」：楚楚森秀。◎四詩逼真韋、柳。

《送越辰六之楚兼遊廬山》「思君夢渡沅湘水，忽向黄巖看瀑還」：如此結法，他人不能。⊙數言無限轉折，筆力亦復遒緊，不知者幾以短章忽之。

《題友人山居》「山氣養秋清」、「石徑領泉聲」：悠然養静之言。

《秋山夜坐》「吟殘霜雁度，室冷夜鼯驚」：「驚」字奇。⊙蕭淡之極，總無語言可着。

《金山》「忽分江四面，浩蕩立孤根」：寫出真形。「鸛河千古恨，龍窟萬年尊」：警甚。

《北顧》「長江來半壁，大海繞重山」：曠眼真識。⊙賓連每極推于皇三山詩，予謂此二首可與相敵。

《元日李于庭先生過訪寓齋，感而有作》「不爲春王日，柴扉亦懶開」：高脱。⊙只是真摯，無一飾詞。

《净慈寺》「山高虧午日，殿古散秋陰」：精鍊。

《韜光庵》「江流斷嶺前」：畫。

◎二詩不難其追琢，難其安閒。

《正月十三大風雪即事》其二「江淮頻歲無此雪，盡日閉户寒氣侵。宇内何人念獨冷，室中有婦譏苦吟」：老氣横溢於紙外。⊙讀罷如對北風圖，令人通體寒栗。

《越州秋興六首》其一「山光欲共行人渡，江水曾同戰血流」：筆墨迥然不同。其二「國入荆蠻王跡熄，江分越絶地圖雄」：胸有史識，言言瓌瑋。⊙可稱精金美玉。其三「弔古餘哀白雁聲」：妙。⊙「蘋藻歲供神禹廟，梧桐秋落闔廬城」：秀麗，如遊千巖萬壑中。其四「幾宵山雨添秋水，到處溪菱送客船」：飄逸。其五「故國月荒燐火碧，空山秋老野花開」：妙。⊙詞兼哀艷。其六：此首全是想像之詞。◎諸詩有英快者，有壯麗者，有俊逸而深秀者，均足爲越國山川生色百倍。

《岳忠武墓，用徐天池韻》「二帝遊魂迷朔雪，一門枯骨嘯春風」：兩語能使啾啾鬼泣。「虎將收功原不易，河山浪擲古今同」：末以寬收最得。

《次答陳伯璣》「寄來幾字歌兼哭，數去流光秋復春」：渾樸蒼堅，真氣自溢，何處更着脂粉。

《不晤方于嘉舅氏三十六載，癸丑夏始相見於廣陵，詩以奉贈，並懷樊子用脩》「憶别先朝歲戊寅，乍逢疑向夢中親。禪棲久下三山榻，畫隱兼謀八尺身」：直述情事，筆力橫絶。⊙惟少陵有此老境。唐諸家，疏爽秀麗則有之，詣此者有「戛戛其難」之歎。○此詩直是一氣。

●賓連遊廬山詩卓絶當代，僕已採入詩選初集中。癸丑經始二集，賓連復出近稿見示。時雨雪載塗，舟行白塔河，因呵凍選若干首，付諸剞劂。「一卷冰雪文，避俗以自攜」，真令人吟賞忘倦。

戴王縉

紳黄，雲極，直隸滄州人。《蕭雲閣詩草》。

《沂州道》「已聞鼙鼓急，遊子尚長征」：岸然。⊙聞警赴官，情事正爾伉爽。

《登内視樓晚眺》其一「身隨雲入樹」：奇。其二「山河餘壁壘，城闕響征鐃」：卓傑。⊙「悲歌常自咽，雲色滿東郊」：摹荒緊之色，卻峭聳異人。

《過劉患骨故居》「驅馬來空谷，依山辨廢村」：蒼警。「猿聲合暮雨，一爲哭秋原」：好。⊙如此野老，而滄洲橋梓念之不衰，真是古誼。

《南昌慰友》「久客正當金盡日，思歸況復病多時」：情深語。

《遊千佛山》「異代松殘兵燹後，開山僧老白雲邊」：沉蔚。

《遊歷下趵突泉次韻》「翻懸玉樹三花落，倒影朱欄疊浪回」：秀鍊。⊙整而逸，秀而老。

《鯀堤芳草》「爛盡雲根草尚肥」：奇。⊙「風飄大野羽魂歸」：徵調用意，俱遠恒徑。

《麋鎮古塔》「倒影遥翻滄海白，晴雲横截魯山青」：高壯。⊙黄鐘大吕之音。

《客冬夜雨》「風雲無定處，燈火閉空庭」：是雨景。

梁允植

承篤，治涓，直隸真定人。《南遊近草》。

《自真州之金陵》「千重翠壁孤舟出，萬頃滄波一葉飄」：如畫。「江流無恙人安在，煙水茫茫問六朝」：何限情味。⊙全詩密麗，結處饒有感會。

《金陵懷古》其一「寂寞江干風雨夕，石城想像散嗚珂」：令我沉思。⊙結句過厚和平，得《三百》之指。其二「朱邸何人召鼓鼙」：深於痛駡。⊙風流轉佳。

《登報恩寺塔》「建業威儀歸土木，前朝鐘鼓不桑田」：傑出。⊙全用意識，故筆力獨踞上流。

《晚眺》「聞歌欲訪烏衣巷，買酒慚無紫綺裘」：風流如許。⊙逸情雋氣，飛來毫素。

《南陵小憩》「溪雲欲接山根白，松壑遥連雨氣青」：句必探奇。⊙意極幽沉，而語自渾然，無斧鑿之跡。

《度新嶺》「足底白雲縈樹杪，馬前青靄斷山腰」：妙在真剴。⊙「登臨切莫悵岧嶢」：筆力足穿險邃。

《新安西郊》「禪閣傍山迎夕浪，酒簾匝路曳輕陰」：奇闢。「白嶽雲寒衆壑深」：好。⊙胸有無限丘壑，遇題輒發。

《桐江釣臺謁嚴先生祠》「一夜星辰占處士，千秋俎豆重荒祠」：高亮，妙在能貼。⊙是嚴先生祠堂詩。

《分水道中》「多情誰似鷓鴣鳥，百囀隨舟未肯飛」：流轉入情。

徐　釚

電發，江南吴江人。《菊莊稿》。

《送方爾止還金陵》「爾從雪水來，片帆不肯住」：落筆高爽。「官司捉船船户避，津吏前頭不敢行」：樸老。「問君歸思一何切，笑指征裘綈百結」：方生此遊最爲失意。⊙流轉顧盼，綽有風情。

《送姜西銘歸浙東》「一春同作吴門客，無那清秋又送行。把臂漫憐人意重，臨歧翻怪别離輕」：高氣不可及。⊙清空一氣，情緒逼出毫端。

《聞雁》「憔悴空齋病易成，忽逢旅雁向人鳴」：發端好。⊙字字真切。

《古意》「一夜暮潮生，分離不知處」：口角甚妙。

《絶句》「楝花初紫鋃魚白，日夜思歸笠澤灘」：古絶。

張　壇

步青，浙江錢塘人。《孤山草堂詩》。

《銅塔歌》「憶昔先皇初御蹕，魑魅光消日月出」：說出原委。「豈知西風動地吼，居庸設險無人守。一代山河十七年，黄塵白日千官走。坐見銅駝荊棘中，何況此塔大如斗」：筆下雷電交馳，令人眩異。⊙即一銅塔，説出興亡關係。始知胸無本領，孟浪下筆，真可歎也。

曹貞吉

升六，實庵，山東安丘人。《珂雪二集》。

《聽鄰女琵琶和蛟門》「閨裏何知人斷腸，但扣檀槽作哀玉」：是情深語。⊙「誰家女兒銀甲寒，一弦一弦清于水。欲歌不歌殢人嬌，賀老傳來曲乍調。金猊香洽那成寐，一彈再鼓冰輪高」：拉雜動人。

《冬日過宣武門即事》「柴車入市難」、「天浄一雕盤」：氣味沉雄。

《同沈康臣、夏鄰湘、張夢敦、喬石林遊黑龍潭》「松風回殿角，雲氣護龍湫」：温潤，是右丞一派。

《春日再遊黑龍潭，還過剌梅園，用蛟門韻》「殿門當晝閉，遊屐入春濃」：蒼嚴之概，令人神竦。

《和子延中丞登望海樓韻》其一「海門風急氣成秋」，其二「落日魚龍影撼樓」：題極雄偉，固須有此英健之作。

《落葉》「墮盡西風白雁來」：音節偏爾撩人。

計東 甫草，江南吴江人。

《無題》其一「可惜故夫曾未識，孀居空有淚如波」：真是可惜。其二「團扇舊經郎眼見，鏡臺還照妾心明」：意極渾化。其三「俯仰阿婆衰鬢畔，可憐自小教箜篌」：如泣如訴。其四「自擣守宫雙約腕，不煩夫婿重堤防」：此謂《國風》之正。其五「但得回身邀半席，敢辭碎首墜層樓」：此際難言。「門外藏烏學並頭」：雋甚。其六「小妹生男良宴會，阿姨新寡又于歸」：風景如是。⊙情兼比興，義切風騷，固非一切艷聲所能髣髴。

姜宸英 西溟，浙江慈溪人。

《宿張氏莊》「開筵面南窗，月出衆山頂。清冷秋夜長，微醉自然醒」：唐人佳勝處，反勝選體。⊙少陵遊西枝村詩有此蒼秀。

《尋寶珠洞久行亂山中》「林卧起自早，不知陰與晴。一徑入蒙密，千峰亂晦明」：山行真境，以妙筆寫出。「側徑三四轉，蒼翠紛來迎」：轉筆自然。「忽見雙樹陰，又聞清磬聲。菌閣空中出，香雲塵外生。下窺臨無極，上繚蟠太清。五芝茁巖户，三辰倒松楹」：點綴都佳。「萬里桑乾流，照日光晶熒」：又極變幻。⊙一路寫景，有蒼莽處，有秀警處，皆用健筆老氣行之。

《來青軒》「巖巒互回合，缺處當其中」：樸而真。「昔聞翠輦過，尚看垂露濃。閱世有代謝，葆道資無窮。所以廣成子，終日遊鴻濛」：只反淡筆作收。⊙神骨逼肖，不僅貌似。

《松磴》「飛鳥之所没，孤雲奄其逝」：令我神往。⊙摹景在空微處，遂覺丹青都廢。

《表忠寺》「庭空静漠漠，松子向人落。餌松啜清泉，乘月下林薄」：妙。⊙「澹然離言説」。

《近玉泉寺皆裂帛湖水，行至水盡頭》「置宇承巖隙」：真。「水繞重巖流，林映深潭碧」：深雋。⊙蒼然、晶然，寫來都無餘景。

《西湖》「落日銜山西」：妙。⊙「如何時代换，轉令丘壑迷」：山水間説出如許故事，令人想歎，足補《夢華》一則。

《景帝陵》「君不見，風號雨泣于謙墓，年年奔賽空錢唐」：此自公道。⊙諸臣矜奪門之功，景陵不與天壽之數，易代而後，並同灰冷。言之可爲太息。

《孫仲謀》「何苦低頭事兒子，亦有忠臣淚零亂」：權罪不勝誅矣。「傳世忠孝古所重，生子莫如孫仲謀」：定論。⊙父兄以忠孝開國，而權顧北面於曹，漢業終以不振，所謂權實漢賊也。此詩是正論，非翻案。

《徐編修筵上觀洗象行》「是日都城觀洗象，立馬萬蹄車千輛」：點入洗象。「長者謂余豈解事，此物經今不知歲。聞説前朝萬曆初，貢車遠自扶南至。中更四帝時太平，一朝闖騎走神京。忍死不食三品料，每到早朝淚縱橫。滄桑變换理倏忽，勉强逐隊保殘生。君看垂老意態殊，衆中那得知其情」：獨從老象溯説一番，無限滄桑，備見紙上。「茫茫舊事且莫説，會須飲盡杯中物」：如此作收，妙絶。⊙前叙置楚楚，入後借老象發出如許關係語，浪蹴波翻，虎啼猿嘯，令人神移魂奪，真得少陵之精髓者矣！

吴　綺

園次、豐南，江南歙縣人，江都籍。《亭臯集》。

《道場山》「煙中數飛甍，雲邊認歸棦」：真景。「秋色落吾屐」：妙句。⊙點次不多，光景在目。其秀絶處，則得之於天然。

《鸕鷀曲》「王粲淒涼公幹囚，鼓聲至今疑未休」：遭如此毒眼責備，老瞞何辭置對。

《雨後過塘棲》「急鼓過橋聲」：確切。⊙「相思何處問，隔岸一雞鳴」：一入仕途，故人便成隔世，惟園次爲不忘久要。一詩便可想見。

《湖上遇林玉蟾即飲寓樓》「欲歎翻成笑，無慚幸有貧」：所謂自解自歎。「兩峰霜葉在，爛熳屬閒人」：老健。⊙有如此懷抱，何妨去官。

《雪後泛畫溪，登含清閣而返》「野雪冷斜陽」：好絶。⊙事極韻，詩極佳。

《寄懷廣陵諸同社》「他時海畔尋漁叟，莫遣群鷗背我飛」：恐只是群鷗不相避耳。⊙金門情事，寫得逼真。一結尤爲可念。

《二峰庵看桃花》「不因古徑無人跡，誰信穠花隔世情」：如此淡筆，極健。⊙「二月最難遲日好，千林都似曉霞生」：桃花詩一字不落濃艷，佳甚。

《登微香閣，步歸元恭韻》「千峰總被白雲斷，一徑全將黄葉鋪」：畫圖。

《無題》其一「南皮賓客多新製，譜上朱唇即解歌」：此客定屬舊山。其二「當場錯認何郎粉，匿笑花前不轉頭」：何緣見得。其三「東方莫漫窺千騎，舊是青樓薄倖人」：此一窺，自不可少。

《平望戲成》「沙上白鷗應笑我，年年身到畫眉橋」：自韻。

《蠡山題壁》「不是五湖歸較晚，此中應少苧蘿人」：看鴟夷又是一解。

江　闓

辰六、雒荀，貴州貴陽人。《二草集》。

《婦怨》「妾豈顔色衰，君非能好色」：「好色」二字，原看得深。⊙有裨風教之言。

《遊天目山，兼别玉老人》「崚峋玉柱見錢塘，會當絶頂身縹緲。欲崩不崩千丈崖，麻履可堪頭一掉」：必登峰頂，乃盡山之奇。⊙極力摹寫，有謝康樂伐山開道之意。

《沅江雜詠》其一「舟與灘聲敵」：奇。其二「荒市喜人來」：真。其三「城跨山腰去，江穿石縫來」：確。其四「天放一舟來」：曠。◎山川奇險，作者亦覺才思湧出。數首何減子美潭、岳諸篇。

《黔陽》「亂猿蟠石壁，一獺立漁舟」：聳拔。⊙「蟠」字、「立」字皆不輕下。

《馬公驛》「霜收岸漸明」：好。⊙「卻怪深林外，猶聞雞犬聲」：疏疏自好。

《沅州》「山勢隨城轉，江流帶樹斜。冬深猶見蝶，地暖固宜花」：江城如畫。

《伏波祠》「英心存馬革，壯業薄雲臺」：檃括得妙。⊙憑吊伏波，真曠代知己。

《江行有感》「風勁魚龍怒，沙寒草木鳴」：何減襄陽。

《重九前三日集飲黄鶴樓限韻》「當窗萬里來秋色，夾岸雙城映夕陽」：確切。⊙氣完調響。

《金山》「寺截山腰關海蜃，天從地底捲晴霞」：思猛彩壯，固有吞吐潮汐之概。

《天門山》「村落遠隨紅葉斷，帆歸近與白雲懸」：如當其境。⊙清艷之中，更標典實。

《郭南竹枝詞》「看他風雪長相對，羨煞郎山與婦山」：別有風韻。

《揚州憶舊》「爲近竹西長感舊，每聞歌吹輒多情」：我輩大都如是。

吴參成

石葉，江南太倉籍，歙縣人。

《寄越辰六》其一「長因此時節，遥憶故人書」：情深語。⊙至性纏綿，都在言外。其二「別夢如秋月，鄉心在夕暉」：清新。⊙「別夢」二語，筆情最好。

吴壽潛

靈本，江南歙縣人。

《夏夜泊舟惠山對月小飲，同余澹心先生、家伯成叔限韻》「山腳流螢火，灘頭泊釣船」：好景，妙能寫出。⊙筆意娟然。

●藺次天才英麗，軼庾、徐而駕温、李，江左詞人於兹企仰。其令嗣石葉、靈本，才華穎發，足繼父風，而阿坦辰六縱觀瀟湘、貴筑之奇，詩篇屢進益上。羲、獻、樂、衛之間，各以驚才相敵，增長風流，洵樂事也。

陳玉璂

賡明、椒峰，江南武進人。《學文堂詩集》。

《與趙秋水》「客路非所悲，所悲久離別」：椒峰五古，俱規摹蕭選，予獨賞此作之清健。

《高唐行》「君來且勿問綿駒，試聽哀鴻無數鳴中澤」：妙結。⊙「傳聞當日有綿駒，歌聲掩抑傾齊右」：叙述風土，卻從綿駒上生情，便有意致。

《輓賀繼登刺史殉難蜀中》「十年巫峽路，腸斷舊郫筒」：遒激。⊙用故實處，皆出之淋漓頓宕，卓矣可傳。

《桃源縣》「河聲連戍鼓，草色上春衣」：地荒僻而詩饒秀色。

《送吴子班歸池州》「鉤黨家風舊，從軍壯志違」：貼甚。⊙風調最健。

《泰安道中》「石磴盤紆稀見樹，馬蹄行慣不知山」：更妙於上句。⊙山行語，正妙于清微。

《丹陽舟中遇雨，晚宿村舍》「拾橡翁歸話舊溪」：秀甚。⊙是晚唐佳境。

《喜其年兄歸自如皋，快讀新詩》「乍聽」、「忽驚」、「誠多」、「别有」：虚字轉折，以一氣出之，似工部《東杜位》一首。

《舟發江陰絶句》其二「不見暮潮歸，但覺舟行疾」：自佳。其三「二更到蓉城，城頭月正明。三更酒家卧，五更城下行」：絶好樂府。

《和王阮亭冶春詩》：三絶純是《竹枝》。

周在浚

雪客，江西金溪人，河南祥符籍。《遺谷集》。

《書懷》其一「斜陽在高樹」：韋詩佳句。⊙「生乃與噲伍」：是不平之鳴。其二「昨日書信來，又束南州裝。少年爲饑驅，寧不爲汝傷」：一字一淚。⊙友愛之性，油然惻然。

《十二硯齋詩爲汪蛟門舍人賦》「君擁如花解磨墨，退朝閨閣相娱歡。割肉每遭朝士笑，長貧曾沐天王歎」：夾帶説來，方有情致。「列几硯石縱横摶，唐泥宋坑鸜鵒眼」：點綴璀璨。「左顧右盼十有二，淋漓墨瀋何曾乾。此地自是仙人居，此身應是仙府官。奮筆正欲題素壁，架上鸜鵒呼聲歡。醒來依稀還在目，精光璀璨猶堆攢。長歌小記紀其事，一時輦下人傳觀」：此數行妙在虚處傳神，骨節珊珊欲動。「飲君之酒試君硯，爲君作歌心爲酸」：以此意作結，有餘味。⊙一篇長詩，卻叙次轉折，起收無不合法。彼恃才馳騁者，徒風雲滿眼，無有是處。

《銅雀臺》「霸圖歸晉主，歌妓侍新王」：頷聯二語，令曹瞞短氣。

《宛溪》「山好半無名」：好。⊙「山好半無名」，從來未説。

《早春雨中王安節過話》「此宵不易得，慎勿説干戈」：厚。

《燕子磯》「曾向磯前頻佇立，愛他漁火隔江明」：隱秀。⊙全首妙在渾涵。

《送倪闇公遊晉陽》「荒城落日太行高」：雄甚。⊙高氣雄情，逼出紙上，不然與題不稱。

《寄懷馮青門，次龍客弟韻》其一「乘興揚州復汴州」：老。其二「英雄埋没歸黄土，壯士蕭條掩席門。萬事無如杯酒好，桔槔亭畔自鋤園」：一筆横掃。⊙悲歌擊筑，旁若無人。

《石城》「江南江北連烽燧，曾照降幡出石城」：不惟一代。⊙復恐初從亂離説，使我悄然。

《同徐電發飲伯紫齋中》「長安此地真幽絶」：令人神往。⊙予近有句云：「懶上蕭家舊樓閣，日斜把酒看青山。」各一意。

《送徐電發》「長安近不似當年」：真話。

趙　弼

子匡，芙溪，四川彭縣人。《半山草堂集》。

《出棧》「茅店春宜坐，鈴聲夜可傷」：是棧道中，語自别。

《隆昌道中寄懷鄧伯鴻》「故鄉猶作客，垂老慣依人」：讀之心傷。⊙情事淒惋而音調甚愜。

黄元治

自先，江南黟縣人。

《宿遷舟行至清河作》「天低河外無多樹，日射湖邊有幾家」：如畫。「同人漫道江南近，風力依然捲白沙」：結得遒壯。⊙自渡長淮，風景便爾慘淡，一詩寫盡。

俞森

彙嘉，浙江仁和人。《時令詩》。

《中秋過陳叔懷，同陸子元、集生、玉壘坐月下》「濃霜澌淒冽，逝水何潺湲。悲哉籠中翮，何日凌風騫」：黄門、平原有此激響。⊙浸淫於選，故發言必高。

《九日卞謙之招同薛淄林、何雲壑、束見齋飲方氏園亭，次謙之韻》「堪憐籬下菊，偏照客衣黄」：結得厚。⊙音響疾徐，妙臻竅會。

《己酉除夕》「高堂行歲酒，欲飲亦躊躇」：藹然至性。⊙僕在燕京，三度除夕。此詩字字是我意中語。

《燈節前一日與滑又彬小飲，旋過玉河橋散步》「濁酒對京華」：曩時客京師，連袂踏燈，與諸公卿縱飲酒壚，且入長山司寇家，觀其女伎。今其事已往，讀使君是詩，覺此景猶堪髣髴。

《元宵偕周五生過張氏觀劇，時五生將南歸》「酒醉絳紗燈」：麗句。⊙清艷絶倫。

《中秋馬司寇招同沈補石飲月下，還過杜近公、高堯臣》「長夜每憐歸夢少，佳辰頻與故人同」：友人有「客久鄉心淡」之句，與此正合。⊙一片清涼之氣，對之如桐露新流。

《燈夜獨坐》「鶴舞半庭月，燈摇萬點星。九衢喧鼓吹，午夜坐空亭」：初唐風調。

《燈夜飲王子暘、子喜、子静齋頭》「三年今夕意，爲爾重銜杯」：無限感歎。

《五日入館恭誦世祖前後敕諭誌感》「龍髯一去攀無及，但有薰風繞殿涼」：盛事深情，一筆寫出。

《七夕客感》「臥病秋風獨掩扉」：不禁「鬢絲禪榻」之感。

●頃王敬哉宗伯貽書云：「邗上有俞使君，竹西風流，藉以不墜。」而使君以瓠子未輯，鞅掌河干，尚未獲披雲一晤。偶得其《時令詩》數章，輒爲授梓。寸金斷璧，皆足寶也。

顧自俊

秀升，愚庵，浙江錢塘人。《時升堂集》。

《元宵誌感》「記得開元日，春宵蠟炬長」；「可憐歌舞地，無復綺羅香」：撫今思昔，章法亦極老到。

《寒食》「江上逢寒食，樓頭正夕陽。頻年棲客路，何地是家鄉」：只是一味樸老。⊙不用鉛粉，乃更風流。

《福州上元》：福州之繁盛如此。

《孝感縣中秋》「最憐明月思千里，只共清風聚一樓」：轉折自如。⊙清雅，得詩家正傳。

《十八日江上觀潮》「雷奔萬馬城邊過，雪捲重山海外來」：雄甚。⊙筆端有水聲，洶洶崩屋。

《中秋俞大彙嘉設席方莊，招同給諫查王望、孝廉馬又輝》「野眺何勞治綺筵」：是我輩襟情語。

《長安九日》「萬里浮雲接塞陰，西風吹冷入高林。寂寥黄菊違時賞，摇落丹楓動客心」：更於何處着一浮艷。⊙高健處何減少陵。

《春晦聞杜鵑》「朝朝暮暮催歸去，只在山前山後飛」：極似《竹枝》。

《立夏》：令人動惜陰之想。

《九日長安送客》「今朝分手黄花地，未審明年何處開」：「此地看花是别人」，同一感慨。

●西陵諸子，雅切嚶鳴，而皆嘖嘖愚庵，稱其主持騷雅，不遺餘力，蓋不獨風藻襲人，爲藝苑之標準也。較讀佳篇，能無湖山雲樹之想慕乎？

葉燮

星期，江南吴江人，浙江嘉興籍。

《季春客邗上，過文選樓訪孝威，同鶴問、穆倩諸子小集漫賦》其一「交遊隨世换」：深□。其二「青老秣陵山」：好。◎二詩極情思之温昵。

楊崑

中洲，四川成都人。《三樹堂詩》。

《雨中看荷花》「細雨低雙鷺，微風咽一蟬」：「低」字更妙。⊙似杜公丈八溝遇雨詩。

葉榮

澹生、橒叟，江南歙縣人。《廬山遊草》。

《東林寺》「此寺今猶見，誰知世代移」：領起全詩。

《朱砂峰贈佛峰法師》「龍蟠丹壑泥」：琢句奇秀。⊙全首精鍊。

《登獅子峰》「客行飛鳥路」：妙。「大壑龍湫近，雷生晝忽冥」：英英吐異。⊙筆墨如許靈異。

《御碑亭值雨》「山空易見雷」：妙。「秋崖何代樹，十丈雪花開」：結亦勁甚。

《玉簾泉》「削成蒼鐵壁，噴出玉龍涎」：奇氣逼人。

《天池寺》「鐵瓦前朝寺，松根路幾盤。古今池不涸，冬夏氣長寒」：筆力剛老。⊙此詩妙在樸，樸而奇。

《經龍門水天庵》「白晝一溪雨，寒天滿地花」：奇拔。⊙摹寫險峻，可云入骨。

《清涼臺即事》「白晝半山雨，斜陽幾樹蟬」：好。⊙全體王、孟。

《早秋過黄龍潭》「潭龍神莫測，白晝起風雷」：結得夭矯。⊙高穩。

嚴繩孫

蓀友，江南無錫人。《秋水集》。

《韜光》「竹分諸院水，林合數峰陰」：確而秀。

《杭州感舊》「北狩以還猶半壁，南音從此雜中州」：生新見識。⊙俯仰情長，寫來如許哀艷。

《湖上竹枝詞》其一「宫韓細馬清明候，辮子盤頭滿插花」：實譜。其二「愁殺西陵蘇小小，不知何處結同心」：説來偏韻。

錢肅圖

退山，浙江鄞縣人。

《清明同友登平山堂》「白楊原上聽琵琶」：佳絶。⊙疏秀中饒有藴藉。

彭　年

鴻叟，江南無錫人。《九煙亭集》。

《林茂之青疏閣懷譚友夏》「江空流夢疾，葉脱引思長」：新而細，竟是寒河筆意。

《子夜吴歌》「二十鳴刀事遠征，霜深不負授衣盟。朱鳶城下吹笳葉，何似空庭搗練聲」：其音淒怨。

于王臣

及五，江南江都人。《采芳堂稿》。

《宿湖上》「月到獨山人静後，淺灘漁笛隔蘆花」：静遠之中，卻帶幽艷。

《東園登樓》「誰憐遊眺罷，溪水落花流」：寫景嫵媚，覺寬然有餘。

《送湯仁只丈》「從來甘寂寞，豈復歎升沉」：讀頷聯，想見真隱人别有本領。

《遠眺》「春山飛鳥去，雲氣隔江連」：和潤，得詩家正傳。

《南樓望月》「玉笛何時歇，江潮此際生」：澄思獨往，其風味在庾、謝之間。

《懷燕峰先生》「近聞傳絶學，鸞嘯有知音」：燕峰遊蘇門，訪道於中園先生，故末句極爲貼切。

《送汪鍊師歸采石山》「已若孤雲去，歸來未有年」：起得邈然。⊙「花裏見神仙」：落筆真是飄飄欲仙。

《廢寺》「寒煙平殿角，苔蘚濕庭除」：「平」字更下得好。⊙首尾恬净。

《贈龔紹緒移居》「西溪猶不遠，來往舊時同」：結處正自蒼老。

《山行即事》「日邊騰水氣，樹杪出泉聲」：搜訪川巖，豈殊康樂？而選句之精，正復相等。

《贈友人》「忼慨悲歌士，如君信可傳。青雲非杳杳，白髮自綿綿」：何減襄陽。⊙讀起四句，知此君原非枯槁一流人。

《輓自琢上人》「秋時同爾别，誰意哭今朝」：痛語，不忍聞。

《江寧曉發》「海日動江中」：寫江行空闊，如在目前。

●壬子冬日，燕峰枉顧廣陵僧舍，亟稱于子及五詩清麗絶倫，予嚮往久之。比燕峰有河北之役，未及以稿見寄。癸丑秋歸自百泉，乃手授其近作。亟爲登梓，固同人所共嗟賞也。○燕峰更爲予稱道近日詩人，如蘇子武功及其令嗣易門、致開，于子俊生、上叔昆仲，陸子菊村、沙村及巨門上人，皆工於吟詠者。當次第徵收，以成盛事。

閔　崧　于天，江南歙縣人，揚州籍。《冷硯齋集》。

《早發沭陽道中》「平蕪無所見，但見燐火光」：是唐人口吻。⊙寫畏路景色，曲曲如畫。

《宿龍苴鎮曉堂庵》「平原絶煙火，寒禽滿郊田。草深迷大野，山曠少鳴泉」：矯然蒼然。⊙更不須着多筆。

《舟過漣水有感》「龍蛇走大荒」：好。⊙節奏緊，筆力遒。

《浮山行》「江上陰雲黯不開，荒庭慘澹廟貌摧。三春遊冶不一顧，惟見石上長莓苔」：説得陰風慘澹。「山浮壓水流」：説出要領。⊙此維揚第一舊跡，而郡人忽之。象南倡始修葺，厥功不小。令嗣于天此歌，固爲實録。

《重九饋祝山史酒》「應知彭澤令，亦愛白衣人」：圓快。⊙有此韻事，豈非韻人。

《冬夜坐雨》「梅老滴寒香」：娟静。

《夕次秦郵》「湖天空一色，孤艇泊無鄰。落日懸沙岸，殘冬滞旅人」：空明無際。⊙氣極貫，筆極老。

《贈程穆倩》「杜甫一生惟浪跡，鄭虔三絶是前身」：惟垢道人可當此二語。

《仲夏苦雨，偕王碩庵過訪方連玉聽琴》「銀鞍不畏衝泥險，緑綺真堪撥雨愁」：恰好。⊙天然大雅，更不須一字裝飾。

《中秋後一夕見月》「仍圓皓魄廣陵遊」：俊甚。

《仲夏客鑾江，集江深閣一壑亭》「潦倒與君須縱酒，由來五月好江天」；結得健。⊙「秋山明净如妝」，以擬此詩。

《辛亥九日賦得滿城風雨》「欲上高臺江路遠，閉門扶病强登樓」：樸處逼杜。⊙是日同于皇集龍眉草堂，亦賦此題，想見兩地筆墨之樂。

《送查楷五之漢江》「邗江如線春流穩，湘浦飛帆夜雨吹」：俊氣拂人。⊙詩思如新桐濯濯。

《水明樓》「有客正堪遊酒國，非仙亦自好樓居」：輕圓至此。⊙天光雲影，一片空明。

李　涬

涵生、雲柯，直隸灤縣人，江南宜興籍。《片雨亭集》。

《送余生生歸越》「但嗟吾道塞，敢謂世情非」：豈是平論。⊙意蕭瑟，而遣調極安閒。

《下邳道中》「野鵲盤枯樹，殘碑拱斷橋」：荒涼可畏。

《雄縣和壁間韻》「五陵豪俠徧，愁思幾時開」：不忍竟讀。

《入京》：言情在吞吐之間。

《感賦》「東陵瓜久熟，誰問舊通侯」：淒然有青門之感。

《贈劉四》「路隔五陵喬木盡，春深三峽杜鵑鳴」：音調響亮，而思最沉苦。

《風雪過河間》「當年河朔稱豪飲，風雪霏霏此日行。岸柳低垂寒兔竄，村煙不起亂鴉鳴」：起處高壯，猶是幽燕老將之風〔一〕。

〔一〕「燕」字原空闕，據文意補。

李潤

朗玉，江南興化籍，句容人。《芝嵋吟》。

《武陵舟中》「帆從山徑出，波向石門來」：着意。⊙寫景處不走入平熟，故佳。

《關嶺道中》「何處泉聲落，千巖晝亦暝」；「山腰飛霧雨，樹杪接空青」：描寫處極似子美《夔州》諸詠。

《滇水晚泊》「不敢問鑾風」：輕重濃淡，皆合矩步。

《望匡廬》「煙放樹頭青」：奇語。

《宿浮玉山房》「香燈懸石浪，花雨暗晴峰。龍逼荒崖樹，僧歸古殿鐘」：造語警，鍊格圓。

《堤決有感》「沙鳴黃葉雨，波送夕陽秋」：紀事詩，卻出之秀鍊。

《過葛鏡橋和石上韻》「姓字尚能留僰道，碑銘誰與護雕題」：風韻如鄭鷓鴣。

《宿白水驛》「韶華客路驚新眼，夢入春風故里多」：結處老健，通體皆振。

張天中

與參、漢騫，遼東海州人。《懷山集》。

《拜子遊墓》「文學開吴俗，弦歌黯魯疆」：貼切。

《冬夜與陸翰如諸子登鼓山入湧泉亭》「松風吹面冷，山月照人來」：寫荒頽之景，轉令人神往。

《中秋後一日程穆倩、鄧孝威、宗鶴問、華龍眉、秦以御、黄屺懷過半山樓小集分韻》「風飄黃葉兩城秋」：佳絶，天然名句。

《夏日雨中遊虎丘》「澗底龍生絶壁音」、「亂雲漠漠鼓鐘陰」：氣味沉摯，一洗虎丘粉黛習語，然又句句妙是雨中。

《春日送沈補石歸浙江》「好友無多彌繾綣，落帆亭畔正啼鶯」：詩苦説盡。如此結句，已入唐人三昧。

《春日山遊》：筆致最佳。

何嘉琳

玉林，浙江山陰人。

《沽酒歌》「百年行樂一朝盡，素蛾紅粉爲黄沙，西江落月飛曉鴉」：不減雍門之曲。⊙末段繁弦促節，是古人之遺。

《秋日偶作》其一「世且賤蛾眉，尚乃效其顰」：所感良深。其二「不上使君車，蛾眉莫相妒」：吾畏其言。⊙懷抱當屬何等。

《遊西巫作》「半巖殘磬依樵路，萬壑斜陽帶牧牛」：幽秀。⊙高而能曲。

《别友人》「辭君再涉西陵渡，千里江帆一雁來」：遠。⊙不肯説盡。

●閻古古曰：「吾友何昭侯之子玉林，天才靈警，至性絶人，英年棄置舉子業，覃思好古，發而爲詩，殊有阮步兵《詠懷》遺意，而風格遒疏，光澤妍秀，則不啻鮑明遠之梅花、謝康樂之春草也。

無何，以母艱哀毁過傷，賫志早歿，僅二十有四歲，惜哉！」

釋弘仁

無智、漸江，江南歙縣人。

《畫偈》其一「瀑布樓邊時自煮，三更分得佛前燈」：幽蒼。⊙居然仙佛。其二「焙茶香氣滿空山」：此境極可想。其三「呼風鳥雀亂飛下，竹塢人家早閉門」：純是雪意。

袁于令

令昭、籜庵，江南吴縣人。《留硯齋稿》。

《櫟園先生歸白下過訪，用肥水韻奉贈》其一「扁舟暫五湖」：妙。「相逢秋色裏，揮泗話菰蘆」：俱老。⊙「暫」字是杜家字法。其二「何期碧蘚徑，果見素車迴」：虚字轉折極有力。其三：生還情事，寫得淋漓。

王咸

與公，江南長洲人。

《山翁》「顓愚積未化，嫉惡終在面。末俗好詭隨，那得不貧賤」：即老杜「畏人嫌我真」意也。⊙數言蒼辣，非時流所及。

于王棟

上叔，谷饒，江南江都人。《雙樓稿》。

《宿韜光寺》「日氣竹邊消」：逼真。⊙氣韻似右丞。

《寄徐希徵》「春氣一年同」：好。⊙筆調翩翩。

《謁先忠肅公墓》：憑弔哀涼，悲風四集。

《送燕峰先生往蘇門山謁孫徵君》「獨爲河北行」：老。

《題家柘溪三兄書屋》「冒雨種青松」：天然。⊙風度可懷。

《允升招飲東園》「一聲黄鳥過，何處更悲笳」：結得厚。⊙意致春容。

《雨中與王正子、蔡瞻民、田雨公、峙廼伯兄小集》「濛濛雲氣亂，細雨更沾沙。濕盡春城樹，開殘野徑花」：寫景，全以氣行。⊙神於詩法。

《侍家大人偕孫豹人、陸無文、湯巖夫諸先生飲》「鈎黨人才非世福，嘯歌歲月且塵埃」：有識。⊙詞意深厚，而題中一一照管。

《贈柴丈》「存没涕痕兵甲後，亂離心事酒杯中」：是柴丈人意中語。⊙「相期共釣滄州雪，並諱淮南有桂叢」：以他語誇柴丈，必不喜也，如此而後謂之確當不易。

《留别袁荔青》「樓上斜陽人共醉，堤邊垂柳燕飛寒」：岑嘉州之遺。

《湖州白塔山》：歸路宛然。

《望惠山》「梅花落盡蒼苔滿，留得泉聲春樹中」：好極。⊙蒼茫晻藹，如置我梁鴻溪畔。●近燕峰移居水村，閉門注《易》，人士多從之遊，故文采彬彬，一時照耀。觀上叔諸作，益信鍾嶸詩源風雅有自來矣。

趙　潛

雙白、蒓客，福建漳浦人。

《和徐松之九日登一覽樓詩》「獨客重陽日，相思舊草亭」：恰是遥和詩，秀潤不待言。

《初春集董榕庵光復堂》「兒年憶鬬雞」：都有異致。

釋行弘

正法，浙江烏程人。

《棣溪訪僧不遇留題静室》「一水四溪口，雙扉萬壑中」：確切。

《秋晚山行》「日斜人影長」、「隔嶺辨紅墻」：冷然肅然。

《寄懷振琳師》「既然有夢到天姥，豈得無詩懷晝公」：音調自然。⊙清老，卻無寒瘦氣。

《溪上夕歸》「不信黄昏近，千林分外明」：想路幽奇。

吴統持

巨手，浙江秀水人。

《贈大西洋湯公若望》「委蛇自謂傳天學，閱盡滄桑也可憐」：結句令人通身都冷。

金德嘉

會公，湖廣廣濟人。

《雜詠》其一「酒酣步江皋，悵望洞庭渚」：古。⊙極似王江寧。其二「荷鋤薙草根，門庭常肅肅」：逼陶。⊙筆意真澹。

《大梁行》「徘徊借問大梁人，大梁繁華古中土」：鋪叙典雅。「川原反覆似翻手，茫茫白骨一何有。蛺蝶猶尋内苑花，鴛鴦自宿官亭柳」：淒艷。「君不見，黄河濁浪蹴天盡東走，有錢且買彝門酒」：豪氣淋漓。⊙是唐初四傑格調，而體高氣健，獨能振翮層霄。

《春過楊處士》「瓦牆雨色千尋竹，沙浦晴暉二月鶯」：秀而澹。⊙骨力高勝，而雅秀絶倫。

陳志襄

陶思，江南泰州人。《謙忍居稿》。

《宿紅花鋪》「祇訝邊城苦，誰知腹地難」：經濟語。⊙語有指實，不作浮響。

《半城秋懷》「驚沙隨地闊，老馬向人鳴」：語亦壯闊。⊙筆勢横厲。

《月夜登燕子磯》「絶壁憑江下，空聲蕩石洲」：如置身萬仞之巔。「分明天際月，化作白煙流」：迷離無盡。⊙起得雄，結得遠，中俱穩貼。

《酬姚舒恭見贈原韻》「世事風波雙眼内，嘯歌山水幾人家」：語深。⊙「何來白雪頻高唱，只恐東風負落花」：頸聯警甚，餘俱悠揚，有言外之趣。

《紅橋口號》「大業樓船空瀚海，千年池館尚琵琶。邗江自古銷魂地，只恐烽煙擾暮鴉」：忽作鯨魚之嘯，聲聞十里。⊙頸聯以下，俯仰今古，大具勝情。

《平山堂遠眺，因憶癸丑春初與諸兄弟舊遊感賦》「金焦雙髻青仍合，江漢同歸晚自潮。卻恨無情千古月，迷樓照盡照漁樵」：江山寥廓，如在指顧。⊙手筆極大。

《秋雨懷侯薇屏》「即非風雨催秋夜，良友心期重論文。況復雞鳴虛對酒，那能天外不思君」：蒼老傲奡，得未曾有。⊙起處蒼異，餘俱神骨高健。

《同黃仙裳暨蒼珮諸弟訪希聲上人不遇》「相見豈能增一解，不逢偏覺少餘情」：大有意味。

《訪隱者不值》「採藥不知何處去，疏籬開遍紫藤花」：渾似唐人。

●陶思擁書青城亭子，吟嘯不休，詩骨清遥，落紙都韻。予賞愛特深，比於蘭芳玉潔。

夏羽儀

仲蜚，江南休寧人。《喬木山房稿》。

《雁字》「孤行似寫梁鴻傳，驚陣如翻戲海篇」：「巧匠斲山骨」。⊙極雕畫而不著相。

《寄程孚夏》「董園花落送居諸」：情意藹篤，而秀氣不可没。

李澄中

渭清、雷田，山東諸城人。

《涿州》「德衰開戰伐」：奇闢。⊙意雄調偉。

《登扶雲峽望霜潭》「絶壁尚能開鳥道，深林何處不龍腥。潭藏雷雨雙崖黑，峽積風雲匹練青」：蒼渾深鍊。

吴　雯　天章，山西蒲州人。

《過汾陰祠》「晴蓮開白帝，濁浪走黄龍」：警卓。

《永樂早發》「河聲過雷首，雨氣下風陵」：筆端有聲。⊙天章詩，傑奥行以蒼婉，固不可及。

程瑞社　次郊，江南休寧人。《孝友堂近草》。

《山房避暑》「蒼濤行古柏」：「行」字下得好。「漁笛在滄浪」：健。⊙寫景自然，而鋒鋩特爲映射。

程瑞祊　宗衍，江南休寧人。《文山堂新草》。

《率園即事次韻》「留花不掃任園荒」：深秀。⊙恬静悠雅，讀過有松風襲人。

程　禕　允文，江南休寧人。《尚友堂近草》。

《辛酉麥秋，孚夏十一弟有廣陵之行，予亦往皖，賦此志别》「村前細雨迷荒驛，浦外長條拂去驂」：淘洗既浄，舉止自不猶人。⊙孚夏爲余言一門昆弟倡和之雅。覽其篇章，皆臻秀潔，惜未得其全稿讀之。

高層雲

二鮑、謏園，江南華亭人。

《海棠爲風雨所摧，詩以傷之》「曾將深幕護新紅，又逐行雲墮曉風。門掩一庭春雨後，年年腸斷苧城東」：婉約可懷。

《送顧左公》「江城五月花飛盡，漫譜相思據笛牀」：風流在眼。

葉奕苞

九來，江南崑山人。

《子夜歌》「郎待折荷花，儂待摘蓮子」：得樂府之遺。

《甲第》「會見平津閣，春風滿菜田」：可感。

許自俊

子位，江南嘉定人。

《曉出泰山道》「仙掌雪凝千歲白，秦碑日射五更紅」：初、盛風調。⊙固當以壯麗出之。

張大年 彭子，江南休寧人。《硯庵集》。

《寄司城程雲峰》「倚檻每憐歸去雁，挑燈頻看寄來書」：疏秀可喜。⊙清風朗月，輒思玄度，想見懷抱之佳。

朱 玿 書思，福建莆田人。

《度嶺》「海日摇雙眼，山雲濕半腰」：壯句能奇。⊙詩能獨創，不屑猶人。

林華昌 兼實，福建晉江人。

《秋日復遊彌陀巖遇雨》「泉聲遠落千峰外，坐對寒山不覺重」：看山時每有此景。

《九日遊棲霞感懷五兄》「依稀識得江山舊，惆悵茱萸淚滿衣」：藴藉。

釋大雲 獨任，江南江寧人。《莆莊吟》。

《訪衡陽愚谷和尚》「到門霜鳥低呼雨，隔嶺寒鐘暗上燈」：幽涼秀净。⊙每把此詩，頓洗十年塵土腸胃。

《贈張南村》「掃徑鐘方歇，炊泉月乍生」：静極。⊙惟南村可當此詩。

《送古帆法侄歸楚》「江聲鳴竹寺，楓色上漁笆」：錬。⊙愛其娟潔。

曹鳴遠　文季、篁峙，江南婺源人。

《喜遇江乃章》「把臂問江月，清光照懷抱」：身居華屋，日營營勢利，而搦管和陶，豈不顔甲。如篁峙介性孤蹤，乃與栗里有心神之合，宜其筆墨同調。

鄧　旭　元昭，江南壽州籍，吴縣人。

《題仙舟圖贈田學憲，兼柬崔郡伯，次黄仙裳原韻》「想到停橈月滿磯」：活。⊙「一自式廬傳藝苑，近人誰敢賤儒衣」：一招譏，關係世道不小。非吾兄，誰有此鴻筆。

王　掞　藻儒，江南太倉人。

《題仙舟圖贈田學憲，兼柬崔郡伯，次黄仙裳原韻》「坐邀郭泰停仙舫，行訪嚴陵過釣磯」：位置老辣。⊙波瀾獨老。

韓　菼　元少，江南長洲人。

《題仙舟圖贈田學憲，兼柬崔郡伯，次黄仙裳原韻》「博物自裁雌霓賦，閒情偶訪釣魚磯」：步武秩然。「紅燈綠酒春江上，折簡還能招布衣」：好描寫。⊙法老而神秀。

朱雯 裔三，浙江石門人。

《題仙舟圖贈田學憲，兼柬崔郡伯，次黄仙裳原韻》「雕龍繡虎争相待，何事高歌竟拂衣」：風致可愛。⊙穩秀深華，自屬名筆。

龔翔麟 蘅圃，浙江錢塘人〔一〕。

《題仙舟圖贈田學憲，兼柬崔郡伯，次黄仙裳原韻》「浮杯不共使君宴，挐艇早還漁父磯。若非學省愛風雅，物色誰能到芰衣」：老筆健氣，一洗塵氛。作者如林，推蘅圃爲壓卷。

吴于繽 繡巖，江西南昌人。

《題仙舟圖贈田學憲，兼柬崔郡伯，次黄仙裳原韻》「襄陽隱士皆豪放，深雪前村正典衣」：高脱至此。⊙安放得好，結處閒散，高人數籌。

〔一〕「浙」，原作「湘」，徑改。

申維翰 周伯，江南江都人。

《題仙舟圖贈田學憲，兼柬崔郡伯，次黄仙裳原韻》「扁舟欲下臨江滸，仙侶還移近石磯」：從容有度。⊙和平藴藉，詩如其人。

黄　雲

《題仙舟圖贈田學憲，兼柬崔郡伯》：「誰知夜半仙舟上，相對停燈待布衣」：風流千載。⊙詩情俊發，如新柳初桐。

●學使田公綸霞較士維揚已竣，太守崔公蓮生宴餞南浦。田公遣使邀黄子仙裳、宗子定九舟夜同酌，而兩生船已前發，未赴嘉招。仙裳有「夜半停燈待布衣」之句，且繪爲《仙舟圖》，以志佳話。遠近好事者倚韻和之，得詩一百七十四首，可謂盛矣。仙裳命予採數首附拙選末，俾其事流傳瀨内。予因拔八章，以見大概。其詩有專集梓行，而李廷尉映碧、施侍講愚山爲之序。〔一〕

〔一〕《詩觀》所選評鄧旭、王掞、韓菼、朱雯、龔翔麟、吴于繽、申維翰、黄雲唱和組詩，原倡爲黄雲。此組詩原以標題領起，總評在標題下。今據本輯録體系改，詩題爲輯者所加。

程一中

聖傳、執庵，江南休寧人。《藏密閣詩》。

《過新嶺和韻》「仰看雲盡頫，回眺鳥難升」：好摹擬。

《洋灘夢母謹記》「載懷鞠我人，傷哉夜臺矣」；「窗雞喔喔鳴，魂返聲在耳」：字字真確，如有血痕在紙。

《題春遊醉歸圖》「石路僮扶穩，江橋驢過稀」：清艷。

《拜方正學先生墓》「義高非氣節，學正在君親」：正學定評。⊙「君看冰霜裏，後凋誰最真」：典雅莊重，一代關係之詩。

《窗月》「屋角螢飛星更稀」：秀而勁。

陳志繹

衛公，江南泰州人。《自怡堂集》。

《立秋》「大火忽西流，相看又早秋」：老氣逼。⊙一往見其蒼勁。

《盆樹復甦》「頻雨增新葉，今年長嫩枝」：絶無纖巧之習，似少陵詠物詩。

《送包瑶昆之吴門，次姚恭士韻》「鯨濤亂湧空江月，燕子猶飛故國春」：上句雄，下句秀。⊙情思甚殷，詩筆更爾遒健。

《朱范公招遊平山堂》「樹裏風煙常裊裊，堤邊簫鼓復綿綿」：筆致亦復裊裊綿綿。

《晉錫弟招飲半舫觀荷限韻》「半夜思歸曲未終」：俊風襲人。

《邗上歸次姚恭士韻》「樽前一片是濤聲」：結句遠。

《午睡聞蟬》「高吟只愛深林好，那管窗前客欲眠」：閒適。

丁德明

在三，蘭皋，江南繁昌人。《培柏堂詩》。

《呈趙學憲長歌》「維揚商賈號金穴，素縑曾未點青蠅」：實録。⊙「朝廷今日重經史，天下篇章歸正始。玉尺儒宗簡帝心，舉朝推轂趙夫子」：歌頌詩苦其浮而鮮實，此能字字真的，固爲孔碩之音。

《山房避暑即事》「茶鐺風雨出」：俊妙。⊙氣格渾然。

《立秋日》「吟身客裏老，物序個中忙」：樸中帶秀。

《召埭逢張沖乙同寅和韻》「高士此江樓」：老。⊙「痞痳得扁舟」、「湖冰帶雪流」：蒼色可愛。

《平山堂即事》「山白江南雨，楓丹郭外秋」：晚唐佳處。⊙貼切，都已説盡。

《蜀岡望秣陵諸峰》「百里山寒微有翠，一江天遠最宜秋」：渾滄無以過。⊙「獨立蒼茫重回首，夕陽征雁下邗溝」：從容自然，卻芳翠欲滴。

《春日遊西山三首》其一《秘魔崖》「瓦鉢昔邀龍子護，蒲團猶戀鶴巢眠」：結構綺麗。其二《龍王堂》「樹密乍疑疏雨滴，春殘不禁落花催」：秀脱不凡。其三《棲賢林》「尋春且繫桃花馬，策杖還宜竹簟冠」：風韻撩人。⊙山水詩出以整鍊，卻意深思密，特露秀警。

《家念劬兄邀飲平山堂》「樂闋酒闌人散後，桃花夾路送驊騮」：餘音繚繞，風流獨絶。

《懷别》「千里夢尋芳草地，數行書斷夕陽城」：神骨俱秀，疑逢衛洗馬、桓子野一流人。

《過蟂磯弔孫夫人》「可惜漢宫迷舊寵，年年芳草怨周郎」：藴藉。⊙他手多作論斷，反覺其傖。

此只以倩筆寫情，固爲秀絶。

《文選樓懷古》「縱横七代周秦後，嘯詠千秋鼓角中」：高調雄思。⊙固是昭明知己語。

●蘭皋爲揚郡學博，以風雅自任，築培柏堂於署中，日治樽酒，召賓客，忘乎官之獨泠。所爲詩秀警高脱，似鄰中、晚，而實具盛唐之神格，與松陵朱天飲稱一時二妙。余抵揚，必就二公爲文酒之會，月色簫聲，賴以不孤云。

慎墨堂詩話卷十九〔一〕

侯方域

朝宗，河南商丘人。《四憶堂詩集》。

《詠懷》其一「啾啾雙黄鵠，化爲白頭老」：如古謡。其二「赳赳少年兒，紛紛乘高車，生無猿臂姿，起視但欷歔」：二首全學阮公。

《晚登君山大風》「有客吹鐵笛，一聲玄雲駛。再吹老魅愁，三吹新鬼喜。庶幾戰死魂，叫出沉江底」：何等襟情，天風浩蕩。⊙數語能使鬼神泣、蛟龍舞。

《陽羡歌答陳生其年也》「四座狂呼一斗酒，更脱皂帽爲君舞。當今惟有孟公家，投轄留賓出館娃。頹然那遽短豪氣，峰頭仰視星河斜」：豪氣雄情，噴薄紙上。「細記壬辰冬十月」：老極。⊙其亦處極不得意之時，遇極得意之人，故其詩舒放如此。

《鸕鷀啄金杯歌》「勸君莫飲鸕鷀杯，非人非時亦非地。灞陵遺老嘗吞聲，忍讀開元西狩記」：

〔一〕此卷輯自《詩觀》二集卷七，原署「東吴鄧漢儀舊山評選／同學費　密此度參閲」。

此是正論。⊙少陵之卻「織成褥段」，惜福也；侯生之戒飲鸚鵡杯，感舊也。俱是有關係詩。

《西山雜詩》其一「夜色石羊動，松聲鼯鼠秋」：蒼警。其二「古洞松杉落，寒龍日夜號」：全從少陵《秦州》詩脱化而出。

《除夜》其一「祖考恕佯狂」：深語。⊙佯狂惟祖考能恕，又不可不知。其二「頌聖已躬耕」：名卓。非少陵不能爲此語。

《荒原》「普天覘王氣，固矣採薇人」：末二句何其深厚藴藉。

《中秋》「關河戎馬迂」：深。⊙「漁陽年少子，安穩讓山臞」：此詩可稱曰厚。

《寄李舍人雯》「嵇康辭吏非關懶，張翰思鄉不爲秋」：舒章知己。⊙舍人心事，此詩妙能傳寫。

《春興》其一「龍屭難馴歸故道，犀牛何事刻新痕」：典麗。⊙河患至今未已也，如何，如何！其二「黄綺由來無壯略，商於枉卻避徵輪」：足破虚聲一流。⊙持議極平。

《隋堤》「寂寞宋城南向望，酒旗寥落獨支藜」：字字蒼老，而秀氣自溢。

《送顧副使礽入楚》「浮沉漢祚終劉表，伯仲周郎是吕蒙」：中有史斷。⊙氣格近滄溟，而沉雄處又兼北地之能。

《平望》：可補竹板。

《弔戰場》「魂魄千年後，還思渡酒泉」：英氣如生。

《遊吴遇李較書較書舊出楚宫》「武昌新柳今何在，夢裏猶聞説舞腰」：風流淒楚。

●朝宗所製《壯悔堂文集》雄視一時，獨其詩世罕推之。要其闊思壯采，皆規模杜家而出者，但未免陰襲華亭之聲貌。故予選朝宗詩，必取其闊而能穩、壯而入細者，以與世共見之。

魏禧

叔子、冰叔，江西寧都人。《勺庭詩鈔》。

《從征行》「百姓聞兵來，行住兩怔忪」：兵賊之害如此。「蕭蕭班馬聲，悠悠白旆風」：古甚。⊙叙事悉而遺調蒼，篇終猶餘哽咽。

《金精行》「不愛鴛鴦哀猿鶴」：奇語。⊙「臺上日日雲波屬，臺下年年春草緑。風雨夜深山洞冥，鐵鑿餘聲出空谷」：奇麗不減李長吉，而朗秀過之。

魏禮

季子、和公，江西寧都人。《翠微山房稿》。

《余生生諸子寓樓偶集》「高樓海氣暖，遠戍鼓聲悲」：作意得妙。

《上元夜友人見過分韻》「静夜來高士，深燈存故人」：自然高雅。

《燕邸偶作》「看看燈火夜，門掩一庭秋」：蕭然遠懷。

《西行道上》其一「風吹荒草合，落日滿牛羊」：深厚。其二「白楊風自戰，古廟日多昏」：颯然風雨。⊙讀史有識，故筆多英岸。其三「西隴聞鸚鵡，誰來問上皇」：一結自爾不凡。

朱彝尊

錫鬯，浙江嘉興人。《竹垞詩略》。

《同宋使君琬遊雲門山》「北船吹以南，南船吹以北。欲問仙人居，迢迢不可得」：古甚。「但弄耶溪月」：妙。「時從翠微半，一聽鐘鼓鳴」：仙風環珮。⊙無窮路徑，以妙筆婉麗寫之，但覺青翠滿眼。

《雨中陳三島過，偕飲酒樓，兼示徐晟》「皋橋橋西多酒樓，妖姬十五樓上頭。百錢一斗飲未足，半醉典我青羔裘」：可謂濯濯。⊙風神秀令，疑見過江人物。

《蘭亭行贈朱大士曾》「春風吹遍蘭亭草」：雋極。⊙氣韻真是絶人。

《山陰雨霽同楊大春華遊郊外，飲朱廿一士稚墓下》「坐我石橋上，影落橋下溪。笑看屐齒折，未得凌丹梯」：全是太白神境。「擲車羸馬寒食下，感念同遊淚盈把。新鬼今從故鬼鄰，百年誰是長年者。我今持杯一勸君，有酒且對劉伶墳。從教浣女溪頭曲，併入山陽笛裏聞」：筆意鮮華。

《寒夜集燈公房聽韓七山人畕彈琴，兼送屈五大均還羅浮》「坐使閒心遠，方聞逸響生」：妙得琴理。「此時有客開軒望，月露霜華滿深巷。四坐無言歎息頻，篝燈欲滅風升降」：此數筆蕩漾最妙。⊙舉止秀逸，有翱翔三島之興。

《同王處士猷定、施學使閏章、陸處士圻泛舟西湖遇雨》「回船沙岸火，驟雨石門松」：筆意悠然。

《曹娥廟觀渡》「江空鳴社鼓，風細颯靈旗」：颯沓飛舞。

《舍弟彝鑒遠訪東甌喜而作詩》「知汝南來日，西陵定遇風」：使事絶妙。⊙情文兼美。

《贈杜濬》「襄陽耆舊傳，荆楚歲時心。還復扁舟去，淒其洛下吟」：蒼老，盡芟時氣。

《飲祁六紫芝軒席上留别》「上客且安坐，主人猶未眠。不知高館裏，絲竹是離筵」：以古爲律，風調獨超。⊙一氣妙有神興。

《表忠觀》「錢塘白馬回犀弩，玉座青苔上錦衣」：鮮麗。⊙如此可謂之高華。

《送曹侍郎溶備兵大同二首》其二「關榆蕭瑟二庭空，堠火平安九塞通。往日連師驚朔漠，只今市馬互西東」：此首只言邊塞，章法妙，而議論尤警。◎二詩有少陵《諸將》之遺。

《雲中至日》「關寒馬色上龍堆」：妙。⊙樸老，彌覺蒼鬱。

《西巖》「夜久天風吹，西巖桂花發」：如此正自不盡。

《上谷道中》「摇鞭逢漢使，走馬入雲州」：古。

《越江詞》「一自西施採蓮後，越中生女盡如花」：興到語。

《客夜》「從教趙女工瑶瑟，不遣愁人醉似泥」：正自深於情者。

●錫鬯詩氣格本於少陵，而兼以太白之風韻，故獨爲秀出。秋岳侍郎每向予稱之，寄稿甚多，惜未能廣登耳。

薛信辰 國符，江南武進人。

《道中望泰山》「雪倚餘陰殘曲磴，風吹淡日半寒山」：是望中景。⊙詩氣空青，卻風格秀整。

《古廟》「日暝陰廊鬼馬青」：傑甚。⊙摹寫淒涼，卻極有神彩。

《嶺南雜記》其二「每怪三竿日影斜，小鬟雙屐響窗紗。誰知吏卒盈庭侍，晴雨齊穿上早衙」：足備《風俗通》。

羅承祚 景有，江南丹徒人。《枝閣近草》。

《送張菊人歸茅州》「言有敝廬在，官貧幸未鬻」：樸得妙。⊙清真樸老，情旨自永，其韋、柳之嗣響與？

《晚晴集丁漢公齋中限韻》「令威醉我紫霞杯，晚虹斜射短墻下。雲蒸礎潤薄肌膚，殘雨猶沾簷際瓦。岸幘披襟坐夕涼，肯令嵇阮專騷雅」：「爽籟發而清風生」，此詩有焉。

《秋晴集友荒齋》「偶過無逆送，痛飲是生平」：高、岑佳境。⊙疏朗，如寒潭碧月。

《夜泊毘陵有懷孫衣月夫子》「客心懸驛路，歸興滿扁舟」：高爽。⊙圓足。

《飲望海樓故址》「劇談還爲夕陽留」：健極。⊙「聞道當年百尺樓，峨峨嶽立俯滄洲。空餘老樹吟風雨，漫有遺基望斗牛」一氣頓折，高情自爾逸發。

《渡江望金山作》「巉巖自古蛟龍窟，壁壘何年虎豹場」：切今日之金山，固自筆墨高岸。

《南禪寺古塔》「彈指不堪頻顧盼，説來興廢總淒然」：感慨處妙在題外。

《送黄仙裳遊天中》「幾年户閉嵇康懶，千里人依劇孟豪」：圓而響。⊙此詩有駿馬蹀躞之概。

《贈吕半隱太常僑居海陵》「館餐誰爲授緇衣」：傷心語。⊙彭衙故人，往往難之。此詩寫情，正妙在曲至。

《同年曹子羽女適真州某，誤傳兩尊人凶聞，遂自經，子羽哀之，爲索詩以紀》「緘書無限號天淚，卻被雙魚誤玉人」：其事雖過，而其情可哀，當表之以維風教。

白夢鼎

孟新，江南江寧人。

《九日語松過訪，與胥永公山後看菊》「東田菊有花，兹日當飲酒」：澹雅處極似陶公。

《重九偶作，呈柳園、馬溪、蒼庭，並寄仲弟》「懷山思遠行」：好。⊙似不着意，而神韻蕭然，不可及。

《大悲嶺》「行去見山來」：自然入妙。

《招隱園》「江山獨閉門」：好。「因憶山中侣，相思啼夜猿」：韻絶。⊙讀此真可忘世。

《獅子山盧龍觀》「一代風雲合，千秋草木凋」：大。⊙作者其大有懷抱乎？

《竹庵》「山腰竹閣迴，破壁補瓜藤」：細潤之至。⊙「孤雲逢一僧」：領略真，故傳寫妙。

《江行宿小孤山》「夜深愁燭短，酒盡畏江寒」：真。⊙次首有「月黑聞人語，風高慘客顔」之句，最妙。

《江行寄懷》「寒山藏凍雪，短塔見孤城」：是江中風景。⊙字字生，卻字字穩。

《江行懷巫巒穉》「篷窗風雪大江西，無數青山照眼迷。破浪未能登采石，懷人便已過姑溪」：開筆有萬里之勢。⊙放筆極辣、極闊又極穩。

《武昌渡江訪王亦世》「江霧霏霏黯不開，懷君特爲渡江來」：岸幘而來。⊙事好，詩故好。

《登晴川閣，寄懷漢樹、蒼略諸子》「江尾天低鸚鵡草，日西人放洞庭船」：對更老。⊙「爲憶小桃源裏酒，二三兄弟枕溪眠」：筆墨帶煙嵐之色。

●孟新近溯漢江，登大別，其詩益雄偉。歸憩白門，著書等身，洵樂事也。

方殿元

蒙章，廣東番禺人。《古今二體詩》。

《上陵》「雖貴爲天子，一生亦苦辛」；「陵上實繁華，不知陵下人」：古雅絶倫。

《蜀道難》「不見蜀天子，亦化爲杜鵑」：短章較勝太白。

《報鯉》「孤潔不樂餌，直待雲雷起」：所以士貴自立。

《巫山高》「襄王不來宋玉去，落日猿啼滿山樹」：寫得離奇幻渺。

《秋夜長》「蒼蒼無雲復無雨，西有牽牛東織女」：得騷賦之神。

《擬關山月》「劍花光亂鐵衣明，隱隱黄河轉成血。秦軍戰罷漢軍來，夜夜嚴城數聲笛」：如聞嚴城哀角，涕不能已。

《擬東門行》「母聞兒啼，分半粥糜，欲不爲吏不能已」：慈孝並見。「君欲爲吏，吏不可爲」：亦是賢媛。「母樂腹饑，悲兒不歸」：可爲淚下。⊙音節斷續，情緒纏綿，全從古樂府沉酣得來。

《秦女休行》「薊北少年俠且武，寶劍雖光面如土」：狀其俠烈，筆有劍光。

《送客之燕》「舞劍散春愁」：華而壯。

《重别陳元孝》「重得今朝别，難銷昨日愁。酌君一杯酒，回首數峰秋」：高、岑絶調。

《鍾離懷古》「塗山不見諸侯會，淝水猶成一代功」：意有感會。⊙意極蒼涼，而摛詞典蔚。

《前有樽酒行》「爲君沽美酒，莫厭頻頻酌。一樽猶未傾，多少庭花落」：抵唐人一首長歌。

《花渡頭送客歸錢塘》「此地素馨明月夜，相思江水兩悠悠」：淡處妙有神韻。

《從軍行》「萬里征人鄉淚盡，不堪猶對鷓鴣峰」：純是龍標。

《訪山人》「不爲尋君便留住，那知花裏即君家」：想路幽曲如此。

《訪隱者》：竟是桃源。

《廣陵懷古》「二十四橋歌吹起，東風先遣過雷塘」：含蘊風流。

劉逢源

資深、津逮，直隸曲周人。《學迂軒稿》。

《漫興詩》其一「望輕原不繫蒼生，敢謂幽居不用名」：謙得好。⊙只是胸中大有把握。其二

「敢狎公卿盡海鷗」：極是。⊙倦遊後，勘破世情之言。其三「天問參差費楚詞」：意刻。「不知黄綺當年意，何事時清尚採芝」：四老人更進一解。

劉　佑

孟孚，雲麓，直隸曲周人。《悦柳軒近詩》。

《歸卧荒園，張子常、趙秋水枉顧答贈》「饑寒迫老親」：樸甚。⊙蒼氣逼人，意尤深摯。

《霍亮雅、路培生、唐士彦同集小齋》「今音疑殘夢，行藏淡落暉」：深警。⊙素心雅韻，時露高唱。

《閣古古過高唐依韻奉贈》其一「風霜應久歷，燈火暫相親」：有含蓄。其二「今日風尤甚，何能恃敝裘。黄沙摧老鬢，紅葉散深秋」：颯然而至。⊙「摧」字、「散」字佳絶。◎此二詩贈得古古。

《魚丘雨中即事》「忽報兒童傳異事，路傍雷火劈枯松」：矯甚。⊙一結別甚，乃覺耳目異觀。

《柳敬亭停舟相訪，同賀祥庵贈句》「惟剩魚丘貧刺史，相看一對白頭翁」：與「岐王」、「崔九」同一感歎。

何　林

雲壑，浙江山陰人。《犵山集》。

《感舊》「大堤女兒全勝花，中間合沓萬人家。我年少壯曾來此，喪亂經過空歎嗟」：極似青蓮。⊙俯仰山川，興懷今古，筆端何其遒麗。

《過楓木嶺》「猓棘連雲暗，蠻花引客看」：好。⊙詩心極爲險峭。

《永豐舟中》「頻看章貢水，日日動盤渦」：詩心甚遠。⊙有擊汰揚舲之致，結尤渺然。

《常德即事》「仙洞迷龍跡，官程認橘堤」：精麗。⊙「空憶桃花好，春寒路總迷」：藻思迸發，望若霞綺。

《荆州感興》「倒流渝峽水，奔壑漢陽鄰」：好。⊙此可備《風土志》。

《行至仙桃鎮值初度》「歲歲花開處，春風吹鬢更」：風味獨絶。⊙大是感歎。

《過湖口縣》「萬川從一道，九派應諸潮」：蕭瑟，妙於古會。

《過羅刹、采石諸磯》「雨來昏黛髻，日出滚鼋鼍」：奇警。⊙奇情横發。

《漢陽即事》「水折三巴歸楚澤，江分九派入吴濤」：典切。⊙調高情暢。

《至江寧》「莫訝齊梁花月散，人生好事半零星」：一結令人百感俱集。

《湘江見雁》「應我居蠻久，年年相會稀」：與「照壁喜見蝎」同意。

《立秋》「黄茅瘴裏滯孤身，遠向湘江采白蘋。一葉忽隨秋色下，洞庭波後好傷神」：是屈、宋之遺音。

余國楷

郇長、雲樵，湖廣大冶人。

《重過》「肅肅寒林樹，蒼蒼變遠山」：起得高迥。⊙蕭遠。

《初峽》「遠水望疑盡，方知峽始開」：親切形容。⊙起佳甚，全詩亦雅稱。

《中峽》「水勢千江合，晴光一線開。舟人相顧處，爲報峽烏來」：中流捩柁，寫盡一時蒼茫之景。

《下峽》「當年椎鑿力，獨見鬼神才」：厚。

《兵書峽》「平分三峽險，坐看衆江流」：發題盡，着筆高。

《長至於漢州郊外觀捕魚》「亂草過漁舟」：妙絶。⊙悠然自遠。

《過蜀王墓》「臘酒不澆墳上土，春山猶放舊時花」：何等感慨。⊙逼似李義山弔古諸作。

張玉裁　禮存，江南丹徒人。

《七夕立秋》「有巧輸人乞，因貧得夢安」：純能用意。

《題騎馬看秋山圖》「匹馬隴頭初見雁，四時山色更憐秋」：劉隨州。「漢雲秦塞夕陽收」：此等結法最老。

《憶橘》「相思不隔長淮水，一夜鄉心落洞庭」：雅。

《觀弈》其一「湘東獨目縱横甚，一騎遮擒盡覆軍」；其二「分明戀殺前車鑒，珍重諸侯賀勝時」：可謂深於兵法。

張玉書　素存，江南丹徒人。《力行齋稿》。

《送蔣岵慎先生歸里》「大壑縱游鱗，高天戢孤羽。川原莽回互，揮手自兹去」：音調逼真漢魏，而情旨則委婉道出。

《題楚黄張伯明殉節圖》「一官如水肝作鐵，常山舌併侍中血」：爲廣文描寫一番，忠魂毅魄，凜凜千載。

《送吴孟舉歸石門》「春入片帆青」：好。⊙筆無俗韻。

《來青軒》「獨鳥背雲飛」：「背雲」妙甚。

《法海寺》「輦路經過處，苔封暗幾年」：二詩心手調適，故辭意兼美。

《伯兄禮存假歸有寄》「江粳饒半熟，努力急官租」：温厚。⊙君家門第赫奕，而惓惓以「急官租」爲言，老成慎密，固可爲薦紳楷式。

《贈王奉常煙客》「戰艦已空官税薄，白頭穩卧五湖濱」：一結出人意表。

《送姜鐵夫歸山陰》「談笑過江風度在，悲歌入市壯心孤」：風調秀逸。

《西苑侍宴恭紀》：辭采盛麗，斯爲應制之體。

《過某將軍營》「燕歸不識將軍壘，猶認烏衣舊巷飛」：含淒都在言外。

《銅雀臺》「莫望西陵更惆悵，當時對酒已悲歌」：冷眼看出。

《艮嶽》：動人怊悵。

楊　岱

東子，四川彭縣人。《村山詩鈔》。

《巫山高贈友人》「山魈寂寂啼春雨」：奇響。⊙似唐人短歌。

《巫山》「何年成蜀道，刳木往來通」：厚。⊙太白《送友人入蜀》詩，有此精麗。

《白帝城即事》「玉洞三巴雨，桃花萬壑春。楚雲歸峽暮，涪水入江新」：巍峨之極。「青峰化美人」：奇絶。⊙擬於老杜《禹廟》之作。

《真州留别友人入蜀》「退潮江雨澀，吹角夏雲寒」：摹景不凡。⊙情思摇摇，在筆墨之外。

《登黄陵廟》「萬木雲中變，一江天外流」：如此勝地，自爾佳思沓來。讀過如睹萬山煙雨。

《大慈寺》「久廢先朝榜，何人禮大慈」：發慨便不同。

《山棧》「東南盡平野，蕃馬一何驕」：筆力勁挺，可以射潮。

《黄陵廟》「空潭日落馮夷出，古木春寒杜宇悲」：形容壯麗。⊙高華沉鬱，似李義山。其源則出於少陵之《秋興》。

《夔州雜詩》其一「永安宫裏傷懷事，漠漠寒煙馬自嘶」：含情無限。其二「千年畫壁公孫墓，百尺寒松帝子祠」：規模宏麗，卻處處有深意。

《晴川閣泛舟》「仙吏不來丹棗熟，一天風雨散神鴉」：風神特佳。

《淮安渡河》「雨徙黄河萬里沙」：壯句。⊙制格穩，造語傑。

《馬嵬途中》「誰知七月長生殿，便是淋鈴夜雨時」：史識。

《成都送客》「芙蓉城外繫扁舟，送客逢春上酒樓。明日更從樓上望，江南江北水空流」：輕圓可愛。

《燕趙少年行》其一「回望陣雲横絶漠，至今隴雁不曾飛」：妙。⊙得唐人之神髓矣。其二「久住邊城歸未得，寒衣都付市門倡」：寫出從軍蕩子。

魏麟徵

蒼石，江南溧陽人。《藕庵集》。

《高郵堤雜謡》其二「仰天雲流，俯地河流，孰知其由」：似《焦氏易林》中語。其四「官來唤役夫，瘡民忍饑起」：慘甚。⊙數言是監門圖、長沙疏。

《泰安早發》「天逼海濤寒，横雲吹萬里。日出辨微光，數峰遥可指」：蒼茫森奥。⊙曹實庵曰：「氣體高壯，想有泰岱風雲入其筆端。」

《德州渡河》「兒童解憶江南好，頻指中流畫舫來」：從畫舫想出江南，妙妙。

《偶成》「宣武門邊小徑斜，雨餘淺草浄平沙。隔溪似入江南路，垂柳當窗半酒家」：如畫。

高士奇

澹人，浙江錢塘人。《蔬香集》。

《送二鮑兄入蜀》「秦棧過寒雨，岷江宿暮雲」：唐調。

《新秋》：安閒。

《過功德廢寺》「前畦粳稻還千頃，不救山僧此日饑」：描寫廢寺，可謂入木三分。

《宿退谷》「一醉風前思枕簟，十年客裏對山川」：老筆。⊙全首高健。

《登五華閣》「到來山果逢初熟，坐久巖花覺暗香」：都入自然。⊙幽森恬適。

《秋懷》「燕趙古稱遊俠地，只今何處弔荆軻」：其音慷慨。⊙高涼之極。

《春郊》「自憐京國風塵客，花落花開總不知」：久客京華，方知此詩之妙。

顔光敏

修來、德園，山東曲阜人。

《梁氏園對酒歌》「乍看晴雲水面飛，忽聽涼雨樽前墮」：音節都佳。「南飛黄鵠北飛雁，明朝別思分鄉縣。但使生前多令名，何必陌頭數相見」：結束風格完好。⊙氣味似初唐四子，然其飄宕處，則居然摩詰、嘉州矣。

越珃

山公，貴州貴陽人。《澹峙軒集》。

《過金山》「層層生石氣，曲曲轉松顔」：絶妙摹擬。⊙胸中曠，筆底活。

《同友人遊雞鳴寺》「荒榛迷册府，古蘚没梁臺」：是此處詩。⊙固是有懷，只出之和足。

《喜同鄉友人過寓》「不自知傾倒，因君眉始開」：如此起法難得。「浩歌風正來」：妙。⊙純是一氣，高、岑何以加兹。

曾孫瀾

公望，福建侯官人。《紀遊草》。

《度仙霞嶺》「野寺啼猿入，疏林古鹿眠」：造語警甚。

彭焱

然石，湖廣孝感人。《留質堂詩》。

《老翁行》「歎息復歎息，老翁慎勿傷。君看秋原上，痛哭非一鄉」：寬慰之詞，無限悲感。⊙此亦《春陵》、《石壕》之遺音。

《種桐歌》「勿傷桐心」：四字要緊。⊙峻。

《河朔射獵行》「丈夫不得快心胸，致身徒爾作三公」：如今作三公便是快心事。⊙即用景宗語爲詩，語語英爽。

《讀易》「昨夜聞塘夢春草，滿地桃花不肯掃。素月荒荒下碧煙，鷓鴣啼徹山南道」：逼似李長吉。⊙「不覺十畝桑麻長，時聞四壁山泉流」：山中之景，寫得幽深詭麗，令人不復作人間想。

《哭梁公狄》「憂時淚湧心如石，罵坐髯張氣似虹」：二語足贈公狄。

《贈友人北上》「佳辰多負始深愁」：情語。⊙幽折處如聞泉咽。

《輓趙友沂》其一「酒闌人散時何幾，化作秋雲一點痕」：風流雲散，寧止一別如雨，言之傷心。其二「生存華屋笙竽地，冷砌殘陽急暮蟲」：難聞此語。⊙以騷雅之調，寫哀慘之衷，可謂情文兼至。

《漢肆口占》「昔日賤貧今已老，此生無分説風流」：我輩愁聞此語。

高以位

素其，逸齋，江南江都人。

《文選樓訪鄧孝威，同葉星期作》「酒對雨中山」：佳。⊙淹雅明秀。

《送常梅崖赴涇縣學博任，兼懷徐聞宰》「若到青山逢孝穆，爲言吾土極紛紜」：恰是今日送行詩，不衹音調之朗俊。

《送少司農田夫子還京》「東南災異從兹弭，太史無忘瓠子歌」：公爲奉使蠲賑而出，故言之剴切。

《送申又伯之任香山》「木棉花暖羊城驛，玉印蓮香荔子舟」：如此藻麗飄逸，自是送行高唱。

《客中九日感懷，和元凱韻》「鄉夢三更月未圓」：是九日。⊙「幾處登高吹帽落，何人醉酒傍花眠」：其音清嚦，似雁唳秋空。

《金陵送别趙星垣之銅江》「臨歧語不盡，珍重憶燈前」：語甚哽咽。

《除夕長安思家》「遥憶故鄉今夜酒，兒曹寂寞强爲歡」：黯然。

俞森（再見）

《坐報國寺雙松下》「回風日落自蕭蕭，梵唄禪燈鎖寂寥。只應化作蛟龍去，歷歷高榆仰碧霄」：說得雙松夭矯空幻，令人神竦。⊙別有松濤謖謖，在篇卷之外。

《沈繹堂太史以董文敏手書天馬賦見示》「結繩既遠六書成，仰觀俯察通神明。科斗篆籀間代起，李程賈蔡先後鳴」：叙次書法源流，何其明悉。「落筆猶存規矩中，絶塵而奔復何有」：真鑒賞。「贗筆難教天下識」：往往苦此。⊙取材既富，加以腕力剛健，遂與少陵贈李潮、顧八分諸篇並垂。

《題石景山僧舍》「石龕裂山腹，老柏懸巖心」：極奇極確。

《宿來青軒曉起題壁步宗伯韻》「碧嶂倚簷橫，天開鳥欲鳴。曉霞嵐際出，旭日海中生」：有奥傑之氣。⊙極追琢，又極渾成。

《送顧秀升西遊秦晉》「微名好亦浮」：至言。⊙箴規之言，令人拱服。

《同張廣平、顧秀升、汪鶱林飲嚴方詒侍御葡萄下》：少陵自評其詩不過曰穩，此詩佳處只是一穩字。

《冒雨過興勝寺，同張廣平、劉伯賢、王子可、朱敬如、子願飲花間小亭》「酒氣薰紅藥，茶煙繞緑莎」：讀過覺和風襲人。

《贈熊侍御巡視河東》「一池霜氣迎秋肅，八月河源奉使通」：滄溟送行詩，只是高雅典確，所以獨步一時。此作正堪與白雪相敵。

《登通州城樓》「南來粳稻千帆夕，北去風沙萬里秋」：確是潞河詩，移易不得，壯麗所不待言。

《過漂母祠》「日暮依依流水碧，只今誰復飯王孫」：慨然。

●使君詩，前已得數章付梓矣，兹從甓湖寄予《燕遊草》，因復遴次如左。聞其秘篋自酬贈讌集而外，尚多名構，未盡出以示人也。

王穀韋　鄂叔，浙江山陰人。

《廣陵春日紅橋酒家留别諸子》「客裏送春真作惡，花前别友更贈悲」：情致相生。⊙謝朓詩云「秋藕折輕絲」，以評此作。

畢際有　載積，山東淄川人。《存吾草》。

《贈别吕黍字歸越州》「山陰增戰壘，卜宅且還鄉。别意余偏劇，歸思爾正長」：岸傑。⊙全詩一氣頓放，老境逼真少陵。

《泛廣陵西湖至平山堂》「歐陽遺跡知何在，隊隊牛羊下隴頭」：前四句説景，人能之。一結令人裴徊不已。

《廣陵贈别鄭孔如，兼寄訊稷山諸子》「濁酒尚堪通夕話，旅衣豈耐五更寒」：温昵。⊙情緒纏綿，音調婉轉。

《索驛馬聲》「一馬供自騎，還須一馬引」：一首小小詩，抵一篇長奏疏。

《題紅拂圖》「只恐當年亦倖成」：不可無此論頭。⊙翻案固有理，然畢竟慧眼不同。

《答王子下見懷》「獨坐相思秋欲老，淒風黄葉雁南飛」：其音散宕，似秋雨乍來時。

《絶句》「杳娘已去迷樓燼，不見桃花逐水流」：可勝野水斜陽之感。

《和陳其年即事原韻》「竹爐聲寂鸚哥語，正是檀槽半咽時」：解此種風調，正復寥寥。

朱鳳台

慎人，江南靖江人。《退思堂草》。

《題超然軒》其一「風戰嶺雲驕」：奇句。⊙極能作意。其二「自亦忘爲吏」：起句超。⊙「春汲半山阿」：是山縣光景。

《晚步》「放步聽流水，移情自釣磯。門前巖岫逼，屋外野雲飛」：造語奇秀。

《秋夜舟行》「遠火亂螢明」：擬舟行之景，可謂刻當。

《過山寺》「樹隱一峰峭，疑無路可從。緑溪纔得徑，回步忽聞鐘」：思路幽折。

《懷水簾洞舊遊》「噴壑千重晴亦雨，飛空百尺水成龍。連山時作天風急，窺洞將無日月同」：四語壯幻。⊙蒼巖古洞，寫得森奇逼人。

程謙

山尊，江南歙縣人。《春帆集》。

《放船》「只在山光裏，瀠洄江水流。十年長作客，猿鳥識孤舟」：是山是水，寫得靈活。⊙神情氣味俱妙。

《登釣臺》「白日愧登臨」：「愧」字妙。「春入祠雲冷，江連山木深」：狀景都異。⊙不徒寫景，卻以意行。

《富春山樓對雨》「萬壑起層陰，山樓雨正深。野煙霾虎氣，堤柳識春心」：蒼然。⊙絶去煙火，卻字字引人入勝。

《乘月過瓜渚訪蔣前民》「徑僻餘春在，時艱白髮垂」：意極深苦，然兩人交情即見篇幅。

《冬夜喜魏冰叔、蔣前民見過，兼訂遊黄山約》「貧家有良夜，客至喜開樽」：純是性情。⊙「春山到蓽門」：深静，足藥浮蔓一種。

《京口阻風尋鶴林寺》「世亂衆山淺」：此句深。⊙逐步寫入，景色絶幽，而更多警句。

《水亭同友人作，兼贈潁上人》「兩日荒村雨，悠然共一亭。池因深柳碧，山許隔江青」：濬遠。⊙只是自然，絶不着意，妙得唐人風韻。

《同施愚山遊岑山寺》「衆水分孤嶼，千山抱石磯」：是岑山路徑。「遠岸交霜葉，高樓俯翠微」：「交」字、「俯」字下得警。⊙只是細心，不肯草草向山水間涉歷，故能用筆清妙。

《施愚山招集山館共賦》「酒碧城頭月」：妙。「烏啼江外春」：妙。⊙「高花明淺水，芳草愛閒人」：澹而秀、潤而蒼，是詩家逸品。

《非二兄招集問政山房，病不能赴》「松堂筍熟人初過，石磴詩成客未齊。聞道雙鬟頻度曲，依稀吹落小園西」：頷聯以下，遥寫山房讌會情事，筆有餘妍。

《廣陵客舍送焦韞輝》「西風吹客正東去，歎息羈人尚未回。玉笛獨驚寒苦夜，銀蟾偏照别離杯」：將鄉思説入，便自貼切。⊙妙是一氣呵成，獨臻老境。

孫繼登

汲山，江南江都人。《山嘯集》。

《憂旱》「歌舞盡金錢」：名句。「漫有桑林禱，甘霖竟渺然」：老。⊙「歌舞盡金錢」，寫盡揚人情性。

《同吴薗次遊方園》：「秋水爲神玉爲骨」〔一〕，以評此詩。

《送彭然石返大梁》「中原遵驛路，飛檄正風塵。落日黄流渺，應懷我輩人」：卓傑。⊙雄情灝氣，磅礴筆端。

《宋荔裳觀察招登金山，因送赴蜀中》「因看此日離筵盛，漫想當年戰鼓多」：轉筆好。⊙「青山

〔一〕《詩觀》評語原缺「玉」字，今據杜甫詩補。

難老又經過」：有登山撾鼓之概。《口岸阻雨》「溪邊古樹圍僧院，江岸殘紅戀客車」：極似《丁卯集》中佳作。⊙處處着意，不獨妍秀。

《詠廣陵舊跡》其一《小秦淮》「揚州亦有秦淮月，好載王家桃葉歸」：情致不減。其二《明月樓》「吴興才子留題在，何處疏簾半捲樓」：着「何處」二字便活。其三《採菱港》「妒殺淥洋諸女伴，晚來湖上並舟歸」：風流可想。⊙是唐人風調。

周金然

廣庵，江南上海人。《西山紀遊》。

《度九龍山》「已辭潭柘山，更問他山路。山僧知我僻好奇，導入山中險絶處」：直起好。「忽來片岫平如掌，相呼藉草狂歌賞」：轉筆殊健。「斯時四望覺身高，下視群山離立皆兒曹」：形容盡致。「卻望居庸鳥道回，茫茫絶塞風煙開。燕昭遺烈安在哉，漁陽豪俠多蒿萊」：筆力恣肆，一往有磅礴之槩。「須臾雨過捲衣涼，薄醉都忘山路長。前于後禺滿空谷，山下人疑嘯鳳凰」：收得悠然。⊙王敬哉云：「嶔崎歷落中，又具瀏灕頓挫之妙。」〇起伏頓挫，皆極自然，而興發神王，則復似憑高御風，飄飄有出世之想。

于 佶

吉人，江南金壇人。《雪晴齋稿》。

《過前馬蕩》「村餘殘壘嘶征馬，潮落荒灘下塞鴻」：惆悵在此。⊙「兩岸未乾黄葉露，一帆初飽白蘋風」：温麗，兼露英色。

《聞鶯》「可惜緑陰春已去，聽時偏不是花時」：意極新。

《香心廟》「獨在亂松深處立，夕陽淡淡畫眉啼」：弔古卻在言外，所以爲佳。

潘 耒

次耕、力田，江南吴江人。

《遊龍門》其一「陰森禹廟蒼巖裏，老柏虬身鐵作枝。露宿枕流聞戰鼓，雲行拂水見靈旗」：鬱然而起。⊙全副精神。其二「深通壺口篙師勇，下瞰盤渦木客驚」：光鋩四射。⊙儼與空同對壘。

殳丹生

山夫，浙江嘉善人。

《野望》「老去頻登玳瑁筵」：可傷在此。⊙才士暮年，偏有此感，寫得蕭蕭瑟瑟。

潘廷章

美含，浙江海寧人。

《臨平湖觀新漲，憩草閣示聞上人》「石潭雷起蛟龍鬬，芒角星飛日月昏」：脱胎少陵。⊙「岸芷汀花與細論」：新情别彩。

方中德　田伯，江南桐城人。《傳經樓集》。

《金陵懷古》「每懷誓墓人聞道，幸得圍棋客解愁」：不能不致羡於王、謝。

宋思玉　楚鴻，江南華亭人。

《送宋荔裳觀察蜀中》「仙槎逢八月，雲棧繞千盤」：都雅。

曾餘周　孑民，福建晉江人。《豈庵餘草》。

《清河縣》「無城堪戰守，喪亂定何如」：結有深慮。

張秀璧　東圖，江南蕪湖人。《峰頭詩》。

《送蕭尺木師遊廣陵》「終古隋堤恨柳絲」：風流獨上。⊙清漪可愛。

吴　非　山賓，江南貴池人。《耕餘堂詩》。

《小喬墓磚歌》「嗚呼，曹瞞疑冢竟何如，周家封藏誰曾掘」：朝雲遺墳，至絶樵採；小喬古墓，無人敢掘：奈何鬚眉而不若巾幗耶？

吴孟堅 子班，江南貴池人。《湘潭行吟》。

《訪友》「記得去年相别去，一庭小雨正花間」：寫景而情在其中。

劉漢系 王孫，江南貴池人。《江左詩集》。

《宫中畫扇歌》「恭捧金泥看題識，曰臣顧遠李揚之」：直得好。⊙竟備一則掌故，顧、李何幸，得劉生而傳。

方中通 位伯，江南桐城人。《遠遊草》。

《至白鹿次韻》「夕陽猶許行人見，明日長江好買船」：吟歎百過。⊙風致最好。

王體健 廣生，直隸曲周人。《讀騷齋詩》。

《和陶飲酒詩》「不知與捷足，相視孰爲好」：渾厚。「仲子匪能廉，猶當推物表」：極公道。⊙自信甚確，觀人最平。

《擬明月皎夜光》「南箕與北斗，徒有虚光輝」：比興得體。⊙雲泥既判，誰爲踐車笠之盟者？

言之可爲浩歎。

王履同

茀來，秋潭，江南無爲州人。《西湖遊草》。

《寶石山遠眺》「帆影依煙井，江聲走夕陽」：傳神殊不在遠。

林九棘

伯逸，福建莆田人。《十詠堂集》。

《太平溪乘舟下涇川》「丹壑水聲從石轉，翠微帆影逐雲寒」：着意斲削。⊙刻畫奇險，有五丁之力。

《寓天山門溪樓》「簷楹偶聽禽相語，磐石閒看魚上遊」：悠然。⊙「孤旅不堪鄉思起，重重雲樹一歸舟」：暮景俱別，落筆甚高。

《夜渡板子磯》「扁舟酒醒秋風劣，孤枕涼生夜雨殘」：好。⊙「薄暑偏驚萬壑寒」：妙處耐人千百思。

《蓬萊閣觀海市》「眼中波浪無今古，閣上風雲自去來」：闊甚。⊙有笑傲天風之概。

《隋堤柳枝詞》其一「楊柳自從經歲別，夢魂常繞畫橋西」：有情人不當如是耶。其二「不知佇立誰家子，腸斷東風爲玉簫」：故自風流不減。其三「惆悵廣陵花月夜，可憐翠幕不關愁」：自是閨閣性情。

《秦淮春泛》其一「碧波飛燕繞誰家」：妙在不着。其二「融融春晝裁詩永，歌遍江南十四樓」：我想其際。其三「青山世事誰堪論，寥落春歸聽杜鵑」：詩思亦自渺然。

佟世思

儼若，奉天遼陽人。

《寄答周雪客》其一「塞雲初起沉邊雪」：此句沉警。其二「風吹老竹驚人夢，月到荒廬讀父書」：脱去恒徑。⊙「周郎憔悴近何如」：安慰語，卻極真實。

李聖芝

秋森，江南嘉定人。

《西湖雨中舫集分韻》「舊雨一樽青眼在」：語深。⊙「汗漫風煙遊子屐，葛洪祠畔扣禪扉」：風情散朗。

韓　魏

醉白，江南江都籍，山西臨汾人。《獨存堂詩》、《日删集》、《湖上吟》。

《九日登敬亭山，同楊樹滋、梅淵公、汪蛟門分賦》其二「久瞻嶺上雲，復尋林中路」：筆墨入化。⊙無限煙巒，生其筆底。其三「崎嶇路更幽，蜿蜒通一線。木葉迷離分，樓閣參差見」：純是畫意。⊙高秀，幾與敬亭争勝。其四「上山既愁遲，下山轉愁疾。松露濕衣襟，巖泉照顔色」：遊人性情如是。◎四詩蒼警秀異，全擷三謝之勝。青蓮二十字，豈足稱雄。

《題梅淵公畫山水歌，兼呈王湛斯、鍾予夔、半山大師》〔一〕「宛陵山水四時好，我來卻值秋光早。主人開宴坐東閣，殘葉下階黄未掃」：如入山陰道上。「王郎花卉出幽致，叢菊霜寒顔色異。半公枯木蓋有神，荒山茅屋寒江濱。鍾生古梅横澗底，兩翁對坐彈流水」：叙次都佳。「主人怪石突奇絶，槎枒老樹如寒鐵。霜皮駁落幹欲争，壁勢參差紙將裂」：「黑入太陰雷雨垂」有此險絶。「都入君家腕底之健筆」：古峭。⊙忽而風恬雨霽，忽而電發雷轟。夭矯森奇，莫可名狀。

《鍾予夔攜畫過訪，依韻賦答》「人坐晚鐘寒」：佳。「看君好圖畫，霜葉正摧殘」：不盡。

《送汪雲聲歸荻浦，予下廣陵》「欲别更依依，空天羨鳥飛。風塵同作客，江海各言歸」：逼真嘉州。

《遊弘濟寺觀音閣呈蒲上人》「兩峰環谷口，數里入松門。古殿一燈暗，虚巖萬佛尊」：筆力峭拔。

《吴莊》其一「入門穿亂竹，撫石仰深松」：用字都好。其二「山貍朝卧佛，松鼠夜窺燈」：琢鍊似賈島。◎二詩着意摹畫，氣象都稱。

《夜渡秣陵關作》「殘月半江飛濕霧，黄茅兩岸失青山」：劉賓客之遺。⊙點染俱極天然。

《靈隱寺》「入門寒仰諸天日，傍午清聞上界鐘」：如入靈境。⊙煙霞蓊蔚，卻饒清朗之氣。

〔一〕從《題梅淵公畫山水歌，兼呈王湛斯、鍾予夔、半山大師》到《破山寺》爲原二集卷七第五十一、五十二葉内容，各本皆倒。原第五十一葉爲《吴莊》其二至《破山寺》，原五十二葉爲《題梅淵公畫山水歌，兼呈王湛斯、鍾予夔、半山大師》正文至《吴莊》其一，今改正。

《别李東琪》「愛君家住吴山脚，我住吴山最上頭。三日未嘗疏問訊，一春喜與坐林丘」：風調都别。

《大風雪行盱眙道中》「風色北來難解凍，雪花南落不沾泥」：實歷語。⊙寫風景殊刻畫，然能盡致。

《破山寺》「萬派松濤湧寺門，亂峰深處日全昏」：起得蒼然。⊙筆力都高。

《伍公祠》「濤聲澎湃還吞越，山勢崚嶒不棄吴」：英壯。⊙憑弔蒼激，不减宋玉《九歌》。

《毘陵絶句》其一「一江春月照桃花」：皇甫嵩詞云：「夢見秣陵惆悵事，桃花柳絮滿江城。」是此光景。其二「舟人指點斜陽際，一片青青是惠山」：與「商人説是汝州山」合璧。

《聞角》「猶解招魂向寒食，角聲嗚咽滿西湖」：西湖何爲有此。

《西湖竹枝詞》其一「南高峰望北高峰」：如此比興，甚合古體。其三「曾向吴山許香願，明朝試着踏青鞋」：汪蛟門曰：「卻是《竹枝》，不是絶句。」

●醉白尊人文適先生，合家死揚州之難，而醉白以複壁僅存，乃能鋭意古業。詩歌秀宕之中，復兼英邁，爲一時同人所共推。天之所以報有道仁人者，固不爽。而醉白之克紹家風，不尤稱卓絶哉！予友汪子季角，服其性情淵篤，允合風騷，固爲月旦定衡，非同浮獎。

夏九叙

次功，江南江都人。《緑雪堂詩》。

《大堤曲》「春風吹乍見，當前面發紅」：真樂府。

斯言。

起，古甚。「君看羊左併衣共生死，千古交情常不磨」：風義入古。⊙凡爲友生，不可一日不佩

《結交行》「結交莫學三春桃，因風吐艷隨風飄。結交莫學十七月，昨日團圓今日缺」：突然而

《猛虎行》「勿喜天道惡，殺爾毒不已」：難喚得醒。⊙可備鑒戒。

《打麥謡》「豈料今年市價賤，一石止賣三錢半」：妙在樸直。「丁男回家向妻哭，開箱還典嫁時

裳」：苦語實事。⊙逼真張、王。

《讀史》其一「曾子與之絶，聖賢重綱維」：毅然。⊙正論。其二「天意急亡秦，生斯非偶然」：豈

非天哉？⊙只因保爵位之念甚深，所以始終墮高術中人，固不可不學。其三「誰謂狗屠人，此中

無豪傑」：爲樊侯千載生色。其四「諸吕不足畏，可畏乃吕嬃」：此論人所未發。其五「遇會固有緣，

封侯是李蔡」：慨然。⊙次功數奇，亦不減飛將軍矣，然射虎之氣自在。

《寄汪蛟門舍人》「叙也實樗櫟，濩落無所施。朱顔改明鏡，皂帽枕荒籬」：此下叙述淪落不偶

之狀，言之可泣。「今年添黄口，廣額且豐頤。未必高門户，翻增老大悲」：蕭瑟語，豈堪多讀。「殘

杯縱相唤，握手終自疑」：良然。「難救溝壑辱，轉爲輕薄嗤」：此中見品。「人生貴行意，安事一室

爲。孟嘉入蓮幕，阮瑀參軍麾」：才人不遇而思以幕下自見，豈不可歎！⊙向讀叔定寄蛟門五言

長篇，已爲蕭摵。乃次功更有十倍於此者。蓋英雄坎軻，不覺自寫其情之悲也。其詩頓跌老放，

起結精嚴，層次詳晰，真如蛟門所云：「可與少陵五百字並傳。」

《寺晚柬既公》「薄暮寺逾寂，春寒雨細飛。鐘昏千鳥亂，松暝一僧歸」：一氣蒼莽，法律更精。

《歲暮雜感》「屋上聞烏哺，燈前憶老親。十年未封墓，七尺耻爲人」：真氣逼人。⊙至性之言，令人感泣。

《陶季深自楚中歸》：高健。

《姜雪蒼祝髮，同張瑶房分韻贈之》「已報老烏應自立，不歌朝雉只孤飛」：自然入調。⊙詞意俱足。

《送汪左嚴遊白嶽》「紅來馬首知霜葉，青出林中認酒旗」：詩在中、晚之間。

《送王阮亭先生入都》「此地何人重布衣」：作吏佳矣，而寒士不感，此豈俗之一字可盡？故此事當推阮亭。

《午日竹枝詞》「大婦回頭唤小婦，烏龍方去白龍來」：與劉賓客音調極合。

《白蘋州》「月明打槳女兒歌」：風流婉約，令人可思。

《聽張老琵琶》「渾忘今夜揚州月，如聽湘江細雨時」：此爲善於聽曲。

《碧瀾堂》「風流唯説杜樊川」：可見地以人重。

《韓醉白遷居》「那禁胡牀來静聽，須知籬落有奇人」：令我思張鏡。

《禪智寺雜詠》「新鶯啼上碧桃枝」：「黄鸝飛上野棠花」與此並傳。

《九日懷陶季深》「白馬湖邊稻蟹肥，青江浦外塞鴻飛。故鄉新熟重陽酒，五柳先生歸未歸」：

古調獨彈。

《題畫》：饒有風韻。

●萬歷間有孝廉夏二酉先生，以風雅倡起江淮間。今夏子次功，其嫡孫也，十歲即應聲能成詩，耆舊嗟歎。阮亭王公理維揚，欲振之青雲，未即如願。今豈無韓、歐其人者乎？詩集最多，皆極高邁，惜不能多梓爲悵耳。

饒　眉

白眉，江南江都人。《芝山集》。

《贈汪蛟門舍人》「顧念蓬褐資，時時貽好音。嘉言再三讀，良足比兼金。何能振淹滯，頡頏蘭渚陰」：寫出舍人懷抱。⊙全倣陸平原。

《夏次功讀書謝墅卻寄》「去去應相憶，明湖霜月侵」：如此結法，極穩重。

《送宗定九還東原》「東原六十里，幾度送君還」：老甚。⊙「羡煞幽居好，吟詩萬竹間」：一往見其蕭寂，固是高流。

《送陶季深之閩中》「欲成他縣別，暫宿故人樓。今夕燈前酒，明朝江上舟」：神似高達夫。⊙似蕭疏，卻有神韻。

《春日紅橋泛舟，同沈方鄴、汪叔定、蛟門》「隋苑花殘誰駐輦，迷樓月滿罷吹簫」：一遊讌輒具興衰之感，才人胸次，往往如是。

《送王阮亭先生之金陵》「獨是謝公懷抱勝，六朝風景望中收」：不復作宦情語，固自風期歷落。

《舟過宜陵》「愛殺緑楊最深處，軟風吹綻碧桃花」：晚唐佳境。

《題畫》「雲烟漠漠老諸峰，橋引幽溪路幾重。細聽泉聲流不住，碧波清淺浴芙蓉」：筆情幽曲。

●白眉與夏子次功、徐子辰玉，皆阮亭民部所特賞者，不獨工制義，而兼擅風雅之長，固一時之秀傑。詩篇甚富，秘不示人，予從蛟門處得其數章，亟爲付梓。

范國禄

汝受、十山，江南通州人。

《集送曹學士歸嘉善，沈文學歸宣城》「殷勤不及贈，聊復進清樽。清樽寧易盡，絲竹交横陳。行樂宜及時，言念徒傷神」：離落頓挫，妙兼古情。⊙此種詩最近建安，以其骨勁調響。

《白螺山謡》「對岸臨湘有鴨欄，日日江邊待食汝」：正是謡體。

《王阮亭使君署中題抱琴堂》「若被當時肉眼看，聲華那得騰都市」：説得子帛削色。⊙「我來有意破閒寂，指上無聲風入松」：妙在不涉官衙一語。

《水繪園》「池上月陰陰，園林覺更深」：幽致高情。⊙「蟲如抱苦吟」：神情殊不近人。

《泊東江腦》「一帆斜向北，兩岸絶無山」：的確。⊙詩思最清。

《漢口遇楊護軍至自河池》「天下險無如棧道，世間好不過春山」：别調。⊙「羸得經年未歸客，羈愁相見重開顔」：意緒自轉。

《聽金生度曲》「今日樽前親拍板，開元遺事想流風」；「落花時節又逢君」是此種情緒。

徐無爲

初鄰，浙江山陰人。

《雁門曲，送客之大同》「千山半入平城壘，一劍還登代北樓」：音愜宫商。⊙嘉州、東川有此飄逸。

孫宗元

鼎孚、柳下，山東淄川人。《南遊草》。

《秋日同侄孫樹百舟行》「鴻飛暮雪催梅信，風捲江聲入棹歌」：筆墨矜貴。

《憶弟》「聞道終南多捷徑，差將短髮寄簪纓」：全入少陵堂奥，卻不襲其皮毛，固佳。

《自金陵返棹維揚》「厭見兵戈送老儒」：磊砢而英多。

《懷歸》「何年淚落新亭酒，此日籌量道濟沙」：想見落落遠懷。

《寓天寧寺杏園》「樓吟詞賦非吾土，地遠旌旗有客杯」：無一語走入平易，卻又格法天然。

湯彭年

石臣，江南江都人。《長松閣稿》。

《泰安喜雨》「山東三月旱，今日始聞雷」：樸老。

《垛莊步壁間韻》「青山左右分」：真。

《宿遷道中》「百里江南路，黄河入望悠。歲漕千艘密，煙火一城稠」：一氣奔注。⊙此詩興象精義俱備。

《宿紅花鋪》「層陰繞細流」：佳甚。⊙絶似孟襄陽。

《初秋飲越辰六齋中步韻》：驅染煙墨，何其調適。

《沂州道中，步汪蛟門壁上韻》「官吏河干呼驛馬，流移路左挈啼嬰」：按切實事，不僅描摹景物。

《蒙陰曉發》「荒村煙鎖秦碑没，古雉雲迷魯殿蕪」：高響。⊙更覺典雅。

《泰安雨中曉發》「雲暗不知紅日近，天低疑與泰山齊」：悠然自合。⊙疏秀。

《劉智廟夜雨》「夜雨乍晴旋問渡，荒村無味强留賓」：直是真樸，不假妝飾，固已絶人。

《淮舟即事》「九曲黄河天上來，孤舟卻自宿遷開」：老筆瘦硬。⊙「急浪催人訪釣臺」：老氣縱横，覺筆墨之外都有餘勢。

《仲秋舟行即事》「讀史漫翻千古案，吹簫獨引故園憂」：大有識見。⊙胸次高人一籌，故語無凡俗。

《白溝道中曉發》「微風撲面沙能舞，蕭寺鳴鐘月未生」：如幾經錘鍊，卻以無心出之。

《舟泊連窩驛》「燈影不隨帆影去，波光頻送月光來」：於虚處寫景，極其靈活。

《盧溝橋有感》「橋邊獅子問滄桑」：妙。⊙警絶。

《舟行晚景》「斗酒細鱗消永夜，輕舟斜掛滿帆風」：筆底容與，殊入樂境。

徐　善

敬可，浙江嘉興人。

《寄曹秋岳司農》「騊駼輸互市，鴻雁款重關」：有裨邊計之言。

李良年

武曾，浙江秀水人。

《送俞右吉赴邊》「代女工清瑟，燕姬墮玉鬟。客行無不樂，何事損朱顔」：筆意全近樂府。

徐弘炯

長旭，浙江嘉興人。

《送客之大同幕府》「邊花銜鐵騎，朔雪舞雕弓」：整麗。⊙絶似太白。讀之令人眉飛色舞。

席居中

允叔，遼東錦州人。《卧石山房稿》。

《感興》其一「助秦攻天下，斯言良可念」：冷眼。⊙「無乃棄縫掖，徒然事征戰」：酒徒固不可輕視。其二「翻手爲雲雨，哀哉愧世情」：灌夫雖無術而不遜，乃始終念魏其。此意可感。

《孤松歎》「材與不材無足數，棄絶只與巖石伍」：可歎。「無何六月雷雨來，奔騰忽作蛟龍舞」：筆底風濤。「世人只愛尋常耳，且任盤空翠黛生」：笑煞世人，安知奇士。⊙士有嶔崎歷落而爲俗流所侮者，何以異是？得此快筆抒寫，令我狂叫。

《友人招遊上方山》「細雨橫塘渡，微風七塔灣」：自然。⊙閒静中偏得嫵媚。

《喜雨》「煙深到草堂」：秀。

《秋晚訪黄仙裳於華藏庵小集偶賦》「細雨籬邊路，新秋樹底門」：可畫。⊙「時能成促坐，隨復倒清樽。自愛過逢處，禪棲隔世喧」：天然梳掠。

《冬夜》「静極翻千慮，愁多祇一身」：閲歷後語。

《生日寫懷》「壯夫雖有志，邊徼未休兵。懶放惟終日，蹉跎已半生」：老健。⊙純學老杜。

《春日郊行》「斜陽對酒樓」、「煙月認揚州」：高老，復蔥蒨。

《東行田家雜詠》「隔隴驅牛出，平畦繞雉飛」：沉麗。「山色對柴扉」：好。

《滹沱河》「震地金戈懷麥飯，拍天波浪説冰澌」：用故事，出以沉快。

《渡易水》「壯志復讎悲太子，羽聲流涕送荆軻」：筆力錚錚。

《津門晚泊》「鄉國經思苦夢魂」：澹語固警。

《春日遊禪智寺》「隔江貪看遠山青」：是禪智風景。⊙風韻絶妙。

《將遊鄧尉山不果》「到村人盡種梅花」：確。⊙詩亦煙姿玉色。

《寄董閬石、蒼水兄弟》「今日雲間稱二董，不殊洛下舊機雲」：直起自老。⊙格超而才艷。

《西山道中》「指點岡巒漸欲高」：真。「明月夜簫流野水，玉鉤春徑長蓬蒿」：許郢州之匹。⊙

固有無窮之感。

《寄懷黄仙裳》「近來鄙吝真無似，契闊經年夢未收。鎮日相思惟叔度，隨風輕遞少扁舟」：一氣呵成，自是高絶。⊙全以格力勝人。

《贈朱長孺》「如此乾坤合閉門」：我亦首肯。⊙「迢遥道里雙魚杳，長向江干損夢魂」：移贈他友不得，是謂真詩。

《孟夏雨後登康山》「江山何故最關心」：此句更深。⊙愛其藴藉。

《孝威過寓園留飲和見贈韻》「予歸君亦維揚去，不用河橋黯别魂」：情致嫣然，結處翻得最妙。

《寄懷蔡九霞》「此日忠貞有子孫」：蒼甚。「桃花塢裏認衡門」：確切。⊙深情老筆。

《懷周子俶廣文，兼寄雲間諸君子》：子俶風流倜儻，極似徐亦史。讀此詩，令予寤歎。

《答徐松之以詩見寄》「白髮愁多苦輯詩」：真極。⊙中有臞庵，呼之或出。

《寄懷黄門王北山先生》：北山先生虚懷古道，此詩略見一斑。

《海安鎮晚泊》「舟燈聊共聚，野氣落蒼茫」：寫荒落最工。

《途次雜感》其一：此言地震之後。其二「祇恐羽箭來，前途不敢往」：北方那得不畏此。

《題畫》「天末染微藍，還有入山路」：妙畫。

《紅花埠》「無限翠微凝望處，於今身入萬山中」：是當境語。

《過新泰縣》「淒斷武皇行幸處，春風歲歲冷鞦韆」：義山復起。

《趙北口》「最是北風禁不得，雁聲吹冷下沙灘」：讀罷令人冷。

《謝安宅》「舊是南朝太傅家」：語不爲多，自有關係。

《舟行雜詠》「淒絶大河堤上墓，荒煙細草没殘碑」：比「一樹繁花對古墳」，各有其妙。

《仲春聞黄鸝聲》「晴日不知聲近遠，碧煙一帶柳毵毵」：妙在即離之間。

《試新茶》「春風細摘碧巑岏」、「領取孤峰絶頂寒」：是真於甌香色嫩中領取妙味。

●允叔家有藏書，門無雜客，賦詩盈尺，美備諸家。戊午以全稿示予，因採其尤異者公之澥內，實未足盡允叔也。

李　傑　若士，奉天遼陽人。

《題邗江女子畫墨筆蝦蟲小册》「冰霜浄聰明，養兹一丸墨」：「一」字足增閨房之價。⊙無畫家纖巧之態，亦無閨襜粉膩之容。説出妙理靈心，令人絶倒。

《蓮池觀劇》「酒不須千日，花寧似六郎」：用事都入輕妙。

《和曹正子緑水送春帆》「應知别後思公子，記取臨流脈脈時」：字字熨貼，而風神則如張思曼當年。

吴闓啓

旦門，江南無爲州人。

《文山雜興》「東齊一望無驚犬，足税風前笑插花」：如此爲吏，奚減桃源。詩特秀蔚。

范遇

廉夫，江南通州人。

《長安羈旅行》「顔色仍不温」：看得細。「所感在知己，緬維平原君」：自是千古。⊙長安聲利之區，被廉夫一眼覷破，可使妄心都盡。

《塞下曲》：止戈罷戰，原屬盛世之風。

方熊

望子，江南歙縣人。《清和堂詩》。

《渡淮行示八弟》「嗟余行行且止止」：一篇從此一句起。「得汝同情復同調，開箱示我新文章。行間既已中法度，筆底神速更莫當。頓豁我愁開我目，如此才華豈終藏」：筆力酣飽，神氣健旺，有蒼鷹下擊之勢。⊙窮愁羈旅中，卻得見令弟，一番喜慰，一番勸勉，真是天涯快事。

《至日》「氣接梅花千里外，天荒榆塞一身遥」：老氣。

《送許文侯南旋》「秋來震澤迎歸棹，客去金臺惜別筵」：筆力盤礴。⊙深心，行以樸致。

方兆瑋

原名夏，賓臣，江南歙縣人。《屾園詩稿》。

《立春日訪陸高士》「混俗居市廛，此意矯隱淪」：更深。⊙得陶之曠，而真趣溢於言表。

《入夜》「入夜寂無響，張燈獨閉關」：此是樂境。⊙此境恐未易消受。

《密公新院落成，予適過訪因贈》其一「吟偏動佛顔」：可想。其二「舊樹撐簷出」：「撐」字新而穩。◎二首有氣骨。

《移寓留別汪匪莪》「出處嗟無計，饑寒苦播遷」：純是真氣。

《雪》「畫閣朱樓紅勝昔，瑶階瓊樹白於前」：迷離惝怳。⊙雖有聲彩，絶去雕餙，居然大家。

《同顧樵水、閔湘人、杜蒼略、黄仙裳、潘雙南、鄒乾一、程未能、曹子石、巴尊三夜集最樂園，送黄九煙先生還吴興》「四海交窮鄉思切，千秋人老壯心驚」：真摯。⊙九煙落落難合，而於僕則有針芥之親，賓臣其有同心與？

《邗江重遇十六弟》「欲繼冠裳傳盛業，頻傾樽酒話艱虞」：對得緊。⊙骨肉窮途，言之温昵。

《晚歸》「回首城東休涕淚，繇來戰壘歷興亡」：全首蒼勁，結更有深心。

徐元夢

善長、蝶園，順天籍，滿洲人。

《怨别離》「春風忽已换，闊别恩情斷。織錦寄遠人，遠人隔河漢」：綿邈無已。⊙意欲追響建安，唐人尚所不屑。

《秋日郊行有感》「父老驚心日，將軍獵騎繁」：安閒。結得鄭重。

《送梅五季赤還宣城》：心手調和。

《遊隆安寺》「此中消歲月，白盡老僧頭」：可感。

《送隨義文出塞》「秋風萬馬來」：壯。⊙似唐人送出塞之作。

《再送隨義文出塞》「天寒部落貧」：塞外景，寫得極真。

《自恨》「悵望官軍垂白髮，苦思鄉國立黄昏」：淒楚不可讀，卻音節鏗鏘。

《寄施愚山》「春陰疊嶂雲生户，水滿雙溪舫到門」：秀絶，如遠山眉黛。

《送友人之盧龍》「雞鳴古驛殘星斷，馬度空山落照遲」：嘉州勝境。⊙典則又風逸。

《春游漫興》「啼鳥自愁暮雲重，落花一任春風顛」：筆意勁峭。

《秋懷》「爲問年來兵燹後，幾家不動别離情」：語淺情真。

《登妙光閣，閣爲合肥龔夫子所造，題壁尚存》「詩在青山酒在樽」：中有淝水。

《裕親王園》「聞説梁王遊轍少，滿園花樹爲誰開」：正自惋惜。

《九月十五夜偶題》「正是悲秋清詠罷，誰家庭院又吹簫」：光景可懷。

《贈日者》「木槿榮華看已慣，懶將身世問君平」：牢騷意，借題發出。

《送人再遊越中》「沿溪侯吏今應少，惟有雲山不世情」：世情可感。

博爾都

大文、問亭，滿洲人。《恭壽堂集》。

《和徐善長月夜見懷卻寄》：蕭蕭自遠。

《詠懷》其一「東鄰撲棗婦，舊日王侯妻。安樂既已矣，勞勞那足辭」：世事往往如此。其二：古奥，不似近今之作。

《少年行》「調箏挾瑟趨紅橋，金丸打柳中百勞」：似齊梁人樂府。

《古意》「芙蓉繡冷雙鴛鴦，誰言七十二成行」：情文交至，其結胎在於樂府。

《中秋遲友人不至》：清潤，而中有老氣。

《將曙》「萬里兵戈安撫日，千家砧杵別離情。嗷嗷黔首耕犁地，南服何年罷戰爭」：其胸懷大是異人，而筆力最健。

《送隨羲文奉使監牧口北》「玉壘雲深堆苜蓿，銀蹄秋老破風霜」：詞調壯麗，而筆自流逸。

《西湖曲》其一「春滿平原花滿溪，緑楊隨處有鶯啼。溪邊若更添桃李，宛似蘇堤與白堤」：自然入調。其二「芙蓉波起香風細，吹入仙郎錦韉多」：淹潤。

《秋感》「猿啼哀峽千村怨，草没荒郊萬馬雄」：一空儒調。⊙難其英壯，更爾沉切。

鄧勷相

方回、冠城，係舊山第三子。《文選樓稿》。

《天童寺》「萬松圍古寺，蛇徑勢迴環。日黑長疑雨，雲陰欲變山」：筆如虬龍。⊙筆意奇鬱。

《廣陵奉贈杜茶村先生》其一「江海兵争耆舊盡，風塵世變管弦稀」：語有筋兩。其二「黄金路盡頭全白，老驥歌殘淚自多」：茶村首肯。⊙句句説着茶村心事，不獨才調之美。

附：杜濬

字于皇，别字茶村，黄岡人。

《答贈鄧方回》其二「二十年前交若翁，英詞磊落萬人雄。看君下筆光家學，歎我將騷代楚風」：老筆横厲。◎深情厚道，具見二詩。〔一〕

戴文柱

景韓，江南休寧人。

《暮春夜聞鶴有感》「花事過殘春，傷心是客身」：起法極老。⊙意酸而筆老。

《程次桓招集寓齋，同黄仙裳諸公分賦》「月暗三更新柳梢」：自然入妙。⊙「起看燕子忽成巢，又見煙迷遠樹坳」：神骨極秀，押險韻都無痕跡。

《春日與陸端木、方宗子、程翼天對酒言懷》：清思俊調，幾欲遏雲。

《俞錦泉中翰舫亭觀劇》「名士傾城皆絶調，漫勞詩句鬬旗亭」：興致欲飛。

《送吴澹寧之吴門》「記得桃花處處開」：春思摇摇，不能自已。

〔一〕原文杜詩無題，作「附杜茶村答贈之作」，附於鄧勷相詩後，今據體例改。

《午日俞廣淵明府招飲新園觀家劇》「今朝楚俗喧蘭槳，那有湘娥下碧雲」：萬楚《五日觀妓》，是此風韻。

羅教善

臨思，江南歙縣人。《咫聞齋詩草》。

《烏啼曲》「晝亦聽烏啼，夜亦聽烏啼。空城烏，晝夜啼」：繁音促節，哀緊動人，古樂府之遺調。

《辛酉秋金陵留别葉長文表兄》「潮水日方壯，蒹葭正萋萋。心事殊未已，輟棹徒憂思」：蒼遠。⊙漢魏古詩，妙處全在含蘊有餘。觀此一結，歎爲獨上。

《送程自然還白門》「青山分曙色，柔櫓趁潮聲」：和柔澹秀。⊙筆情絶妙，兼太白、摩詰之長。

《宿惠山下》「一盞惠泉酒，數聲山寺鐘」：自然娟妙。⊙想爾時風情，定是澹宕。

《隋堤柳下聞鶯》「傷心隋苑廢，舊事夕陽低」：妙。⊙風流淒惋，如見江左俊人。

《回舟丹陽道中，遇家景有叔相呼不值》「常依虎阜月，盼絶廣陵鴻」：舉止從容，神韻倍老。

《張立人招集海棠花下，同華子千、程琰群、叔徽五即席限韻》「海棠開遍輕風護，燕子歸遲細雨催」：神清骨秀，綺麗處彌見超遠，所以高人數籌。

《寄懷諸内弟鹿城》「歸棹梁溪牽袂處，分明旦暮换年華」：突然而起，陡來動人。⊙全以情勝，即點染處皆生風韻。

《夜過禪堂》「山僧出深竹」：好光景，出之簡净。

《題畫》「橋通賣酒家」、「空有夕陽斜」：胸無塵滓，乃能寫此妙境。

《月夜舟行》「正是旅懷愁絶處，鷓鴣啼徹百花中」：唐絶之最佳者。

●臨思泛宅浮家，而喜客愛吟，神味最遠。把其近詩，風月在抱，自是君章一流人。僕與晚交，愛慕無斁。

方　挺

恂如、孺庵，江南江都籍，歙縣人。《碧山堂近草》。

《懷家純遇兄》「閉門對佳日，無心聽子規」：醇味出以澹致，是深於性情人。

《將之吴陵，留别邗上甯典三、王仔園、朱玉笥、夏次功，即席限韻》「一天風雨送歸人」：神清骨秀，掃盡六朝金粉。

《里中寄懷家予及》「雁字忍分南北地，魚書頻問去來人」：工雅。⊙瀟灑出塵，如聽鐵笛。

《南梁詠雪》其一「忘卻孤身棲海畔，只疑人在玉山中」；其二「孤館黄昏誰是侣，案頭青史寺邊鐘」：如此定勝党家。

●恂如神致沖澹，如雪如蘭，而篤嗜友聲，在一切畦徑之外。詩情高雅，似倪迂山水，難以跡求，固爲超勝。

愼墨堂詩話卷二十〔一〕

王鐸

覺斯，河南孟津人。《孟津詩》。

《東望》「白髮出兵中」：深辣。

《與永嘉海庵僧書付蓮花寺常住》「釋子初無意，乾坤劫未窮」：雖贈方外，卻寫出滄桑之感，何其沉厚。

《望三弟鑨來會》「苦月一孤舟」：老。「陰符無用女，瓜地耻言侯」：此語有深意。⊙氣體甚安，而心事如揭。

《子延至南》「獨眠殘病後，共飯亂離中」：是避地情事。⊙文安詩，予獨以格律取之。

《寧羌州》「瘠土豺狼内，居人介胄間」：想見風土之惡。⊙此爲秦蜀要地，詩特精警。

《約僧》「烽火熏邊徼，袈裟補石林」：「熏」字尤奇焰。⊙看其虚實奇正相生處。

〔一〕此卷輯自《詩觀》二集卷八，原署「東吴鄧漢儀舊山評選/同學尤　侗展成參閲」。

《行白沙驛温泉村蓬坡閒》「祇恐鄰翁見，客顔認不真」：結得遒。⊙氣體竟似初唐。

《新於城内增修嘉遁園置榻北堂》「雪消中嶽出，天折大河流」：極大雅。

《棗園河上》「鞏國微霜葉半流」：秀絶。

《過獅子營》「匹馬危橋孤客路，破籬殘屋幾人家」：寫得荒荒可畏。⊙雄中帶激，高處入微，遂臻詩家絶境。○「滿空雪浪打天涯」：「打天涯」三字絶佳。

《中嶽廟火》「天地何心來恐懼，鬼神墮淚豈虚無」：發論甚高。⊙此乾坤一大災異事，詩於鏤金錯彩中，特有陰房鬼火之慟。

《登高阜》「英雄伊鬱懷千載，無盡寒花寂寞紅」：蕭騷頓激。其沉澹處，乃更引人涕洟。

《遊祖家别墅薛祭酒相邀》「酣歌日莫天風起，吹動桃花舊水隈」：如此風神摇曳處，人不能到。⊙尋常遊宴，卻有無限感慨。非永嘉以後人，那得有此。

《親友至答所問》「先君墳上梨花落，八載飄零一布袍」：可勝雪涕。⊙「又有閒官類馬曹，争如終日對蓬蒿」：偶寄閒官，總非得已。是誰知孟津心曲者？

《寄吴興孝若》「鐵笛一聲江水緑，教人惆悵月明西」：殆有神行。

《恨病》「聞道城西調健馬，臂鷹挾箭過昌平」：是龍標、太白之遺韻。

《趙州》「南去邯鄲三百里，不知那是翠華宫」：弔古詩自應如是。

《春日古林庵過吉祥寺》「重欄欲鎖幽光住，誰放香風出寺門」：逸韻幽情，在筆墨之外。

王鑨

子陶、大愚，河南孟津人。《孟津詩》。

《問友人》「書從兵裏到，魂自鬼中招」：老而厚。⊙渾然元氣。

《別諸友南去》「萬里隨篷腳，孤身過箬溪。閒時湖上看，應有鷓鴣啼」：自在寫去，都佳。⊙如此絕無斧鑿痕。

《野王途次》「馬老戀殘鄉」：好。⊙「試看零蔓草，故上野王墻」：聲情哀激，卻自穩愜。

《小寒途中作》「途窮悲往事，樹老憶前秋。兵火全經眼，蘆花半上頭」：不事艱澀，全以空行，詩情轉勝。

《過靈石山》「高雲四面起，斜路一邊通」：畫出。

《宿雞鳴驛》「空城月弔人」：奇。⊙總以「旅館不知春」一句領起，全詩何等老法。

《雲中兵後》「關寒嘶鐵馬，塞迴落榆錢」：荒涼在眼。⊙「誰爲霍去病，戰地草芊芊」：是兵後之景，筆筆峭異。

《旅宿田村，土人撾鼓調笙爲樂，感而作此》「鄉心流荇晚，戰地野花秋」：對更好。「日月埋青眼，乾坤洗白鷗」：「埋」字、「洗」字好。⊙用意處極沉渾。

《思揚州》「白鷺三江雨，瓊花一樹秋」：姿態不同。「屢欠釣魚舟」：好。⊙「久要澤國去，何日上揚州」：何等風逸。

《春日途中早行》「設壇禳戰鬼，打鼓跳蠻神」：所以志異。⊙警絶處皆與體致合。

《往役會稽》「蠻城海雨秋」：壯闊。⊙「何日纔能返，王程借遠遊」：一「借」字，寫出詩人性情。俗紗帽便不解。

《昌平諸陵》「遥望諸陵暮，前朝一雁飛」：空同極筆，杜陵化境。

《憶台宕二山寺》「雁宕一彎水，天台萬壑松」：直起好。「雲裏夜飛鐘」：「飛」字奇而妙。⊙有如此奇懷，自有如此好詩。

《山泉傍僧舍》「果落從人食，僧歸傍虎行」：險語妙。⊙如此幽境，令人神骨都冷。

《秋客鹿城登東山水樓》「蟋蟀風來尋客舍，轆轤聲急到繩牀」：「尋」字好。⊙「孤城白日送秋光，婁水篝燈又一鄉」：細潤，卻入老境。

《秦中諸勝》「地形雄峙讓西京，合縱連横虎鬭爭。不了秦山留霸氣，無情渭水落兵聲」：氣概極大，有雲垂鵬擊之勢。⊙讀過，真足拓人心胸，長人氣勢。

《秋日同友人登邙山感懷》「千秋石馬經兵壞，歷代金城遇寇崩」：善談禍亂。「剩有洛陽橋下水，年年帶血結成冰」：不禁神動。⊙不知唐人何首詩，可以敵此。

《思先壠》「榆火甲兵經歲月，漆燈鬼雨自荒丘。清明時節邙山淚，滴向黄河日日流」：渾闊。⊙三復愈見身份。

《仲春送二侄無咎省覲》「人近孤村逢虎跡，馬乘殘月度狼溝」：中間寫途次之景，而起結點明情事，手法嚴老，覺其光焰愈出。

《秋晴》「山換興亡猶故色，河流今古變新聲」：不禁三歎。⊙首二句點破秋晴，而後便發意，故不流入細響。

《寒日夕詠》「獨憐處世才無用，翻怨經年戰未休」：清處轉厚。⊙和平處最爲近古。

《送陳生歸維揚》「紅葉還留前代樹，白雲多近晚秋山」：淹潤如玉。⊙「若得等閒尋勝跡，玉鉤斜在緑楊間」：風流韶媚，又是大愚別種。

《關中古廟少憩晚行》「破廟泉流花自落，荒村火照路還迷」：都非恒境。⊙寫夜行之景刻至，而情事亦出。

《理兵後舊居》「孤心冷淚情難説，老眼空城事已非」：空老愈透快。⊙亂後還家，荒殘在目，勝於少陵《還成都草堂》之作。

《癸未聞秦中寇警》「旅客孤城秋雁斷，將軍數騎戰書來」：亦可見軍容矣。⊙雄闊是其所長，而更能愷切。

《晚由古寺至河村，即事有作》「孤村濁酒三家市，細柳晴花幾處身」：全乎老境。「往來古道前朝寺，費了登臨半日春」：只以唱歎作結，妙妙。⊙絶去雕餙，卻姿態自生。所謂「真色人難學」。

《又往江南》「偷安身世歸田畝，苟且琴書伴酒槽」：妙語。⊙極樸極真，此等詩在文安之上。

《時晉中寇警，憶大侄無黨》「太白明明見日中，遥聞三晉起兵戎」：突兀。⊙「自顧身心經喪亂，那堪骨肉各西東」：規模甚闊，而草蛇灰線之妙，細味乃知。

《悲洛陽》「金谷雲臺何處是，一聲鐵笛送歸鴻」：工於憑弔，至結處感歎淋漓，何其難盡。

《少林寺即事》「日夕不歸來，老牛尋虎鬬」：奇話。

《經遊舊處》「故舊已零落，門前花又開」：黯然。

《九日》「只是不歸去，秋來枉斷腸。一直城邊路，南行到洛陽」：妙得唐人三昧，不知者則以爲太直。

《晚行》「遥見洛陽月，低頭不敢看」：久離鄉土人，往往有此。

《塞上曲》「縱然奪得姑臧地，祇好行營牧駱駝」：令人動罷輪臺、閉玉關之想。

《送龔扶萬之官滇南》「月明船泊盤江口，樹上猩猩隔岸啼」：卻恨北地當年未臻斯詣。

《悲洛陽故城》「故鄉十載今纔到，亂草荒城開野花」：令人惘然。

《嵩陽宫訪馬道士》「春花一夜滿山紅」：好景好筆。

《迎神曲》「歌賽女郎垂手舞，三更打鼓唱琵琶」：古趣淫佚。

《江上古寺》「幽懷獨對前朝寺，滿樹桃花不是春」：其寄興甚遠。

劉正宗

可宗，憲石，山東安丘人。《逋齋西征詩》。

《入棧二首》其二「谷轉老峰立，風鳴敗葉稠」：好甚。◎二詩深健，不下一淺易語。

《宿東河橋》「插籬知近虎，秣馬欲驚麏」：善寫風土。⊙寫夜景，令人悚惕。

《鳳縣道中》「曲折各陰晴」：好。「斷橋遵麓改，凍葉隔溪明」：開闢語。

《上鳳嶺》「草瘦天彌碧，霜高石自斑」：其狀難名。⊙形容高峻處，入木三分。

《望山頂人家》「鑿翠牖無扉」：奇確。「炊煙過岫微」：好。⊙就所經見，抒爲奇語，卻非無才識人所能到。

《下鳳嶺》：點染俱勝。

《柴關》「亂水流偏曲，寒雲曉未分。樹黄疏鳥道，雪緑界峰紋」：思深筆險。⊙如此詩，到底力厚。

《過馬鞍》「樹古欲升猱」：好。⊙「千里看山眼，攀緣亦告勞」：結得遒甚。

《武關驛道上》「依巖全覆磴，蔽日曲通橋」：着力形容。

《宿青橋驛》「人稀鼯狖靈」：奇句。⊙讀去有青蒼之氣。

《拜將臺》「能酬漂母飯，豈負漢王恩」：此爲定論。⊙不是熟讀全傳，那有此識力。

●逋齋詩極多，不能盡選；而秦中諸詩奇古雄創，則大異昔時手筆，是一代異寶也。有此，足存逋齋矣，奚必多？

張縉彦

坦公、大隱，河南新鄉人。《歸雲軒稿》。

《金魚池作》「金元繁盛地，慨然傷崔巍。苑囿今已没，莽莽見壇壝」：慨然遠懷。⊙感歎蒼涼，似唐人《樂遊園》諸作。

《梳妝樓》「樓上傳呼喚樓下，深苑行酒人不知」：想當然。「鳴鐃驅鬼鬼夜哭，白駒飛馳人代速」：說來蕭摵。「君不見，未央殿，華清宮，原上秋風禾黍中」：如此結法有關係。⊙即少陵《玉華》、《九成》諸篇之意，而音節不同。

《石經山》「寒山經眼盡，客杖到天窮」：高曠。「崩石還成洞，偃松欲起風」：深警。

《戒壇》「臺暗千春雨，溪流萬壑鐘」：墨氣蒼然。「盂鉢畜生龍」：好。

《法海寺》「山背疑無路，空煙近更微」：現山全身。「香侵毛栗坼，草亂石湫飛」：警絕。

《静德寺》「西北群峰合，悠然過石扉」：畫。「寒崖荒竹倚，落日野鶩飛」：好絕。「秋深樹色歸」：好。

《隆恩寺》「山形相錯出，野老護新粳。有客隨雲至，當門秋草生」：筆墨又變。「古龕填石竇，坼岸隱猿聲」：好。⊙大隱西山諸詩，真是奇古雄麗。

彭而述

子籛，禹峰，河南鄧州人。

《别梅村學士歌》「是時吴郎年三十，北望承明衣褶濕。夢裏桑乾痛故宫，一官忍换盧龍塞」：筆墨淋漓。「吴郎騎馬不過西山頭，怕見天壽峰頭贔屭愁」：説出吴郎身分。「吴郎側身其中屢逡巡，因此棲遲不得意，襆被欲作南歸計」：梅村本意如是。「不妨忍辱救此中原民」：是禹峰大主意。

⊙慷慨而談，目眥盡裂，梅村應相視和歌，不用淚沾襟袖。

《宜溝驛飲喬鳴軒、馮秀才》「頽壁老沙鳴」：奇。⊙風調鬱然。

《長沙送李欽鄰之官賓州》「廢驛蚺蛇壯，殘山孔雀低」：洋洋盈耳。

《長沙中秋小飲》「關山還戰鼓，天地自清謳」：疏闊，是大家風格。

《長沙送雪肝歸翼城》「他鄉誰共醉，老淚忽沾衣」：健翮摩空。

《八月十二夜商水寺》「征途明日入陳留」：老。⊙「兵戎到處勤飛輓，況是宣房未報休」：從時事説出經濟，便不是尋常花草詩。

《重陽前一日都下晤譙明》「宋室山河迷艮嶽，漢家將相老南陽」：情致曲曲傳寫，而筆力最勁。

《都門晤桑笈雲侍御，時予久放，公亦再謫》「馬首新霜臨易水，燈前殘夢是并州」：藻艶而能飛動。

《長安晤張譙明、趙錦帆夜話有作》「亂後猶存天寶客，詩名況是建安人」：委婉温厚。「往日園陵松柏盡，可堪回首一沾巾」：結得好。⊙是滄桑後晤語，情事離離可痛。

《燕京晤趙錦帆投詩見慰，率此奉答》「平沙古北煙沉塞，積葉蘆溝雪滿橋」：華鍊。⊙大有撫髀擊筑之感。

《燕京留別龔總憲孝升》「往事傷心問鼎湖」：有着痛癢語，堪贈定山。

《別曹子顧翰林》「馬蹴蕭王臺上月，烏啼黑闥壘邊塵」：興致淋漓，潑墨皆成異彩。

《飲中牟李贊恒署，同惲涵萬、殷伯巖，時予方南遊，兼用留別》「袁曹古戍迷官渡，梁宋寒雲接帝畿」：極切。⊙極其委婉，不衹才鋒之盛。

《秋客長沙觸事有作》「況是辰陽多戰鼓，隔江烽火照湘東」：從軍詩如此深蔚，最難。

《望銅雀臺》「女郎不共曹公死，只爲生前善負人」：説得阿瞞語塞。

《邯鄲懷古》其一「試看山河北晉後，中原半是獷騎兒」：真是世變，難爲腐儒道。其二「至今草樹猶酣戰，白日風沙捲大旗」：筆底有氣。

《上谷道中有感》「烏鵲不知人易主，結巢猶向故枝飛」：茫然有陵谷之感。

《丙申春過内丘南圓津庵》「廿年底事感南遊，車馬勞勞竟白頭。再過招提誰更識，青松自護藏經樓」：胸中感、眼中淚、紙上詩。

《過衡麓清涼寺，憶寂虚和尚》「鹿苑飄零香積冷，祝融峰下白雲低」：其含蓄處，全乎龍標。

《和答破門僧》其一：此謂借題發議。其二「莫把煙嵐驕府主，年來官長服黄精」：真堪一笑。

《蘇山絶頂》「靈山慣作長生宅，不比中原作戰場」：令人動出世之想。

《桂陽别友》「桂陽山色鬱蒼蒼，石徑嵚崎倒别觴。何必猿聲能下淚，鷓鴣啼處斷人腸」：老於鑾中之言。

范文荧

仲闇、兩石，四川内江人。《石鼓山房集》。

《峨眉山萬年寺，送費此度往滎經省覲》「世到亂時都作客，途當險處更間關」：歷過苦語。

●范文慤公在金陵時，刻有《石鼓山房集》。近訪之，吾友費燕峰云：「還蜀之後，詩文雜著亦復不少；其長君没，一孫尚幼，又累經兵火，亦皆散失。」僅録此一詩，可勝慨歎。

雷起劍

雨津，四川井研人。《瑞芝堂集》。

《送曾穎軒柱史解官歸里》「燕地雪消鳺鶪遠，蜀山春在子規遲」：更覺妍麗。⊙風規甚好，而意指亦復深長。

《白雲閣》「西南天地此爲門」：語有識。⊙「千疊山川遠近痕，漁村雉郭共朝昏」：極不近人，然自温然可喜。

冒起宗

宗起，嵩少，江南如皋人。《拙存堂稿》。

《冬日病中》「避醫惟忍病，莫笑老夫狂」：實在痛癢。

《答趙公美還梁溪》「交情似厭深」：他人不解。⊙刻意新錬。

《三月朔日寄内》「老眼何曾合，歸期尚渺茫」：此等處又似杜。⊙真是閨中良友，乃有此樸情相餉。

《辟暑》「雲涼平石氣，潭古養杉陰」：造語深，布格老。

《九日雨集步杜韻》「高會何須定有臺」：創。⊙詩有高氣，又非學步放翁。

《陽月范異羽先生枉顧，兼示重遊金陵諸草》「一筇占斷峰峰翠，雙槳摇開葉葉紅」：雖學竟陵而□秀特出。「遺民還識舊山公」：妙。⊙韶麗之中，仍存大雅。

《新春》「虚生殊愧老成人」：清空疏老，全洗餖飣。

《除夕》「冰因背日堅彌甚，梅爲迎風瘦較多」：眼前語，拈來自然。⊙是老人之言，極與道近。

《暇日偕室人飲池北新園示襄兒》「勝地久知天閟惜，冥心纔覺境幽閒」：學道人語。

《悼友》「請看原上青青柏，多伴煙霄得意人」：令人猛省，使煙霄正復不省。

《錫山吊鄒園》其一「俗駕喧闐傖父醉，可堪鐵板唱江東」：大爲愚谷長價。其二「滿眼黍離歌不盡，巖泉何用惜瓜分」：徐元歎曰：「不忍讀。」

●徐元歎曰：「憶甲申歲之暮秋，金陵鉅公廣坐中，客有持冒先生詩扇，人競奪玩，以爲不下王長公。余曰：『是髣髴《劍南集》之上腴耳。』鉅公以爲知言。」

許鼎臣

定于，江南武進人。《汾上吟》。

《病喘》「霧黑藏山鬼，城荒嘯野鵶」：語有光鋩。⊙精健。

《贈孫中貴》「孰是文兼武，而能攘且安」：似頌之，實刺之也。⊙中璫監兵，前代覆轍，不意崇禎中亦復蹈此。當時，監視爲劉允中，監紀爲茂霖、爲閻思印，又有把牌諸璫，不止孫監一人也。

《東歸至獲鹿慰諸將士》「行李惟餘祭鬼文」：慘激。⊙「自古英雄關氣數，隆中遺恨亦三分」：

勦寇未終，遽爾解組，能無撫膺三歎？

馬　頎

人表、蓼龕，河南杞縣人。

《舟雨》其一「孤思雜雨亂，深夢帶河流」：沉思乃得。⊙「頻年兵事後，鬼語聚榛丘」：深刻仍復渾成，末語尤有關係。其二「渚牛團陣鬭，林鳥護巢啼」：非常錘鍊。⊙造語俱極蒼奥。

張若麒

振公、天石，山東膠州人。《止足軒草》。

《深秋》「瘦葉攢雲黑，黄沙帶月明」；「軻里今猶在，蕭蕭劍氣横」：詩有奇崛之氣，似孟東野。

《春日聞雁》「峭寒猶自勁，漫向玉關飛」：韻甚。⊙納言詩甚險峭，如此作，又復細潤。

《雷雨暴至》「赤練奔空際，縱横自擊衝。吼聲動百里，噫氣掃千峰」：奔騰而至。⊙一筆掃去，自成異響，不可以古律求之。

《登石經山》「諸峰皆磬折，一壑直奔流」：寫出真形。⊙西山詩有「虬枝存禿葉，敗石護生魚」之句，亦奇警。

《閒》「散步山門外，胸中獨浩然」：落筆曠然。⊙見地空明，寫來直是浩落。

《西湖喜晤李太虛先生》「晶晶湖面月，活活段橋雲」：脂粉都盡。⊙「晶晶」、「活活」，如何渲染得出。

《山中大雪》「到此萬緣盡，肅然一短檠」：高超。「天地忽混沌，山河自縱横」：實有此景。⊙奇奥之氣，在聲律之外。

《碧桃花下觀一壺道人飲》「酒意方微熱，歌聲出自然。胸中何落落，笑傲欲忘年」：此道人大是不俗，吾欲與之晤對。

《讀給諫馬澹真遺集》「仗馬一鳴旋斥去，至今葉葉是寒蟬」：時人盡以前朝亡國之禍歸之臺省，然使盡養晦自全，亦復何用？讀此詩，一結令我憮然。

《西湖浣雲館次韻》「今日笙歌猶沸耳，當年桃柳半荒煙」：悶極。⊙西湖勝地，日事樵蘇，安從問及桃柳？把誦此作，輒爲回憶白、蘇當年。

《再值重陽次韻》「皮裏春秋空自咽，箇中冷暖有誰知」：一肚皮話説不出，只合如此感慨。⊙當時輩上諸君，未聞作如此論。

《别姜卿墅黄門》「我辜如髮愁難數，君義干雲事不平」；所謂冷暖自知。⊙「咫尺人天隔幾舍，驪歌屬和不成聲」：正是衷曲語，難爲門外人道。

《同儀子穿易水龍華諸山》其一：非親到，那能如此確切。其二「馬蹄嘶出緑雲堆，踏破山胸響晝雷」：寫得奇幻，所謂「别有天地非人間」。

《新安縣即事》「旌旗樓閣層煙裏，何處濤聲響怒蛟」：絶是異景。

《草庵》、《仙人洞》：一佛一仙，兩絶句寫得静甚、悄甚。

《花下擲仙圖次韻》「紙上諸仙亦勸人」：頭頭是道。

《燕》「舊日曾傳王謝地，誰知都是處堂人」：正使王彝甫諸君不得不任其咎，言之可痛。

《秦良玉勤王歌》「羞殺堂堂彼丈夫」：末句似説盡，然衣冠而化爲巾幗，國事所以莫救，正宜直截言之。

●錢牧齋云：「膠西張公，初與伯兄宿松同時以進士宰燕趙，宿松治河間以寬，天石以果，並茂循績。别幾二十年，各備歷艱虞。余歸田匿影，公躋華膴，爲納言名卿，令子俱以文噪世，次公登館局，取士最得人，直聲震天下。公年未艾，忽請告歸，有牢溟渤之奇，徜徉笑傲，宜爽籟發而雅風存，洋洋乎東海雄矣！」

王貴一

象山、槐翁，江南興化人。《檀園詩》。

《三嘯》「大舸若飄瓦，漁艇如飛蛾。日落水摇動，枕席親蚌螺」：筆墨恣肆。⊙「府檄愁催科」：感時憫俗，詞旨憂危，而奇崛之氣則逼似昌黎。

《曝背》「千載笙簫化爲土，寒煙蔓草空北邙」：誰人省此。⊙「生在華屋處，零落歸山丘」，昔人所感。此詩慨歎，正自令人骨悚。

《廣陵》「江聲過潤州」：妙。⊙一「過」字抵一則《水經注》。

《柳堤與浮弋同賦》「落日到河圓」：妙。心眼極曠極静。

《懷山光寺》「記得山光寺，人生好墓田。風流傳勝跡，樓閣失諸天」：純是太白佳處。⊙總是想像之詞，筆墨疏而見老。

《春陰》「濕雲迷鸛井，野水漲魚磯」：鍊甚。⊙「遊情那可愜，盡日掩荆扉」：最爲安愜。

《寄十力禪師住靈峰》「古木向人圓」：比「向人秋」各有味。「晉朝留虎跡，應護草堂前」：結亦健拔。⊙十公能捐貲刻《李艾山集》，此豈常流？一詩正自精健。

《和兒輩同戴無奇登拱極臺》「臺荒仍草樹，川暝自魚龍」：樸而潤。⊙「爲憐戴安道，明日試扶筇」：詩有元氣。

《登樓》「剡溪人去夜推篷」：韻極。⊙清思逸韻，令人思王、戴當年。

《訪吳柴庵南郭》「爲憐兄弟經年隔，南郭乘舟春水高」：音節亦高。⊙「滿眼風花迷白髮，一樽煙雨對綈袍」：一氣呼吸，而情緒亹亹，最能感人。

《別真州戴二弟無奇》「他鄉表弟真難遇，春雨孤篷不忍分」：用杜語都妙。⊙不獨體裁正，而情味亦佳。

《酒間示李君受》「少時歌舞真如夢，老去交游見幾人」：無窮感歎。

《和李平庵漣東聞子規之作》「漢家事業成墟墓，莫向韓王廟裏飛」：風流千載。⊙「天邊杜宇啼偏苦，客舍羈人遠未歸」：詩品在趙倚樓、杜書記之間。

《三月三十日》「開樽聊細酌，今日對春風」：其不説盡處，最爲深於唐人。

《白龍湖》「玉簫吹徹老龍眠」：雄甚。

《送吴甥翔鳳》「揚鞭若到天山去，望帝經春滿路啼」：情深語激，一讀傷懷。

●槐翁賦性高嚴，交遊不苟，日以詩卷自娱，然亦不輕以示人，所謂「家有賜書，門無雜賓」，庶幾近之矣。令嗣景州、歙州，負高才，聲名籍甚，尚困諸生間。而槐翁勉之云：「長安馬上，不如驢背之穩。」此其定識，豈世俗所可同日語哉？

石　申

仲生，直隸灤州人。

《秋日同芝麓諸公集黑窯廠分賦》「路深鐘響出，臺古燒痕圓。老樹侵沙苑，饑鷹獵塞田」：情傑。⊙雄深老健，幾壓廬州。

《贈徐華谷先生，兼柬符嵎方伯》「人欽冠蓋于公第，世重簪纓石奮家」：華典。

顧九錫

臨邛、思澹，江南江都人。《春江草堂稿》。

《江干寓目》「好是健兒群，牧馬沙洲上」：數言絶健。

《蕭孝子祠》：超然、肅然，可弔孝子。

《黄河行》「址基薄兮耕作淺，元元之民亦何災」：一詩抵長奏疏。

《滹沱河》「河水日湯湯，滹沱古戰場。中原人跡少，邊塞雁聲長」：雄氣可壓中原。

《東華龍眉》「暮雨簷前密，東風屋角吹」：澹而妙。⊙情事叙得委婉動人。

《虎丘》「薄雨人争去，清風我獨求。千人石上立，長嘯思悠悠」：寫得一往澹漠，此謂虎丘真詩。

《初春積雨》「風雨連朝密，空山未啓門」：起得超健。

《淮揚澇災紀事》「白月叫孤魂」：哀慘之音，誰爲入告。

《寄焦山古樵上人》「別後總茫茫，相思枯木堂」：老。⊙「山色到空樑」：極澹極警，固是九轉丹成之候。

《曉起湖上漫成》「高卧竹樓寒，全湖枕上看」：真實受用。⊙昔客湖樓，秋色最佳，而苦爲應酬奪之。臨邛乃如許受享耶！

《聽錢塘江潮》「聲如奔萬馬，勢欲壓危城」：詩亦有萬馬奔騰之勢。

《渡黄河》「疲馬孤行夕照開」：壯闊，是渡黄河詩。

《重登摩雲閣》「古閣摧殘此再遊，憑欄渺渺望中收」：聲調辭采皆備。

《城西泛舟值雨，同卞雲郭、劉德倫、黄南巖、徐聞宰諸子分得十四寒》「山色空濛别一觀」：全詩明秀，結語更屬不盡。

《湖上弔王于一先輩》「扶笻到處尋沽酒」：此句有景。⊙存殁之感，形於文墨，如此絶佳。

《玉階怨》「露冷桂花前，獨理青絲髮」：幽細。

《寒食》「而今無火禁，翻憶五侯家」：如此繫念，不愧騷人。

《蕪園歎》「十年曾種樹，九載未言歸。多情池畔柳，乍見似依依」：傷甚。

《隔江望圖山》「憶昔風雨晴，一上山巔望」：古。

《吴江道中》「吴江望去總茫茫，村落蕭條盡水鄉。微雨過時蓮葉暗，暮雲飛處雁聲涼」：對仗處合唐人。

《再過雷塘感賦》「只今舊雁重飛過，落日牛羊幾處眠」：亦可徵時變。

《水國寺贈東埜上人》「遠公謝絶人來往，卧看蓮房墜粉紅」：好衲子。

《蘇堤》「六橋舊事何堪問，日暮西風雜鼓鼙」：此西子湖之厄。

《姑蘇竹枝詞》「望裏山家掩竹扉，春時花放錦成圍。朝來擔入城中賣，撩得茫茫蜂蝶飛」：小景耳，寫得撩亂動人。

《訪妓秦淮》：一時盛事。

《玉鈎斜》「夜月黄昏蟋蟀，西風薄暮牛羊」：只言其景，而情事在其中，深得風人之指。

●杜于皇曰：「顧子下帷深坐，與作竟日歡。晤言之間，使人意消，如與韋左司、賈司倉相對。示予近詩一卷，諸體錯出，如彈丸脱手，非獨吟詠贈答，更以怡懌性情。讀顧子之詩，如覿顧子其人矣。」

李　沂

壺公、艾山，江南興化籍，句容人。《鸞嘯堂集》。

《歲暮》「一語及世事，舉目看飛鳥」：好。⊙「剥啄誰扣門，扶杖過鄰老」：此鄰老極高，當是艾山好友。

《雜詩》「爲邪既速戾，慕義豈逃刑」：良箴。⊙「捐軀事不立，志士爲撫膺。賢哉鹿門叟，躬耕揚令名」：其論極平極正，吾輩當爲服膺。

周　安　安節，江南吴江人。

《遊毛公壇》「寂歷苔蘚古」：好。⊙仙風逸致，迥絶塵凡。

《雨後庭草敷榮，時届午節，效韋公體》「倏忽開重陰」：妙愜。「雲端上微月，靄靄光滿林」：翛然。⊙便似韋公。

吴興祚　伯成，遼東清河人。

《佛燈》「古殿鐘聲歇，高懸不夜珠」：着筆便高。

《花燈》「綺夢驚春焰，香魂醒夜妝」：齊梁艷語。

◎二詩一澹一艷，總踞上流。

洪　琮　瑞玉、谷一，江南歙縣人。

《黄金臺》「明主相期意氣中，豈必黄金始相見」：説得金臺無色。⊙「欲尋故址何繇得，指點荒雲落日邊」：識力高人一層。

惲本初

一名向，道生、香山，江南武進人。《汝陰詩》。

《泗上阻雨聞警》「餘生本未辭金革，前路何曾厭癸庚」：沉着。⊙行路間值此情事，能無慨歎。《七月初二日出潁川北郭尋西湖，訪歐、蘇兩先生故跡，所約學博朱子、主政張子、文學劉子、盧子俱不至》其一「草夾豆花閒壘土，蟬鳴粟葉廢菱菰」：筆意蒼森。其二「響答草蟲清潁淚，賦成弦月草堂詞」：組織典秀。⊙西湖雖屬歐、蘇舊跡，而荒涼特甚。香山寫得蕭森歷落，固有畫家之心。

惲于邁

涵萬，江南武進人。《退耕堂草》。

《七月一日舟次陳州》「千年龍戰古今愁」：英壯。⊙筆底有金鐵聲。《銘甥來汴中夜話，尋遣南歸》「半年卧病余呼吸，萬里干戈汝去來」：真氣欲流。⊙樸老不可及。

馮雲驤

訥生，山西振武衛人。《曠嘯》。

《題應州城中塔》其一「日月飛荒塞，松杉結古臺」：雄闊。其二「老樹槎牙斷，荒丘没碧蕪。浮圖前代古，詞客一人孤」：蒼莽無際。其三「河迴低晴鶴，天虚掛雨龍」：奇鍊。其四「玉磴朱輪直，銀沙碧漢斜。星宫聞夜梵，月殿拂仙華」；華光照耀。其五「嵯峨臨玉塞，戰後幾人家。鬼雨飛青草，神燈照白沙」：奇情横發，目無今古。⊙陰館木塔奇，訥生詩更奇，蒼茫雄傑，幾欲俯視一切。《過雁門》其一「老翁坐古屋，猶話武靈王」，其二「百戰英雄地，樵人抱膝看」：兩首殊自傲睨。●遍覓訥生稿未得，偶過劉彦度書齋，因快得之；且知彦度屬門下受業士，更歎針芥之合。

侯　性　若孩，河南商丘人。

《金閶贈姚茂孳》「身隨萬里浮雲斷，夢逐當年戰血渾」：固爾慷慨，有不同人處。

蔣平階　大鴻，江南華亭人。

《寄懷王丹麓》「罄折規前修，陶鎔見天質」：含經咀雅，是潘、陸之嗣音。

侯　汸　記原，江南嘉定人。《秬園集》。

《宿靈隱贈願公》「禪榻移燈話昔塵」：意中語，殊説不盡。

陳肇曾　昌箕，福建侯官人。

《贈杜于皇》「如許乾坤大，依然一畝宫」：感歎深至。

王孫晉

左公、亦退，江南竇應人。《小山草堂集》。

《南閩舊詩》其一「平山城内起，曾建越王宫」：老。⊙雄甚。其二「傳有李綱墳」：老。⊙憑弔蒼涼。其三「擁節諸侯盛，彎弓戰士驕」：今已見之矣，豈非詩史。其四「竹月幔亭圓」：好。⊙錘鍊處似曹秀水。其五「犀甲衝圍急，戈船壓陣高。海風吹瘴雨，戰鬼夜哀號」：筆底如萬馬奔騰。其六「白雪下漳州，九龍江上愁。竇珠今不見，碧水復空流」：有渾灝之氣。其七「神物飛龍劍，鮫人弄蚌珠」：造語必極光異。其八「水立驚蛟鬬，風腥畏虎餐」：奇邁。◎張韞仲曰：「字字從感慨激烈中寫出，千鎚百鍊成篇，可作一部閩粵志讀。少陵《秦州》二十首，真稱伯仲矣。」

《登金山望金陵作》「江斷東南海到門」：造句奇創。⊙「隨風欲寄新亭淚，忽聽戈船畫角喧」：收得悠然，卻有深痛。

《洛陽橋》「白日行波大海涼」：好。⊙氣象赫然。

《春日登臨漳臺》「九龍江抱千鯨走，百粵天銜萬嶺來」：偉麗。⊙如此詩，真是得江山之助。

《漳州二首》其一「滿目瘡痍悲未起，謾言萬國盡梯航」：末語見救世心腸。其二「鶴唳千山風動石，龍蟠九水夜飛珠」：異彩繽紛。⊙氣力亦足。

《漳浦縣》「孤城鬼哭蠻雲亂，白骨青山弔戰場」：聳動。⊙近日惟彭禹峰有此筆墨。

《西湖絶句》「卻下竹簾看水月，不教風露透羅衣」：此中有人。

張象樞　四木，四川安岳人。《雪浪齋集》。

《寄五弟象華茂州，時諸兄弟皆寓家滎經》「群雄思割據，銘勒爾曾看。風俗冉駹國，雲霞茂濕山」：氣岸不常。「飄零在百蠻」：老。⊙渾然高響。

《展墓不得》「親朋戰老城池廢，風雨寒深草木秋」：可傷。⊙深情老調。

冷時中　心芬、梅庵，四川内江人。《雪椀集》。

《漢中柬費此度》「歸計貧難定，孤懷醉易傷」：知己之言，十分真篤。

程正萃　除只，湖廣孝感人。《薖園草》。

《青溪兄歸里，邀同過夏鐵雲先生夜話》「月駐深林池水見，燈張小圃草蟲圍」：幽。「共憐兄弟中原老，自笑清狂昨日非」：老。⊙有幽蒼處，有疏老處，此爲傑作。

《柴門》「卧向北窗猶未穩，卻來聽雨與看山」：如此好事，自佳。

潘　高　孟升、鶴江，江南金壇人。《南村詩稿》。

《恕先將之陽羨，與余述懷感舊，爲賦此詩》「四月楝花風，吹帆出前浦」：好。「家住南湖北，懶結侯嬴客。一劍三十年，蕭條掛虛壁」：英雄暮年行徑。「丈夫不得志，何用多兒孫」：良然。⊙折處多姿，秀處愈老，瑣處更潔。

《夜坐》「遽眠惜清夜，欲留苦衣單」：細。「偃仰石潭上，冷冷風露寒」：遠。⊙一片清涼。

《販茶行》「東崦人家西崦虎，日黄家家閉門户。昨夜食犬破山籬，數日不上茶山去」：似謡似譜，最有古致。⊙如此纔是香山佳境，世人那得知。

《江上》「戍樓何處好，戎馬雜黄鸝」：是京口近事。

《早發半塘》「客眠驚柵火，人起拂篷霜」：新穩。

《寄梵川諸友》「青浮隔縣山」：五字必傳。

《晚食即事書懷》「好客有時還杜户，看山無日不登樓」：自然入妙。⊙絶似近來顧與治。

《絶句》其一「日落未逢人，野菊開滿地」：清冷至此。其二「孤棹指黄花，欲向誰家去」：古。

《夢朱大》「華陰道上新豐酒，十五年前一故人」：此懷如何銷得。

《秋日山閣漫興》「自摇漁艇各村歸」：山村圖。

《春歸》「春歸萬里無消息，又過垂楊舊板橋」：總是寓辭，妙兼比興。

《待舍弟京江消息》「惆悵東風啼鳥盡，青春無主野棠開」：與右丞「把酒看花憶諸弟，杜陵寒食草青青」同妙。

《贈歌者王郎》「無限當時舊賓客，江湖零落更何人」：此輩偏能記憶，其若之何。

宫夢仁　宗衮、定庵，直隸静海籍，江南泰州人。《齊魯詩》。

《登千佛山》「樹遠星辰下，雲歸虎豹眠」：造語奇秀。

《重遊趵突泉》「凌空勢擁千巖落，響雪聲連萬古開」：崩崖噴壁。⊙聲調高，氣岸大，幾欲抗席滄溟。

《天心水面亭》「鷗鷺窺人如舊識，芰荷貼舫未全枯。層層翠靄穿城郭，處處蒼茫入畫圖」：風致婉秀，雅欲近人。

董　俞　蒼水，江南華亭人。

《送僧之邗江》「烽煙兼歲暮，何地暫相依」：依依惜別，一結更老。

葉方恒　嵋初、學亭，江南崑山人。

《有感》「入門兒女聲相呼，繞膝來看髮白無」：騷壯。⊙悲歌忼慨，全得少陵風骨。

錢芳標　葆馚，江南華亭人。

《長椿寺》其一「薄俗逃禪穩，浮名入道遲」：二語刻至。其二「金塔前朝構，昇平感昔年」：此爲扼要。「寧知桑海後，望帝已成鵑」：慨然。⊙憑弔處，極工麗。

龔士薦

彦吉，江南武進人。《石月草堂詩》。

《感遇詩》「人情暮無已」：感慨，正得古人遺意。

張養重

虞山，江南山陽人。《幽燕集》。

《贈别沛上閻古古》「文章投閣笑論材」：刺得不覺。⊙深渾復忼壯。

《送何崑岑别駕之任建州》其一：何其爾雅。其二「喊泉初試火前茶」：極貼。其四「山田水碓聞春米」：風土志。◎五首莊雅明皙，具有風姿，去唐人何遠。

徐　枋

昭法，江南吴縣人。

《送笻在師遊越》「江山猶别墅，耆舊盡荒丘」：總是説自己話。

湯燕生

巖夫，江南蕪湖人。

《訪漸江大師朔園》「獨歎蘭亭離玉匣，深悲畫院記宣和」：典逸而多情致。⊙不僅作禪悦語，固是情旨深長。

《赬山懷古》「延秋門外王孫盡，司馬元戎自錦衣」：諷歎無已。⊙「淚逐天風向北揮，山僧指點舊重圍」：深悲獨歎。

張　琪

興公，江南江寧人。《翠微庵詩存》。

《下山路》「野花懸絶岸，初不爲人開」：孤絶。⊙一味清冷。

彭士右

譽侯，江南儀真人。《北轅》、《南歸》二稿。

《涿鹿曉發》「長橋紛黛色，片片曉峰來」：起得超甚。⊙響調入雲。

《過分水廟》「天作蛟龍窟，神光隱戍樓。清泉通百道，飛輓匯中流」：奇氣逼人。

《馬湖曉發》「風濤兩櫓催」：穩當，饒有氣勢。

《宿遷晚眺》「星分漁火紅」：好句。⊙「客心何所繫，淪落過淮東」：結處貌不瘁而神傷。

《大風》「野馬驚潮過，山嵐飛翠來」：寫風色極妙。⊙筆力有異人處。

《雨後》「曉氣清塵袂，春沙潤馬蹄」：圓俊。

《武城曉發》「逆流盤互長河道，古驛荒寒東魯城」：壯健。⊙養氣養局俱善，不僅以秀雅目之。

《沛關即事》「泗亭驛下夕陽西，古碣荒城春草萋。百戰地餘興王氣，千秋歌憶大風題」：蒼莽一氣。⊙起有排雲倒嶽之勢，最壯人神智。

●譽侯風期古處，於聲事亦最篤。所爲詩類深創，不襲恒貌，於詩壇又爲屈一指。

周而衍

東會，江南金壇人。

《憶銅官舊遊》「白日魑光散，青冥虎嘯深。誰能來石上，相對共論心」：幽蒼。⊙氣體獨高。

《潞河雪夜逢南村，同聽高郵李子聲白彈琴》「翏翏霜外雁，並是曲中音」：寫得遠。

《與雲間張孟雍、琴水楊子鶴夜話，同閲王石谷畫册》「燈前掩卷難忘處，疏柳平橋似故園」：讀罷傷情。

《爲王煙客先生題石谷畫册》：孤迥。

陳晉明

康侯，浙江錢塘人。

《贈姚總戎短歌》「下馬爲文上馬戰，古人有之今未見。如君豈止熊羆臣，當時擬畫麒麟殿」：數言爲姚公生色十倍。⊙一往有磊落骯髒之氣。

吴康侯

定遠，江南嘉定人。

《銅官山石燕洞》「舊時王謝飄零後，只羡丹崖鎖翠微」：大有寄感。⊙「長依洞裏煙霞宿，不傍人間門户飛」：安妥藴藉。

秦保寅 樂天，江南無錫人。

《送石谷遊金陵》「明日石頭城上望，六朝煙雨孝陵松」：動人吟歎。

鮑忠勑 畏簡，江南歙縣人。《瑶篸集》。

《湘口》「待尋鈷鉧招愚叟，遥賦舂陵寄漫郎」：用事入化。⊙風韻轉佳。

《泊舟伏波巖》「此地黨人留斷碣，向來遷客盛炎州」：串貫史事。⊙典雅深切之作。

《始至桂林》「爲問近年灕水上，戈船何事盛軍容」：婉甚。⊙結得悠然不盡，餘俱整麗。

高文涵 森萬，山西襄陵人。

《酬汪子扶晨贈别》「迷離草色征人路，斷續簫聲明月橋」：似藐姑仙子，體絶凡俗。

宗元豫 子發，江南興化人。《澤畔稿》。

《京口阻雨先祠不得遊山分韻》「詩竟清言代」：清適之中，復帶秀警。

《聽王椒邻談岱華二嶽之勝，偶成絶句》「黄河如線流天外，東望扶桑水一杯。怪得詩成多秀句，探奇曾自兩山來」：有豪壯之色。

陸御

東來，江南丹徒人。《自偏堂詩》。

《燕峰先生謁容城孫徵君受易還》「自拜徵君後，歸來又閉門」：結處愈見燕峰之高。

張梧

雛隱，浙江山陰人。

《無題詩和韻》其一「蒼梧龍馭何年返，斑竹猶堪作鳳笙」：此等詩豈可作艷情讀。其二「低徊往事年尤小，斟酌佳期怨未消」：寓旨甚深。◎二詩甚得風騷之指。

陳增新

子更、除庵，浙江嘉善人。《高俶堂詩集》。

《富春覽古》「鬱蔥猶是南崗色，遺廟荆榛狖夜鳴」：極蕭瑟之音。⊙孫家兄弟自是不群。詩固寫得歷落。

陳大成

集生，江南無錫人。

《送王石谷之金陵訪周侍郎》「好把丹青譜興廢，江濤如雪繞金陵」：何減杜書記、劉賓客。

時　炳　用咸，江南嘉定人。

《蟲聲》「孤館衾裯酒醒後，深閨刀尺夜闌時」：箇中語。⊙落葉悲風，寫來偏覺韻甚。

姜廷幹　綺季，浙江紹興人。

《白門贈王石谷》其一「莫怪鍾陵一樹無」：只自説胸中事。其二「主人憐才夜開幕，宵半猶持金鑿落。扶醉歸依佛火眠，霜鐘遥和嚴城柝」：自古。

方式玉　玉如，江南歙縣人。《醉翁亭詩》。

《遊龍湫詩》「黝墨一氣存」：好。「寒吹湧蒼瀾，亦復生微痕」：細甚靈甚。「麋鹿野遊寂，鼪鼯林嘯繁。感歎墮清淚，塞嘿聲自吞」：結亦緊峭。⊙摩詰詩中有畫，只是形容指次、徑路宛然，無復墮入雲霧耳。此詩歷歷描寫，令我襟情豁然。

楊　岐　周子，四川成都人。《碧蘿亭稿》。

《雪》「遠塞孤城没，空山樹影寒」：空闊。⊙頷聯竟是塞雪圖。

《久雨》：蕭然清冷。

《紅橋舟泛》「似爲畫簾人小立，故將簫鼓緩經過」：遊人均有此懷。

瞿鉉錫 伯申、曇谷，江南常熟人。

《贈姚茂孽》「好客每傾新馬酪，從軍懶插舊貂蟬」：出語便有光鋩，此何等筆墨。

沈聃開 亦季，江南泰州人。《汲古堂詩存》。

《重遊鳳山偕諸子》「鐘聲高樹出，山色早禽啼」：空中有色。⊙亦季詩近於竟陵。如此格法安老，浸淫高、岑之境矣。

鄧子儀 伯鴻，四川巴縣人。《劍閣芳華集》。

《九日荒署寄杜思曠》「江南佳麗空回首，不信官衙盡野花」：聲淚欲落。

金俊明 孝章，江南吴縣人。

《寄石谷》「願寫一圖先寄我，最難忘是莫愁湖」：別情。

蘇　震　長侯，江南嘉定人。

《舟過尹山橋》「征人不耐興亡恨，澆酒青山破寂寥」：此謂沉雄。⊙詩有振衣濯足之概。

趙而忭　友沂、在趙，湖廣長沙人。《中酒吟》。

《山東路》「里老俄喧呼，經宿難容許。流民何慘淒，里老何安堵。聽彼細陳詞，奉行來官府。新堞下九州，逃人法甚苦」：此奉行之失。「嗷嗷風雪中，遊魂各儔伍。皇天惟白日，陰蔽不成午」：慘絶，豈減《石壕》諸篇。⊙讀此詩，知友沂胸中具大經濟。漫以風雅目友沂者，豈非皮相？

《夜醉》「忽爲如意舞，忘卻自飄零」：沉壯，如聞鐵笛。

《送朱若一還山陰》「潮打錢塘客夢寒」：好。「眼知燕趙關山苦，不到飛來峰頂看」：神韻都別。⊙情味甚永，不徒新氣餉人。

韓玉房　寶雲，江南吴縣人。《息厂草》。

《括蒼道上》「隔嶺雞聲溪碓近，過橋茅屋筧泉長」：如置我萬山中，蒼翠滿眼。

熊維熊

偉男，江南江都人。《緑雪軒集》。

《晚行滁州山中》「月猶未晚痕無定，山欲生雲體乍連」：耐思。⊙「醉翁已醉無消息，慚愧空山咽暮泉」：静細，卻不入纖弱一派。

諸葛麒

走聖，浙江蘭溪人。《騷屑吟》。

《詠吹簫美人》「背倚東風偷滴淚，一分癡處一分嬌」：那得此解事女郎。

《送鄭二鴻入蜀》「愁殺思鄉兩行淚，夜來休聽雨淋鈴」：雅音苦淚。

《南望》「不知故國楓何似，昨夜秋風到漢陽」：合拍。

李　巖

子潛、聖石，山東萊陽人。《峨山集》。

《黄澤西道中》「澗狹天光小，山深日色寒」：險仄可畏。⊙用筆猛鷙。

姚啓聖

熙之、憂庵，遼東杏山人。《放歌》。

《停舟》「舉室庾關外，孤身天盡頭」：慘語。⊙哀怨之聲，聞者隕淚。

《黄村看梅》其一「十里渾一色，千巖雪欲飛。正宜明月上，不礙白雲歸」：便是梅景。其二「月上難分影，風過香有情」：空中設色。⊙梅詩最難着筆，如此空微秀澹，正令人玩賞不盡。

《端江舟次，同高淡庵、王力臣坐月》「星摇群嶺動，雲滿大江流」：卓絶。⊙嶺海逐臣，卻與知己夜話，固是快事。

《香山澳道中》「日上千巖紫」：憂庵放廢之餘，詩情豪邁如許，固是懷抱異人。

《再至香山》：蒼樸處，轉近少陵。

《喜羅弘載至》「情輕萬里棹，貧滯五羊車」：安愜。⊙有荆高和歌，相視無人之概。

《香山雜詠》其一「海白沙明何處鐘」：句渾。⊙淒楚之中，兼帶英爽。其二「孤島三年血戰多」：雄。⊙「無數艨艟犯海波，我來守土竟如何」：豈是自詡，只是實心任事人，不得不自爲表白一番。

《白鶴峰》其一「雙沼並留千嶂雨，孤亭獨出萬山秋」：亭亭獨秀。⊙「公才絶代猶遷謫，我幸生還敢怨尤」：借坡公傳寫懷抱，卻自和厚。其二「兩江煙雨出西湖」：奇句。⊙煙雨迷離，在其筆底。

《再至香山澳》「泉從石上飛來白，山入雲中分外青」：二語不易到。⊙高秀之氣逼人。

●熙翁首領鄉薦，筮仕香山，覯閔遭讒，遂以放廢。其詩哀怨蕭騷，大有屈子行吟江潭之意，應向月明猿嘯、風寒葉落時讀之。

姚子莊　六康，廣東歸善人。

《贈江上隱者》「夜晴波浪白，春暖麥苗青」：上句更佳。⊙「何處焦先隱，長溪復短汀」：寫得荒寒。

《天津夜泊》「海闊吞峰小，潮平暈月寒」：壯闊。⊙題中字字警發，老手自是不同。

《出都留别鄭季生》「驅驢隨蹇僕，沽酒醉黄河」：結句真悲真壯。

《閏夏陵陽署齋分賦》「雲深千澗雨，松動一溪風」：造語深雋。⊙當今賓客之盛，陵陽與錫山並稱，而文采風流正相照耀，讀此令人企歎。

《薊門秋感》「露静風高何處笛，滿城絲錦夜徵歌」：婉轉情長。⊙風格既佳，饒有蘊藉。

《别同年陳忝生》「干戈亂後無知己，筆墨焚餘有故山」：語有筋兩。⊙感慨悲涼，文通、子山之匹。

阮述芳

岸夫、鍾南，山東威海衛人。

《荔詩》其一「不遇佳人纖手擘，渾如仙子絳衣封」：那得更用纖手，難爲消受。其二「此日官郵無美種，陌頭殘樹幾株青」：其軍興之後，十八娘亦遭劫耶。

《登臨淮城樓》「吾生良有託，濠上儵魚知」：子建、太沖有此高步卓調。

《春園漫興》「惱亂流鶯啼不住，一樽花底小亭西」：讀過令人在春情中。

王　易

羲文，陝西涇陽人。

《望華樓》「家世秦川舊，爲樓極望時」：領得起。⊙「登臨懷祖武，揮淚不勝悲」：極有結構。

《望西嶽》「涼暄分上下，晴雨别西東」：規模自好。

《韓信嶺》「漢王所將將，寂寞一祠存」：從高而下。⊙氣象巍峨，一掃卑氣。此伯紫令倩，詩固有淵源者。

鍾岱 泰青、東樵，遼東錦州人，江南江都籍。

《秋夜懷王九有表兄粵東》：清思如水。

《夏夜》「亂蟲攢敗壁，新月隱垂楊」：摹景好。「世路黄金重，吾生白眼狂。何時歸卜築，嘯傲碧山莊」：未用感慨，自是本色。

《送汪山涵移居虎墩》「三年把臂同邗水，九月移家去虎墩。正是河梁增話别，那堪風雨近黄昏」：樸老處最難得。⊙不用描頭畫角，只一味清氣相引，便已臻勝。

《春夜曲》「那堪夜半梅花月，斜照珠娘十二樓」：是韓致光集中佳什。

《寒食》「明朝又是清明節，愁見春風滿墓田」：飄飄仙舉。

《秋日感舊》「多少繁華今已歇，月明猶照畫樓東」：神情摇宕。

鍾嵋 山眉，遼東錦州人，江南江都籍。《思園稿》。

《舟行值雨》「連雲千里樹，趁水一輕舟」：酣適。

《遊東隱禪院》「袈裟懸石磴，鶴鹿卧松關」：語有光鋩。⊙詞意圓足。

《清明即事》「夕陽人語吹簫閣，杜宇春聲賣酒家」：韶艷之姿，擷晚唐之勝。

《白門感舊》「草長新亭遊子淚，風回宫井落花愁」：典逸。「無限夕陽深客思，角聲吹老石城秋」：遒。⊙全首好詩，思路、格局皆近唐人。

《送汪山涵移居虎墩》「邊關極目馳戎馬，鄉路何方是竹林」：壯渾。⊙與泰青作真是連璧。

《懷友人都門》「故人望不來，秋老門前菊」：極老。

《春日感舊》其一「往事依稀行樂處，至今人憶板橋西」：風流千載，何減杜分司當年。其二「可憐銷盡當年事，春雨霏霏啼鷓鴣」：寂寞語，偏爾韻致。

汪文楨

周士，江南休寧人，寓桐鄉。《縝林集》。

《和松之韻送青士》「梧溪日霽初飛雁，梅里天寒不釣魚」：情詞温款，非篤於友聲人，安能有此筆墨。

汪　森

晉賢、玉峰，江南休寧人，山東萊蕪籍，寓桐鄉。

《讀臞庵枕上偶成詩和韻》「與子各一室，況乃秋夜長」：悄然、肅然，其音節最近古人。

《寄懷許子潛飛》「歲月漸蹉跎，幾時晤箕潁」：懷人意寫得澹宕。

《同徐臞庵過盛葵園書齋》「聞我二人來，扶病若恐失」：想見交誼。⊙韋、柳何以加。

《寄題王昊廬太史新建歸震川先生祠堂》「山川何蕭條，往事成今昔」：劉眘虛。⊙數言簡貴。

《中秋前五日同徐臞庵過訪曹顧庵學士，舟泊甪里，兼寄曹掌公、達夫、柯寓匏、翰周昆季》「沙明知岸闊，露冷覺更深」：風露滿紙。

《立冬前一日送臞庵遊鷹窠頂》「又值三秋盡，天高度塞鴻」：氣極疏宕。

《中秋欲赴虎丘之約不果，因懷臞庵》「最憐」、「本擬」、「那堪」：其虛字轉接處，大有針線。

●客冬周士自燕京歸，訪予於邗上。今秋承晉賢遣使惠問，貽我佳篇，洵盛心矣！晉賢詩超然絶俗，全體陶、韋，讀之如在葭蒼露白之際。而來函所寄，周士僅詩一章，殊未快我臆也。

傅奇

暑平、耘圃，浙江仁和人。

《王南紀招同施贊伯、張彙吉飲碩寤齋，時牡丹盛開》「落落半庭竹，冷然溪上雲。古藤纏樹老，一徑破苔紋」：從虛冷處寫入，蒼然有異。⊙「領略慚知己，高歌一贈君」：略盡俗情，覺蕭然數筆俱已雋。

《喜四明萬五公擇至，同過施大幽居，訪梅夜話》「爲念幽居梅早開，恰逢萬五渡江來。相將買棹入河渚，閒話溪山到水隈」：按題，一線不走。「施子笑迎籬竹外，拍手歌呼發天籟」：次第。⊙詩法獨老，卻又機趣流轉。

《四宿幽居呈贊伯，和公擇韻》「貰酒開花閣，銜煙趁野航。夜來風色緊，或恐事相妨」：四語妙是一氣。⊙花興勃然欲生。

《吴江晚泊》「前溪通水口，遠岸見僧歸」：光景如畫。⊙悠閒安静，如不欲更煩筆墨。

《同人集施贊伯幽居和韻》「花前鳥語茶方熟，竹外漁歌月到初」：悠然静適，是山居有得之言。

《飲徐氏梅樓步贊伯韻》「梅開千樹香浮閣，岸隔西溪渡有船」：難此對句。⊙青蒼逼人，恍入桃源深境。

釋今釋

澹歸，浙江仁和人。

《和無師韶陽歸舟詩》「嶂深猿狖壯，名在水雲疑」：深刻。

《江舟風雨》「疏雨層層逼曉寒，絮雲如冒壓岡巒」：畫出雨景，極其迷離。⊙别有筆墨。

釋正巖

豁堂，浙江餘杭人。

《早秋登弢光》「翠微宜早起，況復是秋新。一歲無多日，千林只此身」：空翠難名。

《靈江舟中》「風腥曙枕潮頭長，鹵潤寒裝海氣陰」：豁公詩多生新，脱盡平熟之氣。

《湖心亭同諸子晚眺》「兩峰西去青不盡，總屬藕花垂釣翁」：超曠之甚，胸中絶無點塵。

《寒日登君山有感》「横張海口吞天地，倔立峰頭睨古今」：是君山，移借不得。⊙下筆亦覺江聲浩蕩。

林賓王　穆之，福建莆田人。《春草堂集》。

《青溪曲》「蛾眉不字各有懷，琵琶猶唱小姑曲」：韻甚。⊙短章，正合古調。

《陽臺山神女廟》「神女杳茫寧薦寢，侍臣託諷孰知音」：看得活。⊙「蹤跡徘徊看泯滅，唯餘文藻動追尋」：立意獨高，不僅藻彩飛動。

湯思孝　次曾，江南宜興人。

《遣懷》「鳳凰弗我顧，鴟鳩忽嗚蹡。徒有蒼梧淚，沾灑滿瀟湘」：堅蒼不必言，而寄懷甚遠。

彭熙棟　宇上，湖廣孝感人。

《野王署中懷家兄》「大被客塗殊足樂，深杯静夜與誰持」：情詞宛轉。⊙友愛之性，具見紙上。

《問渡》「歸人風雪下，駐馬問前溪。何處尋茅舍，長橋西復西」：景色宛然。

蔡景定　静子，江西新建人。

《訪史白也》「天地青春在」：五字好。⊙「未忍各天涯」：氣味極其簡静。

霍映琇

耳公，直隸曲周人。

《即事》「苦無杯底物，不是愛常醒」：風調正合。

釋興正

雪山，湖廣靖州人。

《答茶村》「吞聲建業雲」：好。⊙情摯而語婉。

《放舟》「山勢走蒼龍」：結得厚。

姚　曼

東只，江南歙縣人。《焚餘集》。

《登岱後黄花洞》「澗深吞瀑急，松老食雲多」：錬。⊙蒼傑。

《同賀天士出郭，雨驟不得到平山》「但經好酒還移棹，不到平山亦勝遊」：好。⊙「不到平山亦勝遊」，是善遊山者，一經點破，遂爲千古妙語。

《喜趙天羽見過》「嶺上梅花江上雪，天涯空對舊青氊」：妙，妙！⊙純是風韻。

曹應鵬

僧白、煙翁，江南歙縣人。《虎墩稿》。

《送無言出邗城兼懷房孟》「酒於吟後盡，山在夢邊微」：幽。

劉之湛 湛公、錦江，江南江都人。《德榮堂詩稿》。

《阻風東溝》「一片攝山月，江邊照獨愁」：高唱。⊙清音嘹亮，如倚樓吹笛。

《平山堂懷古》「迷樓一帶閒歌舞，愁聽山僧話夕陽」：正爾蕭瑟，故爲有情人。

《登青龍山》「人家半在松巖下，竹外年年聽早鶯」：別有幽致。⊙覺風林颯然，彌增曠野之感。

《西山小集步許元錫韻》：風調悠颺，固有子野襟度。

張德盛 玉書，浙江杭州人。

《登清流寺千佛閣和韻》「送客帆檣春萬里，動人鈴鐸月千山」：劉滄、趙嘏之間。⊙響而鍊。

葉舒胤 學山，江南吴江人。

《除夕村居述懷》其一「成童逢亂世，慈母惜孤兒」：真至。其二「烏衣舊巷非」：家世零替，言之沉痛。此爲志士之言。

釋上旨 衍宗，福建長汀人。

《宿徑山》「雙徑猿啼千嶂月，五峰鶴宿萬年松」：高調英思。⊙壯麗處，覺雲霞生於五指。

《飛來峰》「月中桂子隨風落，天半蓮花帶雪開」：設色都好。⊙金碧莊嚴，易人觀聽。

《靈巖懷古》「山川破碎裙釵散，殿閣參差麋鹿通」：道人亦復及此。「春秋多少傷心事，半在姑蘇落照中」：摇曳無窮。⊙香艷中多感慨，莊麗中多生動。

《西湖雜感》「過客豈忘興廢感，錢王廟裏鷓鴣啼」：風韻。⊙聲情宛似劉滄一輩人。

王者埕

殿臣，江南籍，山西人。《授經堂稿》。

《立秋漫成》「鶴隨雲影去，螢逐夜光流」：恬静。⊙老成。

《雪夜》「映窗如有月，吹竹故多聲」：頷聯比老杜「燭斜」、「舟重〔一〕」，各有其妙。

《飲梅下贈主人》「杯遲香不散」：幽勝。

《初夏海陵舟中》「潮平螺蛤虚」：寫景不入恒近。

《贈吴季舒》「石臼藏名久，蕪城作賦新。一丘耽歲月，千卷矯風塵」：確切。

《己未人日》「此道惟高枕，餘生况用兵」：老而警。

《送半㮾侄返石城》「雲水戀鷗身」：佳句。⊙「倦柳愁難折，飛花歎作塵。人生苦離别，咫尺更情真」：情景俱寫得婉約。

〔一〕「舟」原作「船」，據杜甫詩改。

《同紀戇叟謝園看梅,即席和答》「短檻依依如客意,深香細細入新杯」:澹永。⊙雅韻清姿,是梅下語,而中有檗堂,呼之或出。

《秋日寄羽尊》「每憶花間移畫艇,還期籬下擁巾車」:羽尊、季舒皆世外人,而殿臣惓惓如此,足徵素心古道。

《寄季舒》「萬里軍聲人看劍,九秋詩思客登樓」:詩情激壯。⊙思沉調響,洵推傑作。

中國文學研究典籍叢刊

慎墨堂詩話

第三册

〔清〕鄧漢儀 撰
陸林 王卓華 輯

中華書局

慎墨堂詩話卷二十一〔一〕

李思訓

于庭，江南興化籍，句容人。《晚好齋詩存》。

《雨登中宿峽飛來寺》「崩泉穿石隙，嘯狖聚雲根」：雅鍊，在陳拾遺、張曲江之間。

《趙王臺》「地迥低煙樹，天空壓海濤」：宏偉。⊙滌去浮纖，獨標正始。

《江山道中》「篷底看山衣盡濕，樹頭牽纜鳥先翻。雲生絶壁峰加疊，霜入寒江石退痕」：四語精鑿。

《閩溪》「山合衹疑無路轉，櫓鳴始覺有船過」：是閩溪真景。

《雨泊》「灘響不知風雨歇，照牀衹見月微痕」：寫景微茫。

〔一〕此卷輯自《詩觀》二集卷九，原署「東吴鄧漢儀孝威評選／同學許　虬竹隱參閲」。

杜濬

（再見）《變雅堂近詩》。

《田家雜興》其一「積雨不傷苗，回斡由皇天〔一〕」：蒼深。其二「兒孫不識字，但識桑與麻」：古。其三「稻苗若剪齊，軟碧依柔風。老夫愛看此，策杖塍西東」：形容入畫。◎三詩峻潔。

《歌答宗無齊兼爲别》「先生好客異鄭莊」：起得蒼茫。「與予相識自今年，相知卻在義熙前。尊君齒與予相若，不敢爾汝恣戲謔。老識無雙襟復虚，方册蠅頭書拙作」：叙得好。「江陰學宫天下無，參天樹下海鶴呼」：筆力奡兀。「身到黄山夢到此」：妙。⊙語不爲多，卻夭矯老瘦，有盤空破壁之勢。

《五日歌賦謝顔衡山》「顔生復聖之子孫，簞瓢陋巷家風存。枉訪真江歲丁巳，俄逢重五觴茶村」：直起，倣少陵。「因憶主人大父昔同遊，名士如林樂無比。此日秦淮燈船泥殺人，朝卧平康夕在水。鴛衾巧作百花香，鯨飲嘗眠三日起」：前段鋪叙，此忽説到舊遊，俯仰今昔，無限感慨。「吁嗟今日樂誠樂，世間萬事無不新。賜也貨殖深藏不可見，誰料顔氏之子翻留賓」：遊戲得妙。⊙少陵歌行，每有一段感歎在後，詩情於以宕激。讀于皇此歌，須看其着意處。

《長干塔下看月，同師一上人》「清無一雁遊」：曠。

〔一〕「斡」原作「幹」，據《變雅堂詩》改。

《丙辰長至前一日，上花笑軒晤蒲道人，因成一詩》「忘形非一日，添老又三年」：堅樸。⊙「贊公房可宿，燈影至今傳」：神貌蒼然。

《北山啜茗》「雪罷寒星出，山泉夜煮冰。高窗斟苦茗，遠壑見孤燈」：四語無限丘壑。⊙「殘月又東升」：悠然蒼冷，如置身冰雪。

《孟夏客真州，宋子右文招飲江深閣，同紀大蘗子》「看山人面醜」：無窮感歎。

《偶見詩選，有昔年仲兒世厦燕子磯詩「鐵積千年石，潮歸萬古痕」之句，驚歎淚下，一詩傷之》「命夭皆因宴，詩傳不在多」：上句慘，下句確。⊙「燕子磯邊棹，何堪歲歲過」：聲情皆淚。

《送五舅歸黄州》「先母多兄弟，今看一舅存。無兒年八十，有淚憶孤村」：質樸無文，所以稱至。

《訪奚蘇嶺表弟於澄江官舍》「一別迷時地，重逢具古今」：厚。⊙屢讀屢快。

《蒼峴邀泛梁溪》「黄梅雨故陰」：好。⊙秀甚。

《蘇嶺書齋逢陳北固表弟，即送還里》「闊別忘年代，相逢道姓名。一時中表會，三紀故鄉情」：直如説話。⊙骨肉深至，無一字入套。

《虎丘舊寓，追憶張醒公、楊維斗、許孟宏、楊曰補諸子》「舊巢仍見燕，新葉不藏鶯」：秀而深。⊙應有此感。

《聽韓生説武宗平話》「敬皇有道繼唐堯，莫把丹朱擬聖朝。興邸一龍飛九五，依然玉樹變簫韶」：不立議論，卻有關係。

《侯園觀家樂童子乞詩》「於今竄入笙歌隊，群少驚看一老翁」：自傷語。

《夕陽》「惟有夕陽流不盡，人間鐵石也消磨」：無人能解。

《題王阮亭冶春詞後》「春詞賦就起悲笳」：各有懷抱。

魏裔介

（再見）《嶼舫辛亥以後詩》。

《送杜首望歸淮安》「閱世知交態，還家償吏租」：讀此，見世道之難，見公意之厚。

《贈范動吉世兄歸虞城》「高堂垂白髮，生事葺荒園」：辣處、真處皆似少陵。

《和霍龍淮遊娘子關水簾洞》「猿啼雨後山」：天然霽秀。

《壬子冬日在鎮城作》「風寒催老鬢，日短下荒庭」：神似老杜。「向來存道眼，今日倍分明」：深刻。⊙「試問門前客，今朝幾箇來」：猶涉感慨。

《贈周山巖赴江陰》「匹馬銜秋雨，吟囊帶敝裘」：筆墨最潤。

《別大宗伯龔芝麓和元韻》「共許文章能報國，豈知鬢髮各成蒼」：轉折蒼老。⊙公與合淝有針芥相投處，人不能知也。別詩略見衷曲。

《和別寶坻杜純一相國》「版泉南度近恒山，卻望彤廷豹尾班。自是長卿多卧病，非關白傅愛投閒」：如此起法，非杜公不能。「當公綸綍憂勞日，愧我雲霞縹緲間。此去杖藜尋藥餌，何時咨儆覲天顔」：筆力健絶。⊙少陵詩云：「意愜關飛動，篇終接混茫。」以評此詩。

《和紀伯紫》「鍾山醉老太平春，自與雲霞道氣親。三代尚存惟我輩，百年獨步見斯人」：落筆有高氣。⊙説得檗堂極高，又極近人，是知己之言。

《九日同諸友昆弟子侄登高》「一灣野水來城下，幾處晴嵐插遠天」：蒼氣欲流。「登高纔罷旋垂釣，一棹蒼茫入碧煙」：筆力有餘。⊙此詩愛其完厚。

《趙愛洲侍御邀遊方順橋之西北，訪曲逆故城》「當年壯縣餘殘壘，今日河流尚曲行」：老氣自行。「别來寒暑如奔電，時憶茶鐺泉味清」：何等懷抱。⊙悠然、穆然，覺懷古之情甚長。

《癸丑九日南滑莊登高作》「人傳此是鄗王墓，王殁空留弔古臺。華表石麟無斷碣，秋風落葉滿蒼苔」：入手樸老。⊙公詩學杜處，全取神，不取貌，故能高北地一籌。

《秋杪赴臨城别墅》「纔登高處晴峰見，漸入深林爽氣來」：深於遊覽之言。「當年戰壘今何在，韓信陳餘盡草萊」：英氣矯出。⊙筆力既高，胸次復曠。此等詩非尋常詞人可到。

《居真定夜聞鐘聲》「卜居真定原無意，愛聽開元寺内鐘」：想見閑情别致。

《哭大宗伯龔芝麓先生》其一「故人下盡羊曇淚，宣武門前水自流」：正自怊悵無已。其二：寫去真。

魏象樞　環極，山西蔚州人。《望雲》、《病夫》二稿。

《贈劉千里》「兵火連江漢，高人獨布衣」：高老。⊙以贈劉君，受者無愧。

《訪趙錦帆比部》「淹留不敢問，醉後淚雙垂」：深警。⊙氣沉調苦。

《贈喬文衣》「世情添白髮，交誼冷黄金」：是高人一層語。

《答贈朱山暉觀察》「白髮愁何益，青山問獨遲」：杜家深境。

《病中和胡東甌年兄見懷韻》「蘿山新雨正絲絲」：無字不老。

《答馮廣文訥生》「舊日曾無薦士書」：好心腸。⊙高風落落，令人可懷。

《朱山暉兵憲問病榻前志謝》「北塞關河空灑淚，故人風雨一停車」：刊落時華，只是真氣相引。

《觀移寺尋讀書舊居題壁》「門開風雨一僧無」：荒涼可畏。⊙「惟有讀書亭子在，可容一枕卧狂夫」：寫得蕭蕭摵摵，懷抱自與人殊。

王曰高　登孺、北山，山東茌平人。《槐軒詩》。

《辛亥九日偕高念東、沈繹堂、宋荔裳、程崑崙、陳説巖、謝方山、家西樵、貽上集梁家園分韻》「嘉木有餘蔭，藥苗滿空谷。採之貢君子，且以私自淑」：芬馨古烈，真得晉魏之深。

《寄懷賀天士》「安能重然諾，遠涉歷山川。白雲時在望，倚閭念常懸。願息山中駕，祝雞練湖田」：雖懷想之深，而勉以將母，真古人之誼。讀之令我悚惕。

《夏日西陂道中感舊》「愛此躊躇不忍去，無人共語醉斜陽」：其不多着一筆處，正見其古。

《古城僧舍小憩》「野渡迷鴻雁，平沙困脊令」：「迷」字、「困」字都好。⊙修整而有韻度。

《大士閣迷樓故址》「相傳蘭若久，猶説是迷樓」：高逸。⊙一起超絶，餘俱大雅。

《避風館晚眺》「戍鼓前峰急，金山對面浮」：切甚。⊙高警。

《吴伯成明府招飲秦園，同留仙、天士》「塔影池中見，泉聲檻外流」：是秦園真景，移動不得。

《冬日過歷下》「記向明湖聽曉唱，好因池月坐流泉」：轉得高逸。⊙風調意興，俱壓一時。

《平山堂夕眺》「螺髻參差認遠嵐」：確。⊙「隋苑鐘聲催落照，蜀岡春水滿空潭」：秀色淪漪。

《湖上有感》「何事於今事事無」：卻是感會意，寫來可愛。

《過門頭村，次袁中郎韻》「新刹幾年成舊壘，石垣經雨長苔痕」；「屈指當年聯袂友，同遊寥落已銷魂」：意秀詞温，感慨處正復不少。

《西陂道中》其一「不聞人語聲，但見平煙遠」：好。其二「野老自疏畦，一犬出籬小」：何減摩詰《輞川》詩。

《滁陽道中》「行過江南十數程，風光曾不異燕京。瞥然轉入滁州路，能使行人倦眼明」：果然。

《偶感遺事》「春來空有長生草，腸斷人間薄命時」：情深語。

《西陂雜詠》「記取當年郎去路，垂楊繫馬最高枝」：風流摇曳。

《平橋道中》「除卻柔條不是春」：新語秀思。

《内城道中》「鼓樓西角第三巷，猶喜墻頭見杏花」：最能入古，從少陵諸絶句得來。

《曹南看牡丹》「一見曹南三百種，從今不數洛花紅」：可入花譜。

《石經山》「萬里朝宗何處所，不知龍向此中蟠」：大是魁傑。

《退谷次壁間韻》「喬松如蓋在西峰」：老。

《五雲齋柳》「窗下垂垂見柳絲，飄揚不斷鬱金枝，雖然不是隋家種，也有長條踠地時」：風神獨絶。

●汪懋麟曰：「槐軒詩古文詞不下數十卷，海内傳誦久矣。兹獨採其登臨興會之作，表著藝林。使天下知吾師避人焚草，許身稷契，復有江湖魏闕之思，足以追蹤謝、柳。其事業文章，誠未易及也。」

●往歲與賡明、天士、桐仙諸子，談及北山黄門〔一〕，其主持騷壇、汲引群彦之意，真有令人望風引領者。邇來客邗，與蛟門時共文酒，屢以黄門詩稿未至爲言。適以御自京師歸，以新舊二稿見示。因採其遊草之最警逸者，用光拙選焉。

〔一〕「北」原作「比」，誤。

李贊元

匡侯、素園，福建龍溪人。《師白堂詩集》。

《古意》其一「嗚呼卞氏璧，抱泣荆山傍。至寶題爲石，古今同歎傷」：遒古。⊙士所以感知己。其二「御馬貴有道，如何違其情。造父没已久，歎息淚縱横」：天下豈無奇才，顧鼓舞之何如耳。言之慷慨。

《登報恩寺塔》「九級登攀魂魄喪，俯視下界如毫芒」：氣力浩悍，可與唐人諸塔詩相敵。

《未央宫》「寥寥秋苑内，明月爲誰光」：詩情哀惋，而筆自壯健。

《獻花巖》「巖花徒自發，山鳥亦空飛。惟見荒巒下，蒼苔冷夕暉」：筆極高老，純乎高、岑。

《遊水西寺訪楚水和尚不遇》「未逢慧遠笑，空帶夕陽歸」：秀極。

《湯陰岳忠武廟》「黄龍不痛飲，鐵馬自悲鳴」：老健。⊙「柯如青銅根如石」，以擬此詩。

《銅雀臺》「陵花殘野火，臺瓦覆沙場」：似唐初四子。⊙只作哀歎，不用譏貶，固高。

《謁殷太師比干墓》「殷社已成屋，千年一廟存」：蒼然。⊙太師墓至今巍焕，健兒不敢戕賊。爲人臣而胡可不忠？

《大隱園詩贈冀渭公太守》其一「花發一亭深」：好。其二「花氣月中聞」：秀極。⊙似子美《何將軍山林》詩。

《燕子磯》「地形長作關城鎮，山勢不隨陵谷遷」：筆老識高。「傷心六代興亡事，楊柳灘頭起暮煙」：寄興獨遠。⊙不屑爲山水間好語，獨有世代陵谷之感。

《西湖》「湖光入夜照吹簫」：好。⊙全詩清麗，可與許郢州對壘。

《端午秦淮》「碧潭倒照青樓影，錦瑟空愁白髮人」：下句更藴藉。⊙俯仰風物，固自筆彩動人。

《秋日山中有感》「瘡痍未起親朋散，坐對空山欲斷魂」：結處純乎老杜。

《廣陵懷古》「邗上緑楊纔拂岸，秦中白骨已成丘」：讀史有識。⊙憑弔哀涼，而藏旨深切。

《金陵春興》「石麟已卧琉璃冢，金馬曾屯虎豹營」：偉麗之中，兼以哀激。

《汴梁懷古》「鴉啼斷冢玉魚出，雲壓沙場海日昏。蔓草横丘埋戰壘，秋風何處弔彝門」：淒艷沉雄，必傳之作。

《春日金陵病中别杜于皇》：蕭蕭疏疏，獨存老氣。

《鷓鴣啼》「如何不早啼，郎已出門去」：意在言表，妙妙。

《江南曲》「妾在横塘上，江潮日蕩漾。潮水有去來，郎心無定向」：是《子夜》聲情。

《睡起》「夢裏常吟未穩詩」：譚友夏詩云「雨滴孤身酒醒後，詩成中夜不眠時」，是此光景。

《過青溪有感》「於今已作榛蕪路，任是無情亦斷腸」：板橋舊巷，可勝傷惋。

●杜于皇曰：「今之爲詩者，力飾其外則内乏神情，刳心於内則外無氣象，所以兩失。而素園先生獨内外兼勝，所以卓然推爲詩伯。亟寄吾友孝威，選登二集，與世共寶。」

葉封

井叔、晉原、慕廬，湖廣黄陂籍，浙江嘉興人。《遊嵩山詩》。

《自吸風口下天門澗，上入東天門》「阻絶蘿煙緑」：妙語。「及其澗已盡，以謂抵山麓。不知視平區，俯間岡巒複。乃復從東隮，仰觀轉迫蹙。當頭雲欲摧，空翠露初沐。攀緣陟陰崖，含風射酸目。是日東天門，晞光始見旭」：筆力屈曲，善爲傳寫。⊙心目交警，令山水無遁情。

《自大鐵梁峽以西二三里，一路石巒林立，奇詭萬狀，意所謂二十四峰者半在其間，詢諸從者不識也，嵩頂之勝疑此爲最，再上抵中峰，但歸然耳》「漸覺山情濃」：妙語。「斷者如砥柱，連者如崇墉。怒者如鬭虎，矯者如遊龍」：學退之《北山》。⊙力欲搜奇，而筆情更能吐露。

《九龍潭》「遥樾度蒙泉，修竹通寒瀏。漭湲赴哀壑，突兀聳崖阜」：狀潭之形勢，筆力奇峭。「於是蓄爲淵，一潭東溪口」、「爾乃垂天紳，二三潭維耦」、「下爲四五六，七潭相齊醜」、「八潭繼其後」、「九潭當尾閭」：叙九潭，筆法屢變。⊙寫九潭筆法參差，摹刻尤爲奇邃。

《漢柏歌》「聳身鬱鬱六七圍，偃蓋猶高百餘尺。剥脱龍鱗紫玉光，長生翠羽銅花碧」：長吉無此奇秀。⊙寫其輪囷夭矯處，如睹虬龍，如聞雷雨。

《六月二十二日盧巖觀瀑布》「崇朝霽色洗芙蓉，萬丈銀河自天落」：好形容。「滄溟潮生浪花白，騰波急溜衝雲根」：故作奇語。「曦暉照見閃虹電，雲影徘徊浄霜練。微風忽度相欹斜，細雨輕煙拂人面」：細心静眼，抒爲光怪。⊙「君不見，龍潭石淙皆絶奇，奇在嶙峋水挾之。盧巖之奇乃在水，林壑藉以增幽姿」：辨析最精。「扶筇出壑野踟躕，猶聽濤聲在深樹」：回照作結，甚老。⊙眼中極静，胸中極奇，筆底極快，或盤鬱而離奇，或奔騰而舒放，是宇宙間一篇大文字。

《石淙》「清響潺潺驟崩墜，下爲車箱承其委。兩崖夾峙束懸河，深壑渟泓静如睡」：摹畫幽邃而巉峭。「嵩峰六十何崔嵬，干霄濯雨芙蓉開。餘氣鍾靈結幽境，刻露清秀神工裁」：餘意不懈。⊙似柳子厚柳、永諸遊山記。

《大小兩鐵梁峽，皆前僅峭陘，後開斷澗，直下千尋，而大峽尤奇邃，梁乃山脊也，大峽上有巖甚峻，其麓稍坦可憩，下瞰西南絶壁如削，逍遥谷在其下》「崖崩澗絶天地懸，欲斷不斷如絲聯」：奇絶。「此謂蜂腰度山脈，亦如劍脊分中邊」：《水經注》中無此語。⊙靈境奇觀，卻寫得界畫分明，光景如畫，是山水間傳神妙手。

《盧巖》「山氣深偏豁，泉聲細自飛」：似韋左司。

《緱山昇仙太子廟》「池荒無鶴飲，樹老有蟬鳴」：令人寥寂。

《崿嶺》「置關曾守險，開道出鳴鑾」：典雅。⊙絶似盛唐。

《大仙峽》「雲破鳴泉落，春寒賸雪多」：上句更奇險。

《法王寺》「石墀花爛熳，傳説是金蓮」：活。

《宿高登崖》「入竇如門闢，緣山得棧連」：想見其境。⊙形容極其刻削。

《崇福宮懷古》「興懷宋室多名輩，樗散常教老奉祠」：結語殊深感慨。

《從嵩嶽寺過尋適庵》「地力難耕野鹿多」：此句更傑。⊙「寂寞老僧渾似慣，坐深春草竟如何」：深静，饒有雄情。

《中峰》「煙斷黄河一線昏」：名句不朽。⊙筆老神蒼。

《上龍潭寺》「天寒古樹鸛巢落，雨過輕泥虎跡留」：光響都勝。⊙比摩詰《嵩丘蘭若》詩較勝一籌。

《瓦旋坡》「峰高亭午銜斜照」：蒼鍊。「澗冷初寒掛積冰」：「掛」字更好。

《十一月七日再登少室，宿寶豐巖下》「白雲忽度亂峰齊」：妙。⊙煙情山氣，幽冷逼人。

●於愚山，僅登其黄山詩；於阮亭，僅登其西山詩；而於慕廬，則惟録其嵩山遊稿。山水之間，詩尤奇秀，固當不誣。

汪琬 苕文、鈍庵，江南長洲人。

《將答王貽上書，竢程周量至同發》「惠風自東來，花落燕雙語」：寫得俊甚。⊙語豈在多。

《送别從侄處默》「潮衝楚樹流」：好句。

《湖上感懷》「野寺半臨荒墅北，亂山多在廢臺西」：風神獨絶。⊙「停舟一望倍含淒」：觸目大是可傷，不必明言其故。

《寄贈吴門故人》：通首圓秀。

《河亭柳枝詞》其一「不知門外何年少，柘彈斑騅問狹邪」，其二「歲歲春風相觸撥，老夫那減少年狂」：妙有風情。

《題畫》〔一〕其一「隔籬猧子迎人吠，定是鄰翁掠社錢」：光景可思。其二「深秋風物數江鄉，楓葉蘆花正着霜。未放歸舟先一笑，畫圖喜見石湖莊」：意甚含蓄。

曹國柄

鑿山、無山，順天大興人。《有此廬詩集》。

《讀離騷擬作》：騷情勃鬱，語以簡而得妙。

《周紫海殘臘忽別，惝惘殊甚，因憶沈休文句云「夢中不識路，何以慰相思」，爲作此詩，以當南浦之送》「悲盡更無涕」：好。⊙純是真氣，筆墨乃爾幽迥。

《將之江南，留別魏環極都諫》「蕭蕭江入夜，渺渺月明樓」：清健。

《送友還姑熟》「孤舟人去處，八月雁飛時」：翛然自遠。

《夏日早起小園即事》「何來塵拂袂，烽燧未全紓」：前寫致悠然，結語不覺情動。

《九日名園雅集》「花欲爲誰開」：澹宕而多蓄意。

《九月八日登恒山》「梯險躡空捫赤日，剷幽絶隙冥蒼煙」：險拔。⊙佳節名山，詩篇自爾踞勝。

〔一〕從「汪琬」至「題畫」，共一頁，康熙本無，據乾隆本「又二十二」頁補。

《于役粤東過新樂感舊用壁間韻》「亂雲五嶺秋風道，寒雨三更古驛情」：生辣。⊙喜無一字軟熟。

《九日再集明園次韻》「複道遥連野燒明」：蒼警。⊙掃盡恒情，獨標孤尚。

《望廬山》「遠林稍辨巖頭霽，高鳥還飛嶺半雲」：是望華景，寫得微茫。⊙清迥幽微，不可思議。

《再過廬山》「削侵霄漢微争色，晴入秋空亦放雲」：心眼甚静。⊙剷削秀露，纔是遊廬山詩。

《左衛道上》「日暮馬疲煙火絶，卻從何處問民瘼」：留心民瘼，如是，如是！

《深秋初入渾源山中》「漫言黄落秋將盡，杏葉紅於五月榴」：好。⊙從「霜葉紅於二月花」脱出。

艾元徵

長人，山東濟陽人。

《贈曹無山少司馬》「歧路即今難用拙，壯遊回首易成陳」：深語。⊙氣流轉而意沉着，定爲老手。

成克鞏

子固，青壇，直隸大名人。

《弔曹孝子詩》「明知非國典，但欲救慈親」：正論至情。

劉　達

未齋，北直滄縣人。

《弔曹孝子》「傷心衰草斜陽暮，埋骨青山夜雨頻」：二語秀甚。

陳　協

念蓋，北直文安人。

《弔曹孝子歌》「生孝易知兮，死孝難名」：二語足慰九原。⊙此詩逼似昌黎。

●久覓四公詩不得，忽從少司馬無山公郵本中得此四作，亟爲附梓。所望以全帙見寄，庶慰予懷。

柯　聳

素培、岸初，浙江嘉善人。

《春陵署中構小廬》「亦欲構華軒，重念力役苦」：便是良吏。⊙如此作吏，想見胸懷曠遠，自與常殊。

《霽園》「高天生霽色，宿雨散春城」：詩亦有高霽之色。

《乞假歸舟詠懷》「舟楫慎風濤」：五字見其學問。

《春遊詞》「花中出舞人」：韶秀，絶似六朝。

《姜定庵邀飲祖氏園亭遲客不至，與余相對竟日，歸途復過憫忠禪寺》「野鳥欲争芳草席，名花猶向暮春天」：和霽。⊙通首安雅翔適，令人讀之神開。

《出都留謝臺中諸公》「烏鵲南飛渾不定，啼聲疑向柏臺中」：風韻獨絶。⊙是盛唐風調。

《西溪小築》「十丈紅塵高馬骨，清風吹到草廬無」：高懷歷落。⊙「自是君身有仙骨」。

李天馥

湘北，江南合肥籍，河南永城人。《容齋詩》。

《退谷》「偶隨泉聲行，還逐泉聲止。泉聲近不鳴，清流石齒齒」：數語甚變幻靈動。⊙淵然以清，癯然以老。

《過水盡頭遠望》「日光倒射山光入」：奇絶。⊙境界迥別。

《廣應寺》「秋雲壓山山欲低，山光倒瀉青琉璃。繞麓松枝老龍怒，奔濤捲地風凄凄」：突兀蒼渾。⊙純是昌黎化境。

《四望亭》「危徑盤空際，來登四望亭」：入手空闊。

《龔芝麓年伯招遊黑窯廠分賦》「古木聞鶯語，荒臺見杏花」：語兼兩意。⊙當時黑窰廠，公卿遊屐鮮有至者。予與野鶴、坦公、今礎諸君實倡之，今遂爲遊賞勝地矣。

《送中翰琢侯兄歸里》「帶甲東南滿，番禺况海涯」：起得雄。「離歌雜鼓笳」：好。⊙便切時事，筆墨最警。

《送潘次耕歸吴江》「笳鼓關河滿，愁君獨自歸」：健甚。⊙清壯。

《梅山》「雲低老樹盤虬尾，雪積空巖印虎蹄」：氣岸甚雄，而喜其精實。

《大梁懷古》其一「城中滄海人民換，郭外黄河日夜流」：切時事。其二「金梁橋外垂楊緑，短葉長條總斷魂」：結語令人怊悵。◎二首手筆高岸。

《野獵》「曉日忽騰雙虎疾，秋風斜掣一鵰回」：光氣閃爍。⊙風概豪佚，聲調高涼，讀過令人動舞槊調鷹之興。

《郊遊雜興》其一「瓔珞零星諸佛古，琉璃明滅一燈微」：設色幽麗。其二「霜明老檜蛟形瘦，風起幽崖虎氣腥」：如入深崖古洞，色色詭異。

《喜熊恕叟郡丞自金斗入覲》「頻年劇壤稻孫蕪，請命殊勞使者呼。議論君偏憐杼柚，蹉跎予實負江湖」：爲桑梓如許關心異日經濟，是張江陵一流人也。○章法亦最老健。

《祖家園》「中頂之東花滿莊，行來夾路秋風香。過雨小池自虢瀌瀌，掠雲疏柳何蒼蒼」：不衫不履，自是異人。⊙别甚古甚。

《送孫學士惟一歸省》「雅志孤行非太過，故交羈宦已無多」：全以識勝。⊙字字沉着。

《五老峰》「千古洪濛迷法界，九霄風雨冷乾坤」：寫得空濛渾灝。

《遊開先寺贈石濤和尚》「泉近龍池瀑布腥」：奇闢。「淺碧漸迷青玉峽」：好。「夕陽猶見緑筠亭」：好。⊙語語秀拔，俱非下界凡響。

《玉泉山》「行過亂峰愁失道，引人忽報上方鐘」：結得蒼莽。

《洪光寺》「圓殿蒼松晝窅冥」：秀警。⊙「命侣來登最上亭，修藤都作老龍形」：氣量廣闊。

《古寺偶憩》「雲堂神鬼丹青壯，畫壁蛟龍薜荔疏」：華而傑。

《送紀伯紫南歸》「從此煙波蹤跡渺，有誰還爲寄書來」：老。⊙「曉翠依然楊柳路，江流無恙鳳凰臺」：綿麗多風。

《王北山招飲八里莊摩訶庵》「珠林鐘鼓沉蓮漏，玉篆乾坤老劫灰」：華逸。

《送秦以御歸里，兼柬鄧孝威》「笳鼓年光只逝波」：切甚。⊙秀動，卻自大雅。

《長干行》「客聲雖不識，歌是故鄉歌」：語足感人。

《出郭》「連騎誰家子，平疇正打圍」：作者其有憂思乎？

《送周緘齋太史予假歸里》「新裳成薜荔，痼疾遂煙霞。君到夫椒晚，山中落桂花」：悠然神遠。

《送胡妙山歸白下》「勞勞遊宦人，渺渺渡江去」：筆墨殊超。

《楊王冢》「日暮蕭蕭衰草碧，一天風雨自西來」：寫荒涼之景，極爲動人。

《送黄孝廉下第歸里》「日暮長堤楊柳暗，更無鶯語亦愁人」：委婉。

《題阮亭畫》「關情偏是倦遊人」：有言外之旨，故佳。

《送客》「青衫奴子善新聲，爲鼓離弦一再行。座上羇人聽不得，同時各起故鄉情」：妙得唐人三昧。

王澤弘

涓來，昊廬，湖廣黄岡人。

《題程穆倩畫》「獨看孤月上，蒼色照諸嶺」：澹秀欲絶。⊙峭冷孤異，想見垢道人筆墨。

《題畫》「不用墨處更奇絶，雲煙萬丈徑寸耳。平坡深樹何紆迴，筆所凝注遂數里」：獨得畫理，在尋常畦徑之外。⊙妙有别解真趣。

《徐亦史明府移樽廣容園》「吴楚一燈閒」：可傳。⊙清微秀遠，何處更着一粗俗字。

《樊湖》「秉燭傷春盡，悲歌夜不眠」：意極含蓄。⊙是騷人懷抱。

《泊舟南陽湖》「雪半晴」：三字妙。「腸斷捕魚燈影亂，扣舷歌動故山情」：縹緲欲絶。⊙寫出一派蕭涼之景，但覺煙水空濛。

《鐵佛寺訪謝有客》「夜深僧話先年事，淅淅風吹劫後灰」：一結無限情味。

《寄閻古古遊廬山》「昔聞隱者真何限，非託漁樵即耦耕」：有識之言。⊙箴規，具見古道。

《吴門送秦留仙歸梁溪》「去去天陰那忍别，孤蓬聽雨不勝情」：交情綿婉如見。

《曉行至五溪》「溪涸沙柔馬愛行」：新甚。⊙清而厚，秀而深。淺筆豈能望其項臂。

《五溪望九華諸峰雪》「但識夜寒同氣候，如何天半異陰晴」：此中可參。⊙「出門朝日照溪明，忽望諸峰入眼驚」：意極清微，粗心人未易領略。

《贈胡彦遠》「懷人只似夢名山」：雋永。⊙知昊廬胸中别有寄託。

《同高念東先生泛舟月湖即席和韻》「豈識武侯非管樂，須知曼倩亦巢由」：深識。⊙「吟詩只似吴江冷，顧曲難消楚客愁」：蒼冷，卻深警。

《月夜天門山登眺》「嶺嶠到江還插漢，石門對岸隱爲城」：貼切。⊙氣清迴而意深厚。

《秦淮雜詩，和王阮亭作》其一「羌笛更從何處怨，江南盡似玉關時」：説破，起人怊悵。其二「可憐天地愁如許，苦勸人間且莫愁」：妙。我亦云然。

項景襄

眉山，浙江秀水籍，錢塘人。

《賦得蒼茫歲暮天》「還招仙客醉，那共世人忙」：老辣。⊙空清一氣。

《詠葡萄新熟》「實白耐鸝餐」：奇麗。⊙每有佳句，出人意外，此鬭草場中勝事也。

《初冬送繆天士南歸集字》「只因喧洛下，豈願客長安」：自然之極。⊙「故人情意重，共説且加餐」：清真脱化，幾不知爲集字詩。

《暮春同顯亭、胤倩、岱麓、子長詣慈仁寺看海棠，集字爲詩，遇健庵、端士共飲花下再賦》「詩不如人好字稀」：遂爲集字場佳話。

《水底雁字》「傳書將去長餐雪，飛白招來似帶霜」：雅貼。「雙魚水上看難詳」：好。「藻荇開時還見影，風波起處未成行」：層層映發。⊙題頗難於形似，出之集字，乃爾工緻如許。

《長安竹枝詞》「豎子提筐如百舌，春來惟有賣花聲」：亦復可愛。

《題畫》其一：令人想娥江道上。其二「曆日不書藤葉紙，年年只記柳條青」：秀倩，乃露奇姿。

徐　愷

子星、籥園，江南江寧人。《雨梧堂詩》。

《秦淮獨泛》「年年新漲好，五月最相宜。今夕波同照，孤雲鳥不知」：蕭然清映。

《杏懷以詩見寄賦答》「青山棲未穩，黄葉路空深」：疏老。⊙純是高、岑佳境。

《江村》「落日龍銜照，秋風鶴語寒」：有高潔之氣。

《天闕》「上方月黑鐘初動，深樹雲歸濕敝袍」：尤愛此結之厚。⊙全首大有氣力，非沉酣唐人者不能。

陳　襄

若水、思庵，直隸文安人。《有容堂詩》。

《夜泊》「更殘嚴戍鼓，露冷聽悲笳」：蒼辣處真是老杜。

《舟過順昌》「茅居荒影潛蛟動，沙岸奔湍伏虎鳴」：鍾錬精工。⊙「殘疆未許飾虚聲」：深籌時事，足見經濟一斑。

《清明感懷》「遥憶故山歡在夢，因思燐火夜猶飛」：此屬真感。⊙客鄉多難，宜有此感觸。

《倦翼》「危灘峻嶺歷烽煙，倚劍長歌鳥道懸。幾處夢魂明月路，一帆風雨大江邊」：蒼警。⊙沉雄，是幽燕本色。

戴王綸

經碧、彣極，直隸滄州人。

《春興》「風擁黨人多」：警。⊙「中流需砥柱，前席許重過」：仍是温厚。

《章門新秋送客北上，因寄龔芝麓年伯》「雲生驛路銅龍曉，沙滿關城鐵騎驕」：高調雄風。⊙

是唐人正響。

《悼劉患骨》「當時散髮足黄壚，嵇阮風流尚有無。剩得遺文堪隕涕，夜臺何處酒重沽」：愴然。

葉方靄

子吉、訒庵，江南崑山人。

《喜宋閔叔自越歸》「初月照還家」：俊。⊙「新書但落花」：新逸。

《元夕飲三兄宅》「最憐絲竹裏，偏雜暮笳聲」：結有意味。

嚴　沆

子餐、顥亭，浙江餘杭人。

《送旅庵和尚南還》「疏乞歸航入萬峰」：秀絶。⊙「沃淵台宕山無數，隨意登攀躡短筇」：從容静雅，純以韻度勝人。○顥亭新詩無從覓也，於旅庵《隨悔集》中得此一首，快甚。

陸求可

咸一、密庵，江南山陽人。

《七夕》「蒼蒼月微白」：好。「蟲聲出籬隙」：好。「悵望青天久，空園寒露集」：好。⊙淵澹沖恬，得陶家深境。

《過射陽湖》：惻然民生之感。

《夾城泛舟》「簷間白鳥去」、「寒月光已吐」：又似劉隨州。

《涇河竹園莊》「園中聚寒竹」：好。⊙澹然空窅。

《春夜鵂巢坐月》「小閣一燈留」：好。⊙幽凉襲人。

《秋寺》「秋晚人遊寺，花開僧閉門」：好光景。

《秋笳》「征人餘涕淚，中夜憶家鄉。斷續邊城下，哀音滿大荒」：激楚，出以大雅。

《秋塞》：雅音。

《秋猿》「回首鄉關遠，荒山澀馬蹄」：真哀苦之音。

《鋤》「日落秋陰起，殘經又共歸」：用事都化。

《聞蟋蟀》「可知傾聽處，雜亂不成吟」：好。⊙氣老詞潔。

《哀鴻》「爾似悲秋客，秋來亦自哀」：起得超。⊙是少陵筆意。

《霜蒹》「不識羌人意，高城捲作笳」：結得遒上。

《北高峰》「石磴攀躋三十六，更高一塔起空青」：淹秀明雅。

《叔明畫樓》「千秋風雨洗芙蓉」：蒼秀。

《夕泛賦得落日放船好》「水引秋煙合」：好。「隔橋通細火，緣岸度微風」：好。「空翠高低變，深香遠近同」：森遠。⊙通首精警，兼多入微處。

《飲友人西軒》「入座更徬徨，愁聽雍門曲」：寥然正堪想。

《玉碎詩》其一「卻憶熏香桃葉渡，錦帆六幅泛春江」：艷事，那堪回首。其二「一天明月照秦淮」：韻絶。其三「多情鸚鵡喚琵琶，辜負神仙萼緑華。二十四橋停舫處，行人愁殺玉鉤斜」：一字不着，卻柔麗無比。其四「笑接瑶池遊宴侶，青鸞背上許飛瓊」：難爲想像。其五「更拂金牋題緑字，琉璃硯匣在香奩」：華艷動人。⊙密庵更有《慧妾詩》，蓋爲黄少君作也。詩云：「輕盈麗質倩妝新，慧性宜人可具陳。玉管早吹調鳳曲，雪窗能伴著書人。歌聲花下疏還密，笑語樽前細更真。最是西園明月夜，敲棋學詠度芳春。」詩最妍麗。

嚴我斯

就思、存庵，浙江歸安人。

《秋日蛟門攜詩枉顧寓齋，值星巖亦至，共集壚頭，兼訂郊遊述懷》「豈不樂飛翻，詭遇非所欲」：想見胸次。「安能長低眉，坐使雙鬢秃。脱此頭上巾，且進杯中緑」：我仰其人。⊙前路叙次楚楚，入後攄寫襟情，殊自曠逸，要爲有道之言。

《静海驛》「孤雲海氣黄」：好。⊙寫北景，荒涼動人。

《滄州道中》「畫角風聲連渤海，片帆春色下滹沱」：調高色壯。⊙安雅。

許之漸

儀吉、青嶼，江南武進人。《槐榮堂詩鈔》。

《桃源縣》「東葦水侵門」：好。⊙氣蒼詞鍊。

《宿遷》「縛雞抱布津亭鬧，擊豕驅巫畫舫高」：妙在真切。⊙怒然有民生之感，非惟調令。

《寄懷萊蕪令葉嵋初》「昨夜布帆過濟上，臨風長憶范萊蕪。官廚甑塵幾深淺，岱嶽新吟時有無」：老筆紛披。⊙杜陵律體，往往有此蒼直。

吴雯清

方漣，浙江錢塘人。《雪嘯軒稿》。

《遊寶相禪林》：點綴殊佳，而意致亦遠。

《立夏前二日許浣月招遊摩訶庵》「遥看村樹密，漸覺遠山低」：畫。⊙韶秀。

《冬日送鄭有章還錢塘》「莫恨歸帆似葉輕，送君猶羨畫中行」：筆意輕鮮。

田雯

綸霞，漪亭，山東德州人。《亦政堂詩集》。

《二月送友人還成都》其一「驛路秦川雨，東風蜀道花」：自然華逸。其二「干戈巫峽舊，風雨草堂非」：妙貼時事。◎二詩風雋。

《城西溪上有作》「日出花動盤」：「動」字妙。

《聞笛》「馬槊摇邊郡，星河走户庭」：「摇」字、「走」字好。⊙有拓戟横戈之概，知爲偉流。

《同趙光禄郊行》「草没秋原碣，風回落日鵰」：高壯。⊙「豆田行處濕」：設色不凡。

《秋日僧房看花》「晴霞郭外峰」：蒼蔚。

《二月懷友人》「暮雲投大壑，遠樹貼青天」：「投」字更好。⊙「去馬東陵外，懷人燕社前」：早春懷人，寫得風煙繚繞。

《送客》「雪積官橋下，霞明野寺間」：摹景不凡。「五陵逢俠少，怒馬正酡顔」：健。

《二月至潞河晤北野民部，同南溟、鐵源登城上高閣》其一「郵亭花復春」：老。其二「一春河塞雪，十里帝鄉雲」：健筆。◎二首勁力沉思，出之渾雅。

《黄氏山莊》其一「鳥亂驚人過」：好。其二「分嶺垂樵路，攜笻轉藥欄」：「垂」字、「轉」字好絶。⊙沉着，更饒姿態。

《翠微寺》「澗鳴前夜雨，龍護隔朝松」：蒼秀。

《碧雲寺》「半里山腰寺，層層到上方。漸聞僧磬響，不辨藥苗香」：鐵筆直入。

《來青軒》「嵐生孤塔動，日抱大河流」：雄闊。⊙此首更爲警策。

《松磴》「斤竹通樵徑，雲深第幾重。崩崖懸白石，折坂上青松」：前四句，妙在句句是松磴。

《周屺公自真定遊歸，詩以訊之》「可曾逢趙勝，幾日渡滹沱」：活。⊙格老意新。

《送耿又樸編修歸省》「斜日徙高樓」：「徙」字好。⊙正聲絶調。

《送周屺公出都》其一「濕雲經樹歇，孤雁伴人行」：新穩。其二「沙重魚鹽塞，烽傳鳥鼠村」：兩句各意。◎俱無弱思恒調。

《夏日雜詩》其一「羽衛材官身手健，莫辭辛苦願從戎」：結句大有箴諷。其二「干戈萬里老書生」：詩史。⊙「倔强朱雲焚諫草，當年折檻亦虚名」：末語最是含蓄。其三「夜郎棧雨盤江細，烏石榕花獵馬秋。戍伍丁男銜瘴癘，村原寡婦盡誅求」：四語組織精麗。

●綸霞詩精偉警卓，氣象雄偉，卻中有精義，不輕下一筆，故能俯視群流。僕深愛重其詩，爲屈第一指。

孟亮揆 端士、繹來，江南長洲人。《檀園詩》。

《西湖雜詠》其一：撫今追昔，不勝天寶之感。其二「青林是處供樵斧，古塔何年化劫灰」：詩史。

《西山雜詠》其一「空留香火奉金貂」：恨。其二「一夜悲風嘶石馬，樵歌人向墓門還」：慘。

《贈蘇崑生》「那堪重説舊寧南」：與柳敬亭同一感慨。

張英 敦復，江南桐城人。

《贈張螺浮給諫》「嶽鹿摧來非有意，山龍補處自無痕」：温厚。⊙未得睹敦復全稿，覽此知其情剴而詞烈。

王樛 子下，山東淄川人。《息軒草》。

《雲中雜詠》其一「芳樹猶當砌，妝樓舊對山」：淒麗。⊙有此感慨，自不致婦女半在官軍中也。

其二「樗蒲賭少婦，芻牧繫諸生」：詩史。「春原射雉行」：健。⊙譜其實事，不徒壯采驚人。

許孫荃

生洲、四山，江南合肥人。《祖香庵詩》。

《樓上玩月有懷》「餘暉媚遠景」：似謝句。⊙潔素可懷。

《送陳惠吉返涇溪》「兒女出樽前」：真。⊙「正醉籬邊菊，忽開江上船。雁鴻飛不斷，好共覓魚箋」：語無粉飾，轉折復佳。

《初冬集黑龍潭限韻》其一「秋老蟄龍盤」：傑句。其二「一閣俯長安，群公載酒看」：高視一切。

《悲秋》「四壁長吟日，三年獨立情」：疏老。

《送耿編修省覲歸里》「驚沙離塞遠，涼雁入秋多」：結體沉毅。

《送友憶家》「樽前消白日，夢裏見青山」：大雅。⊙兩意寫得濃至。

《次答張祖望春暮返西泠留別之作》「三月渡黄河」：佳甚。⊙「又送同懷者，其如孤賞何」：意藴風調，俱臻絶勝。

《登和州鎮淮樓》「鄉思不堪回首望，裕溪源發自巢湖」：老。⊙氣概莊嚴，一結更爲蒼健。

《贈施司城罷官歸泗州》「時危送客首重回」：有筋兩。⊙骨格嶙嶒。

《題畫册柳》「因訪清溪垂釣去，始知春在六橋西」：末二句推開，轉於題較近。

《送友》「樽前此際同殘照，馬上明朝隔暮雲」：是唐調。

《長安春詞》「誰言薊北深春樹，不放江南二月花」：雖如此説，令我邊塞之愁轉深。

謝重輝 方山，山東德州人。

《春來》其一「因之坐松下，日暮傾一壺」：好。⊙時坐文選樓，望南徐山色花柳争妍。讀此詩，亟浮數大白。其二「對嶺聞細語，笑歌猿相連」：又似謝。「泉流幽且清，令我不能還」：無窮意味。◎二詩摹陶，可謂神似。

《法海寺尋澄上人不遇》「懸崖湧絶壑，麋鹿喧其間」：幽絶。「落日聞潺湲」：好。「山僧不可識，坐對白雲閒」：結亦簡傲。⊙貞閒幽麗，其寄託皆超然雲表。

《退谷精舍》「仙人吾不逢，悠悠聞夜猿」：韋蘇州。⊙悠然、穆然，其用筆疏散，皆有妙韻。

《送董編修訥較士雲南》「曉發尚回顧，猶見長安月」：情思纏綿。⊙情致逼古。

《送曹顧庵還檇李》「須臾不復見，使我心憂傷」：遒甚。⊙正以短章見古。

《金魚池宴集》「梧陰涼下鳥，客醉解看山」：悠然静適。

《悼亡》其一「解道白頭離别意，相如早已悔題橋」：用事脱化。其二「眉影愁看曾舉案，手痕忍辨舊縫衣」：温細至此。⊙述情之篇，貴於温麗。此能婉轉貼合，而雋采自流。

《寄程員外正夫》「閒園對酒濃花發，遲日懷人燕子飛」：自然風逸。⊙悠揚自然，正入老境。

《望湖亭》「盗賊故園驚戰伐，賓朋異地歎浮沉」：人事處學少陵。

《五華寺遲王六西樵》「日斜荒寺裏，悵望不逢君」：似太白。

《贈張二光禄》「縱然他日堪青史，此日顛狂也笑人」：是滄溟筆意。

《送友》「明月扁舟須早發，漫將心事對猿愁」：含藴。

徐倬

方虎，浙江德清人。《道貴堂稿》。

《夏日同汪蛟門舍人、杜湘草、王古直、蔡竹濤諸子，集周雪客秋水軒分韻》「花氣間茗香，微涼生肘腋」：此語雋妙。「多君能泛愛，慚予非三益」：結亦遒。⊙叙述讌飲，時有微言俊語，耐人思索。

《崇禎皇帝御跡歌》「憶昔崇禎年間事，盜賊縱横數千里。崤函天險失重關，嵩少連雲逼寇壘。湖湘以南多鼓鼙，烽煙直接白銅鞮。漢家陵寢終難問，龍種王孫當路啼。可憐烽火甘泉晝，天子沉吟下殿走」：此自一則史論。「武陵元相自登壇，九重推轂萬人看」：聞武陵才原可用，而門户擠之。「親灑宸書壯威武」：此豈亡國之主耶。「黄沙廢壘長荆榛，獨留御翰光輝赫。人間流落舊烏絲，塵埃堆積掩蛟螭。竟同玉匣昭陵跡，誰道歌風壯士詩」：言之可歎。⊙雖前代事，俯仰興廢之跡，自爾神意慘傷。其文彩飛騰，則庾、鮑差可方駕。

《送周雪客歸金陵》「好對當壚婦，休誇賣賦錢」：聲情逼似六朝。

《送吴岱觀之成縣》「黄獨雪深官馬瘦，葡萄酒熟接羅偏」：典秀整逸。

《西湖曲》其一「裏湖分屬五侯家，白藕紅蓮一道斜。軍令森嚴同細柳，行人休去折荷花」：亦是近事。其二「靈和舊種渾難問，枉説西陵十二橋」：能無怊悵？其三「貔貅帳下胭脂婦，争抱琵琶入寺來」：感慨係之。

●方虎下合淝之榻，與僕雖未謀面，而實叨同岑之好。向者初選，僅從鹵均册子採得一章，深以爲憾。今乃從伯紫、蛟門得其諸作，閲之卓爾空群，不秪如巽子所推「獨步苕水」也。

蔣弘道 裕庵，直隸大興人。《來仲軒詩草》。

《春日偕友人過豐臺觀芍藥》「晴色過橋花半肩」：幽蒨。⊙絶似唐人春遊諸作。

《燈下菊影》「只今人坐寒香裏，似踏柴桑醉影歸」：「醉影歸」三字妙甚。

李夢庚 仙庵，奉天杏山人。

《和姚子秋瀑寒朝微雪見懷原韻》「踏雪獨興歌」：老。⊙神爽格高。

《聽蟬》「啼得林園樹樹秋」：結語有遠韻。

張　烈 武承，直隸大興人。

《學詩》其一「陶公何如人，章句乃能清。我今滯塵慮，安取風雅名」：似晉人語。其二「未必愛雕蟲，立言爲世寶」：此爲詩之本論。

《桃花源》「仙津無使得，繇役及秦民」：感歎意，極其渾穆。

程　邃

穆倩，垢區，江南歙縣人。《會心吟》。

《冒暑集澪園，題贈許念修、力臣、師六四十韻》「忽從篔簹谷，爲擷陸地蓮。徜徉壺與嶠，濯魄湛漪漣。循陔躋巖岫，白華補三旃。匪以濠濮興，詠歎增留連」：此從遊園説起。「憶昔諸渭陽，宅相初寒氊。器曰汝炯珠，羊曇情最堅。曆昌啓禎遺，東林之後先。茫茫笑常談，浩歌存野編。名節盡劫灰，窮厄衹自憐。戇奴反於默，困苦謝百愆。皓首癖禽犢，豈堪又烽煙」：此立論之本，非穆倩親見東林前輩之盛，那能寫得如此痛快。「久交凡五甲，旦暮萬八千。東漢逮天寶，舊話空拳拳」：歷數如見。「文章世驚世，道德年疊年。奪席雄虎觀，接軨揮龍淵。同銷今古愁，難除婚嫁緣」：以下接入三許。⊙老友奄没，舊跡銷沉。今日而談前輩風流，正如白頭宮人話開元遺事，又如三生石上説前世因緣也，豈不令人一唱而三歎乎。穆倩其移我情矣。

《送酒歌，和鄧孝威韻，寄贈喬雲漸，兼示宗鶴問》「指揮六甕細斟酌，把此問天天窅寞。清言法言言弗窮，五嶽方寸漫隱約」：形容醉態，令嵇、阮動色。「我教不耕又不讀，劫波劫火紛乾坤」：自爲寫照。「陸沉無損漉酒巾，得失何容亂嗔喜」：深雋。⊙喬子家八寶善釀，時時以巨甕貽垢道人，道人具醢脯果核，招予輩爲厭厭之飲。然則喬子非僅爲道人謀醉鄉，實爲我輩破愁蠲忿矣。

此詩可云淋漓盡致。

附：鄧漢儀《送酒歌柬程穆倩兼寄喬雲漸時喬自寶應以酒六大甕貽程也》「日引賓客傾百醆，翹首還念黄山人」：補筆。「忽驚户外剥啄聲，居然六甕陳簷楹。主人心喜口不語，啓視香色皆殊倫」：描寫，是史遷筆意。「每聽昭明樓下喧，知是君家訂酒約」：光景絶妙。「寄言喬生洵知己，有酒不送金張與許史。嵇阮平生自酒徒，爛漫糟丘足狂喜」：贊極。「相將大叫且鼾眠，感激豈獨黄山子」：繳得好。

◎許竹隱曰：「昔劉家桑落衹貽朝貴，雖有鶴觴之名，不足道也。此以酒六甕入詩人腹中，酒傳人亦傳矣。」汪蛟門曰：「惜喬子不與此飲。非喬子不能有此飲，惟程、鄧可以當此飲。」

《汪蛟門舍人夢得十二硯以名其齋，作歌爲贈》「中原英妙汪内史，回翔青瑣標羽儀」：入汪舍人有法。「硯德可並傾城質，珠璣百斛莫與敵。悉從内史蝴蝶翅，擁諸大布次卿被。腹笥所包兆乎此，五色烏徵鸑鷟子」：絶妙好辭。「子舍晨昏斯在斯，神物來歸自兹始」：結得好。⊙前段説夢，後段説硯，布置井然，本源悉現。僕坐卧其間，如觀索靖碑也。

《聞警和鄧孝威韻，柬金長真、高蒼巖兩使君》「聞聞見見稱好好，中懷可道不可道。吴頭楚尾想桃源，沉思去就難草草」：是亂中情事。⊙亂離之際，亟須地主。穆倩處兩使君之間，沉吟反覆。此種風味，最近古人。

《春霽贈别王昊廬侍讀，有懷高弗若侍郎、朱一眉徵君卻寄》「歲序紛曦馭，帆檣江漢來」：岸異。⊙妙於宣朗，一洗蒙翳。

《張稺恭真州別業即席同令子若水》「一觴還一詠，取次墨如絲」：體氣自別，不可以尋常畦徑求之。

《從龔孝升先生聯船淮陰，余赴馬司理頎公招也》「相思千里駕，吟弄五湖流」：風調流逸。

《春夜集張稺恭觀政頤堂有作》「無心成管華，達識反康濤」：語有深解。⊙二語是春異候也。

《過訪萬年少隰西草堂》「黄河冰腹厚，白草馬蹄春」：雄傑。⊙隰西心事，善爲寫出。

《送曹秋岳先生》「魚龍大陸浮」，「澄江萬古流」；「乾坤收恤好，吾世任悠悠」：蒼蒼見骨。

《夕泛隨范質公先生，復同漁仲、長民飲於黄、楊兩先生》「謝傅席飈滄海月，山公身散竹林風」：琢句秀絶。⊙爾時身在清流間，筆墨自爾超勝。

《劍池同姜如須、萬年少贈歌者》「變節泠然星串串，銷魂老矣月明明」：如聞洞簫。⊙「一發高秋萬籟清，笙竽振宕闔閭城」：振襟發嘯，皆有蕭涼孤異之氣。

《江上東監軍使者》「鐵甕山頭石可銘，謝玄磯渚在滄溟」：起處如踞百尺樓頭。⊙當江東昏濁之日，寧爲蟠馥，毋爲爽塏。此自關出處大事，把讀穆倩此詩，輒爲歎息。

《同諸公深入大滁山，再呈黄石齋先生》「胸際一時空五嶽，崖前二目引千山」：空闊。⊙讀過有山情相引。

《金閶舟次呈錢牧齋先生》「九皋木葉打初寒，胥水津高霜露漙。簫鼓中吴今昔好，雲霄萬古笑談寬」：筆墨矯異。⊙盡脱畦徑，卻秀氣迎人，不使難即。

《五日自石城還，和張穉恭觀政見柬》「長見困窮非不遇，若爲傭保有餘勤」：深嚼方知其妙。⊙疏疏落落，俗情盡掃。

曹廣憲

思原、梅峰，順天大興人。《石倉集》。

《柳堤梵月庵即事》「松煙埋十寺，柳線繫長虹」：句創。⊙不必太穩，正是詩格進一層處。

《懷周紫海》其一「病久翻無夢，愁多易有題」：創獲。其二「三年風雨後，一夕笑談分」：高曠。⊙「平原十日飲，還念舊詩群」：氣意老甚。其三「萋萋芳草色，盡染別離情」：結語獨俊。

《宿霍山興唐寺》「晴巒雪映萬星來」：奇。⊙巉刻見異。

《送吴卧山太史南旋》「隔院琴樽思舊詠，小屏雲樹認歸程」：蒨秀。

曹廣端

正子，直隸大興人。《初暘集》。

《題無悶道人山水圖》「高情發秋水」：好。⊙蒼潔。

《季秋送毛子霞還山》「荒齋聽旅雁，野水獨歸舟」：筆意閒澹。

《季夏別業與諸子待月得雲字》「良朋同一照，蟋蟀自多聞」：清思一往。

《送施匪莪罷官還泗濱》「醉中多楚舞，野外惜韓才」：才調溢發。⊙大爲罷官人鼓興。

《送杜湘草還山》「落雁池塘亂，饑鳥風雪深」：沉思鬱采。

《首夏夜月喜友人見過》「月入一燈青」：好。⊙光氣騰上。

《哭施匪莪司城》「江山空客眼，歲晚識斯人」：落筆渾闊。

《壬子閏七夕，毛子霞譙集紀伯紫、陳胤倩共二十子，予以卧病未往賦答》「經旬伏枕虚佳會，數子聯吟羨一時」：疏老自韻。⊙老樸，如虬松千仞。

《罷書》「掩卷憩樹陰，時復吹玉笛。曲罷不關愁，明月銜山壁」：悠涼。

《月夜尋趙生》「稀星數點孤雲静，横笛一聲明月高」：傲岸。

周龍舒

紫海，廣西桂林人。

《秋日和曹正子書齋把杯對雨之作》：清老一氣。

高承埏

寓公、鴻一，浙江秀水人。《稽古堂集》。

《烈皇帝御書歌二首》其一「一自龍髯去鼎湖，累朝墨寶悲狼藉。剡藤塵封亦已久，忽墮吴門練光白」：叙入荒涼，不堪卒讀。其二「回思秉國者誰氏，獨使艱難貽至尊。宵旰之暇亦遊藝，得留宸翰在乾坤」：不禁撫膺長歎。⊙實有遺弓墮履之悲，寫得淋漓痛切。

《十八里橋》：風韻。

《湘江漫興》「白鳥迷沙市，青楓對驛樓」：俊。

《題煙雨樓》「好是看花來騁望，還應對月坐銷憂」：雙結最老。

《冬日寶坻嬰城感賦》「聞雞愁入請纓年」：鍊。⊙想見倚城吹角時。

《家大人倣王叔明筆意作山居小畫命題》「空山苔滿石橋邊，橋下溪聲隱釣船。茆屋有人尋未得，青窠無數鳥啼煙」：純是畫圖。

《春除日洪慶之過飲》「歸路只應乘醉眼，楊花如雪倍愁人」：春情駘蕩。

《沙上人家》「歸客春來休更問，滿江煙水又移家」：妙於貼合。

《溪上偶見》「畫船風動茜裙低，兩兩紅妝照緑溪。驚起鴛鴦不成夢，一雙飛過藕花西」：倩艷風流。

崔干城

兔牀，河南寧陵人。

《秋日文選樓再晤鄧孝威賦贈》其一「即少名山約，安能問道歸」：起得超拔。其二「世事休言非」、「辛苦薜蘿衣」：二詩沉摯，而音節更合唐人。

秦定遠

以御，江南泰州人。《快雪堂稿》。

《除夕守歲即事》「起向蘭階立，仰視明星光。須臾寒臘除，萬物被春陽」：家庭樂事，寫來和氣滿紙。昔人云「三公不易一日」，其謂是與。

《甲寅中元夜陪王給諫北山先生天寧寺塔下看月》「因念烽煙迷道路，幾人此際酒杯傾。況復萍蹤多聚散，難期梵院更經行。縱使舊游能再續，浮雲何處定陰晴」：敘置詳妥，末一段婉轉淋漓，動人感歎，何異右軍蘭亭一序。

《偶成呈曹司馬無山先生暨令嗣正子》「月影因花動，螢光近燭微」：秀色可餐。⊙和雅，有摩詰之遺。

《塘棲即事》「一水連吴越，雙橋隔鼓鼙」：高調。

《不得詣智者寺》「迢遥智者寺，惟見嶺雲封」：起得好。⊙字字是遥望，詩亦清迥。

《次韻奉答王大宗伯敬哉先生見送》「去住一身微」：藴藉。⊙「經年燕市客，春盡始言歸」：斟酌含蓄，歸於大雅。

《賦得丹鳳城南秋夜長，柬李容齋夫子並許竹隱、謝方山、白蝶庵、許生洲、趙鐵源諸先生》「誰將笛怨吹衰柳，況復砧聲雜細蛩」：有初唐風調。

《曹正子午日招飲用壁間韻》「江南競渡此時稀」：深秀。⊙「烽煙未息愁羈旅，五月還家願已違」：歡宴之時，忽發出烽煙故鄉之感，詩故可傳。

《王敬哉先生招飲青箱堂即席分賦》「淵源詞賦傾三峽，今古才華重二王。凍雪晴消開緑野，梅花香暖近青箱」：純是和吉之音。

盧元昌 文子，江南華亭人。

《冬日送僧》「祇因烽火逼，更值大江寒」：空轉見筆力。⊙詩法極老。

張淵懿 硯銘，江南松江人。

《送演上人北遊》「飛鴻到處留殘跡，野鶴何心戀後期」：想其高致。⊙風期曠逸。

孔暹 晉永，鐵庵，河南汝陽人。《意園草》。

《秋郊》「近郭民居亂後稀」：老甚。⊙「細揣行藏覺又非」：氣味恬雅，筆調更自俊上。

釋宏幬 緑天，浙江桐鄉人。

《秋日夜集旅公雲林精舍》「閒眠聽鶴歸」：雲浄月明，方斯幽適。

孫嶠 雲嘯，河南商丘人。

《訪孟陟公》「獨行深感慨，孟浩在誰邊」：筆墨不肯猶人。

張汧

壺陽，山西高平人。

《園夜》「老樹動暝鴉，僻徑通乳虎」：沉摯。⊙氣最堅厚。

《仲穆園中即席次韻》其一「寒暄高士跡，風雨故人心」：雅唱。其二「松塢樵殘雨，河洲釣夕陽」：鍊。其三「泉聲循枕激，樹影豁窗虚」：意幽語創。其四「君能真結束，吾與話滄浪」：老。⊙不循聲逐步，堅光奥響，透出紙背。

《遊開化寺》「萬松籠白日，一壑匝青圍。黛髻捫螺字，虬藤曬衲衣」：字字開闢。⊙卓傑。

《山居》：胸次真率，故不流入迂僻。詩具見性情。

《冬日留李園作》其一「林破滿邀霜後月，土温先釀雪前醅」：深蔚。其二「三徑菊松留客夢，半窗風雨解人閒」：二詩意致翛然，絶遠塵壒。

●先生詩奇麗精工，而予尤愛其高老沉鍊之作。蓋其氣完，則詩品自卓，截斷衆流，固爲獨上。

田雯（再見）

《雜詩》「雲氣生遥岡，螺髻紛無數。春泉鳴大壑，長松羃崎路」：紛綸瑰異。⊙矯而潔。

《初至水關有作》「春雪坼壘壁」：好。⊙「板築自何年，鬱鬱黄金色」：爲金臺慨歎一番，胸中正爾寂寞。

《春日郊外看杏花，晚至廣恩寺》「不知春淺深，翛然馬蹄遠」：筆情自妙。「風定樹香善」：好。⊙結體康樂，取材右丞。

《景陵》「禿松花夜發」：新句。⊙「奪門奚營營，功罪同淪滅。巋然忠肅祠，俎豆未銷歇。嗟哉土木變，興廢兩奇絶。歎息此荒陵，疏林吐纖月」：寫景荒涼可畏，末段感歎，足備史論。

《賣馬行，與李孝廉》「昨日點兵爭市馬，駑駘亦得滿高價。太僕監牧無顔色，大官火印胡爲者。安得騎一可敵萬，戰場馳突此其亞」：突入時事，風起煙騰，極爲高壯。⊙敘置如雲錦之麗，而神骨開張，一往見其卓邁。

《寒食行，懷潘次耕》「白雲空濛舊宫觀，蒼松撐突干青霄」：杜陵盤硬處。「殘碑龜趺插笏立，醮壇剥蝕風雷交」：斑駁可愛。⊙「今年寒食東風作，柳花撲地拖長條。與君相别隔歲耳，支離蕭摵朱顔凋。酌酒擊壺詩在壁，老屋短榻光飄摇。袷衣微涼山雨至，空簷乳燕鳴春宵」：寫舊遊，極磊落秀偉，末段纏綿，大見風性。

《李龍眠佛龍卷歌》「山口一佛將欲行，鑾君鬼伯群縱横」：敘置古奥。「其後諸佛坐且立，一捋長眉一盤膝」：好。「亞松巨楂怪石伏，悟者捫腹趺者寂。天魔赤脚黿鼉遊，陽侯逆走溟渤黑」：好。「翻愁雷電驅神丁，盡攝澄心堂紙去」：結得蒼茫。⊙佛龍卷奇矣，而非綸霞古博幻異之筆，亦不能寫得如許靈動。憶燕京同愚山撥爐火讀是詩，共歎絶也。

《舍弟有江南之遊，作此寄之》「忽爾蹣跚趣裝出，大江南北長馳驅」：入筆緊。「一二三赤脚蠻獠奴，小者身手太猾黠，大者橐糟無完襦」：形容極可笑。「丈夫貧賤理應耳，此遊無乃非良圖」：老絶。「春草池塘啼鳥急，垂楊細雨君歸乎」：風致不凡。⊙遊事之廢久矣，謂奉功令，而適以便暮夜之橐，且奈之何？ 先生只勸令弟之歸，可謂苦口，可稱厚道。

《洗象行》「排浪臨潮恣出没，垂鼻轔轇森開張」：筆墨恣肆。「樓窗一坐千錢值，錦茵珠袚花鈿香」：如見其事。「昔聞開邊收象郡，日南之貢來遐荒。越裳翡翠與俱入，兩階立仗何堂堂。漢室昆明遘禍亂，苞茅阻絶無王章」：此段議論，極有關係。「鼓吹忽歇人聲寂，水關一閉風蒼涼」：篇終接混茫。⊙筆强，氣老，色麗。「洗象」雖多名作，不得不以此爲壓卷。

《撥火篇》「凍雲合沓雪塞門，饑雀啄雪屋瓦翻」：開筆便異。「羊裘在臂藥在裏，鎮日眠坐手自捫」：樸直瘦硬。「呼奴且暖軟腳酒，撾鼓踏雪行清樽」：勁筆如鐵。⊙此詩可謂得杜、韓之深。

●甲寅客自燕京來，攜《亦政堂律體》一册見示，予極賞愛，推爲詩壇宗匠，恨未得讀其古體詩。今乃從《八子詩略》中見之，五言逼真謝、鮑，七言全倣杜、韓，雄視詞場，予固非阿其所好。

邵長蘅

子湘，江南武進人。《青門集》。

《北行道中竹枝詞》其一「路傍棗赤八月天，打棗女兒亦可憐」；其二「近日官家禁騎馬，茜纓長箭坐高贏」：可謂傳樂府之神。

洪　昇　昉思，浙江錢塘人。《嘯月樓集》。

《九里山》「一天積雪三更月，獨立重瞳古戰場」：邊風塞月，冷氣逼人。

《張睢陽墓》「鼠雀至今窺殺氣，夜深不敢叫松楸」：用事妙，肅肅有神。

《滹沱道中》「蕪蔞亭北炊煙斷，只有蕭蕭大樹風」：能切能化，筆更有氣。

魏力仁　山公，直隸南樂人。

《登狼山》其一「外府魚鹽增課税，不庭島窟長兒孫」：有關係語。其二「霜葉鳴時秋鳥過，雲根濕處暮潮生」：幽蒼。◎二詩氣力極雄，意識極卓。後有作者，俱拜下風。

慎墨堂詩話卷二十二〔一〕

陳維崧

其年，江南宜興人。《授簡集》。

《徐恭士攜具過八關齋，看顔魯公八角碑，並訪雪笠上人，賦詩紀事用杜陵韻》其一「陰崖頹素波，陽坡削寒鐵。霜皮苔蘚積，石腹松根裂」：一路寫景自佳。「迢迢寺中磬，隱隱林端雪」：柳州神韻。其二「攜歸嵌寥廓」：好。「古香噴寂寞」：好。⊙八關齋碑得此一番傳寫，倍有生韻。其三「梵雜鄰鳩喚」：妙語。「我顧阿師語，此地曾離亂。出寺望殘城，愀愴發深歎」：此結令人愀然動陵谷之感。⊙次第起結，井井有條，而叙置點染，妙得韋、柳之深。

《一日射五虎歌，爲宋别駕賦》「一虎咆哮壞古冢，一虎戴頭立而恐。復有兩虎左右嘯，塌谷崩崖浩呼洶。最後一虎毛色斑，勢壓百獸逃獅蠻。嚼齦掉尾一奮擲，直撼坤軸摇天關」：叙五虎，參差而有古致。「一一從空碎其腦」：狠筆。「醉摩赤壁呼周郎」：快筆。「君不見潮州鱷魚黄州虎」：

〔一〕此卷輯自《詩觀》二集卷十，原署「東吴鄧漢儀孝威評選／同學戴王綸經碧參閲」。

緊筆。⊙描寫射虎，獵獵風生，想曹景宗當年，不過如是。

《宋徽宗畫鷹歌，爲宋吏部賦》「此圖還是徽宗筆」：老。「錦池傍識太師印，臣京細楷注兩行。御押稜稜如蠆尾，依稀天下一人字」：一一標出，手法最健。「數傳可惜趙王孫，不畫奇鷹畫凡馬」：說得是。「況今聖德奠八樞，南服甌越西巴巫。諸公衮衮多廟謨，百姓歡樂賜大酺。請君篋此勿復掛，重寫騶虞麟趾圖」：爲吏部題畫，應如此收拾。⊙點次老，佈置密，尤妙在處處從宣和發論，足垂鑒戒。

《將去洛城燈下感賦》「一城漢苑隋宫地，幾夜零砧斷杵心」：陡爾奇拔。⊙時地穩貼，情事委婉，絶無一筆漫下。

《風雪中柬侯六丈》「實怕殘年遭屋漏，可堪故國正梅開」：對得老。⊙「絶憶西村侯處士，雪中曾否臂鷹回」：其年近詩脱去成語熟句，純以老致清氣相引，是其竿頭進步處。

《清明將發沙隨，謝居左趙村看花之約，兼别其令弟質次》「料得君家好兄弟，每逢寒食定相思」：曲曲寫其情致，其沉切處每引人於痛。

《侯六丈宅看牡丹感舊有作》其一「今日戟門誰是主，野花零蔓上空墻」：余家浩然堂，當時牡丹最盛。⊙「濕雲如夢雨如塵」，把讀二詩可勝感歎。

《過訪劉山蔚，兼讀其楚遊近什》「劇憐花向千村發，苦説城經十載圍」：筆力勁絶。⊙一意匀足，便已超人數等。

《雪苑贈歌者絶句》其一「絶似阿儂臨頓館，水邊三月柳綿飛」：嫣然欲飛。其二「坐中大有他鄉客，何必思鄉瘦舞腰」：情致淋漓，最得古意。○梁司農詩云「雙鬟風雪唱旗亭」，其在此等。

陶澂

季深，一字季，江南寶應人。《湖邊草堂集》。

《遊香巖寺》其一「取適向林麓，漸聞花氣香」：取徑自好。「宛轉臨春陽」：好。其二「天風振衣袂，陰澗倚冰雪。苔生佛堂下，浄影映眉睫」：數言令我寒慄。◎二詩寫得岑寂孤迥。

《泛舟經岳陽、長沙，效西崑體》其一「昨宵峽雨來自東，巴陵遠樹煙空濛。湘娥染黛幾千歲，朝暮只臨明鏡中」：迷離紛綺。「船旗不定南風旋，寂寞一聲聞杜鵑」：韻絶。⊙全取《離騷》之神，風骨秀異。紙上猶沾湘雨。其二「靈旗暗逐往來風，人間那識蒼梧野」：楓林月黑，讀之可以招魂。其三「嶽靈南去千萬重，青霞一片飛初起。舊寺銷亡今幾年，螺書秘記鴻蒙篇。陰蟲古苔蝕不盡，六丁夜護蛟龍纏」：筆端縹緲，有雲霞之彩。⊙玉溪之詩，原本少陵。此則筆彩鮮麗，而骨格仍自老蒼，固非如時人但以脂粉貌西崑也。

《過江蛟門寓齋，聞鄰女琵琶聲戲作》「尋聲猶隔短牆東，悵此蛾眉不相見」：妙。⊙短章有無限情味，妙在語語趣、字字轉。

《登恒山》其一「黑霧不消陰澗雪，翠微時下石壇風」：高琢。其二「荒原白草還今古，戰骨青燐半有無」：不可少此感歎。⊙不粘粘説恒嶽，寫景述事都在題外，故佳。

姜梗　鐵夫，浙江會稽人。《曹山草堂詩》。

《同友人登曹山途中寓目》「白石照清溪，寒色明空練。古道架危屋，榱題尚繪絢」：布景清麗。⊙蕭而綺，鬱而粲。

《自京口驛達金陵悵然有述》「燈火散枉渚，更有蛟龍舞」：好。⊙結撰遒古。

尤侗　展成，悔庵，江南長洲人。

《寄題王昊廬太史新建歸震川先生祠堂》「西眺太行高，落日倚藜杖」：數言高老之極。

《水哉軒即事》「吾不如老圃，君其問水濱」：成語，卻雋甚。⊙翛然在塵境之外。

《孫赤崖出關十載，戊申八月遇於潞河賦贈》「白月龍沙春似夢，青山木葉雨如塵」：筆意深婉。

《謝別龔大司馬》「美人繡段勞持贈，難爲張衡解四愁」：用古如此之妙。⊙風調自爾獨絶。⊙惻然難讀。

徐崧　松之，臞庵，江南吳江人。《纈林集》。

《横雲山篆庵訪遡本開士不值，題寄嘯壁》：字字是畫。

《冬日同晉賢渡吴淞江時新開，尚未築閘》「久患吴淞塞，新開故道通。岸高黄帶日，波冷碧隨風」：妙從新開發議，便與尋常不同。

《同周青士過海寧訪許潛飛，因留宿真相寺》「竹裹僧歸寺，天涯客上樓」：悠然。⊙步步寫入幽涼。

《冬日集曹司農秋岳倦圃分賦》「老樹山藏徑，扁舟水到門。臨淄觴詠在，直欲擬西園」：不可少此故實，而筆最高健。

《歲杪同杜于皇集張友鴻竹深書屋分韻》「楚人原竹屋，吴地有鱸鄉」：清音秀發。

《吴門過曾庭聞，有懷潘江如》「廿載存亡異，無家遠近同」：可涕。⊙「猶憶題詩處，京江似夢中」：淒然遠懷，具見古道。

錢肅潤

礎日，江南無錫人。《十峰詩》。

《過黄州赤壁》「昨過赤壁山，周郎破曹處。今過赤壁山，蘇子遊黄地」：快絶。⊙他人有其筆，無其識。

《遊浯溪》「多君生在大唐時，中興一頌星日垂。魯公書法更殊絶，至今掩映磨崖碑」：短章較勝長篇，以其氣足。

《詠同邑尤烈婦》「未受寧王寵，居然憶餅師」：借事發意，最爲近古。

《舶舟長沙城望嶽麓山》「朝迎青靄蠻煙斷，暮捲黃雲楚瘴開」：青蒼照眼。⊙風詞古秀，已見楚騷。

《過汨羅》「舟行不識懷沙處，相向何方唱九歌」：活甚，妙得截句三昧。

陸進

蓋思，浙江餘杭人。《巢青閣集》。

《偕友登孤山》「背指石甑山，面對巾子峰」：老筆。⊙「三面山如屏，合沓排晴空。此時望孤嶼，獨峙清波中」：雖摹倣選體，而筆自開朗，一往見其條滸。

《筆冢》「春風開野花，零落鷓鴣哀」：蕭閒沖澹，讀過有山風吹人。

《題宋石門畫壁》「古壁怪底山水入，煙嵐慘淡苔路澀」；「此中定隱巢許輩，令我常思宋石門」：起得突兀，結得蒼老，必傳之作。

《題宋高宗六字碑》「堪歎花宫稱廣孝，君親當日幾曾還」：結語斷案如山。

陸雋

升甕，浙江仁和人。《延芳堂詩》。

《渡錢塘江》「潮落晴沙地脈出，風剥老樹霜皮換」：造詞森奥。⊙「白日照江江照天，我歌錢塘生雲煙」：筆力矯勁，如健鶻蒼鷹。

王嗣槐 仲昭，浙江仁和人。《澹成堂詩》。

《禹陵》「壁龍夜去海潮浮」：好。⊙莊雅秀潤，兼有其美。

《浣花溪》「柳絮吹殘南浦夢，鷓鴣啼盡夕陽天」：秀倩。⊙「滿樹桃花溪口發，空留春思自年年」：情思摇摇，不能自已。

王晫 丹麓，浙江錢塘人。《澹成堂詩》。

《田家詩》「俯仰殊不愧，所願禾黍熟」：澹處絶佳。⊙質雅。

《登秦亭山》「沙平萬馬來」：此句説哀。⊙「極目有餘哀」：全首總是哀意。

《行松徑》「何人種松子，蒼翠竟成林」：静潔自喜。

《題張祖望隱居》「坐看明月出」：極妙。

《勾壘》「祇今勾踐名猶在，玉帳旌旗何處尋」：只合如此慨歎。

《宿南屏山房》「法堂還有誦經僧」：冷然。

《六墓村》「湮没荒原都莫怨，趙家陵寢幾人存」：此是懺悔。

董訥

默庵，山東平原人。《華瑁山房詩集》。

《飲陳處士齋》「今人交道但在口」：説煞。⊙數語爽朗，極似太白。

《山行》「白雲扶馬蹄」：「扶」字好。⊙「盤山方未已，何日夜郎西」：氣温秀而詞警鍊。

《即事》「林花人莫識，片片逐流溪」：異景妙筆。

《晚至襄陽》「天文仍翼軫，地勢舊江山」：筆壯。

《沅州道中》「長江巨浪摇千嶺，峭壁重關砥萬流」：移不得。⊙風神和秀，而寫景備極蒼蒨。

《題外舅小樓》：感舊之詩，情事寫盡。

《界溪河雨發》「青山何事别離多」：别離説向青山，殊想。

《至德水有感》「無限愁思臨德水，蕭疏隔岸幾人家」：詩亦蕭疏。

許承家

師六，江南江都人。《宿影亭稿》。

《月夜懷人》「大地同寒光，相照不相接」：似劉昚虚。⊙幽凉之思，一往而深。

《送秦留仙太史赴荆州，和鄧孝威韻》其一「瀟湘不可到，爲爾醉村醪」：沉鬱。其二「一夕白頭人」：老。⊙沉思秀采，何減「朔風零雨」之吟。

《入蒙城道》「雉堞連山腳，人煙逐馬蹄」：卓鍊。

《送竹隱兄之任紹興》「月明車馬渡江寒」：壯語。⊙作氣甚高，卻字字秀貼。

《九日同申周伯、王渭公諸子賦》「江淮禾黍連波没，荆楚干戈返照來」：能於悲壯之中，自生奇麗，非尋常筆墨。

《送蔣荆石自紹興歸淮上》「閲世干戈雙鬢老，渡江煙雨萬山秋」：聲振林木。⊙風格高，音調響，寫事又能曲盡。

《贈崔鎮邢老人，和汪季甪壁間韻》「借問徂徠何處是，緑槐溪畔幾重山」：風塵邂逅，另有光景。

陳維岳

緯雲，江南宜興人。《蠟鳳》、《吹簫》二集。

《雜興》其一「古之抗節士，劃嘯尋崆峒。礪齒漱清流，駕虚乘長風」：岸然自竪語。其二「勖哉敦不忘，蘭蕙懼爲茅」：其言可佩。

《劉公𪶩同在商丘，先余之江南，賦此爲别》「遇君梁王園，余從江南至。别君梁王園，君向江南去」：數語自妙。

《泗州境上》：神氣震厲，一掃宫體。

《金陵》「陪京論往事，全盛感當年」：大家。

《潤州懷古》「寄奴王者丹徒起，半壁孫郎此地分。路入南徐推重鎮，兵屯北府壓諸軍」：有氣概。

《早春過先農部三伯父園，賦示群從》「客是羊曇初醉後，人如衛玠欲愁時」：風流婉約，正復掩其顱頷。

《經龔尚書故居》「破帽西風哭信陵」：難得此語。

《贈鄧孝威》「酒杯詩卷滄桑後，閒煞山中鄧仲華」：知己之言。

凌元鼎　禹州，陝西蘭州人。《愧古堂稿》。

《詠史》其一《留侯》「不爲伊吕謀，乃作荆軻計。若無老人書，暴秦何日殪」：坡公論此，只以四語括之。其二《項籍》「早用亞父言，當年無沛公」：世人但以成敗論英雄，得此一洗。

《過迷樓舊址》：憑弔蒼涼。

《登燕子磯》「風濤時滿耳，鐵緶定何年」：深秀，結更悠然。

《金山》「雲壓南徐白，烽連北固紅」：妙入時事，不作金山套詩。

《下關阻風》「山摇楓葉落，鼉吼浪花浮」：穩貼。⊙體裁極當。

梁舟　木天，西楂，陝西略陽籍，安塞人。《徜徉小草》。

《黄河》「誰謂公無渡，長風此際生」：風調固是超軼。

《壽陽道中》「急峽沉龍虎，高峰礙雁鴻」：卓鍊有光。⊙全副精神。

《蠡縣道中志感》「村雞幾處鳴」：用筆高壯。

《雜興》「樹色帶雲荒」：好。⊙老健處，自是少陵筆意。

《寇萊公坊》「沾衣並問汾陽里，流水孤城一氣春」：前點染極工，一結蒼然無際。

《雜詠》「幾回欲畫瘡痍策，淚灑平蕪暮雨横」：渾然。⊙壯麗自是本色，而結處有不盡之思。

《秋懷》其一「天風夜動漁陽鼓，王氣朝浮嵩角鐘」：意興飛揚，用筆處直如舞槊。其二「□□興亡增感慨，依然曉月照迷津」：結處令人緬然。

《荆卿》「易水還從故道來，漸離不復歸燕市」：古絶。

《郊遊》其一「春遊處處對龍沙，放馬桃林幾萬家。墅圃苔深成委棄，誰能此地種潘花」：邊塞之景如是。其二：「我夢江都好」，今古同情。

郭士璟

飲霞，眉樞，陝西涇陽人，揚州籍。《北遊近稿》。

《渡黄家嘴》「回首望揚州，暫喜河冰沍」：苦語。⊙河工屢年不成，則公私交困。飲霞觸目驚心，是留心經濟者。

《廟市歌》「故衣新器飛塵裹」：真。「手控珊瑚鞭急走，出離金刹逢老叟。借問鬻鼎者爲誰，曾經紫閣佩青綬」：此是真識骨董者。「月逢朔望並念五」：好。「鼎之輕重未可問，至今居室廣傳流」：只以微言淡之。⊙每見富貴之家賞愛古玩，收買不遺餘力。至時勢忽易，則散如雲煙。真者尚不可恃爲己有，況贗鼎重重乎！飲霞一詩，點醒世人多少。

《望邳州》「故鄉猶馬首，楓冷正蕭蕭」：望之蕭冷。

《過蒙陰》「薄煙昏遠市，新雪點重山」：摹景寫情，字字真的。

《宿泰安州》「傳道桃花峪，時聞日觀雞」：神似青蓮。

《涿州》「静夜盧溝月，晴煙獨鹿山」；「薄宦何心極，棲棲石鼓間」：獨標大雅。

《贈放生池徹機上人》其一「官騎蘆花厚，僧衣菊葉香」：異響。其二「一堤紛鹿跡，滿嶺牧羊人」：二詩有異彩，有警思。

《送丁天柱行人歸覲》「橘花醉入三秋夢，蓴菜長思一水天」：妍美。⊙「白華夜讀聲聞遠，千里煙波望若仙」：神骨娟秀，而情思亦出。

《寄輓胡敏公》「三月飛花書不到，一聲落葉訃驚聞」：哀惻之思，行以秀麗。

《寄輓趙鶴隨》「得意故人零落半，那堪一訣永無言」：推開一步，實是痛極。

鍾淵映

廣漢，浙江嘉興人。

《送俞右吉遊雲中》「長城摧頹亦已久，霸氣消沉復何有。盛樂宫前狐兔馳，武靈臺下牛羊走」：切時。「代女如花年十五，歌君新曲爲君舞。轉弦起彈白翎雀，韄門月黑聞風雨」：風流跌宕。

⊙筆姿流艷，詩興飛揚，允爲傑作。

賀宿

天士，江南丹陽人。《仙舟集》。

《登舟至南陽》「舟以風能上，山因雨欲無」：别致，殊令目豁。

《重過閒園，時北山先生在曹州看牡丹未歸》：委婉真至。

《遊華不注山》「戰伐至今餘晉壘，蒼茫何處辨齊州」：沉着。

《松陵晚泊》「月明小艇煙波裏，夢過吴山第幾橋」：殊有情致。

張鷺

又陶、補堂，浙江鄞縣人。《寶學堂詩》。

《淮上留别周屺公》「孤枕思家分楚越，朔風吹夢自東西」：淒淒切切，如聽哀弦。

周斯盛

屺公，浙江鄞縣人。《證山堂詩》。

《宿十方院》「山合暮鐘分」：入微。⊙蕭爽。

《登東昌光岳樓》「終古此聊城，樓頭慷慨生」：忽然而起。⊙「千年空擾擾，平野牧人行」：筆墨岸傑，胸中具有今古。

《太白樓》「飲酒尋常事，兹樓足萬年」：便自高踞百尺。⊙如此胸襟，可酬太白。

《别楊秀才》「雨色寒千里，秋光壯九門」：壯極。⊙傲然長嘯，聲振天地。

馮俞昌

雪螺，湖廣興國州人。《德園詩草》。

《洞庭阻風》「立濤摧野壑，散沫上寒星」：奇特。⊙此題又有「頹雲侵九水，涼月滿孤舟」之句，亦奇渾。

《羊流登閣吊羊太傅》其一「興至此登樓」：老。其二「暮碣翳黄昏」：茶村曰：「老蒼。」

《沂陽聞地震》「客舍逢黎老，長嗟聽未收」：憂時之言，愈工愈慘。

《于役星沙次岳州》「云胡不渡此江鄉，萬壑千濤始岳陽」：突兀。⊙奇氣雄情，磅礴紙上。吾服雪螺之有膽。

《月夜行西粤道中》「徑繞松陰千尺月，煙縈石瀑一溪風」：骨老語鍊，定爲作者。

《獨秀山》「巖花浄散諸天雨，洞草猶啼何處猿」：深老。⊙全首蒼毅，無弱調柔情。

《除夕，步茶村韻》「經權無補聊存慨，出處須知總不如」：深篤。⊙茶村曰：「無一字虚設，得之少陵『劍外』諸篇。」

《蘆埠即事》「兩□〔一〕濤飛啼格磔，東歸三澨即滄波」：風麗，卻秀上。

〔一〕原文此處即空缺一字。

高緝睿

愚谷、堯臣，直隸静海人。《鏡山閣偶存》。

《夜雨同戴孝臣》「遠村清磬濕，大野暮雲平」：大雅。

《雜詠》「曠野飛遼鶴，晴軒入塞星」：墨光騰踔。⊙千山爲剩和尚駐錫地，風景固如是勝耶。

《留别杜近公》「蛾眉妬始真」：有識。⊙能妬亦是具眼。

《管寧釣臺》「閒把絲綸垂絶塞，卻看戎馬走中原」：勁絶。⊙風旨高逸，足爲幼安寫照。

《長城》「連山直擁海西頭」：矯健。「月照龍堆草木秋」：壯調。⊙氣高力旺，纔與題相敵。

桑豸

楚執、雪薌，江南江都人。《殖學園稿》。

《廣陵行》「誰知歌管樓臺下，春宵頓減千金價。罡風迸落照筵珠，陰雲墮地天重夜」：富貴得意人，那能料此？「人道紅顔薄命生，我道紅顔多薄情。壠上白楊未作柱，朝雲暮雨逐人行」：竟是高座道人説法。⊙爲千金買蛾眉者，陡下一棒。

孫默

無言、桴庵，江南休寧人。《留松閣詩》。

《白鹿泉》「亂草香空澗」：此句幽秀。⊙「翻因羡寂寥」：讀過疑有山風颯然。

《坐月紫峰下》「忽忽雲濤起，疏鐘冷客情」：清冷無塵，讀之襟抱如洗。

《寄梁公狄》「遂作經年别」：陡起妙。⊙「萬井苔荒日，孤城鬼哭時」：烽火之餘，言念良友，覺字字真切。

《寄懷王于一》「論文應不易，只合醉如泥」：于一論詩文，每不爲人下，然偏處亦在此，惟桴庵知之。

《送吴季輝歸里》「樽開叢菊難移棹，寒薄孤城未授衣」：情景一片，詩須如此。⊙氣味絶佳，如秋夜香橙之襲人。

《寄懷梁公狄》「盡室南遊終汗漫，側身北望總丘墟」：字字沉着。⊙鷦林風格峻上，而篤于友聲，吾黨畏愛兼之。讀此詩，能無土中玉塵之感？

《山遊雜詠》其一「遠棹蕩春暉，殘磬空山響」：語可圖畫。其二「宿霧濕蒼松，疑招江上雨」：妙想。⊙此首從斷續處想味其妙。

《潁上縣有寄》「車中幾日荒涼夢，都在孤城管仲碑」：不説出分金事，語極含蓄。

《送胡丕承之楚》「誰掛征帆過建康，鰣魚櫻筍佐離觴。江天明日懷人處，多傍蒹葭送夕陽」：一往有深情，句亦流麗。

《和連老人秋夜金山看月韻》「老僧接杖頻回首，指點煙波更上臺」：真趣横溢，如畫。

李攀鱗 石書，山東武定人。

《送李鏡月還秦郵》「漢兵未見條侯至，梁客先聞枚叟歸」：使事典切。⊙「此日春城折楊柳，蘭舟煙雨倍依依」：尊君鄴園先生節制兩越，舟泊維揚時，招予入幕，情禮隆重。予以母老，未之許也。晤石書於舟次，豪邁不群，其爲詩復秀警如是，良爲歎折。

龔百朋 升璐，江南武進人。

《曹溪》其一「第一山前路，晴天晝亦陰」：確甚。其二「百戰松林在，真空自不灰」；「亂離難自救，誰爲祖堂哀」：神似浣花叟。其三「四山浮法雨，沾灑伏波軍」：見其道力。◎三詩用筆深老。

歸允肅 孝儀，惺崖，江南常熟人。

《答寄王子可、子静都門》「嚴冬十一月，北風聲怒呼。室家增返顧，黽勉赴征塗。治裝已云竟，感戀還躊躇。握手不忍别，且復立斯須」：全是河梁風調。⊙沉酣選體，能得其神味所在，故筆多開展，無局促態。

《贈别汪蛟門》「感慨當世内，蚩蚩常愛財。如公敦意氣，黄金詎可媒。肝膽自結契，素志白皚皚。解攜還惜别，江海思悠哉」：惟蛟老可當此數語。⊙蛟門氣誼深篤，吾黨共推。孝儀此篇，固非泛奬。

程正閒

淳叔，陝西三原人。

《過鄭襄敏山林和梁明府》其一「五夜陰房火，三秋古塞風。徘徊一搔首，颯颯過哀鴻」：《秦州》遺調。其二「不見開罇處，蕭條空外看」：清壯。其三「臣心摧羽檄，國是付嗚笳」：有感。◎三首颯然，如邊氣入懷。

《武遂秋懷》其一「地近龍堆沙浩浩，城宜雞距水潺潺」：似李滄溟登太行諸作。⊙「瞬息滄桑何足訝，居人兀自唱三關」：雄情壯節，如聞越石之嘯。其二「昔年張掖唱離歌，駐馬臯蘭詩興多」：起得高邁。「回首風流歌舞地，誰教荆棘蔽銅駝」：令人色動。⊙悲歌酒市，傍若無人。

喬邁

子卓、鈍庵，江南寶應人。《東瀼堂稿》。

《答李次紀白兔山見懷之作》「江北夕陽多」：何緣見得「江北夕陽多」，可解不可解，正是妙處。

《秋居》「一松生晝静，雙鶴解新愁」：隱居自得之言。

《春愁》「白首烽煙接，青山杖履寬」：佳處在「接」字、「寬」字。

《東軒》「莫嫌塵世苦，閉户有閒人」：人惟不肯閒，所以墮入苦海。

《傍鞠》：獨有老氣。

《湖郊》「輕風受葛巾」：「受」字從老杜得來。

《柘溪雜詠》其一「薄俗防無策，幽居畏有聞」：篤論。⊙頸聯不獨近道，兼亦入時。其二「水急群舟觸，風驕萬壑哀」：神氣渾全。

《春日雜詠》其一「頭白風光裏，江湖老布衣」：起得高渾，餘亦圓足。其二「黄綺終成隱，丹砂豈卜仙」：深語耐嚼。

《丙申九日晚泊高沙，和王築夫感懷韻》「老去念重陽」：五字可感。

《春村》其一「竹覆無人問，花飄已暮春」：起得光景可念。其二「山虚抱鹿眠」：匀美。

《柘溪春居》「茅棟垂雲色，山鳩唤雨頻」：絶去斧鑿痕，獨見真率。

《柘溪春日燕居》「干戈餘嬾拙，吟得幾回春」：老筆深情。

《秋水》「風急水門顛」：野景荒荒在目。

《春溪》「溪中春水至，溪上白雲多」：起手大方。

《辛丑元日雨》「黄柑圓箇箇，任意飽兒童」：純是天機。

《柘溪人日集子縠弟齋中》：家庭樂事如見。

《冬夜萬年少自吴門歸，過飲草堂信宿始别》「蓬蒿未掩留徐榻，燈火能親訪戴船」：鈍庵與年少相知最深，故贈答之作皆爲可傳。

《秋日》「年來欲採芙蓉寄，落日蒼蒼煙水寒」：自然。

《甲午除夜》「此際濁醪供眼醉，明年薄地且躬耕。苦因遲暮春催急，一夜長堤柳盡生」：偏有風韻。⊙樸老不可及。

《十一月八日》「即看薜荔春風早，好向窗前曬鹿皮」：一氣轉宕絶佳，不當以字句求之。

《潼河遭雨泥濘，宿東壽寺得晤德新上人，口占即事》「雷聲忽送東壟雨，避雨初逢新上人」：純乎杜家。

《戊戌仲秋家君七十初度，讌集柘溪草堂》「湖光十里重提壺」：如此稱觴，樂事，樂事，樂事！

《偶感》：幽懷冷致，在塵壒之外。

《柘溪春居和陳冰壑韻》其一「醉後芳菲空在眼，獨憐佳句孟公多」；其二「白頭醉裏花應笑，歸到柴門月又生」：兩結絶老，餘點染俱極大雅。

●鈍庵淳氣高情，當代所罕。辛亥冬始於白田相晤，把手欣然，恨相見晚。而倏捐館舍，念之惻然。甲寅冬仲，令嗣崇禮以遺稿屬予選訂，真樸高亮，全體少陵，固今日稱傑出者。

丁啓相

山來，河南永城人。

《夏邑感懷》「且喜天心銷戰伐，何妨民力釋耕犁」：苦語。⊙中原得離兵燹，雖輪輓弗敢怨也。然正貴有以軫恤之，山來何其同我情與！

朮翼宗　石髮，山東章丘人。

《遊西龍洞》「乍驚衣濕峰頭雨，疑是龍吹洞裏雲。石塔倒翻天影墜，珠亭高引月光分」：有意鏤奇，卻自完厚。

李枝翹　條侯，江南睢寧人。《商芝館集》。

《遊碧雲寺》「魚梁穿石仄，松籟入雲深」：沉刻。⊙次首有「曉岫開松梵，春雲款竹扉」之句，亦幽艷。

《遊香山寺》「亂石鎖泉橋」：冠冕，是沈、宋之遺。

《九日登毘盧閣》「松間斜日照金臺」：遏雲之調。⊙色響俱臻上流。

《千佛山》「石老千層下夕曛」：百鍊。⊙不屑爲細瑣之音，振袂大呼，衆耳悉聽。

王祚昌　天葉，陝西涇陽人。《漁古堂詩》。

《聽張郎擊鼓歌》「詩亡樂廢誰能知」：着眼。⊙形容擊鼓音節，可云盡致。末語尤有關係。

《元宵前一日偶集懷友》「歡場少酒徒」：大是恨事。

《送張穉恭歸秦中》「策馬關門二華長」：壯句。⊙「幽棲未遂同歸願，寂寞江天獨酒狂」：寫情事最爲周到，氣亦蒼潔。

《西湖即事》「禁夜誰能將月待，趨歸猶恐筍輿遲」：湖遊不見月，從來恨事，詩能道出。

王賓

仔園，江南江都籍。《又一草亭詩》。

《元旦小輞川坐雨》「一徑流新水，誰人嘯晚煙」；「燈光疑白月，酒響敵朱弦」：新燦。

《中秋集宜樓坐蕉下待月》「緑蕉能出屋，皓月漸依樓」：字字體貼。

《暮秋虹橋野望》「寒山抱寺黄」：警甚。⊙「極目林皋外，峰峰又夕陽」：君家右丞，方斯整秀。

《寓彭城水月庵漫成》「水曲一燈千雉裏，月明孤枕萬山前」：明麗。⊙「只喜詰朝謀出郭，黄茅深處酒旗懸」：許丁卯、趙倚樓有此温潤。

《客彭城將歸作》「古道雲平冬試馬，空山木落晚登樓」：平原淺草，馳騁自如。

《蕙隕詞悼歌者雲生》其二「依稀猶似三更後，爐火微紅燭乍添」：王郎有如許受用，那得不有此淒涼。風艷蕭騷，固是獨絶。

李時燦

坦石，陝西寶雞人。《邗江草》。

《曉烏啼》「充腸未飽興歸思，遠望雲煙千萬里。」：淒激，如聞寒雨哀絲。

《悲秋曲》「客心寂寞邗溝上」：好。⊙蕭蕭颯颯，正是秋聲。

《昭君怨》其一「此日玉關門外妾，琵琶猶帶隴頭雪」：好絶。「寒霜已白漢家月」：好絶。其二

「蛾眉不作承恩女，騎上燕支淚如雨」：聲聲怨切。其三「風勁草枯角弓鳴，沙鹵有人射沙平」：語近邊關。◎三首寫得情事連蜷，如怨如慕。石家衛尉遜此一籌。

《暮登永興洲》「宿鳥引歸舟」：好句。⊙「摇摇看夕月，斜落板橋頭」：天然標令。

《吴門道中》「輕帆飛塔影」：奇。⊙「最憐人夢後，清唱入吴楓」：想見江南道上，夜聞棹歌時。

《遊虎丘次韻》「吴王越女曾何處，環佩笙歌未有蹤」：老筆頓挫。「只今輸與遊人醉，畫舫青簾唤阿儂」：風流可想。⊙深情秀發，墨氣浮於紙上。

《鄰笛》「正是猿腸欲斷時，鄰家玉笛弄羌辭」：起得高越。「曾傳五月梅花墮，又在江南第幾枝」：風調欲絶。⊙裊裊情長，何減桓伊之奏。

《舟中早發》「一葉帆飛穿遠樹，五更雞唱隔寒流」：疏爽明秀，大足怡人懷抱。

《江上聞笛》「楊柳蕭蕭風乍冷，不堪人在武陵行」：合拍。

盧廷簡

子開，江南江都人。《學古堂稿》。

《東行值雨》「風雨驟盤山」：好。⊙無一浮響。

《邊塞》「黄雲棲塞草，白日淡寒磯」：「棲」字、「淡」字都警。⊙「何年飛將石，往事問人稀」：沉鍊不佻，是爲盛唐傑作。

《印鈔石蘭若聽體玄談文殊師利》「印鈔何年石，高人杖倚松」：全首華貼，結更高老。

《山海沿邊》「笳吹野戍秦城月，角引秋風漢代邊」：壯采英響。⊙自是邊塞聲。

《冬日詣吴王峽温泉》「珠噴山腰濕紫煙」：奇句。

《題長城嶺山石》「愁聽秦人操版築，追思漢代控關河」：典而逸。⊙莊嚴有氣象。

《茨溝登後山小閣遥望五峰》「五臺貝葉雲峰出，萬壑冰花雪嶺看」：蒼鍊。⊙意滿氣足。

《天開巖》「塔標孤影月蒼蒼」：森然古貌。

《白鹿泉》「瀑水聲從簷際落，冰花飛向澗中收」：好。⊙筆姿流轉，而更深警。

丁　倬

彼雲，江南桐城人。《西江草》。

《老兵行》「倔强好男子，七尺偉身軀。圓睛復大腹，鬑鬑微有鬚。自云良家子，生長在邊隅。十七被兵掠，驅之來東都。登場學技藝，氣力本豪粗。籍名入卒伍，摻戈而執殳」：一路叙述，是樂府之遺。「以此脱兵籍，屈身爲人奴」：可歎。「東城開帥府，戟門如梟趨。金印懸肘後，華屋耀通衢」：此輩究亦何用？「當時荷戈日，與君那復殊」：扼腕在此。⊙爲老兵一番慨歎，委實不平，能使唾壺盡缺。

《驛馬行》「君不見，金張高第養花驄，黄金實勒生英風」：此論最快人意。「似此辛苦勞頓不得息，不如民間長耳驢」：不是詼諧，是實話。⊙馬一耳，而勞逸頓殊。嗟乎，天下事豈獨驛馬然也！言之可爲太息。

《眼鏡歌》「開帙不見心生嗔」：好。「縱使此物明如水，眼中之人吾老矣」：此意出人想外。⊙爲一眼鏡，寫出無限牢騷，筆力警快，如并刀之剪物。

《鬬鶉歌》「金錢散處進獻多，腰間各繫紅羅袋」：好。「須臾力盡見輸贏，贏者得意輸者烹。主人大笑擇其最，喚取雕籠手自擎」：好摹寫。「定知此内有深心，紛紛世俗誰能曉」：深見。⊙鬬鶉爲近日風俗，所關至隱。看其末段，是留心世道人。

《舟泊皖江望塔燈》「佛力光輝大，江天氣象生。民間煙火斷，獨照梵王城」：語闊意厚。⊙用筆曠絶。

《初春皖江發棹，遇大風雨，夜宿東流復大雪》「風雨春來疾，波心一葉危。浪驕天改色，江闊命如絲」：氣亦沉毅。⊙寫景如畫。

《喜兒子至》「悲歡一見兩情俱，再拜堂前手自扶」：一筆寫去卻已潤，改一字不得。

●頃客邗上，丁子彼雲以《西江草》見示。予歎其諸體皆勝，而古詩尤爲絶倫軼群，曾爲文序其《髻山堂全集》。而更採其數章入《詩觀》二選，覽者正可因一斑而知全豹也。

喬出塵

雲漸、疑庵，江南寶應人。《留雲堂稿》。

《射雉》「君子貴闇然，太息誰與語」：寄託深至。

《陶季深自楚歸見訪賦贈》「不知懷抱向誰吐，路指熊湘弔鷓鴣。鷓鴣不見芳草多，洲上西風可奈何」：唐人音節，寫得風流。「不是踏歌識不得」：好。⊙從楚騷得來，搖筆皆有異彩。

《冬日觀湖上打魚》「蓑笠漁翁冒雪來，敲碎寒冰千片玉」：好摹寫。「大魚潑刺小魚僵，擲入船中聲簇簇」：神似少陵《東津》詩。「盡道盤餐魚鱠鮮，誰念漁翁猶餒腹」：仁人長者之言。⊙節緊神竦，氣堅力旺，卓然大篇。

《宿漁家》「荒天四面水，老屋半間燈」：奇句逼人。⊙此漁家大是樂。

《野老》「野老欹危甚，逢人問縣門」：逼杜。⊙從老杜「吾宗老孫子」一首脱化得來。

《雨霽同冰壑過叔氏吾園坐月》「雨晴沙岸滑，花滿竹林春」：點染不着。「山深有賤貧」：高品。

《小泛》「湖静水如鏡，天低雲滿船」：好景。⊙次首有「浦風吹浪細，漁飯入船香」之句，極佳。⊙極曠極真，寫來偏覺濃至。

《喜栩道人至》「青山何處賣，白髮幾莖看」：此爲萬年少作也，十字寫得蒼涼。⊙歲晚故人歡然把袂，固應言之真篤。

《夏日》「古木一蟬初」：五字必傳。⊙「林端風更好，細細下庭除」：幽静。

《寄朱秋崖》「千山追落日，匹馬立荒天」：矯健。「世事真棋局，還家有釣船」：對妙。

《有答》〔一〕：「近識岷峨老，知予懶是真。」恐此客尚然未曉。

〔一〕自此首至《無題》詩，不見於《詩觀》康熙本，據乾隆重修本「又四十五」頁補。

《春雨不絶》其二「香氣不生春」：新句。◎二詩岑寂殊甚，是雨中真景。

《喜宋幼臺至賦贈》「胸次何須關薄俗，筵前只可促飛觥」：不是牢騷，只是一味澹静。

《過陳冰壑家園》「閣避峰陰人寂寂，花開砌暖蝶飛飛」：見冰壑自爾戀戀情深，一詩寫盡。

《無題》「顧我有情春寂寂，期人不至雨絲絲」：澹宕有致。⊙傳情深倩，又非韓致光所及。

《重九前一日彭城栩道人見訪》「去年雪裏踉蹌别，今夕相逢落葉中」：起得老；「明日登高吟興在，與君扶杖出城東」：結得蕩；「亂後家鄉何處是，秋來風雨幾人同」：中聯復多名句。

《幽居》「菊色静憐園小閣，書聲清喜出家兒」：樂事。⊙悠然如在太古之世。

《懷汪蛟門》「無多翠竹園寒日，賴有紅梨上早霜」：真晚唐好詩，絶勝雲間、武林一派。

《酬宋射陵》「荻花風起白紛紛，記得歸帆帶楚雲」：起妙。「滿樓山色倍思君」：天然之極。⊙雲漸與射陵交契雲霞，故應得此好句。

《過巢園題壁》「入門依舊孤峰好，徑轉回塘倚杖看」：漸近自然。⊙心静手閒，乃能臻此氣候。

《月夜》「不知棲白鷺，風動頂邊絲」：幽甚。

《對鏡》〔一〕「對鏡疑非我，回頭欲問人」：寫來好笑。

《柘溪書屋》「門内薜荔墻，門外桑柘樹」：自古。

〔一〕《對鏡》至《懷王築夫》不見於《詩觀》康熙本，據乾隆重修本補入。

《懷王築夫》「誰教門前春水生，扁舟一去別離輕。乾坤納納愁何處，珍重天涯兩弟兄」：情密而神閒。

《看水》「抱月溪橋看水流，晚風吹出小方舟。興來便下南湖去，只到漁家萬頃秋」：自在。

《問渡》「茜裙拖出誰家女，指點前村是瀼西」：入畫。

《憶舊草堂》「記得一鉼春酒緑，同人鎮日坐苔錢」：又兼懷人，妙妙。

《題燕子磯畫圖》「最是畫工圖不出，荻花風起夕陽孤」：澹極。

《病起》「明日定尋花外路，穿雲只上最高峰」：閒。

《所見》〔一〕「遊女貪簪頭鬢滿，錯教零落怨東風」：放浪可喜，與「黄四娘家花滿溪」同意。

《猶憶》「連朝收得桃花雨，猶爲烹茶憶小鬟」：此事最韻，那能不憶。

《題畫》「鐘聲只在前林裏，似隔人間無路通」：空濛蕭遠。

●汪蛟門曰：「疑庵自號箕山狷者，閉户三十年，好圖書，有潔癖。不妄交一人，其意所許可，雖贈千金不惜也。今且家無四壁，口不言貧，讀書養道，沉静如僧。平生撰著，秘不示人。甲寅冬，余造訪留雲堂，得其詩一卷，亟攜歸，與孝威共賞之，真詩中逸品也。」

●辛亥冬，從朔風急霰中過白田，與孫樹百大令、秋崖、冰壑、雨峰諸君子，痛飲三日而別，竟未

〔一〕《所見》至《題畫》不見於《詩觀》康熙本，據乾隆重修本補。

及訪雲漸。甲寅客廣陵，風鶴頻驚，時時向穆倩索醉，穆倩不以爲倦。詢之，乃知爲雲漸所贈酒，穆倩一歲所得，凡數十大甕也，予爲作長歌紀其事。雲漸高懷雅致，不僅以詩名；即其詩，亦已超絶塵埃，獨標霞上。予與蛟門互相評次，如飲醇醪，正不須白衣，固已傾倒於雲漸至矣。

●疑庵閉門守静。詩瓢畫卷、酒鐺茗椀之外，澹然無事，而篤好友聲，風雨罔輟。雖限一甓湖而如對同堂，歡情遥接。其詩風旨深雋，屏棄喧繁，固陶、韋之流，不可以世境索之者。〔一〕

李　潁

箕山，江南泰州人。《羅浮草堂集》。

《落雁峰》「蒼甸環若盂，黄河細爲髮。鴻蒙盡虚無，萬仞獨突兀」：數言刻畫。⊙緊峭。

《豫讓橋》「君頭久漆爲飲器，何惜亡臣一漆身」：忠臣飲泣。⊙此詩大可風世。

《題畫送顧見山僉憲之洮岷》「新持玉節洮岷路，鳴笳行叱涼州馭。索我鵝溪一幅圖，欲攜西去懸清署」：入洮岷有次第。「想像金城染秋色，旌旗掩映丹楓側。積石摩雲天險開，雕盤嶺碧龍湫黑」：金碧錯落。⊙段落井然，而筆彩焕發，如宛宛長離。

《遊西山勝水庵》「人穿欹石出，天向遠雲齊」：琢句精鍊。⊙「更憐蒼翠滴，修竹壓門低」：用筆絶不平恕。

〔一〕第三段評語不見於《詩觀》康熙本，據乾隆重修本補。

《登兔耳峰》「春濤奔萬馬，初日馭雙虹」：似翁山子得意句。

《過居庸關》「日色晴移天外峰」：好。⊙典中帶秀。

《度雁門關》「趙國故疆猶保障，代王遺恨是磨笄」：融洽之甚。

《天津觀海》其一「碧城宫闕如相望，蒼水衣冠或可逢」：筆端飛舞，恍有魚龍出没。其二「城頭萬里海風腥，高擁連山倒浴星」：起得嵯峨。

鄭惟颷　元跂，浙江縉雲人。

《金陵雜感》「六代繁華浮畫鷁，千秋佳麗落宫釵」：蒨艷。⊙風麗，饒有感會。

張大復　敦夫，予村，河南夏邑人。《近古堂稿》。

《邯鄲道上》「人家禾黍叢臺驛，古國風煙葛蘗城」：盛唐。「黄粱一夢愧盧生」：遒。⊙運用故實，筆力矯邁非常。

郭永豐　受之，山西臨汾人。《晏如堂詩草》。

《龍門三首》其一「君臣有道開昏墊，天地無能讓聖人」：大議論。其二「砉然中斷兩條龍」：老氣。「闕門棧道人人渡，誰跨金鼇踞上峰」：此等處，非孟津不能。其三「冰杠浮跨魚龍蝡，瓜蔓漂流日月寒」：百鍊。◎三首奇麗精偉，可云「沐日浴月百寶生」。

程　兼

抑若、樵髯，江南歙縣人。《樵吟》。

《由石筍岡達松谷訪諸名潭》「遥沉山影緑」：好。「雲歛月更明，醉起看修竹」：如此住妙絶。⊙「海盡無奇觀，取道下松谷。怪石忽接天，驚我一回目」：寫景層次入微。

《籬成》「編籬雖畏虎，閉户半防人」：頗不忠厚。⊙從老杜「静應連虎穴，喧已去人群」得來。

《西干夜泛》「塔影摇來山樹裏，泉聲響近竹篙前」：是何境界。⊙「酒人都静獨開船」：極幽冷，卻又貼發。

《登大茅山》「樓殿層層辭欲下」：畫。「重湖水赤参差拱，兩瀨煙青左右歸」：畫。⊙寫景俱不入熟。

《七夕宿焦山別峰庵》「空江雷雨聲猶變，長夜星河望轉微」：大樣。⊙筆力超然。

《宿金山寄焦山諸友》「突兀山亭礙雨雷」：奇。⊙「繞塔燕斜風勢急，催舟鼓息溜痕回」：極其生鑿，故得空幻。

《同殷遠生、汪介石度歲鄒師孟署中》「除夕他鄉雨最宜，强燒高燭照天涯」：氣高情爽。「終年惟病易成詩」：細而妙。⊙情味極真。

柳文　長在、旂山，四川遂寧人。

《送施又王還吴門》「親老遊何遠，長安應早歸」：良友之言。「客路入斜暉」：好。⊙「淵明三徑好，山鳥逐人飛」：風調獨愜。

季公琦　希韓、方石，江南泰興人。

《重九後一日仁山家弟約遊湖亭，因懷天中、滄葦兩兄》「倚樓風葉當杯墮，繞樹霜燈隔水摇」：秀動。

●曩時西樵、顧庵、荔裳諸公聚維揚，皆極口方石。實方石騷雅之才，足以獻酬群哲，正不得以謡諑而掩其生平也。僕雖遭詬厲，且安之。

曹鈴　冲谷，直隸豐潤人。《雪窗詩集》。

《雨中對瀑復觀龍潭水漲》「千峰蕩微影，飛瀑垂玲瓏」：摹寫空微。「雪浪生寒風」：好。⊙層層刻劃，皆極精猛。

《入山曉行》「雲聚即成潮」：好。⊙「青山認寂寥」：想像其際，便欲一往。

《入紫翠林》「絶壑亂雲蒸」：「蒸」字奇絶。⊙「人多穿洞出，路狹礙枯藤。怪石如迎客，山猿不避僧」：精神俱到。

《白龍潭》「觸石六花開」：直是言其真境，便已奇絶。

《坐響雪亭》「晴堆雪一溪」：奇。「峰尊與日齊」：好。⊙奇而老。

毛鳴岐

文山、蓼庵，福建閩縣籍，福清人。《萍遊草》。

《仙霞道中》「溪懸竹壓山」：險而鍊。⊙筆力欲刺題裏。

《孫淵溪招飲洪山寺》「飲罷醉扶黄鵠路，笛聲何處認梅花」：神情獨妙。⊙風韻轉佳。

謝天錦

漢襄、蘭嵋，陝西蘭州人。《間一詠》。

《村墟行》「自夏歷三秋，踏勘勤稽核。入夜里胥來，高下除荒册」：蠲租係美政，而里胥又多科派。此誰爲上聞者！

《湟水曲，上張丹霞司理》「兩造適未成，搒掠何其酷」：此患最深。「均是父母身，斷者不能續」：痛絶。⊙真仁者之言，讀之流涕。

《廢苑歌》「别有複道通六院」、「東殿階連凝碧園」、「林藪適在龍門右」、「山岫樓閣壓城闉，鬬角鉤心拱北辰。牙籤錦帙圖書府，花蕚齊雲非比倫」、「夾道熒熒寶炬來，傳呼直上月華臺」：宫殿園囿，一一如畫，足稱賦才。⊙鋪陳結束，原本初唐，而俯仰盛衰，尤多銅駝金谷之感。

《平山懷古》「登臨情未已，落日下荒碑」：悠然不盡。⊙平山詩，如此典雅温厚者絶少，知漢襄胸有古今。

《橋墅阻雨》「花事隔鄰垣」：俊甚。⊙「言歸歸未得，飽食愧盤飧」：結老。

《焦山阻風》「霾雲沉隱洞，雪浪滚僧窗」：古。⊙寫景、用意俱佳。

《送程周量職方守桂林，次合淝先生韻》其一「自覺猿聲滿，遥傳桂樹多」：流美。其二「遠疆名牧重，要地健兒從」：兩首風調俊逸。

《喜得劉公戩考功書》「那堪烽火路，不厭草茅身」：漢襄與公戩交非泛也，故其詩愷摯如此。

《甲寅秋日攜綖兒省先慈寄壠》：情至語，故倍樸倍真。

《金陵雜詠》「石虎年深埋蔓草，銅仙淚滿滴西京。眼看禾黍迷今古，日暮高樓亂柝鳴」：氣格完渾。

《送王左公之閩南，時予亦將北征》「别後岐途重努力，漳南冀北兩相望」：收得遒緊。

《秋杪喜接張穉恭年伯書》「風吹鼓角連江岸，路入崤函向醴泉」：二句有次第相生之妙。

⊙「雙魚忽到秋將老，匝地霜花又一年」：情致綿婉。

《輓大宗伯合淝先生》「去年卧病對離卮，示我當年過嶺詩。詎意南天歸雁後，更無北面受經時」：輓章甚多，此獨叙述己情，固非浮語。

《寄梁木天明府》「漸看買犢銷兵氣，遂有鳴雞出板扉」：氣極蒼渾，無平熟氣。

《寄懷張牧公》「秦關聞已騰兵甲，江國何曾減鐵衣」：看其轉筆之健。⊙爲是鄉人，故寫得纏綿淒緊。

《舟行次凌功九韻》「無奈春歸留未得，杏花零落菜花多」：合調。

黄九河

天清、浮螺，江南泰州人。《玉照堂稿》。

《冬日喜陸薊門至自東皋，招陳階六〔一〕、秦以御同集話山樓述舊，即送之廣陵》「君來雖意中，相見亦意表」：起得超忽。「昨從萬里還，行李殊草草。過門不即入，急理東歸棹」：用筆層次。「非無他親知，聊讓平生好」：深曲。⊙曲曲折折，叙得委婉真至。何其長於言情。

《登狼山》「天南百里隔江面，吴國方輿渺若線」：數語方貼狼山，那借不得。⊙江海形勢，只以數筆寫盡，正不必以長篇鬭奇。

《次韻答許漱石先生》「傳道伏波方聚米，甲仗依然積熊耳。何事煙霞痼疾深，不爲寰區布霖雨」：壯調雄情，具見尺幅。⊙諸韻亦極險，卻出之安穩，而又風概歷落。此等能事，昔惟定山擅之。

《秦郵再別朱石城》「故交多已散，吾子尚遲歸」：别離之情，寫得最慘最真，令僕如何卒讀？

〔一〕「陳」原爲「程」，徑改，山陽陳台孫字階六。

《中秋杜茶村先生暨諸子集杜來閣分韻》「樹分三面影，雁到二更寒」：不易得之句。⊙「一秋惟此夜，明月共誰看」：詩情霽朗，亦有如明月入懷。

《送孫豹人先生赴江右督府幕》「軍鼓翻湖漲，漁燈散市橋」：高壯。「傳經還幕府，心事總蕭條」：遒甚。⊙氣體雄邁，一結尤有深心。

《舟雨》「遊人護短篷」、「江白鳥呼風」：氣體高岸，不落小家數。

《春宵同振兮、山漁、山濤、孺子、文虎庵飲》「溪草門前路，風花野外潭」：寫景入雅。⊙押險韻極穩，而情致亦宛轉相生。

《野店與葉桐初别》「驅車分古路，衝雨更春天」：樸而秀。⊙依依眷戀，情味在紙墨之外。

《爲佛眉女師留行，次仙裳兄韻》其一「那得人情好，真能杜板扉。孤蹤時欲棄，古道世原稀」：合有此感慨。其二「聊復商行色，還須理積痾。新秋炎未解，孤棹去如何」：此首慰留，何其情至。◎佛眉遊東皋，結茅未遂，拂衣而返。垂老之比丘尼，而或以沾泥柳絮擬之，何哉？讀二詩，可爲雪謗矣。

《别杜茶村先生》「每接高談勝讀書」：此中有茶村。⊙其傾倒於茶村至矣，故其言如此。

《寄懷杜茶村先生》「人來書發海陵城，見憶何辭半日程。便道不教供掃榻，隔江猶敢盼停旌」：清空如話。⊙全是一片真氣磅礴紙上，宜于皇之亟推天濤也。

《夏夜張蓱蒼、丁漢公、兄仙裳小集秋佳館限韻》「梅天不雨亦鳴蛙」：好絶。⊙興趣落落自佳。

《寄懷紀檗子先生，兼憶合肥夫子》「隔歲兵戈催白髮，空山風雨劚黄精」：貼切而華鍊。⊙檗子南歸後情事，一詩全能道盡。

《春分日見庭梅盡落感賦》「江城笛發空明月，庾嶺書來自緑蘿」：英采秀思，相爲夾發。⊙「似共柳綿依檻度，還疑雪片隔墻過」：氣韻全似季廸當年。

《暮春送薛展也遊燕京》「也知白璧工投策，不必青燈苦讀騷」：氣極沉健。「燕市繇來有濁醪」：結得遒上。⊙空同之高，滄溟之亮，備見此作。

《半塘舟夜贈女郎》其一「只餘秋影不勝描」：末語想見其人。其二「如何夜半人歸去，落月無聲水自流」：歡場頓爾寂寞，於此添人省悟。

《山莊感懷》「浮螺山畔草如煙，柳暗高樓對雨眠。巢燕已隨人去盡，蕭條風景廿三年」：是唐人風調。

《悼亡詩》「窮泉縱有山頭石，只望家鄉莫望夫」：正是苦語翻舊事，最爲入妙。

●前選天濤詩登諸卷首，江左諸選家咸以僕爲衡鑒不爽，遴採亦極富。今乙卯秋，天濤始以新篇見寄，即爲評跋，登諸拙選。其詩清矯蒼健，傳示大江南北，擊節嘉歎，又當何如耶？

徐衡

辰玉、青嶽，江南江都人。《玉峰詩稿》。

《渡江》「輕舟破杳冥，秋色了難辨」：空濛難狀。⊙觀其攬筆，風神最爲蕭遠。

《金山歌》「玉柱千年盤老蛟，時時兩岸掀波濤。浮屠孤影倏不定，風來鈴鐸如鉦鐃」：數語寫金山，可云神似。⊙説金山復及時事，筆力浩浩，常覺有餘。

《焦山古鼎歌》「或云商周注儀象，或云大禹防奸魑。鼎之經重不敢問〔一〕，厥器可盈三百卮」：老筆盤硬。「史遊既殁昌黎死，誰其讀者無艾期」：筆力可方昌黎。⊙二王詩極博奥，此篇摹倣昌黎《石鼓歌》，亦自飛動。

《渡江登金山》「浪平浮去鳥，天遠動扁舟」；「晚涼歌水調，渾欲忘挑鐙」：其清雅處，頗似阮亭京口諸詠。

《訪聽上人不遇》「檻花人跡外，籬犬佛燈前」：造句不凡。

《玉山避雨》「一棹秋江黑，沙頭争渡喧」：是雨景。⊙寫景最真。

《留雲亭望焦山》「潮落漁歸何處路，鳥飛僧指最高峰」；「記得故人攜酒處，曾看風雨嘯蒼龍」：詩貴沉着，忌寬泛。此作可謂深而有力。

《賦得楊子江心第一泉》「龍團香起海潮圓」：非中泠無此語。

《由九華京峴至招隱道中作》「行客每從江上望，山僧只向坐中看」：是山中人語。「松映新泉日影寒」：畫。⊙筆墨之氣，化爲煙嵐。想竟陵終日思入幽靈，那能造此？

〔一〕「經」疑作「輕」。

《瓜渚望江上諸山》「臨流欲渡漁舟懶，圖畫先從隔岸看」：興已遄飛，筆能寫出。

《早行》「忽然行到煙銷處，擁出楊彭一帶山」：身行山中，忽然有此，寫得如許靈活。

《九華山》「不到沉香閣上望，那知人在萬峰中」：深心静眼，寫景遂極生動。

《招隱洞》「苔痕石色上衣裳」：妙語，如《水經注》。

◎以上南徐遊覽詩，共選十三首。

《七夕集禪智寺送王阮亭夫子》「今夕是何夕，翻作離别愁」：暗打着七夕。「惆悵但遥望，日落孤城頭」：結亦遒上。⊙寫得蕭閒，彌覺宦遊之韻，固全以筆墨勝人。

《秋夜集愛園》「月白失殘星」：警句。

《送汪蛟門之宣城，和阮亭夫子韻》：其詩清曠，應攜向牛渚磯頭讀之。

《題汪叔定、季用愛園》「交遊當代推青眼，孝友同堂慰白頭」：果然不愧斯語。⊙清心逸韻，亹亹逼人。

《紅橋夜泛》「露滴潭星人語秋」：幽勝。⊙「幾點殘燈穿遠樹，半天明月蕩虚舟」：名句似松陵。

《春初得盛珍示夫子隔年書賦答》「三吴雲影連冰雪，一夜春風遍草萊」：韻致悠揚。

●辰玉英年博學，予耳其名最久。繼於阮亭署中見《歷試草》，天才飈發，屢戰先登，愈爲折服。而吴梅村復稱其家學淵源，何玉山之秀，獨種於一族乎？其詩俊逸清新，出其餘事，亦復有絶倫之歎。

瞿時行

見可，江南江都人。《止園草》。

《七夕後一日同宗鶴問、華龍眉、王仔園、椒郃泛舟紅橋觀蓮，隨步南郊諸園亭》「花迎塡鵲渚，人蕩採蓮舟」：何減沈、宋。⊙整麗娟妍，初唐有此風調。

《吴馨聞嘉禾閣賦得秋蘭夜吐香》「色經秋更潔，香到夜還生」：潔甚。⊙蘭氣拂拂欲出。

《中秋後二日張願良一粒舫共賦》：有此剪燈擊鉢之樂，雖無月，亦殊强人意。「酒餘清興發，一座總詩成」：讀末二句，令我想當年合淝座上風景也。

《友人齋中賦得山林引興長》「彈冠久絶意，先達意如何」：老處逼杜。

《上巳日清明》「併爲今日節，應約舊時人」：疏老可喜。⊙筆下有芳蘭襲人。

《春分焉文堂訪梅》「賓朋閏酒杯」：「閏」字好。⊙「九十春將半，芳菲惟見梅」：新情佳調，並集毫端。

《休園重葺贈鄭懋嘉》「天晴畫閣山還見，月出清樽酒不空」：韻致殊勝，不僅賞其藻采。

《初冬集小齋觀菊，有懷張願良，時將自都門歸》「近日江湖事事新，歲寒眷戀只同人。尚存臘酒斯須共，那有雕盤爛熳陳」：起得高曠。⊙全詩整秀。

《春暮題吴庭生新園》「琵琶顧曲見紅顔」：「見」字下得好。⊙「登堂喜識延陵面，那意風流荀令班」：結得悠揚不盡。

《初夏桐舫看花，賦得濃陰似帳紅薇晚》「薄羅初試訝春歸」：輕秀。⊙「啼老鶯聲緑正肥，翠陰深處見紅薇」：風艷。○每晤仔園，輒嘖嘖見可，謂其才藻意興，擅絶一時。今仔園没京師，而見可亦寥落，有風流雲散之感。把是詩，能無三歎？

《夏日集史卜周玉笑亭》「群公不問陳遵轄，六月應追袁紹杯」：調和而氣老。

《閏中秋絶句》「三更露白蛩螿語，只覺今年菊信遲」：别有寄託。

《詠徐園繡毬》：用意好。

《冬日坐語鷗亭》「開軒豈是無風色，爲愛梅花放嶺邊」：我輩意中語，君能説出。

●見可知名最久，向惲香山、王于一諸君屢稱道之。近與豹人、天葉、鶴問、仔園倡和甚盛。而聚散存亡，輒復不一，每見予，有月落杯空之感。予披其讌飲答贈諸作，藻艷驚人。知爾時風流跌宕，有過人者。爲録而行之，以志一時聲氣之雅。

沈思倫

契堂，江南石埭人。

《登虎丘》「最是東吴勝，遊蹤此不窮。劍池誰手闢，臺石幾時封」：落筆淡雅，更有卓句。

《寄懷大滌先生》：情思委婉，復爾清新有致。

慎墨堂詩話卷二十三[一]

丁日乾

漢公、謙龍，江南泰州人。《漁園詩》。

《秋樹吟》「不知梗楠才，大器老山澤」：數語堅貴。

《隋堤行》「半掩旗亭半繫船，酒遲花暖荒煙緑」：詩情逼似義山。⊙似寫年來風鶴後光景，卻語氣秀隱，所以爲佳。

《平望阻雨不得過西塘，遣使示李環瀛》「昨日渡江客，扁舟隔浦心。所將無異物，尺鯉到寒林」：此等處，非高常侍不能。

《澄江書懷》「翻忘家食苦，祇覺出門非」：謙龍賦性豪達，能時出囊中物，以應友人之緩急。今見困矣，而交遊落落，如何，如何！

《擬江陰北渡不果，復從無錫南遊》「家貧輕遠道，人澮戀寒山」：語意清寒，有煙霜氣。

〔一〕此卷輯自《詩觀》二集卷十一，原署「東吴鄧漢儀舊山評選/同學戴王縉紳黄參閲」。

《湖樓獨坐》「何曾懷抱好，萬念冷如僧」；「夜深雲更出，人静月初升」：旅中淒清景色，不堪再讀。

《從桃花港登棲霞嶺觀紫雲洞，由白沙泉返湖樓作》「鳥道僧房小，龍陰洞壑多」：深曲之思，出以顯亮。

《韜光庵》「苔砌自何年」、「客遊須屢眠」：别調秀思。

《君山晚眺》「秋風雉堞昏潮色，返照鰲峰壓海陰」；「舟楫遠通過荻浦，人家多住在楓林」：壯處、幽處，皆極標勝。

《送家季兼返會稽》「道路頻傳兵燹急，夢魂相送亂離同」：字字是亂中語，寫來淒惻。

《丹陽過韓石耕墓處》「故人客死雲陽道，遥指孤墳直北尊」：令人酸鼻。

《煙雨樓與沈仲方、李赤茂話别》「故人從此别」：悠然自遠。

《六橋》「如何畫圖中，今人纔插柳」：滄桑之感具其中。

《江陰東郊秋涉》「潮水蓬門一路中」：路徑可想。

余　懷

澹心，江南江寧籍，福建莆田人。《研山草堂詩樣》。

《南鎮》「斷澗水枯堆木葉，亂山雲起削芙蓉」：純以氣象勝，然是初唐沈、宋之遺。

《吼山》「魚穿九曲風燈亂，葉落千尋石磴懸」：琢語英秀。⊙只不欲一字落中、晚。

《題曹娥廟壁》「五日屍浮真父子，千秋血食女英雄」：不可移動。⊙愛其確，不僅賞其雄。

《登白塔長橋望鑑湖》「兩江煙樹起斜陽」：奇句。⊙置身千巖萬壑中，那得不有此筆墨。

《金陵雜感》「吴殿金釵梁院鼓，楊花燕子共悠悠」：結語遠甚，不祇情詞之艷。

《吴門雜感》其一「無端醉擊雷門鼓，潛向花陰哭海潮」：是晞髮人語。其二「煙波一棹鴟夷子，閒對西施話沼吴」：想像如此，然不知西施當日作何語。

《無題》「紅羅亭下寫蛾眉，憔悴江南剗襪詞。依舊西園緑蝴蝶，春風吹上木蘭枝」：不語神傷。

任楓

木庵，河南汝州人。《硐莊詩》。

《小孤山》「窈窕青無已」：好。⊙别見孤奥之性，筆墨迥異。

《晚霽桐下聽度曲歌》「放歌纔動雲不翔」：細甚。⊙「散髮仰面叫新涼，半院深緑桐陰長。有客踏嶽採松肪，食我杞菊硬苦香。眼大氣高類古狂，傍人笑指曰荒唐」：雖摹彷長吉，而絲理畢現。其形容放歌處，又極有情思。

《硐莊村居》「餘糈供鼠飯，喬木許鴉眠」：出筆自異。

《位園》「世俗卑吾道，天心恕酒徒」：多刻至之語。

《遊風穴寺》其一「入山方見寺，隔屋已聞泉」：畫出。其二「眼中前代寺，亂後老僧心」：闊大。

◎二詩蒼堅處極似孟津，而格法更渾。

《再登風穴山頂》「今古吾儕腐，乾坤灝氣流」：奇語，人不曾道。

《陽人聚故址》「只今蠶食人何處，周社秦宫盡渺茫」：意深識老，不僅辭色之典雅。

龐　塏

霽公、雪崖，直隸任丘人。《叢碧山堂詩》。

《山寺》「講院長留馴鹿跡，題牆偶見故人名」：絶似劉隨州。⊙清閒密麗。

方象瑛

渭仁，浙江遂安人。《健松齋集》。

《同友登吴山眺望》「雲移越嶠千峰見，樹簇江城萬井開」：整雅。⊙體裁完好。

祁文友

蘭尚、珊洲，廣東東莞人。《出門》、《秋署》二稿。

《桃江吊古》「三千空戰死，一將豈成功」：吞聲。⊙詩亦雄健。

《三凰寨》「古木蒼蒼離亂後，獨留兹寨對昇平」：「對」字好。⊙「地險久無戎馬到，春深時有隴牛耕」：如入深山古洞，悄然肅然。

《過廢寺》「古跡龍蛇蝌蚪穴，不知誰是六朝僧」：寫廢寺，語語刻至，其風艷處亦逼似劉滄。

《秋署述懷》「寒衣長繫百年心」：一字不流於率，病中乃有此健筆。

《麻城寺》「只今古刹猶聞梵，不見當年老蚌聽」：用事甚活。

《水簾洞》「橋頭流水洞中天」；「到來不識神仙處，野岸濃花晚泊船」：是唐調。

洪圖光

暉吉、月槎，浙江鄞縣人。《師儉堂集》。

《山路》「村人輕虎跡，倦客戀松陰」：「輕」、「戀」字深極。

《西濠漁筏》「海市鮫皮估，春鮮馬甲羹」：真確。⊙筆花如繡。

《隬隍夜泊》「山店釀成薏苡酒，清明開亂木棉花」：切景而能鍊。⊙妙於嶺南最貼，秀雅不必言。

《正月三日遊玉山城》「路窄草青眠野鹿，縣低水緑護春田」：絶好山城景色。⊙懷玉山頭，今爲戎馬之場。思此景何可得。

崔徵璧

祀功，直隸長垣人。

《贈友》「不唱吴下歌，但唱涼州曲」：正自合時宜。

《舟次期友人不至》「昨到三河沽惠酒，人傳君已渡松溪」：神韻絶似唐人。

《上元大梁觀燈》「笙歌依舊梁園盛，花草於今艮嶽生」：對句變。「休向芳塵悲往事，銅駝金谷總無情」：結得深至。⊙於繁盛中寓哀感之意，故爲傑出。

林堯光

涑亭，福建莆田人。

《春日集東山重別》「斗酒未盡歌未已」：音節妙甚。⊙「春雲迢迢度江汜，春草行程從兹始」：

聲韻嫻美，何減唐人。

林堯英　蜚伯、澹亭，福建莆田人。

《聖泉詩》「清光薄我衣」：好。⊙全似選體，卻能處處映貼，秀氣拂乎毫素。

《昌平道中》「天陰蹲虎豹，日落亂松楸」：壯拔。⊙全首警策。

《塞上》「平沙半入黄榆色」：好。⊙氣力聲調俱勝。

林麟焻　石來，福建莆田人。

《臨漳雜興》其一「物産猶懷全盛日，奇珍入貢甲中州」：可勝懷想。其二「講堂久失三千士，寶殿遥連十二峰」：正是時變。⊙漳郡繁盛爲東南最，今一旦掃地矣，詩正以華整而傳哀涼。

毛天麒　如石，江南太倉人。

《壬子九日登古魏臺》「我來適重九」：老。「往事常在胸，茱萸今在手」：筆力健絶。⊙高勁疏爽，是得胎少陵而能行以己意。

蔣景祁　次京，江南宜興人。《梧月山房詩》。

《九月登攬勝樓》「滿山紅葉横殘照，薄暮寒雲覆碧流」：許郢州何以過。⊙清艷多姿。

鄭茂 子勉、紫沔，直隸永年人。《竹邊樓詩集》。

《小雨志喜》「雲侵鷗鷺白，雨灑棟樑清」：工緻。⊙詩有蒼致。

《都門霜降日作》「捲簾何事看星月，一夜霜寒木葉秋」：浸入唐人老境。

譚宗 公子，浙江餘姚人。

《上北高峰》「海風朝影殿，天樂下疏松」：字字創闢。

《歸度庾嶺》「頹然下横浦，燈火亂樵漁」：一結更覺生動。

《九日登龍山》「清江晚堞寒生月，衰草黄雲莽入樓」：又細又闊。

周篔 青士、簹谷，浙江嘉興人。

《吴門即事》「春事乍過三日雨，遊人還説百花洲」：筆意婀娜。⊙風致秀逸。

路澤農 吾徵，直隸曲周人。

《遊西山》「峰垂紅樹接，石亂碧流分」：艷雅。

閻若琛 紫琳，山西太原人。

《七夕賦得迢迢牽牛星用陸平原韻》「如何終歲間，不得頻相顧」：問難得妙。⊙婉轉入格，氣韻更佳。

范承斌 允公，奉天瀋陽人。《大鳳堂初集》。

《擣衣篇》「夢中夜夜到漁陽，誰憐未識門前路」：深至入骨。「衣上痕，君莫澣。滴淚人，日日遠」：結得如斷如續，妙妙。⊙不煩添脂傅粉，只一味真至，便已動人。此詩之原本性情者也。

《八月送友人還山》「秋色來何處，故人今日歸」：愈澹愈妙。⊙「遠山孤樹小，隔水數鴻飛」：一片空濛。

《秋杪過東皋，百草就萎，盆菊獨茂，欣賞永日，爲賦短篇》「眼前榮落事，歸路羨漁樵」：結意獨遠。

范承烈 彦公，奉天瀋陽人。《大鳳堂初集》。

《秋夜懷友》「對此誰能遣，吾今始欲愁」：一氣轉合，自佳。⊙清空如話。

《九日菊下計友人去程》「貧共漁家飯」：新警。⊙讀此一詩，想見友聲之篤。詩之佳勝，不必言。

《除架》「誰憐當濩落」：中有静理。「物情應有極，吾欲竟無言」：與「人生亦有初」同妙。⊙静識出以高筆，故爲獨絶。

《夜甚寒，曉復大風，因憶家學士出獵未歸，賦以誌懷》「獵馬馳何地，荒煙横暮城。幾時圍校罷，一望野雲平」：好筆力。⊙氣概雄渾。

鄧林尹

虞山，直隸宛平人。《雪江草》。

《舟泊廢城聞柝》「風雨舊街亭」：自然老健。

《春日感懷》「文章多病同鸚鵡，世事傷心付杜鵑」：工而刻。⊙滿懷蕭瑟。

《憶山莊舊居》「記得頻年歌笑地，不堪回首是離亭」：久宦離鄉，言之可慟。

《雨中舟過上庸城下，感故人遷去》「日暮孤城人散盡，滿船風雨爲誰愁」：令我黯然。

鄒之璜

爾佩、惕庵，江南寶應人。

《偶拈》「試看策馬長安道，春風翩翩多少年」：如古歌謡，愈樸愈婉。

楊雍建

自西、以齋，浙江海鹽人。

《吴江道中》「長橋虹亘還如舊，躑躅行人問渡頭」：如畫。

《泊舟》「正是多情還惹恨，惜花人在隔簾船」：情語，正妙在隱約。

趙士麟

玉峰，雲南河陽人。《金客詩》。

《劉静修墓》「元宋當時改，乾坤此墓存」：爲静修生色。⊙筆力健甚。

《忠祠》「青天開一圖」：英毅之氣，行於筆墨。

柯崇樸

寓匏，浙江嘉善人。《紀遊草》。

《自雲門步至平陽作》「溪明魚自躍，篠密猿相唤」：數語神似康樂。⊙風調密麗，正自和朗。

《邯鄲懷古》「只今城上荒樓在」：好。⊙「君不見：回車巷口行人度，至今猶説藺相如」：極似唐人短古。

《過武勝關》「山鳥一聲寂，飛泉百道開。瀟湘雲正遠，征騎幾時回」：疏澹閒適，轉見遒緊。

《行經朝歌》「寄言行邁者，不用更回車」：借事見意。

柯維楨

翰周，浙江嘉善人。《紀遊草》。

《渡浙江》「吳越望中開殿閣，溪山深處隱漁樵」：亦復典逸。⊙與渡揚子江不同，相題真切。

《望嶽》「海霧平開通日觀，巖雲中斷劃天門」：濟南敵手。⊙「愧我攀躋違夙願，夜來風雪阻前村」：近人言詩有不講氣象者，慮其膚耳。然如此等題，煞是寒儉不得。

《途中雜詠》「閨中祇解當窗織，錦字何曾寄遠人」：怨得妙。

曹鑑平

掌公，浙江嘉善人。

《登金山寺》「浪急蛟龍怒，風高燕雀愁」：不必雕刻，只自還他大雅。

《舟次天津》「千帆蕩濁河」：「蕩」字妙。⊙「從知燕市近，還見海雲多」：天津風景，宛然在目。

《答徐松之、汪晉賢鴛湖舟夜見懷》「村家依落木，客艇帶炊煙」：光景寫得出。

《送季沖之任鬱林》「驛路梅花初破臘，炎方木葉少逢秋」：貼切而光華。⊙七子豈能擅美。

曹鑑章

達夫，浙江嘉善人。

《贈魏交讓》「層巖松檜林，幽谷蘭蕙叢。」根幹同山川，弱植難自豐」：文情森蔚。⊙「我懷景仰志，師資良可通」：企慕高流，穆然神遠，其風調自爾古峻。

《送友人之山陰》「扁舟探禹穴，幾日到蘭亭」：結得穩重。

《秋日徐臞庵、汪晉賢過訪賦答》：一氣流轉。

毛逵 錦來，江西新昌人。《西粤行》。

《灘江曉望》「山寒速桂花」：奇句。⊙歷歷叙其風土，而筆自沉麗。

《巴陵登岳陽樓》「瞰湖雉堞危臨浦，浴水君山静對樓」：「危」字、「静」字都沉着。「出没魚龍常晝夜，浮沉日月一滄洲」：雄闊。⊙如此才分、力量，豈得曰子美而後遂無作者。

孫郁 雪崖，直隸元城人。

《滹沱河》「穿石歸滄海，連雲下太行」：筆下亦自滔滔洪遠。

《新樂道中》「短日喜雲晴」：新。⊙淹雅。

《過趙藩故宫》「剩粉零膏沉古井，更無人抱玉箜篌」：凄斷不忍聞。

魏憲 惟度，福建晉江人。

《同友人宿白雲洞》「夜氣結層陰」：摹景深刻。

《光明頂》「高峰插漢月偏來」：妙。「倚劍忽驚天地窄，九華如髻緑雲堆」：結得健甚。⊙字字精鍊，筆有奇光。

沈胤范

康臣、肯齋，浙江山陰人。

《汪蛟門過飲京邸奉答》「愛君才調怕君醒，傳杯搦筆憐雙手」：極着痛癢。⊙此種氣誼，何減高、李論文酒壚時。

謝櫺齡

健行，山西安邑人。《甓齋詩集》。

《登龍門》其一「樓勢翻從水面飛」：奇傑。⊙筆力駕山排海。其二「峰連不斷仙人掌，溪轉難尋鬼斧痕」：刻畫處偏露奇光。

《海光樓》「山青遥列屏千疊，水白疑鋪雪一層」：整鍊而蒼秀。

《遊柏塔山寺》「老樹數圍陰古寺，重巒四面抱空亭」：森異。

《謁女郎山祠》「衣帔來時偕鶴影，驂鸞停處帶龍腥」：錘鍊極工，光彩透發。

汪耀麟

叔定，江南江都人。《北皐集》。

《禪智寺試蜀泉》「巴江何必通，揚州好井水」：通見達識。⊙詩亦清冷如泉。

《玉鉤斜行》「死後君恩猶未休，冶容不欲歸荒丘。煙花春滿玉鉤道，夜夜月照芳魂遊」：説得如許生動，可招宫嬪之魂而使起。⊙「馬嵬山下葬娉婷，只今愁聽雨霖鈴」：敷陳往事，點染艷跡，所不難也，而妙在爲後王垂鑒。末一段尤有煙波。

《與韓醉白江邊望焦山》其一「題詩憶疇昔，惆悵隔江南」：結句老甚。其二「舟楫曾多禁，沙洲不可還。烽煙平未久，羽檄又臨關」：説入時事，筆墨入化。

《胡元潤畫晚登燕磯圖，並與諸子和阮亭先生壁間韻，步韻奉答》「絶頂曾登日半晴，黄昏月出暮煙生。不分草樹連天暗，但見波濤似掌平。霧裏聞鐘弘濟寺，霜前吹角石頭城」：句句是晚登。

《揚州早雁》「當年歸去日，曾過舊隋宫」：好。

「青山不道歸君手，能寫空江落葉聲」：以畫作結，極有安頓。⊙詩味甚清，卻能入老。

《紅橋曲》其一「採蓮莫羡多遊女，一半紅樓人未歸」：是時事，寫來極妙。其二「停橈不問誰爲主，看遍人家夾竹桃」：韻甚。其三「御史府中多少鶴，卻能吞盡古隋河」：可發一笑。

《螢苑曲》「隋家天子真兒戲，只夢江都不夢歸」：多少規諷。

陳璜

琪園，浙江臨海人。《良詩》。

《站馬行》「下馬索口糧，上馬去不見。北馬行未回，南馬歸復轉」：數言曲盡情事。⊙正妙在樸直。

《憫蝗》「雪深斷蝗災，古言今不信。去年雪盈尺，今年蝗成陣」：所以拘泥不得。

蘇　瑋

韋玉，貴州大定人。《客存近草》。

《再渡三岔河》「渡口水窮狐汔濟，峰頭雲瘴馬虺𩧺」：身分極高，出以穩愜。

李贊元

望石，山東大嵩衛人。

《過烏衣巷故里》「空聞江左衣冠地，不見風流王謝人」：神情迢邈，故乃筆墨俊異。

《擬古宮詞》「卻被東風吹散去，君王乍聽未分明」：音節縹緲入雲。

衛既齊

爾錫，山西猗氏人。

《次韻東徐電發》「一樽招好友，雙璧得新詩」；「客愁須暫減，未許憶蓴絲」：風韻恬雅。

張　愡

僧持、南村，江南江寧人。《江上詩》。

《宿靈隱寺》「日暮遠煙横，草木皆作色」：好。「欲辨何峰佳，名之不可得」：會心語。⊙南村襟懷獨超，故山水間别有領悟。

《曉起望惠山》「初暾纔見塔，遠岸忽浮山」：好。⊙句句是望中景。

《韜光别開止》「最愛韜光頂，幽人高掩扉」：如此起法最老。「雨風昨夜急，引領看泉飛」：悠然獨遠。⊙起結高絕。

《過靈隱方丈》「片片溪流雪欲封」：静甚。「有客相攜留聽鳥，何年曾到記栽松」：對得變。

吴之紀　小修、慊庵，江南吴江人。

《冬日送徐松之過虞山訪雲漢上人》「衝寒此去多酬倡，好寫城頭雪後山」：韻絶。

董允瑫　在中，浙江鄞縣人。

《十寺酌雪竇泉》「一山一寺十山前，十寺山中雪竇泉」：起得矯然。⊙「明沙細吐香爲乳，碧碗初嘗體欲仙」：落筆不欲猶人。

畢三復　右萬，江南歙縣人。《樅亭近稿》。

《春初歸里贈程非二》「可憐浪跡人猶在，未識故園春若何」：清健。⊙兩人真交，娓娓道出。

《瓜洲從容庵平明得句》「漫言南北人行早，猶讓鐘聲早渡江」：寫曉景，真而幻。

張辰樞　石紘，浙江錢塘人。《楚遊稿》。

《將發黄州夜泊漢陽》「百戰地偏繁市籍，一宵夢自感他鄉」：切漢口。⊙條暢之中，自饒風骨。

《龍江舟中與魏青城話别》「累月風帆吹去雁，將離人意感啼鴉」：清思秀韻。⊙一往情深，離離蔚蔚。

吴　甲

公令、鶴村，江南吴縣人。《筍香樓集》。

《登報國寺毘盧閣》「回簷直透松枝外，曲磴斜穿鳥道邊」：登閣方知二句之確。⊙「憑欄不覺生鄉思，一雁蕭蕭度遠天」：整鍊，卻又確切，覺分寸不可移易。

吴　鉅

蒼符，江南常熟人。《北遊詩》。

《宣雲秋感》「燒殘馬矢冬烘暖」：真。「煮就羊羔客饌尊」：「尊」字妙。⊙字字穩重。

蔣　梏

荆名，江南長洲人。

《嵇淑子太守見招湖舫宴集》「癸丑追隨正暮春，永和遺事一番新」：起得高脱。⊙磊落不俗。

吴之振

孟舉，浙江石門人。

《送周雪客歸金陵》「旅店愁聽雪，征鞭喜背風」：新情溢發。

《道傍見新緑》「茅徑横斜圍土堠，燒痕依約没車輪」：筆墨迥異。⊙喜其不作纖小語，獨有樂府風味。

《中流舟幾覆，泊船定，柬鄰舟黄崑瞻》「風撼横塘決巨瀦，天吴出没舞蛟魚」：起得嵯峨。⊙是風波既定後語。

呼　谷　德下，江南崑山人。

《范文正公祠》「一事未酹虚卜相，萬言雖獻孰安邊」：先憂後樂，畢竟此願未了。「前山猶種義莊田」：確老。⊙卻是天平之范祠，語語典確。

黄礽緒　繼武、晴筠，江南長洲人。

《喜汪蛟門移居相近賦贈》「神超境自適，聊復安環堵。攜手行逍遥，浩歌響空廡」：筆意亦復酣適。⊙一往見友朋至誼，非徒筆墨與陶家相近。

《飲曹峨眉獨笑亭》：調愜而神爽。

《清明日郊外送朱錫鬯之揚州》「城頭暮色催人别，江上春風野渡寒」：和婉，最近唐人。

沈蕙纕　馨聞，浙江嘉興人。

《秋日歸故園與諸兄夜飲》「尚覺門庭在，空悲宿昔年」：悲。⊙情事菀結。

金肖孫 瑞枝、虬亭，直隸清苑人。

《短遊詩》「堤長惟牧犢，夜盡未鳴雞」：黯然。⊙風景令人不堪甚矣，遊之當戒。

曹　禾 頌嘉、峨嵋，江南江陰人。

《送施尚白遊嵩山》「玉女霞衣鮮，搗石當窗門」；「遐蹤雜歌嘯，從此林巖喧」：典麗秀鬱，是爲結胎於選，而取裁於杜。○丙辰秋，峨嵋泊邗上，叔定招向百尺梧桐閣，把酒論文，許以新詩見寄，望之杳然，僅從文集録此一首，殊悵怏也。

沈　攀 雲步，江南吴江人。

《長安夜發留别龔芝麓年伯》「歸路落花衣上集，别時横吹客中聞」：圓潤。⊙娟秀之姿，遺世獨立。

錢光繡 聖月，浙江鄞縣人。

《硤山題壁》「重來此地留鴻爪，懶向他鄉趁馬蹄」：安愜。⊙感深，故調急。

譚吉璁 舟石，浙江嘉興人。

《鴛鴦湖棹歌》其一「憑誰移箇龍淵塔，學繡村邊也作雙」：極似劉夢得《竹枝》。其二「舊是蘄王駐師地，羅囊錦繖夜深過」：好看。其三「一樣橋頭打雙槳，郎舟雲母妾沙棠」：水邊簾際，如見其人。

潘江 蜀藻，江南桐城人。《徐兗草》。

《麻王集》「借日不滿百，之官已千餘。追呼行且至，安得無貪污」：此致貪之由。⊙極言京債之害，可謂切骨。

《黄茅岡次東坡韻》「蘇公不狂誰當狂」：健絶。

湯格 天若，江南金壇人。《南榮山房集》。

《江晚》「亂雲頽後浦，零火識前洲」：造異標新之作。

《曹持原有天長之行訪余江閣》「此地一回别，中宵兩路均」：空澹，卻深細。

秦　鉽

克繩、補念，江南長洲籍，無錫人。

《秋分日尺木堂雅集即席限韻》「小苑涼風催去燕，疏簾微雨濕歸鴉」：秀情掠紙而起。⊙風流相賞。

鄧林梓

肯堂，江南常熟人。

《送周伯衡先生還楚限韻》「幾番醉倒宜城酒，莫忘離筵勸淥醽」：風韻特超。

葉舒崇

元禮，江南吴江人。

《懷宋牧仲》「小閣燈紅亂舞衣，留髡幾度夜忘歸。最憐聽盡箏郎曲，繡被薰香漏已稀」：此事如何可忘耶！

王九徵

明侯，福建侯官人。

《重遊喝水巖》「風聲静入千林葉，海氣青生萬仞山」：調雄而氣静。⊙是七子高調，卻不膚泛，故佳。

陳檀禧

延喜，江南丹徒人。

《北固山中懷人》「懷人渺何許，佳會杳未的。指顧失所歡，能不感今昔」：韋蘇州佳境。⊙「忽驚衣裳冷，微聞松露滴。山静鬼火青，夜深風樹急。不覺惝怳間，遂令千思集」：清思澹韻，是山中人酬贈之作。

曾王孫

道扶，浙江秀水人。《清風堂集》。

《富春道中》「丹青莫訝黄公望，生長層巒疊嶂中」：可見不睹奇山水，終難作畫師。

《有贈》「但容錦瑟能相傍，何處他鄉不可忘」：柔昵。

蔣日成

庶來，江南長洲人。

《燕山雜詠》其一「金遼曾創業，此地繞樓臺」：何等筆力。「岸柳年年緑，啼鴉空自來」：含情無盡。⊙哀調，出以雄整。其二「萬馬開新戍，城頭壯鼓鼙」：警絶。其三「無風常舞雪，有水漫成河」：是北地之景。⊙「忽聞邊雨急，落葉薊門多」：盡耽行樂，而不慮秋風之至也。此作者之意。其四「琵琶彈夜月，武帳卻春寒」：只如此便足。其五「馬前狐兔滿，鼓吹向平城」：遏雲之調。⊙足抵《長楊》一賦。其六「黍谷雨催花」：新句。⊙風俗一一譜出。

顧景文

景行，江南無錫人。《楚遊詩》。

《江路》「巴僮笑指蘆汀畔，野鹿拋殘虎氣腥」：異調。

《孫夫人廟》「三國英雄灰滅盡，低頭卻拜縷金裙」：一結感甚。

陳鈺

其相，冰壑，江南寶應人。《巢園詩鈔》。

《集陶園池上》「松翠滴烏巾，屐齒響黄葉」：蕭然冷雋。

《村晚即景》「白髮老翁真可畫，不扶藜杖只扶孫」：真意可畫。

《酒家婦》「少婦當壚劇可憐，秋波留客笑嫣然。王孫上馬頻回顧，遺下玲瓏七寶鞭」：正是六朝風調。

《聽鄰家理箏》「不知玉貌愁多少，但覺銀箏泣杜鵑」：但聞其聲，而愁可知。

《寓海陵陳太史園林感賦》「護花鈴斷無人繫，只有空亭乳燕飛」：淒然。

董文驥

玉虬，易農，江南武進人。

《秋日龔瑯霞攜酒楊氏園春曉閣，即席用工部韻》其一「生涯憑蟹舍，歸計信莼羹」：用筆蒼老。其二「雲過籬邊補，天圍樹杪來」：寫景，都極曠異。

沈世奕

韓倬、青城，江南長洲人。

《歸舟雜詠》「不堪日暮孤帆影，況是春風寒食時」：對句健秀。「便到江南煙水路，五湖何處覓鴟彝」：深情。⊙韓倬夙聯縞紵，讀此詩如見休文風度。

楊自牧

預齋，直隸昌平人。

《流沙寺》「其寺曰流沙，建置自皇慶。邈矣四百年，不見金象盛」：老。「破壁夕陽映」：好。「碑文半在土，毀蝕亦難認」：好。⊙寫荒刹十分刻至，而全詩亦遒緊。

《二關》「千峰排劍戟，如護舊邊城。蒼鶻窺蛇入，烏鴉報虎行」：筆力透闢，如空同邊塞諸作。「列戍何年事，空多塞上情」：結得有意味。

《駐蹕山》「更呼頑石問，若箇趁毬場」：神王。

《暮秋遊岣嶁崖三首》其一「古樹浮空小，驚泉鬪峽彎」：蒼警。其二「落葉亂殘霞」：奇句。「何人自西嶽，移種石蓮花」：遒甚。其三「青林寒佛火，白月凈巖扉」：秀工。⊙鉤剔山水，略無餘情，而不減風韻。

《九龍池》「牆低曠野狐蹤亂，殿冷荒山蘚印浮」：如讀「陰房鬼火」之句。⊙憑弔意蒼深寒警，讀過如聞四壁哀蛩。

《贈常道士自華山歸》「試問題詩在何處，定攜風雨到蒼龍」：筆意超然。⊙愛其氣逸。

《天壽山二首》其一「神宫籞簾棲何地，原廟衣冠罷幾年」：淒語。其二「遊客任登三級殿，陵軍空守四圍牆」：不堪再讀。「何幸彫零金碧在，重培宰樹禦牛羊」：此是盛德事。⊙預庵家營平，密邇故陵，應有此淒麗之章，裴回舊事。

《劉諫議祠》「他人制策成灰燼，曾喫紅綾餅餤來」：令登科諸公削色。⊙字字典實，妙兼風刺。●謙六沉酣風雅，尤篤聲氣。南遊而訪余於選樓，意良殷矣。詩俱英剴，無凡近氣，當與寓内見之。

關鱗如

河南夏邑人。《冶雲莊稿》。

《赤壁懷古》「嘯歌今古同樽酒，俯仰乾坤有罻羅」：襟度不同流輩。⊙氣魄大，議論高。

陸慶臻

集生，江南華亭人。

《同趙使君宿晉祠作》「月出迴聞鸞鶴下，柏欹深見鼬鼯行」：高蒼。⊙正派，詩卻能不熟。

顧有孝

茂倫，江南吴江人。

《送沈留侯偕小阮雲襄北上》「舊京珠履三千士，荒冢冬青一十秋」：比配有意藴。⊙機調最逸，其蓄意在筆墨之外。

徐增　子能，而庵，江南吴縣人。

《賦得金陵舊燕》「萬里天涯空紫頷，百年風景只烏衣」：藏意無盡。⊙似是含淒，而語意深婉。

練貞吉　石林，河南永城人。

《與客話浚儀舊事》「情知不是少年時，一寸芳心事可悲。花月揚州金鎖暗，獨攜檀板教紅兒」：人生有此恨事，應以艷筆寫之。

黄之翰　大宗，江南山陽人。《曉岫閣詩》。

《擬陶九月九日》「人生值佳節，同樂亦非偶」：是陶公襟情。

董元愷　舜民，江南武進人。

《毘陵竹枝詞》其一「尋春遍拂柳千絲」：偏寫得娟然。其二「細印香泥南陌去，三間平屋小茅山」：幽而媚。

劉中柱

砥瀾，雨峰，江南寶應人。《燕遊集》。

《春興》「草長江南身未歸，雜花生樹亂鶯飛」：六代風韻。⊙新調苦情。

《集錢葆芬宅聽曲》其一「最是關情處，歌聲在畫簾」：好。其二「纖手撥鵾弦，嬌喉如擊玉。座中孤客多，莫唱江南曲」：聲情並妙。

《燕京雜詠》其一「無人解得看松回」：看松另是一輩人。其二「聲聲似唱江南曲，雙辮盤頭滿插花」：竟是新樂府。

迮俊

旦庵，河南祥符人，家揚州。《頑鐵手録》。

《遊上方寺》「隔江山對寺」：確。「隋家碑盡仆，无地問雷塘」：好。⊙沉着。

《曉發》「離店雞聲在，同舟人語寒」：寫曉發之景，逼真。

陸元泓

秋玉，江南常熟人。《水墨廬稿》。

《孫武橋春望》「歸航競逐桃花騎，落日低垂楊柳橋」：字字韻。

《河北劉賸庵先生客葬半塘》「若箇年年弔寒食，半觚荒酒滴桃花」：感悼，乃更嫵媚。

湯傳楹

卿謀，江南吴縣人。《湘中草》。

《寇警志憤》「自是江東多王氣，不教殷浩領元戎」：語有深識。⊙惡馬、阮也，而言之婉篤。

陳希稷

育民、簡庵，河南夏邑人。

《黄樓》「彭城城闕起黄樓，樓下黄河日夜流。風土猶傳楚戰伐，山川已歷漢春秋」：有高睨一切之概。⊙豪宕感激，儼與黄樓争雄。

鄒祗謨

訏士、程村，江南武進人。

《青兒弦索行》「今日簾中爲我歌，屏風三尺疑猶多。南調北調檀板合，三弦五弦銀甲和。欲斷不斷亂珠雨，叢玲碎珮穿金縷。曼聲一發皆悄然，風箏佶栗霜蛩語」：筆墨酣飽，不讓《連昌》、《長恨》諸篇。「只有青兒鬢半緑，酒酣自擁長鬚奴」：傷心。「自古烏孫黄鵠文姬拍，明妃青冢義成謳。今日郗家奴子鄭家婢，雙雙猶得稱鄉里。一生長傍主人恩，半老徐娘風韻存。請姬爲我彈盡鵾弦曲，人世繁華且莫論」：借題發其慨歎。「董生大笑頻呼酒，羯鼓連歌催擊缶。螺巵滿泛酬嬌歌，便教且住挨纂手」：處分得好。⊙照應次第頓挫，一一有法。◯一番叙述，一番悲憫，一番慰勞，訏士何其情長。

董以寧 文友，江南武進人。

《靖難八駿圖歌》「赤兔霹靂矯若驚，渾身汗血桃花明。白溝河頭雄縣城，先後哭陣奔雷霆。還疑火擊金作聲，即爾神物變化成」：逐段鋪叙，俱有精彩。「至今圖畫還如生」：一句作收，勁絶。⊙摹寫八馬，凛凛皆有生氣。此爲詩中之史，較子美畫馬諸篇更有關係。

魏世傑 興士，江西寧都人。

《宿金精洞》「丹壁髮垂青，千年長不櫛。海棠石上花，風落亂如雪」：寫得韻。《八月初三夜》「夜闌人未眠，秋雨滴荷葉」：幽甚。

王　潔 汲公，直隸大興人。《幽居山房稿》。

《金山》其一「層嵐開錦繡，急浪走雷霆」：造句用意都别。其二「無端吹觱篥，喚起洞龍哀」：結得矯。

吴肅公 晴巖，江南宣城人。《街南稿》。

《雪色中遂下湯嶺抵焦村》「芒屩信從青嶠落，丹臺背指白雲封」：極追琢而無跡，天然好詩。

柳　葵　靖公，浙江杭州人。《餘清堂稿》。

《採茶行》「但恐色味薄，還遭官長怒」；苦哉。⊙如此幽事，難免追呼，可爲三歎。

《柳枝詞》「爲報畫眉人未返，長條莫遣近高樓」：大有情味。

陳　琅　石房，福建莆田人。

《青溪述懷》「對鏡數驚霜入鬢，逢人益信道張弓」：多見道之言，而興趣不減。

王　翃　翰臣，江南嘉定人。

《宿董氏山房》「中夜虎渡水，溪樹初風生。颯颯吹哀湍，衆山皆有聲」：寫得危。

《露筋祠》「商女挑燈説露筋」：他人説事，此獨説景，妙在箇中。

周榮起　仲榮，江南江陰人。

《早春江郊探梅》「竹圍江港潮初漲，人到山樓磬自聞」：全於此中領出梅花，淺人不解。⊙「日暖乍烘寒玉放，風柔催發縞衣薰」：幽恬香細，正是看梅好詩。

何龍文

信周，福建晉江人。《石鼓傳音》。

《謁閩忠懿王像》「深秋故國池灰盡，白日精靈佛火孤」：圓而警，覺字字有精神。

夏洪基

元開，嶼山，江南高郵人。

《新城夜泊遇雨》「菰蘆聞一響，風雨欲三更」：好。⊙筆有靈氣。

《登燕子磯有感》「新亭諸子淚，更見幾人揮」：正是感處。⊙「江山今日好，風景昔年非」：過江洗馬有此蕭瑟。

車萬育

與三，湖廣龍陽人。

《紅梅》「天然麗質誰相似，鄰女施朱太赤時」：自爾不凡。⊙天然艷冶，如睹洛妃。

沈奕琛

石友，貴州普安籍，江南高郵人。

《紅梅》「卿卿風節寒偏見，爾爾光儀醉不妨」：瀟灑如許。⊙妙在脱。〇與石友別於衛源，距今二十五載矣。痞痳良勞，何不出篋中集，以慰停雲之憶。

沈謙 去矜，浙江仁和人。

《園花周都司祠堂》「爲道樓船新幕府，未應惆悵看飛鳶」：有勸戒意，他人説不到。⊙全詩莊重，而結更妙。

王鴻緒 儼齋，江南華亭人。

《獻縣》「地勢迎關壯，山形入冀多」：氣概極好，卻自精當。

《小集次魏惟度原韻》：風格老而媚。

于覺世 子先，山東新城人。

《望巢湖》「日氣來殘雨」：此句妙。⊙觀此一詩，居巢長，自爾韻勝。

蔣伊 謂公、莘田，江南常熟人。

《許昌得章載弘使君書》「小謳逢白下，大賈自關中」：偏妙。

《秦淮贈別》「渡頭明月滿，無語對秦嘉」：華艷之詩，結得邈然自遠。

曾燦 青藜，江西寧都人。

《玉川門訪六庵不遇》「木落龍溪静，天開獅子尊」：盛唐風調。⊙魏冰叔極誇玉川之勝，此一詩可想見。

劉書 清隱，江南江寧人。《蘆渡吟》。

《從嚴州上新安作》「瀨江三百里，逆水幾千灘」：老極。

《登普德寺山》「長干臺殿層林外，日上高峰塔影來」：光景妙能寫出。

劉元徵 夢闈，直隸大名人。

《村居》「卻喜山田完税早，不愁里正逼人啼」：村居第一要務。⊙雅飭而多風韻。

張鴻儀 企麓，直隸元城人。

《冬日集天雄書院限韻》「吟繼初中盛，體兼興比賦」：押韻穩秀。⊙「刻燭韻重拈，論心人盡素」：氣體從容，務臻大雅。

李振世 章鹿，直隸長垣人。《裕昆堂集》。

《黄河晚渡》「洪河日暮蛟龍舞，滄海雲生鸛鶴愁」：氣象甚偉。⊙「前路沙寒村樹杳，停鞭何處問壚頭」：綽有豪情，眉端欲舞。

蔣玢 絢臣，福建侯官人。《紀遊草》。

《龍興寺》「滄桑原有數，塵界總難知」：結語悲甚。

紀炅 仲霽，直隸文安人。《朏庵詩集》。

《送王二歸秣陵》「歸雲隨路王孫草，曉騎垂鞭公子行」：風流在目。⊙「鶯啼江上正春晴」：明秀，如雨後新花。

徐士芝 恒吉，江南吴縣人。

《送吉生歲暮之揚州》「迢遰關河驚歲暮，雪花飛點鷫鸘裘」：娟娟楚楚。

程瑞初

旦伯，江南休寧人。

《京口夜泊》「吳歌唱歇櫓聲續，鐵甕城邊月正明」：低聲緩歌，正自風情澹遠。

胥庭清

永公，江南江寧人。

《御教塲》「一片江流戰鼓聲」：健。⊙「山巔只好看燈火，湖水那堪洗甲兵」：其氣蒼莽，不屑鬭奇於字句。

《湖心亭》其一「獅子峰頭雲獨起，乘風吹過鳳凰山」：好眼光。其二「一天潮氣衝山頂，變作煙霞滿洞飛」：幻。其三「波底遥分過嶺寺，船頭看盡隔城山」：真確。⊙極真。

●永公以《梅花書屋詩稿》見寄，忽赴召玉樓。予未忍負我友之意也，爲録以志人琴。

鄒溶

可遠，江南無錫人。《時保堂詩》。

《病餘》「青山作客病多年」：西崑有此雅艷。

李蘭

馨逸，江南興化人。

《秋日送家兄元又之白狼》「地盡山纔出，天空海獨流」：貼切。

《兵阻》「雙槳兵戈路，孤村風雨時」：起得老健。⊙寫得蕭涼，而筆能英爽。

任西邑　幼瞻，江南宜興人。

《擬古》「未解動邊愁，猶唱忘憂曲」：時態良然。「何者爲悲歡，流光一何速」：結得淡，轉警。⊙人自乘時據要津耳，其如各有懷抱何。

鄒顯吉　黎眉，江南無錫人。《湖北草堂詩》。

《客中上巳》「多憐春暮纔三日，只是人心羨六朝」：似俊而厚。⊙「舊山花月何人醉，獨自天涯典敝貂」：思緒婉至。

沈希亮　信英，江南吴縣人。

《春鳥》「六朝青草變，猶自語關關」：結語大有興感。

鄺日晉　無傲，廣東南海人。

《佛山送别張虞山》「西風一别千山夢，明月空留古道心」：正自和柔。⊙「相期黄石他年約，三月桃花水上尋」：機圓緒密，是沉酣斯道者。

諸嗣郢

乾一、勿齋，江南青浦人。

《夜集仙山書屋限高字》「露滴桂花傳暮犖，風摇松影帶秋濤」：幽香静致，如親蘭桂。

張麋

九草，江南泰州人。《知拙堂稿》。

《柳枝行》「僱頭那顧人家哭」：可傷。「君不見，邵伯鎮南幾千户，晨炊半是吴陵樹」：誰爲上聞！⊙此等弊，惟書生能知之言之，而誰爲聽之？良可太息。

夏駰

宛來，浙江嘉興人。《冷然堂集》。

《陽灘》「萬松明遠雪，一碓響空山」：蒼遠。

《二十四橋》「千載香魂銷不盡，春風吹出玉簫聲」：絶作。

張吉

王士，浙江仁和人。

《送董巽子歸四明》「風雨愁看江上行」：健。⊙穩秀。

陳　滐　伯熊，福建長樂人。《陶園集》。

《病中看梅》「豈意梅盛發，與我頭同白」：快事奇語。⊙數筆全是梅意。

黄　霖　雨相，江南休寧人，江都籍。

《雨中同杜于皇諸子重過春草堂》「夜入殘春戀燭紅」：靡靡處，如聞江舟夜語。

《吴陵春雨偶集》「雨憐寒食近，人想落花遲」：綿邈多情，使人難遣。

丁耀亢　西生，野鶴，山東諸城人。《逍遥遊》。

《泊舟留詩海嶽庵》其一「吴楚移鄉語，江湖抗客顔」：高而警。其二「人情到岸喜，天意與潮平」：杜陵得意句。◎二詩用意周至，而機調極秀逸。

《報恩寺浮屠》「國初有全力，今古思何窮」：大感慨。⊙色相莊嚴，而結語最有關係。

《登岱》其一「倒騎龍背追風雨，日影嵐光亂捲晴」：奇幻。⊙金書玉册，難此典麗，而結語尤奇。其二「海若名山總劫灰」：何等識力。其三「芙蓉城裏仙爲母，蒿里山前鬼是民」：徵實處卻極靈幻。⊙神神鬼鬼，變幻莫測。其四「相傳海上牽黄狗，空向山中勒玉銘」：用得好。「名心處處搜羅盡，欲揭摩崖覆酒瓶」：好膽。◎四詩只是眼空識高。韞退評以「雲氣蒼蒼，高深之極」，良然。

劉懋賢

愚公，江南泰州人。《檗庵詩》。

《祖命、林公、紫玄、孝威泛舟西渚，乘月過荒廬小酌》「水白導魚路」：妙語。「誰人移畫舫，衝彼高林霧。循潭悦空性，因之散林步。返駕攢陶眉，草樹復糾互」：看其次第出落處。「啓扉夜色静，竹香侵衣屨」：如畫，復難畫。「遑知煙水外，赤羽横塘渡。風波不可涉，盟君指鐵墓」：有此數語，方有關係。⊙雋致雅情，亹亹來逼。一結見其風期古處。

鄭元志

詩言、勁節，江南歙縣人。

《題春雨草堂》「衆雨傳花氣」：微妙之語。

《題就園》「幸有煙霞供，予懷未渺茫」：是右丞一派。

《寓樓秋夜書所見》其一「夜深何處觀營竈，江岸沿流一串燈」：實事，能寫出。其二「人煙不及荒郊骨，長夜青燐放野光」：想見戰地之慘。

程　祜

叔子，江南休寧人。《文園近草》。

《晴川閣》「萋萋芳草處，鸚鵡贈人愁」：「贈」字佳。⊙佳處在筆墨之外。

《卓刀泉》「劉曹方據鼎，吴魏正論兵」：筆有餘勁。

《洞庭湖》「晴雲帖岸飛」：清徹。

《汨羅江》「莫惜沉冥醉，無爲獨醒民」：結更有味。⊙全是騷情。

《峴山》「令名日已遠，淚落應何曾」：結意翻得妙，令人緬然。

程瑞綸 孚夏，江南休寧人。《文山堂集》。

《秋柳》「傷心何事堪相比，絶色王嬙嫁極邊」：句句是秋柳，而情味有餘，令人諷歎。

《九日送別》「行人忍負秋光好，夾岸芙蓉花正開」：結得有興致。

白眉 子常，江南江寧人。

《法雲寺感舊》其二「紅粉埋歌扇，青山没屐痕。蕪城城下水，日日爲招魂」：情事迢遥，出以騷艷。

陳治 山農，江南華亭人。《梅華源集》。

《憶舊》「人在重簾暮雨中」：「水堂西面畫簾垂」，髣髴此景。

《無題》「秦樓應是春風誤，不遣羅敷嫁使君」：不可無此翻案。

鮑鼎銓

讓侯，江南無錫人。《心遠堂詩》。

《隋宫》「夜橋無女更吹簫」：柔婉。⊙「回首翠華遊幸處，千年愁絶廣陵潮」：風華跌宕，綽有餘妍。

姚克家

秋瀑，浙江秀水人。

《採蓮曲》「暗將顔色比紅花」：「暗將」二字，入情最細。

《金明寺懷范少伯》「石室君臣曾牧馬，古祠風雨自啼烏」：是憑弔意。⊙用事處極其灑落。

吴琦

魏公，山西襄陵籍，江南江都人。

《看牡丹懷段觀宜》「花發已三年」：好。「相思無可慰，努力醉花前」：結得老。⊙看花懷人，一字不落纖艷。

《病中夜雨》「静中參世事，病裏識交情」：閲歷過來語。⊙詩最清迴。

《同大兄馨聞、蔣子勁草秋窗坐雨》「天真老弟兄」：五字至性。⊙「得句亂秋聲」：落落見其風格。

《菊闌》「愛香秋意滿，憐影夜情深」：可謂深於愛菊。⊙「東籬今古事，珍重可追尋」：掃去俗氛，方是詠菊詩。

《遣興》「暮雨一登樓」：老。⊙蕭涼之思，出以老潔。

《贈段觀宜》「把酒惜殘春」：好。⊙「舉目無知己，愁邊得故人」：情誼殷篤。

《欲暮聞雪》「雲中聽雁方謀酒，几上呼燈未掩書」：好光景。⊙筆意閒適，且復幽倩。「擁爐忽念窮途客，慚愧青青兩鬢餘」：讀末二語，即少陵「廣廈萬間」之意，惜哉斯人而年不永。

《村居》「野墅危樓接大荒，江村高下卧牛羊」：高岸不凡。⊙「柴門幽僻饒深致，且自微吟送夕陽」：一起已踞百尺樓，餘只以澹宕足之。

●魏公性孝友，風期簡澹，讀書南郊，以古人自期，而傍及陰陽術數，及琴弈篆籀翰墨諸技，而不以之驕人，延陵之矯然傑出者也。乃年二十八而逝，人咸悼之。伯氏馨聞每爲予輩道其生平，輒涕泗横出。及予有《詩觀》二集之役，因以魏公遺詩一帙見示，曰：「稍録數章，亦所以存吾弟也。」予因採擇而付諸梓，俾茂陵有書不致遺落，則馨聞之念其弟，於是爲至矣。

謝淳

樸先，浙江杭州人。《東來草》。

《遊趵突泉》「樓中千山入，窗外竹依阪」：摹景殊妙。⊙澄澹，又復藻綺。

徐旭旦

浴咸，浙江錢塘人。《牧雲堂集》。

《泛洞庭》「天低雲夢悲湘女，木落君山怨楚臣」：莊鍊，卻帶雄情。

羅自觀

上極，江南山陽人。《代雉》。

《送翁壽如還閩中》「家園今日創，雞犬舊時深」：「創」字、「深」字皆別。⊙久客還鄉光景，寫得歷歷如畫。

熊一藻

美先，江西南昌人。《亦園詩草》。

《早秋普通寺避暑作》「臨流未覺涼非水，倚樹纔聽風已秋」：絶妙竟陵。⊙空微秀澹，卻不淪入荒寂，如此亦何必以寒河爲諱。

姚景詹

心繩，江南江都人。《康山詩存》。

《邗溝吊古》「官閣梅花渾是夢，御堤楊柳早驚秋」：綽約風流，正如隋堤新柳。

姚景明

仲潛，江南江都人。《分鷗閣近稿》。

《同舒恭任小飲》「入想全無着，謀樽且索歡」：蕭瑟之音，難爲入耳。

《興嚴聽經後同雪芝、舒恭茶話》「人情貧易聚，世事夢難醒」：閲歷後深語。⊙光景轉佳。

陳啓源 長發，江南吴江人。

《俠客行》「揭竿一呼西入秦，秦川宫室飛黄塵」；説得凛凛。「時危匹夫重，世治卿相尊」：時勢固然。「嗟哉！不遇信陵與平原」：結亦遒老。⊙秦漢史爛熟胸中，而更佐之以識，可以抵掌而談天下之事。

申涵煜 觀仲，直隸永年人。《江航詩》。

《發丹陽暮抵閶門》「雙櫓摇江月，千峰度酒杯」：情事俱佳，筆姿更爾秀溢。

《重陽後三日泊滸墅，計明日即晤路易公兄弟感賦》「别來烽火餘生在，明日相逢亦可憐」：他鄉遇故，乃得之兵火之餘、羈寓之久，能無情緒纏綿？

程　航 育先，江南休寧人。《遥香集》。

《寒山尋趙凡夫先生不值》「柴門流水白雲深，啼鳥驚飛猿掛樹」：疑是桃源。⊙值此境，已見凡夫先生矣。

《西湖即事》「牧馬聲中休掩淚，又聞水上奏琵琶」：反説，愈深其痛。

程應騏

子德，江南休寧人，育先之子。

《春日舟行》「對酒人能静，吟詩月漸生」：筆意雅適，應有育先尊甫家風。

吴卜雄

震一，浙江德清人。

《除夕》「且博他鄉醉，休傷故國殘」：辭意兼到。

釋本月

旅庵，浙江寧波人。《隨悔稿》。

《登迎仙亭懷古》「翠屏今已屬誰家，空欄只見鳴鴻過」：俯仰情深。⊙「上有迎仙之虚亭，鑾輿屢幸憑几坐」：數言健絶。

《次答瞿庵大師見寄》「地遠空山夜雨聲」：秀甚。⊙筆情秀潔，如搴蘭茝。

《椒園懷兀庵、冰心兩和尚》「何如松竹下，輸與霅溪翁」：合唐。

釋大燈

同岑，浙江嘉興人。

《夜泊銷夏灣呈同遊諸公》「蘭舟照明月，蘆葦吹寒風。深夜話不息，明德懷心胸」：謖謖松風，在其五指。⊙潔。

何金驤 御六，江南丹徒人。

《送友人至東粤》「客中芳草難爲别，嶺上梅花何處貽。章貢夕陽連客夢，洊洸秋色上深巵」：風神獨秀。《過舊遊次壁間韻》「明月影寒追細語，玉簫腸斷起鄰家」：情思旖旎。⊙御六深情人，故能作情語。

繆永謀 天自，浙江嘉興人。

《送柯翰周南歸即遊豫章》：三詩愜而俊。

鄭培 文溪，浙江海鹽人。

《都門送柯翰周遊匡廬》「揚帆迢遞從兹去，離情渺渺三潭樹。遥想陶潛種秫時，還看靈運題詩處」：風藻飛揚。「回峰九轉多猿狖，向月哀鳴聲入雲」：筆酣意暢。⊙全學太白，其才思敏妙，正足副之。

汪　楷　雲憑，江南嘉定人。

《春暮卧疾西園》「雖悵良朋阻，竊喜塵慮屏」：幽然静會，所謂「卧疾豐暇豫」也。詩秀潔而多姿，亦復如謝。

高　詠　阮懷，江南宣城人。

《同顧赤方登鰲峰望叠嶂樓》「樹臨仙觀棲黄鶴，城俯江潭見白龍」：二語壯遠。⊙極追琢，極天然。

《過謝皋羽墓》「龍髯墮海三宫淚，馬鬣封山萬古愁」：確切。⊙「許劍曾傳此地遊，豐碑遺墓尚荒丘」：妙在爲晞髮人寫照。

●阮懷詩清麗高雅，矯然出塵。晚得其《遺山》刻稿，惜不能多載。

陸　輅　次公，載商，江南常熟人。《鬱蒼樓稿》。

《贈練川陸君暘》「曾向沉香亭北奏，秖今六院尚傳名」：風神佳絶。⊙一語傳爲佳話。

趙其隆　今至，浙江山陰人。《紀遊草》。

《洙水橋》「溪中無荇藻，橋下有楊楸」：確。⊙「道派寧終竭」：儀至孔林，見洙水告竭，洵有如詩中所云者，其謂之何。

沈純中　穆如，浙江錢塘人。《梅軒偶刻》。

《再宿韜光》「江潮枕上落，海日夜中飛」：雄鍊語，極爲飛動。

胡玉昆　元潤，江南江寧人。《栗園稿》。

《遊靈谷寺》「林外草香初見鹿，澗邊雲至幾疑僧」：幽潤。「無數松濤争作響，護持真藉梵王燈」：可感。⊙確切靈谷，處處皆見精力。

《祖堂》「竹樓門敞與雲齊」：好。⊙悠然静遠，疑在雲門若耶。

顧自惺　友星，江南江寧人。

《夏日趙五弦太守招集竹舫》「緑陰深幾折，老屋半間藏」；起得高秀。「風煙收夕陽」：好。⊙是日與友星飲於五弦竹亭，自此五弦遂長逝矣。把此能無太息？

喻全易 可歆，江西南昌人。

《再登焦山》「潮生月到門」：好。⊙「十載重經此，猶然澗壑存」：寫景俱入自然。

趙　陞 孟遷，浙江山陰人。

《同諸子宿來青軒》「歸鳥銜煙林色暝，候蛩絮月露華浮」：幽静。⊙自是山中語，銷盡塵氣。

朱　曙 復旦，江南休寧人。《喬木山房稿》。

《送吴雨三入燕》「詩書終有用，何必事干戈」：聲高氣逸。

官純胤 嗣長，湖廣蘄水人。

《倘甸雨夜》「細雨深殘夢，孤燈共遠思」：蒼然以遠。

夏州梁 斗巖，江南鹽城人。

《贈别孫惟一》「酒留清浦月，人渡白洋河」：全是唐音。⊙響而秀。

翁　磊　岱瞻，江南泰州人。

《送秋浦胡崇娘歸里》「飄零非舊容，羞郎還辨識。問我别來愁，淚落不可拭」：婉轉真細。⊙當時送崇娘鏡合，名作如林，而古雅則推我翁子。

葉　藩　桐初，江南太倉人。《惜樹齋稿》。

《霜鐘》「渡頭孤客醒，高處一僧寒」：清泠。

《五日焦山同劉雪舫》「大江流向客心寒」、「清波應作汨羅看」：秀而入老。

卓人臯　有枚，浙江仁和人。

《送永瞻遊鄱陽》其一「渭城一曲頻回首，遲爾南行三日裝」：何其情長。其二：情致臯臯。

顧　兼　幵山，江南無錫人。

《楚遊感興》「十年書劍成何事，日晡江頭尚採蘺」：調壯而思沉，固非靡靡之奏。

許心宸

紫臣，江南長洲人。

《毘盧閣觀雪用東坡韻》「黄輿一色孰爲家」：脱甚。⊙用筆寬舒，而詞意俱到。

劉應麟

兆聖，江南江都人。《耕堂集》。

《春夜友人招集》「衝寒呼酒急，帶雪看燈來」：好氣度。⊙「浮雲天遣盡，放月上瑶臺」：興致都佳。

《東吴馨聞》「天氣正佳寒食近，且留仙棹訪桃花」：似晉人新語，讀之令人可懷。

浦舟

鷗盟，江南太倉人。

《初夏集城西八里莊摩訶庵》「勝賞莫教鄉思動，東南烽火路遥遥」：結得渾然。⊙韶麗，是晚唐勝場。

徐國顯

公佑，江南合肥人。《寒梅草》。

《送紀檗子歸真州》「殘書舊劍枕偏安」；是伯紫心事。⊙「遊人莫折沿堤柳，留坐新鶯唤酒闌」：詞藻翩翩，更能深貼。

慎墨堂詩話卷二十四〔一〕

吴　沛

宗一、海若，江南全椒人。《西墅草堂集》。

《西墅草堂初夏》「漠漠天宇接，遥青納短垣」：空澹難名。⊙姜燕及先生云：「士不爲官真自在，家惟課子極清平。」是此詩注腳。

《戒族人傷伐塋松》「嗟哉語族子，寧剥我膚遑汝意，弗傷塋松荒祖隧」：真痛真泣，如此而不感悟者非人。⊙真仁孝之言，愷切苦慟，紙墨皆帶血痕。

《觀穫》其一「相顧樂相笑，飽飯不欲争」：想見太平。其二「刈歌互相答，因風與之長」：逼陶。「田叟具壺榼，相飲已夕陽。不覺城市遠，仰見歸鳥翔」：妙。⊙筆墨冲澹處，真不可及。其三「將以娱村夜，濁醪與之俱。人生百年幾，憂患胡爲紓」：聞道之言。其四「言睠彼良農，逢年在力田」：堅古。◎四詩風味淡古，寄託深至，真足追蹤淵明。儲、柳諸家，俱不能逮。

〔一〕此卷輯自《詩觀》二集卷十二，原署「東吴鄧漢儀孝威評選／同學朱彝尊錫鬯參閲」。

《賦得何處難忘酒》其一「短垣燈火出，幽巷雨風俱」：是飲酒之時。其二「故園心事集，孤榻旅魂驚。葉落秋聲減，鐘摇夜漏平」：似此蕭寂，如何不飲。其三「沙平明遠雪，浪湧接通潮」：畫。其四「暝色青燈轉，天風畫角陰」：造語精妙。其五：寫出骯髒之氣。其六「高懷妙詠深」：妙語。其七「當歌雙墮淚，把袂一銷魂」：輒喚奈何。

《泉水山房寄子》：無窮屬望，總説不盡。

《五十歲自作》「而今偶悟黄粱夢，不信清閒不是仙」：徹底之悟。⊙將罷授經一事，只作罷官看，可見從前臯比甚非草草。

《夏日雜興》「一卷傍槐蔭，蟬聲催過午」：極是樂境。

《節憶》「記得當年端午，家家門懸艾虎。麥熟叢裏笙歌，苗香中間簫鼓」：太平風景，大可詠歌。

《閲卧遊樓史》「卧遊樓史何爲者，亦在當年著述中。何事早留方寸地，不留著述也春風」：稗官野史最易壞人心術。此二詩有關世道。

《贈友別》：風格極好。

《贈管邑侯》「夜深村犬吠明月，溪上兒童捕蟹還」：結二語光景可想，以贈邑侯奇甚。

《贈某上人爲親刺血寫經》「古今多少辜斯道，誰謂頭陀解報恩」：喚醒世人。⊙此輩中有人。

《病中擬往湖上不果》「羨煞孤山林處士，千年猶得葬湖頭」：想路只是異人。

●海若先生至性篤行，當世師之，不專以經師見推，而諸鳳毛皆拔起。默巖太史與僕訂交京師二十餘年，情至渥也，甲寅遇於邗上，出西墅遺詩見示。會拙選將竣，特爲録梓，以識高山。

錢士馨 穉拙，浙江平湖人。

《漫興》其一「冀比梧桐還乍脱，江南鱸膾又空肥」：寓旨蒼深。其二「北平典物完顏亮，東海衣冠高句麗。雞犬新豐通禁籞，牛羊甌脱罷樊籬」：徵實生奇。⊙壯采英思，飛舞而出。

蔣之翹 石林，浙江秀水人。

《始春日送陸韋公之淮西》「交當歧路尤堪重，文至窮時自有神」：我輩語。⊙詩情磊落。

《陸宣公祠》「當年賈誼此其輩，何代能無絳灌徒」：婉切。⊙太息殊深。

劉 侗 同人，湖廣麻城人。

《客杞示秦茂相》「遊道深時怨主人」：同人喜爲别調，然正觀其用意深老處。

彭孫貽 仲謀，浙江海鹽人。

《螺川晤黄交侯共談家難，感憤書懷》「俱傳欒布收彭越，相對黄公哭阮生」：用事淒警。⊙哀苦，令僕不欲聞。

梁于涘 湛至、欽光，江南江都人。

《哭萬茂先》其一「一見亦前因」：痛。其二「迸淚湧江流」：健甚。◎欽光靖節萬安，其遺詩不可多見，僅存二首，比於睢陽《聞笛》之作。

鄭元勳 超宗，江南江都籍，歙縣人。

《哭萬茂先》「産因高義薄，名爲數奇垂」：二語足傳茂先。

金俊明 孝章、耿庵，江南吴縣人。

《觀槿》「榮衰隨旦暮，久暫豈殊理」；「庶保松筠心，修名企君子」：借物寫懷，可謂箴誡。

金　侃 亦陶，江南吴縣人。

《雨泛湖上觀梅》「煙中人語前村樹，雲裏雞聲隔岸山」：秀雅絶倫，疑有仙骨。

黄周星

九煙，湖廣湘潭籍，江南江寧人。

《同人偶集緑野園分韻》「繁華滿眼才人老，貧賤傷心壯士低」：感深一往。⊙「溝頭蹀躞如尋夢，可是煙花舊竹西」：望之菁葱，而意緒蒼凉，自爾矯出。

《觀凌歊臺故址二首》其一「莫言片石無光彩，直作千門萬户看」：警快。⊙有此想，卻説不出。其二「若教頑石能言語，便與從頭話六朝」：想路絶佳。

陳名夏

百史，江南溧陽人。

《福寧州城外即事慰袁生》「何人共此患難中，與君且醉重陽酒」：筆調最愜。「我欲歌聽者，疑我重泣如綆縻。以此歎息無古道，千載相思在管鮑」：哀蟲四集。⊙時南中借污賊一案，以治清流之獄，故溧陽懼而出奔。其音淒激，固令聞者色動。

姚永昌

茂孳，浙江慈溪人，家固始縣。《壺中吟》。

《易州懷古》「天意忽圖窮，歎息難已已」：言外不勝哽咽。

《平越道中》「萬山無一樹，百里有千坡」：真確。⊙讀罷想見其處。

劉佐臨 與襄，江南潁州籍，河南永城人。

《縣居詩》其一「斗城盡瓦礫，無菜可生花」：真。⊙如此荒涼地，而宦興應爲索然。其二「地愁兵火剩，人怕鳥弓傷」：筆力雄健。

徐宗健 仲乾、翁洲，江南江都人。《恬庵詩集》。

《卧病客過園居》「廼知憂患塗，哲士慎所持。意氣感相悦，載歌伐木詩」：堅潔。⊙風韻沉静。

《春日湖上懷同學諸子》「暮難成獨往，老益念離群」：情深。⊙氣味極老。

《冬夜諸子讌集》「美人雙白璧，端坐撫朱弦」：洋洋古調。⊙疏直見古，惟初唐人有之。

《秋日慈雲庵訪友》「緑水泱泱在，公能爲鼓琴」：老極。⊙蒼辣不可及。

《捍水》「誰能更疏放，溝壑轉相親」：結語神似老杜。

《君山北眺》「楚相墓連芳草没，延陵碑向夕陽秋」：警而貼。⊙登臨詩微露感慨，正自襟抱異人。

《送浄塵上人歸東山》「茶熟鶴邀山客駕，經餘龍去石堂沙」：俱非熟思。⊙調高辭鍊。

《與又陵弟夜坐》「不知何所事，閒時便憶君。君來無半語，相對自欣欣」：此謂真情寫得出。

何士震

修吉，江南江陰籍，武進人。

《雪曉》「山窗驚歲晚，愁絶鬢毛絲」：清寒，照人鬚髮。

《邗關即事》「卧起簫聲無處覓，滿帆風雨向江樓」：此景殊可念。

許裔蘅

杜鄰、蒼巖，江南合肥人。《二樓集》。

《雨中洪二黄對弈》「我自風流思謝墅，君應郡守博宣城」：用筆最妙。⊙筆意高雅。

釋大健

蒲庵，江南江寧人。《花笑軒集》。

《歲寒吟》「草閣晝長妍，山光夜逾肅」；「乃知天地心，凜冽有芳馥」：粲然清綺，而氣自蒼肅。

董德偁

天鑑、銘存，浙江鄞縣人。《實藉軒詩鈔》。

《壬午夏日宿汶上》「村爲兵馬市，寇作往來郵」：前代亂轍。⊙過江第一流語。

褚　篆

蒼書，江南長洲人。

《冬夜飲吕僉事齋中，聽女郎彈箏》「籠卻春纖情不盡，風前紅燭助啼妝」：温、李再見。⊙艷冶之作，結語更爲移情。

《過海寧佛院》「曉市鬣帆乘漲出，夜堂龍鬼護珠行」：造語光爍。

米漢雯 紫來，直隸宛平人。《漫園詩集》。

《春日臨書有作》「吾家卷帙稱汗漫，兵燹一旦俱星散。玉軸相披又主人，至今追憶惟吁歎」：「米家書畫船」，追惟能無情動？⊙紫來精於書法，言之津津，固非膚語。

《德安曉渡同錢目天》「雨收仍滴樹，霧重不分山」：二語可畫。

《伯璣新成小舫，邀遊東湖次韻》「扁舟如小閣，列坐豁塵襟」：風致可懷。⊙伯璣歸章門，竟貧窘而死，所選刻諸集，皆零落不存。閱此詩，爲之歎息。

《送張松樵鍊師還廬山》「伯英家法原能草，栗里遺民更有詩」：語貼而調圓。⊙少陵語必驚人，而新句必求其穩，則格外求奇者原非。此詩，吾評以一字曰「穩」。

《西山雜詠》：正在箇中。

周肇 子俶，江南太倉人。《東岡集》。

《燕臺雜詠，時辛丑王正》其一：此有定數。其二「謝莊哀誄頻更換，料得長生私語多」：更自風韻，不減崔魯《華清宮》諸作。其三「腸斷一聲河滿子，至今遺恨孟才人」：淒麗。其四「帳房昨夜朔風邊，别苑蒼蒼萬點煙。此日芳塵都不起，阿誰望幸曲莊前」：固紀事之詩。

●子俶《燕臺雜興》詩凡二十章，多紀鼎湖之事，余尤採其英麗而典雅者，用備詩史。

莊振徽

世慎、耻五，福建福清人。《容園詩》。

《過黄道山》「麇鹿護子遊，巖猿閒相抱」：筆墨殊異。⊙讀過如入萬山中。

《下沙公館雨坐》「亂瀑飛遠泉，木葉喧不息」：此景最幽。⊙不必説雨，卻句句是雨中景。

《下沙看山》「瞥如青鸞沖九霄，空中毛羽色盡碧。隔水以南煙千頃，嶺猿啼風泉壑冷」：全從遠際摹寫，此謂善於看山者。

《雙峰寺别客》「喜得山中友，高談十日秋」：起句好。⊙「寒梅將發候，還約與君遊」：勝地而别好友，情自難堪，詩特寫盡。

《同友人宿官莊茅舍》「對月影千層」：刻畫。⊙「山深客亦僧」：用意巉刻，卻臻上流。

《旅夜懷友》「竹徑延新草，山樓聽遠泉。」：「延」字着意，對句以不着意更佳。⊙清遠蒼秀。

《宿卓公山亭》「溪灣瀨入牀」：奇句。⊙「無夢不還鄉」：比唐人「還家萬里夢」，更有出藍之妙。

《上洋口阻漲》「村酒連宵醉，漁歌隔岸清」：清絶、韻絶。⊙大似孟襄陽。

《登仙霞嶺》「雲護一身浮」：奇句。⊙「樹老侵煙色，冰寒咽澗流」：氣象籠蓋，雅與題合。

《清泉舟中别客之天中》「柳陰嘶去馬」：工緻。⊙「野色隨人往，江聲入暮愁」：五六，幽細中具見雄渾。此造詣自然之妙。

《清涼寺訪勝野上人不遇》「浮雲依古寺，一徑冷秋陰。未與山僧約，徒攜竹杖尋」：徑路迴異。⊙蒼甚、冷甚。如此詩，幾餐冰雪、絶煙火。

《登木末亭》「木落舒寒色，亭空納遠聲」：鍊字極佳。⊙精警處，一字一金。

《過金陵有感》「卻羨六朝佳麗地，鍾陵風雨使人愁」：金陵故實，摭引不盡。此獨以澹宕出之，固爲濯濯。

《夜琴》「萬聲收盡一聲裏」：中有琴理。

李瀅

鏡石，江南興化人。《敦好堂近詩》。

《回龍山》「岺岑劃丹翠，浦漵被雲錦。不知造化心，銜美何無盡」：嶺南山最怪麗，此能傳出。

《觀音巖》「深谷雜雲氣」：五字幻異。⊙神骨妙在緊聳，無一閒字漫筆。

《清遠峽》「古寺嵌危巒」：「嵌」字非實歷不知。⊙用筆恬適，卻已寫盡，不必更爲奇語。

《玉山寺看月》其一「檜柏當窗静，星河倒影寒」：老氣。其二「一水連滄海，三山接潤州。香花靈鷲地，簫鼓木蘭舟。樹色荆揚斷，江濤日夜流」：氣象直踞萬丈峰頭。⊙詩至此可稱奇麗。其三「魚龍空外宿」：奇語。其四「鄉路白波連」：好。◎四首力足神王。

《湖莊》其一「遠風絺葛透，落日大湖平」：對更曠。其二「鼓角江干急，鳧鷗天際遐」：切事。◎

二首老致幽情，大堪諷詠。

《崧臺漫興》其一「野花黄蝶喧沙岸，古木蒼苔冷石樓」：疏辣，不覺其藻麗。其二「百粤流亡兼寇盜，漫將涕淚灑山坳」：少陵神境。⊙全首典艷，僕翻愛此一結。

梁佩蘭

芝五、藥亭，廣東南海人。

《送李鏡月遊七星巖》「篙師漁工各叉手，據楫不動但哆口。其陽恐有崖谷崩，其陰恐有蛟龍鬬」：形容處真有萬丈光焰，君其李、杜後身耶？「西望蒼梧斷人目，九疑縹緲飛青緑。未就重華薦楚詞，空憐二女啼斑竹」：餘情閒致，最爲吃緊。⊙徵奇集異，鏤金錯綵，是其儲才之富。妙在章法安頓波瀾老成，則非名手未能辦此。

《珠江送别張虞山》「山峒採香看蜜户，江城移泊對鮫燈」：異彩殊姿。⊙「今日送君淮水去，越臺惆悵幾回憑」：新艷，疑腕底有珠。

汪徵遠

（再見）《穀玉堂甲寅乙卯詩》。

《二月八日繇虎丘抵靈巖》「人與翠微一」：五字妙絶。

《夜抵光福泊虎山橋》「光景來無端」：五字虚幻。⊙是初泊光景，意中有梅，筆下有詩，情興最洽。

《遊玄墓》「非獨香色幽，處地亦自别」：纔是看花人具眼。

《避亂潨溪甲寅九月》其一「殺氣彌空谷，山城勢益孤」：起得蒼渾。其二「川巖有戰場」：老。「新安莫回首，愁煞是家鄉」：結更遒。⊙字字堅老。

《研雲招同程蝕庵飲西園月下》「幾夕同觴詠，烽煙尚在鄰」：真。「轉因罹喪亂，倍自覺情親」：轉筆健。⊙喪亂之餘，詩酒之緣尤不易得。此詩寫得淋漓盡致。

《臘日發潛溪夜宿桃嶺》「此時猶作客，不敢問歸人」：全以識勝。⊙亂餘遠遊，自爾百端交集。

《過溪澗嶺》「危峰受日寒」：奇。⊙戒心之極。

《過灣沚尋叢碧亭》「最喜登臨候，樽開就夕陽」：閒秀娟好。

《雲巖同梅瞿山、耦長、蔡曉原、顧云美小集》「時危詞客在，世亂酒徒尊」：是我輩語。

《月集偶感示諸同學》「客路諱饑寒」：深語。⊙牢騷見於言表。

《寄程蝕庵》「肝膽留朋舊，鶯花委戰場。新詩念程子，天末永相望」：扶晨與蝕庵交最善，故其詩真摯如此。

《次梅瞿山韻留别》「兵聲恐翠微」：「恐」字下得好。⊙筆意最清矯。

《程蝕庵過潛溪小集，時柯生雯然亦至》其一「近來弦管易傷心」：好。⊙是亂後語，固與平時讌集不同。其二「蕭條最怯豺狼路，安穩終嗤燕雀堂」：有識人語。⊙「居人多少兵戈裏，户外依然有戰場」：言外有無窮隱憂。

《留別吴門諸同學》「江城依舊繁歌管，山國重新話鼓鼙」：四郊多壘，而吾輩猶宴會不輟，有若承平。讀扶晨詩，忽如冷水澆背。●新安兵革初定，而高蘇州使君訂之入吴，往來皆取道邗上。予與之把手叙闊，談烽火事，歷歷如在夢中。因出其新詩見示，高老雄秀，不減少陵《彭衙》、梓、閬諸篇。固非亂離，不能有此傑作。

瞿有仲

有仲、健谷，江南常熟人。《紅曉樓集》。

《送汪扶晨還新安》其一「離别那堪離亂年」：警策。其二「白髮滿頭孤劍在，青山當酒一樽空」：雄情直上。◎二詩饒有碎壺擊劍之概，不屑依依送别，作兒女子語。

何讓

允恭、石江，江南六合人。《雪香樓詩草》。

《秦無人》「殺父去夫全不顧」：深文。「提兵直入咸陽城，秦亡已不自子嬰」：斬然。⊙説得秦政黯然無色、淒然喪魄，筆下真有利刃。

《捉船行》「前解江南數百艘，迄今猶在石城守」：苦事。「有子有子摧心肝」：烏啼月黑，字字傷心。⊙「前年舟捉衣不完，誰收白骨葬沙灘」：明知其苦而有所不能已也，盍於其中示拯恤焉？當事者亦豈可不聞！

《瘦馬》「瘦馬稜稜自驛迎，塞庭官字尚分明。曾經百戰追風入，誰遺雙輪曳尾行」：老筆横厲。⊙借瘦馬發出胸中感憤，字字蒼老。

《過昌平州望天壽山》「下馬摳衣過此間，酸風無地匿慚顔。尚存日影諸陵樹，不散雲陰天壽山」：銜口而出，自成好詩。⊙過此地自應有此詩，然或以爲「過」，則不得其解。

《居庸關》「山若饑鷹群奮翮，關如卧虎獨張拳」：好圖畫。⊙筆有蒼警雄邁之氣，是邊塞詩。

《懷來城登樓》「六龍初返西征駕，獨石長懸北顧愁。自昔雲屯皆鐵騎，只今荒草滿邊州」：筆如健鶻呼風。⊙筆力强勁，而俯仰情深，尤爲必傳之作。

《七月望後宣府偶成》「七月風聲驕蟋蟀，九邊雲物暗牛羊」：卓邁。⊙格調才情，俱臻上乘。

●甫草間關負米，歷盧龍、𧌒狐之塞，久不得其音耗。乙卯夏五，上谷太守沈國望緘其新詩見寄，云抵足易州，屬其郵筒者。乃未幾而甫草竟召玉樓矣。因選梓其雄警之篇，登諸卷軸，蓋不忍忘我良友也。

蔡瑶　玉及、曉原，江南宣城人。《餘閒堂集》。

《田居》其一「春風夜來雨」：好。其二「習習中谷風，落花與之俱」：神况殊佳。其三「南畝新秫收，糟牀滴夜宇」：樂事。「明日酒醒時，更覓東鄰父」：妙境妙趣。⊙田家詩自儲、柳而外，重見此作。

《坐菊叢中》「采采不能去，木落原上村」：澹絶。⊙「林皋風雨散，黄菊忽在園。晨興恣遊睇，延賞秋姿繁。白露淒未凝，霜意流空軒」：正得陶公之深，豈在形貌。

劉儀恕

喻人、推庵，陝西涇陽人。《琅函近稿》。

《流民行》「嗚呼！縱使流離饑餓填溝壑，不敢歸農受吏索」：誰爲上聞。⊙「耶娘妻子同哀叫，哀聲迸淚如流泉」：叙述情事，言之可涕。其筆力則少陵之《兵車行》。

《江陵得晤李五劬庵》「他鄉無意緒，新柳復含煙」：疏老，卻纏綿。

《旅次不得家信率成》「思親愁轉劇，作客意如灰」：樸老。

《舟發漢口》「鼓鼙高壘上，弦管大江頭」：諷得不覺。

《月夜江泊》「風景曾何異，遊人只自看。鄉關煙水外，苦憶路漫漫」：寫景密，入情老。

《靈隱寺》「泉落千巖雪，風騰萬樹煙」：卓鍊。

《秋日洪堰》「屐齒凌空霜葉亂，樵歌隔岸夕陽微」：作意。⊙蒼鬱。

《峽石》「道傍垂白爲余説，此路西征屢過兵」：直得妙。

《韜光庵》「竹裏鐘鳴僧不見，滿階寒瀑雨常聞」：此境堪想。

魯灝

紫漪、桐門，江南江都人。《濯月草堂詩》。

《渡黄河》「野樹埋城郭，荒雲壓草萊」：雄健。

《江真人墓》「飛仙已兩代，得道第三人」：老筆。

《早渡懷博上人》「塔掛千江内，春寒二月中」：澹秀。⊙詩有姿態。

《登大觀樓，次王阮亭先生韻》「隔墻帆起衆峰頭」：畫。⊙「南徐直接廣陵秋」：風景宛然，如在江上。

《登燕子磯次韻》：「六朝王氣指殘山」，此一語足敵劉賓客。

倪之煌 天章，山東臨清人。《一草亭稿》。

《雜興》「日下白雲沉海黑，崖根險路到山平」：着意刻畫。「時移客自悲霜雁，潮落人皆取石蟶」：對句勝。⊙天章詩甚快利，此更能蒼鬱。

《晨征》「逢人歧路問歸程」：如畫。「草經野燒高原黑，水帶寒冰細澗鳴」：琢鍊精工。⊙能停筆苦吟，便自傑出。

胡　暹 進埜，江南江寧人。《無行所悔齋稿》。

《雞鳴寺秋夜》「六朝餘此寺」、「雁過孝陵秋」：筆秀而思警。

馬之輅

吉人、果庵，江南宣城人。《焚餘草》。

《題看雲樓》「檢書千嶂雨，坐月半牀琴」：居然唐句。⊙「會心丘壑裏，不必待登臨」：秀倩多姿，宜爲愚山所賞歎。

王僩

无竟，山東膠州人。《太古園詩集》。

《登黄縣西閣》「秋氣欲殘成遠塞，寒山無數下平荒。戍連大海浮雲黑，旗掩孤城落日黄」：奇語。⊙似以氣魄勝，卻其中秀潤不可當。

《大澤山訪趙汝執》「亂後十年僧尚在，别來幾日事全非」：藏許多感慨。无竟非尋常男子。

潘岵

孝瞻，江南蕪湖人。《嘯堂集》。

《罷耕謡》「人歸不進屋，轉向塘邊洗雙足」：似俚而真。

程焕

堯章、石雷，江南休寧人。《御風草》。

《偕孫無言諸子遊平山堂》「夕陽剛在板橋西」：結得澹邈。

湯帝臣 在簡，江南旌德人。

《冬日閩歸，舟過西湖，不及暫停，殊深記憶》「夢裏似從經往跡，畫中相與憶今宵」：極似寒河。⊙清微秀冷，筆底疑有煙霜。

申紘祚 維久，江南長洲人。

《中秋登唐山》「草凜寒風疑虎伏，風傳仙籟引龍歸」：知爲異境。⊙意取新幽，故筆無膚氣。

《秋日懷堆山和尚》「讀史但知編日月，懷人空復對山川」：真切。⊙讀其詩，悲其遇，惟我知君。

李長順 天助，江南高郵人。

《過蕪城舊寓》「數年經過少，斯地有誰存」：愈淡愈警。「戰骨填空巷，交情委舊魂」：痛語。⊙情辭最淒切。

《九日雨同陳學士登文遊臺，遲陳士振、許天植不至》「不信經年憂盜賊，每談往跡讓漁樵」：卓識。⊙高情激響，讀之可招風雨。

王弘祚

玉銘、思齋，雲南保山籍，陝西三原人。《願庵詩集》。

《清河暴風三日》：荒涼景色，寫得如在目前。

《黑井山》「雲從馬足現」：奇句。⊙狀崎嶇之景，可云盡致。

《老鴉關》「翠微絳閣千峰峙，梵刹青燈萬象懸」：可想其境。⊙「漱流枕石仙人事，回首風塵意惘然」：氣象嵯峨，音調穩愜，全乎沈、宋之偉構。

《渾源州懸空寺》「空中洗鉢龍應起，天半吹笙鶴自還」：做「懸空」二字，可謂獨到。⊙人知其興象之殊，不知其意識之卓，此前輩異人處。

《念友》「哀牢楊柳應猶昨，太保蒹葭異舊時」：又極風韻。

《懷鄉》「六詔烽煙説不真，十年鼙鼓黯滇城。玉龍金馬無家别，鐵柱香巖有夢親」：無限苦思，一筆寫去，真覺淋漓滿紙。⊙全得少陵之神。

譚貞默

梁生、埽庵，浙江嘉興人。

《猛虎行，丁丑送錢虞山北上作》「虎兮虎兮費無極，狐兮狐兮曹無傷」：憤懣孤激，不嫌於盡。

《秋日叢桂庵遺痾》「樓頭數夕陽」、「蟬領樹聲長」：新情相餉。

《同西吾禪友登雲居山》「江天於越常飛練，宫闕南朝有斷碑」：氣高識邁。

《謁武夷君》「幔亭不斷賓雲曲，鐵笛還餘控鶴風」：藻麗處，還歸典穆。

《秋日從十八澗歸聊齋》「朝看叢桂暮看潮」；「山牀越宿歸湖曲，小艇殘荷第一橋」：幽情俊致，令人神往。

《丙戌春釋菜南雍》「雞鳴山畔垂頭過，怕聽鍾陵叫杜鵑」：如此胸懷，尚不愧作名士。

《懷金陵》「幾許新詞堪擊節，柳枝唱罷竹枝來」：歌聲繞樑。

李良年

（再見）《秋錦堂集》。

《坌道》「譙燈閒鐵笛，獵燒走烏羊」：典麗。

《襄陽》其一：寫得嬋娟可愛。其二「遊人新有曲，不唱白銅鞮」：今荆襄又云擾矣，如此風景，恐不易得。

《宣府》「行宫寂寞雙槐樹，御氣銷沉舊酒樓」：徵實，出之鏗鏘。

《金陵》「烏桕霜清槐葉雨，畫師愁寫建康圖」：神韻絶妙。

《聞鷓鴣》「蠻烏亦知行不得，行人那向夜郎西」：遠遊之客，聞之淚墮。

《憶分虎客宛温》「不敢更嗟鄉國遠，有人還在萬峰西」：酸楚。

董　俞

蒼水，江南華亭人。《浮湘》、《度嶺》二稿。

《過巴陵諸磯》「船頭抛食飼神鴉，蕠祠白晝精靈語」：景物如畫。⊙「前磯峭峙後磯横，長年强與波濤争。更愁月黑江路杳，短鬢須臾白數莖」：數言勁絶，亦韻絶。

《蒸水道中》「石鼓峰頭丞相祠，來陽縣側詩人墓」：點染最佳，浸淫于古。

《汨羅潭弔屈原》「山川易下吴儂淚，詞賦難招楚厲魂」：湘雨湘煙，迷離毫楮，筆情最爲迢邈。

《清溪江館》「鳩婦數聲村雨暗，石楠花落野橋西」：幽艷。

《蘄陽書感》「元妃國破爾何堪，聞道披緇寶月庵。剩有當時老宫監，麟山軼事尚能談」：最不堪讀。

高佑釲

念祖，浙江秀水人。《懷寓堂詩》。

《龍隱洞元祐黨人碑》「不是諸賢留姓氏，誰人肯搨蔡京碑」：清流之足重如是。

《歸舟洞庭湖阻風》「昨日北風今日雨，終朝篷底望君山」：純化於唐人矣。

《魯連臺》「聊攝齊封内，曾傳高士來」：高爽。

《立秋日夜渡揚子》「吹浪江豚没，回帆塔火懸」：樂其平遠，正爾警暢。

《黄河月夜有懷繆天自、周青士、吴虎文、同甫、查韜荒、盛容闇、譚左羽、李斯年、武曾、分虎、徐敬可、初鄰、鍾廣漢、沈馨聞、武功》「滅燭零秋露」：妙句，絶似庾、鮑語。《遊松林、竹林二巖，復登海山門》「未到只愁無路入，難登方見此山尊」：是閲歷過來語。⊙寫得令瓏惝怳。《從海螺巖歷晚秀、雪巖、水簾諸勝》「奇雲百折上螺峰」：奇語。⊙「梵閣香臺塵外望，半天風送一聲鐘」：如置身萬丈峰頭。《下丹霞山里許，從夢覺關得錦石巖》「日落鳥翻寒樹影，年深蟲蝕古苔花」：百鍊精金。⊙精光透露，如芙蓉出匣。

卞善述

耐庵，江南江都人。《澹寧堂稿》。

《遊西湖作》「況值秋色佳，爽氣颯林丘」：轉筆健。⊙西湖久爲戎馬之場。羨君此遊，猶屬繁盛。《友人遊越未歸作此寄之》「越絶書空在，冬青墓已非」：語有筋兩。《觀匡廬圖中彭澤縣有感》「作吏人俱羡，折腰君獨嫌」；「獨坐披圖久，清風自入簾」：清迥如陶。《秋初晚眺》「平野月高鷹隼落，渡江人静鯉魚飛」：英麗，語卻極合。《秋夜宿丁公廟有感》「更欲長歌論往事，傷心江上不堪題」：蕭騷都在言外。

《尋秋》「醉歸村犬吠，明月小橋西」：畫。

《步李艾山留别》「淒淒衰草滿溪頭，孤鶩飛來落照收。今日與君離别去，夢魂時到聚霞樓」：極是情親語。

《江上行》「摇曳酒簾魂斷處，忽聞鶯語兩三聲」：渾融，得龍標神味。

鄧廷羅

（再見）《楚遊稿》。

《韓信談兵處》「人言漢祖忌功成，假王一語嫌疑生」：定論。⊙一則史斷，淮陰應服。

《和杜九臯同年贈行韻》「乾坤争水火，今古自風雲」：傑。⊙「蕭蕭空易水，起舞夜相聞」：其氣沉烈。

《過欒城留别沈明府》「驛路春煙暖，旗亭濁酒寒」：卓麗。

《新鄉縣郵亭和廣陵女子壁間韻》：傷心之語，可譜琵琶。

劉壯國

幼功，江南潁州籍，河南永城人。《縣居詩》。

《仲春登瑶臺》「引泉皆涑水，倚檻即條山」：穩而健。

《冬日夜坐》「苦吟時坐夜，常徹縣樓更」：如此作吏，正復不惡。

《念家兄弟》「百年俱過半，相勉穩鋤犁」：老氣深情。

《秋日》「寒燈中夜悔，勇懦總書生」：今日而爲吏，「勇懦」二字總着不得。幼功固屬箇中人。

季　静

仁山，江南泰興人。

《夜舟風雨行》「此時客顏總若灰，悔向歧路遭喧豗」：勢險節勁，筆底可走風霆。

田作澤

小宛，雪龕，河南商丘人。《松巢吟》。

《次鄧孝威見寄來韻奉懷》「寂寞村廬長緑蒿，曾同吾子醉香醪。人逢知己情多戀，話到臨歧意不豪」：起得磊落。⊙高老蒼凉，風格獨上。

《荆山口阻風》「塗山鐘鼓入寒雲」：高凉。「遥指八公風鶴處，旌旗猶見謝將軍」：遒老。⊙精神振厲，所謂「探驪得珠」。

林鼎復

天友，福建閩縣籍，長樂人。

《八月十三夜同友人集怡雲亭》「席就乍凉風」：婉愜。⊙隱秀多風。

《初度答諸同人見贈》「猶憶紀年書甲子，敢將初度比庚寅」：含意正深。⊙「醉裏頓忘人世窄，文離懷抱任長貧」：懷抱高人一層，結言自貴。

《七夕立秋》「正傳天上雙星會，忽報人間一葉飄」：兩意擒住。「樓頭吹笛誰家女，凉露風前指鵲橋」：嬋娟可愛。⊙倩筆傳寫，疑染螺黛。

謝良琦

仲韓、獻庵，廣西全州人。《醉白堂集》。

《猛虎吟》「青山嵚嵚，澗水清清。虎今入市朝，我還入山林」：轉筆奇。「虎今市朝已千百」：只一結，寓無限諷刺。此亦仲韓作古文法。

王元度

尊素，江南歙縣人。《軒轅閣稿》。

《次南屏尋友，因雨宿淨公禪房，次日之白門，賦此寄别》「樹積兩峰殘照裏」：畫意。「夜納湖光燭影低」：幽秀難名。⊙娟然静細，而逸氣自行其間。

卓胤域

永瞻，浙江仁和人。

《集雲深草堂和韻》「斜月纔臨一水白，微煙乍起衆山青」：寫景微茫。⊙體致妍美。

卓胤基

次厚，浙江武康籍，仁和人。

《登清流寺千佛閣》「松柏千年垂梵刹，樓臺百尺倚雲山」：調高思潔。

袁啓旭 士旦，江南宣城人。

《憂憂詞》「何當淨八極，一往扶摇摶」：音節遒亮，結旨更遠。

《雨宿甘豹倫寓齋，同蕭夢旭作》「簾前鐘動三更雨，門外江鳴萬里潮」：綺不入靡，秀而能健。

許納陛 元錫、雪庵，江南如臯人。《思亭集》。

《秋村》「地僻無兵馬，揮鋤隱暮村」：起得少陵手法，餘俱圓淨。

《懷白下蔣震青》「百蟲亂語三更月，一雁高飛萬里雲」：華艷。⊙「蔣公祠畔人如舊，潮打空江南北分」：風姿蒨秀，擅六朝之宫體。

《殘冬簡三水黄天濤》「歲暮烽煙詞客老，别離何處不堪憐」：一結老甚，卻多摇曳之致。

孫汧如 阿滙，江南六合人。

《靖江奉懷冒嵩少先生及辟疆》「戈鋋泣度新安嶺，風雨潛過二氿船」：情緒離離，義兼群怨。

唐念祖 髯孫，江南宣城人。

《白紵與友人野酌》「茅屋村煙流老樹，大江帆影入殘曛」：一幅好畫。「歸馬蕭蕭經細柳，何年綏帶學從軍」：餘情自振。⊙聲調諧，格律正，此爲正始之音。

侯方通

通侯，河南商丘人。

《次韻贈家月鷺》「鐵衣血照殘燈暗，銅柱功標異域多」：沉鍊。⊙氣遒音亮，是一健手。

許世昌

乾若，直隸曲陽人。

《陪遊香巖閣》「香梵傳巖閣，慈津駕石舟」：大雅。⊙處處圓滿。

周宗儒

自珍，廣東崖州人。

《平黎曲》「一陣煙生山盡灰」：雜之短簫鐃吹中，不復可辨。

徐獻科

十夫，江南興化人。

《企喻歌》「不解是健兒，裲襠看牌子」：逼古。

《高士吟》「鳳之室兮丹穴，彝之禄兮薇蕨」：可作《高士贊》。

徐熺　玉蟠、暵如，江南興化人。

《隱居終養詩》「一日勝三公，難爲達者言。捧檄雖盛事，回馭豈徒然」：世何「達者」之多耶！⊙皆至性懇惻之言，而躬行不愧，允宜學者佩誦。

●丁酉春予客嶺南，日與徐符嵎觀察爲文酒歡。其情文爾雅，風格敦厚，真豈弟君子也。而難兄暵如公，以明經高第，擬授專城，乃拂衣歸，矢志終養。迨雙親既逝，身亦旋隕，若相從於地下者。鄉黨咸以純孝推之。令嗣振麟，以同人諸誄歌見示。

白夢鼐　仲調，江南江寧人。

《節婦行》「往時抱女哭夫子，今者送女適比鄰」：樂府遺音。「竊歎年來桑田與滄海，死者非死生非生。誰爲握拳透爪嚼齒穿齗，但見暮楚而朝秦」：此等語，極有關名教。「孝子性至廼致命，節婦情至廼無情」：如此講學，方爲真實。⊙辭氣慷慨，音節磊落，其諷刺處皆足勸懲。詩之大有裨於世道者也。

張大賡　颺父，江南潁州人。

《題仇十洲太真出浴圖》其一「此福三郎消不得，可憐都付錦綳兒」：極是恨事。太真有此，則馬嵬之賜死允宜。其二「侍女不須金餠賂，君王落得盡情看」：逸事，寫來極韻。

《題太真春睡圖》其一「好語流鶯停百囀，莫教驚破海棠魂」：媚甚。其二「一枕嬌慵呼不起，安排春夢到漁陽」：刺語極刻。

李　楷

叔則，陝西朝邑人。

《題何痦明送胡姬册子》「手持破鏡不忍照」：似長吉。「聊城矢，秦庭璧，仲連相如不可爲」：勁絶。⊙妙在情事不説盡，而已説盡。

張　嵋

月坡，江南無錫人。《蕭雲閣草》。

《小孤山寺》「大孤相望盈盈處，應有青鸞朝暮飛」：結得有情致。⊙賦心奇艷。

《渡江》「潮聲向晚騰千馬，塔影摇空壓巨鰲」：洶洶崩屋。⊙聲雄色麗，是沈、宋遺篇。

王如琮

賨臣，湖廣黄岡人。

《南樓懷古》「莫訝望中塵障面，新亭今得幾人悲」：結意深到。⊙「縱使青山如過客，肯當明月不相思」：意兼蕭瑟，固是過江以後人。

是名　凡夫，江南常州人。

《夜飲鄰家樓頭贈蔡憲宜》「星近高樓看欲動，鐘敲野寺聽猶遲」：寫景森動。⊙詩有真氣。

王蔚　昌之、文徵，直隸邢臺人。《韋庵集》。

《旅長沙》「魂開古戍花」：奇。「當年猶痛哭，翻恨賈長沙」：深着。⊙造語新，命意老。

張礽煒　雲子，江南山陽人。

《早春過止園探梅限韻》「小艇緩隨飛鷺入，深杯低拂柳條纖」：義山絶調。⊙「只道君家多善釀，山堂頻醉莫相嫌」：新秀幽妍，其押險韻，尤極穩當。

杜首昌　湘草，江南山陽人。

《春日同南庵上人止園看梅》「大都開有十之五」：硬得好。⊙數語字字温貼，卻有夭矯盤拏之勢。

郝士儀

羽吉，江南歙縣人。

《送汪舟次》「君今上江船，我亦還山宅」：風調甚古。⊙絶似摩詰。

劉彦初

元凱，江南江都人。《冰心集》。

《烏江廟》「垓下悲歌原慷慨，江東回首倍纏綿」：藴藉。⊙弔古詩，識尊而法老，何減老杜《詠懷古跡》之作。

魏敏祺

用熙，河南夏邑人。《來智堂稿》。

《貓鼠歎》「二物公然來同處」：辣。「既與同起卧，無時不耳語」：好摹寫。「嗟哉此二物，遂如蛩與駏」：辣。⊙諷刺良深，筆力簡古。

《閲宋史文、李真州時，有感於金沙周仲子事》「借題殺人何足計，所歎君子不自厲。設令當年同皎日，縱有風霾安能蔽」：平論。「天下名士無顔色」：痛哭。⊙當時枋國者借降賊一案，以塞清流之口，然諸君實予以議論之端。故此詩極爲平允，而感憤處正復不少。

張玉藻　孺懷，浙江仁和人。

《九日飛來峰登高》「海門風急上秋潮」：句迅。⊙風味恬適，足怡我懷。

朱珏　二玉、邗樵，江南江都籍，山東臨清人。《寶翰堂詩》。

《金山晚渡》「柔櫓亂棲禽」：佳句。⊙西山爽氣，在其毫端。

《初秋遊真州江深閣》「好風茗國來秋漲，細雨蓮塘咽午蟬」：好絶。「烽煙西楚滯人船」：切事。⊙新而穩，固爲獨步。

釋琛大　芥庵，湖廣湘潭人。《半山詩略》。

《山居》「猿啼終日雨，樹老隔年秋」：幽秀。

《泊潤州》「煙水乾坤經戰馬，雲臺日月聽啼鵑」：胸中潤，筆底雄。⊙僧詩乃爾踔厲如許，令我驚歎。

《重入黄峰山》「長生那得千年藥，禪定猶逢幾箇僧」：是悟人語。⊙秀潔不凡。

《金粟山樓卧病》「九十九峰知寂寞，開窗箇箇到牀前」：是山中人語，甚爲可念。

袁懋年

士祺，仙客，江南吴縣人，泰州籍。《竹窗吟稿》。

《夜雨》「夜來雨氣冷，疏竹嚮清音。燭絶不成寐，風吹更漏深」：蕭冷。

《從軍行》「借問往來人，未語淚先落」：唐人音調。

《過龍潭望棲霞諸山》「花發雲頭樹，泉鳴雨後山」：是望中語。

《妾薄命》「春梅正開時，寒梅瘦應死」：仙客情種，故其言多深刻。

《塞上曲》「畫閣樓頭聲不住，斷腸依舊古城邊」：渾甚。

《別姑孰端子》「常向青山斷處看」：別。

●仙客烏衣妙族，髫齒博通，與僕酒社詩壇，歡相得也。竟以攻苦早世，遺稿多散佚。令嗣拔公，羅得數章見示。讀之古艷絶倫，即付剞劂，以存吾友。

袁爾萃

拔公、瞻蓼，江南吴縣人，泰州籍。《蓼庵集》。

《題真州江深閣》「林邊酒旆飛花亂，灘外漁舟落月迷」：風韶雅蒨，其姿度高人一等。

孫益

友三，江南休寧人。《歸來吟》。

《過王于一先生舊宅愴然賦此》「廢宅生秋草，蕪城起暮鵑」：淒絶。⊙君家橋梓於軫石老人關心如是，可砥《谷風》之習。

《秋風》「何處擣砧催夜月，幾村落葉到柴扉」：清空，卻渾成。

陸　菉　義山，浙江平湖人。

《都門人日送高念祖南歸》其二「燈火道中看」：切。⊙筆情婉轉。

釋楚琛　青璧，江南華亭人。

《送衍宗禪師之維揚》「寄語北風應爲我，好吹明月到山窗」：情緒綿婉。⊙「爲訪蒓絲辭越嶺，解吟楓葉泛吴江」：楓青月白，想其詩懷。

釋宗渭　筠士，江南太倉人。

《贈衍公》「青山夜雨啼猿洞，白苧春風唳鶴灘」：高調騷情。⊙情懷甚别，故筆墨最超。

佘儀曾　來儀、羽尊，福建莆田人。《放香亭詩》。

《金山》「幾日秋潮寒鐵甕，當年王氣散金甌」：疏爽有逸韻。

閻若璩

百詩，江南山陽籍，山西太原人。

《隴右雜興》其二「安得生年健筋力，皂鵰射罷看黄雲」：矯健。◎兩詩一艷一壯，總見才人風調。

董用楫

曇友、蟄庵，江南華亭人。

《送衍公北渡尋本師》「波浪金山月，干戈鐵甕煙」：響。⊙高伉不群。

姚諲昉

舒恭，江南江都人。《康山草堂稿》。

《飲紅橋野園》其一「壓簷低老竹，過雨浄流雲」：唐人佳處。其二「百戰維揚日，園亭未寂寥」：岸幘而來。⊙「高城壓柳條」：精神百倍。

《寒夜風雨獨酌，有懷扶風》「一城鼓角燒燈坐，雙眼乾坤倚醉吟」：獨有老氣磅礴。

白采

子受、祇六，江南江寧人。

《吉祥寺和韻》「芳草自成路，寒花直到門」：妙極自然。

《過青蓮閣》「山過樹頭隨地緑，雨來江尾半天黄」：幽細秀潤，姿韻俱别。

白　英　子雲、象五，湖廣江夏籍，江南江寧人。

《楚行宿孤山下》「西來大江口，東去楚山盤」：蒼然老氣。《過友山閣》「功臣廟廢餘荒寺，梁武臺空憶昔朝」：貼切。⊙「青溪偏不過紅橋」：着憑弔意，便有情味。

●子雲爲吾友孟新之令嗣，才思如煙，風期似玉，而竟遭隕落，爲之歎恨。

李彦瑁　華西，陝西三原人。

《送别董舜民之東粵》「臨歧無一言，相期各自保」：簡古。

孟九𨩆　百聚，山東鄒縣人。

《南天門》「天地從中劃，寒暄此際分」：筆鋒甚鋭。

許　茹　子柔，江南歙縣人。

《駕水道中》「樓空荒礎没，樹老斷碑支」；「旅懷寥落甚，何處酒家旗」：意蕭寂而語調適。

董孫符 漢竹，浙江鄞縣人。巽子令嗣。

《懷家君授經天台》「是處歌豐歲，貧家剩石田。空教窮巷裏，日望遠書傳」：淒激難爲聽。

王國璽 介玉、海印，福建閩縣人。《月將堂草》。

《蹀躞行》「邊色秦時苦，蕭條直至今」：好。⊙何減高達夫。

孫錫蕃 棐臣，湖廣黄岡人。《復庵詩》。

《集西山九曲亭》「大千鐘鼓存荒寺，百代風流擁畫亭」：上句雄，下句俊。⊙殊情秀氣，回繞筆端。

張陳鼎 梅巖，浙江嘉興人。

《道人舊址》「瓦棺未許蒼苔没，開得芙蓉繞翠屏」：飛動。⊙饒有煙霞之色。

王九寧 采侯，福建閩縣人。

《仲秋送明侯舍弟北遊》「聞道幽州古戰場，笳聲吹斷客思鄉。邊風動地晴猶黑，塞漠經秋草盡黄」：突兀。⊙高渾，是一作手。

鄭吉士 有章，浙江錢塘人。《鹿苔山房稿》。

《題子陵釣臺》「試問出胯忍，何如加腹傲」：正是定論。

《新安返棹夜宿浦口》「擔囊非故僕，伴篋有殘書」：淒語。⊙蕭涼之語，令人怊悵。

宋琦 受谷、玉山，浙江仁和人。

《登清流寺千佛閣和韻》「講院花深松徑後，香臺鳥下竹林西」：銖兩悉稱。

釋常岫 蒼林，浙江黄巖人。《寒濤閣詩》。

《渡渾河》「過橋分地脈，到岸辨山根」：切甚。「横流嚙近村」：好。⊙詩有身分。

《木巖廢寺》「煤盡雲根斷，泉枯地脈移」：蒼警。⊙全寫廢寺，筆筆深老。

《晚望》「山從北嶽來京國，水自西湖入御溝」：京國形勝如見。⊙手筆甚大。

釋宗炳 慧謙，江南泰興人。《樹下稿》。

《春日余生生過晤》「時艱惜布衣」：語有識。⊙格安而意摯。

王俞巽 乃繹，直隸廣平人。

《督僕種蔬示諸兒》其一「玆地曾樓閣」；「疏畦植嘉蔬，庶以習耕鑿」：蔬圃勝樓閣多多。其二「鄧禹十餘子，人各守一藝；淵明教諸兒，詩書都不事。向嘗私致疑，今欲師其意」：數言別有寄託。

程樹德 季豐，江南休寧人。

《京都雪夜》「黑河趨遠樹，白雪鬭邊山」：「趨」字、「鬭」字警甚。⊙「天涯音信斷，蒼鬢正思還」：此時正難爲懷。

釋本晝 天岳，湖廣蘄水人。

《山月》「道傍聽葉下，樹杪見秋存」：湛然空明。

《山夜示諸子》「石魚飛夜氣，林鼠食秋紅」：又復精警。

《過虛白雨湖精舍》「門當燕至風初霽，湖到魚飛月正明」：想路清奇。

釋今無 阿字，廣東南海人。

《和澹歸江行詩》「鬢雪無聲只暗流」：奇句。⊙阿公訪剩師於謫所，師旋化去，爲表塔立碑而還，真古誼也。予客羊城，得晤澹歸，而未遇阿公，真爲缺事。

何嘉廸

惠開、耀真，浙江山陰人。

《江淮雜感》其一「地形勞北顧，水勢盡東來」：雄傑。其二「楊柳新堤少，笙歌古墓多」：筆力欲透紙背。

《壽光縣送劉六丈先歸》「客久俱難住，憐君趣駕頻。孤城雙別淚，萬里獨歸人」：如出初唐人手。

《五日山亭分韻》「亭子蓬蒿内，君來酒暫攜」：起得好。

《人散後大雨懷道安叔》「不得飲君醉，相看落日低」：是人散光景。

《已亥冬張坂謁先殯》「喪亂慚人子，沉埋怨老天」：沉痛。

《飲子受弟後樓，同亦明、奕美兩弟作》「有酒莫辭醉，相看只弟兄」：落筆便真。

《山亭舊址》「艱難思舊業，不敢廢登臨」：俯仰間，有無窮之感。

《寄奕美弟》其一「風塵一別身先老，門巷三年汝益貧」：是少陵老境。其二「仗汝高堂奉老親，莫憐孤客駐風塵。春前藥裹休忘病，亂後詩書好耐貧」：如此發端，真氣湧出。◎骨肉間着不得淺語、膚語，況君家事有深悲極痛者。二詩可謂真摯。

《伏波祠下》「水裂山根蹲豹吼，峰回巖窟蟄龍驕」：造語最麗。⊙沉麗之作，堪匹義山。

《得故鄉消息》其一「客路逢人倍悄然，苦將消息問南天」：茫無端緒，正自愁人。⊙全詩一氣。

其二「漫將簫鼓三山下，見説樓船百道催」：雄邁。

《泊武昌》「最是禹功垂大别，不堪笳吹引煙波」：結得聳拔。

《贈人》「聞道玉人含笑坐，勸君莫唱小伊州」：含情無限。

《採蓮曲》「妾心自惜蓮心苦，莫把荷花比妾嬌」：是《竹枝》遺調。

●書臺先生節烈足垂霄壤，而惠開克承堂構，高嘯湖山，不復與人間事，意良苦矣。年未五十，遽爾云亡，識者咸爲傷悼。令季奕美以遺詩示予，讀之深憫其志，蓋不獨歎其詩篇之矯麗英愷也。乙卯歲盡，從白門棹雪以歸，坐文選樓，因呵凍書此。

何嘉延

奕美、五園，浙江山陰人。

《過銅雀臺》「河山今日在，香履昔年分」：感慨都在言外。

《清苑謁楊忠愍祠》「祇期忠悟主，寧忍直沽名」：忠愍知己。

《燕子樓》「黄河今改岸，紅粉尚名樓」：豈可人而不如巾幗？

《汪舟次招飲康山即席分賦》「雪後愛峰閒」：佳句。

《邗上旗亭送春》「江店鶯聲外，溪橋柳絮中。陳隋多少恨，微醉問東風」：風神絶代。

《百樓山坐雨憶陳野次》「絶壑雲深時過鹿，空潭日暮欲生龍」：鍊處皆矯。⊙意沉着而出之光麗。

《留别素園諸子》「幾月壺觴吴市酒，一朝風雨鏡湖船。辭家病客飛花後，别路懷人芳草前」：嫣然秀絶。

《揚州紀事》其一「三十餘年烽火恨，怕聞玉樹隔江歌」：一結殊勝。⊙「往代到今詞客少，斜陽自古戰場多」：哀艷蒼凉。其二「幾許廢興都不管，緑楊城郭只啼鴉」：妙。一結縹緲情長。

《送施愚山先生遊吴門分韻》「感懷耆舊重交遊」：是愚山痛癢語。⊙風調亦逼似愚山。昔人酬贈，往往多此。

《吴介兹移居賦贈》「直對高臺望雨花」：確。爲移居詩壓卷。

《玉鉤斜》「十六院中歌舞地，只今春雨長蘼蕪」：興亡之感，何地無之。

《隋宫》「一從芳樹垂垂發，落盡楊花又李花」：筆情欲絶。

《送黄仙裳歸海陵，次宗鶴問韻》：讀去使人惘然，不須更作情語。

徐　惺（再見）《來鹿軒集》

《夜坐》「燈寒人欲去，髮白興多違」：筆意空濛，卻中懷如結。

《冬夜李鏡月湖干小飲，余悵不至》「寥落乾坤眼，蒼茫江漢身。何時共歸隱，秋色五湖濱」：筆力學杜。

《雨中同友夜泊》其一「薄暮侵微雨，寒燈坐此宵」：空明無際。其二「無端河上柝，歷歷太分明。絮語消長夜，孤懷對短檠」：可想其境。⊙愛其清絶，亦復賞其骨力之警。

《舟中夕坐送李鏡月先往荆州》「寒燈聽楚語」：幽峭。⊙如吟孟浩之詩，塵懷頓洗。

《飲李雨商齋中和鏡月韻》「冬深夜雨響寒城，忽聽遥天雁幾聲」：筆意蕭涼可愛。⊙蕭疏簡遠，幾不似宦遊人。

《送松月上人還興福寺》其一「爲問相逢離亂後，空山只有幾人存」：關情不淺。其二「白雲深護茅簷穩，門外秋田細細耕」：兵火連天，惟深山老僧猶能耕稼，思之可感。

耿願魯

又樸、韋齋，山東館陶人。《種松軒詩》。

《送魏子相歸養》「豪富耀一時，英氣今已矣」：令人猛省。「所嗟無禄糈，何以供甘旨」：卻是真話。⊙音節慷慨，性情真篤。

《易水》「衣冠成丘壘，變徵聲已絶。惟有燕丹淚，千秋咽碧血」：似高達夫。

《洺州懷古》其一「百里獨蒼然」：蒼。「過橋傷國士，旅食憶神仙」：古事暗用。其二「天逼衆峰深」：雄句。「祇留毛遂冢，悲雁下寒陰」：渾甚。◎二詩蒼傑。

《發干早行》「年來鄉路熟，踏雪此曾經」：結有餘感。

《陶山道中即呈鄭大令》「寒煙叢落木，夕照隱荒城」：右丞佳境。「遥聞樵牧下，髣髴是弦聲」：

找大令，極是自然。

《來青軒》「古樹當軒抱短亭」：傲兀。

《送徐山人》「不堪霜樹蔽山紅」：末句可畫。

邵錫申 天自，浙江餘杭人。《遠齋草》。

《寄懷嚴舜工》：風調自邁。

《靈隱訪諦暉上人》「借問西來何所道，洞門閒鎖白雲心」：以弘麗爲宗，卻不掩其清致。

《送董予九北遊》「征帆長發四千里，暮聽笙篌三兩聲」：繚繞多情。〔一〕

釋佛暘 旭曇，江南江都人。

《建隆寺題壁》「落日江峰遠，微吟過小溪」：結更遠。

〔一〕以下爲六十六葉和六十七葉，康熙本六十六葉爲耿願魯《陶山道中即呈鄭大令》後半截至邵錫申諸詩，六十七葉爲闕名和周斯盛撰《維揚豪士歌》及顧道含《贈陳西湄》詩。乾隆本六十六葉同康熙本，缺六十七葉。然三集卷十二之六十六至六十七葉，乾隆本爲張懋京詩及「附見」房廷禎、許孫荃、周斯盛撰《維揚豪士歌》及顧道含《贈陳西湄》詩，板心實爲二集卷十二的該兩葉（康熙本原缺該兩葉），現移至二集卷十二該處。

《宿陳氏莊園》「竹影半塘水，秋聲午夜猿」：詩心極静。

《月夜過雷塘道中》「寒樹着霜猶是綺，廢塘埋玉尚名鉤」：風情聲調，並臻佳勝。

《迷樓舊址》「淒涼更有雷塘路，曾送當年翠輦行」：唐人感弔，有此淒楚。

孫瑞胤

彦芳，江南休寧人。《蕨庵草》。

《南康縣至石門灘》「是處干戈後，田園廢不耕」：起得勁。⊙荒涼之境，寫來森鬱。

《清遠峽至佛山》「旗颭知村戍，鑼鳴識哨船」：警策。⊙風景蒼異。

《遊湯泉和壁間韻》「寺後松陰山半緑，池前雲氣影全紅」：整秀高華。〔一〕

李　曉

寅清，直隸宛平人。《梧臺集》。

《送施匪莪南旋》「最是不堪花落後，行人孤棹欲南歸」：清微婉轉。

《客樓聞鄰家弦索》「南朝流水斷笙歌，夾岸人家按拍多。不比當時商女怨，夜深飄轉任煙波」：也自關情。

〔一〕自《建隆寺題壁》詩第五句起至《遊湯泉和壁間韻》前，當爲原二集卷十二六十七葉，康熙本、乾隆重修本皆以三集卷十二六十七葉（版心已誤爲二集）誤入，今據書林道盛堂本改正。

劉長發 存永，江南江都人。

《賦得秋菊有佳色》「衆色各争妍，淺深誰爲力」：似陶之澹，而刻露處居然昌黎。《金華女子陷軍中不得歸，自經邸舍，感賦》「金華昔名郡，有女姓未傳。大將慕少艾，羅致在軍前」：叙置極老。「幾載隱忍意，初期骨肉圓。好色復好貨，何日得生旋。柔腸幾展側，激烈向空椽。樓頭黯白日，畢命等輕煙」：淒淒切切，無限苦楚，寫得委婉盡致。⊙少陵古詩全祖樂府，故蒼涼古壯，哀樂動人。此篇叙事極悉，言情最苦，而筆力高健，儼與漢魏齊驅，固是名構。

《題董宗伯山水障子歌》「一時聲價連城重，貴戚權門相傾動」：好筆力。「只今真贋半雲間，還借高名轉馳送」：名人往往有此，固不礙其流傳。「風雨疑從壁上流」：好描寫。「開成户牖不見人，似有高隱卧其内」：全在空處用筆。「先生盛名在臺閣，閒從筆底自探索。清時尚不忘丘壑，安得誅茅結屋於此間，策杖看山獨往還」：不可無此一結。⊙宗伯爲君家戚昵，故家藏字畫極多、極真。向玉少曾傾其篋衍相示，歎賞移日。今見存永此歌，如重披絹素也。

《麥雨歎》「小麥漸漸大麥黄，刀鐮磨向東畬望。忽指昨夜月離畢，高原溝澮成汪洋」：筆情最古。「城中長吏誇雙岐，去秋逋糧難更遲。老農聞之增於邑，婦子環向田頭泣」：可歎。⊙瑞麥之詩流傳都市，幾成一時盛事矣。未及而霪霖爲虐，瑞變爲災。謳頌之聲，固不勝向隅之泣也。有存永此歌，可以盡焚諛美諸作。

《送許筠庵給諫入都》「疾苦經過悉，蠲除次第寬」：古人餞送，必多箴規，不僅爲諛頌之詞。我於存永，猶見曩時風烈。

《登吴山》「衆刹依崖立，諸峰隔水多」：真確。

《人日曉行句曲道中》「寒煙嶺上下，社鼓路西東」：上句更確。

《雨泊瓜渚》「驚濤圻岸鼉鼍見，急雨空林鳥雀寒」：壯險驚人。⊙全首精鋭。

《湖心亭》「六橋歌舞何年事，落日空聞畫角哀」：悠然遠想。⊙和麗，純似摩詰。

《傳柑後六日集王仔園又一草亭》「連宵市鼓猶闐耳，銀燭相看兩鬢青」：是後六日。⊙末句動出處之感。

《暮雪舟中》「空林壓雪幾枝垂」：荒寒蕭遠，全是雪意。

《甲寅秋再過涿州道中》「戰馬秋原入望多」：是爾時風景。

《二十四橋》「鴻雁聲聲聽不得，遊人猶自憶吹簫」：關心民瘼，不作尋常花月語。

●玉少、玉栗以詩才掉鞅詞壇最久，而小阮存永鋭志風雅之業，每一振筆，藻耀非常，以之應詔答箋，沈、宋奚讓？固中壘之多才、龍門之蔚起者也。

成　光

仲謙，直隸大名人。

《簡寂觀古松》「閲歷萬霜雪」：老。「鸞鶴久寂寥，虬龍轉突兀」：語自清矯。⊙蒼潔，無凡姿。

《百泉夜坐》「人影倒移波底月，山光曲抱樹中樓」：筆和而氣厚。

鄭熙績

懋嘉，江南江都籍，歙縣人。《含英閣詩草》。

《隋樓懷古》「昔爲歌舞地，今作梵王宫」；「年年隋苑月，幾代亂離中」：寄慨獨遠。

《劍池》「姑蘇麋鹿後，泉下亦欷歔」：寓旨極遠。⊙詩氣甚雄。

《登上方山望太湖》「九龍環古寺，一塔聳青霄」：雄警。⊙完渾。

《晚抵虎丘不得登眺》「一片晚煙籠茂苑，千條弱柳鎖閶門」：筆墨和潤。⊙詩有靄吉之氣。

《友人招遊支硎諸山》「水流石徑晴如雨，泉落峰頭吼若雷」：盛唐風調。

《宿遷道中》「誰家亭榭荒荆棘，是處風塵晝掩扉」：寫景荒凉，不減清艷之致。

●僕與贊可、士介、詩言諸公遊處甚昵，而次嚴侍御則乙未春始相見於京師。後次嚴貴盛，音問稍稍斷絶。今懋嘉孝廉挺出，與都人士論詩，詩皆工麗高健，而與僕飲酒休園，賦詩爲樂，又一時矣。僕有句云：「招邀偏有異，三世愛清狂。」其殆實録。

江　湘　郢上，江南歙縣人。

《得家辰六兄濱陽書和寄》「悵望濱陽信，高堂眼共穿。人來邗上水，書帶洞庭煙」：蒼老如杜。⊙辰六瀕行過余，以飲冰勵語甚切。至此詩，字字懇篤，不屬塤篪浮響。

《庚申和家兄除夕詩》「烽火此微官」：辣句。⊙「孤吟頗自安」：如此慰勉，真是古道。

《酬杜茶村先生歲暮寄懷原韻》「老去孤笻健，年荒百慮多」：茶村知己語。⊙澹而真。

《清明程吹萬招集湖舫》「杏花三月雨，楊柳一湖煙」：艷中帶老。

《瓜渚訪江風山月亭遺址》「鐵鎖銷沉何處是，獨憐飛雨作龍腥」：結得沉着雄偉。⊙精神滿足，故語自光焰。

《登韓侯釣臺》「誰識嚴陵更有人」：風得不覺。「噲等從來不足論」：自是平論。⊙妙能含蓄。

《黄園感舊》「此日只憐花欲盡，當時猶恐地無多」：有感歎。⊙人去園空，撫景躑躅，自蘭亭、金谷已然。撫此令我浩歎。

《無書》「但教覽勝湘江上，一卷離騷月滿門」：楚江山川風物，足當一部奇書，固知郢上此詩非僅慰藉。

《無花》：令人添興。

《元夕冒巢民先生招集寓亭觀燈》：妙處令人想味。

程洪 丹問，江南歙縣人。

《春郊踏青》「六朝成往事，春在阿誰家」：情深語，妙在含蓄。

《紅橋晚步》「惆悵竹西何處是，從來煙月易消磨」：濃煙弱柳，方其情態。一結尤爲風神迢渺。

《閨怨》其一「背人偷寫相思字，挑盡殘膏怨阿誰」：情如春冰，彈指可破。其二「淚珠頻向鴛衾滴，不忍飛花墜玉樓」：妙在箇中。

周棐臣 篤生，廣東順德人。

《春日寄懷友人》「花開人憶酒痕銷」、「客夢千山半枕潮」：風韻迢渺，令人想過江諸俊。

江世棟 右李，江南歙縣人。

《寒露日同人集瑞石齋分賦》「寒雁待江月，秋風清笛牀」：清艷，饒古直之致。

《五日集飲蔣前民先生草堂分韻》「一亭依竹樹，五日醉羊求」：妙在樸老。⊙温潤之姿，可方珠玉。

方兆兗

乘六，原字瞻魯，江南歙縣人。

《桐山别位白兄弟》「離情無限淚，不是爲飄蓬」：含蓄。⊙老而秀，潔而真，定爲能手。

《珍珠簾》「髩鬅麻姑擲米時」：筆姿英麗。

愼墨堂詩話卷二十五[一]

方拱乾

坦庵、甦翁，江南桐城人。《何陋居草》。

《熊肉爲鼠所食，慨而作此》「執鼠以飼熊，熊當憎鼠瘦。今遂恣强食，甘心爲弱肉」：不覺大笑。⊙世事固有如此不齊者，嗟乎！豈惟熊鼠。

《補籬》「離山不百里，柯條亦易求」：老杜化境。⊙幽事寫得極周密，然在塞外，尤徵懷抱之佳，此即東坡居儋耳之法。

《種蔬》「藝廣期廉收，行疏仗密補」：細密，具見經濟。⊙補籬、種蔬，只是隱居一段功課，絶無遷謫之意，如此纔可以處患難。

《晚食》「錫鼎猶烹昨日蔬，呼兒且歇窗前讀」：光景絶肖。⊙質樸處絶似老杜。

《遊東京舊址》「衝城車軌滑於脂，崩橋留垛横流水。天街蕩漾接龍樓，右垣左箇分明裏」：直

[一] 此卷輯自《詩觀》二集卷十三，原署「東吴鄧漢儀孝威評選/同學黄周星九煙參閲」。

可作《東京賦》讀。「朝鮮疆宇本荒唐，指畫金元亦渺茫。烏禄分封曾闢土，東京或恐是臨潢。此中大抵樂浪地，洪範千年寡記憶。土人掘得正隆錢，揣摩難合當年事」：總是疑案。「吁嗟乎！楚殿秦宫盡野蒿，彈丸何處問前朝。莫悲萬古無人境，多少英雄向此消」：如此作結，感歎最長。⊙六合之大，如此類者極多。非公作此中遷客，誰爲寫得如此周悉？

《寧古塔雜詩》其一「烏棲柴栅巷，驢背夕陽門」：荒景。其二「粥只須三合，裘何妨百鶉。悠然飽旦夕，早計禦冬春。獵騎貽筐果，村童餽釣鱗。逢迎歡白髮，姓字不通鄰」：居然太古。其三「牛背依秋燒，鴉聲縱晝眠」：俱言其實，而已矯異。其四「聞説龍江口，星羅十二城」：出筆古健。「人迷石上字，魚伴海邊兵」：奇絶。◎雖是窮邊，風俗極爲淳古，數詩略見其概。

《幕務》「老身紛應接，何暇憶鄉關」：大是自在。⊙坡公當遷謫日，偏尋出許多快活，此素位而行學問也。宫詹尚得此意。

《劉重顯卜居沙嶺》「圖籍迷宫殿，陰霾見甲兵」：高健。

《户静》「忘卻身何在，惟知晝漸長」：高人胸次爾爾。⊙真極。

《廣寧城頭》「光熹往事傷心久，劉杜征魂帶血還」：詩史。⊙所見者大，指實處皆極有關係。

《混同江懷古》「傷情白豕風吹血，痛飲黄龍淚作波」：風情獵獵。⊙爲宋室憑弔一番，殊有餘愴。⊙此首極似李空同。

《譯使之高麗國》「泉刀重譯旃裘雪，鹽鐵歸裝塞馬春」：鍊而核。⊙之高麗，互市也。每歲冬，譯使二人同其地之小章京以往，以皮幣易其鹽鐵牛馬。所市之地，去其王之居城，尚數千里。渠國禮待甚恭，蓋畏大國之威云。

方亨咸

吉偶、邵村，江南桐城人。

《瓶花》「常怪嶺南山，倔强不相下。故多尉陀輩，椎髻躍戎馬。如何草木姿，亦競爲躍冶」：發此壯論，令人心目頓開。⊙嶺南氣候，大異中土，故百花雜放。邵村藉此抒出高論，固爲警人。

《擊豕行》「世間貪殘盡此輩，那能一一力盡殲」：又發議論。⊙荒陋之俗，寫來可發一笑。

《題施愚山所藏偃松圖歌》「正如卧龍呼不起，短髮壓埋霜雪裏。雄姿寧羨聳霄漢，天全欲學支離子」：正是偃松，筆筆神異。「先生謂我此老友，十年不見生死睽」：此事良可感。「月落山窗看此圖，好松良友如重見」：結得遒老。⊙從少陵諸松詩脱化而出，中間叙述生死處，大足興人感歎，於此見愚山性情。

《吹臺》「城邊白日望中盡，天上黄河掌裏來」：曠而雄。⊙次首有「午殿鳩鳴花落後，故宫沙壓夕陽多」之句，最奇麗。

《登汴故宫後山》「酒酣莫下前朝淚，眼底滄桑未可量」：結得閒遠，反有無窮感歎。

《題畫》「風聲吹得溪聲晚」：佳絶。

李振裕　維饒、醒齋，江西吉水人。

《恭和大人九日小閣登高》「平分山色在江樓」：妙妙。⊙才調俊妙，衝口都是雲煙。

戴　重　敬夫，江南和州人。《河村集》。

《秋日渡錢塘江》「海氣長浮天竺月，胥濤直撼富陽城」：聲雄氣壯，筆端疑有强弩。

《過豐城侯先墓》「冢中老翁卧不起，曾將弓馬教孫子。燕燕高飛入帝里，前驅長矛截江水」：筆力甚强。⊙「白鬚老翁來夜哭」：足垂鑒戒。

《采石江觀夜漁》「鯉魚尺半壓網起，小兒叫呼阿婆喜。老翁摇手教莫喧，兵船拏魚只拏鯉。得魚那敢償酒錢，避人且换晨炊米」：妙似張、王樂府。⊙讀去，誰謂漁家樂。

戴本孝　務旃，江南和州人。《鷹阿山人集》。

《靈石道中》「山裂直奔河」：奇創。

《定州道中》「牧馬群嘶水草來」：句有力。「楊柳陰隨官道轉，堠亭高瞰女墻回」：形容瑰麗。

《霍邑道中》「小閣濃陰柿葉間」：秀絶。⊙「擣練女來群坐水，吟鞭客自喜看山」：寫景都與人别。

《登張家口城樓》「堡斷峰連水折沙」：造句別。⊙「駝鳴旃幕夕陽斜」：筆能造險，卻自譜其實事。

《雲谷擲盋禪院》「杖穿虎跡巖光冷，瀑帶龍腥潭影開」：語有光焰。⊙精光四射。

史可程

赤豹，蘧庵，直隸大興人。《浮叟詩集》。

《廣陵先兄閣部墓下作》其一「一抔乾浄地，灑血酹孤樽」：岸然。「蛇龍纏日月，箕尾正乾坤」：壯語。其二「方拾迷樓燼，誰尋遺鏃斑」：喚醒。「披髮疑公下，蒼茫羽檄間」：筆亦蒼茫。⊙悲涼蒼渾，血淚裏注而成。

《登太行山絶頂》「大麓雲蒸峰半削，扶枝景倒色全蒼」：可敵滄溟。

《碗子城》「巖關無復傳刁斗，馬首徒逢碗子城。細裊炊煙何處起，不知幾折到長平」：轉覺閒適。

《南村是夜雨雹》「夢回屋瓦敲頻碎，昨夜仙潭報起魚」：赫然光怪。

《大佛谷》「偶然穿峽聞人語，虎豹窠中一老僧」：此僧大奇。

申涵盼

隨叔，直隸永年人。《定舫詩草》。

《上元行》「誰家遊女踏春陽」：絶似少陵《麗人行》。「何不移鰲綵以補戰士裳，作膏粥以充饑者腸」：此是正論。「胡爲乎，銀花火樹道相望，上元之夕人如狂」：結應獨老。⊙不獨格法老健，而具有關係。

君王封酒泉」：壯邁稱題，常建集中合作也。

趙文狊

玉藻，鐵源，山東膠州人。《粵遊草》。

《南昌雜詠》其一「新妝飾綺羅，不知丈夫死」：此等處，不可憐而可恨。其二「生還死亦離，難向故鄉過」：生死總是一般，言之可涕。

《晚泊樹溪塘驟雨》「堠火一點明，灘水萬聲逼」：是雨中景。⊙昏黑窈冥，神鬼來集。

《小孤山》「削壁不可登，南崖微有路」：筆勁如鐵。⊙巉削高嚴，森不可犯。

《舟過峽江》「一水中分峽，孤城半在山」：確。

《元宵舟泊東流夜雨》「月色歸何處，江聲夜亂流。浪翻群派急，人伴一燈愁」：蒼蒼無際。⊙筆筆蒼辣。

《元宵後登望江寺浮圖》「江流無日夜，春色遍山川」：渾闊。

《江行雜詠》其一「咫尺皆戎馬，瀟湘未解圍」：結語有關係。其二「風急走江豚，茫茫日色昏」：雄快。

《羊城九日》「天末重陽難作客，眼前百戰獨登樓」：不屑爲麗詞好句，獨見蒼莽，固是骨性不凡。

《灘上避風同徐武源小酌》「灘頭霜雪驚遊子，天末江關遇醉翁」：氣致殊老。⊙鐵源詩，予甚喜其無粉氣。

《宿耿又樸新齋》「驛路風塵行處遠，可憐定省不如君」：至性過人，乃有此語。

《舟夜》「一燈明滅宿江關，津鼓聲聲夜不閒。欲問人家何處是，村煙細細隔前山」：遥夜荒村，寫來煞是慘澹。

潘問奇

雲客，浙江錢塘人。《雪帆集》。

《春日過東莊，晚宿澹公蘭若》「鶯啼一寺風」：好。⊙「梵榻堪留宿，深杯對遠公」：看其雅潤處，全似右丞。

《觀音巖》「巖扉斜架屋，澗樹倒生根」：深鑿。⊙必欲搜勝而後已，吾甚畏其詩心。

《中秋獨飲，遥和黄漢湄宣鎮見懷之作》「吴客在羊房」：老。⊙風味佳，神骨老。

《郯城》「酒漿經魯薄，楓葉過淮稀」：確。

《葫蘆峪》「一徑如蛇入，蒼藤手自分。石生都是筍，嵐起不成雲」：入手蒼勁。

《高郵》「晚塘喧市舶，秋水嚙城根」：逼真。

《伏城驛夜發》「地坼常防馬，煙深不辨狼」：句句是夜發。

《鵓鴿巖》「松多鼠不饑」：新句。⊙「欲共參寥子，誅茅此結扉」：密蒨。

《登山》「澗雪春猶合，山魈午不藏」：氣整語鍊。

《天壽山》「關情最是民間壟，昨日兒孫挂楮錢」：令人淚落。

《鄭州道中》「雁鴻遠趂思鄉路，鷹隼高盤釀雪天」：鄭州荒殘不堪，此用秀筆遠情，偏饒風韻。

《燕京感舊》其一「十萬函關新戰没，未央猶有捷書看」：總是蒙蔽。⊙時勢難支，而用人復失，至潼關一敗，國事不可爲矣。此作真是詩史。其二「朱紱正争牛李黨，紅巾已襲鸛鵝軍」：前朝所失在門户。

《峽中》「忽訝風濤如此險，西來猶有上灘船」：一結饒有感慨，卻自渾然。

《陳震生先輩與其友人王君者別幾四十年矣，乙卯復晤中條，相視烏邑，命余作詩贈之》「今宵話盡西窗燭，可是當時舊酒樽」：讀罷黯然。「身如魯殿經秦火，世若麻姑語上元。倏爾竟成三度淺，巋然曾有幾人存」：中二聯，是運二事爲四句格。

《香溪》「金屋花開虚奉帚，玉關草長漫和戎」：事未必有而今以人傳，豈可鬚眉不如巾幗。〇此詩逼似義山。

《輓蘇門孫徵士》「不勝神往舊東林」，人説不到。⊙徵君周旋楊、左之難，爲清流所重，結語大有關係。

《長陽縣晚泊》「路出彝陵水漸平」：老。「舟楫久嫌雙眼窄，踏莎還上大堤行」：結亦有挽强之力。

《峋溝崖》其一「紆磴逼簷緣角上，細泉隨筧入廚流」：造語險邃。其二「虎與人争箭括門」：奇絶。⊙山勢奇險，筆力與之角勝，疑有五丁在其腕底。○再題岣溝崖，有「鼯鼠半從松樹出，水泉都在石頭生。穿峽竟藏千萬壑，築崖纔住兩三僧」，語俱開闢。

《嚴灘》「灘聲猶自動星辰」：好。「羊裘去後煙波闊，留得桐江一釣緡」：風格邈然。⊙嚴灘詩推此爲秀卓。

《短簫》「銅駝忽悵秦時物，不看兵書學種瓜」：此是奇人，何不注其姓氏。

《彝陵峽》「我欲扶笻探禹跡，西來鳥道正嵯峨」：老而闊。⊙可敵劉賓客「渡頭輕雨」之作。

《九日同吴孺吉登北山抵大紅門遥望長永諸陵》「十里青山荒草路，一林黄葉暮秋人」：劉賓客、趙倚樓之間。⊙蕭瑟兼以俊邁，神貌殊超。

《肅寧》「元祐碑成事可憐」：渾然。⊙此往事也，言之可戒。

《重過思陵》「荒山賦罷西風急，萬壑松濤自不平」：悲風天來。⊙荒陵殘照，懷舊踟躕，固自淚滿衫袖。

《讀史有感》「禍由晁錯雖無及，事續周公恐不然」：史斷。⊙靖難一案，爲古今所創見，而國家元氣亦因以傷。雪帆此詩，固定論也。

《營平雜興》其二《詠思陵》「繚垣偏切無涯感，不遺園陵瓦獨青」：有此盛事，能令樵牧皆爲涕零。

《甲寅客昌平，同曹心簡、王寅公、楊謙六復遊天壽山，因悼某刺史》「還典平原舊贈衣」：藴藉。

⊙「與君悵望斜陽裏，今日歸鞭較昔稀」：無限淒涼，出以深婉，風味亦何減羊曇。《秋興》「爲尋無忌棲梁苑，曾弔靈均入秭歸」：叙置安閒。「晴窗檢點奚囊句，風月年年有是非」：寓意渾然。《空舲峽》「楚國種田都在嶺，巴童看虎只如羊」：譜風土，極其確切。⊙遠客巫峽，只爲做此好詩。

《大水憶黄仙裳不得至郡，兼柬交三》「梅雨忽沉看竹路，耒陽真隔浣花人」：是夏，高良澗潰，而淮揚一望汪洋。仙裳村居，罹患獨苦。此詩懷友深切，動我彷徨。

《丙辰客海陵，懷心簡、寅公、謙六、慎庵諸子》「官舍殺青曾訂史，戍樓懷古亦銷魂」：對句變。

⊙雪帆極稱營平諸公登臨嘯詠之樂。今浪跡江淮，北望故人，能無停雲之憶？

《書陳將軍便面》「馬蹀平原芳草緑，角弓閒殺射鵰人」：渾然，不露圭角。

《留侯》：讀史有眼。

《贈常侍》「曾伴宸遊太液池，玉階金輦侍昭儀。而今南内多青草，不似園陵奉帚時」：平平説去，自多傷感。

附：鄧漢儀《雲客自燕京過訪讀其昌平諸詠賦贈》：杜于皇曰：「英偉奇秀，睥睨餘子。以贈雲客，真爲無愧。」

●雲客南下，訪予吴陵，其事如王屋山人之訪太白，而僕未敢當也。出其篋中諸作，皆警秀絶倫。僕因採其尤者，選置二集，當世固自有特賞耳。

施彥恪

少恭，江南宣城人。《雙溪草堂稿》。

《張桐君耕牧圖》「買舟何日竟歸去，眼見秋風客鬢疏」：唐人風味。⊙數語多少轉折。

《避亂後寄懷山中人》「亂中聚首亦沾襟，況是悠悠離別心。風雨半摧詩思盡，親朋遥隔戰場深」：筆力沉毅。⊙語語從亂後着想，固自高勝。

《南浦送汪舟次之廬山》「相思廬岳月明時」：澹然，正有情味。

《初夏回山莊》：用意深一步，卻出之婉秀。

《四月一日》「東風此地難重轉，何處桃花尚未開」：有此景，難此想。

路金聲

聞遠，江南華亭人。

《送尹嘉聞赴任遼陽》「人行鐵嶺雲」：秀句。⊙「吏情同尹喜，年少羨終軍」：筆墨自是俊流。

喬出塵（再見）

《秋宵讀書》「疑悟相循環，悠然誰與説」：惟静極，始可言讀書。詩亦朗如冰雪。

《五十頭白翁》「古人重百年，豈不在立德。相將歲月短，悠悠胡塞責」：勖躬勵志，是疑庵進德之言。

《示阿兼》「昔時失儉勤，餘力不堪努」：痛惜，是真話。⊙「即今生趣在，詩書一課汝。那能從兒懶，似我終愚魯」：疑庵意氣慷慨，不惜出囊中貲，以周友生之緩急。今時移勢殊，惟傳家一經差强人意耳。

《寄懷陶處士漁灣》「天有日月無私光」：似孟東郊語。

《逼仄何逼仄》「男兒抱恨在吞聲，翻從人面覓顏色」：真可髮豎。

《夢過易堂》「兒女相見各依行」：是易堂家風。「須臾有客敗人意，漫道江干多鐵騎。一時人散羽書飛，依然南北分兩地」：忽起波濤作繳，遒甚。⊙此夢絶佳，宜亟寄翠微主人。

《逼仄行》「雙眼直」：三字形容得妙。「與人惟恐人啓口，傾肝不獨先饑寒。丈夫但能快志意，今昔何足勞長歎」：偏是疏財仗義人，受此惡報。⊙僕嘗有逋負，除夜執友追呼，有甚於官租者。疑庵情事，何其同也。

●疑庵俠腸豪氣，使黄金如糞土。今一旦囊空，顧視世人較量金錢，不差毫髮，始而憤，終而平。觀其《逼仄》數章，知其觀世熟、入道深也。故亟録而梓之。

萬斯備

允誠，浙江鄞縣人。《深省堂詩》。

《城上》「寒鯨吞埤垷，落日隱餘皇」：卓爍。

《向夕》「暝色千林共，歸心萬鳥同」：摹景入微。

◎二詩造句新而鍊氣渾。

張陛

登子，浙江山陰人。《南華山房稿》。

《過張家口息道院》「地寒沙影白，野闊雁飛輕」：是邊塞景。

《京口曉發》「客夢驚春雨，飄零一葉舟」：清曠，自帶雋致。

《登海山樓》「當年朝漢此登樓」：遒甚。「風塵莫問前朝事，共醉樽前記壯遊」：轉覺蒼莽。⊙雄壯偉麗，足擬燕、許。

《秋怨》「妾貌應如湖上月，夜深空照玉池涼」：有古意。

《夜湖》「不堪客思愁千疊，猶聽新聲陌上桑」：風調俱俊。

曹寅

子清，雪樵，奉天遼陽人。《野鶴堂草》。

《歲暮遠爲客》「惜此歲華暮」：音節甚合。⊙遒上。

《雪霽寄靖遠、賓及兩兄》「次第衆峰出，便欲思躋登」：情興頗佳。「饑烏下野樹，獨雁留湖冰」：得比興意。⊙賞其森寒，神情正復開滌。

《秋夜山居柬芥庵上人》「暝色起秋陰，蕭蕭風滿林」：如聞急雨。⊙「羨師惟晏坐，不負住山心」：蕭然如在凍壑。

胡德邁 卓人、鹿亭，浙江鄞縣人。

《宿千億山房》「片月獨明雲裏屋，諸山盡下峽中泉」：幽秀蒨密，讀過如遊巖壑。

蔡珮 子佩，浙江蕭山人。

《宿千億山房》「雲埋樹影看難辨，雨帶泉聲聽未真」：清芬韶麗，如花氣襲人。

熊釗 勉兹，江西豐城人。《時敏堂詩稿》。

《秋日登櫧山絶頂》「秋風絶壁寒」：好。

《遊桃花巖贈不疑上人》「石怪留猿跡，僧閒坐樹根」：意極深造而無痕跡。

《春夜别楊傅若》「月照落花寒」：好。似六朝人語。

《望匡廬山》「雲從山半生」：真。⊙「極目看無限，輕帆倍繫情」：句句是「望」字。

《客秦寄弟》「客邸山川猶似舊，故鄉兵火更如何」：可味。⊙清樸處更能傳情。

彭瓏 雲客，江南長洲人。《抽簪雜詠》。

《新秋過海幢寺晤阿字、澹歸二禪師》「懶讀離騷學醉歌，天親無著妙音多」：已自解脱。⊙雲客夙躭禪悦，時方被論罷官，故其言如此。

彭定求

凝祉、訪濂、省軒，江南長洲人。《南鳩鳴和》。

《舟次夜泊》「南海未離多暖日，北風初至起寒煙」：切嶺南。⊙如聞哀猿，令人腸斷。

《嶺南歸舟遣悶》「浮雲不染青山色，過浪翻留白雪聲」：秀色撲人。

朱　瞻

二慎，舊名陵，字月石，江南吴縣人。《中露集》。

《東巖寺晚眺》「荒城圍板屋，廢寺對洮流」：精鍊。⊙唐人邊塞詩有此風調。

《高涼道上》「瘴開銅柱出，霧結火珠收」：筆光墨彩，團結紙上。

咼重望

拙庵，湖廣公安人。《致遠堂集》。

《過小孤山得便風》「草樹自餘天地古，梵鐘半入楚吴明」：渾闊。⊙能自開闢。

咼正儀

又生、寧山，江南寧國籍，湖廣公安人。《四桂亭集》。

《奉使江右過廣陵感賦》「世情方淡漠，我意絶逢迎」：寧山雖感憤乎而愛交喜客，肝膽如揭，未可以此定之。

《詠報國寺海棠》「香韻亭亭嬌欲語，夕陽疏雨更相宜」：結更有情致。⊙姿制明秀。

《泥美人》「終日對君終日立，笑他朝楚暮秦人」：結語大是感諷。

《贈别鄧孝威》「雨外登樓憐遠客，酒餘撾鼓結平生」：壯而秀。⊙追琢精工，而有氣岸。

●寧山俠腸古道，絶不類仕宧中人。一别選樓，音塵斷絶，把此極爲相憶。

周體觀

伯衡，直隸遵化人，家濬縣。《晴鶴堂楚吟》。

《從軍詩》其一「黑雲如堵墻，戈船失回向」：蒼茫如見。「血祭蚩尤旗，朱殷翻白浪。夜哭者國殤，隱隱冒兵仗。長箭不敢射，獵雪滿弓韔」：如聞戰鬭聲。⊙「落日照大旗，馬鳴風蕭蕭」，滄溟極爲擊節。未若此之通首沉雄。其二「縱使附書至，亦難達軍麾」：説得痛切。⊙從軍之苦，略爲道盡。

《舟行雜詠》其一「思昨渡流急，幾從河伯宫。驚魄迷晝夜，憂心日忡忡。常恐死道路，愸然悲道窮」：以仲宣之音節，攄杜老之情懷，《從軍》、《北征》，此爲續響。其二「寧知沙磧外，征夫行負戈。寄語避秦人，豈必託山阿」：結體甚遒。⊙不意楚鄉尚餘樂土，寫來風景如畫，大足移情。

《偶有所見行》「北樓厭聽夜吹曲」：好。⊙實境，妙能直寫。其筆力横放，何減昌黎。

《行次信陽》「閉關分郢路，背水戍申侯」：卓鍊。

《苦雨》「濛濛神女峽，杳杳楚王臺。無數寒湖雁，驚飛復捲回」：似不經意，而老境不易到。

《秦留仙客樓小集》「雲物關兵氣，悲歌變羽聲」；「寒暮貪杯酒，聊申契闊情」：最老、最媚。

《秦留仙赴岳州兩夢見之》「薄暮輕爲別，扁舟去渺然。干戈南國外，雨雪大江邊」：老杜神境。

《漢口逢驛使寄京書後作》「口中銜石闕，憑汝説窮魚」：結語讀去悄然。

《再寄京書後作》「獨將萍實果，閒弔汨羅祠」：一結風騷絶倫。

《邗上答鄧孝威見贈》其一「荆南回望遠，轉戰入秋高」：老。「老去隨征馬，空餘戀濁醪」：老。其二「獨有重陽菊，同君醉裏看」：老。◎二詩直是樸老，便臻至境，覺他人渲染之爲煩。

《郢上即事》「漢北傳呼萬馬來，一船兩槳敢輕開。即今暫泊劉郎浦，何處還登庾信臺」：沉雄老健，直登少陵之堂。

《潛溪即事》「坡陁細轉江村路，榆柳低收晚飯煙」：妍秀而老。「夜行止有沔陽船」：何等筆力。⊙深於杜家，乃有此精悍。

《廟頭》「朝發鄖子口，暮望仙女山。僕夫已況瘁，暫泊廟頭灣」：自好。

《仙桃鎮》「西風白浪高，昏黑到仙桃。一街長十里，無處泊舲舠」：自好。

《泊荆南望李屺瞻》其一「梅雨難牽挽，荆州須早來」：殷勤之至。其二「烽火大江邊，孤舟夜不眠。君來須痛飲，正有獺囊錢」：如聞其聲。

《漢江舟行口號》其一「不知那箇官船惡，但見官船不賣魚」：官船之横久矣。其二「西河最是豆船多，夜半貪行亂打鑼。獨有沱潛舟子過，齊牽百丈唱山歌」：如聞欸乃。其三「内府金錢千百萬，軍需何用計牛毛」：沛公出四十萬金，不問其出入，纔是手段。

唐賡堯

載歌，寓庵，浙江山陰人。《城山園歷遊集》。

《黄河》「風團海日荒」：奇鍊。

《泗州》「春田猶自荒」、「陵寢説滄桑」：用意深警，不僅爲風景之言。

《泗水道上野宿》「地僻獨憐月自好，村孤轉畏鼓頻敲」：中原之地，久爲灌莽。一詩寫盡荒涼，可當監門之繪。

《秋將北行贈石濤上人》「别去思君禪定後，穿雲獨汲虎溪泉」：悠然無盡。

《題壁》「干戈南北真傳少，愁見飛塵數騎來」：是實事真景。

釋原志

碩揆，江南鹽城人。《借巢》、《正續堂》諸集。

《舟行寄友人》「煙雨江南一葉微，松潭漁父夜相依。斷沙雁起金精出，孤嶺猿愁木客歸」：冷然入微。⊙落筆森奥，絶無凡響。

《山齋遣興》「棋局茅亭幽澗濱，竹寒江静遠無人。村梅尚歛風前笑，沙草初偷雪後春」：迥非恒境。⊙蒼寒逼人，如入千巖萬壑。

江天一

文石，江南歙縣人。《寒江集》。

《拜御史大夫景公墓》其一「年年春草馴狐兔，薜荔空懸麕鬭宫」：如聞《九歌》。其二「湯武衣冠有愧臣」：刻至。◎蒼涼深痛，二詩足定其品。

郝　璧

仲趙，陝西蘭州人。《崑岑集》。

《寄懷舍弟歷，兼柬石若玢》「關河鐵馬仍留牧，荆棘銅駝已盡遷」：指前代寇事。「還家説夢對啼鵑」：妙。⊙指數亂離，言之蒼涼而沉麗。

《廣陵竹枝詞》「共戲鵝兒抛彈子，見他條脱臂紗輕」：固自娟妍。

劉文炤

雪舫，直隸宛平人。《攬蕙堂偶存》。

《同魏爾阜、蔣前民登焦山》「懸崖樹老根全拔，廢苑鐘銷僧不撞」：横空盤硬，一掃軟靡之習。

《臨安弔古》「毁盡朱仙舊壁壘，卻將花鳥固金湯」：南宋君臣，此爲鐵案。

《稽山客懷》「攢宫草没冬青死，禹廟碑傾古字磨。獨有若耶溪畔女，秋來猶唱舊吴歌」：偏饒風韻。⊙情文哀艷。

《泗州道上》「湯沐昔年曾賜復，禾蘇今日不完秋」：撫今追昔，感慨係之。

《清河夜泊》「雲連海氣天無色，風鼓河流夜有聲」：壯絶。⊙「去住向誰商出處，飄零到我負生平」：蕭颯之指，卻能出以高激。

《大悲寺逢僧謝監》其一「頽垣雨洗毘盧面，蔓草塵封方丈門。老監逢人蕭索盡，慇懃垂淚話開元」：如入荒冢廢苑，令人淒惻。其二「一自居庸賊騎來，禁城宫闕望烽開」：可稱詩史。⊙逼真少陵《諸將》之作，悲痛沉雄，非雪舫何以有此筆墨。

蔡德烈

懋成，江南吴縣人。《長松堂倦吟稿》。

《擬讀曲歌》其一「揚鞭一何疾，見郎不分明」；其二「鴛鴦語鷺鷥，徒自往來密」：比興得體。

《拂雲亭春宴，聽曉霞唱長恨歌詞》「琵琶女子風流怨，芳草王孫暮雨天。差勝白頭閒坐説，一樽長是爲君憐」：義山佳調。⊙淒警風艷，此種詩最能移情。

《偶占》「我自有懷愁不寐，美人今夜五湖西」：風韻合唐。

《開滌軒即事》：風神摇曳，幾於步步生蓮。

馬翀

雲翎，江南無錫人。《蝶園詩》。

《雞鳴行》「衰翁從何來，行乞閒兒童。當年居此宅，鳴琴擊筑羅王公」：只此一語，驚絶。⊙富貴豪華，真如夢電，而世苦不醒，揚揚自恣，甚且剥閭里，思以美田宅貽子孫，豈不癡絶。

袁藩

宣四、松籬，山東淄川人。《敦好堂集》。

《淮城水患述感》「魚龍穿古寺」：句鍊。⊙寫水患如在目。

《祠堂湖中》「秖今澤國魚龍地，盡是當時種稻田」：結有意識，而筆更老。

《登鳳陽鼓樓》「二陵風雨暗空山」：確切。⊙俯仰山河，意殊渾厚。

釋鐙溥

指新，江南盱眙人。《鐵壑》、《五蘿庵》諸集。

《雨泊燕子磯》「風雨鐘聲遠，江天旅夢寒」：曠甚。⊙蒼涼在紙。

《秋航夜泛》「一棹沿秋轉」：深鍊處似賈長江。

《中都第一山》「饑鴉守古墓，老馬卧殘霜」：孟津有此險拔。⊙「淒涼到故鄉」：悲愴在言外。

范宣詮

道文，江南休寧人。

《春日晤克聲家兄於潽江》「潮生三月雨，人至一帆風」；「豺狼猶未靖，歸計莫匆匆」：全詩老健。

《漂母祠》「漂母尚知憐國士，楚王空自負重瞳」：説來令人服。

馮蕃大

孟庶，江南興化人。

《登樓晚眺》「落日戀荒城」：氣清而格整。

《秋夜即事》「明月透林微，蒼茫夕掩扉。秋風常颯颯，落葉故飛飛」：不事雕餙，彌見其佳。⊙「青霜時欲屆，淒絶未成衣」：老。

《九日》「絳葉舞空山」：蕭凉壯激。

《秋興》「衰草催寒色，流光信轉蓬。深閨驚落葉，久客怨西風」：筆端有秋氣。

《曉起》「殘月挂簷前，疏星落曉天。秋風鳴敗葉，冷露咽寒蟬」：不獨情景逼真，而氣亦蒼辣。

《雨後對月》「屏跡螢偏照，高歌鶴更翔」：殊有遺世獨立之概。

《清夜聞鐘》：落落寫大意，故佳。

張潮

山來，江南歙縣人。《聊復集》。

《新安憶》其一「野鼠緣松坐，山僧鱠筍供」：精麗。⊙極其工練，妙於確貼。其二：筆墨清韶可喜。

《歸里吟》其一「遠旅乍歸翻似客」：確絶。⊙蕭森滿眼，固難爲懷。其二「登臺猶是當年月，置酒多非昔日翁」：多少感歎。與老杜《將歸成都草堂》同一意指。其三「望窮險仄疑無路，歷遍巑岏復見村」：新安山水之窟，而山來探幽領勝，此懷亦何減康樂。

《過秦郵即事》「郭外役夫多築堰，橋邊舊事憶當壚」：如行盂城道上。

《甲寅感興》其一「敢謂他邦真樂國，但祈安土免飄蓬」：淒激，如哀箏碎琴。其二「蕉鹿無端憎入夢，蒓鱸有約待歸農」：組織工緻。其三「兵氣蕭蕭入大江，村莊夜静吠驚尨。思君痛把離騷讀，哭世難將老夢降」：沉痛。⊙深憂隱恨，讀過如聞猿嘯。其四「事外旁觀難袖手，局中詳審祇攢眉」：老於閲世之言。其五「燕客古稱多慷慨，吾生今亦欲牢騷」：筆力奡兀。其六「仳離始覺妻孥累，禍亂生憎婢僕多」：山來年方英少，而所感歎有過於老成者，於此知其用世之略。其七「杜陵詩句愁偏好，庾信文章亂更强」：大有史識。其八：寫亂後之情，最爲真至。

《索冒辟疆姬人畫》「宿世畫師偏傅粉，前身金粟故慵妝」：以此索畫，固令美人心死。

●黄岳先生學窮濂洛，而詩則一準杜、韓。丁巳冬日，予嘗得其全稿論次之。而山來世其家學，詩復磊砢而英多，能無嘖嘖嘉歎？

陳宗石

子萬，江南宜興人。

《商丘送長兄其年歸陽羨》「王謝只今都寂寞，弟兄此際任飄蓬」：淚滴千點。⊙真氣流於行間。

《春日漫興》「北鄰弦管西鄰鼓，夜夜酣歌白晝眠」：苦樂不同，自古所歎。

金敬致 正夏，浙江山陰人。

《贈王鶴洲教師》其一「風俗知誰得意多，争誇幡綽與新磨。蕭疏只有王曇首，一曲開元兩鬢皤」：感甚。其二「毋將裘馬輕頭白，少小交游盡五侯」：具此眼光，方可交天下士。

黄　律 鳴六，江南歙縣人。《存古樓詩》。

《送羅飯牛先生歸豫章》「風塵聊作客，世事且圖歸」：情緒藹惻。

《喜汪秋浦來自章門》「一夕忽分手，三年纔見君」：何減高、岑。⊙全詩轉折甚老。

《同仙裳叔過興教寺，逢適上人茶話》「策杖動微吟，鐘鳴古寺深。斜陽迷殿角，歸鳥亂松陰」：氣韻安閒。⊙「茶香仍久坐，寒月吐西林」：情景俱勝。

《人日同杜于皇、程穆倩兩先生飲家伯齋中》「積雪寒生小閣春」：卓鍊。⊙神氣閒静。

汪　弼 無襄、真谷，江南歙縣人。

《甘泉山》「千秋留戰地，終古一泉甘」；「何人頻弔古，極目大江南」：氣岸甚高。

《春日同杜于皇先生探梅》「修竹上層坡」：「上」字好。⊙「賴有高流共，光風繞薜蘿」：清風襲人，而更有警句動人擊節。

田于邠　光西，河南商丘人。《坦步園詩》。

《揚州過舊居》「芳春空鎖梨花院，故壘猶牽燕子心」：韻勝。⊙顛頷哀涼，而風神正自婉約。

田于隆　抱南，河南商丘人。

《關山》「關門背日寒」：墨氣最飽。

田于郃　颴西，河南商丘人。《十四松園詩》。

《送春》「一字詩成減帶圍」：妙句。⊙新雋。

《高唐道中》「鳴鞭墮棗紅」：好。⊙北路風光寫盡。

徐　敤　湘陰，江南通州人。《迎芳閣集》。

《金陵道中》「六朝行樂地，又見草萋萋」：含蘊。

《范性華遲余不至舟發卻寄》「那堪暮雨蕭蕭下，酒散旗亭客上船」：俊而婉。

孫叔詒　燕叔、裕仍，山東歷城人。

《平原途次遇家兄弟》「天涯慰疾苦，故國問陰晴」：是相見情事。⊙蒼穩，卻盡意。

《送崔諫庵東還》「那堪千里隔，況復一裘寒」：轉折清勁。⊙波瀾老成。

●吾友紀伯紫極推燕叔英年好學，詩格尤爲遒上。惜惠稿之甚少也，故僅登其二。

黄陽生　屺懷，江南泰州人。《月舫集》。

《集畫溪亭作》「皎月照東野，微飆蕩西涯」：似韋、柳。

《懷金孝章前輩》：清思獨運。

《春盡日登曲江南樓》「風光過眼猶堪賞，時緒驚心莫漫談」：押險韻，正不礙才調。

《觀穫詞》「地無餘屋就林陰，朝坐溪南暮溪北」：最有古意。

黄泰來　交三，江南泰州人。《鹿臺集》。

《弘濟寺》「群山趨左右，一徑闢欹斜」：貼切。⊙不作浮襯語，是山水間有性情者。

《賦得花月春江十四樓》「曾聞遺老説，夜夜竹枝聲」：極似孟襄陽。

《京口懷古》「樓臺迴出南朝寺，煙雨長迷北固山」：似許郢州。⊙「佛貍祠下無人問，惟有神鴉自往還」：愛其風藻麗逸，正如烏衣子弟，舉止不群。

《隨家大人及袁籜庵、余澹心諸君集梁溪客館》「誰隔鄰墻歌短曲，更教腸斷李延年」：風韻最爲撩人。

《阻風江陰登君山北眺》「時向君山望江北，澄江一片雪茫茫」：寫得蒼茫。《雨中携樽過唐耕塢舍人雨花寓園》「六朝山色推窗見，木末亭前一派秋」：絶是畫意。

姜梗

鐵夫、桐柏，浙江會稽人。《曹山草堂》、《飯犢居》諸集。

《雜詩五首》其一「黄鼠竄破垣，黄桑號北風。狐狸掉尾語，戰後城郭空」：氣味似曹子建。「勤勞死王事，棺槨沉草中」：可傷。⊙盛衰存亡之際，思之可歎。其二「百年骨速朽，榮名良不薄」：史論。「舊時管鮑交，一朝成索寞」：自然之理。⊙寧玉碎，毋瓦全，是志士行徑。其三「子弱背耶生，親老啼晨夕」：字字是血。⊙慘痛。其四「皆存濟世心，不應蒲輪詔」：看出隱士本領。其五「積習聽新聲，恍惚忘舊音」：誰能不變。◎五詩叙述哀涼，寓指沉痛，然皆深隱不露，斯爲漢魏遺音。

《舊京教坊廢址歌》「緑水含波繞大堤，青山滴翠摇城郭。雨吹桃葉渡邊人，風動秦淮樓上箔。歌殘子夜賣春餳，啼斷黄鸝酤杏酪。簷斜竹葉青相接，水續荷花香不落」：鋪叙處，俱極艷秀。「千行蠟炬更籌杳，院院燒燈不知曉。銀漢初横酒氣高，明星欲墮歌聲悄」：是舊院風氣。「眼前萬事傷心絶，此話多從太平説。誰家墓道穴狐狸，何處離宮啼百舌。歌臺舞榭今何在，零落蓬蒿埋土塊。敗田廢地記官書，召募村丁鋤野菜。夕陽欲下棠梨顫，昨朝拾得鈿箏片。燐燐碧草鬼燈青，哭聲一半歌聲善。四望寒煙荆棘繁，凄涼惆悵此荒原。只今賸有池邊柳，風雨飛來叫逐魂」：説到荒涼，萬般淒切。全詩歸結，在此一段。⊙舊院盛衰，關係留都興廢，故詞人過板橋珂巷，每極流連。此詩體宗四傑，情本少陵，固帝京之遺篇，曲江之微旨也。

《丙辰臘月訪魏青城，留涉園度歲》其一「大雪一千里，燈前見故人」：雄而曠。其二「江湖足風浪，天地正屯兵」：乙未別青城於京師，丙辰春乃更於廣陵相晤，互有唱酬，而青城已皈依浄業，居然一衲子矣。讀鐵夫二詩，令我生歎。

《客武昌》「客到焚餘寺，人殘戰後城。神仙黄鶴杳，野殿舊碑傾」：傑甚。⊙英偉雄秀之作。

《秋日》「家書到客船」：難堪。⊙純是杜公。

《冬日偶成》：此詩又似右丞。

《丙辰元旦》「平安慰妻子，兵甲滿人間」：老極。

《客蕪湖》：輕圓秀逸，似晚唐而體氣甚高。

《金陵即事》「野老相逢談往事，東風吹落野棠花」：韻絶。⊙與劉賓客各有其美。

《武昌懷古》「蒼松還植前朝寺，百畝蓬蒿是楚宫」：傷心語，應墮紅豆之淚。

《蘇州覽古》其一「西施未死吴王死，曾説扁舟載五湖」：此事如何責之紅粉耶，鐵夫無乃過？

其二「黄金一擲等閒事，家在梁州與薊州」：逼真唐人。

《小孤山夜泊》其一「萬條楊柳亂漁燈」：韻。其二「試問隔江彭澤縣，有人還愛菊花來」：寄託甚深。

魏坤 禹平，浙江嘉善人。

《奉贈姜鐵夫先生》「滿眼干戈逢世難，衰顔漂泊轉風塵」：樸老。⊙句句貼切，而風骨最蒼。

姜諫 問忠，浙江會稽人。

《夜宿山寺》「夜虎投昏磬，春星散石樓」：奇邁。⊙不肯作尋常語，獨造險奥。

《紀夢》「卻向杜鵑聲裏聽，一窗殘月照孤眠」：風韻特妙。

《雨》「更喜夕陽西角望，隔溪多少鷺鷥飛」：一幅圖畫。

●予極賞歎問忠詩，而不知爲鐵夫令嗣也。其年最韶，其詩才最妙，要不肯作猶人語，而又入格。掉鞅詞苑，非君其誰？

孫延 公賞，江南休寧人。《白石集》。

《峽山》「嶺松撑午日，風磬落空煙」：鍊字新，布格穩。唐人中不多得。

《燕子磯阻風》「鐘聲敲醒魚龍夢」：此句更警。⊙「燕子磯邊早泊舟」：寫景都在箇中。

《贈曾北樵》「三春花氣養黄鸝」：一時傳爲警句。⊙綿麗穩切，覺其中邊皆好。

吴紹熹　聖輔，江南吴縣人。《劍吼堂集》。

《桐廬道中》「石滑盤蛇徑，林昏振虎風」：精警。

吴　炯　初明，阿蒙，江南上元籍，吴縣人。《雪篷集》。

《大雪過道士洑》「前路饑鴉亂」：數言如畫。

《繇前川往亭州答别連上人，兼寄高、向二子》「魯臺程廟東山寺，襆被寧忘聽雪期」：清韶之姿，結尤蒼健。

吴　燭　調玉，江南上元籍，吴縣人。《橘圃集》。

《中秋前一日宿王汾仲江棲草堂》「日落江煙暝，先生未掩門」：可畫。⊙閒静之極。

沈傳弓　武功，浙江嘉興人〔一〕。

《送高念祖遊閩》「秋江莫道猿聲苦，荔子花開最憶君」：風流絶世。

〔一〕「浙江」，原作「江南」。沈傳弓，傳見《兩浙輶軒録》卷八。

戚　懋

稺含，枋齋，江南宣城人。《荻授堂稿》。

《雁來紅》「帶來塞上征夫血，深染幽閨葉葉紅」：借物言情，得少陵法。

王澤孚

子年，江南興化人。

《遊寶嚴寺次壁間韻》「雲中託鉢一僧歸」：秀甚。⊙子年詩才清俊，將來掉鞅詞壇，此詩略見其概。

汪　曾

師魯，江南休寧人。《薜蘿草堂稿》。

《清明有感》「白屋逢寒食，蕭條趣轉真」：超然高寄。⊙胸次別，故詩境能入清老。

《雨中抵村店》「雨疾無飛鳥，潭空有挂龍」：卓絶。⊙形容雨勢，極其蒼茫，而中更有精岸處。

《春日步法海寺有感》「春明古堞孤煙寂，樹緑前山百鳥啼」：芳潤。⊙轉宕老，點染秀。

《别家兄舟次後有寄》「淮流渺渺接重雲，姊氏家居漣水軍。秋日定須來訪姊，黄河渡口便尋君」：真樸入古。

左維垣 衆堅，江南江都人。《蘚牀詩集》。

《人日河舫》「月到水邊亭」：妙句。⊙穩秀，極似許仲晦。

《舟過茱萸灣望禪智寺有感》「梵王宫殿草全生」：中唐。⊙「路分楊柳天難盡，灣繞茱萸代幾更」：全不着色，卻蕭瀋處較勝丹青。

《舟行雜感》「行人莫向秋邊去，落葉鳴蟲滿客亭」：天然風韻。

李暾 寅伯，浙江鄞縣人，杲堂令嗣。

《偶題》「五畝山田分養鹿，三間茅屋雜棲雞」：奇創。⊙新情秀氣，紛來紙上，固繇家學，亦見賦性絶人。

黄對 書思，江南儀真籍，歙縣人。

《立秋前一日送汪二弼歸省》：氣老語真。

《真州道中》「水田曲堰饑鳥下，野店疏籬敗柳多」：極似趙嘏。⊙純以風致勝，故自愛其亭亭。

黄時

禹曆，江南歙縣人。

《秋郊懷友》「秋好吟詩倚寺扉」：清姿如玉，而出落次第，一一如法。

《送屺懷兄歸海陵》「不記臺邊聽笛時，草堂積雪讀佳詞」：神味殊妙。⊙詩忌平率。如此風格峻嶒，似聽新聲，爲之撫枕而起。

陸引年

爾伸，陝西蘭州人。

《偕張甥善長真州夜發》「上下分檣影，高低辨櫓聲」：細潤。「刻燭償風景，開樽叙舅甥」：老。⊙對仗工，思路俊。

顧紹美

景先，江南泰州人。

《舟泊淮陰》「流水英雄血，歸烏兒女情」：指痕皆血，筆端有淚。

蔡孕環

公梅，江南泰州人。

《雨花臺》「鳥散夕陽來」：似六朝俊句。⊙筆墨自是不同。

《春日同謙龍、此度、穎士飲西山分韻》「城郭低飛鳥，乾坤老戰塵。且休談往跡，樽酒坐荆榛」：筆老神至。

《贈鄭子江》「但道開元諸軼事，何人竊聽不淒然」：古之傷心人，往往如是。⊙結處如聽雍門之奏。

《天寧寺晤張聖功》「鵑啼不盡愁邊血，秦火難灰腹裏書」：對意更警。

《春夜即事》「鶴遠雲宜高閣送，燈殘月爲小窗留」，「故人過我春分夜，佳句勞君雪後舟」：頷聯矜練，故頸聯正妙在疏直。

《春病》「案減書籤題藥裹，爐營丹火廢茶鐺」：的是病景。⊙極其幽細，卻不流於閨閣氣。

《焦山待月》「江空海闊時吟嘯，知是蛟龍未就眠」：結得壯甚。

《送楊西印參藩之汝南任》「驛路自需公子發，夷門還爲故人留」：妥愜。⊙送赴任詩，如此悠揚秀麗，何減信陽當年。

《即事》「爲説家園更不如」：末語不説盡，卻已雙淚迸落。

《贈歌者》「也知崔九岐王少，懶唱江南紅豆詞」：近惟梅村擅此風調。

袁佑

杜少，直隸東明人。

《鄘居》「博徒自昔能存魏，賈客何人更販齊」：押得古雅。⊙不爲韻所縛，知其才調之高。

《村居》「春田擕子同牽犬，臘社迎神自割雞」：典則可風。

釋性本　野夫，江南丹徒人。

《看瀑》「蒼翠重重香刹隱，輕風送出磬聲微」：悠然遺世。

釋通問　白旃，江南合肥人。

《寄浮山吴楞隱》「草鞋高挂待春歸」：衲子作情語，自與人别。

朱璽　晉公，浙江歸安人。

《滎陽即事》「瓦燈魑魅影，榛路虎豺行」：調和色麗。

高必達　上公，直隸大興人。

《燕子磯》「亭收千里勢，雲擁六朝城」：有巉巖飛浪之勢。

《延令道中》「海陵回首望，比户接蛟宫」：艷倩，結更迴繞有情。

《寄邵進之内兄》「臨池更憶周都護，曾否西山有墓田」：陡健。⊙全詩瑰麗，一結更有關係。

《懷山東宗叔》「里人不識舊中丞」：確。

《寄感》「兵解漸抽回紇馬，使來重起荔枝塵」：典麗。⊙「那堪城市還生草，盡歷江山不見民」：

筆情層次，相爲映發。

《春夜同人小集，喜邵啓文至自薊門》「十載西山説舊遊」：好。⊙輕秀處，極綿婉中情。

《客丹徒贈李書城大令》「獨把閒情贈公子，南朝煙雨北朝雲」：風神秀令，筆意尤自矯出。

《丁巳冬觀海口》「風吹蛟室潮初長，冰湧鯤池雁不前」：海賦中雄句。⊙開海口，所以洩下河之水也，而功程浩大，急難成功，故不勝蒿目之慮。

《聞何鑑庵納言過邗未晤有作》「曾是雲霄侍從臣，忽傳畫鷁過邗濱。未能負弩空凝望，雲樹江天愁煞人」：是唐音。

《寄懷王弁伊》「那能便訪侯嬴去，落日浮雲滿孟諸」：高調殊情。

繆肇甲

墨書，江南泰州人。《問月樓詩》。

《題老樹亭子》「日月窮陰合，龍蛇掣電昏」：筆亦有老樹蟠鬱之勢。

《初夏訪黄仙裳先生》「竹密遮危閣，榴紅出短垣」：蒼秀。

《登天目山，是晉王冶飛昇處》「荒臺草軟疑馴鹿，古井雲封想護龍」：卓爍，有珠光劍彩。

《吴陵雜詠》其一「無私只有堂前月，遍照年年菜色人」：關心民瘼之言。其二：筆情淪漪。

《廣陵雜詠》其一「誰知十里繁華地，原是當年舊戰場」：煞是關係。其二「不道紅樓皆破瓦，更無人唱竹枝詞」：騷艷。其三：寫得真，固是《竹枝》遺調。

方淳

樸士，江南歙縣人。《環翠軒稿》。

《秋夜同子弘弟由古巖寺回》「綸巾閒鶴髮，藜杖破蒼苔」：鍊字精。⊙無意爲奇，而奇自至。

《登孔望山宿龍洞庵和韻》「古寺飛香細，殘碑落照陰」：幽恬。⊙追琢，卻自然。

《平山堂看荷》「到處皆遺跡，何人無斷腸。此時幽興極，改棹向斜陽」：妙。⊙「不須辭酒倦，自可泛荷涼」：空澹處愈覺濃麗。

《臘梅》「宮中不肯飄黄額，雪裏分明變白頭」：詠物詩苦其着相。此在即離遠近間，得其神貌。

《夜月過九蕊庵》「命酒題詩窺剩月，挑燈着屐視餘花」：幽興如許，寫來飛動。

《秋閨》「夜深消瘦無人管，明月珠簾獨上鉤」：情文俱在縹緲之間。

《登法海寺平臺有感》「虹橋勿唱楊枝曲，滿眼荒墳點暮鴉」：指點荒涼，令人腸結。

程允生

信庵，江南歙縣人。《東山草堂稿》。

《秋夜同家兄東亭小飲》「我狂君莫笑，沉醉是生涯」：窮愁落莫中，貴有飛揚跋扈之概。予正賞其一結。

《寄家兄》「兵戈猶未息，何事不關心」：起得健。⊙骨肉間有文字之知，固自友于念切。

慎墨堂詩話卷二十六〔一〕

宗　觀

鶴問，江南江寧籍，江都人。《咸園近稿》。

《曉發若耶溪》「空翠濕衣襟，蹴波衝几席」：摹擬舟行，極其紛綸奇詭。「臨深固有戒，側足良可惜」：一語轉接。⊙披閲一過，覺山陰道上之景紛來目前，而層次秀發，尤覺螺髻可數。

《姜京兆招遊南華館》「衆峰緩歸船」：畫。「稍暇還相就，結此遊息緣」：筆意陶然。⊙蒼潤，有珠玉之姿。

《從南鎮至禹陵睹舟遊甚盛》「我行暫翱翔，春風嬌繡綺。極目范蠡舟，煙波意何已」：風流綺麗，寫來炫目。

《遊吼山次姜京兆定庵韻》「已墜復倚凌沉冥，一縱一横形奔峭」：形容盡致。⊙如此奇境，以快筆寫之，但覺其森奇，不見其幽邃。

〔一〕此卷輯自《詩觀》二集卷十四，原署「東吴鄧漢儀孝威評選/同學周在浚雪客參閲」。

《秋日登雨花臺》「遠江逢樹斷」：畫。

《喜寧都魏冰叔自吉安來賦贈》「擾擾何由定，徒然迫腐儒」：突兀。

《春雪》「近愁薪炭貴，輸給火攻勞」：切時事，如此之妙。

《劉玉少客永平見寄近詩》「客路連孤竹，春衣上喜峰。石蹲寒夜虎，嶺走黑山龍」：筆力奇險。

《宿雲門寺》「白截半山雲」：好。「老僧憂世切，昨過水犀軍」：結得意外。

《府山》「天插海峰青」：健句。

《遊雲門寺》「盤渦水急輕橈下，夾岸山迎曉鏡中」：爲越州詩自爾温麗，而此更入蒼警。

《朱買臣廟》「爲問故鄉乘傳盛，祇緣詩向故妻過」：説得買臣氣焰都冷。

《錢唐江》「射弩經秋還有信，駐師三日豈無神。海門一氣荒煙裏，今古傳烽到眼新」：用事都化。⊙錢唐詩，以此爲第一。

《越城》「蘆荻風吹殘霸壘，鷓鴣春叫美人村」：劉滄、許渾豈能遠過。⊙不獨秀麗，兼能精矯。

《贈廷尉李公映碧》「晚向八朝羅放失，手批陶令傳尤長」：廷尉隱居讀史，當今之靈光也。同人各有贈詩，而此尤確切。

《苦雨》「乍快百川奔大壑，忽驚萬馬踏孤城。空江只有蛟龍鬬，長夏曾無霹靂生」：四句妙在一氣。⊙氣勢雄健，有萬馬奔騰之狀。

《何轉運席上送方二侍御入都》：是日銀燭金樽，清歌妙舞，極一時之勝。鶴問此篇，可謂形容盡致。

《贈吴門王鶴洲》「落拓惟親賀老歌，人生豈必定情多。四條弦子陳隋調，惱亂柔腸可奈何」：是我輩語。

汪度

千頃、山圖，江南歙縣人。《藏山閣集》。

《宿八達嶺有懷長安諸公》「嚴柝廢深更」：全詩俱穩。

《同王于一、杜于皇飲秦淮酒樓》「李白孫楚後，千年無酒樓。我來攜二子，異代結糟丘」：岸幘而來。⊙詩情磊落，在畦徑之外。

《塞下感秋》「乘秋鶥鶚横青嶂，往日龍蛇失野墳」：思沉，不獨調高。⊙感懷騷激，各有所指。

程化龍

禹門、念蒿，江南休寧人，青浦籍。

《桐君山夜泊訪採藥故址》「峭壁擁青杉，江臨萬壑巉」：起亦巉巖。「晚風吹巨浪，明月照孤帆」：妙。

《春日送家叔南還》「江南風景應如舊，我獨驅車上帝鄉」：淒然之情，正在言外。

《秋客皖江飲霄漢樓，和姚佩茗韻》「江水急隨帆影去」：難狀之景。

◎二律氣體獨妙。

賈良璧

子瑜，江南高郵人。《揖石庵詩》。

《渡彭蠡》「亂山圍噴薄，初日蕩空明」：光異。

《真州夜泊》「潮雜舟人語」：奇句。⊙子瑜詩愛爲新麗，而僕疋取其高穩。

朱　弦

阜公，江南黟縣人。

《同白醒庵話舊，有懷鄧孝威》「極天碧樹河橋外，一路春鶯水驛中」：對更秀濯。⊙阜公詩清遠明秀，僕擬之邢、顧之間，而爲前民力索以去，僅登便面一章，殊爲怊悵。

釋大汕

石濂，江西南昌人。《秋江草》。

《潼谷道中》「乳羊遮古墓，老馬立殘疆」；「誰憐青冢月，獨自照沙場」：奇峻。

《懷羅浮山人》「嶺外青山好，海門開鐵橋」：筆力破險。

《登盱眙縣望泗》「孤城浮夜月，古渡出秋風」：望之蕩潏。

《山行》「人落重岡外，雲連斷嶺頭」：如入異境，聞見都别。

釋興源

楚雲，湖廣長沙人。《梅檀閣稿》。

《夜投萬聖庵遇雨》「野鶴依庭宿，疏燈照户閒」：聲中琴瑟。

《遊九疊谷》「泉聲隨樹轉，石壁傍雲深」：深秀。⊙不爲幽苦，自爾深曲。

《送雪參禪友歸衡嶽》「南嶽奇峰七十二，古今獨仰祝融尊。此回赤手開雲徑，直向青天弄月痕」：脱盡蹊徑，獨有摩雲弄月之概。

《中嶽》「玉檢金書不可尋，豪雄想見武皇心。翠華渺渺今何處，蒼樹森森晝欲陰」：高踞百尺。⊙青蒼古樸，鉛華浣盡。

董道權

巽子，浙江鄞縣人。

《同周子潔飲魏氏藏密齋，酒闌話蒼水司馬遺事志感》「麋城猶憶通姓名，蕭寺曾蒙慰潦倒」：筆力真似少陵。「君不見，浙西除夜聞霹靂，元旦街頭一尺雪。春來雨師不可驅，天涯行客皆愁絶。難得今宵見望舒，相與滅燭行前除」：叙時事，傲悍不可當。⊙胸懷莽蒼，筆下頓有風雨神鬼。

陸嘉淑

冰修，浙江海寧人。

《飲華及堂中贈汪周士》「卻怪吟成疑杜甫，故鄉親聽鼓鼙悲」：雖宴集詩，氣自高健，無有凡膩。

俞楷

陳芳，江南泰州人。

《過峽山荒寺》「雨逼老猿啼」：警策。⊙蒼然秋氣。

《北固》「石有三分恨，煙銷六代才」：用意沉貼。「斷壁雨雷開」：奇句。

●俞氏多才而以詩崛起者，則有陳芳。北征甚急，不及序其刻稿，爲録二詩，以志景仰。

劉元勳

介庵，陝西長安人。

《除夕毘陵舟中作》「天黑人煙斷，燈青客夢孤」：荒涼之景，寫得真至。

《識舟亭》其一「萬里雲從天際落，千帆舟向大江來」：雄闊。其二「海内誰揮新麈尾，百年吾把舊魚鉤。看來勝地皆堪賞，到眼難消此日愁」：大有懷抱。⊙借題寫興，浩浩洪流，殊覺神王。

《蟂磯弔孫夫人》「幽魂萬里時通蜀，烈恨千年暫寄吴」：夫人得此，足以瞑目。⊙中有論世之識。

《贈董澹園明府》「賦歸彭澤陶元亮，獻策西京董仲舒」：難其和潤。⊙雅調翩翩，殊有平原走馬之樂。

《入都詠懷》「需次何殊吟澤畔，依人不慣賦登樓」：用意極深。⊙感慨不露，得詩人温厚之旨。

《五日遊萬柳堂》「鶯花滿眼消兵氣，此日靈符莫更求」：是五日遊萬柳詩，移動不得。

《遊金山寺》其一「一柱全爲滄海峙，三吴半抱大江流」：金山傑句。其二「突兀中流石一堆，何年飛入大江來。浮圖倒影波中見，殿閣連雲日際開」：起得嵯峨。⊙金山詩甚多，此全用大力推排，頓覺雲山在其五指。

《遊北固山》「遠嶂層層圍鐵甕，長江滚滚鎖金山」：貼切又渾雄。⊙氣力開張，絶去柔瑣之態。

彭翼宸

襄五、雪崖，河南蘭陽人。《雪巘山坊稿》。

《溽暑與同年杜莘庵遊報國寺松下》「虬龍天然質，霜雪不能侵」：氣韻清幽，足滌煩暑。

《過仙霞嶺》「深潭煙霧合，雲外起蛟龍」：不盡。⊙「山花悦鳥性，翠竹雜青松」：直寫真境，卻已迷離杳靄。

《懷城晚泛》「燈火連村遠」：幽而曠。

《詠夏丘署中竹》「肉食誠堪鄙，臨風依翠陰」：悠然。⊙如此襟情，自是廉吏。

《湖口令范大章招飲江聲閣》「蒼松盤鬱雲中出，碧閣崚嶒石徑浮」：秀上。⊙軒軒霞舉，令人有振衣濯足之概。

《九日步劉苕柯太守韻，兼送友人還里》「始信荒城無令節，益知蹇宦懊華年」：真樸處，讀之可感。

《別姑蘇沈禹甸》「珥貂覲面誰投轄，詩酒班荆未倦遊」：安雅穩適，妙以情致相取。

《過黯淡灘》「鐵膽櫓師鼓枻往，遊人到此盡心酸」：摹寫險勢，驚濤在紙，結更有力。

《早渡黄土關》「猿聲夜静千峰曉，好伴漁樵歸去閒」：意度閒閒，殊無宦想。

朱綏

安公，江南黟縣人，家六合縣。《簡庵詩存》。

《山居》「秋晴客到門」：詩思清於冰雪。

《過友人客舍》「流落即天涯，三春客憶家。未歸今日路，空放故園花」：淒絶。⊙讀起四句，孤客最難爲懷。

《重過鶴來莊有感》「繁華相繼盡，每到只孤行」：聞之髮白。⊙「廢興同世事，冷暖自人情。往日開樽地，蕭蕭春草生」：不勝金谷平泉之感。

《懷家于野兄遊毘陵》「寒梅開野寺，春水送殘冰」：王、孟絶調。⊙氣味甚好。

《過訪梅溪答贈》「山寺成何代，東吴霸業時。千年存古佛，一鉢住名師」：起處岸然。

《歸里過清弋江晚泊》「月照半船行旅夢，人喧兩岸異鄉聲」：行路往往有此。⊙俊思清響，如聞子野之笛。

《桃嶺道中》「江南民力勤耕稼，猶向層巔墾作田」：寫景真至，結更有關係。

《寄計用賓》「花前人去逢佳興，病後書來説老愁」：情長語雋。

《贈山中羽士》「白雲共往還，獨宿青峰上」：何處得此道士。

《舟中聞笛》「孤艇出蘆浦，笛聲吹淺浪。黄昏不歸去，明月生衣上」：畫。

《晚行》「日光沉未盡，孤鳥直西飛」：畫。

《送山中羽士》「坐久不歸來，身入白雲影」：可謂孤絶。

《春歸怨》「燕子重來人信杳，春風又見落梨花」：情致嫋然。

●安公往矣，而令弟阜公以遺稿屬予選次，至再至三，可謂情深友于，爲不忍死其兄者也，予安能靳此筆墨耶？春雨自鑾江歸，因洗研評跋，亟登梨棗。

朱弦

（再見）《嶽青堂詩存》。

《望江南曲》其一「春歸郎不歸，草滿花開處」：似六朝人語。其二：含情言外。

《度新嶺》「振衣過鳥上，緣磴出雲中」：極力描寫。

《晚抵汶上》「山盤秋草路，水帶夕陽城」：如見其景。⊙氣韻安閒。

《送笠公住棠之靈巖》「江風吹布衣」：好。真□名句。

《懷潘定齋廣文客水南僧舍》「秋聲歸野寺，暝色赴禪燈」：虚字着眼。⊙冷然、悄然，如聞黄葉。

《冬日遊靈巖抵半山，小憩石上》「斜日照人語，空山入未深。行當半巖寺，坐見隔江岑」：是半山。⊙疏澹處，饒有深厚。

《暮登峰頂乘月還，止半巖僧舍》「山顔日夕異」：静眼。⊙氣亦渾淪。

《看沙彌月下燒松子試泉》「白月排青嶂，清言坐夜天。攜將初雨葉，同試半山泉」：冷絶、韻絶。⊙妙景妙事，寫得空澹。

《秋杪上谷道中》「窮陰鬱塞雲」：造語奇警。⊙「霜寒狐兔跡，風勁雁鴻群」：摹北景頓别。

《曉渡黄河次彭城》「日光垂慘淡，天氣瀉鴻濛」：非黄河無此。⊙猛思静力。

《送袁受旃之真州》「春鶯啼到門」：好。⊙一筆不忙，見其法老。

《送吴燕斯歸遊黄山》「泉陰寒日月，潭雨黑杉松」：沉摯。

《江舟值風》「斷港衝沙白，深雲挾雨青」：全詩雄闊。

《度羊棧嶺，將抵黟之桃源》「谷口路窮隨鳥入，山腰雲斷見人行」：無數丘壑。⊙氣體極安，無景不寫。

《登妙高臺雨至》「海色乍迷初到雨，江聲都上最高臺」：雲林、大癡之間。⊙絶無半點塵氣。

《都城夜集楊禹立席上聞歌》「輕煙淡淡柳毵毵，妙舞清歌入夜酣。一曲琵琶滿城月，忽教人憶在江南」：都門最難得此。

《緑珠》「多少興亡人不記，至今争説緑珠樓」：緑珠事，固具有興亡在内。

●阜公詩不可得而讀，然時時在余胸臆間。己未自燕京還，阜公忽以刻本見寄，狂喜之甚。因選録授梓，亟爲浮數大白。

傅鸞祥 雲凝，河南汝陽人。

《永豐即事》「誅茅新建屋，編竹密圍墻」：風土在目。⊙妍華，兼以蒼貴。

張鴻漸 九逵，直隸元城人。《蘿庵稿》。

《登永和泰山頭》「人藏深谷裏，石響亂波中」：親切語。

《送馭四侄遊太原》「水來象谷通雷澤，山鑿龍門過吕梁」：典而艷。⊙氣足詞偉，盛唐名作。

《憶維揚舊遊》「爲憶雷塘風雨後，幾曾拾得美人簪」：風流如在。

程羽豐 培公，江南休寧人。

《答朱二》「無限興亡感，還登木末亭」：結語有味。

《雨中宿禪窟寺，呈大安上人》「雙屐千峰雨，孤扉一岸雲」：語語真到。

周藩 价人，江南江都籍，山西霍州人。《藉園草》。

《大通驛對月，偶憶平山勝遊，兼簡劉俶載》「一天秋氣落，千里大江流」：清疏自潤。

《次荻港驛》「水氣明初月，潮聲落遠天」：好。⊙和密清妍，絶似右丞一派。

《雨》「寒氣撲船來，千山暗不開。雲低天近水，江闊雨鳴雷」：蒼茫無際。⊙寫雨勢，殊有奔騰蒼茫之氣。

《江晴》「放船風正好，的的望天門」：老。⊙又是一番風景，筆能變换。

《江行即事》：隨手自韻。

《浦口塔》「一塔攢雲出，巍峨俯大江」：氣雄健而意深警，五律中不易有之作。

《金陵懷古》其一「龍虎千年氣，山川此日情」：妙有含蓄。其二「一片夕陽水，蒼茫鎖六朝」：渾茫有氣。「傷心堤上柳，故故發新條」：老。其三：似梁宋人樂府，不宜作近體讀。其四「銅駝愁蔓草，石馬立秋風。王氣今何在，牛羊夕照中」：意調精工。◎四詩渾雅沉麗，而感慨之旨，自行其中，斯爲風人正始之調。

《輓王西樵先生，和東亭原韻》其一「大名應不朽，何用玉爲棺」：押韻獨絶。其二「卻憶三舟好，湖光一帶横」：輓西樵詩，僕以韻險未能屬和。价人布格押韻，無不圓洽，足稱能手。

《初夏同人泛舟西河》「酒旗歌板困流鶯」：足抵少陵「青蛾皓齒在樓船」之作。

《賦得三月正當三十日限時字》「韶華易老從春盡，風雅猶存感序移」：意深詞婉。

《揚州競渡》「湘沅此日傳遺事，幾處煙深弔汨羅」：前段摹寫繁華，末結以蕭瑟，最得體裁。

《次春星堂新秋集飲韻，訂同人酒期六絶句》其一「多少隋家興廢事，而今剩得幾流螢」：興感不凡。其二「笙歌鼎沸欲如何」：問得妙。其三「觀濤正有三山興，擬向神鰲背上遊」：雄傑。其四「便擬呼來馮小憐」：此又韻甚。其五「揚州水患尋常事，小部吴娘大有名」：含蓄風流。⊙震動鏗鏘，又極嫵媚。其六「日攜名酒坐花鬚」：六絶或雄或媚，縱極才情，而吞吐即離，尤多藴藉。

●宗鶴問曰：藉園詩，遠之丁卯、近之四溟一流。頃東亭座間，出次韻詩屬和，藉園運置天然，别有杼軸，雅稱擅場。

●价人之詩，整麗流逸，在樊川、賓客間，而近攬秋浦之勝，挹九子之奇，詩益警秀。頃吴湖州倡社竹西，价人、扶將極力風雅，功臣舍君奚屬？

周以忠

端臣，江南江都籍，山西蒲坂人。《劬園草》。

《玉鉤斜》「生憎薄命輕如絲，零落金鈿等閒死。螢火飛飛照野阡，傾城埋向雷塘土」：以弔香魂，可使黄土復起。⊙觀侯夫人之死，而宫中之不得承恩者多矣。從此着想，淒楚緐艷，令人魂飛腸斷。此賦家之心，騷人之旨也。

《仲春望日社集，賦得春日佳氣多》「遥聞竹西路，争唱踏青歌」：結得老而韻。⊙全詩有明媚之氣。

《晚渡金山》「月剩一僧歸」：卓句。⊙張繼詩稱絶唱，而以一結敗興。此詩首尾圓足，兼多傑邁，吾無間然。

《春遊即席限韻》「高城舊戰場」：撐住。

《賦得山雜夏雲多》：摹似在髣髴之間。

《初秋寓天寧寺》「烽煙初息江邊戍，鐘磬微聞寺裏聲」：極合情事。⊙圓秀虚明，極似劉文房。

《人面桃花》「莫道桃花人面好，只因人面似桃花」：還是人面勝桃花耳，非端臣莫解此。

《病餘送春》其一「檢點南枝待爾歸」：情重如是。其二「遥憶竹西多國色，青郊誰費買花錢」：若無鎮淮門外畫閣旗亭、遊舫笙歌之盛，揚州亦蕭索不堪矣，宜端臣之繫思不置也。

《清明出郭閒步，同飲半山閣中》其一「自是竹西成冶習，遊人此日不知貧」：自是揚人性情。吴人雖好遊，而酒食歌吹不能及。其二「夜静無聲歌管歇，空留明月照船回」。時歸舟寂然，亦歲荒故也」：亦紀一時之事。

《上巳東謝友人招》「梨花滿院閉春庭，愛嬾今朝怕踏青。欲問蕭齋何所事，焚香仔細辨蘭亭」：光景好，神味更好。吾爲把讀不能釋。

●自京師驅車回，水旱頻仍，無一佳況。乃今憩邗水，得讀周子端臣詩，珠玉交飛，絲肉競響，不禁爲之心醉。因攜至紅橋荷浄竹涼邊，與楚執、鶴問、玉栗諸君共賞之。蓋詩人之俊，無逾此者。

孫志喬

松仞，江南休寧人。《懷硯齋稿》。

《桐窗雜詩》「空谷幽蘭萎，陽坡蔓草繁」：義兼比興。

《山寺》「樵歌傍虎跡，耕稼起猿群」；「不堪頻問訊，前歲此屯軍」：詩有氣力，有光焰。

《散步》「野塘常秣馬，廢苑乍聞雞」：可徵時變。⊙大有感觸，不僅爲描摹光景之言。

《冬杪送王蓼洲之淮陰》：調響意圓。

《送范宣詮歸里》「三月送君歸，蕪城花亂飛」：似六朝人筆意。

《懷汪曾》「相思何處甚，夜半一聲鐘」：澹而老。

《蕪城秋興》「繁華未已風流散，花鳥依然似六朝」：迷離繁艷，自結深感。

《春雁》「唼藻不辭銜暮雪，哀鳴翻自怯春冰」：句句是春雁，情文兼勝。

《寄四弟志皋》「故園不可到，歸夢方悠哉。但聞池邊李，春風幾樹開」：含蓄。

《遣興》「秋風拾桐子」：聞道語，出之韻甚。

《隋堤》「錦纜不知何處去，歌聲猶在板橋西」：半天風韻。

《紅橋即事》「吹罷不知人在否，滿堤煙雨鎖蘭橈」：髣髴見之。

冒丹書

青若，江南如皋人。《枕煙堂》、《卯君》、《西堂》諸集。

《中秋呈合肥夫子二首》其一「值此令節佳，靜夜歡無數」：絶似齊梁。其二「人生幸遭逢，良會非徒然」：舉止輕妍，音調秀上。

《答王阮亭先生惜別詩》「纏綿比春絲」：妙語。⊙「追陪願已深，倏忽還分攜。掩涕忽不樂，惆悵徒累欷。遥憶峭帆去，空濛無盡期」：情深一往，亦覺空濛蕭瑟，難爲名狀。

《至日集同人陪讌徐方虎太史於得全堂，酒間述祖懷友各賦五言古，即步太史原韻》「盛衰等晨暮，故舊誰如新」：可感。「豈徒酒樽合，款眷成夙因。軒裳非不貴，戀兹隴畝民。老親豫愁顔，情愜笑語親」：方見此一集大有關係。⊙音節本之建安，而叙述中情，綢繆婉戀，彌足感人懷抱。

《舟行即事》其一「推篷風送岸草香，帢巾對語殊清狂，彈棋酌酒不知暮，煙江萬疊空蒼茫」：如此舟行，自非剡曲高流，無此清韻。其二「野村一帶夕陽碧，半明半滅籠孤舟」：寫晚景入微。

《由東溝抵瓜浦廿里至帆山，爲大雨所阻》「人稀秋草密，雲重鷓鴣哀」：錘錬。

《贈汪苕文先生》：清疏，亦絶類鈍翁。

《八月病中和羽尊十三夜玩月韻》「枕簟微微白，窗簾的的青。呻吟怨遥夜，促織叫殘星」：恰是十三夜月，移易不得，而筆尤清拔。

《卧病書懷再用前韻》「蟲響怯燈青」：詩思清徹。

《廣陵客舍懷歷陽戴務旃》「勤展畫圖如識面，三間老屋更淒然」：妙處在神情況味之間。他家渲染，衹益其俗。

《陪徐方虎太史飲得全堂》「老屋幸存今昔感，高堂無恙雪霜多」：語自藴藉。

《贈沈允一疊前韻》「一卷楚騷孤棹外，半山茅屋白雲多」：秀而錬，惟劉隨州有此。

《贈别徐方虎太史即和原韻》「爲留不住暗悲咽，奈何冰雪打歸船」：情緒纏綿，筆更有堅蒼之氣。

《催妝詩賦贈房興公司李》其一「弦上春蠶絲，願郎意如此」；其二「宜男初入懷，合歡時正好」：二首純似樂府。

《小秦淮曲和陳其年韻》其一「自是清宵好煙月，一林楓橘洞庭南」：似入江南圖畫中。其二「枳花槲葉滿林黄憶鄭職方影園」：轉於淒涼，動人深憶。

《懷黄俞邰》「難從銷歇説風流」：是深情人語。

《懷陳其年》「記得舊時傳勝事，只今淒絶不堪論」：其年客水繪者九年，與穀梁、青若最昵，故言之最爲愷切。

《懷戴無忝》「屈指貧交復幾人，横江小戴白頭新，間關匹馬連牀後，十度秋風叫雁頻」：不堪回首。

《懷方田伯、位伯》「潮滿晴江夢舊痕」：筆墨無痕。

《懷葉澹生》「新水鉢池添幾尺，待君先爲理緗縑」：半點不着，有水流花動之致。

●嵩少憲副易簀時，呼青若至榻前，手付十字曰：「汝父天生孝子，不可不學。」蓋其許巢民先生者爲有素，而其勵青若者亦已至矣。故青若始終孺慕弗倦，於尊慈之歿，友人爲賦《廢花朝》詩，蓋重憫之也。今年同室變作，青若以身翼蔽嚴親，遂被重創，而終不死，知冥冥之默佑非偶然也。青若大節如此，其詩之警逸，又豈足盡之耶？

汪　達　中和，江南歙縣人。《友竹齋詩集》。

《過冷硯齋賦贈》「檻静花光轉，窗虚樹色平」：氣清色潤。

《步平山舊址懷六一居士，次于天韻》「古道野花多牧馬，良時芳樹不聞鶯」：忽生感愾，詩乃有力量。

孫　綏　文侯，江南休寧人。《棲鳳閣詩》。

《路口與蘭广叔别各有作》「百里草蟲天，四更星月路」：起得别。⊙别景寫得凄然，動人悄悵。

《題閔于天小影》「科頭赤腳破袈裟」：老。⊙寫于天便神似，不肯作一體面浮套語。

閔　恭　恭先，江南歙縣人。《深翠山房詩草》。

《江上春雨雜詠》其二「不愁山路滑，直慮水田沉」：健甚。其三「對岸嚴烽火，中流辨梵聲」：警策。其四「千峰崩岸立，百道湧泉飛」：雄情相餉。其五「數山青隔樹，一榻冷聽鐘」：鍊。其六「澄江浮遠塔，古寺倚斜陽」：畫。◎六詩秀鍊蒼渾，卓然可傳。中和、文侯與于天交稱莫逆，而恭先則其胞兄也。今皆下世，于天惻然憫之，以遺稿屬予選梓。其古人之風烈哉！足愧世之生死易面者矣。

閔寬

大臨，江南歙縣人。《飲桂樓詩草》。

《春日會集》：和雅。

《宿僧庵夜雨》「佛火昏龕影，松濤雜梵音」：寫景入微，而調諧氣潤。

《登廣陵南城樓》其一「四圍蒼翠孤城合，六代繁華逝水遷」：殊多塊磊。其二「霜鳴鐵騎野燐愁」：琢句好。◎二詩極似劉滄懷古諸作。

佘璸

文賓，江南如皋人。《亦園詩草》。

《送冒公履北遊》「作客且顏柔」：閱歷語。

《偶成》「辜負雙梅樹，無聊開碧巖」：全詩淹秀，一結更韻。

《感懷》「歲儉人情異，時平國法尊」：安分語，令人歎服。

《冬日送鄒流綺歸錫山，杜拙耕歸石城》「歲暮不堪仍作客，歸心此際各難停」：起得高敞。

⊙「倉皇莫負樽前約，剩有梅花爛草亭」：和平溫厚，詩家正派。

《鄧孝威、項嵋雪、許漱石、陳善百諸先生集飲弘業堂，共用開字》「諸緣難盡因憐俠，一事甘輸只愛才」：中有深識語。

《送王木公入南部幕》「自信郗超堪入幕，從知王粲懶登樓」：穩當又秀動，此文賓十年學詩之功。

《觀演騎射》「功名此日原無着，搦管何如挽畫弓」：所慨深矣，誰知今又不爾。

江　益　无方，江南歙縣人。《梁園》、《投湘》二稿。

《李澹園博士見過投贈》「説劍穠花夜，聽鶯細雨時」：卓鍊。

《琵琶亭》「雁陣横秋三楚盡，漁舠破浪九江寒」：高響遏雲。⊙「獨憶青衫司馬淚，離人一夜捲蓬看」：不拈定白傅，尤超。

《雪崖師約訪松關曉庭，時值二公還山，遂訂同往》「老去僅留雙屐健，春歸還見幾花開」：森秀。⊙一洗凡艷，有眠雲濯雪之姿。

江　斌　全子，江南歙縣人。《滌露集》。

《壽陽道中》「年年春社内，燕子説興亡」：警。⊙蒼凉中帶深厚。

《鐘巖早眺》「八里灘頭雙鷺去，潯陽江上一舟回」：清逕。⊙錢員外有此清健。

《冬杪夜雪有懷》「五夜寒生高士榻，兩年愁絶故鄉梅」：凄絶。⊙高情老氣。

《晉中寄贈鄧孝威》「閒雲豈遂淹金馬，明月終歸照富春」：秀雅。

《春興》：幽人高致，一筆寫出。詩亦逼似太白。

《壽水三月偶成》「不信東風零落盡，從無花發到渦山」：江左未聞此。⊙曲而艷。

●醴陵詩才蔚起，而辰六束裝宦楚，以无方、全子兩君稿屬予選次。其詩高邁秀上，濯濯能新，允堪騰聲藝苑。

孫錫蕃

（再見）《復庵》前後二稿。

《初春訪鄧懼庵》「人老百花村」：老。「漁竿夢至尊」：新而辣。⊙語絶恒貌，總由用意之深。

《泊舟馬當有戒，同黄敬渝、李文孫》「鶴唳驚殘夢，漁燈點夜霜」：沉鍊。⊙語别氣幽，如睹蒼篆。

《旅晤曹石霞話舊》「隔世相逢苦，秋高落木寒。山川仍是舊，燈火望中殘」：一氣貫注，定爲老手。⊙有許多説不出之情、不盡之話，借詩聊爲寫出。

《鄂渚發舟至青山阻風有懷》「春思滿湘靈，春江漲洞庭。一身空碧漢，萬頃泛滄溟」：渾闊，有吞雲夢之勢。⊙每讀一回，煙波浩渺。

《春遊有感》「萬馬中原凋壯髮，孤峰天外卧山翁」：老杜得意處。「雨長石苔春漸老，傷心人在落花中」：淋漓欲絶。⊙悲壯沉雄，不禁唾壺欲絶。

《洞庭》「洞庭水繞三千里，水上倒看幾萬峰。島隱嵐光浮雁鶩，天空雲坼穩蛟龍」：雄壓洞庭。⊙氣象萬千。

《岳陽發舟至磊石山晚眺》「危石尚留炎漢篆，古鐘猶勒建文年」：老筆如鐵。⊙如此詩，真得江山之助。

《興龍口望紅門》「碑碣陰風流鐵馬，松楸暮雨泣遺弓」：「流」字下得最奇。⊙其彩則雲霞，其聲則鐘鼓，誰復儷之？

《石門》「月明青塞烽煙静，雨洗紅蘿虎豹眠」：奇光異色。⊙此等詩，不復知有北地。

●李吉津太史曾見示復庵詩數章，已登其一；而聶祥符復以全稿，請再爲登選，以伸友誼。因復拔數章，以公海内。

劉芳蔭

震蕃、瞻岵，福建莆田人。《孝友堂集》。

《過姚氏園》「嵐氣涼侵閣，江聲晚度城」：嘉州集中佳句。

《雨後飲髻亭，和杜于皇先生韻》「山氣結春冰」：名句。⊙「不須嗟往事，延眺對鍾陵」：思警法老，宜茶村每稱誦之。

《牛首山歸述懷》「少小書帷在，青山可當家。一從攖世故，無復共煙霞」：看其一氣流轉處，妙得唐人章法。

《重過斷臂崖訪牧公》「千峰深一徑，茅屋是僧家」：此徑自别。

《秋日葉平仲過小園貽詩和答》「秋花團映日，野竹細生風」：此詩又以錘鍊勝。

《深秋同鄭瞻紫、祖直、雨曇上人重遊雞鳴寺有感》「牧馬一群黄葉寺，飛鴻數點白蘋洲」：景事寫得最真，不止詞章之雅鍊。

《謁茅君廟》「天上神仙敦友愛，故攜兄弟占三峰」：固是孝友人語。

《江行雜興》「蘆花何事如征客，一夜霜風盡白頭」：深感。

《園亭有感》「惆悵東風獨自遊」：藴藉。

《坐陳氏園玉蘭花下》「當時亭榭真如畫，只剩臨風玉樹妍」：「殘花猶發萬年枝」同一感慨。

●震蕃躬行醇篤，未肯以詩名，没而令嗣始梓之。茶村曰：「非登選本，未可以傳遠而垂後也。」因屬予論次，得如干首，以報茶村。

胡其毅

静夫，江南江寧人。《静拙齋詩選》。

《採菱曲》「菱老墜泥菱不香，還家對鏡理紅妝」：合如此住。

《俞氏園池夜酌》「鄰笛時復弄，銜杯夜將沉」：神骨澹秀，全乎蘇州。

《對竹懷友》「鬚眉宛在兹，巾舄輟來往」：蒼秀。

《初夏送余澹心之吴門》「此去楊梅應未熟，誰憐芍藥是將離」：自然合調。⊙圓秀。

《雞鳴寺》「惟有白頭雷處士，石門斜日話優曇」：典雅秀逸，卻淒緊動人。

《書所見》「衣帶微飄颺，春風解憐惜」：渾然不露，故近六朝。

●静夫詩，雅潔蒼貴，獨立塵表。江左詞家，自邢、顧凋謝，克紹古學，舍君其誰？

黄虞稷

俞邰，江南江寧籍，福建晉江人。《我貴軒集》。

《過符離集》「盡拋陣上錦兜牟，誰慰宫中鐵拄杖」：大可恨事。⊙目眥盡裂，言之沉痛。

《阜城縣》「如此山川生賊子」：狠。⊙嚴氣正性，居然史筆。

《張鹿牀邀同湯荆峴太史及周雪客泛舟秦淮次韻》：清艷，是西崑高唱。

《重陽後六日周雪客招集中山廢園世恩樓次青溪韻》「窺窗猶怕美人嫌」：妙句。⊙感慨渾然，轉餘嫵媚。

《過河間懷北齊李元忠》「風塵舉目今誰是，濁酒彈箏憶此人」：憑弔意，都在言外。

《趙北口》：風景宛然。

●己卯予應南闈試，尊人海鶴先生爲國子助教，曾登龍御李，距今四十餘年矣。今乃交其令嗣俞邰，且爲評跋俞邰之詩，爲之喜甚。

徐廷翰

藎臣，江南江寧人。《怡雲堂集》。

《漁父》「釣魚數十年，手更幾竿竹」：此詩可與王、孟頡頏。

《歲暮懷葉桐初》「歲暮衆情集，故人應念歸」：桐初頻年客遊，覽此應動歸興。

《小桃園邊酒家》「名園見興廢，且飲莫咨嗟」：一結有餘味。⊙如此酒家，儘堪十日坐。

《秋日雨中小飲》「興發樽頻盡，歡留雨漸深。過橋看野客，啼竹聽山禽」：幽涼絶俗，疑爲韋、柳集中之作。

《久客堂贈别》「今又客何方」：問得好。⊙「何處堪長住，相知即故鄉」：蕭騷慰藉，情旨備見。

《愁中懷友》「契闊良朋久，殘年尚未歸」：讀此等詩，知藎臣於交誼極篤。

《暮春夜雨賦得春盡雨聲中》「人情嗟昔異，花事惜今稀」：對句老健。「令節逢陰晦，篷茅多掩扉」：結亦蒼甚。

《題紫竹林精舍》「層樓高轉臨花塢，邃室幽藏繞竹叢」：意調滿足，更愛其氣之和静。

《石頭城》「遊人不説當年事，花柳偏傷今日情」：不説更妙。

《登山看花》：寫得淋漓有興。

●藎臣清遠絶俗，慎於交遊。茶村序其詩，謂可接武與治。余讀其稿，良然。一卷冰雪，良可十日對。

馬禹錫 洛文，江南江寧人。

《漂母》「釣竿寂寞江邊路，餓殺王孫帝不成」：别想，確論。

《留侯》「若非五世君恩重，不向人間作帝師」：善道子房心事。

彭始奮

中郎，海翼，河南鄧州人。《娱紅堂集》。

《楊用修先生故居》「遺民共指升庵宅，短碣還看嘉靖年」：老。⊙「卻憐盛世猶如此，少小投荒老不還」：有杜陵之辣，無郢州之媚。

《集芳園》「蛾眉未老人先没，蟋蟀仍吟堂已非」：令人歎恨。

《項王廟》「無成還似一人劍，不利寧因千里騅」：好似劍南。⊙中有論斷。

《送石太華歸河東》「食同雞鶩争何益，歌入龍蛇怨不禁」：使事入化。⊙沉著老當。

彭始摶

直上，河南鄧州人。《方洲近草》。

《無題次王阮亭先生韻》其一「寒生羅袂酒醒初」：好。其二「誰將别淚銷蘭燭，無那春愁罥藕絲」：輕秀娟麗，何減漁洋。

《遊杏花山菩提巖》其一「滄桑閲盡佛龕燈」：著眼。其二「老樹半撑危石墮，懸崖直瞰暮雲平」：警聳，不墮恒吻。

朱　虹

亹初，江南吴江人。《清遠堂詩》。

《中秋遊虎丘》「此地當行樂，殊方止荷戈」：老。⊙「璧月三更好，金風一夜多」：穩秀。

《留別汪鈍翁農部》「此去玉遮山色好，可知春草長閒房」：神味無盡。⊙贈別詩，妙以疏秀勝人。

《贈顧樵水》「寒食已過梅雨近，子規啼遍落花晨」：一結風神澹遠。

孫暘

赤崖，江南常熟人。

《北臺》「老樹撑虚壁，殘霞宿古藤」：精鍊處令人寶玩。

曾明新

錫侯，江南江寧人。《楠陂存稿》。

《秋日偶效陶體》「持杯須盡醉，守志在泌衡」：情真語愜，已造陶境。

《冬日早起有感》「丈夫貴勵操，榮悴豈在遇」：自立語。「潔己遂遥懷，幽巖森桂樹」：蒼然。⊙秉性芬烈，故言多貞毅。

《庚申六月自維揚歸金陵作》「忽然大風揚震濤，浪湧山高舟勢逆。颼颼飛沙心目驚，駭聽萬馬奔霹靂」：筆陣如風。「極目江城緑樹杳，竟欲憑陵到八垓」：善爲摹繪。「巨黿乘勢推山倒，長蛟騁怒連雲愁」：堅毅。「君不見，漁艇隱約輕飄葉，駛行澎湃往來捷。妻兒穩坐理魚罾，日在風波心不怯。卻看大艑下襄陽，頻年營逐挂帆忙。何如無事埋雙櫂，結伴乘流山水鄉」：以澹宕作收，極有餘致。⊙筆力推排震蕩，望之殊爲色怖。

《僻園和題壁韻》其一「身閒不屬官」：押得好。其二「每值花繁候，聯翩遊騎來」；「過從招隱地，巖桂倚雲栽」：華貴。

《雨後登清涼臺》「六代寒煙盡，三山夕照孤」：疏秀如畫。

《長夏江行》「漁舠緣岸去，水鳥瞰人飛」：清妍。⊙全體王、孟。

《題龔半千半畝園》「比鄰共幾家」：半千蕭然物外，此詩能寫其致。

《城南雜興次胡妙山韻》「細雨斜風高雁陣，斷煙零霧失龍盤」：春容大雅，其逸氣不可没。

《次答吴岱觀先生》「共慰離愁即故園」：情文交至。

《雨泛秦淮次韻》「潮平岸闊雨餘天，楊柳陰陰好放船」；「桃葉風流空逝水，殷勤撥棹醉無眠」：淹雅明潤，秦淮間宜有此好詩。

《自題畫》：翛然絶俗。

●錫侯閉户讀書，兼精詩畫，同人交推之。庚申余客白門，乃通縞苧，樽酒之外，別有會心。詩固蒼妍，獨持風格。

舒逢吉

康伯，湖廣廣濟人。

《北征雜詠》其一「西風吹日出，百里見青山」：雄氣在指。其二「緑樹遮河套，黄雲護朵顔」：二作英雄氣，才人筆。僕與把臂長安，極賞其詩格之健。

鄒震謙

乾一，江南太倉人。

《龍王廟》「斷壁圖鱗甲，疏鐘雜海潮。忽聞雷雨作，知是老龍朝」：雄情壯采，望之赫然。

《觀音閣弔古》「畫棟珠簾都不見，一龕佛火是迷樓」：思之寂然，可長道念。

李贊元

（再見）《悔齋》及未刻詩。

《閒居即事》其一「尚愧筋力微，未能任耕鑿」：真處逼陶。「丘園予素心，不敢負前諾」：遒上。其二「春來好風至，百草皆芬芳。登高縱四望，陵谷互低昂。長林多榆柳，伏月生微涼」：寫景大雅。「傷哉干戈地，白骨浩茫茫」：忽以此結，想見懷抱。⊙布置老，結構嚴。命意敷詞，俱臻古法。

《燈夕後二日杜于皇初度，集飲尊野堂同賦古體》「感君愛我深，時時勞杖履。我亦喜君來，每來必倒屣」：見兩公交誼。「齊名豈偶然，漢唐四杜李」：恰好。⊙「與子成二老，來往亦風流」，每吟是詩，輒爲感歎。今乃於茶村、素園二公見之。讀其酬贈之篇，真氣滿紙。

《春日集飲劉氏怡園同用題字》「閩海干戈起，晨夕厭鼓鼙。骸骨溝中滿，荒郊白日淒」：敘述亂離風景，筆力最爲蒼堅。「故鄉難回首，暫從白下棲」：真確。「嗟彼豪貴兒，見客避深閨，甘肥徒自飽，門高不可躋」：令砌門食肉輩無處生活。⊙從少陵諸别詩脱出，情事既好，筆力自爾堅强。非泛泛燕會之作。

《春日招杜于皇、鄧孝威遊長干里，用杜少陵樂遊園韻》「可憐六季紛鬭爭，烽火燒散端門仗。猶存巍焕袛園宫，朱墻畫棟黄金榜」：俯仰興衰，筆興飈舉。⊙登臨詩，忽爾哀歎，又復慰藉，情緒紛來，煙墨隨之驅染。

《黄河》「天水源相接，分流九曲行」：突兀。「不斷蛟龍氣，日聞風雨聲」：空同精悍處。「堤工久未息，作苦向誰明」：含蕴。⊙渾茫雄傑，是一首黄河詩。

《舟過金山》其一「風濤無旦暮，浩蕩此乾坤」：浩浩無極。其二「蛟宫支絶壁，塔影壓扁舟」：氣魄才識，俱争上流，只恐難爲茶村。

《春日登弘濟寺》其二「危亭穿石罅，密樹散春陰」：「穿」字、「散」字，人所不能及。⊙弘濟寺予有四作，鶴問歎爲確，其精渾不及素園。

《錫山晚泊》其一「夕陽微照水，雲影盡歸山」：孟襄陽。其二「初月升東嶺，微風静暮潮。泉聲入寺滿，峰影到溪遥」：山水間詩，如此静深娟妙，正不易得。

《百泉》「樹石遥連光欲墜，星河倒照影偏明」：難爲摹寫。⊙予昔遊泉上，愛其澄鮮蒼蔚，欲作一詩而不可得。見此作，愈爲閣筆。

《秋懷》其一「將軍息戰閒無事，小隊行圍破寂寥」：今日又無復此景。其二「何故官胥征調急，窮簷户内半無煙」：次山春陵之淚。⊙格調高壯，而隱具憂危之識。

《高座寺精舍贈登實上人》其一「白雲簷外飛，山花自開落」；其三「夜深不見人，流水發清響」；

其四「但知泉水甘，不辨泉源處」：蕭然静悟，是右丞輞川風味。

《口占次方南董韻》「月夜聞歌過板橋」：愛此光景。

《冬日鄧孝威見過集飲次韻》「濁酒芹羹亦故人」：先生爲林下一人，故有此語。

●先生詩已選登九卷，兹遊白門，與先生晨夕飲眺。見其悔齋新稿，警拔蒼老，復補登十四卷，付之剞劂，固曰多多益善耳。

李孚良 右起，福建龍溪人。

《秋興》「輕雲過嶺變，微雨度溪晴」：清微之中，兼有老氣。

《遣興》：蒼老，無媚氣。

《江上追送六卿叔不及》：情事繚繞。

《金陵懷古》「白下管弦纔繞院，宫中花草已成丘」：可恨。⊙「莫道金陵王氣盡，六朝遺事總悠悠」：南渡不一載，而君相出奔矣。言之淒愴，而風神獨邁。

《臺城懷古》「廢殿有基行客過，故宫無主野僧遊」：許、杜有此風秀。⊙憑弔詩温潤如玉，固有别才。

《送六卿叔回閩》「最憐咸籍多狂興，獨愧安玄有異才」：恬雅有情味。

《睡起》「數聲微雨打柴門」：極合唐調。

《河亭觀漲》「白鷺嬌花隨意看，隔溪人上木蘭舟」：韻致。

●素園先生急流勇退，早解河北之綬，寓居白下，惟事嘯詠登臨。令嗣右起，日相隨於杖履筆硯間。其詩高雅妍麗，固堪繼美。

文　果　園公，江南長洲人。《雪泥集》。

《宿赤壁江瀆》「裴回戰壘魚龍寂，憑弔祠堂鳥雀哀」：聲情秀發。⊙「追思今昔難成寐，雲暗月沉江雨來」：興致恬雅，筆墨自爾和暢。

《暖泉》「馬蹄先過赫連城」：高節雄情。

《賀蘭山》「聞説果園新釀熟，板橋衝雪蹇驢來」：邊塞情事，寫得有興。

宋　炌　介山，河南商丘人。《西湄草堂集》。

《侯子力期八關齋訪雪笠上人，詩以訊之》「當簷城勢擬青山」：名勝。⊙諸宋詩，格正調嫺，擅美中土。此作可云罄控如意。

陳寶鑰　緑崖，福建晉江人。

《金陵古意》「輕煙驚乍散，澹粉更夜羞。鰲龍只盤立，鑾輿不再遊」：語絶新麗。「最羨鐵冠子，身逢擁翠秋」：老而艷。⊙俯仰盛衰，如睹《東京夢華録》。

《鸜哥嘴謡》「不敢怨驛使，但怨天高地厚有此不平嶅」：無可奈何語。⊙瑣屑形容，筆筆古勁。

《遊神樂觀，聽陳道士談遺事有感》「前後八鼓十六鐘，和鳴縹緲入雲裏。大而琴瑟小笙竽，無一不叶古樂理」：形容其勝，典則可傳。「只今器佚樂亦亡，宫壇罷舞地傾圮。三千奉御留幾人，半逸山林半歸里。我以總樂守空名，奔走供役當胥靡」：聽之酸鼻。「説罷盛衰默無言，我亦日暮將歸矣」：結得老絶。⊙此爲極大掌故，借陳道士口發之。指陳盛衰，能於典雅中寓淒激。至格法高老，全得少陵之深。

《武陵溪》「非愛崔婆酒，來披善老裘」：用事入妙。⊙筆意活，故寫景遠。

《雲溪洞》「雪浪窩獅子，煙波隱鹿群」：鑿奇穿險，令人驚怖。

《海珠寺》「春雨淫螺蛤，寒風徹蟪蛄」：貌古音别。

《歸化寺》其一「西南通佛道，説在文皇年」：寫當年之盛，金碧耀人。其二「支飾太平事，始知法界空」：説西僧支飾之事，堪供一笑。

《望浮山》「洞巖三十六，七十二峰頭。洞洞隨帆盡，峰峰逐水流」：創調别景。

《龍門洞》「白馬江中渡白馬，神龍洞裏伏神龍。一龍不制秋來浪，千馬長驅天外蹤」：奇氣奔騰而至。⊙筆力驅雲破浪，令人望洋而歎。

《平溪關》「五溪合滙異溪來，轉到平溪浪似雷。纔放魚渦千派下，竟容鳥路一條開」：洶湧有崩屋之勢。⊙地勢奇險，詩亦與之相敵。

《清浪關》「明知夜涉難争渡，不厭殘燈且扣門」：蠻溪景，寫得蒼茫盡致。

《交河》「惟有容關羌笛暮，春風秋雨戍人愁」：深心防禦，不衹聲調之合拍。

《安阜園懷古》「一去主人無信息，但留故址夕陽西」：鋪叙結束，全倣少陵《秋興》。

《建溪舟行》「魚貫上灘煙點點，雁行高岸路懸懸」：點染高勝。⊙形容險路，可謂曲盡。

《陶慈湖懷古》「若無毛竇存公義，翻愧虞潭得女流」：史斷。⊙持議侃侃，卻自深厚。

《皖公山》「何人遥指數峰青，誰念長江隔一層。孤棹佇看情似恝，故峰相戀態難勝」：轉折一氣。

《馮虚洞》「見説蠻獠來祓戲，公然洞頂採山花」：隱然有防患之意，出之深秀。

《答石溪》「淺斟低唱當年事，不願神仙不願侯」：我亦如公所言。

《採菱行》「舊俗新歌阿嬭子，暮聲猶逐採菱來」：樂府遺調。

《鷓鴣庵》「桂家娘子曾安否，鷓鴣原來有故人」：是問「上皇安否」意。

《謝公宅》「山無知己不相憐」；「君詩寫得青山貌，賒與青山當畫錢」：别想異致。

●先生詩立議布格，皆自辟蠶叢，讀之心眼頓换；而高雅蒼潤之作，亦復矯出衆流。「語不驚人死不休」〔一〕，杜老語固可持贈。

〔一〕「死」原爲「思」，據杜詩改。

李基和　梅崖，奉天廣寧人。

《過香山》「秋山柿葉紅如火，古壁苔紋翠作衣」：鮮麗可愛。⊙以冰雪之姿，入煙霞之窟，落筆都有仙氣。

《來青軒》「老衲但傳新輦過，山雲還抱舊亭來。兩朝筆墨留天壤，四望陵園半草萊」：繹絡而來。⊙一首中具無限憑弔，而筆更超異。

趙廷錫　玉譜，陝西膚施人。

《白松》「盤根抱石留雲氣，老幹參天傲雪姿」：光爍。⊙較滄溟作爲新警。

《真定謁大佛閣》「天從大士掌中出，人向如來頂上行」：無人能説。⊙險思猛力，刻畫殆無餘情。

李　鴻　青立，河南鄧州人。《紅香閣集》。

《梧州竹枝詞》「牡蠣爲墻橘作園，門前一派桄榔樹」：蠻女在焉，呼之或出。

《大堤送客》「灘聲空繞鹿門山」：得唐人風神所在。

《溪邊》「一灣漁艇鴉歸處，紅杏穿籬是妾村」：嫣然。

《襄陽城樓懷友》「孤帆欲下襄江去，一夜相思到鄂州」：謫仙之遺調。

許夢麒　佛摩，江南合肥人。

《奉和邸中雙松詩》「帶雨青陰接遠峰」：「接」字，人不能下。

●佛摩爲生洲先生長公，髫年負異才。見諸公賦雙松，拈筆即成一首，格既安雅，氣復高健，一時長安競傳之。濟北五龍，豈能媲美。

柳焴　公韓，江南江寧人。

《贈鄭八簠過闕里，約書尼山碑》「行間列九洛，撇畫開四兆。披薙獵皇象，飄鸞出章草。峨峨建璒璃，巍巍揭雲表。攜訶煩萬靈，照臨飛二曜」：典麗鴻博，足儷昌黎。⊙谷口書法，遠綜秦漢。此詩光碩，正足發揚筆墨。

《長夏江行》「月明如鏡復如鉤，灧澦瞿唐在上頭。還思陌上風光好，總載珍珠也載愁」：風情最古。⊙唐人歌行，往往有此格韻。

《方繡山農部招集清涼山亭》「群羊留夕阪，芳草自多情」：幽靚。

《庚申荒後再飲城南友人牡丹下，同張瑶星、陳原舒諸子》「江城麥腳青如許，博得人家弄酒卮」：找足「荒後」意，情深法老。

《楊柳》「東風隨意拂，不願買長門」：含情正深。

《訪蕉林禪師山中不遇留贈》：清絶。

《題畫》其一「客方來雁蕩，相與説龍湫」：韻。其二：高澹。

《題畫》其一「只着煙蓑不着裘」：遠想。其二「空香遠水隔幽夢，去年樓頭開杏花」：俊而古。

●愚谷家居長干，門巷清絶，詩畫皆臻佳妙，與曾楠陂友善。六朝風調，令我移情。

葉灼棠

雨公，江南吴縣人。

《望江樓登眺》「地分閩越三江口，天劃風雲八境臺」：確。⊙氣雄而格穩。

徐之駿

筠皋，浙江永康人。

《暮春遊龍池》「籃輿過處聞鳴珮，疑是春風帝女遊」：風神獨絶。⊙詩情佳妙。

曹垂璨

緑巖，江南松江人。《片玉齋集》。

《聞鶯》「時時驚宿夢，賴有曉鶯啼」：翻得妙。

《柳絮》「點點全欺雪，悠揚乍入衣。長門多抱恨，休向玉階飛」：極合唐人。

趙　湛　秋水，直隸永年人。《玉暉堂稿》。

《道經鳳陽》「聞説梵宫遺寶衲，月明珠樹少棲烏」：淒然有感。⊙風格峻，意指悲，固是名作。

金　炯　子㦸，浙江山陰人。

《自若耶溪泛舟入雲門》「舟行高樹杪，忽入雲門秋」；「微聞鐘磬響，不見麏麚遊」：曲折描寫，皆極巖潭之勝。

王士祜　子側、東亭，山東新城人。

《題岸翁畫册》其一「山意蒼茫外，空林黄葉鋪。古今足微尚，誰與問荒塗」：寫盡蕭瑟。其二「荒寒時極目，恐有漁樵人」：固覺神遠。

吴　愉　敬生，江南長洲人。

《自雞鳴驛至宣府》「水漲牛羊濕，風高草木愁」：無邊塞氣，自覺蕭涼。

喬寅

孚五、東湖，山西平陽人。

《太湖晚望》「水天含變態，明滅青芙蓉」：難爲摹擬。⊙「遠火散春星，隱隱菰蒲中」：空濛瀇渺。

王待

季守，江南興化人。

《八公洞》「峰巒煙嵐閉，鐘斷樵聲續。老僧荷鋤來，相期採黄獨」：蒼警。

牛奂

灊子，河南林縣籍，山西長治人。

《送諸二虎男之楚》「八月未歸彭蠡雁，三秋正食武昌魚」：氣韻不讓錢、劉。

《竹枝詞》「南朝不少傷心地，衹聽行人説鄂王」：尋常事，寫來叫絶。

毛會建

子霞、客仙，江南武進人。

《洞庭舟中》其一「不見湘娥面，惟餘雙鏡明」：寫景，如在鏡中。其二「不知春過半，猶唱洞庭秋」：妙妙。

朱廷鉉　玉汝，江南江陰人。

《長干竹枝詞》其一「每逢花發攜樽出，一日花間醉幾迴。又見街頭紅帖子，誰家園裏海棠開」：正是譜其實事。其二「免得愁風更愁水，龍王廟裏炷香來」：劉賓客之遺曲。其三「曾向長干弄玉簫，當場一曲擲紅綃。髭鬚白盡風塵老，閒倚枯楊説六朝」：近日錢、吴、龔有此風韻。

顧符稹　瑟如，江南興化人。

《清潭舟中和孫使君樹百》其一「好值鶯啼花發後，相逢風雨片帆中」：神韻不凡。其二「只今修禊山陰會，卻聽功成瓠子歌」：俱雅。

陸韶　虎侯，浙江山陰人。

《桐江夜泊》「舟自山來疑水斷，楓從月落識天寒」：確切。⊙「疏燈卻照征人夢，孤雁偏停旅客餐。惆望頻年烽火急，蕭條木葉下江干」：山川情事，婉轉動人。

釋弘修　梵林，浙江山陰人。

《題畫》「日午高眠夜誦經」：高座道人語。

釋興杲

暉空，河南鄧州人。

《冬日古樊東眺》「雁横襄水盡，楓染鹿門秋」；「依稀寒柏裏，多是故人樓」：秀潤，中多哀旨。

釋理昇

潛入，河南鄧州人。

《客訪》「碧蟬更叫秋山裏，與客看雲一煮泉」：俗氛都盡。

鄧勖采〔一〕

扶風、次德，係舊山長子。《我笑軒稿》。

《赤壁懷古》「孫曹決勝地，日夜大江流」：筆力超拔。⊙氣雄而筆健。

《新息道中》：全體壯盛。

《登金山和壁間韻》：金山詩，難此氣象而更有骨力。

鄧劭榮

若雍、顧亭，係舊山次子。《鄧尉山人稿》。

《平山堂》「廣陵北郭外，特此足淹留」：結語澹而有味。全詩俱樸老。

〔一〕此下録自《慎墨堂學詩偶存》，載國圖藏重修本《詩觀》二集卷十四卷末。

《宿燕子磯》：滔滔一氣，正爾魚龍出没。

《秋感》「猿啼哀峽千村怨，草没荒郊萬馬雄」：一洗懦調。⊙雖其英壯，更爾沉切。

鄧勷相

方回、冠城，係舊山第三子。《文選樓稿》。

《天童寺》「萬松圍古寺，蛇徑勢迴環」：筆如虬龍。⊙筆意奇鬱。

《廣陵奉贈杜茶村先生》其一「江海兵争耆舊盡，風塵世變管絃稀」：語有筋兩。其二「黄金路盡頭全白，老驥歌殘淚自多」：茶村首肯。⊙句句説着茶村心事，不獨才調之美。

鄧勷秀

七友，舊山季子。

《冬日懷家君遊白門》：思清調俊。

《春日登太白酒樓》「山銜江面出，樹壓一樓荒」：秀拔。

《句曲道中》「寒日變千山」：是雪後景。

《舟泊閶門》「事去猶懷傾國恨，潮回頻打故宫愁」：極似滄浪兩家。⊙「曾經麋鹿傷心地，無限騷人總白頭」：入後忽爾蕭騷，情懷頓異。

慎墨堂詩話卷二十七〔一〕

李　湠

天章，江南崑山人。明經葉崙生配。

《再送真師》「禪心無去住，塵世有炎涼」：忽着感慨。

《小舫新成出郊野泛》「村犬吠行舟」：真。⊙幽中見老。

《曉雨望太湖》「卻憶鴟夷子，扁舟意不窮」：結似杜。

《和東序侄孫詠後園原韻》「到來幽意愜，泉石自堪親」：鍊字精而結句最老。

《煮茶》「破睡功爲最」：茶銘。⊙言之津津，益令人思「素瓷傳靜夜」之句。

《中庭早梅》其一「曉煙澹護寒方透，夜月深籠暖尚遥」：「寒方透」、「暖尚遥」，摹寫早梅，可云刻至。其二「孤格獨標甘歲暮，高情早謝避春陽」：頸聯大雅，何減少陵「歲暮」、「春愁」之句。

《奉贈真師上華山》「古寺緑蘿垂壁滿，寒江白鳥傍崖飛」；「杖錫歸來知有得，煙霞冉冉綴禪

〔一〕此卷輯自《詩觀》二集「閨秀別卷」即卷十五，原署「東吴鄧漢儀孝威評選／同學黄九河天濤參閲」。

衣」：風味恬適。

《寒食掃夫子厝宫》「江帶愁深正晚潮」：招魂之什，卻從景物傳情，正自綿邈無極。

《送真師登靈巖》「舟移雨後潮聲急」：此句可想。

《嫂氏初葺園亭戲詠》「小築亭臺如畫裏，偶編籬落似山家。春廻早聽鶯初囀，雪後還看梅未花」：寫景處，令人神往。

《秋夕》「晚來聞絡緯，啼遍百花叢」：正多含藴。

《見月感懷》「當年此景還如昨，同倚欄干看月圓」：同來看月人何處，不禁淒然。

《梅雨》「欲洗胸中無限恨，小爐煮水試春茶」：閨中韻事。

《七夕》其二「年年一度雙星會，猶勝人間緣不長」：説出心事，非他人可曉。

《暮春》「東風不共鶯聲歇，落盡殘紅猶自吹」：深曲而饒情味。

《夏日閒居》「楞伽一卷塵無染，又聽鐘聲送落暉」：自非塵壒中人語。

《斷酒》「醒中悟得空王理，世上悲歡事事灰」：翻得有理。⊙大是禪機。

《和披雲頌》：豈非仙子。

《再和披雲頌》「自住山中忘甲子，林禽啼出四時聲」：妙絶。⊙高流語，卻自超雋。

《蒲扇》「編作團團似明月，緑窗嬌女代齊紈」：寫來偏韻，是帷房中人語。

《春歸懷長女》「幾聲杜宇唤春歸，無數楊花上下飛。聞道昭陽卑濕地，不知曾否試羅衣」：貼。

《别長女》其一「杜宇催春春欲去，不知何地可忘憂」：淡得轉妙。其三「愁心渾似階前草，春雨春風日日生」：詩腸百結。其四「隔江兒女繫紅絲」：韻句。⊙純是至情，卻風韻撩人，三復彌覺其雋。

侯懷風

若英，江南嘉定人。納言侯廣成先生諱峒曾女。

《秋閨》「子卿自得歸鄉國，定遠何當老朔方」：典老處，絶不似閨閣人手筆。

《感昔》「黄河流水響潺潺，當日腥風戰血殷。大地盡抛金鎖甲，長星亂落玉門關」：如聞戰馬奔雷。⊙雄情灝氣，噴薄筆端，正使鬚眉男子未能辦。此乃得之閨秀，大奇，大奇！

《舟行即事》「棹謳徐動見新晴」、「忽經深樹出鐘聲」：又復雅澹。

《秋懷》「轆轤不斷千家井，何似閨中夢裏思」：何其婉約。⊙「魂驚筆策蕭關道，淚盡琵琶凝碧池」：警秀端凝，似初唐人名構。

《少年行》「章臺蹀躞紫驊騮，繡轂雕鞍翡翠裘。歌舞不知銀箭急，日高酣卧在青樓」：是無賴子行徑。

朱中楣

遠山，南昌宗室女，少司馬李梅公配，詞林李維饒尊慈。

《寄懷金吴江相國夫人》「昔别燕臺未忍分，幾逢征雁寄南雲。知遊玄墓思同我，亦上青原苦憶君。何日西風乘遠棹，還從長水共論文」：筆意楚楚。

《仲春熊蓼庵姑姆招集東湖侣鷗閣》「雨過春亭三島月，雲連蘇圃兩湖秋」：新妍疏秀，自有林下風。

《寄輓嘉禾三烈》「楚有蘭兮湘有竹，疑化鴛湖滿溪緑〔一〕」：弔古懷芳，殊有湘蘭沅芷之遺韻。

柳因

一名隱，字靡蕪，更字如是。生出未詳。虞山錢牧齋宗伯之妾。

《西泠》其一「一樹紅梨更惆悵，分明遮向畫樓中」，一結大是銷魂。其二：「紅淚年年屬舊人」，如此情種，世難多得。

《横山雜作》「自愛文園能犢鼻，那愁世路有羊腸」：如此蹭蹬，儘佳。「只此時名皆足廢，寧須萬事折腰忙」：幾於聞道。

《次韻奉答牧齋泛舟有贈之作》「雪裏山應想白頭」：佳絶。

《春日我聞室作呈牧翁》「南國春來正薄寒」：便已絶人。「此去柳花如夢裏，向來煙月是愁端」：好。「珍重君家蘭桂室，東風取次一凴闌」：結法最遒。⊙空微秀遠，一字不着。

●河東君放誕風流，不可繩以常格。然乙酉之變，勸宗伯以死及奮身自沉池水中，此爲巾幗知

〔一〕「滿」字原爲墨釘，據《四庫全書》本《檇李詩繫》卷四十一補。

大義處。宗伯薨，自經以殉，其結局更善。靈巖抔土，應歲歲以巵酒澆之。

吴坤元

無字，江南桐城人。詩人潘蜀藻之母。《松聲閣集》。

《仲春送方婿井公之和州》「隔岸桃花莫繫舟」：深秀。「屈指絳帷休暇日，可知少婦亦知愁」：語最入情。⊙轉折布置結束，俱臻老境。

《閣下薔薇大放，苦爲風雨摇落，晨起亟唤青衣邀二三親故，惟恐花枝不相待耳，率成口號》「愛花只恐花飛去，徙倚愁聽杜宇聲」：氣韻高老，無粉黛習。

吴　吴

不名，江南江都人。吴菌次太守女，江辰六孝廉配。《香臺集》。

《命侍兒雨中移花》「小鬟情更好，爲辨淺深紅」：難此解事。

《村居》「新蟾吐林末」：言外正復不盡。

《移宅别海棠花》「分付花僮勤愛護，好教無恙待歸來」：惜花自是閨閣情性。

《春曉》「侍兒捲幔催妝早，無數楊花到鏡前」：光景佳，妙於能寫。

《謝黄夫人贈詩》「自買薔薇頻盥手，碧窗低拜女宣文」：絶妙尺牘。

《曝書》：如此惜書，是閨中良友。

《寄夫胥》「柳絮輕盈拍翠鈿，春風憶别百花前。近來金剪渾閒卻，爲報山陰朱百年」：情緒離離，見於毫楮。

《喜得家宜人書》「不負蘭釭一夜花」：喜極。

《典釵》「只要白頭還記得，花枝插鬢亦生輝」：有此襟懷，何愧梁、孟。

白氏

語生，江南江寧人。白仲調廷評女，婁東吴石葉配。《紫石吟》。

《夏夜》：句句是夏景。

《移家》「鳥知春樹换，花憶曉園深」：深秀。

《屢欲歸省未得》「雲歸思舊村」：情深語老。

《除夜偶成》「更盡都爲隔歲人」：穩貼之中，卻帶韶逸。

《丘路道中》「忽過深竹林，化作杏花雨」：丘路桃花最盛，爲吴興佳處，詩能描出。

《謝嫂氏寄書燈繡剪》：借物言情，可謂曲至。

《送家大人北上》「西風垂柳正初秋」：好。⊙予友仲調頻年北遊，讀此應爲憮然。

《題智珠夫人蘭譜》「夜静挑燈頻見後，好憑幽夢到瀟湘」：智珠夫人客廣陵、白下，予與菌次所得畫蘭最多，往往爲友人取去。自庚寅入長安，遂不肯作，予輩亦不强之。

●菌次嫂夫人江夏君讀書愛文。當兵戈饑窘之日，獨與菌次以詩篇相慰勞。僕每過其幽居，款留備至，必出牀頭斗酒談讌竟日。合淝先生客邗，爲予二姓講秦晉之好，而掌珠忽隕。菌次至燕京，贈余詩有「兩家兒女一花殤」之句。今薗次罷吴興守以歸，宦橐蕭然。世情冷暖，寧無雲雨翻覆之歎？而予兩人懷抱，依依如故也。爲點次其愛女及令媳詩附此，以志我輩交誼，並告辰六、石葉兩君子。

方琬

宛玉，福建莆田人。諸生林樹聲妻。

《拜父墳》「地下知還否，傷心一拜遲」：起得蒼莽。「生女亦空悲」：五字怨甚。⊙味其起語，豈宛君亦有流離之厄耶。

《寄從妹珮青》「可憐懷袖字，已是淚痕多」：澹而多姿。

《戊子避亂舟中寄弟》「喪亂相依吾弟在，艱危無奈老親憂。更憐宿草青青冢，寒食新煙望裏愁」：亂離之景，寫得極真極慘。

《春盡》「片片花飛燕乳時，卻愁繡罷出羅帷。年年春去尋常事，不道人間又別離」：可見別離之苦，勝於送春。

《看月》「烏鵲驚寒兩兩過，梧桐一葉已辭柯。可憐此夜清輝滿，偏照愁人別思多。」：傷心人，不覺自爲寫出。

陳瓊

仲瑛，福建莆田人。諸生林藻玉妻。

《和催織女先期渡河詩》「秋色催人憶所歡，停針斜倚月鉤寒。也知未渡心先赴，曾奈天河咫尺難」：思路極細。

俞氏

若耶，福建莆田人。

《對花》「穠緑殷紅競一時，妒人風雨漫離披。玉顏回首須珍重，零落難教再上枝」：大有裴回顧惜之意。

《擣衣》「玉樓人去幾時還，夜夜寒砧不放閒。最是烏啼天欲曙，一聲殘月滿關山」：居然盛唐完音。

《弄笛》「玉笛淒清枕簟涼，摩娑重按舊宫商。含情更莫吹楊柳，萬里關山客路長」：悠然以永。

王淑卿

仙琬，江南通州人。《嵐墅吟》。

《春日園居》「緑遍山園櫻筍生，不寒不暖近清明」：妙。「閒刪密翠松三徑，熟讀離騷月一更」：豈尋常閨閣。⊙清疏中饒有蒨潤，不是尋常渲染。

《春雪》其一「茅亭古木噪棲鴉，一徑輕風入碧紗。新雪乍香花滿樹，白雲籠屋盡梅花」：安得有謝道藴一輩嘯詠其間。其二「瓊瑶皎皎積村溪，天際山頭一碧齊。野鶴歸來巢細認，半林松火白雲迷」：細静。

《浴梅》「春浸暗香三十樹，輕風吹遍小江南」：風韻絶人。

《秋夜》「紈扇綃衣濕露華，疏林時有一聲鴉。三更夜色清於水，抱兔嫦娥宿桂花」：光景寂然。

湯萊

萊生，江南丹陽人。李大來配。《憶蕙軒稿》。

《湖村夕照》「四望湖光接，孤村水國中」：寫得恬静。

《閏端午》「爲惜孤忠魂未散，重將楚些吊湘湄」：結處大是我輩語。

《江村晚眺》「目送鄉心高下路，帆懸落日往來船」：是望中景。⊙穩而秀，是閨中高手。

《有感》其一「故鄉歸未得，空自記年華」：口角宛是唐人。其二「盡日晝簾垂」：此中有人。

《平山堂懷古》「更憐歌舞地，古墓冷江楓」：古今同慨。⊙秀潤，可方許丁卯。

《過維揚故居》「卜宅曾留此，重門今又開」：老氣。⊙叙事極真極可感。

《秋夜雨後見月，步藴玉女侄原韻》「涼燠終朝内，陰晴頃刻間」：字字老到。⊙工鍊處，兼六朝、初唐之勝。

《賦得蝶弄美人釵》「回頭偶觸風前影，疑是蓬鬆鬢墮絲」：形容極細。⊙正以不墮纖媚爲高。

《秋八月作佛事，千湖堤晚步有感》：憫時憂俗具見，閨閣中饒有幹略。

《詠牡丹》「年來兵甲未全收，避地湖干得勝遊。幸有名花堪作供，暫攜濁酒自消愁」：香麗自帷房本色，此獨以老氣勝，固非裙釵可及。●夫人詩篇逸秀而書法精好。近李子大來過我選樓，復得其新吟，愛玩不輟。因爲補刻六詩，以公海内。

范　姝

洛仙，江南如皋人。諸生李延公配。《貫月舫集》。

《輓吴蕊仙》「談經未盡三乘法，揮手難容半日稽」：自然合調。⊙「淚落江波杜宇啼」：次韻詩格法老成，情文兼至，直駕一時作者。

《題女兄蔣冰心小照，和伯父仙槎原韻》其一「買得生綃剛一幅，親勞周昉爲傳神」：淡語，卻極風韻。其二「此日晝圖雖識面，可能細語在他時」：情深之至，冰心其何以爲答耶。

湯淑英

畹素，江南吴縣人。吴嘯雯配。《繡餘軒稿》。

《秋日登虎丘》「春風多笙歌，幾令失幽悄」：領略山情，在秋不在春，畹君真虎阜知己。

《重寓湖上》「鳧鷗似識當年面，招我孤山就隱淪」：是高士語，非美人語。

《煙雨樓》「樓空面面緑波平，向晚輕舠試一停。隔岸煙生天際月，敗蘆漁火幾星星」：寫景蕭涼。

《閨意》「燕子不來春又暮，滿庭紅雨落黄昏」：此際如何爲懷。

《亂後初歸聽雨》「微軀自歎關何事，也向人間歷盛衰」：襟懷頗大。⊙冬哥、圓圓，關係一代興廢，何得小覷裙釵！

《懷鴛湖黄姊皆令》「每自懷君一登眺，暮雲春樹兩模糊」：兩君自有契合。

《旅思》：想見其人悄然寂然時。

《送三兄遊虎林》「細譜鶯聲過酒樓」：詩心秀艷。

平陽女子

《唐城村題壁》「樓前記得孤身死，願作來生並蒂花」：是懷故夫之意。

● 彭禹峰記云：女因姜帥之變没於兵，自縊定州北唐城村，炭書四絶。此壁改作，餘土人不能全記。予乙未八月至其地，尋墓弔焉。秋樹蕭摵，香骨澤畔，封不及尺，蓮房在左。有一諸生云：「女年可二十許，艷甚。兵兒鼾睡，雉經柳枝。」馬蹄既遠，居人埋玉十餘日後，乃見文昌閣壁字痕。所書日月，是營屯所至，女子死期也。女不書姓，噫，傷已。

張　潮

廣東番禺人。

《無題》〔一〕「杜宇不知歸不得，天津橋上向人啼」：思路絶人，竊爲驚歎。

〔一〕《詩觀》選入此詩原無題。詩前有序云：「妾張潮，番禺人也，从舅官楚，兵挾而北，且渡河矣，弟妹誰尋，鄉關何處？終當一死，聊賦七言。」

●方蒙章跋云：「乙未過河南郊，路見殘壁，上字縱斜數百行，立馬觀之，書法婉妍，如有顰笑。其下和者數十輩，不復讀也。誰堪見此，矧我同鄉，悵然和之：『東風吹恨數行西，古驛荒牆舊燕泥。蔡琰拍成秋慘慘，王嬙曲半草萋萋。天生薄命供狼狽，春斷芳紅逐馬蹄。爲拾愁心歸故國，粵王臺上夜烏啼。』」

蔣蕙

玉潔，江南泰州人。

《雨夜夢與冰心女兄話舊，醒來拈韻》「驚魂夜半蕭疏雨，分袂更殘寂寞樓」：卻自大雅。⊙「繡閣牽衣欣聚首，妝臺倚膝倩梳頭」：相憐相愛，借夢中寫出，令人惝怳。

《送花女兄》「遥想娉婷態，曉妝梳裹鮮。玉英三四朵，送綴緑雲邊」：非冰心不能當此作。

《秋夜聞蛩》「銀燭高燒更漏永，不堪聽處總成吟」：别有詩腸。

《晚眺》「侍兒來喚晚梳頭」：韻人偏有此韻事。

《香奩和姊氏韻》〔一〕其一「暑氣微消漸覺涼」：好甚。⊙幽恬。其三「小閣閒憑遠緒生」：此豈知阿姊心曲者？其八「新詩賦就更添妝，散步迴廊轉畫堂」：首二句多少情事。其九「凋零門户不成家，骨肉相看空自嗟。愁到夜深渾欲寐，杜鵑啼破緑窗紗」：此首更爲傑出。其十「鎮日陶情詩

〔一〕此詩原在蔣葵詩後。

共酒，雀屏無意選東牀」：此意甚高，未知果否。

林文貞

韞林，福建莆田人。宣城王安又配。《韞林偶集》。

《與安又成言志喜》「從今得穩香閨夢，不羡鴛鴦逐錦葉」：淪落風塵，得諧初願，其欣快當何如。每展此詩，輒爲眉飛色喜。

《寄燕京》「曾記燕京路，三千里又多。郎今二月去，春日等閒過」：語短意長。

《題紅拂閣》：姬初訪王郎，即題此詩於壁間，以訂終身之約。後風波屢起，姬志不移。定識慧眼，亦復何減紅拂。

《暮春濟寧道上》「再添一個黄鸝語，便是江南二月天」：風流慧性，具見此詩。

《秦淮夏盡》「不嫌冷露侵羅襪，直送團團月過樓」：「天街夜色涼如水」，似此時光景。

《避兵柏梘題空堂燕巢》「原來燕子情偏好，不爲無人亦構居」：饒有感歎。

《龔總憲夫人挽言》「只今寂寞烏棲曲，霜柳千條掛夕陽」：僕亦愁人，難爲再讀。

《無題》「窗前更有牽愁處，兩樹梧桐一樹蕉」：畫。

程淑

江南丹陽人。

《題吴蕊仙畫》：遠近滅没，全寫畫理，予愛其語而傳之。

許心澧

阿芬，江南崑山人。詩人許竹隱女。

《送慈親再到維揚》「廿四橋邊風色好，吹簫有意未同遊」：筆墨娟秀。⊙時竹隱自荆州赴都，暫憩維揚。骨肉離合，能無情動？此詩備極纏綿，而妙有風致。

龐蕙纕

紉芳，小畹，江南吴江人。詩人吴聞瑋配。

《牡丹爲風雨所敗，賦此志惜》其一「繁華自古誰無盡，花落花殘莫怨風」：寄懷最遠。其二「最傷顔色經年别，收取芳紅慰寂寥」：有情人不當如是耶。⊙寫景最工，含情無盡。妙在不粘不脱，綽有風神。

《中秋踏燈辭》其一「一樣燈光一樣月，不妨今夜作元宵」：妙在自然。其二「城上烏啼才夜半，歸來踏綻鳳頭鞋」：箇中景寫得出。其三「往來雜遝燈光裏，何不空階看月華」：翻得妙。其四「妝成卻向寒窗下，一盞琉璃課法華」：妙在「妝成」二字。⊙閨閣中名士，風致爾爾。

《送孫無言先生歸黄山，次外君聞瑋韻》「聞道秋風明月夜，曾看十載廣陵潮」：「卻望并州是故鄉」即此意，而語特深秀。

彭孫婧

變如，浙江海鹽人。錦縣令陳龍孫配，詩人彭駿孫姊。《盤城遊草》。

《臨清舟中感懷》「黄花白草秋將老，畫舫蘭橈客未眠」：筆老氣勁。

《天津舟次寄龍孫》「與爾分箋寫舊愁」：分箋寫舊愁，極是樂境。

《夜聞家僮弦索》「殘月紙窗眠不穩，照人離恨太分明」：好天良夜，難當此景。

《濟寧月夜，和龍孫韻》「數聲柔櫓過前溪」：是夜行光景，迷離如見。

宋氏

浙江鄞縣宋僉憲儒女，仁和陳輔配。

《訣夫詩》〔一〕「豈料中途妾薄命，莫教兒子着蘆花」：兩才相配而又有子，稱全福矣。乃中道而隕，何天心之多缺陷耶！ 别詩以兒子切託，固屬至情。

蔣葵

冰心，江南泰州人。《鏡奩十詠》。

《夏夜懷女弟玉潔》其二「題詩盡是懷人句，多在愁中與病中」：無可奈何語。其三「遥想故園

〔一〕詩題爲輯者加。《詩觀》原無標題，詩前小引云：「女美而文，合巹之夕，輔剔燈微吟云：『油凍知天冷』，女應聲云：『香銷覺夜闌』（按：鄧原評云：「對更韻」）。自是唱隨歡甚，後有子矣。忽抱疾彌留，作《訣夫詩》。」

今夜月，清光也照晚妝人」：香氣浮於紙上。其五「纔拂花牋淚更多」：娟然。⊙想見胸中牢騷殊甚。

余子玉

江寧人。湖南觀察鄧偶樵配。

《詢梅》「冰心欲吐費逡巡」：描寫入化。

《入夢》「明明架上雙蝴蝶，怪煞醒時没處尋」：情思婉轉。

胡介妻

錢塘人。詩載《旅堂詩選》。

《與眉夫人泛渚》「蒼涼石橋畔，似與去年同」：結語可思。

《寄外》「開書知别久，臨鏡惜釵分」：温柔之極。⊙何異徐淑寄書秦嘉時。

《有寄》「寒磬一聲黄葉寺，知君起舞爲鳴雞」：纔是閨閣知己。

范滿珠

劭淑，江南休寧人。戴邵虞配。《繡餘草》。

《秋興》「蘆絮江風記六朝」；勝流語。⊙閨閣有如許襟懷，又不徒以才艷相賞。

《詠家兄眉生幽草軒》「春風聽鳥不關扉」：新句。「江流正近删詩處，終日長吟坐釣磯」：大好自在。

《吴蠶曲》「辛苦知無悔，留絲爲阿誰」：樂府聲情。

《夜坐》「夏雨涼生夜，深庭人未眠。濕螢飛不起，點點墜階前」：平平説去，自爾情旨深長。

《旅居》「夢對家人纔欲語，鷄聲依舊到窗西」：逼真旅況，再四吟過，令我悄然。

《閏七夕和靳茶坡先生原韻》「遥問雙星經月别，相逢亦似一年無」：聰明極矣，似經乞巧過來。

榮　氏

失字，江西南城人。

《被難馬上作》「失身無補君王事，殉節難酬夫婿恩」：有識之言。⊙哀慘不忍聞，而中多名論，予憐而敬之。

朱雪英

《妾雪英朱氏，古吴人也。先君起家墨綬，進秩黄門，誤事權奸，驟登清要。不意冰山難恃，玉石俱焚。因之弱質含冤，空有緹縈之志；明廷按法，難逃正卯之誅。其時旅櫬南歸，煢煢母女，堂虚飛燕，門可張羅。又以伯氏梟獍，横加慘變。始也，假當道之虎威，貽譏閶闔；繼也，肆中山之狼狽，造禍蕭牆。遂致五旬孀母，抱恨黄泉；及字孤兒，失身翠館。嗟乎！白楊衰草，難呼怙恃於九原；路柳牆花，空伴王孫於錦帳。此情此境，苦矣慘矣！兼之假母好貪，取償無厭，逼嫁武弁之手，時遭妒婦之拳。喜則巵酒片肉，不解吟風弄月之才；怒則嗔目揚鞭，安有惜玉憐香之事？日以奉詔南征，途由涿鹿。軍中起塞外之聲，閨閣譜曲中之恨。斷梗飄萍，又不知何所歸耳。薄賦短章，詩成淚續，此閨人寫恨之辭，非騷客尋芳之韻也》：此婦飄零極矣，詩亦悲惋欲絶。

袁鑾

自署古循薄命妾。

《無題》〔一〕「一鰈沙灘總枯死」：樂府語。「姑抱阿孫君攜妾」：慘極。⊙「願淚化作長江水，三尺浮槎載妾歸」：尚有戀舊之意，吾夫子見此，定當採入《三百篇》中。

朱中楣

（再見）《石園隨草》、《文江倡和》、《鏡閣新聲》諸集。

《春日熊雪堂少宰以和山谷梅花韻見投同梅君作》「卻爲聽詩減夜眠，舉案呼樽共微酌」：此真樂事。

《冬日河泊阻風次梅君韻》「落日看帆影，殘更怯櫓聲」：情景如畫。⊙渢渢元音。

《旅興》「身世蒼茫裏，烽煙已數年」：杜家神境。「歸夢草堂前」：老而韻。

《舟行》「出山原草草，歸路任蒼蒼」：深辣。

《曉發遇風》「夾岸帆檣零亂泊，排空雪浪幾淹留」：寫遭風之景，荒涼在目。

〔一〕題爲輯者加，《詩觀》原選此詩無題。

情懷，男兒未有。

《季秋霜月》「香消深院一簾垂」：可想。⊙不賞其濃，賞其澹。濃可學，澹不可學也。

《春日感懷》「荒城處處傷離黍，舊燕飛飛覓畫樑。家國可堪寥落甚，怡情何地足滄浪」：如此不絶，咸以詩詞文翰相賞，不僅以鈿釵粉巾互相徵逐。蓋喪亂之後，偏有天寶遺風如此。

《夏日飲龔年嫂眉生半隱閣分韻》「長安花底人堪聚，還擬重來醉碧筒」：此時諸貴遊内眷讌飲

《雨餘泊故城》「荒臺空受暮煙多」：佳絶。⊙空明秀麗，天然姿態。

《舟行晚眺》「雨過潮平月正中」：結得警策。

《新秋聞楚師北歸因感並寄》「鶴唳漫驚隋地月，笳聲吹徹漢宫秋」：盛唐高調。⊙「三山尚怯狂飆撼，八寶何當獵騎遊」：具有當世之慮，豈香奩中可得？

《舟泊鳩兹》「起來捲幔窺江色，一抹青山帶夕陽」：令我神往。

《花朝雨泊石城》「芳菲雨過石城新，弱柳垂垂鳥亂鳴。獨坐小窗温舊史，舟移不覺午潮生」：自然。

《宫詞》「寶鴨香銷獨坐時」：娟然静媚。

《題帨上繡景送葛夫人因》「輕橈時度落花中」：幽艷。

《立冬夜話》「夜半不知時序换，一窗寒月倚瑶琴」：閨閣才人襟情，如是寫來，入我意中。

《聞子規》「人歸何似春歸易，芳草萋萋送落暉」：掉筆無限情思。

《答漪蘭熊年嫂白門見懷詩》「仙帆自逐秋聲杳，每對清風想玉釵」：似不着意，卻已含情無限。

《題李五弦宫保陳姬遺照》「翠幕仍聞細語香」：此語柔甚。

《對弈》其一「一縷清香一局棋，數杯濁酒數行詩。紙窗疏影渾如畫，閒看狸奴睡足時」：如此受用，真天上人。詩亦復娟潤如畫。其二「愛聽蛩吟夜卧遲」：幽情如見。

《贈涂年侄女南歸》其二「忍見溢城山外山」：妙。其三「珠簾莫雨西江月，盡付離人馬上彈」：風騷特甚。其四「但喜樂昌鸞鏡合，妝臺重畫舊蛾眉」：少宰此事〔一〕，真堪不朽。諸詩或悲惋，或慶幸，總覺淚痕滿紙，不能竟讀。

《人日》「始信江南早佔春」：是還山情緒。

《新秋雜詠》「檀痕輕掐顫雲翹」：魂銷此語。

《春曉》「爲記深宵夢裏詩」：義山何能勝此。

《宗伯年嫂招集滄浪亭觀女郎演秣陵春有作》其一「興亡瞬息成今古，誰弔荒陵過白門」：情長之語。其二「半問亭子半疑舟，半識風流半解愁」：二語妙絶今古。

●錢牧齋謙益序曰：「盤根仙李，長庚新謫於人間；積慶璇源，張星舊駐於天上。媲兹嘉耦，嗣以徽音。思美人兮西方，降帝子兮北渚。陽律六，陰律六，吹鳳管以參差；前唱于，後唱喁，拊鸞歌

〔一〕少宰，指熊文舉。《贈涂年侄女南歸》小引云：「涂映薇年兄女，王公子小韓之配也。兵亂入都，熊雪堂少宰解驂贖之，育余邸舍數月。小韓使使迎歸，侄女依依不忍别，走筆四章，以當折柳。」

而叶應。珊瑚筆格，綠沉之管交揮；玳瑁書籤，錦水之箋雙劈。花深網户，每刻燭以分題；燕乳綺疏，或攤書而徵事。芙蓉秋水，筆花與臉際争妍；楊柳春山，煙黛並眉間俱嫵。東吴才子，金閨傳内史之篇；南國佳人，玉臺寫令嫺之什。珠林琪樹，洵彤管之美譚；金柯玉枝，實天潢之盛事。丹樓煙熠，朱邸灰飛。交語而腸斷白衣，登車則淚沾紅袖。猗與燕婉，變彼鴻休。在御之琴瑟依然，中庭之蘭玉滋長。雕軒文駟，驂玉馬以北朝；翟茀鞠衣，伴角巾而東下。水精簾幕，鎮日焚香；雲母丹黄，千年辟蠹。輪依桂樹，無復月孤；矢激蓮花，惟應天笑。豈若敬通見抵，但對孺人；子美漂流，長隨妻子。又况衡陽飛雁，空約刀環；蘭滄鯉魚，難傳錦字。望曰歸于六詔，怨其雨于三春者哉？伊余生梯之年，爰有齊牢之遇。絳雲東閣，綠窗署禁扁之新題；紅雨西泠，紫陌誦夭桃之舊句。勞勞頳尾，依依白頭。茗椀熏籠，雜居煙爨；縹囊緗帙，夾註米鹽。笑十指於懸錐，嗟滿頭之蓬葆。憐兹顑頷，睹此芳華。托副墨以歸詒，俾殺青而傳寫。願借光明於東壁，敢希嚬蹙於西家。沉香小像，庶幾得染妙熏；刻玉芳名，抑亦附垂墨會云爾。」〔一〕

●遠山夫人清才妙詠，久矣聲馳京洛，名滿江淮。范子汝受曾以數章見示，即爲點次付梓。頃者令嗣庶常相遇維揚，乃惠我數帙。披覽之餘，瓊瑶溢目，因採其尤者再爲續刻。熊少宰有云：「觚棱金爵，想見沉思，殘月曉風，輪其偉調。」嗚呼！盡之矣。

〔一〕此序原載朱中楣詩之首，據體例移至詩末。又見《牧齋有學集》卷二十，題爲《李梅公唱和初集序》。

秦昭奴

《奴燕人也，少育於表兄李中官，因被選掖庭，倏以瘄暴作被出，遂爲豫章黄孝廉取充側室，雖愛有所鍾，而分制於嫡，夏日冬夜，徒有歸室之感，驅南千里，不如無生，偶成二絶句，秦昭奴洎墨自書》其一「無端燈盡空村夜，卧聽霜天犬吠聲」：寫荒凉之景，卻自楚楚亭亭。其二：妒亦常情，何爲銜恨至此。

白捥月　姑蘇女子。

《馬上思家》「客燈一盞難梳鬢，鄉淚千行盡滴衣」：淒楚娟媚。

范滿珠　（再見）《繡餘二集》。

《送春》「樓前幾日風，門外三更雨。空使緑成陰，年年遮不住」：是送春情事。⊙此等題不難其媚，難其辣。此詩正妙在老到。

《丁巳除夜兼示諸兒》「忌宜收舊曆，風雪戀殘年」：妙。⊙一洗鉛華之習，幾逼少陵。

《賦得家在江南黄葉村》「傳書冷月遲飛雁，喚夢秋風急叫猿」：語鍊而氣幽。⊙佳處不減渾、滄。

《雪柳》「憔悴猶然意自持，白頭未改昔年絲」：顛頷纏綿。

《舟過先母故居晤堂嬸叙懷志感》「故舊同悲尚幾人」：此語更痛。⊙全是真氣團結。

《讀懷古侄詩吟成四律寄慰》其一「羅衣色減傷心後，妝粉塵生涕淚餘」：淒涼語，乃復綺麗。其二「燈暗各悲臨病語，雞鳴同憶事親時」：幽思苦語。

《雪後分吟》「永夜裁詩窗漸白，深寒就榻火猶紅」：自然輕妙。

《避兵劉村庵，時甥女見過》「窮山亦自聞烽火，殘邑難堪報羽書」：老氣不可及。

《仲春感雨》「久雨衡門無客過，桃堤柳陌漸春多」：起得高健。「任是山林少嘯歌」：是我輩語。

《秋夜病起》「月到光寒蟲已老，人纔病起桂初香」：真樸轉勝。「故國摧殘羡異鄉」：實録。⊙全詩蒼老，出自閨閣尤難。

《宮詞》「縱使今朝君念妾，紅顏不似入宮時」：且奈之何？

《弔靳茶坡先生》「今歲花朝晴又雨，悲君不是在天涯」：含蘊無窮。

《晚晴》「灘聲猶聽隔溪來」：筆墨調和。

戴璽

閨韞，江南休寧人。《荊山小草》。

《燈下吟》「隔墻人語少，知夜已深更」：孤悄之極。

《七夕立秋》「豈爲愁多卻早秋」：思路佳。

《讀隋史》「一瞬繁華萬古愁」：南北史，盡此一語。

《冬日避兵》「滿目干戈時未息，誰人能寫太平書」：妙在直。

●劬淑范夫人詩，向孫桴庵持以相示，已録數章付梓。兹戴景韓更以《繡餘二集》見貽。其詩多哀悼感傷之作，而皆本之性情，有畀人倫，非同鏡奩花鳥之什。此爲不乖《二南》之義，爲可述傳，故續載之。愛女閨韞，才諸詠雪，因附録焉。

慎墨堂詩話卷二十八〔一〕

黄淳耀

蕴生、陶庵，江南嘉定人。

《望廬嶽》「雨止生白雲，山山氣騰上。劃然躋巖腰，綿亘億千丈。傍豁四五峰，偃蹇失背向。忽見白龍飛，乃是巖瀑颺」：通身靈氣。⊙描寫雲瀑，極其變幻馳騁，而難爲形似，所謂「身在廬山外，乃得見廬山」者與？

《入西山看梅》其一「濟勝亦不慚，芒鞋足幽討」：清迥。其二：正復孤傲。

《白鸎鵡歌》「只知天子賜恩澤，肯爲傍人轉舌關」：蓄意在此。「多少公卿羞見汝，帝前不語人前語」：刺人。⊙白鸎不足論而不言一段，妙有形容，此文字擒王處。

《豪鷹歌》「旁人嘲鷹是凡鳥，不道養鷹病在飽。飽鷹鎖着無風威，不如縱去天外飛」：説着。⊙士縻爵禄而不一試其長，與飽鷹何以異？篇中殆有激乎其言之。

〔一〕此卷輯自《詩觀》三集卷一，原署「吴郡鄧漢儀孝威評選／同學張　潮山來參閲」。

《四檜》「雲氣生高蓋，龍蛇守直根」：深穩。⊙「碧殿陰風入，蒼蒼四檜存」：老氣蒼然欲出。

《謁于忠肅公祠堂》「雪涕荒祠下，乾坤正可愁」：語有含蓄。

《山村》「斫漆猿爭樹，燒林虎決蹯」：寫異地之景，固宜新創。

《衢州》「雨暗虬龍宅，春濃橘柚堤」：造新。

《過廣信聞鉛山寇警》「年荒米賊生」：關係語。⊙「失涕蒼生内，何時見太平」：憂時語，不嫌激切。

《過彭蠡湖三首》其一「波紅漁火重，月黑蚌珠開」：下字狠。其二「楚俗尊祈賽，龍神氣色殊」：筆力警異。「康山遺廟在，血食想雄夫」：懷抱烈烈。其三「高帆吹嶽影，驟鼓發江聲」：絶頂雄秀。◎三作神堅氣奥，破盡凡響。

《泊舟》「報晴銅角響，占雨紙燈昏」：英響幽光。

《烏江望霸王廟》「人憐公百戰，鬼閲漢三分」：奇語有識。⊙字字有拔山之氣。

《自建業至京口作》其一「龍吟江漠漠，疊浪隱轞雷。繫纜吹還解，崩沙過復迴」：風濤坌湧。其二「風蘆藏小店，山火伴孤舟」：是江上景。

《白日》「白日公然瘦，青天不復高。頹垣無鼠立，廢壘有狐嘷」：亂後景，寫得蕭森可畏。

《遊甘露寺》「三國旌旗連夕照，六朝臺殿壓風瀾。英雄去後江山在，輸與殘僧抱膝看」：放開筆路。⊙氣力開張，心眼空闊，覺江山萬里都歸掌握。

《九日登虞山遇雨，宿興福禪院》「山當木落先疑雨，寺有僧期不願晴。攲枕静聽鐘鼓報，推窗遥指澗泉生」：興到神來。⊙空山夜雨，寫得清絶、真絶，令人道心頓生。

《讀鄭思肖心史》「人間再見陶徵士，地上元無滄海君」：用事都渾。「千秋萬古靈均意，只有西川杜宇聞」：和婉。⊙寫盡所南心事，然無一語憤激。

《遊石鐘山》其一「崖劈千尋天色夜，江含萬籟客心秋」：蒼厚。其二「絶壁雲煙動奎藻，大江波浪起天風」：首章善爲狀物，特見瑰麗；次作雄情浩蕩，覺雲旗天馬，奔騰不定。

《田家》「見説抽丁多不懼，年荒已自鬻兒孫」：奈何其有此？言之淚墮。

《竹枝歌》其二「英雄兒女皆塵土，忍放香醪不入唇」：固宜達觀。

《閨思》：委婉入情。

《馬當山感事》「一日長風千里閣，世間惟有鬼憐才」：人不如鬼，真可一歎。

●陶庵先生理學、史論皆踞上流，而制舉義兼注疏先正之長，至今學者把誦。所爲詩，諸體咸精，風格獨老，而豎議皆英偉，鍊氣悉渾淪，學士家舉無能望其項臂。牧齋、梅村兩公極口推重，有以也。運際滄桑，身騎箕尾，高風峻節，尤堪俎豆千秋。

李永茂

孝源，河南鄧州人。

《得家報，聞家鑑弟於城陷時召號同志，擁尊人、家口突圍出，詩以壯之》「相從五十人，彎弓提湛盧。突入賊中堅，殲其一部渠」：筆陣如風。「一軍躍而前，碎其鐵兜鍪」；壯哉！⊙每苦長篇蔓衍，此用短勢勁筆，義憤如生，尺幅有雷霆戰鬬。

《故鄉僧》「趙州橋下水澌澌，老僧憐我挂緇衣」：勁筆。「天寒木落雁去急，古路風悲猿嘯苦」：結得古峭。⊙叙次歷歷有古法，其慘痛處不減老杜《兵車行》。

《送家鑑弟南歸》：「誰共千秋事，天涯弟與兄」：高唱。⊙「故園刁斗急，珍重少年行」：家國苦淚，盡此一詩。

《新秋餞陳侍御青霞募兵黔州》「兄弟三杯淚，煙波萬里舟。家鄉不可問，破涕一登樓」：渾闊。⊙忠愛形爲義憤，字字是杜骨髓。

《贈熊仲敬小司馬》「屬鏤帶腥痕」：雄。「英雄勿浪試，審慎報君恩」：大有箴諷。⊙調雄而識厚。

《望家鑑弟》「鵂鶹中夜頻牽夢，盜賊長年只弄戈。荆棘近來彌道路，行人幾日渡黃河」：樸老。⊙氣力甚大，而哀感之意自見行間。

《春暮遊大伾山》「千家鐵壁三山内，萬里黃河一線流。夜静燈光連北斗，健兒戍守最高樓」：目光如電。⊙眼界甚闊，非江南山水可擬。

《登聚翠山碧雲寺》「山藏雲裏寺藏山，泉在峰頭峰在天」：奇絶。「鶴巢松頂浮屠底，僧卧巖龕日月邊」：放開眼界。⊙險峭雄奇，禹峰以爲儼然空同，良是。

《登天柱山》「垂老猶能攀鳥道，登高兀自見中原」：峻嶒開敞。

《藤江夜雨》「風拍漁舠驚欲墮，濕侵樵鼓曼無音。愁如百草生今夜，人類寒鴉失故岑」：荒涼可畏。⊙以生得新，因奇故奥。

《溯渭龍江夜泊煙村》「上流奔注下流騰，百里危灘險欲崩」：如此，方謂之奇險。「如拳舟向浪頭登」：「登」字，人不敢押。⊙不復知有天地。

《石砦舟居倚釋鐵船韻》「終歲苦無邊雁到，剛眠卻有夜猿來」：對更妙。⊙一字不經人道。

《夢盧生霖寰》「獲猍聲裏千行淚，蛺蝶燈前萬里天」：氣勢直壓萬夫。

《再柬姚文學》「西粤離家一萬里，中原有夢五更頭」：真而雄。「東鄰擊筑我箜篌」：禹峰曰「似樂府」。⊙一筆掃去，有横劍枕戈之概。

《九日風雨倚韻》「人當君父心傷處，地是西南天盡頭」：情境不堪，迸出苦淚。⊙痛忍之極，一切熟語、淺語，俱用不着。

●孝源先生起家濬令，爲名給諫。當召對時，上親移御燭審視，風采大著。潼關之役，孫督師治兵關中，方欲養鋭，以圖大舉。秦士大夫之在京者，促戰甚力。先生掌諫垣，屢駁之，遂拂執政意，奉差出。迨郟縣師創，大廈難支。先生跋涉蠻荒，嬰疾而卒。所遺詩一帙，乃令弟鑑湖攜之蓬蒿兵火中，而禹峰方伯爲之選梓者。詩剛猛而高伉，而余更拔其整雅深厚者以行。

申涵光

和孟、鳧盟，直隸永年人。《聰山續集》。

《豈料》「僻性那知人眼白，安居喜見鬢毛蒼」：和孟本色語。⊙「豈料臨衰看變態，斷蓬漂梗總茫茫」：一氣疏放，自然不群。

《奉寄孫鍾元先生，時居蘇門，年九十二歲》「客裏桑麻成井邑，山中禮樂自乾坤」：實録。⊙居然以堯夫待先生矣。

《懷太原傅青渚》「亂離苦憶良朋少，衰病應愁遠道難」：此等辣處，極有力量。⊙鳧盟遊太原，王襄璞方伯遮留不得，鳧盟曰：「君無留我，今傅青主草堂未築，君能捐金成之，勝留我矣。」方伯如其言，世以高兩公。

《春過》「性好遊遨貧懶出，身多閱歷晚知非」：用意卻渾成。⊙鳧盟晚而聞道，故多親切之語。

《四月六日始暖》「芍藥柳花休浪度，試看烽火照三秦」：雖是達觀，正屬苦淚。

●鳧盟静參理學，閲十年不作詩，近復拈筆爲之。令弟隨叔太史緘以遥寄，因録數首。

吴　姓

鹿友，江南興化人。《柴庵稿》。

《遊匡廬》其一「望裏帆檣依遠岫，湖邊沙樹隔煙鐘」：清迥高秀。其二「蓮開廬阜煙孤裊，星落彭湖影倒垂」：極穩切。◎余索相國詩於北海觀察，秘不肯授。偶於《匡廬志》得其詩，亟登二首，固無所忌諱也。

吴應箕

次尾，江南貴池人。《樓山堂集》。

《朝發》「鴻飛不可爲，澤藪已布弋。吾生亦有天，無爲徒惕息」：此際難爲。⊙豈爲周、雷之獄急耶？

《贈眘無疑》「不信寬鉤黨，誰知仗友生」：此君定有心天下之士，詩亦沉毅。

《彭禹峰來余邑答贈》「江左偶夷吾」：「偶」字好。「情親倍旅次，淚莫灑窮途」：窮途知己。

《即事》「人猶殺李范，運不及齊梁」：詩史。⊙不知馬、阮當國，何爲作此等事，言之憤懣。

《中秋子含、漢集、頡羽、子方攜樽雲山樓，時夜月蝕》「天涯歡此夕，暝色坐中流」：氣味自是大家。

《王九玉、張箕疇、彭禹峰避亂來就，相與卜宅横山》「三日悲歡細雨聲」：妙。⊙禹峰素以豪傑自命，而樓山亦磊落不群，避地酣歌，宜其聲震林木。

《和尚港阻風》「莫説江南尚太平，亂離今復見陪京。即傳空國登陴守，難使輕舟破浪行」：時事，説得爽烈。

《江上》「肯信大江容易渡，夜深清夢畏黿鼉」：先生其有戒心乎？

●樓山先生捐軀殉節，事已四十餘年。值國朝修史，許爲忠義吐氣。於是令嗣子班，重趼三千餘里，上書史館，爲樓山乞登列傳，事乃大白，而遺書亦漸布國門。因得攬其詩篇，授之剞劂。

劉文炤

雪舫，直隸宛平人。《攬蕙堂偶存》。

《江行》其一「南渡君臣終遜位，東流波浪自朝宗」：詞婉意激。其二「埋金未必成秦厭，鎖鐵安能禦晉兵」：盱衡史事，獨有老見。⊙南國敗亡，從來一轍，而近事尤可陋。能無追咎於秉軸諸君？

《金陵客懷》「刀尺聲中過六朝」：新警。

《登雨花臺》「青山落日獨銜杯」：杜公風調。

●甲申之變，新樂全家殉難，雪舫以藐兹孤流落江表，竟死高郵，後嗣斬絶。憶癸亥客秦淮時，曾以近稿見示，兼以錢虞山《燕譽堂》二首屬和。余爲選其詩，並步錢韻，固不禁淚涔涔下也。

柳寅東

鳳瞻，四川梓潼人。《來鶴堂詩》。

《仲夏苦雨，穆倩畫問草圖一幅見惠，走筆謝之》「想君運腕時，風聲亂霹歷。危峰頃刻生，青林突兀出」：形容生動，如見道子運筆。⊙「咫尺應須論萬里」，此詩有之。

《和胡菊潭宗伯夢遊峨眉山詩》其一「白日迷歸路，青天上睡仙」：奇崛。其二「見雪知盤古，因風問廣成」：高調險思。其三「想見詩囊裏，兜羅上界雲」：縹緲欲絶。其四「杖縮千年竹，柯懸百尺藤」：精傑。「未遂歸田志，徒傷白髮增」：結老甚。◎山固奇矣，而詩亦與之相匹。靈幽險奥，是先生集中有數之作。

《望泰山》「廢興輪日月，封禪遞唐虞」：是大家數。⊙奇奥，與岱宗匹。

《東昌水》「金錢歸巨壑，民力盡洪波」：河臣鐵案。⊙自是元老憂國之言。

《梁公狄過余雨花庵觀書畫和韻》「閲歷龍髯幾玉函」：語是深感。

●鳳瞻先生遭亂解職，僑居維揚，與諸大老及名士輩相倡和。詩在眉山、劍南間，而造意命格，有遊於盛唐閫域處。令嗣長在，以遺稿示余。因拔其精奇之篇，爲後進式。

李鄴嗣

杲堂，浙江鄞縣人。《笑讀齋集》。

《集世説詩》其一「仰瞻四明山，嵂巍以嵯峨。下瞰甬江潮，沖渫而揚波」：合如此起。⊙「所以甬上士，磊砢而英多」：用成語最妙。其二「廉藺已死人，懍懍有生氣。諸君雖見在，厭厭如下世」：大爲地下人吐氣。其三「處則爲遠志，出則爲小草。古人以爲難，出處事不小」：數語如箴銘。其四「風景亦不殊，正有山河異。忽見此芒芒，形神頓憔悴」：如逢晉人語。「運自有廢興，人終任其罪」：切當。⊙頓發河山之感。其五「丈夫提千兵，要在雪國耻。志士痛朝危，老驥驟千里。若死户牖間，故自常奴耳」：妙。⊙豪宕可喜。其六「知有相思字，封而不即開」：妙。⊙「契闊良已久，亦欲盡所懷」：纏綿曲盡。其七「故須酒澆之，自引箸勝地」：妙着。⊙曠然畦徑之外。其八「一手持酒杯，一手持蟹螯。便足了一生，頽然任所遭。使我身後名，千載徒遥遥」：日誦此詩，固無俗情陋氣。其九「故人適款門，相對作賓主。稍通彼此懷，應是我輩語」：此故人不惡。「不可不與飲，隗然已醉矣」：妙。⊙佳懷韻事。其十「五色之龍章，要在得裁製」：至言。⊙先生古文老手，發語自異。其十一「退還半嶺許，雲氣猶蒙籠」：身在雲表，乃能作此語。⊙「哂然作長嘯，樵伐始得逢。世人但翹首，絶徑焉可從」：寫深山之趣，令我神往。其十二「世人俱慕官，官本自臭腐」：達人之言。「願公勿復談，但恐不免耳」：正復中其病。其十三「所過村落間，吾乃不覺耳」：妙。「望見草堂門，乃覺三十里」：妙。「率爾去下舍，良負故山水。追諷移居詩，歎美不能已」：固自有懷。⊙余昔田居甚適，自移城郭，乃失本性。讀此詩爲之惘然。其十四「龍崖迤相接，其山坦而平」：如古名勝志。「企腳北窗下，涼風颯復生。都不道陶公，已得千載情」：妙。⊙一則《隱士贊》。其十五「枝條拂青天，群狐亂其下。我來俯仰間，忽已淚如灑。哀彼陳死人，流風泝獨寫」：慘。⊙哀音盈耳，撫讀傷心。其十六「遥聞横竹聲，乃出牛背上」：遠。其十七「惟應此竹下，當有清風耳」：人苦不領略。⊙「近頗厭賣文，吾靳固不與。客去命偃扉，移牀置隱几」：筆墨正自惱人。其十八「汝看我眼光，尚能讀細字」：自詡如是。⊙「終日守一卷，人言我憒憒」：老而好學，言之津津。其十九「春來風日好，故有相思時。勸汝一杯酒，倒着白接羅。此中有真味，外人那得知」：真澹如陶。◎借《世説新語》緯以己意，妙緒横生，俊言疊出，遂使南朝詩人中添劉義慶一座，豈非千古妙事。原詩四十一章，今採十九首，略見大意。松間竹下，一爲嘯吟，固堪令形神超越。

《甬上寄懷鄧孝威二首》其一「鼓角遺民聚，江山名士過」：此事已成回首。其二「桃花分世界，鷗鳥主煙波」：可傳。⊙慷慨言情，仍歸忠厚。

《丁巳除夕，從友人借得鄧孝威先生所選詩觀，夜讀卻寄》其一「除夕知遭執友嗔，上書借得一編新」：奇事。「燈花忽照南朝客，詩草遥收東浙人」：新情相映。其二「夢狎蛟龍來往頻，老年意氣各如神。吟詩直欲欺山鬼，飲酒何曾識巷人」：突兀巉巖，海内少此奇筆。⊙是先生胸中輪囷磅礴，先有此詩，故一揮而就，稍停則失之。

《散懷詩》其一「秋後豫編新鹿柵，年來催種舊蚶田」：甬上風土志。其二「飄深紅柏東溪路，餐過黄橙小雪天」：好。⊙興致亦絶類晉人。其三「性與鷓鴣俱畏出，才如家鴨不能飛」：杲堂晚年詩，專以秀勝，而妙有新趣相發。

●己酉與杲堂别於甬上，迨丁巳始復以書來，寄詩累累，不謂遽爾奄逝。杜茶村哭之曰：「吾當東行，以志其墓。」豈期茶村亦客死揚州。戊辰編詩，取杲堂寄帙，選登二十六首。白頭衰老，僅留殘喘，以發故人之幽光，是可歎也。

楊廷麟

伯祥、機部，江西清江人。

《過惶恐灘》「空山夕照深江樹，明月灘聲下石城」：句鍊旨深。

《詔趨入直》「石城鉦鼓三山静，京口樓船萬里開」：飄飄意遠。

《寄李尚書》其一「今日傳呼新僕射，臨淮依舊領貂頭」：好氣岸。其二「强醉逢人沾落葉，牢愁無奈對秋山」：蒼秀。

《丙戌元旦紀事》其一「春風斗帳降銅馬，細雨戈船鬬水犀」：王、岑無此雅麗。其二「九葉雲雷開萬國，一時江漢擁三山」：雄飭。

《丙戌早春同諸子有作》「此夕燈前同一醉，忍將簫鼓謝吴鉤」：俊。

《正月十五夜燈下見李花》「故人珍重落花前」：深秀。「諸將只今誰轉戰，不堪烽燧滿山川」：少陵《諸將》之遺。⊙是異地之景，雜以感懷，固非尋常風俗志。

《觀梅》「五十年來芳草路，一時流水送春回」：寫得不衫不履，結處雄情頓發。

《中秋夜坐章貢臺》其一「萬户笙歌同夜戍，百年風雨此秋亭」：人情玩愒，則投袂爲難，詩中具有深慨。其二「一行斜雁向人來」：矯勁。其三「河西獵火照高樓，五嶺風光異昔遊」：起得高峭。⊙「山城野幔開三市，江表輕裘署九州」：胸懷蕭瑟，而出以和麗。

《答彭丈見懷》「偶爾夷門杖策來」：此彭丈何人，應是祖、陶一輩。

●此曾子庭聞授余稿也。愛其雄警深華，當屬初唐茂製，江西體爲之一變。

閻爾梅

用卿、古古，江南沛縣人。

《夜宿水口》「飛雪走星辰」：奇句。

《天池寺》「寶殿風高緱鐵瓦，法華文細範銅鐘」：新創。⊙出古古口中，都無恒語。

《九奇峰》「絶頂石頭風欲墜，老僧庵在樹梢懸」：險極。

沈士柱

崑銅，惕庵，江南蕪湖人。《土音集》。

《無題六首》其一「美人今向離騷憶，讀到更深淚似泉」：關着本指。其二「正氣歌成歌板斷，剛腸莫浪作柔猜」：必如此結方妙。其三「遺簪墮珥都關夢，急管繁弦欲悟禪」：警麗。其四「筆架珊瑚猶剩黛，枕留琥珀半凝灰」：心情欲裂。其五「啼得春歸又隔年，杜鵑還憶似西川。遥如月地雲階夢，誰與風鬟霧鬢傳」：掩抑多情。其六「争羨金釵猶漢製，尚留檀板未秦灰」：哀艷絶倫。⊙致光、孟載作香奩體，皆寓臣不忘君之意，況惕庵當憂囚困楚之時乎！諷其情文，紅淚欲濕。

附：錢謙益《寒夜記夢題崑銅土音詩稿》「陰火吹風撲燈燭，鬼車載鬼嚎簷端。須臾神鬼怒交鬬，朱旗閃爍朱輪殷。相柳食山腥未憖，刑天争神舞不閒。天吴罔兩助聲勢，海水矗立地軸掀。孤燈明滅胸撞擊，撫枕忽漫昇天關」：陰房壞道，悲風欲吼。「花愁雨泣不忍睹，冰心玉節誰犯干」：描摹精彩。⊙「迷離眩暈揩睡眼，雷車猶掉雲旗翻。掀簾惝怳已亭午，白日正照紅闌杆」：風騷之芬鬱，杜、韓之激昂。

●惕庵先生殉節已多歲年，《土音集》乃圜中所製者。令弟天士以鐫本授余。丁卯歲除，一爲披誦。揀其音旨稍就和雅者，附諸選集，辭固不必太囈也。

馮明期　熙宇，山西振武衛人。

《雁門關》「石壁萬年尊」：「尊」字好。「年來戎馬事，烽火照疏墩」：有刺。⊙氣象巍然，盛唐名製。

《滹沱秋興》「倒捲黑雲遮古林，平沙落日光如漆」：讀之心膽震悸。

馮如京　秋水，山西振武衛人。

《平棘柏林寺看吴道子畫水》「夜半走江聲，招提寺裏行」：起得超越。⊙如聞水聲，洶洶崩屋。

《遊雙龍洞》「樹老隔年花」：奇甚。

《秋初榆塞行邊》「屍填黑水將軍賞，野哭青燐父老哀」：邊事大抵如此。⊙神氣健甚，有若蒼雕。

●君家三世以詩名其家，而壯武蕭凉，均有出塞入塞之概，固山川之異，抑才分之雄。

王猷定　于一、軫石，江西南昌人。《四照堂稿》。

《清明夕仙招遊狼山》「海水流下天，天盡水不休。遥望三吴影，一抹青黛浮」：純在空中摹擬。⊙「數里見崟岌，山遠心已周。未暇辨山外，一心趨上頭。須臾臨絶壁，十丈峭且幽」：讀過如身在萬山之巔。

《晚步劍山至朝陽庵，復還若公蘭若》「月出斷山口」：好。「咫尺寺門深，海氣到林藪」：難爲想像。⊙寫晚景，妙，妙！

《登軍山頂，至西南諸庵訪羅漢不值，兩看山茶花》「海氣欲漂山，浮空自天幕。絶頂日光生，衆樹呈微碧」：非登山不知。「所歷山谷窮，下見夕陽腳。徘徊萬松下，泠泠鐘磬落」：悠然以遠。⊙遊境可謂至樂，一一寫出。

《看月》「海水浴天時，星辰皆作雨。惟月下海中，百道金光聚」：奇絶。⊙數語蒼茫變幻，心眼皆炫。

《螺舟招集北園小閣漫興》「遠風似潮來，澒洞到群木。小閣如乘潮，開窗姿遥矚」：縹緲欲絶。「俯看池上波，群陰走大壑。彷佛上鬟眉，漸見斜陽緑」：寫晚景更妙。⊙純是靈妙之氣，結爲墨采。

《姑山草堂歌》「我鄉麻姑之山四百里」：便壓倒徐子之姑山。「今秋徐子顧我邗水傍，曰余家在姑山之草堂」：入筆强勁。「爾乃得有姑山之草堂，使我聽之神徬皇」：轉變入古。「一朝江南飛戰瓦，陵陽山繫將軍馬。草堂從此絶古春，荒榛豈有隴耕人」：入時事，極飛舞。「不然送君將歸我心苦」：一句收住，老極。⊙因徐子之姑山而想到自己家裏之姑山，首一句提起一篇之勢，以下反反覆覆，備極淋漓。

《亂石灘看落日》「海音颯颯從東起，浪湧孤光勢不止。半天紅紫落千林，轉盼扶桑已西徙」：海風生於紙上。⊙數行有萬里之勢。

《軍山看日出》「劃然半壁紅輪起，砍斷蛟龍四海水。三湧飛光上碧空，回看一寺桃花裏」：此際能無神動？⊙「須臾東際生微白，碎剪波光亂天碧。丹霞氣矗尚氤氳，已有金蛇兼電掣」：步步摹擬，層層變换，其飛騰滉瀁，真令人有世外想。

《舟泊楊子橋》「溪聲走斷橋」：寫景清冽。

《送梁仲木之揚州，余亦移家高郵》「寒江奈此行」：老。「獨憐髀肉在，相視古刀鳴」：苦語。⊙他鄉歧路，君與梁氏兄弟爲骨肉交，所言皆極深痛。

《招隱寺》「鐘鳴虎過埴」：奇語。

《除夕憶兒茂》：爲是真情一筆寫去，自痛。

《聽楊太常彈琴詩》「七十僧行脚，居然老太常。自稱楊業後，醉卧幾沙場」：直入極老。⊙不可無此一詩。

《同杜于皇因圃抵足聞歎》「夜静星辰苦，霜嚴鼓角遒。老夫裝被薄，寒重爲君留」：着熟。⊙真是苦詩。

《和韻酬劉遠公廣陵見贈》「夜雨憐孤寺，重雲黯客舟」：苦景苦情，盈紙是淚。

《舟行》其一「布被經斜雨，蒲帆飽大風」：妙能寫出。「三月今朝是，扁舟東復東」：老。其二

「人家樹屢没，春草岸俱飛」：奇警。◎二詩極蒼鍊。于一之詩，以此爲奇。

《贈翁山上人》其一「盧龍飛將地，下即李陵臺。落日三關望，悲風萬里來」：如此詩，可謂之沉雄。其二「鐘聲來客棹，花氣動春冰」：新潤。

《己亥七月移家盧家堡，舟中即事》「烏飛赤羽急，月照白虹明。茅舍三更夢，茫茫野水聲」：極肖亂中情事。

《返揚城喜晤孫無言》「城郭一人歸」：好。「庭花何爛熳，寂寂伴伊威」：不堪對此。

《涇上有感，兼懷梁公狄》其一「莫道花源春色好，弓刀也自備樵漁」：離亂中語，自是痛切。其二「悲喜共分彭澤酒，安危難卜武陵津」：深心觀變。⊙「莫上高樓凌海望，與君俱是未歸人」：先生與公狄同寓八寶，不獨文字契合，而身世之際，關切最深。於今交道中，罕有其儷。

《秋客清江，萬年少自徐州至，晤集有感》「故壘黄河明月夜，新詩鴻雁朔風天」：思苦調高。⊙自是贈年少之詩。

《宿白雲庵》「枕邊官馬踏殘更」：警策。「爲弔漢家辛苦月，夜深猶傍釣臺明」：氣力完厚。

《客淮雪夜同四弟子展宿天興觀時子展將歸江右》「弟兄語少衣多淚，老病愁深夜不明。爾去戰場誰作伴，康郎山下又移兵」：軫石每讀此詩，擊節三歎。⊙苦淚縱横，至情菀結，此軫石生平有限之詩。

《乙酉紀事》「星辰夜照芒鞖路，關市朝開鐵馬營」：警闢。「亂山懷子一人行」：苦語最辣。⊙

紀年詩七首，此更爲沉苦。

《癸未予從蕭伯玉舟中識李子緇仲石頭城下，將十年矣，辛卯冬暫見潤城，恍惚若夢中，訊其家無一存者，越日予渡江，會緇仲遊大梁，道次邗上，偕小有訪予，因酌酒而贈以詩》「甲申亂後誰生死，丁卯橋邊識姓名」：確切。⊙蒼堅樸老，不墮孟津巢窠，此爲軫石第一等詩。

《遊上方寺》「墓下烏耕芳草路，酒邊牛散夕陽村」：後有題上方寺者，俱讓此作。

《送龔芝麓太常北上》「禮樂暫因風雅緩，管弦偏向別離忙」：是當年情事。⊙合肥公於詩酒歌舞之場，最爲纏綿。頷聯何其切中。

《聽柳敬亭説史》「高宗南渡無消息，惟見流傳説史人」：煞有關係。柳麻於是可傳。

《觀劇》「今夜月明風定後，兩家歌舞一齊看」：箇中人能説箇中事。

《五月十九日集濟之北園聞海警，因憶閏三月十九日同人畢集園中，余聞竺生病革，倉皇走歸，今日重遊，一俯仰間悲涼何限？同遊者仍杜子方朔、王子闇衣、顧子天目、香令、孫子皆山》「相看仍是飄零客，緑樹陰中聽鼓鼙」：關情不淺。

《訪侗若聽誦經聲書壁翁山舊寓此》「曲巷井欄門徑僻，嶺南僧去一燈微」：風景寂然。

《余寓石圃日看新竹，竹外主人種菊，輒往視，因憶廣陵種菊者比屋而然，種多至數百本，誇繁鬭侈，酒人盈塞庭中，菊意蕩然，故真知者寡也，惟竹亦然，二三長好讀書，兼此二好，定不類俗，於其索詩，口占贈之》「兩客凡夫對不得，奇書萬卷一閒身」：高自位置。

《中元前一夕泊石門，聞岸上作浮屠事，泫然有感》「枕上有魂招不得，秋風腸斷語兒亭」：真是腸斷語。

●軫石先生没於武林，其詩多散佚。令嗣漢卓，乃能搜羅遺稿，藏之行笥；别駕王公蒿伊慨然捐貲，付諸剞劂，皆可傳之事，而軫石含笑於九原者也。因選其詩入《詩觀》中，附識數語。

姚思孝

永言，江南江都籍，歙縣人。《遊笥》。

《山行》「薜石竟爲篳，薄衫可以風」：雋妙。⊙空濛杳藹間，領其指趣。

《遊虎丘》「在舟不在寺」：奇妙。「仾亞忽如避」：真。

《僦居爽閣》「箇中未狎遊，清魂不忍惰。況今置身間，煙墅樂容我」：石破天驚。⊙不知其所自來，奇詭特甚。

《余自吴越歸徂徠，車轔轔矣，飛帆真州，歌以送之》「一整驪歌淚盈眥，濴濴非徒别離灑。更爲國恩如海深，朝議邊氛俱不暇」：説出心事。⊙「白沙雁陣何蒼茫，江上數峰老夕陽。載得西湖煙與水，拂君柳枝生暗香」：韶秀蔥蒨，而情旨蒼涼，正是有心人相别時語。

《破山寺》「任他蟠踞雲倒飛，破衲殘經歸未歸」：想其禪定。⊙騎虎鞭龍，神通具見。

《宿隱秀山房，步滄起上人韻》「籟雜非關雨，泉香半引卮」：沉思乃得。⊙何乃似漳浦耶？

《岣嶁》「仙凡俱是障，坐此即安恬」：悟後語。

《夜宿弘濟寺》「孤閣欹奇巖」：確。

《村行》「楓葉鳴官道，藤蘿刺女墻」：野景如畫。

《桃源聽泉歸，趙景之攜樽山亭待我》「不知泉勢憑何遄，恰遇幽溪便接樽」：幽窈無盡。⊙「離披醉墮青山外，夜色掀翻又一村」：思路直通杳冥，筆墨總化冰雪。

《王澹庵招集鴛湖泛月》「環圍盡聳孤岡勢，冷嶼如留一帶寬」：妙在遠近即離間。⊙幽情遠致，在季重、友夏間。

《冷泉亭》「半天嶂影蓮花瀉，一片風旛桂子涼」：琢句精工。

《同曹允大維舟段橋》「秦樓未暗英雄老，胥浪偏催歌舞飛」：驚人語。

《登攝山頂》「遠勢鞭雲吞石浪，如涔奔雨帶江灣」：造語不凡。⊙險壯遒削，總不經人道。

《登平山堂有感，同黃幼石賦時遼兵屯平山》「短笛亂吹蝴蝶醒，遊人輸卻鷺鷥閒」：別想殊調。⊙不欲近人，思之情味甚永，即藻彩亦别。

《過檀度寺》「佛開四面涵龍鉢，燈隱千年掛鷲宫」：寶相莊嚴，精光四射。⊙以厚力發其深采。

《南山道中》「笑吟多是採茶聲」：韻。

●永言先生騎箕以後，詩稿盡散失。聞孫恭士，爲余子婿，忽從小市敗簏中，得其遊草一册，購歸示余。因採其幽靈奇闢之作，思登選帙。而朱子藥圃乃慨然捐貲，付之剞劂。嗟乎！古道照人，豈不可重可感哉？

陳之遴

彦升、素庵，浙江海寧人。《浮雲集》。

《大凌河》「風輕横俊鶻，沙軟卧明駝」：横厲多姿。

《中前所》「遐思三衛地，失策自文皇」：關心邊事。

《自杏山至塔山》「一戰精兵盡九邊」：可歎。「旌麾北寺專征日，羅網東京黨錮年」：前朝覆轍，盡此二語。

《山海關》「千里蕭然兵火後，一城無恙戰争中」：是兵後語。

●倦圃問塞翁曰：「江南有三大家，吾浙屬誰？」塞翁曰：「海寧相國其一。」倦圃深以爲然。其詩雄渾清壯，固堪建幟詞壇。

胡兆龍

予衮、宛委，直隸宛平籍，浙江山陰人。《息遊堂詩集》。

《十一月望，上巡畿北至天壽山，觀明帝諸陵，遣官致祭，仍特命司空修葺殿宇，恭紀四十韻》「神京北百里，崇山峙千重。駊騀亘無垠，巀嵲凌蒼穹。皇都實屏障，縹緲排雲峰。天壽更峭崪，鬱鬱勢何雄」：叙次如賦記。「有明十五帝，於兹建幽宫。層巒互回合，暈若青芙蓉。南面豁平野，洪流環西東。中列萬古宅，翼翼闢鴻濛」：入筆老。「朱門啓長道，豐碣陳春容。華表高刺天，雲雷纏蛟龍」：鋪陳其盛，字必華典。「王氣一朝歇，神器竊元兇。大命集昭代，嗚呼天禄終」：此下言其衰。「陵殿晝寂寞，傾圮翳秋蓬。石馬沉蔓草，古瓦啼寒蟲。神路藝禾黍，剷伐空喬松。園果復誰薦，採摘隨兒童。但見棠梨花，歲歲原上紅。玉衣竟惆悵，蕭颯來悲風」：何減子山、明遠之作，蕭颯不堪。「我皇巡畿輔，法駕臨寵嵷。顧瞻諸陵墓，惻惻動宸衷。潔祀飭宗伯，葺治庀司空。仍益守陵役，以絶樵蘇蹤。庶令千載後，永識明諸宗」：此叙修復。⊙極是盛德事，而非此鴻鉅之筆，不足宣揚其美。杜老《北征》，方此體製。

《從獵聞寇警》「節鉞人安在，樓船將已多」：諷刺意多，具見忠愛。

《午門宣捷音志喜》「百戰熊羆氣，千家鴻雁聲」：雄警。

《過内闕登遼后妝樓，觀新建白塔》「恩深待放三千女，不唱回心別院詞」：有關係語。

《雙橋》：壯麗。

《謁景泰帝陵》「寢園不似諸陵肅，天順年間葬景皇」：慨歎，出之不覺。

●己未客京師，智修水部託竹垞來言，云將以少宰詩稿屬余選刻。余匆匆南旋，不及待也。後許默公以鐫集見寄，而智修無有片刺。予終以竹垞，選而行之。

李元鼎

梅公，江西吉水人。《石園詩集》。

《仲夏章門苦雨，余以足病偃卧，偶和皮陸郊居倡和詩》其一「高樓宜聽雨，大浸已稽天。夢斷依蕉鹿，寒餘抱葉蟬」：高唱入雲。其二「應憐湖海氣，漸免鶴猿憎」：深警。⊙公此時誓墓不出矣，言皆證道，意必探微，豈有塵俗一字。

《錢塘曉發》「魚龍驕夜雨，鸛鶴吼晴潮」：琢句都異。

《桐廬晚泊》「峰危全嵌繡，縣古盡藏雲」：確而警。

《平遠閣野眺》「舟浮遠水遥分白，霜入疏林漸謝青」：筆情秀脱。⊙「山遊亦有繁華意，翠壁丹楓總畫屏」：蔥蒨之中，自露神骨。

《春過金陵登弘濟寺，時久雨初晴，江山如畫》「懸巖積雨殘苔潤，初日烘林老樹香」：十方渲染。⊙蒼秀晻藹，如遊罨畫溪中。

《寒食》「龍蛇河冷深山火，鵾鳺聲殘細雨天」：秀倩。⊙綽約多姿，如逢姑射仙人。

《舟夜同内人小飲七夕前一夜》「起視銀河星欲渡，涼宵聞共剥雞頭」：比長安早朝何如？

《阻風龍江關，偶同談長益過一禪院，山僧克明出雪嶠和尚小像，視之恍如當年同蕭伯玉奉常開先相對時也，偶成紀事》「山光南北正當樓」：好景。

●石園先生詩，余既勒成《詩品》，兹營《詩觀》三集，復念老成典型，眷戀不釋。採登數首，正如廬嶽青嵐，紛來眉際。

黄與堅

庭表，江南太倉人。《忍齋集》。

《水碓歌》「老農飽卧溪聲裏，不似江南碓坊苦。雙繭重胝日日忙，一日粗完兩三釜」：寫出水碓之樂。「博卻三冬些小閒，緝麻織布辦官賦」：仍是苦境。⊙借一水碓，説出江南農事之苦，字字有關係。

《語石潭》「魚翻亂石多」：新卓。

《同友人分水墩夜泊》「村暗燈留雨，天低電入湖」：錘。

《溧陽道中》「帆出秋嵐上，亭高暮雨中」：秀挺。

《碧雲别墅》「梵閣勢高森寶樹，穹碑字古濕天花」：精光璀璨。

《衝風渡江作》「晴割春光大海中」：奇。

《岱廟》「只有禁門留漢柏，至今霜老萬山鐘」：如此結最好。⊙「金神繪畫蒼煙落，玉女窗扉碧蘚封」：巍峨中自饒興感。

高詠

阮懷，江南宣城人。《遺山集》。

《白龍潭神祠》「安得風霆爲驅逐，坐使波濤成大陸。滔天酷烈帝所嗔，斧爾頭角醢爾肉」：英風凜凜，正不可犯。⊙神氣森烈。

《于湖行》「虬鬚縣官騎馬來，城門夜開出牛酒」：好摹寫。「雕旌插羽翻回風，織金繡字正當中。王家貴主新開府，列校如星兵馬雄」：何等氣勢！「水驛争看供帳新，荒城一望幾千里」：歸結在此。⊙是何貴主，如此氣焰？讀去令人害怕，又令人憤怒。

《過烏嶺》「洞陰逢虎跡，樹杪見羊腸」：巉巖。

《燕子磯》「鐘磬合諸寺，波濤争一山」：惟燕磯有之。⊙頸聯從前未有。

《蓬萊閣觀海》「碧海潮生島樹没，丹崖日出水城開」：秀而闊。⊙不作細響，固有高勢。

《鄱陽舟次有感王文成事》「吴楚當年危漢室，東南今日憶倏侯」：用史事變化。⊙高健。

《聽鄰女琵琶》「東鄰閒閉春風面，誰畫吴姬撥阮圖」：怨甚。

●阮懷授徒京師，行將得縣令，忽擢詞林，修《明史》，稱榮顯矣。以資斧不繼，抱病南還，遂爾窮死，吾深惜之。

余懷

廣霞、澹心，福建莆田人。《曼翁稿》。

《宣德窑脂粉箱歌，爲萊陽姜仲子賦》「宣皇垂拱天下寧」：一句領起。「宸筆曾圖鞲上鷹，兼工藻荇添魚鳥」：點染舊事，古色斑駁。「我觀此箱形象奇，玲瓏閣道繼浮翠。問名名曰脂粉箱，金溝清泚銀花碎」：入脂粉箱，有筆勢。「姜郎嗜古多收藏，此箱價重兼金買」：又點出姜郎。「此箱完好手未觸，獸錦囊包須韞櫝。想見當年郅盛時，上陽白髮蒙湯沐」：言之傷心。「請看宣窑脂粉箱」：收得緊。⊙叙次興廢，婉轉抑揚。其虚實離合之間，大有古法變動。非曼翁熟於杜家，不能以史筆作詩歌也。

宋實穎

既庭、湘尹，江南長洲人。《老易軒稿》。

《菁莪堂鼎歌》「昆吾鐵冶飛紫煙，紅光寶氣日上天。良工鍛鍊如金玉，鑄成此鼎亞龍泉」：光氣燭天。「此鼎攜置菁莪堂」：次第。「棄置牆東蔓草覆，牧童敲火空爾爲」：可恨。「大研泥塗重刮洗，鼎爐顔色開晴雲」：陪説。「當年監鑄繡衣郎，文采風流映射場。玉匣金環同愛惜，雕鐫名字留滄桑」：又補出。⊙鼎委棄草間，無人過而問者。既庭見而驚歎拂拭，登之高閣，可見鼎以人出也。一歌得昌黎《石鼓》之遺。

《送秦中李劬庵之楚參軍事》「冰霜楚塞貂裘敝，慷慨秦風羽箭昏」：高岸處，全得力於少陵。

《寄王阮亭清江浦》「地當吴楚英雄老，水劃江淮霸氣消」：詩有雄霸之氣。

《憶昔》「余亦當年曾末座，至今猶憶小秦筝」：能談舊事，今有幾人？説與時流，總復不解。

《虎丘》「啼盡杜鵑歸去晚，夕陽猶繫可中亭」：情事總不説盡。

宗觀

鶴問、遺山，江南江都人。《韋村集》。

《殷家滙》「霜占鷗汀白，煙燒石火紅」：異彩。

《山行》「馬蹄隤碎石，鷹翅響前峰」：俱不尋常。◎二首俱用深力。

《江行口號》其二「但求租吏符遲下，穩待棉收八月花」：譜風土，有憂時之感。其三：三絶同是竹枝之遺。〔一〕

〔一〕此題「其三」據乾隆重修本補入。

●鶴問夙推詞壇弁冕，而近攬秋浦九子之勝，詩益奇麗，與山水相爲映發。惜其道遠，未能郵致。容盡裒其全集，勒爲《詩品》。〔一〕

徐乾學

原一、健庵，江南崑山人。

《滁陽懷古》「千載詞堂生碧蘚，數峰雲樹見甘棠」：風神和雅，筆有餘思。

《尤展成有事河間，道經都門，喜晤天寧寺》「燈前樽酒情偏厚，客裏綈袍春尚寒」：纏綿慰藉，一往情深。

《贈李太史》「并州風勁霜如雪，送爾離亭淚滿衣」：語有深感，莫僅作河梁套語讀。

《廣州雜興》「珠襦玉匣辭黄土，惟有年年越鳥啼」：感慨不露，卻令人三復流連。

《御題閨怨限韻》〔二〕「裊裊緑楊雙槳去，萋萋紅葉四山齊」：風韻撩人，不知有□字之苦，固屬名手。

韓　菼

元少、慕廬，江南長洲人。

《送孟端士編修省親歸里》「夾轂逢南阮，扶輪托小山」：涉筆穩老，直逼初唐。

〔一〕此條總評據乾隆重修本補入。

〔二〕此題據乾隆重修本補入。

《御題閨怨限韻》〔一〕「年來七夕空相憶，八九砧聲和妾啼」：情事寬然有餘，由其才高，所以筆健。

翁叔元〔二〕 寶林、鐵庵，直隸昌平人。

《御題閨怨限韻》「半牀空鎖三春夢」：出之幽艷，定爲西崑傑作。

●三公皆負著作之才，而遠在天禄石渠之間，詩徵索不易。僅從郵筒得此三作，謹登首卷，以重國門。〔三〕

孫在豐 屺瞻，浙江歸安人。《尊道堂詩集》。

《將發京師寄家書》「瀚海接混茫，三山望可即。神州興王地，上與雲霄逼。白山黑水間，真境絶奇特」：鬱蔥之氣，露於毫端。「繾綣白髮親，勿以煩胸臆。壯心慰高堂，晨昏安眠食」：寄慰只數語，極有體裁。⊙扈從詩雍容博大，兼之典切，是著作鉅手。

《奉酬高澹人侍講步原韻》「清切紫霄中，顔笑天咫尺。一言啓玉齒，四國坐清樾」：極爲温貼，

〔一〕此題詩評據乾隆重修本補入。

〔二〕翁叔元詩評，據乾隆重修本補入。

〔三〕此條總評據乾隆重修本補入。

明良之盛如見。「期子共論思，相將補何闕」：結處見同心之雅。⊙既著其恩遇之隆，復志其協恭之誼。「吉甫作頌，其風肆好」，斯篇有焉。

《讀王季守哭兄詩》「王氏四昆友，兹惟一季存」：提明，老手。「艷艷雙荆樹，敷華同本根。一朝異榮落，東枯西枝繁。嘹嘹孤飛雁，失侣在湘沅。冥冥安所適，哀叫空飛翻」：得樂府之音旨。⊙叙置簡晰。末段繁音哀緒，淒切動人，去風騷奚遠？

《秋夜長》「停砧拭淚回空房」：有姿致。⊙太白之遺調。

《閶陽驛》：句句故實，卻不見其堆積。

《答苗焦冥步原韻》「人物三朝舊，乾坤雙眼寬」：確而闊。

《次韻奉酬陳心簡》「莫道遼東客，長留管幼安」：當時人必欲殺，而合肥力争，遂戍關東。司空憐才，正復相等。

《雨中舟行》「雨絲連樹碧，霜葉照山紅」：是冬雨。⊙點染，極霏微之致，然不落小家。

《徐方虎編修招陪顔修來房師泛舟西湖，拈蒓字三首庚申三月晦日》其一「蓂晦思邀月，羹清細討蒓」：琢句新。其二「好隨千頃碧，長泛兩峰春」：悠然。其三「忍聽前溪曲，年年老白蘋」：三首皆妍秀絶倫。

《珞瑪湖二首》其一「浪闊翻鮫室，山長引馬陵」：筆力雄峻。其二「日景浮三島，風檣走萬艘」：盛唐高響。◎不作柔聲細響，高整宏麗，氣勢欲吞滄海。

《舟行》其二「物態觀千變，無如訪赤松」：聞道之言。其三「烏鵲寒枝繞，蓬蒿野爨香」：對更創。◎三詩飄飄有御風泠然之致。

《同勿箴、貞一出西郭，至摩訶庵歸，途過圓覺寺有作》其一「蒼然如故老，不見已三年」：蒼氣滿紙。其二「野樹蒼蒼合，山低望不開」：畫不出。其三「飛鴻觀物態，聯轡得吾曹」：矯絶。其四「翻憶興亡事，摩碑獨此存」：寄託獨深。其五「飛閣闌低樹，高林塔露尖」：鍊。◎層次渲染，皆極蒼潤，從少陵《何將軍山林》詩得來。

《元宵拈燈字》「仙掌無多路，樓頭十二層」：筆興翻躚。

《瀛臺口占》「烏鵲橋低銀漢上，鳳凰樓在碧霄中」：敲金戛玉。「林間翠滴猶疑雨，樹裏涼生不信風」：語更森秀。⊙即使燕、許諸公染翰，何以過兹。

《元旦侍直起居紀恩》「元日一趨三殿裏，十年重向九霄中」：聲響而義切。

《正月十三日賜宴乾清宮紀恩》其一「蓂舒仙莢旬三日，宿列卿雲百四人」：工絶。其二「誰當白獸重重賜，更覺銀蟾耿耿輝。憶昨柏梁曾有賦，如今既醉也無歸」：獨覺飄逸。其三「好寄親書兼繡段，扶歸輦路撤金蓮」：一時盛事。

《紀恩和錢塘相國韻》「甕頭茗芋澆斟酌，纖手從容付剪裁」：題外别有閒情。

《望閶山》「雕樑扶在碧雲中」：「扶」字妙。⊙山林之詩，卻兼臺閣，崔嵬弘麗，直掩唐人。

《存庵前輩見示三月三十日漫興詩，依韻奉和五首》其一「空樑燕子翻新語，長簟龍鬚憶舊時」：寫出傷心。其二「杜宇鳥歸何處所，刺桐花落未移時」：風神摇曳。其三「閒殺仙源好風景，碧桃花落定誰知」：唱歎得妙。其四「黄蜂粉蝶俱無賴，緑暗紅稀竟有時」：艷而峭。其五「帝里春深花信後，農家雨歇稻秧時」：意藴甚深，出之風逸。◎五詩風冶柔蒨，而骨氣自高，格力彌健。淵明賦閒情，少陵詠麗人，正非淺流所可學步。

《送春和嚴復庵韻》「多少功成拂衣者，武陵桃渡久迷津」：其如蒼生何？

《戲答陳説巖前輩鼻塞吟》「頗覺薰蕕一事多，不如齊物付同科」：説出至理。⊙妙在不粘題，而題義已晰。

《壽徐健庵同年五十》其二「九陌春風須獸錦，十年藜火對龍樓」：對更警。⊙壽詩每苦膚殼。如此華典精鍊，正如珠光玉彩，那能不愛。

《送徐彦和予假歸里》「今夜盧溝月便孤，計程經月是長途」：起得超特。「非關容易爲君别，畏説離情半句無」：真摯可聽。⊙彦和道氣高懷，余夙有同岑之好，宜司空娓娓，每多情話。

《送吴赤一南歸》「還應爾我容三徑，猶許文章得寸心」：絶無膚論。⊙同鄉至戚，寧有僞語？知司空皎潔之懷，應在雲上。

《送許力臣給諫假歸廣陵》「禁柳枝邊鶯亂啼，折枝容易向隋堤。青生汗簡留梧掖，緑盡蘼蕪到竹西」：秀色如見卓家眉黛。⊙絶類何信陽。

《柬答徐彦和宮允二首》其一「開逕吾思尋桂樹，當門世已怨蘭芬。路從金馬羊腸折，説向漁樵未忍聞」：深心苦語，箇中人始知。其二「江水鷗盟稀舊侣，漢庭虎觀幾真儒」：此先生極深厚沉着之詩，識力高人數輩，然非彦和不能相賞。

《中秋前三日舟次，蛟門、東川攜酒小園，招存庵、健庵、果亭，同拈亭字》其二「汪五貽詩送客亭」：樸得好。「更無休暇孤明月，最有風情對醁醽」：想其襟抱。其三「此夕好乘涼月白，秋園猶藉草痕青」：秀絶。◎京師宴會多套。如此好友、勝地、良時，爲文字之飲，良不多得，宜詩情之溢發也。

《喜舍弟至京邸，用少陵韻》其一「爲官四十白人頭」：老筆。其二「雙將綵袖娱親老，一剪青燈話客心」：仁孝之言，讀之淚盈衫袖。其三「龍孫籜長先燒筍，燕子泥融後落花」：追琢皆異。⊙公至性過人，不讓杜老，故次韻皆沉痛深警，一往絶人。

《日講恭紀》「分微吟蟋蟀，心炯照麒麟」：應制高響。

《三月十二日侍直陪宴景山紀恩口占》其一「賢王班下坐書生」：確。⊙如此那得不感。

《曲尺河》「春深不見桃花水，應向桃花島上多」：思路委折。

《大凌河》「千年泣血張兵備，風起猶聞不二歌張名春，有《不二歌》」：詩史。⊙此屬當年戰地，風概寫得獵獵。

《沈繹堂前輩以畫册索句，詩以應之》：二絶蕭然高寄，難以筆墨求。

《詠史》其一「安劉幸爾歸平勃，誰守王陵白馬盟」：當年此事極危。其二「誰教亡酒行軍法，膽落鋤苗一曲歌」：朱虛膽氣，自不可一世。

●司空先生以治河之節開府泰州，予與之論詩，因得請其稿，勒爲《詩品》。茲有《詩觀》之役，復蒙傾篋見授。凡紀恩、扈從、倡和、贈答、遊覽之詩，約略具備。余受而讀之，典重高華，深婉秀拔，跨燕、許而兼李、杜，真盛世之完音，偉人之傑製乎！以之敷揚國體、砥柱狂瀾，其端在是。

徐倬

方虎，浙江德清人。《蘋村詩稿》。

《自海陵至苕川作》其一「吾聞歌吹聲，翻作數日惡」：極是。⊙阿麼一身罪過，而詞家反思之惜之。讀先生詩，我爲莊容以對，其二「梁溪信天上，吳船又春水。若非榜人催，小住爲佳耳」：如聞殷、劉齒頰。⊙「此地多前修，不獨林園美」：風致妍秀，如對晉人。末段懷古，尤有關係。其三「行行雙櫓柔，搖破輕煙路」：入筆柔倩。◎入苕川，風物清美，詩能曲曲傳寫，令我動浮家之想。

《錢塘江懷古》「蒼崖繡古苔，猶存戰血污。夜夜寒濤聲，聽是靈胥怒」：如聞寒潮打壁。「故宮穴鼪鼬，遺殿走狐兔。雉堞尚嵯峨，花草空修嫮。隔江山鳥啼，飛上冬青樹」：精警莫敵。⊙俯仰興亡，一部《吳越春秋》，而氣蒼語潔，可謂變化於選體。

《過大庾嶺，先寄制府吳公留村》「行行盡荆楚，將來百粵地，籃輿度崇岡，僕夫告况瘁」：一路敘置如畫，卻極真確。「細路轉青霄，丹梯盤嵐翠。荷擔紛纍纍，接若飲猿臂」：蒼細。「恍在几案間，曾經人位置」：妙語可思。「禾黍被龍岡，魚蝦滿蜑市。袒裸卧桄榔，盈頭簪茉莉。家家籬落間，紅蕉雜丹荔」：真是仙境佛國。「一笑脱吴鉤，千金慕越使。鈴閣盡招邀，不聞少吐棄」：難得。⊙前段寫過嶺之景，後卻説吴公，章法井井，詞意古雅不必言。○近時之不揖客久矣，而吴公獨接引不倦，其宦橐蕭然，更爲可敬。此詩固非溢美。

《自韶州至三水道中作》「崩崖勢欲落，五丁力撑拄」：筆鋒險削。⊙「鄰船吹洞簫，石破老龍舞。碧嶂丹崖間，羽衣紛無數」：全從子美入蜀詩得來。

《蠶婦曲》「身在燈前蠶在箔」：老氣。「山頭蠒白翁媪喜，小姑催入繅車裏」：情事如見。「千繅萬繅多苦辛，寸絲不挂蠶婦身。低聲又約鄰家女，明日沙頭漂絮去」：作婦良難，然惟吴中有之。⊙原本樂府，而秀思雋采，則駕昔人而上。

《劍氣行，過豐城作》「舟經劍江愁逼側，炎風炙人膚如墨。」：又發一層。「秋郊鬼哭凝無色，銅盤紅蠟吐青鋩。手抱龍泉三歎息，風胡已去薛燭藏，今日張雷那復得」：李長吉有此奇峭。⊙前叙張雷，後從客上隄發精警之議，墨光騰射，欲驚星斗。

《桐廬》「梅天但雨雲」：確句。⊙穩秀。

《自睦州之常山》「帆向煙鬟落，舟從石齒行」：真。⊙「枕外投篙急，鏗然冰雪聲」：過七里瀧，灘石愈急。此詩可謂善寫。

《一杯亭》「回首舊宮依鳳嶺，冬青花落六陵荒」：忽然感歎，欲碎唾壺。

《滕王閣》「此地賓朋留勝賞，臨春結綺摠寒灰」〔一〕：全詩密麗，結處饒有遠情。

《題鎮海樓疊韻》「閶闔天風吹羽客，珊瑚貢舶載番僧」：妙於紀實，不徒華壯。⊙余登粵秀山望五層樓，未之登也。此詩寫得氣象巍峨，愈令人神往。

《過玉山縣城》「睥睨藤蘿下，巋然官署尊」：好笑。⊙説荒涼，字字的確。余曾親歷之。

《虎丘》「年時子弟須頭白，會唱開元舊曲來」：惟蘋村能爲此語，彼傖總不知。

《東湖看木棉花》「含笑（花名）佛桑都看了，過年新見木棉花」：余亦有「十丈紅花閃客衣」之句。

●蘋村司業從端州越大庾嶺，復來海陵，出遊草見示，屬有門牆，願任剞劂者。久之音信茫然，余乃捐貲，登之梨棗，篇篇皆珠玉也。或有議其少者，余曰：「楓落吴江」傳以句，先生之風傳以字，夫何傷？

丘象升

曙戒、南齋，江南山陽人。《嶺海集》。

《清遠峽》「曉昏雲氣奪，雷雨石痕崩」：「奪」字、「崩」字俱好。⊙「客心愁入暮，高峽尚層層」：峽勢幽奇，獨此能寫。

〔一〕「摠」當作「總」。

《高峽山》「千巖愁欲合，一棹急流中」：善爲形狀。⊙「鳥啼深不見，江隱勢尤雄」：余從煙雨中過此，覽詩如重履其地。

《腰古驛》「雨沉埋古驛，榕老逼危樓」：深思奇語。⊙蠻中之景與中土異，大都如是。

《那烏山》「樹陰昏古廟，澗水溜殘磯」：險仄。⊙是何境地，令人心怖。

《茶亭晚行》「晚雲摩石黑，驟雨逼天青」：狠力深注。⊙忽然見此，寫來奇突。

《晚趨三橋》「寺影遠浮山」：難狀。「亂餘橋已斷，車馬不曾閒」：紀實。⊙荒荒可畏。

《舟進化州》「雁斷羅州路，猿啼象郡城」：大雅。

《出洋》「蜃氣昏如雨，鼉聲暴似風」：地老天荒。

《英利道上》「雨餘夷島血，猶染積流紅」：怕人。⊙筆能鑿險。

《英利橋》「叢箐支怪石，亂水瀉危橋」：前代遷客，所以畏此。

《苦竹渡》「樹末驚人語，溪寒避虎風」：豈是恒境。⊙過此不由人不下淚。

《三橋晚行》「林煙攢樹黑，野燒接天紅」：總是一荒字。

《登七星巖》「榕根盤積鐵，雷斧劈妖螭」：星巖景，原説不盡，此能狀其險。

《雨中過劍鋒灘》「雲迷風不辨，樹黑雨初濃」：駭人。

《海南秋興》其一「長毛繡臂形堪厭，竹箭藤牌枝獨長」：不可不防。其二「四時山燠青難燒，幾處螺吹夜屢驚」：此寫地氣。其三「香稻垂垂秋再實，寒衣從不用新棉」：是一樂土。

《嶺南竹枝詞》「襁褓未能兒女哭，斜纏棕布背肩馱」：余曾見之，合肥爲作長歌。《海南竹枝詞》「由來身外無餘物，一領紅藤自在眠」：翻寫得風艷。

●南齋太史以講幄名臣一麾海外，無幾微芥蒂，翻以登山臨水、飲酒賦詩爲快。子厚之柳永、東坡之儋耳，頗爲似之。而詩絶靈奇險邃，若龍蛇蛟蜃，珠玉犀貝之光，出没篇卷之内。《西清》、《入燕》諸稿雖警策，以此爲頡頏少陵、北地間。

徐秉義

彦和，果亭，江南崑山人。

《題吴赤一釣魚圖四絶句》其一「煙波浪説浮家好，争似開門便雲溪」：天然風韻。其二：此首貼合孝思，更好。其四「一幅吴綾三寸管，偏教寫出歲寒心」：貼畫意，更娟媚。

●健庵先生云：「吾家二弟詩學甚深，擬傾笥遠寄，而魚雁茫然。」忽從卷子得四詩，雋妙絶倫，急録入。

汪　楫

舟次，梅齋，江南儀真籍，休寧人。

《天門楠樹歌》「異種應爲鬼神護，老幹偏受雷霆欺。火輪墜天石壁紫，三年兩度搜蛟螭」：此段寫得光怪。⊙神氣磅礴，力餘於題，疑有蛟螭盤舞。

《過山溪石壁》其一「夾岸攢烏石，中流湧白雲」：整毅。

《雨過鄭村橋》「板橋四十丈，客到意躊躇」：老。「斜雨迎芒屩，清風蕩筍輿」：「蕩」字更奇。

《登白嶽宿榔梅庵蘭谷山房》「碧瓦夜常明」：好。◎三詩皆有精思猛力。

《漸江墓》：可感。

許承家

師六，耒庵，江南江都人。《獵微草堂稿》。

《送秦對巖太史赴荆州五首，次孝威韻》其一「吴楚連烽火，乾坤任酒壘」：雅唱。其二「瀟湘不可到，爲爾醉村醪」：意度閒遠。其五「十年青眼客，一夕白頭人」：真交誼〔一〕。⊙當日詞臣而親戎索，時聽哀笳，旋歌長鋏，躑躅維揚道上，厥衷有最苦者。我輩製驪者唱與師六，婉轉悲吟。今日讀之，猶然神動。

徐起霖

傳巖、巖叟，江南通州人。

《脇生兒》：天地間生生化化，何所不有？若必以爲仙佛出世，則誕矣。○極奇事，説得不奇。妙理圓通，省卻驚疑多少。

《同蔣長孺冒雨觀山》其一「雲騫峰斂勢，雨怒樹酡顔」；其二「面面蒼苔濕，相看不忍還」：妙貼

〔一〕此評據南圖藏康熙慎墨堂刻本《詩觀》（一一五一九九號藏本）補入，其他版本均未見。

嘉州勝場。

《送陳子厚歸海寧，曾齎尊公岱清同門遺集數十卷相示》「談深更下人琴淚，歲晚言歸風雨廬」：每轉必健。⊙念舊之情，惟公最切，讀之古道照人。

《送陳子文由大梁歸海寧》「客路春將汴酒消」：俊絶。

《送姜定庵少京兆之官奉天》「雲飛越水親闈在，雪霽盧龍春草生」：贈詩盈几，不及棠村公之華鍊。

《送龔憲副入賀還秦中》「中原鎖鑰在西隅」：有寶馬蹀躞之概，結句有關係。

《贈王純嘏比部擢江右方伯》「瘡痍佇待君爲起，數載西江戰血腥」：非尋常酬贈語。⊙多憂時憫俗之語，不徒作折柳套詞，渢渢可誦。

《春日雪中宣捷口占》「六載初聞取岳州」：詩史。⊙沅湘之捷，實有天意，不一味作鋪張語，乃其定識。

《寄高念東少司寇，兼爲勸駕》「秋曹堂饌仍堪飽，舊觀桃花恰再開」：温厚含蓄，羨爲木雞之養。

《送丁雁水職方分臬虔南》「百戰尚餘清獻跡，千秋重贈吕虔刀」：愷切，不徒鏗鏘。

《雨中漫興》「飛鳶道殣連三輔，插羽徵兵下五溪」：實事，出以瑰麗。⊙想見公憂世之切。

《送張沁西令湘潭》「青草湖平鯨浪息，黄陵花落楚天孤」：風流俊逸。⊙兼名花、少女之勝。

《送羅弘載赴湖南幕》「王粲禰衡今寂寞，黄陵廟口鷓鴣啼」：楚江風致，蕭騷逼人。

《送吴慶百歸武林》「蕭蕭風雨木蘭船」：無窮慰勞，都在言外。

《題汪蛟門所藏冒姬鴛鴦圖》「何事蘭房圖四鳥，鹿門自昔愛雙棲」：還他大雅。◎辟疆有二姬善丹青，其畫幅多散之鉅公家。

《石門驛雨中》「氈帳春寒人睡醒，一天風雨孝陵西」：筆意有天然之妙。

《孤村》「一溪春水放桃花」：朝臣難見此景。

《三河月中聞雁》「零亂人家雁影中」：荒涼，卻寫得有趣。

《送湯西崖之嶺右》「掉頭不與家人别，風雪蠻天一布衣」：高興别致。

《送陳子厚南歸，即次留别原韻》「長鋏攜來人漸老，不堪重上仲宣樓」：客況摇落，寫得不露。

《瀛臺即事》其一「遥望珠簾天半捲，樓臺曉出五雲中」：寫得縹緲。其二「君王昨夜放河燈」：紀事。其四「賞花肯讓前朝事，詔許橋邊自打魚」：好看。◎四首直奪龍標之席。

《送李華西門人佐郡肇慶》「莫言寶玉歸南海，此日人家戰後稀」：藹然民生之感。

《爲高澹人學士題畫》「一夕秋風蘋末起，疏煙細雨滿江村」：蕭蕭疏疏，大有秋意。

《送門人龍二爲佐郡太原》「雪滿車帷下太行」：風調逼唐。

施閏章

尚白、愚山，江南宣城人。《寄雲樓集》。

《漢柏》「陵谷改朝暮，連甍無寸垣。數千年碩舊，惟爾留中原」：俯仰多。「其神長數丈，建纛擁朱旛。左手佩鉞斧，右手垂櫜鞬。出入衛中嶽，自稱臣大藩」：形容光怪，令人肅慴。「帝怒命祝融，收一先燒燔」：奇談。「子頗識文字，爲我紀混元。杜韓不再出，掣筆誰飛騫」：亦復自負不小。⊙高雅宏壯，驅役經史。其叙置樸老處，筆力蒼堅，如睹彝篆。○如此人而出入蘭臺温室間，著作足光一代，乃奄然物化，其亦帝怒「收一先燒燔」乎？爲之歎恨。

《石淙》「飲流睇猿挂，劃沙見虎爪」：是何境地。⊙極其穿鑿，而終歸自然。

《自臨海赴黄巖》「兵寇互俘索，千村無完堵」：從來苦劫。⊙「日斜聞鬼語」：形容兵後之景，十分慘裂。

《覇巖》「皎皎匹練明，喈喈雙鶯啼。驚雷洞石峽，仙液垂龍髻」：瑰異非常。⊙得康樂之神髓，而出以新絢。

《玉甑峰》「朝從谷口來，夕從天際歇。仄徑盤山椒，谽谺豁雲窟。廣厦受千夫，幽巖蜕仙骨。寒光倒星辰，夜氣來溟渤」：形狀詭異，倏忽變遷。惟此奥傑之筆，方能抒寫。

《韓祠歌》「隤垣蠹几作鄉塾」：荒穢至此。「兵火摧殘一碑在，略紀歲月闕文詞」：可歎。「便當上書置博士，飛甍改築命有司」：所望當事。⊙便學昌黎《石鼓歌》，筆力高古，一時詞人避席。

《宣府弔古》「關東一臂連宣府，誰使寧王罷鎮回」：極大議論。⊙極闊大。

《岔道》「一自中官迎白馬，至今新鬼哭黄雲」：詩史。⊙少陵、北地之間。

《南海神祠作》「神次最尊南海帝，隋時初築虎門宫」：典偉超絶。⊙「漢代樓船零落盡，何時重見伏波功」：金碧其色，鏜鼓其音。

《梅花嶺》「自喪興平無將帥，難歸白下哭陵園」：確論。⊙閲歷多，故識見透，豎儒那得知。

《弔寧武周將軍》「百戰不緣飛將失，九門何至内臣開」：令人頓足撫膺。⊙「士馬魂隨風雨來」：筆光墨彩，爲寧武將軍吐氣。

《郏縣經故督師孫白谷先生戰處》「朝廷豈合頻催戰，司馬惟應暫守關」：千載失算。⊙國事每以催戰而敗，可見大將不應中制。而或以郏縣敗績横譏司馬，以自解羈留之罪，非論之平也。

《懷灞靈樓》其一「漢柏唐松蒼翠甚，不須煙雨已成秋」：想路全别。其二：風物可懷。

《姑蘇楊柳枝》「吴娘一一嬌鶯似，生長遊絲落絮中」：魂銷之語。

《自秧家至黄窰道中所見》「行人歇馬眠春草，看盡猺姬大耳環」：妙妙。⊙别一風土，寫來情動。

彭而述

子籛，禹峰，河南鄧州人。《讀史亭稿》。

《四戰歌》其一《保寧》「元戎躍馬親搦戰，朔方健兒好弓箭。西洋火砲武剛車，迅掃南兵如飛電。南兵象馬積如陵，夔門劍閣積屍平」：此番之捷，因敗爲功。其叙戰績，有長劍倚天之勢。其二《廣西》「名王劇戰鐵衣紅，宫中火烈星流空」：禹峰語我：此時兵皆調遣四出，桂屬空城，故及於難。有小姬玉兒最寵，匿不肯死，定南搜出殺之。其三《草橋》「我馬躑躅掘地鳴，我僕膽悸不欲行。使君仔細聽耳邊，微聞刀槊劍戟、百萬金鐵人馬踏籍之行聲」：似太史公叙衛大將軍與北軍交戰一段，轟烈可畏。其四《交水》「孫李抱頭如竄鼠，穴此西南一塊土。不甘老死僰爨中，假借朱陵擁共主」：不自相圖，何由速滅。南事至此，決裂盡矣。「四戰詩」真是詩史。

●己未彭子直上在京師，以禹峰先生諸刻稿見授，不下數千首，皆切近時務、關係軍旅之作。而以幅隘不能廣收，僅録《四戰歌》以紀滇黔之事。

楊素藴

筠湄，陝西宜君人。《見山樓詩選》。

《鐵門》「幽興良未已，沿溪轉轉窄。移石砌危徑，水深路不隔。殿久諸天剥，碑古苔蘚積。登眺久徘徊，坐愛楓林赤」：曲曲傳寫，溪光嵐影，如在目前。

《贈同官王明府》「獨居忘爲客，撫時已經旬。杜甫淹白水，如君逾古人」：真旅次一快！⊙情事似彭衙，而氣體高潔，純乎建安。

《遇雨》「春寒懷往路」：古絶。「須臾雷電發，凍雨傾如注。僕夫各狂走，行李那能顧。泥行二十里，駑馬屢躓步」：寫雨景逼真。⊙筆力蒼悍，姿度益覺妍美。

孔尚任

季重、東塘，曲阜至聖裔。《鱣堂》、《湖海》諸集。

《買菊》云「秋深方病起，節近正天晴」；「未放聊成賞，初栽不辨名」：幽細處不傷大雅。

《食棗》云「不解市兒聲」：市聲可厭。⊙云「秋棗離離熟，傾筐見野情」：我亦動撲棗之興。

《賦別周雪客拈得秋橙》云「漸次清霜重，扁舟負所期」：結得蒼老。

《闈中同孫孝堪登樓望春》云「官閒仍與住山同」：高懷如見。「楊柳能消幾夜風」：韻甚。

《中秋獨坐，喜顏修來考功同諸鄉親枉顧讀余新作》：客邸佳節，得親串相過，固是快事。詩極樸而有味。

《與三立兄同居八閱月，至此分院，仍共一廳》云「春寒夜雨同牀慣，白粲青芹讓筯多」：同官好友之樂。⊙雖復閒曹，卻有兄弟相聚，固足遣懷。

《瓶花》云「年年開落尋常事，只是逢君倍憶家」：詞高意遠。⊙喜無粉黛氣，自是大家。

《經廢村》云「此地樓臺幾劫灰，殘陽滿巷久徘徊」：出筆自老。「淒涼廢井尋遺老，舊本薔薇自謝開」：抵一篇《枯樹賦》。⊙樸而老，疏而厚，得少陵之深。

《送石堂上人還山》云「白髮纔生心易老，青燈久對淚難收。寒衙壁上君詩滿，早晚閒吟破旅愁」：雖方外孤蹤，卻心多悲感。此爲佛根，不可磨滅。

《淮上有感》云「爲問瓊筵諸水部，金樽倒盡可消愁」：深心民瘼之言。

《遊平山堂》「深淺江南一帶山」：確。⊙堂構非舊，風物猶存，一詩可勝俯仰。

《蜀岡觀音閣問迷樓故址》「香消粉壞何年恨，且解征衣喚釣船」：亦是無可奈何語。⊙此地傳爲吴絳仙梳妝閣，今白楊黄土，不勝蕭瑟。東塘此詩，可招艷魂而使起。

《紅橋》「可惜同遊無小杜，撲襟絲雨總消魂」：銷魂千載。⊙風流旖旎，應是才人，故多情語。

《夜過射陽湖》「誰知冷落漁歌隊，風雨萍蹤夢紫薇」：是爾時情事。

《艨艟淤口有感》「繁文厭考桑經注，故道難尋禹紀碑」：河道難據舊文疏濬，須通時務。詩中極得此意。

《過訪黄仙裳，依韻奉答》「相逢卻值黄花候，親見東籬漉酒巾」：筆端瀟灑。

《宿宜陵望東原，懷宗定九》「淮南客路重陽後，灣過茱萸倍可憐」：蕭疏，有秋意。「三宿宜陵三夜雨，東原悵望指秋煙」：風調絶俗。

《棘院春興，和卞芝亭韻》：自吟詩度日，有何不可。

《興化龍珠院和壁上韻》「湖煙海雨無窮路，難乞眠雲屋半間」：出世曠解。

《歷下雜詠》其一「鐵公祠下一吞聲」：史斷可傳。其二：是《竹枝》遺響。其三「齊兒誇詐今猶昔，雪藕金梨索價高」：戲得有趣。其四：一則《風土志》。其五：如畫。

●東塘先生異質宏才，素擅東魯；而於故事遺文，尤極周晰。甲子歲，駕幸曲阜孔廟，諮詢舊章。東塘詳悉以對，無不中旨，遂蒙恩召用。丙寅秋，宸衷注切狂瀾，將疏海口，以洩水勢。東塘恒調。

《扶晨同筵占杜駕寓樓，兼攜酒饌，限蘆字》其二「惜陰頻覺鬢毛枯」：危言可佩。⊙總無習情

衣裾。

《同扶晨西竺寺晚眺，限青字》「衰日棲真猶恨晚，病中止酒未全醒」：語堪咀味。⊙芳翠射人

《擬遊黃山不果，索扶晨和》「慰我素懷煩好友，題名必在最高峰」：遒甚。⊙一往如入異境。

《同扶晨山行，限雄字》「少陵活計長鑱在，安石虛名弈局同」：閱世深，見道徹。⊙退居以後，

乃有此篤論真情。

《哀實齊、陳子莊過飲荒園》「衰鬢常疑混俗難」：曼倩固有學問。「黄金春滿鵕鸃冠」：贊之，實

刺之。⊙有深憂處，有隱諷處，總非漫作。

《讀客子燕京春詠題其卷尾》其一「尚留金掌似當年」：含藴。其二「鑾坡學士新承寵，椽燭難

逢煮雪人」：固自有人。其三「三十九年如電抹，因君惜取鳳城花」：可以按拍而歌。

《戲贈》「自笑長卿多隱癖，鏡中還與看青山」：秋雨看文君鬢影，才人每同此癖。

●秋岳先生詩，以深老生硬爲主，不屑入時趨一字，而與汪子扶晨倡和甚多。近僕在蕭樓，扶

晨出其諸篇見示。因即點訂付梓，蓋無暇盡徵其囊稿也，然讀者亦足見倦圃之一斑矣。

汪士鋐

原名徵遠，扶晨、栗亭，江南歙縣人。《稽古堂稿》。

《雨後將尋湯池，念程予乘未至》「水樹交有聲，眺覽無恬目」：「水樹交有聲」，非住山人安從得此語？

《由祥符寺至桃花源》「柴門對藥溪，一閣潭聲上」：幽靈之極。

《己未冬日登平山堂作》「蒼蒼江南山，黯澹當夕暉。妝樓易璇宮，金碧還崔巍」：字字確當。⊙短勁，正覺蒼翠撲人。

《林屋洞》「彷彿見飛仙，玲瓏水簾裏」：造意設象，亦復奇詭。

《楝亭詩爲侍衛曹荔軒筠石賦》「倏忽風木悲，哀哀動淒哽。撫樹戀餘蔭，愀然發深省。樹既與年深，思將同日永。至性迫哀吟，一編長耿耿」：惻隱之思，形於文墨。

《還銀印歌，贈程蝕庵》「榆山才子擅人豪，力致轅門一相識」：此將軍不凡。「書生肘後何堪用，且作興朝大布衣」：極是安分。⊙雖細事，卻有關係，以此服蝕庵之品。

《玄墓看梅歌贈包叟憶南》「歸舟揣摩語同伴，須覓鄉導始有方。須臾一老健扶杖，鬚眉逼古步履康。爲言佳處絶非此，循名失實何從望」：可謂深於看花人。「波外嵬巍矗螺髻，拱揖似與花低昂。萬頃玻瓈照寒雪，蛟龍出没誰周防」：忽作狡獪變幻語，令人驚炫。⊙「歸艇蒼蒼煙水暮，山寒岸闊銜斜陽。因向老人問姓字，今日之會毋相忘」：有此高興，自有此奇遇，乃有此奇詩。

《瞿山畫松歌》「軒帝峰峰盡松樹，一鱗一鬣無凡庸。直收黄海萬松意，奔犀怒駿蟠其胸。放出一幹或幾幹，還如擠拄青芙蓉」：非黄山中人，不能作此語。「我向蓮花峰頂更支笻，彷佛仍遇瞿山翁」：如此收徹，奇絶。⊙長安如愚山、阮亭諸公皆有贈瞿山畫松詩，極夭矯森拔之致。僕在秦淮亦效顰一首，然不若栗亭之亭亭獨上也。

《老婦歎》「舉世盡誇顔色好，好少者多誰好老」：栗亭其有生不逢時之感乎？然今詞賦業已聲徹九重，正不須有白頭之歎。

《黄山慈光寺舍利塔歌》「傳自匡廬石橋下，獲者棲賢石鑑師。時節因緣偶然現，舍利無數函以瓷。函上彷佛見四字，皇宋咸平年所遺」：叙事質樸蒼勁，筆可扛鼎。「高三尺許列八面，環繞諸佛垂弘慈」：細瑣處皆入老。⊙追原鋪叙，皆以勁筆行之，惟見老氣淋漓。此等歌行，自少陵後目中罕見。

《沙城奉贈曹侍郎秋岳先生二首》其一「山樓勤聽雨，知不攪春眠」：俊。其二「雨送一春花」：佳絶。⊙風流固勝。

《白沙嶺》「沙路穿山背，逶迤入翠微。丹樓挂喬木，時有野雲飛」：是何境地，我爲動浮家之興。

《包山寺》「山果悦諸禽」：新。⊙老而厚。

《石公山》「水底盡奇峰」：奇。⊙「湖水秋來落，芙蓉翠幾重」：有此異境，非奇筆不能寫。

《圻村》「一石一人家」：奇絶。「林風捲暮霞」：新句。

《雙石壁》「驚濤趨竹樹，空壑走雷霆」：極能狀其險仄。

《響雪亭和韻》「影帶層巖雨，聲兼一壑風」：摹雪入微。

《白龍潭》「奔騰如馬赴，溯湃只龍腥」：摹其氣勢，頓覺四壁欲生煙雨。

《登天門峰》「摩崖來絶頂，一揖太霞君。古洞深留雪，陰巖密蓄雲」：起得聳然。⊙高響静思。

《坐松門看疊嶂峰》「天風未休歇，恐爾化雙龍」：飄飄欲仙。

《平天矼入獅子林》「雲多從杖起，鳥不上山飛。薄暮一聲磬，猿公來款扉」：到此覺語言都絶。

王漁洋《遊西山》詩有此孤迥。

《寄湯巖夫先生》「斯文一老存」：清迥，可贈巖老。

《同施愚山侍講過西竺寺》「初日萬松寒」：昔人贈友詩，即與其人之詩相近，觀扶晨亦然。

《寄杜茶村》「江漢聲詩始，公堪續楚風。三湘原善怨，五字有神工」：意深調高。⊙詩極闊大。

《屈翁山招話空翠閣》「酒懷生密友，秋色愛閒人」：深秀。

《雨霽同程蝕庵移樽阮公堤看桃花》「春向層臺得，山容淺醉看」：耐人尋索。⊙正以閒澹，寫其姿態。

《遊古巖寺》「層陰悦山鬼，立石恐遊人」：能爲造險。⊙寫其荒幽，正自佳勝。

《陽月吴吉撝招集敦好堂觀劇》「曠野無風露，荒臺盡管弦。緑樽明月地，紅樹小春天」：用意超甚。⊙寫歡場，卻縹緲盡致，非復人間粉黛矣。

《古重陽夜登燕子磯》「烏啼莫聽臨春曲，夜半寒潮打石頭」：如聞《子夜》之歌。⊙響傑思深，氣象包舉。

《春日送吴劍宜北上，兼柬令兄太史》「文章絶世官仍達，爲寄相思到庶常」：色鮮音壯，是唐人應制宏篇。

《贈沈天士》「川巖屐齒英雄老，風雨藜牀韋布尊」：爲隱士生色。⊙追叙阿兄，便不是尋常贊歎。

《送鄢在公太守遊黄山》「山光時見猿猱過，石勢斜連霧雨奔」：蒼莽似北地。⊙直是一首遊黄山詩，不着太守一語，高絶。

《送許侍御青嶼先生遊黄山即歸毘陵》其一「澗底星河穿海出，巖根日月蹈空懸」：着力騰舉。其二「收將海市三千里，選就雲端數百峰」：雄放無敵。⊙有氣岸，有思路，長覺煙霜繞其五指。

《吴綺園移樽曹秋岳侍郎寓樓分韻，時將遊黄山》「竹嶼春聽西竺雨，花樓晴放梓陽鐘」：組織生姿。⊙詩調極高，詩情最逸。

《癸亥中秋，同程蝕庵仍用中秋二韻，集灊溪阮公臺》其一「絲竹乾坤青鬢老，鄉園臺榭緑樽同」：又似信陽佳境。其二「老當佳節珍良夜，人在鄉山愛好秋」：可念。◎此韻凡四疊，皆清絶，如聞子野歌聲，而此二首尤健拔。

《平山堂應制，欽限七律體用八齊韻》「長天日影輝龍旆，滿徑松陰散馬蹄」：悠揚工穩。「雲路霓旌松際出，江天塔影望中低」：右丞、嘉州之間。⊙和平典麗，盛世吉音，宜動凌雲之賞。

《迎鑾曲九首》其三「飛艫連舳出渾河，駭浪層瀾總不波。自有真龍在宸幄，中流從此靖黿鼉」：壯絶千古。其五「宸遊全不爲神仙」：有識。其七「萬乘鳴鑾降紫霄，璈笙天半鳳凰調。角弓風勁馬蹄疾，雪盡雲平看射雕」：何減李供奉、王龍標。◎彩兼徐、庾，體擅高、岑，尤能雅貼事情，獨工杼軸。固足鼓吹休明，敷揚盛典。

●汪子扶晨才擅古今，聲馳南北，鉅公名輩，聞聲願交，倡和最盛。忽更名諱，遐陬未知。甲子聞大駕東巡，乃自新安詣維揚，伏謁獻賦。蒙皇上召至御舟，給札賜韻，作《平山堂應制詩》。雖未遽邀爵秩之榮，而咫尺天顔，仰叨恩睞，不可謂非儒生一日之殊遇也。乙丑夏月，余經始《詩觀》三集，扶晨惠稿甚富。因爲點定，以付梓人，兼述其近事如此。

沈士尊

天士，江南蕪湖人。《願庵集》。

《過李白墓》「牛羊欺宿草，樵豎上荒丘」：自昔皆然。

《汪栗亭招飲限韻》「桃花潭上客，仍向水灣尋」：軒軒霞舉。⊙韻度勝人。

《吴薗次招集尺園》：疏快宜人。

《春寒同友人夜坐》「野鳥求明啼盍旦，寒花惜别號將離」：語工思苦。

《冬夜宿一粟庵同邵穉卿》「老我三冬頻廢業，何人千里不齎糧」：對得健。⊙語意在壢壒之表。

程守 非二、蝕庵，江南歙縣人。《省静堂詩》。

《遊寶相寺同吴綺園，有懷汪栗亭》「一春單出郭，三日兩登山」：妙。⊙「勝友足追攀，僧雛乍啟關」：須知高流筆墨，自異尋常。

《壬戌中秋集寄園限韻》其一「詩思涼生蟋蟀中」：名句。◎二詩穩愜圓滿。

楊時化 季雨、沁湄，山西陽城人。

《潯陽渡江》「西去禹功存大别，東來龍戰想澎湖」：句壯而意警。⊙弘敞，兼以英秀。

●黄門負性貞介，而遇事敢言，惜未大其用。庸齋魏先生手著墓表，所謂發潛德之幽光也。偶得其一詩，即爲登選，以志企慕。

李天爵 二允、須麓，江西吉安人。《自删詩》。

《問藏雲寺路》「煙深泉不見，松響磬無聞」：寂然。⊙如此幽尋，令人神遠。

《花津湖遇雪，時有湖警》「泛寒一棹雪，似訪戴逵行」：悠然處似孟襄陽。

《風阻下三山登懷謝閣》「浪遠鷗迎雪，洲空鷺入雲」：奇句似孟津。⊙懷抱甚闊。

《遊青山太白祠》「未必甘心此，其如境遇何。名流不得意，是處且悲歌」：看李白是用世一種人。⊙論世有別眼。

《登翠螺看青山，夜宿松濤庵》「且將閱世眼，來看此雙峰」：無限牢騷，一筆寫出。⊙「風吟萬樹松」：崎嶔歷落。

《石鐘山》「孤峰上揖野雲留」：奇句。⊙「沿崖俯釣扳危磴，越港尋聲踏亂流」：從坡公記鎔化而出。

《遊白紵山》「望雲址廢雙亭月，飲馬池空數葉荷」：感往，似劉滄洲。

《題濟上太白樓》「不是能詩兼善酒，如何濟上有高樓」：發端有高屋建瓴之勢。⊙青蓮應爲長嘯而起。

《元夕風雨》「大地魚龍莫認真，惟憑妝點太平春。千門燈火忽成歎，幾處笙歌未見人」：突兀。⊙筆致蕭曠。

《摘棗吟》「憶郎摘棗時」：樂府妙處。

《閨怨》「泫然雙淚落，何處並吹簫」：何減崔國輔。

《賦得自君之出矣》「侍兒不解意，猶着夜香薰」：無可奈何。

《登彭澤七星亭》「凌空眺望碧無際，秋水蘆花没釣舟」：澹宕。

《過版子磯弔古》「逝水無情江燕去，空遺明月照黄昏」：感在言外。

《題漁》「綸竿捲卻溪邊立，笑倚垂楊看蟹行」：此漁人大不尋常。

●弟醒齋曰：「家須麓伯氏，少負儁才，下筆爲文章有奇氣。十年以來，宦遊於大江南北間。每所之，輒訪其風土，採其謳謠，與其地之騷人俠客、賢士大夫相交遊。牢騷激發之餘，偶有所託，必寓之於詩，故其詩獨多。」

顧景星　赤方，黄公，湖廣蘄州人。

《題内府所藏南唐畫百馬卷子》「此圖蒲梢僅百馬，毋乃樂坊教成者。細看不似臨陣姿，可惜登牀汗流赭」：摹擬盡情。「可憐賊破西京後，此馬全爲承嗣有。鼓聲應節反見妖，血碎桃花死猶吼」：詩史。⊙「圖藏内府已千年，相傳畫手南唐前。畫師有意惜奇駿，不遣驅除供舞筵」：得之少陵畫馬諸篇，其文彩陸離，全乎徐、鮑。

《地險》「憲宗昔神武，哀痛撫流氓」：詩史。

《武昌道中》「春浪拍天浮，春煙指戍樓。舟行移兩岸，人語下中流」：春水船，寫得自在。

《醉寅窩》「赤壁下百里，青山高幾層」：聳削。「歎息周郎在，奇才對壘能」：收得緊。⊙無此一詩，後人幾不知有此勝跡。

《霧渡新嶺》「下方應作雨，絕頂只生雲」：奇幻。

《三溪》「窈窕千峰出，微茫一徑生」：嘉陵絕境。⊙心眼孤悄。

《采石磯》「刀劍開平廟，壺殤供奉亭。年來少登弔，苔蘚但深扃」：他人但說得一邊。⊙不僅向詩酒一邊形容，是其老識。

《戰後》「群兇各借名」：赤眉、青犢之流。⊙「喪亡餘息在，攘攘更談兵」：識力高絕。

史弱翁

以字行，江南吴江人。

《山居詩贈張將子》「此意三百歲，到今有幽光」：以高隱世其家。「兵革既未息，所望諸扶將。君公非避人，我自依東墻」：張君原非肥遁人。⊙序置極老。

《盧德水侍御寄杜亭詩》「興觀有本懷，冀與賢者遇」：讀書本領。⊙德水先生痼瘝風雅，而皈依少陵，尤切吐握下士，海内咸矚其肝腸。晚節高卧丘園，不躭仕進。其豎品尤卓，惜其後嗣鮮有繼其業者。

《秋浦懷古》「客行如遠葉，夜到秋浦船」：高勝。「拂拭我秋容，與君問青天」：髣髴謫仙。「弦感心斷絶，霜號浦口猿」：妙結。⊙詞清意遠，其飄飄飛動處，正與青蓮神合。

《京口春日送別方爾止》「吴水暮春前」：款款温昵，格復清圓。

《簡村泛舟》「雨晴天色定，日正午時圓」：鍊字自然。⊙鮮美似右丞。

《盤門瑞光寺》「萬户焚皆遍，諸天拱不開。方知龍象力，劫火未能灰」：喪亂以來，惟梵寺不隨劫火，豈獨瑞光爲然。

《采香徑》「君王高宴罷，宫女踏青來」：想當然。⊙「屐痕何處所，野老問塵灰」：章法井井，而情興亦超。

《五月五日追憶秦淮舊遊》「簫聲翻玉樹，妓影照春蕪」：娟妍可愛。⊙「而今羅綺歇，無復舊留都」：秦淮燈船，關係天下盛衰。有心人於此，能無動開、寶之感？

《晚歸簡村，王延平送至渡口》「漁心沿岸柳」：新甚。⊙「湖邊歸落日，渡口涉風波。念子遠相送，教余情更多」：苕苕清勝。

《柳絮》「一生無定準，飄蕩爲誰榮」：寓意最遠。⊙大是可念。

《任城太白酒樓》「夫子非狂士，高歌在酒樓」：看李、杜自别。

《夜過東佘山，懷陳徵君田舍》：萬事不如息機，讀此詩益信。

《將之永嘉，雨宿錢塘江口》「五更思故鄉」：好。⊙「雨宿錢塘夜，孤篷亂葦傍。潮聲連夢到，暝色入江長」：蕭瑟何似。

《自建德入蘭溪》「清猿月上哀」：清絶。⊙何如孟襄陽。

《俞嶺》「下盤復一盤，瀧水出嗚湍。虎跡疑前嶠，人煙隔近巒」：森拔。⊙寫地志，筆力因之增勝。

《過青田縣》「丘壑多相負，風煙只遠尋」：思危徑窈，讀之博折。

《登石龜混元峰》「有徑皆通虎」：寫其險寂。

《秋日同邢孟貞登華山資福寺》「嶺上見江海，雲中聽柏松」：高健。

《甌城送楊龍友之江寧任》：龍友詩畫雙絶，而風格清超。其令永嘉，所挾二客爲孟貞、弱翁，皆相得於翰墨中者，世亦安有如此之令宰乎？

《甌城與龍友夜話》「經綸舊有人」：隱諷。⊙此時南北多事，而屬望者不過數名人，故弱翁與龍友言，遂及安危大計。

●弱翁松陵尊宿，守道高嚴，不輕爲去就，貧而無子，僅餘弱息。其易簀也，盡以生平著作託之徐子松之。乙丑余有《詩觀》三集之役，松之以其遺詩一帙，屬余評選，捐貲授梓，蓋圖所以不朽弱翁者。余高徐君之誼，因力疾丹黄，蓋深歎松之於友朋生死之際爲不草草也。

徐崧

松之、臞庵，江南吴江人。

《梧溪晤錢元超先生，述李燭崑喬梓俱故，感悼一首》「世事日已非，故人日已少」：可感。⊙興衰存没之感，具此一詩。

《論後人》其一「承家藉前蔭，畢竟稱凡兒」：誰聽此言。其二「徒眠與徒立，妄想亦何益」：今人皆妄想耳。其四「不耕復不讀，安所得衣食」：老人之言。⊙絶似陶公責子。

《宿倪彤文書齋雨後作》「玩賞兼陰晴」：静氣相引。

《對庭中郁李花作》「無人自開落，惆悵懷平生」：有「深山無人，水流花開」之致。

《過簡村僑居遺址》「古賢所棲地，千載猶長謡。何意一旦間，漂盡空蕭條」：情旨肅穆。

《吴梅村先生過訪福城庵作》「君衣水田衣，垂簾畏風入。夕陽明握手，款語感胸臆」：歷歷叙置，如見梅村風韻，千載不泯。

《宿道峰》「依依曉夢回，筧泉流不歇。古殿數聲鐘，敲落林端月」：數言蕭寂，正不須繁。

《過東還廢宅》「子孫未百年，遺址同蒿萊」：余每過此，不禁「蓬萊清淺」之歎。

《贈禎起、綏祉》「泛愛在他人，同姓古所懷」：贈言簡潔。

《呼德下、葉九來過訪，商吴郡詩選》「指南既得衆君子，他日風騷推鹿城」：想見臞庵虚懷古道。

《同黄九煙先生瞻報國寺法華塔碑》「縱然聲價早流傳，未必得全尚如是」：往往如是。

《寄宋荔裳》「不知何處繫青驄，鄧尉梅花虎丘月」：音節高亮。

《崑山薦嚴寺，庚熙戊申臘月正殿被火，余過訪顧伊人賦》「世間萬物何足據，有成有毁不必慮」：説得索然，卻坐觀成敗之理，往往如是。

《懷歸作》「老樹空潭鄰古廟，神仙何處常憑弔。孤燈弄影半壁光，冷卧繩牀夢中笑」：奇險，逼似長吉。

《苦雨作》「陰霾迷鳥鳥不鳴，泥淖陷人人欲哭」：形容盡致。⊙骨性本於少陵。

《甲寅春將之新安，同汪周士、晉賢遊黄山、白嶽諸勝》「新安江，灘水急，不解勸人歸，只解送人出。新安人，去家室，雖生山水鄉，不識山水色」：說盡新安人。⊙筆興欲仙。

《立冬日南園晚步，柬朱悔人》「愁有詩一篋，貧無酒千鍾」：其人可想。⊙蕭然有我生之戚。

《悼史弱翁先生六十韻》「顯晦關千載，存亡守一編」：吃緊語。「避劫偏逢劫，纔遷忽又遷」：文人苦事。「憶昔才華恣，非徒隱逸偏」：排律波瀾處。「壯遊真莫及，貧死劇堪憐。賚志身休矣，修文淚泫然。欷歔辭永訣，冥漠痛長眠。別業行將廢，遺書孰與傳」：忽收忽轉。⊙作長排律最忌填塞架壘，使讀者頭目昏眩。必如老杜，有段落、有波巒、有結構、有貫串，乃爲盡致。臞庵輓弱翁此篇，開闔頓挫，只如一首五言古詩。此非沉潛於杜，能有此乎？至其敘述患難貧賤、讀書立身、君親師友之際，詳懇婉愜，如誌如銘。弱翁於是爲含笑九原，而臞庵於朋儕生死之交，允可無負也已。

《己未春杪，同友人集憺園賞牡丹，呈家健庵春坊五十韻》「車逢斯下矣，榻去則懸之」：妙句。「朱長孺叟饒天趣，鱸鄉進士宜。鬅鬙蓬兩鬢，躑躅秉三瓻。典册驚無盡，收藏歎未窺。牙籤分更密，緗素重將攲。杜趯常題後，金樓獨事斯。借鈔均小史，職鑰各攸司」：獨重長孺，得敘事法。「是夕收書卷，良朋泛酒巵」：以下說到宴飲。「韶華人有幾，辜負爾何爲」：忽着清語。「夜遊迷莫辨，晨起醉還思」：可想其盛。⊙前敘健庵氣誼之篤，語語真確，卻接到長孺借書一段，乃入宴飲，則事不重疊，而章法井然矣。至其藻采繽紛，對仗工緻，不過餘技。

《輓舅氏吳湘蟾先生三十六韻》：湘蟾先生是篤行君子，而遭逢患難，後嗣維艱。臞庵爲我言之，猶有念珠落地之恨。

快晤。●臞庵詞場名宿，而遊屐每在吴越間，揚子莢溝，實罕問渡。邇年來往揚、潤之交，余乃得披襟子亦努力奮興，操蝥弧以從事，余因藉力成《詩觀》三集之舉。是真一時之盛，而不可不紀者也。因出其古、排二體詩，屬余點定登梓。當廣陵風雅寥落之會，而臞庵以老布衣力爲倡導，諸

李　晛

書城，湖廣潛江人。《三山吟》。

《春日登金山仰觀御書》「水闊帆如定，峰開石似飛」：極力想像。

《同徐臞庵宿金山浮玉方丈》「微月平簷瓦，驚湍擁石臺」：非金山，不稱此詩。

《同臞庵、禮賓上人遊焦山，兼柬鑑堂、量周》「鶴冢江黿窟，松寥海鳥家」：卓傑。⊙善能造新。

《遊竹林寺》「清泉映日融金色，密竹連雲作翠嵐」：從容整暇，思路極秀。

《蓮花洞》「櫻桃幾樹栽岡下，破屋三間閉石邊」：寂歷可懷。「風雨無人龍蜕骨，鶯花有主客烹泉」：警策。⊙全詩氣力注射。

《寒食郊遊，同臞庵過勝果寺》「東風寒食一株松」：思巉巖而體藴藉。

《壽丘山官齋夜集》「卻少健兒鳴羽箭，同來穉子放風鳶」：筆力强健。

《象山問渡》「覓路幾人逾草嶺，閉門終日響風濤」：悠然如在世外。

《高學憲登金山浮屠，遇雨有作，次其元韻》「蜿蜒白龍從洞入，翩躚黄鶴下天來。煙雲已散嵐

尤碧，樓閣當空石未摧」：思路入雲。⊙全從雨後着神，筆力矯悍。

《虎跑泉》「偷閒且共山僧憩，烹取龍團沸雪花」：自是林下風致。

《萬歲樓》「不見當年堂構在，今人空憶晉王恭」：懷古之情正深。

《臞庵遊五州山還作》「春初若得同君去，曳杖峰巔辨五州」：使君興復不淺。

●李公郢中白雪，久推擅場，來令三山，正當軍書旁午之際。雖江山滿眼，蠟屐無由。兹以別累解官，正堪縱情遊詠。乃得徐子臞庵杖笠至此，詩懷酒興，助發爲高，旬月以來，吟囊遽溢。余披其佳什，如踏蛟鼉、呼鸛鶴，恍然置身於青蒼萬頃間，能無叫絶？

張習孔

黄嶽，江南歙縣人。《詒清堂集》。

《漢源》「峨峨嶓冢山，綿亘齒虹霓」：非親歷誰知。「天地坼吴楚，坤軸愳淪溺。寧知彼即此，一體未分析」：胸如鏡，筆如刀。⊙《水經注》所未及。

《虎跳驛》「春江瀉薄日，斷岸銜殘明」：摹寫幽仄。「遺氓久暴骨，野粦猶敷榮。傷無返魂術，去去毋留行」：堅老。⊙傷心之作。

《營窟行》「半規滿月憑意造，一望錯布如圍棋」：真是奇異。「垂梯仄磴達鄰里，鑽攀熟溜猶狐狸」：妙二形容。「迷樓西苑久則厭，矜華鬬麗何窮期」：見道。⊙描畫土穴，纖悉無遺，可備一則《風土志》，而筆力傲岸，遂如虬龍。

《嚴陵歸棹，聞里中寇擾》「畏聞來路信，卧擁木棉衾」：亂中情事，此獨曲曲寫盡。

《泊瓜洲》「嚴柝金山寺，高烽揚子橋」：高調。⊙「青浮江郭樹，白湧海門潮」：雄嚴。

《北邙山》「野童都不曉，高唱暮驅羊」：歎殺。⊙「凄哉古北邙」：酸風四集。

《發峽石》其一「黑石崩危嶺，黄沙捲涸河」：空同邊塞詩有此奇壯。其二「計程稽廢砦，問路得空陶」：二詩讀之，令人危慄。

《秦川雜吟》其一「喜聞來縣卒，破鼓候前溪」：妙。⊙荒殘已盡。其二「竈空鄰犬卧，牖滑廟狐穿」：非好爲奇，自是真話。

《棧道》「舉頭呷懸澗，俯手拾崩雲」：極狀其險，字字奇鑿。「鍊成金骨老，禹穴探靈文」：遊戲神通。

《在巴西值兵事》「鄉愁攬繭絲」：有識。

《病起》「可憐漂異土，孰爲報親知」：至性之言。⊙結得樸老。

《諸葛祠》「蒼鼠祟垣静，斑鳩斷梋閒」：刻意摹寫。⊙荒山野廟，一字一淚。

《漢水舟行》其一「遠樹荒城寂，連峰廢寨多」：對更健。其二「拍天風雨疾，坼地電雷翻」：險壯，得杜之神髓。其三「野獸窺人立，沙禽掠榜飛」：警策。其四「猿沉千嶂雨，鳩亂半江風」：鍊甚。

◎四詩皆用全力奔注，故其光氣不可逼視。

《鄖陽》「篳簬開疆遠，章臺布算深」：隱括楚事，何其工鍊。

《使蜀回京次涿鹿》「間關雙鐵屐，往返此羊裘」：工甚。「依稀認涿州」：老。⊙渾樸蒼雅。

《新安塹山爲城，春日偕友人登眺甚適》「長橋雙澗合，廢榭百花重」：對更好。

《登真定天寧閣》「青青不斷西山色，盡繞燕雲十六州」：一結陡健，使全篇俱有氣勢。⊙眼界甚闊。

《旅意》「盧溝月落冰初結，易水風高雪欲來」：滄溟退舍。

《渡盟津懷古》「野老已忘髳蜀過，山川曾見鉞旄來」：典麗可誦。

《潼關》「山勢陡從千嶂落，河流遥自五原還」：雄壯足壓盛唐。

《驪山》「山川無恙月明歸」：妙。⊙固多憑弔之指。

《入連雲棧》其一「天涯日暮望孤峰」：此句似平而實警。其二「叢巖窈谷行無盡，僅有青天一線看」：結得遒勁。

《登朝天嶺絶巘》「雲根盡處是青天，界斷秦巴幾歲年」：蒼鬱。「魚梟開國已茫然」：筆力甚健。

《金牛驛》「城郭猶存杜宇哀」：響而警。⊙另有卓見。

《范僉憲招遊閬中錦屏山》「劍南兵火剩殘春」：妙絶。

《天津望海》「運道只今留古跡，飛潮猶似送艅艎」：非讀書用世人，不能道出。

《黄鶴樓》「雕甍繡闥無多景，只在晴川草樹中」：如此方是會遊山水人。

《虎林舟出艮山門》「絡緯欲殘蟬唱急，照人秋堞夕陽多」：無窮光景。

張潮 山來，黄嶽先生令嗣。《心齋詩集》。

《送汪扶晨歸里》「不必盡相識，歡然若同志」：見其道廣。⊙「明年春草生，再期把君臂」：樸直蒼勁，如老梅古石，絶去人間粉黛。

《偶題》「夫豈好服勞，自欲相周旋。苟使假人手，韻事空徒然」：如獲我心。⊙似蘇、黄一則小品。

《初雪招諸子小飲分得十四鹽》「盡解文字飲，觴政除苛嚴」：樂事。⊙近有以拇陣苛底相叫嚎者，睹此應爽然自失。

《答贈許左黄》「今年好風至，吹子來維揚。欣然對叔度，千頃波汪汪。慚予忽自失，故態不敢狂」：筆力矯矯。⊙開口爽朗，無格格不吐之論，而一往灝氣古情，磅礴無際。

《題方氏白華樓》「嗟予久無母，陟屺嗟慎旃。老父又見背，哀哉淚涓涓。感兹白華樓，還憶白華篇。窮猿號空山，腸斷應同憐」：叙置蒼樸，而一往至性，更爲感人。

《章臺柳歌》「李生早已窺姬意，治具邀韓勸韓醉。君才柳色兩相當，願以此姬爲君侍」：李生果是不凡。「淄青節度侯君至，特聘韓生作書記。生因遣使迎柳姬，章臺句伴黄金寄。何來番將立功新，偵得章臺有美人。柳色移歸沙叱利，才郎空自蹙雙顰」：此等筆力似龍門。「偶爾遊行龍首崗，無端瞥見舊嬌娘。漫駕輜軿攜女侍，車中細語唤韓郎。失身沙將情無奈，詰朝道政期相會。

如期玉合實香膏，投郎永訣真堪慨」：此是天意。「淄青諸將酒情豪，合樂高樓醉濁醪。韓生强飲意沮喪，音聲淒惻心忉忉」：筆鋒迅利。「許俊賜錢二百萬，柳氏仍爲韓子姬」：此朝廷盛德事。⊙平鋪直叙不難，而妙有頓挫起伏，便是作古文高手。元、白有所不能及。

《雜興》：數語絶妙，正不在多。

《和方寶臣》「良醞差堪戀，餘風慕伯倫。爲邀白下客，更約故鄉人」：吐語如晉人，卻遞落有法。⊙飄飄有仙意。

《次家兄采三見懷二首》其一「索和誰能和，言愁我亦愁」：雋妙。其二「風雨正重陽，相思獨草堂。伊人猶異縣，白露倏爲霜」：總無煙火氣。

《送徐松之遊北固諸山》「秋高月到窗」：佳句。

《移樽杜茶村寺寓小飲，同文茂齊、僧還樸》：杜茶村曰：「王、孟復生，何以過此？『僧醉露禪機』句，尤所醉心。」

《病中項靈野至自白門賦柬》「年來誰復重文章，作客謀生正所當」：善觀時會，非同憤激。⊙正是老成急着痛癢之言。

《簾内美人影》「蝦鬚不捲静銀環，爲怕東風亂鬢鬟」：如見美人亭亭獨立。

《無題和李義山》其一「誰憐此際還多恨，爲憶當年勉自留」：如此澹語，正多柔昵。其二「蕭瑟黄昏憎薄命，牢騷清夜悔多才」：艷體絶調。「芳心寸許難容恨，縱未銷磨已是灰」：着是可憐。其三」字寫鴛鴦墨易乾」：嫩極。⊙無題詩，眉庵通理並推佳絶，而尊君黄嶽先生亦有和篇，香情拂拂，從紙上出也。山來復爲倚和，驅除脂粉，獨寫空靈。所謂「真色人難學」者耶，吾爲歎絶。

《贈崔青峙》「家聲自昔雄三戟，譽望于今最五常」：藻思芊綿，音調戛擊。

《送春日謝同人見招》「人逐東風歎易過」：我亦恨人，卒讀爲之雪涕。

《山行即事》「前岡忽虎嗥，腥風戰林曲」：三家村常守兔園册子人，那能作此語。

《詠繡球花》「抛完誰復閒收拾，化作名園一樹花」：風流在眼。⊙興致飛舞。

《春夜雨》「似有微風撲紙屏，瀟瀟空響酒初醒」：輕盈可愛。

●黄嶽先生詩，余十年前曾披閲一過，筆削頗嚴，而先生不以爲罪，曰：「知吾詩者，子也。」乙丑重過維揚，而先生已捐館舍。令嗣山來，出其舊本相示，紙墨宛然，不勝人琴之感。因採其最勝，並山來《心齋稿》點定行世。先生詩高堅㝡兀，如蒼篆喬松；山來詩清貴安閒，如遠峰别壑：爲體不同，而皆爲詞家上乘。至山來能以讀書之餘，聯絡友聲，匡贊風雅，尤爲善承家學。

●同一詩集，經選者心眼一爲洗發，頓使作者之精神另開生面，此不可學而能者也。樓雨，閲山來詩畢，覺别有幽光，静氣相引。惟山來自知箇中，傍人那得領會？

潘　耒

次耕、稼山，江南吴江人。

《讀鄧孝威詩觀選本，喜而有贈》「居煩有倫脊，在美能割制。不受衆目牽，妙取一心契」：是選事本領。「事類撿伍符，情同操贄幣」：可鄙。「清嚴大冢宰，刻覈老獄吏。獨柄無旁撓，擺落名與位」：僕豈敢當，然自矢如是。⊙選家林立，僕從未敢輕置一喙，然中有獨是。則非稼山，不能暢發此旨也。

《寫懷》其一「識時何物稱龍鳳，混俗從人唤馬牛」：高人本懷。其二「但看墨牒催千紙，那得柴車送一乘」：被徵時事，言之歷歷。其三「鷓鴣啼徹南樓夜，卧聽禽言有所思」：含情無限。⊙落落高尚，是其本懷，而嚴命方殷，那能遂其江海之性。吾知稼山非矯飾之詞也。

王頊齡

顓士、瑁湖，江南婁縣人。

《九日登查山》「更喜樓船休戰伐，漸看稻蟹足江鄉」：收得健足。⊙「雙屐健尋瑶洞草，百年歡對菊花觴」：持滿而發，無不中節。

《除夕涿州旅店題壁》「地擁亂沙迷古堞，風回舞雪閉空祠」：荒凉，寫得壯激。⊙法老、意滿、詞高。

《冬日西歸》「淺淑喜添三尺水，輕舟不借一帆風」：從容澹宕。⊙頽浪秀峰，令人思夾浦道上。

吴農祥

慶伯、星叟，浙江仁和人。

《鷹》「夜深明月滿弓刀」：有力量。⊙雖遜少陵之傑奥，而羽翮自是豐滿。

《東風》「愛惜少年風景好，不妨薄倖是蕭郎」：誰肯回頭。

《送白孟新還金陵》「一榻高吟生計拙，風煙戎馬遍空城」：孟新晚年蕭瑟特甚，一詩如聽漸離筑、雍門琴。

林　鴻　大文，本姓徐，浙江錢塘人。

《無題》「卻羨鄰春椎髻老，平頭三十不知顰」：庸福偏鍾此輩。

《走筆柬吴星叟》「只是當時煙雨下，後湖菡萏不勝情」：不勝清怨。⊙調響情激。

楊還吉　六謙，山東即墨人。

《重陽前一日趙中允招飲黑龍潭分韻》「樹老腹半空，葉落人方静」：生硬。⊙層次、寫景，皆踞高勝，宜愚山推獎不置。

王孫蔚　茂衍，陝西臨潼人。

《赤壁》「小航商略琴樽具，如此月明須往還」：空明無際。

《早發峽石驛》「霜吹紅葉過山橋」：妙。⊙「秋樹平明煙未消」：此景難畫。

《湘行》「輕舟自向青溪過，一路空山叫畫眉」：妙。⊙韻而遠。

嚴繩孫

蓀友，江南無錫人。

《泊陽湖因訪爾韓未達》「山犬護籬花」：好。⊙「夜泊投煙火，漁村復幾家」：清艷。

《贈别姜西溟歸慈溪》「頻對一樽酒，欲歸千里人。看君猶失意，望望落花春」：一氣寫去，疏宕絶倫。

《西施莊》「蔓草尚沾亡國淚，遠山長對美人家」：深情絶調。⊙摇筆一時，銷魂千載。

方熊

望子，江南歙縣人。

《聞雁》「夜光聞漸遠」：真。⊙思微筆健。

《芙蓉山春望》「出郭江山在，春風吹布衣」：老氣。「荒岡宫瓦剩，零落見禪扉」：有意味。⊙全首警策。

《黄自先從黔中移倅建昌》「此後著書丹井處，從前躍馬白頭人」：健甚。⊙無一爲官套語，意真、法老。

《歲暮李須麓來邘江相晤有贈》「最憶青山横槊路，遺民方沈幾賡酬謂天士、素伯」：清雅韶秀，卻交情醇篤，一筆寫出。

方淇藎

原名兆瑋，寳臣，江南徽州人。《屾園集》。

《癸亥重五同洪去蕪登平山堂飲第五泉》「日午正天中，四顧邈無徒。敲石燃松枝，烹泉當清酟」：疏落有致。

《仲冬初雪張山來招集詒清堂分韻》：稜稜露其爽。

《巳日天語及鄒乾一物故、潘雙南還遊，感懷有作》「從今吾與子，一日一相過」：粗處似杜。⊙老辣。

《汪匪莪招同人虹橋泛舟，至棲靈寺登平山堂》其一「三月探春纔出郭，去年種柳已藏鶯」：秀而老。其二「泉通隋苑松間寺，樓出江南雨後山」：秀亮。

《迷樓》「白草黄沙隋帝墓，頽垣虚檻梵王宫」：弔古之章，貴兼淒艷，此能擅鮑、庾之長。

《洪去蕪將去真州留宿旅寓，適得家兄金陵書》「故人惜别又淹留」：擒得。⊙「三年日月虚青眼，四海烽煙變白頭」：處處合法。

《喜饋》：自是樂事，寫來輕快。

●錢牧齋曰：「詩之道，清和而已矣。孤桐片玉，自有天律，清也；朱弦清汜，一唱三歎，和也。今之爲詩者，望車塵，乞泠炙，有市心焉，其詩以俗氣應之，如商女賫高，不復能唱渭城也；競錐刀，飾竿牘，有争心焉，其詩以沴氣應之，猶心在捕蟬，殺氣著於弦上也。望子、竇臣之詩，無流辟，無噍殺，滲滲乎其音也，温温乎其德也。庶幾詩人之清和，可以語温柔敦厚之教也與。」

趙廷錫

玉譜，陝西膚施人。

《潼關》：典潤。

《蘇臺懷古》「錦帆漁火幾明滅，香水殘脂信有無」：趙嘏、許渾之間。「沼吴自是興亡數，莫怨傾城冷霸圖」：卻有至理。⊙風華。

紀　炅

仲霽，直隸文安人。

《廣陵贈何轉運》「天涯把臂春將暮，杯底論心月上遲」：和柔。⊙淹雅，有彈指春風之樂。

周起辛

次修，浙江蕭山人。

《夜至函谷舊關》「百二咽喉稱絶險，舉看秦月照人愁」：含蓄。⊙穩當之中，自饒感慨。

高層雲

二鮑、謖園，江南華亭人。

《劍門》「山形回大地，石角向中原」：險拔。

《峽行》「黄熊蹲絶岸，青兕叫寒山」：雄絶，亦峭絶。◎二詩，非入蜀不能有此筆墨。

《清明郊外送朱十錫鬯之揚州》「春風先爾隋堤去，吹得愁心挂柳枝」：曲秀。

丘象隨

季貞、西軒，江南山陽人。

《登回瀾閣題壁》「江折亂山多」：難畫。⊙意摯法到。

《過方干故居》「等閒只怨馮唐老，猶勝官除地下人」：官除地下人，猶是朝廷盛德事。

毛會建

子霞、客山，江南武進人，流寓武昌。

《楊客仙於笠子園築耦隱亭成，以書報予，予適至賦贈四首》其二「有亭若飛鳥，翻然雲漢中」：快甚。其三「男兒學擊劍，所貴在勇决」：極是。其四「逍遥愜微尚，歲寒各努力」：逼陶。⊙與真友言真話，乃有真詩。讀子霞四章，想見龐公漢上、陶令南村之樂。

《都督某同彭參軍赴粤，予適登廬山，失晤卻寄》「適我乍入雲霧窟，聞君已度大小孤」：接筆健甚。⊙一氣寫去，浩浩落落，殊無筆墨之苦。

《竟陵西湖》「半幅春山欲雨圖」：好。⊙「煙樹蒼茫塔有無」：蕭然有林木魚鳥之興。

《余遊半天下，今營菟裘於大别山，因樹之碑曰萬里青山，而繫之詩》「詩城更得江山助，酒國安知天地愁」：暮年好歸宿處。

陳玉璂

賡明、椒峰，江南武進人。《學文堂集》。

《憶吴江趙生弦索》「斯時趙生默不語，垂肩按拍一再彈。一彈再彈音韻入，曼歌緩調稱雙絶」：入趙生有法。「李王一曲念家山，南朝弟子心腸裂」：苦心柔調。「疑是邊城蘆葉下，雛姬歲歲彈箜篌」：風情欲絶。⊙南朝風韻，北里聲情，寫來如怨如慕，令人想烏啼斗轉時。

《戚姬村》「苦憶漢王宫裏事，只今無復艷妝人」：總爲戚氏傷心。

《有憶》「獨有小蠻偏厭聽，妝成垂手倚珠樓」：此小蠻自可。

程瑞綸

孚夏，雲峰，江南休寧人。《北園詩選》。

《乙丑海陵大水行》「去歲雖荒未全荒，官租之外剩餘粒。那知今年荒甚奇，禾稼將登雨霤霤」：紀其實事，可以入告。「天惟有雲地無日」：奇語。「上遊水急没河塘，下河一夜長十尺。惡風吹浪捲千層，畫棟高樓舟楫入。城中倒屋復倒墻，明朝又雨何勞葺」：水災景況，歷歷道盡。⊙沉痛真至，可方次山《舂陵行》。

《次韻答中翰鄧孝威先生寄懷四首選二》其一「兩地同饑渴，惟憑一紙書。儼然親杖履，奚必話樵漁」：妙是一氣。其二「蛩語中宵咽，秋花兩度開。梁朝池館在，誰與共登臺」：時余在昭明選樓。⊙刺骨擢髓，鬼神於詩。

《雨中夏仲蜚先生同宗衍五弟移別墅讀書》「別有煙蘿月，村南一草堂。晨昏不啓户，風雨自聯牀」：氣韻恬雅。

《江上遇風，舟打虎爪山》「黑豚吹惡渚，白日走狂瀾。不信波濤險，誰云天地寬」：筆力欲透紙背。⊙險壯森鬱，妙得少陵風格。

《感事》「竹屋雨兼晴」：妙句。

《夏日同人集俞水文舫亭，賞荷觀劇限亭字》「柳墻日落東蟾吐，猶指銀瓶勸醁醽」：一時高興如是。⊙是日主人盛集，而孚夏詩興甚高，落筆煙飛，昭容特賞。

《頌年家兄書自楚至，賦此寄之》「別後兩番梅子雨，去時一路杏花春」：無意爲詩，風神特妙。

《送別吴方弘之廣陵四首選一》「煙雨花間看角巾」：俊甚。⊙「低徊此際難爲別，惆悵前途更愴神」：和平温厚，具風人之度。

《送戴景韓之海陵，兼懷黄舊樵先生》「殘花故向征衫落，細草難留去馬嘶」：嘉州妙處。⊙「對君莫靳醉如泥」：風神絶倫。

《黄山尋浮丘廣成煉丹處》「霧封丹竈濃於墨，松搆危橋險若藤」：筆蒼骨傲，有千仞峻嶒之勢。

《永錫四兄以守備隨征安籠，忽傳訃至，詩以哭之》「壯士從戎路八千，弟兄暌隔已三年」：好氣岸。⊙「武溪魂魄招應急，哭奠椒漿馬革前」：雖係衰些，而詞旨警動，獵獵生風。

《之海陵，酬胡斯祜、張彭山、吴士昌、孫握三、畢熙上、夏右文、家文子見送登舟》「路指水邊青雀舫，雲迷嶺下白頭親」：對得緊。⊙「幾年垂柳攀還長，故國黄鸝唤又頻。慚愧家中諸弟侄，月明桃李醉芳春」：一片至誠，筆尤蒼辣。

《夜泊米灘聽人家讀書》「列郡烽銷弦誦急，旅人心定梵鐘鳴。故園晚食妻孥在，風雨蓬窗夜二更」：情緒離離，又是別種。⊙一往情長。

《登湖心亭》「多移畫鷁雙峰去，獨剩斜陽一棹來」：筆墨清矯。

《泰興同王樹人、師二瞻、吴方弘遊季氏園林有感》「眼底滄桑多少事，我從丘壑羡高眠」：推説愈緊。⊙余十年前同滄葦遊諸園，風景倏爾一變，金谷平泉，可勝浩歎。

《初冬鄧孝威、黄仙裳、黄儀逋、戴景韓、黄交三、鄧若雍、侄天有集飲詠歸堂，即席分韻》「海外蠻天愈受降」：入時事，奇警。⊙情事包括殆盡，可見此集關係非小。

《乙丑長至日有懷中翰禹門家兄》「眼穿不見渡江來，辜負揚州夢數回」：起得崚嶒。⊙和平藴藉，讀之如拂面春風。

《乙丑除夕》「遊子風塵雙淚眼，北堂定省幾封書」：剴切。⊙自寫懷抱之言，無不真摯。

《丙寅元旦同人過飲紫閣，次吴北持韻》「故國省親憐夢到，他鄉有客賀春來」：仁孝之思，觸筆便是。「萬事總隨新曆换，一樽留取隔年開」：樸老有味。⊙格法老、情旨切，三復彌深。

《惆悵詞次韻》「吟卻茶鐺不見人」：如何不念。

●詩貴於澹，恐澹而不真；詩貴於秀，恐秀而不警。孚夏沉摯而矯健，數年進步如此，殆未可量。予爲歎賞累日。

孫叔詒　彦叔，裕仍，山東歷城人。

《東昌遇張秘南》「詩不爲名吟」：足砭時流。⊙襟期落落，固與俗遠。

《蒙陰道上》「巘高雲霧近，碣老薜苔同」：極切蒙陰。⊙神氣安閒，點染自雋。

《余與季弟兀坐齋中，討欲得水雲深處結茅屋數椽，因意想所至，繪成一圖，賦以紀之》「惠連同結伴，芳草自生春」：結得蒼厚。⊙一題已見懷抱，詩復清迥。

《渡汶河有懷何魯田同年未至》「遥望河如帶，分泉百道流。峰高催晚照，葉落帶寒秋」：真確。⊙意本深邃，而出之雍容不覺。

《宿定州》「霜落河山冷，秋深草木枯」：堅而浄。⊙悠然綿邈，是讀書味道人。

《登後石屋山》「雲散石身輕」：開闢語。⊙「山樵相對語，多半辨陰晴」：此間别有天地。

《遊亦園》「樹密疑無岸，波平忽有山」：京師此地極難。⊙曠遠，是倪大癡畫意。

《遊祖園》「分泉閒試茗，選石坐聞鶯」：對更妙。⊙恬雅，卻露名勝，何減右丞？

●久懷彦叔在明湖峀山間，不意於維揚得接謦咳。索其詩，攜載不多，僅以數篇見示。清微幽麗，足抗王、岑。朱門裘馬之場，乃有此塵外客，吾爲深敬。

羅俊

西叔，蓼懷，湖廣漢陽人。《信古堂詩鈔》。

《公無渡河》「水中寧無蛟與鼉」：古。⊙音節古雅。

《猛虎行》「猛虎爲我言，請君且勿歎。横行深山裏，食人猶有限」：虎亦會説。⊙借虎諷世，聞之者足以戒。

《寒食過真定》「三年先冢寂，涕淚渡滹沱」：結語苦淚。

《春陰》「旅況皆岑寂，春陰倍可憐。天光低欲盡，山色遠無邊」：起得超遠。⊙陰翳之景，寫得迷離不盡。

《北嶽》「澗響清流殘葉墮，巖懸怪石老藤穿」：能以蒼深之筆，寫山水之奇奥，固非恒製。

《秋日遊洪山》「酒客乘風喧殿閣，漁歌落日亂汀洲」：廓然開遠。⊙詩不徒壯麗，妙有風情相餉，此當以塵外賞之。

《昭君怨》「但得蛾眉多似妾，漢家何用廣封侯」：羞殺兜鍪輩。

《山行》「曉風吹落崖頭月，雲滿山根踏不開」：意深詞警。

●楚江風雅，推魯峰領袖。蓼懷出，而秀思壯采，與之相敵。峨峨大別，湯湯漢水，固英才之藪耶？

茅兆儒

雪鴻，浙江錢塘人。《遊黄海詩》。

《宿祥符寺》「峨峨紫石峰，巀嶪踞門外。匍匐白龍溪，奔響絶奇怪」：胸中具有丘壑，一旦值此勝境，那得不奇語驚人。

《自桃花源至白龍潭》「奔泉注空潭，潭石如盂仰。首夏驚雪飛，雪更作雷響」：别有天地。「何處問仙源，凌虚發遐想」：一棹入桃源。⊙鑿開混茫，眼光、筆力俱臻絶頂。

《向松門過老人峰，歷小心坡、一線天、斷凡橋》「紆迴更千盤，窄路忽已斷。鑿級僅容趾，捫壁定貼面」：險仄無比。「漸入如蟻封，聯行必魚貫。縮項還側肩，傴背且屈骭」：真景，卻寫得出。「石上睹仙蹤，遊懷竟忘倦」：去路悠然。⊙叙山行之景，曲折盡變，雖康樂何以過此。

《從後海下皮篷》「苔蘚映嵐碧，野藥侵崖紅」：鮮艷。⊙「暗泉不知處，流響聲淙淙」：點染秀麗，迥絶恒蹊。

《小憩雲谷寺，遂過天紳亭望九龍潭》「回首萬仞壁，忽挂神霄龍。懸崖恣噴薄，寒雪飛遥空。深潭落高響，傾聽如洪鐘」：森奇奥異，得未曾有。

《歸途過紫霞山，訪汪右湘水香園，遇青鶴、扶晨兩汪子》「紆迴覓山陬，榆柳夾長道。方塘峰四圍，茭芡雜叢蔦」：一幅輞川圖。「山影落荷池，松陰接霞嶠」：何異仙源。「安得乞餘年，長此共垂釣」：結復健。⊙一路叙述，極爲閒適，而情景復宛在目前，想見良友清話時。

●予與李子德論詩京師，每以古詩不振爲憂。適靳鐵壁明府以茅君雪鴻古體見寄，上宗晉魏，下兼三唐，極高峻蒼嚴，而無一字落俗蹊者。滿擬多採入集，因方幅有限，容再爲表章，何如？

祖應世

夢巖，奉天范陽人。

《瘦槐軒晚眺》「返照色如浴，薄雲生暮景」：清皎絶塵。

《陪宋牧仲先生雨中過河曲精舍和韻》其二「烏熟銜僧飯，猿驕入雁堂」：有真趣。其三「煙艇繫枯柳，孤村枕亂沙」：寫景入妙。◎三首秀潤蒼潔，更復警錬不群。

《曉窗》「昨宵回獵處，弓馬入雲寒」：健甚。

《春日送潘雪帆南歸》「燕市客來空返騎，西湖人去罷燒燈」：情見乎詞。「有約果能真卜隱，結茅天壽是東陵」：結得遒上。⊙字字慰勉愛慕，俱從性情流出。此爲真詩。

《秋閨》「海棠枝上十分愁」：唐音溢於毫楮。

佟　藹　怡公、雁湄，滿洲人。

《鎮邊路》：腕力堅硬，如挽強弩。

《初冬曉望》「柳當官路禿，草入堠亭荒」：卓鍊。

《遊盤山用壁間韻》「虎送夜歸僧」：警策。

《歲暮》「戍樓烏鵲聚殘年」：雅貼。⊙「欲上層城難北望，牛羊荒草正無邊」：結得遠。

《輓李將軍》「鐵衣留得刀痕在，柳葉聞香未肯腥」：風神摇曳，可以招魂。

呂　磻　大風，奉天遼陽人。

《送潘雪帆祝髮天壽山》「暗尋埋骨地，虚詠學禪詩」；「諸陵春欲盡，一鉢薦酴醿」：氣樸詞真，雪帆應爲心折。

《再訪城北隱者不遇》「恨君老更逃何處，不肯留題一句詩」：一氣流走，自入妙境。

《秋感寄陳千頃、劉鶴峰》「梧桐心最苦，一葉一聲秋」：淒警。

《送客歸樵用楊仁澍原韻》「可憐長鋏無人贈，攜向臨淄换斧斤」：才思藴藉，令人只喚奈何。

傅澤洪

育庵，奉天遼陽人。《潭上偶吟》。

《水西煙雨亭步太白原韻》「遠峰翠欲落」：妙。「返照掛丹楓，秋思入寥廓」：造語幽渺。⊙「豁然俯蒼茫，一葉身如泊」；「驚鼠竄古松，清話向修篺」：情景淹雅，風調高邁，令人深煙霞之想。

《姑孰道中示弟潤》「淡日生秋雨，低簷逗菊香」：好想頭。⊙全首真摯。

《宿江寧鎮》「路由人自險，雲到我還輕」：卓識。

《贈田梅岑》「有醉皆燕筑，無吟不楚騷」：是知己語。「貌從離亂瘦，心爲夢思勞」：思路深穩。

《蜈磯》「東流白浪吞聲咽，西上青山遠黛顰。得失何關一女子，鬚眉空笑衆謀臣」：浩渺一氣，「休誦潘郎集，啼痕滿布袍」：結得老。⊙警鍊透髓，足爲梅岑寫照。

另具識概。

《燕子磯步阮亭先生韻》「天空沙鳥和煙没，風起江豚逐浪生」：少陵神境。「伴人只待篷窗月，莫更蕭蕭夜雨聲」：結得遠。⊙穩帖無痕，更有心曠神怡之致。

《憶夢示靳五》「知在天都第幾峰，與君同倚卧龍松。秋從紅葉林邊得，僧向青山隙底逢」：恰是憶夢。⊙才思俊逸，音韻雍和，自是大吕佳製。

《秋成誌喜》「記得勸農南陌日，殷勤春酒慰扶犁」：仁者之言。

《九日登幕山》：二絶似不着意，卻得風人之旨。

《無題》其一「雙丸不透真消息，猶作羊羔侍女看」：不獨典麗，而有一唱三歎之妙。其二「露臺欲上無愁那，又見中天太白高」：韻極。其三「裊裊風蘿誰處着，等閒閨閣費躊躇」：妙在不盡。

●梅岑嚴於論詩，不輕許人。戊辰春自北平歸，訪余董子祠。余曰：「子足跡遍天下，擅場風雅者爲誰？」梅岑首舉吕子大風、祖子夢巖、傅子育庵，余神往者久之。予時值三集將竣，梅岑始持三君詩見示。清真秀逸，出入韋、陶。因登卷末，與世共賞。

愼墨堂詩話卷三十一〔一〕

田雯

綸霞、漪亭，山東德州人。《山薑書屋詩稿》。

《巢燕詞》「不羨王謝戀枋榆」：枋榆之安，故不羨乎王、謝也。託諷深矣。

《賽神詞》「俄閧走，夕陽野。皂衣健卒騎官馬，拽船捉夫檄牒下」：亦復有此敗興。

《淘井詞》「井師立脱犢鼻褌，鐵鍤竹戽手自捫」：筆力險峭。

《牧牛詞》「官府催錢議賣犢，與其賣犢寧拆屋」：結語酸楚，誰爲達之當宁。

《同郭廣文登千佛山》其一「杖策只緩行，不知入林杪」：光景如畫。「人家萬柳陰，湖面一鏡小」：一幅大明湖畫。⊙「振衣最高岑，送目皆可了」：澄泓蕭瑟。其二「濼源既洑流，玆水乃巖巔」：《水經注》。⊙「孤亭縛山腹，中有一指泉。淪漪下奔崖，遠注如長川。斜日風蕭瑟，返景何澄鮮。松篁響迴谿，泠泠拊清弦」：讀過覺泉聲在耳。

〔一〕此卷輯自《詩觀》三集卷四，原署「東吴鄧漢儀孝威評選／同學張　潮山來參閲」。

《翠微亭》「豈知披榛莽，紆迴流水通。一僧出汲水，竹戽行相從。長綆下深澗，割割驚潭龍」；「淅淅石湫雨，泠泠葛花風。前循略彴去，木杪聞清鐘」：前爲紆曲，後爲澹遠，不減身入桃花源。

《夏日雜詩》其一「藉問灰燼餘，何從識勞薪」：是曠識。其二「京朝富貴人，肥白如瓠壺」：一路功名人。⊙輦上鉅公聞人讀書，輒攢眉曰：「何爲作此苦事？」

《由石饋抵黄溢》「參差橘柚垂，深淺溪山上」：好畫。

《雙蓮寺高閣晚眺》「渺渺二喬宅，但聞漁唱起」：古唱。⊙層嵐疊翠。

《妙喜寺冬夜醉歌》「滿前嚴馬都可畏，我無巨筆同豐杠。那免群輩笑淺陋，邾莒曹鄶何成邦。皺面朱鉛自塗抹，官府催促人來扛」：詼諧嘲笑，令人絶倒。⊙明是目無儔輩，故作此調笑伎倆。至文筆兀奡，則得韓、蘇之深。

《釀酒歌》「腐儒粗糲無不可，杯中之物偏精詳」：是酒人語。「麴車忽餉十裂餅，赤脚老僕潛攜將。釀黍兩斛貯雙甕，活活如乳生清香」：此段摹擬精絶。「一瀉瓶盆夜方午，寒聲滴瀝聞壓囊。聒眠走看糟牀注，簷烏不叫啄瓦霜」：快事。⊙從釀酒寫出嗜酒之神，曲曲傳照，我亦「路逢麯車口流涎」矣。

《正月》「凌晨退食自城闕，大官呵殿肩相排。笑看面上滿塵土，朱鉛涂抹疑優俳」：如此描繪，太覺盡情。「彊取萬古爲同儕」：是病根。「安得好雨知時節，原隰草木沾根荄。雛鶯乳燕二三月，摒襠布韈兼青鞵。藍尾一甌出城去，香山澗曲桑乾涯」：見吾輩胸懷。⊙此老一肚皮不合時宜。

《題周生臨黄庭卷後》「人嗜我書忘其醜，好色豈必傾城妍」：比配得奇。⊙「我昔曾摹官奴帖，來禽墨本臨邑傳。十指如椎筆如杵，有鬼苦踞秋毫顛。扇面屏幛浪涂抹，家雞野鶩紛來前」：前一段自寫情狀處，每讀之輒發大笑。

《登采石磯太白樓，觀蕭尺木畫壁歌》「力挽萬牛嘯兩虎，袒衣跋扈青冥間。四壁四山拔地起，直從十指生煙巒」：其氣亦可挽牛嘯虎。「屋角雷雨勢飛動，墻根潤蛩聲潺湲。牛渚白紵如蟻蛭，天光破碎滄溟寬」：大爲尺木老人生色。⊙只就畫上描寫迷離澒洞之狀，筆力横放，遂可千里。

《泛湖》：如遊印渚。

《丁給諫來公枉過草臺述懷》「可怪金門客，幽尋到酒徒」：先生固云：「閉門高卧，客到則飲以醇酒。」

《皖江道中雜詩》其一「不辭行役遠，翻喜簿書稀」：是其情懷。其二「箐密狐狸語，燈昏蝙蝠來。前途有虎跡，僕馬莫頻催」：筆陣騰涌。

《暮春同于桐江、汪鐘如、吴五崖遊張氏園，晚過嘯上人禪房》「亭邊小沼春前響，衣上新泥燕子來」：新意可喜。

《禹城道中有感》「晏嬰城暮重沽酒，穀雨春愁又憶家」：以虚對實，妙。⊙鮮妍可摘。

《采石磯》「鑑湖乞與知章去，梁宋還同杜甫遊」：有議論。

《舟次蕪關》「蟂磯插江江水犇，老蟂截霧立江門。斜陽石壁鳩茲轉，細雨帆竿魯港昏」：蒼莽處似少陵。⊙氣力沉厚。

《自皖歸》「紅葉已飄山四際，白雲忽起樹中間」：絶似劉文房。

《貢獅應制》「使者鬚髯古，蠻衣氈罽裁。綺錢盤翡翠，椎結罥毰毸」：形容怪異，而生動異常。⊙形容壯麗而生氣凜然。至其層次鋪叙，皆有體制，奚減王、駱之鉅篇，沈、宋之傑構！

●綸霞先生南遊諸詩，久爲江東傳誦。壬戌春日，駐維揚北郭，園亭酒次，更以笥中秘稿見示。先生詩學唐而不襲乎唐，學宋而不囿於宋，古雅奇鬱，正變皆踞上流。非識曠才高，安能幾此。

李良年

武曾，浙江嘉興人。《秋錦堂稿》。

《九惱灘》「百泉走一隘，跳珠滿山脚。石與水鬭争，勢敵不少卻」：十分摹寫。⊙「客船上灘遲，昂首向寥廓。我舟類警鵠〔一〕，欻忽空中落」：未身歷其險，何能寫得如此曲盡。

《平越城樓縱目，因追往事》「明家宣慰號藩屏，詎意肘腋生邊烽。青蛇失險應龍死，水西突騎紛來攻」：詩史。⊙一首典故詩，乃筆力矯悍非常，遂覺紙上有蛟螭出没。

《題趙千里畫幸蜀圖》「蛾眉絶影清渭水，太子始控飛龍騶」：好描寫。「倚毫寫此圖者誰，伯駒好手今猶誇」：老。「法仗細瑣不暇整，從官觸熱欹烏紗。就中緩轡意態殊，三郎捉鞭非翠華。金

〔一〕「警」，當作「驚」。

盆皇孫不可認，疑是羽葆風回遮。宫人軍裝或雁次，或稍前卻載以車」：可謂詩中畫。「不使蹴踏漁陽兒，首俯耳帖何爲耶」：好。「峽耕無人峽田緑，懸流淙淙水滿畬。薄雲千里帶村角，忽轉素徑疏籬斜。似聞子規響深壑，何有雪羽相籠篰」：又着此數閒筆。「昔人畫此意有託，眼明且愛煙巒賒。黔南開府擅珍賞，更束縹帶緘紅牙」：此畫不知飄零何所。⊙寫幸蜀情事，奇詭錯綜，令人目炫。而中間或夾議論，或逞姿態，有才法相御之妙。

《蜡梅村》「猿挂翻沙壁，樵歸出樹根」：警。

《思州》「鳥銜松子下，僧避水簾行」：是殊方情景。

《晃州瀑布》「閃爍斜陽氣，空明白石樓」：描寫奇横。

《沅陵再泊小雨，聞鄰船歌江南水調》「幡影東西三寺塔，柴門高下五溪煙」：清思俊調。

《古廟》「了了紅衫歸覡女，濛濛青壁飼神鴉」：如吟楚些。⊙「野岸秋開二月花」：「野廟向江春寂寂」，寫得濃至。

《天暉招集村居》「圍棋笑賭青燈夜，小婢聽歌白紵篇。招隱未成叢桂發，好花何限戰場邊」：情興欲滿。

《集梅墅兼贈星紈》「山水之間更絲竹，桑麻以外有人煙」：好境地。「打窗秋雨合高眠」：妙。

⊙新情映發。

《清明後二日集二覯齋》「花候春衫慣酒痕」：佳絶。

《上元後一日澹思過》「故人船到月當門」：自然入妙。⊙「重重往恨歸禪悦，一一蕭齋記墨痕」：過江諸賢，有此情緒。

《桃源》其一「十里不逢人，欸乃凌江去」；其二「仙徑杳難尋，棋聲出紅葉」：不必定粘漁人事，筆墨高絶。

《杜宇》「杜宇似憐遊子在，三年不向郭門飛」：此在黔陽所作，故有情味。

《姑蘇柳枝詞》「金昌亭畔緑初匀，畫檻横斜别是春。忽捲東風遮不住，倚船人見倚樓人」：爲喚奈何。

●武曾同余待詔金馬門，興殊落落，無干榮冒進之意。迨出都門，授余《秋錦堂未刻稿》二帙。廣陵花夜，出示田漪亭先生，展玩極爲賞愛，稱其諸體皆妙。余因録數章，與世共寶。

吴雯 天章，山西平陽人。

《登廣勝寺》「積壑連春陰，終古一蒼翠」：光芒射人。⊙「蘚蝕文皇字」：蒼秀。

《白石精舍》「寂寂下庭陰，回身禮金像」：堅老。

《陽山》「白雲逗殘雪，忽見前峰暝」：忽然有得。

《樂景晚題》「登頓不知疲，落日山家飯」：詩亦有巉翠撲人。

《次青縣題壁》「當門萬里崑崙水，千點桃花尺半魚」：風古。⊙小詩卻雋令。

《王官谷訪薛氏兄弟隱居》「飛瀑冰千仞，修篁雨萬竿」：森峻。《丹陽觀》「仙蜕藏珠塔，靈風拂澗松」：神骨迥别。《次樊橋》「酒歌無那秦聲苦，世事從來蜀道難」：感歎自别。《訪隱者不遇》「立久聞松子」：悠然。《登棲巖寺》其一「滴瀝石門泉，飛作人間雨」：好。其二「山風吹夕陽，一片琉璃影」：令人蕩漾。《豐干大士》「騎虎入松門」：妙。《寒山大士》「時來國清寺」：樸得好。《夜聞雁》：六絶字字得唐人神髓。《珠樓》「盡道天香何處落，不知人在水晶簾」：妙。《鎮州荷花》「醉臨明鏡看吴娃」：好景好興。《送僧入越》：飛動，不僅典實。

●天章挾其著作遊京師，王昊廬宫詹客之，王阮亭侍讀爲序其詩稿以行，聲名大振。卒未被凌雲之賞，何也？ 然家居濁河之濱，負米養親，以琴酒自適，即何必騎款段，僕僕東華道上，而後爲得意耶？

李念慈 屺瞻，劬庵，陝西涇陽人。

《携鄧孝威過嶺集入粤東，還過維揚，值其方營選政，即事賦贈》「南上十八灘，還下湞江溪。山川相映發，光芒何陸離」：君自謬推鄧作。「願言益努力，不忘入粤時」：收應老。⊙兩事合作一詩，筆力矯矯，直抗少陵。

《鮑郡丞見招值大風雨，渡江赴飲，夜歸即事》「卻思良會肯蹉跎，徑棹扁舟逆浪過。城門扃鑰譙鼓亟，盡醉歸來夜江黑」：「捩柁開頭捷有神」。⊙字字轉，筆筆健。

《阻風道士洑，登西塞山》「洑溜深藏龍窟黑，茂林高隱寺樓紅」：深堅奇崛，不減空同。

《荆州除夕》「幸無官守妨疏懶，實有清貧養拙愚」：轉筆峭甚。⊙渾樸。

《漢陽》「帆開門對武昌出，岸轉江吞漢水流」：確切。⊙氣雄力厚。

秦松齡

留仙，對巖，江南無錫人。

《登燕子磯》「江聲趨鐵甕，山勢束金陵」：幾於「樹影」、「鐘聲」之詠。

《荆南春日寫懷》其一「信宿黄巾成喪亂，尋常白骨漫縱横。廿年聖世纔休息，辛苦江湖再用兵」：落落見老氣。⊙真是詩史。其二「夜燭銀箏細馬馱」：非衹瓌麗，實有興感。

董　俞

蒼水，江南華亭人。

《湘江》「岷江如英雄，湘江如美女」：奇語，極確。「喜愠雖殊態，性情皆可取」：箇中情語。⊙「譬諸傾城姝，粲然含笑語。有時晚妝靚，螺黛澹可數。姍姍月中姿，可即不可侮」：爲湘江寫照，流姿騁媚，何其動人。

《牂牁江》「來時水淺石齒齒，去時水深波瀰瀰。來時憂石去憂水，長吟短嘒何時已」：音節逼古。

《抵蒼梧》「錦帽蜑人鬟蝟磔，銀釵蠻婦語侏離」：形容怪異。

《東流縣》「細雨篷窗無數山」：寫景澹絶。

《一葉》「細看不似江南景，斑竹林中皂莢花」：能不動鄉關之感？

李猶龍

紫函，陝西洵陽籍，江西吉水人。《强善堂詩》。

《古林與印上人坐月賦贈》：詩心澹絶。

《夜登燕子磯喜王太史至，和趙侍御韻》「背寺觀漁火，篝燈上釣磯」：光景如畫。⊙全詩秀警。

《遊棲霞寺》其一「光移水國村燈迥，韻落山樓野磬逢」：寫景，在即離之間。其二「宫闕望中衰草白，何如佛是六朝容」：有含蓄。

《石城舟中送吕介孺先生還洛陽》「干城故國綢繆在，兵燹中原道路長」：有心當世之言。

《峰頭夜坐》「峰頭夜氣如經雨，松裏秋濤似瀉江」：可以静悟。

李振裕

維饒、醒齋，江西吉水人。《白石山房稿》。

《過梅巖儀部容園》「枯葉散蕭林，亭空有餘響」：似韋、柳。⊙字無俗韻，句有遥情。

《夜集趙鐵源同年寓齋對菊即席限韻》「虚館生夕光」：妙句。「隔院響檀槽，噂沓翻不樂。寄身環堵中，所志在寥廓。心與跡雙清，寒風振簷鐸」：高流胸次如是。⊙情懷如雪，一洗軒冕之陋。

《登卧佛樓》「鳥翎穿白浪，魚眼射青溪」：奇麗。

《送方敦四之粤》「嶺路同知己，江樓獨别情」：天然聲彩。

《次韻留别方位伯、梅耦長》「詩思頻年減，荒心野水鳴。扁舟江上去，遲汝豫章城」：遒老。⊙鐵畫銀鈎。

《起潛上人重修隆慶寺，詩以贈之》「僧老亂離中」：好。⊙「不必説元豐」：强勁，力可没羽。

《施愚山觀察惠詩，依韻奉酬》：詩意在淺深離即之間。

《雨甚，諸同人散去，施愚山、高阮懷止宿齋中》：興會絶高。

《遊歸宗寺》「山留千古色，門静六朝松」：筆彩墨暈，浮動紙上。

《雪》「巡簷驚白首，捲幔失青山」：是雪景。⊙無一字弱。

《雪止》「居人不畏虎，深夜啓柴扉」：蒼老逼杜，結處更自奇勝。

《試燈有感》「不謂巖居寂，春燈媚草堂」：好起。⊙雖烽煙滿地，名人處此，正自不同。

《樂志堂爲喬石林舍人賦》「水長孤城閉，煙深故國愁」：别。⊙獨有遠識。

《夏夜喬石林約汪叔定、陳冰壑集樂志堂限韻，送汪蛟門舍人北上，余以事阻，補詩三首仍用十蒸韻》其一「夜涼群動肅，初月傍簷升」：似六朝人語。其二「賈生空歎息，長嘯有孫登。憂樂古人異，悲歌曠世增」：落筆高異。⊙「有客將行邁，炎途慎寢興」：穆然古調。◎三作高邈頓折，筆墨全殊。

《文江即事》「蘆笛風生月已上，霜江秋老雁初歸」：涉筆蒼秀。「輸輓年來民力竭，詔書曾否及巖扉」：關心時事。⊙識正憂深，出以和婉。

《恭謁文山先生祠》「孤忠自可存今古，遺廟何妨付草萊。漫説春秋猶饗祀，一林風雨閉荒臺」：孤忠不藉廟祀，此論特爲開闢。

《憶東湖書舍》「老僧攜琴時一鼓，獨樹到夜轉青蒼」：空同七律每用拗體，此首骨格崚嶒，正堪與北地並駕。

《南昌即事有感》「遠檄傳來驚幕府，中宵數起聽鳴雞。臨戎不講安民策，空使深閨帶月啼」：江右之民塗炭極矣，誰秉節鉞而令至此？以此詩作諷，庶有救乎？

《山居即事》「江鄉幾處容高枕，愁聽江聲雜鼓鞞」：識高力厚，神堅骨蒼，當爲少陵後勁無疑。

《雪夜讀史》「銜枚疾走蔡州道，夜雪無聲静不譁」：讀此，知其識略之優。

《十六日復雨》「地非巫峽常多雨，船泊瀧江好挂風」：筆力高健。「敢戀巖棲忘出處，簷楹徙倚暮愁中」：多少含蓄！⊙秀挺。

《懷亦園》「我有柏亭章水上，峰巒洞壑總天然。先人手闢偕高隱，坐客題詩勝輞川」：高峙。「江城第宅紛戎幕，無恙春山有杜鵑」：意警調遒。⊙倜儻不凡，固屬英搆。

《懷大士庵讀書處》「孤塔夜懸千佛影，雙湖日落滿城秋」：華鍊。⊙圓滿秀麗。

《留别程穆倩》「抄書細字敵諸生」：新句。⊙扶疏高敞。○穆倩名埒侯嬴，而先生每篤彝門之誼。吾黨於此，服其道力。

《和白仲調同年見贈原韻》其一「東南機杼聲猶急，宵旰憂勤賦未增」：因歎三餉之失。⊙語必關係，非浪爲筆墨者。其二「隋苑鶯花三月暮，津亭煙柳片帆遥」：芳鮮。

《送吴星若之大梁，用梁司農前輩韻》「客中乍喜聞鄉語，身外論交非世情」：送同鄉，固有此款曲語。

《授館職紀遇》「六年草土思親淚，兩載兵戈戀闕心。多難敢云臣節苦，不才轉覺主恩深」：樸老奡兀，逼似空同。⊙蒼氣不可及。

●醒齋先生京師手授詩稿，予久刻之《名家詩品》中。而維揚朱天飲、丁蘭皋兩學博謂余曰：「今天子聿隆文教，首重風雅，適侍講吉水李公來此地爲文宗，詩又卓犖超拔如是，不登之《詩觀》三集，何以廣布郡國，而令學者知所適從也？」余曰：「子言誠然。」遂登之梨棗。

胡會恩

孟綸，浙江德清人。《煙帆草》。

《惠山》其一「琳官雜紺碧，掩映巖壑光」：古秀。其二「有唐三處士，卓犖風雅人。詩傳千載後，猶似溪山新」：筆力最勁。其三「已浣衣上塵，更延松際月」：聲韻入古。◎三章絶有次第，而音調之遒，意識之老，直踞峰巔。

《江行得風戲爲長句》「大通驛前忽放眼，排列九朵青蓮華」：極似李太白。「南舟風便北舟苦，世上疾走休驚誇。吾行泛梗無遲速，慚愧江神用意賒」：結意深老。⊙形容舟行之疾，數百里山川草樹，俱集筆端。余向自皖城一日而抵八里江，風帆亦有如此之速，然未有長篇紀事如孟綸之超忽也。

《泊京口》「歷數南朝事，休論北府兵」：沉警。⊙「禪燈棲塔影，漁唱入江聲」。今古茫茫意，煙濤未肯平」：詩能用意，故不流入淺薄。

《天門山》「神工擘山骨，天意束江流」：「擘」字、「束」字俱鍊。

《龍潭道中》「山店榴花雨，江村麥穗秋」：筆墨雅適。

《金陵》「禾黍故墟屯鐵馬，煙花南部失雕闌」：情文斐亹。⊙風情稠疊，不數劉賓客探驪之作。

《登長干塔》「蔣陵松柏最青青」：今上且有修復孝陵之舉，中外感泣。

《贛石道中》「百折競如三峽險，雙流奔滙一川斜」：此聯最確。

《舟過邗江，丁蘭臯出新詩見示賦贈》「六月手披冰雪卷，半江風散芰荷香」：蘭臯一氊廣陵，而留心風雅，人士皈依，宜孟綸太史嘖嘖歎其高韻。

《雞鳴山晚眺》「破廟鐵衣悲猛士，中峰布帽想高僧」：不可移易。「一代風雲有廢興」：所感最平。⊙後有作雞鳴山詩者，俱當閣筆。

《項王廟下作》「沐猴事業終懷楚，逐鹿威名只覆秦」：包括項羽《本紀》。

《小孤山》「絶頂倒垂飛閣影，孤根全嚙怒濤痕」：更爲巉刻。⊙險峭雄麗，全本少陵。

《秦淮四首》其四「貪看小姑祠下水，難逢桃葉渡頭人」：樂府遺音。⊙秦淮片地，樓臺花鳥，鏡奩鈿盒，檀板清歌，皆太平極盛時事。今俱不可問，爲之太息。

●憶戊申客茗上，窮巷秋雨，而孟綸攜老教師馬舜甫見過，酒間一彈再唱，音韻感人，蓋開元、天寶之遺調也。此事最爲可憶。今孟綸身列蘭臺，而僕爲江潭病客，丁廣文蘭皋持孟綸札子來，謂僕可能記憶疇昔。太史不遺故人，予敢頓忘舊雨哉？

汪文楨

周士、六州，江南休寧人，家桐鄉。《噴飯集》。

《舟次塘口》「溪回路始分，地僻心彌幽」：涉筆古雋。「不審所居人，習俗還淳不」：跌宕。⊙「惜哉迫行役，曾未獲少留。夜宿有常程，前向煙光投」：似少陵《西枝村》諸作。

《次和徐臞庵經三過堂有感》「雕甍巢塹雀，蔓草縈石馬。空然高突兀，轉盼成傾厦」：滄桑之感在目。「夜深月墮檪，風激鼠竄瓦。鐘磬寂無聲，遊人到偏寡」：古響幽色。⊙古聲艷調，而出之歷落崎嶔。五古中此種絶少。

《雪後曹秋岳先生招同崔兔牀、舍弟晉賢泛西湖，過瑞雲庵歸飲寓樓作》「岸近得修竹，輕橈爲暫停。幽尋悵難遇，小徑喜不扃」：曲折敞豁，筆意最靈。⊙層次寫景，巖巒水木，無不入妙，直是一幅輞川圖。

《食梨》「骨甘體冷細香在，味别不與凡果諧」：摹擬盡致，令人津液頓生。其筆力老硬生峭，則得之韓、蘇者深。

《食栗》「遥憶天風十月寒，房櫳處處遮帷幄。榾柮圍鑪旋苦饑，呼婢卻取煨帶殼。伴將紫芋寂無聲，惟渠忽爾驚竹爆」：寫得風神滿紙。「皮光質重真意減，味如嚼蠟兼冰雹。久之蟲蠹内横生，壞爛堪嘗不盈握」：市栗之惡如此。⊙説出多少風韻，極細極柔，安得便用纖纖之手剥之。

《後門小圃瓜蔓蒙密，豆町菁葱，久立欣然，有作二首》其一「豆密棚牢拄，瓜繁架漸欹」：細心密緻。其二「枵腹充腸好，還留待飯僧」：好處置。⊙風味極佳。

《桐廬道中，用松圓老人韻》「天寒魚米早收市，嶺峻樵蘇半入雲」：風景如畫。⊙既饒風韻，又極確切，此謂匠心之作。

《舫集蓮塘，因感舊事次前韻》「花開北里朝傳札，月滿西樓夜簸錢」：動人情緒。⊙顧庵曾爲我言：「桐溪昆仲於艷事頗有料理，詩亦逼真義山。」信爲不誣。

《贈孫豹人中翰》「酒後唾壺須擊碎，長歌耳熱本秦聲」：風調最高。

《歸雲庵題畫》其一「時有寒巖僧，雲中自來往」：遠。其二：余昔至其地，讀二絶爲之神往。

《題查梅壑畫》「緣知數聲笛，只在蘆花裏」：静。

《苦水謡》「去歲河枯頻掘井，今年田没好摇船」：正合謡體。

《題蕭家店》「盡識儂家蕭九娘」：有古意。○蕭九娘何如黄四娘耶？賴六州以傳矣。

《懷澹歸大師》「老成屈指今無幾，持鉢披緇剩此人」：可感。

《裏湖訪荷》「見人蕩槳笑相指，船進裏湖花更多」：似太白。

《輓李山人笠翁》「十郎憔悴抱花眠，自按新詞妓撥弦。芥子園荒燕子去，廣場猶唱奈何天。笠翁有芥子園，《奈何天》是其所作樂府中之一」：此老別是一種。

《花信》「莫爲飛花怨飄蕩，作成春色是東風」：翻得好。

汪　森

晉賢、玉峰，江南休寧人，家桐鄉。《裘杼樓詩稿》。

《虞山雜詠》其二「斜日板橋外，春風壚店前。杏花寒食雨，柳絮斷堤煙。牧笛聲何處，耕牛壟上眠」：妙絶。◎數首全似摩詰。

《和徐臞庵經三過堂有感》「僧徒半遁跡，屋漏不蔽瓦。但聞戍鼓鳴，梵唄出林寡。傍餘樵李亭，孑立在荒壄」：不減少陵《玉華宫》之什。⊙俯仰今昔，颯沓風來。其文筆雅麗，則鮑、徐之匹。

《雪後曹秋岳先生招同崔兔牀泛西湖，過瑞雪庵，歸飲寓樓作》「支公偶爾出，階鶴閒梳翎。徑微積深凍，屐齒愁難經。回橈尚斜照，煙靄留南屏」：描寫入微。⊙康樂之神骨，右丞之風趣，此篇具有。

《草堂春盡獨坐寡營，偶撿東坡集見百步洪詩，喜而次之》「籬邊一犬自眠路，樑間雙燕猶營窠」：好點綴。⊙「昨者薰風生薄暑，已尋刀尺裁輕羅。新栽花竹繞窗户，灌溉每思郭橐駝。藥欄薛砌多位置，蟻封蚓徑殊委蛇」：便似東坡翁。

《魏叔子過草堂旋別次原韻》「病扶黄葉路，秋老翠微人」：工鍊。⊙叔子載病而遊吴越，卒客死真州，可歎！

《次韻送筠士上人之閩》「高灘經黯淡，坐穩任篙師」：蒼甚。

《石塘觀潮》「蛟龍翻窟宅，誰復探珠回」：警絶。⊙足抵一篇海賦。

《望海》「霜戈鐵騎煙中戍，金闕銀臺劫外春」：造奇闢異，筆有光芒。

《顧子以詩留别次前韻》「微月映舟籬犬吠，遠煙依渚水禽飛」：微茫掩映。

《鹽官彭羨門舍人欲垂訪，已撥棹至烏戍而返》「小市帆回烏榜遠，長安詔起鶴書新」：流轉多姿。⊙「衹憐流寓孤城客，戢羽何時得共親」：一路風光可懷。

《送潘次耕入都，依留别原韻》「自來巖穴求高隱，此去京華識壯遊」：婉而能貼。⊙「驟馬軟塵過舊驛，征鴻寒月送殘秋」：次耕入都最晚，其情事有難言者。此詩和潤，極爲得體。

《次韻徐矐庵歲莫過訪之作》「一年何事此方來」：好心腸，如今所罕。⊙「疏籬積雪爲君開，杞菊猶從别後栽」：歲暮，老友扁舟到門，卻如此驚喜，如此慰勞，是真以友朋爲性命者。桐溪兄弟傾動天下，有以也。

《同吴孟舉即席分簷字韻》其一「樺燭光摇逼小簾」：妮人。其二「雨深菜把欹芳徑，風動花枝壓畫簾」：秀氣拂紙。⊙穠纖合度，骨態咸宜。

《得仲兄季弟倡和詩次韻》「兄弟諒應爲世世，文章欣共論年年」：人間第一樂事。

《清明日郊遊》「春風小榼鶯啼後，斜日重門客到初」：温、李無此秀麗。

《送金亦陶遊黄山》「日出尚憐塵界暗，雨來偏喜上方晴」：已寫出黄山。

《次答王倩修》「窗下梧桐僧院榻，溪邊楊柳郭門船」：晚唐佳處。

《雜憶》其一「最憶月明人醉後，一聲横笛弄伊涼」：風艷。其二「曲中憶聽關情處，惱亂離人夜不眠」：如此柔情，正復不惡。

《舟過苕溪》「日暮採蓮人去遠，不堪芰雨又蘋風」：韻。

汪文柏

季青，篔溪，周士、晉賢弟。《摛藻堂詩》。

《渡太湖》「浪頭穿地底，日脚射山根」：極意形容。

《贈吴漢槎》「北闕有人憐死别，南冠無恙又生還」：真事。⊙漢槎蒙恩赦還，誰知溘爾朝露，可勝歎恨。

《題邵僧彌漁隱畫》「遥羨雨簑風笠好，倒撑篷艇出溪灣」：畫。

《春日即事》「攜錢買得黄茅酒，一醉扶歸席帽斜」：大有世外意。

《過朱老看牡丹，次徐松之韻》「喜得春風吹不定，穠香分遞入鄰家」：春風偏有公道。

《次韻寄答鹿牀、犀月、仲兄、叔兄見懷》「幽事定多身未與，只緣櫻筍殢山鄉」：殢山鄉亦是清境。

●周士、晉賢當山水絶勝之地，葺宇讀書，而愛好詞章。四方同人，拏舟往會，相與彈絲揮斝、刻燭飛箋於青峰緑樹間，洵可樂也。兩君皆獲於維揚把晤，而近得季青，藻思芊綿，足與兄敵。雖未接其聲塵，而知其風度有過人者。夫富貴非難，而文采意氣鼓動當世爲難。觀於三汪，宜吾友青藜、已畦、稼山、竹垞諸君稱道不置也。

朱虹

天飲，江南吴江人。《廣陵雜詠》。

《憶鄧尉梅花二首》其一「雪消花有信，春到客思家」：秀絶。其二「林塘停短棹，曾記借籃輿」：風韻獨上。

《東杜于皇》「江聲環白下，山色隔黄岡」：高蒼。⊙「相看蕭寺晚，寒菊幾叢霜」：字字是茶村本色。

《曹秋岳侍郎見訪學署賦贈》「津亭維錦纜，彷彿剡溪船」：風神皎鏡。

《呈同年張敦復學士》「預開黄閣君恩重，肯向江東戀鱠鱸」：典切，足儷盛唐。

《寄余嵩山夫子》「懷袖八行看朗月，執經廿載憶春風」：濯濯如新月柳。

《陪劉木齋學憲紅橋觀荷，還舟過方園夕眺，次劉公韻》「可知坐近蓮花府，應許歌傳荷葉杯」：悠揚有致。

《題司徒廟》「剩有新宫營趙范，應從舊部痛王琳」：切實，出以風韻。

《送虞山許南交北上》「攜將北苑煙中景，去看西山雪後晴」：翩然獨秀。

《上巳日雨》「林鶯頻囀聲猶澀，社燕初巢羽未乾」：恰貼。⊙鮮美絶倫。

《送吴菌次太守遊東粤》「霸圖寂寞指花田」：句有力。⊙風華韶秀，令人不覺遠遊之爲苦。

《寄總制吴留村先生》「紀綱自執中丞法，節鉞還專太尉兵」：鏗鏘可感。

《招青浦童西爽小飲有贈》「留客遥看過雨山」：秀倩。

《送胡孟綸太史假旋》「齊紈乍賚回風扇，顧渚纔煎活水茶」：風秀如六朝箋賦。

《送韓慕廬侍講還朝》：雖是應制體，卻筆端有蘭芷之氣，吹人襟袖。

《題卓火傳傳經堂》「述來祖德垂三葉，留取家風在一經」：穆然古風，更爲秀濯。

《平山堂即事》「縱失當時舊欄檻，晴空看盡隔江山」：此謂真賞。

《上趙閬仙學憲》其一「蕃鳌觀裏花重發，弄色含香故不同」；其二「爲説芳菲桃李節，一琴一鶴早攜來」：寫得風韻撩人。

《題顧荇文翠竹碧梧書屋》「無錢不把丹青賣，换得奚囊絶妙辭」：較「閒來寫幅青山賣」，更深一層。

《弔萬貞女絶句》「翻憐絶筆書扉日，未了閨中一寸心」：看得貞女更深。

《送我怡上人參金粟》「此去一肩横榔栗，何人裁與水田衣」：深情珍重。

《喜孫豹人自楚中返廣陵》「傳來一事豪無敵，題得新詩黃鶴樓」：不怕崔顥題詩在上頭，固是快事。

《和黃仙裳觀劇詩》其二「周郎顧曲聞名早，卻少流傳絶妙詞」：翻得好。⊙周郎固有勝場。

●昔人論詩曰：「新詩如彈丸。」又云：「如初出芙蓉，自然可愛。」蓋風神色澤，爲詩家第一。徒以粗莽蹇晦爲高，詎風雅之正則？天飲詩典貴風華，飄逸俊令，業已登右丞之堂而躋賓客之席。披誦之餘，愛玩無斁。迨秉鐸廣陵，其教士子必兼比興之業，蓋以尊功令，崇藝文，黼黻休明，行將允賴之矣。

丁德明

蘭皋，江南繁昌人。《培柏堂詩》。

《徐松之見過留飲次韻》「雨外集同人」：句老。

《送徐松之之潤州》「隔江回首望，高處是迷樓」：結得蒼健。⊙「才傾柏露酒，又上木蘭舟」：無處不見尺度。

《讀宮坊胡孟綸先生述祖德詩》「孤身圖保障，萬姓哭廉泉」：沉着。⊙典則風韻。

《邗上喜晤儀部周龍圖，時副通政鄭山公先生祇命禹陵》「謝傅詩歌湖上雨，李膺賓從柳陰船」：姿度不凡。

《寄題卓火傳傳經堂》「人在空山生白髮，家留故物只青氈」：二語足贈亮庵。

《題方氏白華樓》「閉户傷懷過好春」：淒艷。

《崔公自廣陵太守擢兩淮鹺憲》「轉愁旌蓋歸天闕，未得長瞻衮繡榮」：崔公以清介特膺宸簡，喜其仍駐邗江，士民歌舞載道，一詩具見風義。

《送裘鹺臺歸江南》「那看秋色醉行樽」：韻。⊙「漫疑張翰戀鱸蒓」：巡鹺臺臣，無有不重載以去者。裘公獨以冰雪自勵，當代實罕其人。此詩洵非溢美。

《夏至日飲程濂月薜蘿齋中，嗣登康山夕眺》「苔徑生寒疑雨過，絺衣身爽覺風輕」：陰涼襲人。⊙輕重疾徐，想其格理之細。

《紅橋觀荷，和劉學憲韻》「北郭芙蕖堪避暑，東山絲竹暫銜杯」：穩秀。

《送蔡仲端鶴》「揚州十萬徒虚語，留得清姿寄所思」：腰纏十萬者儘多，而騎鶴者寥寥也。結語有味。

《春盡同人招看牡丹分韻》「高齋客到鶯初歇，昨夜雨晴花正添」：風度俊令。⊙「春風國色最難兼」：不難其富麗，而難其清韶，此固足與花王酬對。

《江行》「江天漠漠雨初收」、「宿霧荒雲莽自流」：一幅江曉圖。

《同黄仙裳舟中坐月》「一天秋影散漁燈」：悠然有閒適之味。

《題家勖庵兄秋江獨釣圖》其一「從來不是綸綸手，未許持竿上釣臺」：看釣人不凡。

●凡詩逞才則易傷格律，而守法則遂少勝場，惟遊神矩度之中，而又有卓論精思相爲映發，斯爲難幾之業。蘭皋詩步武唐人，而當其清才獨出，妙緒天成，真有驪珠首探、雲錦自爛者。以訓邗士，一時風雅蔚興，厥功甚偉，爲之嘉歎。

謝開寵

晉侯，江南壽州人。《花隱軒集》。

《白雲庵訪孤月上人》「寒水莽明滅，勝地隱喬林」：十字寫景最妙。⊙「夙慕逃禪哲，況乃抽華簪。智清聞妙諦，因生不住心」：一往見其蕭涼。

《歲暮》「豈不念吾廬，干戈尚滋蔓」：真摯。「窮達信有命，安能盡如願。毛羽倘可假，曠望歸飛雁」：幼安、子瞻處憂患之道。⊙筆力蒼厚，全乎少陵。

《夜聞行》「君不見，昨宵風嚴窗紙裂，敝衾遮苦冷如鐵，夜半猶聞歌未歇」：且須擊鐵如意以答之。⊙「栗里先生甑生塵，白馬小兒氣如虎」：世事盡然，先生且奈之何？詩特蒼悍。

《苦熱篇》「獨羨山人住太白，青松架壑泉清冽。枕流漱石逐幽禽，赤脚踏殘峰頂雪」：安得不有此羨？⊙前段是繪火手矣，一結頓覺層冰峨峨，通體涼徹。

《竊枝歎》「嗚呼！羽毛微物巧詐尚如此，孰謂人之生也直」：妙。⊙借鳥罵世，竊恐世人耳聾。

《太息吟》「益信多藏必厚亡，風雲變態真叵測」：誰人省得。「君不見，山農荷鍤老荒村，爛煨新芋燒蓬根，保世偏能長子孫」：此老真快活，真受用。⊙身擁百萬，而一錢不以惠貧交，不知易簀時胸中作何想?

《秋夕旅懷》「拙自貧中得,憂從静裏生」:深着。⊙全是老杜格法,此等詩由沉酣得來。

《題胡貞庵大參草堂》「短窗堪雅奏,寧問亂離初」:結得勁。⊙風塵擾攘之餘,寫出心地安閒,固堪與之學道。

《架菊》「還將孤傲意,束縛且同居」:寫自寓意,較有情味。他手雕刻雖工,反失之。

《瓶梅》「無可伴孤影,寒梅借一枝」:起得超然。⊙字字雅潤。

《秋日俯江亭讌集》「絶巘孤亭出,荒城二水來」:高邁。⊙高視闊步,大有振衣千仞之概。

《過興壇庵》「紅紫夾村路,溪雲宕野陰」:「夾」字、「宕」字鍊。⊙俱無凡色,於題義復極周匝。

《過留侯墓》「功名已上凌煙閣,俠烈猶存博浪沙」:終始爲韓,心事如是。⊙看子房有識。

《謁左元放先生祠》「不共時賢争智勇,獨將遊戲服奸雄」:先生固有道力。

《白燕》「簾閒自許和珠捲,春冷人疑帶雪歸」:玲瓏縹緲。「輕羅欲製深閨裏,窗外遥看玉剪飛」:妙。⊙詠物詩於艷倩之中,獨見高雅,當更推之曰「謝白燕」。

《春日偶成》「滿眼顛狂春無賴,白頭野老人獨眠」:筆力横兀。

《催菊》「九日看花花未開」:老。「已挺孤標堪共對,卻留艷色待誰來」:一氣貫注。⊙骨蒼氣厚,一空凡艷。

《睹架上鸜鵒自戕羽毛感賦》其一「終朝縶足難尋伴,常自呼名敢怨誰」:正平賦所未及。

⊙「一身將隱文焉用，匿跡戢光卻悔遲」：深思老識。其二「架上金繩縛太急，隴頭芳樹願多違」：爲鸚鵡訴苦。

《感劉項遺事》「漢陵楚廟今塵土，莫爲烏江氣不平」：爲重瞳解嘲。

《露觔祠》「阿嫂若能同一死，也留芳躅到於今」：「死」字原人所難。

《千金亭》「留得千金亭子在，世人莫漫忽王孫」：留心者幾人。

●己丑余遊壽春，觀長淮之蕩潏、八公山之雄奇，而識是中有異人，顧忽忽別去。迨其後謝晉侯先生闈墨出，英偉縱宕，讀之心目開張，因歎曰：「硤石咄泉之靈秀，當在於是。」然猶未見其詩與古文辭。乙丑余來邗江，復有《名家詩觀》三集之選。適觀察崔公枉顧蕭寺，曰晉侯方在署。余急索其詩，得惠教《花隱軒》一帙。讀其詩，既樸老如杉松，復深邃若金石，於時流奔趨之外，另開心眼，獨闢乾坤。因登若干首，以志企尚。時覺桐柏之波聲、叢桂之嵐岫，隱隱几案間也。

閔麟嗣

賓連，檀林。江南揚州籍，歙縣人。《南郭草堂詩》。

《送友》「所悲稻粱少，不慮江湖深」：所以行路之難。「流水趨大壑，白雲歸舊林。去矣勿復慮，聊用慰我心」：結得琤琮。⊙結體貴，蘊旨深。

《樸士遺蠟梅花一株，植之草堂賦謝》「無錢買花栽，兀坐唯空庭」：寫出高士行徑。⊙「誰能鑒微尚，相念歲寒貞」：樸士固是韻人，詩高潔如其樹。

《送王州伯遠任歷陽》其一「聞説羈縻俗，花蠻少業農。唐初分郡縣，漢已入提封」：起得峥嶸。其二「鄰境丹砂窟，天涯毒草春」：語新而確。「只飲麗江水，炎荒亦易馴」：帶訓勉意，妙。⊙送行詩既詳其土俗，復勉其官守，所以可傳，不僅詞章之瑰麗。

《送曹秋岳先生從征八閩》其一「天南横戰骨，觸目感蕭蕭」：諷時。其二「江山新戰血，戎馬舊儒衣」：老杜壯句。⊙英犖而多姿，豪達而有識，固非時流可擬。

《送江辰六之任益陽》「地經百戰苦」、「殘黎望歲星」：思路危苦。

《同諸公泛舟登平山堂，次黄瀛山編修韻》「村煙白過橋」：好句。

《寄題卓入齋先生傳經堂》「文章歆父子，經術漢西東。只此紛綸譽，誰家指授同」；「數椽存亂後，三世閉門中」：典穆可誦。

《立秋日同人遊上方寺，訪指薪和上分賦》「涼風好友同」：新句。

《中秋雨夜集雙清軒》「忽見簷花落，翻嫌瀑雪奇」：蕭蕭瑟瑟，固令人遠。

《宿焦山雲聲庵》「壁高摇海影，石亂剥雷文」：險麗。

《送汪舟次太史充琉球册立正使二首》其一「將窮湯谷扶桑路，特簡張騫陸賈才」：老筆紛披。其二「天下大觀從此止，人生異數獨君多」：還他大雅，遠勝雕刻。

《贈僧》「石火乍驚青鬢改，溪風重見白蓮開」：意警詞和。

《古重陽城南城臺集飲分江字》「乍晴秋山暮轉碧，隔岸寺鐘時一撞」；「百年作客常邗江」：古鬱，不讓空同。

《有客見過南郭草堂，次韻奉答》「故國青山人未歸」：是情語。

《過建隆寺訪遠峰和上》「定力忍饑存廢寺，安禪有母詠南陔」：足贈遠公。⊙神蒼骨健。

《走筆乞吴符五竹》「常看掃地花留影，獨少抽梢竹過墻」：樸情老筆。

《焦山看新緑，同徐臞庵、江清且、金漢白訪古音上人不遇，共用幽字》「林深黄鳥啼不見，春老碧桃花自幽」：景幽筆奥。

《送質庵弟之任尤溪》「地是新安先哲治，歲當庚戌大儒生」：考証獨精。⊙語語有考據，字字有着落，非泛泛折柳之詞。

《送汪栗亭歸里》「歸路一千餘水陸，還山三十二芙蓉」：精當。⊙孟浩然以吟「不才明主棄」之詩，遂爲明皇所擯。今扶晨平山應制之篇，遽蒙上奬，其彈冠當自有日。賓連此作，極其周到。

《題寄雲樓，奉輓施愚山侍讀》「墓上酒香多宿草，樓中人去自斜暉」：可感。⊙妙於樓上着想，便不是尋常哀些。

《紅橋泛舟遇雨》其二「莫測陰晴五月天」：纖麗之章，獨存大雅。

《玉鈎斜》：帝王將相陵墓荒唐，豈惟宫妾。

《法雲寺樹下》「維揚古跡還多贋，錯認瓊花是八仙」：别想高識。

《次閨秀楊李雨中泛舟之作》「遥想含毫醮酒樽」：寫出閨中韻致。

●賓連論詩最嚴，而已所撰著亦一字不肯苟下。諸作既高嚴而華秀，復蒼樸而清真，蓋伐毛洗髓之後者。

吴嶽

符五，湖廣江夏人。《淳發堂詩稿》。

《庵中夜坐》「風急鳥争樹，月涼猿共聲」：幽絶。

《冬夜村居》「野火明孤雁，村春答暮鴉」：撫讀令人蕭然。

《過鶴林僧舍》「饑鼠荒廚鬭，昏鴉古渡繁」：大有道眼。

《虎丘寺》「草抱六朝春」：警句。⊙可知羅綺笙歌原是名山之厄，高人於此悟得。

《初夏過南湖田家》「輕陰護麥日，小雨擷蔬天」：細潤。

《冬日叢碧山莊漫興》「窮陰院竹深」：幽涼，得世外趣。

《汪彝仲同年來自邊城，晤於叢碧山莊》「路歸寒雁外，鬢改故園時」：似孟襄陽。

《黄鶴樓》「銅駝夢冷舊宮秋」：黄鶴樓是楚王舊宮成之，故宜有銅駝之句。

《禮白嶽》「人到天門萬象低」：極巍峨森鬱之勢，固與遊黄山詩迥别。

《哭荆州胡玉栗年兄》「樑間月冷夢君時」：絶痛。⊙「空賦招魂繼楚詞」：己未晤玉栗於京師，時已抱恙，不知何時竟赴玉樓之召也，爲之歎惜。

《和汪彝仲、鄭有章二年兄初春登黄鶴樓紀遊原韻》「檻移雲影疑歸鶴，笛引春風早放梅」：用事都化。⊙「白雪君裁新郢曲，緑楊我夢舊章臺」：温潤如玉。

《螢苑》「不必隋宫零落盡，野燐烽火已依稀」：用意最遠。⊙前言其盛，一結寫其衰涼，有數層意。

《登平山堂》「草發隋堤分外青」：卓句。⊙「文章太守今何在，曾説勾留在此亭」：結得婉約可思。

《弔瓊花》「香銷南國鶯空老，春到荒臺蝶尚猜」：流麗可喜。⊙「名花劫火共成灰」：妙有神興。

《訪二十四橋》「鶯花天遣成南國，歌舞人徒怨六朝」：自是才人新語。⊙「好句難忘明月夜，幽懷偏憶玉人簫」：新思名論，摇管而出。

《禪智寺》「寒生古壁龍蛇夜，雨過荒臺鳥鼠秋」：蒼鍊。

《九峰懷古》「絶磴引猿過」：寫其蕭涼，至不可讀。

●閔子賓連夙稱吴子符五之詩和雅秀健，得詩家之正派。及符五以近稿見示，果然。夫黄海奇變、邗江雅麗、晴川黄鶴之高雄，採其勝概，彙而爲詩，自足高視藝苑。

汪文雄

彝仲，湖廣保康人。《月江樓詩草》。

《燕京歸興》其一「五湖原有路，漁釣亦生涯」：結得警。其二「欲焚遊俠傳，空羡五陵豪。日月荒三徑，風霜逼二毛」：有豪宕之氣。⊙氣雄詞傑，有幽燕老將之風。

《偕吴符五同年舟次淮上》「春林隨路闊，明月到家圓」：寫景幽潤。⊙將次還家，詩固有容與澹宕之趣。

《赤壁》「名山環郭俯蛟宫，斷石磷磷半壁空」：起得雄岸，不讓虎豹虬龍之句，餘俱穩愜。

王廷璧 崑良、蒼嵐，河南祥符人。

《渡滹沱》「滿天秋雨渡滹沱」：蕭閒冷雋。

《河干晚宿太平寺》「一卷南華伴夜燈」：蕭然固别。

方淳 樸士，江南歙縣人。《環翠軒詩》。

《舟中寄别》「柿葉遍秋紅，猿聲兩岸風。一江煙霧裏，細雨布帆中」：光景可愛。⊙前四句如畫，讀之神往。

《小重陽集登平山堂》「暮秋何處是，蘆荻在滄浪」：結得老。⊙「人物異今古，聊欣居士堂」：蕭疏絶俗。

《柳葉》「淚滿陽關路，愁添朔管聲」：獨見大雅。

《酬汪扶晨謝菊》「半衾閒夢去，一卷古香添」：中有菊在。⊙「雅趣惟須茗，秋光自到簾」：不沾沾言菊，而句句得菊之神理。

《登蓮花峰》「明月不高樵子髻，松風常近羽人襟」：深麗，可敵少陵玉臺之作。⊙氣象巍峨，出以圓秀，故稱合度。

《棠園古山茶》「老樹化成霞一頃，丹砂留得鶴千年」：老而艷。⊙「荒莊莊上暮春天，土屋孤亭叫杜鵑」：麗服翩躚，自有仙度。

《菊夜偕弟侄集飲有懷》「座上香來菊滿枝，弟兄叔侄客中時」：直叙自老。「路難多歎傷心易」：細膩風光。「蟲聲漸近起相思」：佳句。⊙委婉纏棉，殊多情致。情事幽細，妙能諧聲，故不流入寒河派。

《平山堂春遊》「鳥啼山轉人都集，花好溪深櫓慢摇」：秀倩。⊙艷不入俗，幽不落僻，所謂「修短合度」者歟？

《閒居秋雨》「寬心時候愛煙蓑」：俊。⊙幽心樂意，大可領味。

《再過西湖》「容顔不就荷花好，行色能添楊柳幽」：幽麗。⊙别調殊情，固非尋常筆墨。

《尋木蘭亭已廢有感》「至今水調空蕭颯，别樣新聲又少年」：寫意都在言外。余《過琵琶亭》有句云：「今日善才風調盡，蝦蟇陵下總新人。」正與樸士同一感慨。

《東都送畢子武箴之全椒》「明朝又過真州道，此夜相思夢裏分」：委婉入情，正是唐人佳境。

《廣陵竹枝詞》其一「郎若唱歌不敢和，虹橋楊柳撲衣裳」：有意無意，寫情最深。其二「春色入來儂不許，邗關昨夜未成眠」：其故難解，其妙愈極。

●樸士愛古嗜潔，所居斗室，自書册彝鼎、茗香琴硯之外，未嘗移懷。每至佳辰令節，素友相過，觴酌數行，繼以刻燭，蓋一代之韻人、吾黨之高士也。爲詩率胸而吟，類皆獨造，清微靈迴，讀之輒令人作數日思。至其按弦入拍，又使極意揣摩家所不能及。故樸士詩當於筆墨無痕處另有賞會，未可草草。

顧彩

天石，江南無錫人。

《慕方樸士先生有年，乙丑夏始獲晤於邗上，率賦短章奉贈》其一「逸情娱桂柏，高義滿山河」：足贈樸士。其二「論時起劍釭」：述事陳詞，全乎雅則。

王嗣槐

仲昭，浙江仁和人。

《浣花溪》「鷓鴣啼盡夕陽天」：好。⊙「已知娃館秋風恨，何處扁舟明月還。滿樹桃花溪口發，空留春思自年年」：情思蕩漾。

《題趙州石橋》「此路到中條」：老。

《百舌》「可憐四月暮，猶自帶春聲」：老杜則云：「過時如發口，君側有讒人。」

《代姬人答問病》「傳語休尋靈海藥，那聞消恨有仙丹」：别有靈丹。

俞瑒

犀月，江南長洲人。

《初夏過東禪寺，晚憩石橋》「同此囂塵中，如何異喧寂」：悠然静穆。

《春晚懷碧巢在鹽官，筤溪在郭城》「兩處鶯花總相似，詩情那不爲勾留」：淹潤而結構最密。

黄瀚

以容、勺泉，江南歙縣人。《遺餘草》。

《詠史》其一「不敢入君門，君有笑躄人」：自處不苟。其二「觀風知列國，不能裕後昆」：責季札，得《春秋》之指。

《難中寫懷》其一「出塞諳邊事，屯田見古心。名言趙充國，湮没到如今」：具有經世之略。其二「燕山人到稀」：老。其三「沉憂不可道，惆悵欲雞棲」：蒼甚。其四「生世行多難，還家未有期」：樸老中，帶有雄壯之氣。

《發金臺》「風鳴弓力勁，霜拂劍花明」：雄整。「酒酣還起舞，腸斷夜雞聲」：撫髀情動。⊙豪情爽氣，具見行間。

《喜峰口》「漢月臨關静，胡雲出塞長」：少陵《秦州》諸作之遺。

《長城有感》「嶺猿吟漢月，邊馬識秦碑」：光鋩射人。⊙卓犖不群。

《六十初度寓蕭湖寫懷》其一「自信貧非病，那知老見侵」：命意獨深。其二「鄰翁攜酒至，泥飲復頻沽」；結得健。

《歸故園途次作》「親舍飛雲外，鄉心歸鳥前」：沉摯。

《山海關》「一將臨關懾萬夫」：壯句。⊙有投筆請纓之氣。

《金陵懷古》「觸浪魚龍似戰争」；造語驚人。「投鞭莫遂圖南志，沉鎖安能阻北兵」：善用史事。

⊙古意新聲，一讀一擊節。

《途中值雪和彭賓雲》「二月一日朔風惡，滿空雪霰苦生寒」：起處高老。⊙「探囊金錯須棄盡，自覺今朝酒力寬」：筆力甚悍。

《維揚舟遊》「沙平瓜渚鼉争曝，日暖蕪城鶴自馴」：錘鍊有光。⊙舉筆便自摇珠散彩。

《蕪城懷古》「惆悵高樓笙鼓沸，風光依舊解迷人」：意深一層。⊙胸有卓見。

黄朝美

藎臣，清持，江南歙縣人。《拳石居詩集》。

《芙蓉莊秋集，同丁漢公、仙裳弟及諸子侄》「遠山自浮翠，水氣動林陰」：清綺。「翹首繆泬天，哀鴻鳴遠音。百年須臾事，爲樂宜及今」：簡俊。⊙澄華映發，有似康樂。

《懷老友幽居》「陋室餘簞瓢，清言羅古今」：雅難其人。「時雨草木奮，好鳥成歌吟。絶愛屋東頭，葵榴鬱濃陰」：筆墨蔚蒨。⊙音節遒上，風義淳古。沉酣選家，乃有此茂製。

《登雨花臺秋望時甲申避亂南渡》「浮屠之高幾百丈，上與浮雲同澒澓。報恩寺接雨花山，風景晴陰非一狀」：入雨花，有態。「今人即踐古人地，古人不與今人異。安危全是仗人才，世運如何有興墜」：大議論。⊙俯仰興懷，古今如接，而筆情猶爲蕭朗。

《寄西山隱者》「月光鄰巷好，秋色故園荒」：用筆在畦徑之外。

《杜于皇過軔雲堂，同仙裳弟及諸子限韻》其一「詩史咸推杜，遭時今更難。草堂何處所，傲骨只高寒」：全首老健。其二「客路誰知己，頻來即故人」：極中情事。

《雪晴喜杜茶村枉顧》「去鄉添老病，就日愛冬晴」：是老人語。⊙茶村在維揚交遊雖盛，然「一飯跡便掃」，求其「數去酒杯寬」，惟拳石老人矣。故數詩賡酬，極有至性。

《秦淮秋泛》「紅袖尚從高閣見，清歌偏使白頭聞」：依稀縹緲，令人情往。⊙「莫便燈船喧鼓吹，江東門外又移軍」：結入時事，想見右軍懷抱，非衹曠達。

《初夏吴在明招同叔亮三弟及諸子紅橋泛水》「揚州行樂傾城出，誰念宣房瓠子謠」：人不能説到。⊙淹雅芳蒨，結處大有關係。

《亂後舟宿燕子磯》「漸見客帆棲泊滿，戍樓哀角夜吹稀」：望見太平。⊙於「亂後」上着想，固自神情飛動。

《同李笠翁登廣陵城樓》「憶昔竹西歌吹處，煙花非復古揚州。多年戰地生春草，當日迷樓剩土丘」：領起高勝。⊙妙能一氣呼應。其憑弔哀涼，不減庾、鮑。

《社前一日集飲》「佳辰況是得閒身，老至惟應酒盞親」：磊落，都無俗懷。⊙景事佳，興趣洽，故筆墨自爾和柔。

《登海州青峰頂》「寒潮日夜抱孤峰」：好。⊙「逆旅蕭條已入冬」：渾闊之中，妙兼情緒，固有成連刺船之風。

《揚州感述》「可惜故宫荒蔓裏，如今飛燕向誰家」：兩語憑弔，關鎖全篇。⊙用隋史事，而風流跌蕩，固有許丁卯、杜書記之遺。

《登鳳凰臺弔李太白》「回首六朝佳麗地，至今何事不成灰」：推開愈妙。⊙不用塡積，而行以疏宕之致，其情味正耐人思。

《題查二瞻畫》「紅塵隨地足，只是釣船閒」：有味。

《山中即事》「空山悦幽獨，坐卧白雲限。正有牀頭酒，故人何處來」：悠然。

《重過靈谷寺探梅》「年年二月花如雪，多少提壺出舊京」：有情有景。

《桃葉渡》「只留花月照秦淮」：歌短情長。

《莫愁湖》「佳人薄命愁多少，何事當年唤莫愁」：借莫愁翻弄無限情致。

●竦塘黄氏爲新安右族，勺泉先生負奇才異行。曾與友共事，友被讎陷，當成邊，先生慨然代之，遂遨遊燕代齊趙之墟。所過山川城郭，指畫多勝算。爲詩磊落有氣，想其人當在馬文淵、班定遠之間，而時不能用。聞孫清持翁，僅拾其殘章零句以傳，可歎也。清持翁雖居闤□〔一〕而愛静讀書，晚年學道參禪，有蕭然物外意。教諸子，以文武成大名。喜爲詩，清秀閒遠。年雖七十餘，而詞鍊氣足，正使少俊家有所不能及。杜茶村、魏叔子爲序而行之。丙寅余客邗，樓居岑寂，因選其詩，與勺泉公並垂。

來集之

元成，浙江蕭山人。

《皖城春望》「戰骨聚新土，棲烏散古壕。春風無揀擇，敗屋吐櫻桃」：酸鼻。⊙先生目擊寇禍，可爲紀實。

李敬

聖一，江南江寧人。

《牛首》「拾磴趨山鬼，開軒落海虹」：奇處在虚字。

《宿石虎禪林》「人煙籠亂竹，佛火射深松」：蒼毅。

《遊盤石寺》「曲徑分山面，飛泉出樹腰」：體認不同。

《金牛洞》「落日恐行客，空村急子規」：蕭涼動人。

●凡詩流轉則易率，雕琢又傷氣。四詩於虚實之間，法力具備，恨未得其全稿讀之。

〔一〕此字原缺。

湯燕生

玄翼、巖夫。江南太平人。

《同汪右湘觀漸江丹林圖感舊書此》「蒼茫寫景幽，意象兩孤絶」：起處孤迥絶倫。「峙石不受憐，終古無時熱」：借石自況。「有懷聊共陳，無悶安可説」：古意。「載觀筆蹤騰，懷賢思更切」：兩意合收，法老筆健。⊙氣厚調古，脱胎漢魏。

《水香園二首》其一「坐石談秋水，微吟集玉昆」：佳句。「黄嶽護長垣」：結更有景。其二「藤緣古樹高」：做。◎兩詩不動聲色，而神情自遠，此先輩異人處。

《觀梅壑畫風木圖，賦贈汪右湘》「只念支牀容鶴弔，可憐負土見烏傷」：調苦思警。⊙詞旨淳切，不同浮響。

●巖夫先生真情古貌，遠近共推，而賓連、右湘兩君子尤稱譽不置。詩特森秀堅奥，冰霜在指，無一字猶人。何時于湖，一爲訪晤。

汪祉

膺繁，退齋，江南歙縣人。《用餘堂稿》。

《乙丑初秋寄懷禮常族叔粤東》「行止一以分，形影雙寂寞」：悄然。「何不賦歸來，孤懷徒落落」：結更疏老。⊙筆鋒横肆，一掃卑靡之氣。其二「遠樹影如髮」：看得細。「不見同心人，涼飈爲誰發」：快筆傳神。⊙字字逼古。其三「孤雲出山中，隨風自舒卷」：起好。「經年不顧返」：古。

「君其保金石，無爲恨偃蹇」：屬望不淺。⊙有《十九首》之風。

《石城懷古》其一「王家子弟烏衣巷，晉代勳名朱雀橋」：典雅。「夜深孤月照回潮」：好景。⊙淹潤無匹。其二「不知門外韓擒虎，尚擁宮中張麗華」：千秋炯鑑。「江畔秋風老荻葭」：結句高老。⊙寫昏庸之主，可謂神似。

《謁方正學先生墓》「十族就誅争一字，千秋名義屬孤臣」：實録。「忽憶西山埋老佛，凄涼杜宇不勝春」：結到建文，方是本旨。⊙正學死忠，百折不回。此作允稱詩史。

《登長干塔》「六代煙花舊夢中」：高調。「雲氣遥連沙岸白，夕陽低傍獵山紅」：頸聯摹景入微。⊙憑高弔古，一往情深。

《菱花》「古來多少長門怨，縱帶宜男也不消」：千古同恨。⊙翻得絶妙。

《冬青》「惟有萬年枝上月，花開時節子規聲」：意在言外。⊙詠冬青卻有滄桑之感。

●汪子膺繁爲右湘小阮，年少負異才，詩亦古宕雅秀，不幸早世。右湘與吴子雲逸搜其遺集，郵致選梓。而予友閔子檀林書來促之，足徵盛事。

陸　鴻　仲羽，江南興化人。

《拱極臺即事》「江村明遠火，山郭映斜暉」：遠景如畫。⊙清空如一泓秋水，足見家學淵源。

《老將行》「將軍原不爲封侯」：雄健有氣。

●陸子元圃以古文詞名淮南，惜其年命之早殞。有子清朗，翩翩絶俗，而更能詩，可謂元圃不死。

汪允讓

禮常，江南歙縣人。《半舫齋稿》。

《送兄遂臣之粤西》「況值三春暮，何堪萬里船」：一氣轉宕。「瘴癘須珍重，相思雲樹邊」：切題。⊙筆最疏爽。

《秋夜吴方來使君席，送吴芳楠明府出領，同黄渭北諸子分韻》「金風無木落，玉露有人歸」：對起甚佳。⊙「客路頻揮手，憐予獨掩扉」：詩貴起結合法，讀此彌歎其工。

《放舟》「河畔微風發，雞鳴便放舟」：工於發端。「一帆明月夜，兩岸藕花秋」：樂境。⊙一氣寫出，筆墨娟秀。

《夏雨山行》「群峰浮水面」：「浮」字是眼。「孤館入巖阿」：「入」字好。⊙山行良佳，詩自秀動。

●沈子天士三年前以禮常詩來，求予登之選本，予未之應。今吴子雲逸又惓惓見屬，具見友道之篤，而詩亦清俊。

錢光繡

聖月，蟄庵，浙江鄞縣人。

《老酒頌》「天去此哉，任真則全」：筆法又變。「彼花者露，譬則悍妻。赬顔赤頰，匪詈則啼」：此譬更妙。「爾功莫紀，請即其名，而尊之曰，酒中老子」：妙絶。⊙借題遊戲，實有至理。

廖騰煃

占五、蓮山，福建將樂人。《浴雲樓詩集》。

《鷗鷺行》「鼓翼奮翅噙魚出，咽喉捋破仍呵叱」：可歎。⊙「船頭船尾鷗鷺立，出水入水聲戢戢」：得體於杜少陵，得調於張文昌。讀之自令感慨交集。

《山居》其一「原非林下客，暫借碧山居」：超拔。「徙倚前村月，隨風過草廬」：想見胸次静甚。⊙悠然神遠。其二「心事許何人」：孤傲。⊙似靖節一流人。其三「半榻任高眠」：善於遣愁。「茅齋僧院近，時往一參禪」：老。⊙一往有高趣。其四「收復官軍信，驚惶賊將營」：壯句。⊙尤見忠肝義膽。

《和施田間賦謝同學爲買草堂一首》「卜築東城下，青來郭外山」：佳境。⊙筆意酣適。

《乙卯六月寓黄潭回縣，同人書數見招未赴》「樽開忘夜永，月朗得遲眠」：興豪。「遥知秋水白，蘭棹泛江邊」：找「未赴」意。⊙外若歡娱，内實淒激。

《遊桃葉渡》「翠屏兩岸合，煙樹半江秋」：遠。⊙詞氣蒼秀。

《黄潭元旦》「東山欲載遊春妓，北極思頒賀朔年」：避亂心腸，寫得静雅。

《遊西巖步伍懶庵》「直上幽巖俯萬方，村煙澹蕩古溪傍」：起老。⊙「百道泉聲來石罅，一行雁影入斜陽」：調高筆快，寫來自覺神氣浮動。

《答續元上人併步韻》「欲學張顛與米顛，醉題四壁贊金仙」：趣甚。⊙「石磬數聲敲夜月，茶煙萬縷暖霜天」：竟不見限韻之跡，足見老手。

《秋月》「此夜懸空碧，清光知爲誰」：不着色相。

《秋風》「那聞閨婦歎，也覺客衣單」：壯而酸楚。

《秋塞》「一聲秋雁唳，壯士盡思家」：悲壯。

《長安即事》其一「太平如此從來少，不斷笙歌夜夜春」：真能寫出太平風景。其三「彩袖迎風嬌欲墜，呼郎緩轡莫揚鞭」：嬌態可掬。◎三絶別有情趣〔一〕。

●程孚夏曰：「廖氏爲將樂名家，自唐迄宋，代有文人，蓮山先生以詩賦擅名久矣。甲寅之變，先生挈其老穉避跡潭溪，皭然不污，視漢之費貽、任永諸君子，何多讓焉？既而狂且就戮，咸稱先生節行爲閩之高士。己巳之春，自薇省出涖吾邑，廉潔仁慈，民懷其德，士誦其文。臨政之暇，出疇昔所著《浴雲樓詩稿》見貽。綸受而讀之，甚愛其典雅高曠，並駕三唐，而惜其未遍傳於世，乃緘寄鄧孝威先生，刻之《詩觀》，以見南風之盛。敝邑何幸，得此大賢，以成弦歌之俗也。若其父子兄弟科第綿聯，則薄海文人咸能道之，固不俟綸爲之稱述云。」

●蓮山先生操行素高，偶值風鶴之警，遂潛蹤潭溪，超然塵外，洵頹波中之砥柱者，而性復嗜吟詠。己巳秋，雲峰緘寄詩篇三十餘章，屬予點訂。特録其性情貞潔、詞調雅正者若干首，以見先生之詩因人而傳，而雲峰與先生尤有針芥之合云。舊山。

〔一〕三，《詩觀》各本原爲「二」，疑誤。《長安即事》爲三首絶句。

慎墨堂詩話卷三十二〔一〕

李因篤

子德，天生，陝西富平人。

《宿秘魔方丈》「峭壁漸回合，空泉增波瀾」：蒼老。「雲中嘯奔兕，勾注來揭竿。衷甲紉繡葆，殺牛釁白檀。池灰望猶熾，杵血漂未乾」：《左》、《國》文字。⊙「俯仰感人腸，滄桑多浩歎。長吟依危榭，片月懸飛湍」：山行耳，卻敘出盛衰往事，歷歷如在目前。筆力强悍，有若河水之東注。

《歷登錦繡峰》「蒼嵐既各異，翠嶂還相屬」：深幽蒼勁，筆墨都非恒觀。

《永明寺後閣謁九蓮觀音，恭製長歌》「太行西北山北來，中有凌空之高臺」：奇突。「神宗垂拱五十載，太后齋居多光彩。內啓祠嘗恩不遺，傍搜象教力仍逮」：一則史斷。「時移物换凋碧梧，篆冷灰飛逐滄海」：可歎。⊙譜出勝國一段故事，令人裴回瞻歎。筆力有餘，真能射石没羽。

《題永安光公壁》「水復山中去，秋從樹杪懸」；「瓦閣上疏煙」：景別語奇。

〔一〕此卷輯自《詩觀》三集卷五，原署「東吴鄧漢儀孝威評選/同學張　潮山來參閲」。

《羅漢洞》「倒壑噴高雪，飛巖帶夕陽」：精彩四射。
《金閣嶺閣上》「石潤回風緑，燈光背日青」：十分錘鍊。
《塔院寺》「層雲對鼠跡，暴雨出龍聲」：奇絶。
《旻青閣見董宗伯、米太僕題額》「崖蛛當户冷，石蘚襯階柔」：鑿險而出。
《昧爽登望海峰》「林回飛翠濃」：好句。
《華嚴嶺》「磬聲緣壑細，燈燄入樓深」：異光殊響。
《登叶斗峰，是五臺絶頂》其一「此邦連大漠，何路抵中原」：開拓。其二「塞馬嘶玄嶽，關榆墮紫荆」：奇妙。
《晚遊永明寺》其一「日落林泉丹嶂走，秋高户牖白雲封」：「走」字下得奇。⊙調傑神超。其二「地深豺虎千峰戍，天劃幽并七月霜」：高壯。

陳維崧　其年，江南宜興人。

《宣德窰脂粉箱歌，爲萊陽姜仲子賦》「君不見，脂粉箱，昔時製作何焜煌？縈青繚翠質肉好，刳龍剔鳳工精良」：入筆老。「誰其作者不可詳，但聞始自宣德皇」：鐵畫銀鉤。「一箱作數漥，數漥斷續箱中藏。漥形如箭截似舫，各爲圭璧分圓方。呀然者坻曲若防，下鑿複道流温湯」：説制度最詳悉。「嗅之一一脂粉香」：此筆點次最老。「長樂宫前老天怪，宣曲坊西獸頭鴉。壞街夜市一燈熒，誰提此物門攤賣」：無限淒涼，在此數筆。「姜郎買置秋衾側，夜夢君王選鉤弋。萬户千門盡曉妝，臙脂水染天河色」：如此收，有無限煙波。⊙一脂粉箱，爲是宣廟舊物，生出無限感慨。詳處閒處、虚處實處、没緊要處、極痛癢處，一一叙置有法，委婉入情，此爲才人之極筆。

《除夕前二日同友過慈雲寺，訪傅青主先生》「枯杉幹秃偃槎枒，小屋籬傾藏闒茸。寒麏蕎澗豎尾竄，野鼠穴墻戴頭竦」：極形容京師苦寒之狀。「我聞翁也强盛時，畫地談天氣蜂湧。詩篇兀奡壓并汾，義烈峥嶸蓋關隴」：説出此翁昔時氣岸，大有光彩。「黄扉燮理盡大賢，上有至尊坐垂拱。蒲輪會見送翁歸，三關一路春花擁」：不可無此慰勞。⊙青主寓郭外蕭寺，公卿自益都公以下繹絡訪之，竟以老病免試。已蒙恩拜官，真爲異數。

《送宋牧仲員外出榷贛關》「自從羽書暗江介，黑雲濁浪砰江豚」：叙出原本。「憑誰算緡佐國計，仗汝監税充泉源」：入題。「此行甚壯極慷慨，只我惜别頻煩冤」：二語起下段之勢。「人生歡樂會有極，一鞭又出垤澤門。君上天邊跨黄鵠，我歸田畔騎烏犍」：數語轉變有力。「僅獲君輩來寒暄」：又緊點。⊙一首長詩，轉折變化、點次收應，無不一一合法，而讀之但覺才氣汪洋。此其年晚歲進一格詩。

宋徵輿

轅文、直方、林屋，江南華亭人。

《贈張燕客》「河堤蓄水出平地，竊憂他時灌大梁」：有識。「酒酣對伎重岸幘，爲道當年解音律。琵琶弦索誰第一，武宗供奉查八十。萬曆季年范昆白，雷轟鐵撥今有誰」：雖無關係，卻尋常人那有此寄託。⊙從絶大經濟，卻説到音律細事。總之一肚皮牢騷，無可奈何處。

喬萊

子静、石林，江南寶應人。

《太祖高皇帝實録告峻，恭呈睿覽，皇上淵衷獨運，手勑親裁，美善兼臻，洪纖具悉，臣萊職司編纂，目睹高深，敬賦古詩，恭紀盛事》「維皇御八極，化理還淳熙。履兹休隆運，緬懷謨烈貽」：起最得體。「歷試多艱危」：創業根本。「發兵分四路，間道中宵馳。我師往來擊，一鏃無所遺」：此一戰，爲取天下之根基。「乃於五日内，殄彼十萬師。乘勝隳名城，守者不可支。遼陽瀋陽地，奚啻邠與岐。城堡各歸附，父老壺漿持。大義順天人，豈曰殺伐爲」：武功。「庶事任五臣，軍制張八旗」：經濟。「詔禄兼授産，厚薄各有差」：慈仁。「諸司各休沐，至尊獨疇咨。緗帙日進御，批閲良孜孜。遺編見祖武，不匱敦孝思。聖學實淵深，鴻纖勞指撝。筆削入微妙，臣愚非所知。况復睹寶翰，燦爛蟠蛟螭。遂令金石藏，永與天壤垂」：此段見聖孝。⊙神武開天，定有非常之略，非草茅小儒所能窺也。子静身厠木天，親纂玉册，故能一一披陳，俾煌煌祖業，皎如麗日當空，可謂不朽之鴻章矣。

《南苑賜觀煙火歌》「聖人駕出蓬萊宫」：此一句領要。「太平令節陳百戲，禁中煙火傳尤工」：出題極有次第。「須臾飛輪忽下射，百尺倒挂珠簾櫳」：層層描寫，令人耳目驚炫。「頃之四垣赫照燭」：文開一境。「炎官火傘張蒼穹」：奇絶。「霞車轟翻暗壓陣，鐵騎蝟集宵傳烽。重圍遥聽屋瓦震，百戰仰受雲梯攻」：燈焰中吐出昆陽、鉅鹿之景，是從何處得來？「主恩特許臣民同」：此爲聖主。⊙寫煙火之盛，層出屢换，可謂奇幻繽紛矣。而大意在與民同樂，此爲聖代殊恩，太平盛事。非吾子静，不能有此鉅筆宏篇發揚休美也。

《孟春扈從祈穀壇應制》「香裊碧壇浮翡翠，雲來丹殿護琉璃」：工整。⊙富麗兼以雅貼，燕、許之遺篇。

《首春懋勤殿應制》「報主千秋鏡，匡時半部書。未能摛秀句，多愧拜恩初」：步武從容，詞采秀麗，結處尤爲得體。

《駕幸闕里恭紀二十韻》「望道皇情切，師臣帝德先」：説得鄭重。「曲瑶留羽蓋，寶翰擘朱箋」：譜其實事，煌煌動聽。「幸附螭坳直，顒瞻雉尾旋。昭回披睿藻，颺拜合官聯。敢後崔駰頌，思刊史籀篇。千春貽盛事，長共典謨傳」：追從亦屬盛事。⊙重道崇儒，爲興朝盛典。此以華貴之筆抒寫鴻休，玉色金聲，讀者神動。

《乾清宫御試紀恩二十韻》「綺疏回窈窕，珠户照玲瓏」：六朝佳處。「從容聞睿語，宛轉到宸衷。拜手螭頭下，銜恩豹尾中」：想見盛世君臣之樂。⊙寫被詔含毫之樂，如遊碧霄；述愛文好士之懷，如親冬日。觀其紙墨之外，忠愛惓惓，有感激不能圖報之意。

●石林性不喜飲酒，每夕陽騎款段歸邸舍，則開閣翻書，漏數下不輟。而搦管爲詩文，則蒽綿英麗，衮衮如流泉，安得不動凌雲之賞歎哉？趙子子淑自京師歸，以其應制諸篇見示，儷沈、宋而軼王、岑。以之鼓吹休明，敷揚美盛，洵非小儒輩所可測其涯涘也。

曹　禾

頌嘉、峨嵋，江南江陰人。

《正德窰器歌，喬石林座上作》「摩挲知是正德窰，時人不貴誰能作」：入題老。「昔當全盛暴物力，羅列豹房千萬箇。妖僧嬖倖尚食同，煙突椒蘭猛烹和。騎馳上客時傳餐，馱載崎嶇駱駝卧」：叙陳往事，組織盡致。「人間零落百存一，出自中官多碎破」：一則掌故。「珍奇豈必御至尊，往往後時稱寶貨」：通見。⊙古色斑駁，而筆力最强。

《早發宿遷》「月近大河昏」：好。⊙寫早發，光景宛然。

《南口抵居庸關》「饑鳥啄昏煙」：筆堅思險。

洪宫諧

謂韶，江南歙縣人。《香祖集》。

《阻兵不得再過天香閣，踐益然大師之約有寄大師即汪孝廉扶光先生》「悟深一榻龍潛護，禪定空山鶴共棲」：聲光並茂，清氣自流。

《渡鄱陽湖望康郎廟》「數點遠山圍獵騎，一灣寒樹繫漁舟」：寫景奇岸。⊙「遥知荒廟苔深閉，謝豹啼殘起暮愁」：筆墨迥出尋常。

《諸將》其一「元戎自有安邊略，借筯樽前細與籌」：結得温厚。其二「可憐畫角聲悲壯，銀甲彈箏醉紫駝」：悶極，卻寫得壯極。⊙純是諷刺。其三「峰勢嵯峨閒聚米，江聲澎湃漫囊沙」：綺麗奪目，無窮血淚。其四「投壺賭墅殘陽外，弄苗登樓明月邊」：徐孝穆之高華，康子山之哀艷，兼而有之。以之諷刺群帥，十分警切。

《齊雲巖》「洞懸飛瀑晴能雪，樹湧寒濤怒自風」：山水詩有以清真勝者，亦有以壯麗勝者，顧其地之何如耳。此詩的爍絢爛，如朝霞射人。

《江南旅興》「吴越隱淪皆學佛，幽燕豪俊半封侯」：深見時事。⊙同是感慨而有異。

●義山之詩原本少陵。但以塗脂抹粉爲玉溪，祇益醜耳。謂韶温詞密彩，而識議自高，固爲冠絶。

羅　坤

弘載，浙江山陰人。

《竹枝詞》其一《白門》「阿儂塔下勤稽首，上有諸天不敢登」：曉事女郎。其二《鏡湖》「錦傘龍旗三百艇，如何盡是小紅妝」：譜其實事，自韻。

●弘載《竹枝詞》凡數十章，原本樂府，比擬賓客，皆可聯袂而歌。此僅録其二。

范必英

龍仙，伏庵，江南長洲人。

《湖浦》「隔浦山低嫌浪闊，遠帆風定覺秋深」：深秀。⊙伏庵詩清遠靈秀，擷江山之勝，惜其稿不多見。

卓爾堪

子任，江南江都籍，遼東廣寧人。

《登狼山眺遠》「日從崖影墮，潮自海門來」：雄而確。⊙有崩雲瀉日之勢。

《遊靈隱寺訪碩公》「寺開千嶂翠，泉冷一亭秋」：蒼翠，浮動紙上。

《雪竇觀千丈巖瀑布》「崩雲飛玉屑，濺壑走雷霆」：洶湧在目。⊙予在甬東，友人極稱雪竇之勝，而未往觀。子任作，可當卧遊。

《登招寶山》「亂峰浮翠髻，秋壑蕩昏潮」：壯麗。⊙整肅，饒有奇氣。

《招寶山觀戰艦出洋運荷藍礮》「雲埋鐵礮厚，風正羽旗飄」：錚錚有金鐵聲。

《遊普陀山》「大士無遺像，荒涼海畔山」；「歸帆魂不定，何處認諸蠻」：普陀之廢久矣，近撤横海之師而舟楫始通，然荒涼特甚。此詩字字真的。

《暮登鈞天閣》「秋風香橘柚，暮色靄山川」：秀潔。

《送張芳傳主政遊閩》「舟多穿石溜，春少近山晴」：送遊人即寫其地之風景形勝，方爲不泛。此詩從嘉州脱出。

《遊黄泥山妙香精舍》「石挂碧蘿藏梵宇，鯨吹白浪作江聲」：蕭森不俗。

《喜晴登禪智寺訪指公》「松楸細路通山背，鐘磬幽聲出講臺」：山路寫得静細。

《秋雨移樽過杜茶村先生寓》「移樽夜破荒臺寂，採菊香從野徑分」：子任於前輩極爲尊禮，知其胸中非漫然者。

《採菱曲》「纖手摘來嬌影亂，阿誰偷聽採菱歌」：豈乏知音？

《吉水觀魚》「漁人舉網得雙鯉，歌上長堤穿柳條」：逸情曠致，筆端寫出。

《天門東吴浮槎》「閒來剪得春山瀑，自劚蘆根煮鱖魚」：情思綺麗。⊙想見其人。

●子任恂恂謙退，絶無擊劍橫槊之風，然下筆英矯偉麗，一往見其沉雄，固具萬夫之勇。

張彦之 洮侯，江南華亭人。

《寄贈鄧孝威内史》「文章志今古，在隱疇升沉」：固自命之言。⊙結體選聲，純乎潘、陸。

倪　燦 闇公，江南江寧人。

《九日同諸公平山堂登高用杜韻》「身世得浮雲」：深老。⊙「登臨聊復爾，懶便學從軍」：用意能深，寫景最切。

徐嘉炎 勝力，浙江嘉興人。

《登慈仁寺閣》「日氣抱松青」：傑句。⊙巉刻處如琢山骨。

謝良瑜

穀似、鍾山，江南江都人。《畦園詩稿》。

《印象禪僧寓法華堂對榴花有感，依韻奉答》「草木辭故鄉，榮瘁亦有鍾」：其理難解。⊙一榴花因地各别，叙述處固令人三復。

《秋霖歎》「還念賦與徭，追呼更輸公」：邇年感激在蠲賑。⊙「躬耕懷舊土，俱爲河伯宫」：維揚屢被水患，此詩樸直，彌見沉痛。

《寄懷靖安堡馬文河》「遨遊碣石將一年，看破人情薄如紙」：世態本難看。「擊缶還同慷慨聲」、「灌夫意氣真堪重」：是豪士語。⊙遇真知己，自應有擊筑横刀之概。此詩風情磊落，令人指顧生豪。

《友人邀遊秦園》「引水重懸瀑，分山半作園。綺筵鋪石罅，仙樂出雲根」：四語生新可喜。⊙時習浮蔓，請以此種藥之。

《京口同焦藴輝遇蔣伯齡招飲舟中》「每值皆青眼，如新感白頭」：對妙。⊙「三山猶在望，一水共移舟」：遇知己卻有此番綢繆，筆筆蒼健。

《贈程而聯》「世道思哀郢，天心篤少微」：有力量。⊙思沉筆堅，故無浮氣。

《甲申秋杪江中即事》「日低塞馬遲山徑，風急江豚舞浪花」：如見其事。⊙寫亂中之景，固爲切至。

《五月十四喜雨，招齊元卿、焦藴輝、杜曉園諸子，分得香字》「舍前舍後雨茫茫，招客論心聚草堂。雨歇天連芳草碧，樽開人對芰荷香」：愛其春容之度。⊙昔人論詩忌忙，詩能免此一字。

《送友恭弟之粵東驛傳道任》「經時王化不文身」：新確。⊙極其貼合，而更以新思妙筆出之。

《過淮陰有感》「野店鶯花三月醉，荒祠風雨六朝煙」：風俊。⊙「但知胯下王孫辱，肯望溪邊漂母憐」：風流駘蕩，固覺筆姿爲勝。

《張鵠止由安寧牧遷慶陽府佐，過里見顧，感而成詩》「立登卿相信綱成，定遠還嗤是老兵。二十年來三黨變，六千里外一身輕」：筆高思傑。⊙但説作官，有何神興？此能出以感慨，令人生氣勃然。

《夏日同何御鹿過興教寺訪鄧孝威未值》「世藉風期存砥柱，天留辭賦耀名山」：二語還以贈先生，僕不敢當。⊙何惓惓鄙人若是，惜當年不向甓社湖干訪之。

《迷樓懷古》「閒花艷野仍春色，複道高低誰夜遊」：筆情佳勝。⊙神思淒涼，而妙兼風度，令人想二八女郎低唱曉風殘月時。

《初冬焦藴輝復有南遊之役，賦此惜别》「恰怪長空獨鶴飛」：韻甚。⊙「菟裘我治延君老，琴劍輕攜莫緩歸」：送老友，自有此深情篤論。此道今人不彈。

《先荆十周忌泫然有感》「鼓盆未死十年心」：慟甚。「鹿門今撫斷弦琴」：結不弱。⊙字字真，筆筆痛，令人增伉儷之重。

壇中所未有也。讀鍾山詩,爲之感歎。

《真州謁文丞相祠》「當年誰作黄冠説,無限悲心望北闕」:此論獨闢。⊙黄冠之説,向竊疑其矯誣。得先生昭揭,真文山知己。

《以橘酒寄佟孚六郎中》「長安花發春卿署,戚里香浮月夜光」:何減大復?⊙韻致悠揚,讀過如坐春風中。

《重陽日孚佑庵問道,時周定陽、史健陽、許石陽一時偶集》「鐵馬樓頭戰欲酣,西風吹雁度晴嵐。黄花黯淡開三徑,古木蕭森護一庵」:起得突兀。⊙開筆森奥,總非恒境。

《飛騎貢冰鮮恭紀》:説貢鮮有關係,不僅色調之鮮妍。

《答龔半千》「六朝人事已多非,處士名高有少微」:高健。⊙秀色清思,應攜上清涼亭子讀之。

《春日范十山薦畫師,次其原韻奉懷》「知是衰年耽醉卧,故令佳客製煙嵐」:蕭蕭有世外風。

《謝孫方仙見惠白葡萄枝》「摘來釀酒遺張讓,博得涼州未可知」:用事最妙。

《謝友人送紫菱》「歌聲猶聽在湖邊」:有韻。

《老農吟》「平生不羨通侯印,爲種湖濱二頃田」:安分知足語。

《寄懷俞水宗女樂》「風流隔代懷張禹,可許彭宣到後堂」:「歌舞借人看」,水宗固所不吝。

●《畦園全集》僕已序而行之,兹特拔其尤者,用登拙選。湖珠之光,見者知寶;法雲之檜,老而益鮮。惜其韜藏，未即問世。今乃顯其名於天下，則皎臨之孝思不可掩也。

鄭晉德

蕃修，江南歙縣人。《韻閣詩稿》。

《季冬夜小集習静軒共得燭字》其一「沍寒雲不流，雪意將欲續」：寫意蒼遠。其二「天涯有兄弟，歲寒情更篤」：良然。⊙風旨逼陶。

《廣陵試新茶，因述故鄉茶事》「鵖鳩聲中緑拔萃，山家整頓修茶事」：兩句領起。「手中造化中和出，斯是茶家三昧詮」：微妙難言。「若茶若茗幾微間，惟有幽人識真假」：知味最難。「蘭芽豆瓣自天機，此外芬芳皆作造」：可作《茶經》。⊙茶至精處，各有其妙。冒子巢民津津峒岕。讀蕃修此歌，又知松蘿别具勝地。總之幽人譜韻事，無不備有清賞。

《仲春喜方雲上來廣陵，重憶客歲城下相遇》「猶記匆匆揖，遊程歸路分。至今思落日，何幸慰停雲」：多少層折。⊙氣味絶佳。

《凌雲亭望金焦兩山》「潮抱一亭碧，煙涵兩點蒼」：淵乎妙哉。

《木末樓晤證公》「金山高若髻，鐵甕大於船」：形容甚奇。⊙「客到從無夏，僧居不計年。從容設精供，銷得一詩箋」：揭其静致，塵容盡洗。

《中秋後四日偕徐松之、閔賓連諸子夜集環翠軒》「雨壓秋香滿，雲屯夜氣浮」：深秀。⊙集飲詩，妙有幽情真氣。

《蓼洲阻雪》「離家八百里，望楚一千程。旅舍不能出，孤舟何以行」：空明一片。⊙有老氣。

《歲暮廣陵送徐松之、潘雙南、楊西亭諸子歸》「既不得歸去，頻頻看俶裝。交因多歲月，別覺更淒涼」：想見交情之篤。⊙情深法密。

《雨夜讀書》「一瓣香圍風雨宵」：好。⊙「竹覆流螢光晢晢，林藏唱蚓氣蕭蕭」：懷抱別，筆姿高。

《玻璨泉》「松杉碧翠籠亭子，淮泗波濤擁彈丸」：猛思逼出奇句。⊙字字沉着。

《偕閔賓連、汪扶晨諸子南郊尋菊，集飲旗亭》「簾翻夕照人思醉，葉戰西風蟹正肥」：令人動壚頭之興。⊙秀絶。

●譙郡牡丹甲天下，顧距揚甚遠。蕃修策款段，不遠千里訪之。歸而談花王之勝，眉端皆有喜氣。花興如此，則詩興可知。而蕃修授予《韻閣詩》，皆幽情曠致，屏絶塵俗，如坐我衆香國中，落葉空庭，讀之稱快。

毛奇齡

大可，浙江蕭山人。

《山行》「林深無犬吠，一任乳鶯啼」：静極。⊙深翠難名。

《重遊青原》「盤溪三十度，總在碧雲中」：老。⊙巖壑在眼。

尤侗

展成，悔庵，江南吴縣人。

《送許竹隱司理思州》「夜雨鳴銅鼓，春風舞竹雞。持杯呼李白，近在夜郎西」：絶麗。⊙警秀。

《廣陵奉送姜定庵京兆之奉天》「木葉山高看射虎，大風歌起送飛鳶」：有聲勢，卻貼。⊙「曾在榆關充散吏，至今遥望五雲天」：精美圓老。

崔岱齊

青峙，直隸平山人。《坐嘯軒瑣言》，客維揚作。

《乳燕》「因之感慈烏，反哺酬鞠育。觀此燕引雛，蓼莪宜細讀」：我爲三復，不勝感歎。⊙有關倫紀之言。他人塗抹脂粉，祇覺可厭。

《除草》「淺薙猶任指，旁搜佐之鐵」：堅細。「始知勤集事，矢念貴果決。去惡須務盡，勿使潛萌蘗」：大作用。⊙筆剛詞厲，與少陵《除草》詩可以並傳。

《楊子江觀濤》「威雄寧借石尤風，力猛自挾千尋嶂。雪峰鱗砌矗晴空，天馬攢奔踏雲浪。後先爭逐積逾高，巨細分呼吼益壯」：形容氣勢，有千軍之勇。「漫向人誇湖海客，風波陸地人難測。小溪垂釣何安然，結茅深山老亦得」：餘波正有情致。⊙筆力雄健，能使山嶽爲開，波濤倏起。枚乘、張融而後，睹此異才。

《結客少年場行》「那知窮巷貧士深藏匿，茅屋蕭然空壁立。日暮寒風吹，牛衣相對泣」：天下如此者多矣，誰爲廣廈萬間之庇。

《春燕》「雨細疏雲外，風輕野水前」：即離之間。「頻頻窺繡幕，遥語代傳箋」：説得有情。

《春風》「還將新藻色，吹上舊池臺」：結得老。

《春耕》「體沾春草濕，衣帶野花香」：寫出風韻。

《春歸》「蝶夢香難續，鶯聲老不呼」：上句細，下句老。⊙春詠多綿芊富麗之作，而余更録其清雅者。

《金山寺雜詠》其一「法語憑龍聽」：奇句。其二「樹摇波底月，雲護定中僧」：惟金山有此。其三「魚龍窺色相，嵐翠聳金湯」：名卓。◎金山詩，須有奇情險思，方能鎮壓江流。青崎諸詠，警句疊出，奥義悉搜，當爲傑構。

《隋堤問柳》「最是淹留無限意，濃陰繫馬夕陽西」：「問」字意，極其藴藉。⊙「弱態應憐新月掛，憨眠定怯曉鶯啼。眉痕水面盈盈淺，袖舞風前故故低」：摇曳生姿，不是一味妝點。

《送黄介伯歸遂安》「客裏看雲懷故國，風前折柳送歸舟」：熨帖。⊙介伯風期古篤，故贈别之詞獨能真摯。

《送侯屏山、懷山歸閩》「一片隋堤楊柳色，那堪又折向南枝」：風度固遠。⊙落筆無凡姿。

《隋堤步月》「堪憐廿四橋邊柳，惟有驚烏向夜飛」：風流蓋代，我憶司勳。⊙翩翩有姑射神姿。

《金山寺》「座中清磬敲龍宅」：警拔。

《玉鉤斜》「香魂寂寂掩黃沙，誰識當年帝子家。惟有西郊荒草處，行人指點玉鉤斜」：帝王翻藉紅顔以傳，此論又爲新出。

《移榻》「多少流螢繞畫廊」：寫景自然。

《題畫》「柳外忽聞漁唱起，扁舟獨釣一江秋」：安適。

《客館見燕》「惱人春色偏無賴，又送雙雙燕子來」：和婉，極似唐人。

●青峙翩翩王、謝，而屏去裘馬之習，閉户讀書，宜其空冀北之群也。所爲詩，古風則蒼堅英拔，近體於麗則之中，饒有逸宕之氣，絶句居然龍標、嘉州矣。振袂登壇，應令騷流拱服。

李　杰

若士，奉天遼陽人。

《湯泉擬應制二十韻》「遥看蒸白氣，疑是漾朱魚」：徐徐説入。「自來温谷勝，屢見水經書。無若神京域，争傳暖溜墟」：四語穩合。「黍谷誰吹律，珠泉儼濺裾」：典雅。「暄波怡睿性，醴水愜宸居。浴日咸池裏，餐漿玉井餘」：賦家之心。⊙美接庾、徐，嚮臻燕、許，以之進獻宸輿，應有凌雲之讃。

閻興邦

梅公，山西大同人。

《遊棲霞寺》「寺倚崇山起，門迎曲水開」：二語扼要。⊙妍潤。

《仲春》「乍雨乍晴巢燕急，輕寒輕暖語鶯忙」：恰是仲春。⊙描寫春景貼切，而饒有姿韻。

《登雨花臺》「僧去荒臺對石城」：可感在此。⊙六朝舊地，易愴人懷，一絶諷歎無盡。

劉德新

裕公，遼東開原人。

《蒲萄》「竹引龍鬚亂，盤堆馬乳涼」：麗則。

《雕弓》「攀從軒帝去，得自楚人亡」：妙想卻合。

《杜鵑》「已有新聞驚洛下，猶將故國怨巴西」：風流婉麗，昔惟滄、渾有此。

《渡漳河望銅雀臺故址》「曾聞此地有高臺，銅雀而今安在哉。漫向西陵悲往事，空從鄴下憶群才」：高涼之氣，颯然而來。⊙筆力勁悍，可挽萬石之弓。

《大西波爾都加理亞國以獅子來貢恭紀》「縱多雄力何由試，閒殺銅顱鐵色身」：不作一味稱頌語，高絶。⊙識高調偉，賦貢獅者以此爲第一。

●孔心一先生觀察天雄，極稱劉公風雅絶倫，標題大伾崖壁皆滿。而近聞其過維揚，論詩以平庸爲戒。觀其詩，典麗深雄，固挺然其卓出者。

金之麟

漢白，江南歙縣人。《三餘齋稿》。

《雲臺山眺遠》「南北風帆亂，金焦雲氣通」：指次如畫。⊙詩心甚閒。

《雨過睿公蘭若》「松聲喧户外，泉影落林端」：是雨中景。⊙寫景霏微，如坐名山煙雨中。

《郊園晚眺》「半嶺下牛羊，群峰亂夕陽。振衣一以望，遠樹何蒼蒼」：健筆横掃，睥睨一切。⊙蒼莽森蔚，筆端直是異人。

《喜大兄到京口》「花分千朵笑，月合一庭明」：寫出喜意。⊙家庭間詩以樸老爲主，此詩有子美之遺。

《聞涂隅軒先生已歸盱江》「長途山色好，寒夜雁聲多」：自然入勝。「還家傷感事，應半屬兵戈」：結得遒。⊙處處周密。

《釣臺懷古》「忽覺山川異」：五字突而妙。⊙「英雄如逝水，那復比垂綸」：嚴祠詩推此秀卓。

《暮秋送汪搢斯之楚》：婉轉生動。

《春日同諸子登金山》「山根常作老龍宫」：傑岸。⊙金山詩，須有奇岸出人頭地處。漢白此作，雄風在紙。

《冬日同李桐坡遊焦山》「詩情萬里夕陽時」：闊。⊙「山寒木落客初到，石古苔荒字半疑」：山遊詩寫得淋漓滿致。

《同徐臞庵、閔檀林焦山看新緑，訪古音上人不值》「南徐雨霽春光好，不到焦山興不休」：老健。⊙「老僧問法乘杯渡，勝友探奇策杖遊。待得潮聲湧明月，微茫一棹返中流」：浩蕩參差。

《得涂隅軒書感懷》「萬里飄零鄉井改，十年戎馬故人稀」：情事曲盡。⊙「爲報凉秋復東下，片帆好與雁同飛」：隅軒衰白欲遊京師，僕力止之。既故鄉可戀，即東下亦可不必，漢白以爲何如？

《深公五十初度寄贈》「扶筇遥望隔江山」；樂事。⊙「獨讓一身閒」；此頭陀儘可「送老白雲邊」。

●漢白英年妙才，居山水絶勝之地，而能讀等身書，且愛與高流前輩相結，其志尚殊超迥矣。詩能處處入格，層層出新。觀其材力，不直躋古人地分不止。秋雨初晴，余將拉檀林，踏金、焦，訪鶴林、北顧諸勝。此時當得與漢白對榻聯吟，成千秋快事。

王岱

山長、九青，湖廣湘潭人。

《邗江遇杜于皇》「慣窮無慷慨，遊老熟奔波」；于皇讀之應笑。⊙「别悰如許在，及晤語無多」；兩君非相契之深，不能作此語。

《遊青原山》「溪水穿廊出，峰巒入殿來」；深卓。

《麥秀地》「短歌千載猶堪涕，卻恨他年抱九疇」；是正論。

《題行脚圖》「豈意石寒泉冷處，霜紅楓葉放如花」；風景可念。

《題觀泉圖》「響徹空山風雨驟，道人穩坐不聞聲」；已入定矣。

顧圖河

書先，江南江都人。《甲子乙丑近詩》。

《登金山塔》「冥思元化初，俯恐運會末」；登慈恩寺塔有此曠想。⊙登金山塔，與泛登金山不同，須有曠觀遐舉之意。此詩筆筆靈動，覺有天風生其兩袖。

《徐松之過訪賦詩見贈次答》「高車雖云遐，陋巷復何須」：極是。「君振衣上塵，我刈園中蔬」：結得遒老。⊙得韋、柳之深境。

《狠石歌》「伏龍耳語定大計，髮上衝冠刀斲几。燒尸赤壁三江渾，字石曰狠誰云侈」：可見功不獨推公瑾。「坐令英雄魂魄死，帳前徐盛涕橫流。地下周郎呼不起，狠石之名當已矣」：一結令人浩歎。⊙孫、劉合而鼎足之勢成。自吕蒙圖荆州，而權遂有屈膝迎魏之舉矣。大義不明，千古浩歎！此詩沉痛，如聽江聲嗚咽。

《讀書韓園》「鐘定五更心」：好。

《草堂獨坐對梅樹作》：蕭疏閒遠，筆姿最妙。

《病起》其一「枕上諸緣息，更頭百鳥圓」：實有此境。其二「花明蜂識路，竹密鳥成家」：似皮、陸佳語。其三「不悔逢時拙，仍傷學道遲」：是學問進境。其四「未必不爲福，善乎能自寬」：用成語卻俊。◎書先《病起》諸作多聞道語，豈宿世蒲團上耶？

《哭魯桐門表兄》「子生三月未知父，母過七旬還哭兒」：確切可痛。

《宿金山慈雲閣》「蜃結樓臺秋動影，龍歸窟宅夜聞腥」：精力更舉。⊙七律須氣力滿足，此詩無一懦句嫩筆，戛戛乎與沈、宋爭長。

《劉升如過草堂依韻奉答》其一「籃輿渡水見佳客，蝦菜隔溪呼老漁」：麗公漢上無此樂。其二：「酒裏狂歌略主賓，酒醒話舊倍情親」：骨肉真境。⊙尊君臨邛，年齒未邁，方殫精著述，倏作古人。而書先能繼其先業，閉户讀書，誠爲可敬可愛。

《郭景純墓》「耕犂不到神仙窟，賈豎猶知太守墳」：説得郭墓氣色。⊙鍾竟陵此題有句云：「以此江心月，爲君地下燈。」意極巧妙。然莊重華整，則推書先此作。

《守歲懷劉升如》：兩家屬姻婭，而玉少之後有升如，臨邗之後有書先，皆能以詩世其家，吾爲深羡。

●尊君臨邗，築草堂於大江之上，博攬往籍，著作等身。而爲詩和雅端麗，純得唐人三昧。正與之商榷古今，期有成業，而倏焉朝露。喜令嗣書先英年負異姿，以讀書交友爲務。所爲詩，矯然自出，蓋將日上而不能自已者。暮齡頹廢之人，得見此通家俊少，克纘前休，爲之喜而不寐。

張　韻

諧石，江南績溪人。《雪巢詩稿》。

《夜聽紫野叔祖彈琴》「忽然不彈意幽邃，萬籟俱寂潛魑魅。陽春滿座人不知，細柳徐行仍按轡。促指移商更換宫，盲者頓明聾者聰。涼風颼颼庭樹落，令我神遊太古中」：此處出其不意，正是文字善作波瀾處。⊙忽而天青日朗，忽而雨驟風馳，筆墨變幻，總歸莫測。

《吕鄰秩、御青昆弟招飲，席上出牙雕鬼工毬子，並祝枝山歌記，索賦長歌》「倚歌擊筑喜素心，主人酒酣出毬子」：出題。「中有一毬復奇怪，三十六孔發清籟。旋轉不停如車輪，毬中更有小毬在」：詳其事。「咄哉此毬自何出，云是宋朝宫中物。當時天下有其三，流落人間此其一」：出筆老健。「醉後主人索我題，珠玉在前將奚爲」：收得完密。「一脚踢翻祝京兆，剪燭且傾金屈巵」：極好。⊙小物耳，説出大道理、大原委，筆陣何其奡兀！

《冒雨送王不庵之婁東》「雨急秋寒逼，荒城水亂流。故人從此去，衰柳不勝愁」：如此起法，全是高常侍。⊙一氣抒寫，妙有神來。

《登雲臺山》「倚樹看雲過，臨崖見虎蹲」：精警。⊙全首力量。

《宿古青峰下》「亂石補垣堅」：生得好。⊙深堅，出以整暇。

《郊外送春，兼別仲實、立方、家昆弟還廣陵》「緑深春水寺，花落板橋扉」：晚唐妙處。⊙「去燕身粘絮，行人酒漬衣。離懷傷景暮，南浦思依依」：神完語鍊。

《歸廬》「蠶桑婦子愚」：親歷語。⊙寫其蕭瑟，而筆力自老。

《花朝日雨》：似老杜「寒食江村路」一首。

《朐陽同聖翊弟送吴澹和之東海，采三叔之佃湖》「朐陽此去路，隋苑未歸人」：對法變。⊙「還將鄉國淚，揮向柳條新」：讀之依依情動。

《過鳳凰城》「春風馳馬易，殘照入村荒」：寫其邊景。⊙荒僻處卻有關邊防，字字周到。

《夜泊李太白祠》「門掩一庭詩畫冷，江空四壁斗星懸」：秀鍊。⊙飄飄有仙衣獨舉之致。

《登雲臺觀望日樓廢址》「仙蜃大觀殘夜發，劫灰清淚幾時窮」：善能包括。⊙莊嚴之中，不乏華燦。

《雪巢自詠》「獨有破衣方外客，扣門時借太玄鈔」：賴有此耳。⊙老杜以陶潛避俗而未能入道，不知俗未避，即入道無由也。此詩真能免一俗字。

●諧石卜築邗城之外，雜蒔花樹，惟事讀書。家雖屢空，而未嘗以干時。然喜結賢豪，每見義形於色。與余交最久，而近始讀其詩，調適處見法，英邁處見才，蓋規矩唐人而又能獨出其意識者。亟馳語君家大阮山來曰：「此竹林青雲器，日當把臂，謀唱和之樂者也。」

張鴻烈

毅文，江南山陽人。

《月夜抵富陽》「涼颸吹布帆，新月映遐浦。崖谷杳蒼翠，蕭條肅孤旅」：有致。「纔歷漁浦潭，忽到富春渚」：筆力清健。「惜哉孫伯符，霸業歸何所」：結得好。⊙短章秀卓，煙嵐滿紙。

《劉伶臺弔古》「形骸土木瞻遺範，晉代衣冠安在哉」：好。「我今策馬攜樽臺畔來，呼君起飲三百杯」：快極。⊙寫得勃勃有豪興，正堪與荷鍤人對飲。

《寺寓見月》「鳴磬夜來發，始知非故鄉」：渾融。

《有贈》「蓮葉灣西蕩畫橈，當年曾共聽吹簫。美人已去歌樓换，腸斷西泠第一橋」：能無惝怳。

《金陵道上》「當壚少婦唤沽酒，笑問客能幾百杯」：從樂府得來。

《東溪》「屏卻十重歌舞障，銀牀冰簟夢初成」：誰能有此解脱。

趙進美 韞退、韞退，山東益都人。

《新樂渡河夜投石佛寺》「映水飛螢下，穿林暗鵲驚。星河寒接地，禾黍夜侵城」：尋常景，寫來偏是幽異。

《雪後渡河》「萬家明夜雪，數騎響河冰」：北道之景在目。⊙「倦遊歸自好，款段亦堪乘」：淒厲。

戴王綸 經碧，直隸滄州人。

《題王安節畫爲紀職方》其一「萬井千山海氣秋」：曠絶。其二「中有幽人無一事，焚香獨坐誦南華」：此君真是世外人。

王　昊 維夏，江南太倉人。

《繁昌道中》「城荒袛見烏啼壘，驛冷兼愁水到門」：對得好。⊙風景寫得活，紙上都有水痕煙意。

《中秋虎丘即事》「别有雙鬟簾下立，夜深閒看上山人」：從閒中着眼。

●戊午弓旌之役，維夏僅授中翰，非其志也。乃銓部疏未上而維夏死，部遂除其名：才士之不幸有如是。

朱觀

自觀、古愚，江南歙縣人。《松蔭堂草》。

《經嚴先生釣臺》：功名氣節，各有是處，然子陵固高。

《過適園有感》「典型固在兹，令人起深敬」：言之不苟。⊙肅然見仁孝之懷，不祇章法遒老。

《聞鳥啼》「鳥啼不異聲，所異花開落」：興情不遠，卻人説不到。

《被兵謡》「寇未來，苦無兵。寇既退，兵臨城，昔時華屋今爲營。朝持弓，射飛梟。夕揭網，打遊魚」：真事。「民苦饑，兵果腹。既供酒，復索肉。處處貧窮家家哭」：真。⊙兵之慘毒，尤甚於賊，言之髮指。

《自題朱氏古井》「滄桑看變幻，老井未曾更」：説得鄭重。

《餞衣》「母手昔曾深補綴，子懷今欲動歔欷」：感觸在此。⊙《三百篇》詩正在動人性情，此篇何其婉惻。

《茅屋塘有懷冲融族老》「人去屋亦去，塘水空盈盈」：蕭然今昔之感。

《村居漫興》「不向侯門彈鋏，且從田舍息機。非魚亦知魚樂，夢蝶能爲蝶飛」：固自寫其樂趣。

《家園即事》：幽情別致。

《山寺食筍》「南風不許吹成竹，我欲長參玉版師」：可謂有嗜筍癖。

《夜雪沽酒》「數錢未可謀升斗，軟飽村醪且醉眠」：未免寒儉，然自是高人風味。

●自唐以來，師古公之後，代有名人，而風雅尤勝。《朱氏風合》一編，自觀所由徵集，以揚厥祖之休聲者也。而自觀詩懷舊諷今，語皆淳切，其得之家授者與？

洪　鉽

孝儀，江南歙縣人。《嘯吟草》。

《寄衣曲》：淺淺説去，其情較深。

《哭王母方孺人詩》「已能凜霜雪，豈復愧乾坤」：撐拄。

《過寶相庵先金竺公廬墓處》「正可盤桓處，還家奈晚何」：感懷處固不容已。

《廣陵秋興》其二「不知多少風流跡，冷落於今幾歲華」：只用淡筆，固已淒緊。◎二首感慨，妙在不露。

《放舟》「遠近人家渾不定，輕舟如箭下前灘」：雪景，寫得迷離。

《月夜放舟》「夜泊不知何處是，荒煙殘水送扁舟」：此景固遠。

●壬辰與谷一聚京師，酬唱甚盛。今見孝儀諸什，覺春草池塘，風規未遠。

程士光

用寰，國賓，江南休寧人。《晚宜堂稿》。

《狼山觀海》「澄波渺渺浪濤吼，蜃氣吐之成龍宮」：幻出奇觀。「甕滿松花酒，來參不二禪」：御風泠然。⊙「此生願結水山友，豈向春深聽杜鵑」：胸懷如霽月光風，筆底有蜃樓海市。

張奇　正甫，江南江都人，流寓金陵。

《古意》其二「門外青槐垂客幔，江邊黄竹作儂箱」：風致可懷。⊙薈蕞樂府，出以綺思妙筆，堪頡頏温、李。

《廣陵曲》其二「芳草雷塘日暮時」：澹妙。◎二絶妙不粘帶，風神愈佳。

蕭説　繹之，江南江都人。《立雲軒集》。

《上方禪智寺，次宋蘇東坡送李孝博原韻》「惜哉玉局儔，儼似白鶴翩。踟躕弔往哲，江海徒依然」：結體高健。⊙古風次韻，極難着筆。似此安章頓句，可歌可詠，允推名作。

《浮山觀》「蜃氣隨舟静，江聲匯海流」：詩有光焰。⊙處處確貼，與泛作禹廟詩者不同。

《迷樓》「離宫易梵宫，人事古今同」：一語判斷多少史事。⊙「回首煙花地，疏鐘度晚風」：不粘定迷樓着解，要渾發興衰大意，最爲有體。

《十二樓》「自古煙花地，相傳十二樓」：老鍊。⊙筆墨安恬，卻憑弔之指蕭騷言外。

《二十四橋》「爲追千古跡，寧惜馬蹄遥」：固有豪興。⊙此等題不難於粉飾，而如此老成入格，最稱上流。

《文選樓》「勛業從來原易盡，才名自古獨難忘」：大爲文人吐氣，維摩應歎知己。

《東閣》「酒散一簾花氣静，詩成三弄笛聲悠」：語經百鍊。⊙「使君姓字今猶在，常並梅花萬古留」：典則風雅。

《觀音閣懷古》「粉黛應隨流水去，笙歌盡付暮雲飛」：飄宕可喜。⊙「獨照空山老衲歸」：不着脂粉，獨標素質，此爲正始之音。

《揚州感舊》「野草顛秋風」：「顛」字下得新，卻妙。

《隋堤觀獵》「霜寒鐵騎雕弓勁，獵罷三山帶獸歸」：雄風獵獵。

《玉鈎斜弔古》其一「只今剩有堤邊柳，空對春風學舞腰」：摇摇情動，不能自已。其二「休言昔日埋幽恨，千載猶聞粉黛香」：大有生色。⊙固是才人風調。

《紅橋竹枝詞》「鎮日遊人看不厭，夕陽簫鼓促歸舠」：寫得自然。

●繹之思不忘鄉國，日徜徉於竹西、梅嶺之間，尋蕃釐之遺蹤，弔隋皇之舊址，發爲詩歌，藻思雲湧，雅與唐人相合。而入秉孝友，出結朋儕，尤與吾友張子山來衡宇相望，講習風雅之業，可謂極人生之樂事矣。乙丑秋，余有《詩觀》三集之役，以稿授余選定。余合諸選家所收及其近作，嚴存若干首，以標諸藝林。「俊逸鮑參軍」，君其允洽斯語。

王易

羲文、静齋，陝西涇陽人，江南揚州籍。

《董子祠天人三策碑》「大儒爲其難」：俗儒不曉。⊙「留片石於江都兮，直接杏壇」：以董子接杏壇，真非諛語。詩亦老健。

《吴陵舟中》「潮隨山月吐，帆藉海風懸」：高響。⊙清思獨鍊。

《哭外舅紀檗子先生》「人是范滂無横議，跡同陳寔得全歸」：稱量不爽。⊙非東沭，誰能有此確論。

●義文爲紀檗子快婿，爲詩蕭疏勁挺，無近人時氣，固得真泠堂之傳。

鄭從諫

聖臣，西亭，江南儀真人。《棲梧集》。

《送春曲》「聞謝常如此，蕭然感物華」：淡處似柳州。⊙妙處在不説盡。

《帶草亭聽歌觀菊》「人集煙霞氣，香生蓬蓽門」：語自鮮新。

《過金山》「臨流山寺動，入座水雲平」：静思實有之。⊙妙在寫一「過」字。

《旅夜聞琵琶》「誰將馬上樂，來向客中彈」：風調獨上。⊙弦指之外，别有情味。

《月夜聽李壺庵理琴》「素琴張静夜，皓月出浮雲」：氣古調高。

《暮春休園再集》「銜杯不覺增惆悵，燕子飛來舊草堂」：無窮情緒。⊙寫景物易耳，難其結處感懷特深，有「上陽白髮」之歎。

《七夕虹橋待月》「乞巧穿針亦渺茫」：獨見。「向來天意妬牛郎」：結得警。

《真娘墓》「當年佳偶今何在，化作鴛鴦浦上飛」：是情語。

●西亭席阿大、中郎之盛，本風流氣節之遺，而能韶年勵志聲詩，落筆有雋上之氣。君家「鷓鴣」，又爲嗣響。

黄澂之

波民，福建福州人。

《送興福僧之京師》「朱門蓬户看平等，乞食王城鉢好持」：詩極平實，一結箴諷，是古道。

沈琰

凝峙，江南華亭人。

《過鶴沙》「驛燈窺旅雁，客淚墮晨雞」：琢秀。

《金山秋望》「亂山京口出，孤雁海門飛」：唐調，得其神髓。

◎二詩俱有王、岑風味。

袁佑

杜少，直隸東明人。

《晚宿長清》「海近月將圓」：圓而緊，老而媚。

羅教善

臨思，江南歙縣人。《偲聞齋近草》。

《金陵喜晤葉立庵表兄》「丈夫有壯志，肯爲錢刀縈」：結得遒。⊙筆力簡峻，而寄託亦高。

《寄答何阿黑》「梗泛蓬飄亦偶然，七尺豈乞俗人憐。會須振翮直登青雲上，不使斂跡老守蒿萊間」：氣吐虹霓，令人擊節。⊙「羅生十載吴陵客，五載相交何阿黑」：阿黑一往有超邁之氣，每爲俗客所讐，而達人則相與在形骸外也。此詩振蕩，極善摹寫。

《贈俞掌天》「君不見，叢菊城南雨打籬，莼羹鱸鱠秋正肥。不得把臂傾罍醉花下，何年再慰長相思」：此種情懷，才人最有。⊙友人每爲予説掌天，而未獲謀面也。觀此篇叙置淋漓，令人忽動命駕之興。

《送何阿黑遊滇南》「新花鑾鼓映，舊壘戰雲垂」：卓鍊。⊙阿黑具遊興遊才，昔年曾欲偕汪悔齋翰林有浮海遊彭湖之約，已而不果。今其行也，滇南帥幕，定有解衣贈范叔、虚左禮侯生者。臨思之屬望殷矣。

《送陸無文遊天台》「天台四萬八千丈，到此豈復如人間」：起得岸然。⊙風力開宕。

《梅花下同黄仙裳作》「陶然琴酒花枝下，多病何妨日閉門」：如此自堪忘世。

《題畫》「好入萬山深處住，白雲紅葉間青松」：境地固佳。

《賦得二十四橋明月夜》「欲問簫聲何處度，竹西亭畔水如煙」：月光如水，懷抱如雪。

●臨思柴門流水，擁書自娱，意無外求，惟工吟詠。所爲詩直取胸懷，罕填經籍，只事雅適，不尚雕鏤。所爲「人澹如菊」，詩亦似之矣。然則塵世浮榮，亦何必紛紛馳逐。而如臨思者，正使貧病相侵，不損其達懷高致也。

錢中諧

宫聲、庸亭，直隸昌平籍，江南吴縣人。

《東巡紀事二首》其一「清殿能無逸，康衢更達聰」：有體。其二「迎鑾開海日，傍輦發江花」：典燦奪目。◎作東巡頌者甚多，能如此穩當切實者，則推宫聲矣。

《送興福聖上人遊京師》「歸來莫問闌中鶴，早放層霄不可尋」：言意獨遠。⊙末語有諷，隱而不露。

《少年》「行樂不須辭秉燭，朱門臺榭易蓬蒿」：正未解此。⊙一結唤醒癡夢，筆力最高。

《聖駕登祀泰山，恭紀二十四韻》「岱宗群嶽表，元后一人尊。自古登封盛，於今望秩存」：起手老葷。「翠幕陳三脊，黄流薦六罇」：語極光鍊。⊙「擊轅都有頌，載筆敢無言。獨愧微臣陋，抒辭負素餐」：温文麗藻，敷陳極有法度。

錢　岳

藴生、十青，江南吴縣人。《錦樹堂詩》。

《贈穆倩先生》「問訊程夫子，秦淮有寓廬」：起法老。⊙垢道人今年八十矣，聞體中尚健，詩情酒興不減。癸亥予在白門，時攜江鯉就之夜酌，繾綣良深。蓋白髮故人，今漸少矣。藴生此詩，字字真確，讀罷令我三歎。

《高座寺酌水》「緑陰藏古寺，白石瀉流泉」：何減右丞。⊙「雲光浮滿壁，默坐聽啼鵑」：流麗。

《鑾江晚發》「新城夢裏過，紅雨正堪憐」：嫣然欲絶。⊙「斜日白沙路，春流好放船」：字字可調玉笛。

《訪閔賓連先生南郭草堂》「遊子可容投白社，訪君今喜過雲亭。簷梅冶艷消春酒，燈火清熒雜夜星。薜荔滿庭書萬卷，女墻一帶作圍屏」：南郭草堂絶幽勝。如此倩雅之筆，正堪題贈。

《雞鳴寺》「六朝舊院迷芳草，二水新流下石城」：意調俱佳。⊙「徘徊不盡終回首，落照鍾山帆影横」：不難其典核，而妙在筆墨之外，姿態横生。

《毘陵雪中訪劉震修廣文留飲》「木榻留賓煨野芋，竹爐吹火沸山茶。荒畦菜甲皆成玉，老樹槎枒盡着花」：震修自爾不俗。

《踏燈詞》「獨羨繡毬燈一盞，香閨准月費工夫」：是《竹枝》聲調。

《聽張鶴溪歌有贈》「老去風流渾不改，新聲細按教雙鬟」：見此詩令人歡喜，何況在檀板金樽之側。

《寄祖御臣》其一「心情多半杏花中」：妙句。其二「酒旗孤店日斜曛」：風情摇曳，似小杜當年。

●宫聲以詩擅名久矣，今其小阮藴生翩翩英秀，摇筆伸紙，皆有雲霞錦繡之氣。攬其諸篇，自知珍愛。

程化龍

禹門、念蒿，江南青浦籍，休寧人。《開卷樓近什》。

《爲圓捷禪師刻辨惑篇》「所恨世俗子，造作背前賢。因訛以傳訛，病痼不可痊」：可恨在此。

⊙「名言堪衛道，救溺功德全。遍告諸佛子，誦此四十篇」：佛法亂真久矣，須有此痛切指示。恨未購其書讀之。

《新嶺五穀樹》「假令一木兼衆美，自昔何分穜與稑」：可發一粲。⊙可見天地之大，何所不有。

《和答兼三家侄留别》「風塵心若此，林壑意如何」：澹得妙。

《謝家侄兼三貽新荔子》：楚楚有芳鮮之氣。

《上九龍灘三首》其一「江分鬼斧闢，路逼馬蹄危」：極形其險。其二「舟行自石中」：確。其三「山高日落早，天小月來遲」：是灘中景。◎三首皆用猛思健力，窮山水之奥。

《遊霹靂巖》「偷閒問石棋」：雋。

《泊謝公城遇風》「江闊千波湧，風狂萬馬奔」：形容風勢甚猛。

《輓桂林太守周量族叔祖》「生平忠義士，多死賊圍中。轉戰軍無勇，徐圖道罕通。古今留碧血，知罪付蒼穹」：時勢艱難，寫得輪囷鬱勃。⊙周量得此詩，九原應爲感泣。

《七星洞》「桃實經霜緑，巖花着雨鮮」：琢句璀璨。

《汾江守潮》「潮汛依時至，舟人枉自争」：萬事可以平心。

《六月五日梧軒坐雨》「雨過萬山青，梧陰覆短亭。名花開忽謝，宿鳥夢初醒」：筆意淵静。⊙蒼涼閒浄，有「空山無人」之意。

《汀州旅邸》「未得吾兄生死信，可無汝弟往來求。他鄉作客茱萸少，獨步看雲鴻雁秋」：空行極有氣力。⊙老甚。

《贈同年姚玉朗》「情親話舊皆如昨，世故心傷暗自煎」：言外有無窮之感，聲淚俱下。

《贈燕思族叔》「賊中烽火清時淚，架上詩書午夜燈」：深思苦淚。⊙淳厚之意，纏綿如結。

《乙丑二月念六日遊鼎湖山慶雲寺，訪在慘大和尚不遇，適逢棲壑老和尚百齡冥壽，因賦二首》其一「非因拂袖來蓮洞，那得空山聽鷓鴣」：老而韻。其二「五十三年功德在，龍潭飛水共悠悠」：蒼甚。⊙格老筆健，且神韻天然。

《王阮亭先生招同屈翁山、叔燕思遊閱江樓》「椰子杯深巖月落，桄榔亭倚海潮流」：卓鍊。

《雨花臺》「可憐絶頂狂風驟，吹落忠臣廟不留」：天風浩蕩，令人神悚。

《登大報恩寺塔》「梵院惟兹稱第一，浮屠孰與較低昂」：起得軒昂。⊙如此詩，只是氣象大、體勢尊，不必沾沾求之於字句。

《秋日孚夏舍弟招飲半園，與黃仙裳、儀逋、漱石、張洪九、家叔豹文、侄又梁分得同字》「紅蓮香透杯常滿，黃石峰奇磴不窮」：艷思壯采。

《宿閒闃寺》「老僧閒坐看梅花」：此老僧儘不俗。

《星巖雜詠》其一《瀝湖》：超然。其二《霞島》：華貴。其三《閬風》：仙骨珊珊。

●己未余待詔京師，與程禹門中翰爲荆、高飲酒歡，忽爲族人所累，遂至謫官，閉門不揖客。余亦忽忽南轅，兩人不通音問者八載。丙寅初秋，禹門過海陵，訪令季孚夏，乃與余相遇於維揚，酒興詩懷如故。而念湟榛職方死於亂，青立李丞死於貧，感慨唏噓不置。今孚夏以其《閩粤遊草》並新詩數章囑余論次，余時舟下茱萸灣，涼雨初過，因拔其尤者，登諸拙選。而禹門約自雲間還，與余輩論詩平山堂畔，正當有日也。

程瑞初

旦伯、訥庵、松軒，江南休寧人。《正誠堂偶鈔》。

《吴陵舟發，同孚夏三弟賦》「温清多時缺，依依大被情」：今人流連是語。⊙結語至性藹然。每見雲峰作詩，多是此意。

《得孚夏三弟吴陵書問，兼喜余崇川舉第七子次韻》「吾欲乘輕棹，江樓醉共憑」：少陵歡劇之句。⊙全是真氣。

《嚴江曉行》「客辭天子磯千尺，夢斷鄉關夜五更」：筆力矯勁。⊙「積雪灘邊繡嶺晴，輕帆寒掛曉星行」：神骨俊朗。

《一線天立石次韻》「蒼松疊浪浮棲鳥，絶壁無關鎖暮煙」：鑿翠流丹之句。

《海陵城登望岳樓》「獨惜遺戈歸泯滅，僅留荒廟枕潺湲。登臨只合沉沉醉，莫爲孤忠損容顏」：看其轉筆，有千鈞之力。⊙風流淹雅，一字不流孤激。

《下第同孚夏三弟都門夜坐》「西鄰紫塞客登樓」：壯句。⊙「薊北風光易感秋，弟兄入洛久淹留」：聲情淒切。

《聖駕南巡恭頌，次黄仙裳先生韻》：字字熨帖。

《春日集我翼十一弟齋中，讀允文十弟近什次韻》「問誰卜築稱幽絶，連日山窗苦雨頻」：起得嵯峨。「喜看愛弟情真篤，况有陽春調倍新」：筆如轆轤。⊙寫景幽而媚，叙事健而真，妙得詩家三昧。

《寒夜》「夜半珮環聲，霜風細敲竹」：清况可掬。

《舟中》「霜色漸明風漸緊，孤舟誰問客衣單」：客况爾爾。

《贈隱士》「緑蔭深處見人家，鶴守柴門晝不譁。千尺階前松與柏，知君何處卧煙霞」：此君頗遠。

《新泰道中》「朔風凍盡山東道，草星村村有酒沽」：樸得好。

《讀焚餘草次韻》其一「夕陽一片碧桃花」：從愁中看出好景。其二「明月滿園空自照，何人踏破緑苔錢」：正自不堪。

《春遊即事》「夕陽影裏吴姬笑，不盡流霞空自來」：浸淫於樂府矣。

《遊黄山步羅念庵先生韻，併載原倡》其二「欲起軒轅問丹鼎，道衣重侍玉虚君」：固屬步虚人語。◎原倡詩情跳脱，自是身有仙骨，而和韻二首清姿濯濯，不染纖塵，洵稱並美。

●范十山曰：「疇昔結社山茨，得鼎庵先生爲領袖。其時謝石夫旗鼓相當，諸同人瞠乎其後。自狼山觀海，舊社久虚。回憶先生執耳，已如隔世。不圖今日復見長君旦伯此編，令我歎慕不已也。清新俊逸，自是本領，而筆下無一點塵，胸中有徑寸珠。信非家學有原，不能如此。」

●啓、禎之末，淮南得璽卿范先生倡社，一時名輩景從。而十山克繼前武，其篤風雅、敦聲氣，正與璽卿同。今休陽程氏昆仲亦復如是，由鼎庵明府樹幟於前，故旦伯、孚夏諸君皆以詩文朋友爲急務，能不與十山有苔岑之合耶？新秋點次旦伯詩，因識數言於此。其詩清婉真摯，純以性情往來，固與孚夏有塤篪之應。梅農書於小秦淮客樓。

程　禄

子天、在夫，江南休寧人。《樂志堂稿》。

《海陵别次郊十三弟之楚中》「客棹仍將别，江帆趁欲行」：愛其轉筆，叙景言情，無不秀善。

《步叔父鼎庵公古莊自適原韻》「明月樓臺喬木隱，落花池館白雲香」：可想其處。⊙地以人傳，而點染更多韻致。

《哭兩江總制于清端夫子四首之一》「衰病但知謀社稷，經綸猶憶定干戈」：二語確甚。⊙公簿書必親校，可謂勞矣。而勘亂之功則在東山，非子天不能知之。

《和州謁西楚霸王廟，次大中丞薛公韻》「八千鐵騎浮雲散，絶代蛾眉曉月空」：憑弔淋漓，似有悲風起於江上。

《舟過采石值雨》「山際帆檣空雨急，村邊蘆荻一燈摇」：是雨景。

《遊靈巖山》「徘徊不忍歸遊棹，霸業紅妝盡可憐」：結處精神百倍。

《金閶喜天有侄歸省過我賦贈》「還家早種千竿竹，青眼終當共阿咸」：用事有味。⊙妙是吴門相見，又是叔侄叙别。

《和孚夏十一弟冬日扳留吴方弘妹丈之作》「主愛留賓賓且留，主賓詩興互綢繆」：真情盤鬱。⊙字字蒼渾。

《贈不會上人遷居毓靈山房》「看月忽驚窗影换，安禪仍向壁間參」：是遷居。⊙菁蔥典雅，尤難其參活句。

《午夜聞烏有感》「雛不自哺待雛母，望母巢中歸未歸」：具有古意。

●癸亥江南有《通志》之役，余與兩江制府于公周旋者三閲月，見其守己之嚴，自奉之儉，待士之謙，蓋近今一賢士大夫也。而其幕客往往以不耐淡泊，紛紛各去。子天相依最久，終始弗渝，可謂秉心至誠者；詩之工，特其一端耳。而余所録數章，皆整鍊秀逸。世有明眼，當自見之。丙寅七夕雨後跋。

黄　對

書思，雪田，江南儀真籍，歙縣人。《望石樓詩集》。

《武城吟》「但願雨澤多，不逢長官怒。他日弦歌聲，即此流亡户」：所望此耳。⊙閲歷風土，言之沉篤。所謂身到處，不肯放過。

《春雨行，送鄭子網還白門》「投筆張帆去如矢，滿江雨聲猶在耳」：風濤颯颯。⊙「此去白門路百里，春花片片飛江水。白浪打舟寒逼人，潮聲雨聲捲岸起」：筆陣快利，墨浪横飛。

《四月四日雨》「大雨傾翻卯至酉，尺布纏頭笑且走。歸家妻兒忽俯首，又恐主人較租斗」：且奈之何？⊙筆路森奡，正覺粗服亂頭皆好。

《真州亂後送友》「生死他鄉客，煙塵滿地兵」：亂中苦語實境。⊙生長太平人，那識此詩之妙。

《海陵夜雨寄郡城諸兄弟》「星霜歸兩鬢，風雨落孤燈」：爽剴。⊙依依故廬，懷思良切。

《送魏冰叔還寧都》「孤客上千灘」：峭句。⊙固冰叔知己之言。

《同杜于皇先生李園看梅分賦》「春風及草亭」：勁甚。⊙一氣清老，固與茶村同一風味。

《夜泊高郵》「長風隨堰轉，好月入湖多」：清警。⊙字字是盂城實景。

《甓社湖》「小舟天上落，遠樹浪頭分」：形容入神。

《和五弟寒夜作》「雪積深林閉，星懸小閣明」：此景難甚。⊙極慘淡，極真切。仁孝之思，和淚而出。

《北華門》「古柏盡成新墓道，北華還認舊宮門」：筆力遒老。⊙「衰草雷塘漫回首，唯餘螢火點荒村」：弔古詩，蒼健而高華，在劉、許諸君之上。

《送春日集六里山莊》「隔年人到春將去，此日門開潮復生」：惟空同有此。⊙多少轉折，愈曲愈老。

《小寒食海陵東原寓目》「海門初日鸛鶴叫，賈市入春蛤蚌肥」：蒼古，不同時調。⊙好風光，卻難爲懷抱，固是亂離之後。

《送魏冰叔旅櫬還寧都》「豈待人亡著作尊」：人琴之感，真切可傳。

得是。

《春遊曲》其一「一派管弦聲，春風吹不斷」：是好景。其二「妬他顔色好，不肯載花歸」：妬

在我意中。

《滸墅關》「關前楊柳緑蕭蕭，關外征人夜繫橈。夢醒忽聞舟子唱，早乘涼月到楓橋」：此景時

淒調。

《金陵絶句》其一「風吹輦路少行人，日暮牛羊自來去」：可傷。其二「秋風滿徑六朝花」：冶情

《海陵顧宅》「猶記十年觴詠地，白梅花下夜吹簫」：感舊之詩，更饒風艷。

黄時

禹曆，雨笠，江南歙縣人。《藏心閣詩集》。

《芙蓉莊秋集》「雨聲夜來急，林樹風蕭蕭」：起得超曠。「登攬快襟懷，駕言誠逍遥」：結法近

選。⊙「衰柳藏墟煙，斷橋枕寒濤」：全似小謝。

《曉渡揚子江》「荻蘆風蕭蕭，回首望空帆」：蒼茫無際。⊙「明星未全没，高山漸生嵐」：短章有

遼廓之勢。

《題余生生先生悲哉行》「俯首聽説傷心事，琅琅獨賦悲哉行」：入筆好。「不如搔首還成酌，晚

風細雨穿簾幕」：無可奈何語。⊙「枝頭仍有舊時花，莫將老淚輕彈落」：結處慰之，正所以憫之也。

血淚拋殘數斗矣！

《汪子參招集杜茶村、蔣前民兩先生泛舟湖上》「春花發故城」：有味。⊙風景佳，懷抱好。

《秋暮許竹隱先生招同人對菊》：竹隱時觀軍入楚，讌集同人。讀禹曆詩，猶言念疇昔。

《江口晚步，懷虞沅之書思兄客都門》「落日大江昏，沙頭争渡喧。霞明山寺路，風静晚潮痕」：起勢嵯峨。⊙「古塔當京口，新鴻來薊門。客途思大謝，把臂有虞翻」：筆力欲透紙背。

《九華山》「路回千嶂逼，雲落九峰晴」：蒼勁中有雄高之勢。

《晚過從容庵，同無垢上人小飲，兼弔敏行師，余癸丑春遊吴門阻風此庵，今九年矣》：情緒綿婉。

《登焦山》「絶壁臨空下，崚嶒一徑灣。江昏晴吐雨，晝暗樹埋山」：詩亦崚嶒。⊙前四句有穿崖破壁之奇。

《松寥山房寄杜于皇、紀伯紫兩先生》「徑轉多幽僻，心親古佛燈。秋聲寒雜樹，苔壁老蒼藤」：全首蒼鍊。⊙字不虚下，意無泛衍。

《晚步望京口》「潮聲此日喧京口，王氣當年鎖石頭」：調圓意到。⊙運置自然，無不工鍊。

《送汪秋浦之豫章，懷鳴六弟》：一往清苕，應是俊人，固無塵語。

《奉贈杜于皇先生》「野老吞聲有一人」：辣句。⊙茶村固曰：「禹曆是吾鮑子。」

《秋郊懷方載歌、程正路》「歧路殘春臨水别，故鄉千里送人歸」：清音歷歷。⊙次第安閒。

《冬雨華藏庵送舊樵叔之江南》「别路應憐邗水月，征帆重向石頭城」：聲調圓愜。⊙委婉鏗鏘，得唐人之正法眼。

《登息浪庵鐘樓贈碧山上人》「三山對寺勢巑岏，攬勝登樓足大觀。風擁片帆孤影疾，江懸白日四圍寒」：氣高力猛。⊙手調柔情，筆底掃盡。

《招隱寺》「幾處披榛看牧馬，何人攜酒復聽鸝」：裴回感歎，想其襟情之異。

《雙峰閣晤量周上人，有懷查二瞻夫子》「千里潮聲喧半閣，一天秋雨閉雙峰」：精力殊健。⊙固江山間之詩。

《春遊曲》「悵望石橋邊，溪流昨夜雨」：閒甚。

《送友歸里》「臨水送人者，空隨落照歸」：蕭然。

《再集菊下》「柴扉初啓聞車過，有客還來問菊花」：詩澹如菊。

●黄氏昆仲，彬彬蔚起，而雪田、雨笠爲尤著。雪田閉户讀書，精研古今之業，爲一時鉅公所激賞，行將馳驟天衢。所爲詩疏朗高邁，盡脱時蹊；而於人倫時務，極爲關切，豈可僅以詞人目之？雨笠苕年，早有叔寶、思曼之譽，每一晤接，形神俱超而天才秀發。爲詩閒雅超卓，不減「初日芙蓉」。杜茶村、余生生二老，來客維揚。窘約之中，周旋倍至，有爲人所難爲者。予在旁觀，竊爲三歎，蓋非若世之才士飛騰而自喜者，良可敬也。

李　杰（再見）

《過靈山宿信陽州》「獨此郢州路，崎嶇行倍艱」：起境超脱。⊙信陽兵火之餘，寫得荒涼可畏。

《舟行即景》「扁舟一葉摇空碧，擬放長江赤壁遊」：逸興勃勃，令我動桂棹蘭槳之思。

《石澗》「也有桃花伴水流」：氣味在煙霞之外。

●丁卯殘臘，崇川王汶江見過邗樓。予有書寄范子廉夫，託覓李君若士詩稿。謂可速至，必無洪喬之失，豈意竟至浮沉。今乃次第得其佳篇，伏枕中，亟爲點次，付之剞劂，尚以全稿未至爲憾也。

釋自安

我怡、浮村，江南江都人。

《望棲霞》「江行連日雨，喜見晴光放。輕煙罩楊柳，和風吹細浪」：好涼。⊙「遠望棲霞山，高插白雲上」：煙光嵐影，動蕩紙上。

《同友人登狼山分得桃字》「東觀海日隨潮起，光射蛟宫千尺紫」：壯闊。⊙詩亦有飛巖驚濤之勢。

《宿先父母墓傍村舍有感》「自從事方外，今日拜墳前」：身入空門，心戀怙恃，的是菩薩心腸。

《過二十四橋感賦》「遠水尚來縈故址，斷雲空自過平崗」：感慨不露。⊙傷心往跡，殊有牧之風味。

慎墨堂詩話卷三十三〔一〕

杜濬

于皇、茶村，湖廣黄岡人。《春日遣心近詩》。

《春孟同匡侯、孝威、孟新、致果諸公怡園分韻》「芳草猶未遍，嬌鶯亦未啼。春風欻吹滿，園景使人迷」：全似太白。「愛爾緑梅花」：好品題。「林扉如可扣，吾將再杖藜」：老甚。⊙蕭然數筆，幽靚芳芬，望之如美人之在簾幕。

《二月十二日李匡侯招同鄧孝威、范汝受於高座上人房，同用青字是日郊外仙事甚鬧》「我自愛陶潛，近益慕劉伶」：即是真仙。「芳草有奇氣，人煙爲之青」：語亦奇異。「咫尺有喧卑，隔絶不入聽」：好打發。「奈何白日下，夢者更不醒」：斬截。⊙有開講於雨花臺畔者，舉國若狂，衣冠之族頂禮贊歎。或以爲仙，或以爲聖，吾不得而知也。我儕但對好花飲醇酒耳。茶村此詩可謂慈悲，喚醒大衆。

《春日登橋西亭子讌遊，因望冶城一帶，同諸公限韻》「草氣雜花香，花光侵草色」：善能領略。

〔一〕此卷輯自《詩觀》三集卷六，原署「東吴鄧漢儀孝威評選／同學曹貞吉升六參閲」。

「坐覺遠景逼」：好。「愛爾一局棋，兒輩已破賊」：寫出晉人風流。「再造大唐國，風流自有真」：高識。「不如倒殘樽，醉臥鍾山北」：結來遒警。⊙前叙景，極蒼潤；後論斷，極精確：可謂波瀾老成。

《謝公墩懷古》「猛死堅已亡。僅存一虛國」：狠。「料敵料一人，百萬何足億」：知兵。「無猛而有垂，眈眈方蠱惑。乘機以斃讐，狡童本英特」：又進一層。「堅自來送死，而公早洞識」：論斷確然。「此舉竟無他，謂之天亦得」：畢竟是天，强求不得。⊙操與堅皆以百萬而敗，則以江東有公瑾、安石，而曹、苻無其人也。漢用三傑而楚不能用一亞父，故卒困於垓下。篇中「料敵料一人」，真洞胸穿腋之論。

《鳳凰臺懷李白》「抽毫寫心胸，蕩逸不可裁」。李白難再得，鳳凰還復來」：筆力豪縱。⊙一氣跌宕，全乎太白。

《李匡侯載酒過草堂》「夜火變春盤」：新。

《早春同匡侯、孝威飲劉氏園》「陰晴分柳態，前後總花時」：恰妙，然人想不到。⊙「老蒼俱在座，來者慎吟詩」：結語傲岸。

●茶村以是册授余點定，精選得七章，藏之篋衍，未付剞劂。乙丑初冬，與張子山來共商選事。山來見而愛賞，亟命登之棗梨，曰：「此詩壇老將，時流即工辭采，其識力高邁，誰能及之？」

吴之振

孟舉，浙江石門人。

《次韻寄吴友鯤》「波瀾不怕酒船深」：新句。⊙一意追新，神理自洽。

《和韻答葉星期》「兩頓茶瓜新稻熟，六時魚鼓暮雲深」：都是新情妙旨。

《叠韻送葉星期歲暮歸山》其一「老去貧交難聚首，眼前生客怕輸心」：有心人語。其二：「拗竹補籬花信早，典襦泥酒月痕深」：生不落拗，秀不入纖，局度雍容，覺筆墨自有開闢。

陸次雲

雲士，浙江錢塘人。《見山亭微吟》。

《薤露歌》「葉黄漸萎孤墳左，朽莖猶能化螢火」：涼涼怕人。

《蒿里曲》「古穴泥封尋復開，有時露出狐狸尾」：二詩有鬼氣。

《幽州馬客吟歌辭》其三「嬌女憎馬客，彈出懊儂曲。馬客不知音，拍手醉醽醁」：是真馬客。其四「馬行亦回首，時向幽州嘶」：風味獨絶。

《雜感》其一「衡之德與品，懸絶如天地。相馬徒以皮，駑駘混騏驥」：此相士所以難。其二「寄語養生家，宜知審物情」：要語。其三「同秉天地氣，各居性所安。遂於草木中，每爲人所賢」：參觀至微。其四「盛德結幽扃，物性猶爲易」：所以爲之聖人。其五「參差賦物形，造物何好奇」：真是好奇。其六「言及六合外，天地細如許。一寸圭竇中，曲士安足語」：少所見，多所怪，所以謂之拘儒。其七「見之桓靈時，禎祥何足多」：遇災宜知戒懼，《春秋》一書原不書祥瑞。其八「但得奏膚功，何妨使貪佞」：此非大聖，不能有此作用。其九「何必登首陽，高歌懷採薇」：此是特見。◎數章皆有别識確斷，具見讀古深心。

《黔遊紀行》其一「弱女方四齡，初知離别意」：深痛。「此際心若摧，出門方隕涕」：好。⊙余亦長遊人，讀此輒淚滿襟袖。其二「船頭發水聲」：真。⊙「雲生燕子磯，窈窕難爲容。天半落三山，幽秀不雷同。采石勢巍峨，鬱然鳴萬松。如聞鐵馬馳，欲見古英雄。回首眺金陵，煙靄青濛濛。二水不可竭，六朝已無蹤」：歷數江山，言簡而妙。其三「仰視但有天，與波同一青」：寫入混茫。「三老弄洪濤，澎湃意所輕。至此乃敬慎，風正始揚舲」：真實事，寫來色動。「或問傳書事，心知不敢應」：結得妙。⊙讀之形神飛越。其四「出湖又入江，乃歷滄浪水」；「吳上弔楚鬼」：數言妙極，正不在多。其五「犯險上百灘，灘聲盡雷吼。夾岸皆老山，山勢蔽星斗。此内無全天，日月暫時有」：《水經注》有此摹寫。「麋鹿與猿猱，跳擲自相友。有時見猩猩，向人乞醇酒」：賦騷雜揉。其六「俯首視下方，雲氣鬱蒸積。大雨行其中，轟然震霹靂。我從山頂觀，太虚自岑寂」：奇境，須得此奇筆寫之。◎諸作言情凄痛，述景詭異，然無一字雕飾，皆從自然中流出。定以爲誰家體格，終屬淺夫。

《漁父詞》「濁水鯉魚肥，水清魚可數。寧願得魚稀，濁流非所取」：此漁父非尋常人。

《洗象行》「番人誘致掘廣阱，雄雌互設引彼狂。蹈空奔赴陷莫出，悲鳴四顧心徬徨」：人心之惡如此。「忽向深潭猛一没，人皆失色爲倉皇。俄頃舉頭舒喘息，象始摩頂濡兩傍。將起逡巡睨南陌，噴珠濺沫驚艷妝」：波瀾蹴起。⊙象之故實，可謂詳悉，而筆力英矯震蕩，亦有翻空蹴海之勢。

《于少保祠》「不將北宋爲南宋，翻藉新君返故君」：從來愛惜身名，便做不得事。少保固甘心殉國者，張江陵亦是此法。頷聯二語，真是鐵案。

《劉司户祠》「文章傳世科名外」：特見。⊙「言聽可無甘露變，策行當令北司空」：國家砥柱，全仗直言，而畏禍者輒寒蟬自固，能如司户者幾人乎！此詩可謂剴切而深痛矣。

《表忠觀》「燈下昔遊銀蜥蜴，殿前今卧石麒麟。猶聞衣錦村中樹，歲歲花開艷早春」：律體一味清儉不得，須以氣悍、辭麗、音亮爲主。此詩典雅，兼以逸邁，固推上家。

●雲士《詩平》一選，簡嚴精當，都下諸公競推之。僕選萬不能及，而雲士輒有「功侔神禹」之贊，能無汗顔？憶出都時，雲士以詩三種見授，皆清真老確之作，藏之篋囊。今壽梨棗，固稱大快。

吴苑

楞香、鹿園，江南歙縣人。

《紫石軒》「拂拂天風來，驅雲澗邊宿」：筆有仙氣。⊙「溪煙罩深竹」：短章絶韻。

《湯泉》「鍊石朱砂出，百藥紛駢闐。陰火煮白沙，洪鑪鼓重淵。長驅扶桑池，觱沸如巨川」：紛綸，皆異彩所繪。⊙筆力開張，不可羈制。其璀璨處，皆如異錦。

《慈光寺》「大師既西逝，荒臺亂杉松。野雲度牖飛，天清濕午鐘。至今六十載，鼪鼯竄高墉」：荒崖破寺，讀之神悚。⊙叙述興衰，筆端奥傑，時生寶光。

《自觀音巖過老人峰至天門》「情爲艱險移，目因應接眩」：康樂神髓。⊙次第層出，皆有徑路可尋，而蒼翠之氣如接。

照人。

《題汪千鼎、文冶始信峰草堂》「奇人共結廬，不得不嵯峨」：極狀巖居嵯峨蕭瑟，疑有冰雪

《攫龍松歌》「短幹樛枝石頂出，即鋪青蓋開鴻濛。横拖一枝最奇崛，練曳紳垂粗髫鬑。蜿蜒眠龍倦始舒，山勢欲崩尾乍拂」：極力描寫，足與少陵諸松歌相敵。⊙與他處詠松不同，詩更奇崛，有偃蹇傲睨之態。

《六月二日同程非二、汪虚中、扶晨、我承、僧天池、弟筵占入黄山作》「石鬭亂泉生」：奇句。⊙未經山行，詩便有鑿山開道之勇。

《水晶庵》「古瓦易生陰」：峭拔。

《狎浪閣》「昏曉只聞雷」：善爲形容。

《家野人以陋軒集見貽，賦詩奉答，兼送歸東淘》其一「竹木生秋光」：好。其二「結交十年餘，同心而異土。寄跡在菰茭，爲我入州府。何以叙契闊，詩歌慰風雨」：真肝膈乃有此真詩。其三「君歸且足慰，我留當何如」：悠然不盡。⊙野人高致，乃得此蕭疏之筆贈之。

《送汪栗亭歸里》其二「人情愛遠遊，豈暇傷饑寒。子行我且止，我歌子獨歎。不如更斟酌，共此今夕歡」：情緒離離，獨能追古。其三「千里門前路」：好。

《南梁贈程雲家》「去年把君詩，寢食共昏晨。握手展笑樂，相知豈云新」：聲氣文章，看作一串，於此見楞香之真篤。

《次韻答贈屈翁山，即送之金陵》「煬帝墳前日影低，杜郎吟處弦聲促。幾十萬家新女兒，二十四橋古風俗」：風情逼古。⊙「風雪淒其廣陵客，逢君舟去三江口。應須醉登孫楚樓，且試共飲黄公酒」：聲情意調，逼似嘉州。

《送汪舟次出使琉球》：華整，得應制體。

●楞香爲吾友戴紳黄所得士，故定交最久。其性情醇篤，有過人者。詩特超逸出群，而五言古尤出入漢魏。黄山諸作，能爲天都開生面；送野人、栗亭詩，則得貽河梁，絶遠凡境。

吴　荃

劍宜，歙縣人。《花嶼堂存稿》。

《春日登平山堂》「遠岫一帆外，層城萬柳間」：妙切平山。⊙「春風吹不斷，引屐到平山」：笛響自發。

《寄扶輪舍弟》「客緒終無賴，臨岐語倍長。烽煙猶未息，書札遠難將」：情旨纏綿，不僅聲調之俊。

《九日過蔣前民先生草堂，值其自吴門歸，用壁間韻》「歸帆迎白雁，閉户説青山」：沉警。⊙可謂不虚九日。

《憩惠山亭子》「三年夢此亭」：老。「昆陵昨夜酒，對汝片時醒」：結得有韻。

《虎丘山樓望晴》「無端十日雨，閒却一僧扉」：筆意閒極。⊙風情極好。〇妙在是望晴。

《飛來峰》「塔影依泉落，雲根向日開」：深秀。⊙思苦調堅，脱去膚嫩之習。

《拜于忠肅公墓》「八荒驚土木，一老靖烽煙」：「八」字可傳。⊙于公地下，應爲感泣。

《遊法相寺》「磬逐春風出，香從老樹傳」：深而響。⊙「禪心江上山」。

《浄慈寺》「春花隨獵騎，霜月吼林鐘」：整麗而所警思。

《七夕泊香林院》「海潮生夕照，梵語出花叢」：光氣不磨。

《嶅陽道中有懷家兄京邸》「山徑杏花轉，人家棗樹深」：「深」字較勝。⊙北道春風，髣髴如見。

《登昆盧閣》「古戍存山海，邊牆接大同」：壯健。⊙氣勢極雄。

《夜半》「夜半月將落，天高人未歸」：曠絶。⊙與少陵懷弟諸作，同一情旨。

《黄雪田、雨笠移樽杜茶村先生寺寓，共用冬字》「一醉在初冬」：老。⊙真樸不可及。○知尊茶老，所以詩格日上。

●劍宜風旨高潔，而飲人以醇。所爲詩，原本靖節，而出以摩詰之秀雅、襄陽之曠逸，法安而體密，是謂踞詩之上流者。

吴菘　綺園，歙縣人。

《溪泛》「山出洞門風」：奇句。⊙沉刻。

《過擊竹庵》「廚筍氣猶春」：新句。

《同徐松之、蔣前民、閔賓連諸先生遊平山堂》「古堞平依江岫遠，層闌高與海雲連」：秀貼。「不負岡頭第五泉」：結得遒上。⊙心手調和，發爲琴瑟之響。

吴瞻泰

東巖，歙縣人。

《夜泊瓜渚》「一夜三山雨，孤帆萬里秋」：唐人佳處。

《錢塘與家岱觀伯話舊》「莫聽採蓮洲上曲，浙潮夜夜打錢塘」：騷情在指。⊙詩極淹秀，一結尤縹緲有餘情。

●每見高門大族，多裘馬歌鐘酒食之氣。而延陵乃以風雅顯，宏詞秀筆，卓立雞壇，良可敬畏。

吴懋謙

六益，苧庵，江南華亭人。

《南康道中》「江黄龍母度，風黑虎倀啼」：英偉。⊙「擔簦聽鼓鼙」：琢鍊而有氣。

《儲潭送周計百司李之南昌》「野店維官馬，村巫走廢祠」：傑甚。⊙「一江木葉下，萬嶺夕陽遲」：氣力昌偉。

《嶺南雜詩》其一「溪冷哀猿移斷碣，松深野鹿竄秋風。諸天錦樹凋殘後，千里青山戰伐中」：精工美麗。⊙全學少陵《秋興》。其二「降王舊築蓮花寨，洞女新開椰酒樓」：光彩四映。⊙典艷風華，足與粤嶠争勝。

《無題二絶句》其一「少小未諳交頸鳥，背人偷看兩鴛鴦」：情事欲絶。其二「好景最難酒醒後，晚妝舟艤段橋東」：令人魂動。

鄭熙績 懋嘉，江南江都人。《漱芳軒詩草》。

《題卓火傳年伯傳經堂》「中有卓氏祠，俎豆三君子」：領起。「後裔遁於荒，薄視青與紫」：歷遡淵源，足徵家學。⊙詞雅氣暢，其推重皆有分寸。

《秋夜集聖臣二弟書帶草亭》「詩因醉後真」：深句。

《送徐臞庵處士之潤州》「鐵甕洗兵年」：語有力量。「莫輕臺上嘯，驚起洞龍眠」：雄風在紙。

《平河橋夜發》「不辨郊原路，惟聞車馬聲」：是夜發光景。

《望嵋山》「廟貌頹風雨，松陰積古今」：高唱。

《雪後曉行》「雪積千村白，煙飛一縷青」：寫景逼真。

《渡黄河》：字字高老。

《登文選樓，憶池陽亦有昭明舊跡，喜宗鶴問官其地》「兩地相傳帝子樓，憑臨遥思結滄洲」：便擒住，足見老手。⊙全首緊辣。

《中秋後二日集語石堂觀劇》「燈火如同清夜遊」：藴藉。⊙「亭臺歷歷望中浮，煙樹迷離景倍幽。率爾徵歌來北里，偶然乘興集南樓」：清圓可愛。

《過韓侯釣臺》「未央宫闕今安在，憑弔淮陰尚可憐」：弔韓侯在褒貶之間，以此作史，當推鐵筆。

《和壁間女子韻》「最憐錦字隨流水，深惜紅顔怨落花」：才人固有此情懷。

《南巡恭紀十韻》：應制詩初唐最勝，而摩詰、嘉州亦俱擅場。此首聲彩、格勢，皆極偉麗昆明，定爲壓卷。

《送俞潔存遊滇》「大廷急望寧邊策，好待回鞭即借籌」：足備時事。

《詠蠟梅花》其二「芳心不待春風轉，雪壓寒枝一片開」：歷歷鶯喉。其三「樓頭莫爲香憐惜，玉笛頻吹夜月中」：柔昵。其四「窗前月落參横後，莫倚寒香認美人」：説得蠟梅有品。

●文章聲氣，固有淵源。鄭氏自職方、水部兩公爲邗江領袖，至今談影園舊事，輒流連不已。懋嘉承其後，所交多舊德名流。作爲詩篇，醇雅英特，其發聲王、謝奚疑。以語師六，定首肯予言。

佟世思

儼若，葭沚，遼東遼陽人。《與梅堂詩》。

《趙州》「一橋收亂水，萬柳壓寒川」：警策。

《到都日過范冑卿大伯園亭》「老石壓藤盤大樹，青桐受月夾高山」：百鍊之句。⊙森然如老樹搏人。

《彦公叔留余松臺宿，時夷公叔暨筠堅、玉章劇談》「花下留人看細雨，燈前話舊到殘更」：清思入雲。⊙情真意熱，如聚人聲於一堂。

《秦淮》「飛花夾岸闌干曲，紅雨打簾鷃鵡歌」：古艷。

《贈潘漁岩》「家在白苓山下居」：筆墨都能入古。

《安慶竹枝詞》「款乃夜來聲不斷，一齊出港打鰉魚」：是皖江景，寫來入妙。

謝家樹

皎臨、笠庵，江南江都人。《春草堂詩集》。

《野望》：匀浄。

《平原夜宿》「那教今夜月，不作異鄉看」：因平原賓客之盛，而念旅邸之寒。今古殊情，能無永歎。

《訪友不值》「春風三月暮，好景片時看」：筆意芳鮮，且極灑脱。

《登華山古刹》：不必深刻，覽其氣象，自覺蓊蔚。

《秋夜舟泊楊子橋》「細草露明寒蟋蟀，高天風急醒鳧鷗」：凉氣逼人。⊙滿紙秋聲，令人蕭摵。

《登北京毘盧閣》「縱眼旌旗屯牧舊，置身霄漢羽毛輕」：毘盧閣爲京師鉅觀，此能標舉閣外之景，巍峨弘敞，筆力直是過人。

《溪行》「鳥度煙雲分夕照，徑歸樵牧雜歌聲」：組織極工。⊙格密氣蒼。

《韓淮陰》「報德乃如此」：末句含蓄得妙。

《庚申勘荒口號》其一「牧民預恐恩綸到，先遣胥徒處處呼」：爲民上者那得懷此心腸，然卻有之。其二「年年不斷淮黄害，奏議何庸這許多」：一奏議便免地方之責。

《蜀岡弔古》「平岡煙草夕陽紅，傳説當年煬帝宫。大業繁華人已盡，墓田蕭索叫歸鴻」：古今同慨，不獨隋家。

高天佑

書量，莽萊，浙江嘉興人。《山曙堂稿》。

《蕉漊道中》「斷岸着花啼蜀魄，老藤懸壁落鼪鼯」：晚唐佳勝處。⊙幽艷之姿骨，自珊珊飛動。

張潮（再見）

《苦雨行》「侏儒飽死方朔餓，我欲問天聲久咽」：乙丑夏秋，雨霪堤潰，民之殍亡者過半。山來此歌，字字描寫的確，覺楮墨之餘，猶有餘淚。

《答贈梁溪顧天石》「争重辟疆園」：交一人必追遡其先世，此山來學識所以不同。

《奉獻潛庵湯大中丞五十韻》「安石身雖卧，蒼生首正翹。終膺三府辟，屢促二疏軺」：運古颺今，筆筆飛動。「吴風奢似錦，澤國沸如蜩。閩粤兵纔洗，黔黎力頗凋。恩曾蒙軫念，寬欲及征徭。春令公能布，霜威吏敢驕」：實録。「積月揚之水，稽天雨後潮。産竈傷比屋，奔鱷圯平橋。封事心逾迫，驅馳鬢恐焦。戴星因赤子，安堵及鵪鶉」：説及今年水患，淋漓剴切。⊙中丞蒞吳，廉自持，恩威並用，予人以樂易而不敢干以私，馭吏以清嚴而不致流於察。故四境安戢，民用諴和。山來此篇，極能按實敷陳，無一字溢美，而起結鋪叙，次第抑揚，皆得杜家老境，此讀書養氣之徵也。

《邵陵唐十泉見予詩集，賦遥懷詩，因貫玉寄予次答》：兩賢真可謂文字之交，詩亦樸老，無娬媚氣。

《寄曹實庵郡司馬》其一「梓里遥知歌叔度，薇垣深苦失張衡」；其二「遥知江色連飛蓋，何限風流滿故鄉」：舍人才藻，實壓鳳池，乃十年不調，猶然佐郡。然緑水青山，差不負宦遊也。山來結契甚深，故贈言皆極真至。

蘇良嗣

小眉，肖公，奉天遼陽人。《山水音》。

《柏林雙老》「問其生何年，應對殊雍睦。曰歲百零七，呼我入小屋」：叙置都老。「遭逢世多故，傷殘皆骨肉。子子歿戈矛，孫孫死鋒鏃」：可傷在此。「屈指經七帝，歷盡涼與燠。日月亦何長，多壽竟非福」：涕泗横流。⊙貧老多壽，輾轉亂離，遂致兒童殀没。非小眉形之歌詠，老死荒山破屋中，誰知之者？把讀憮然，爲之隕涕。至叙次老健，直擬少陵《北征》。

《忘歸巖》「我非静者流，而抱林巒癖。匪敢故違俗，聊云隨所適」：自寫其真。⊙思摯體堅，一洗浮蔓。

《出塞》「山畔聳毳帳，飲食聊相資」：寫塞外之景，離離如見。「忽爾萬騎陰山來，飛鞚揚塵如電馳。叢叢雉尾旆高纛，閃閃五色耀長旗。人人紫貂裘，革帶盤金螭。長刀生寒光，挽弓泣熊羆。後隨黄犢蜾蜾車，車中簇擁多艷姬」：筆力飛動，不可控制，極雲奔電掣之奇。「借問獵騎各何往，但云防守黄河湄」：史筆。「殘碑錯落不可數，地下將軍知是誰。可憐功業同塵土，夜夜松楸叫子規。回頭大漠黄雲落，哀角凌風度塞障」：借作餘波，情事可爲感歎。⊙風土、邊防，一一備悉。是以遷、固之史才，馬、揚之賦筆，出而爲詩者。英矯奇麗，目中罕儔。

《猛虎行》「須臾振尾目四瞥，一聲嘯起千山裂。洋洋徐步入林深，淒淒衰草留冤血」：風颼處忽聞。「吁嗟同是天下人，翻爲此物供饕餮」：熱腸婆心。⊙筆端殊有腥風猛氣。

《宿西山墳户營放歌》「借得田家酒半缸，痛飲怕聞山鬼哭」：四壁如聞猿嘯。⊙筆意悄然，如行枯楊衰草間。

《歧麥歌》「況乃大地苦魃虐，一方歲熟何補之」：菩薩心腸。「吏保功名民飽食，苟且共圖少休息」：那得便有德政詩。⊙不以頌而以箴，是從天下治亂安危打算者。心熱眼高，元道州以後僅見。

《登嚴陵釣臺》「試思羊裘老子非熊翁，隱顯雖殊道則同。丈夫遭遇各有命，何事拘牽形跡中」：眼光貫串今古。⊙所見豁達，一洗拘儒之習。

《寶劍行，贈陳參戎入閩》「匣中錚錚時有聲」：筆有光鋩。⊙「一夕風雨忽飛去，光芒噴射奔長鯨」：短健，而氣力有餘。

《次泰和訪蕭孟昉於春浮園》「殘荷通水氣」：俊遠。

《送春》其一「只知安我拙，那復覺時非」：聞道之語。其二「流光送世人」：可感。◎二首具見定識遠情。

《初冬登香山永安寺》：别有天地。

《平湖道中》「殊方勞戰伐，此地足幽棲」：老杜。⊙和雅。

《洛川道雨中聞警》「生死只存諸僕共，艱危敢報二親知」：哀慘不忍讀。⊙讀之心神危慄。

《戊戌冬仲再過臨清，夜泊塔下有感》「半垂塔影入波摇」：善爲摹繪，而詩情安雅。

《百嘉村舟中重九》「維舟水市逢佳節，獨坐沉吟對貢江。野味苦無螯入手，鄉思藉有酒盈缸」：高騫。⊙其氣蒼灝。

《遊白鷺洲登書院樓》「風流太守亦名儒，結構淩虚寄興殊」：超健。⊙「煙籠沙上寒漁火，月映樓頭澹畫圖」：澹而老。

《清風潭烈女祠》「殘碑讀罷荒祠閉，柳外鶯聲斷客腸」：無窮摇曳。

《冬宿門頭村分賦》「巑岏峰影埋蕭寺，迢遞鐘聲鎖凍泉」：幽光静響。

《遊西山諸刹，晚憩來青軒對月》「梵宫盡出中璫建，翰墨猶傳古帝留」：確。

《洪光寺》「人穿翠壁覰孤刹，門壓丹梯拱衆山」：刻劃。「塵心到此消都盡，只有情緣不易删」：

坡公安國寺語。

《碧雲寺》「池中翠藻翻朱鯽，巖下寒泉噴石龍」：雅麗。

◎四詩圓而警，響而逸，卓然可傳。

《惜牡丹》「種得花成人北邙」：可歎。⊙裴徊眷切，一往情深，可謂宿有騷性。

《己未中秋有感》「憔悴有身依壁壘，蕭條無夢到妻孥」：纔是真苦。⊙哀凉，卻不落衰颯。

《虞姬墓》「陌上柔條舞，終年怨大風」：巧不累雅。

《四賢祠》「所以後世人，許分高士席」：判得是，大爲和靖增價。

《呼猿洞》「野猿呼不至，一嘯衆峰低」：冷。

《秋江》「鐵笛一聲漁釣遠，青山幾點白雲多」：固是曠遠。

《弔楚女子詩》：貌不瘁而神傷。

《初至西湖戲詠》「漫嗟桃柳一時盡，幸有長堤還姓蘇」：自寓處恰好。

《題徐叔則降龍羅漢圖》「逍遥龍背渾閒事，笑倚孤笻看彩虹」：筆光墨彩，盤旋紙上。

●冒巢民曰：「楚黄始於黄國邾城，襟帶江淮，爲功烈重鎮。自蘇公賦赤壁、記雪堂，詠『長江繞郭』、『好竹連山』之句，地以人著，垂六七百年矣。余幼侍先祖令虔蜀，繼先君三秉憲湖南北，監三十萬樊城軍，捍防百萬鄖襄獷賊，余奔走行間，往來於極天烽火。之黄，無復遊覽吟詠之事。今又閱四十餘年，老卧蝸牛廬中。老友鄧孝威襆被攜詩卷，過訪敝幽，首出黄守蘇公小眉詩集，評閱丹黄，擊揚讚歎。姓既相同，地與字合，豈夙世前身，再來舊地耶？次兒丹書，昔荷深交，每向余稱公之胸懷識量、經濟文章，爲當今第一。惜予老而未得褰裳往就也。附識以志景仰。」●雉皋大令盧公菽浦，屢爲予稱其黄州太守蘇公小眉，世家華胄而澹於宦情，惟積書萬卷，晨夕披誦；且篤嗜友聲，意氣有過人者。近五馬蒞黄，清風善政，流播雪堂、竹樓間。而公餘則吟嘯不輟，赤壁清泉，藉以生色。余心儀久之。甲子初夏，彭君然石託王君嶲山，以《鏡煙山房詩》郵寄盧公，屬余拔其尤者，載之《詩觀》三集。徐索其新篇，另登《詩品》。其詩蒼老似杜，而委婉深麗，兼擅諸家，誠有如梅村吴祭酒、繹堂沈詹事所稱許者，余安得不斂衽贊服？

附：鄧漢儀《奉寄黄州太守蘇公小眉四首，時選其詩集甫竣》：盧菽浦曰：「情事一一詳盡，而運以英偉之調、沉鬱之思、風流跌宕之致，固足發揚盛美。」宋既庭曰：「命意温厚，落腕風騷。」

色冷　滿洲人。

《秋興》「詩酒情多一敝裘」：着痛語。⊙頃回鄉，色公幣聘吾友周子青士，入都與商風雅。過邗水，予深賀其得賢主人。其詩雅麗深秀，當屬騷壇宗匠。

孫志喬　崧仞，江南休寧人。《懷硯齋稿》。

《作客》：一味質實，得杜意。

《送四弟在兹歸省》「寒城催鼓角，一夜滿離愁。有弟暫分手，思親急去舟」：悠然。⊙情意藹篤。

《雨》「海雲吹不斷，春雨夜還生。水立疑蛟鬭，風腥識虎行」：奡兀森奇。⊙詩忌平率，此能出以沉雄，固是萬人敵。

《次韻酬龔柴丈、迮旦庵二先生見懷》：筆老思健。

《發淮陰》「客心驚鳥唤，旅夢畏雞鳴」：徑路不流險仄，而思致特深。

《夜入真州》：全首學唐。

《新安道中》「崩崖蒼兕叫，老樹白猿升」：着筆光怪。

《過新嶺》「風急鳥無定，天低雲易還」：曠絶。⊙形容高峻，筆無餘情。

《拜嚴先生祠》「蚪螭蟠石碣，鸛鶴亂高松」：造語壯麗。「漢家何地是，此處萬年鐘」：卓識。

《懷公賞叔》「白石先生歸未歸，邗江再訪阻清徽」：褐裘而來，氣概甚好。「肯悔詩篇限布衣」：警。⊙公賞貧甚，而刻苦爲詩，其立志有足嘉者。崧仞此篇，固堪酬獻。

《再遊廬依山尋雲洞，飲朱櫻樹下》「三月殊鄉春始深，朱櫻爛熳足登臨。神仙洞裏無人跡，瀑布山前有鶴吟」：開筆英爽。⊙磊落而精實，諸境絶高。

《清明日遊廬依山，登龍王廟尋龍潭飲花下，晚歸遇雨》「風磴入雲雙徑杳，龍潭抱日五丁開」：筆墨最能造異，而朗豁處情致不減。

《次韻寄酬范道文》「二分明月隋堤上，可得攜樽再繫艖」：惻然懷舊，筆路蒼然。

《題畫》「誰家畫閣吹長笛，無數青蒲一夜生」：姿韻偏勝。

《竹下作》「呼童折簡前村去，爲約王猷看竹來」：有興。

《題漱石亭》「終日潺湲聽不盡，雙雙鷗鷺遠飛還」：此景固别。

《題向榮亭》「不是梅花開太早，春風最愛向榮亭」：意曲而妙。

《題畫梅贈鐵壑上人》「自從得識林逋趣，獨許山僧可結鄰」：孤傲。⊙庚申，余同宗子鶴問、孫子崧仞，入禪智寺訪鐵公。值其他出，余三人尋三絶碑，題壁酌泉而去。蓋鐵公蕭然高簡，詩亦岸異，宜與崧仞有針芥之投也。

●憶十年前，孫君無言攜詩一册見示，余極賞其英邁。無言曰：「此余猶子崧仞作也。」繼乃訂交，則翩翩華秀，不減張緒、王恭；而深沉讀書，交遊不濫，有過人者。今乙丑冬，乃得見其近什，益進而蒼拔，不肯走入畦徑，此道中將來能拔幟者。選以示通國，當知漸江又有此俊。

許　嵎

暘谷，江南常熟人。《焦風集》。

《延平城下作》「人家巢樹杪，雞犬出雲頭。峒户蘭爲税，溪漁竹作舟」：四語足譜風土。⊙全詩壯傑。

《登拂水巖》「劍揮峭壁當空斷，風挽奔泉作雨飛」：可畫。⊙地奇，詩亦險麗。

張鴻佑

右君、念麓，直隸元城人。《晉遊草》。

《神頭嶺》「行人向背看」：奇。⊙格整而語峭。

《襄垣道中》「牛羊盤細路，雞犬卧山雲」：矜卓。⊙聳邁不群。

《摩訶嶺》「俯看雲樹下，亂石蹴奔濤」：一結尤爲險拔。

《題望雲亭贈張元標》「暮雲高士影」：端正之詩，難此高卓。

●憶客六峰，與黄石笥先生坐義風亭談讌，不知念麓爲先生東牀客也。詩特高警，有雄視中原之氣，吾深喜之。

汪舟

虚中，江南歙縣人。《岸舫齋詩》。

《白龍潭》「寒濤下觸石，四散如明星。蛟龍知有無，白晝常杳冥」：光景絶異，如明珠散彩。「風雷終夜聽」：結得健。⊙康樂之澄綺，右丞之朗秀，具於一詩。

《公毋射虎行》「樵子欲樵不敢去，柴薪亂長高於樹」：好形容。「間出還當猛虎路」：偏有此厄。「倏然一箭邀天功」：快筆。「村内持刀分虎肉，村外噬人一家哭」：兩句緊甚。⊙「置爾不射爾何如」：亦是調停之法，然虎欲噬人，不避賢豪，將若之何？

《深柳堂詩四首爲吴楷士賦》其二「歲歲琴溪客，幽尋今始知」：曲筆幽情。「怪石分花立，新蘿借竹垂」：幽艷。其三「黄山水上遊」：奇。其四「未老重林泉」：句創。⊙似從少陵《何將軍山林》詩得來。其清幽深静，更爲絶俗，以此知楷士之爲人。○雙溪山勢嵸巃，泉石清婉，爲歙西最勝地。楷士築室讀書其中，性好賓客，名流贈詩成帙，梓有專集。虚中詩，此其一。

《松門》「路向峰頭失，青松爲一門」：蒼然深秀。

《登文殊院懷閔賓連》「偶逢蒼石坐，漸見白雲收」：賓連極稱此地之勝，詩固矯矯出塵。

《喜寧士侄自吉安歸里》「心寒邊戍月，衣積戰場塵」：老杜。⊙精雄老靠，筆有鋒鋩。

《秋日再遊晏溪》「清磬一聲古寺暮，澄湖四面青山寒」：其境最清。⊙拗體詩患其直而少味，此能層層用意，步步寫景，固爲標勝。

《亂後清明》「空山白骨成新冢，皆是前年拜墓人」：慘甚。

●吴子野人數言虚中之爲人，質直多古誼；詩篇清矯，如喬松直上，如澄潭絶塵。非楷士以詩來，幾失此詩老。

姜希轍

定庵，浙江紹興人。《兩水亭稿》。

《解奉天任回里，次答鄧孝威》其二「歸來辭舊闕，四月發遼東。征勒銜殘雪，啼鶯變北風」：入手鏗然。⊙前首言其出關，次首言其入塞，章法井井。

周　燦

澹園，陝西渭南人。《石甕山房集》。

《夏日憶家園》「對岸老翁頭半白，垂楊橋畔曬魚罾」：此翁大自在。

《揚州》「明月樓頭人不見，柳陰深處自吹簫」：髣髴如見。

王紀昭

憲一，河南祥符人。

《梁苑感舊》其一「釵釧等閒零落盡，逢人猶説鳳凰樓」：《華清》、《上陽》同此感歎。

段維袞

雪庵，角巖，河南濟源人。《第一洞天集》、《雪山草堂集》。

《同萬上人漢江溯沔縣舟中作》其一「人煙湊其旁，區分即鄉縣」：似古異書。⊙都無恒觀。其二「烏龍深不測，白馬怒奔號。急湍方噴薄，不能濕鴻毛。容與下津口，遥望疑飛艘」：有砰訇澒洞之勢。⊙筆有風霆出没其際。

《苦雨》「早起待晨炊，日午未能食」：樸老。「嗟此流離民，饑餓當何極」：全篇立意在此。「南山有草根，西山有木實」：似樂府語。「擕鋤事草木，山深天地黑」：荒涼畏人。⊙説苦雨，卻念及民生，又極切亂後情事，公豈無意匡濟者乎？　而蹭蹬戎馬間。一讀再讀，爲之髮白。○字字堅毅。

《戲賦我實衣裳單》「不敢易所學」：莊敬言之。「一衣數經冬，提要如震擇。勉强施敗絮，多線仍難絡」：摹寫好笑。⊙倉猝間，寫出貧窘之態，極真極趣，令人啼笑並集，惟少陵有此筆墨。

《偶過鄰翁命食既飽，喜其庭宇敞潔，率一再至，主人禮彌殷，頗示哀王孫意，感愧賦十三韻》「不敢負人敬，果栗自取嘗」：於此見人品、學問。「蔬食或可飽，過情豈能當」：老實話。⊙古人受一物餐一飯，必感激慚愧，此謂厚道，此謂本心。有泰然受之而轉盼即遺忘者，妄人也。雪庵此詩，即陶、杜遺意。

《西城寄友》「挾策幸笠從，觀變得肥遁」：質雅。⊙貌蒼語異，似昌黎《秋懷》諸作。

《征馬嘶》「騏驥皆天種，立功在邊陲。秣吾馬，勿令悲」：遒老。⊙音節是古樂府之遺。

《柴關和趙文肅公韻》「花向歸時看偏好」：着此句便警。⊙短調深情，繚繞無盡。

《寶峰寺避暑》「林下只殘春」：此句接得奇。⊙「以兹成懶癖，誰爲慕高真。日夕浮雲盡，微窺清淨身」：絶類孟襄陽。

《白雲山》「松深褒子谷，日暮漢王城。門外東流水，潺湲自古情」：氣老，不獨調高。

《久客》「久客心方慣，今朝忽損神」：是老杜起法。⊙「閣道幾年春」：蕭疏，兼以蒼辣。

《上寶峰》「雲氣新秋淨，空潭向夕陰」：秀靄可愛。「夜來風雨過，時聽老龍吟」：結亦奇横。

《讀書臺》「白馬丹崖轉，青羊紫氣開。峰連籌筆驛，客上讀書臺」：沉鬱，出以華整。⊙無率筆，無浮響，一氣渾成。

《閉門》「意闌知老至，愁劇覺秋深」：真能鍊意。

《梨皮塔和謝晉侯元韻》「玉液留丹闕，金輪换妙妝」：亦復剴切。⊙典雅莊重，逼真嶠、頲。

《諸葛廟》「松楸日暮褒斜路，丘壑淒涼季漢年」：意淒楚而調高亮。⊙何減老杜「碧草」、「黄鸝」之詠。

《除夕和張沁水韻》「滿天吹角三更夢，一夜挑燈萬里家」：結意沉厚。

《戲題友人庭前芭蕉》「雨打寒窗聽更愁」：好。⊙「明妝綽約艷初收，緑鬢淒涼小院幽」：詠物詩偏饒風韻。

《馬嵬驛》「長恨有歌歌尚短，雨鈴猶帶斷腸聲」：風流可愛，如見張緒。⊙無窮摇曳，乃見風情，不僅以填事爲優。

《龍門洞》「石上容方牀，疑是龍眠處」：造意甚奇，而用筆則活。

《七夕詞呈劉玉少》「衆生苦離别，天孫奈若何」：别有寄感，掃盡一切浮詞。

《梁州竹枝詞》「拭罷啼痕齊上馬，從容逐隊改軍妝」：年來此類甚多，聞之酸鼻。

●濟水發源王屋，或伏或見，而流合於河、淮，爲天下之絶奇，故名人往往生焉。玉川段公來牧海陵，惠澤敷施而創興文教。頃以令嗣雪庵明府詩集見示，樸雅秀麗，擅有諸長，其鍾山水之靈秘者與？覃懷詩，自薛行屋侍郎後，今又屈一指。

胡文學

道南，浙江鄞縣人。《適可軒集》。

《舟次閶門雜詠》其一「金粉猶餘一代愁」：情深無限。⊙風神掩映，固足上駕温、李。其二「雨飄絶世黛痕銷」：新艷奪目。「寶匳舊閉烏猶唤，香徑全迷鹿自朝」：更深麗。⊙哀怨風流，全以艷筆寫出。

李載

子谷，湖廣黄州人。

《初四日登岱，自回馬嶺至十八盤作》「緣崖轉層磴，百折皆樹杪。輿前落僵猿，輿下過飛鳥。不知所歷高，漸覺近山小」：神奇至此。⊙真真幻幻，無有端倪。

《觀玄宗皇帝磨崖碑歌》「玄宗戡亂清九垓，開元之世無塵埃」：叙事古雅。「鸞旂獸鎧越蒼翠，花釵繡袷羅崔嵬」：筆羅雲錦。「因悲勝事易湮没，古人製作何其乖。黄虞雖聖太樸略，不解姓字懸穹崖。及乎秦漢亦草創，尺碑寸碣多沉埋。榮名能久要有故，良由人力工安排」：轉到碑上。「首稱先德示莊敬，終侈强富長無災。中云纘緒答文武，皇帝有事於郊禖」：「點竄《堯典》、《舜典》」，「塗改『清廟』、『生民』」。「親書八分尤秀勁，略帶小篆兼秦灰。觀其落腕必三折，眼底直欲卑徂徠」：篆刻螺紋。「刀痕砉劃徑寸八，不許百世沾青苔」：蒼銅鐵板。「豈知社首土未燥，乘輿還指巫山隈。燔柴那救行在急，雨鈴遂爲君王回。惟存峭壁照日月，樵敲牧斸山靈哀」：叙到衰季。

「自古致亂非無才」：古今大帳簿。⊙典雅博奥，更以奇氣舉之，覺風霆出於腕底。

《長干行》「六朝經濟好君臣，纔入金陵事事新」：此言其盛。「已聞勁旅反懷光，尚勒穹碑籍元祐」：可恨事。「秦青爾日得頭籌，三疊陽關换金紫」：言之羞人。「枕畔衣裳殢未收，八公草木驚先走。青袍白馬渡江來，鐵鎖龍舟早自開。翡翠明璫藏破衲，橐駝氊帳載弓鞋。朝傳令旨催降狀，閤部投書先浙黨。不聞旄騎擁邦昌，但見長纓繫延廣」：此言其衰。「由來絶技動名王，又赴昆明奏鳳凰」：此下言其近狀。「寂寞繁華亦偶然，悲歡聚散那堪道」：是捧頭。⊙梅村而後，復見此濃麗淒警之章，爲南渡增一遺聞實録。按拍撫弦，愁來不已。

《團江道中》「沙帶夕陽紫，人兼樹影長」：奇絶。⊙盡力描摹，沉沉見異。

《月夜有懷》「竹屋通潮濕，孤城近海寒」：語必堅異。

《陳州》「日光平馬首，弓影上荒丘」：穿奇入奥。

《丁未伏秋由濟上泛舟抵南陽，夜宿沙洲寺即事》「棋聲驚野鴨，燈影出河魚」：深心刻畫，銅痕墨彩非凡。

《早發虎灣》「濕沙河路穩，初日店門晴」：新而穩。

《上谷中秋夜于大中丞命同盧菽浦即席限韻》「天風吹楚客，清露下幽州」：清風襲人，頓聞蘭芷。

《明月店紀事》其一「盡攜潼布至，不見越裳來」：有見。「招魂還奏凱，辛苦是燕臺」：深厚。其二「皮骨金錢貴，蒭茭牧圉尊」：字字黄金。⊙紀事之詩，深警沉麗，不愧少陵。

《冬日華亭南霽，岑使君招遊横雲山》其一「紅樹無高下，清溪自淺深」：澹筆烘染。其二「細泉瀠軟語，野色照明妝」：蒼而艷。

《黄鶴樓獨飲，柬米拜石》「底事宫人白髮詩」：淒惋詩，秀上欲絶。

《林蔡城》「中原草色三千里，遠戍人聲四五家」：地形時事，寫來壯涼。

《從軍至金華洞作》「野沙忽白聽潮落，夜色初涼知瘴稀」：自然疏老。⊙「如何久客江湖志，忽抱刀環暗問歸」：錢、劉佳境，其寫粤中從軍尤貼。

《同家子旻再之濟上，因至胡襄城風雪作》「正當風雪看中原」：眼光大。

《擬從軍咸陽不果，有歌者相慰，賦此示之》「無福能消馬革還」：壯士語。⊙「敕勒未歌頭尚黑，豈宜頻顧大刀環」：一往見其勇決，使千人辟易。

《贈沛客曹五先五先閻古古二十年客也》「報讎看遺雙丸去，亡命因遊五嶽歸」：想見五先，並想見古古。⊙胸次如雪，行藏若龍，爲一代奇人寫照，固覺筆墨飛動。

《太守于夫子東征凱旋，命余勒石恭紀》「灩澦獨當三峽水，峋嶁重壓百蠻碑」：壯麗。⊙燕、許宏篇，讀之噌呟鞚鞳。

《贈余佺廬總憲》「何意新豐沽斗酒，只從薦福讀殘碑。年來漸覺鋒鋩減，便遇張華已自疑」：忽爾飛動。⊙知己之感，寫得伉爽磊落，有鬚眉人不當如是耶。總憲在諫垣，所薦舉皆天下第一流人。以姓名錯誤，故子谷未登薦章，然國士之知，自在千古。

《遥贈閻古古先輩》其一「盡説關中懷筑去，那知沙上袖椎還」：已悉生平矣。「種得桃花不紀年」：秀。其二「干戈未見窮吾道，風月依然屬盛名」：是古古身分。其三「笑我從軍紅抹額，憐君送客白衣冠」：警策帶飄逸。其四「幸留實録還詩史，賴有心喪在酒徒」：對更奇拔。其五「文士性情雞肋重，故家聲氣鹿門多」：語自藴藉。其六「茫茫籬外無多菊，落落山邊有限薇」：感慨，出之瀟灑。◎沉雄高健，如對俠客，如遇英雄，如見幽燕老將。芒碭雲氣，生於行間。與懋山真有針芥之合，故筆墨淋漓至此，宜定山、佺廬、昊廬三先生擊節賞歎。

《棲霞寺訪楚雲上人不值》「空聽名山半夜鐘，閒雲離岫本無蹤」：起得蒼峭。「半偈獨支千佛嶺，諸天因護六朝松」：沉鍊有光。⊙「吴頭楚尾芒鞋健，知入匡廬第幾峰」：宏敞，如聞半天鐘鼓。

《由棲霞至乳泉訪張瑶星》「甲子不妨存外史，滄桑何意問人間」：中有瑶道人，呼之或出。

《廉州竹枝詞》其一「海外千年猶見斥，當時真可恕章惇」：豈恕之乎？正責之耳。其二「不知今世是何代，濫用開元萬曆錢」：異聞。其三「市上能容賣珠客，港頭只捉打魚人」：時事如此。

《題梅復庵舅氏山水畫卷》其一「重陽風起天將變，快拾松柴早疊橋」：别景殊調。其二「老僧若覓安身法，一處人家過一年」：趣甚。

《偶題》「畫舫月明紗閣冷，一枝聊當玉人看」：娟媚。

《荒庵寄梅澹克》「自疏石蘚開泉響，更改桐陰放月廻。預辨他時好消受，茶煙生處故人來」：

幽事好懷，寫得曲盡。

《題畫芙蓉》「可是武昌沽酒夜，蘆花深壓釣魚船」：風韻獨絶。

●子谷係家宰嫡系，能讀等身書，慷慨負大略。嘗欲挺身仗劍，效班定遠立功名萬里外。制府于公、撫軍余公許爲國士，不虚也。詩篇精偉奇卓，貫串經史，而緯以絶識，掣鯨搏兕，其孰能過之哉？予嘗遊黄，觀樊山之聳峙、江漢之奔流，曰是中有奇人，得子谷爲屈第一指。〇子谷在雉臯，見予近作「演劇」、「大會」二歌行，極爲稱許。「白也詩無敵」矣，予敢步後塵乎？

梅鉞

澹克，湖廣麻城人。《桐下小集》。

《八月舟過雙江，回眺儲潭山根，盡没於水，斷崖平沙，劃如一綫，遠村孤塔，群峰夕藍，客著白衣坐篷下覓句，一字了不可得，誠入舟後第一快境也，寄二弟静克、六弟孝治》：一題是一幅大癡山水。「幾處漁艇歸，柴門各相傍」：畫。「林青出紅塔，暝鳥雙飛向」：妙。⊙數語寫得盡，寫得不盡。

《郭北門》「野火入門燒」：寫得蕭瑟哀迴，其筆致亦似孟東野一流。

《秋瀑和曹石霞前輩》「昨宵風雨來何驟，夢曉閣前拔楓樹。白龍驚起黄葉間，倒攫殘雲下潭去」：筆意忽入杳冥，頓有魚龍出没。⊙驚湍怪石，飛來筆底，令人目炫神驚，惟老杜有此奇幻。

《雙橋篇，爲劉生賦》「夜來莫掃橋上雲，請君卧弄橋頭月」：筆欲盤空。⊙矯甚變甚。

《秋夕尋友人山村失道》「忽覺燈光遠，别聞林水聲」：轉筆好。⊙筆端靈異。

《冬夜江頭步月望武昌作》「江寒未成雪，入夜月仍圓」：發端入妙。「行從斷塔還」：老。⊙新脱蒼老，兼有其勝。

《送李子谷之濟寧》「濁酒霜前滿，新弓馬上輕」：新爽可愛。⊙意曠神超，煙霜在紙。

《白雲寺後衆峰獨遊》「昨夜何龍窟，攜來雨一瓶」：奇絶。⊙粤山多怪，此爲寫其真窈。

《白鴨山房候齋作》「鳥窺棋客坐，鹿伴道人歸」：都不經人道。⊙字字安頓，卻筆鋒觸人。

《九峰寺訪弘上人》「日暮遠山盡，風吹一雁回。不知到崖路，還上幾崔嵬」：澹宕生奇。⊙全是畫。

《送李子明北歸至楓林橋，不覺復送數里》「君始騎驢去，時方葉落深。亂山行自好，分手思難禁」：落筆生風。⊙一氣空老，非襄陽無此手筆。

《白臯山瀑三折而下，名曰小三峽》「坐看白晝不知暮，瀉入寒潭總是秋」：蒼漭。⊙奔騰中具清冽之氣。

《撐橋秋雨》「近岸欲昏行客過，亂煙中斷一橋斜」：微茫難狀。⊙蕭蕭疏疏，大有山情雨意。

《訪李子石》「半醉乘殘月，騎驢入亂山」：好景好興，令我神往。

《團江謡》其三「道傍種楊柳，好作郎馬鞭。門前種楊柳，好與郎繫船」：總以不盡見古。◎三絶樸而俊，古而老。

《宿白臯山寺樓》「鐘聲到處月皆照，松影一山僧獨歸」：静微之極，出之通朗。

《窮冬即事》「不知兒輩無鹽米，背手塘西看遠山」：那得此閒人。

《漳州女子血戰歌》「與儂兩矢追亡將，復命還將一矢歸」：巾幗中英豪如許，寫來神王。

王言

無擇，湖廣麻城人。《黄葉村詩草》。

《鸚武洲邊讀梅澹克龍眠諸什》「寒燈坐四人，風雪夜颸颸。奔濤怒到窗，直欲使我浮」：描摹空江，風濤瑟瑟。「須臾月東上，微映鸚武洲。千載若相念，蘆冢聲啾啾」：唤起古人。⊙聲光皆澹，神骨俱蒼，如置我寒洲古洞。

《梅澹克齋頭讀九華諸什》「務使跬步間，坐受山水益」：是何見地。「天削九華青，染君十指碧」：秀上。⊙削去塵凡，獨存真骨，覺青蒼之氣撲人。

《感懷》其一「入門無與歡，出門無與伍。縛影對妻孥，中座自起舞」：音節俱古。其二「脱紲謝天衢，龍文韜蔚炳。心事如波濤，汲引惭脩綆」：節烈侔古。⊙堅秀。其三「榮華艷當年，奄忽繁露滋」：是謂道眼。⊙是選體之極粹者。

《三鶴巢再訪石肯和尚》「高藤蟠樹末，蹩躠龍蛇古。一徑入天地，日月只暫睹」：蚴蟉離奇。「片語不入要，令師辭色苦」：遒甚。⊙堅深老潔，無處更留賸墨。

《懷喻無美》「積陰閟寒雲，雷濕如死鼓」：蒼拔。「昨夜過饑虎」：老。⊙其氣鬱勃，發爲奇光異響。

《芙蓉亭子聽鄰姬度曲，作詩解煩》「倚市無傾城，蹲沓無佳賓」：定論。「以知絶代姿，宜爲世所嗔」：只一句已盡。⊙知音良難之。

《柏子塔道上作》「天風吹柏影」：妙。「煙墟三兩家，汲爨同山井」：筆如蒼鐵。⊙設想必奥，結響貴幽。無擇五言，予尤推此種爲極筆。

《破硯詩》「神物會有歸，摩挲五情熱」：好。「刮目草明光，絲綸焕前烈」：收拾老。⊙健鶻蒼鷹，狀斯迅疾，惟老杜有之。

《郎官湖雪》「我來郎官湖，始看郎官雪」：落筆便老。「積久失湖光，天水生恍惚」：如何寫？⊙寫湖雪之景，蒼遠變動，妙入無際。

《同李子石登黄鶴樓》「危樓立天地，曠哉兹黄鶴」：「立」字下得好。⊙「因思山水初，城空江未閣。萬里瀉胸懷，性情歸寂寞」：置身題上，一往見其浩渺。

《雞翅關》「冰開鹿過林」：尤妙。⊙想路奇勝。

《大明湖》「夕陽山外影，楊柳寺前風」：曠朗。

《秋日過黄葉村故居》「到來魚鳥還相識，歸去溪山信可哀」：老。⊙疏勁無時氣。

《楊柳曲》其一「歡來過門前，嘖嘖楊柳好」；其二「歡自不至誠，翻畏傍人取」：二首得樂府之神理。

●澹克詩清新矯異，無擇詩曠達雄奇。二子皆足備楚風之大觀，亟標示以成快事。

汪沅

右湘、秋水，江南歙縣人。《梅麓詩存》、《霞山草堂近詩》。

《譙樓落成詩爲靳邑侯賦》「但言好山水」：愧煞俗吏。「山城濱練江，岦嵂萬峰倚」：奇景，目所未睹。「報政煙霞裏」：風流在目。「晴雲近庭户，清風在筵几」：佳境令我神往。⊙叙次井井，筆更秀潤。

《靳明府雨中招同諸子凝清軒看梅》「清江春寂寞」：幽秀。「山川去住情，鴻聲天外落」：眼界空闊。⊙情景曠遠。

《寄懷閔賓連先生》其一「山雲無定飛，野鶴無定翔」：筆勢飛揚。「一室南城隅，薜蘿生滿墻」：此中有人。「不屑事奔走，閉户窮縹緗」：真。「暑氣日以消，秋風日以涼」：古致淋漓。「如何挂帆歸，不待菊花黄」：一結遒緊。⊙字字切檀林先生，起結尤高。其二「秋山冷雙屐」：長江得意句。「俯視千峰碧」：佳句。「淒風愁煞人，落葉紛可惜。相思不相見，遠望征鴻翮」：含情無盡。

《立春後一日大雪，擬東坡禁字體，步韻簡靳明府》「冷深誠恐卧未能，路滑遥知行不得」：摹擬盡致。⊙前段摹雪景，不減東坡；後幅頌明府，格亦不入卑俗。

《靳書樵明府枉駕水香園集飲》「苔徑初成碧，蓬門霽始開」：筆如染黛。⊙「坐石聽黄鳥，穿花貫緑醅」：冲雅。

《秋日由秣陵還山》「夕陽開雨後，前路尚空濛」：好景難畫。

《梅花書屋限韻》「遠水借鄰入」、「清福讓茅簷」：通體欲仙。

《家磴先兄招同鄭谷口先生集隨山書屋，即席分得陰字》「旅況無聊甚」：起句超忽。⊙飄然而來，杳然而去。

《過豹耕堂爲研雲兄賦》「何人車轍過，許我杖藜來」：老到。「空亭上紫苔」：「上」字鍊。⊙詩臻老境。

《將之廣陵留別梅、袁二子》「月斜柳外逢春後，酒近花前恰病餘」：落花舞絮，可狀其致。⊙輕婉流利之作。

《九日小集水香園》「菊蕊漸乘秋氣重，蛩聲猶傍夕陽微」：秀微。⊙驅染煙墨，無跡可尋。

《仲春雨晴，奉約諸公集霞山草堂梅下小飲，即限梅字爲韻》「村煙欲暮不肯暮，徙倚忘歸月滿臺」：律中帶古，最有氣骨。⊙全詩秀雅，結更逸興勃勃。

《途中九日有感，兼懷靳明府》「影亂殘花上女墻」：王、孟佳境。⊙調高詞秀。

《冬日觀劇》「消魂何獨筵中客，不見行雲爲爾留」：旖旎風流，疑聽秦青之奏。

《元旦詠梅》「彷彿孤山登眺處，泠泠花外見寒江」：寫景遠。⊙詠梅詩，偏寫得高曠。

《午日客白下獨坐感懷》「那堪墮盡皋魚淚，偏在笙歌十里時」：難爲造此。⊙客途蕭瑟，往往如此。

《題西河圖》「試看黄海粼粼水，直到溪西咽不流」：調苦情長。

●右湘爲叔度先生令子，性好藏書，家有名園，時與賓客觴詠其中。詩文沖澹如其人，新安諸大姓子弟遜莫及也，兹乃窺豹一斑。余年來猶有黄山之興，何時過阮溪，索其全稿讀之。

吴山

西爽，江南江都人。《恒社僅存稿》。

《秋夜懷友》「而我久别離，所遇非其故」：蕭然遠俗。

《弔梅花嶺廢跡》「滿地荒煙堆亂瓦」：慘甚。⊙「斧斤猶然未可知，焉得扶疏復如故」：余童穉時尚遊斯嶺，其崇臺曲榭，不改舊觀。今兵火後摧傷殆盡。讀此令人腸斷。

《復寓觀音禪院》「識面僧偏少，蒙塵佛轉多」：有感。⊙藴意較深。

《中秋雨》「又值中秋雨，瀟瀟掩客扉」：樸直。⊙「廣寒人不見，叢桂興終違」：蕭涼，而韻致不減。

《九日》「老去猶然强著騷，况逢節序又登高」：筆力强勁。⊙「良辰莫恨無佳詠，落葉飛鴻興自豪」：興致遒上。

《有客好鶴編籬限之感賦》「早知愛我非知我，何用翩翩羽翮奇」：古人原以知己爲難。

●吴西爽先生事母孝，有刲股奇節。爲文多逸氣，而詩則恬澹蕭遠如其人。令嗣祖剛，以遺稿示余，因遴數首付諸梓。元配陸貞人，當廣陵城破時，能慷慨投淵以殉，不辱其身，人共高之。有《孝烈合編》行於世。

譚宗

公子，浙江餘姚人。《嫛婗草》。

《宿鶴林寺》「鉢裏泉聲細，林端雪色乾」：獨造奇語。⊙夷坦之中，自藏奇奧。

《隋宮》「昨夜花枝發何處，半塘蓮葉下西風」：平平説去，韻致最饒。

《青蓮寺》「五老峰頭九秋月，一燈花落萬松坪」：静深可悟。

陳上年

祺公，直隸清苑人。

《題馮秋水方伯四知園三首》其一「世風移艮嶽，吾道屬滄浪」：着解。其三「右軍非汗漫，彭澤本英雄」：讀史有得之言。◎三詩卓傑，是子德對手。

朱慎

其恭，浙江武義人。《松軒詩集》。

《春日遊壺山》「攀尋路欲盡，邃谷杳無聲」：又闢一境。⊙寫山中幽邃之境，層叠隱見，出奇無窮。

《遊石鵝洞》「天衣補就山骨空」：創句。「武川巖洞遺跡多，特留缺陷顯神工」：叙入有法。「萬象變化歸簾櫳」：奇語。「高談雄辨發異響，恍若鼉鼓聲逢逢」：真是快樂。「老僧烹茶邀客飲，肌骨習習生涼風。山下主人能好客，攜肴擔酒入山中」：以下叙遊事。⊙形容洞之高廣，若置身霄漢而遊神八極。非其恭，莫狀此靈異。

《江行》「舟來山盡立，柁轉岸先回」：舟行乃知其語之真。

《遊嚴州北高峰》「峽氣護魚龍」：狠。⊙能造險峻，乃能破俗。

《吴山晚眺》「雲封吴代石，雨長宋時苔」：琢鍊，有思致。⊙穩當而精彩自流。

《西湖秋泛》「日落高峰暮，雲寒古寺秋」：秋景寫得離離蔚蔚。⊙「忽有香風度，盈盈人倚樓」：偶有創獲，非關擬議。

《晚泊龍遊》「干戈如昨日，客睡幾曾安」：遒壯。⊙韻生於老。

《過草萍驛》「雨入一林青」：刻入。

《陸蓋思至吉署，對酒有賦》「愁添客路春」：意味層出。⊙「我亦江關客，銜杯共愴神」：寫其蕭涼，彌覺情篤。

《夏夜李笠翁招飲湖上》「堤白漸高楊柳月，杯香頻過藕花風」：風艷。⊙晚唐入妙處，轉過初唐，非箇中人莫知。

《豐城夜泊》「扁舟獨宿豐城夜，牛斗誰能識劍文」：結處緊貼豐城，有筆力。

《七月十四日吴園次先生招集同人秋褉萸江》「勝地還來叢桂侶，秋風同放木蘭艖」：「吴音清婉，綿綿徐逝」，此詩有焉。

《立秋後四日邀崔青峙、郭商山、高實先、謝蔭鄰郊園小集》「桐飄蜀嶺秋初到，雨散蕪城月漸高」：音柔節亮。⊙此爲温和雅奏，不爲繁促之音。

《隋堤步月》「明月不知亡國恨，清光猶照御溝陰」：輒喚奈何！⊙「興廢從來非一處，黍離流淚到於今」：曉風殘月，堪令女郎連臂歌之。

《九日梅花嶺登高》「江濤響落層城外，野樹寒生夕照中」：錢、劉逸響。⊙少陵九日詩多淒急，此則渢渢正響。

《北軒》「清風何處來，吹此林間竹」：不須繁詞。

《送春》「愁來獨上高樓望，何處東風花不飛」：意多婉轉。

《題虎丘僧舍》「門外重重圍竹樹，磬聲飛不到人間」：可想其地之幽。

●武義在萬山蒼翠中，名人疊出。而朱子其恭生多聰穎，雅負才名。其論詩專主唐人，屏絶宋派，可謂卓然有定識者矣。夫虞山極詆滄浪、須溪，阿斥濟南、北地。今諸公之名譽，自赫灼在天地間。固知文人好辯，是一病也。

王材任

擔人，湖廣黄州人。

《客維揚，懷浮村上人休夏海陵》「小江曲折生潮水，首夏清和上酒船」：極切浮村。⊙浮村不僅事枯禪，兼與名流飲酒賦詩，宜擔人神馳不已，而詩特清警。

范大士

兩奇，江南如皋人。《墨莊存稿》。

《甲子元旦》「正爲愁所役，顏色難久持」：所謂「憂能傷人」。⊙從《十九首》脱化而出。《感懷雜詩》其一「我無玩世心，株守誠所宜」：旨味深曲。其二「聊以存吾癖」：見其耿介。

《薛秀才惠蘭花歌》「連日思君令我瘦，快哉今雨翻爲舊。與君把臂入林去，今朝豈復稱虚覯」：筆力勁峭。「賞花以詩兼以酒」：腸胃塵土浣盡。⊙清芬幽蒨，讀去如坐衆香國中，而章法次第井然不亂，更推老手。

《長歌行，題張念麓孝廉大儀》「白衣蒼狗任往還，千年不變惟青山。男兒一副肝膽在，慷慨悲歌天地間」：長嘯而入，風期落落。「歲寒託契如金石，半生落落得逢君」：入手好。「前日西鄰顧虎頭，置酒邀君百尺樓。一時豪氣踞牀上，嶔崎歷落誰與侔」：疏硬處得之少陵。⊙豪宕感激，頓挫淋漓，煙雲生於尺幅。

《答虞山瞿修齡》「如余羈棲不出畏塵囂，闌風伏雨悲寥寥」：杜公得意處。「余既歎平原十日之飲不能竭，黄粱春韭難陳設。又歎平時未見空相悦，暫時得見即相别，片帆飛渡歌三闋」：情思一往，奔騰不能歇。⊙前幅叙次停匀，入後神情飛動，令人摇摇不能自主。

《懷湯秋實》「迂疏聊縱酒，寂寞憶論文」：澹處反警。⊙老。

《送顧同東之閩南》「且對樽中酒，飄零飲一巡」：發端好。⊙一氣呼應。

《題徐淮江焦山濯足圖，同宗梅岑限韻》「踞石層層勢，看山面面秋」：景真語峭。

《贈顧同東先生》「止緣白雪能驕世，豈使蒼旻亦忌才」：意思層轉。⊙同東負性磊砢，不肯入俗。自非嵇、阮，誰能把臂入林？

《張孺子五十初度，奉和原韻》「書著虞卿今老去，鬢如潘岳舊愁多」：確切。⊙無溢語。

《何龍若北上以書致余，賦此奉答》「知君得句裁鸚鵡，憶我銜寒典鷫鸘」：運事最活。⊙珠玉交飛。

《暮春遣愁，柬顧同東》「奈此闌風伏雨何，今年春事竟蹉跎」：起得有高勢。「子雲寂寞耽詞賦，肯許狂生載酒過」：結得遒。⊙子美云：「佳句法如何？」固知有才無法，終屬門外漢。吾愛兩奇能以法勝。

《小西園邀孟百聚集飲限韻》「亂石還移空翠來」：卓句。⊙寫景妍雅。

《聽冒青若先生歌兒度曲，兼以述懷限韻》「吾儕放誕非無故，世路羈愁且自忘」：似晉人語。

⊙「相對澹懷人似菊，起看清夜月如霜」：風情歷落，固不肯作入俗語。

《大家伯簡夫先生初補民部，即聞先祖訃音，哀毁南奔，情見乎詞，恭和》「惆悵花時故國春」：筆墨匀稱。

《張孺子北上，和其留别原韻》「十年落拓以詩鳴，失路風波空復情」：不衫不履，詩情最異。

《晤蕭宣問》「結歡最苦多離别，閲世從來易變遷」：語淺意深。

《小西園詠荷花》「每因翠蓋回風力，卻是紅衣入照時」：有回風舞雪之致。⊙鮮妍可愛，是六朝佳手。

《無題》「若向三生尋舊約，知君不肯負蕭郎」：固是情多。

●兩奇年齒英茂而鍵户讀書，於風雅一道，大有研究。其詩筆高氣爽，才横思超，諸體悉工，吐詞皆韻，固卓然獨秀詞壇者。君家伏庵太史，秉長倩先生之遺訓，以文章聲氣領袖東南。將來昌大文正公之業，又在兩奇矣。

盧績

設叟，湖廣黄安人。

《初秋感懷二首》其一「紙錢騰舊價，鬼録半狂魔」：慘惻。其二「杜門非喜静，伏枕豈真疲」：别解。⊙思深調苦，絶類孟郊。

《喜雨》「階前蛙出迎龍氣，木末雷鳴變草陰」：奇語驚人。⊙總無恒想熟調。

《立秋夜風雨與友人感舊》「半歌半哭話燈前」：騷音在耳。「有暇讀書纔是福，無心投好且隨緣」：誰能領略。⊙心情極瀹，然是聞道後，方能參此微解。

●余客東皋，晤楚黄王子嵩山，每稱盧子設叟年不滿三秩而詩集充棟。恨行笥所攜甚少，僅出數章見示。然丰骨崚嶒，意調超遠，具見一斑。

中國文學研究典籍叢刊

慎墨堂詩話

第四册

〔清〕鄧漢儀 撰
陸林 王卓華 輯

中華書局

慎墨堂詩話卷三十四〔一〕

李天馥

湘北，容齋，河南永城籍，江南合肥人。《編年詩》。

《遊許中丞園亭》其一「撫兹世緣輕，因之道心長。有酒且共歡，悠然謝塵鞅」：極似惠連。其二：俯仰盛衰，應使王右軍、鮑明遠攬之增歎。

《秋日遊覽》：着墨無多，妙臻選體。

《訪王阮亭慈恩方丈，遇陳説巖、葉訒庵，遂同登毘盧閣歸飲精舍》「危道槎牙暗如漆，蹣跚跼促行鬖黚。回梯百級窮登陟，欄杆屈曲黄油黏」：行徑一一指畫。「恇怯急返拙旋折，盤躃魚貫連衣襜。捨梯緣壁抵平地，相顧且復語沾沾」：轉到歸飲。⊙摹擬韓、蘇，而氣沉力厚，且用險韻，皆運掉自如，非容齋先生不能。

《送汪檢討出使琉球》「一朝忽爾逢清宴，毗耶滿部争舞忭。貢道已開應來王，舉國謀之僉曰

〔一〕此卷輯自《詩觀》三集卷七，原署「東吴鄧漢儀孝威評選／同學秦定遠以御參閲」。

善」：筆力古峭。「我聞故王敦臣節，郊迎造請都無缺。使者稱制宣天言，娓娓聽之終不輟。矧君銜命工文辭，復聞世子饒禮儀。明年金粟桃花發，正是汪郎返棹時」：結得遒緊。⊙事詳核而氣疏達，色妍麗而調高閎，固爲勝篇。

《招曹顧庵先生、郭快庵、沈繹堂、王阮亭、陳説巖寓齋小飲》「古樹藏雲厚，修蘿得月偏」：寫景有沉厚處。

《秋懷》其二「山移驚赤羽，水戰習黄頭」：聲同鐘鼓。「銅鞮方設險，辛苦衆通侯」：遒艷。其三「輪誠初送質，亡命尚稽誅」：實録。其四「輪將窮蜃市，旅伍雜魚蠻」：情事洞徹。「相圖應不遠，何待水師還」：果然。其五「鴟張輕帶礪，狐媚老兜鍪」：咄咄怪事。其六「烽暗魚鳧火，炊殘雀鼠煙」：光麗。其七「久練驂驒騎，新成霹靂車」：筆鋒觸人。◎紀事之詩，出以精確，行以典麗。煌煌鉅篇，足垂金石、播鐃簫者。

《送許竹隱之任會稽》「秋帆轉畫圖」：「轉」字鍊。

《送别》「殷勤有客愁三疊，牢落何人怨五噫」：清聲逸韻。

《小閣》「燭暗吴儂傷子夜，更闌楚舞惜翁離」：妙用樂府。⊙「小閣烏啼漏永時，水沉香散激清絲。藏鉤屈戍飛觴急，變羽箜篌赴調遲」：情緒纏綿，正自不惡。

《送少宗伯田遜庵左遷奉天少京兆》「入塞何來亡命擾，度遼今睹受降功」：矜貴，饒有雄特。

《送李仲如治中之任奉天》「將軍昨日度遼回，縛得名王抵晳臺。從此連關消斥堠，卻教渤海望蓬萊」：起勢巍峨，排空疊浪而至。

《同王北山看天寧寺塔燈》「蓮漏空尋僧慧遠，鈴音猶憶佛圖澄」：典切。

《喜聞秦蜀捷音》「緑林初保黄花谷，赤幟遥連白馬氐」：典雅切實。

《樓桑村懷古》「帝鄉羞屬黄初曆，王氣猶延赤伏符」：詩有尊蜀意，與少陵合。

《晚秋野望》「塔影巖光通大漠，探丸借客怯南塘」：此句闊甚。

《董岐鄉侍讀從兵中間道歸朝，詩以慰之》「下幃未及成繁露，入蜀偏驚落大星」：色調鮮，氣力滿，七律中可以抗衡王、岑。

《暮春郊遊》其一「諸天不放毫光白，初地猶餘劫火紅」：意沉調響。其二「華鐘爵領自鳴侯，一卷楞嚴緑字週」：是一古物，詩亦寫得璀璨瑰瑋。

《富川令劉江〔一〕屏死節紀事》其二「喋血淋漓娘子軍，儒冠慘殉石榴裙。卻餘浩氣三千丈，結作蒼梧五色雲」：壯極。其三：賦心騷骨，足稱招魂之曲。

《送史子脩太史予假歸里》「津門南下火雲蒸，一葉扁舟遠興乘。朱桁烏衣歌舞地，故鄉明月好金陵」：俊令。

〔一〕兩字原缺，據康熙刻本《容齋千首詩》卷六《孔四貞孫延齡據廣西判，富川令劉江屏駡賊遇害紀事》補。

陳廷敬

子端、説巖，山西澤州人。《奉使詩》。

《鎮祭畢事覽眺有作》「古松千年物，下有無字碑。黤慘積鐵色，石落洞緑滋」：幽黝古異。⊙塞外景，寫得與中土大別。

《澄海樓觀海作歌》「地坼天分界混茫，山迴城轉横煙靄」：筆鋒觸紙欲動。「樓脚插入大海頭，巨靈觸搏海怒流。呼吸萬里走雷電，嶄礬中湧堆山丘」：四語形容，走雷電而驅神鬼。⊙前段突兀汪洋，耳目辟易。

《大風行》「野陰晝昏對面疑，猛虎在前何由知。黄熊赤豹紛相追，勸君早宿荒茅茨」：其少陵之《苦寒行》耶？⊙寫得心膽危慄。

《八槃山至中槃寺，望李靖庵絶頂諸奇勝，顧念歸路，不得遍遊，爲詩寫懷》「我聞七十二佛寺，寺寺落花流水中。古木分徑延客入，谷口往往聞微鐘」：入手便有龍跳虎卧之勢。「天門中開飛鳥過，巉巖削壁雙青銅。絶頂塔輪照西日，影落塞外隨長虹」：指次詭異，風霆忽起。「春風血染邊花赤，夜雨落生戰骨空。暫臺草木莽岑寂，將軍片石青山崇」：奇麗至此。⊙摛材富，作勢高，而叙置英偉，結構精奇，洵目中未有之傑作。

《灤州界上》「山埶長當面，峰巒忽四圍。地經烽戍苦，路繞塞天微」：氣力能爲左右射。⊙勁悍，有金戈鐵馬之風。

《北平道上懷古》「春風數騎行」：老。

《次北平》「落日遼西郡，春風右北平」：鐵筆。⊙「薊門行已盡，杳杳復孤征」：氣力開大。

《菟耳山》「飛雨過重關」：險壯。

《望海店望山海關》「孤城連積水，一線見波瀾」。春色臨關盡，天風過海寒」：蒼茫如撫邊圖。

《大陵河夜風雷》「近海犇雷壯，臨邊苦霧低。空城鬼火出，廢壘戍烏啼」：四語空同不能爲此。⊙雄傑無兩，恍惚神旗摇漾，金鐵欲鳴。

《關樓》「塞風春不斷，邊日晝長昏」：確而毅。

《發薊州，循燕山下行，向玉田道中作》「近日喜開三殿詔，當時閒按九邊圖」：對得勁。⊙「迴合青冥路欲無，馬蹄盡處出平蕪」：氣魄大、格調尊，北郡、濟南非其敵。

《出關門百里宿沙河站》「關南滄海浮天盡，漠北連峰拔地青。一片山河圍鄣塞，幾家煙火接邊庭」：地圖歷歷，而出以雄偉。

《覺華島》「孤島拍浮萬里水，夕陽縹緲三神山」：眼界横闊。

《歸路》「塞外連山何處盡，海邊陰雨一春多」：其氣渾灝。

《入關》「平沙古堠孤煙色，落日危樓暮角聲」：開拓强弩，作霹靂鳴。◎三詩雄闊，大有嘯傲凌滄洲之意。

《晚望三河縣》「春連朔氣生」：絶是盛唐風調。

《夜宿七家嶺驛》「天涯何限相思處，細雨寒鐙古驛中」：悄然腸斷。

《姜女祠》「輼輬風起鮑魚亂，得似空祠一瓣香」：笑煞祖龍。

李基和

梅崖，遼東廣寧人。

《五花寺》「榛莽俯而至」：奇甚。「獨坐群峰侍」：比「草木侍」更妙。「目亂搖蒼翠」：警。⊙「中復有層樓，楓檜紛如織。登眺一縱觀，笙籟聞清吹」：肅然清境，非學道人未能領略。

《玉泉山》「雲根埋洞俯深潭，洞中吼作蛟龍怒。層波細浪小鯢遊，冰宮雪窟鮫人住。鮫人迸淚出重淵，大珠小珠落無數」：幻出如許奇觀。⊙筆墨所至，風雨作而蛟龍舞。

《壽安寺讀王北山給諫詩，愴然有感，因步原韻》「峰環樹作城」：雕鏤能不損氣。

《碧雲寺》「桂老一亭秋」：好。⊙森秀。

《中秋旅夜》「故鄉何日到，今夕是中秋。落落空庭月，高高客夜樓」：高雅，無纖妍氣。

《送汪舟次册封琉球》「島花開闘縷，洞雨浴波羅」：光彩陸離。⊙端麗。

《夜宿洪光寺用壁間韻》「可惜丹梯人去後，凋零誰爲護山廊」：臨去一聲長嘯。

《憶家》「潮回北固雲爲岸，山繞南徐樹作樓」：巧不覺。⊙疏落，是錢、劉佳境。

《春燕》「去路依依傍謝家」：較「飛入尋常百姓家」更藴藉。

《退谷》「古佛清清一寺樓」：斷崖幽谷，寂歷無人。

《廣泉寺弔自饒上人》「老僧歸去禪燈晦，萬壑千巖獨繞門」：難當此境，颯颯如有山鬼。

顏光敏

修來，山東曲阜人。《樂圃詩鈔》。

《千尺峽》「青柯圍翠屏，四合無嵌竇。東北窮石林，劈空懸巨霤。巉巖忽噴薄，造化争一候」：鑿空而出。「夭矯轉蛇龍，窅冥穿鼯鼬」：警絶。「側聞大籟發，曠野雷霆鬭」：又闢一奇。

《擦耳崖》「振衣更難登，詭狀乃非一。蟻行緣危棧，逡巡皆股慄」：入手全學杜公入蜀。「吹徑乾松花，滴空熟崖蜜。蕭摵無人蹤，坐惜幽芳失」：險麗。

《蒼龍嶺》「脩鱗剥石蘚，高脊突劍鋒。神物倏幻化，雷雨愁相從」：虚實相生。

《東峰》「陰風折秋花，吹落洗頭盆」：娟秀難名。

◎四首嚴整蒼峭，奇氣鬱盤。不是時人散漫，去古彌遠。

《易水歌》「雄心豈顧秦豎子，高義先死樊將軍」：荆卿生色。「蜂準豺聲辟萬人」：形容生動。「君不見，儒臣動稱萬全術，專征賜劍勤王室。天子預鐫麟閣銘，將軍豈肯凶門出」：題外生情，想有感於武陵、曲沃之事。「傴僂老死安足道」：筆力剛决。⊙爲刺秦不中，後人生出許多訾議。修來特爲洗發，目光閃閃動人。

《汶陰禹廟歌》「汶流西折如白虹，高源遥出徂徠東」：源流縷析。「塗山遺廟誰所作，閟室終古留鴻濛」：入禹廟。「階前老柏飽雷電，霜皮脱落成虬龍。火鬣高張勢崷崪，雙睛四射疑磨礱。引頸北來渴且怒，將無鎖紐煩神工」：極力形容，瑰瑋幻異。「泰山巖巖作襟帶，洸沂洙泗皆朝宗。一從分水濟飛輓，疏鑿頗與淮瀆同」：又説分水始末。⊙心諳掌故，又身歷形勢，一一言之鑿然，其出奇運變，真覺雷霆魑魅環繞筆端。

《戊申六月十七日齊魯地大震，歌以紀之》「冥海禺强立天門，豖害下人乘夜昏。耳聞青蛇雙噀火，蜿蜒競與蛟螭奔。穿窮地肺作陶復，谽谺勢欲無崑崙」：轟雷急電，半空忽下。「千雷萬霆伏牀下，發聲宜奪飛廉魂」：奇險欲絶。「跟蹌裹體走曠野，摩挲大樹同鴟蹲。荒雞不鳴狗亂吠，行衢南紀猶哼哼。閭門漸返尋骨肉，眼明喜見扶桑暾。恍疑中宵現妖夢，一時慶弔忘饔飧」：形容盡致。「共言巨鰲覆公餗，縮頸自請甘鉗髡。高陵深谷瞥然改，嶽瀆亦失公侯尊」：更奇。「三十年來增户口，祇愁庸調抛兒孫」：以歎悼意結，極深穩。⊙精力大，議論强，造語復詭異。此才人呈奇作異之詩，與昌黎對壘者也。

《秦以御應武科不第，歌以送之》「三載懸科募壯士，輿臺厮養何所無」：可見設立武科之陋。「燕角之弓剡蒿矢，從天飄落如投壺。猿臂引滿惜不發，道旁識者長嗟吁」：摹擬失笑。「宣武門邊霜葉枯，城樓嗷嗷啼夜烏。與君歷落望星斗，夜深醉卧黄公壚」：胸次磊落如許。⊙慷慨歷落而中有莊論，能使失意人讀之忽歌忽舞。

許孫荃

生洲、四山，江南合肥人。《使晉詩》。

《襄陵去姑射數里，以苦寒不得登，聞人言蓮花洞之勝，益爲神往，遂成是篇》「仙人萬峰頭，騎鶴吹玉笛。太行亦縹緲，呼之來几席」：已登蓮花洞矣。⊙詩氣蒼甚。

《過太行山》「白雲自高妙，一一生絶巘」：妙。⊙韋、柳佳境。

《自翼城往沁水道中即事》「翼城之山圍四面，中有行人路一線」：如身在萬山中。⊙通首蒼辣，非尋常筆墨。

《冷泉關道中》「汾地已過盡，汾流正繞村」：鍊。⊙風景在眼前。

《靈石縣作》「荒城如斗大，卻受衆山圍。嶺上明殘雪，林端澹落暉」：蒼氣。⊙境次歷歷。

《晉陽故宫》「宫樹鴉啼思帝子，庭花草長怨王孫」：風俊。「我到小山衰謝處，不看麋鹿亦銷魂」：好。⊙極似劉賓客。

《晉陽旅懷》「有時望遠常登閣，無事攤書只閉門」：旅情略盡。

《晚至晉祠》「雲來樹杪天疑逼，風過林端竹似吟」：寫景有生趣。「當時帝子分封處，桐葉蕭蕭自古今」：結有力量。

《九日晉祠懸甕山登高，太原孫遜庵明府攜樽山閣，即席分韻》「着屐登高最上頭，不須落帽自風流。主人碧酒娱行客，佳節龍山續勝遊」：健筆凌雲。⊙落筆便臻老境，直是神興所到。

《九日晉祠登高，有懷李湘北學士》「獨望長安有所思」：老。⊙不事裝點，純以老氣相引，非得力杜家，那能有此。

《登望川亭，是懸甕山絶頂處》「更登高處眺清秋，水樹千重一望收。直可攀蘿淩碧漢，何勞出世訪丹丘」：起得好。⊙「山銜斜日雲飛動，天澹長空雁去留。怪得衣裳塵土浄，冷然已過萬山頭」：筆興超然，實境寫得生動。

《過太行》「遠火風微一澗青」：奇絶。

宋犖

牧仲，河南商丘人。《古竹圃詩》。

《登廢城》「往者前盛日，兹城稱虎踞。城中十萬家，歌舞不知數。狂寇來縱横，蹂躪失險固。燐火照郊原，通衢走狐兔。遺鏃樵夫拾，廢堡山僧住」：以下追溯，字字淒惻。⊙「回頭市井間，人煙已非故。淒涼二十年，小康猶未賦」：中原蹂躪極矣，感歎興廢，何其情長？

《江上行送陳義扶》「蘆花楓葉皆愁色，况復猿聲堪斷腸」：音節合唐。⊙轉折和婉，情緒款洽，如聞江上之簫。

《鸚鵡洲歌》「鸚鵡已去洲復没，滚滚惟見長江流」：確。「又不見正平之名孤且清，正平之墓今人耕。文章氣節亦徒爾，何用千秋萬古名」：此段翻得好。⊙筆意飛舞，正如空江白雪。

《登武昌西山絶頂，用王夢澤先生韻》「楚天開杖底，江水到雲中」：好。

《樊口》「人間沽酒地，風冷賣魚天」：大好。⊙風景絶佳，坡公之言固不謬。

《同談長益、周廣庵、玉叔兄遊焦山，暮宿海雲堂》其一「江俯盤龍窟，人尋瘞鶴碑」：工而闊。其二「江海蕩空山」：好句。其三「驚濤天外轉，殘月夜深來」：是夜宿景。⊙山中静境、闊境，一一寫出。

《送郭卧侯給諫還白門》「十年河決民勞急，千里屯荒廟算違」：切當時事。⊙送諫官絶有關係，唐人贈行往往如此。

《秋日赤壁公讌，用徐亦史韻》「寒江煙雨凍鳧鷗」：新甚。⊙「孤亭如笠俯黄州」：氣象完好，卻字字切赤壁。余曾遊此，故知此詩之妙。

《陽邏大士閣》「宋元戰伐傳來久，弔古悲歌幾振衣」：結有興會。⊙「千帆風雨當窗過，萬頃煙波傍檻圍」：神閒氣定，法老情深，當屬合作。

《板子磯望蕪湖有感》「春風桃柳增人恨，又到江南板子磯」：意在言外。

宋炘

子昭，河南商丘人。《玉尺堂詩》。

《理絲行》「但見手中轆轤轉，不見架上分合跡」：傳神。⊙刻意描寫，殊有「落花遊絲」之致。

《秋日田綸霞民部約同諸公大通橋泛舟》「停橈更向閘邊立，建瓴直下翻長河」：次第傳寫。「西風獵獵動衰柳，黄葉正墮金叵羅」：韻甚。⊙河泛詩各有其妙，而茗秀清暢則推子昭。

《春日遊北郭》「父老迎貓祭，兒童驅犢歌」：雅艷。

《元日過鄭州》「地居南北要，州是漢唐争」：能扼題勝。

《春意》：温然如玉，全以肌理勝人。

《詠曹正子山齋桃花》「月夜乍歸來，滿庭落紅雪」：趣甚。

《爲王阮亭題李長蘅畫册》「幽人攜杖來，徘徊日將夕」：正爾藴藉。

《閒坐》：静。

《月夜同秦以御、曹正子、謝方山齋中賞菊》「滿地霜華如白晝，不知身在月明中」：固有是景，人都忽過。

宋　犖

介山，河南商丘人。《西湄草堂詩》。

《雪霽寒劇夜懷西湄雙鶴》「華表雙棲夢，長橋對語年」：清音獨奏。

《識舟亭秋眺》「千峰窗裏盡，萬櫓鏡中旋」：箇中景。⊙圓美之中，不乏警策。

《南湖探雪上人病》「小院苔荒僧伏枕，空林葉響鳥歸山」：閒静媚好。

《周參戎招同雪上人南湖泛舟》「烽燧驚傳離亂候，笙歌猶似太平年」：風景似江南。

《楊柳枝》「行人莫漫頻攀折，留取春光綰别離」：多情語。

《題雪上人畫》：是題畫。

趙吉士 天羽、恒夫，浙江錢塘人。

《黄河崖失道，誤過蓼莊，贈馮老作》「秋林風捲葉，翻疑闠闠喧」：真。⊙「野人來問訊，老媪啟柴門。門前五童稚，羅列皆其孫。大兒粗識字，小兒事橐鞬。餬口閩與粤，二載別家園。今歲更苦旱，草枯黍不蕃。慚愧家四壁，無力具一樽。殷勤具糠覈，大嚼野菜根。造次别爾去，敢忘一飯恩」：真樸粗疏，正得杜意。

《冬日自南陵至新嶺道中即事》其一「泉經夜雨换新聲」：思路甚新。其二「隔林溪響千山雨，近墅梅開十畝霜」：淹秀。其三「已憐故國繁華盡，猶説荒田賦税加。寂寞空山行旅少，殘陽古木集寒鴉」：關心時事，筆有餘淚。◎四首摹寫山景曲盡，而惘念寇亂，不勝桑梓之感。

《送汪悔齋太史出使琉球》「王朝久卻珊瑚使，絶島重瞻日月符」：最爲得體，不僅詞華之盛麗。

《過石沙莊題壁》「辛苦年年農有幾，田租强半入豪家」：農家之苦，一筆説盡。

《賦緑珠》：余嘗謂：「俗子較量錙銖，而美人可以不問；文士所重佳麗，而黄金不難一揮。」此論想與恒夫正合。

高士奇 澹人，浙江錢塘人。《蔬香集》。

《宿遂清堂值晨雨》「雨添群木秀，雲散一庭陰」：右丞有此圓美。

《喜嚴蓀友見過》「窮巷疏秋氣，難逢佳客來」：高逸。⊙好友相過，有此清況。

《米太僕勺園遺趾》「猶聞亂鳥傳歌吹，曾有嘉賓共往回」：筆力勁甚。⊙「立馬興悲還問訊，居人爲説舊亭臺」：語語是憑弔意，説來感人。

《雜詠》「苑西風景似江南，插稻歌聲我自諳。攜得壺觴看不厭，夕陽淡淡柳毿毿」：淺得妙。

曹廣端

正子、玉淵，直隸大興人。《有此廬集》。

《中秋前一日月夜過訪易比部晴湄》「貧賤無良友，相過只比鄰」：發聲高越。⊙清暉照人。

《送别周紫海》「野外三杯酒，月中千里人」：秀脱。

《和周紫海黄鶴樓詩》：筆意疏曠，從崔詩得來。

《校獵應制》「奮武興朝重，蒐田祖訓垂。非關高羽獵，直欲厲旌麾」：數言扼勝，足垂典册。「五柞巡遊處，長楊侍從時」：工雅。「雲罕遮天象，星羅接地維」：雄麗，是楊、馬之遺。「御旨宣猿臂，英風貫虎皮。九斿曾鎮静，一箭盡披靡。雷動雕戈錯，天空鐵馬追」：得體。「觀兵誠國典，止殺又皇慈」：煌煌大文。「晾鷹臺畔路，諫草定堪嗤」：結得高警。⊙徒侈羽獵，雖紛紜滿眼，衹是浮華。此從國典上着想，語皆關極體要。以之陳回中奏上苑，不數漢人樂府。

浦舟

鷗盟，江南太倉人。《秋崖詩》。

《洗象行》「忽驚隔岸蒼山頽，復訝黄河閘下決。一躍再躍忽向天，欲出不出聲汩汩。攪亂灘頭鳧雁群，踏翻潭底蛟龍窟」：作勢極高，掀雷抉電。「憶昔昆陽紀戰功，至今青史稱殊絶。士固有志爾安爲，食君之禄胡其拙。京國年來正用兵，逸才致勝寧難説。君不聞，壯夫有劍朔風鳴，能刮長鯨背上雪」：以此作結甚好。⊙點染華麗，叙次詳明，而更有高氣雄情，磅礴無際。此盛唐之偉篇也。

許夢麒 仁長，江南合肥人。

《冬幸南苑應制》「紅墻路近停仙仗，翠幄雲深護綵毫」：冉冉雲飛。⊙芳新可愛，何減「初日芙蓉」。

《長安早春》「御苑微風燕子飛」：好。⊙「春光隔歲到皇畿，及至新年雪霰稀。漸覺柳條迎客騎，徐看花氣繞人衣」：體氣高華，仍帶逸致，是岑嘉州、王右丞一流。

李孚青 丹壑，河南永城人。

《上巳修禊擬應制體》「祓禊原周禮，遊觀本鄭風。羽觴今尚繼，芍藥俗猶同」：一路叙次詳雅。「河津飛燕外，簾閣乳鶯中」：風艷，似梁簡文。「博聞誰束皙，作序記王融」：工晰。「春色樓臺接，皇心草木通。蕙蘭名士路，韋杜麗人叢」：嶠、頲失其工麗。⊙薈蕞典制，而出以輕華之管，行以秀逸之度，雲氣霏微，皆成五色。

于覺世

子先，山東新城人。

《和田綸霞郎中移居》「六龕震撼驅移家」：是移家原委。「籬根欹側堆敗葉，一枝兩枝黄菊花。不愁傾壓且安卧，更深鄰樹啼寒鴉」：寫得蕭疏如許。⊙不須撏扯，只隨筆布置，覺高懷幽興，一一在眼。

龐塏

霽公，直隸任丘人。

《郡城贈友人》「愛君有古心，不獨文章好」：專以文章取友者誤。⊙「安得絶送迎，同居以終老」：取友貴真樸，彼面是心非者，難以讀霽公詩。

《書金侍御殉難傳後》「官兵殺民不殺賊，養成氣力屠州縣」：病根。「正氣束賊賊不犯，老拳一擊裂頭顱」：亦是奇事。「爲婦死夫臣死君，女奴爲主亦捐身。一門節義古莫比，羞殺當年多少人」：難得。⊙叙事轟烈有聲，覺忠烈之氣千古猶生。

胡介祉

智修，直隸宛平籍，浙江山陰人。《谷園集》。

《明湖泛舟》：令人動邛渚之想。

《會波晚照》：誅茅於此，余願頗足。

《喜雨》「飄飄落疏雨」：數言簡古。

《望是故鄉行，次原韻送毛子霞歸郢》「此時意气徒干霄，擊筑聲殘悲不止。賣文賣字知者誰，掉頭一旦辭燕市。負却金箱五嶽行，高蹤到處疇能比」：寫得毛生風致歷落，如見侯生、仲連一輩人。⊙鋪叙婉轉，總無懈勢，由其骨力之高。

《弘恩寺》「卻笑宦寺貪且愚，求福年年無暫歇。凌霄殿宇百萬錢，豈知盡係蒼生血」：較貪權誤國者，罪降一等。⊙前朝閹寺求福之愚，真可發笑，寫來字字痛快。

《野宿同董偉男》「野曠饒狐跡，天空剩雁飛」：寫得寥廓。⊙是帳房野宿景，字字整鍊。

《涿鹿》「路出樓桑里，圖荒督亢亭。遺風何處問，匹馬此偏經」：高調闊步。

《過武勝關》「萬山連不斷，斷處一關通」：起二句嶄絶，下便徐徐點染。

《夜泊天津風雨驟作》「海天腥夜氣，風雨走寒潮。聲捲帆檣亂，光沉市火摇」：光焰射人。

《立秋日聞蟬》：貼「蟬」。妙在大雅不露。

《九月三日招蔣玉淵、張石虹、曹崐宅、鄭文溪小飲分賦》「滿庭涼雨滴秋衫」：新雋。

《喜李寅清至》「多少離懷紅燭底，相逢曾不抵相憐」：情懷懇至，筆更老健。

《晴川閣》「檻外亂雲奔遠岫，江間急浪送歸舟」：蒼莽。⊙氣象甚闊。

《界牌關口占》「極目荒原人影絶，桃花爛熳爲誰開」：荒荒可畏。

《潞河口號》：譜實事以樸而妙。

《聽歌》「莫聽開元舊時調，曲殘愁殺玉箜篌」：固自足感。

謝重輝

千仞、方山，山東德州人。

《奏凱應制二十韻》「帝道懷柔貴，皇恩覆被遥」：全體籠罩。「三藩俱控制，南詔更騰驍」：有節次。「豈期旋跛扈，且妄擬連鑣」：段落。「劍閣森盤據，衡陽實動摇」：王、駱精警處。「吹火作滇妖」：奇艷。「狰獰還要害，蹭蹬已風飈」：極似當日情事。「天豈容嵎虎，神將戮野魈」：壯。「鐃吹疊迴潮」：壯。「好看司馬檄，休聽跕鳶謡」：工麗。⊙詳晰情事，尊崇國體。不衹典則偉煌，作露布文字。

《恭誦聖製詩用杜供奉韻》「德業歸昭代，文詞讓聖皇」：高視闊步。「琉璃近御牀」：工麗。「謨謀還纂述，校獵更文章」：確。「此集耀扶桑」：典厚。「才寧妬燕梁」：包藴。「陶甄留豈弟，拔擢示汪洋」：此是聖德。⊙推颺御製，剴切光昌。蓋值右文之朝，事天縱之主，發揚蹈厲，固宜垂諸金石。

邊汝元

善長、愚谷，直隸任丘人。《桂巖草堂詩》。

《孟冬登樓遠眺》「雲寒歸雁急，雪積遠峰明」：追琢精工。

《登五老峰》「鐘聲雲外觀，泉響澗邊風」：自然高秀。⊙「千峰秋色滿，一柱插青空。竚看遥天碧，虚疑有路通」：安雅，能饒風韻。

龐克慎 仲從，直隸河間人。《裕德堂稿》。

《井陘過韓信談兵處》「豐沛雖提三尺劍，登壇須信一軍驚」：筆力勁悍。⊙氣老識尊，全以剛勝。

高以永 子修，浙江嘉興人。

《登慈仁寺閣》「川原相出没，關塞忽微茫」：筆力縱放，有兔起鶻落之勢。

《九日謝友人送酒》「若論静侣惟黄菊，每到重陽望白衣」：安閒有度。⊙「蕭然悵不同君飲，此地賓朋聚首稀」：人澹如菊，故筆墨雅多静氣。

宋李顒 武葵、嵋庵，浙江湖州人。《涉江草》。

《題翠逸山房》「焚香人坐雨中山」：秀情逸致，如看苕上諸山。

《雨泛西余》「種秫人歸茅屋小，賣魚船過板橋幽」：畫圖。⊙着筆雅蒨，令人自遠。

李　符 分虎，浙江嘉興人。

《夏五登昆盧閣》「樹拂宫雲近，山銜塞日遲」：佳美之句，比於精金。

《白門雪中送友人歸檇李》「萬里空江漁數點，滿天急雪雁無聲」：大癡無此寫照。「到日園梅剛夜發，越娘纖手好調羹」：風流可愛。⊙筆墨如煙鬟縹緲，令人捉摸不定。

李更生 南枝，浙江烏程人。

《燕京登樓遠眺》「斗邊惟帝座，林外盡皇州」：爽朗。⊙疏快宜人。

《吴使君招飲分韻》「天心在歲寒」：老句。⊙軒軒若朝霞之舉。

殷四端 擴四，直隸任丘人。《静遠居稿》。

《重陽前一日懷家紹震兄》「吾兄適異鄉，歸期約此日」：見其情摯。

《夕行》「窄徑偏逢泥滑滑，笑吟行不得哥哥」：用禽言趣甚。

朱光嵒 魯詹、藥圃，江南泰州人。《古香亭詩草》。

《望岱》「煙消石氣青，歲久碑版仆」：切泰岱。⊙作岱宗詩，可數百言不能盡，此以數語了之，自覺包括。

《讀史》其一「神仙不可學，沙丘不可争。斯高成秘算，天意真亡秦」：始皇紛紛人謀，只强不過一「天」字。其二「王者固有命，群雄那可奸」：班叔皮《王命論》之遺。

《竹西春日訪李壺公聽琴，偕陸拙庵》「昭陽有家歸不歸，老淚沾衣話疇昔」：杜陵聲口。「同里陸生亦能此，側坐微微聲太息」：出陸生，健甚。「歸棹來朝攜陸生，孤蓬悵望江天碧」：説陸生正挽到李老，妙妙！ ⊙此等歌行，是沉酣信陽得來。

《報國寺雙松歌》「一松偃卧無今古，嘯傲巖阿類猛虎。一松怒突勢奔放，山魈水魅紛奇狀」：寫雙松神似。「不知何日鬼魅侵，一株攝取歸冥漠。使我淚點滿心胸，何時突兀再見此雙松」：不可少此記載。⊙慈仁松樹盡行慘傷，而殿上一株槁絶可憫。讀至末段，令我涕淚沾襟。

《九里山》「劉項争雄地，當年九里山。青燐秋雨泣，碧血野花斑」：悍直沉雄。⊙殊有金革戰鬭之聲。

《谷口》「大壑恐春樵」：似北地狠句。

《寄懷杜茶村先生》「興盡滄桑後，樽開木末愁」：盡茶老生平。⊙每見今人盛爲推許，誇大可厭！ 此能字字的確，茶村固曰：「此吾知己語。」

《江深閣納涼，同五弟青嶽》「山回樹杪舟」：無限景致。⊙「清談消永晝，枕簟晚風秋」：清逸。

《杪春飲一琴樓，同團雲蔚賦》「石氣浮荒徑，花光動小樓」：圓甚。⊙穩秀，似摩詰一派。

《麻村》「只在煙光裏，行行路更賒。驚濤從石轉，老竹壓簷斜」：起得縹緲。⊙筆墨蒼警。

《望太行》「狐塞秋聲盤地軸，燕臺雲氣接天門。正思絶頂窺邊騎，無那荒林繞斷猿」：兼有北地、濟南之勝。⊙眼界雄，筆力警。邊風朔氣，磅礴輪囷，固當拍案叫絶。

《天津觀海》「不關夜色魚龍鬬，自覺潮聲天地哀」：渾淪。⊙「驚心寒雨發秋雷」：雄闊之氣，覺天地皆動。

《登弘濟寺閣》「但看脚底帆檣過，静覺眉邊鸛鶴還。斧鑿不知何代力，空王日夜洗煙鬟」：移動不得。⊙不作一寬泛語，實實洗剔而光氣盤鬱，定爲絶搆。

《九日登狼山》「落日黿鼉拜鼓鐘」：華瞻而出以英利，固是兩袖金風，飄飄天際。

《送吕半隱先生歸蜀》「十年遊事羊腸慣，千里歸途鳥道盤」：卓邁。⊙「隱矣西川廬墓好，杜鵑聲急雨漫漫」：全貼半隱，詩品正自俊上。

《仲秋牧鶴軒招許青嶼先生小集分賦》「酒罷高城月正明」：秀曠。

《將入都門，留別里中諸子》「樽開驛館情何限，花落隋堤首更回」：風情婉轉。⊙「豈合興朝高隱逸，敢云射策有長才」：圓如珠，潤如玉。

《新柳》其一「春風太無情，偏向隋堤吹」：好。其二「築堤堤更決，東南困轉輸」：更有關係。

《白門》其一「盧女不來艇子盡，月明何處更提壺」：可入《柳枝》諸曲。其二「家家簾幕漾晴煙，櫻筍江南四月天。簫鼓乍停歌板歇，秦淮風物想當年」：情致可憐。

《題陸懸圃先生小影》：陶靖節詩云：「易代隨時，迷變則愚。」今懸老亦似解此意。

《紅橋》其一「當壚那得如花女，偏有遊人晚泊舟」：如此説翻妙，亦是今日情事。其二「平山西望草粘天，走馬調鷹弄管弦。誰似我曹情興懶，裁詩賭酒緑楊邊」：我輩襟情如是。

《和黄仙裳先生古香亭看桂原韻》「秋涼貰酒渾無事，共詠燈前叢桂花」：必欲將桂花妝點，便俗。如此筆墨，甚近唐人。

《長干客舍》「客舍蕭條無一事，澹煙微雨説留京」：多少情味。

《移竹》「小園秋色碧苔寒，龍鍾移來只數竿。頓覺軒窗蕭瑟甚，和煙和雨一宵看」：讀一過，如坐我篔簹谷中。

●海陵朱艾人先生，以名孝廉端居著述，不妄交遊，鄉里服其道氣淳風。與予訂交五十年如一日，魯詹其令季也，恂恂恭謹，遵過庭之訓，篤志下帷，恥爲紈綺車馬之習。其爲詩古文詞，皆獨抒性靈，力矯時弊。予久録其詩初集、二集中。今春北上，别予選樓，手出新篇見示，益進而高健深雅，莫能測其涯涘。予亟呼兒子勖采，謂之曰：「汝宜敦世誼，同努力，以商千古之業，則兩姓箕裘有光矣。」

姚譔昉

恭士、舒恭，江南江都人。《康山草堂近詩》。

《杪春同團雲蔚集朱藥圃小樓》「江山老著書」：風味甚醇。

《鄧七友歸自雉皋，枉顧荒園夜話》「月色冷園扉」：好。⊙澹處甚濃，樸處彌秀。

《海陵重晤佘聖玉感舊，兼憶家叔都門》「隋苑鶯花迷一棹，草堂絲管恰三更」：迷離惝怳。「偏深南北故人情」：結意緊。⊙委婉深摯，令讀者盤旋而不能已。

《李雪公自如皋來》「三世情親惟爾我，百年生事只耕漁」；「剩把銀缸」有此痛切。⊙雪公家世荒凉，見者隕涕。一詩可勝式微之感。

《丘素人來海陵，次舊山外父韻》「共剪春城雪夜燈」：素人東遊，貧病可念，而緣慳一飯，不知世情何以至此。

《廢園》「夜深月出人誰見，驚起池邊無數鴉」：淒苦。⊙寫出荒廢。

● 恭士乃永言廷尉之孫，鄭超宗職方之甥，而余之婿。家世陵替，惟有囊詩，可勝太息！

朱光鑾

青嶽、竹村，江南泰州人。《牧鶴軒近詩》。

《讀史》「獨有魯仲連，肆志東海隅」：具眼。⊙論斷有識。

《題文徵仲寒山飛雪圖》「茶鐺藥臼茅簷下，百道飛泉半巖瀉。松梢一點露紅樓，古寺微聞鐘磬罷」：好景。「待詔高名天下無」：點出有法。⊙寫雪中之景，霏微生動，覺几榻琴書皆韻。如坐卧其間，頗不欲通人語。

《秋夜宿次山樓，讀劉玉少外父詩集感賦，兼呈升如内兄》「荒凉小邑人民空，赤眉銅馬紛紛雄。一朝變起殊不測，陰燐鬼哭孤城中」：四語慘戚，如讀子山《哀江南賦》。「倚醉樓頭聽寒笛，花塢蟲音轉愁寂。頻添銀箭夜未闌，新雨疏疏散蘆荻」：結得蕭摵，如聞山陽之笛。⊙玉少一生行藏略見於此，而中間點染、轉折、結構，一一有法。至情緒哀凉，辭章淒艷，尤動我人琴之感。

《瓜渚曉發》「孤城猶月色，獨客正風塵」：樸處正媚。⊙不難其秀，難其老。全首俱到。

《妙高臺步月》「玩月名山好，江聲上古臺」；「入夜潛龍出，臨風老鶴哀」：摹寫空闊，而警句逼出。

《萬竹園納涼》「荒園閉夕陽」：遒。⊙「鳥語得清涼」：翠色欲侵紙背，如坐我篔簹谷中。

《北固山步壁間韻》「孫劉決勝處，片石至今存」：高踞百尺。⊙說北固，全在四邊摹寫，殊有寬勢。

《秋日重遊焦山》「魚龍攪梵宮」：壯句。

《白狼觀海》「雨外帆檣迷蜃市，峰頭波浪撼龍宮」：胸懷闊達，故揮灑煙墨，皆極混茫。

《潤州懷古》「吕蒙城下荒荒月，照盡羈人易白頭」：巍峨其勢而聲情淒激，令人發煙波之感。

《酬贈笪江上先生》「江干種藥身將老，回首京華夢亦消」：江上侍御官比部時，抗聲平反，不避權要；代巡江右而貪墨斂跡，人共稱之。乃學道茅峰，煙霞自老，洵一代異人。

《秋夜宿碶園感舊》「庭前竹色覆蒿萊」、「夜静雙扉帶月開」：錢、劉有其風致。讀過感人，勝於哀蟬落葉。

《寄懷劉玉栗先生》「江山空老著書情」：全詩俱老氣。◯「記與公榮分袂後，竹西煙月幾回明」：次山、玉栗昆仲，余之老友，論詩亦最洽。今次山作令而身死巖疆，玉栗負奇才而未得通顯，可勝太息。

《邗溝月色》「蕪城賦罷多寥落，此夜誰歌玉樹花」：結得蕭涼，如聽關山之笛。《客中聞雁》「何當更值蕭條夜，枕上驚心是異鄉」：宛轉關情。《真州口號》「欲問英雄渡江處，蘆中不見打魚人」：結處豪宕，如睹太原異人。《題量上人畫蘭》「自倚烏皮學寫蘭」：以不説煞爲妙。《牧鶴軒讀書》「避跡荒齋人不到，一亭月色正輝輝」：静。

●海陵朱子青嶽神致如蘭，閉門古處，日與二三同志觴詠自如，共事風雅之業，吾嘗愛而慕之。向於選二集時，久賞其風秀。丙寅秋，予客廣陵之董樓，復以新篇見寄，既爾婉麗，更極高超，斯真得漢唐之遺法者矣。因録數章，以公海内。青嶽爲吾友艾人先生子，劉君玉少婿。羲、獻、樂、衛，其源流固自不爽。

周　篔　青士、簹谷，浙江嘉興人。

《艤舟待卓崙、松皋、天一遊惠山未返，往尋相左即事》「霜催殘葉黄，日映遥峰赭。引領猶未來，怕到昏鐘打」：浩浩洪流，象其筆勢。⊙「千帆過欲盡，風力齊奔馬。水中有精廬，髣髴古蓮社。邀我題新詩，心知慕騷雅」：叙次有法，而點綴生動，覺有青嵐撲人，定爲老筆。《丹陽道中》「岸轉黄泥壩，雲開大瀆山。相將出京口，取次度燕關」：矯傑。《午過丹徒縣》「晉代推雄鎮，重關設此中」：二作以實筆渲寫，故佳。

周　岳

魯望，浙江嘉興人。

《京口擬渡》「路向丹徒去，舟人指蒜山。平安渡瓜步，信宿即邗關」：伉爽可喜。⊙筆力不弱。

徐　亭

卓崙，浙江嘉興人。

《丹陽道中》「峻岸驅耕犢，衝流競估船」：極貼。⊙清雅濃密，兼而有之。

戴文柱

景韓，江南休寧人。《借竹樓稿》。

《遊金山》「龍聽前代法，佛換舊時顔」：警策。⊙無弱語懦思，最是傑作。

《春歸日得楚白侄漢口書》「家貧歸不易，别久事全非」：身在箇中，方能作此語。⊙老氣深情，迸露紙上。

《溪館》「野雲低落翠，岸竹倒垂青」：深翠堅光，流於墨外。

《得汪蘭友丈楚中寄書》「白髮親方健，青山路尚多」：可念。⊙一字染真，萬劫不壞，是詩之謂。

《送胡迪章歸里二首》其一「親問舊寒衣」：着痛。其二「屯鎮村東路，臨流復背山。魚鹽江艘集，煙火市人還」：氣力最厚。⊙氣剛詞傑。

《懷友人由武林歸里》「枕上换青山」：好。⊙寫同舟之樂，情趣宛然。

《義若四弟至自平陵》「弟兄無款曲，道路有艱難」：樸老。⊙王于一贈弟有「弟兄無語衣多淚」之句，極爲淒楚，今觀景韓將無同。

《冬夜》「世晏身猶賤，途窮事易非」：筋兩語。⊙此詩全能用意。

《贈許漱雪先生》「隔巷久爲鄰」：老。⊙此老讀書、遊山、飲酒、好色，老而不衰，固是勝人一頭地。

《過朱氏啓文館有感》「燕來舊棟惟新主，客上重樓無故人」：滿目淒然。⊙愾然懷舊聲情，只以一氣出之。

《留别程孚夏，即次見送原韻》「漸無款曲鄉人語，但聽淒涼倦馬嘶」：最能入情。⊙同調相憐，故筆墨間饒有至性。他人唱驪折柳，未免應付。

《讀汪晉賢詩集有感》「曾推風雨交三世，不共湖山歲十春」：言之有淚。⊙「問君到處留題遍，故舊追隨有幾人」：文章聲氣，在今日衰謝已盡，而晉賢昆仲獨力維持，宜景韓稱道不絶。篇中念舊處，尤婉惻動人。

《遥和聖任叔荆墩春詠》「自古難分兄弟心」：用事不覺。

《送吕半隱先生奉其太夫人櫬歸蜀，同大司馬文肅公合窆》「八千里外飄零日，四十年來孺慕心」：愷切。⊙「錦城奉母歸高冢，諸葛祠前霜雪深」：半隱漂泊東南，今亦衰邁，祗完得奉母一事。

景韓詩可謂深透情事。

《舟中雜詠》「青翠不分山與水，曉風吹過一扁舟」：自是仙境。

《泊舟鄱陽湖贈野叟》：自有此一種閒人，占盡便宜。

《同楚白侄夜發武昌》「裘敝不堪風露下，孤篷明月又同看」：清音嘹亮。

程邦彩

采臣，江南休寧人。《採月樓稿》。

《蕪湖道中曉行》「隔水真無路，千山不斷鐘」：朦朧縹緲。⊙詩有老健之氣。

《查二瞻招泛荷蕩，步涂子山韻》「選勝花田路，隋家事宛然」：全是青緑山水，卻不墮入凡筆。

《寓虎丘聽松軒》「當門一溪水，曲折繞松陰」：好景可愛。⊙幽然深峭，一洗塵境。

《登嚴陵釣臺》「寒濤雪欲上磯來」：傑甚。「二十八人圖不見，只今人見釣魚臺」：別識高論。

《客吴門》「歸期難定似陰晴」：新思雋調。⊙「春亂吴波一葉輕」：秀處全在風神。他家艷麗，徒事鉛粉。

⊙豪爽秀逸，望其風度，如睹異人。

《寒食郊遊》「十畝荒煙掃墓杯」：是寒食。⊙風神澹宕。

《喜晤方洛瞻、宗子昆仲》「風前羸馬多吟句，月下輕衫半酒痕」：卓秀。⊙新美圓秀，兼劉隨州、杜書記之長。

《送戴景韓歸里二首》其一「薄酒醉聽秋社雨，歸帆愁繞越江煙」：情態可掬。其二「祖帳今朝人別去，他鄉昨晚手同攜」：圓轉如珠。◎二詩如芙蕖之娟潔，復若楊柳之輕盈，天然姿度，爲不可及。

《金閶泛舟》「畫橋擁樹疑無水」：畫不出。⊙吴人好遊，於風俗何礙，而必欲禁之？此詩清興陶陶，令我不覺墮入煙花之窟。

《送涂子山之盱江》「老來避地漁樵穩，亂後逢人醉醒間」：深語可味。⊙子山喜不作京師之遊，竟卒於首丘。此詩寫其歸興，歷歷可念。

《舟山留贈張甲先、曹素若諸子》「新詩到處看常遍」：宛轉生動。「客路前番歸未成」：圓愜。

《蕪關阻雪》「無端一夜江南雪，目極千山更萬山」：自然。⊙亭亭獨秀。

《舟泛夜聞吴歌》「客棹已來淮水岸，歌聲猶自在中流」：光景髣髴。⊙如聞欸乃之音。

●采臣經術湛深，所爲制義已擅時名，而詩復圓秀清微，朱弦自彈，纖塵不染。余在鑾江一爲披誦時，隔江山色，飛來菁葱萬狀，吾輒以擬采臣之詩。

楊自牧

下人，直隸昌平州人。《潛籟軒稿》。

《上關》「千峰排劍戟，如護舊邊城」：起有憑弔意。「蒼鶻窺蛇入，烏鴉報虎行」：雄拔。⊙「列戍何年事，空多塞上情」：深識遠慮，詎書生之見。

《涿鹿懷古》「樓桑曾起蜀，督亢未歸秦」：典而多風。⊙有俯仰今古之概。

《滹沱河》「抱地連恒嶽，排天下雁門」：地圖，寫得雄渾。

●下人詩，英悍得邊塞之氣居多，而今且往雲間事哦松矣。此地多名彦，起而唱和於機山泖水間，知不孤也。

程世經

天有、鶴林，江南休寧人。《梧棲近草》。

《桐江道中》「夜雨聞猿嘯，秋燈照虎行」：是桐江真景。⊙「緑波將客送，青嶂向人迎」：光彩摇動，疑身在碧潭錦樹之中。

《范汝受先生招集山莰》「秋高邀聽雁」：韻句。⊙「棋聲雜弦索，蒓味愜鱸魚」：十山雖貧，而投轄之興不減。讀此輒令我神往。

《九月客吴陵，答贈胡子斯祜》「遲暮關心友幾人」：交友得力。⊙蕭疏之中，彌覺真摯。

《久客懷歸》「滿眼車裘都會盛，關心林壑草堂幽」：懷抱自别。⊙讀書有得，覺寄興煙霞，都非妄語。

《黄交三來自吴陵雨集寓樓，時白璧雙在座》「蕭蕭瑟瑟蘆花夜，深賴良朋十日淹」：一唱三歎，是謂情深。

《登支雲塔望江南》「滚滚江濤流不盡，陰陰嶺樹漸成斑」：寫景自遠。⊙「極目蕭條歸去晚，夢魂猶自繞湖山」：前説景，後下意極合杜家章法。

《九日雨後偕諸同人登鍾秀山》「紫萸愁插他鄉客，黄菊欣迎半醉人」：絶有情味。⊙「層巒如畫寒潭曲，冒雨登臨墊角巾」：老筆出以秀致。

《送黄交三還海陵，兼柬其尊人仙裳先生、家孚夏三叔》「楊柳堤回鴻雁遠，木蘭舟入荻蘆深」：如畫。⊙「極目蕭條不見處，鹿臺明月水千尋」：興趣溢發，獨覺秀遠。

《雉皋舟中同吴聚新集字》「早惜霜楓過未知」：澹而有味。⊙集字詩難此穩愜。

《海陵同人集飲詠歸堂分韻》：「老人因酒病，堅守看君傾」，是夜頗有此興，而同人詩亦早成。天有尤爲雅貼。

《黄山尋浮丘廣成煉丹處》「到來破壁穿流水，行去危橋拄怪松」：極力摹寫。⊙「天削芙蓉六六峰，茫茫何處覓仙蹤」：筆力沉厚，乃行以歷落之致，故覺天風環珮，自爾珊珊，非塵俗可擬。

《丹陽阻雨》「一任江風大，孤舟守暮寒」：客途每有此景。

《邗上送季弟又梁還家》其一「送行方覺我遲歸」：真。其二「邗關試唱陽關曲，那忍回頭聽玉簫」：又極風韻。

《聽白文璧琵琶》其二「月明夜静人歸去，縹緲青青江上峰」：絶調。其三「自從博得梅村賞，賀老當年浪有名」：三絶皆可付雪兒清唱。

●天有家白嶽而僑居紫琅。其地濱東海，潮汐之澎湃，島嶼之縈回，固有開人懷抱、助人吟興者。而天有以清深雅健之才，與諸君相酬和，應獨步一時。予向君家大阮雲峰座上識之，因以近什見示，予固不能蔽美也。

朱絲

以陶，浙江海鹽人。《幽谷草》。

《空城雀》「嗟爾雖不食，猶幸不逢睢陽卒」：奇。⊙思路總別。

《自吴江出太湖口望上方山》「魚龍吹陰波，寒鳥没晴煙」：真是鉅觀。⊙「曉發吴江口，輕風漾平川。忽然渺無垠，太湖當我前」：蒼翠欲滴，如置我莫釐、縹緲間。

《題漁父圖》「回首卻看山頂月」：妙。⊙光景澹絶。

《題文衡山畫》「浦口橋横人不度，畫船隱約銜煙去。山門始入疑無路，卻轉回塘辨深樹」：明滅横側，令人耳目變幻。「列坐其中人四五」：老。⊙點染處，丘壑參差，皆呈怪異。

《曉登吴山絶頂，卻望三仙閣》「丹竈雞聲月，青雲鶴背簫」：琢鍊工巧。

《夏日送雪公之淮南永明寺》「孤城隨乞食，一杖信看山」：疏秀。⊙贈衲子詩，非此不能寫其高致。

《和滄浮子寄呈雪公韻》「溪鳥銜沙雨，山麋飲澗泉」：極雕刻而自然。⊙詩總是世外意。

《丹陽道中》「亂流奔缺岸」：極似。

《雨後東山即景》「雨破晴峰壓樹低」：深鑿。⊙幽秀。

《秋日重至西山小石潭》「一徑忽通深樹裏，數峰時見白雲生」：悠然清泠。⊙饒有煙霞骨性。

《春日過三笑庵贈澹師》「巖虚鳥引鐘聲盡，徑曲人隨花氣深」：秀蔚。⊙勝地名僧，那能不動瓢笠之興

《秋雨晚晴，獨步至龍山，觀祝比部公墓》「林鼠食殘秋橡實，山雞啼近古苺墻」：此徑幽森可愛。⊙「一片遺碑摹未竟，數聲牧笛下斜陽」：讀過覺深翠沾衣。

《贈鄧孝威舍人》「花林載酒扶春杖，草閣編詩坐夜燈」：秀發五指。⊙獎詡過當，所不敢當。然老氣深情，則一往莫遏。

《山中過包氏舊莊》「樵夫向予説，昔日是包家」：不盡。

《曉起對雪》「孤鳥凍不鳴，飛過寒溪去」：覺有寒氣。

●余初未識以陶也，而滄浮以其詩來。讀之蒼遥秀麗，如入古洞觀異草名花，爲之神移目奪。既見其人，道氣幽情，大有縹緲三山意，詩與人殆有同符者乎？吾能不結霞外之契？

程元善 長人，江南婁縣籍，休寧人。《吐鳳軒詩草》。

《真娘墓》「雄心久被名場誤，隨行又踏姑蘇路。路過姑蘇夜已沉，攜燈來訪真娘墓」：入手楚楚。「爲感當年翠袖人，卻憐今日紅顔子」：二語定一篇之局。「君不見，真娘當年全盛時，珠圍翠繞黄金巵。公子催妝香閣静，王孫繫馬緑楊低」：又入真娘。「荒冢纍纍卧虎丘，白雲明月兩悠悠。

白雲不管離人恨，明月偏增過客愁」：唤醒浪子一輩。⊙借一真娘，唤醒歡場多少癡夢；而筆姿摇曳，則如春堤之柳。

《接禹門侄孫燕臺札子》：婉曲。

《中秋憶江子巽》「記得五年前此夕，閶門夜話恰同君」：無語情深。

●長人詩率胸而言，皆極剴切。其《真娘墓》一篇，則絶調也。禹門以其稿見寄，乎夏愛而梓之。其伉儷金氏，能詩，合歡五年，竟爾殀逝，有《長别詩》，至爲酸楚。時余亦有斷弦之戚，因爲附選，以志同恨。

杜光先

海樹，江南泰州人。

《望敵墩遠眺》「鋒燧銷沉盡，墩臺次第連」：感慨，出之渾淪。

《蕪城懷古》「空憐烏唱臺邊滿，總少螢光苑外流。何事繁華銷歇後，月明偏照古揚州」：餘情撩繞。⊙「草木只今餘蜀嶺，帆檣從古集邗溝」：婉轉多情，似奏秦青之曲。

團　鴻

雲蔚，江南儀真人。

《初夏訪姚恭士卧病東園，次朱藥圃韻》「寂寞花時酒一樽」：佳絶。⊙秀麗，饒有情致。

《過訪杜海樹新齋，同俞陳芳限韻》「老漁帶月回孤艇，疏柳迎風拂小樓」：點染多姿。⊙如遊輞川，風景每折益勝。

●海樹、雲蔚二君制義高超古傑，司文衡者屢以國士相賞，將來即破壁飛去。而詩篇清俊，得王、岑風味，洵屬兼才。

程世統

又梁，江南休寧人。《行餘近草》。

《方謂大夫子春闈被放，尚羈都門賦寄》「自厭亦儒衣」：下第後蕭騷之景如見。

《崇川九日》「山高酒一杯」：老。

《夜宿維揚》「野店藜羹熟，江天角鼓鳴」：是江店光景。

《仲秋送孫枚吉丈歸蕪蔭》「文章薄技寧懷璧，意氣千金欲碎琴」：全體温粹，而中有至性感人。

《晚步虎丘》「懸崖置屋層層石，亂水通橋瀌瀌聲」：非虎丘無此。「冢上真娘魂在否，遊人猶憶綺羅情」：千古同此癡想。⊙和柔澹宕，寫景亦復真至。一結則風流無限。

《崇川寄四叔時叔亦客海陵》「同客他鄉分兩地，五狼時捕海陵魚」：雅調深情。

●初夏復客董祠，見樓前新桐始發，翠色欲沾衣袂，心誠愛之。適披又梁諸詩，竊以此似，雲峰以爲然否？

孫秉銓

枚吉，江南蕪湖籍，休寧人。

《寄懷程孚夏内兄於海陵》「北風吹急雪，鴻雁向江飛」：高音遠淚。「上言長相思，下言久别離。別離當復合，相思無已時」：與古選得其膚理。「余夏歸故鄉，君棹發滄浪。踟躕望衡宇，俯仰企寵光。樽酒尚艱會，佳期信難量。况今海陵道，遠隔鳩玆長。迢迢雲樹違，歷歷烏兔忙。安得同心人，並坐君子堂」：叙次有法。「鬢髮日就素，憂思結中腸。願及春漲發，乘桴上河梁」：結得遒整。⊙叙情之詩，條理不紊，而意緒彌敦。較之昔人零雨之吟、停雲之什，正復無兩。

胥時夔

一臣，江南江寧人。《吴遊草》。

《丹陽道上》「鳥倦暮城去，人歸秋樹涼」：律中帶古。⊙雋警，得之鮑、謝，非關形摹。

《九日客武林，憶家山菊圃》「五載曾經風雨夜，羈人今日又重陽」：栩然自遠。⊙筆力老勁。

施　清

廉侯，浙江仁和人。

《岕行》「危石看疑樹，回流歷數魚」：樸中帶秀。

戴世敞

扶升，江南休寧人。

《春遊即事》「紫騮嘶欲出，有女似耶溪」：全首妍雅，末更有風致照人。

《雨夜悼惟遠三兄》「世路難相見，傷心到百年」：深摯。⊙「春風拜墓田」：不唯淒楚，亦復俊發。

《初冬寄有融家兄》「滿眼道途誰舊識，多情骨肉有書還」：老。⊙真氣見於眉宇。

《爾熾二兄亡時，家嫂程氏年甫一十八歲，懷孕未産，泣曰共姜守志，名標青史，况有遺腹，余何敢失節乎？今生子邦琦已經十歲矣，遠近人皆敬之，有詩文紀其事》「花落春風情不繫，機停夜月淚長懸」；「樓間舊壘歸孤燕，野外新墳泣暮鵑」：節操可傳，詩亦穩秀。

《雨窗有感》「千里家山黄橘裏，那能江上寄魚肥」：聲情俱佳。

石爲崧

五中，江南如皋人。《翠娱園集》。

《謁文相國祠》：弔古情深，字字愷切。

《文選樓》「六代山河没，文章壽一樓」：有識語。

《下河觀水》「蛟龍蟠大澤，蘆荻偃中洲」：警。

《早發山中》「荒天驕虎豹，怪木叫鵂鶹」：壯拔。

《村居》「幽居鹿過門」：閒静可愛。

《登石港土山》「海闊風濤壯，村孤落日遲。水流雲影動，山暮鳥聲知」：天風山色，寫來曠渺。

《碧霞山晚眺》「望裏孤城原近海，塵中累土竟名山」：貼切。⊙全體整亮。

《聽客彈琵琶》「一聲裂帛江雲外，十指春風樽酒前」：李義山之風艷、許郢州之哀凉，兼而有之。

《讀冒巢民先生書樓山先生傳後感賦》「可憐白骨荒原冷，留得區區義士名」：可以招魂於九原。

《秋日坐秦淮水榭，聞故老談金陵遺事》「憑誰坐失長江險，玉樹歌終亦可憐」：婉轉生動。⊙筆墨流麗，而淒感有餘。

《偶題》：大有解脱。

《秋詞》「庭院最深秋也到，葵花零亂兩三行」：與「木樨花開」同一領悟。

●五中英少之年，而布筆運思如花明泉發，不假雕飾，便自朗逸清韶，高唱詞壇，允堪獨步。

方　挺

恂如、孺庵，江南江都籍，歙縣人。《碧山堂近草》。

《贈程冶臣孝子》「呱呱纔歲周，而况病復牽」：苦音。⊙至行可風，詩亦蒼樸。

《送蔣再如之白門》「山色春夏好，如何冬日遊」：數語冷雋。

《喜晤胡修來》：清思歷歷。

《簡寄汪玉尺客衡州》「衡陽雁斷傷我心」：極似唐人。「萬年松下堪嘯傲，鷓鴣聲聲朱陵隩」：聲出金石。⊙筆陣翩翩，更挾風藻之氣。

《集飲程勁飛寓齋，送蔣霞生之廣陵》「海角人羈楓又落，竹西君到菊還花」：婉轉風流。⊙曼聲雅節，令人傾耳。

《延令晚眺，兼訪戴于周不值》「惆悵片帆空訪戴，歸從江館坐燒燈」：結處饒有韻致。

《古意》「桃李松柏心，各自爲秋冬」：真古。

《雨夜飲閔義行齋頭》「詩成正值香醪熟，高館荷風帶雨來」：韻。

《晚泊李陽河》「此夕破寒需酒力，江皋沉醉晚潮邊」：客况固自不惡。

《冬夜集飲桐引樓》「最愛平林樽酒夜，霜寒老屋一燈深」：是之謂文字飲。

●恂如詩向推澹秀，今更進而高蒼。春日楚遊，貽余數詩。坐梅雨中，爲之點次，塵懷爲之一洗。

陳　翼

羽聖，鶴山，江南長洲人。《樹下草堂稿》。

《仲秋集雙梧館中，同張諧石、端梅庵、鄭若千、史儼若、蔣淑贍賦》「共入秋煙中」：好。⊙「忽有素心人，來自棠湖東」：其音清越。

《崑山舟中與葉九來夜話》「白澄秋水月，紅露夜船燈」：晚唐勝處。⊙水宿得此勝境，我欲移船就之。

《真州佛閣》「望窮疑水窄，坐久覺山多」：真景。⊙暮嶺寒潭，一往澄淨。

《中秋後二日同徐松之、朱其恭、張諧石、蔣淑贍再集雙梧館望月》「風欺一徑花」：「欺」字佳。

《秋夜澹寧堂贈别朱香裴之吴江》：是中唐風調。

《送郭皋旭之鴛湖》「停杯空悵望，那得共君歸」：是真率語。⊙「剛謀十日醉，又掛一帆飛」：字字蒼潔，不用僻事難字。

《九日陪孔東塘夫子及鄧孝威、吴菌次、蔣前民、宗梅岑、桑楚執諸先生梅花嶺登高》「萬山青愛隔江齊」：好景如畫。⊙極切梅嶺，而染翰即有煙霜之氣。

《送柳長在謁選北上》「四海争求好縣官」：有關係。⊙清思雅韻，最是宜人。

●初於朱天飲學舍得晤鶴山，繼又於孔東塘邸中獲覩丰采，神清如水而藻思若泉，詩壇中俊品也。數章豈足以盡之？

錢程焕

達人，江南溧陽人。《夢江集》。

《宋奕長考槃處》「喬木百年欺破屋，危橋一板入槃阿」：能做。⊙眉目閒爽，而氣亦英健。

《山中》「抛卷閒將石下看，夜來虎跡大於盆」：險語曠致。

●達人有軒軒霞舉之概，爲詩豪邁，殊越平流。

戴文敏

穎生，江南休寧人。《行餘草》。

《清夜琴興》「琴横不輕彈，斂息坐夜深」：妙在一頓。「撫之復坐久，悠然忘古今」：淵乎無盡。⊙全是静氣，令人躁心都斂。

《雨中送别》「晚雨寒瀟瀟」：灑然而來。「長江煙氣濛，帆向此中没」：渾濛。⊙簡静幽遠。

《雜詩》「不見東家群花開，問之移入西家栽。始看十畝禾黍地，即是東家舊歌臺」：唤醒大衆。⊙令豪華人讀之陡然一驚，不須雍門之奏。

《題壁間小畫》「屋傍斷崖低」：更警。⊙「老樹全無葉，遥山半落溪。帆乘飛雁急，屋傍斷崖低」：中四句一幅好畫。

《舟過浮潭，同友人登觀音山三首》其一「看竹方迷路，聽鐘忽見樓」：引人著勝。其二「古寺白雲裏，截崖開竹扉」：多少層次，尋之不窮。其三「到處如無徑，尋來復可行。已躋深壑裏，猶見小舟横」：深微縹緲，筆墨都在空際。◎三詩着想靈異，寫景虚超，固爲傑作。

《夏日漫興》「雨多梅已熟，暑近竹成陰」：森秀。

《烏聊山夜》「歸烏争古樹，漁火聚荒城」：畫。⊙荒寥之境，寫得極有神興。

《過金溪寺》「孤殿對峰開」：尤勝。⊙「到客先看竹，逢僧引探梅」：幽凉肅穆，總非塵境。

《古城巖》「亭邊僧立聽泉響，竹裏人行與鹿逢」：人影山光，歷落如見。⊙字字言其實際，故開鑿之中，自露妍秀。

《城山遠眺》「作凍泉聲遲入澗，臨冬村舍早關扉」：上句清微，下句朗豁。⊙寫出遠景，殊有寒光射人。

《月下登城山》「一月在山頭，一月在泉底」：奇。

《雨後坐尤美亭》「白雲經雨壓，縷縷墜山腰」：不經人道語。
《採蓮歌》「相戒並頭休要折，花心應亦似人心」：好生憐惜。
《春日舟中》「一曲奔湍帆去急，人家轉出到船邊」：身所經過，口不能言，經妙手特爲寫出。

慎墨堂詩話卷三十五〔一〕

方象瑛

渭仁，浙江遂安人。《錦官集》、《健松齋稿》。

《柴關嶺》「仰視不見人，冥濛有飛鳥」：寫盡。「是時秦軍來，更戍長安道。相值狹路間，各自趨林篠。霽行苦並驅，風雨寧草草。躑躅望炊煙，人家蕩如掃。僦舍試燎衣，悵然逆懷抱」：餘波嫋嫋。⊙寫濘泥之景，層層入險，可譜入《雨淋鈴》之曲。

《馬鞍嶺》「仰睇未到山，下視青萬點。雷與瀑布爭，喧豗無近遠」：情況變幻，令人耳目驚異。「倒瀉積水深，窟宅蛟龍偃。觸石不敢投，懼與風俱捲」：好。⊙能深能堅，卻又曲折分明，形狀如數。

《觀音碥》「馬蹄蕩無著」：好。「森羅變慈悲，始覺天日廓。萬叠連青屏，榛莽盡開拓」：中丞開闢之功，自不可没。「間存斧鑿痕，當年記棧閣。二千九百間，遺址尚如昨」：不可少此記注。⊙王

〔一〕此卷輯自《詩觀》三集卷八，原署「東吴鄧漢儀孝威評選/同學張　潮山來參閲」。

師入處，烏道盡爲康莊。篇中歷歷叙置，筆鋒甚勇。

《雞頭關》「危崖千萬丈，屈曲梯層霄。湍流當其下，勢欲傾波濤。轟轟白晝晦，不辨人語囂」：俯仰怪異。「往者逆臣叛，據險恣雄豪」：叙述大有關係。⊙前段説景，後段説事，無不精警。

《五丁峽》「盤紆費蚓折，洞壑青濛濛。飛瀑穿峽出，噴薄奔蜺虹。散作雪花落，倒瀉虬龍宫」：峽勢如在目前。「石拒水愈怒，崩迫久勿束。晴天雷雨鬭，灌莽摇天風。碎石更磊塊，零亂蹊澗中。脛觸人氣奪，鐵落馬亦窮」：更深鋭。「戒絶蕃漢通」：大議。⊙筆力堅奥，更得雄奇。子美入蜀諸詩，方能敵此。

《寧羌》「孽兒被顯爵，賞賚糜恩光」：此是權宜。「賊渠何足惜，所憾多殺傷」：仁者之言。「試看藁街上，僭竊皆侯王」：狠極。⊙平涼之變，全陝震驚，而國家處置得宜，遂能返亂爲治。此詩歷歷叙述，筆力開張，於此見渭仁史筆。

《龍洞背》「人乃捷於龍，盤旋出龍背。躡衣入重雲，勢與風雨會」：奇哉。⊙「鱗鬣樹千章，泉流吐飛沫。下注不測溪，沉沉氣冥昧」：筆筆蒼變，吾驚怖其言。

《放舟嘉陵江》「羌水扶日出，仰見百尺崖。雄關冒其頂，突兀迎朝曦。絶壁斧鑿痕，參錯留江湄」：極是細心領略。

《洞庭湖》「出峽下荆門，江流寖以大。乍落城陵磯，遂與洞庭會」：源流井然。「平沙障巨流，適與巴丘對」：好。⊙可入《水經注》。

《城陵磯》「西南扼要地，水氣連朝昏」：吃緊語。⊙前狀其形勝，末後以時事結，章法自老。

《潼關行》「遂使覆亡及社稷，憂勞惕厲胡爲乎」：有君無臣，千古浩歎。「明社既屋闖獻死，乃知天意資驅除」：總是天意，未可强求。⊙「古今興亡信有數，淒風落日悲啼烏」：李逆瀕危，而當閫坐失事機，至潼關覆没，大事不可爲矣。俯仰淋漓，可勝扼腕。

《七盤關》「雞頭關前七盤嶺，蚓曲蛇蟠纔見頂。氐中又復度七盤，詰屈紆迴勢相引」：叙得井井。「卻怪頂觸前人趾，不知舉膝當心胸」：昔人曾言之，此更警策。「一關中斷隴蜀分，羌笛渝歌乍相接」：何等筆力。⊙「今朝身入大荒西，涼風古驛中秋月」：置身其中，寫來如許確切朗快，日月雷霆，參錯互見。

《登高幖山望峨嵋歌》「天寒晝晦煙濛濛，巴霧黎雲遞明滅。俄見鱗鱗疊嶂開，寒光徑與遥天接」：總做一「望」字。

《瞿塘峽》「一門中斷江水落，倒撑灩澦横中央。赤甲白鹽相向立，高城陡絶連崇岡」：數語極盡形勢。⊙「乃知恃險非全策，山川豈爲人争强」：固守國大旨，不徒鋪張故事。

《寶雞示四弟》「崇岡回渭水，纖月落陳倉」：響調。

《入棧四首》其一「馬行高樹杪，人語亂峰中」：形容殊盡。其二「峰迴似有路，戍遠更無人」：曲盡。其三「瀑急風霆怒，林深虎豹蹲」：壯烈。其四「日午微通影，湍迴忽有聲」：四詩摹寫險峭，有雷轟虎搏之勢。

《大散關》「戰壘剩秋山」：警。

《東河驛》「編竹驛亭空」：荒陋如此，令人寒慄。

《鳳縣》「泉聲流漢沔，山勢到褒斜」：確切。

《心紅峽》「峰峰攢虎豹，樹樹走蚺蜮」：荒僻，出以雄整。

《雨發寧羌州》「氐月沉秋雨，羌雲吼瀑泉」：精鍊。

《抵保寧府》「重關封棧北，一水界巴西」：雅切。

《發閬中至龍山驛》「箐莽縈官道，炊煙出亂山」：以大雅勝，固已絶人。

《嘉定夜泊》「舟寒過夜雪，人語亂江風」：俊語，不讓漁洋。

《發叙州》：如見江樹，紅黄可數。

《自萬縣至雲陽作》「浪東青崖寺，風横白鶴灘」：「東」字、「横」字鍊。

《雲陽縣》「市上過饑虎，城頭嘯野猿」：荒城實有之。

《過歸州》「峽急舟行疾，遥遥望秭歸」；「崇崖驅水立，駛浪夾城飛」：風翻雨驟，壯其蕭涼。

《空舲峽》「峽寬初見日，江暮欲蒸雲」：真實傳寫。

《黄陵廟》「亂石抱高樓」：好。

《鳳嶺》「巖邊怪鳥啼深樹，峽底陰風鬬急湍」：如聞鬼嘯。⊙地勢險仄，筆自嶙嶙出奇。

《謁諸葛武侯墓》「漫惜偏安空霸蜀，應知遺憾爲吞吴。豐碑寂寞三分業，亂石峥嶸八陣圖」：

諸葛事業，一詩括盡，而筆力甚高。

《抵重慶府》「風雨千帆巴子國，煙霞萬樹荔枝樓」：律體如此高敞精麗，最是唐人勝境。

《忠州》：整鍊。

《田家鎮阻風十六韻》：對仗精工，而起伏頓挫純乎杜家。

《馬道驛夜宿》「久客憚淫潦，猶疑風雨聲」：有之。

《冒雨渡黄河》：寫得迷離。

《驪山》「温泉繡嶺還如昨，抔土驪山瘞鮑魚」：笑殺祖龍。

《咸陽》「須知三月咸陽火，便是焚經一炬時」：恰有此事。

《夜過中巖》「咫尺中巖空悵望，有誰沽酒喚魚遊」：澹然可愛。

《神女廟》「寂寞章華衰草没，更從何處問行雲」：别有寄託。

《望十二峰》「天邊妒殺美人峰」：固有是情。

《微雨植玫瑰數畦》「園林長新氣，草木相爲春。農家乘此候，灌麥誠苦辛」：蕭散多新氣。⊙「對圃無曠土，當食無惰人」：小題發出大議，筆意澹遠，全乎陶公。

《曉發桐江》「雨後青山青在水，水光漾入山光裏」：一幅米家山水。⊙「鄰舟乍動紛欲集，霧擁一帆喧正急。蘭橈欸欸行江煙，層城漸遠舟連天」：空濛蕭遠。

《沙市望川江歌》「舟出彝陵始平敞，四十八灘次第開」：《地里志》。「枝在東南根在蜀，吴艎川艦繁資財」：確。⊙前溯水派，甚爲詳悉；後歷數兵亂，議論橫生，不禁擊楫。

《登觀音寺塔再望川江歌》「老僧能話嘉隆年，寶塔初成白龍徙」：一則故實。「到岸只疑塔在山，江行望塔塔在水」：奇甚。「目高不知江大小，千盤百曲鐘聲裏」：妙。⊙尺幅間有天風震蕩之勢。

《遇語石庵僧》「迎問松前石，曾疏竹裏泉。殷勤雖有夢，難向此時傳」：一氣説下，妙能入古。⊙神似孟襄陽。

《歲暮》「思深先到夢，事滿始知貧」：刻苦。⊙僕嘗言，歲暮風雨，紙窗燈火，此景未易消受。讀渭仁詩，又令我惘然終日。

《送友》「嶺雨侵詩卷，霜風老鐵衣。漸江花月夜，應夢舊書幃」：妙是一氣，且格意蒼渾。

《舟行》其一「水多奔岸白，鴉故掠船呼」：蒼茫。其二「泝江三百里，窈折遂千盤。谷轉江風疾，年荒旅店閒」：江行之苦，曲曲寫出。◎二詩寫景，真用力猛。

《泊雪溪口》「市柝安舟夢，江鐘語夜闌」：身歷乃知境苦。

《舟雨》「倚篷看樹轉，隔岸見樵歸」：如畫。

《登白嶽獨聳峰絶頂》「飛鳥不到處，攀條上下行」：好起。「目放千峰闊，江分萬里明」：渾闊。⊙惟真故厚。

《元夜龔仲震攜樽過飲》「患難存耆舊，知名三十年。此間依越嶠，今喜泛吴船」：朋友間難得此虛懷厚道。⊙老而潔。

《錢塘舟夜》「月明吴市白，江隔越山青」：歷歷清曉。⊙神情骨秀，亦是在名山水間乃有此語。

《昌江舟次景德鎮》「村紅瓷屋火，春白石埿風」：生新，卻的確。

《登大别山》「衣捲立江風」：雄。「雙城一水通」：確。

《吴山道院》「干戈仍故里，徼倖此間留」：老杜。

《昭慶寺訪龔仲震》「園亭駐牧空」：無句不老。

《渡錢塘江》「潮發三門天欲動，舟行十里岸俱空」：風景如見。⊙妙是錢唐，不可移向他處。

《寇警》「將軍有勇思殲敵，野寇何謀屢合圍」：不可解。

《曉渡揚子江》「十里江聲浮日月，中流曙色辨金焦」：確切。⊙圓穩。

《宿州曉發》「千里神河繞塞來」：壯句。「極目平蕪多沃土，何人屯種闢蒿萊」：極是有關係語。

⊙景物之外，具兼經濟，非草草行路者。

《渡黄河》「九曲原從天上至，千年誰使地中行」：天然體貼。⊙「千年誰使地中行」，括盡從來治河奏議。

《濟上登玉皇閣遠望》：典潤。

《越中懷古》「夾城花竹聞歌管，向水樓臺纜畫舟」：明麗可賞。

《謁禹廟》「窆石衣冠南鎮月，梅梁風雨鑑湖秋」：華整無匹。⊙秀倩天然，詩與地配。

《歸次錢唐訪毛會侯》「水宿亭臺花是岸，門臨城市竹爲山」：煙花繚繞。⊙綺語名言，把誦不倦。

《中秋鄮湖對月》：手筆闊大。

《郢中懷古》「聞説西山新罷戍，楚歌非復舊荆州」：得此一收便警。

《謁鵝湖書院》「僧院鼓鐘新歲月，講壇縫掖舊衣冠」：高響。⊙此等題易多學究氣，此獨巍峨焕發。

《謁錢武肅王祠》「四代冕旒丹篆字，千年碑碣錦衣軍」：典核。「霸圖銷盡雄風在，萬弩潮聲日夜聞」：結得雄邁。⊙神力高舉，不祇聲彩之震動。

《劉司户》「一時咋舌寧馮宿，千古登科半李郃」：刺人。

《楊令公祠》「報國自知非力屈，捐軀終不掩功高」：史論不磨。⊙英氣見於行間。

《姚廣孝墓》「西山亦有南歸衲，孤冢誰哀萬里魂」：不可少此正議。⊙賊髠可誅，其隱隱擊刺處，正自嚴於斧鉞。

《遊吼山十韻》「穿崖舟出没」：確。「突兀雲爲石，繽紛鳥似魚」：奇語。⊙刻畫靈動，令人如遊巖壑中。

《彭蠡》「夜久不知天遠近，一湖倒影浸星辰」：寫得蒼遠。

●壬子，王公阮亭使蜀，著有《蜀道集》；癸亥，方公渭仁亦使蜀，而《錦官》之集成。兩公同屬典試，其入蜀也，同由秦隴；及其歸也，同自荆巫；爲詩之數，亦略相當。顧王公在未亂之先，方公在亂定之後；一則多綢繆陰雨之防，一則多哀憫瘡痍之什。詩皆高秀古奥，罕有等倫。《蜀道集》余久評次，成《詩品》行世；而《錦官集》則乙丑冬方公請假東還，過訪邗上，始以相授。時已板行，公受業孝廉鄭君懋嘉與余商略，請入之《名家詩觀》三集中。余因風雪篝燈，點次得若干首付梓，蓋大觀云。至《健松齋》之集，計凡六種，益以《都門懷古詩》選附其後，並公當世。嘉平上浣，舊山漢儀跋於董祠。

李　鎧

公凱，江南山陽人。

《自杏山至松山作》「雲物佳有餘，衹傷歷兵燹」：此是主意。⊙當年若知此斷，宜寶惜民命矣。言之可垂鑒戒。

《入蓋平》「流民未千家，散居五百里。强半更單丁，充數實都鄙」：爲吏者當如何？⊙爲吏難，爲陪京之縣吏更難。非公凱，不能言之洞曉而愷切。

曹貞吉

升六、實庵，山東安丘人。《珂雪詩集》。

《春日郊園看花，晚至廣恩寺，同田子綸、顔修來賦》：布景細，造語幽。

《種菜詩贈吴孟舉》「想當時雨足，菜甲生靡靡。溪流如箭注，桔槔聲在耳。春韭與秋菘，蒙茸差可喜。吾徒耽黄虀，入口叶宫徵。何必大官羊，每食輒減齒」：寄興蕭條，固自具煙霞骨相。

《雪夜飲王阮亭齋頭》其一「空明白硾窗，蒙茸紅地衣。兩叟竹間坐，掩映生容輝」：二老對酌圖。其二：此豈復有宦情。

《寒夜讀書以病止酒感賦》「清霜已隕木葉脱，秃枝老幹當空纏。動摇風聲撼老屋，裂帛之響聞窗邊。驚砂入户撲燈滅，恍有鬼火來盤旋」：此段摹擬，風雨杳冥，筆力直是横睨。⊙君終酒人。

《方于魯墨歌》「我聞有明中葉富製作，專攻一藝皆可師」：一語領起。「爰集大成方于魯，一點落紙光離離。百餘年來散如雨，零珪斷壁安得之？老生常談墨欲黑，易水法在誰能治」：纔入于魯，次第不紊。「一生能着幾兩屐，及其老也貪難醫」：往往有此癖。⊙紛綸鋪叙，皆有根據。而筆力開張，亦覺潑墨淋漓，滿紙風雨。

《田子綸招往通惠河泛舟行》「過峽灘平水清淺，牽以百丈驅兩驢」：補此一筆，妙。「夕陽欲下衆山紫，回光激蕩紛有無。郊壇陵廟雄製作，風雲慘淡神靈居」：不減少陵《渼陂行》。⊙一路叙置，藻麗繽紛。「結束短後上馬去，城頭暮角吹嗚嗚」：結束愈覺遒健，讀者爲之神王。

《題讀碑圖》「兹圖巨石矗然豎，龍纏龜負何嶙峋。反袖深思必魏祖，大冠長劍英雄人。修也凝立若有得，眉間失喜談津津。突鬢期門作虎狀，兩馬齕步森蘭筋」：點染都好。「爾日河山勢鼎峙，黄星不照江之濆。阿瞞平生脚未到，豐碑贔屭胡由陳。承譌踵繆那可道，丹青慘澹疑非真。古來萬事等蕉鹿，區區緗素安足論」：定論不磨。⊙入尾一番批駁，真讀史之識，如我意中之所欲云。

《寒夜飲酒歌，即送吴天章歸河中，時陶季魏、蒼石在座》「短裘蒙茸亂鬢髮，高談跌宕凌鄒枚」：想見其人。「出門驚沙撲燈滅，大星磊落垂天街。拂衣明日故山去，人生聚散何爲哉」：金鐵欲鳴。⊙「我有濁醪色未劣，藏之不減葡萄醅。夜闌與子共斟酌，徑須引滿三千杯」：寫得一往豪氣勃發，竟欲呼吴郎出於紙上。

《題文姬歸漢圖，同王阮亭作》「欲雪不雪天冥冥，西風慘澹吹高旌。磧中數騎蕭然行，霜寒草短蹄蹴冰。兩馬齕步嘶咿嚶，馬通馬語人則懵。鞲絲錦帶籠蒼鷹，吹唇捲葉如有聲」：一幅塞上圖，迷離慘淡，不可言説。「得非十八拍已成」：接此一句，千鈞之力。「故人誼重蛾眉輕」：誰肯。「大尉墳草鬱青青，銅雀何爲鎖娉婷」：駁得是。⊙老瞞生平第一快事，寫得雪舞花明。

《題元祐黨籍碑》「大書三百餘九人」：直點出。「摭金屈玉何璘珣」：老甚。「同類何爲自標幟，凶終隙末難具陳。北轅南渡理應爾，善人盡矣寧圖存。鐘鳴霜降有先識，一聲杜宇傷心魂」：數言爲北宋君臣定案。⊙竟是元祐一則史斷。筆光騰焯，可以燭天。

《書浯溪碑後》「靈武功名久寂寞，弔古重拂磨崖碑。道州作頌魯公筆，驪珠顆顆青天垂。鋪揚大業刻金石，忠義激發爲文辭。瘴雨磨洗千餘載，弩張劍拔還嶔嵜。詞嚴義正尠風刺，何殊端委陳歌詩」：筆意極似義山韓碑。「山谷老人好持論，乃以攘取大物訾」：此下大發正論。「所惜功成少調護，月明南内終凄其。青史或能議聖德，當時誰道中興非」：定論。「不然但守東宫職，龍樓問寢西南陲。坐令軋犖竊神器，區區退避將奚爲」：結亦矯健。⊙明皇西幸，非肅宗即位靈武，天下事去矣，腐儒奈何以攘位譏之？此篇議論，極是透快。

《投龍泉莊宿》「疲馬行何已，人家欲上燈」：好光景。

《馬上望大澤》「萬仞芙蓉色，青天通一門。昔人讀書處，精舍築雲根」：氣象直是不同。⊙精傑。

《答李渭清》：二首筆路甚高。

《柝聲》「大野天垂幕，高城夜點兵。驟聞堪下淚，況復到三更」：淒響高調，一時並集。

《和高念東先生郊外韻三首》其一「世上鶯花妒盛年」；其二「無才不墮文章劫，有福還生兜率天」；其三「金多難鑄公卿骨，氣短能銷賈屈年」：三首有透闢語，能增道氣。

《冬日東萊道中感懷》「月明潮滿圍孤嶼，野闊天低見大星」：嵯峨蕭瑟。「恐有魚龍捲浪腥」：結亦雄。⊙讀之開拓心胸，推倒豪傑。

《贈歌者》「黄蘆苦竹千秋恨，愁逐梁塵一夜飛」：兩愁相併，合有此語。

《且自》：別有胸懷。

●實庵先生之從中秘出補新安郡司馬也，朝臣共惜之。抵維揚小泊，瀕行知余在董子祠，肩輿過訪。時落葉滿地，霜雪在眉，念余貧不能振，太息而去。其往來詩筒，相訂以吴子劍宜爲轉遞。今春，劍宜果以所郵《珂雪稿》見授。余爲細加評跋，以示劍宜，互相擊節，促之登梨。其詩高秀蒼老，七古尤爲出色。張子山來亦爲捧手贊歎，固爲世寶。

施世綸

文白，福建晉江人。《潯江詩草》。

《秋夜聽客彈琴》：蕭冷，令人神肅。

《感詠》：言可警悟。

《青湖舟中》「湖光初得月，照見湖上山」：神來興到。⊙清徹如澄潭。

《彌陀巖同許徵若、楊家良、曾貽仲》「一徑入松陰，秋蟬鳴其上」：入筆非凡。⊙陰森洞朗，妙兼兩勝。

《海嶠喬松圖歌》「石老根翻島嶼垂，天陰月黑虬龍怒。霜皮雪幹鐵生枝，廻鱗脱爪争趨赴」：輪囷蚴蟉，能作怪勢。

《春日贈乾長侄》「燕市狂歌十二春，相逢且酌杯中酒」：和平委婉，妙得唐人之風度。

《早集内廷御試恭賦》「明星當闕大，天漢去人低」：應制高唱。⊙令我想己未春集試太和殿時。

《郡齋夜坐》：圓密。

《送三弟文昂》其一「曉月臨歧路，寒風吹短衣」：和潤。其二「海氣連吴越，秋聲入鼓鼙」：忽發壯調。◎二首情文兼足。

《述懷柬曾用耿》「天地春風滿，江關客思垂」：逼似老杜。⊙自寫胸次，卻筆情高邁可喜。

《別友人之邊城》「長城幾戰伐，爲問霍嫖姚」：筆意矯勁，如蒼鷹怒搏。

《送蕭誦抑之蔚州》「雪嶺邊風急，冰河春色浮」：卓鍊。⊙疏密皆有格識。

《歲暮有感》「懶心從所好，難與世相宜」：秦川貴遊，乃懷抱激抗如是，知爲大經濟人。

《角》「白雲吹去盡，天末捲征蓬」：高調凄情，應有霜風生於紙上。

《對月憶家兄文御》「艱險應誰共，音書衹自稀」：老氣真情，一往透射。

《西齋閒居》「雨餘欣草木，春遠夢池塘」：蒼厚。⊙亦自妍美。

《月夜》「林鳥疑客過，風葉似人行」：思沉力渾。

《同黄健可書齋話別》「相逢誰得意，欲別轉驚心」：少陵神境。⊙骨堅體峻，不屑爲花葉之詞。

《留別文昂弟》「好月他州見」：好。⊙「不是趨庭切，那堪離別催。風霜辭北去，山水向南來」：至情蟠結，故筆墨自殊。

《錢塘觀潮》「一江鳴戰伐，萬馬勢追奔」：轟隱在耳。⊙奔騰射激，卻是錢塘潮，移動不得。

《雨夜宿葉楓驛，值舍弟文昂話別未終，忽接家君郵諭，舍弟北行，余竟南歸》「郵筒雲外濕，驛火嶺頭紅」：着意。「人生同物役，聚散一宵中」：厚。⊙許多情事，卻以健筆該括，而骨肉之誼殷然可想。

《經雄縣》「雲端落一城」：奇而確。

《春日尋花》「一聲暮雨人吹笛，數點青山寄倚樓」：秀倩宜人。

《正覺寺登塔遠眺》「鐵鈴互響隨風轉，石塔高懸湧地來」：高岸。

《惆悵詩和韻》「惆悵羈棲賦曰歸，風光轉與舊遊非。河山回首愁如許，桑梓關心夢較違」：空處盤旋，筆力最健。

《早春呈鄭遠公》「期君花事遥相報，莫自攜樽出禁城」：雅懷韻事，長見毫端。

《石榴花》「紫燕疑添朱幕客，黄鸝驚换緑衣人」：工麗。⊙雖復穠華，卻神彩飛動，如太真之光艷，非比人間。

《宿漫河，見三弟壁上題詩感作》「憶得春深渠到日，那堪秋後我歸期」：轉筆絶健。「明發再登前去路，更看何處墨淋漓」：更有餘步。⊙胸中情事，一氣寫去，無不淋漓盡致。

《仙霞關》「虎踞當年成底事，霜黄楓葉着人衣」：墨外行間，都有遠致。

《克澎湖》「生奪湖山三十六，將軍仍是舊英雄」：澎湖之役，元侯師次平海而甘泉應禱，舟泊八罩而颶風不生。遂伏天威，大張武略。强寇聞聲而繫組，絶島慕義而投戈，功斯偉矣！此篇揚厲，固堪作海上鐃吹一曲。

《送春》「樽酒送春春事非，春花狼藉減芳菲。有情客子留難住，太猛東君促易歸」：起筆縱宕，無不如意。「江山路遠憑誰覓，長寄相思紫燕飛」：飄飄意遠。⊙絶去脂粉，純以蒼悍勝。

《芳草》「莫長王孫路，馬蹄踏可傷。願生羅襪地，日逐阿嬌香」：想路最好。

《月夜憶曾用耿》：是好景，卻難爲懷抱。

《姑蘇夜泊》「姑蘇城下晚維舟，酒舸蘭橈竟夜遊。處處笙歌聽不盡，市橋燈火照江流」：一幅閶門圖。

《登華巖洞》「山川俯仰悲今昔，桃李春風又一時」：不禁感慨。

●徐健庵曰：「君之尊人有大功於國家，侯封萬里；君以貴公子而能戴星長民，起家州縣，其去流俗也遠矣！君晉水人而治於泰。閩中山川絶勝，生其地者往往能詩；泰州枕江臂淮，有天目、羅浮之山，太子港、七星丹諸跡，有曾肇、趙抃以文章政事顯。君之宰也，循覽山川，考古賢哲，詩之不墜和平忠厚之意，益可知也已。」

靳治荆

熊封，奉天遼陽人。《紫蓋山樓詩》。

《晚過采石不及登，用放翁韻》「揚舲遡大江，早出牛渚上。山水互迴薄，變幻非一狀」：入手舒徐容與。「幾時蛾眉亭，弄月一高唱」：結遒甚。⊙步武安閒，氣味清曠，疊韻復極自然。

《過新嶺》「遥睇若層雲，濛濛不知曉」：實有此景。「盤盤出樹端，冉冉到雲杪。既驚衆壑幽，益見群山小」：身在山中，寫出真面。「山鳥時相呼，嵐翠滴未了」：妙。⊙細寫反顯，虚寫反透，正使摩詰、道子無處着筆。

《皖城懷署中諸子，用歐陽公韻》「劇郡喧且囂，匪我性所愛」：豈屬誑語？⊙盡吐胸懷，無不痛快。其押險韻，皆有天然搆造之奇。

《自皖城回歙，用歐陽公韻》「艤楫景自佳，登陸意殊猛。恃有肩輿輕，未怕石路梗」：我輩常情。「行徑偶開豁，林樾復蔽屏」：善寫。⊙傳寫在道景致，以迂峭堅奥之筆行之，使人覽之森栗。

《舞緪行》「有時故作失跌態，欲墜不墜鈎金蓮。豈惟羚羊挂一角，屈體復上遊龍然」：着意描寫，何等温膩。⊙「何來佳人好身手，窄衫小袖矜娉娟。桃花一騎倏忽至，輕軀滚下香鞍韉。卻立踟躕整妝束，纖趾蹴踏雙文鴛。嗚金催動不自由，信步直上疑昇仙。飄然輕裾颺空際，婉轉不異迴風旋」：層層摹寫，逸態飛揚。世固有如此神技，我欲置之掌上。

《舟經天門山，用放翁韻》「雜樹蘢蔥復蓊翳，和以嵐氣青濛濛」：難畫。⊙驅使山川，爲我筆墨，霧雲蓊喝，何其無窮！

《寄雲六，用歐陽公寄聖俞韻》「雖然數載頻落拓，未嘗瑣細營鹽虀」：亦是佳境。「我羈塵纓詎得已，百端行役徒棲棲。言遡分袂自帝里，秋風揚土雲山齊。即今間闊四閱月，黄綢曉夢驚天雞」：不登宦途，那知其苦。「何如晤言多佳日，房山酒暖傾玻璃」：自屬佳事。「人生良會能有幾，那可歧路常歌驪」：可念。⊙束帶爲吏而不忘舊交，言之委婉而篤摯，真另有一副肝腸。詩之奇崛不必論。

《馬連屯道中》「青山看不厭，白袷正相宜」；「一路聞啼鳩，兼程覓酒旗」：翩翩自喜。

《藁口至旌德》「灘急碓争安」：確。⊙風土之詩，攢妍簇秀。

《送楊學萊歸省》「住對春江花滿扉」：秀絶。⊙和雅温篤。

《桃源舟次風雨，用放翁韻》「鴻雁遠浮秋老日，魚龍欲起晚來時」：羅羅清疏。「險處無愁亦自悲」：深。⊙「連天風雨黄河曲，滿眼波濤何所之」：氣體高潔。

《江行帆山道中，次雪鴻韻》「滿空白浪浮千疊，何處青山見一痕。風力漸高洲上樹，日光微照嶺頭村」：來得曠遠。⊙清思俊致，綿邈無已。

《登報恩寺塔》「空闊江山想六朝」：好。⊙不沾沾説塔，妙有渲染，都在題外。

《新嶺，次雪鴻韻》「驅得諸山入混濛」：筆力駕空。

《邑佐徐君超宗招飲問政山》「酒杯近取千峰映，衣帶遥看六水環」：貼發最秀。

《公務偶出歸，檢得陸放翁出縣入縣二詩，各次韻一首遣興》其二「越境未曾愁作客，入門偏又轉思鄉」：真境實話。◎一行作吏，此事便廢。故彈琴種花之事，斷難追擬古人。然如蘄侯戴星之餘，不廢歌嘯，固是迥出流輩。

《山行雜詩》其一「遥看前去人，都行空翠裏」：真。其二「一路多幽禽，啼入水聲内」：妙。

《柳枝詞》其二「不是長條能繫恨，當年曾拂錦帆來」：新令。其三「記得玉兒曾住處，板橋風暖點人衣」：輕盈婉秀，韋、杜風流如在。

《自南陵至下坊》「城外石橋通竹筏，水邊茅屋住漁家」：不須穿鑿，自是妙景。

《除夕前一日，和涉園韻》「堂前春帖書完未，擬學張顛墨染頭」：奇語獨造。

《白溝河》「秋風立馬斜陽下，遥羡沙邊幾點鷗」：清風灑然。

●每與吴子劍宜談新安近事，曰：「山城烽燹之餘，賴有靳侯以慈静撫民，庶克保聚。」及從其弟綺園處，得讀《紫蓋山樓詩》，歎其剸割之餘，乃爾遊神風雅。且其詩出入韓、歐、蘇、陸間，尤與風尚允協，豈羊、任風流再見今日乎？丙寅寒食，積雨初晴，坐董子祠樓，乃爲精遴，得若干首，用光拙選。張子山來把誦其詩，不禁仰溯惠風，有返轍烏聊、託蔭仙梟之意。

姚士塈

注若，魯齋，江南桐城人。《出塞吟》。

《出塞吟》其一「籌邊無善策，農戰相維持」：極有關係。其二「邊童弄野馬，盤旋峰頂捷。俯身逐狡兔，仰墜雲中翮。帶血飽朝餐，更向前岡獵」：矯勁如鷹隼。⊙筆力堅剛。其三：塞俗頗不惡。其四「洪濤發山巔，轉石崩雲溪。怒石乘水勢，跳躍與水齊」：好形容。⊙寫塞上水勢，洶湧在目。《偕吴融司遊角山寺》「對面不見寺，午鐘先到耳」：逼真。「回顧所歷峰，峰峰在地底」：妙能傳寫。⊙「少休更迤西，懸崖澗中起。怪石相撑拏，或崩亦還峙。刻畫猛獸狀，搏擊勢不已。四圍小有天，語響空谷遞。河流環其下，清澈無塵滓」：層層刻畫，於真樸中傳出奇詭之狀，筆力過人。《匠車行》「日雜狼虎行，暮伏蒿萊下。當時同行惟我還，訴到艱辛淚猶灑」：真苦。「不願生入榆關前，但願死去消息傳。地下煩寃何日訴，年年鬼火照寒邊」：悲酸難聽。⊙少陵《兵車行》之遺。

《宿蘆峰口》「柴門宵不閉，近塞想淳風」：真是淳風。

《宵征過廣寧城下》「野燒紅過嶺，霜花白在田」：險麗。⊙極切宵征之景。

《候渡遼河宿黄旗堡》「燈高屋近山」：造句是少陵《秦州》諸作。

《薊州憶昔》「春暖犢耕皆故壘，雨昏燐火尚空營」：蒼凉可念。⊙憑弔荒墟，筆力高敞。

《出山海關》「一望沙塵何處去，向風班馬不停嘶」：對此茫茫。⊙工雅，復爾崚嶒。

《中前所》「往事問來遺老盡，淹留莫辨舊山河」：一往沉痛。⊙蕭瑟嵯峨，是今時邊塞之景。

《前屯衛感昔》「且耕且戰自强邊，況復膏腴關塞連。縱有蕭何能轉粟，不妨充國更屯田」：名論鑿鑿。⊙一詩抵一篇漢人奏議。

《宿沙河所寄二弟》「兖餘茅店人争宿，燃起松根酒數行」：想見荒凉。「乍分姜被寒侵骨，不是霜風海外生」：至性藹然。

《杏山憶昔》「纔收殘卒圖酣戰，秦寇西來陷玉京」：當時所以不支。⊙「海鯨不動三軍死，風鶴無聲半夜驚」：確是詩史。

《小合山》「到處屯田新徙户，拾來古瓦舊巖城」：雅貼。⊙情事正與中土殊，寫來警動。

《嚴都閫招飲澄海樓》「潮壓蓬萊衝日起，浪環碣石拍天浮」：確。⊙氣象只是不同。

《曉渡潞河，寄朱樞部厚庵》「戍堞鴉喧衝宿霧，澄河風起動晨星」：「動」字警。⊙形容入關之景，心手調和。

●壬辰遊京師，時端恪姚公掌諫垣，予屢叨其教愛。今成均徐懿公以京兆姚注若《出關吟》見示，蓋其嗣君。而詩高健雄麗，其指示山川、興懷今昔，尤確有關係。讀賜書、諳邊事，自無一切悠泛之語。

曹純

靖庵，江南松江人。《鱉江雜草》。

《董祠》「宣室席前失賈生，伐狐擊兔賢良行」：發出一段大議，足爲名教干城。「不似長沙鳴不平」：破荒之論。⊙典重雅醇，得西漢之氣。

《秋夜述懷》其一「垂簾聽雨眠」：妙絶千古。其二「五載飄零客，江天四望愁」：渢渢雅奏。

《落梅和友韻》「卻憶何郎添别恨，綺羅魂杳珮珊珊」：借花言情，無限婉惻。⊙「香依蘿薜牽風裊，影散池塘墜粉看」：濃抹澹妝，兼有其勝。

《初夏送顯書弟南旋》「臨風愁唱木蘭舟」：韻甚。⊙「當年舊恨南樓集，此日新詩北渚留。最是他鄉離别怨，憑欄望斷水雲流」：言情之什，最爲婉篤。

《回龍庵遠眺》「春風送客在南樓」：固有别腸。

《綠楊晚照，次顧苻文韻》「東風吹斷長門怨，嬾向章臺理晚妝」：那能容易吹斷？固作如是語。

《憶舊》「夢斷若耶溪畔語，鐘聲不散五更愁」：情語忌露，此能婉轉含蓄。

《有所思》「樓頭明月聽吹簫」：風神綽約。●雲間詩咸以大樽爲宗，靖庵諸作氣華色麗，而筆墨之餘，別有清思遠韻，固玉笛橫吹，聽者忘倦。

翁介眉

武原，浙江錢塘人。

《春日燕京留別二首》其一「離懷乍折津亭柳，好會難忘寺閣松」：婉合。其二「春雨初晴春晝長，禁城垂柳復垂楊」：風神如張思曼。⊙委折韶令，固六代風情、三唐體格，兼有其長。

徐芳霖

雨新，江南揚州人。《通介堂集》。

《擬古》其一「前後寧有殊，得失分榮辱。丈夫在衡茅，悠悠任時俗」：固堪自信。其二「結交重浮華，終身究何得。不如素心人，生平諒且直」：良言可佩。⊙妙兼比興之體，而結意高岸，固一則良箴。

《寄懷民部趙夫子》「羡彼紈綺饒，寧識詩書氣」：刺人。⊙「遂令市井兒，咸歎讀書貴」：恒夫先生在邗關拔幽採異，一時人文振起，此詩固是實録。

《蕪城行》其一「我聞有明全盛時，太平久絶軍書馳。碧瓦紅闌遍燈火，家家吹竹兼彈絲」：叙次離離入古。其二「到處笙歌醉明月，喪亂誰思丙戌前」：結得遒老。⊙「啾啾無數新鬼啼，慘淡空城日未落。于今生聚四十年，城中富庶還依然」：興衰治亂，歷歷指掌，而藻采更優，固堪擬之《夢華録》。

《送太史汪舟次先生册封琉球》「日出波瀾紫，雲開島嶼青」：有典有則。

《秋漲》「柴門鷗易入，花徑客難來」：摹寫盡情，而筆亦蒼老。

《蕪城懷古》「秋風螢苑飛黄葉，春雨雞臺長緑蕪」：何減滄、渾。⊙秀色新聲，令人情動。

《詠傍花村梅花》「花繁僻地紛遊侶，香足東風遍酒家」：風神秀上。「隔院羞從桃爛熳，傍籬喜共竹交加」：細貼。⊙輕倩芳柔，一洗塵土之氣。

《玉鈎斜弔古》「君王亦是揚州死，魂魄休傷故國遥」：傷心語，難爲入耳。

《題俯江亭》「可憐六代興亡地，今古茫茫獨此亭」：不殊新亭一歎。

●與權部趙使君論詩邗水之上，謂余曰：「竹西後來之秀，擅聲風雅者無逾徐子雨新。」今觀其詩，和雅秀潤，而古詩尤磊落不群。當爲此道勁將，亟採以示海内。

陸引年

爾伸，江南揚州籍，陝西蘭州人。《寒山集》。

《詠史》「丈夫當如此，死生何足計」：説得田光大有深心，有智計，是一則史論。

《經海烈婦祠》「愚夫謂生離，智婦知死别」：説得烈婦有識。⊙「道傍猿啼哀，樹頭鵑泣血。一水繞祠前，萬古清且潔」：叙事不冗不漏，其憑弔處令貞魂千載如生。

《金帶圍芍藥》「開時應有宰相出」：辣。「功業低昂不必論，須知花瑞無差忒」：有斟酌。⊙筆力高簡，卻有餘勢。

《出彰義門口號》「野闊人煙少，沙寒草色枯。西山愁落日，朔氣慘征途。安得春風裏，揚鞭再入都」：寫去自潤。

《經盧溝橋》「平沙金鼓暗，薄暮兔狐遊」：高警。⊙險壯語，如聞戰鬭。

《景州塔》「飛空梯未構，難向九霄行」：健甚。

《虎丘山》「泉聲延客屐，塔影上禪關」：韻。⊙「何事生公石，紅裙日往還」：點染極切，覺中邊意俱盡。

《金山》「蛟龍夜宿門」：英健。⊙壯句，足壓從前作者。

《登金陵報恩寺塔》「舉頭親碧落」：貼切。「不見赤烏僧」：有藴藉。⊙設景迷離，如觀寶相。

《燕子磯阻風》「落日沉魚艇，回風捲客衣」：沉着。⊙「禽鳥度江稀」：句句是阻風，覺濤聲滿耳。

《登梅花嶺》「荒原從馬踏，古木自烏啼」：不堪寓目。⊙「山亭久頹廢，煙雨日淒淒」：寫出荒廢，令人神傷。

《南村》「地僻人遊少，春深見落花」：入手自佳。⊙恬適。

《文選樓懷古》「蕭梁事業今何在，愁倚維摩江上樓」：一唱三歎〔一〕。⊙一結有不盡之妙。

《迷樓》「只今廿四橋頭月，移向紅橋載酒船」：殊有今昔之慨。

●猶記韓聖秋與僕論詩京師，曰：秦詩有兩派，其一爲文太青光禄，意主僻奥；一爲東雲雛孝廉，格取醇雅。然近日西京詩家多師法雲雛。及觀陸子爾伸之作，詞必典貴，議必端莊，是亦雲雛之派。僕採其詩，標諸通國，知服膺者衆。

鮑開宗

又昭，江南江都人。《遠村集》。

《遊善卷洞》「舉火穿腹行，陰房疑虎伏。苔髮繡山根，石乳沾人服」：得康樂之精髓。⊙思邃筆幽，卻徑路層折。如遊輞川，勝概在目。

《金山》「山鶻號風怒，江豚拜雨腥」：好。⊙嶒屹浩蕩，是金山好詩。

《宿松寥山房》「木魅荒林嘯，禪燈古殿微」：精思高調，足配江山。

《焦山》「饑鼉走怒濤」：壯語。⊙「雲垂天塹迥，潮落海門高」：奇情快致，坌湧而出。

《重九喜晴，次徐雨新韻》「西風憐皂帽，晴日喜黄花」：錢、劉佳境。⊙蕭森固多佳致。

《焦山三詔洞》「西風鶴冢迷荒草，落日龍窠捲暮潮」：追琢精工。⊙聲色俱占上流。

〔一〕「三」原作「二」。

《甘露寺》「日暮孤城笳吹急，行人空自説孫劉」：固有遠懷。

●詩有胎性，不可强而能。觀又昭諸作，俱能脱去纖柔，臻乎雅健，是遊刃於古而不屑爲時趨者。大雅不作，吾衰誰陳？端賴英流，聿振芳軌。

潘銑

霜鳴、性長，浙江餘姚籍，江南江都人。《桃軒稿》。

《贈錢十青》「姑蘇有劍石，姑蘇有琴臺。劍石氣凜冽，琴臺狀崔嵬」：筆致歷落入古。⊙風調翩翩，以贈十青，固爲雅合。

《與毛稚黄先生、覺文禪師登靈隱山》「老僧沽遠酒，詩叟踏高峰」：别調自韻。⊙蕭然自遠，如在寒泉古木間。

《重寓千步廊》「愁如春雨多」：新句。「人生有聚散，幽事亦風波」：慨然言外。⊙一味真澹，含情自長。

《晤孫豹人先生》「鬚眉俱已白，詩賦獨超群」：切甚。⊙氣韻絶老，溉堂應贊歎不置。

《寄浙中汪殿武》「無窮江水繞揚州」：妙句。⊙妙在風神，不在辭藻，愼勿以澹漠置之。

《留韓芳乘飲》「花事平生堪寂寞，雪窗燈火足盤桓」：清音自發。⊙詩有冰雪之姿。

《螢苑曲》「城裏瓊花城外樓」：造語當活看。⊙「昔日嬪妃淪没處，只今黄土尚含愁」：圓轉有味。

●霜鳴英韶之年而鋭意學詩，其筆力勁峭，不逐浮華，固矯矯出群者。予近移寓董祠，與霜鳴望衡對宇，時拉迮君旦庵相過。論詩娓娓，出近作相示，愛而録其數章。

唐廷伯 秩臣，江南和州人。

《廬州道中》「别浦虚傳箏笛聲」：用事渾然。⊙「騎驢正好看山色，大蜀纔過小蜀迎」：秀中見辣。

《望金剛臺》「絶頂平田黄面業，半腰深窟黑龍宫」：猛思深力。⊙精力絶人，是能爲左右射者。

徐嘉炎 （再見）

《海市》「三山餘俶詭，秦女到今哀」：全首英偉，結更有想外想。

程 禕 允文、郁庵，江南休寧人。

《大洪嶺，步曹郡侯韻》「峰巒何峻險，密樹與盤旋」：畫。「麋鹿自蒼然」：好。⊙思路深幽，筆姿蒼潤，其步韻更極自然。

《孚夏十一弟招飲北園，即席賦送十五弟景潛之楚》「青山三楚驛，明月九江航」：盛唐風調。⊙「名園圍碧野，竹樹總生香。盡日花常笑，無風柳亦狂」：雅度勝人，是岑、王一派。

《破愁》：和平至足。

《江行即事》「石尤雲氣舟前黑，驚看篙師指點中」：結得陡健。⊙江天風景，如在目中，想其墨氣之藴藉。

《中秋》「野樹如霜白滿樓」：奇句。

《客秋雜詠》「寄語故園諸伯仲，莫教飲盡白衣巵」：依依情重。

《翠蘿山懷李白》「騎鯨能弄天邊月，偏畏風波不渡河」：秀思高調。

陳祖法

湘殷，浙江餘姚人。《古處齋集》。

《送茅荆來東歸》「鹵煙横海氣，風雨各天涯」：振邁。⊙調密而氣高。

《春雨》「人行亂草平」：新。⊙「緑煙沉古戍，紅雨落江城」：矜卓，豈屬率爾？

《到古南贈休庵禪師》「柏子香燒千樹月，桃花影静一聲鐘」：烹鍊，出之精彩。⊙詩太組織，反損神氣。此爲格意雙到。

朱爾邁

人遠，浙江海寧人。

《秋興》「金張樂事真難並，不信饑寒草下啼」：歸重在此。⊙直是一首樂府。

●癸巳冬，校文吕僉事署中，極賞人遠作。近日徐健庵稱其詩，許生洲稱其四六，固屬兼才。

朱澐

天綺，江南江都人。《倚青軒稿》。

《平山堂獨眺》「遊人分今古，山色自朝暮」：語有深會。⊙「出我西郭門，指點隋堤路」：裴徊瞻顧，情旨甚長。而音節不入流漫，獨近蕭選。

《哀鴻歌》「迫促迫促哀鴻歌，我對君歌涕泗多。君聽我歌勿愁絶，我爲細作哀鴻説」：是樂府起法。「縱有皮骨少金錢，紛紛敲朴胡爲爾」：誰聽？「今日街頭賣所生，斷絶母子骨肉情。誰能傳我哀鴻曲，哀鴻之曲真迫促」：哀音促節，不堪入耳。⊙收屍鬻兒，同是慘事，然水中之魂魄無知，不若母子之分離尤可痛也！今下流既淤，堤塘難保，魚鱉之患歲歲有之。將鄭俠流民之淚正未有已耳。

《秋日友人招飲法華静室》「棲烏驚海氣，平野接江秋」：奇曠。⊙寫景處，有傍若無人之概。

《文湛持先生讀書北固，有贈妓甄紫仙爲尼詩，次其韻》「可憐幾處章臺柳，仍向風前醉舞斜」：風神全在題外。

《隋堤》「何獨迷樓自號迷」：妙。⊙「殘夜夢回妃子恨，荒臺秋老杜鵑啼」：風流掩映，彈向柳堤月榭，固堪移情。

《題畫》：大是自在。

《送自觀家兄旋里》「古井汲來吟不斷，自吹松火夜煎茶」：自有仙風吹人衣袂。

●天綺制舉義,曾受知於田綸霞先生,而其詩復自秀鍊。蓋風氣日上,足散人懷,兼古今業而有之,端在俊士。

華　黄 中湄,江南無錫人。

《元旦登百牙山》「風雪初解嚴,寒山已春意」;「近午幾聲鐘,穿松出古寺」:數言老而媚。

包　斌 二允,江南丹徒人。

《除夕前五日寄友》「時催愈覺賓朋好,别久應知齒髮疏」:中唐風格。⊙清疏,特有意藴。

錢　嵾 韋亭,江南崑山人。

《齊山》「泉乳穿雲滴,丹爐對石蹲」:思深語創。

《賦得野廟向江春寂寂》「閒花隔岸飛紅雨,練影當門走白波」:娟麗。⊙風艷不群,許丁卯之遺。

《遊齊山》其一《翠微亭》「鳥篆雲偏卧,空崖鼠欲飛」:奇闢。⊙琢語奇麗。其二《華蓋洞》「仄徑仙源斷,危崖寺角穿」:深秀。

鄭　濂 蓮水,江南江寧人。

《山木齋聽琴》「會須排逐南山虎,一塢梅花冷處尋」:孤冷欲絶,我懷如水。

《滌竹》「清夢涼生簟，深杯緑染苔」：幽光可鑑。

王爾綱

紹李，江南建德人。《砌玉軒集》。

《好女行》「何事論早遲，早遲各有時」：昔人每以早達爲不幸。

《擔經石》「碧澗抱村流，白石横其口。偶從山背行，白石穿其後」：奇景，妙能寫出。

《御史林》「斷碑不可讀，隄上數垂楊」：悄然。

《飲馬澗》「飲馬記其處」：老。

蘇應禨

克岐，江南石埭人。《古雪堂草》。

《望南嶽》「芙蓉列峙高迴雁，瀑布飛懸一挂龍」：精彩的爍。

馮鼎延

聖調，浙江烏程人。

《相公墩》「一水到僧門」：拈筆含毫，便自俊上。

《馬上》「荒山走馬杜鵑飛」；「數株古樹圍僧院，一片斜陽戀客衣」：皎如玉樹，秀比春山，吾愛風神之遠。

俞星留

掌天、潔堂，浙江錢塘人。

《棧道》其一「樹與天開闔，猿從人去來」：筆力矯拔。其二「稜稜石作花」：險而鍊。

黄士塤

伯和、瀛山，江南歙縣人。

《仲春泛舟遊平山堂二首》其一「隋堤好春色，一夜遍紅橋」：似太白。其二「風流當日柳，山色遠江天」：貼景。⊙雅令新韶，兼多神彩。

沙鍾珍

彦彂、席公，江南如皋人。《挹泓堂稿》。

《秋夜聞笛》「不待巴猿奏，淚落沾衣裳」：古澹。⊙神似阮公。

《古意》：所感最深，卻於比興見之。

《蜀道歌》「百里無村誰作主，行人掩面淚如雨」：數言蒼峭，覺太白之爲繁。

《忠州懷古》「侍妾嬋娟花不如，小蠻能舞樊姬唱」；「只今龍昌寺傍柳，猶似風流五馬人」：字字韶艷，惜不令蠻、素歌之。

《懷人》「地異身難健，天寒客易悲」：蒼涼老健，如老鶴摩空。

《過白沙寺》「黄葉埋僧路，蒼雲繞客心」：幽蒨難名。

《暮泊昭丘》「咫尺長沙地，深知賈傅愁」：結得遒警。⊙即景後卻入感慨，格律最精。

《登岳陽樓》「長風八百里，吹我上仙樓」：起得健。⊙「鐵笛吹殘夜，魚龍迴自流」：雖未敢敵子美，而高涼處亦從杜家得來。

《步君山寺》「雲歸寺裏山」：奇確。⊙穩適，有唐人風味。

《舟行雜詠》其一「遠樹月初上，前村漁未歸」：極似摩詰。其二「雲深萬樹無」：真。其三「新水觸空堤」：詩貴神韻，不專以雄聲猛氣見長。如此清微雅鍊，自是王、岑異響。

《舟發桃源縣》「水平泥自濁，舟急岸如移」：寫景極其蕭涼，令人形神寂寞。

《曉行上谷道中》「霜深雉兔肥」：景況逼真，故筆墨流利。

《飲白雪樓》「崖懸石欲飛」：奇句。⊙「泉湧三珠樹，湖山此景稀」：趵突泉稱天下勝景，而施愚山建樓於上，詩能相配。

《登真定大佛閣》「須彌如可納，我擬得真禪」：只形容其闊大，便是射鵰手。

《武林吉祥寺》「談禪對鹿群」：秀而警，有彈丸脱手之樂。

《登黄鶴樓》「日落漢江餘粉堞，雲歸鄂渚失芳洲」：情景俱題中所應有，寫得圓穩秀亮。

《發鶯脰湖》「卻看漁艇分來往，笠澤真堪寄此生」：澄鮮柔麗，别具風流。

《孤山》「停橈爲訪林逋宅，此地空餘放鶴亭」：一氣空明。

《釣臺》「碑憑老石記深秋」：新句。⊙「渺渺漁竿誰更繫，客星終古伴江鷗」：只寫景色，不涉議論，自佳。

《望岱》「哲人千古贍梁木，漢柏秦松盡草萊」：結意從來未及，大是卓絶。

《登峒白山》「亂雲深處巴王墓，修竹崖邊大禹宫」：高而穩。

《過嚴顔橋》「今日祠堂餘賽火，斷橋斜日水空流」：神韻極妙。

《忠州》「教得兒童解歌舞，至今低唱竹枝詞」：令白公心死。

《洞庭奏凱吟》其一「洞庭秋水君山月，壯士櫜弓唱凱來」：自然高亮。其二「琵琶撥盡南征調，笑倚弓刀酒半醺」：雄麗。其三：别有情致。其四「鳳簫吹出將軍令，短笛吹成破敵謡」：逼真樂府。

附：鄧漢儀《贈岳州沙别駕，時解任歸里》其三「寧從數騎出，射雉故山頭」：許筠庵曰：雄渾。

●彦弢萬里從軍，論兵悉中窾要，僅得佐郡，復爾遭讒，今已昭雪，則奇才終大顯也。囊詩甚富，拔其高篇以行。

吴宗渭〔一〕

飛瑢、姜綸，江南上元籍，休寧人。《豹隱堂詩草》並《語録》行世。

《秋日寄懷戴平山》「門前落葉紛」：寄懷言外。⊙一片離情，繚繞筆端。

《城西晚眺》「江水入城流」：真切。「歸來呼酒伴，明月正當頭」：豪興勃勃。⊙通首秀雅，結更

〔一〕吴宗渭詩不見《詩觀》康熙本，據乾隆重修本補。

有情。

《暮春偶過范氏隱居賦贈》「蓬户拱千峰」：佳景。⊙清思老筆。

《醉後偕友登眺》「明月當峰頂，飛泉下竹林」：頷聯雅切。「檻外落花深」：檻外句耐人尋味。

《秋林晚望》「徘徊新月上，隔岸遠鐘微」：結處悠然神遠。⊙法老心細。

《舅氏孫無言先生招同諸子遊紅橋》「鶯花歸路緩，弦管夕陽遲」：晚景可想。⊙清和閒雅之音，渢渢入耳。

《江村晚行，和王樹人韻》「江頭忽白風濤起，樹杪初紅夕照來」：壯險。「遥峰幾點蒼煙暮，鴉噪寒林成角哀」：風神摇曳。⊙中多見道語，詩復蒼警。

《金陵回，將至京口途中即事》「天外孤帆浮遠浦，雲間一雁下晴空」：「浮」字做。「十月寒蘆落照中」：渾成。⊙江行光景，歷歷在目，想見襟期瀟灑。

《家兄輩戴酒偕予侍朱業師往桃花洲賞玩》「流水松濤千澗急，夕陽花影萬山紅」：響震林木。「軍旅殊勞蓋世雄」：轉折强健。⊙識高氣雄，居然作手。

《塞上吟》「年年醉向秋風裏，笑指團花舊戰袍」：龍標、青蓮何以過此。⊙豪情曠致，如聞邊笳。

《題戴友問濤閣》「夜静月明窗四啓，漁歌棹破一溪煙」：如此静境，令人神往。⊙空明淡遠，如東坡月夜遊承天寺時。

《漁翁》「人世利名渾不解，醉來欹枕抱雲眠」：桃源中人，筆能傳神。⊙此漁翁高甚，吾願從之遊。

●天都吴姜綸先生絶意科舉，闡明朱、陸異同，鵝湖、鹿洞間應置一席。乃講學之餘，抒寫吟嘯，類皆清新俊逸，兼開府、參軍之長。所謂「仁義之人，其言藹如」者非耶？戊辰仲冬，倪子永清相晤間，以先生舊作數首見示。予亟爲丹黄，載之《詩觀》。惜未睹全稿，殊爲恨事。夫先生少有神童才子之目，今負真儒大隱之望。前輩湯惕庵、黄九煙極爲推重，余深仰止久矣。仙裳亦語余曰：「天都吴子才逾屈、宋，學擬周、程，德義風流，冠絶一代。」噫！何時得瞻有道光霽，慰我平生耶！

李中黄

子石，逸樓，湖廣麻城人。

《射日行》「足雖多，不可翥」：堅決。⊙此固常理，言之足以警戒。

《秋懷》：原本樂府，而出之鮮潔。

《刑馬甲申紀事》「陣陷河山裂，城屠草木丹。龍争天有血，鬼哭廟將殘」：指陳處，氣色甚惡，對之悚然。「義軍今死盡，草莽寸心殫」：淚滿襟袖。⊙神采嚴峻，格律高蒼，純似子美；而叙述喪亂情事，覺草木旌旗，皆爲變色。

《落日甲申作》「共登高屋望，遥指大旗存」：如見其事。「離亂謀誰得，崎嶇道不尊」：非身歷，安能作是言。「古人當此際，投筆向中原」：英壯。⊙逆闖收雁、代，攻居庸，而神京不守，一時崩摧之勢，極爲洞心駭目。此詩歷歷摹寫，如聞礮聲時在左右。

《絶句》「鑿壁照鬼火」：奇語。⊙總非尋常行徑。

●子石力學砥行，詩歌古文辭皆卓犖不群。癸卯闈中擬元，因索後場弗得，竟致放廢。子石孤憤，遂焚棄生平著作，片字不存。令弟子谷相晤雉皋，力搜其行笥，僅得詩五首，奇崛渾雄，允爲詩家領袖。亟爲梓行，惜當日秦灰之莫救也。

附：鄧漢儀《寄贈李逸樓先生，時讀其四論兼選其詩》其二「壯心違運數，老眼判行藏」：二語不在老杜「文章憎命達」之下。其三「仙佛吾儕事，詩文異代心。百年須老筆，四論抵兼金。秘帳雖秦劫，新書未陸沉。茅齋頻把誦，落葉萬重陰」：讀此詩，覺大小招尚遜其真至。

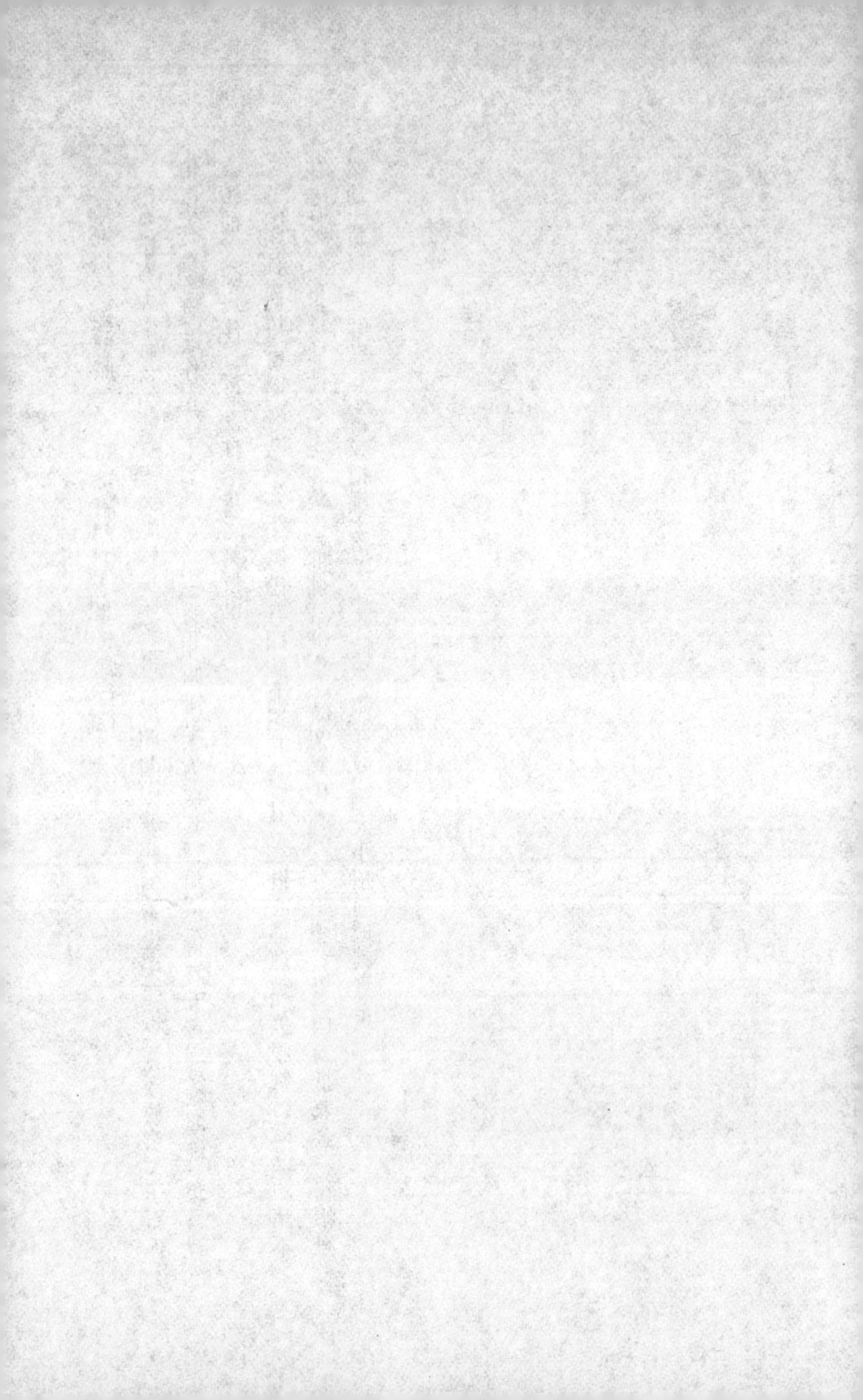

慎墨堂詩話卷三十六〔一〕

李澄中

渭清、雷田。山東諸城人。

《題吴遠度畫卷》「懸崖下注純是山，竹林窈窕村籬間。老樹枯根帶傾仄，龍鱗剥落蒼霞斑。嵐煙濃處亂愈整，墨痕將斷勢尤猛。浪拍空江若有聲，雲彌幽谷寒無影」：森奇惝怳，筆墨所至，疑有風雨。⊙與少陵題王宰、韋偃畫詩並傳。

《禱雨龍湫，因遍遊積霖谷》「積霖屯象谷，驚雹下龍宫。苔繡香巖碧，花連野殿紅」：雲旗天馬，輻輳筆端。⊙跨虹驅雹，鞭霆役風，有此神力。

孟亮揆

端士、繹來。江南長洲人。

《陪祀南郊恭紀二十韻》「琳宫通太乙，絳節拱蓬壺。肆類尊虞典，登封陋漢模。芳郊臨睥睨，

〔一〕此卷輯自《詩觀》三集卷九，原署「東吴鄧漢儀孝威評選／同學張　潮山來參閲」。

複道夾松梧」：莊重華鍊。「清蹕雲霄下，鸞輿日月扶」：排而氣自走。⊙典雅光麗，洵應制之宏篇。

彭孫適

駿孫，羨門。浙江海鹽人。

《省耕》「林花低鳳幰，堤柳繞霓旌」：聲色不凡。「草暖深藏雉，桑濃細囀鶯」：和柔中律。⊙羨門藻麗秀逸之才，玆爲應制，亦復雲霞珠玉，摇筆而生。能不以延清見許。

朱彝尊

錫鬯，竹垞。浙江嘉興人。

《于忠肅公祠》「萬騎失雷霆」：壯句。「嗣王仍曆數，高廟有神靈。既罷金繒款，無煩白馬刑。北轅旋翠輦，南内啓朱扃。命已甘刀鑊，功真溢鼎銘」：全以議行。⊙排比之中，能運事英朗，抒氣豪達，固爲傑出時輩。

《重經彭山》「垂楊不是傷心樹，那得長條更短條」：君固情種，乃作此語。

《明妃怨》「君王自信和親好，不見閼支入漢家」：未經説破。

曹貞吉

（再見）《朝天集》。

《過翬嶺》「新安山水窟，玆嶺當户繞。一綫通混芒，百折愈幽悄。人行雲氣中，路出群峰杪」：愈細愈顯，似柳州筆墨。⊙歷險探幽，指次皆實，非故爲奇詭之語以欺人。

《三溪》「兩峰倏然合，一水奔而赴。似髮通羊腸，此走金陵路」：作遊記妙手。

《大風過涿鹿》「此地舊霸國，軒轅古戰場」：勁筆。

《雨發富莊驛》「庭憂百川灌，牀疑一葦繫」：天荒地老之景。⊙「駕言出荒村，雨腳森垂地。漭漭溝澮盈，淰淰流沙細。依稀浯汶間，不覺鄉井異。衝泥走羊腸，咄咄風塵吏」：長途苦雨，寫得真樸，彌令旅情不歡。

《齊河道中望泰山積雪》「滉漾海水潮，縹緲峨嵋影。群帝翳白鳳，微茫露光景。霓旌曳流輝，素女明妝靚。蕩潏雲氣會，飂飇天風泠」：摹擬泰山積雪，光影團射，目不及瞬。⊙精警。

《長城舖》「在德不在險，持論寧非賢」：詩文貴有識，始不爲兔園册子所愚。

《望徂徠有懷石守道先生》「饑烏噤無聲，奈彼人國何」：最是。⊙所以東林諸公畢竟詆毁不得。

《鰲山》「岱雲西北來，龍氣森然涼。靈旗與風馬，陟降殊非常」：作意爲奇，有龍雷紛動之勢。

《郯城道中作》「此地困陽侯，驚濤捲茅屋。苔壁繡龍蛇，彷彿波痕蹴」：可見水患不祇維揚。「老稚繞我車，塵土堆面目。鶉衣不掩骭，鵠食那盈腹。晝則學寒號，夜或如鷺宿」：真是流民圖。「安得萬間廈，使汝歡顔足。安得紅朽倉，使汝元氣復。安得纏樹繒，使汝美衣服。安得金錯刀，使汝充筲籠。哀哉復哀哉，斯人信煢獨」：連聲歎息。⊙山左之民，豐年則粒米狼戾，凶歲則滿路流移。乙巳春雨暘偶愆，而鄒、滕境上，民之挈妻抱子者相繼矣。固須節儉，以爲長久之法。

《清流關懷古》「不見江頭片甲還，宫中猶唱念家山。花壓闌干春草碧，誰念沙場刀箭瘢」：與陳後主同一敗轍，言之可歎。然一片降旗出石頭，屢敗人意，是獨何耶？

《符離潰》「魏公主戰不主和，始終一節無偏頗。用兵非長古所忌，武侯猶乃煩譏訶。德遠未能了此事，東湖老子先機多」：瑕瑜不掩，數語爲魏公定案。⊙從來才與節不能兼，故赤膽忠肝可鑒天日，而以當軍國之際，鮮有不僨者。嗟乎！豈獨一張魏公乎？

《蒙山出雲歌》「萬山一氣無端倪，如馬如日不可知。絳衣掩映何葳蕤，化爲蒼狗空中馳。欲行不行司者誰，欲斷不斷微風吹」：空中描寫，何等靈奇。⊙寫得雲氣變幻離奇，不可方物，豈徒藻彩之紛綸。

《途次遇李華西有贈》「辛苦十年事，蓬蹤又見君」：說不盡。⊙兩君皆以中秘出爲郡丞，故叙述舊事不勝感歎。

《雨後行德水道中》「縱横皆積水，莫辨九河流」：高氣逼人。

《過疏太傅故里》「公等抽身好，先幾見獨微」：看二疏有身分。⊙前史曾言之。

《下相懷古》其一「草草鴻溝盟楚漢，匆匆戲下失韓彭。艱難亞父縱横策，辛苦勾吴子弟兵」；「不留神武鎮咸京」：重瞳失着儘多，此能寫盡。其二「救趙已收三豎子，入關新劫五諸侯。乘時江左英雄色，落日陰陵感慨秋」：羽自入關以後，着着都錯。即如亭長一議，未便或非，而腐儒必曰天定不可强爲，豈不可笑！

《口號》「笑余何事銜風去，豈少農書課子孫」：東坡每思閒坐莊門吃炒豆瓜子，即此意。

《彭城懷古》「何處春風燕子樓」：我輩繫情，偏在此等。

《趙北口三首》其二「鷗語蓮香路舊諳」：俊語。其三「分明記得經行處，鶯脰湖邊鴨嘴船」：三首俱翩翩有逸致。

《禹城道中和壁間韻二首》其一「駘蕩東風吹不歇，淡煙芳草入齊州」；其二「計程淮上逢寒食，跕跕風前墮紙鳶」：二首韻甚。

《途次口占》：先生七絶雋妙，真令摩詰、龍標閣筆。

曹申吉

澹餘，山東安丘人。《黔行》、《黔寄》二集。

《至江陵將捨陸登舟，用子瞻韻》「此都曾全盛，歌舞日相逐」：一番憑弔，動人感慨。「吾久倦緇塵，聊借帆一幅。欸乃傾耳聽，騷賦欹枕讀。静聞山兕叫，暮對峽猿哭」：騷賦雜操。⊙傷時憫遇，胸有無數鬱陶，借墨汁寫之。

《虎渡口阻風，用少陵韻》「西風噴響雪，如蹙萬仞石。維舠臨野岸，黿窟崩沙壁」：洶洶可畏。⊙筆甚剛猛，如虎豹搏人。

《渡江後得溯河南行，遂乘月夜發，用少陵韻》「卧聞櫓聲亂，疑落松梢雨。漸覺林杪白，殘月翳復吐」：夜舟真境，寫得靈動。⊙音節亦逼似少陵。

《舟中苦熱，用子瞻韻》「卧聞猛虎歎」：「歎」字奇。⊙「蓬窗分旭照，蘆荻光淩亂」：寫途次風土淩雜，筆筆勁悍。

《泊高口渡，用少陵韻》「茅屋夾青林，漠漠清陰寬。田婦弄小艇，一碧無波瀾」：寫景在澹蕩微茫間。

《過澧州四十里，江口阻風卻返澧州，用少陵五盤韻》「氣鼓洞庭浪，聲拔黿鼉居。勇進忽爾退，樊籠意不舒」：精力百倍，足以穿石。

《大龍驛雨中，用杜韻》「卧看北山雲，去作東畦雨」：幽艷。

《武陵雜詩，用何大復韻》其一「仰視飛鳥亂，冥冥白日黑」：異景。「愁聞盤瓠歌，窮適爽人國」：奇事。其二「牀下伏雞豚，門前畏虎羆」：奇哉蠻俗！⊙蠻荒兵後，光景爾爾。

《早發桃源過白馬渡，抵桃川途中作，用少陵韻》「豁然昏霧開，始辨諸峰立」：快極。「當年漁父棹，重來空歎悒。事遠碑記荒，篠密狖鼠集」：又找出桃源一段，筆端娓娓不絶。⊙層層描寫，盡劖刻疏剔之妙。

《辰州官署，用少陵韻》「官舍疑空山，隔岸見飛閣。群峰亂起伏，一水噴回薄」：突起，有空中之勢。⊙刻畫巉巖。

《立秋日遊華嚴洞，用少陵韻》「兹邦歷喪亂，流血日夜赤。迄今深草畔，疑埋舊鋒鏑。奥區悲獨存，終古蒼煙積」：説到喪亂時事，言之危悚。⊙藉山水發出奇情，直與昌黎争勝。

《飛雲巖》「絶嶂垂碧乳，嵌空開翠牖」：奇麗。「舊題苔蘚積，拂拭勞襟袖。剷削真宰泣，掉頭疑不受。安得鬼斧利，一爲洗瘢垢。面目還厥初，山靈笑相就」：題志之陋，真爲可恨。⊙「豁然耳目開，復此親奇觀。片雲忽飛來，荒服鍾殊秀。割據天一隅，回環元氣厚。奧府難輕探，巨石當關守。稍折見古柏，依稀秦漢舊。颼飀西風至，濤響驚泉溜。瀑布散層巔，倏聞秋雨驟」：險奥蒼鬱，不可名狀。

《馬鞍山歌》「欲墜不墜争分毫」：真。「上摩青冥拔地起，颯然風雨生松梢。回視辰龍失雄據，倒影遥射沅江濤」：寫得蒼茫幻異。⊙「昨過辰龍稱險絶，峭石千尋蒼如鐵。雲際突然開鳥徑，斧鑿疑隨仙掌裂」：風雨雷電，隨其筆端，令人一讀一驚叱。

《乘月發山塘驛，道中微雨，即事感懷》「南山月在北山雨，連峰忽界陰晴半」：寫出奇幻。「前騎遥遥後者續，谷迴徑轉還相見。隔林人語互響答，杳緲乍疑猿狖唤」：逼真行路光景。「我怪妻孥色沮喪，臨鏡指我鬢鬚變」：老杜神境。⊙子厚柳、永間諸記，搜剔靈異，不遺餘力。竊謂《黔行》諸詩可與相敵。

《過辰龍關》「鬼劈千年石，虹飛萬仞泉」：英鋭。

《沅州雜詩，用少陵韻》其一「蠻瘴高難雨，溪流曲易風」：蒼辣。其二「苗馴千帳暖，江繞萬山斜」：體健而節高。

《石橋驛道中作》「定有猿聲千嶂合，愁聞鳥道百蠻開」：筆有開闔。⊙「漢江渡後無平壤，歷歷山川入險來」：詩情淒惋，卻不傷氣。

《舟發荆州寄懷家兄，用少陵韻》其一「春明上巳繫離憂」、「相見他時各白頭」：於思兄後只寫異鄉之景，而情在其中。其二「高堂制淚殷勤別，報汝臨風兩不禁」：苦淚在結句。

《楚南》「日暮雞豚歸竈下，雨餘蛙黽上牀頭」：固是異俗。⊙風土之惡，寫來咄咄逼人。

《沅陵和武曾韻》「沅江陋入盤瓠俗，黔道難於上峽船」：典秀。

《早發平溪衛》「人來遠洞疑山犺，客過荒村叱竹雞」：好形容。⊙「瘴癘乍侵青草濕，烽煙直上白雲齊。哀蛩萬里聲仍舊，一路迎秋故故啼」：寫早發，妙貼蠻方情事。

《入黔界有述》「夢來蝴蝶影，瘴過鷓鴣斑」：設色甚麗。⊙精力陡舉，藻艷奪目。

《賦得隨風直到夜郎西》「蠻分九姓窮千洞，地過三苗憶五溪。飛瀑每驚緣虎穴，高峰誰鑿入雲梯」：核實。⊙七言排體，最難此節節華鍊。

《白水》「輸他漁父舟，流入楚江去」：趣而遠。

《辰溪》其一：紀其風土。

《途中遇入京使，口占一絶》「行人今過虎牙關」：以不盡爲妙。

◎以上黔行詩共選三十首。

《陰雨浹旬，用高達夫韻四首》其一「桂葉不復彫，扶疏間冬青」：是蠻中景物。其四「鹿寒平野外，牛歸遠山下」：筆力矯甚。◎四詩青蒼老鬱。

《署有三孔雀，入臘苦寒，日逐雞群，食宿與共，直賦其事，非有託也》「朝雜群鳥鳴，暮望空塒歸。寧自甘儔侶，誰復辨高卑」：寫孔雀，可痛可憐。⊙筆筆入古。

《郊南偶興》「遥峰走魑魅，蠢兹類蜉蝣。烽火雜軍書，冀爲蒼生謀」：時物之殊，苗蠻之警，寫得警切動人。

《二月一日作，用白香山韻兼傚其體》「作書報朝貴，不堪今有七」：老筆。⊙清老無敵，竊恐香山翁無此手筆。

《同諸公觀聖泉》「日夜一以周，百盈還百竭」：奇事實詮。⊙「兹泉倘位置，伯仲堪肩列」：似子美《太平寺泉眼》詩。

《春盡贈李武曾》「豈復戀苕華，感此日月馳。素心濬以約，遇物寧推移」：知其寄託不與俗同。⊙「抗手招禽尚，永結山中期」：蒼堅秀上，全體建安。

《閱子瞻集有初秋寄子由詩，因用其韻寄上家兄》「微風吹一雁，遠自沅江去。清曉過盧溝，猶識别離處」：遠甚。⊙「明年兄四十，彌覺高堂老。負郭可躬耕，爲農苦不早。因風報諸兒，頭角幾時成。佇聽秋林下，中宵咿喔聲」：衷情繾綣，音節亦似眉山。

《和柳子厚感遇韻》「白日偶回照，浮雲易成陰。攘攘遊冶兒，挾彈輕黄金。逡巡避之遠，危巢難復尋」：感概深渾。⊙全學陳思王。

《七月二日暑甚，偶讀蘇子瞻詩，爲中郎友夏選本，輒題長歌於後》「屢謫偏宜留嶺嶠，一生不得歸巴蜀。岐亭文酒易慨慷，彭城風雨關心曲。命中磨蝎誰使然，詩案黨碑人僕僕」：數語括盡坡公一生。⊙作長篇純以大力舉之，有鯤鵬攪海之勢。

《大理石屏歌》「群峰明滅秋陰生」：好題識。「我生不幸閱衰盛，此屏零落同轉萍。有眼不復見奇跡，夢中突兀傳其形」：又是一感。「晚雲一抹天如墨，就中風雨疑砰訇」：又一題品。「南中萬事俱蕭索，小物何當關重輕。榮悴幾年看轉轂，傷此茫茫今古情」：是作歌本旨。⊙「自經劫火多棄擲，銅駞寶玉埋棘荆。宣王石鼓俄成臼，朱門廢苑空秋螢。健兒藉背苦寒硬，百錢曾見來雙屏。偶逢舊識三太息，摩挲苔蘚還精英」：爲一石屏，寫出黄屋朱門一段感慨。此歌始爲可傳。

《雨雪即日，用韓退之山石韻》「千峰萬峰紛在眼，三旬五旬時掩扉。欲斷不斷角聲咽，石門煙霧遥霏霏」：樸直蒼硬，全得少陵深處。⊙筆力排宕頓挫，殊自傲岸。絶不知有用韻之苦。

《微雪，用蘇子瞻聚星堂雪詩韻》「夜來飛霰響窗葉，把燭行看一寸雪。映户攤書不忍眠，清光凌亂爐煙絶」：光景寫得寂然，筆力亦傲。⊙「老樹無聲鈴閣静，寂寂臨池研如鐵」：從雪中真實受用，方能作此。

《秋日雜詩，用何大復韻》其一「旌旗寒舊壘，鼓角咽荒城」：高響入雲。其二「門向空山掩，蒼然夕照中」：矯甚。⊙一氣跌宕。其三「又見如鉤月，新懸銅鼓前」：深老。⊙遒壯。其四「亂巖聞虎踞，野戍喜雞鳴」：四首蒼健，足敵信陽。

《夕岫》「苗穴晴疑雨，山田玀代耕」：寫蠻俗如見。

《貴陽雜詩》其三「嶺嶠誰開鑿，珠崖合棄捐」：語有深見。⊙蒼厚更雄整，似子美夔、閬諸作。

《九日東山登高》其一「筇杖勇堪憑」：句勁。其二「樹繞雲根出，人穿石竇通」：鍊。◎二詩神骨健聳。

《董默庵編修自滇還朝，賦詩爲別》其二「蠶叢銜雪候，鳥道採風車」：新情溢發。⊙天末遇故人，染翰淋漓，固爾秀發。

《壬子元日》「荒榭樹經前代古，殊方人比去年閒」：氣力深厚，律中所少。

《四月行盡，陰寒逼人，曉起戲成一首》「節逼黄梅初作瘴，山鄰紫猓乍銷兵」：黔中風物，足備一則，而詩亦温秀。

《用鄉中法釀酒初熟小飲即事》「蛩聲暗入三秋健，釀法遥傳萬里來」：純是少陵。⊙題佳，詩更佳。非中丞韻人，那得有此。

《閏秋夢中爲紀行詩，醒時因足成之》「層層漁火依瓜步，歷歷風帆下建康」：二語秀潤。⊙風姿直是六代。

《歲暮，用李空同韻》其二「銅環賓布市紛紛，賽社居然爆竹聞」：蒼蔚。其三「古箐雲深山鬼笑，荒城月黑蜀鵑啼」：何等錘鍊。◎三首老筆深情，秀思麗采，無所不備。

《見市上鸚鵡》「苗語自然難得似，舌卷且莫向人開」：詼諧自妙。

《寒柳》「曾在永豐坊裏見，憑誰深護日南邊」：遷客不堪讀此。

《二月十三日雪中作》「櫻桃開遍冪輕綃，寒影還疑蛺粉飄。北客莫驚南雪少，紛紛猶得過花朝」：嫣然有致。

●張山來曰：「詞賦之盛，首推西清，而山左尤擅。其最如田公綸霞、顏公修來、謝公方山，皆矯然獨出者。而實庵曹公則深沉博麗，衆美悉兼，近復剷華，全以識勝。《朝天》諸作，得之車塵馬足間，而精詣如許，真不可及。至中丞公，宿爲詞場領袖，《黔行》、《黔寄》二集久埋塵土，今一出而光彩射人。王西樵先生評云：『深思老筆，揉以清蒼。』嗚呼，其盡之矣！」

●吳劍宜曰：「昔人云，青山綠水中作二千石是第一快事。新安山水佳勝，而近得中翰曹公來治吾郡，詩才文筆，照耀巖巒，固爲人地兩絶。而甫莅漸江，旋承輯端。往來燕齊道上，著《朝天集》，河聲岱色，盡貯奚囊。他時搜勝天都，發爲詩歌，靈奥當復奚似。及讀中丞公《黔行》、《黔寄》二種，抉怪武溪，闡奇貴竹，直與康樂、柳州同垂不朽，宜孝威、山來之亟爲欣賞也。」

●實庵曹公到任四十日，既代覲北上。維時冰雪載塗，車煩馬殆，公則據軾朗吟。所過名城大都、荒墟古寨、窮簷廢井，一一譜之於詩。比至邗，出詩見示，余爲三歎，復爲點次授梓。因問君家開府詩，公爲揮涕曰：「吾弟《黔行》、《黔寄》二詩久苦散失。」余曰：「昔壬子歲，江孝廉闓在貴陽上謁開府，開府曾以二稿手授江君轉寄，今尚在篋衍中。」公喜甚，曰：「能爲表章，則亡弟感深泉壤。」因爲附刻《朝天集》之後。

魏善長

與同、念廬，江南繁昌人。《浮樵近草》。

《候梅》其一「花遲一月後，人瘁百憂中」：清辣。其二「雪深懷獨往，雲冷夢相期」：是候梅性情。其三「日蒸雲氣活，凍破雪痕鮮」：奇闢。◎但作梅詩，愈寫愈俗。此從「候」字上傳神繪影，獨見老瘦，固爲出塵。

《寄酬冒辟疆徵君》「泉石漣漪通徑曲，林巒蒼翠與雲齊」：水繪荒頽已極，惟水石依然。余嘗託寓其中，著有詩八首。與同此作竟如已歷，正堪移贈主人。

《候梅詩後詠》其一「幾次黄昏天欲皎，一番清夜月微醒」：摹擬俱在空際。其二「每逢細雨看難定，但向微嵐思倍增」：縹緲難言。其三「躊躇只自惜風流，大壑煙霜爲汝留。繞屋花魂虚窈窕，孤山鶴夢尚沉浮」：高超秀上，筆有仙霞。其四「將開不事金樽約，未放先愁玉笛音」：神理全别。◎花之元氣風神，全於未開時領取，爛熳之後便索然無味。然非有仙姿逸韻，涉筆最難通靈。此詩四章，則字字淵妙。

《奉别沈天士和韻》「燭窗夜話驚新夢，屈指甘陵二十春」：撫事傷懷，總如春夢，發爲歌詠，何殊向笛雍琴？正不宜草草讀過結語。

《臨城寧山同冒雪見訪，依韻却答》「乘興恰投風雪夜，論心珍重歲寒時」：風情四映。⊙分明不平之感，卻風神藴藉，不露激張，固屬韻人，無事唾壺口缺。

《寄繆念齋太史》「葡萄酒熟誰同醉，鸜鵒篇成客盡知」：穠麗之詩，固多清逸。●與同孝思敦切，四方名流歌詠之，有《念廬集》。而丁蘭皋廣文樂道其鄉之風雅，手授與同近詩。余覽之嘉歎，真如姑射仙姿，迥立塵表，固爲一快。

鄭　昂

若千、湘漁，江南歙縣人。《山水閒詩草》。

《夜發江上》「風驚臨岸犬，潮咽前灘石」：逼真夜景。⊙「更起推篷窗，一天江水白」：空遠微澹，而尤妙於真。

《焦山雙峰閣贈量周上人》「風浪不時生，中流自高枕」：寫得静定。⊙「所交半名宿，相過即烹茗」：此道人真十分受用，王西樵曾極推之。

《豫章喜晤汪秋浦》「城荒緣亂後，人説甲寅年」：樸老。⊙用筆高人一層。

《過小孤山》「忽怪江聲急，中流擁一峰」：突然而起，何其峭甚。⊙詩意沉雄。

《同徐松之先生遊五州山》「路入松陰纔見寺，天低山影半含波」：蒼鍊。⊙去其膚淺，而仍無刻畫之跡，惟覺清蒼勝人。

《同友人遊鶴林寺，歸飲竹園》「寺門空憶十三松」：老。⊙幽倩有致。

《秋霽同羅魯峰、西叔兩先生登銀山，晚酌潮音洞》「山氣漸寒林葉落，江光不定夕陽明」：光景可念。⊙清潤漣漪，着紙欲濕。

《秋日同李書城、羅西叔、魯峰、程千一諸先生集清音閣》「幾盤石磴臨江出，一抹秋雲傍閣垂」，「林葉漸疏漁艇見，風濤不斷寺鐘遲」：江風山月，毫端如見。

《立春日同殷瑶簡、吴叔子、宗子發、殷彦來、家明永，集閔賓連先生南郭草堂》「樽前白髮多遺老，門外東風入舊溪」：自然清老。⊙楚楚有致，是劉文房一派。

《壽丘旅舍訪徐松之先生不值》「也知客裏無他事，不是尋花即看山」：寫出高興，惟松之不愧此語。

《晚步丁卯橋》：風流如在，令我神往。

●若千曾浮家京口，攬江山之勝，故其詩清婉秀拔，螺光練影，掩映行間。徐松之、閔賓連屢稱詡不置。

吴從殷

尚木，江南歙縣人。《閩遊》、《松鱗》二集。

《靈隱寺》「僧家偏好事，臺閣礙雲煙」：用意好。

《雲棲》「西湖春色滿，偏不到招提」：如此起法高絶。⊙刻意不欲猶人，卻風調自愜。

《虎跑泉》「寺遠苔陰滑，潭靈水氣仙」：筆有仙氣。

《桐江舟次》「不及謁桐君」：老。⊙「夾岸花皆合，遥山樹不分」：舟行望山，寫景最合。

《江山道中》「鳥急愁春盡，花濃趁日微」：不雕刻而自妙。

《仙霞嶺》「千山夾路高」：真。「金湯恃巖谷，甃石虎臣勞」：從來如此。⊙寫盡荒險。

《黯淡灘》「子規啼木末，細雨灑船頭」：合説。妙，妙！

《片雲庵》「鎮日無人到，爐煙繞屋深」：真清淨道場。

《烏龍江》「蛟龍風正闊，虎豹石爭懸」：雄風歷落。⊙不鑿險入幽，不是閩中詩。此作正喜其獨造處。

《楓亭驛》「晚店驚宵犬，前村伏海鷗」：此句異。

《洛陽橋》「日影侵衣碧，雲光罩水黄。旌旗飄岸渚，行色半蒼茫」：四語覺江聲風色動人。

《龍江是日江東橋大戰》「村酒聊謀醉，軍城盡怯眠。主人情意好，遠送更惓惓」：金鼓場中作如此好詩，吾壯其氣。

《江東橋》「煙火風雲暗，旌旗晝夜狂」：盛唐氣色。

《題李秉馨石竹園》「草色助雲深」：好。⊙詩有幽蒼之色。

《次韻送别潘秉維》「欣然君就道，惟我尚淹留」；「暫别還相聚，三山烏石頭」：穩當老確，又是集中一種。

《秋興二首》其一「雙眉照古人」：卓犖。其二「天地老孤肩」：句奇。⊙能爲巉削語。

《旅舍除夜》「忽然年又盡，幾度對椒盤。故國梅花發，他鄉酒興寬」：疏秀。

《丹霞秋日送張若千歸都門》「黯淡荒城思不盡，蒹葭紅葉滿溪頭」：風韻無窮。

《九日遊萬善庵，同張木上、奚訥如、潘秉維、王菁公、吕渭齋、王吉士諸子》「但聽九日心先醉，未上霞山帽已偏」：筆力蒼折。

《秋日感遇》其一「几上有書堪識字，匣中看劍且盈杯」：壯心勃發。其二「撩亂鬢眉宵夢短，淹留天地酒杯寬」：慷慨悲歌。其三「夢裏詼諧應有意，眼前消遣獨何由」：問得好。⊙有擊碎唾壺之概，而風旨隱約，引人遥思。

《邗溝春遊，和李千六原韻》其一「簫鼓遠來應有曲，鞦韆人在小橋西」：縹緲不盡。其二「廢興何限此妝樓」：含蓄得妙。

《過長城姜女廟》「路上人傳姜女事，松風猶覺淚聲聲」：弔姜女自在言外。

《偶題三美人畫》「徘徊豈怕蒼苔滑，無限深情繫柳絲」：妙。⊙風情綣約。

●嚴滄浪云：「征戍行旅，唐人多好詩。」觀吴子身歷戰地，吟嘯之聲與金鼓相答，宜其盛矣。《松鱗堂詩》亦自崎嶔歷落。

陳烶章

觀齋，福建晉江人。《北行草》。

《趵突泉》「泰山迤行西北顧，勢若龍飛與鳳舞」：一路叙次明晰，何減道元《水經》。「方池趵出三突泉，千秋萬古不記年。寰宇名泉七十二，獨此推爲第一先。三泉位置分仲伯，少者居後長者前」：入筆高。「白玉峰頭飄玉屑，珍珠樹上撒珠圓。乍疑滄海鼓濤浪，翻爲積雪落地濺」：形容盡致，珠璣錯落。「總緣蘊鬱洩不平」：説出至理。⊙叙述、摹擬、收拾，是以古文紀序手爲詩者。才大法高，具見崖略。

《解衣篇，贈家總戎偉臣大侄》「鮑管分金無足數，解衣偏贈白頭翁」：入手老。「黑貂繡綵映紅日，衣被微臣身更安」：歸到朝謁，始有原委。⊙不獨感念綈袍，而躬逢盛世，千載一時，讀之令人神動。

《甲子夏進京寓三衢清湖，登心航山作》「滿壑松音驚細雨，一池蛙鼓聚輕雷」：筆姿流於紙中。⊙燕地軟塵十丈，乃有此清淨道場。此詩所由迥别。

《客燕和完公秋梵》其一「黄金改館招賢地，憑弔昭王蔓草中」：含藴。其二「貝葉葩詩同梵鼓，宰官衲子任虚舟」：二詩思力沉厚，卻和適有餘。

《賦得滿城風雨近重陽》其一「殘楊古岸飄摇盡，瘦菊東籬次第黄」：形容風雨飄蕭之甚。其二「聊將一掬鄉關淚，散入三秋騷賦場」：筆力蒼硬。⊙當龍山盛會之時，爲藍田感興之作，一曲騷涼，簫笳輟響。

●觀齋先生讀書抱經世之略，而撰著直逼史遷。區區檄書箋記之長，非其所擬；詩亦英毅而蕭騷，獨見崖略。

林世俊

唐侯，福建莆田人。

《九日和前題》「渴嫌畢卓千杯少，潛把醇醪倚甕嘗」：好興。⊙寫景蒼涼，一結饒有興味。

陳秉樞

叔霞，福建莆田人。《篋中剩草》。

《戊午仲春重過月峰寺訪僧聞復》「草昧真鑾觸，殺傷徒可憐」：人不肯説。「復公揮麈説，劫數已在先。吾生大感悟，萬事付蒼天」：此善知識，卓有明見。⊙自序真切，其了悟處已證無上菩提。

《歲暮入穀城訪余全人、及人看殘梅》「十里香仍在，千山雪未銷。更憐明月下，疏影亂溪橋」：神趣融洽。

《喜晴懷余及人》「白水添新漲，青山見故人」：對得變。⊙字字是喜晴。

《暮春寄林白也》「憶汝讀書處，雙溪竹屋中」：二句領起。

《龜山寺》「夜雨抽茶葉，春泉長藥苗」：清潤。

《人日有懷》「他鄉逢七日，故國別三年。南郭春光寂，西江烽火連」：樸直高老。

《和蘇燮功同月川上人遊石室巖韻》「聞君逸興動，每到白雲間。結伴探幽徑，尋僧訪故山。戰場餘感慨，勝跡任躋攀。欲覓留題處，苔花篆石斑」：妙於一氣。

《過洛陽橋》「七十二門下，寒潮日夕奔。人功愁海若，鬼斧鑿山根。石壘蠣蛎屋，沙翻郭索墩」：卓犖詭異。⊙奇古。

《中秋寓榕城衙遠樓對月》「詩酒交情厚，主賓相對閒」：難得。「中天叫白鵰」：結亦不弱。

《秋泊仙溪》「寒雨過孤城」：老句。⊙「淒涼今夜夢，蘆荻亂風聲」：疏老，復娟媚。

《秋晚同余及人泛木蘭》「千年一水分南北，落日停舟倍黯然」：空澹有味。⊙幽冷青蒼，如白眉老僧趺坐冰雪。

《仲春過雪巖訪月川上人》「百歲高僧雪後吟」：妙。⊙其不經意處，彌覺蒼遠。

《病寓樵川，同林湛舟登壽山寺訪蘆雪上人》「雙泉已度琴聲響，一徑漸聞花氣香」：悠然如坐白雲。「握手山門悵夕陽」：無盡。

《登高》「第宅傷心無隙地，旌旗望眼尚連天」：渾成高老，是得力於杜家。

《九日同友西巖晚眺，訪石竺和尚》「新城粉堞怨斜陽」：「怨」字好。「別況多年期共訴，不堪今日轉淒涼」：語淡旨深。⊙九日詩須帶悲涼感觸意爲佳。此詩清辣，乃更騷屑。

《遊麥斜巖，和行濤上人》「鼓鐘静處尋僧少，樓閣空中見佛尊」：超拔。⊙嶙嶙見骨。

《西巖懷舊》「亂離兵燹一丘微」；「莫歎當年秦炬惡，滄桑近事亦依稀」：闔地蹂躪不堪，此借園林發慨，字字令人酸鼻。

《登九座塔》「山深樹落猿猴果，刹古碑留篆籀文」：風煙杳異。

《遊南山月峰》「回首峰頭初月上，鐘聲閒送晚歸人」：夷猶自在，卻深義獨參。

《喝水巖》「定中一喝源流返，天外千尋石勢顛」：筆力硬傲。

《達摩洞》「懸蘿月上推窗接，峭嶂雲歸隔竹看」：琢異。⊙森然者其骨，黝然者其光。

《遊五臺大乘寺懷石竺和尚》「當年惠遠栽蓮地，猶剩鐘聲出草萊」：一結有遠神。⊙摭奇領異，運筆天然。

《仙霞關》「一夫漫説當關守，萬馬纔聞近日過」：從來險不可恃。⊙衹形容風景，無大關係。叔霞從古今戰守着想，故能警動。

《建溪舟吟》其一「舟子行藏倚竹竿」：妙。⊙似《竹枝》。其二「峰巒可惜當前過，正欲題詩又上灘」：是爾時情事，寫來最快。

●叔霞先生時而論兵，時而學佛，時而酒社詩壇，蓋異人也。年已遲暮，事業無成，類避地之田疇，託登樓之王粲。相逢江上，感慨爲多，出其吟篇，光焰奪目。昌黎所云「詩窮後工」，殆君之謂耶？余兀坐董樓，蕭然絶爨，把君詩似飽閩地之海錯山珍，能無欣快累日？

尤珍

慧珠、謹庸，江南長洲人。《京邸偶吟》。

《彭訪濂寓齋小集》「惆悵暮歸來，人散寒煙暝」：蕭然數筆，閒靚有餘。

《送吴琇弁南還》「惜別尋常事，客中更尠歡」：風味絶佳。⊙恬雅。

《家大人將歸敬呈》「遊子尚憐歸夢杳，達人早覺宦情微」：深情依戀，發爲文詞，自爾愷切。

許維楩

松年、點山，江南武進人。

《安定書院》「當其鼎盛時，遊歌欣有託」：寫衰頽景色，令人嗟歎。⊙「一望茂草蕪，所在紛燕雀。廊廡僅殘垣，廟貌俱剥落。願告有心人，同力爲推廓」：修安定祠是儒官要務。詩特古雅而哀涼。

《曹克生間道歸自粤西，將赴闕補銓，歌以送别》「此日孤臣泣血殷」：此下叙次極老。「南瞻嶺嶠箭滿眼，東向三方長戟守。無且倉猝藥囊提，杜陵辛苦麻鞋走。崎嶇羊角渡湖南，間關鳥道來江右。那須剪紙招驚魂，且將秉燭看顏瘦」：運事出以險麗，光焰動人。⊙寫間道從王之景，紛揚雜遝，覺有烽色照人。此種筆情，最爲英矯。

《題紫陽勝境，和薩天錫石刻韻》「蕭森猶映瑯玕竹」：妙。⊙數語森峭。

《送家南交北上》：氣格極老。

《遊西施山》「墻圍花塢周遭密，宛見層城繞畫樓」：花團錦簇。⊙「雲疑冉冉髻徭近，風作珊珊環珮悠」：風華艷冶，令人心醉。

《登卧龍山》「白馬烏臺失故山，峨嵋片石掩禪關。卧龍雲窟形猶勝，飛翼天門跡未删」：矯然獨上。⊙足補遺事，而筆亦高峭。

《送春》「蕭騷風雨江城暮，潦倒樽罍水驛中」：風格大雅，不屑時人粉黛。

《卧龍山館曉聽鷓鴣》「正是欲歸猶未得，非關風雨故留行」：從「行不得哥哥」翻出。

《楊柳風上平山堂作》「平山不異忘憂館，博得枚生賦柳絲」：風韻如張思曼。

《賦得二十四橋明月夜》「只今明月還如舊，卻憶當年歌舞人」：平平寫去，自覺撩人。

●昔與侍御許青嶼先生，飲梁溪令吴留村署齋，又同集雉臯冒巢民邸次，作海陵大會，詩心禪味，種種宜人。江都廣文許默山，則其令嗣也，道情沖穆而風度凝和，對之移日不能去。以近詩示余，典雅流麗，入之《丁卯集》中，幾不可復辨，固家學淵源，亦資學並茂。力爲騷壇鼓吹，以訓邗士，宜其勃然興起也。

錢　鍈

鍊百，江南吴縣人。

《贈采香林白公次韻》「爲問梧宫愁絶處，與君指點起松風」：從靈巖着想，妙，妙！⊙句句貼切禪悦，末更有遠情。

笪重光

在辛、江上，江南句容人。

《飲張湘曉鶴林别業》「欲尋老衲精藍改，話到青山白髮羞」：别調深心。⊙「讀書曾愛杜鵑樓，霜葉紅時坐未休。别後煙霞長入夢，重來松菊正逢秋」：是泉石間風味，而筆更飄逸。

《春日山中遣懷》「錦繡風光慳熱客，窮愁歲月賜閒身」：固有高致。⊙先生侃侃風節，獨立不移。解組歸來，入山學道，陶弘景未之過也。此詩蕭然物外，吾欽其品。

黄生

黄生，黄白山樵，江南歙縣人。《一木堂詩稿》。

《登山至文殊院》「徑盤蛇蜿蜒，松卧龍夭矯。側身入石罅，舉首見天小」：狀其奇矯，筆有虬龍。⊙「及兹見鋪海，雲日弄晴皎。一望兜羅綿，大地光皛皛」：森然古鬱。

《閱黄山新志，因成長歌》「鍊丹臺上朝軒帝，陛下至今幾萬歲。再拜跪求不死方，小臣欲度人間世」：筆力縱放處，極似李太白。⊙「神爲輪兮尻爲馬，回頭倏忽還鄉社。卻似遊仙枕上回，此身元在山窗下」：才思如雲，不可羈制。

《賦得竹西路》「戰場閒十載，士女又風流」：無限傷感。⊙純是初唐格調。

《送人遊匡廬》「古雪千年瀑，寒濤萬壑松」：鍊。⊙純以氣舉，色調復爾高華。

《狎浪閣》「晴雷轟石底，飛雨挂簷頭」：極力摹寫。⊙字字飛動。

《送朱古愚下漸江》「送爾嚴灘棹，因風寄一哀」：結得緊峭。⊙氣雄識高，置身千仞。

《贈故將軍》「當年苦戰黄沙漠，今日傷心銅柱標。手注陰符空在篋，可憐功業髮蕭蕭」：指顧色動。⊙從盛唐脱化而出，非錢、劉可及。

《清明有感》「故鄉墳墓亞夫營」：可傷在此。

《采石磯謁太白祠》「山川竟落詞人手，詩酒能留後世名」：爲青蓮生色。祠⊙風清月白，詩心正遠。

《途中口占》「處處深紅暎淺紅，驛傍烏桕嶺頭楓。秋山行旅真堪畫，人在陵陽古道中」：和柔，可譜弦索。

● 一木老人負介性，曾勸蔣太史虎臣掛冠歸山，而朱子古愚則其忘年之友。詩皆落落遠俗而風格自尊，余爲特賞。

吴鏘

聞瑋、玉川，江南吴江人。

《金沙于瀛長使君病目八年復明，頃承枉訪，偶談先工部同官舊事，愴然有作》「先皇全盛時」：老筆。⊙情事寫盡，固爲可念。

《慈雲嶺永壽寺》「低徊何限意」：此意較深。⊙風旨藴蓄，出以莊嚴。

《立夏日湖樓偶成》「暮靄笙歌沉夜月，曉寒煙雨尚樓臺」：風光妙麗。

《七夕立秋西湖舟集寄内小畹》「神仙亦有經年别，好向天邊問女牛」：極慰藉。⊙「閒來把酒浮青雀，卻憶穿針上畫樓。玉宇空瞻河漢影，金風遥送藁砧愁」：清思如雪。

《紫藤花下招諸同人張燈伎集》「香深小院東風夜，翠挹朱欄細雨絲」：漪漪可憐。⊙香艷，不減温、李。

《雨中渡江》「隔浦難明瓜鎮樹，近城纔辨蒜山雲」：秀細如髮。⊙晴川芳草，同此森蔚。

《立夏前一日淑慎堂觀女劇》其一：固是賞心樂事。其二「見慣風流也斷腸」：是情語。⊙愛其筆墨之瀟灑。

《偶寄》其一「輕紈畫箑叢蘭小，遮遍春風武定橋」：如此何云寂寥。其二「當年花月大功坊」：往來那能記憶。◎四截句想見名士風流。

◎聞瑋才調擅乎松陵，倡和兼之伉儷，固騷壇之老宿，洵藝苑之干城。三十年前曾訪余於虎丘，論詩千人石畔。今再遇於維揚，以近作示余。愛其風麗，亟爲登梓。

任紹爌

仲暄，山西河津人。

《夏日溪園讌集》「雨歇林香潤，風輕花氣微」：鮑、謝俊語。

《送別》「總使關河隔，莫教魚雁稀」：手腕極健。

◎二首清思雅韻，亹亹逼人。河朔間風調，竟如吴會。

程先澤

予乘，江南歙縣人。

《送吴鼎若、雲逸之廣陵》「羨爾在輕舟，良友依然得。念我滯家園，翻類羈旅客」：是我輩意中語。⊙多是本色語。

《響山潭》「奔流急夜雨，衆響出寒山」：森動。⊙發端佳，下便一筆掃去。

《夜渡嚴州》「似聞村落裏，夜半有人行」：夜景有之。⊙句句是夜渡。

《三折江》「虎啼添客恨，猿嘯損征顔」：涼涼可畏。

《舟宿錢塘值雨》「片帆收不夜，春水正浮天」：好景。⊙詩與地稱，吞吐皆有煙雲。

《望金山懷蔣前民先生》「片石峙中流，驚濤萬古愁」：寫出金山。⊙「南徐頻悵望，北固且淹留。擊楫人空老，聞雞志未休」：情景次第寫出。

《寄題箬嶺亭子》「聞多猛虎疏人跡，見説啼猿動客愁」：蕭摵動人。⊙興味正自迥别。

吴　寅

秩三，江南歙縣人。

《送吴雲逸歸里省覲》「蕩子豈不返，囊乏青銅錢」：真話。

《同汪梅坡太史夜泊秦潼待酒不至》：「黄葉紛紛下，船頭月照微。村醪何處覓，田雀正初肥。水闊漁燈亂，天空牧笛稀。一聲何處雁，故故傍人飛」：寫野泊，光景如畫。

《哭吴野人先生》「月冷舊溪橋」：俊。⊙野人交遊盡是新安，故其舊友多哭之慟。

《真州宿高氏江上草亭》「山色過征航」：好。⊙「不嫌高枕卧，龍氣任蒼茫」：殊覺風濤滿耳。

《秋江夜月》「鱸魚漫説秋天好，楓樹如聞夜雨殘」：清音如鶴。⊙詩如澄潭皎月。

吴啓鵬

雲逸，江南歙縣人。

《送程予乘歸里》「景光匇易徂，骨肉當聚首」：新安習於長遊，此勉以還鄉，風旨温厚。

《贈蕭靈曦城隅新居》「喧闐車馬地，未可説重綸。只此城頭月，時窺林裏人」：是説城隅。⊙飄飄有逸韻，似靈曦之爲人。

《自里中來邗，余青巖招飲深柳堂》「漁笛吹殘照」：此句俊甚。⊙情真而體潔。

《登玉山》「暫倚竹邊樓」：京口爲屯戍之地，故遊山者每多興盡，此詩不嫌寫出。

《真州別扶蒼》「爾我不得意，空然去故山。如何幾載別，依舊兩人閒」：清而有味。⊙入之鍾竟陵集中，不可復辨。吴野人當年亦從此入手。

《歸澂溪》「數載勞行役，深慚此釣磯」：結得厚。⊙喜色浮於毫楮。

《贈李壺庵先生》「詩篇推正始，知己莫愁稀」：以壺庵詩爲正始，固是知己。

●蔣子前民攜三君詩至，余讀之清而健、細而圓，絶去塵氛，獨存澹致，其倣法陋軒之高調者耶？炎暑蒸人，襏襫罕過。把此一卷，如坐短壑青松中，鬚眉盡冷。

沈　白

賁園，江南華亭人。

《端居》：類有道者之言。

《集吴香來齋，即席分韻》「英雄老去應無用，只合逃名入醉鄉」：詩氣蒼老，結處感慨特深。

楊嗣漢

部山，江西安福人。

《張南村先生自天津解纜南歸，行之前一夕燈下同賦，時余亦有都門之行》「還聚津門一夜秋，翻忘執手送君遊。酒杯不異青山路，詩卷欣存北海樓」：起手超逸。⊙婉轉悠揚，清思如鶴。此竹庵先生令嗣，吾友張南村亟稱其沉酣風雅，且篤嗜友聲。一詩可以想見。

劉芳洪

虎臣、鍾洛，直隸宛平人。

《法海寺》「波濤動遠岑」：好。「黄巖何巀嵲，白日自幽深」：老。⊙似右丞。

《朝陽洞》「大漠走洪流」：曠絶。⊙「煙重群峰暗，風高四月秋」：筆墨深厚。

《文殊院》「雲破一峰來」：好。妙句令人思味。

《自三叉澗下仰山》「行深曲澗疑無路，寺轉千盤樹半遮」：窈然以深。⊙「雲根出石侵苔冷，松影迴風入徑斜」：「别有天地非人間」，寫來蒼鬱。

《海門》：極洶湧溢湃之勢。

《大雲寺》「欲向山僧頻借宿，晴時登陟雨中還」：非情深山水人，那得有此語。

《冷村早行》「露光湛湛散晴溪，一帶沙痕印馬蹄。何處疏林鳥飛早，遠煙殘月隔村西」：迷離如畫。

《六里溝送六弟往上方山》「珍重名山讀書好，可能嚼得菜根香」：寓勖勉意，風韻自佳。

《移居西山》「詩句乍成新釀熟，傍人錯擬是柴桑」：悠然。

《村行雜詠》其一「彷彿前林人語出，棹行猶隔一重雲」：詩中有畫。其二「徑曲竟望歸路繞，晚煙荒寺一僧迎」：冷甚。其三「日暮忽看寒雁過，落霞天外數峰高」：此景不在塵世。其四：是曉景。

●鍾洛官新安，吟詠頗富。没後篇卷散盡，令嗣德柔拾其殘章寄我。因爲點次，以志弗忘。

查嗣瑮 德尹，浙江海寧人。

《黄州夜泊》「沙岸月斜官柳黑，漁灘風定水燈然」：婉轉秀麗，天然姿度。

吴德照 惟鄰，江南貴池人。

《白雲庵即事》「未審烽煙何日休，瀟瀟風雨滿西樓。風來院内聽花落，雨過溪前看水流」：起得高老。⊙老氣逼人。

《送藺次叔遊粤東，用魯郡伯韻》「如何空憶三秋菊，不解曾營百畝田」：説得極是。⊙情事曲盡，而聲彩焕然。

《别友》「舟過柳橋東，離愁滿眼中。衹餘今夜雨，遥與故人同」：悃悵之甚。

《燈前看花》「繡幕青燈照玉姿，晚妝臺下鬭西施。更闌人静渾無語，獨對銀缸睡欲遲」：嫣然欲絶。

《席散後》「金谷名花空爛熳，一時煙雨黯黄昏」：鬧熱場中忽然冷落，每有此景。

《哭蔣丈》「年年有菊盈三徑，不到花開便哭君」：情深淚滿。

●惟鄰英年好學，所著四六詞賦，充篋盈囊，而詩特穩秀，予樂爲稱之。

李德

若谷，江南祁門人。《枕流集》。

《靖江野眺》「日高孤塔出，風定早潮還」：風景寫得閒遠。

《遊支硎山》：妙合音節。

《飛來峰》「路雖迷疊嶂，人卻在春風」：妙處正在澹遠。

《冷泉亭》「一脈韜光水，分流過此亭」：不必刻劃，自然蒼勝。

《秋日寄懷方我彭》「末路輕儒業，交情重酒杯。橋邊明月好，懷抱向誰開」：詩懷恬適，而蓄感甚深。

《留別婁東諸友》「何處吹簫乞酒錢，斷蓬心事蓼洲邊。情深半在山光好，客久寧知地主賢」：起法磊落不群。

《暨陽九日》「名山多是登高地，浪跡誰爲送酒人」：疏老。⊙盡芟鉛粉之氣。

《玉鈎斜》「千古二分明月地，怨魂風雨妬煙花」：艷魂愁魄，千載欲起。

《家兄齡長歸里》「同條接葉情無限，忍見春來隻影歸」：情長。

《過雨香庵有感》「樂事已隨春色去，飛花不識旅人愁」：右軍所謂：「俯仰之間，已爲陳跡。」

●徐方虎太史來遊雉皋，於文士中喜得若谷，曰：「其詩清如磬，温如玉，是鍾漸江之秀者。」予覽其近作良然，亟爲登之梨棗。

盧勷

磊庵，江南宜興人。《名山草》。

《米脂雜詠》「鶯花寂寞軍容慘，劍佩蕭條酒氣寒。回首可憐狐兔窟，秦時黄土淚難乾」：雄情四溢。⊙邊容塞景，寫得十分蕭激，正可吹羌笛和之。

《懷金陵舊遊》「戎馬日騰金粉地，城烏舊宿帝王家」：踔厲。⊙「回船憶昔青門外，誰種東陵五色瓜」：識高筆蒼，一往壯烈。

危映壁

仲昭、東原，江南貴池人。《梳山草堂集》。

《二月九日》「消受寒齋幾燈火，天地之間乃有我」：不覺暗歎。⊙「晨興少婦低聲説，君髮無端數莖白」：讀過忽如冷水澆背。

《訪蘭兄山中》「坐詢我伯及我父，自云差長猶稱侄」：樸得好。⊙字字真確，氣韻絶老。

《烏沙夾，次喻郡伯韻》其一「波帶雨聲流」：好。其二「此亦爲村落，門前鳥慣飛」：飄飄意遠。「泊船通客語」：好。⊙深倩。

《喜宗鶴問初官秋浦次原韻》「匹馬之官日，三秋看菊天」：對得活。

《湖山和鶴問韻》：風景宛然。

《鶴問攜樽過偶園小集次韻》「雲亂峰千變，山低日半含」：琢鍊精工。

《鄧孝威舍人過訪梳山草堂不值，有詩題壁，奉次原韻》「賞心隨處得，不信此遊稀」：不須謙。

《孝威、鶴問集飲山齋次前韻》「地僻容疏懶，因君再啓扉」：老。⊙梳山在東原宅内，覽眺衆峰，如在襟帶。余時與鶴問飲其山堂，積有倡和諸篇，屬其自譜，皆極雅淨。

《舟宿池口》「天闊四圍雲欲合，風高十月雁知寒」：野景蒼遠。

《響泉庵》「聲落松梢疑作雨，氣蒸石罅欲生雲」：一路光景可想。

《雪霽遊齊山至陽春嶺而返》「此去湖邊元有路，舊時崖畔幾多亭」：歷歷可念。⊙全用散筆，行其整勢。

《齊山亭子柬郭昆冶太守》「苔滿樹身常著雨，草生洞口亦含花」：刻而潤。⊙郭使君風流儒雅，「人到於今歌出牧」也。此詩淹秀，極堪持贈。

《弔黄侍中祠堂》「兩路招魂客路漫」：確。⊙淒然難讀，亦肅然生敬。

《省墓》「苦雨淒風行不盡，迎人多是杜鵑花」：難爲懷抱。

《山行雜述》其一「田家小女不知愁，亂折山花插滿頭。野色尚留春未去，子規聲裏淡如秋」：澹而艷。其二「當壚已去青帘在，籬落還開覆路花」：杜書記每有此感。

《無題》「何事一身輕萬里，不關征戍阻龍堆」：不落輕纖。

●東原雖登賢書，而門風蕭澹，築梳山草堂，讀書其中。愛典衣沽酒，與客吟嘯。詩多俊遠明秀，有謫仙、小杜之遺。

曹繼參

鄭升，江南石埭人。

《來鳳亭夜飲》：蕭蕭疏疏，是文字飲。

《秋日西郊》「可遊皆舊跡，借問有芳樽」：娟潔。

《樂平書感》「滄桑真可念，兵燹困年華」：兵後荒殘，亟需撫字，能無三歎。

《春暮登齊山用杜韻》「爲愛僧閒攜共入，卻緣洞古竟迷歸。碑文滅没流寒色，雲樹蒼茫擁静暉」：用杜韻者甚多，而此較别。

《新秋》「客無過我嫌疏性，臣不如人恥貌名」：清風朗月，狀其詩懷。

《季冬自德興返饒城，道由樂平》「一派荒疇人迹杳，三冬忙路客心驚」：撫此瘡痍，不禁涕淚。是有心人。

《再過康郎山》「古木頹祠憐舊壘，雄兵鏖戰憶當年」：哀涼感激。⊙情旨極爲動人。

曹有爲

亦若，江南石埭人。

《湖口縣》「巖作孤城險，門臨二水開」：雄健，卻貼合。

池陽。

《晚泊》「旗風占賣酒，鐺火待烹茶」：荒野景物，指次迷離。

《柘林》「帆懸頻轉腳，柁捩幾迴腸」：蒼然悠然，神色俱異。

《金陵黄公祠墓》「來過此地能無拜，欲哭先生但有詩」：極澹極深。

●鄭升詞壇尊宿，而卧疾茂陵。令嗣亦若，早工詞賦，爲諸侯所禮重；詩並淹秀超遠，卓冠孤。而亦若尤雅静冲恬，吾友孝威極爲賞歎。」

●宗鶴問曰：「余一氈秋浦，頗爲蕭寂，賴有劉子王孫、馮子聖調、曹子亦若，時相過從，賴以不

宮鴻曆

友鹿，江南泰州人。《棣園稿》。

《少年行》「讀盡金匱石室書，何如十郡良家子」：似高達夫。⊙豈有所憤而言之乎？　然邇來風氣，又爲一變。

《戰淝水》「既驅戎馬江東來，又縱饑鷹燕北去」：筆力堅峭。⊙苻堅以不能用言而敗，歷歷指數，是一則史論。

《上巳日兩和胡孟綸先生，兼以誌别》「鶯花客裏和愁過，弦管聲中雜雨聽」；「此後相思何處望，越山一點暮煙青」：秀色如望煙中螺髻。

《晚泊遊弘濟寺》「遊人多在樹巔行」：真。⊙「傍巖猶築最高城」、「一水寒濤夜有聲」：寫景説

情，俱極藴藉。《賦得二十四橋明月夜》「多少太平好風景，君王偏愛一聲簫」：只作詠歎，妙，妙！⊙李義山、杜書記而後，再睹此情文淒艷之作。《輓李映碧先生》：先生歸田以後，惟覃心史事，名山之藏，行將公諸當代，是淮南文獻一人。《同許師六、湯西崖、汪叔定諸君集春雨草堂》「拙戀交遊偏自喜，懶惟文酒不辭頻」：語極真摯。

●余與紫陽先生以文事相切劘者五十年，而聯聲氣、倡風雅，則於海陵有手辟蠶叢之功焉。令嗣友鹿，篤切嚶鳴，奮懷古業，爲吾黨匡贊不細。録詩數章，未足盡友鹿也。

金德嘉

會公，湖廣廣濟人。

《贈别蔡静子》其一「風雨足山樓」：好句。其二「擔簦霜雪苦，泛宅亦風濤。閒想山廬静，卧看海日高」：汩汩紅塵人深宜領略。◎二詩風期澹静，冰雪照人，知其胸有卓解。

胡繩祖

斯祐，勁齋，江南休寧人。《有秋堂近什》。

《寄懷程叔子》「春風不爲間關隔，折柳開花慰索居」：一結興到神來。《遊臨溪蓀園，同程宗衍、孫枚吉、程子青、巽虞、覲揚》「檻外溪流亂弈棋」：百錬之句。⊙雅人深致，寫溪山如畫。

《讀司城程孚夏乙丑海陵大水行》「竈沉水没千村樹，地老天荒一歲租」：海陵水患，見者驚心駭目，奈何群公意議少決。雲峰二詩極警厲確當，恨不馳封以上當宁。

汪　穎

鈍予，湖廣漢陽人。《漪堂偶詠》。

《金陵晚發真州寄友》「黄菊青衫今夜酒，晚潮秋雨下江船」：趙倚樓再見。⊙纏綿淒惻，偏餘香澤之氣。

《秦淮竹枝詞》「秋色河房深院好，木樨叢裏賭金釵」：一則白門遺事。

吴宗烈

北持，江南休寧人。《五陵遊藝》。

《海陵冬日懷家嚴赴陝西幕》「鄉夢遥連楚，關雲夜照秦」：遠道思親，於樸直中不乏風古之調，可謂情文兼至。

《早春寫懷》「青燈迴客夢，白雪凍天涯」：安雅，又復高亮。

《春夜程孚夏表兄招飲》「中表他鄉路，尤憐雨霰中」：起得高。⊙温昵，不落纖細，故佳。

《驚秋》「縱教久客難彈鋏，何處登高不望鄉」：氣爽詞辣。⊙「浮雲隨雨間斜陽」：雖意旨蕭涼，而調高氣逸。

《吴陵再度除夕，柬程孚夏表兄》「青陽漸逼人將老，白雪相侵歲又除」：老氣横溢。⊙一筆寫去，但覺情味有餘。惟是率真，故無支語。

《客窗》「無端最是黄昏雨，打到西窗劇惱人」：疏疏有致。

汪光祥

旋士、覺庵，江南歙縣人。《彭城》、《越遊》諸集。

《亞夫墓》「玉斗復何惜，君王好自爲。重瞳不可輔，奇計又安施」：不貶亞夫，極有識。

《山雨》「風雨颯然至，煙雲吐半山。灘高舟下急，林静鳥聲閒」：如行嚴瀨，煙樹繚繞。

《富春江看雨》「江路入三折，瀟瀟細雨生」：夷猶自在。⊙山水間詩，獨有静氣。

《放鶴亭》「聞昔林高士，尋幽此作家」：虢國夫人素面朝天，此有其致。

《重九登前山》「攜笻堪一眺，落帽在誰家」：老。⊙清辣。

《集水香園看梅限韻》「天地即吾園」：好句。⊙清芬襲人。

《彭城懷古》「山河已没旌旗影，風雨時聞劍戟聲」；「吕梁今尚洪流怒，猶爲重瞳氣未平」：奔騰其勢，砰訇其聲，而識力更超。

《遊雲龍山》「雲龍古井今猶在，戲馬荒臺空復傳」：筆力傲硬。

《九日遊雲龍山》「獨上孤峰臨絶澗，並攜竹杖叩花關」：流轉可喜。⊙「縱乏一樽清興在，如雲出岫已忘還」：不必填雲龍故事，而清音嚦嚦，如鶴叫空。

《別明遠叔》「同舟不盡同心話，忍聽河干折柳詞」：情深千尺水。

《望九里山有感》「可憐兔盡還烹狗，折戟沉沙一局棋」：英雄事業，付之楸枰，可勝浩歎。

●余與君家大阮栗亭結契霞上，每歲寄我紫霞山之茶，香清色潔，沁我詩腸。今梅雨已過，遥望練江，寄茶之使，杳然天末。忽丁君蘭皋示我覺庵諸詩，清真雅秀，絶去塵土，不減啜阮公溪畔仙芽也。

白良琯

韞生、羲和，陝西安邊人。《曰唯齋集》。

《仰天窩》「手注楞嚴經，見面不識客」：已證無上菩提。⊙「忽指青巒上，聲從何處歇」：中多參悟語。

《過南堂寺贈弘上人》「茫茫煙浪裏，閒煞老山翁」：世有如此山翁，我願頂禮。

《夜過黄州》「波撼魚迴夢，林封鳥習禪」：巉思峻調，想見江天放棹時。◯「自團風晚發，順流而下，歷古今一刻也。泊岸時，東方虚白，赤壁坡樓已櫓背看矣！無從索紙，漫書於舟人汲水之板，命侍史持而謝之」：讀小序，知使君之韻。

《江村步月》「山水平分月」：奇句。⊙「勞形多少事，入夢此時寬」：興趣全別。

《立秋日雨》「昨夜秋風至，雲流聽有聲」：思路迥異。

《春山野步》「凌霄梵閣煙雲護，着眼名花掩映攻」：偶然春遊，俯仰都有别致。

《安城即事》「懷人榻下石頭上，醒者不來醉者來」：結處不衫不履，大有嵇、阮風味。

《遊文昌閣，步王枚岡韻》「蝴蝶帳中誰夢夢，杜鵑枝上苦年年」：筆致翩躚欲仙。

《萬槿園避暑》「山光四季池邊老，花氣一樓林杪懸」：思路幽異，而出之軒豁，歷歷可數。

●茅州爲仙靈窟宅，陶、葛諸真人之所棲遊。而白公來結綬於此，殆超然有塵外之思乎？詩復清微朗雋，高睨霞表，真令香山再見矣。

李　楠

紫巖、敬可，奉天遼陽人。

《嚴子陵釣臺》「三山浮翠起，七里湧波來」：秀而老。⊙只譜釣臺佳境，而子陵高風如覿。

●敬可於若士爲金昆玉友，而皆有扶持風雅之力，范廉夫極稱之。惜其詩少，不能多録。

范國禄

汝受、十山，江南通州人。《十山樓詩年》。

《胥郎挾美人跨馬歌》「攀鞍欲上嬌無力，一簇身輕似飛燕」：形容嬌癡之態，如畫。⊙「零亂行人眼角青，銷魂暗拾胭脂片」：吐詞輕艷，何異温、李佳製。

●十山十年避地，今始還家，閉門不出。然賓客訪之者，輒傾倒不厭，不以家貧爲解。爲詩益豪邁，有振動三山之力。令嗣廉夫，遠遊京國，與大人君子李若士輩，有文章性命之交，將來未可量。

范　遇

濂敷、廉夫，江南通州人。《衍塵集》、《月因篇》。

《寄李銓部若士》「荆州紅梨樹，老去不知秋」：有太白筆意。⊙結納既真，懷思自切，此爲性情之詩。

《抵武昌》「山川經百戰，亭閣未全荒」：傑邁。⊙調警思深，堪敵空同。

《杜鵑》「莫向陽臺煙樹過，斷腸人在楚江西」：聲調逼唐。

《秋懷》「美人何處看黄葉，滿耳蛩吟獨倚闌」：誰能堪此。⊙寄想正遠。

釋慧覺

幻空，江西太和人。

《蕪城》「白楊蕭瑟處，夜夜子規啼」：動人憑弔之感。

《茱萸灣》「吴王開濬處，一道接長淮。隋柳今摇落，茱萸映水涯」：有致。

《迷樓》：勝人多多許。

《九曲池》「歸舟日將落，水調一聲歌」：老。

●幻公駐錫維揚之旌忠禪院，自號青原老人，年八十勤苦學佛，工畫花鳥，能作蠅頭楷書，詩高健入格。愛與文士遊，芘蒻中之矯然獨出者。

王日講

學臣，江南通州人。《錦江吟》。

《錦官元夜無燈》「錦城一片淒涼月，客子難銷五夜情」：對此佳節，不勝淒其。想亂離之餘，情事爾爾。

吴濤

又山，江南泰州籍，歙縣人。《芙蓉閣詩集》。

《遊上方寺》「輦路共碑荒」：傑句。「不必問隋唐」：結句蒼厚。⊙語有關係，不僅造句之俊，遣調之圓。

《望錫山》「浮屠影漸低」：妙。⊙僕《過錫山》有句云「浮圖領衆煙」，爲李杲堂所極賞。今見「浮屠影漸低」之句，寫景極真，爲僕尋味所未到。

《吴門留别孫子嶼兄弟》「羈愁出寺吟」：嫣然可愛。

《招賢橋坐月有感》「暮雲山寺天低樹，野水疏籬夜繫舟」：錘鍊。⊙詩忌淺薄，此首氣力沉厚，不僅運置之工。

《黄仙裳招同許漱雪農部、王春明解元、李季子孝廉、家繡巖刺史雅集古渡庵》「沽酒橋邊吠小尨」：幽異。⊙「正有涼風來曲徑，還遲明月上滄江」：次第從容，而忽出警句，使人拍案叫歎。

《雨中登金山》「水帶軍聲來楚蜀，人從山色驗春秋」：名卓可傳。⊙徵事確，寫景幽，此爲今日之金山另開生面，安得但以「樹影」、「鐘聲」之句稱爲絶調。

《送李皇望歸楚陽》「金巵夜酌歌難斷，蘭槳風輕客漸稀」：澹而韻。⊙「懸知遊子還家日，堂下榴紅映彩衣」：情文相生，極映帶纏綿之致，應令南國翠蛾歌之。

《重陽前二日仙裳、儀甫、繼韶同飲文昌樓》「臨風一任帽欹斜」：用事俊妙。⊙王、岑之詩和婉秀麗，而推爲詩家正宗，固知矜才使氣無庸也。此詩妥雅圓善，其摩詰、嘉州之嗣響乎？

《題閨人畫緑牡丹》「花容葉色都難辨，卻憶香閨過雨時」：寫意入微，筆墨之痕俱化。

《偶見》「我正惜花花愛汝，月明還許看花來」：只説看花，無限深情在内。

●與又山同里而未相識，一日渡衣帶訪之而又不遇。予次仙裳韻，贈之詩云：「春風吹浪急，鼓棹一尋君。舊宅魚龍渡，高天雁鶩群。雪花還大舞，琴響更難聞。那得官梅路，開樽坐夜分。」觀僕此什，可知又山之人、知又山之詩。○每聞鶴山極稱「予家小陸，詩才清俊而不妄交遊，然一與符契，便夢寐弗離」。觀諸作，益信鶴山非浪許阿季者。

釋上思

雪悟，江南泰州人。

《登圌山絶頂》「僧老横眠幽砌石，鐘敲直度夕陽船」：都成别境。⊙造句奇，設景異。

《别匡廬蘭若志懷》「雙眼久穿雲九疊，一身已遠石三梁」：筆鋒英利。⊙公住匡雲萬頃中，出山原非雅志，故情辭戀戀。

《過硃砂庵訪佛峰法師》其一「泉落不聞響，雲歸那辨顏」：静遠。其二「夕霞明草户，寒翠落巖坡」：新翠沾人。◎二詩雅浄。

《喜洞上嵩玉禪師住清凉臺須韻懷之》「路仄不容天子駕，山回偏拱道人門」：實事創句。

●雪公頓悟，遂臻無上法門，結茅廬山。今乃駐錫邗水，莊嚴佛土，大衆皈依。甲子冬聖駕南來，駐蹕天寧禪寺，於雪公重加獎拂。其詩深静靈微，而又動合矩度。讀過覺林風山月，襲人衣履，非惠休、寶月所能髣髴也。

●迮旦庵曰：「雪公賦性穎異，大闡梵音，洵曹溪之滴派也。禪誦稍暇，間從事聲詩，清微淡遠之致，對之塵襟盡釋。」

程應鵬 翼天，江南休寧人。《緑蔭園詩集》。

《昭陽旅館》「亂蛙喧水郭，乳燕舞泥墻」：寫旅景，最爲蕭摵。

《雨夜書懷》「愁來詩思減，秋老客情濃」：真話。

《早發富陽》「青山兩岸人家裏，無數鶯花在上頭」：結得有興致。⊙江山如畫。憶三十年前余曾遊此。

《讀書昭陽僧舍》「別浦花明鶯亂飛」：響。⊙「秋山明浄如妝」，此詩有之。

《冒巢民先生招飲寓園觀家劇》「白首自翻新樂府，紅妝不改舊風流」：秋岳先生每云巢民「今之周郎」。⊙巢民以歌舞爲性命，僕曾作《演劇行》贈之。

《雨中黄儀逋見訪》「柴門晝掩偏宜客，銀燭更深不厭狂」：是名流懷抱。⊙儀逋落拓，以酒爲鄉，惟世外之人能容之。翼天可謂有真賞矣。

《歲暮送家兄歸里》「盈帆雪片吴江大，一路梅花浙水多」：歸景極韻。⊙家庭詩固貴真樸，而亦貴有姿韻，此篇庶幾兼美。

《上巳泛舟西湖有感》「南渡衣冠唯蔓草，西陵宫闕有啼烏」：所感在此。

《九日同戴景韓、黄儀逋、吴又山、胡繼韶城西登覽，歸飲景韓宅，兼送董又京之廣東》「況是籬花開滿徑，正當清讌起高歌」：接處有筋力。⊙圓穩，得詩家正派。

《經燕子磯》「漁父垂綸溪上穩，頻看鼉雨上行舟」：世之不如漁父者多矣。

《雨花臺》「江聲日夜鳴千里，可有生公講席開」：筆底眼中，煞是浩闊。

《九月送家兄旋里》其一「反把青山白眼看」：反。其二「想見舟行還憶我，猿聲雁影一天愁」：逼似唐絶，以其藴藉有味。

●翼天工制義，由諸生登上舍，而爲詩清秀圓美，全學中唐，戴子景韓每向余亟推之。時已解維，將去之廣陵，而翼天以其稿見寄。黄葉蕭蕭，秋風滿渡，把此佳詠，能無擊節歎賞。

慎墨堂詩話卷三十七〔一〕

李贇元

匡侯、素園。福建漳州人。《遁園草》。

《遁園梧桐》「緬懷龍門上，百尺接穹窿」：寬一步好。「朱天布烈火，薰蒸大地紅。瞻望扶疏影，嫋嫋起清風」：老筆縱放。⊙鋪陳始終，總無懈節，由其得力於杜家。

《送曹司農秋岳歸越》「鴻鵠凌霄去，離群獨自悲。思欲隨鴻鵠，路阻不可追，徘徊空佇望，此懷將告誰」：淒楚之音，含蓄最遠。⊙得比興之體而結束有餘蘊，乃覺長篇汗漫，去古實遠。

《遊靈隱寺，遂登北高峰，至半山而止》「登樓縱遐覽，愜我遊山意。湁湁湖水波，如在階除際」：一路層次寫景，極有法度。「尚恨湖外江，微茫半昏翳」：善寫。「了無禽鳥聲，但識天香氣」：好景。「巖風自北來，松花忽滿地。猶幸山氣佳，雲日見清霽」：飄飄欲仙。⊙遊山詩固須真至，而尤貴有煙嶺相接之妙。此詩步步能引人無際。

〔一〕此卷輯自《詩觀》三集卷十，原署「東吳鄧漢儀孝威評選/同學張　潮山來參閱」。

《潞琴行》「潞國藩王癖好音，遍索良工製瑶琴。目前凡木皆棄置，賞心只在嶧陽岑」：入潞藩有步驟。「豈虞樂極去不還，赤眉烽火起秦關。瑶宫珍藏遺散盡，僅留緑綺在人間」：轉到喪亂，筆鋒觸人。「憶昔匣中玉女裝，金扉碧殿發光芒。寧知飄蕩兵戈後，復起溝中覆錦囊」：又是一番慨歎。「琴乎琴乎奈爾何」：昌黎手法。⊙冬日讌集素園客齋，酒半出潞琴見示，質良而色黝，斷爲古物。余曾作長歌志之，頗具興亡之感。然見素園作，哀音古節，比響雍門，則余詩信覆瓿矣。

《黄河阻風》「急欲凌波去，胡爲大地昏」：超忽。⊙素園每渡河，詩輒悲壯。

《晚泊》「鄉中無戍鼓，高枕且安眠」：優恬静雅。

《早發》「孤帆受月低」：「低」字好。⊙曲盡曉舟之景。

《廢城》「饑鴉啄敗瓦，獨月照荒燐」：慘淡。⊙「經過休歎息，萬事已灰塵」：寫「廢」字偏有精彩。

《夏日遁園雜詠》其一「歸鴉奔晚照，老樹抱朝煙」：「奔」字、「抱」字好。⊙琢鍊處極天然。其二「嶺圻寺鐘來」：奇。其三「蓄琴實不解，讀史亦多疑」：有此清課，差爲不負山棲。

《冬日同杜茶村、鄧孝威、宗鶴問登遁園草亭》「俯看飛鳥影，卧聽大江濤。但覺煙雲近，不知霄漢高」：四語雄渾。⊙一氣抒寫，故妙。

《避地》「花發一窗昏」：花發句新甚，全詩亦矯。

《冬日宿靈隱寺僧樓》「萬樹經冬翠，千峰未夕陰」：蒼遠。

《飛來峰》「此理殊難測，寒鐘起夜風」：嗒然忘言。⊙不字字鏤刻，寫其大意，固已超勝。

《早起亭望》「日出江湖闊，雲高巖岫分」：曉景歷歷。⊙高老。

《後秋懷》「可知一夜秋風起，吹盡沙場白骨聲」：如聞鐵馬夜嘶。

《洛陽弔古》「只有牡丹花尚在，芳華不改舊時顔」：言之涕零。⊙「河水猶通南洛道，陵碑已斷北邙山。上陽宫毁棲鴉去，金谷園空蔓草閒」：體堅厚而意悲涼，固令渾、滄讓步。

《贈劉雪舫》「劫火焚天連闕下，飈風吹爾落江濱」：實録。⊙雪舫貧病他鄉，推解無人，而輕薄者衆，竟抑鬱以死。素園此詩沉痛殊至。

《登清涼山絶頂》「臺城花草年年發，欲問遺宫已寂寥」：登山忽發滄桑之感，何異新亭舊事。

《長干塔燈》「風雷不滅空中火，星斗長懸象外光」：何等氣象。⊙惟報恩，方敵得住此首。

《紅橋》「旗亭十里笙歌路，誰憶當年是戰場」：歌舞之場，當頭一棒。

《臨春閣故址》「哀鵑多少傷心痛，宫樹銷殘何處啼」：翻意更爲淒斷。

●素園先生觀察河北三郡，遽解組歸，流寓白門。癸亥築園清涼山麓，俯仰江山，惟以詩篇自適。近寄我新吟，雄奇高老，益臻杜境。長夏鍵户，因拔其尤，以光拙選。諷詠之次，如與我友共坐臺城煙雨中，欣快累日。

杜濬

半翁、茶星（再見）。《推枕吟》。

《十月十日蔡鉉升載酒飲我於病榻，練江、南枝二詩衲偕至》「客舍自晴黄葉雨，鍾山不動白雲遊」：劉文房妙境。⊙「情親各出三年字，身老尤憐一日秋」：如清秋皎月，迥無纖塵。

《登燕子磯亭》「望中一氣接金焦」：混茫。⊙「鐘清野寺摩殘壘，煙鎖江門上晚潮」：渾濶之中，饒有精細。

《弘濟寺尋蒲庵》「長恨南朝沉鐵鎖，何如西竺引金繩」：就眼前説出心事。⊙蒲公固可語。

《再依韻和燕子磯作呈愚翁》「水入黄天蕩裏流」：有意味。⊙「憶昔攜壺上石樓，真山真水作真遊」：清入骨髓。

《燕子磯感舊》「惆悵一時消歇盡，獨張老眼望難收」：怊悵在此二句。⊙回首舊事，悲從中來，詩亦宕折如意。

《幽棲寺和韻自紀昔遊》「孤日煙深緣谷秀，雙峰青露賴林疏」：深幽而能顯透。

●開府余公佺廬，爲茶村經理買山之資，古道可感。兼金陵有林下諸公相與，日夕倡酬，差堪送老。而一跌傷足，遂致經年弗瘳，乃詞客山僧攜樽過訪者相望。因多篇什，用破旅愁，緘以寄余，謹録數章，綴素園觀察詩之後。素園乃茶村晚年第一好友也。舊農識於董祠。

釋閒潭 練江，金陵僧。

《邊雪亭送秋》「寒事百年勞野客，秋光一日在茅茨」：着想沉實。

釋德基 南枝，金陵僧。

《邊雪亭送秋》「黄獨豈添扶杖力，菊花須趁把杯時」：意興獨超。

●茶村先生僑居雞鳴山之麓，有酒有花有書，兼有山僧晨夕倡和，可謂不孤。《送秋》之什，亦先生郵寄者，故附於《推枕吟》之後。

蘇　嵋 依巖，直隸大興籍，福建莆田人。《圯上吟》。

《子房山》「空瞻博浪墟，輪蹄自來往」：挽到子房，作結始老。⊙殊有曠解。

《戲馬臺》「黄河南下如强弩，淮北諸山怯齊魯。只有彭城氣不降，盤踞山河待西楚」：議論强悍。「祖龍變爲白蛇死」：奇句。「假使當年成王業，豁達大度寧非仁」：成敗論人，從來如是。「誰將垓下虞姬淚，戲馬臺前哭范增」：亞夫自是豪傑。⊙不貶倒重瞳，是其識高處。

《四賢祠》「人間佳勝應無數」：發論甚奇。「總是拈毫弄墨人，憑誰呼起同歡讌」：興致極滿。⊙總爲文人增價，借四賢祠發之。

《韓信釣臺》「黄埃莽莽淮陰路，尚有韓侯垂釣處。魏寢唐陵幾陸沉，此臺相傳卻如故」：韓侯之功自不可没，不必瑣瑣論其後來。

《劉村曉泊》「暫與鷗同伴，偏邀月到窗」：夷猶自在。

《野泊》「忽聞漁唱晚，疑是採蓮歸」：結有風韻。

《清明有感》「但記松楸老，難辭風雨多。可憐遊子意，落日滿關河」：蕭蕭瑟瑟。⊙筆力極蒼。

《九日初晴與諸友登羊山飲眺》「攜樽望故城」：老。⊙空邈清亮，如聞鶴鳴。

《奉和御製賜河臣原韻》「爲有宣房跡，龍飛匏子宫」：河工一事，每勞聖慮。⊙起得巍峨。

《恭賡御製孔廟詩原韻》「至貴惟天子，還登韋布堂」：二語壓倒元、白。

《五日舟次桃源阻風》「苦吟當小縣，白髮映花叢」：穩切，且極開敞。

《得鶴川守崔斗瞻札》「干戈方過眼，鬢鬢已成絲」：真是可傷。⊙萬里故人，兵戈衰老，那得不有此數行血淚。

《圯橋懷古》「不信老人能化石，須知孺子愛求仙」：看史有識。「報韓志遂堪千古，滅楚功成只五年」：老筆。⊙包括盡，論斷高。

《嶧山訪孤桐遺跡》「峰巒浩劫守鴻蒙」：獨造處令人拍案。

《放鶴亭》「爲問西湖林處士，一般風景興如何」：蕭涼處卻整鍊。

《懷李維饒太史南州》：清辣。

《秋望》「野水連天惟度鳥，孤城隱霧半藏花」：是望中景。

《中秋飲集，次吴平一韻》：歡氣滿紙。

《彭城道中》「長堤策馬經行處，繞過黄河第幾灣」：畫。

《次俞静庵雜詠》「枝上疏鶯啼不住，方知門外已春深」：極静。

●圯上爲子房遇老人進履之地。李太白詩云：「但見碧水流，曾無黄石公。」風流概可想見。余曾驅馬過其處，行路匆匆，未獲瀏覽其勝。依巖蘇使君以行河駐此，山川在眼，古事填胸，輒爲揮毫，動見名卓。如與秦漢古名人將相，悲歌慷慨於風沙灌莽間，可謂河嶽情高、星斗氣壯者矣。

蘇峒

瞻極，直隸大興人。

《六王川懷古》「楚已無三户，川猶號六王」：有論頭。⊙蒼雅。

《老人》「老人石上持竿坐，終日思魚不下鉤」：此老人甚高，寫得蕭涼有韻。

蘇溥

龍如，直隸大興人。

《秋夜集送王鶴年之睢寧》「人影一庭扶竹影」：此句奇甚。⊙節奏好，思路秀。

吴敬儀

平一，直隸慶都籍，福建莆田人。

《太原過郝氏園亭》「檻前芳草地，舊是晉王宫」：結得警。

《次答黄源長鐔州賦别》「偏怪他鄉喜説歸」：翻得深快。「酒肆狂歌有布衣」：健。⊙一氣清空。

馮庭楷　端士，直隸涿州人。

《送沈又樹歸洪昌》「西風落葉江洲滿，新月歸帆雲際高」：筆情墨藻，淋漓焕發。

汪獻文　西巖，江南歙縣人。

《過清瑶嶼追憶文文肅公》「兩月平章傳信史，百年第宅易荒丘」：紀事帶感慨。⊙「謝傅亭臺憶昔遊，笛牀歌席幾淹留。芙蓉露泛鸕鷀杓，楊柳風開燕子樓」：傷心無限，卻筆姿妍婉動人。

《晤家我長話故山》「殘生已似三秋葉，多難因知百念灰」：令我頭白。⊙「白岳雲深和雁没，黄花霜冷背人開」：情緒哀涼，所謂「人言愁我亦欲愁」。

錢　暇　梅仙，江南太倉人。

《送許南交北上》「一鞭秋色雁初飛」：俊令。⊙秀雅。

王　璋　赤玉、禮南，山西陽城人。

《雁字》「海上不逢蘇屬國，誰留書法在天涯」：結有味外味，餘俱潤貼。

王　環　子如、石農，江南休寧人。《高雪堂詩稿》。

《謁嶺》「悦石坐石根，松影亂無次」：此地可以隱矣。「捕魚人不見，煙跡通山寺」：去路好。⊙有此不羨桃花源，而詩亦孤峭。

《病鶴行》「酬以五十緡，貪夫意未竭」：真貪。「自分難遠圖，藉此養其拙」：鶴頗自審。「終朝坐梅根，生理難復説。終日給魚糧，何嘗一下咽」：寫得可憐。⊙寫病鶴十分盡情，筆力高勁，則純似少陵《病馬》之作。

《遣興》：大有陶意。

《家人書至，知季父遊繁昌》「忽聞老叔驅車出，遊子天涯欲墮淚」：應如此起，樸老勝人。⊙全詩都是一筆寫去，意苦情真，不知是血是淚。

《棠陵貧嫗行》「棠陵老嫗貧且獨」：形容貧嫗盡情。「自言有夫亦有兒，夫非結髮兒非腹」：真。「父業鼓刀三十年，子復捕魚赤水族。定是好殺干天心，老婦應受活地獄」：説出現在因果。「我亦古之傷心人，聞言不覺淚簌簌。孤窮豈獨老嫗然，無國無家徒歷碌。此生終老伯通傭，處處荒涼照苜蓿。無錐可立始是貧，時向秋原一慟哭。説罷淒然各掩門，朔風一夜凍寒玉」：以下自叙，淚下如雨。⊙前叙老嫗，後説自己，總是傷心，難堪竟話。我再披讀，酸風四面射人。

《挂劍臺懷古》「世人苟然諾，口惠實不至」：筆筆矯健。「嗚呼！公子讓國古稱賢，一劍贈人何足言。惜哉當年致争亂，吴祀再傳遂忽焉」：此下用責備意，本之《春秋傳》。「雖然翩翩公子佳濁世，信誠自足變金石。不見徐君墓旁草色碧，挂劍之名猶不滅，千古延陵最勝跡」：不可無此一繳。⊙通首意凡三變，皆極英鋭。

《黯澹灘》「烏啼鵖叫白日澹，潭中蛟鱷鼓腥鬣。長年相戒不得語，但聞灘響如喧雷」：形容惡灘，風雨神鬼交集。「舟中秉燭照魂魄」：好。「夜雨偏聞篷滴瀝」：好。⊙神懦才弱，便將險景輕易放過。此則鞭雷霆而走魑魅矣。

《江郎三石歌》「三日山中坐，風雨滿山樓。一日山中行，山雲尚未收」：山遊，佳景佳事。「對面江郎形半露」：出筆妙。「山忽是雲雲忽山，雲山終古相朝暮」：山中人始知。「我已穿雲度數峰，猶見江郎幾回顧」：與「半露」句相對照。⊙真真幻幻，出奇無窮。想其筆端，直是呼雲走雨。

《封令化虎行》「哀哉守令皆姓封，胡爲一旦成大蟲」：奇事。「多是虎冠一念貪暴之所致，遂生牙爪爲山公」：不差。⊙異事快論。

《盧溝橋弔古》「盧溝橋下桑乾水，盧溝橋上石獅子。借問橋邊往來人，曾知此地爲戰壘」：直起，有建瓴之勢。「老成持重故不喜」：自然。「給兵給餉惟有紙」：難。「奈何城中不出援，一朝失利鼓聲死」：可歎。「敵兵隨退議朝堂，書生未免多事耳」：難免。⊙時事之難支，朝臣之推諉，書生之憤激而無成，篇中一一寫出，可當一則史斷。

《登瓜洲城樓》「風勇金山動，霜空鐵甕明」：江山在眼。⊙對此茫茫，百端交集，是爾時情懷。

《瓜洲城外望金静思還旃渡江歸新安》「淒然成獨返，風雨幾黄昏」：蕭寂殊甚。

《姜如農給諫過訪，予以赤壁師年譜及成仁録就正，終誦感歎而去二首》其一「當年能折檻，此日自山阿」：斷得是。其二「近事多無語，新詩間有傳」：萊陽定論。⊙「布被能偕隱，姜家兄弟賢。江湖占好遁，甲子特編年」：姜公如此人絶少，與石農應相視莫逆。

《大雪登安東縣城樓》「孤城荒暮雪，斷岸老寒波」：曠絶。⊙胸中别有天地。

《晦日夢在故宅，先王父授端硯一枚，先孺人授筆二管，若將入試者，予不作此想久矣，賦以自嘲》「故里空村久，依依魂魄存」：十字多少淚痕。⊙「少年塗抹事，夢去一聲呑」：正是夙習未忘，故有此夢。已不勝感愾。

《冬暮將遊江淮留别諸友》「水瘦江城通棹淺，月寒鄉夢入山沉」：巉峭見骨。⊙清音獨奏，悄然動心。

《喜長兒納言從故里至》「連宵夢汝在江邊，又喜平安到我前」：大是真樸。「但説幾回丘壠過，墓門無恙草芊芊」：關切在此。⊙着一字粉飾不得。老杜於弟妹間有此筆墨。

《無題》其一「選伎唯知尋紫陌」：太平情事。其二「舊遊滿目皆荒草，剩有流螢數點飛」：難堪。

⊙看其結處，是借題發論，即楊眉庵之意。

《湖上漁歌二首》其二「門前獨坐當壚女，閒把銀釵撥小蝦」：二絶得棹歌遺意。次首瑣絮，正爾風艷。

《汪扶光住吴山禪院不及過訪》「桃花流水津難問，獨立斜陽岸岸煙」：已見其人。

●石農先生負才驚異而所遭衰末，遂侘傺以終老。其於人倫關係處，纏綿固結，若有不可解者。著書等身，皆藏崖屋。爲詩絶去依傍，骨嚴而氣剛，意别而識老。然按之古法，無不吻合。令嗣又簡，授經維揚，以遺詩屬余點次。余嘉又簡之純孝，雖貧而不忘其親。因爲評跋，付之剞氏。

傅　山

青主，山西太原人。

《借樓避暑》「高雲與疏雨，鎮日供樵漁」：蕭然。⊙幽懷曠趣，旁若無人。

《石壁同白居實》「瓢鉢春燒甜似蜜，蕈菇秋雨脆於菘」：奇麗。⊙先生詩意險語幽，不經人道。而苦於途遠，徵索不易。得此二詩，亟爲登梓。

杜　越

君異、紫峰，直隸定興人。

《溪上連雨作》「未即成滂沱，淅瀝驚高樹。纔聞檐霤息，又灑溪邊路。花落滿莓苔，階墀誰緩步」：寫雨景，寂歷空濛。

王方穀

金粟，直隸新城人。

《春陰》「早聞春水生，風動澄潭曲。何處曉鶯啼，踟躕望林谷」：數語簡雋，似韋蘇州。

丁　煒

澹汝、雁水，福建晉江人。《問山詩集》。

《猛虎行》「耕牛漸少虎漸多，村中父老奈爾何」：有諷刺。

《休洗紅》「良工染絲莫染紅，猩猩被縛啼林東」：意別。

《出塞》：六朝聲調。

《愛妾換馬》「空群與傾國，最恨是同時」：此恨卻兩全。

《秋夜彈琴》「嗟彼焦尾恨，不如成灰沉。零落感朝露，腸斷白頭吟」：斷續哀楚，難聞其聲。

《嶺南歌送王仲錫觀察》「漲海風波久不揚，名藩猶藉省中郎。璽書夜降辭三殿，旌節春深下五羊」：全首風藻繽紛。⊙「船移豸口憶沉香，文到潮陽能驅鱷」：似于鱗。

《送林穆之雲中訪弟》「到來談骨肉，髣髴是家園」：情味甚真，不僅詞調之警。

《舍弟獻汝自家至》「天涯惟汝至，喜極淚沾衣」：起得好。「燕雀幾巢歸」：痛。⊙字字是亂中語，讀之淒斷。

《夜泊雙溪口》「客夢篷窗裏，猶疑在故鄉」：固有之。⊙圓秀。

《駕上陵回恭紀》「九天冠劍迴鑾日，三輔壺漿賜復年」：華練。⊙工雅壯麗，應制應以此爲式。

《北平城懷古》「心傷醉尉嚴訶日，恨切前軍遠徙年」：隱括史事，而出以英邁之氣，固足籠罩萬人。

《松江田鼒淵寄詩次答》「谷飲巖棲皆盛世，鱸肥蓴美即豐年」：卓犖。

《書甲寅臘月事》「早歲身餘鋒鏑後，經年心落鼓鼙中」：聲情激發。⊙「都亭日暮催征騎，故國煙深斷去鴻。極目松楸空涕淚，那堪歸計歎飄蓬」：雖屬淒緊，而不流衰颯，所以爲佳。

《雨霽望泰嶽》「三觀雲霞晴後色，五松風雨夜來寒」：是雨霽。⊙工麗高敞。

《汴梁懷古》「夷門伏劍思公子，博浪空椎恨始皇」：情文哀艷。

《重陽前三日登元紫芝琴臺》「簾捲嵩山暮雨來」：好。⊙清秀華逸，是錢、劉逸響。

《劍津晚泊》「風雷永夜壯龍神」：真壯。⊙題險壯，恐弱筆不能舉，惟此相配。

《秘魔崖》「手種柏一株，千年尚盈尺」：老。

《漢口別友》「昨夜秋風起，江亭木葉飛。傷心舟上客，萬里送人歸」：淒然。

《贈别馮賓初歸雲間》「劍客酒人俱未散，可能無意再遊燕」：藹然。

《過馮氏思園》「園丁自把寒泉汲，不灌桃花灌菜花」：寂寞。

《哭亡女報珠》「鳳凰未駕釵先折，寥落簫聲隔綵霞」：苦情，出以麗筆。

●雁水先生詩，余既選登二集矣，兹有三集之役，而虔中道遠，莫能徵索，再取《問山集》選録二十首付梓。要先生詩珠璣錯落，收不勝收。則此借光梨棗者，仍不足盡厥美也。

梅枝鳳

子翔，東治，江南宣城人。《滿聽樓稿》。

《射烏詞》「吁嗟直聲兮不爲平反」：爲烏吐氣。

《九日詠懷》「懷彼彭澤宰，寄興菊花杯。誰遣白衣使，令我心顔開」：真曠如陶，復如阮。

《餘溪行贈濮無著》「君今六十我七十，皓首相看百感集。眼底富貴人，歷歷如飛電。爾我蓬蒿子，轉自生健羨」：淋漓感慨，令我神動。⊙老人語，偏寫得有情有興，讀之使人不老。

《爲愚山徐少君紀事》：聞少君事夜光夫人如母，此尤不可及。

梅　清

淵公，瞿山，江南宣城人。《天延閣後集》。

《題東渚八兄滿聽樓》「清聽一何多，俯仰意頗迷」；「醉來問霄漢，即此淩丹梯」：得謝之神理而去其跡，但覺筆墨清超。

《大安寺重晤毓靈和尚》「問年過八十，相别自何時」：可念。⊙寫得慇懃，彌覺傷感。

《中秋後二日秦淮舟泛分得青字》「潮氣忽浮千檻白，月光初動半溪青」：清思美調。⊙是夕暢遊，群公即席皆有賦。淵公首唱，渢渢遏雲，爲秦淮勝事。

《鼓城橋》「忽驚彩雉叢中起，飛過水田啼數聲」：景致可愛。

《秦淮》「芳草六朝人去盡，江流還繞鳳凰臺」：劉夢得每有此感。

《猷州響山洞》「獨有老僧眠白晝，野花開盡不知春」：悠然太古。

迮　俊

旦庵、逑夫，河南開封籍，江南江都人。《映春堂存稿》、《是陶草》。

《遊淮留別友人次韻》「懶出户庭慣，淮陰交轉多」：高唱。⊙「王孫猶一飯，賤日未蹉跎」：聲情慨慷。

《冬日送汪栗亭扶業師扶光柩歸葬黄山》「寒雨一天聲」：琢句蒼峭。⊙「執紼欽忠烈，招魂重死生」：哀楚如騷。

《爰處》「已驗人皆是，還思我自非」：苦調真情。⊙旦庵貧而有骨，不肯登顯貴之堂，言雖激而不懟。

《題毗陵是凡夫寓壁》「六月出門日，重陽作客時」：此公亦是旦老同調。

《飲孫阿滙客舍》「羈人宜夜飲，况聚此揚州」：起法好。⊙「月明秋在樓」：蕭涼而有情味。惜其已逝，不能續揚州之飲也。

《過鄧舊山寓樓，適閔檀林、張山來亦至，即席得同字》：離離落落，真味湧出。

●旦庵爲人真樸，而詩則於恬澹之中，自露簡遠。蕭然閉門，與余結世外之契，南村北渚，並此風流。

余賓碩

鴻客，福建莆田人。

《白鷺洲》「由來南北争衡地，渺渺煙波獨倚樓」：感慨獨長。⊙「江上悠悠白鷺洲，潮生潮落使人愁」：清風皓月，想其吟情。

余蘭碩

香祖，福建莆田人。

《天闕》「絶壑有時看鳥下，懸崖終日見僧行」：筆有懸崖鑿壁之勇。

《梅花，次家大人韻》「花盡開時昏浪白，笛頻吹處遠山青」：超曠。⊙梅花詩最難，此能獨標大雅。

《燕剪》「多情只合依王謝，裁就烏衣是昔年」：妙有寄託。

李亦文

江衣，江南泰州人。

《送王自牧學博之淮上》「鐵角夜吹邗渚月，樓船秋泛甓湖雲」：華鍊。⊙江衣爲余門人，賦才極艷。死而著作零落，偶得一章，輒爲傳之。

端揆

叙百，江南當塗人。《卧虹軒詩》。

《宿横望澄心寺》「葉密山成暮，泉空石作聲」：二語非閲歷不知。⊙「秋吹客袂輕」：窈然静，杳然清。

何一化 生伯，江南南陵人。《瑟齋詩選》。

《雨霽早發梅樹園》「空翠透衣襟，陂塘昨夜雨。山山白雲凝，如雪三尺許」：晻藹如在罨畫溪。

⊙「病身就征途，瀟灑忘所苦」：寫得空濛娟秀，筆興欲飛。

《過小宋集》「碧草只今連野店，空憐紅杏鬧當年」：組織風流，兼多感慨。

朱鍾仁 本姓丘，近夫，江南崑山人。

《花信詩次韻》「燭淚互爭筵上墮，蛾眉暗向鏡中誇」：秀心雋管。「縱説琴心還似舊，茂陵春恨已天涯」：縹緲欲絶。⊙近夫爲人端静，作詩掩仰低徊，偏多情態。

余讜 漢班，宸箴，江南崑山人。

《荆南感懷》「香溪波裏胭脂色，半是征人淚染紅」：蕭騷語能爲香艷，固自情多。

吴雯清 魚山、方漣，浙江仁和籍，江南歙縣人。《雪嘯軒詩》。

《苕上暮春同梅村先生、菌次太守遊西餘》：匀倩。

《邗江清明泛舟，因過方氏園》「醉忘春路晚，長嘯指村簾」：字字妍麗。

《清明日得家信》「到門有客達鄉書」：清切之作，最能言情。

《粵歸初至湖上，時值冬日》「十年瘴雨洗空囊」：盡情語透。「唯有多情湖上水，盈盈猶到酒樓傍」：無窮興感。⊙一洗俗宦之氣。

《輓卞夫人，和張友鴻韻》「樓上已無秦弄玉，湖邊空憶杜蘭香」：典雅，出以風流。⊙「縱使重來環在手，應非前度舊劉郎」：悼亡詩不僅淒怨，兼帶風華，固佳。

《王丹麓、陸藎思招同張菊人，舟集聖湖次韻》「處士亭邊美人墓，苔蒼松翠共蕭蕭」：雙結韻絶。⊙固有輕雲弱柳之態。

《聽花書屋小集，次答余岫雲太史》「天涯兄弟幾人間」：可感。⊙「一片垂楊蔭緑灣，亭臺相接錦籬闤。客尋隋苑風流地，夢斷江南無數山」：對酒當歌，妙有慷慨之氣。

《送葉澹生南歸》「燕市月明樽酒盡，黃河秋水片帆寒」：情懷絶佳，輦上人恐不易得。

《送友入燕》「故人驄馬如相問，惟有窮愁不著書」：翻得好。

吴秋士 在湄、西村、方漣先生子。

《送路湘貽之泗州，兼懷巨卿、元御》「驛路寒煙屯馬首，故園落葉滿秋雲」：俊句。⊙「泗水悠悠那共聞」：蕭條而有神韻。

《重九同葉孟亢遊荆山》「且喜茱萸風俗同」：俊愜。⊙九日詩多騷激，此獨澹宕和雅，如睹晉魏名流。

●方漣爲侍御，以直聲蒙降謫，退處散秩，吟嘯自如。令嗣在湄，負儁才，克繼風雅之業。朱古愚以詩來，因並登梓。

丘元武

慎清、柯村，山東諸城人。《煙鬟草亭集》。

《南陌》「菀枯析銖黍，姱修中道淪。朱羲欻以遄，勿爲徒苦辛」：茂鬱。⊙得胎於選，故體氣矜貴。

《雜感》「蕩潏魚龍出，風雨失昏曉」：寫海景，蚴蟉幻異。

《秋郊》「輕埃鬱不飛」：造語入微。⊙「溪藻罥魚背，淺深漾斜暉」：數言堅秀。

《慰巫季震擬寄黎髯》「皓首寡母三孤兒，跽上遺書淚掩面。停舟慟哭墓門松，歷歷封書不忍看」：數語哀苦不忍讀。「吁嗟男兒貴致身，時至騂騮盡逐電。若翁官罷顔色枯，無魚何處彈長劍」：悲風四集，何減杜老同谷之歌。⊙死生窮通之際，言之可憫可歎。每讀一過，匣劍欲鳴。

《長城嶺》「兵銷東帝子，客散楚王孫。夜哭城陰火，爲招何處魂」：光焰照人。⊙指顧有風雲之色。

《夏河即目》「犢卧迴沙暖，龍腥帶雨來」：光景迷離，傳其詭異。

《過滸水》「海氣吹殘雨，山光落晚沙」：岸異。

《海村夜行》「山擁傳烽壘，潮吞戍海城。平沙奔溜結，野火雜星明」：四語百錬。⊙用筆矯麗，心目爲之惝怳。

《王星五至涓上，喜與言懷》其一「越吟猶澤國，剪紙幾招魂」：吟情獵獵。其二「九洞初開瘴，三湘正控弦。迢遥黔楚路，書札隔經年」：叙事蒼老。其三「百口亂離聲」：「聲」字險而妙。其四「衹説家如夢，翻疑客未真」：危情，出以健筆。◎亂離之後，情事孤悄，而行以壯節，發以鴻聲，遂覺四面有金鼓相應。

《過友人山莊》「沿溪花送客，到屋樹遮門」：沉麗。

《由贛榆至大伊山途次即事》其一「土瘠犁鋤少，灘荒雉兔肥。風餐閒食籠，珍重故山薇」：善言風俗。其二「齊兒原可用，漢將更誰驕。」：語有深識。「潮射空山響，雲飛大旆摇」：雄甚。其三「波摇星宿動，帆掛米鹽來」：字字精刻，從少陵《秦州》詩脱化得來。

《得黎愧曾書寄答》其一「君亦行關塞，萊衣正黑頭。官辭千戰壘，書報五湖舟」：起得岸然。其二「槃瓠身將老，生還亦偶然」：全是老杜。⊙「不羞遥寄語，久乞故人憐」：愧曾奇情古道，爲櫟園先生所亟賞，應與柯村有針芥之合。

《望九仙五蓮》「兩山風雨海潮懸」：奇確。「莫怪東峰偏突兀，梵宮曾賜大農錢」：收得健。

《海村用友人韻》「風回大野山聲合，日浴春潮海氣温」：滉瀁無際。「杜宇休催寒食火，登臺誰弔古來魂」：意更滿足。⊙氣力雄强，足以拔山扛鼎。

《瑯邪臺懷古》「春風花笑東西帝，明月烏啼百二關」：奇艷奪目。⊙飄飄有振衣三山之興。

《中元以生還設醮》其一「雨黑燎衣貙虎鬭，天寒索米雪霜驕」：奇鬱。其二「萬户盤餐飛鳥下，一亭風雨洞龍吟」：造語必奇，用意必險，神鬼於詩，足破一切庸腐。

《梅花嶺懷古》其一「多少騂旄盟帶礪，有無鵲印控淮徐。孤城灑盡宗臣淚，部曲還乘廣柳車」：譏嘲南渡時事，含蓄不露。其二「石版苔生寒食雨，銅駝草没小春天」：組織奇麗。「隔江猶説都官第，淒斷鵝笙錦纜船」：真可歎惜。其三「拾來箭鏃曾穿札，老去材官尚挽强」：庾、鮑之遺。⊙錦心繡口之才，驚天泣鬼之句，不知爲騷爲賦，爲誄爲銘，但覺劍氣星鋩，不可逼視。

《大雨五日夜》「高巢鳥語下鮫宫」：作意。⊙「三日炊煙鬱不起，鬢絲人老雨聲中」：雷雨奔騰，在其五指。

《海莊》「地抱沙田開柳市，山回潮日暖漁牀」：雲蒸霞蔚，大是奇觀。

《再望大魚不至》「沙邊猶畏秦皇矢，飛盡桃花不出遊」：思路奇横。

《杜鵑歎》「殘漏蕭蕭風又雨，諸巢曾與哺雛無」：蕭涼之語，令人墮淚。

《西田聞笛》「梅花落盡銷魂淚，聽到東鄰第幾聲」：哀亂，不復知爲是曲。

《感舊》「宵來梅雨沉珠履，觱篥聲中謝豹啼」：傷心語，出之不覺。

《所見》「自從飲犢雕弓賣，酸斷龍旗十二營」：零落如見，然是承平氣象。

《即目》「冥冥吹作如絲雨，欲乞吴紈畫遠山」：風神婉約。

《望邑中諸山》「我與青山誰主客，相迎相避有無中」：馬上看山，每有此景。

●柯村先生之詩，意險識高，才雄氣健，具九仙渤海之勝於毫楮間，真吞吐日月，揮斥雲霞矣。由其結綬以後，閲歷蠻荒，遭罹兵火，如少陵之奔走梓、益、夔、閬間，故能奮鬱挺拔，以自見其奇。時人望之，莫能名其寶也。丙寅冬日，柯村以扁舟訪我於白沙道上，出詩見示。余爲爬搜品識，劍光珠氣，出土衝天，當爲快事。

臧振榮

君仁，岱青，山東諸城人。《太古園詩》。

《瑯邪行》「霞變雲蒸莫雨青，時聞怒浪翻雷霆。入夜鼉聲驚不定，短牀時覺蛟龍腥。鯨魚跋浪忽起立，揚煦鼓鬐戲晴滄。幻渺虹霓麗矚新，緑波清擁鮫人泣」：此段極風雨離奇之勢。「洞口空餘飲酒臺」：老筆。「衹解登山追謝傅，何須觀海憶田横」：悠然不盡。⊙尺幅耳，極洶湧澎湃之勢。其緊聳固勝於漫衍。

《登雲龍山同黄電飛賦於放鶴亭》「野水浮蕭寺，黄花冷戰場」：卓傑可傳。

《題李秀篁新居》「杞菊古城灣」：新而老。

《寒食飲丘來公鐵園》：淹潤。

《丁巳南山訪馬東航先生，時余來粤西》「萬里烽煙驚塞馬，十年樽酒慰林猿」：辭氣温厚，時露險峭。

《五蓮山》「鳥道懸巖迷漢碣，龍鱗隔壑響秦松」：森奥。⊙聲振林木。

《萬歲峰》「高穿石竇龍無力，飛度天門鳥暗驚」：深毅。⊙「勢連滄海幻陰晴」：刻畫。

《早發之豫章》「憂深雨雪身將老，想到烽煙夢亦驚」：樸處正覺情至。

《西亭雨後同素心賦》「鬚眉猶現寒潭影，蘿薜空餘古佛衣」：清思逸調。⊙幽靚。

《將赴豫章，別丘柯村涓上》「離情交集亂流中，遼落居然萬里同。歷歷關山催逆旅，霏霏雨雪憶歸鴻」：中唐佳處。⊙娓娓情深。

●壬辰余客都門，同丁子野鶴二百餘人，於慈仁寺結觀文大社，則臧君岱青與焉，别來不知其動定。丙寅丘君柯村來邗江，以岱青稿屬選。余睹其姓字甚熟，久而憶其爲三十餘年前結雞壇牛耳之盟者。余喜岱青登上第、菈方州，且深心古業，是能卓立簪紳中而克繼前武者。然非柯村，余亦竟失之。

劉　凡

元歎，江南潁州人。《卓崖詩集》。

《放舟將赴吴門》「浪花衝海燕，風信上檣烏」：風格似唐，而喜其不襲。

《同朱方雲飲酒》「白眼心原慎，黄金世共尊」：閲世最深語。⊙元歎英年，胡爲多慷慨不平語？

《早發桐城道中》「泉聲亂馬啼」：好。⊙「開門客競發，數里始聞雞」：摹景沉實，而華氣自流。

《晚行岡上》「客路銜欹石，行人逼遠天」：險語卻真。⊙精警無懈氣。

●此公酖考功之冢君也。余與公酖爲異姓兄弟，元歎雖掇巍科，而惓惓作牀下之拜，余心重之。

吴崇光

式武、鶴山，江南泰州籍，歙縣人。《桂籍軒詩》。

詩諸體兼優，渾雅而復英鍊。僅録數章，不足盡元歎也。

《過仙霞嶺》其一「石壁忽然斷，泉聲落半空」：筆力森矯。其二「只有山相接，都無路可通」：起得突兀。「鳥截關雲白，霞飛海氣紅」：光鍊。⊙山水間，寫得有骨有識，卓然可傳。

《重建望海樓》「古籐盤雉堞，分野鎮金牛」：琢句甚傑。⊙「日月光先到，吴陵望海樓」：氣勢可敵子美《岳陽樓》之作。

《過友人流香閣看牡丹，併聞其家姬奏樂》「人生行樂耳，莫放一春閒」：瀟灑不凡。⊙「醉香扶我倦，來夢讓君攀。國色雙雙照，流連未忍還」：香氣襲人。

《池亭賞荷》「疏簾通竹氣，小飲逼荷香」：王、岑逸調。

《冬杪望友不至和韻》「剡溪舟既返，惟見遠山青。寂寂多風雪，迢迢别驛亭」：落墨高迥。⊙清氣迢迢，引人無際。

《金陵九日登高》「兩鬢青年改，佳遊興頗同。江村砧杵路，桑洛酒旗風」：磊砢而英多。⊙九日詩固貴悲涼，而尤以風流藴藉爲勝。吾愛此作之出群。

《觀女郎大舞燈》其一「行來貼地錦，舞出滿庭芳」：巧合。其二「音容活畫圖」：「活」字好。◎二首風麗之極，我雖不見，亦爲情移。

《讀田綸霞學憲山薑書屋詩賦贈》「澄江嘯月魚龍起，仙洞尋花虎豹稀」：秀偉。「最宜涼葉墮人衣」：別甚。⊙公詩至江南又爲一變，僕爲把其詩不置。鶴山其有同情？

《賦得賓鴻過塞》「還識湘江戰後春」：句有識力。「荒汀斷渚年年路，應認蘆花作主人」：風韻撩人。⊙新思層出，於「過塞」二字極有體認。

《贈孔東塘博士》「誰將同異較諸經，東望千峰泰岱青。盡使聖門遺緒見，曾聞天子改容聽」：不獨辭義典燦，亦覺精神飛舞。贈東塘詩，以此爲壓卷。

《櫻桃》「雨後欲怜紅玉破，生前原自緑珠來」：可敵摩詰。⊙「一自退朝恩賚遠，回瞻寢廟愧群材」：工於點綴，芳翠欲流，結句更有關係。詠物詩得此，真覺字字南金。

《觀女郎大舞燈，復成排律十三韻》「氍毹重錦外，簫管百花叢」：工艶。「含香静斂躬」：六朝雋語。「苧衣霞散彩，繡帶燭摇紅。手握驪珠走，天飛星彈同」：天然典麗，所謂「九枝銀蠟照金鈿」也。⊙此體惟徐、庾擅場，卻能處處貼合舞燈。神采四映，疑有天工，不從人力。是題孟行、陳芳俱有作，並擅精工。而體氣高逸、韻度超遠，則推鶴山矣。余亦有排句題其詩後，愧麁陋不足以敷揚其美。

《歸來》「此日和禪俱不管，又將一曲寄金徽」：是謂真禪。

《泉州道中》「扶藜且去看梅花」：憂時憫俗之意，出之深婉。

●閉户海隅，二三同輩罕有過而商風雅之業者，竊恐年逼桑榆，零落將盡。鶴山先生與余三十餘年之交，投契每在風塵外。其爲詩，苦心淘汰，字不虚下；近作則格力益遒，復爾姿態流逸，而每向余有杯酒論文之雅。然則香山竹林，捨君誰屬？

蔣鑨

駇鹿，玉淵，江南武進人。《淮海詩鈔》。

《石門訪道圖，爲孔東塘博士賦》「誰爲汜艭之，哲嗣曰東塘」：次第叙入，有法。「何時遂遊屐，一上春山堂」：收得緊潔。⊙抒辭淵雅，結體高蒼，得漢人之氣致。

《舞燈行，同吴鶴山、俞水文兩舍人賦》「傳宣共把華燈簇」：入舞燈。「纔放梅花三兩枝，羅浮蝶夢曉風吹。聲聲曼引抛紅豆，燈燼微茫又一時」：收場仍不寂寞，是爲高手。「十二金釵工起伏，廿四華燈轉如轂。顧盼容與各有情，屈膝隨肩儘嫻熟」：四語更發得透亮。「人生行樂羨當時，碌碌榮名非所期。春去春來暗相禪，百年此夕長相隨」：不可無此唱歎。⊙舞燈之盛，里中艷傳，而余未寓目。一則招而未赴，一則小飲而不見燈。曾占絶句記其事：「閒門小院雨瀟瀟，一縷茶煙破寂寥。紅粉如花燈似錦，任他天上擁笙簫」；「五載歡場總罷登，便逢綺席冷如冰。風微月淺紅妝病，不見朱門一盞燈」。然見玉淵此歌，於繽紛錯落之中，備含吐抑揚之妙。正如美人霞裳霧縠，復具蕙質蘭心，豈非絶代之丰姿乎？余他時雖暫醉佳人錦瑟傍，亦當閣筆矣。

《過田主政半園》「堊飾華鋪一巨觀，山林坐少騷人跡。攜樽須待五陵豪，分曹列讌傳炰炙。鷗弦鼉鼓咽銅龍，閃眼燈紅兼月白」：園亭亦有劫數，安得右軍、右丞爲之洗發耶？⊙「柴門空閉鎖松筠」，自昔皆然。此詩前寫壯麗，而後不衫不履，意在言外，正有老僧棒喝在。

《熊質均招同宋既庭、吴屏山諸君讌集》「不欲輕投刺，何當屬意深。聞名疑宿昔，折柬快招尋」：一氣疏老。⊙起踞太華峰頂，餘俱敞豁。

《中秋飲柳長在齋頭，因懷楚寓》「月隱浮雲裏，人來近海頭」：真確。⊙「魚雁憑難到，遥遥黄鶴樓」：朗月入懷，絶無纖滓。

《門人楊錫三遲我吴陵不值遣懷》「簷虚出鳥聲」：警句。⊙「不共青藜火，誰爲悵别情」：情景都寫得盡。

《朱天錦招陪李厚餘、孔東塘兩使君雨夜讌集》「酒政縱横疏雨氣」：句深毅。⊙玉淵豪邁之氣，見於筆墨，正自令人辟易。

《草堰酬李容庵司馬，時隨少司空監督下河》「玉簫金管常相憶，皓齒明眸可復來」：筆老氣健。⊙唐人大家詩無不開濶，此作殊有太原公子裼裘而來氣象。

《贈漢陽許漱雪前輩先生時年八十三》「三世論交憐孺子，兩朝遺老見豐頤」：貼切不浮。⊙鷺洲先生守漢陽，至玉淵已歷三世。乃與漱雪先生遇於海陵，説當年五馬舊事，豈不猶上元夫人與麻姑説蓬萊清淺乎？一則佳話，是可傳也。

●鍵關結夏，而李厚餘比部以書來，云蔣玉淵先生且至。久切停雲，仲秋忽駕扁舟詣海陵，叩門垂訪，樂數晨夕。因以《淮海詩鈔》見示，讀之藻麗而高超，深毅而典切。其領袖吴楚之騷壇，無疑也。採其數章，登諸梨棗，並識班荆之幸。

徐　章

石霞，江南江陰人。《山止閣集》。

《病起小飲》「病起愁仍在，科頭一月餘」：疏老處逼似少陵。

《野艇》「黄蘆白雁早冬天，病骨支離夜放船」：光景絶好。⊙風煙慘淡，興味轉在此中。

《破寺訪脱庵上人》「山僧茅屋牽雲補，石鼎寒泉掃葉供」：是「破」字，又是「脱」字，移借他處不得。

《題梅花庵兼贈廓堂上人》「客窗獨愛連朝坐，佛火長資徹夜吟」：此庵可坐。⊙泠泠入耳，皆松濤石瀑。此詩真可砭俗。

●庚戌與石霞客雉皋，蕭然彈鋏而氣誼殊殷。近以書來，兼惠近作。評次之餘，望春申山色，輒爲神往。

蘇　卓

立原，江南蘇州人，如皋籍。《筊鳳軒偶吟》。

《重泊惠山遊秦園》「泉聲細向雲根出，磴道時依鶴步求」：極貼秦園。⊙尋泉聽松，一往幽勝，知立原氣味不凡。

朱爽

天錦，江南吴縣人。《素濤詩集》。

《題孔東塘石門學道圖》「白雲几上流，空翠簷前滴」：雋秀難名。⊙「石門何鬱蔥，蘊此靈異質。晨夕嘯歌時，綿邈情無極」：異地名人，不可無此秀倩之筆一爲傳寫。余愛此詩，累日把玩。

《舞燈行》「似此繁華僅見之，豈意舞燈更奇特」：點出。「手執玲瓏寶焰燈，一燈一燈漸如織」：初來光景最妙。「有時光耀碧琉璃，有時艷奪金蓮色。有時蕩槳試飛龍，雷塘遊幸非陳跡。置身如在浮圖巔，萬態千妍只瞬息。走馬天街與鬭雞，猙獰白澤金睛突。文鴛翔鶴遊魚來，飛潛動植春洋溢」：千態萬狀，迷離無盡。「正及迷離醉眼開，那知一一燈光息」：「不待管弦終，揺鞭背花去」，正爲此耳。「酌予旨酒請予歌，乃在丁卯花開日。江南江北更誰家，只有俞子中書宅」：結得遒緊。⊙盛衰離合，理數之常，乃於一舞燈中見之。觀其叙置，不縟不漏，手法最工，而華藻滿眼，六代、初唐有此筆墨。

《賦贈山中友》「落葉鳥頻飛」：逸甚。⊙「十年重一見，轉覺故人稀」：春容有度。

《立冬後一日臨清大寧寺見菊》「秋過香未散，霜冷色偏濃」：是殘菊。⊙静。

《雪後遊澄江古刹》「旛影虚窗静，經聲小閣重」：如畫。

《東塘孔博士招集拱極臺分韻》「歸舫愛晚煙」：新句。⊙自司空孫公移節昭陽，遊拱極者多有麗作，而俞中舍出女優佐之，一時閧傳南北矣。

《夏日長安見蝶》「生來亦有耽花癖，栩栩常如入夢鄉」：思致翔舞。⊙風艷輕盈，全似温、李。

《長安夜雨，同范子蓉旃昆仲曁叔兄天承小飲》「金闕鐘鳴偏寂寞，玉階秋色正朦朧」：傷心語。⊙是憔悴語，而風神正爾飄逸。

《歸舟》「客路三更勞遠夢，天涯九月畏深秋」：語樸思深。⊙渾成之中，思緒遼渺，正不藉乎雕琢。

《九日舟中》「遥想江南當此日，吴山多少醉遊人」：突兀可喜。「偏逢客路難爲思，不盡風光獨愴神」：掉尾千鈞。⊙嚴滄浪論詩每重起結，此爲得之；而蒼老之氣，則純乎少陵。

《客中生日》「於世未宜虚歲月，此身又歷幾春秋」：澹極老極。

《弔鸚鵡》「慧性從來遭世忌，能言何處倩人憐」：婉貼入情。⊙使飛卿、致光輩操管，何以過此。

《月夜泛太湖》「柳色深沉閒甪里，鐘聲歷亂俯鮫宫」：岸傑處，想其筆情之勇。

《中秋後二日雨中遊吴山》「虎丘明月曾相約，夜半横塘醉後來」：好興。

《獨飲偶成》「樽中美酒還拚醉，莫管雙眉舒不舒」：筆健情曠。

《馬上見》「行行回顧魂銷處，斜控青絲墮玉鞭」：樂府遺調。

《玉樓春詞》「春風亦有憐香意，每到花前不忍吹」：説得春風恁地有情，詩心最細。

《憶女》「自有憐伊休待囑，還思汝母最關情」：真而婉，非身歷不知。《贈倩扶較書》「莫道才人偏愛色，最銷魂處轉波光」：自梅村没後，風味蕭涼，竹西之舟未可輕放。僕曾有四律寄之。

●天錦家本王、謝，才擅庾、徐，落筆成花，舉體都韻。曾於楓葉初黄之日，爲江樓談讌之歡，出其新吟，争共披賞。自非俊流，無此高唱。

温養度

荆岑，陝西富平人。《百可堂詩集》。

《暮春偶詠》「緑陰深野墅，碧水迴邊城」：蔚然而起。⊙「顧盼津樓晚，雲歸一片情」：菁葱可愛，而氣致不群。

《瀨陽金牛嶺即事》「淡日磨崇嶺，寒風度小溪」：奇警。⊙筆墨都壯。

《清明》「花明不上樓」：好。⊙「官貧欣節至，客久竟何求」：令節偏多苦思，能以倩筆寫出。

《秋日雜詠》其一「坐憶鄉園客思驚」：氣高語潔。其二「半世浮名淮水上，十年歸夢隴山頭」：高亮。

《清明》「窮黎冷竈非關禁，莫憶綿山歎不平」：一結關心不小。

《春日都門懷維揚諸子》「淮南酒社春無恙，薊北風塵淚有痕」：飄飄有韻。⊙言情之作，不露痕跡。

《春雨舟過中山寺，訪語山和尚》「簷前松竹半依樓」：好景。「煮茗雲窗雨未休」：移情之語。⊙落筆俱有仙氣，寫景如入畫圖。

《暮春偕友再遊屏風山和韻》「藤拖古柏煙花静，苔落疏梅鶴洞幽」：造語幽勝。「浄界全教僧占住」：有味。⊙「細辨禽言聽澗流」：如入空山，悠然淵静，但聽鳥啼花落。

《旅夜》「夢裹秦關春又半，銷魂橋上柳垂青」：風韻繚繞。

《秋感》「西山野草戀牛羊」：卓甚。⊙筑聲劍氣，森然逼人。

《暮春雨中有感》「野哭經年悲戰伐，狂歌終日夢漁樵」：老杜。⊙不作細聲艷語，固是秦風駟鐵之遺。

《讀史日嚴及程、孫諸子倚齋諸詩，依韻奉和》「薄宦行藏惟老態，騷人詞賦但清狂」：磊落英多。⊙語有筋兩，非徒藻繪。

●關中詞賦之客，與僕班荆唱和者最多。至富平，則李子子德，其論詩最洽者也。温君學書不成，去而學劍，遂登武甲科。然性好吟詠，擊鉢揮毫，落紙成韻，其羊、杜之流亞與？丁君蘭皋自瀨上來，持其詩坐我江樓，披卷共讀，極爲神暢。恨客金馬門時，子德不以荆岑告我。

劉芳猷

巨卿，陝西寧夏衛人。

《詠鶴》「以之悦顔色，曾不如山雉」；「以之學言語，曾不如鸚鵡」；「以之捕鳥雀，曾不如鷹鸛」：非貶鶴也，正爲鶴長聲價耳。章法亦自樂府得來。

《雜詩》其一「民貧未忍怒」：慈母之言。⊙與元次山同一心腸。其二「況乃睚眥怨，如何不可平？婉言謝訟者，期君諒我誠」：況乃暮夜之金。

《偶意》「古人難盡學，所貴存其意。嵇琴與阮鍛，興會偶然寄」：識趣甚曠。⊙蕭然數筆，甚爲可愛。

《聊園雜詠》其一「鶯意偏輪柳，蝶情無定花」：幽勝。其二「煙歸疑柳重，風約見雪停」：細潤。「簿書聊暫置，且自課園丁」：宦況如是，那得宜時。⊙是哦松人口語。

《蟬》「孤清不自掩，刺刺復誰尤」：託意深遠。⊙詠物得杜公遺意。

《庚申春暮有懷外弟王津先明經》「春來思骨肉，情切罷官初」：全首老。

《述愁二首》其一「出門遠望西歸路，仗劍依人北渡河」：其氣奡傑。其二「十年夢懶惟聽雨，三月春貧不見花」：二詩雖蕭寂，而神氣自昂。

《遣秋》「古人愁不少，多不是憂貧」：有見地語。

《中年贈余令左螭》「挑燈且只話離思，對酒羞吟去婦詞。廉吏可爲君自勉，蒼生正是望恩時」：温厚。

●維揚道上，見有長身赤面、跨青驄而過我者，疑爲關西大俠。及坐定與談，乃靈州名宿，與吾友王山史、曾庭聞諸君稱莫逆者也。載披其詩，伉爽磊落，而不乏吴越秀雅之致，其特鍾賀蘭之靈氣者與？乃一官弗振，撫劍悲歌如君者，豈長淹草澤者乎？

劉首拔

坦庵，江西廬陵人。《滴露吟》。

《離宫懷古》「斷碑荒蘚覆，空院野棠開」：荒涼在目。⊙雖寫凋殘，而筆情秀令。

《尋石鐘山》「懸崖層似屋，峭壁矗成峰」：逼真。⊙「探奇資點綴，好事始坡公」：本之東坡，而鍛鍊精巧。

《避亂山居》「歲華容易老，烽火動驚秋」：感歎入情。⊙澹澹寫去，風景易使人老。

《和安成李甌均來韻》「閒來尋别徑，涼雨散秋陰」：舉筆見其蕭瑟。

《大水》「蒼茫空際色，無雨亦增波」：真境。⊙全首神來，自爾筆旺。

《水閣》「花柳香三徑，湖天浸一樓」：極是閒境，高人於此自得。

《舟行》「岸行移草色，帆急鼓磯聲」：森動。⊙觸景即生妙思，無需研索。

《遊金峨洞》「怪石湧高臺」：好。「神仙可更來」：問得妙。⊙造語精能，而筆情自爽。

《復遊資國道院，追憶先須溪公祠毁，感而有作》「佛古何妨千劫老，客遊曾記十年前」：不勝感歎。⊙「歷歷上方行欲遍，獨遺荒址重流連」：遊寺苦無深語。說到先祠，自然雪涕，此爲至感。

《避亂西山，住持若公見顧》「數家犬吠蒼煙裏，一派鴉鳴亂嶂中」：是山中景色。⊙墨氣自流，是倪、黄樂境。

《江行》「遥望白雲天際遠，飛鴻落處一聲秋」：活極真極，此無意求工而自臻化境者。

●公爲名孝廉，閉門著述，翛然自遠。及爲宰繁昌，政令如春風及物，士民允懷；而吟詠之聲，與燕磯、牛渚相爲響答。讀《滴露吟》，歎其詩心不減隨州須兩公也。余亟謂丁君蘭皋曰：螺川、鷺洲之勝，胥在於是，能不令人引領遐慕乎？

彭禎源

之凝、培和、放呆，江南溧陽人。《瀨水彭氏詩存》。

《舟次廬江》「宿雨迷行客，涼煙没古臺」：清潤。「十年征戰地，何處剪蒿萊」：結得勁。

《同王百穀、鄒公履遊趙凡夫山墅》「都忘捫蝨是何年」：含藴。

《中秋偕虞仲徽遊滄嶼》「别墅千年無定主，殘城百戰有遺民」：兩語意味殊警。

●彭子爰琴、則翀昆季，刻其尊君培和先生詩見寄。適予有《詩觀》三集之選，登梓數章，以志哲人遺范。

鄭壽

溥如，江南儀真籍，歙縣人。《攬茝軒詩存》。

《登玉虚臺訪王鍊師》「借問王鍊師，幾時蜕仙骨」：一往蕭摵，正得簡蒼。

《哀鷺》「雲壓千年瓦」：警句。「誰家少年兒，挾彈恣遊冶」：叙事極老。⊙「新雛落覆巢，竟無完卵者」：此大恨事，詩以短簡而入古。

《追憶王遂東先生》「嗟予家破棲蘆邊，負薪行吟聊紀年。始悉先生勵大節，避園詩並採薇傳。執政一書驚特筆，奸雄讀罷慚謀失。丹心青簡對高旻，夜雨寒燈聽蕭瑟」：指斥逐貴陽一事。⊙先生詩是別派，末年節概極可觀。

《昔遊篇》「繁華自信長如此，不料滄桑起悲慟」：轉得健。「君不見，臨春廢苑臙脂井，空餘一片桃花影。又不見，晉室風流委古丘，烏衣巷裏啼白鳩」：雙收自老。⊙以徐、庾之管，寫興廢之情。鋪叙固有餘妍，追思轉多沉痛，固足暢發風流者與。

《子胥廟》「尺地存吴版，千秋痛楚闕」：語有識解。⊙大爲伍胥吐氣。

《城西訪髻光上人》「流水過花根」：新辣。⊙幽清雅澹，想其懷抱灑然。

《春日攝山讀書》「春深禽易語，日暖樹無煙」：別想新調。⊙讀過和風拂人。

《歸與叔祖君信、侄吉臣溪山夜集》「淡月初留霧，寒山遠帶風」：髣髴如見。

附：鄭朝瑞《溥如侄孫歸里，夜集溪亭次韻》「解鞍鄉夢醒，知汝怨飄蓬。握手呼村釀，聽鐘度晚風。題詩情勝昔，剪燭話難窮。笑指南山近，寒梅漸吐紅」：解鞍句一時競傳，而和者極盛，惜稿已零落。鄭子若千僅以其乃祖詩一首見示。温雅可傳，爲附其後。

《泊舟》「羈懷淒絶處，月黑聽江流。夢怯重山路，寒驚獨夜舟」：造語俱臻險境。⊙不走平淺，卻近自然。

《山寺》「松頂每流泉」：異境。⊙讀過如入深溪亂壑中。

《謁岳武穆王廟》「十年功墮日，三字慘呼天」：括盡忠武行略。

《奉和張方伯冷泉亭韻》「竹路依泉出，松風帶雨來」：山境儼然。⊙蒼翠逼人。

《海上別王尊素》「海氣升華月，天風走白雲」：鍊句有範。⊙四十年前別尊素，把此詩可禁愴然？

《遊弘濟寺》「月出高天路，江鳴半夜心」：他處無此奇景。⊙江山如畫。

《江上逢吴景行話舊，即送之楚》「兒童不識客，爾我各成翁」：可感。⊙字字蒼老。

《不寐有感》「有懷静夜出，憂患轉侵予」：深微。

《行至山溪作》「千峰至此合，一徑夾雲岑。病蹇盤空翠，幽禽唤夕陰」：荒深窈異。⊙平熟是詩家大忌，此有盤奡之力。

《臘月二十四日阻風燕子磯》「臘存僅七日，猶客一帆中」：淒甚。⊙歲暮荒江，應有此感。

《錢唐》「猶記南軍曾渡此，海雲東去有啼鵑」：不禁南渡之感。

《倚嵐亭》「落落萍蹤隨所寄，一天風雨夜燈閒」：難堪此景。

《宿漁梁壩》「屋倚斷雲疑蜃市，梁過怒水鬧蛟宫」：洶洶崩屋。⊙「憶昔經過曾信宿，夕陽簫鼓可猶同」：摹擬壯險，末更饒感慨。

《拜影樓家掌和築，懷先兄超宗先生》：超宗勇於任事而揚民害之，至今尚有餘慟。

《淳安縣時聞海警》「市中昨夜聞過虎，江上新符不放船」：矯異，卻切時事。⊙全從海警着想，語語森動。

《白下懷程蒼孚》「數載饑寒堅俊傑，連宵風雨夢神仙」：語有識力。⊙「每因縱酒呼明月，時共尋山聽杜鵑」：此爲生平得意之友，故語皆真切。

《竹節磯》「亂石灣邊一艇出，重山合處半輪秋」：江山在目。⊙有沉毅之力，真可射石没羽。徒描景物，便屬下乘。

《姜如農先生别館落成》「晚菊半籬高士宅，秋瓜一徑故侯園」：極切給諫。⊙如農先生拜杖之後，旋遘滄桑，旅寄真州、吴門之間，死瘞戍所。此詩字字真確。

《偶成》「雨笠風簑何所事，美人名酒且猖狂」：得如此願足。⊙憑弔之章，能於淒痛不乏婉媚。

《過顧較書舊居》「紫簫響徹燕臺月」：香艷。⊙其爲眉夫人而詠乎？今日紅板橋頭香銷聲歇，又不獨柳花閣爲動人流連矣。

《聞警思親》「單衫一夕凝成血，宇内何年不論兵」：苦語急淚。⊙意極酸淒，氣極高敞。

《考坑殘壘》「英雄豈必都成事，留與行人兩淚彈」：正是可傷。

《夢坐秦淮水樓枕上口拈》「陳隋往事閒思省，夢裏吞聲已白頭」：結想未忘，每形夢寐。如是，如是！

《和廣陵怨女詩》「王謝於今成底事，瓊花誰送雁門栽」：字字淒激，如哀弦之和秋雨。

●溥如先生少與李本寧、王遂東諸公遊。末年懷抱蕭瑟，悉發於詩。今嗣在辛刻之，而余更拔其精警秀逸之作以傳。

沈廣輿

騶士、瑶田，浙江烏程人。《菰廬集》。

《虎丘》：圓穩。

《坐雨》「野水遥平岸，山雲亂壓橋」：更警。⊙「平疇交遠風」，詩有其致。

《秋日旅興》其一「更欲臨風聽鶴唳，平原寂寞不勝悲」：善於使事。⊙裁制豐美，而不減神韻。

其二「世亂豈無豪傑淚，家貧徒有治安書」：特有意議。⊙學大樽遂開浮殼之習，此能出以清健。

吴元麟

南林、竹溪，江南婁縣人。《三松草堂詩》。

《姑蘇懷古》「斷碣沉荒戍，寒煙漲舊宫。涇存帆自落，臺廢草連空。千載繁華地，吾懷江上翁」：楚楚有致。

《靈巖》「自是屬鏤輕賜出，莫將歌舞怨紅妝」：亦屬公論。⊙亡國之罪，豈專在蛾眉？得此可爲一洗。

《董昭武姊丈招看牡丹》「富貴幾人長對此，洛陽回首路漫漫」：有此結束，全詩俱不落肥滿。

⊙匀雅秀麗，足贈花王。

《夏日雜興》「樹色遠含雙鳥下，湖光新漲一帆飛」：筆彩凌空。⊙清微秀潤，似錢、劉佳境。

《中秋無月懷騶士》「風來蟾窟秋聲壯，雨過龍潭夜氣懸」：猛力雄情。⊙「孤燈寥寂休文去，夢繞苕溪緑水邊」：不作黯澹語，覺晶輝倍爾射人。

《舟次青溪對月》「中宵寂寂添情思，回首佳人畫閣西」：風神濯濯。⊙神膚俱清，雅兼杜、衛。

《吴門錢十青過訪，招同張洮侯、漢度昆季、沈騶士小集》「雨歇杏花流夜月，風清柳色漾春郊」：清艷。

●錢子十青遊雲間，輕舟遄返。余搜其行笥，得沈騶士、吴南林二稿，曰：「是即兩君所寄也。」又重以張洮侯先生之命，極爲説項。新秋涼雨中讀之，覺清圓秀逸之氣霏亹來集，如坐我茸城雪水間。

程瑞社

次郊、澹園，江南休寧人。《餐勝樓稿》。

《聖駕南巡紀録》「帝堯不知治，問治還南行」：蠲賑、開導二事，利益淮揚不小。此詩稱頌，字字確實，允矣可傳。

《答黄仙裳先生燕子磯以詩見懷次原韻》「看潮上燕磯」：離離蔚蔚，神況絶佳。

《蘆江晚眺》：寫景清潤。

《同宗衍五弟宿泰興朱家堡》「微月上黄壚」、「身世許樵夫」：瀟灑，一洗塵俗。

《海陵送宗衍五弟還家》「蓼浦鴻聲去，河橋雪氣明」：格法極安。

《睡蝶》「曉月移來嬌欲墮，薰風吹處倦難飛」：輕媚欲飛。⊙風艷，卻爾飛動，令温、李閣筆。

《次孚夏三兄見懷原韻，時宗衍五弟自金陵至》「見弟思兄欲白頭」：兩事卻是一意，筆端渾融之極。

《海陵送宗衍五弟還家賦感》「江樓夜雨休含涕，驛路村醪好醉顏。此去故山多舊侶，可能無夢到邗關」：白地風光，正令刻畫者無處着筆。

《懷黄介伯先生》「東風花發青山遠，又是揚州春暮時」：懷人詩悠然無盡，足耐尋味。

《偶筆》「正值天寒堪索醉，隔江微見酒旗招」：客中情事，兩語道出。

《至嚴州》「歷盡亂灘猿更叫，計程今日到嚴州」：唐人絶句，入中、晚愈妙，次郊已得其神髓。

程瑞祊

宗衍、碧川，江南休寧人。《文山堂近稿》。

《同方謂大先生、陳彦超泰州遊小西湖》「似割錢塘半，分來景象幽」；「一灣流水外，差許到沙鷗」：縝密者其格，蒼秀者其致，故爲擅美。

《阻風燕子磯》「怒濤吹急雨，孤艇耐單衣」：是阻風真景。⊙余阻風燕磯，有「巉石蛟鼉蓄，空洲草樹腥」之句，似不及此之頷聯也。

《句曲寓崇明寺》「古木千年高過閣，浮屠百尺翠於峰」：墨花欲舞。

《九日寄懷孚夏三兄》「黄山寂歷猿千隊，淮水蕭條雁幾群。橘熟蟹肥歸去好，故鄉回首嶺頭雲」：雄調柔情。

《延令道中同次郊四兄》「爲憐戰地斜陽冷，特訪柴墟夜月浮」：極貼。⊙精工純粹之作。

《廣陵送三侄又梁還家》「幾林楓葉紅於醉，斷岸蘆花白似磯」：新秀。⊙風神在洗馬、思曼之間。

《懷長侄天有》「家園橙橘風光好，海國魚蝦歲月荒」：青翠可挹。

◎以上數首，寫兄侄之間情誼最篤。

《秋日同胡斯祐先生、孫子枚吉、夏子右文、侄覲揚再遊蓀園》「茅亭葉滿行蹤少，水閣松陰日影遲」：深寂，生人道念。

《過瓊花觀》：是弔古聲調。

《迷樓舊址》「欲聽吹簫何處是，雷塘風急雁聲愁」：逼唐。

《蘆江晚眺》「扁舟一望山如黛，迷卻金陵舊禁城」：指次最遠。

●自鼎庵先生得詩之嫡傳，而乎夏紹其家學，一洗鉛華，獨標正始。令弟次郊、宗衍拈筆吟詠，秀骨妍思，一時駢集，其殆王恭、柳惲差可方擬。

王　巒

嶲山，湖廣黄安人。《習隱齋集》。

《贈方仲公》「枯葉風鋪硯，低簷雪上書」：皮、陸佳境。⊙如此是極受用人。

《感懷》「舊客忘相識，新愁最認真」：我輩閲過語。

《客舍》「饔飧過早晚，童僕共朝昏」：旅景寂寞如是。

《暮過山莊》「過嶺穿雲入，重重渡淺津。青山承落日，碧水漾遊鱗」：寫景入妙，得摩詰之神髓。

《遊天臺，步白韞生明府韻》其一「山晴更覺秋」：好。其二「佛老當年像，松蒼萬古秋」：森然如見。◎三首筆姿想路俱別，是深心山水者。

《晚泊觀音港》「村村燈火遠，孤棹泊江邊」：可畫。⊙荒涼可念，一起最爲擅場。

《思歸》「歸夢一時圓」：「圓」字好。⊙氣韻都蒼。

《贈野老》「身世何曾説海桑」：極是。⊙此老是桃源中人。

《感懷》其二「閲歷遂成終歲懶，折磨始覺寸心堅」：涉世既深，乃能聞道，吾欲奉爲韋弦。

《習隱齋偶成》「傲骨豈從貧易改，愁腸不信夢能寬」：此中見品，無須碌碌奔走。

《歸路過汴梁》「不爲梁園詞賦客，辨香肯拜信陵祠」：大有豪情。⊙行路之難，唾壺欲缺。

《遊歸元寺》「枯藤合繞千年樹，怪石分穿百道流」：筆筆圓秀。

《由天臺至黄楊，再步白明府韻》其一「衣濕曉侵雲氣重，目迷遥望雨絲長」：幽蒼。其二「傍石僧厨通古澗，當峰佛面受寒霜」：對更妙。⊙刻劃入微，卻不傷氣。

《登鎖江樓》「烏立輕帆投遠浦，樵依殘日渡荒洲」：如畫。⊙摹景在即離遠近間。

《暮泊蕪湖》「鄰舟誰唱江南調，獨有離人側耳聽」：難爲此際。

●余休夏水繪，雖蓬蒿没人，而樹色波光可愛。適楚黄王子嶲山以近詩見示，清深雅健，不趨時尚，而神骨蒼然。寂坐水堂，細爲評跋，是客中一快。

楊瑚璉

古存、聖與，江南泰州人。《破帆吟》、《寄餘園稿》。

《和俞陳芳韻送孔東塘先生濬海，兼懷徐方虎、李厚餘兩先生》「羅浮山頭春雪晴，羅浮山下春風生。春風忽開海天霧，扁舟遥見鏡中行」：開卷有磊落之氣。「況逢比部稱仙李」：入李。「天子有言曰咨汝，分曹列署共綢繆」：筆致古峭。「只聽陳芳爲我説」：插得好。「不求譽言只求罵」：當今求罵者幾人？「追蹤又有玉堂人」：入徐。「波面瀠洄泛墨香，孝穆遥傳去建康」：結處更不繳孔、李。妙，妙！⊙以東塘爲領，而厚餘、方虎次第出之，章法極有條理。至波激遞生，情緒各出，尤得長詩頓挫之妙。

《章江客樓》「西山風雨歇，一枕足高眠」：悠然有致。

《尋三台洞》「側出亂雲迎面落，空懸峭壁壓人低」：筆力能深入。⊙寫山水全以骨勝，而姿態亦復横生。

《寄別東林寺耳公》「雨生前渚三更夢，愁入歸舟十月裝」：艷雋不凡。⊙詩入粗豪淺滑，名爲學宋，而實出元、白下，故右丞、文房其風骨不可没也。古存二七律，皆得王、錢之深。

《龍江早渡》「宿霧漫天起，龍江潮未平。不知兩岸闊，但聽棹歌聲」：是曉江實境。

《題墨池》：着想遠。

●古存家居羅浮山麓，閉户讀書，不屑奔馳以邀時譽。而闕里、桓臺、雪水諸君子，乃從藪澤中物色之。其詩能自立崖岸，而僕更喜其錘鍊入格處，爲獨進於醇雅。其遊西江，瞻眺古跡，流覽煙霞，類多勝作，容再爲表章之。

愼墨堂詩話卷三十八〔一〕

盧綖

菽浦，湖廣黄安人。《艋莊近集》。

《迎春行》「雪霽輕寒春欲曉，千門萬户晴光繞。城堤淺水泥初融，畦麥嫩針葉正小」：秀倩輕麗，有唐初四子之風。「席終農夫向予言」：轉筆。「夜深相對牛衣泣，眼看五侯更於邑。廚餘粱肉庫餘財，取償索逋狼虎急」：老杜所云：「朱門酒肉臭，路有餓死骨。」「貪看春光滿城市，一度一年那得知」：人情爾爾。「我聞此語倍茫然，翻憶當初令永年。男解供耕女解織，麥棲四野蠶三眠。今幸普天歌大有，不羨鬬雞與走狗。九重春色自天來，與爾浮觴酌大斗」：結得從容有致。⊙佳景歡場，卻軫念民之疾苦，婉轉深痛，自是惻隱之心，行於文墨。雉皋十萬户，皆在使君春風中，豈不令一時人士式歌且舞。

《登狼山》其一「一葉潮頭小，數峰江上孤」：恍然在目。其二「地坦山根近，江窮水面寬」：確是

〔一〕此卷輯自《詩觀》三集卷十一，原署「東吴鄧漢儀孝威評選/同學李良年武曾參閲」。

狼山之景。「陽回春欲暖，風到海猶寒」：兩句要合看。其三「海雲常入寺，潮水盡通田」：奇拔。◎三首弘潤而兼深警，從來狼山詩以此爲壓卷。

《元夜步月偶成紀事》其一「笙歌如意銷兵氣，燈火多情卜有年。」：卓偉。「城裏雖喧城外寂，願將荒草變人煙」：關心民瘼。其二「一年難得上元晴」：天然，卻有含蘊。「寄語踏歌諸子弟，郊原桑麥已勾萌」：語有箴規。其三「江北江南何限思，總教無恙乞天公」：藏意獨遠。◎隱諷深慮，皆良牧救時之言，不屑鏤金錯綵。

王玑

蒿伊，江南桐城人。

《泉出雙魚歌》「初掘轟雷撼地鳴，再掘波濤噴林薄。當其初濬那知此，泉未出時魚安止。突然瀑布向空飛，雙鱗鼓鬣隨波起」：形容處筆墨飛騰，令人驚愕。⊙有此異事，曲曲傳寫，覺生趣洋溢紙上。

《雙松歌》「緬想儀型不可見，見此雙松如覿面。喬柯怒舞沸波濤，香葉葳蕤捲霜霰」：因樹思人，筆情靈活。「木有本兮水有源，清芬家世身相傳。感此不匱思纏綿，鬱葱遠眺雙松顛。猗嗟忠孝匪偶然」：雙結處周匝。⊙不徒爲雙松寫照，而歸本家世，令人忠孝之思油然而生，詩所以可傳。

《乙丑種松歌爲胡太守賦》「恍有松濤沸山脚」：着此一筆，好。「種得清陰滿巖壑」：樂事。「山鳴谷嘯卒然事，蒼鱗飛舞成風雷。風雷鼓蕩何可測，會見虬龍騰白日」：摹擬處筆墨酣飽。「昔聞辛補闕、姜太守，種桑人稱太守桑，植柳人稱補闕柳。此松真堪爲匹偶，何以紀之年乙丑」：引此證助，古峭之甚。⊙昔時名守，每於政事之外，傍及池臺種植之樂。匪僅免俗，亦見心閒神定，有道德文章之美。視以官爲傳舍者，相距霄壤矣，宜蒿老之嘖嘖胡公也。

《遊臺頭寺》其二「幾處鶯啼村樹裏，一行柳浪夕陽西」：風美可懷。◎二詩俱以風韻擅長，不僅工爲梵唄語。

《欒城講院落成示諸生》「流風誰掃鵝湖席，堂搆應期鹿洞鄰」：工切。

●蒿伊先生令欒城，以循卓特薦；旋通守越州，復有殊績著聞。而近以濬海重任膺茲特簡，經濟既擅其長，而詩篇更能挺出。龍眠靈秀，應産是人。其捐貲刊王于一先生《四照堂全集》，尤爲郡縣牧守所不能行之事，余極重之。

王孫茂

漢卓，江西南昌人。《楓林草堂稿》。

《夔門書懷，兼寄成都堵羽三》「魚龍鼓浪來，鐵石窘其步。恚激成崩雷，砰訇殷蓬户。噴沫高於人，潺湲落飛雨。舟子觸風濤，欹帆赴奔注」：寫景變幻，咫尺欲生雷雨。⊙人稱其險怪，我覺其平夷，以形容風浪魚龍，皆有實情確理。

《峽船行》「峽船一葉如行軍，步伐進止纖毫明」：開手有横刀直入之勢。「晝夜雷號萬馬奔，雪浪排空似蛟舞」：險極。「須臾驀地鷹隼發，百丈危崖突超越」：又轉一境。「一縷遥空逆浪争，數武機宜金鼓節。臂隨手使無不宜，但見船頭墮晴雪」：峽險正須以人力濟之。⊙奇正相生，經權互用，一操舟具八陣變化之妙。詩中轉側動蕩，疑有神來。

《白帝城》「天入三巴窄，雲連萬壑平」：真確。

《謁先主廟》：妥而秀。

《泊長壽》「野燒侵星勢，江流作雨聲」：荒遠可畏。

《泊忠州》「峽開初見月，江静欲流煙」：不減工部。

《夜經六磧》「榜火明時滅，江猿嘯獨清」：是夜景。

◎數詩有清迥奇邁之氣，非行巴蜀道中不能具此。

《登萬壽閣望西嶽》「萬壑争回合，群巒盡附庸」：雅貼。

《平凉有感》其一「樵歌沙磧路，野哭戰場人」：亂餘之景如見。其二「夜月明溝水，春風長麥苗」：深警。

《泊石子灘，同宋荔裳先生、張鄴仙、沈右文諸子分韻》「二月鶯花巴地滿，百蠻泉貨蜀江通。山深樹暝春雲黑，峽險灘高夜火紅」：四語聲色俱足。

《白帝城懷古》「遠帆如箭飛蘿峽，哀狖無人嘯石門」：二詩精力滿，氣象高，七律中所少。

《賀蘭山》「天從沙漠起峰巒」：筆峻。「日落風來塞草寒」：颯颯驚人。⊙形容邊山，可謂曲盡。

《秋日雜興》「孤城角吹邊雲起，故里音遲羽檄連」：如聞江上横笛。⊙音節老，氣力健。

●曩時尊君于一先生僑居廣陵，與梁仲木、公狄、李小有、惲道生、杜于皇諸君，交情極洽，而余亦竊附嚶鳴之好。迨于一客死武林，而令嗣漢卓依人入蜀，久不得其消息。丙寅來海陵，把晤甚歡。出其詩篇見示，沉毅有家法。且聞其擔簦遠遊，而周旋骨肉，罄囊不厭，豈惟工文，而至行非人可及，能無敬羨？

徐豫貞

德宜，逃庵，浙江海監人。《滄浮子詩鈔》。

《夏夜詠》「林風坦以來，漸覺微涼起」：好景。「空山有幽人，彈琴應未已」：渺然。⊙一片空明，渾是冰雪。

《遊西山石池憩池上齋作》「潭雲靜猶興，松風來無時。石壁斂虛響，陰崖吐幽輝」：陶、謝去此不遠。

《雪中舟次百步亭假宿僧寺》「孤帆雪中去」：好。⊙「短棹衝逆浪，風雪到野寺。寒餓舟子僵，旅爨僧庖寄。村酒不到面，瓦爐且温趾」：歧途風雪，寫得真率有致。

《雨後東山自中峰下至北澗作》「松色過雨深」：妙語。「坐巖遇雲歸，歷石值泉躍」：琢語必貴。⊙距康樂風期不遠。

《詠懷》「墟煙上籬落，山家偃荆扉。明燈飯藜藿，一飽安所希」：沖澹有神理。⊙全學靖節。

《雜詩》「未必吴王宫，更復無妍姿。蛾眉各有命，自古盡如斯」：曠識確見。⊙非貶損西施，情理自是如此。

《秦山北峰觀日月合璧詩》「天門沉沉星漢垂，羲和鞭日窺咸池。鴻濤崩迫混沌鑿，二儀清濁分何遲」：奇情勃發，寶光陸離。⊙全詩有光氣射人。

《秋日晏集族侄山莊題壁》「馬鞍峰頭白雲駐，馬鞍峰下空煙樹。阿咸小築傍雲林，開晏留余三日住」：筆力强勁。「曲罷不知海月白，醉來卻望秋天高」：唐人勝場。⊙逸興遄飛，飄飄有凌雲之氣。

《懷硤山周氏西園》「昔年頻上翠微樓，憑闌極目心悠悠。竹深不知白日晚，鳥鳴坐覺青山幽」：是「懷」字意。「草堂更在南山側」：老。「江南才子桑民懌」：老。「一自東歸不復至，十年空抱雲林思。主人已逝山月秋，惟有仙人自來去」：數語寫得淒然。⊙秀情老致，摹擬俱極自然。結處不勝河山之感，如聞鄰笛。

《題謝時臣古松圖》「秃幹横枝半死生，猶向空中攫雲氣」：颯颯有神，吾爲驚怖。「緑莎如煙隔松語」：好。⊙短幅有萬丈之勢。

《春過初地庵贈文可上人》「野艇雙橋雨，春湖滿岸雲」：秀卓。

《登雲岫蘭若》其一「層雲摇漲海，萬嶺落重湖」：「摇」字、「落」字奇甚。其二「海色封春浪」：警絶。◎思深力毅，迥非時流筆墨。

《秋日海上即事》「魚風晴入市，沙井夜炊鹽」：是海上景。⊙通首不懈。

《舍北溪上種竹後詠懷》「溪風揺薄影，沙雨上荒苔」：恰是竹景。

《遊西山小桃源》「雞聲出白雲」：「出」字妙。

《感事》「城饑秋指麥，兵老栅依山」：何等力量。「開營夜戰還」：老辣。⊙絶似少陵西山詩。

《午日村居即事》「一犂黄犢雨，數樹熟梅風」：新而健。

《管山尋白鶴園故址》「壁壓藤蘿合，松高鼯鼠蒼」：荒深。⊙純是感舊，筆墨都無近色。

《雲居中峰寺》「江光揺石閣，湖雨上松樓」：好。

《九黄門》「落日翻龍窟，驚濤捲雁沙」：形勢可畏。⊙奇拔處不減北地。

《初夏寄懷笑山侄籜庵山館》「散帙攤春雨，匡牀枕夏泉」：揺筆皆殊。

《吴山見滄巖寶奎寺樓書懷》「荆蠻連海月，吴越斷江流」：精到。⊙「蕭條南渡跡，猶藉梵宫留」：胸有識，眼有光，方能作此詩。

《夜過震澤》「沙村人語近，曉色辨姑蘇」：依稀如見。⊙全寫夜景，一幅大癡畫。

《晚次錫山》「凍野月無色，夜霜風有稜」：寒色在眼。「市橋舟聚爨，山店酒懸燈。何處鵾弦撥，淒清客思增」：四句全貼錫山。

《春日登法雲禪院，是秦山最高頂，題壁十二韻》「雲山銜百越，江海略三吴。倚足青冥窄，回看白日孤」：弘敞。⊙空濶處寫得極曠，細微處寫得極幽。

《少司空孫屺瞻先生奉命治水淮南呈贈二十韻》「叠鼓暮雲東」：秀。「民免爲魚鱉，公堪補衮龍」：工緻。⊙典則秀暢，而語皆貼切，不作浮聲，固唐人應制之佳什。

《寄懷西山刁覲文》「擬欲問君當世事，贏糧躍馬更須來」：山人固不諱世事。

《夢步西湖堤上》「水邊寒鷺洗笙簫」：新警。⊙讀過令人作漱流枕石想。

《夏月午夜後泛舟秦溪，比曉至東山家庵口號》「涼螢點水灘星亂，殘月留山竹露明」：是夏夜舟行之景。⊙清氣襲人，疑行湘岸。

《春日西湖寓樓感賦》「簾捲平湖水一樓」：妙句。⊙湖山如舊，人事全非，固不勝索莫之慨。

《謁秦山始皇帝廟題壁》「四塞關河無社稷，千秋里社有蒸嘗」：可爲發歎。⊙祖龍而尚廟祀，詩中着筆最難。此只平平歎息，最得。

《寒夜獨飲，讀豁堂老人南屏詩集》「杯光燈影動寒江」：此時風景固勝。

《同李懷岵過訪南屏壑庵，途中口占一絶》「慚負十年禽向約，滿頭塵土問青山」：我輩慚負青山多矣，不堪讀先生此句。

《送家兄之任岳陽》其一「夢裏若傳春草句，爲予題贈洞庭君」：詩思幽曲。其二「白首生涯王事在，莫將秋淚滴猿聲」：得過且過。

《南巡歌》其一「平明馬上欺寒色，昨夜承恩早賜貂」：固是聖恩。其三：唐絶中極有風韻之作。

《丙寅仲冬海陵邸舍候吴水部不至》「與君廿載燕山别，不及淮南半月長」：箇中語。

《清明曲》：是老杜看花諸作筆意，極有興趣。

《吴閶詞》「真州賈人青狐裘，大艑岢峩楓橋頭。五更醉下青樓去，打鼓開船江月流」：絶妙樂府。

●滄浮先生居秦溪，觀日月潮汐、蛟龍草樹之變幻，胸有奇書，門無雜賓，一異人也。而雅抱用世之志，曾一遊京師，登昭王之臺，入酒人之市，磊砢難合。杖策東歸，爲將母計。所著詩篇，堅奥奇警，全得漢魏盛唐之精髓，而不屑與時流角門户。余心重之，選其詩二集、三集中。蓋珠光劍氣，照耀四壁，不可掩也。惜未删定一全稿以行世。

俞楷

陳芳，江南泰州人。《第一書》、《第二書》、《後丁卯集》。

《廣陵三山》「西蜀龍一幹，盤紆江淮間。造物賈餘勇，又復爲三山」：《地理志》得未曾聞。⊙余自六峰歸，見蜀嶺形勢蜿蜒磅礴而來，至上方寺爲龍脈所聚，又過河爲泰之天目山，然後入海，固非他山所可比。

《登攝山中峰絶頂》「錯趾多峼嶁，大勢已吞併」：深入題奥。

《紫峰閣泉》「龍山第一曲，傑閣當峰倚。後有古桂巖，峭壁兼天紫。忽然磴道傍，泠泠得一水」：層次説來，石破天驚。

《西澗》「東澗奇以泉，西澗奇以石。泉聲入樹青，石光兼水白」；「一巖自天開，層折下山脊。石浪翻遺谷，雲霞濺枕席」：極能狀奇。紙上有澗泉淙淙欲出。

煙火。

古柳眠，幽亭蓮露香。乃復失春夏，凝陰生洞房。煙波縹緲然，極目如瀟湘」：空微澹秀，絶去人間

《曉夢同吴天章並呈王阮亭先生》「微雨濕歸夢」：奇語。⊙「夢入羅浮宅，溪回竹箭涼。草閣

蕩海門，江山通氣類。焦巖逢李白，恍非今世内。絶壁俯驚濤，幽思各相愛。至今夢寢間，猶在江

《客春喜晤李湯孫先輩於焦山，復荷寄詩見懷，春日過昭陽奉訪，先之以詩，即倚原韻》「天風

之滙」：風神氣概，令人一見傾倒。「今也説詩人，唐宋必以代。北轍而南轅，紛馳無乃背」：抑唐以

伸宋，未免門户之漸，正須平心參酌。⊙湯孫詩老蒼秀警，得漢魏三唐之至精。久未讀其詩，讀陳

芳作，令我益深懷想。

《張公洞》「神仙若復人間世，十洲三島俱非是。神仙若不人間世，張公之洞曷爲爾。今我來

遊亦偶然，采山原不采神仙。豈料山中奇絶處，不是神仙殊不然」：起得灑然。「初入後洞難容趾，

委身一竅蛇行耳。開煤發炬忽狂叫，奇石玲瓏兼崫壘」：寫得有次第。「石乳紛垂石柱起，上不及

頂下不底。忽然上下斷其際，一線難續何怪異」：絲理畢現。「鯽魚臂上飛霹靂，奇險矗崩千丈壁。

雷火燒開一線天，石柏森森踞磐石」：形容瑰異，筆力破空直走。⊙有詳有略，有開有闔，有嚴整有

散落，有奇險有平夷，此以記序法爲詩者也。

《善權洞》「上之石壁何崔嵬，下之石澗何崩頽」：森森見底。「乍驚尋丈起孤峰，宛若春雲碧裏

空。憑空忽下仙人掌，丹竈巍然懸壁上」：奇峰忽起。「余謂此洞雖寬宏，近人未免多人工。不若

張公多古異，幽靈之氣與天通」：品次不爽。⊙遊山須有眼，又貴有識。如此形勢洞然，又能判斷直截，是山水功臣，亦是山水畏友。

《黄河阻風》「黄河落地地欹側，黑風吹天天變色。風水激蕩如迅雷，神旗鬼車來往急」：不知從何而來，讀之怦怦心動。「重瞳祠下草離離，萬古雄心爲君死」：結亦遒。

《黄河阻風後篇》「夜不敢眠晝僵卧，面無人色同鬼餓」：鬼神於詩。「何不令我汶上死」：奇絶。◎二詩高奇雄壯，似少陵又似昌黎。彼或無本而妄曰：「我駕古人。」真堪一噱。

《曹秋岳、許青嶼、冒辟疆諸先生海陵公讌詩》「青眼回看天下士，當筵儘有千人雄」：豪情四發。「旋止高談起静因，摇曳歌絲分扚真。玉簫吹徹梅花老，歲歲江城憶小春」：如此收拾最好。⊙勝流高會，卻得此雄俊之筆寫之，光氣照耀四座。

《贈孔東塘先生巡海，並寄懷李厚餘、徐方虎兩先生》「海風吹雨復吹晴，梅花墮地春草生。能白能紅應計日，仙舟忽駕滄溟行」：飄然而來，大有雪中鶴氅之致。「北園雲牙蓋香雪，孔李相逢眼如月。河傾燈灺參旗斜，酒闌尚把陳芳説」：情事宛然。⊙「短檣春風走汩汩，精神寞寞送君出。煩君寄語李鄴侯，鄭重珊珊保仙骨。更有南豐一瓣香，生平敬爲餘不鄉。成連回顧傾波日，入海琴聲韻倍長」：雖是感知，寫得豪氣勃勃，此真名士。

《丁卯二月十七日，孫大司空自岡門興工修下河海口，楷目擊大典，賦詩紀事》「是日祭海凌高臺，土香泉滑含珠胎。揚舲百貨以鱗次，荷鍤萬姓俱子來。歡呼蕩地通潮夕，海若陽侯紛述職。

人心從集合天心，民力普存歌帝力」：筆力高卓，如據百尺樓上。「浩蕩能宣陛下恩，涓滴不飲民間水」：確切不浮。⊙紀事之詩，不徒作謳頌語，此作全從義山《韓碑》脱化得來。

《萬松庵》「遥深若無際，幾曲啓雲封。忽爾忘千古，悠然對萬松」：起得超然。

《渡沂水》「山勢分齊魯，鄉心别楚吴」：有幽邃處，有高敞處。

《棲霞寺》「塔光摇虎穴，殿影照龍沙」：奇麗。⊙整練中精光逼露。

《天開巖》「一綫江聲遠，千尋秋色來」：曠絶。

《孤西凹》「孤澗無人到，中峰影自飛」：澹妙。「石繡萬年衣」：鍊。

《丙辰巽水漁壯，園幾蕪没矣，庚申春日，稍爲葺治，初復舊觀》「桃花春水我高眠」：老。⊙蒼樸之中，能兼細潤，與一味粗莽者不同。

《吾廬再爲水没，登耕雲臺觀其勢》「歷歷遠村隨鳥没，茫茫秋漲挾天來」；「背決滄波摇落日，數聲漁唱使人哀」：遒老似杜。

《春夜聽歌花下，步黄石間韻》「石家卜夜寧吾志，絳帳談經見古風」：陳芳之志如是。⊙雖復歡場，襟懷自是不同，卻寫得密麗可聽。

《上巳夜酒闌》「落拓詩人嗟老去，花間誰復聽流鶯」：我爲撫膺。⊙無限心情，總説不出，讀之惟歎奈何。

《初三日登千佛嶺看月》「看山尤愛日云夕，過嶺初窺月一涯。萬樹松濤浮片影，千崖佛火照孤霞」：卓邁。⊙外有「遥江吐月暮煙外，古寺歸霞幽澗邊」，又「寒瀑飛來森竹雨，春濤響處咽松煙」，俱名句。

《徐方虎先生過訪，兼示令子子貞太史新稿感贈》其一「茱萸灣口一言別，餘不溪聲夢十年」：清音獨嘯。⊙「墊角高懷如在昔，蓬窗舊雨倍依然」：起、結風義纏綿。其二「滿家著作雲霄上，蓋代文章父子間」：極貼切，極高華。

《上大司空孫老夫子》其一「宫人口熟元才子，主上心傾戴侍中」：工麗。其二「春秋未習嚴彭祖，紀傳嘗輕褚少孫」：自視不薄。◎司空先生疏濬之餘，復勤吐握。陳芳娓娓言之，固爲實録。

《胡孟行遺余伽楠香珠，限賦珠字十四韻》「緑結松脂爛，金精石髓枯」：典秀。「錯落填三寶，停匀勝五銖」：更精工。⊙有連珠編貝之巧，陳芳集中又是一種。

《木樨花下聽弈》「亭午山前秋雨歇，棋聲静落古香中」：白鶴觀前有此。

《河間竹枝詞》「不争金屋藏嬌小，窄袖輕靴跨駱駝」：燕趙風光如是。

《焦山》「善財亭下雙峰閣，緑雪輕風對讀書」：光景快絶。

《楓隱寺》「一片楓林千萬竹，峰腰小閣試新茶」：幽艷。⊙令人神往。

《金沙寺》「松濤謖謖竄蒼鼠」：此境清杳，留與山僧消受。

《雨中重訪惠山》「不厭愁霖窺笠澤，重攜舊雨試新泉」：得唐絶遺法。

《重過虎丘》其一「忽爲露髻忽煙鬟，返照歸霞錦一般。千頃雲邊無那好，況逢新月下西山」：

寫得出。其二「夜分猶起當軒坐，吹到山塘茉莉香」：安得長坐卧其中。《讀張石樓畫感題》「舞袖歌喉銷落盡，孤舟横笛下西風」：世難得此解脱人。《泊張渚月夜聞歌》「半峰殘月照歌聲」：朦朧髣髴，殆移我情。

●俞子陳芳，門第清華，姿才茂異，乃能從綺麗紛綸中，擁書萬卷，日事披閲，澹然如入定老僧。此再來人也，而又絶去名心，從未肯以片刺爲通謁。然當世讀其所著書，皆愛慕不能置。蓋由陳芳學據其實而心處於虚，故能屢進而不窮，日新而善變。即其詩，始而縱横奇譎，不名一家；而近時所作，則更法嚴而格正，神遠而識超。非讀書具静力，安能詣此？宜見者有天人之歎也。余與天木、錦泉暨陳芳同里閈，稱三世交，詎敢一字浮譽？故論其詩而爲説如此。

楊綱

立三、石村，陝西宜君人。

《故宫行》「客懷總忘節序更，傍人盡説是清明。攜樽偶步城東路，晉王宫闕居人耕。見之傷心淚盈把，池塘寂寞扁舟横」：説入。「憶昔春宫競羅綺」：此言昔之盛。「一自中原盛豺虎，洗妝樓内撤歌舞。九龍池畔邊笳哀，吴姬趙女成黄土。鴛鴦瓦暗紅壁昏，猶是當年舊淚痕。芳草青青人跡少，遺鈫碎管總銷魂」：此下言今之衰，迷離酸楚。「斜陽初沉狐鼠出，無數陰雲神暗傷」：黯然無盡。⊙興亡之數，歷歷如指掌，而章法開闔，一絲不亂，不獨辭篇藻麗，能儷子山、文通。《渡桑乾》「廢井人煙少，荒原戰壘多」：是亂後語。

《歲暮獨坐》「孤燈獨客前」：健句。⊙獨臻老境。

《聞雁》「蕭蕭聞雁歸」：穩。

《晚登小五臺》「憑高遠落三河水，俯瞰全收萬井煙」：氣概好。⊙詩思如寒潭之清，卻不落癯瘦。

《山陰道中》「馬蹄竟日踏黄花，小市孤村有幾家」：落落有氣。⊙山行野景，一一寫出。惟右丞有此烘染。

《夜月憶趙秋水》「三更哀角驚鄉夢，萬里孤吟冷客裘」：哀警。⊙「何事經年鴻雁絶，無緣尺素到洺州」：與秋水别於邗溝，不禁清朗之憶。今讀立三詩，更置我葭蒼露白之際。

《夜病有懷》「苦雨衾寒醒遠夢，凄風人病怯登樓」：此境難堪。⊙音響凄急，如斷弦秋雨。

《重陽與趙秋水、張子吉柏園小飲》「千峰秋色抱城來」：遠。

《雜興》「小窗日落欲黄昏，自點銀燈照淚痕。萬里月明何處好，鐘聲夜静倚寒門」：凄語。

劉克坒　仲雅，陝西中部人。

《春懷》「塞冷鴻先度，邊春花不開」：好。⊙羈客不堪入耳。

《錦州道中過杏山》「紅螺高並杏山齊，凌水環流舊戰谿」：筆意高聳。⊙「老翁揮淚不堪提」：發意哀楚，全乎邊聲。

《永平謁夷齊廟》「興周恥作熊羆侶，弔古甘爲虞夏吟」：對得好。⊙卻是夷齊廟詩，以有生氣。《詠柳》其一「於今費盡黄鸝語，無那青春叫不回」：腸斷語。其二「風沙歷盡方開眼，張緒而今也劇愁」：是邊城柳，移借不得。其三「恨伊最是河橋上，不解留人解送人」：此恨極是。◎柳詩三章妙甚，然卻是邊地，不是江南，故爲絶唱。

林堯光

覲伯，福建莆田人。《涑亭詩略》。

《自萬縣放船至夔府》「轟流殷雷鼓，坤軸吒屠裂。船亦斜仄奔，風渦盤突兀」：造險伐異，筆勢更如奔馬。⊙掀雷掣電，比之昌黎。

《甕山懷古》「上有耶律墳，石虎卧榛荒。秋霜殺落葉，即目莽蒼涼」：極似老杜《九成宫》之作。⊙「帛湖濱其足，人家藝竹桑。垂絲牽水荇，抱甕澆山薑」：堅潔入古。

《由秘魔崖至平坡寺》「啄苔攢瓦雀，竄竹亂山雞」：雕鏤，卻冷雋。

●莆田詩藪，而林氏昆玉尤森奇莫敵。涑亭詩工麗典秀，一往有寶光射人，惜所登之甚少。

趙有成

子淑，柳江，江南江都人。《竹西草亭稿》。

《苦熱行，同鄧孝威、宋既庭、孫豹人、家山子、桑楚執、華龍眉、王椒卻，次宗鶴問原韻》「頻年愁河決，今夏苦旱猛」：二句得主腦。⊙「催科難遽緩，蠲賑誰再請。何日火龍升，庶見妖星隕」：描旱象，無語不真，無景不備。

《曉迷山蕩》「岸斷疑無路，帆懸不見天」：寫「曉迷」二字，何其刻露。

《宿清河縣》「河流混日黄」：好。⊙荒涼如此，何以爲吏。

《阻風》「開帆剛一日，又阻白洋河」：譜其實事，不嫌質樸。

《南旺分水龍王廟》「三支溯薊北，七派下江南」：確切。⊙此較梅村爲質實，而能補《水經注》所不逮。

《南陽舟中，用夏次功韻》「河深六月涼」：好。

《杪秋登燕子磯》「峭壁夜懸江寺月，亂帆曉破海門潮」：高整。⊙詩有吞吐雲霞、驅斥蛟龍之勢。

《夏日東武候劉木齋學憲登超然臺》「東瞻海日疑天近，南望廬山負郭來」：巍峨敞豁，具海日之情懷。

《秋日登報恩寺塔然燈》「地勢由來連鐵甕，江流依舊繞金陵」：皆從登時看出。⊙昌明弘麗，在王右丞、岑嘉州之間。

《從琴溪至南灣，次黄雨相韻》「馬頭亂岫看無地，嶺外高峰直接雲」：善寫形似。⊙用筆能實，覺煙嵐如指上螺紋。

《四月十五早朝》「鑾使高騎馴象來」：用事卻妙。

《入西華門過金鰲玉蝀遊景山望北塔》：得唐人應制之體。

《夾馬營懷古，用夏次功韻》「不因點檢興王業，誰使英雄有甲兵」：風力矯邁。

《黄河夜渡書感》「三春空負落花多」、「布帆乘漲走黄河」：不屑爲瑣音曼調，是渡黄河詩。

《玉峰奉獻侍講李夫子，用其秦中雁塔登高韻》「棘院冰壺徹底清，更開英宴撰西京。今來盡攬東吴秀，重見關門紫氣生」：叙置楚楚。「輶軒到處祥雲繞，草木禽魚識姓名」：雙結緊甚。⊙字字確切，押韻更精。

《遊歐公醉翁亭》「非是地靈無劫火，從來名勝絶烽塵」：結處大有關係，不獨爲前賢標榜。

《遊瑯琊開化寺》「泉湧石橋飛瀑雨，寺連古木隱僧房。雲高出岫山先白，樹老經秋葉漸黄」：中四語精麗。

《合肥飲稻香樓，懷龔芝麓宗伯》「勝地從來能幾葉，古今閲盡自滄桑時園已他售」：金谷平泉，從來一夢。而世人每沾沾於一花一石，豈不可歎！

《登采石磯太白樓》「港口月明龍窟穩，磯頭浪靖客舟停」：寫景清麗，而精力亦滿。

《文遊臺懷古》「不辭元佑群公黨，自讓熙寧一代才」：不獨點染煙波，而中有史論。

《早春平山堂送宗鶴問之白門》「北城放棹柳初齊，二月黄鸝已亂啼。乘興知君堪獨往，春風江上一帆西」：俊。

●太史公以遠遊而成《史記》，少陵奔走楚蜀而詩益奇。子淑曾涉洞庭，登星巖，縱覽溪山草樹之勝。故《浮湘》一集，久爲施宣城、曹樵李諸公所深賞。今自北道歸，示我以歷遊諸作，皆高亮雄偉，格調純似唐人。亟掃竹西亭子，與二三知己把酒論詩，是一樂也。

冒襄

無譽，江南如皋人。

《詠懷》其一「何如安枋榆，飲啄隨所依」：極安分守道之言。其二「何必困雕蟲，坐令兩鬢衰」：聲情忽爾壯激，固英雄之概，不能自已。

《送别陳其年》「君歸勿復傷遲暮，世人誰愛揚雄賦。銅官山頭百草枯，好向霜天獵狐兔」：其年遇矣，而末路可傷。⊙「城角蒼涼夜如水，江干北風一千里。故人駕言欲遄征，薄暮呼童具行李。慨慷握手出城隅，欲别不别歌驪駒。酒酣相顧各歎息，仰天熟視西飛烏。須臾月落孤城堞，茫茫萬里江濤疊。揮手河梁歸去來，孤帆六幅輕如葉」：風景蒼茫，情旨慷忼，大有河梁、《録别》之遺。

《胡安定先生祠前雙銀杏歌》「剪伐難充棟樑用，盤踞番逃斧斤厄」：傲兀崎嶔。「時聞樹底宿牛豕」：往往如此。⊙短章耳，氣力可搏犀象。

《憶昔》：不堪此憶。

《鸚鵡》「隴山今異域，處士昔同時」：語確切而筆蒼老。

《金陵客舍喜晤戴二无忝，兼懷戴大務旃山中》其二「八口萬山居」：造語峻。⊙情緒離離，溢於楮墨。

《陳其年至自陽羨，伯兄招讌得全堂，即席限韻》「雕龍家世原堪問，蠟鳳年華最易過」：可感。⊙「正是客星高會處，柴門昨歲尚横戈」：清韶雅令而藴意甚深，固非尋常紈綺。

《五日懷李慢庵》「喪亂經年渾似夢，兵戈滿地苦無家」：實録。⊙至情語傾瀉而出，極其淋漓。

《贈王阮亭先生》「九秋獨掌隋樓月，千里偏攜魯殿書」：非阮亭不稱。

《壬戌暮春喜晤貴池吴子班，兼讀其尊大人次尾先生明史殉難列傳，泫然感賦》「驟述兵戈語未全」：意深語辣。⊙純是血誠感激爲詩，不滅蜀鵑之奏。

《獻歲初六夜又雪》「安得四野免凍餓，微軀逼側甘途窮」：是老杜情懷。

《水繪庵夜泛》「小三吾下春波静，日暮瀟湘共此心」：藴藉。

《東内》「誰將碎雨零風恨，斜側紅菱話到明」：妙在不説盡。

●冒子無譽，乃嵩少憲副之次君，巢民法曹之弱弟，而婦翁則又紫陽，内兄則維定庵，門第清華，婣黨貴盛，世無與比。乃閉門撰述，益振前徽。所著詩詞，皆臻英麗，而錦囊韜秘，不輕示人。余至雉皋，始傾篋見授。因坐寒碧，特事丹鉛，拔其數章，足徵全璧。

張圯授

孺子，江南如皋人。《茗柯堂詩稿》。

《茗柯草堂成書壁》「自非支遁流，蹤跡不可尋」：詩在陶、韋之間。

《得許山濤書，喜蔣山老人將歸舍桴蘭若》「江南有茅庵，松菊荒三徑。半閣羅蛛絲，秋風冷金磬。高年脾氣衰，南北異食性。水土費調伏，往往聞抱病。頭白好歸來，山中理清詠」：一則招隱詩。

《寄懷周屺公大令》「四明老詞客，高邁超等倫」：全詩敘次俱老。⊙「憐才氣彌斂，遇物飲以醇」：與證山僅在廣陵一晤，望其眉宇，知爲古人。讀孺子此詩，益令我神往。

《今日行三月十九日作》「今日是何日，歌吹横青天」：問得妙。「嗚呼！今日是何日，歌吹横青天」：叠得妙。⊙一首詩只一起一結，便有無限意思在。中間點綴繽紛，尚屬餘技。

《重晤蕭肇生》「半醉不醉各入城，來日回舟動雙槳」：筆力好。「相逢且莫話寒温，惟有酌酒無它想」：高絶。⊙連年情事，以數筆寫之，詳略次第，各極其妙。

《破草堂歌》「草堂老人多傲骨，五侯七貴非其友。晚年交結兩狂夫，時時劇飲壚頭酒。歸來還坐破草堂，破草堂福能消受。嗟呼！屋破有福如此翁，朱門甲第瞠乎後」：爲老人作傳。⊙草堂雖破，而有如此受用，此老定非凡人，吾欲與之爲友。

《苦雨庚申夏》「淮陰山水發，憂併在揚州」：確。⊙樸甚，樸故可傳。

《顧右戒、水雲叔侄招同顧同叔、王叔旦、佘羽尊、范兩奇暨念麓仲氏集對松草堂》「作達貧尤曠，爲歡老更宜」：高樸。

《歸茗柯舊業甫一年，復授經吴村遺興》其一「爲貧居不定，又欲去東鄉」：起法老。其二「俱堪開醉眼，無奈別魂驚」：章法最老。

《銅瓶》：格律老成。

《耕煙草堂同許晝初、山濤昆仲讀其大阮忠節先生遺稿》「因於小阮接遺文」：接得勁。⊙此事關係不淺，而後人忽之。許家兄弟固是俊物。

《默然禪師攜果蔬就山齋茗話》「愁中誰問張平子，方外還來支上人」：有感慨。⊙俗賓雜客紛然滿堂，能無懷抱作惡？讀孺子此詩，令我如睹劉真長、王右軍一輩人。

《中禪寺遲念麓弟不至》「戀弟情殷過佛舍，出門人説是花朝」：自然入妙。⊙「山房坐久茶煙靜，爐火焚餘篆縷消。此地園林最幽勝，想應獨步訪漁樵」：情景寫得婉轉柔昵，卻又用筆蒼老。

《碧山山房展玩陳六無畫石》「卻怪標題年代隔，到今剛又丙辰年」：結法最老。⊙無限感慨，尋思難盡。

《惜春》「幾處鶯啼人醉後，七分春過雨聲中。韶華如此卻虚度，白髮不難成老翁」：一氣清老，卻自秀絶。⊙近詩描頭畫角，殊覺可厭。如此樸老之作，直逼少陵。識此者，正愁空谷足音耳。

《又雨》「梨花深鎖雙扉雪，柳色全愁並坐鶯」：景色蕭疏，卻是春雨。

《辛酉季秋喜晤婁江家允文大令，兼寄三伯氏》「吾家世系本金閶，洪武分支到此鄉。正憶江山驚代謝，不堪桑梓付蒼茫。歷來歲序悲萍梗，吹徹塤篪感雁行。一棹幾時過舊里，紫荊花下晤元方」：與昔人豈分年代。⊙老氣無敵。

《巢民先生得全堂看菊》「秋堂夜色鬬霜花，擇火評泉試岕茶。圓影幾層環藺墨，寒香一倍静窗紗。尚餘蓓蕾窺人淡，遥映罘罳入座斜」：茗香花月、書畫聲歌，事事推巢民擅場。惟孺子俊聲，足以相發。

《燕語》「王謝樓臺成茂草，齊梁池館見何人」：借燕語寫出年代之感，凄然動人。

《再歸茗柯草堂》「嬌女掃地脚跟軟，老夫對卷眼光明」：「問事競挽鬚」及「狼籍畫眉濶」等句，是老杜極真極樸處。孺子此詩，可謂得杜之深。

《水繪庵訪鄧孝威中翰話舊》「懊惱青衫凋鬢髮，消磨濁俗賴詩篇」：别孺子十年，今復把晤，意長語短，藉詩篇以寫之，委婉曲盡。

《送客》「到此躊躕别故人，回頭已是江南樹」：可畫。

●孺子門户蕭然，庭滿梧竹，茗香詩畫，日共周旋，與疇昔素交久而彌篤。近詩蒼樸勁秀，一洗時氛，則得於禪悦者深。

丁其錫

天予、殊齋，江南如皋人。《聽松軒詩藁》。

《植松》「性不媚凡卉，愛兹松樹青」：亭亭獨上。⊙「月近清陰轉，風來小院聽。亭亭高百尺，佇看接蒼冥」：氣骨勁峭。

《送浮村上人之天童山》「千峰杖錫間」：好。⊙「待到拈花後，依然静掩關」：韻甚，愜甚。

《素風堂銷夏》「無塵暑亦佳，同調況天涯。更以青松伴，兼之白石偕」：多少轉折，筆力自高。⊙押險韻尤爲難得。

《贈張孺子》其一「晚成詎羡蜚鳴早」：傲。「先達難辭汲引多」：婉。其二「涉世波瀾惟斂跡，避人荒埜偶逃名」：二語情旨極深。⊙孺子邇年所製詩詞，皆臻老潔，而聞道之餘，氣平識静，尤爲人所難及。惟天予知之深，故贈詩無一浮語。

《重陽後一日飲佘文賓碧山書屋》「我有黄花君昨醉，君開緑醑我今閒。芳辰不惜頻消遣，好友何妨日往還」：起得超然。⊙和平之中，氣骨自勁。

《贈梅谷禪師》「深公何用買深山」：好語。⊙梅谷自嶺南歸，僕遇於邗關，曾有倡和，勸其鍵户，勿事遠遊，梅公深以僕言爲然。讀天予詩，有同心也。

《喜張秋江復還舊廬》「爲妨石榻籬邊坐，曳地松枝一剪裁」：如此結，出之意外。⊙神思蕭閒。

《詠雁》「防患幾曾棲息穩，兼葭深處恐難憑」：詠物詩貴以意勝。此能警切，得少陵遺法。

《喜潘冰壺再至東皋》「看來菊綻東籬色，聽到蟲鳴别院秋」：趙嘏、許渾之間。⊙冰壺人似秋水，此詩品如玉樹。

《亡兒期日》「寂寂講堂生茂草，飄飄秋雨濕遺編」：神傷，忽得此好句。⊙不堪再讀。

●詩貴雍和静正，然想路必須深警，乃爲傑邁。天予從王、岑得手，然使人撫卷尋味，佳思益出，洵爲雅流。

方象瑛

雪岷，浙江遂安人。《衛遊》、《觀濤》二稿。

《衛州懷古》其一「殷墟久蔓草，洪水空波瀾。惟有銅盤銘，歸然炳霄漢」：余至太師祠，見户牖燦然，歷兵火盜賊，無有毁壞，乃知忠義在人心也。其二：「乃言機智巧，致敗不如拙」：至言。⊙「聞有五丈夫，灌韭甘力竭」：五丈夫真聞道者。其三「裴回嘯臺畔，儀型不可即。吾欲往從之，誰爲生羽翼」：余至嘯臺，見累石嵯峨，氣象嚴肅，因想見蘇門先生。其四：「蓋以酒爲名，沉湎亦聊爾」：高識名言。◎四詩風旨，何減《五君詠》。

《安樂窩》「空山聞葉落」：好。⊙余至安樂窩瞻拜先生，有老儒以酒榼相餉，衣冠古穆，蓋其苗裔也。至今猶憶其事。

《雜詠》：其一「年來民力疲，輸柳役無已」：大有關係。其二：蕭然古筆。其三：「當時竹林人，何以恣茗艼」：嗜飲者不擇酒耶。

《百泉》「氣含風雨浴星辰，千古誰測蛟龍窟」：奇鬱。⊙「虎跑趵突夫如何，此水澄甘已超越」：河北勝地，應推百泉，澄泓綺麗，照耀巖石。余同沈石友太守策馬訪之，讀雪岷詩復爲翹首。

《旅思》「惝惘裴回擊磬處」：古。

《即目》「群山來上黨，一水下淇門」：確而工。⊙極貼合，而秀氣發越。

《春泛》「清淺不十里，蜿蜒經幾曲。青蘋紅雨中，泛泛見鷗鷺」：層次渲染，無不婉貼。⊙擷三謝之勝，綺文秀致，絡繹飛來。

《文選樓》「早世誠可悲，千秋尚憑弔。信哉身後名，人生亦所要」：末數語令人憮然有身世之感。

《玉鈎斜》「金粉野燐化，玉釵耕隴出。古時艷歌舞，今月照荆棘」：參軍《蕪城》有此哀艷。⊙舞榭歌塲化作荒田野草，真覺繁華如夢，而人猶不悟，何哉？讀雪岷詩，勝於暮鼓晨鐘矣。

《集飲環翠軒詠橘分體》其一：「夏后珍爲貢，湘纍頌獨工」：典雅。其二：「千樹龍洲上，奚爲號木奴」：用事摇曳。⊙詠物題貴典實，又貴清脱。此能兼之。

《廣陵偶詠》其一：「粉黛相承艷冶風」：豈惟邗上。⊙「竹西歌吹四時同，想像迷樓煙靄中」：極其華縟，而風骨超然。其二：「須知程卓有功名」：時事。⊙近日大估尊倨甚矣，而縉紳猶其磬折，何哉？

●方君樸士，古道照人，不屑通刺冠蓋。而雪岷明府雖門地鼎盛，才譽飆馳，瀟然如寒素，與樸士正有針芥之合。丁卯登余客樓，促余選梓雪岷之詩。時積雪滿山，照人帷幕，披覽詩卷，同其潔超，是一則快事。

閻若璩

百詩、潛丘，山西太原人。《眷西堂詩集》。

《過鳳翔》「百戰城猶在，秋蓬上女墻」：起得高雄。⊙「停鞭欲有問，落日馬頭黄」：筆意强甚，大有秦風。

《初發隴西》「銀沙雜曉星」：此句似空同。⊙健翮凌空，勢欲搏兔。

●百詩久爲騷壇勁敵，惜寄詩甚少，然二作已窺半豹。

盧　洽　在陽，湖廣黄安人。

《讀陳無已傳》「古來聖賢輩，多爲蒼昊欺」：「自古聖賢多薄命，姦雄惡少封公侯。」杜少陵已言之，此詩同其感憤。

《日薄》「魚卧堅冰影，梅含受凍花」：新妙。⊙森森露其筋骨。

《臘月雷》「飛揚纏赤日，錯愕擘青冥」：英決。「非時先發響，妄動豈天經」：子美結法。⊙光鋩激射。

《由采石磯下金陵》「鳳凰山鎖孤陵路，龍虎城消百戰船」：盛唐高唱。⊙筆墨都異，而情味極長。

《漫興》「高樓一夜吹横笛，亂逐黄衫輕薄兒」：風調殊絶。⊙《離騷》、樂府氛氳來集。

《燕子磯》「銜泥卻落清江上，腸斷昭陽月影微」：風旨迢遞。

●詩走熟路，便少進境，故須以生創爲佳，而又須嫻於矩步。讀在陽詩，吾畏其詩心之猛。

耿興行　及之，湖廣黄安人。

《苦雨》「鳥去煙光冷，人來溪漲遲」：澹秀。⊙「風雨尋常事，於兹太不時。已看今月盡，未有欲晴期」：清思獨絶。

《從軍行》「斜月滿高城，連營畫角鳴。將軍傳號令，只向塞垣行」：壯。

《題墨芭蕉》「墨痕濃淡通神處，變作窗前雨點聲」：靈動。⊙髣髴之間，見其墨妙。

《題畫馬》「壯志未能甘伏櫪，還思萬里覓封侯」：豪氣勃勃。

周　疆

競庵，浙江錢塘人。

《池陽書院畢工，太守喻公偕别駕田公及予，率學博暨諸生行釋菜禮，都講於經治堂，太守明條約指經義，别駕説考亭白鹿洞學規，予爲解書義，詩以紀之》「良以叙彝倫，兼以疏大義」：根本語。「太守爲横經，淵源指厥自。甄陶顧有程，博約良不易。贊襄勞别駕，發揮白鹿意。展書予究解，卑邇勿忽視。多士詠菁莪，肫肫維立志」：彬彬郁郁，如見東漢圜橋之盛。⊙質雅。

徐旭旦

浴咸、西泠，浙江錢塘人。《世經堂近稿》。

《雪中泛湖》「萬木結霜氣，千山雪初收。嚴風響殘冰，斷岸起浮鷗」：得選體之粹。⊙摹湖上雪景，固有神到。

《毗陵》「毗陵舊遊地，此日我從來」：逼似王、岑。

《聖駕東巡恭記》其一：「軒帝衣冠梁父下，塗山玉帛大江東」：壯麗典切。其二：「天吴稽首不揚波，扈駕中流奏棹歌」：直逼盛唐。其三：「城鎖六朝遺殿闕，江通萬里舊荆蠻」：嶠、頲之遺藻。其四「顫鶴摩空盤日月，驊騮驟影動乾坤」：高華。◎浴咸迎駕共十三章，皆極鋪揚之盛。四首尤爲英麗，敬採之以紀隆典。

《曉渡大江》「扶桑日出魚龍伏，絶漲煙銷吴楚明」：健拔。⊙壯險處，令人眉飛色喜。

《秋日登滕王閣》「樓臺劫後仍圖畫，雉堞兵餘自太平」：警甚。⊙傑卓處，當與滕閣並傳。

《劉伶墓》「莫向九京憐寂寞，白楊畚鍤任黄昏」：結得遒警。⊙「壺觴能不用妻言」：貼切劉伶，獨能精到。

《黄金臺醉中贈李孝廉》「十步離山九回顧，一杯到手百無聞」：奡兀排宕。⊙雖是拗體，卻筆勢强悍，有没羽之力。

《恭謁岱廟》「日静龍蛇飛漢柏，夜深風雨吼秦松」：典麗瑰瑋，挾風雲之氣而出，固非丹青所能描繪。

《趵突泉》「地湧銀濤驚海市，天開雪浪響珠宫」：響甚，如滄溟。⊙金石其聲，珠玉其彩，允推傑製。

《紅花鋪，和孫少司空夫子原韻》「秋晴禾黍連波浪，日落鳧鷖散土城」：漪漪瑟瑟。⊙摹寫極真，敷揚有體。

《如皋道中》「偶憶賈妻思一箭，止吟楚些有雙螯」：使事，人不能及。⊙「晴光冉冉西風急，一片蒲帆過雉皋」：役古爲我，情、辭俱極其英麗。

《送黄滙文北歸》「到家還着老萊衣」：音節逼唐。⊙「馬行上谷連雲起，鳥度西山帶雪飛」：情思依依，一筆不泛。

《早渡太湖》：有氣概。

●浴咸清才風發，藻思雲湧。所爲詩歌，皆不假思索，援筆立就，而並臻醇雅。余詩選一集、二集皆採登卷軸。今秋訪余董祠，出其近詩見示。和麗之中，更見警策，益令人把誦不倦，而浴咸尤慨然以經濟自許。余之知浴咸，正未有罄也。

朱國琦

鶴山，懶翁，江南興化人。《來鶴堂稿》。

《九日雅集分韻》「故人俱白髮，嘉會又斜陽」：轉折蒼老。⊙「訪菊添詩興，持螯半酒狂」：清健不群。

《奉贈孔東塘先生》「寒天星照草堂温」：警動。⊙贈言每多溢美，此獨稱量而出。高邁之致，一往絶倫。

《同人追憶去年採蓮池上挈榼東園》「回首隔年如昨日，可堪身世任飄蓬」：清姿秀骨，在雲霞之表。

《題李映碧廷尉雁山圖》「龍歸影亂虹霄外，雁過煙生鳥道邊」：追琢精工。⊙全詩精實，逼真初唐之遺。

《依緑園同山左宋大塗、周方山分賦》「芳園亂石帶滄波，複閣長廊野趣多。山鳥出林迎客語，磯漁佈綱隔溪歌」：如入名園，層層奇變。⊙深情古氣，以新秀之筆發之，覺煙嵐皆潤。

《九峰草閣觀韶九弟仿董文敏公秋山亭子畫》「細柳深松小閣閒，荆扉怪石枕溪灣。窗横煙樹高低出，鳥話林巒斷續間」：與「依緑」作同一渲染之妙。「竹葉把杯浮緑蟻，霜縑點筆寫青山。名僧快友情何限，醉染天香滿袖還」：出落極有次第。⊙極濃處皆極澹，極媚處皆極老。非深心斯道人，安能有此？

《九日鶴來》「令節長鳴來海嶠，高空刷羽到荆扉」：正寫。「最憐庭際裴徊影，不羡徵書動少微」：傍寫。⊙中邊前後意，俱寫得到，可謂機圓力滿。

《孔東塘先生見委書册以詩奉報》「愧我蒼涼空白髮，思君閒静擬黄初。晴窗拂几惟翻史，長日留賓自剪蔬」：先題一層。「覓句細諳工部律，臨池尤愛右軍書」：纔入題面。⊙一筆不走，信是穿楊之技。

●鶴山先生年屆八旬，而纏綿風雅，有若饑渴。東塘孔先生南來治河，深相結契。屬余操選事，惓惓囑其表章，且捐俸付之剞劂，皆今人所未有者。擁金如山，視貧士著作不一回顧，真可歎也。

蔣景祁

次京，江南宜興人。

《周孝侯祠》「蛟虎有時終殄滅，機雲未老盡摧藏」：確切。⊙風概獵獵，出以秀整。

《過釣臺》「釣叟聲名豈願留」：深一層看。「半江煙雨卧羊裘」：秀極。⊙次京才思敏妙，於陳其年没，出貲盡刻其詩文，尤爲殊誼。

孔尚恪

敬思、秉虔，至聖裔。《友古齋詩》。

《雜詠》其一「謀生寄一犁」：穩實。其二「世事真堪哭，前賢固可懷」：激而不懟。其三「進我杯中物，從他世上人」：對句傲兀。其四「乾坤多白眼，歲月少朱顔」：高岸。其五「好懶憑書補，多愁賴酒消」：隱居有得之言。其六「呼酒春花月，讀書夜雨燈」：俊邁。其七「山水閒偏賞，交遊淡自深」：能閒能淡，是謂高人。其八「此日靈光殿，殘基何處探」：切魯，好。

●兄東塘曰：「屈指王謝子弟，非獵酒漁色，則鬪五陵之裘馬。敬思年沖才老，骨傲眼白，盡屏紈綺之習，而以詩文自豪。寥寥鄒魯，空谷足音，吾將與訂千古之業。」

●《雜詠》詩依上下平聲，凡得詩三十章，皆閉門尊己、守分謝俗之言。讀之，知爲有道君子也。東塘先生出以相示，余拔其八章，登之拙選。時一諷誦，有若箴銘。

卞元彪

孺蔚，江南江都人。《百四齋稿》。

《書懷》「翻書就一燈」：好。⊙懷抱固是勝流。

《夏雨不絶》「久雨連三夏，陰寒逼早秋」：瀟灑不群。

《坐黄翹林齋中》：一往得交友之趣，筆致最爲亭亭。

《贈許漱雪先生》「款君絲竹歡娱夕，賓主賢豪憶盍簪」：結得有致。⊙耐翁喜吟詠，愛賓客，絲竹宴飲不輟，與潄翁日爲梁園、鄴下之遊，固其實録。

《秋日感興》「眠去化身同野蝶，閒來放眼對沙禽」：修練。⊙託興甚逸。

《邀友遊蓮花洞未果》「十日江干兩渡來」：此友固有興致。

●孺蔚閉門讀書，交遊不苟。然開徑延三益，則有耐庵先生之家風。詩特整雅和令，得風雅之正傳。

余雯

文舒，陝西藍田人。《更洲詩草》。

《練水漁舟》「欸乃入蘆花，秋風動兩槳」：數字耳，雋遠特勝，惟漁洋能之。

《中秋對月》「舉盞更斟酌，秋聲滿江湖」：遠。⊙前晦後明，寫得光景歷歷。

《雨霽同杜于皇先生集飲道院》「水氣鬱高城」：好句。⊙「把酒不辭醉，吟詩空復成。劉伶兼杜甫時劉又文在坐，留我坐新晴」：疏散，有襄陽風致。

《過汪鈍翁太史虎丘别墅》「景物不殊聊對酒，春光欲盡且扶藜」：清老。⊙風物點染，固覺可懷。

《黄楊書院同馬魯士郡丞茶話》「疏星幾點邗江外，雲霧何人識少微」：慨然情長。

《送陳叔霞之狼山》「秋原試馬還馳射，月夜聞雞更讀書」：風流豪爽。⊙叔霞客況蕭索，此獨寫得俊上。

《留别》「明日越山中，夢落邗江雪」：詞意惻然。

《晚歸山寺》「歸來滿面飛黄葉，月到中天夜更寒」：秀色浮於紙上。

《登雲陽舊城》「惆悵頽垣春雨裏，東風處處落花紅」：唐人風調。⊙全以韻勝。

《次閨秀楊李雨中泛舟之作》其一「最少能詩如李冶，素琴彤管共清樽」：爲女郎增價。其二「應是仙妃舟傍處，吹來片片化鴛鴦」：殊有别致。

●文舒殊姿雅度，不減衛玠、王恭，而爲詩則韶秀絶倫，了無塵氣。徐臞庵每向余嘉歎，固爲不誣。

●倪永清於維揚操選政，交遊最廣，而後來之秀，則首推文舒，曾作七律八章贈之，諒非輕許也。僕特標出，爲文舒幸。

閔思

左來、蒲人，江南歙縣人。《西墅園詩集》。

《松園隱居》「鷺沙千古社，雲壑幾人春」：造語不凡。⊙思深語鍊。

《雨霽方舒林見過》「擁褐落花深」：好。⊙「非子乘幽興，無人惠好音」：淹秀，已入王、岑佳境。

《蛾眉亭》「巉巖如削就，渾是碧松遮」：首二句恰是采石，他處移易不去。

《康山讌集余未赴》「夜月笙歌地，江天鼓角中」：勝句，得之老杜。

《偕程虞詢遊卧牛山》「四面水環城，山偏城内横。遥看湖上影，轉映此山明」：層曲如畫。⊙

觀其開手，變換轉動，得畫家三昧。

《蕪江歸棹》「征鴻飛已倦，久客亦知還」：起得有力。

《京師言旋，途別八閩廖尚佩、鄭耿孟兩年兄》「好夢漸從江上遠，別懷休向笛中聞。重灘浪穩帆無恙，野館雞鳴客有群」：寫景清微，而情思亦盡。

《舟中望三山》「鴉啼古戍千秋在，魚引寒潮半夜還」：氣爽調高，造詞俱警。

《虎丘卧雨》「孤舟秋滴連宵雨，十月寒生半夜潮」：工麗。⊙「拚卻此生吴市醉，是誰樓上正吹簫」：一往見其蕭涼，然秀潤之致不減，當屬隨州佳境。

《芝城喜晤蕭閣有》「滄桑閱代今非舊，少長成翁鬢已絲」：情深處，令人動今昔之感。

《座中聽許交甫先生琵琶洞簫，時年八旬有四》「眼中少俊都零落，白髮如君世上無」：我爲浮一大白。

《羊流吊古》：余過羊流，曾爲考訂，竟指爲叔子墓道，非也。

●閔氏多逸才，兼工比興之業。而左來能挺出，以吟詠自豪。然行將振鐸，以詩教其弟子，致足快也。

陳大謨

聖洋，山西保德州人。《耐寒堂遺稿》。

《慶符歎》「我歎慶符天」、「我歎慶符地」、「我歎慶符人」、「我歎慶符城」、「我歎慶符衙」：章法好。「惟此慶符官，知此慶符苦。斯官伊何人，陳子聖洋甫」：結得遒老。⊙天下荒殘之區，所在皆是，想慶符爲更苦耶。篇中縷縷叙述，如聞猿啼鬼嘯，余不忍再讀。

《中秋遇雨》「不識中秋節，何妨值雨宵」：太覺岑寂，何不澆之以酒？

《雨中遣興》「墻缺山爲補，階荒草自平」：此爲善地。

《遣懷》其一：雖是荒凉，然境况殊不惡。其二「病多嘗藥慣，年長折腰難」：真。

《重陽前三日登師來山》：筆意自老。

《茉莉》「帶露珠難認，因風麝遠聞」：詠物詩如此穩細秀貼，最難。

《過鷥鶿山觀張仙石洞》「棋枰任點蒼苔滿，藥碾長摇白石圓」：着意點染，極其精燦。

《憶天池蓮花，兼簡謝晉侯年兄》「爲愛天池池水平，蓮花蓮葉滿池生」：樸老。⊙筆無塵土氣。

《霽後對月，次晉侯年兄韻》「悠悠荒署清於水，寂寂山城冷似村」：不欲一字雕飾。⊙觀其清韻，與晉侯真有水乳之合。

《夏日漫興》「樓外江鷗浮不去，籬邊山鹿步無驚」：筆墨淵静。

《吊黄樓遲謝明府不至》「莫道黄公不可追，吊黄樓畔好題詩」：樸格甚好。⊙「石欄浄掃揩頤坐，卻笑賢侯忙爲誰」：勝地懷人，自是名流舉止。

《己酉中秋對月獨酌，有懷晉侯、佩芷兩明府》「荒籬蟲急難分響，茅屋人稀早息聲」：寫得寂然，正爾細潤。⊙胸次如水，乃有此筆墨。

●謝晉侯曰：「陳子聖洋，芭邊世族也。戊子舉孝廉，授上黨學博，遷蜀之慶符令。慶屬叙州轄，與余爲同郡同寅，稱莫逆交。陳子博學，善書工詩賦，知名當世。慶荒瘠，乃下川南最僻邑。陳子抱經濟才，無所施，牢騷不平之感，每託之於詩。貧病交攻，形日憔悴。一日，監司黄公初蒞任，陳子扶病詣永寧謁。抵永之夕，疾益劇，遂下世。孤身遠宦，僅一癡僕隨。卒之日，囊篋蕭然。余稱貸僚友，爲之殮，買舟載歸慶，遺書其弟若子；又代之區槖裝，得扶櫬返里第。慶土雜蠻獠，號難治，咸視爲畏途，篆久虚無人攝。太守張公性躁切，然亦不能强人以所不欲。余與陳子平素以廉介相砥礪，慶人德陳子，知余與陳子同志，因合詞上郡守，請攝慶篆。太守正苦無人往，見詞喜甚，正言謂余曰：『余固知附郭無兼攝例，然輿論所歸，不可違也；攝慶之役，非子而誰？』余義不可辭，勉强就道。甫如慶，夜夢陳子來言：死後無他戀，惟舊日詩篇湮没不傳，殊恨恨耳。因囑余代之刻，余夢中心許之。詎意變起滄桑，宦途淪落，瀕死歸里，而家徒四壁，息壤之盟，竟不獲踐。每一念及，未嘗不拊膺搔首。戊辰春，攜陳子詩稿過維揚，值孝威鄧先生選《詩觀》三集將竣，謹繕其遺草數篇，冀一表彰之，志延陵掛劍之初志云。」〔一〕

●聖洋負才失意，蜀徼之一官，抑鬱而卒，見夢於晉侯明府，以遺詩爲託。可見才人名心，至死不泯。而晉侯間關蜀道，從兵馬荆棘中攜其詩歸，以授余選刻。其心誠，其意苦也，余故感歎而登之梨棗。

〔一〕《詩觀》此文原在陳大謨名後。今據體例移此。

茆薦馨

楚畹、一峰，浙江長興籍，江南宣城人。《晝溪草堂遺稿》。

《程非二、吴夷公招同施愚山少參、梅瞿山孝廉遊問政山》「乃見修竹業，半天緑欲吐」：好描寫。「忽憶唐朝梅，欲揮晉人麈。名士半凋零，老樹化爲土」：極爲可歎。⊙「賈勇一窮眺，萬物悉爲俯。城廓曲如龍，山川静如嫵。卻臨溪館清，浮白不知數。既可忘醉醒，安用慕圭組。夕陽已在天，分道趨垣堵。記此勝遊事，後人略可睹」：層層描寫，令我如在千山蒼翠中，而感慨處覺懷古之情倍深。

《方渭仁健松歌》「白嶽仙根不易得，先人手澤日鬱葱」：蒼辣。「我不得見凌霜姿，猶能讀君秋琴詩。詩篇磊落非一節，空濛幻出蒼螭姿」：筆力奡兀，亦有參天之勢。「茶鐺竹榻一吟哦，天地皆青人太古」：令我忽墮空青中。⊙少陵詠松詩甚多，此更盤折紆秀，有屢進不窮之勢，覺耳目一新。

《琴溪》「洞惟孤鶴啓，碑向白雲留」：奇致孤懷。

《山溪即事》「峭壁啼禽上，驚流怪石穿」：想其妙境。

◎二詩寫山水，皆極天然。

《秋日唐耕塢、蕭鶴聞〔一〕、周雪客三子枉過小飲》「霜催寒磬空江冷，雨過高林疊嶂青」：清永高秀。

〔一〕「聞」，原作「問」，誤。施閏章《學餘堂詩集》卷三五有《送蕭鶴聞孝廉歸天中（蕭高郵人，古籍商城）》、卷三八有《忠州蕭鶴聞、周雪客過集草堂（同耕塢、瞿山、方鄴、耦長、士旦）》。

●一峰傳臚得上第，忽爾捐館，曰：「吾將赴東嶽曹官任也。」然否？ 昔曾設帳於吴太守園次家，今爲刻其詩，良屬古誼。

黄師憲

當湖，湖廣應山人。《夢澤堂稿》。

《題劉公忠孝祠公諱孔暉，邵陽孝廉，令新鄭，死節》「朝房婢子次金子」：確。「呼吏與民辨死守，須臾隍堞鏃盈斗」：凜凜作金鐵鳴。⊙余過新鄭，滿城皆碎瓦陰燐，不知爲劉公死節處。讀此詩，忠魂烈魄，炯炯如生，恨當日不以辦香弔之。

《題女忠祠》「香風不逐鶯花散，社火憑僧薦野羹」：讀結處深清苦語，妙有風韻。

《望君山》「亭香那酌仙人酒，月白空飛帝子山」：神色飛動。⊙寫得煙雨空濛。

《洞庭湖》「蛟龍自吼銀河窟，鵁鶄難飛瀚海邊」：雄整。⊙氣勢色澤，皆與洞庭爭勝。

《張別山未殉難時，其夫人亡已三月矣，渠過靈川，夜投破廬，陰風冷雨，有物爲魘，偶聞夫人呼之曰醒，倏寐復夢夫人在側，先生曰奚爲在此，夫人曰不忍離君，願相隨也，先生哭賦詩五章，余讀之憫然，次韻續和》「暫親鬼趣夢交荒」：慘句。⊙家國凋零，殘軀莫問，而芳魂旅舍，猶戀藁砧。此種情事，真堪痛哭。

《洞庭秋興》「江風挾雨增潮汛，湖浪排山帶影流」：雄風灝氣，飛來筆端。

《弔岷王故宫》「真人濠上炎精歇，故國吴娃響屧虚」：風調洋溢。⊙裴回有餘感。

《過左衛》「出没深溝趨板屋，牛羊瞥見夕陽山」：風景如畫。

《保安道中》「不知風土何年慣，塞上兒童也射鵰」：此是塞上風俗。

● 當湖先生吟詠甚富，令嗣洪山，已刻其稿以行。余爲録其宏偉奇麗及有關名教之作，用以張楚。

黄瑧

雪茵，江南武進人。《甦庵稿》。

《對雪》「凍雲低曉樹，獨坐敞虚亭」：高士，呼之或出。

《登津城》「最堪供客眼，車馬渡寒冰」：别致。⊙寫景蒼涼，增人感歎。

《入村》「一徑繞溪色，數家雞犬聲」：可畫。

《水村》「扁舟江上村」：世外景，意中情。

《入山》「人行鳥語上，僧住水聲中」：語别。⊙有匠心獨造處。

《思家》「望窮山際路，立盡水邊村」：杜句。⊙情思娓娓，極是安閒。

《放舟》「岸移花趁水，風静鳥依帆」：晚唐佳境。〔一〕

《秋行紀事》「一天涼月萬巖秋」：好。⊙幽涼之氣，醒人塵夢。

《遊問政山，步艾庵弟韻》「一嶺松篁籠古刹，萬家煙火出層城」：極貼切。⊙全詩圓浄。

〔一〕以下至「前則陶、謝，後則韋、柳」，乾隆本重出於卷十第七十葉。

《柳枝詞》：寫其幽媚，傍若無人。

《秋海棠》「迎風點點當年淚，爲染鮫綃印小紅」：此花原名斷腸，末二句極貼。

●甦庵風期高邁，好潔嗜茶，遨遊遍南北，以疏財仗義聞朋黨間。同里所善，惟薛堆山、巢兼山、許青嶼、毛卓人及君家雲孫諸君子。爲詩清迴幽麗。令嗣文巖，旅食江淮，能捐貲刻其遺稿，時稱其孝。

陸珂

佩玉，江南興化人。《懶漁子稿》。

《春日步昭陽山》「沿蔓石上蘿，參差山下屋。清泉樹杪飛，白雲崖端宿」：筆意迷離，且復森蔚。⊙前則陶、謝，後則韋、柳。

昝章

開先，侗庵，山西大同人〔一〕。

《玉鈎斜》「鵑鳥不知紅粉恨，月明猶自語迷樓」：傷心之語。

●侗庵無嗣，詩稿亦零落罕存。王子羲文以夙昔門牆之誼，屬余登選。其詩固風艷，胡以僅留此片羽耶？

〔一〕「大同」兩字原缺，據陶煊、張璨輯《國朝詩的》「山西」卷一補。

曹光昇

賓曙，江南華亭人。

《己未除夕，與同郡彭古晉先生及許元方、金雲六守歲燕邸分賦》其一：「天涯值歲除，將母計何如」：超忽。⊙一起高甚，足領全篇。其二「昂藏留七尺，寧不是餘生」：悲歌慷慨，直欲擊碎唾壺。

《上元後一日唐去菲先生屬詠蓮花燈戲和一首》「紅蕊翻宜懸舞樹，翠莖渾欲傍歌樑」：切題。⊙既極貼合，復有遠神。

《酬郁宣夏見貽》「天畔月高時倚劍，江干秋老共呼盧」：雄邁。⊙寫來大有氣岸。

●賓曙素負奇氣，遭際不偶，抑鬱而亡。其詩激昂淒楚，如聽雍門之琴、漸離之筑，令人潸然泣下。因採四章，以志不朽。

釋行淥

遠峰，江南長洲人。

《過維揚東隱，呈弘覺法伯老人》「深蘿影靜隨行坐，退院香飄略主賓」：造語深雋。

《登崙山大泉寺，懷開山惠明禪師》「蒼煙怪石遺蹤在，破壁殘碑亂石中」：奇句。⊙蒼深古蔚，如披籀篆。

《吕半隱、壽静若兩護法過訪建隆》「殘碑字蝕莓苔暗，疏磬聲傳殿閣空」：莊嚴之中，自饒松風雅韻。

《喜徐松之居士過建隆寺話舊》「征衣似帶江南雨，古跡偏搜海上山」：稜稜秀骨。

《再過準提庵與檗巖法兄和尚雨窗話舊》「繁華遊水悲螢苑，冷淡宗風重虎丘」：世外人偏有此深感。⊙森秀，卻多老氣。

《秋日次蒼雪法師韻》「梵閣鐘聲出翠微，暮雲一片鎖柴扉。幾回興到雲深處，放棹前溪載月歸」：清圓。

《遊鐵佛寺有感》「如何老衲經行地，纍纍當門作墓田」：深情苦淚，紙上如瀉。

《掃徑山本師浮老和尚塔》：佛子皈依，如是，如是。

《戊申初夏過皖城訪公魯兄不值》「千里荻風吹不盡，故人何處使人愁」：逼真唐人。

●遠公法輩既尊，道行彌苦，駐錫維揚之建隆。此寺爲宋祖御榻所在，今荒頽不堪。遠公力欲修復之，志願堅矣。詩録數章，以志法門龍象，蒼深宏闊，兼而有之。

黄龍官

羲臣，江南歙縣人。

《寄懷朱自觀卧病》「半牀涼月支愁骨，一枕秋風送落花」：淒切。

●羲臣敦尚友誼，與朱子自觀尤稱莫逆。今讀其「寄懷」一作，情意藹然。特選付梓，以志企慕。

釋超普

萍寄、融峰，江南興化人。《禪餘草》。

《冬日呈建隆本師》「松深古殿寒」：蒼秀。

《贈山中老宿》「柏蔭峰連翠，泉流石洗斑」：體安格正，秀氣自流。

《秋日次韻送沈凝峙之都門》「空榻孤舟兩寂寥」：老。⊙真氣清越，謖謖有松風襲人。

《揚州上方寺懷古》「曾聞梵寺與雲齊，何事荒煙夾路迷」：起得高敞。⊙維揚諸寺廟皆修整，獨上方猶在荒煙蔓草中。此係古刹，讀融峰詩，宜動莊嚴佛土之想。

《訪穹窿山圓實法兄》「等閒不與人來往，惟許秋聲共杖藜」：蕭然世外語。

《友人山居》「萬木叢中一徑斜，重陰深處幾人家。柴扉半掩青山外，時有松風掃落花」：如此深山，無人肯住，奈何？我願與融峰訂入林之約。

《秋夜書懷》「萬里長空秋色遠，不知何處寄詩瓢」：曠。

●詩與禪原爲兩道，凡談宗説偈，一切棒喝語，寫入詩中，便有咫尺萬里之别。融峰只做詩，不説禪。詩到清微澹老之境，即禪也。此惟大智慧，能解此旨。

吴宗湇

方弘、滄度，江南休寧人。《枕霞閣詩》。

《村居喜程元基過訪》「蘆汀歸白鷺，樹杪落殘霞」：滄溟勝境。「地僻容疏竹，秋深老菊花」：樸老。⊙幽倩藴藉，自合大雅。

《春雪》「登高聊極目，積雪失春温。草没荒樵徑，梅英冷寺門」：摩寫曲盡情致。

《孚夏内兄招集槐水山房，次日即别之廣陵》「閣上留賓來夜月，花前擊鉢更銜杯」：興高調秀。

「愁聽孤城畫角哀」：結得老。⊙「極天鶯語傷春暮，繞屋槐陰疊翠來」：音調高亮，章法雅飭。

《冬至訪黄仙裳先生暨令似交三留飲雪窗，同劉静夫、繆墨書分韻得三江》「風雅塲中老赤幢」：傑甚。⊙法則井井，筆力更復英矯不群。

《登北固山》「天分南北作巖關，聳峙中流浩渺間」：浩瀚而來，恰合題面。「浪走長鯨拽石窟，峰迴峻閣一燈閒」：奇而穩，自覺筆飛墨舞。⊙寫景出以快筆，有撫仰今古之概。

《次鄧若雍過訪見投原韻》「花前緩步啼嬌鳥，竹裏聯吟惜落曛」：情事幽倩，但豚子不敢當耳。

朱　欽

天心，江南蕭縣人。《斐齋詩集》。

《過劉村有感》「河水洋洋歌大風，劉王下邳真豪雄」：起處雄壯。「吁嗟乎！　京口故宫如轉蓬，金陵王氣亦歸空。　至今惟有江水流，壯士悲歌不勝愁。　鶺鴒飛去雲山老，令人千載思悠悠」：感慨作收，酸風四集。⊙寄奴實一時英雄，慷慨悲歌，大有上下千古之識。

《長安道》「得時莫驕，失時莫惱」：名言可佩。⊙「自古盛衰苦無常，逐逐何須空自忙」：俯仰古今，唤醒癡愚多少。

《九里山》「九里山何壯，英雄百戰多」：出筆勁健。「眼中秦日月，夢裏漢山河」：闊大。⊙一起卓邁，足令通篇生色。

《王陵母墓》「一靈應化鶴，飛入漢王師」：結得遒上。⊙「麾下曾傳語，從龍教虎兒」：陵母識見非凡，惟此深情老筆，足以傳之。

《黄茅岡讌集》「晴湖萬頃憑欄外，碧翠千峰落照中」：秀色可餐，不同尋常酬應。

《丙戌廣陵有感》「緑柳銷沉邗水外，紅顔淒切故宫斜」：悲涼。⊙「月夜聲聲泣暮鴉」：悲慨勝於形容，令人一讀一擊節。

《韓信城》「二月春光好，萋萋草又生」：含情無限。

《折楊柳》「妾身燕趙地，最愛漢宫秋」：俊。

《歌風臺》「亂蟬吟斷漢山河」：妙。⊙弔古有不盡之致。

《從軍行》「今日登壇誰是者，可能平定九溪蠻」：讀過雄氣勃勃。

慎墨堂詩話卷三十九〔一〕

黄　雲

仙裳，江南泰州人。

《上巳錢辱谷遊戎邀集起雲山房，時徐方虎太史將歸吴興，用蘭亭叙天朗氣清惠風和暢爲韻，分得惠字》「緑波南浦盈，遠嶂春江外。遊子賦將歸，臨水判衣袂。小謝有遺言，贈子保温惠」：數語如對遠山，蒼翠澹妙。⊙前段善爲布置，結有天際歸舟、雲中江樹之妙。

《朱藥圃梧下草堂置酒，遲杜海樹不至》「昏鐘度遠林，啞啞歸飛翮。徙倚人不來，圓蟾射東壁」：清遠淡勝。

《歲底送陽兒歸東村》「寒鴉團暮雲，村鐘聲漸緩。躑躅畏荒途，殘臘少平坦。深宵抵堰上，兩足早重繭」：夜色可畏，寫得荒慘如許。「兒行屢回頭，父心逐兒遠」：一字一淚。⊙字字逼真，惟真故痛。

〔一〕此卷輯自《詩觀》三集卷十二，原署「東吴鄧漢儀孝威評選／同學張潮山來參閲」。

《魏和公五十初度》「胡爲田氏荆，狂飈損其一。兩弟痛鶺鴒，同人泪沾臆。忠言不見納，豺狼肆凶賊。殄瘁吾道否，毒霧天地塞」：爲善伯死於吉州也，豈知叔子亦客死於真州乎？⊙雖贈和公，而後段全説善伯，文字便有波瀾，有關係。

《題朱文公行書友石臺記墨刻》「恐是耳食談，賢者無此衷」：能豁我懷抱。⊙議論自是開闢。趙承旨於易代之際，不無可議，然書畫自可傳。

《虎丘行，次和施潯江使君》「因君行役返吴船」：只如此便了。⊙「歲月滄桑四十載，舊日風流已安在。浪子紅顔早白頭，只有青松峰不改」：因使君之遊，卻記憶少年舊事如在目前，寫得如夢如話，此興到神來之筆。

《問竹東施使君》「西園也種森森緑」：著筆緊。「惟有緑竹朝朝，卧起不厭百回看」：收束有千鈞之力。

《歲除重客唐庵》「臘盡客心亂」：不堪讀。

《金陵依仁齋是隆萬間先儒講學處，祀十先生，施愚山少參令祖在焉，興復舊祠，喜而賦此》「舊事滄桑夢，青山戎馬場。誰知百年外，繩武忽重光」：可感。⊙愚山表章先烈，其功不細，詩能傳出。

《廣陵贈惲正叔，喜香山、涵萬兩先生有侄也》「不足盡君處，人傳顧虎頭。道心澄白水，詩骨在清秋」：説得正叔便高。⊙正叔固俊流，不愧兩先生小阮。

《丙辰新秋寄淮陰蔡子搆》「瓠子今來決，江淮白馬騰。潮頭衝斷雁，山脊剩疏燈」：識踞峰頂。⊙「進食有誰能」：結亦緊。

《郡城喜晤李映碧先生》「閉門三十載，纔到舊維揚」：真事。⊙映碧先生高風，只末二句寫盡，可云簡括。

《菊月攜張婿泰男至蕭樓，遇鄧扶風夜話，時尊公應聘客都門》「重到删詩處，樓扉竟日關。驚濤湧揚子，落木滿平山」：字字入情。

《新河晨起坐旗亭望江干雪色》「候潮沙嘴宿，歲晚正江湖。踏雪無梅塢，驅寒有酒壚」：骨力堅峭。⊙一字不肯湊拍。

《大橋遇雪，時以嫁女遄歸》「烏羊門外待，望客早還家」：大是急事。⊙昔人云：「婚嫁未畢，何能爲五嶽遊？」余與仙裳同此病。

《梅淵公見招秦淮秋泛》「兩岸垂楊棲鳥後，三更明月上潮初」：秦淮三十六曲，兩語寫盡。「燈船鼓吹喧闐處，寂寞秦淮見打漁」：感慨得妙。

《辛酉重九醉登周處讀書臺晚眺》「讀書我恨揮戈晚，弔古荒臺夕照孤」：隱隱關着孝侯。⊙「且來鬬酒酬佳節，不用憑高望故都」：一往清迢。

《廣陵康山懷古》「莫又琵琶筵上弄，悲風急響似西秦」：結處金風瑟瑟，滿耳秦聲。

《劉雪舫小侯哀詞》「廣陵原是故青門，此日招魂江上村」：用事恰好。「曾憐犬賣纔營嫁，每憶烏號罷舉樽」：對得變。⊙語云：「天之所廢，不可支也。」新樂一家靖難而竟斬其後，且奈之何？

《辛酉花朝經野園，忽憶丙辰舊遊，寄李癖硯太史、秦以御表弟，兼悼趙鐵源宫坊》「煙蕪自滿新河岸，絲柳仍垂古渡橋」：對景能無感歎。⊙尋常一會，而多生死聚散之感，固是懷抱不同。

《上巳平山試第五泉》「偏於鄉味覺泉甘」：打着。⊙「棲靈寺畔涓涓瀨，細路松間我舊諳」：詩心如水。

《纂通志畢出貢院言歸》「祇念棘闈人去後，虹橋月又映虚簾」：有餘景餘情。

《上木侄招同姚恭士、張子常、戴文簡、仲男泰來集書齋，分得十四鹽》「春寒花氣未薰簾」：俊。⊙「英絶滿堂文字飲，歡呼能著一霜髯」：仙裳喜用險韻，卻極自然，人不能及。

《題陳菊裳畫》「松房隔萬壑，幽人期晤語。不憚溪雲深，攜笻過橋去」：别。

《沈國望攜武彝茶見餉》「茗葉雖無幾，經灘復陟岑。一甌香泛碧，中有故人心」：肅州固是我輩。

《過順德余友李爾孚舊治》「南客停鞭聊貰酒，土人猶訊李邢州」：此是去思碑。

《保定北寺松下逢秋水上人》「何處緑陰濃繞殿，參天二十七株松」：其氣甚雄。

《回江南驛署送别吴岱觀》：念岱觀者祇顥亭一人。

《宿弘濟山房懷蒲公》「千尋峭壁自嶙峋，黄葉平鋪松殿瓦」：寫出山寺之景。⊙如此詩，全摹晚唐。絶句至晚唐愈妙，惟箇中人知之。

《桃葉渡觀燈船》：到處感觸。

《承恩寺雪後即事》「不信松房都睡熟，獨留霜月一人看」：我輩性情不耐喧閬，如是，如是！

《秋夜草園即事》「絡緯亦知秋月好，五更枝上盡情啼」：説得絡緯有情，詩心最妙。

《程采臣從錫山歸貽惠酒》「記得道南祠下泊，幾叢春鳥唤提壺」：有此好詩，不負此酒。

《施公枉過水樓紀事》「貧家柳閣無他供，爲愛鶯聲坐少時」：韻甚。

●戊辰夏日，仙老以詩見投，促余評次。豈知余病經秋，困憊已極。每思搦管，輒又罷去。蓋老友詩篇不敢苟且，此意惟仙老諒之。重陽抵維揚，人事筆墨，紛不可了。秋盡東歸，舟中無一雜人，無一雜事，乃能恣意丹黄。白雲黄葉、斜陽遠水中，閲此一卷妙詩，真屬旅途一樂。霜降之夕，舊山叟書於舟中。

黄陽生

月舫，江南泰州人。《桐花草閣集》。

《題朱藥圃梧下草堂》「百年觴詠地，只合聚詞人」：藥圃終年閉户，庭無雜賓。想見辦香默坐、吮毫濡墨時也。

《真州過紀伯紫先生故宅，兼憶魏叔子徵君》「晚經城郭移雙屐，秋泛江湄繫短檣」：老輩凋零，對此不勝人琴之痛。

黄泰來　文三、石開，江南泰州人。《浮香閣集》。

《狼山萃景樓觀海中日出》「一望滄溟上下連，海天無際光茫白。欲上不上相摩蕩，吞吐扶桑互順逆。須臾宛似初生月，漸作明霞透波赤。俄時夜珠捧玉盤，萬物高卑皆辨色」：形容海日初出光景，疑有蛟龍出没腕底。「三人踏破狼峰石，南北煙雲供畫圖」：豪邁不可一世。「與君下樓往後山，還攜斗酒看峭壁」：去路更饒情趣。⊙聲先氣力，直與滄海相敵。

《鸎鵡橋舟泊》「春聲到枕人難卧，細雨斜風鸎鵡橋」：詩在李青蓮、王龍標之間。

●余與仙老齠齒訂交，距今幾六十年，詩酒論心，洵快事也。令似屺懷、交三，克紹家學，揚風扢雅，久已聲著雞林。今復採其近作，選入《詩觀》三集。其調益清、格益老，雖王、孟何以過焉。因命長子勖采共相砥礪，且以敦世好云。

劉中柱　雨峰，江南寶應人。

《長安雜興甲子》其一「遠人只取從王義，莫道珊瑚翡翠多」：得體。⊙敷揚何等大雅。其二「風動龍舟生錦浪，雲横鳳閣出晴嵐」：壯麗，似唐人應製。⊙華整，本之西崑。其三「掣電當頭騰八駿，流星過眼落雙雕」：讀罷有金戈鐵馬之勢。其四「樓船十萬下彭湖，迅掃孫恩片甲無。誰謂閩門能戢翼，敢令全島自捐軀」：高唱。⊙百年逋寇，一旦蕩平。觀雨峰作，如披駱丞露布，奇險得未曾有。其五「礟走轟雷驚穴虎，弓開滿月射天狼」：筆走雷霆，字挾風霜，精力十分完足。其六「百年馬鬣叫山雞」：托志丘園，詩復高邁不群。

●憶昔客遊八寶，與雨峰把酒聯吟，清燈話舊，興致極爲纏綿。今致身清華，而詩愈臻高老。亟登數首，慰我停雲。

繆肇甲

墨書、補山，江南泰州人。《問月樓詩》。

《春日登平山堂》「殘碑北宋留，古寺南朝得。春來山翠多，倚欄試吹笛」：悠然神往。⊙清微遠秀，絕類漁洋先生。

《秋七月既望，周安劉、黃仙裳見過草園，步黃儀逋韻》其一「濁酒遠城市，村巷猶堪尋」：真樸。其二「東偏有月光，皎皎出深翠」：聯絡有致。⊙歷落多遠情，覺松風在耳。

《補種平山堂楊柳》「隋堤一銷歇，彌望空墓田」：絕似選體。⊙數語層折堅峭，勝他人繁詞滿紙。

《邗溝對月放歌》「美人帝子皆黃土，野田空映棠梨花。書記夢殘邗水路，參軍漫作蕪城賦。月明何處聽吹簫，廿四橋頭迷野樹」：詩情淒艷。「可憐皎月長如此，半照朱樓半洚水。誰知清歌妙舞外，鵠面鳩形枕藉死。願君筵上剩酒肉，稍給饑民救枵腹」：以下慨歎作結，絕有關係。⊙維揚歌舞成俗，不關水旱。此用倩筆麗情，着意描寫，而正意在末段，足令人警。

《同李書雲黄門、汪舟次太史、蛟門主政觀女劇》「須臾檀板動銀屏，吴娘隊隊妝齊了。城上烏啼雲不飛，小秦淮水波淼淼。爾時四座客無言，但聽歌喉劇繚繞」：好。「對此應教萬念灰，無心復戀長安道」：我亦云然。「主人好客不聽歸，霜天那管銀河曉」：結得有興。⊙歡場勝事，妙在濃麗繽紛，而又層次分曉，我擬之白太傅、李義山之間。

《渡揚子江》「巨鱷歸何處，靈鰲直到今」：緊聳。

《贈别曹秋岳司農》「乾坤餘碩果，風雪訪衡門」：老韋。⊙稱量而出，語多匠心。

《景州道中知山妻復病，示沅兒》「亦念吾身苦，翻憐爾母危。一年多病日，雙淚教兒時」：吐言成淚。⊙真苦，真苦！余曾歷此，方知其苦。

《月夜望東原，懷宗梅岑先生》「人隔暮春天」：好。⊙東原詩宗温、李，此作正堪伯仲。

《景州道中知山妻復病，因憶仙裳先生上巳贈行詩，有紅樓牽内顧句，不覺愴然》「遊子畏征衣」：着痛。

《賦得二十四橋明月夜》「雷塘魂不遠，此恨幾時消」：何減宋玉《大招》。

《蕪城懷古》「一時名重蕪城賦，千古魂消陌上花」：文人聲價之重如此。⊙晚唐人弔古之作，善於言情，不衹濃艷。如此清氣相引，令人魂移神動，的是滄、渾一流。

《百花洲》「流水板橋秋草路，斜風細雨楚陽城」：風神散朗。⊙或以洲地荒凉，無足寄詠，而不知懷古情深，不在此也。此作風緒，正足移人。

《補山園詠楊花》「帶恨粘泥閃夕陽」：確貼。⊙「數株老樹戰雲荒」：風情摇曳，不即不離，令我思靈和殿前物。

《北上留别送行諸子》「衆人中愧得詩名」：有意味。「青絲騎出衝花去，白紵歌殘冒雨行」：秀似許丁卯。⊙風神秀令，如見衛洗馬一輩人。

《燕子》「無端紅豆拋香閣，驚起春歸西復東」：輕婉秀麗，全於筆墨之外，别有傳神。

《春日約施文白州伯郊園雅集，仍用見贈原韻》「梅花發後使君回，水畔呼童拂小臺」：清思歷歷。⊙「已開紅友芳香襲，不用纏頭歌舞催」：招冠蓋宴集，絶無俗氣，轉有餘情。嚴、杜風流，於今再見。

《歸自都門，同人偶集欲語亭》「一夕雄談聯舊雨，十年心事笑貲郎」：胸次開濶。

《江上逢宗鶴問廣文話舊》「江畔無心遇少文，白沙洲上早梅新。常懷絳帳開秋浦，不道青燈對故人」：疏疏落落，翻覺情濃。

《賦得每到花時不在家》「年年春事關心事，腸斷紅樓又落花」：無限裴徊。

《夏日》「起把道經刪，草堂微雨過」：含蓄。

《即席和孔東塘先生》「當筵莫更歌楊柳，纔動紅牙感恨人」：知墨書所感者深。

《竹西春遊》「春水春雲蕩碧紗，春衫摇曳謝娘家。酒旗斜矗河橋畔，雙燕來時正杏花」：春思蕩漾。

《偶書》「鳥語鶯啼二月初，半灣春水是吾廬。野人獨坐情無那，細雨挑燈讀漢書」：此況不俗。《答吴復生二絶句》：其一「縱然燕子閒吟好，不及雙鬟十五詩」：是小杜情懷。其二「平山一帶野煙荒，太守芳踪未渺茫。種得青青萬條柳，春風春雨憶歐陽」：風度嫣然。《梅花》：有瀟然出塵之況。《悼李大令》「每對春歸惜少年，落花時節斷腸天。堤邊燕子如相識，日暮呢喃酒盞前」：風景茫茫，難爲度日。

●墨書髫年穎異，所爲制義皆警秀絶倫。每試輒拔其螢弧以先登，而尤耽精於風雅。邇來每進，益工古體，一洗塵氛，獨臻淵雅；而近體則風神秀脱，辭旨妍和，幾於錢、劉、許、杜之間遇之；絶句殊得風人諷歎之遺。吾爲評次，殆無間然。宜輦轂鉅公相見折服，争欲吹噓送上天耳。

吴景鄴　赤一，浙江歸安人。《燕臺倡和詩》。

《中秋孫屺瞻學士招集寓園用少陵韻》「素娥寒緑鬢，只負一年期」：着筆多姿。《三月三十日漫興次韻》「桑苧亭邊挑葉候，煙霞深處採茶時」：昔人題吴興山水曰「清遠」，君詩無愧此二字。

陸　愚　大丘，江南興化人。

《過淮陰城》「一飯過淮陰」：老。⊙淒楚難爲聽。

潘澂

鏡如、冰壺，浙江新昌人。《看弈堂草》。

《自題西津庵壁上畫松》「頃之風雨生，竊恐壞人壁，老僧薄暮歸，稽首稱嘖嘖。問我寫何時，壬戌之七夕」：紙上頓有風雨。

《山中即事》「竹葉覆茆屋，溪流傍石牀。牀頭置酒瓮，屋後設茶甌」：絶好山居。⊙筆力矯岸。

《山中柬楊思齊》「山連天姥脈，溪接石梁源」：穩切。⊙氣韻絶老。

《懷汪中朗》「春風鳴草屋，落月走空林」：鍊字精。⊙「不悔交情淺，應憐別恨深」：刻意搜奇。

《南明山避署即事》「千載老楓晴似雨，萬竿修竹夏如秋」：似空同「熱天松柏轉蕭蕭」之句。⊙「茶罷焚香正趺坐，一聲清磬到西樓」：幽涼之氣逼人。

●君家曾王父水簾相國，以和平持重爲神廟所知。後文郊公散萬金以賑施，里人感德。而尊君以武先生，抱奇略遭變，鬱鬱無所施。鏡如破家後，以詩畫走江淮間。今年遇於雉臯，解其囊，爲選其詩。詩多得天姥、沃洲之勝，亟爲傳之。

楊廷鎮

爾玜、岷樵，浙江紹興人。《集艫堂》、《岷山堂》諸集。

《詠孤梅》「興劇吟短章，一杯一韻續」：好。⊙「嗟哉惠連弟，池草夢中緑。良友復淪亡，五内馳輪輻。去夏苦淫霖，老梅亦傾覆。蕭疏一樹存，淒其對幽獨。攀條倚春風，觸緒摇心曲」：對樹懷人，情思孔篤。

《紅橋泛荷，同鄭若千、陳鶴山》「豪華争放船，簫鼓多浮水」：數語自蒼潔。

《焦山雷轟石》「濤激浪湧幾千載，巉巖勢若虎豹蹲」：筆力奡兀。「江聲日夜東南奔」：好結。⊙奇物每遭造物之妬，良不可解。此詩巉削，如少陵所云「入天猶石色」也。

《同孔東塘使君泛舟紅橋修禊》「野泛送春目」：俊句。⊙「就中孔融氣如雲，攬勝同尋鷗鷺群。鼠鬚蠒繭供揮灑，碧柳紅桃三月春」：情景俱勝，令人如在村渚中。

《將進酒，爲朱其恭》「天生庸碌承天眷，天生豪俊翻貧賤」：雙眥欲裂。⊙「我本天涯一酒人，與君相遇即相親」；「直須日飲三百杯，百年歡笑能幾回」：豪氣勃勃，不可一世，其拔劍斵地時乎。

《登焦山頂》「雙峰雲出閣，四面佛當窗」：用事森奇。⊙曠觀有萬里之勢。

《月夜同高實先、次昌、鄭若千集喬東湖先生碧瀾堂》「蟬聲遞晚風」：「遞」字好。

《登金山留雲亭》「千年勝地臨龍窟，萬丈孤根插海門」：猛力奇情。⊙洪流浩浩，在其十指。

《八月朔日集孔使君曉鶯堂候雁》：疏疏離離，寫出鄉思，固有情致。

《蕪城秋望》「美人去後無消息，迢遞荒岡走駱駝」：拍案歎絶。⊙結處多少摇曳，出之蒼渾，令全詩都起。

《孔東塘使君席中聽魯樂長師義彈琵琶，賦贈二絶》其二「乘興來遊非入海，當筵卻遇魯師襄」：合拍。

《揚州懷古絶句》其一「猶憶當年杜書記，樓頭愁聽曉鶯啼」：風流可想。其三「恐有幽人更下帷」：恐難其人。◎四詩俱足爲揚州增價。

●爾玜僑寓邗上，以甲子歲薦授廣文，讀書樂道。於宅傍構别業，每遇佳辰，與同志分題探韻，一時傳誦焉。

金懋禧

受宣，浙江紹興人。《用拙堂詩草》。

《同胡天仿、宋份臣、張虞山、杜湘草、黄子心、程次清諸前輩暨外舅蔣荆名舟集蕭湖，遥望淮陰侯釣臺》「王孫竟寂寞，漂母更誰惜」：老氣。「回棹入止園，黄壚悲久隔」：讀此不勝人琴之慟。「歸來倒接羅，月散荒城白」：結得緊。⊙前叙景，中弔古，後傷今。章法井井而筆情秀動，具有天然之美。

《暮春泛舟》「舟移荒寺動」：句好。⊙一語撑起全篇，故詩不可漫作。

《懷程次清先生遊雲臺》「洪濤流日月，古寺隱藤蘿」：上句更傑。⊙筆勢高敞，且無溢句。

《夜泊》「驛路誰青眼，江湖愧白鷗」：體氣佳，風調美。

《之廣陵》：喜其一氣。

《泛舟遇雨》「雲驚千樹雨，風送一船涼」：錬。⊙氣致蒼甚。

《家大人將之東郡，諸子攜樽話别》「滿眼韶華堪盡醉，獨嫌今日是離筵」：結語生動，大足感人孝思。

《抵贑榆》「路經河海一孤舟」：壯句。

《自贛榆歸》「半年愁傍蛟龍窟，一旦欣隨鷗鷺群」：卓犖不群。⊙雖境況蕭瑟，而有顧盼自雄之概。

《雨中柬張虞山先生》其一「遥憶張平子，瞻雲賦四愁」；其二「應在慈闈裏，燃鬚煮藥忙」：一詩足傳虞山矣。

●枚亭六友，金子遠水其一，余曾作長歌紀之。聞今遠遊，而令嗣受宣以詩來，雅秀絶倫。余愛而登梓，竊爲手額。

吕泗洲

漢鄰，江南宣城人。《來爽堂稿》。

《箬嶺》「翠竹響清泉」：傑句。⊙句句狀山行之景，獨能滿足。

《姑孰舟中阻雪》「朔風欺萬户，濁酒滯孤舟」：是雪中景。⊙與少陵「朔風吹桂水」之作同妙。

《同吴晴巖、梅耦長、蔡曉原訪晦公不值》「雲外苔痕看履跡」：細秀。⊙幽冷清峭，如行萬山中，惟聞猿嘯。

《久雨蕪陰，尋唐祖命、徐程叔兩先生》「垂釣漁翁山畔笠，負薪樵子市中船」：摹「久雨」極貼。⊙「苦思老友鳴橈出，共對孤琴破浪眠。赤鑄旗亭拚一醉，漫言斥堠有烽煙」：傳情寫照，都在箇中。

《金山》「塔懸直欲隨波動，龍起頻看挾雨游」：其氣雄渾。⊙既完整，復震蕩，金山詩以此爲合作。

《次答蔡曉原》「風雪連朝點客衣，故人老去寸心違。無言只爲言難盡，春水明年君定歸」：無限情思，盡此數語。

《揚州懷古》：平澹之中，情旨最遠。

《賦得霜葉》「杜鵑三月啼成血，留染秋山欲斷魂」：思路迥異。⊙筆老神健，所以脱俗。

●宣城諸名家，余盡讀其詩，而獨未見漢鄰之作。沈子培元來廣陵，以篇什見示，余乃披讀。其秀致雅情，盡攬敬亭、柏梘之勝，不禁爲之神賞。

馬之驊

飛穆，奉天遼陽人。《片緑園詩集》。

《題畫五絶句》：其一「一林水竹晚煙濃，繞屋芙蓉翠且重。行過小橋剛數武，茅齋已被白雲封」：依稀如見。其二「楓林紅葉打衣濕，不辨霜痕是酒痕」：妙處難言。⊙酒人有如許樂境。其三「遥指斷橋通野渡，晚霞明處亂山多」：置身千巖萬壑間，乃有此筆墨。其四「山作墻垣樹作幃」、「瀑泉如雨竹梢飛」：此是仙源。其五「分明樹杪琴聲出，藤網籬花咫尺迷」：思徑不凡。○公宰萬安，能使猛虎荆棘之塲，化爲樂土，而詩有仙氣，令人按捉不住。

丘同升

守常，江南山陽人。《篆蔭軒集》。

《海岳樓》「室静倚江流」：極真。⊙非山中坐卧，那得此真貼語。

《江天閣》「江天一浩蕩，隨意坐莓苔」：結得空遠。

《留雲亭》「塔影渾江底，鐘聲忽殿前」：虚處見力。⊙無意刻畫而自別。

《謁海烈婦祠》「匹婦吾何拜，登階凜雪霜」：有氣概。「完身縫密線，絶命瘞孤航」：實事。

《見採茶者》「翻憐登陟處，一路老松遮」：撇開得妙。

《軒前有竹數十竿，徐臞庵先生題曰篆蔭，賦詩紀之》「涼生斜日下，陰接古槐西」：涼氣逼人。

《篆蔭軒席上贈别余文舒》「趨走豈因謀食急，疏狂且莫恃才多」：真相愛之言。⊙古人贈詩每多箴諷，今人則一味阿諛。讀頷聯，猶見古道。

《公孝侄攜樽過六兄止所新購别墅》其一「三徑從兹無俗客，時時我亦泛花津」；其二「獨行堤外看新水，同飲花前對小山」：數語是園居樂境，亦是兄弟樂境。

《野老》「任他拂面垂楊起，只卧濃陰野渡間」：此老不俗。

●曙戒、季貞兩太史書來，稱其愛弟守常年最少，而潛心風雅，且惓惓欲晤僕，以結縞帶之歡。及接其人，温文謙慎，而詩多静秀之氣。烏衣子弟，似此洵堪敬愛。

史　伸

淑時、蕉飲，江南江都人。《才冶樓集》。

《晚泊燕子磯》「漁火通秋氣，帆檣散暝煙」：奇語。⊙蒼奥奇崛，足壓蛟龍。

《舟次秦郵》「蒹葭開斷岸，雁鶩亂寒汀」：好在「開」字、「亂」字。⊙菁蒼滿眼，得之沉鍊。

《金山》「鐘磬撼天摇雉堞，鼉鼊抱雨嚙漁舟」：筆力沉雄。⊙與少陵「城邊徑仄旌旆愁」〔一〕可以並傳。

《息浪庵望江》「海氣蛟龍積水腥」：狠句。⊙無一弱語，無一閒筆，足見心力之猛。

●豹人、舟次、季角三君以書來，皆極口淑時。余披其集，出入六朝而驅駕三唐，其才果傑出也。許示新篇，竟未郵到，登此以志賞慕。

陶爾燧

穎儒，江南青浦人。《息廬詩》。

《明妃夢回漢宫，步田鬍淵韻》「貴主同昌曾識面，卻寒簾内話偏長」：結處新美之思，迥出意表。

《雪美人》「十二畫簾蜂蝶鬧，冰肌消瘦暗傷春」：總無形跡。◎穎儒詩富麗端莊，不改雲間風調，二詩饒有逸情别致。

沈季友

客子，浙江嘉興人。《南疑集》。

《宫盤歌》「玉几金牀深處見，小印團龍刊寶篆。錦花繡褥裹雕文，紛紛堆滿披香宴」：想見當時帝王之樂。「君不見，幾代園陵盜玉箱，寶衣流落他人手」：結意在此。⊙公孫劍器有何關係，卻

〔一〕「邊」，杜詩原作「尖」。

説到「先帝侍女八千人」，則淚下沾襟矣。此詩全得此法。

戴劉淙 稼梅，江南常熟人。《過雲集》。

《虎牙灘有感》「兩年三走五千里，半載八過十二碚」：奡異。⊙襟期别，風調高，真野鶴之在雞群。

葉燮 星期，浙江嘉善人。《已畦西南行草》。

《晚至玉山》「鬼火慘青黄，日沉骨慘慄。敗垣叢礫中，彷彿有人立」：筆端鬼泣。「黄雀猶無食」：慘甚。⊙「前年閩寇亂，禍首震鄰惕。遊釜盡其魚，竭澤到蟣蝨。閭里駢屋戕，逃亡鮮行一。邑空無人種，安從得生息」：余丙申至玉山，見滿城皆荆棘，廬舍盡被火燒，想閩亂之後益甚。此詩形容哀慘，酸風射人。

《南昌晚泊》「江流倦夜聲」：好。⊙筆圓情苦。

《贛州》「事去江山舊，時平樓櫓閒」：渾然。⊙似孟襄陽。

●星期詩以險怪爲工，余則録其條和中節者。

吴孟堅 子班，江南貴池人。《偶存草》。

《眺秦川》「蹄輕萬壑黄羊陣，影突千峰鐵鷂鄉」：光氣四射。⊙典則似初唐，悲壯如工部。

《汴梁懷古》「廿年戎馬驚殘夢，九月關山叫落鴻」：沉酣於盛唐。⊙自陳橋戰敗，左帥遁襄陽而賊勢愈横。詩以渾雄，傳其哀痛。

《山東道上》「十二山河零碎影，空天獨有雁孤飛」：空濶之中，意思獨警。

《渡江》「如此江天處處愁，淮陽東下盡洪流。轉篷風急難尋岸，萬派濤聲一夜秋」：蒼茫，盡江行之景。

●子班以尊甫樓山先生死節事，重趼至國門，上書史館，遂蒙立傳，其志苦矣。數篇忼烈，有易水擊筑之風。

黄啓祚

洪山，湖廣應山人。

《茌平道中》「衣單帽側寒猶緊，馬懶鞭長路正賒」：行路語，寫得温昵動人。

《登白兆山》「謫仙一去風流盡，殘碣勞勞訪舊遊」：全詩穩合，結處風韻繚繞。

梅文鼎

定九，江南宣城人。《勿庵詩集》。

《泊皖城遇雨》「風定濤還怒，潮迴岸欲平」：狀雨泊，筆情極共婉潤。

《喜半公歸自新都柬寄索畫》「相思白嶽人歸處，正是蒼崖雪霽時」：從容中節。⊙境地清絶而風味更幽，自是仙人筆墨。

●耦長語我：「定九精曆象、工算法，當今有用才也。工詩，特其一斑。」

孫又玠

六良、懷濱，江南休寧人。《觀遠堂集》。

《曉蟬》「巢耳無凡聽，余懷江海深」：穆然。⊙字字關合「曉」意。

《黄忍庵先生招飲太原西田，同江式繩、郭又汾諸公》其一「阡陌春煙聚，亭臺落照圓」：新麗。其二「小艇依斜日，春城踏積泥」：意創而新，詞艷而雅。

《過李墓訪許輪如》「細雨繞湖天，村村湖草邊」：畫。「醉眼上漁船」：好。⊙襟懷自爾條暢。

《湖上》「堤影斷寒松」：細思最妙。⊙「燈樓漸依岸，歌吹尚從容」：瓢笠飄然，固多高韻。

《邗關贈先因開士》「春雨渡江天」：好。⊙「與師期結夏，響水柳陰邊」：此闍黎頗爲不俗，髣髴詩中遇之。

《落花》其一「斜風細雨清明後，長日閒庭欲夏時」：簾裏屏間，依稀如見。其二「常恨馬嵬傾國盡，誰憐巫峽斷雲迷」：借意極韻。其三「縱飲也教今夕散，癡情難把去時留」：楊孟載有此風神。◎必粘定落花，有何神趣？此則一往天機，幾於美人臨風欲去。

《自金陵至虎林歸秋興二首》其一「石頭城裏舊偏安」：詩史。「祇令追意古今難」：語意深老。其二「千年南渡憑荒草，十里西湖聽斷鴻」：新亭遺感。◎祇言景物，無足送懷。此能指數興衰而又不露，固是勝場。

《舟中船賞詩》「村對泥橋隔小溪」：松林一派。⊙雖復雕鏤，正足矯劍南之俚滑。

●戊辰小春，與孫君六良飲茗上司空署館，竟夕不知其爲詩人。明日，以《觀遠堂詩》一册來，屬余評次，因貯之敝篋。舟行宜陵道中，寂寥無事，爲一披閱。其幽秀閒遠，絶去埃塵，頗令人神移心賞。

《送家學士渡淮四首》其一「短後堪翻舊，蒼髯覺愈新」：典切。⊙岡門浚流，秋登一百餘萬，人民丁頌數百里遠近。其二「總須歸浩蕩，莫漫説滄桑。地力東南薄，天恩今古長」：四語渾厚圓貼，徵老筆。⊙朝恩深厚，讀此輒爲涕淋。其三「載途遲雨雪，京國舊驅馳。椿樹南山灑，荆花緑野詩」：家庭語，真摯可誦。⊙清和而雅麗。其四「落日縈岐思，滔滔古渡頭」：起法老。「紅雲連北極，黄葉下南樓」：景别情深。⊙情思寫得飛動。

●戊辰冬日，六良送司空孫先生渡河北上，抵淮而返，晤於邗樓，出送行四詩見示，不獨風藻連翩，而情旨更爲深穩，是華實並茂之作。余深喜之，特録附此。

王元弼

良輔，山東琅琊人。《慎餘堂稿》。

《應山道中》「村喧溪水過，雲響雉雞鳴」：聲色俱異。⊙詩思方可王、孟。

《君山》「不是二妃哭舜後，誰教湘竹盡成斑」：歌聲淫溢，在山雲縹緲間

張思任　鈞五，奉天襄平人。

《晴川樓遠眺》「江光入座層層閣，帆影臨窗片片風」：一幅畫圖。⊙「晴日晴時望碧空」：憑欄指顧，有把酒臨風之樂。

張思信　鈍五，奉天襄平人。《廉泉集》。

《秋杪偕舍弟公弼重遊岐陽東湖喜雨亭》「渼陂日落煙波碧，亭榭秋殘霜葉紅」：秀艷輕盈，如錦樹青山，迷離無盡。

閻中寬　公度，直隸蠡縣人。

《登天津龍王閣》「桑田入海流」：卓句可垂。

《遊甘山》「雲封蘿屋千巖雨，泉響松林五月秋」：詩有作性，故自振拔。

張禎　延暇，直隸蠡縣人。《焚餘草》。

《廢廟》「日暖殰羊卧，風恬燕社歸」：寫「廢」字曲盡，且神彩俱振。

陳于王

健夫，直隸宛平人。

《瓊州雜詠》「有村知是縣，無樹不成家」：瓊州風土志。⊙海外風景，寫來奧異警人。

《梧州遺興》「江自夜郎來」：好。「城門山半開」：奇景。⊙生鑿而不艱澀，惟覺爽氣逼人。

●客冬陳子健夫過我，以數詩見授，皆深奇古奧，極慷慨悲歌之氣，余甚爲擊節不置。尚有數作，值余病卧，未能披覽付梓。

蔣繼軾

淑瞻、小坡，江南江都人。《雙梧集》。

《中秋後二日同徐松之諸子再集雙梧館中看月》「秋逼酒人吟」：好句。⊙晚唐勝場。

《聞家玉淵先生自安慶復至楚中》「白首烽煙又上遊」：切事。⊙「吹簫看月在深秋」：風神濯濯，而情思正滿。

《訪于臣虎於來鶴山房》「石橋流水三山路，疏柳晴荷七月天」：如畫。⊙「人在東湖落照前」：東坡詩秀處，正非放翁可及。此詩吾賞其神骨之殊。

《九日孔東塘先生招同梅花嶺登高》「青山遥指隔江微」：「青山」句風景宛然，令人情往。

《重陽後一日同張諧石、陳鶴山、鄭若千登南城城臺》「黄葉漸遮江岸路，青簾還憶菊花杯」：照應密。⊙賓連曾談此地之勝，此詩如置我畫圖中。

《城東草堂贈宗子發先生》「滄桑到處悲殘夢，杖履依然見古風」：子發在焉，呼之或出。⊙子發高風逸韻，此詩最能寫出。

《懷陳鶴山之真州》「風淒木脱江邊路，酒盡燈寒客裏情」：疏脱不群。⊙雖寫其蕭涼，而興味正遠。

《紅橋春遊》「吴娘愛唱春風曲，翠袖紅妝總是愁」：似昔人《子夜歌》。

●蔣玉淵向余云：「吾家淑瞻年甚少，而耽吟詠、喜賓客，綽有晉魏風。」余交其人，良然。東塘孔國博倡社邗水，淑瞻獨高懷雅致，一往而深，固不愧俊人之目。

胡其毅

静夫、致果，江南江寧人。《静拙齋集》。

《題蕭尺木離騷天問圖歌》「石經殘缺圖史廢，文采風流遺老在。好讀離騷寫奇跡，虎頭妙伎追前代」：開手岸然。「司命東皇竦長劍，湘君河伯乘飛龍」：形容得陸離。「君不見，區湖之上風雨作，山鬼啾啾木葉落，先生解衣正盤礴」：颯颯楓江，雲氣爲黑。⊙振筆多神彩，鍊格最遒上。其風藻飛騰處，疑湘君、山鬼繚繞筆端。

魏壽期

偶亭，江南繁昌人。《後浙遊草》。

《清弋江》「世情端不愛，料得濯纓稀」：結意警。⊙蕭然絶俗。

《嘉禾過精嚴寺，宿含貞上人房》「茶竈依泉響」：好。⊙「法界琳宫敞，迴廊别有天。徑移花外曲，院隱石林偏」：清思俊響，如秋空鶴唳。

彭希周

宗姬，江南當塗人。《紀遊草》。

《箬嶺》「虚巖巢日月，絶壁走龍蛇」：指痕皆血。

《烏聊山》「躡石入雲根」：好。⊙肅肅有山鬼坐嘯。

《清涼寺望臺城》「瓢笠孤堂寄，江山六代過」：有慨歎。⊙按之清雅，而自有横厲之氣。

《戲馬臺》「白日雄心争戍壘，秋風老淚爲防河」：含蘊妙。⊙「騅兮已逝欲如何」：《史記》、《離騷》、樂府，備此一詩。

張儼

若思，江南當塗人。《寄庵集》。

《依韻答施愚山先生見懷》「雨密三更夢，花愁九十春」：好絶。⊙惟愚山足當此詩，筆意亦矯脱。

《自易州入山》其一「峰迴人影失，路塞馬蹄開」：語遒意警。其二「穿巖衝石窟，登嶺破雲封」：筆破重險。◎二詩縋險破幽，力能扛鼎。

●尊君中巖孝廉、大阮青庵觀察，皆與僕爲異姓兄弟。今兩君已亡，家亦中落，而若思詩才傑出，深爲眉喜。

孔毓禎 惺箴，江南當塗人。《江上近草》。

《憶松巢雪公》「天與溪山容杖笠，月明磯石老藤蘿」：高偉。⊙「秋聲濤影竟如何」：蒼翠如松，澄空若月，讀詩占其懷抱。

奚藩 公昭，江南蕪湖人。

《秋日聞沈五鹽先生從瓜渚歸，下榻家儀一竹圃，作此代簡》「春雨判遲櫻筍候，秋風肯與鱠蓴違」：雅貼。⊙筆意如紫燕之飛、黄鸝之囀。

奚自 公石，江南蕪湖人。

《贈惺堂和尚，次沈天士先生韻》「開門揖數峰」：「揖」字好。⊙穩當中，神骨露其高秀。

何良球 與圖，江南徽州人。

《題我佩家兄別業》「松間一草閣，正對西靈山。一丘復一壑。羡君清且閒」：歷落可愛。⊙古筆岸異，在陶、柳之間。

汪元暉

遥光、扶桑，江南歙縣人。《犨溪詩稿》。

《秋日同程蝕庵、秋水叔郊飲》「鳥行楓葉路」：傑句。⊙秋聲滿紙。

《送程正路、家遂臣兄之閩》「縱使有花能下酒，難堪乘月自登樓」：如吹笛岳陽樓，清思獨遠。

《九日寄懷王不庵先生》「黄金都散亂離中」：難得其人。⊙風期疏落，如見孟參軍一輩人。

《過長沙》「誰憐賈傅千年後，更有無官可謫人」：尚以謫官爲幸也，其感深矣。

《夜泊湘江》「兩岸秋聲聽不盡，荻蘆深處是漁家」：遠。⊙筆墨清徹可愛。

方　山

聖乳，江南歙縣人。《何有集》。

《雪羅漢詩》其一「月映空中猶有色，人疑是處又還非」：縹緲欲仙。其二「收拾蒲團歸浄土，寒窗再與話浮生」：參悟自遠。其三「杯度漫隨流水逝，錫飛休傍夕陽歸」：在即離之間。其四「苦行幾番寒徹骨，堅修一任雪埋腰」：確是雪羅漢。

●南庵釋大依曰：「松雪畫馬，幾於馬矣。因而畫佛，遂爲衆香國裏人。古名下士争以筆墨作佛事，有以也夫。紫巖居士唱雪羅漢，從空色中放大寶光，豈其詩耶？即以詩言，淡描空影，似睹鏡花，筆力所至，精渾遒老。袁二堂云『詠物長如畫遠山』，紫巖之謂歟？快讀之下，爲題數語，以志他日捉手於香國也。」

●聖乳年少負異才，試輒冠軍，客死嶺南，詩多散失。從兄賓臣僅收拾其《雪羅漢詩》，而從叔樸士緘以寄余。詩固清圓超脱，不墮塵氛，惜全稿之零落。

劉清玫

赤符、默齋，山西大同靈丘人。《清嘯集》。

《短歌行》「矧我連枝，何可暫忘」：質老。「昔患豺虎，爰搆喪亂。南北失序，邈若澗漢。別日苦多，聚時幾何。良會匪易，胡不醉歌」：純是漢魏。⊙古雅蒼潔，兼曹家父子之長。

《望匡廬》「安得雲車陟山巔，飄然俯視三疊泉。偶遇仙人吹笛至，相攜石池採白蓮」：是「望」字。⊙神强筆老，其精悍過於郭解。

《雲棧雜詠》其一「人從雲裏過，鳥近耳邊鳴」：奇闢。其二「霧暗陰風濕。泥深亂木横」：風景甚慘。其三「雨從山半落，雷繞馬頭鳴」：造語生硬。◎棧行詩凡十首，而此三作尤險拔。

《平陸縣》「黄河分北界，日暮每多風」：峻嶒有勢。⊙起勢不凡。

《環川對月感懷》「那堪三楚月，偏照一人愁」：清愜。⊙全首劉隨州。

《夜泊湖口關有阻》「雲行銜雁陣，月吐射龍潭」：雄渾。⊙不爲酸語，知其懷抱之曠遠。

《歲暮江泊》「煙迷雲夢樹，雪壓漢江船」：荒荒天遠。「況是年將盡，難堪客未還。呼寒無數雁，相逐宿灘前」：轉筆健。

《紫荆關》「曲路千盤耕鑿少，長城萬里戰攻多」：是邊地之景。⊙能爲盛唐，而語無蹈襲。

《宿葚狐口》「天臨紫塞千峰聚，月照桑乾萬古鳴」：冰霜四集。⊙落筆有刀劍之聲。

《太白山》「虎嘯悲風驚谷外，猿啼冷月過窗前」：颯颯有塞外之氣。⊙悲壯雄渾，如聞邊笛。

《己未元宵次賀家橋遇雪》「獨對村燈數點明」：清徹如玉壺之冰。

《大孤塘阻風次韻》「南通彭澤蛟龍窟，北帶金陵虎豹關」；「久客自憐歸夢遠，長江未許放舟還」：上聯雄，此聯遠。⊙一往見其澎湃。

《登天門洞》「鬱蟠龍虎衛金陵」：壯句。⊙「獨步天門最上層，兩山開處紫霞凝。回頭野寺千家静，縱目寒江萬里澄」：落筆便超，造語必傑。

《雲棧竹枝詞》其一「烏龍江水日潺湲，棧閣連雲帶萬山。纔歷馬鞍二十四，問人還過幾重關」：是《竹枝》聲調。其二「滿眼山花人不識，隔林愁聽鷓鴣啼」：難爲行路。

《閬中春眺》：似岑嘉州。

●赤符尊君守保寧，死吴逆之難，而能不避雲棧之險，冒兵戈以迎其父之喪，忠孝萃於一門，可謂争光日月矣。余從邗上晤赤符，見其神情軒舉，有烈丈夫氣。而更出其詩示我，英爽豪邁，掃盡浮靡。殆雲中地險而風高，故人物傑卓如此。

閻詠

復申，左汾，山西太原人。

《送王黄門幼華典試東粤十韻》「系出文中子，家鄰太史公」：高聳百尺。「旗翻榕葉翠，袍映荔枝紅」：工麗奪目。⊙整雅兼流逸，堪與右丞頡頏。

●再彭、百詩兩先生，皆與僕誼聯縞苧；而復申近班荆情好，復篤交蓋三世矣。復申早歲登賢書，著作皆英麗，宜楊公筠湄開府亟推之。

卓允基

次厚，浙江杭州人。《履齋詩鈔》。

《同友人登多景樓望江值大風雨》「古寺還雲撥不開，樓窗挂起浪成堆」：一起雄壯。

●予與亮庵交深三十餘載，次君次厚於苕水採芹解衣，纔三尺。今其詩雄放開闊，遂霸浙壇，吾爲敬畏。

王鴻藻

日山、鶴沙，江南泰州人。《鷗吟集》。

《夜行》「荒雞纔一唱，冷月欲三更」：切題。⊙酷有夜行之景，故佳。

《補山池上遇雨》「雨氣來天半，陰雲四望垂」：起處超，餘亦整暇。

《露觔祠》「奇節一宵難」：定評。「凈湖深夕照」：杜句。⊙旌表貞女，堪垂不朽。

《送黄交三之含山》「鶯歌啼處雨初收」：秀。⊙風華韶秀，足贈交三。

《送孔國博入都》「三年辛苦一歸難，翹首江天驛路寒」：真。⊙送東塘詩卷盈尺，惟鶴沙字字真確。

《春日集田園看梅，和包自根廣文韻》其一「一天好月護香來」：新。其二「近城春色逼蒼苔」：切田園。⊙田園固佳，得名流飲酒賦詩，聲價倍增。

《過喬侍讀園林》「長橋卧月衝波直，深樹穿雲繫艇斜」：好景。⊙筆曲思清，寫景如畫。

《端陽前一日白田舟中》「萬頃湖光遠接天，蒼茫暮色鎖空煙」：氣象大。「明朝笑語知何處，白水青蒲倍黯然」：一往情長。⊙丰神散朗，如聞洗馬清言。

《遥和俞錦泉舍人静嘯堂讌集韻》「千聲絲竹成真隱，一幅冰綃當卧遊」：極切錦泉。⊙詩莫妙於貼切。如鶴沙和錦泉作，可謂神似。

《清明》「一棹煙波圖畫裏，半篙移過小橋西」：筆致輕倩。

劉家珍

鹿沙，江南寶應人。《漁山園詩鈔》。

《梅花嶺歌》「樹成呼作梅花嶺」：老。「啼鳥飛繞前朝樹」：冷。⊙借景抒懷，歷歷盛衰在目，固是一則史論。

《龍江曉發》「曉月墮帆檣，雞鳴兩岸霜」：一起佳，餘復匀稱。

《郊遊即事》「年年此地留人住，半爲看山半看松」：情景都佳。

《河上送姚曉嵐之薊門》「平橋楊柳緑萋萋」：含情無限。⊙逼真唐調。

《由紅橋至平山堂》其一「一路楊花送小船」：逸興滿紙。其二「今朝自分遊湖早，已有笙歌在竹西」：切竹西風景。其三「多情最是啼鶯好，勾引遊人醉不還」：趣。

錢柏齡　立山，江南華亭人。《鹿窗草》。

《白鸚鵡》「翎修自足欺青女，性慧偏宜號玉妃」：典秀絶倫。

《登報恩寺塔，和靳熊封明府韻》「風鐸可能聞下界，雨花遥憶灑南朝」：活。⊙登高望遠，筆興凌空欲舞。

《烏聊山，和茅雪鴻韻》「長松無處不飛濤」：清切之中，較有爽致。

楊廷顯　偉臣、學萊，江南華亭人。《飯犢偶吟》。

《次韻答陳樟亭》「鐘破一天霜」：奇句。從無人道。

《賦謝靳熊封明府寄各口分書》「白門有遺老，傾蓋即相親」：老極。「考古窮周夏，論書見漢秦」：真。⊙字字真切，不同泛泛應酬。

《又次靳明府冬日見懷韻》「何事尺書來練水，殷勤猶念故人歸」：一往有深情。

《寄立山》「湘靈老去詩情健，時與山僧話六朝」：渾。⊙悠揚婉宕，逼真唐人風韻。

●靳公嚴於論詩，而亦不苟於揖客，故幕中多俊偉之士，振筆皆成異彩。予何時得遂西園之遊宴也。

唐麟翔

石郊，江南泰州人。

《登天目山》「六朝興廢水雲間」：憑弔仙蹤，大有滄桑之感。

杜逢春

大生，江南丹徒人。

《舟過丹陽》「官道已過遥樹合，廢亭何處亂山横」：老筆横掃。

潘　鼎

君粲、在新，江南江陰人。《餘吟草》。

《題君山浮遠堂》「空山自昔留君號，老樹於今發楚風」：鬆快。⊙徵□既實，吐詞必高。宜登山頂，拍浮歌之。

沈嘉植

子厚、桓雙，江南泰州人。《山雨樓集》。

《早秋登昆盧閣》「風雨護雙樓」、「闕城畫角秋」：俯仰情深，而筆力更矯健不群。

《舟泊燕子磯》「落日斜侵古寺紅」：思路鑿險而出，自爾森秀異人。

●林公、芝山兩先生，適開海陵風雅之先。而子厚能世家學，摇必多雅音〔一〕，振步無繁響，足繼兩先生之後矣。

張　昭　曉巖，江南丹徒人。《紀遊集》。

《麻姑山》「流水何潺湲」；「仿佛鳴珮環」；「微風噴香雪，一峰當天門」：彷彿謝康樂筆意。

王拱辰　星維，江南江都人。

《春日登真賞樓望江南山色》「日射江光青樹迥，天懸山色緑煙浮」：名勝之地，得此一番賞鑒，頗有歐陽懷抱。

孫　暨　杏莊，江南休寧人。

《七夕》「蟋蟀聲中催剪尺，梧桐露下濕琴樽」；「最是人間傳別恨，鶴歸鸞去黯銷魂」：佳時佳事，卻寫得老氣横秋。

〔一〕「必」，疑爲「筆」。「摇筆」與「振步」對。

王　待

季守，江南興化人。《東臯集》、《醉娛集》。

《寄答半石夫子見懷之作》「寧知相憶淚，又向別時增」：意緒剴惻。「江南堪歷覽，怪我來何晚。寧知飛藿身，日與秋風轉。秋風吹我心，日日到江潯。夢入江南路，寧知秋水深」：情文繚繞，一往無際。⊙輕圓俊妙，得六朝之芳鮮，李太白尚不能窺其堂奧。

《同賀相玉登北固山》「盤轉出山後」：老峭。「白雲飛左右」：妙。「仰眺鴻濛闢，俯聽風雷鬭」：何等胸次。「黄葉染清霜，飛飛滿衣袖」：佳得蒼遠。⊙遊山詩既歷寫真境，而又佳緒紛來，蒼翠如滴，是康樂妙手。

《點夫行》「傍人借問向何處，云送蒙古鐵騎還」：徵實，是史筆。「萬姓搶頭淚如水」：一路寫其苦境，最爲難堪。「舟子持梃索大錢，出之稍遲揮長鞭」：更苦。⊙指陳痛切，紙上皆是血痕。

《由蓼城至東郡道中雜詩三首》其一「一獺銜濤出，千帆挂雨行」：聲響噌吰。其二「一片黄河浪，猶聞旅夜樓」：風調開爽。其三「虎風摇草樹，蛇徑走崔嵬」：空同有此筆墨。◎數詩都無恒想弱調。

《秋日泛舟》「空霜欺落木，秋水割寒煙」：「欺」字、「割」字不輕下。

《彭城道中》「白草驚風暗，黄沙挾日來」：鍊句都警。⊙詩思猛烈，固有芒碭之氣。

《遥同庸勉春郊遊眺》「春風驕玉勒，婀娜入煙霞」：風韻可懷。⊙極似右丞。

《太白樓》「九派河聲趨碣石，千盤山色拱營丘」：高敞，足敵滄溟。

《渡黄河作》「疏鑿幾能留禹跡，輓輸猶自襲秦規」：關心河事之言。⊙季守七律詩整齊宏亮，尚是正始之音。

《春日行》「越姬自負傾城色，湖上明妝獨浣紗」：柔情艷調。

《送張實存還京口》「送君此去誰知己，只有花前金叵羅」：婉麗。⊙京口昆玉，固足移情。

《少年行》其一：寫出遊冶情態。其二「上陽門外車如水，醉挾雙鬟馬上來」：純是龍標風調。

《擬古從軍行》「直將一戰開奇績，不爲封侯與報恩」：智略高人數籌。

●季守幼而穎慧，長而博綜。所爲詩輕妍而秀妙，復華鍊而英多，詞家之勝在是矣，宜子發、冰叔有神駿之賞。

汪岱實

桂東，西巖，江南嘉定人。《見山集》。

《睡起》「明月澹益佳，酌酒念疇昔」：結得古澹。⊙陶、謝之間。

《懷古閣看梅，寄陸上眉、張倬庵》「去年看此花，今年看始足。閉户及三旬，濕雲殢空谷」：真幽人樂事。⊙「遠寄一枝春，好風煩寸牘」：清芬寒栗，一洗俗懷。

《白馬篇贈孫太青》「仰高壘，立華軒。銜玉勒，覆錦韉。垂寶鐙，躍金鞭。嘶青雲而直上，掣紫電而争先」：繽紛奪目，直是賦手。「溝中血走霜蹄熱」：奇句。「白馬翩翩尚不同，君才況復人中傑」：贊人只一句，手法高絶。⊙全學初唐。其華壯直擬四傑。

《冬夜長》「燈花黯黯布被涼，莫言遊子忘故鄉」：老。⊙歸重思親，故筆墨不爲浪設。

《訪山中徐古庵》「黄葉霜天屋，青溪夜雨燈」：皮、陸之最精。⊙秀削之中，自騁姿態。

《送蘇苹山還中州》「日落黄河壯，雲開少室明」：極安貼，而氣致自高。

《登泰山》「波濤收渤海，鐘鼓接天門」：雄睨百代。⊙冠冕稱題。

《從軍》「難忘魯國真男子，莫問江東老步兵」：壯心勃勃。「出關何忍效雞鳴」：語有氣骨。⊙一往豪氣淋漓，筆墨閒而詞尤壯潤可喜。

《八月十九夜待月》「絶勝仰天看北斗，大星明滅上征鞍」：把杯坐月，真勝客途鞍馬。讀結句，爲之憮然。

《南苑觀獵》：一篇《羽獵賦》。

《宿馮中一山莊》「峰頭落葉過群鹿」：用意。⊙染墨俱有高氣，人衹賞其華綺。

《漫興》其一「流觴不須上巳，看月何必中秋」：妙見。◎隱居自多妙境，而勞勞者失之。讀二絶，令我動巖處之興。

《鍾山》「笑指煙霞最深處，半山曾跨一驢來」：介甫晚年自是韻人。

《自遣》「萬卷藏書一局棋」：「北墅舞燈，余不欲往」亦是此意。

●嵺城詩名，推李長蘅先生冠冕。汪君柱東其所自出也，詩宏闊而深穩，藻雅而清貼。當踞騷壇，以標赤幟。

趙鳴鸞

翔九、雪村，江南江陰人。《蓉江集》。

《同錢飲光、吴園次、余澹心尋秋至南庵》「溪沉寒寺磬，雲亂夕陽山」：刻露。⊙極鍊而神韻自超脱。

《過止水上人僧舍》「鋤雲衰更力，得芋晚加餐」：蒼辣。⊙筆剛語傑。

《滴水巖次僧來韻》「山夢入秋長」：自驗之語。「堪與話斜陽」：好。⊙鏗然有聲。

《送吴岱觀歸西陵》「黄花樽酒孤燈醉，白髮江湖一棹回」：絶似劉隨州。⊙老友相遇，别有肝腸。此詩非與岱觀結契甚深，安能有此筆墨。

《陳元白學博招同吴園次漫園讌集》「紅豆多情生故國，白頭歧路老天涯」：不勝感愾。⊙園次傾倒於雪村至矣。詩不徒贊頌，妙有真氣，使人徬徨。

《鄧孝威來遊江上花朝奉訪和原韻》「病榻閒聽飄瓦雨，荒齋静掩落梅風」：真至。⊙蕭騷不堪，是我輩語。

《夜泊銅陵望九華，兼懷宗天門學博》「孤燈未滅龍欲起，名山擬上雲仍迷」：奇絶。⊙從老杜脱化而出，警拔處得之創獲。

《風阻老洲頭，次盛靖侯韻》「沽酒尋村又岸頭」：老甚。「山皆北向知遥拱，江自西來盡合流」：

確切不浮。⊙清矯而高脱。

《新豐不寐》「入耳村蟲吟露草，閉門山虎過瓜棚」：對更卓。「夜市不堪蒼鼠竄，陰房鬼火隔籬明」：收更健。⊙全副精神。

《曾青藜見枉草堂有詩見遺和韻》「二月新鶯千里棹，十年春草五湖詩」：飄飄新緒。⊙芊綿秀麗中，多歷落之致。

《集徐石霞之有鄰堂，同鄧孝威、曾止山、嚴庶華、沙定峰、華商原、鄧七友、潘君粲、高端士賦》「細説開元有白頭」：着眼。⊙「花接好風留旅客，樽銜落日亂春愁」：深情高致，得於行墨之外。

●雪村賦性高邁而纏綿，於風雅友朋之間，有同饑渴。所爲詩，雅麗而蒼健。性好苦吟，彌徵風骨。江山明秀，乃産是賢。

鄧鶴在

臯聞，江南江陰人。《自怡集》。

《喜周翼微再至江上》「江月故人秋」：好。⊙情味婉惻，知其篤於友生。

《偕余澹心、吴薗次、趙雪村、徐石霞、陳天山邢園訪菊》「密叢微帶露，接葉暗流雲」：幽芬可愛。⊙盡祛俗氛，惟有幽情相接。

《登燕子磯觀音閣，和季公諾韻》「白雲隨杖履，青嶂落簷楹」：詩不妨深鑿，而貴出之顯亮，此詩能詞意俱超。

《别家元昭叔暨諸兄弟》「四月寒多青草澗，一江天遠白波深」：澹而多姿。⊙蕭疏閒曠，筆意自踞上流。

《同吴塞翁先生登君山限韻》「流連煙水空殘夢，閲歷年華有戰場」：意藴甚深。⊙君山當烽火之後，感歎情深，妙在不露。

《秋日偕友過秋水庵止宿》「竹榻雲歸寒半夜，芸窗風動葉千層」：别有境地。⊙讀過涼氣襲人，如坐我葭蒼露白之境。

《春夜步月和孝威叔韻》「芳草路連三徑外，疏鐘聲隔小橋西」：有月景在内。⊙「幸逢知己同樽酒，不負良宵有杖藜」：澹而綺，真而潔。同人唱和如雲，而奪箽則推我皋聞矣。

《秋荷》「花清獨出游魚上，葉響偏聞夜雨長」：色幽涼而思雅潔，可謂妙合風騷。

《秋海棠》「生處幽蘭芳蕙裏，開當逸士美人間」：不獨姿容皎麗，而慧心幽致，一往勝人。

《觀内寫經》「妝罷室中無别課，勤將書法事空王」：有此韻事，自有此好詩。

《村莊捕魚》：二絶别有風味。

●余宗克生、于王兩先生，以詞賦爲東南倡，皋聞其裔孫也。詩特清鍊而神韻自高，洵足振起前武，余爲眉飛色喜。

程鴻鼎

六飛、勁齋，湖廣廣濟籍，江南休寧人。《餐勝樓集》。

《菊影》「高低分不定，花葉色能勻」：繪影神手。⊙摹擬菊影，不減頰上三毫。

《再入山》「舊識桃園叟，重來意倍親」：起便有情。「沽酒喚憐人」：高趣。⊙情深調雅，筆無點塵。

《鸚鵡洲弔禰正平》「至今洲上萋萋草，尚繞長江慘暮雲」：體格整鍊，而憑弔情深，正平可以不憾。

《柳枝》其一「弱縷垂垂攀折盡，誰能含態待君來」；其二「但求酒滿如泥醉，莫管春深似雪飛」：丰神濯濯，如春月柳。

●黄九煙先生選唐詩，有「驚天」、「泣鬼」、「移人」之目，似可不必也。如此安雅清和，一歸正則，吾推六飛子。

文師伋

賓門，湖廣漢陽人。

《得純又家兄信》「共道家貧余計拙，還驚親老爾歸遲」：自責是。⊙思苦調警，字字血淚。

許大儒

董傳，江南如皋人。

《把酒對籬菊作》「陶公千載後，静賞孰能真」：老。⊙秋菊有佳色，千載以爲絶調。此詩字字傳菊之神。

《集飲小西湖》「閣外横山遠，湖心湧石流」：澹然數筆，而煙嵐之致無窮。

《贈潘冰壺，和顧八韻》「年來慣踏邗江月，筆到旋飛剡曲雲」：詩亦清芬之氣襲人。

《送楊逸齋年兄》「幾日杯浮春色滿，昨宵句好月華親」：清姿玉映。

《春日懷吴紫來》「小亭細雨蕭蕭夜，愁剔青燈看舊詩」：清俊，極似山濤當年。

佘昂

宛駒、寧愚。江南如皋人。《緑筠軒詩稿》。

《東郊訪冒公履》「木葉弄風色，柴荆上月痕」：空澹似襄陽。

《秋夜同顧霞儀述懷》「夜静燈微緑，秋深衾漸寒」：詩情肅穆。

《秋山即事》「月來驚鶻起，星落聽猿號」：語有聲光。

《贈家羽尊寓僧院》「初日淡楓樹」：好句好景。

《懷舊》「全迷仄徑餘深樹，忽見朱欄改畫樓」：惝況難言。「誰向東陵念故侯」：心腸大好。⊙轉因金碧輝煌，想及風煙冷落。昔人念謝傅宅、過汾陽里，正是此種情懷。

《匡峰廬看虞美人花》「植援編籬多曲折，攜樽列坐有亭臺」：手筆最辣。

●寧愚以詩世其家，所爲詩清健圓美，詞格兼到，允推正則。

黄九洛

姬定，江南泰州人。《古雪草堂詩集》。

《月夜遊清涼山》「六朝同一壑」：奇句。⊙「躡屩上崇崖，松濤何蕭索。幽蟲迫氣機，微響亦間作」：神味得之康樂。

《長相思用李白韻》「妾魂化蝶抱香眠」：從長吉得胎，故多幽峭之致。

《先秋吟》「同人把臂聊步屧，高風徐引梧桐葉。洞庭渺渺漫懷君，碧落寥寥偏恨妾」：殊有騷情來集。⊙絮詞哀調，如聞《九歌》。

《喜李子鷹見過，即次見懷韻》「已是萬山秋」：緊。⊙「襆被忽聞至，哀弦頓欲收。情深言不盡，坐待月光浮」：情旨綿篤。

《雙石鐘》「山空響自生」：妙。⊙「普濟觀音寺，雙鐘徹夜鳴」：寫盡砰訇之勢，結語尤老。

《寒江曉泊》「急浪湧江豚」：字字精神。

《登金山》「風來塔頂翔高鵠，日下雲根卧老鼉」：壯甚。⊙「長江滚滚激滄波，獨峙中流一點螺」：雄麗處足敵張祜。

《登牛首山》「松籟入秋疑雨集，江潮似吼作雷鳴」：瑟瑟秋響。⊙整麗，挾警秀而出，遊詩絶調。

《九日期趙庶先先生登高阻雨留飲小齋》「逸興難尋紅葉村」：老。⊙蕭涼幽蒨，讀之動人秋思。

《月夜聞笛》「長宵幽籟最關情，梧蔭高樓月自明。江北江南風景異，總憐羌笛似猿聲」：有致。

●姬定承尊君眉房之後，續風雅一燈。天濤若在，火攻不免。吾愛其詩，過堰口定披帷索晤。〔一〕

張懋京

元標，江南如皋人。《蓬徑集》。

《晴閣》「半閣連春草，虚窗聽暖禽」：寫景倩麗。⊙極合情景，令我動斗酒雙柑之興。

《晚尋梅上人蘭若》「水柳眠風暗，晴花照夜濃」：風恬月白，狀其詩襟。

《仲春小集友人齋中》「佳辰客自耽詩卷，落日花猶媚酒鐺」：步步引人著勝。

●元標雅情逸致，一見知爲風雅中人。羽尊示我三詩，恬暢幽諧，聲中金石，其指授良有不同者與？乃其尊君以豪俠著聲，薦紳先生咸爲欽企。所有贈什，元標不忍委諸草莽，出而求予表章，尤徵孝思之篤。

〔一〕以下爲六十六葉和六十七葉，四庫存目影印乾隆本實爲二集卷十二的該兩頁，爲張懋京詩及「附見」房廷禎、許孫荃、周斯盛撰《維揚豪士歌》及顧道含《贈陳西湄》詩。四庫禁毁影印康熙本「原缺」該兩頁。現移至二集卷十二該處。

附見三詩：

房廷禎 興公，慎庵，陝西三原人。

《維揚行，賦贈張羽千》：質雅。

許孫荃 生洲，四山，江南合肥人。

《維揚豪士歌，贈張羽千》「吁嗟世人惟重利，張子恥作千年計。讓産風高余季長，同居義等君公藝」，「便欲從君作石交，山川問之心摇摇」：筆筆傳真。

周斯盛 屺公，證山，浙江鄞縣人。

《丙辰重九前四日和許四山維揚豪士歌贈羽千》「園亭夜雨秋陰多，爲君賦此豪士歌」：別有風神，在行墨之外。

●三君氣誼卓邁，不僅以詞章著名，而贈言亦不苟。其推許如此，固知季布、朱家，自爾聲馳京洛。

顧道含 同東，江南通州人。

《贈陳西湄》「千金立得指懸壺」：快事壯語。「憐余落拓多霜髮，風雨時嘗喚酒徒」：遒上。⊙

西湄貧而喜客，愛詩賦，與同束極爲交歡，此詩字字真確。

程鼎

耳臣，江南休寧人，流寓蘇州。《寄園詩草》。

《同家端伯先生遊白嶽》「名峰出天際，歷歷如髻鬟。西行三十里，一路水潺湲」：層次寫來，嵐光樹色，具見尺幅。

《虎丘》「一石自千古，不知煙月生」：空杳。⊙一往蒼翠，洗出虎阜性情，覺脂粉管弦皆贅。

《舟泊金山》「江潮催月出」：五字已畫出金山。

《飲李氏園中》「尋幽開異地，留月照松寒」：幽森非世境。

《狼山觀海》「曉氣浴初日，波濤漸有聲。江風争萬里，海霧閉千城」：雲海蕩其心胸。⊙字字有砰訇之聲。

《秋日山行》「柴門深寂寂，苔厚少人過」：静極。

《過徐念滋聽秋臺和韻》「半世交遊三徑斷，一燈風雨十年多」：有深味。

《曹冲谷招飲舟次，同吴鹿園即席和韻》「剪燭三更佳客醉，扁舟一葉美人來」：佳事韻語。

《項眉山太史招飲西湖，同奚次仲諸子醉步甃庵，分韻得秋字》「山色空中添畫閣，湖光天際出輕舟」：此景非西湖不能有。⊙密麗蒼深，難爲渲染。

《同人遊惠山，次朱若臣韻》「尋常村舍家家酒，極望虚空處處樓」：畫出惠山。⊙蒼鍊。

●耳臣浮家姑蘇，喜吟詠，愛賓客。所著《寄園詩草》，曾子青藜序而行之。丁卯小雪，程君禹門郵其詩至海陵。讀之清拔韶令，風骨自超。孚夏促余選次，且授之梓。其均有揚美之意乎？

劉小雅

无涯，浙江山陰人。《紀遊草》。

《秋感》其一：即《十九首》之意，而更能暢發。其二「兒女猶可已，含淒憶高堂」：末語見仁孝之指。

《髑髏歌》「業木參天如列戟，白草芊眠連阡陌。陰氣沉沉雷雨開，累累中埋龍虎魄」：陰森之氣，如行蒿里。⊙「人生没齒不立名，朽骨長愁委荒僻。壯圖役役走苦辛，但恐偃蹇遲暮事跼蹐」：一回感歎，一回寬慰，令地下英靈毛骨欲豎。

《秦中留别常平仲》「别淚滴黄河」：壯句。⊙其骨骯髒，其音鞺鞳。

《望匡廬》「泉飛瀑布響，寺入竹林迴」：沉鍊。⊙前四語愛其創闢。

《之楚道經確山作》「白雲開翠嶂，截壁斷横塘。百舌枝頭唤，繁花夾道香」：不知是何世界，惟覺幻異。

《辰龍關》「朱旗峭壁上，玉帳萬峰中」：卓犖。

《之武昌道經赤壁》「我來横槊渡，不值散花秋。寂寂吹長笛，空憐鸚鵡洲」：騷情古調，應向青楓江上把酒讀之。

《夏日與谷霖蒼先生對弈即事》「方圓已悉長源賦，勝敗豈煩淝水呼」：用事卻妙。⊙借題説出妙理，不爲題縛。

《再登嶽麓》「碧宇澄空開紺殿，小亭壁立傍松寮」：如遊其境。

《遊雁峰寺》「法雨遥飛千澗碧，靈花偏落一城煙」：奇麗至此。⊙琢鏤之極，疑有鬼工。

《飛雲洞，次趙澹園先生韻》「松風萬壑共徘徊，百折層巒望眼開」：兩語俯視一切。⊙「别有天地非人間」。

《泊羅江阻風望黄陵廟》「荒城殘堞浮煙外，古廟遺容夜雨零」：蕭涼，卻綺麗。⊙風雨鬼神，俱集毫楮，令人心神震悸。

《早望君山》「江連吴會千檣逝，地接衡陽一葉操」：氣魄甚大。

《早發長沙》「頻把漁竿棲七澤，誰憐蕉鹿夢三更」：出處之際，無限裴回，故言之痛切。

《人日舟中與友人小酌》「爲憐遠客放寒梅」：好。⊙「無奈屈平偏斥逐，縱逢賈傅漫悲哀」：有擊碎唾壺之意。

《鴛鴦》「隔岸有遊子，孤征已十年」：不説盡，甚好。

《路傍詠柳》「陌上黄鶯叫，低頭不忍聽」：藴蓄。

《與章載庵表兄夜宿青蓮禪院》「兔園勝跡千秋盡，我輩猶來問大梁」：有言外之情。

《重陽前一日與友人醉飲赤壁》「痛飲不知銅漏滴，一行北雁數聲秋」：好。

《題徐兩州畫》「石泉凜冽奔騰急，攜杖逍遥白鶴橋」：風調神骨，俱臻上流。

《辰溪道中即事》「終朝惟有鷓鴣啼，茅舍無人青草齊」：二語盡湘中之景。

《自黔返楚舟中雜興庚申作》「長嘯青猿午夜聞」，「啼徹五更眠未得，客舟款乃又紛紛」：不堪過此。

《中秋客黄州》：僕曾過黄，未曾領略此景。

●无涯負經世之略，所歷燕、吴、楚、豫、黔、粤之區，詩篇皆瑰麗奇邁。有如此才，自當遇之新豐酒家，豈終老菰蘆者？

戴元琛

楚白，江南休寧人。《琴臺小草》。

《江天曉發》「雞唱一城秋」：好句。⊙全寫曉景，晨露欲流。

《端陽前一日同人集送瑲聞舍弟遊吴門》「月色落漁家」：佳句。

《浮梁》「亂石鬭潺湲」：警句。⊙旅景，寫得荒仄可畏。

《漢上喜晤瑲聞舍弟，復送之江西》「經年別故國，同是未歸人。客久江湖厭，途窮骨肉親」：清疏而真氣自流。⊙章法最妙，而言情極婉。

《留別漢上諸同人》「霜到園林見菊花」：自然流麗。⊙出水芙蕖，狀其輕倩。

《景韓家叔歸自廣陵喜晤，未幾即別》「別我三湘經四載，還家兩月又孤征」：結構老到。⊙「此去隋堤花爛熳，香風時送採蓮聲」：清冽饒有，情致逼人。

●清如澄潭皓月，秀如遠黛青峰。愛其爽氣逼人，急欲與之同堂揮麈，何剡溪戴氏之多才。

范　韓

平木，江南如皋人。《逸齋吟》。

《過巢民别業賦得秋尋》「三徑添風雨，催余識晚秋」：高岸。⊙平適，卻自森遠。

《賦得樹樹皆秋色》「木脱煙仍滿，林疏雲尚浮」：幽細。⊙意密語圓。

《冒雨飲陳浩庵草堂》「急水走横塘」：鍊字精。⊙「相攜歸路晚，袖拂野花香」：情事芳倩，如露華初滴。

《燕剪》「趁柳裁新縷，穿林碎落花」：工艷。⊙袁白燕奚以加？

《詠蝶》「浪趁風前類酒狂」：此句奇甚。⊙艷體詩質度咸優，一空俗暈。

《村中即事》其二「不是生平寥落慣，夜深難聽子規啼」：軏唤奈何。

●義山之詩，原本少陵。固知繁麗之章，須有骨力。平木正不以錦繡爲工。

釋祖琴

古音，江南安東人。

《送鏡人兄之楚》「瀟湘夜泊時，莫向啼猿宿」：韻極。⊙蕭疏清老，覺他作之爲煩。

《贈觀公閉關》「雙屐冷秋山」：好。⊙寫得閒極。

《過支公講寺》「曳杖下山去，逢山卻又登。雲深難辨寺，佛冷不然燈」：妙。⊙字字静，句句轉，引人著勝。

《堯峰看月》「月好看深夜，出門已二更。高低分樹色，皎潔快山情」：自在。⊙是山中看月，比他處不同。令人想子瞻承天寺時。

《過披雲室贈孚公》「聽鐘夜坐山前月，引水時澆屋後畦」：静甚。⊙「半畝松筠半畝溪，茅庵背結板橋西」：秀色可餐。

《挽玄墓古訥兄》「梅開閒煞橋頭月，塔古曾看樹下碑」：想見古訥。⊙世外相知，寫得正不冷淡。

《同王少庵過皇覺寺》「殘碑未剥先朝跡，老樹猶存舊日柯」：極貼皇覺。⊙「一回到此增惆悵，破屋無僧有薜蘿」：宜有是荒涼，寫來痛切。

《靈巖山送輪公還閩》「巖上幾人留不住，子規聲急夕陽遲」：風味絶佳。

《雨後待汪扶蒼啜茗不至有懷》「應知不下松邊閣，坐看江南雨後山」：兩人情況都見。

《焦山訪再起兄》「相逢不叙寒温語，直向園中看菊花」：豈非高僧？

《柬天目竹公》「秋高水落霜鴻遠，獨自遊山把瘦笻」：點染佳，情味好，令我吟玩不置。

《漣水新秋病起》「病起新涼清夜坐，一庭秋雨共鐘聲」：此況非高人不能領略。

《秋杪次答汪扶蒼寄訊》「江上懷人夜聽猿」：泠泠可想。

●古公精佛事、通風雅，論者方之遠公、皎然。汪君扶蒼最爲結契，以詩示予，清永澹妙，已浣盡俗塵矣。

李遴

瑶田，江南通州人。《小山遺稿》。

《客陽羡同陳其年、半雪、曹渭公再訪叙彝上人》「我爲看山來，兩到支公宅」：便不俗。「曲徑入門幽，老樹欹危石。茅屋正當中，峰巒生几席」：四語寫景絶佳。「溪流兩岸崩，過橋山逾碧。松風吹面寒，風氣與人逼」：引人着勝。⊙詩味清真幽秀，當在嘉州、右丞間。

《陳彬友招飲紀事》「孟公投轄飲我醇，肝腸如雪意氣真。兩人相對亦如此，始信文章交有神」：一往豪邁不羈。「請君同上高陽樓」：好。⊙磊落嶔奇，頗有荆、高相對之概。

《喜晴步邵公木韻》「花事及今猶得半，春晴自古不過三」：自然。

《題畫》「相攜採藥去，穿洞入青冥」：悠然欲仙。

《冶春詞，清明日和王阮亭先生》其一「六十日中身是客，今朝正遇悼亡時」：感甚。其二「休辭十里穿花去，一路聽鶯到竹西」：筆有神韻。

●崇川三李素擅才名，而瑶田意氣豪上，詩詞英秀，尤予所夙契，不幸遽赴玉樓。難弟瑶氿撿其遺稿，屬予點次以傳，爲可感云。

陶元運

蒼柱、柳圃，江南通州人。

《棲雲閣》「蒼茫雲氣望中收，畫棟晴飛紫翠浮。出岫無心穿木末，摩空有意掛江頭」：描摹雲氣，極其窈窕。

《西山道中》「書屋幾停煙浪隔，平山一抹翠微招」：寫景如畫。

《翠峰館看菊》「自是籬邊真傑士，看他傲骨戰飛霜」：丰骨於此不凡。

《山中》「只聞樵斧落，不見采樵人」：逼肖深山情景。

張奎鶚

曙光、曉亭，浙江德清人。

《狼山遠眺》其一「高塔穿雲走，低帆破浪飛。林煙盤曲磴，海氣咽斜暉」：既貼合，復錘鍊。其二「衰荻一江秋」：佳句。⊙中亦有名句可傳。

《鐵甕城》「黄雲城上棲烏晚，紅蓼灘邊白鷺秋」：涉筆工警，而更逸致翩翩。

《歸遊白雀》「繞溪波浪千山雨，夾路鶯花三月春」：頸聯秀潤可餐〔一〕。

〔一〕「頸聯」，原爲「頷聯」，此聯爲「不信青山還識我，可憐白髮早欺人」，無圈點。書中加圈爲頸聯（第三聯），據所圈改。

《客懷》其一「驛使不來梅又放，夢魂曾折一枝歸」，夢魂且然，醒當奈何？其二「白雲南處是吾家」，可感。

●茗雪山水明秀，人文最盛。曙光又生長名門，才學兼優，故往來大江南北，所著詩歌皆極工秀不凡，予因樂爲傳之。

李 堂

心構，草廬，江南通州人。《吴越吟》。

《登塔山》「落日摇空海，浮雲襯遠山」，寫景曠遠。⊙有此佳地讀書，頓長文思多少。

《湖心亭勾留處》「十里湖光虚半檻，四圍山色擁孤樓」，一幅絶妙畫圖，筆能曲曲傳出。

《靈隱龍泓洞》「晚照龍泓摇紫壁，瀑飛鷲嶺掛青松」，是何境界。⊙「古樹層層裹怪峰」，勝地奇觀，入詩何其靈異。

《南屏山》「長橋纔過疏鐘響，只有山僧踏月歸」，人間清福，盡付山僧消受，奈何？

《孤山》「鶴去不來煙水闊，空山寂寂落梅花」，爲之悄然。

《福山晚眺》「福山望去煙波遠，指點琅峰是故鄉」，想見心胸開闊、眉飛色喜時。

●心構英年妙才，試輒冠軍，近益下帷深山，自見乘風直上。向侍尊人南遊，著《西湖紀勝》二編及《吴越吟》，繡織湖山，蒐羅殆盡。不及全登，集中僅採數章，皆極蒼秀壯闊。崇川多才，余爲君屈一指。

喜越

太素、顧阿，江南丹徒人。《寓寓草》。

《懷新》「萬古一聾瞶，腐敗相因依。天道更代謝，達者知其幾」：一束前後俱動。「神龍無滯跡，變化開天機。昂首披閶闔，屈身儕蜮蛜。推陳而自致，雲漢瞻西歸」：筆意亦矯然不群。⊙絶似陳子昂《感遇》詩。

《帶月荷鋤歸》「一肩斜負雲根重，幾曲彎環露脚低」：如畫。⊙「山妻稚子勞相慰，盥洗茅簷酒乍攜」：既貼合，復真樸，尚饒儲、王風味。

吴維翰

五玉、周遺，江南如皋人。《菊隱園草》。

《春日同鄧孝威、黄仙裳、華龍眉、席允叔、黄月舫遍遊西城古跡分賦》「殘桃隔岸横青舫，畫棟臨波映緑楊」：借名流遊勝地，興致既高，詞語都秀。

慎墨堂詩話卷四十〔一〕

李振裕

（再見）《白石山房近稿》。

《展謁周文襄公祠》「吾鄉重名節，事功每次之」：立一篇之柱。「豈乏濟時人，宦久多委蛇。披肝朝草疏，指佞志不移。往往夜郎道，杖謫甘如飴」：説透宦途情事。「一二功名士，慷慨事邊陲。提兵萬里外，酋長就羈縻。奇勳策天府，每受鄉人嗤」：説得功名可賤，此論極正。「卓哉文襄公，大醇無小疵。開府十八年，不激不詭隨」：入筆老。⊙文襄福被東南，吴人至今感泣，宜公之展拜而興歌也。前段説重名節不重功名，凡百爾位，俱宜拱聽。

《溧水公廨唐桂歌》「誰歟植者大唐年，仙李盤根相後先。枝柯已閲人代速，根株不與歲時遷」：鐵筆盤鬱，直逼少陵。「此去金陵百里餘，金陵花木將誰如。六朝老松瑣廢苑，吉祥梅萼零枯株」此一宕最妙。⊙點染俱極古雅，節次饒有骨力。開闔擒縱，全得古人之神理。

〔一〕此卷輯自《詩觀》三集卷十三，原署「東吴鄧漢儀孝威評選／同學張潮山來參閲」。

《乙丑臘月登太白樓讌集》「雪後看山好，風高領雁回」：妙處正在自然。「片片江帆至，知從故國來」：餘意都佳。⊙一字不粘着太白，定爲高手。

《新年》其一「臘雪餘寒嶺，春潮自海門」：澄江圖。其二「即知暇日少，檢點讀書齋」：名人懷抱如是。◎田公綸霞極誇江署之妙，遠過句曲。閲二詩，略知其勝概。

《惠山寺泉上遊讌》「遊人多愛寺，酒户只論錢」：清俊。⊙如此不遊，那能便去。

《寄題浥翠亭》「雲邊石氣青」：遠。⊙「夢想南巢勝，驅馳惜未經」：是寄題，便已身歷。他人當境每忽之。

《立春》「春江暮倚君山笛，晴日歡隨石户農」：悠揚有韻。

《句曲署中枕上作》「明日不晴吾亦去，安排風雪度花晨」：興致不群。⊙詩有一氣呵成之妙。「薄禄何能遍故人」：「薄禄」句是何等心腸？視擁黄金而拒故人者，真如糞土。

《自水陽鎮抵宣城》「深樹人家水到門，没篙新漲接遥村」：風味雋甚。

《雨霽山行》「巖棲應有隔朝人」：想路迴别。⊙胸中筆底，總無半點塵俗。

《涇川道中》「詩人只説敬亭好，行過宣城總是山」：只是看得真，説得出。

《登望華亭，讀陽明先生題壁有作》「幾點煙鬟飛鳥外，四山花老杜鵑留」：何減舟行望九子山翠。

《由山塘河度常州舟中作》「林暗雨來漁影亂，低橋曲港浦花紅」：罨畫溪不過如此。⊙公舟車所至，輒得山水之妙，寫來真移人性情。

●戊辰春雨不輟，醒齋先生招飲署齋，出新詩一卷見示，乃督學江南時所作者。其詩較前一變，渾樸蒼老，迥絶時蹊，正非劍南所能望其壁壘。

許孫荃 （再見）《華嶽集》。

《鳳嶺》「動摇風雷守」：奇。⊙「我來值首夏，蓊鬱遍林藪。凌晨日多微，及午光更黝。巖樹密自今，石苔滑已久。捫蘿思捷足，策杖仍徒手。下瞰浮雲遊，須臾化蒼狗。朱鳥自高翔，何時回其首」：全倣杜公入蜀。

《萬山行》「山行固云好，不見山亦佳」：一句領起一篇。「千盤轉一峰，更睹群峰來。雲煙莽相結，其勢浩無涯」：是萬山中景。⊙字字緊，筆筆老，語語鍊。

《觀音碥》「尋巖只兩壁，拾級乃百轉」：確切。「其聲挾風雷，餘怒鬱不展。急流下清江，瞬息歸漢沔」：好。⊙語不在多，正覺險峭奇古，已盡地形之勝。

《棧道歌》「一線千盤上峰口，崖根江翻石倒走。熊時白晝啼人前，猿忽青天墮我後」：「石破天驚逗秋雨」有此奇絶。「古人善守千金軀」：結得堅峭。⊙「侵星獨對煙嵐裏，忽看雪棧來迢迢。下臨不測干雲霄，年深風雨多飄摇」：惟棧道有此詩，亦惟四山乃有此詩。

《望太華三峰》「密邇見雲霧，其高聞五千」：其氣盤礴。

《華州見少華》「華州華山脚，對面即中峰。南下爲秦嶺，潭西見白龍」：竟是空同。⊙極樸極雄。

《武關》「地高江易下，灘急響難平。巖壑藏風雨，猿猱攬旆旌」：四語精卓。

《將軍石》「蛟龍同窟宅，魚鼈敢潛藏」：蒼古。⊙渾然杜律。

《將至七盤嶺》「千峰相向背，一氣自陰晴」：氣奥詞達。

《黑水寺眺望》「關前臨黑水，寺底見青山」：闊。⊙讀過已置身霄漢。

《井陘關懷古》「英風吹老萬山青」：奇句。「車馬巉巖經轉戰，旌旗殘照見精靈」：是盛唐調，而識力自偉。⊙經此地，便想古英雄戰鬬之跡，名人懷抱如是。

《嶽廟萬壽閣》「虚疑玉女明星見，實有青牛紫氣通」：筆力高絶。⊙不必鑱削，自爾高勝。

《馬道》「近二年來秦地客，遠千里外棧中山。題詩翠壁心仍壯，照影烏櫳鬢欲斑」：筆欲鑿鑿矣。奇絶。⊙一字不猶人，卻是題所有。

《回中》「漢皇留驛經千載，遺跡人傳王母宫」：愛其一氣流轉，大有逸氣。⊙只是天然，自覺雄渾。

《金城》「樹分雲嶺天邊雪，水挾洮河地底雷」：十分錘鍊。⊙氣厚詞昌，卓然盛唐名作。

《西寧》「海潤迴銷飲馬窟，天清遥見受降城」：以古調作時響。「更聞飛將龍庭在，誰道河湟不備兵」：邊防自不可少。⊙邊塞詩，前有嘉州，後有北地，今又有四山。

《金城雨中渡河》「黄河河上鴻雁鳴，黄河渡頭不勝情。金城一片驚濤色，鐵鎖千尋駭浪聲」：忽聞金戈鐵馬之聲。⊙讀罷，覺四壁皆波濤風雨之聲。

●四山先生督學秦中，數載不得其音問。戊辰從郵筒兩得其《華嶽集》。時選事已竣，採其高篇，復爲附入。較士方冗，乃能吟詠如許之多，而且高華沉鬱，俯罩詞壇，其胸次何如也。

曹貞吉（三見）

《娑羅樹歌，寄答汪扶晨》「我聞舍衛布金地」：援引斑駁。「輪囷離奇挺十丈，霜皮黛色殊昂藏。糾纏枝幹走風雨，東西榮瘁占饑穰」：寶光璨爛，令人目奪。「顆顆子落紅鞢䩞，珊瑚擊碎石家堂。遊女拾取茜裙裹，蘭房戲賭金釵雙」：形容不可思議。「我來不見花開落，但見緑陰匝地流清光」：昌黎得意處。「好事當年盛吴下，虞山宗伯名其莊。記曲娘子亦瀟灑，紅豆不打雙鴛鴦。舞衫歌扇墨痕滿，酒闌人散烏啼霜」：此段憑弔處，轉復風流滿紙。⊙徵引佛藏，誇示多寶，不足爲奇。我愛其筆姿流溢處，艷思警調，繹絡相生，正覺迷離欲絶。先生自一麾以後，才益超騰，匪人可及。

靳治荆（再見）《問政山堂集》。

《海陽雜詩》其二「樹古青山外，樓荒碧澗潯」：能懷松圓，見襟期之迥別。今日詞家推崇前輩者鮮矣。其三「雲出古亭中」：句奇。其四「樹深愁失路，泉響欲侵橋」：語異境真。◎數詩於山行之中，傳寫靈異，固是「君身有仙骨」。

《潛口道中》：蒼老。

《集水香園》其一：「峰揖紫霞來」：「揖」字好。其二「歸程纔一舍，欹帽夕陽中」：光景好。⊙蘭亭序云：「天朗氣清，惠風和暢。」以評此詩。

《春分日梅瞿山移樽吴綺園寓齋偶集》其二「急溜喧簷馬，閒心寄酒兵」：工緻。⊙蕭疏自媚，簡凈自老。

《莫春小集凝清書屋同用花字》「燭散將昏影，杯浮未落霞」：秀而微。⊙春心澹宕。

《答汪扶晨黄山見懷即次原韻》其一「緣知盤礴留題處，雲海迷空不可望」：超遠。其二「世事儘拋雙屐外，閒情都寄萬峰中」：沉鍊。「最是僧茅殘月夜，薜蘿深處叫猿公」：身已在萬山中。⊙懷山中人，卻竟如作山中語。清風明月，想其襟情。

《梅雪坪招遊西竺》其一「梓陽山色青如許，幾點芙蓉落酒巵」：青翠欲滴。其二「騎從好教花外駐，林巒偏向望中新」：此一勝遊。⊙「爲語同遊諸伴侣，勞勞能得幾閒身」：手口皆煙霞，落筆自然矜貴。

《同諸君遊西竺寺訪月峰和尚》其一「回思車馬塲中事，一似宵來醉未醒」：寫得真。其二「花際梵音方寂歷，山中春色自暄妍」：滄浪所謂「一味妙悟」。⊙以宰官作如是語，豈非金粟再來？

《吴綺園招集寓齋分韻》「梅花落後清寒在，竹葉斟來晤語諧」：疏秀不凡。⊙澹然高詠，若簪組總不繫懷。

●鐵壁先生治歙，風教潔清，政事備舉，洵哉東漢良吏之選矣。而性喜吟詠，夜静堂空，讀書之聲，達於户外。爲詩和雅深雋，逼似左司、儀曹，蓋綽有道骨仙風者。汪子扶晨以數章緘寄，披覽不忍釋。會拙選已竣，輒爲附登。何不盡惠瑶篇，勒成《詩品》？

汪士鋐（再見）

《黄山龍湫禱雨歌》「丁卯之夏旱既甚，流金爍石何炎炎」：形容炎灼，極其刻畫。「踐蛇觸蠱死不擇，仰首惟見天都尖」。徑盤石束恣深入，平鋪千頃清波恬」：寫出奇幻。「顧盼疑有老驪睡，再拜取水應無嫌」：妙筆摹繪。「乃知雷風戰鬭爲瓶水，村農曾經冒險攀龍髯」：一筆收盡，老極。⊙奇險幽奥，全學韓昌黎。而筆痕墨徑，皆能指畫事理，不墮詭僻，真屬才人。

《娑羅樹歌，呈曹實庵夫子》「潛虬山有娑羅樹」：一句提明，以下點染盡致。「盤拏疑有蛟螭集，陰翳更無虁魖號」：力强調健。「諸天歡樂坐其下，寶華四照香周遭」：佛境，如是快樂。「猶記虞山一株亦奇絶，猗狔夭矯飄長旃。蒙叟宗伯發清興，山莊取義殊風騷」：不可少此故事。「曩曾拏舟坐其下，無復酒旗歌扇〔一〕，但有暮蟬淒咽狐狸嗥。四十餘年歌舞地，剩有密陰古幹臨塘坳」：

〔一〕此句疑脱一字。

筆意鬆快，慨歎處不減子山。⊙娑羅雖無掌故，此能即景生情，菁葱典鬱，遂覺名勝在目。至援引切利，借證虞山，虚虚實實，奇情萬變，才人筆端，何所不有？

●今夏汪子扶晨以曹、靳兩公及己作長歌寄我，留滯維揚，未之見也。重九抵邗，乃得披閱。曹公詩健拔，靳公詩超雅，俱稱絶倫。而扶晨二章得胎韓、蘇，較前益進，因並續梓。新安風雅藪窟，乃有二公提唱在前，諸子愈奮厲。正如金石互宣，錦繡各出，能無欣羨？

閻爾梅

（再見）《白耷山人詩集》。

《歌風臺》其一「還鄉高會山河動，開國元音創守全」：語有光焰，有根據。其二「駐蹕不勞綿蕞禮，圍罇仍著竹皮冠」：用事都化。其三「追談壯士訶蛇媪，漫對群臣詑狗功」：令人解頤。「雖與項王同泣下，還將成敗決英雄」：翻得妙。其四「直開關内星辰氣，不諱山東酒色名」：氣象開大。「嫚駡亦看何等客，腐儒原自使人輕」：駡得是。其五「飛揚自寫真人勢，慷慨能招猛士魂」：筆亦飛揚慷慨。◎先生生長其地，目擊形勝，而又爛熟史書，故筆端有光、紙上有氣，蓬勃處令人心濶神飛。

《七月望日登鎮朔樓》「經營朶套三千里，鎖鑰燕雲二百秋」：胸有全部輿圖。⊙「窮邊適值中元夜，厲鬼他鄉哭未休」：指陳形勢，略見雄風。

《遊古代城望上谷、雲中諸山》「武靈開創邊城遠，高闕陰山一路墻」：朔雲無際。

《天平山》「日被巖遮藏戲鼠，風從頂撲落飛禽」：卓鑠。「直出流沙横嶺外，漳河如線影涔涔」：

一氣貫注。⊙氣力能爲左右射。

《從天平上吕谷，遂登太行絶頂，西去即壺關上黨》「陡壁截天無入路，迴盤遮樹有空層」：空奥。「樓無煙火榻無僧」：是何境地？⊙愈荒涼，愈壯麗，非才學絶人者不能。

《恒山》「根蟠地外松如走，樓挂崖邊寺欲飛」心目晃淥。「青青荒冢識明妃」：結得健。

《東城懷古》「地高天近星辰大，春少秋多草木窮」：開闢。⊙識尊格老，詞偉氣壯，可以雄視中原。

《遊龍門題禹王廟》「風湍没滅胼胝跡，雪浪磨礱水火痕」：胸有全書，噴薄皆成異彩。⊙何處更容腐儒着筆？

《嵩嶽廟有感》「鬼神遭亂悉無家」：奇絶。⊙不徒作體面語，行間字裏俱含隱痛。

《遊林慮山》其一「花寒四月冰霜沍，瀑響千巖虎兕驚」：光怪陸離。其二「屐破荒苔手挽藤，盤迴鳥道入崚嶒。懸泉飛灑晴空雨，暗壑陰森太古冰」：沉鬱雄偉。

《登峨嵋山》「銅瓦殿殘遺墨在，建文壬午雪庵題」：關係語。

《題劍閣》「遍地頭顱生鬼火，空村瓦礫絶人煙」：亂後慘景。

《題大山房》「闌珊鏽鎖猱輕弄，重壘璃燈蝙亂飛」：非常錘錬。「藏經古塔僧年老，猶感神宗賜紫衣」：關係。

《秦嶺》「横卧全收斜谷勢，周看别續大荒經」：眼光千丈。「來去地痕都不見，風煙遥隔雨冥冥」：不可思議。⊙虚處生出險怪。

《登崆峒山絶頂》「紅葉千林中嶽外，黄河一縷太行東」：高秀奇偉。

閔麟嗣（再見）

《雨中靳熊封明府招集凝清軒觀梅》其二「北枝未遍開，南枝已零落」：涉筆便超。◎澹而綺，秀而遠，固是絶塵之姿。

《登西臺有懷謝皋羽》「臺勢憑空下，松根破石開」：語必奇闢。⊙「爲問招魂淚，冬青引共哀」：中邊俱到，結響尤沉毅。

《宿米灘，灘極高險》「復照亂松陰」：筆力勁絶。「岸遠燈疑鬼，風腥虎在林」：狠句。⊙體氣高而音響别。

《次韻答程蝕庵》「十年驚頃刻，一揖問平安」：真摯。⊙人皆曰詩貴性情，惟賓連不愧斯語。

《送汪右湘之金陵》「榻爲留余下，詩翻送爾行」：對得老。⊙賓連不妄譽一人，而嘖嘖右湘，想其人固翛然遠俗。

《虎丘萊陽二姜先生祠二首》其一「事可大書明代史，文無愧色漢人碑」：昌明可頌。其二「冒死上書甘鼎鑊，先機避難復江湖」：貼切賓篙。◎二公皆與余善，余亦有祠堂詩，而不及賓連之老健。

《雪夜集汪右湘菁莪館限歸字》「十載人同化鶴歸」：可念。⊙「清夢還疑故國非」：賓連久客維揚不歸，故詩多故里之感。

《丁卯除夕寓半豹堂書懷》「踏遍芙蓉三十二，不知何處是牛眠。時爲先君卜地未得」：見其孝思。

《真州文丞相祠》「國運三閭行在立，海帆萬死一臣歸」：勁拔。⊙豎議英矯，時覺森森有氣。

《深渡舟中看月》「庚寅曾此一維舟，春水桃花暮雨收。垂老再來松下泊，依然山月送江流」：一維舟間，不勝身世無窮之感。

《題梅堂圖，爲梅堂上人》其二「千樹梅花一箇僧」：便非常僧。

●詩以空清樸老爲上，艱僻與俚滑俱失之。賓連自歸新安，洗盡鉛華，獨標本質；而靈秀澹遠之氣，霏霏自露行間。此水落石出，其境候未易造也。

趙吉士 (再見)《萬青閣歸隱詩》。

《簡諸同垣》「死生黄壤期年事，榮落青蒲四子存。留得莊周堪化蝶，夢回仍自過西園」：工切。⊙一時同垣生死聚散，那得不憂從中來。

《歸隱》「茅店荒雞頻促駕，霜坡寒月静迎人」：清冷。「故園煙柳春無限，箕踞狂吟憩水濱」：樂不可支。⊙想路别，襟抱佳，墨彩自爾飛動。

《高橋遇劉尉，送至白溝河》「兩岸寒沙走駱駝」：壯闊。「遼宋當時分界處，土人指點白溝河」：

妙在不説破。⊙高調不數七子。

《春前五日曉行二十里過雄縣，書所見聞》「驛樹煙籠叫曉鴉」：貼春前景。「百里長墻欄賊馬，緑林昨夜繞官衙」：時事，筆力遒健。⊙前言景，後叙事，章法絶老。

《甸臺過界首作》「日落高峰横翠麓，風迴峭壁亂青鬟」：華整。「從今得遂閒遊願，又過寒沙水一灣」：歸隱歡情可掬。⊙想見南歸時，興趣勃勃。

《曉發平原二十里鋪望嶽作》「石屋煙横青嶂合，寺樓鐘出白雲封」：盛唐傑句。「老死天門千萬樹，遊人獨弔大夫松」：手筆甚辣，寄懷甚遠。⊙洪鐘大吕之音，不同錚錚細響。

《宿張夏》「羈夢已先春燕去，客心猶逐塞鴻飛」：一氣宕折。「垂綸江月坐苔磯」：樂極。⊙安分守己之意，溢於言表，足徵懷抱之佳。

《過汶河》「荒凉客店摇青旆，破碎僧廚裊白煙」：蒼凉在目。⊙「壯懷比日消磨未，熟睡加餐老一廛」：寫盡客途苦境。

《蒙陰無店可住，再行十里宿保墩，予借寓僧舍》「重經驛路餘殘燒，別注河流失故灘」：悲壯。「山行得寄僧簷宿，到眼青青竹數竿」：一結有别趣。⊙思苦調警，洵稱傑搆。

《過沂州》「擁被愁聽長夜雨，探春偶見隔籬花」：真。「獨登蒙頂細烹茶」：賴有此耳。⊙一味疏老，全憑學力。

《從沭陽至胡家集霧行三十五里》「白飯燈前嚼凍虀，兀殘歸夢過沙堤」：沉鬱。「霜堆草栅雞聲泠，霧暗葑田馬首迷」：確切。「少時日起茅簷出，一曲青寒未漲溪」：有次第。⊙早行光景，寫來極老極真，不減「雞聲茅店」之句。

《金山避暑二首》其一「山頂鐘聲浮兩岸，江心水脈失中泠」：空曠。其二「瀑濺嚴廊寒雪起，松盤石徑瘦根生」：險峭。⊙不作金山通套語，全以奇思奥筆寫出光怪。

●恒夫先生昔晤邗江，詩酒甚盛，臨去猶以未盡地主之歡爲言。一别數載，先生身已登諫垣。今以河議，與時齟齬，遂束裝南下。道中所著有《歸隱詩》，忠厚悱惻，詎遠古《三百篇》義？余再樂爲傳之，嗟其遇、鳴其志也。

方 淳

（再見）《環翠軒新舊稿》。

《初雪同孫豹人、汪思白諸子集詒清堂，分得一東》「廣陵初見雪，公子列詩筒。開堂招郢客，接笑一何雄」：舉止軒軒。「再飲多春風」：妙。⊙格調安妥，而俊氣欲飛。

《謝汪扶晨於鄧孝威處索補長干塔燈詩，冒雪擲賜，更依酬閔子賓連謝臘梅原韻見贈》「愛他作詩好」：不敢當。「今起雪復深，雪徑更未掃。爲補索詩來，歡喜竟跌倒」：此老好心腸，好興致。「我凍亦不惱」：好。⊙似坡公。

《棲靈寺》「江色漁牀動，鐘聲鳥夢閒」：曠而静。⊙「領略當年塔，惟餘月一灣」：筆墨在畦徑之表。

《岳陽樓秋眺》「波雄宜縱酒，風冷欲披裘」：披襟以當雄風，何等興會。

《匡廬瀑布》「驚飛常電走，奔湃乍龍吟」：筆勢飛舞。

《寒雨簡家恂如、寶臣二子》「僧窗千卷滿，夜雨一燈寒」：殘冬受用。⊙悠然感興，是讀書味道之言。

《謝汪扶晨惠茶懷詩，兼以梅花片答之，即用原韻》「春風還日日，人面又年年」：可感。⊙氣味直是芝蘭。

《廣陵送舍弟之廬州》「裝孤不欲攀楊柳，話别何由比雁鴻」：離離可愛。⊙詩似和雅，然正合唐派。

《夜泛》「花正香來月滿船」：仙句。

《送春日招同黄仙裳、閔右丞諸子虹橋泛舟限五歌》「青帝未知留戀否，夕陽簫管是驪歌」：好絶。⊙句句是送春，色調、格意俱佳。

《與又乾再訪于臣虎》「繞遍林園天氣涼」：自然入調。⊙「不惜重尋累十觴」：和雅中節，而娟幽之致流於墨外。

《九日翠微社同登平山堂燕集范公祠分韻》「江勢好從平麓繞，鴻聲還向故園飛」：閒中看出空潤之勢。

《荷花六月二十四日》「香風好接廣陵潮」、「别是從前廿四橋」：香艷全乎温、李。

《清明日招同諸子虹橋泛舟限橋字》「聽歌舊主無螢苑，扶醉新人有板橋」：俯仰今古，筆更韶艷。⊙情文相生，哀艷互出，極風騷之能事。

《九日登平山堂》「堂上看山遠，湖中落雁平」：不煩多語。

《秋怨》：抵一篇《秋聲賦》。

●樸士論詩頗與時別，而每有著作，必過質於余。曾録其新舊詩一册授余，余久藏之篋衍。戊辰九日，以尊慈在新安病篤，踉蹌急歸，瀕行囑余曰：「倘有續刻之例，幸勿遺忘。」余感其意，因載此數首。

許夢麒

（再見）《茁齋集》。

《富平山下猛虎縱横，人絶夜行，然因是無寇患，賦此》「此地傍山盜賊多，中宵畏虎潛山阿」：虎之有功多矣。

《古意》「素絲棼棼多變色，髮白由來難再黑」：少年宜猛省。⊙筆古氣蒼，直追漢魏。

《獲鹿道上遇雪》「古戍征鵰跕，荒城卧虎啼」：必有警聯，全詩方振。

《登北斗城懷古》「河流故抱重關出，嶽影遥連萬堞長」：何減滄溟。

《楊花》「穿街拂巷隨風去，萬户千門那是家」：大有樂府之遺。

●仁長生而穎異，宗伯有佛摩之稱，長安著雙松之譽。近張稚恭、李子德評其《茁齋集》以行。

余因採數首，以志丁卯之才日臻美備。

釋上寧 雲庵，江南興化人。

《題鬪龍澗》「不雨時時雲霧起，卻疑澗底有龍蟠」：字字飛鳴。⊙驚人之句，不意於衲子得之，願與同人共賞。

徐　章 （再見）《山止閣近詩》。

《東城竹庵同黄子聲訪節巖上人》「興廢君休問，當年陸氏園」：結意含蘊。⊙通首整潤。

《春日同許山濤、薛木庵、張扶霄登興國寺浮圖》「江海一山外，人煙萬木中」：奇句。⊙「數年登眺懶，勝侶得相從」：只形其高，心眼都曠。

《蘇立原涉江見存留榻小齋，即席分韻得燈字》「酒興隨年減，詩懷與日增」：我輩年來如是。⊙「曉眠常共榻，夜讀每分燈」：語皆親切。

《毛亦史返婁東經江上》「秋響非關雨，鴻高欲併星」：神骨俱秀。⊙無字不韻。

《閩中黄處安重遊江上》「故園榕樹遥天外，客路旗亭戰馬間」：藻彩雄聲。⊙音節純是唐人，思致更秀。

《蒲村卧病》「出廓尋花辭友去，入城買藥望兒還」：病中佳況。⊙寫病中情事極真，無襯語。

《飲別吴塞翁》「孤燈白髮人都老，短榻青宵漏莫催」：可感。「荒園梅發待君來」：老。⊙塞翁來江上，交遊頗多，獨推石霞爲古道。此詩見其情意之洽。

《秋日同余澹心、劉震修、洪昉思集飲吴薗次寺園》「南北烽煙今已息，江村還可着閒身」：情思温昵。⊙風致飄逸可喜。

《喜鄧孝威至江上》「棹移古渡迎殘照，梅落荒園怨晚風」：筆致清楚。⊙與石霞久别，今乃連牀風雨，殊慰疇昔，一詩可謂情文兼至。

《春霽集諸同人夜飲有鄰堂得漁字》「水深泥巷難攜屐，日暖春畦好摘蔬」：情事極真。⊙「誰把詩名標李杜，自饒野興入樵漁」：清疏入老，一洗繁艷。

《沙定峰攜樽招曾青藜、嚴庶華、華商原、蘇立原登君山，余未赴》「不是野人登眺懶，恐來狂嘯動蛟龍」：結得高聳。⊙雖未登山，而寫景曲盡，正恐諸公讓其豪興。

程先達

質夫、東廬，湖廣景陵籍，江南休寧人。《天香閣新舊詩集》。

●與石霞别二十年，丙寅郵其詩來，爲拔其尤者，登諸選集。戊辰予以訪舊來江上，石霞拉我宿其高齋，晨夕聚首。因更以新舊詩示予，不能割此珠玉。乃更丹鉛，公諸同志。

《己卯南還》「數載竟陵城，忽聞江上聲」：一起超甚。「客館舊時情」：真。⊙久客還鄉，情詞淒切。

《九日旅中》「故園競採菊，此地獨銜杯」：頷聯渾成。⊙樸老不可及。

《送春》「王孫歸未得，無計伴春行」：結有情味。⊙全詩勻稱。

《新柳》「杖策柴門外，依依柳帶青」：秀色可餐。

《喜晴》「兀坐連朝雨，風霾喜乍晴」：沉鬱。「秋爽數峰橫」：結句好。⊙通篇俱是喜意。

《聞雁》「樹色依微風漸急，雲光浮動月初横」：調高思警。⊙對景寫懷，秋聲盈耳。

《喜雨》「近岸荷香翻叠浪，遠山松色掛流泉」：下句尤佳。⊙摹寫雨景，儼若畫圖。

《過訪唐子玉賦此志慰》「六十年來勞此身，君今愛菊作閒人」：筆鋒横厲不可當。「籬邊攜酒頻呼友，渡口迎門懶問津」：好懷抱。⊙雄邁中又饒秀雅。

《秋興》「野渡淒風聽暮濤」：詩思悄然。「況值愁心驚落葉，忽聞天外雁聲高」：結遠。⊙一氣寫成，彌覺蒼老。

《太子磯》「亭分清影隨波散，石湧寒光帶月浮」：江行妙景。「落霞隔水照孤舟」：想路多到。⊙秀氣浮動紙上。

《登落石臺》「石落灘聲仍入耳，山横黛色轉迎眸」：險阻在目。⊙每一登眺，不輕放過，足徵懷抱之佳。

《燕邸書懷》「不堪策馬乘朝露，聊爾傾樽對晚曛」：宦途之苦，近日尤甚。⊙久客京華，方知確切。

《登禹門》「萬壑奔流開虎穴，一天雷雨震蛟宮。靈源浩蕩驚濤落，巨浪横空噴雪同」：警句。⊙氣象甚大，不讓空同。

《遊龍祠》「龍窟涵泓千派出，蜂房噴薄百川流」：靈異。⊙高調似七子。

《眺中條山》「碧澗幽深苔應緑，丹丘崒嵂菊初黄」：秀麗。⊙骨清氣秀。

《砥柱峰》「回瀾濁浪觸天開，一柱能當萬頃摧」：氣吞雲夢。⊙雄邁，足敵砥柱。

《瓶梅》「摇曳春風簾外影，不須雨露向人開」：是瓶梅，不可移易。

《題隱者居》「谷口桃花迷客徑，呼童無事理耕犂」：高士行徑，筆能傳出。

《春閨》其一「分明只説孤燈苦，誰信羅帷夢裏雙」：更苦。其二「愁來羞攬菱花鏡，獨掩深閨月照樓」：不説破，妙。其三「倚欄更聽流鶯語，唤起離人惹恨長」：那得不恨？其四「記得去年花正發，良人别我過河梁」：只如此便足。◎四詩曲盡春閨情事，仍自渾融不露。七絶固以此擅長。

《題梧下美人》「不堪秋露濕蟬音」：寫景在即離遠近間。

《紅梅》「忽見枝頭紅着色，艷妝枉自惹塵囂」：借紅梅諷世，得風人之旨。

《讀隋史》「遊騎清夜奏春風」：渾然。⊙含蓄不露。

●東廬先生幼時浮家景陵，遂登楚之賢書。繼遭寇亂，家業盡落，不得已，司鐸隨州，蕭然難給。幸直指聶公有特達之知，薦拔國博，歷轉部曹，竟榮登晉陽五馬。性不好榮，飄然歸里。今年已八十有五，著述不倦，所吟詠最多。程君禹門索其稿見寄，值余三集之選將竣，敬採數章，載諸卷帙，並示孚夏，用共欣賞。令嗣茂湘，詩有家風，濯濯如春月柳，愛不忍釋，因並付梓。

程士莊

茂湘、芳沅，江南休寧人。《聽松樓新舊詩集》。

《過彭蠡登望湖亭》「吴楚中分處，湖亭獨望幽」：形勢瞭如指掌。⊙起甚雄偉。

《江月》「猶是楚江月，偏深此際情」：起法超甚。⊙詩最沉静。

《遊龍門》「兩峰對峙雲屏合，一水中分月影浮」：弘整。⊙英偉奇秀。

《再遊虞山》「蕩漾輕舟尋麓曲，逶迤緩步到山顛」：筆情優柔可愛。⊙和雅，是詩家正派。

《雙溪映月》「清瀨有聲疑瀑布」：筆活。「長橋遠駕雙流合，孤雁分飛一羽來」：清曠。⊙筆意清勁。

《南山叠障》「遠黛遥連春草色，寒溪直接暮雲流」：秀絶。⊙「巧匠斵山骨」堪評此詩。

《寓南台遊釣龍寺登天壇絶頂》「半壁光華壇上盡，全閩佳麗望中收」：八閩在望。⊙眼界空濶。

《臨江閣同友人閒眺》「半榻光含千嶂月，長虹綵繞兩溪雲」：幽閒，得未曾有。⊙王、孟佳境。

《山居》「野花時謝復時開，拾得榆錢難問酒」：趣甚。

《和義棠女子韻》其一「如何紅粉催行陣，一夜秋聲碎海棠」：不勝憐惜。◎二絶足傳義棠女子。

《晚眺有感》「長途盡道風塵苦，何事征鞍不住蹄」：都爲名利所牽，得此喚醒。

佘儀曾

羽尊，福建莆田人，揚州籍。《矍矍草》。

《夕泛》「林煙振西嶺，東月團波遂」：蕭森寒峭，殊不近人。

《初夏張念麓招泛舟鉢池同賦》「舉酒坐頹晷，新月忽林顛。洗盞投中流，華燈澄鏡懸。北檻破倒影，南巒鬱遥煙」：幽蒨迴異，如在印渚、蘭亭之間。

《贈顧秀才同束》其一「灝然託衡宇，痼此煙霞容」：堅古。

《陽月觀藏菊同巢民》「席中香密密，屏間影徐徐。相賞與人淡，肯使衷懷疏」：四語如坐我菊中。⊙「深閨出遲菊，爛漫交綺疏。黄白國色具，春工紅紫虚」：得菊之神理，驅染皆煙霞之氣。

《半夜》其一「手僵脚硬口無語，何時得見陽春回」：硬語盤空。其二「事滿寸心衾鐵冷」：絶似少陵《苦寒行》。

《放船行》「回頭申酉龍蛇混南北，兵戈青燐白晝走平川，今日太平又看清淺是桑田。杜牧重來春夢覺，肯教顛頷度華年」：此段極妙。⊙蕭然而來。後段感時撫事，情緒緐會，令我益深開、寶之懷。

《苦雨》「開門無客至，看潦與橋平」：此時光景好。⊙寫景，極真極别。

《惜别》「冒暑送君發，帆開老壩頭」：樸而異。

《感舊》「朱顏與黄土，一一攬相思」：凄艷似義山。

《悼紀伯紫》「親朋憂酒債，牛馬耐京塵」：深。

《冬杪答徐方虎》「有懷易咽燈前淚，無語難銷劫後灰」：能作是語，便非常人。

《陳尊生西河草屋》「入門無地竹連徑，買酒有錢囊再探」：勝地高人。⊙矯然出塵。

《邵公木集杜見贈，奉答二首》其一「世歷風波宜縱酒，君多才地豈長貧」：語有深識，而格體最愜。其二「自是飛揚原有數，即歸空寂亦非情」：字字精力。

《集范兩奇小西園同孟百聚》「老樹當門看鳥下，高峰插座想雲來」；「晚晴更上西樓望，桑婦鄰家笑語回」：筆能闢異。

《冬夜小集，次冒青若》「促膝人如殘菊淡，開軒月變小春霜」：造語新警。

《望江樓上祀文昌帝君，年來日見頹敗，登臨有感》「金銀佛寺閒圖畫，此地蕭條一惘然」：處處皆然。

《纂艷語略成斷句》其二「楊白花飛黄鵠寡，十分顑頷日當心」：賦心絶艷。

《席上贈女史文然》「亂頭粗服亦銷魂」：偏勝一切。⊙昔在虎丘歌舫遇吴姬，見有此。

《掘港場春詞》「東風早晚桃花汛，鮭菜如泥賈客船」：寫出斥鹵風景。

●羽尊名家後裔，而流轉江淮，風期落落，惟事讀書。詩多清貴巉巖，自闢堂奥。如雲中白鶴，又如雪後青山，余甚愛之。

釋元奭

自恬，江南興化人。

《山齋夜雨吟》「夜静鐘聲大」、「瓦鳴知雨墮」：抽思險而押韻新。

《秋日吴門寓樓遣懷》「一峰盤地仄，雙塔劃雲尖」：造句新辣。

《冬夜寄宿古廟書壁》「山深猿鳥傲，廟古鬼神驕」：奇在「傲」字、「驕」字。⊙「淒絶誰相對，枯藤共破瓢」：警拔，不作猶人語。

《九月八日送友人之越》「寒潮帶雨催蘭槳，霜葉隨風戀布袍」：錢、劉勝場。⊙秀浄，如湖上諸山。

《過李壺公先生書齋不遇》「讀罷繞廊行，歸鴉亂庭樹」：賴有詩耳。

《紅橋曲》「廣陵城裏諸年少，醉殺紅橋一藕池」：與「人生只合揚州死，禪智山光好墓田」參看。

●森公大師建幢説法，而上首自恬於參悟外，獨工吟詠。其清矯絶俗處，如落葉空江、疏鐘静夜，而又不落禪梵一語，所以稱絶。

顧鳳彩

霞儀、羽皇，江南如皋人。《蘇門集》。

《步月》「花落斷橋春」：好句。

《春日喜白筠心先生過白蒲，悵然即别》「徒令羈館閣，今始進盤餐」；「淒涼復歧路，桃李怨春殘」：真氣逼人。《雨中同冒公履小飲弘德堂》「把臂欲千古，相看無一言」；「樽酒頻相勸，挑燈深閉門」：詩懷極静。《清明後一日同冒公履、仲兄異羽集佘宛駒齋中》「勝日幾逢花在眼，暮春初見月當頭」：疏疏有致。⊙詩有秀善之氣。

《聞雞》「祖生夢裏心徒壯，宋氏窗前話不經」：用事恰當。

《東園雜詠》：其一：嬌艷。其二「太真睡熟長生殿，腸斷梨花夢亦香」：描摹盡致。其三「別圃未聞挑菜語，小橋時雜賣花聲」：殊情別艷。其四「濠梁樂事原由我，不學任公釣海陲」：每於結處多遠想。其五「傍松如伴老龍眠」：警策。⊙「此君髣髴猶堪愛，僦屋王猷最足傳」：說煙中竹，最能傳神。其六：工緻。其七：「未免有情歌子夜，不堪回首聽陽關」：頸聯妙在即離之間。其八「海氣晴翻龍甲雨，江聲夜捲鶴巢風」：寫松濤能爲壯語。◎八首整麗穩細，而皆有味外味。●霞儀讀書多静氣，即之温然。其爲詩密麗精工，而妙有生動之致，東園諸詠尤爲匠心，故特録之。

程瑞綸（再見）

《丙寅海陵紀事》「去年捕魚換粟歸，今年厭魚專食肉」：海陵罕事。⊙「但願下河不出魚，食無魚兮歡何如」：海陵水涸則多穀，漲則多魚，寧可食無魚，不可食無穀。惟雲峰目擊其事，故言言真切。

《懷鄧孝威先生》「我歸黄山三十六峰下，間上蓮華峰絶頂。放眼不見隋家舊粉墻，萬山環列洶高迴」：置身萬丈峰，呼吸皆煙雲之氣。「我從海國數交遊，惟有南陽稱耐久。當時誇我髯絶倫，我惜先生今白首」：僕與雲峰交，在聲名勢利之外。⊙僕閉户選詩，同人少過，獨雲峰結契於世態炎涼之外，讀此能無感激？

《龍泉瓶歎》「龍泉瓶是先世之舊物」：一句領起全篇，氣力甚大。「其長數尺，其圍半之，款識絶佳，當與商彝周鼎比風標」：叙事詳悉，而有樸致。「每觀此瓶，如聽舊音如睹先容」：仁人孝子之言，令人淒惻。「忽然傾倒，撞破一角如龍跳」：警心動魄，不覺言之悲壯。「追念舊事更魂銷」：回繞前段。「此中悢悢不能平，紙窗竹屋雨瀟瀟。自晨及暮涕潺湲，獨坐高樓燈自挑」：無聊之極，益徵至性。「何由承先守宗祧」：結得闊大。⊙珍重古瓶不啻球圖，要知非愛瓶也，總爲不忘先人故耳，此念足垂不朽。

《喜戴景韓至得家信》「不及君歸易，君歸忽又來。傷離常罷酒，望遠只登臺」：銜口真氣。「故鄉有兄弟，安穩奉南陔」：結得厚。⊙一氣寫出，都是肝膈中語。

《秋夜》「入夜響秋雨，經年換客顔」：騷屑。「愁聽空城漏，朝朝催鬢斑」：難堪此景。⊙脱胎王、孟，大有蒓鱸之想。

《送友》「沽酒留君住，離心指洞庭」：領起全詩。⊙「那堪情話半，風起便揚舲」：詩格如長山蛇陣，首尾擊應。

《懷叔子家兄》：全詩空老。⊙清老，似孟襄陽。

《有懷杜于皇先生，兼柬蔣前民》「別來聞抱暑，竹屋趁涼風」：氣味不同。「短褐任飄蓬」：真。⊙「蔣徑蕭條甚，相依羈旅中」：真摯老確，是贈于皇詩。

《月夜》「不信還家棹，淹留直至今。一番月色皎，幾倍客愁深」：空澹，愈真摯。⊙極真極老，絶肖杜少陵。

《黄儀逋過寓齋小飲》「客是劉伶偏好酒，人如宋玉肯窺墻」：確評。「金貂頻解交情切，鐵馬休驚旅夢長」：卓犖不群。「肯教雙鬢逐時忙」：看破世情。⊙儀逋好酒，孚夏好詩，兩人詩酒綢繆，大有魚水之歡。

《金陵懷古》「秦淮明月古人遊，客子舟來泊酒樓」：蒼老嫵媚，兼而有之。「白浪帆檣吴苑路，青山煙雨孝陵秋」：弔古不露。⊙金陵懷古，傑作雖多，然蒼涼高卓，氣力終不及此。

《留別鄧孝威先生，即用見送原韻》「且回雙槳看山月，空憶開襟倒夜觴」：轉筆矯健。⊙「秋風吹我薜蘿墻」：平妥之中，自有高老之致。非雲峰才學兼優，不能及此。

《舟泊圖山》「孤舟波浪無朝暮，一路人家盡寂寥」：荒夜之狀，最能寫出。⊙一往有蕭涼之氣，愈造詩家深境。

《送人渡江》「何因旅客心，不畏江風大」：老氣。⊙令人不解，故妙。

《舟行即事》：灘行險阻，二絶寫盡。

《贈李若谷》「不信鬚眉輸粉黛，羨君閨閣有斯文」：若谷與閨人王研廬琴瑟相調，更以詩畫著聲邗上，固一時韻事也。故誌之。

《携樽就茶村先生於道院，同蔣前民、黄儀逋、劉右文共用涼字限七言絶句一首》「忽來幾陣黄梅雨，最是宜人四月涼」：丰致翩翩。

《次韻答仙裳先生見寄》「忽報故人來信息，爐傳活火自煎茶」：驚喜。⊙逸興遄飛，非深情人不能爲此語。

●昔陳琳工於詞業，曹瞞每愈頭風；元章四印奇古，東坡覽之病霍。余卧病今春，書卷未觸，忽案頭得程子孚夏詩一册，驚喜徘徊，存若新展。久之，乃知爲孚夏所定《詩品》，愈展愈不能釋。因思此册必編入《詩觀》三集中，始可通行宇内。爲呼梓人，急削梨棗。而令弟次郊、宗衍暨令侄天有輩，復滚滚以詩見示，亦併附孚夏之後，以見新安程氏之多才也。

程瑞社（再見）

《過山溪石壁》「鬱律丹巘開，鬼斧何年劚。熊羆躍復蹲，層巒若護衛。羊腸走青天，竦凜失俯睇。岸斷曲橋支，千章雲樹綴。高下嵌煙村，短墻老薜荔。男女事桑麻，幾忘年月遞」：筆飛墨舞，不可狀名。⊙性情每與山水相近，故其詩周匝而神骨蒼秀。

《毘陵行》「聞説西關夜可投，冰滑泥深幾里許」：波瀾頓生。「既饑且渴天又暝，茅店酒旗煙裏青」：苦境實事。「且拚一飲息筋骨，莫問飄飄身似萍」：高人胸次不同。⊙説事詳細愷切，復爾歷落有致，非老手快筆不能。

《真州夜泊》「燈火喧江市，帆檣趁夜潮」：景真語鍊。

《曉渡金陵》「人煙對岸失，曙色入江分」：壯闊。⊙即景生情，不肯襲人一字。

《雨後過新嶺》「宿雨天初霽，來登插漢峰」：老。「盤旋惟鳥道，遠近有山鐘。瀑勢添千尺，雲光叠萬重」：雨後佳境。⊙青蒼逼人，置身已在霄漢。

《乙丑除夕》「雁行春欲聚，萱草凍還青」：真摯。

《菊影》「秉燭成高下，横窗或有無。濃霜寒未着，澹月色還殊」：摹寫盡致。

《寄懷黄儀逋同學》「今宵好月色，顧影獨徘徊」：字字入情，不勝停雲。

《泰山拜岳武穆王廟》「星辰弓劍氣，風雨鬼神陰」：識高法老，詞雄氣厚，足以髣髴空同。

《深夜投宿南陵》「戍折因風急，星河近水開」：風景如畫。

《二十一日又雨志喜》「雷驅山影失，龍散水珠腥」：氣清神秀，更爾沉着。

《中秋對月》「映樹疑花放，穿簾照簟空」：清皎獨擅，不作浮響。

《雲巖同伯兄立先君子詩碑》：仁人孝子之言，詩亦秀挺可愛。

《喜孚夏三兄歸自邗江》「五年別緒欣全釋，幾卷新詩總待删」：天倫樂境，備此一詩。

《桐廬阻雨》「山邑遠隨燈火暗，村醪難向客愁消。披裘獨眺寒窗外，漫道征橈過六橋」：風流藴藉，才思在王、孟之間。

《秋日次語水胡圓表同學過訪原韻》「中宵客夢如潮疾，九月音書帶雁回」：聲調高邁。

《登采石三台閣》「奔來波浪兼千里，竦處星辰聚一樓」：濶大氣象。

《寄懷胡周生孝廉》「交誼素知傳剡水，才名早已播長安。鶯聲啼出春如錦，知爾騎驄上苑看」：並不費力，卻成佳語。

《一天門》：清真可愛。

《獨聳峰》「憑欄一望窮千里，足下雲生萬頃山」：大觀。

《飲俞錦泉中翰東園觀家劇，次鄧孝威先生原韻》其一「酒闌更唱明妃曲，斜抱琵琶撥座傍」：可想其態。其二「輕衫別有迎風處，不染花間半點塵」：香奩詩要細微，又要飛動，次郊諸作有之。其三「澹妝故着藕絲裙」：空處描寫。

《渡江望焦山》「微茫一點是焦山」：情味自佳。

●次郊不到廣陵數載，余渴思良深。令兄孚夏，以其近稿見示。余急披攬，滿紙煙霞，寫出佳山佳水。正如聯轡而登、同舟而放，不必見次郊，而如與之周旋數載也。抱病北窗，爲之頓減。

程瑞祊

（再見）《北山草堂近詩》。

《長侄天有以中秋夜聽程山人彈琴歌見投，且以索和，余因白嶽之遊未得同赴佳會，聊作數言以答之》「天倫樂事何所託，每逢佳節須行樂。今宵時序是中秋，遠見清光上高閣」：吸得全題起。「余從白嶽山中遊，殷勤未得雜觥籌」：入遊白嶽，筆力老甚。「白嶽峰頭晚餐後，一輪圓月明如晝。松風瑟瑟泉淙淙，聲聲似出伯牙奏」：叙景絕佳。「奚囊收得白嶽景，帆回又復聞歌郢」：雙收極緊。「桂花香醑瓶未罄，醉看横江孤鶴影」：曲終人不見。⊙兩件皆韻事，説來有結搆，有次第，想其筆力之妙。

《雪後晚渡》「溪路提壺少，山村爨火遥」：一幅雪後圖，讀之動灞橋驢背之興。

《丁卯春度新嶺》「清泉穿石出，丹嶂插天來」：境真話亮。

《同高槎客過山溪石壁》「路從危石起，雲帶晚樵歸」：幽峭。

◎二首寫山景，皆不劖刻，自能森異。

《宛陵春雨》「竹密煙逾積，花飛草自乾。江臯沽酒路，霽日好盤桓」：風韻在王、岑之間，近亦惟松圓老人辨此。

《穀雨試茶》：柔香可擷。

《河西晚眺同孫巨衡》「回望酣歌處，誰知春已闌」：結得悠然不盡。

《軒轅臺懷古，應司空孫屺瞻先生命》「丹爐不見藏瑶草，白鶴何年返碧山」：軒皇事原屬渺茫，此全用虚活之筆，識高儔等。

《深秋胡周生孝廉枉顧，同坐山齋集字》「問奇快掃松間榻，聽雁因開竹下樽」；「覓句未成忘久坐，寒鴉樓外欲黄昏」：「秋水爲神玉爲骨」以贈此詩。

《偕友霞角山觀松》「盤鬱山崖迷漢篆，蒼茫年紀避秦恩。虬龍一似長含怒，風雨呼號晝滿村」：盤硬妥貼，以狀山松，差爲神似。

《季冬望叔子九兄不至，作詩懷之》「邗上繁華春自異，秣陵燈火夜如何」：從羈旅中寫出無限興致，筆情最是飛動。

《丁卯春日同天有、又梁二侄讀書柏山，因憶甲寅秋隨先君子避亂其中，撫今追昔，愴然有感》「地繞烽煙還教子，語追離亂懶翻書」；「父没時清雙淚落，溪前峰後只樵漁」：多少感慨，卻是題中所有，寫來字字真切。

《遊敬亭山》「雨裏梵鐘雙塔寺，雲邊橘柚宛陵城」：登名勝之地，應有佳詩，始足相副。以此敵太白二十字，可稱並美。

●濮無著曰：「黄山白嶽，逶迤蜿蜒，横亘千里。其敦龐清淑之氣，獨鍾於哲匠名賢，甲東南，耀寰宇，非一日矣。余嘗三至新安，望而知爲神仙窟宅，但未獲暢遊，至今成一恨事。程子宗衍，海陽右族也，冲襟雅量，迥出塵表，弱冠攻制舉藝，今稱名壇坫。吐其緒餘，發爲歌詠。居恒與令兄乎夏、次郊酬倡盈帙，清微秀折，調叶塤篪。較近日之縟麗雕鏤、學步效顰者，相去徑庭，豈非得諸山靈之助哉？」

●丁卯夏酷熱異常，余閉户不能見一客，筆墨都廢，因之百病交作。七夕後，天忽風雨，涼氣襲人，而乎夏攜其令弟宗衍新詩至。讀之清新雅上，如松濤萬頃，謖謖吹人，尤一服清涼散也。

冒　綸

彌若，江南如皋人。《芸室稿》。

《春曉過匿峰廬》「輕煙作曉寒」：似齊梁人語。⊙「花繁疑徑小，地僻覺懷寬」：雅鍊。

《上巳狼山修禊》「石徑谽谺迷客路，老松鱗鬣舞長筵」：雄氣壓人。⊙「浪翻白象江聲吼，天擁青峰海氣連。石徑谽谺迷客路，老松鱗鬣舞長筵」：中二聯全切狼山，與泛泛寫景者自别。

《懷陳御天移居南江》「蘆花似雪迷沙岸，月影如人對竹窗」：思清語秀。⊙全體娟潔。

●尊君公履先生博洽，工詩賦，隱居窮巷，時賣文爲活，里人高其風。令嗣彌若，英年閉户，著作如林，是能繼公履之家學者。三詩見其一斑。

黄喬年

凫仙，江南泰州人。《静香樓稿》。

《冬夜過徐辰玉留飲，因懷梅峰》「詩成倚竹屏」：俊。⊙「快哉今夜酒，又與素心揮」：蕭疏，有林壑之致。

《莫春趙客庵先生暨諸君過花雨庵茶話》「蝴蝶夢須還寂寞，鷓鴣聲已到東南」：清聲俊思，如與晉宋人晤語。

程世經（再見）

《中秋集倚松亭待月，聽程山人彈琴歌》「初如雛鶯出谷飛，嚶嚶啼上棠梨蘂。復如怨婦泣孤舟，蕭瑟蘆花舞江沚。更如鐵騎突重圍，刀槍劍戟如風駛。霎時調變作商聲，十萬甲兵皆披靡。須臾曲罷彩雲收，仰看青天月如水」：叙彈琴一段，筆端變幻，如驚鴻遊龍，不可測度。⊙前段叙述有情，入後筆墨淋漓，如讀《公孫大娘舞劍器行》。

《奇松歌，同胡斯祜、畢曦上、汪佑懷及宗衍五叔遊霞谷山賦》「根如屈鐵枝如龍」：筆力亦如鐵。「枝枝入地旋復上，怪怪奇奇非一狀」：總上有法。「夜半天中風雨來，山妖川魅盡徘徊。十萬鐵騎須臾至，百千齊擁黑旗催」：形容奇松，精神離迷惝恍，令人驚怖。「吁嗟乎，奇材寂歷空山裏，密雪嚴霜爲知己。世間多少棟樑姿，不遇良工亦如此」：結出正旨。⊙蒼秀幽異，不減《偃松圖》一歌。

《寄懷陳叔霞，兼柬范十山暨黄培儒伯仲》「我登黄山三十六峰上，日坐峰頭長四望」：有振衣千仞之概。「無端萋斐幕中起，行李蕭條荒寺裏」：叔霞苦境，非知己不能傳出。「寄言范叔與黄子，當年知己已無多」：結尾老健。⊙字字沉痛，知君篤於友誼。

《庭桂行》「月上扶疏一庭影，玉露流膏金粟冷」：摹擬神似。「此樹貽來已九葉，至今猶喜未荒蕪」：可喜在此。⊙閱歷數過，想見枝葉扶疏，歲寒獨秀。

《朱家堡》「潮來排雪屋」：句警。「日出射江波」：更佳。⊙着筆清勁。

《菊影》「佳色何從辨，落英那可餐」：句句是菊影，故佳。

《將還黄山留别吴陵諸同社》「江邊客悶春多雨，樹裏帆過夜帶星」：更有情景。⊙離情别緒，拂拂紙上。

《二月十三日同曹德仲、畢曦上、汪修予及諸叔弟舟泛松墩一帶，即席限韻》「東風送暖賣花時，吹遍穠桃萬萬枝」：好風光，令人羡煞。⊙秀氣浮動。

《軒轅臺懷古》「峭壁蘿垂丹竈外，殘碑草没白雲限」：典雅。⊙妙切軒轅臺生議，不同泛泛憑弔。

《寄内》「崇川不似蜀臨邛」：情深。⊙如此慰藉，不須作《白頭吟》。

《暮春歸舟口號》「杜鵑聲裏喚人歸」：妙句。「片片飛花點客衣」：好景。⊙歸舟，大有興趣。

《花山》「極望遠山青似黛，扁舟故向畫溪行」：一「故」字寫出高情。

●昔與天有别於選樓，不勝佩蘭採艾之想。繼於海陵以新詩見寄，登山臨水，倍多勝概；芳情俊致，挹取不窮。復採十餘首，登之梨棗。每一披覽，如坐春風。

繆肇祺

介兹，江南泰州人。

《吉祥寺老梅》「滄桑千載後，偃卧獨山家」：切吉祥。⊙筆致疏老，而結更有遐想。

《都門懷歸》「日落江南夢，風生塞北寒」：頷聯渾闊。⊙情思縷縷，不落纖小一派。

《登泰山》「横海飛濤連日觀，浮雲擁樹接天門」：雄壯而典雅。⊙登泰山詩，須要氣魄過人。如此英偉秀麗之作，足以酬答山靈。

《客都門汪函齋夫子招飲》「燕山木葉走城壕，撲面黄沙旅夢勞。故國雲深埋雁鶩，他鄉松老捲波濤」：警切。⊙前叙客都門情景，悲歌慷慨，大有燕趙之風；後述函齋先生招飲，知己之感，那得不推梁公。

《盧溝早發》「霜飛匹馬旗亭酒，月落荒雞野店餐」：俊逸絶倫。⊙一時中悲喜交集，想見南旋時胸次頓異。

《廣陵道中雨阻》「古刹鐘聲歸牧笛，清溪漁火聚蘆洲」：雨中佳景，描寫如畫。⊙淹雅韻秀，如披輞川莊圖。

《紅橋泛舟》「煙花千古郡城西」：確。「玉勾斜畔草萋萋」：含蓄。⊙紅橋裘馬雲屯，矜奇鬭艷，猶染隋皇遺習，讀此不覺冷水澆背。

《補山園觀荷，同姚恭士、楊古存、舍弟墨書賦》「到村菱唱虚吴女，一路漁家繞墨莊」：警秀。

⊙興致直同嵇、阮，而情詞更比庾、鮑，浮鰲以此得傳。

●昔人以應詔達策、彈琴賦詩爲難兼之事；而介茲既登高第，復善雅流。群兄從弟，唱酬甚多；名山巨川，與爲日習。觀其北道南遊之作，既步武渾、滄，復原本開、寶，見者無不愛詠流連。余故削梨，廣爲流播。

戴文柱（再見）

《九日寄吴澹寧》「巖岫澹生雲，足以慰幽癖。不知興來時，可復思往昔。往昔不須論，所嗟余久客」：結得遒老。⊙「想見故園中，短衣去巾幘。策杖登高臺，江山在咫尺。矯首鴻雁飛，流泉注松石」：言情雅飭，詩亦清老。

《渡金山》「東西南北人，多向寺門住」：古雅簡樸，一氣呵成。

《空碧亭夜眺》「吐吞千里月，摇曳一江星」：自然入妙，不肯襲人一字。

《焦山》「亂煙扶鐵甕，殘月傍金山」：有致。

《雙峰閣》「路盡還逢閣，僧閒只閉門。花從四面落，人藉衆峰尊」：入手不凡。「怪鳥啼沙岸，孤雲宿樹根」：警切。「大江流不盡，一氣裹乾坤」：樸老。⊙胸懷高曠，故一遇佳境，便有此合作。

《冬日過京口旅邸，晤次陶侄》「謀身計不就，作客夢偏同。雪色寒雙鬢，鄉心戀遠鴻」：鍊而真。⊙情致剴切，筆鋒犀利，自是初、盛之音。

《河凍》「一夜凍漁灣」：滄溟佳境。「寒犬聲偏近，饑烏去不還」：便難爲懷。

《訪諸母舅於羊山》「山中諸舅老，江上一甥來」：爽健。

《錢麟圖副戎招飲荷亭》「開幕不談兵」：高雅。⊙穩帖。

《客夜聞蛩》「雨歇燈殘後，聲聲動客心。不因秋有恨，何以夜長吟」：沉着。⊙淒涼旅館，此況最難消遣，斯作可謂摹寫盡致。

《懷程叔子客金閶》「結客金常盡，長吟詩不删」：是知己語。

《吴陵九日》「可憐千里目，不見一村煙。戲馬人何在，飛鴻信杳然。客心寥落甚，忍復敞歌筵」：目擊心傷。

《楚歸過芙蓉嶺》「嶄絶似秦關，峰峰不可攀。路穿千仞壁，雲擁半空山」：下筆如風雨驟至。

《三月二日同人南樓小集分韻》「雲翻千樹白，山入一城青」：名句可法。

《送程聚公歸里》「五月人吹江上笛，兩年夢斷嶺頭猿。風塵客路文章賤，鼓角城邊甲馬尊」：穩秀清警，獨抒性靈。

《秋日邗上晤程熙止小飲》「堤柳殘時間畫舫，寒煙斷處認迷樓」：清矯，如白鶴横空。

《俞錦泉中翰漁壯園觀家劇》其一：清俊。其二「有意臨風舞細腰」：摹寫入情，覺難消受。

●景韓詩，清而有骨，秀而有神，把誦已見情長，三復更覺意遠。由其脱洗風塵、獨標情性，故能於王、岑、錢、劉間高置一座，覽者自當有物外之賞也。雨歇風微，扁舟悄坐書此。

●黄儀逋曰：「景韓與余稱莫逆交，每逢花晨月夕，過訪寓樓，必命酒談詩。今讀其再見數章，益臻清老，爲之歎服不已。」

冒起霞

赤城，江南如皋人。《十二樓草》。

《春暮送毛亦史歸婁江》「交情共草亭」、「帆影落晨星」：風味不俗，若無意爲詩，而自能迴別。

《月夜同天季侄看菊》「斗室藏秋色，繁英老更新。無錢聊小飲，得句一開顰」：一往清滌。

《贈巢民侄》「江左名流存舊業，義熙處士見遺編」：字無泛設，語皆可傳。

《送家樸人赴閩》「玉帳談兵應不倦，彭湖新見著奇勳」：壯麗。

《春夜同方邵村步月水繪庵》「更看明月清如水，卻與先生坐藥欄」：好天良夜，令我神往。

《秋思》：韻調漸近自然。

冒起英

千子，笠庵，江南如皋人。《鶴渚軒草》。

《登白琅高處遥望五山》「忽訝洪濤響，其如浩渺同」：大聲發於江上，噌吰可畏。

《過石門》「往事豈無遺跡在，荒郊只有一碑存。荆榛蔓草分殘恨，苦雨淒風積淚痕」：滿紙蕭騷，難爲卒聽。

《暮春招李子鵠、淑問、袁子正、胡玉士、佘文賓飲匿峰廬》「夭桃半落柳絲絲，千里論交此一時」：全首有和藹之氣。

《詠秋海棠》「嫋嫋風前色，阿嬌原不愁」：翻斷腸語。

《春興》「林穿酒幔深深見，幾度當壚勸百巵」：春興正爾可樂。

《送家樸人赴閩》：不獨富麗，兼亦意興飛揚。

●詩學盛於雉臯，而巢民先生爲之長。乃向余亟稱其大阮赤城、千子兩先生詩篇之秀卓，因爲點次付梓。時余將放棹歸吴陵，獲此二寶，嗟賞不復去。

黄　溹

漱石，江南祁門人。《光啓堂稿》。

《寄曇標上人》「一杯新荔酒，幾句故人詩」：好。⊙「尋師兼訪硯，莫怪到家遲」：與方外人語，倍覺依依有情。白、蘇皆此風味。

《宿漁亭》「酒濃蕉葉醉，夢好梅花憐」：特意造新。⊙意琢而詞穩。

《青蘿坐雪，適胡仲奇夜至》「虎嘯蘿巖動，龍穿呪鉢過」：奇語。

《秋夜泊姑蘇》「莫問吴宫事，還觀秋月明」：獨貼吴門，清籟自發。

《七夕渡江望金山，風阻不能登》「擬眺江心寺，奔濤苦未休。銀河星自渡，寶地客難遊」：筆意軒敞。⊙穩愜之中，妙有青蒼之氣。

《同程禹門中翰登滕王閣故址》「滿目草生歌舞地，數行詩老劫灰秋」：警甚。⊙從煨燼之餘，憑弔故跡，便與泛作滕閣詩者不同。

《元夕雪阻青蘿寺》「窗外梅花風外笛，杯中明月茶名雨中螺」：韻致飄然。⊙「祇因皓雪封行徑，那得冰輪聽踏歌」：蕭條高寄，卻筆墨煙雲，生動滿紙。

《山居春雨》「樑間燕語新泥濕，枝上鶯啼舊酒香」：對語新艷。⊙芬芳韶蒨，如坐萬花谷中。

《度庾嶺有感》「還向雲封寺裏望，鷓鴣啼雨滿桄榔」：驚魂動魄之詩。

●程禹門曰：「甲子歲，余詣粵東，訪家兄消息，寓羊城之新安會館，晤黃子潄石。詢之，爲吾郡祁邑人也，善畫工書法。余見其翩翩風雅，知爲奇士，乃索其五溪百蠻紀遊之作，以開旅懷。潄石曰無之。問曷以無，曰以未嘗學詩故。余曰：『有是哉？詩所以道性情，觀子之性情，騷人逸士之林也，特未知所吐露耳，試强爲之。昔高達夫五十學詩，詩重天下。子年三十，未晚也。』因邀之度嶺而歸，同行四千餘里，分題限韻，朝夕無間。迄今歲餘，富而成帙。丙寅秋，又同遊廣陵，遇鄧孝威、黄仙裳、儀逋、家弟孚夏諸宗匠，爲之訂正命梓。吾知海内之人，必讀潄石之詩而喜；但粵東山川，不遇潄石於學詩之後題其奥異，必含怒於瘴煙毒霧中耳。」

王讓

子謙，江南泰州人。《菊村詩集》。

《廣陵秋望》「潮落清江暮雨中」：傑句。

●子謙爲吾外甥，從事聲詩，頗有警卓之句。聊採一首，以示鼓舞。

程世統 （再見）

《七里灘》「枕底走狂瀾」：真。⊙險而穩，老而確，不愧嚴灘傑搆。

《渡江憶雲峰三叔》「江城人倚樓」：不意而得。⊙情真調雋，足贈雲峰。

《集飲范十山先生草堂》「淵明晉松菊，公瑾漢醇醪」；「草堂清露響，鮮果進葡萄」：高人如見，幽致横生。

《望冷泉亭》「雲起還疑鶴，泉深不蟄龍」：纔是「望」。

《月下舟行，時閱鶴林大兄見寄之作》「對月弟思兄」：至性語。「漁燈射虎驚」：辣。⊙筆意生新，更覺懇切。

《禹門伯至海陵，三家叔招同黄仙裳、儀逋、漱石、張洪九、家豹文諸子集飲田氏園林，限同字》「不盡交情聚散中，清晨飲到夕陽紅。客從鄉井來江北，地似蓬萊接海東」：亮。⊙「名園名士欣相會，爛醉還誇阮氏同」：情景無一不盡，而流麗成篇，七律真高手。

《狼山登眺》「空江水勢龍蛇走」：濶大。⊙「山入滄溟翻倒影，客從樹杪送危瀾」：狼山詩難得如此氣象，而更多骨力語。

《夜泊淳安》「太子城門千尺柳，條條總不繫行舟」：何以爲情。

施震鐸

千里，江南泰州人。

《寄懷國博孔東塘先生》「風塵淮海詩千帙，柳色陽關酒數籌」：東塘知己語。⊙情真調雅。

《史公墓》「杜宇亦知亡國恨，聲聲猶逐五更哀」：結處含情無限。

《江口謁項王廟》「氣吞河北人如在，兵壓關中恨未平」：詞氣雄壯，足爲項王生色。

●千里工制藝，試輒冠軍，尤喜談風雅。每於登臨憑弔之際，發爲詩歌，如鶴唳晴空、猿啼斷峽，何一往情深耶？三復斯編，彌覺雋永。

戴珩

玉子，江南休寧人。《松溪草》。

《觀海》「自非魯仲連，胡爲此中行」：遒甚。⊙摹寫洶湧，乃更簡潔，所以可貴。

《瓜洲登眺逢故鄉人》「朝登江北郭，遥望江南山。相逢江南客，落帆江北灣」：筆古情遥，超然畦徑之表。⊙得陶、韋之神趣。

《篷中吟》「豈無馮諼鋏，豈無漸離筑。寧知管幼安，遠在遼東牧」：筆意高人一層。⊙結處情旨獨遠。

《泊舟藕潭》「久客厭帆檣」：與「厭江月」同妙。「潭影來空翠」：妙句。⊙短雋入古。

《江山縣舟次》「雲中閩樹遠，江上越潮歸」：確是江山。

《漢江送景韓叔歸里》：風致獨好。

《春歸》「山程百里花」：造語新。⊙「故國春方晚，閒田應種瓜」：清而綺。

《西溪》「傍海青山斷，連天碧水回」：恬雅。

《海濱》「祇今多網罟，從古不桑麻」：用筆亦老。⊙形容鹵地，字字刻入。

《蕪城懷古》：「歌臺新牧舍，佛閣舊迷樓」：切甚。⊙「簫聲終古愁」：憑弔處神韻偏佳。

《春溪歸棹》「殘紅下絶壁」：新創。

《祁門歸舟》「青山好處鄉園近，緑水澄時風浪平」：悠揚有韻。⊙澄瀞處皆極新華，如在山陰道上。

《船中曲》「挂棹傍湘流，湘流清且渌。江邊小女兒，能唱採菱曲」：趣。

《秋閨》「露下芙蓉花，朝來不忍摘」：結句合樂府。

《錢塘曲》「兼旬來去千餘里，一棹還歸三百灘」：棹歌之遺。

●作詩雖貴恬静和雅，而要有勝情異概，乃稱警策。如登筵席，山肴野蔌非不適口，而珍錯之味自不可少。吾選玉子詩，特標其沉雋而英犖者。把讀焕然，自有殊尤之目。

慎墨堂詩話卷四十一〔一〕

黄淑貞

四三，江西星子縣人，侍衛胡季韶配。《繡閒小草》。

《曉窗詠燕》「似識花開歸巷口，如因春暖出昭陽。爲巢不羡新庭院，只到盧家舊草堂」：意藴甚長。⊙傳神寫照，都在箇中。

《次夫子春閨原韻》「天台洞裏春無曆，眼底桃開又一年」：是仙人口中語。

《輓劉雪舫先生》「盂城何處英魂在，萬里蕭條不可論」：含情正遠。

《遊仙曲，和舞衣仙子原韻》「當年西母降誰家」：風神無盡。

《虞美人》「美人死後誰相見，葉葉枝枝總是魂」：想路入微。

李季嫻

静妴，江南泰興人，觀察李雨商尊慈。《雨泉龕集》。

《河中之水歌》「河魚大上，萬民以愁」：竟是漢人聲調。

〔一〕此卷輯自《詩觀》三集「閨秀别卷」即卷十四，原署「吴郡鄧漢儀孝威評選／同學吴　綺薗次參閲」。

《題漁翁圖》「朝釣五湖秋，暮宿垂隄柳。相對不知名，共酌蘆花酒」：此翁最高。
《得天中大弟訊》「風勁豺狼嘯，天高鴻雁哀」：雄老。
《舟中聞雞》「夢迴海日知初上，漏盡寒潮覺早生」：秀潤，是中、晚佳作。
《閲唐詩，用明月照高樓句》「長吟非怨别，只是怕經秋」：其故誰解？
《望遠》「山村多野火，處處掩柴扉」：一往孤寂。
《秋夕懷天中大弟》「博山煙冷夢關東」：韻而慘。
《題美人畫》「一自王嬙辭漢闕，至今愁煞畫中人」：藴藉。
《楚宫詞》「君王夜醉章華館，十二巫峰日欲高」：江寧、謫仙豈能遠過？
《題天女圖》其一「高唐舊夢到今哀」：大有解悟。其二「祇因下界羊家好，不向碧城深處歸」：是情深語。
《晚晴》「簾外忽懸天上月，來朝應有賣花聲」：令我移情。

●静姎夫人有德有言，亦儒亦釋，殫極微奥，獨綜雅南，洵女士之楷模、貴盛之儀表也。採其數詩，用垂藝苑，奚足以盡之？

李　姸

安侣，江南興化人，静姎夫人之女，解受兹配。《緑窗偶存》。

《七夕》「輕盈乞巧女，團扇撲流螢」：高老，彌見其韻。

《懷兄任荆南》「孀親堂上思難慰，弱妹閨中病不知」：語堪下淚。⊙如聽落葉哀蟬之曲。

《病中作》「那堪消瘦長如此，清夜焚香拜藥王」：病中作如此韻語，此病差不惡。

黄之柔

静宜，江南江都人，吴興太守吴薗次配。《玉琴齋集》。

《園居即事》「半篙春後水，一笛雨中樓」：何減許丁卯。⊙温麗。

《龔鵑紅過訪惠山，次韻奉答》「兩山煙雨青無限，總是雙蛾半蹙時」：箇中情，以倩筆寫之。

《寄暢園同鵑紅作》「自從謝女吟成後，不許人間俗耳聽」：可謂愛惜。

龔静照

鵑紅，江南無錫人，中翰龔佩潛之女。《永愁人集》。

《金陵有感》「六代傷心餘夜月，千年正氣傍漁燈」：佩潛舍人曾有汨羅之恨，故鵑紅每形之愁歎。

《清明病中作》「酒覺多情同入夢，花憐有刼尚隨風」；「幾念先人青冢路，紙錢飛蝶隔橋東」：筆幽絶而思沉痛。

《病中答閨友》其一「香銷錦字情難冷，淚譜羅衫碧化成」：錦心繡口。其二「紅牙拍誤聲難和，黄絹辭憐體變多」：别情妙緒。⊙「朝來偶傍妝檯立，愁見蕭蕭髮似蓑」：如此人而使之抑鬱無語耶？所生不辰，抱才空老，每與薗次談此，爲之歎恨。

●鵑紅産名閨，工詩畫，而抱天壤王郎之怨，故詩多淒斷；尤以尊君中翰懷沙之恨，每寓詩歌。遭時轗軻，無若鵑紅者。

彭氏

河南鄧州人，禹峰先生女，李青立配。《長林》、《蝶龕》諸稿。

《五嶽詩》《嵩》「夜識石壇金璧氣，秋驂緱嶺鶴鸞遊」：華鍊。⊙「不須洛鼎問東周」：高渾典麗，結復深穩。

《岱》「賣藥有人凌絶嶠，擁琴無路覓靈源」；「獨怪御崖無字碣，始皇何事竟忘言」：蒼雄之氣，運以縹緲之思。

《華》「池上蓮花開日月，澗邊石鼓動雷霆」：振衣千仞，驂風駟霞。

《衡》「赤帝星光時隱見，紫霄雲氣互陰晴」：筆墨非常。⊙空靈杳靄，一片光氣。

《恒》「悲風四塞黄沙捲，淒日三邊黑水沉」：確切雄老。⊙腕力健拔。

●龔孝升曰：「閨閣之詩，輕華弱采，秀外惠中，是其本色。長林一洗香奩金粉之結習，而發爲沉鬱高闊之言，於風雅中涵泳有得，别具手眼。旃檀扶疏，蔽日戛雲，微風動摇，香聞四遠，非幽花小草所能髣髴其影似也。昔人云：『不服丈夫勝婦人。』迴環吟咀，端欲下玉臺之拜矣。」

《課農人種桑示諸婦》「種桑令欲稀，晨夕風露透。抽條葉以繁，筠籠日相就。繭成得收絲，織紝不敢後。辛苦分所甘，寄語諸少婦」：字字簡古。⊙《葛覃》之遺響。

《同青立攜兒輩看金銀洞》「坐聽神龍澗底吟」：神到之句。

《崖邊穹然一洞，緑蘿四映，清泉一碧，櫰兒盤旋其下，停舟待之》「四山香氣鳥聲和」：題與詩皆畫意。

《雷家灣避亂夜泊》「洞口白雲雞犬在，此中大有避秦人」：筆意最古。

●王貽上曰：「宋葉石林先生每晨起，集諸女子婦爲説《春秋》。近武林黄夫人顧氏若璞，好講河渠、屯田、邊防諸大政。予讀其書，未嘗不自慚鬚眉也。青立見示蝶龕近詩，如種桑、問織諸篇，彷彿《豳風》遺意；而哭母、憶妹、課兒之作，尤有《河廣》、《載馳》風人之志焉。因歎禹峰先生之教，其被於閨閣者如此，殆不減石林；而夫人之才，亦詎出黄夫人下耶？」

●昔與禹峰先生痛飲龍岡，倡和甚盛。而令嗣海翼、直上，復叨世好，時以詩文往來。不知其閨閣中，驚才絶調有長林君，直似雄奇丈夫，潑墨淋漓，而騁抉電吞霞之勝。非青立以稿授我，幾於失之。

尹氏

蘇州人。

《題泗州之鮑集店壁》其二「寄話故園諸女伴，今年花柳倍愁人」：意遠語真。◎詩爲彭子然石自楚黄見寄。

冒德娟

孅婉，江南如皋人，冒無譽之女。

《秋夜》「階下細蟲喧不歇，簾前紫燕語難留」：温細。⊙「綺窗遥望月如鉤」：一味恬雅。

《春閨》「獨行亭畔拈花朵，不覺羅衣怯晚涼」：有飄飄欲仙之意。

《暮春》「喜聽鶯聲未老時」：慧心語。

《秋窗雜詠》「何時忽化雙蝴蝶，長繞萱花椿樹飛」：足徵至性。

《風箏》「擡頭忽見雙飛燕，似有參差不語情」：似已解事，卻被拈破。

《曉起》「風動高枝黄鳥囀，聲聲啼向碧桃花」：説得黄鳥多情，妙妙。

《夏日》「悶捲珠簾看日影，鴛鴦相並立池塘」：含情不吐。

●予與無譽誼切葭莩，稔知其閨閣貞静勤敏，而書史獨嫺。左芬、謝藴，自爾一往風秀。採其數章，允爲林下傳誦。

彭　淑

江南華亭人，彭燕又孝廉女，沈友聖配。

《和友聖送别友人詩》「高朋分手如虧月，遊子閒情似片雲」：筆力高健，無閨閣氣。

吕　氏

浙江餘姚人，張永淥配。《旅夢集》。

《華嶽和李夫人》「雲髻初開迎旭日，鐵船欲渡待春霆」：奇闢。⊙「曾記弱齡峰上過，蓮花池畔禮仙經」：筆墨光怪，亦不類脂粉場中人。

王　正

端人，江南江都人，李若谷配。《硯廬草》。

《荷花行》「採之刺礙吴娃指，返照回船歌緩起」：齊梁風韻。

《繡毬花》「花開不亞千團雪，香散真愁一夜風。簾外月明斜弄影，冰壺倒濯玉玲瓏」：全能寫照。

《題畫扇》「髹几文窗無一事，寫將秋色兩三枝」：自然佳妙。

《雪中懷無慢妹》「如今柳絮因風起，盼煞吟箋雁到遲」：無慢、端人，一時連璧，固宜世世爲姊妹，講倡和之樂。

● 端人大家幼攻書史，長嫻詩畫，爲閨閣上流。一時貴遊争委禽不得，而歸吾友李子若谷，琴瑟相調。每月白風清，倡酬不輟。然秉性澹泊，其婦德尤爲過人，予曾爲八斷句贈之。

周貞媛

瑶石，江南泰州人，施千里配。《關關集》。

《刺繡》「我亦任所天，空階一俯仰」：詞和意永，望而知爲端人。

《讀神傷解，哭童幽蘭》其一「玉簫聲咽三更淚，銀燭光摇五夜霜」：情真語摯，娓娓動人。其二「頻唤真真人不醒，夜來風雨恨高唐」：摇曳之中，更饒淒感。

《白並頭蓮》「比肩如約無私語，對面相憐有異香」：工於賦物。

●瑶石詩篇妍雅，夙推閨房之秀。于歸施子千里，極有倡予和汝之樂。倪永清每向予擊節，故採登拙選，用誌聯芳云。

秦曇

曇筠，江南無錫人，觀察卞公側室。《友梅齋剩稿》。

《夏日有懷》：雖處綺屋畫堂，而中情耿耿，有不能忘者，所以稱爲至性。

《令公夫子篤嗜古玩，爲作長歌》「有時懸挂滿室中，鎮日卧看呼不起」：可謂愛古入骨髓。「墨跡誰人辨真贋，徒稱賞鑒人趨奔。古董箱中貯何物，經營件件皆心血」：此種識見，非閨閣所有。⊙古董何妨好，但未可癖耳。夫人爲趙家夫婦翻案，《金石録》中又添一則新話。

《七夕》「聞説別離仍有淚，人間天上豈同流」：天上無無情仙人，結語參透。

《于歸後值令公有張灣之行，悵然有作》「懶把行藏向人説，獨拈霜管寫銀箋」：總不説盡。

《次令公夫子見寄原韻》「斜倚薰籠香欲燼，更挑殘焰懶登牀」：寫盡寂寥光景，直是無奈。

《恨不歸》「誰道秋聲最淒切，我今慣聽是秋聲」：欲喚奈何。

《山園梅花盛開，徘徊其下，不忍遽歸》「一刻蹉跎亦往因」；「果信百年同草木，此花或許是前身」：老衲談宗，不及美人説法。

《燈下讀離騷》「解讀何妨識字差」：真讀書人。⊙昔人云：「誤書思之，亦是一快。」又云：「不求甚解。」即此意。

《閱鄰姬近稿》「病後不曾拈隻字，香奩惟有哭花詩」：知其年之不長。

《題楊妃春睡圖》「侍女也知春夢好，不教鸚鵡近窗前」：從侍女上著想，極有情致。

《苔痕》「應憐不及王孫草，印卻霜蹄日逐郎」：此意從無人發，然卻是閨秀口中語。

《麥浪》「只疑真有滄桑事，欲向煙波買釣船」：奇想。⊙意巧旨遠。

《梅豆》「分明苦味要郎知」：想已知得。

《蟠桃》其一「從師得授長生訣，看遍蓬萊頃刻花」：根器大是不凡。其二：風韻格調，居然唐人。

《芙蓉》「只許金風微拂葉，不容玉蝶近侵花」：極爲貼切，而風藻翩然。

《春海棠》「莫讓阿環稱解語，須知解語是空花」：佛堂梨樹，香魂杳然，固知夜半長生，總歸一夢。

《讀牡丹亭劇有感》「十二煙鬟出錦幃，水沉香透碧羅衣。韶光總向眠中擲，滿地榆錢贖不歸」：美人愁思，曲曲畫出，此中呼出麗娘。

《懷令公夫子》「怨郎蹤跡全無定，繞遍天涯一夜心」：真是該怨。

《自憐》「命薄情多兩湊成」、「故流血淚答今生」：其夫人之自譜耶？不幸言而中，吾爲歎惜。

●自昔閨媛負麗姿殊質者，莫不蕉萃飄零，有薄命之感，而況嫻書史、擅歌吟，唾語成珠、掞詞若錦者乎？其能享長年、膺厚福，殆必無之事矣。秦氏好女，曰嬪觀察，其訂連理之歡成、白頭之約固。然而綺歲華年，倏乘鸞背，洵彼蒼之善妒，果好物之難堅。生平賦詠，凋落罕存，迨其殞身，始爲收輯。其斷縑殘扇、剩句遺篇，與碎粉零香，同雜亂於奩篋，可念也。令公先生遠以相寄，予因重其才而傷其福命之薄，採録數章，用垂彤管。

慎墨堂詩話卷四十二

彭　桂

爰琴，江南溧陽人。《初蓉閣集》。〔一〕

古來博雅奇偉之彦，非縱覽名山大川，及京師宫闕人物之壯麗，則耳目隘而才亦因之以弗揚。故漢唐之時，遊士皆在京國，要人延譽，因以致身天衢，詎不盛與？邇來以帖括取士，士皆伏處下邑，拘攣困頓，遂以終身，心竊悲之。我友瀨上彭子爰琴，天資岸異，盡讀今人未見之書。所著詩歌，皆能綜漢魏而埒四唐，江左名流，驚歎莫及。顧出而北遊，因之攬奇探秘，五嶽之勝，具在奚囊，而一時名公卿，無不折節倒屣，願一交歡彭子以爲快者，而其名益大震。乙卯冬盡，聚首白門，時天方盛寒，雨雪大作，金觀察使君留飲青對軒，縱觀歌舞。酒闌燈灺，爰琴乃出《初蓉閣集》授余評選。余服其雅麗横逸，邁絶等倫，因録其若干首，置行篋而去。丙辰初夏，余來廣陵，仍憩昭明文選之閣，值梅雨連朝，旅懷蕭寂，乃一展彭子之詩，如江山雲物，耀映萬狀，是可傳而可愛也。亟

〔一〕以下彭桂詩評，輯自康熙刻本《慎墨堂名家詩品·初蓉閣集》卷上。原題「吴郡鄧漢儀孝威論次，江寧紀映鍾伯紫同閱」。

授之梓，以廣其傳。

《蕪湖曉發》「溼雲離樹出」：畫。

《彭蠡湖》「日月光無礙，乾坤力共扶」：渾闊。「聲摧吴地坼，勢撼楚山趨」：襄陽之匹敵。⊙雄壯精麗，儼與空同對壘。

《宿廬山老樹答僧舍》「重崖泉語尋溪出，落日杉陰壓户扃」：「尋」字、「壓」字是眼。⊙全副精神團結。

《遊廬山黄崖，登空生閣，右旋繞文殊塔，觀布水臺懸瀑》「組藤猿不到」：奇句。「俯身下落照」：遒。⊙無一字鬆懈，見其筆力。

《同僧天眉遊玉簾泉》「樓聳如霞城，亭翼如鳥翅。曠者延閣前，窅者入洞内。矗者排峰巔，踞者列檻外」：似一篇遊記。⊙形容處筆筆曠朗，不似他人墜入雲霧。

《遊清涼臺》「遍起泉聲散作風」：此句更渾。

《登黄鶴樓，次壁間韻》「城憑南渡江山轉，水抱東來日月流」：鏗鏘鞺鞳。

《廻舟大别山，登晴川閣》「二水何年開兩派，一江從古説三分」：自然。

《宿萬松庵，贈破關上人》「不信住山久，看君衣上雲」：和雅。

《發石埭雪中暮抵雍溪作》「溪聲隨堞轉，暮色向村深」：幽異如不經人間世。

《由甲子嶺取徑登金竺山，遊龍泉寺》「樹梢雲向衣邊起，石罅泉從頭上流」：幻絶。⊙「客到掃門開積雪，風來引磬出高樓」：直不蹈襲一字，乃爲山川重開生面。

《取龍宫嶺私路遊炭竈塢，留題占鼇精舍》「山苗刈黍杉初種，溪碓封門水自舂。數里幽溪何處問，未穿深樹已聞鐘」：寫得花雨繽紛。

《花辰遊九相公廟》「棠樹花開山鬼動，竹枝歌唱女郎齊」：好。⊙摹擬極其騷麗，似劉賓客之作。

《春霽望黄山諸峰》「峰峰欲相接，遂有白雲生」：天然入妙。⊙此首絶似王摩詰。

《出宣州過箬嶺，入歙州界遇雨》「宣歙盡出城，峰巒互撑拄」：劃然。⊙「泉奔脚下雷，風嘯空中虎」：徑路分皙，而靈異處復爾雷雨杳冥。

《經淳安縣》「屋繞千家都隔渡，柳眠三月正飛絲」：風韻絶代。

《雨發槎園向嚴州》「嵐氣合爲雨，灘聲擁入雷」：二語英異。

《經嚴陵釣臺懷古》：二首用事無跡，只是才高筆妙。

《渡錢塘江》「多謝波濤安穩甚，不勞他日弩三千」：結得遒警。

《蘇小小墓》「霸圖銷歇無人問，偏有遊人問故姬」：色種難銷，卻被爰琴點破。

《留別西湖》「好山樓上簾多捲，芳草橋邊酒易沽。處士墓存梅繫馬，美人家隔柳藏烏」：綽約如處子。⊙風情摇漾，使人不能爲懷。○「處士墓存梅繫馬」，此語更是詩史。

《抵京口》「自古征輸從此路，三吳民力得無艱」：結語大有關係。

《陳其年過訪因送歸宜興》「時存吾輩皆逢掖，客見諸侯但滑稽」：爰琴史事極熟，用之詩句，最爲雅峭。

《送林茂之先生還金陵》「不須南浦便消魂，握手揚州東郭門」：起得風逸。⊙乳山老人極推服爰琴，此固風塵青眼。

《病鴉》「惡聲固所憎，急難有可恕」：判得是。「平時舊儔侶，哀鳴孰相顧」：世態如此。「若念主人恩，月明三繞樹」：莫望報恩。⊙真是菩薩心腸。

《題瓊花觀》「羽客不知天上種，又移别樹幾番栽」：多事如此。

《揚州冶春詩次韻》其一「百萬纏頭齊擲卻，候他消息起朱脣」：「候他消息」四字，多少温昵。其三「含笑女兒多不避，認他門户最分明」：好着眼。其五「非是春眠扶不起，吹簫橋上夜深來」：風流絶頂。⊙僕久客揚州，何以都未曉此？被爰琴泠泠點出，遂覺紫薇風韻，如在目前。

《許九日自真州寄詩，見懷奉答》「獨自秋聲聽不得，起看斜月過梧桐」：客中最難讀此。

《送檇李高念祖、朱錫鬯之東昌》：似高、岑。

《寄婦弟》「老母住相鄰，煩君過慰頻。姊因依弟好，舅最愛甥真」：真樸。⊙「還期吾不定，應爲淚沾巾」：骨肉語，極爲真痛，吾爲淚下。

《王章侯邀同王雲曉、留湘弟再泛紅橋，回舟飲荷花蕩中即事》其二：紅橋畫船簫鼓，無日無之，獨紅妝絶少。豈兵革之後，風流頓盡耶？其三：老識。其四「不知風月遊人地，兵火如今第幾回」：慨然獨思。

《中秋閣再彭邀泛淮河作同令子百詩》「直來前看海門雲，便將北過黃河渡。黃河南岸泊淮揚，停舟先問眷西堂。堂中主人邀客讌，歡然日暮飛霞觴。醉後飛觴客不散，更喚遊船張酒幔」：數行叙事有法。「主人命客客安坐，吴琴在右箏在左。初聞撾鼓向前頭，只疑秋雨滿船墮」：此等處，全似樂天《琵琶行》。「僕本吴人能吴謡，爲君倚歌吹洞簫。莫望烏飛悲魏武，且翻水調命袁綯」：蕭散可喜。「酒教重熱鼓更撾，但應盡醉莫思家。迴風不覺揚槌急，驚起城頭滿樹鴉。拍拍鴉聲飛不定，征鴻宿鷺遥相應。主人送客客上隄，滿地清輝夜不暝」：收處更有波瀾。⊙層層叙置，妙極天然，而風神宕漾，尤令人魂摇目喜。即令元、白操觚，豈能遠過。

《始見蠍》「清晨掃客宇，蜿蜒在墻壁。形同百足蟲，兩螯似蟹橛。怪問其名誰，土人以爲蠍」：借蠍子而爲説法。

《夜飲閣再彭席上，聽孫良侯撾鼓歌》「衆聲雜作一聲下」：細。「勸君打鼓莫輕下，世無曹瞞安足駡。主人縱有岑牟衣，不遇禰生未許借」：結得更有餘情。⊙中間排場，有無數旌旗劍戟。一起一收，尤覺刁斗肅然。

《陳效聃自燕歸，相遇淮上，記白門别後十八年矣》「多時燕趙不談兵」：有識。「思鄉畏送南歸客，一路山川共雁聲」：好。⊙風神色澤都佳，而更有超絶處在筆墨之外。

《次韻懷迮旦庵，時將去淮》「漸與故人隔，始知身遠遊」：高、岑妙境。⊙疏而老，真而切。

《舊院行，爲閻容庵先生題姜姬畫蘭作》「如真即名姜其氏，風流應擅長千里。自書甲戌上元前，爲贈翩翩蔡公子」：點出。「只今最恨石頭城，多時芳草埋香繡」：便自情深。「西廊南巷皆香陌，踏成滿路胭脂跡。青樓到處可停車，朱户誰家不流客」：想見當年。「昨日避人調錦瑟，今晨客下梳臺」：實事。「多邀狎客費杯斝，又買新姬教管弦」：寫來風韻。「懊惱於今奈若何，正嘉前事已多訛。趙家供奉無人説，但説湘蘭勝跡多」：借湘蘭以形姜姬。「或能撾鼓聲如雷，或能投壺光若電。或能彈棋拂手巾，或能操琴聽遊鱗。或能霹靂自控矢，或能蹴踘不動塵」：錯落如雨。「舊院當年推領袖，錦江莫出湘君右，屈指姜姬正並時，如真豈在守真後」：又點眼。「落花還聽鷓鴣啼，横塘久散鴛鴦陣」：可傷。「非徒舊院最傷心，向日離宫不可尋。白髮亂餘亡故老，翠鈿消後絶知音」：此是一篇歸結處。「我從舊院路傍過，何曾仿佛遇凌波。土花綻處沉釵股，瓦蔓粘時拭黛螺」：淒淒切切難爲聽者。「一代美人香草魂，可憐都被君收取」：收煞得好。⊙青溪舊聞，寫得拉雜委婉，如見其人，如夢其事。緣其胸中實有感會，遇題輒發，故雖繁艷，不逐淫靡。覽者庶幾一唱三歎，毋徒視爲紅板橋頭、青漆樓中之佳話可也。

《曉過崔鎮望古城》「戰爭從古地，今喜見歸耕」：結得警。

《曉過郯城縣》「平田帶月耕」：自有沙礫之色。

《沂州至伴城始入山徑》「山勢漸尊將近嶽」：必傳之句。

《夜發青駝寺，入沂水縣界望蒙山》「立馬星月下，蒼茫黯前路。僕夫循野燎，崎嶇引迴馭。曙色起曈曨，平疇没煙霧」：敘得井井。

《望嶽》其二：「既禪秦皇辱岱宗」，此語從來未發。

《晚經河間》「荒草遠連燕井邑，斜陽半入趙山川」：其音震越。

《題任丘西關張鋪三義廟》「天涯兄弟殊鄉土，草昧君臣共布衣」：恰好。

《過莫州故城，行趙北湖堤上》「如何河北道，有若江南境」：領起全詩。⊙莫州極荒涼，湖堤極清曠，一一寫出。

《白溝河遇大風弔古》「行人正有交綏戒，中軍忽訝蜂旗壞」：此是天意。「南軍瞇目卻走僵，北軍捲旆齊呼入」：好戰。「斷頭還見抱旗行，解臂尚欲張拳起」：慘語。「暗中人馬交相嘶，猶泣箭瘢啼夜雨」：《古戰場賦》。「我歌大風歌未已，茫茫吹凍白溝河」：結得老。⊙雄風浩氣，讀去如聞空中戰鬬聲。不意爰琴一文弱書生，乃復具萬人敵。

《琉璃河至良鄉道中》「河流不動冰連岸，沙氣將昏角滿城」：讀之寒慄。

《慈仁寺松歌》「卷舒自具天地懷，堅貞非藉雪霜力」：一則慈仁寺松贊。

《送胡遜谷歸廣平》「微才忌鬼神」：深語，令人百思。

《答懷閻再彭》「徒勞問答皆賓戲，始信文章果説難」：領聯用事極妙。

《歌贈梁溪顧當如》「胸中豈無書萬卷」：是名士。「樽前各有酒億壺」：是狂奴。「無爲去天尺五不見日，長安仰視浮雲愁」：李太白有此氣岸。⊙豪蕩感激，想其胸中有無數塊磊，亟須以酒澆之。

《長安客感，呈紀伯紫先生》其二：憤。其三：許身稷契。⊙前三章述感，末一章始歸到伯紫，章法極當。

《都門寄懷林茂之先生》「生平愛與韋布交，四方客至皆爲主」：是名士本色。「功名早晚所不計，有恩未報心自苦」：熱心如是。⊙長篇俱有悲壯淋漓之氣，其感深知己，直一字一血淚也。

《與劉輿父歸池州》：風艷，卻臻老境。

《送張又益遊山右》其二「固是留無策，何曾去有家」：苦語。「老母各天涯」：痛。其三「花明過酒樓」：好。其四「成名莫少年」：今人不然。◎四詩情緒殷然，不僅風藻可愛。

《高炳如至都，始得建初弟書，悲喜交集有賦》其二「幾時還見弟，不意尚存身」：真少陵語。◎三首字字真愷。

《建初弟來都省親，喜劇有感》其一「三年吾見弟，千里汝尋兄」：樸極故真。其二「相持莫下拜，拭淚認分明。訝爾顔何瘦，令余痛失聲」：好景好情。其三「向來多少淚，都染手縫衣」：要哭。◎貧士遠遊，關心骨肉。寫得血淚滿紙。

《送魏旦生南歸》「每見還鄉客，難爲送别心。徵名看爾就，吾獨感羈禽」：蕭然。

《元夕後一日正陽門外觀燈即事》：實事，寫出自妙。

《徐又白見寄家書，貽詩遠憶，次韻奉答》：爰琴孝友過人，讀諸作益信。

《得見初弟嘉禾書》「累汝亦爲客，何時故國回」：絶無粉飾，乃臻至境。

《丙午燕邸寒食感懷》：「頭白慈親掃墓田」，此爰琴所以望南而慟。

《長安春雪曲，追和王百穀先生》其三：寫得璀璨。

《春盡有懷故園》「是處啼鶯皆選樹，無端乳燕不歸樑。江城柳絮過寒食，山店棠花對夕陽」：故園之境，委實堪思，而情致婀娜，是六朝人筆意。

《次宴城驛吴門女子張琬如題壁韻》：善傳情思。

《今生》：哀艷不數義山。

《出都別劉了庵先生》「相士不以名，未許混妍媸」：此爲具眼，足愧耳食一輩。「先生偶訪友，案頭讀我詩。傳教覔張憑，逢人説項斯」：可見挾詩求謁者原無益。⊙「虚名每蒙寒暄問，泛愛不救溝壑辱」，少陵所歎也。似此真實憐才，洵堪感泣。

《再過河間》「雜耕兼獷騎」：確。⊙全詩精鋭。

《甲辰入都路經奉符，未暇禮嶽，丙午客林果庵太守郡齋，十月望日始獲登陟恭紀》「颯還長風吹，飆忽浮雲去。目中無埃氛，安知今與古」：四語寫得靈幻。⊙詞典氣肅，固爲不負嶽靈。

《送王玉式遊沂州》「忍送秦淮舊詞客，敝裘今謁魯諸侯」：遒甚。⊙玉式半生韻致，多在歌場粉屧間。萬金立揮，無有吝色。垂老往來秦淮、虎阜間，意興不減疇昔。此詩雅足狀其風流。

《贈白門許淑子》「水漲青溪改舊痕」：可念。「曾聽玉樹幾消魂」：結亦老。⊙雖興懷蕭瑟，而神姿秀約，自是王、謝家風。

《丁未九日登岱，至三天門遇雪，夜宿絶頂寒霽，五鼓陟日觀望日，因遊後石屋，返尋石經峪，同遊爲艾子敉、蔣穆止、陳貫之、鄭異蒼、林馨公、吴子宷、雪珂上人，長歌代記，呈林果庵使君》「翠壁丹崖看欲活」：「活」字妙極。「吾聞古人九日重登高，龍山鳳嶺争誇豪。試問天下之高孰與泰山並？我今踞頂把盞浮醇醪」：著此數行虚筆，乃覺神氣蕩漾。「欲知興廢凡有幾，請看階下登封臺」：胸中有史。「開門新月掛碧山，山化爲煙天爲水。天光月色兩溶溶，卻裏萬峰作一峰。只疑身已履平地，不知巖壑環重重。此時空界輝輝動，銀浦金波自洶湧。惟有明星大如瓜，散懸簷角手堪捧」：此段摹擬，幾於出神入鬼，不可思議。「無何羽客讙東指，隱隱層山天外起」：此段形容日出，亦爲奇詭。「其中奇者松與石，石鋭者角呀者齒」：此松石亦人間所罕有。「其石負字字匿泉，隱如龍蛇動莫制」：奇語。「此經自有泉受音，千古山靈聞唄曲」：幻絶。⊙少陵四十字不爲少，爰琴數百言不爲多。指次形勢，摹寫靈幻，從來賦記，未嘗有此，真海内大文，應與碑版同壽。

《題天書觀》：王子明如許相業，以受美珠一事，貽譏千載，奈何？人臣立身，而可草草？〔一〕

《聞建初弟偕唐明府之江陵戊申》「沙市人歸戰伐秋」：健句。⊙爰琴於鴒原之誼極篤，每當判

〔一〕以下彭桂詩評，輯自康熙刻本《慎墨堂詩品·初蓉閣集》卷下。原題「吴郡鄧漢儀孝威論次，慈溪姜宸英西溟同閲」。

袂，情緒纏綿。讀其贈别諸詩，良深感歎。

《戊申二月上丁過曲阜謁先師廟觀祭》：典型之詩，可感可頌。

《恭謁孔林有紀》：借金天以形先聖，語自鄭重。僕至孔林，洙水竟涸，甚奇。

《曲阜謁周公廟》：字字典雅。

《懷劉雙山給諫》：詩有真氣。

《戊申六月十七夜譙鼓初發，地忽大震，從東北往西南簸蕩，逾刻塌屋崩垣，如折地軸。是夜凡五動，燕、豫、吴、楚、閩、越同時俱震，三齊獨連月不止，沂莒之間尤甚，壓死者數萬人，書以紀異》「天門日觀徒崔嵬，此時峰頹岸崖墮，散落如纖埃。八月秋高蒿里隅，突陷萬丈之穴窈冥無底不可測，其下碧潭黑水疑有龍宫開」：此等災異，從來未見，筆亦迅利如風。⊙此謂詩史。

《早秋自奉符過濟南作》「東土尊形勢，西風勇客程」：「尊」字、「勇」字極鍊。

《游趵突泉追和趙吴興韻》「驚傳王屋流何遠」：語固有本。

《己酉再入都門，過盧溝橋作去秋橋爲大水沖圮，時始重造》「淡日昏沙暗塵霧，重儓廝養多豪怒。非徒行客遭鞭箠，赫奕八騶皆避路」：此可髮指，固緣時局。⊙説來令人氣塞。

《大汶口記别》「行人南岸頻回首，汶水如何向北流」：悠然。

《鄒縣雨中謁孟廟有感》：仙釋之宫到處輝煌，而孟廟則摧頹不堪也，且奈之何？

《發滕縣至韓莊閘渡河，宿利國驛》「徐兖二州分一水，鄒滕百里送千山」：確甚。⊙矯邁。

《晚抵徐州懷古》「自古英雄多此地，吹簫賣繒豈無徒」：有傑氣。

《過宿州》：老健。

《發鳳陽王莊至臨淮縣宿》「豐沛興龍地，酇樊屠狗家。禁垣猶紫粉，原廟久黄沙。河勢吞淮壯，雲陰抱堞斜」：非空同不能有此雄渾，若大復則單弱之甚。

《過磨盤山》「已過峰巒對面看」：刻意摹寫。

《滁州遊醉翁亭》「醉翁亭畔一株梅，傳説歐公舊手栽。往宋風流人已遠，環滁山色翠都來」：如此起最高。⊙筆墨踞上一層。

《秣陵别林果庵，兼送之漳州郡丞任，時約余同行不果》：「親在，身未敢許人也」。俠客猶知，而况我輩。

《自壬寅迄己酉離家八年矣，長至日抵里，家人相見悲喜交集》「入門方下拜，老母訝相持」：真而痛。

《還家九旬别母北上（庚戌閏二月十八日）》「八載方返家，九旬仍去里。遊子情惻惻，拜母淚莫止」：叙得樸實，方爲痛切。「非願離膝前，但因饑所使」：實話。⊙如聚骨肉於一堂，依依話别。此種情事，最爲難堪。

《袁重其招飲同予載》：貼切重其，非泛泛之作。

《同蒼符過王勤中怡老堂》「丞相當年怡老堂，雲仍七葉守縹緗。成弘盛世思元老，晉宋新亭滿夕陽」：筆老情深。⊙溯源文恪，固自有滄桑之感。

《蒼符、予載偕發吴門，顧彝超、彝樸兄弟邀餞虎丘悟石軒，和王勤中韻留别》：王大故自濯濯。

《再渡京口抵廣陵》「春風漫憐遊子倦，東風重到十三橋」：娟秀。

《同蒼符送子寀櫬歸濡須》：心情獨苦。

《送徐又白之湘鄉》「沅澧傷心地，幽燕分手時。洞庭湖水闊，不礙寄相思」：風調清逸。

《和楚人李子鵠寄閻古古先生原韻》其一「空想大風歌沛邑，只餘落日弔彭城」：風概落落。其二「祇爲懷沙心未死，原知吞炭事難圖」：沉毅。其三「邴管龍頭名最重，綺園鴻翼事嫌多」：用史事，妙有鑪錘。

《送太原郡丞周同山之任寧武關》「城頭雲出黄河曉，馬上風來紫塞秋」：是滄溟得意處。

《送秋水兄再守新興》「未過衡陽猶有雁，數行嘹嚦最難聽」：風神妙。

《同黄崙玉過憫忠寺》「聞道征遼返，幽燕此薦亡」：他處移不去。「經臺换戰場」：好。⊙全詩確而潤。

《有憶》「夢裏曾看衣後穿，相逢珍重定情篇。還思嚙被當年事，不耐尋歡只耐憐」：是情語。

《元夕遊旃檀寺因登梳妝樓》其二「玉河春凍後，殘粉懈銅溝」：妍麗。⊙使李義山爲之，更無以復加。

《送陸恂若陪梁大司農使粵東》「銅柱銷兵後，君行定早回」：如此起法，高古之極。⊙的是盛唐，覺宋人卑靡極矣。

《癸丑九日同黄崙玉、陳偉長、孟從周遊祖開府寄暢園，因謁中頂碧霞宫，席飲萬泉堤畔，回過慈蔭寺，登妙嚴閣，仍憩祖園，用少陵遊何將軍山林韻十首(選三)》其一：滄桑之感。其二「誰憐漢原廟，寂寞委蒼苔」：有感。其三「舊官長信改，古刹法身藏」：詩史。

《别陳學山少宰》：既感知己，又念庭闈，深情苦淚，紙上如揭。

《别劉了庵先生，並柬雙山給諫》：「肯念窮交甚，情逾骨肉真。古人慙此義，賤子感終身」：「肯」字令僕欲拜，今人大都只是不肯耳。

《過保定謁楊椒山先生祠》：不朽。

《過清風店至定州》「鮮虞與慕容」：古。⊙典雅。

《經漢光武雞鳴臺過明月店，至新樂縣小憩》「天入鼓鼙荒」：響。⊙詩情雄暢，有戰場金鼓之風。

《真定渡滹沱河懷古》「自古河流急，頻年麥飯多」：用事如此之妙。「燕趙諸遊俠，悲歌近若何」：好。⊙完渾。

《欒城曉發至趙州》趙州橋，相傳張果老騎驢處。石上有遺跡。○：圓貼。

《過王郎城經漢光武斬石人處》「不道斬蛇基業盡，廟門猶有石人頭」：梁大司農詩云：「千年石像卧蒿萊，舊鬼啾啾雨夜哀。莫怪蕭王多瑞應，曾聞龍準斬蛇來。」與此同意。

《晚抵柏鄉》「獨客擁衾寒不寐，自來河朔氣蕭森」：全首雅鍊，僕偏愛此一結之澹老。

《抵順德過豫讓橋》其二「國事衆人煩較量，此心終愧范中行」：豫讓知己。⊙自是正論。

《渡沙河至臨洺關》：平沙莽莽，狀其詩色。

《叢臺懷古》「孟姚自是鈞天賜，不比邯鄲金屋倡」：詩心警艷。

《過車騎關至磁州》「馮翊地形隨北轉，太行山色向西偏」：王、李勝場。

《曉渡漳水登銅雀臺》「疑冢纍纍七十二，向來何處望西陵」：問得好。

《過信陵君奪晉鄙軍處》「侯生自勸存宗國，不獨區區救趙亡」：眼光高人一層。

《過荆軻故里》「博浪副車猶誤擊，休嗟匕首事無成」：爰琴論古，每有獨出手眼處，令人歎折。

《曉發衛輝至延津作》「中原民命凋殘盡，青犢黄巾二十年」：結語宜鄭重讀之。

《宿古黄池（在封丘，南臨大河）》「蒼茫河干月，偏來照戍樓」：雄傑。

《遊艮嶽故址明爲周王故宫，今改作貢院矣》「零落白頭宫監盡，無人能唱憲王詞」：元、白何以過。⊙是《連昌宫詞》之遺，歷歷寫來，讀去令我頭白。

《過朱仙鎮》「十二金牌詔使紛，義旗空駐背嵬軍。東京父老同時哭，南渡江山自此分」：離離瑟瑟。

《晚至上蔡》「岡樹侵狐窟，山風辨虎臊」：荒涼在眼。

《真陽至息縣途中作》「由來申息地，父老苦征屯」：古。⊙此地荒涼不堪，僕曾驅馬過之。

《光州》「漸近南州憐月色，久羈北地厭風霾」：難此滿足。

《抵正陽關，與冠五、西溟同行》：押險韻，能自出手眼，直是才大。

《定遠憩黄靖南祠》：詞壯意悲，固爲感昔之作。

《發池河過磨盤山至大柳驛》：工於琢句。

《再過清流關》「干戈幾代换河山」：辣。

《自滁州趨六合》「曉雲扶樹出，寒雁挾霜高」：「扶」、「挾」字都鍊。

《哭紫陵》其一：如此小史，正不易得。其二：僕雖未識面，正復不忍讀此。

《徐又白自湘鄉歸過邗未晤》「不料烽煙外，艱難汝得歸」：蒼老。⊙「傳聞湘水上，今已合重圍」一起一結，逼真老杜。

《甲寅五月十七日老母七袠誕辰，時在邵伯舟中，拜手遥祝敬賦》「梨栗含飴日，鐘魚繡佛時。不能親鞠跽，甘旨得無虧」：孝子之言。

《暑夜金漢廣、醇還餞别虎丘》「緑樹未能消暑氣，青山只慣對離筵」：鮮芳欲滴。

《登燕子磯》：登臨詩不惟華敞，兼能警快。

《秦淮口號》「妓師老盡歌樓改，誰倚東風唱玉簫」：近日惟虞山、梅村擅此風調。

《除夜江上放舟至燕子磯》「獨夜孤舟聞戍鼓，暗潮微火辨江漁」：神況都住。⊙兼繫鄉關之思，固自筆墨有異。

《元日至金陵(乙卯)》「最憐烽火急,此地穩耕桑」:是近日語。

《夜大風雪行句曲道上,舁夫憊甚,小憩潤心庵,四鼓始抵城下》「浮生苦馳驅,戒之在行役」:十字作結最老。

《登蘇州北寺塔》:形容蒼茫之景,最爲酣暢。

《吴門送何奕美還山陰》「來期應不遠,莫待柳花飛」:非爱琴久客,不能作如許語。

《遊靈巖山》「遊人只認舊吴宫」:極著痛癢語。⊙「江東興廢知多少,不獨夫差霸業空」:擬之劉滄、趙嘏,夫復奚辨。

《遊穹窿山上真觀,贈施亮生法師》:確切。〇詩有神鬼氣,應贈亮生。

《玄墓觀梅憩聖恩寺》「萬樹輕煙溪色護,一湖微月磬聲開」:澹秀處如輕煙一抹。⊙氣韻在塵壒之表。

《晚經董尚書墓,登朝元閣望梅花》「空樓燕子今何處,漠漠寒香散月華」:秀而冷。

《陪金長真憲副再遊秦園》「自然峰影侵松閣,依舊泉聲向草堂」:切秦園。⊙筆情最秀,施之吴越山水,真如西施染黛時也。

《變兒至》「去家十四載,兩度見吾兒」:十字欲淚,不必再讀下句。

《揚州喜晤程穆倩、鄧孝威、孫無言、孫豹人、越辰六、李萁山諸子》「世事烽塵何太苦,吾曹詩酒不嫌狂。竹西歌吹淮南路,依舊春風柳萬行」:凌雲健筆意縱横。⊙看其老筆横厲處,真似少陵，不僅風格之秀。

《過天妃閘》「年年輸輓地，民力盡東南」：是經濟人語。⊙全詩神力俱壯。

《過甘羅城謁金龍四大王廟》「秦時丞相久蒿萊，廟貌翻祠謝秀才」：含蓄無盡。

《泊白洋河》「怒濤奔獨夜，細雨宿荒郊」：猛甚。

《舟泊宿遷（次介玆韻）》「濁水魚龍當暝立，危波舟楫向空行」：空同再生。「居民從古勞牽挽，愁聽中流簫鼓聲」：更有關係。⊙精切奇麗，歎爲絶倫。

《宿預舟中大風雨，望何奕美不至（時在徐州）》「荒堞對扁舟，黄河日夕流。故人遲不到，苦雨獨相留」：蒼莽獨絶。⊙氣老神健。

《見鄰船有四明客，因懷姜西溟》「地隔兵戈險，家傳孝友真。懸知寒食淚，沾灑倍酸辛」：見其友誼之篤。

《聞王家口河堤復決有感》：今秋河決淮揚，將爲巨浸，如之何不憂？

《黄仙裳邀同鄧孝威、范汝受、何奕美小飲揚州秀野園，是日餞春》：是日旗亭飲最暢，而使君風帆已開，僕有絶句云：「今日春歸人不歸，旗亭把酒送征衣。相看此際情何限，風起楊花滿店飛。」「正醉壚頭酒十千，使君打鼓急開船。忽忽人向金陵發，煙樹邗江我獨眠。」

《百花洲歌和徐健庵太史》「爲有今番題詠勝，更教重憶百花洲」：詞人之取重山水如此。⊙猶憶童稚時，陪蜀中尹子求先生曾來此登眺，維時承平已久而荒涼不堪，何況今日？　讀爰琴詩，輒爲憮然。

《林果庵邀再遊虎丘，憩月駕軒，回舟登小武當作》其一：今日依然處堂之嬉也，奈何？

《送孫豹人赴江右督府幕》「白髮戍烽愁」：五字佳。⊙豹人此行，同人危之。僕望其歸，有詩云：「豫章兵氣盛，念爾在重圍。王粲思鄉苦，侯嬴報主違。何能辭戰地，深悔負漁磯。始信於陵子，遺榮無是非。」以示爰琴，想同此情耳。

《送吴子遠歸丹陽》其二「爲我臨岐寫畫圖，一灣秋水柳千株。懷人只在蒼茫際，緑滿煙波是練湖」：風神摇曳，如靈和柳。

《送毛大可歸蕭山，羅弘載之江都》「莫問行藏計，憐余亦倦遊」：如此收法最老。⊙格老意密。

《題吴介兹青溪新居》「小橋猶繞前朝水，高閣全收四面山」：一幅畫圖。⊙風流正如張緒。

《歲暮送鄧孝威歸吴陵》「著書歲月窮吾黨，送客干戈滿路岐」：語有筋兩。⊙秀情逸致中，更兼警策，爲不可及。◯與爰琴在金使君幕，把酒聽歌，連牀話雪，十日而别，真生平快事。

《送沈雲賓歸吴門》「眼中金谷换蓬蒿」：義山集中名句。⊙淒艷。

《歲暮送宗鶴問歸廣陵》「依人望歲月，此際亦思家」：君是有情之物，故能作此語。⊙僕送鶴問有句云：「南樓無限好，那足抵鴛鴦。」正與爰琴同意。

《丙辰早春同吴介兹、何奕美，陪金長真觀察及令子在五、正夏遊攝山，留宿棲霞寺，次日登絶頂，時招方邵村侍御偕往不至，貽詩次答，並寄張瑶星隱君、楚耘上人》「往者十里松，鬱葱抱紺殿。

自經樵採餘，久改山靈面」：數語關係。「嗟哉此區區，寸土經百戰。氣衰歇龍虎，時艱事刀箭。惟有山中人，静悟等漚電」：忽作蒿目憂時語，自是才人襟抱。

《孝陵》「白頭宫監年年淚，長灑冬青土一抔」：淒涼語，僕不忍讀。

《雨中三鼓抵句曲，即去歲風雪之夜》「岡巒仍此路，雨雪恰經年」：老筆。

《閶門送宗鶴問、金在五、正夏之山陰》「閶門東去水，半入越江流。新漲吞湖岸，繁花照舵樓」：風韻撩人。

《聞黄明幾運判没於河東官舍》：温柔鄉磨滅多少英雄人物，豈惟黄君。

《將至邗江至真州回棹，卻寄鄧孝威》「回首竹西今夜月，故人魂夢就扁舟」：「就」字人不能下。⊙「真州擬便向邗州，不意回帆指石頭。煙水乍從前路隔，乾坤長任此生浮」：情緒殷然，令僕多感。

《午日秦淮觀燈船有感》其一：此首固媚。其二「提起當年南内事，白頭雙淚落樽前」：感。其三「湘江廬嶽烽煙外，尚有遊人説六朝」：感。

《吴門遊拙政園》「行人在昔都回馬，灌木於今只噪鴉」：叙述可感。⊙每見富貴人求田問舍，讀之應令心冷。

《過王勤中芳草堂》「地仍今鶴市，人是舊烏衣」：中多感歎。

《題吴門女子張希光畫扇》其二：固其人自韻。

《送吴冠五歸屯溪，次王安節韻》「三年烽火今歸客，六代江山又送人」：樸而秀。

施閏章

尚白，愚山，江南宣城人。《愚山詩鈔》。〔一〕

乙卯以來，余有《名家詩品》之選，四方同人以集惠教者頗衆，因爲書，達之宣城施愚山先生。先生不以儀爲荒劣，貽書報可。乃數年間屢請而稿不至，心竊疑之，謂：「先生意且中變？」而先生曰：「非也。人事雜遝，兼以作應酬文字，日不遑給，須俟耳目稍稍清暇，乃克翻篋衍，録一册相寄，草草則未能。訂以丁巳秋杪，決寄無失。」乃先生復自新安遊天台、雁蕩，抵歲暮乃歸，遣蒼頭雪中來維揚，謝其不能踐諾，復訂以今春。乃孟夏初旬，剞劂人從宛陵來，則果以詩鈔一帙見寄矣。時予以家慈八十稱觴事，急衝風雨、買扁舟遄歸海陵。雖倥偬中，猶把先生一編不輟。迨事畢，乃閉户息影，詳較而深論之。夫先生以詩學倡東南且數十載，天下人士咸景企而師傚之，夫復奚容讚歎？而儀不能不附一言者，蓋先生之詩深之以至性，本之於躬行，益之以學問，而又參之以時變，故於天倫常變之際、友朋死生之交，以及寡婦孤兒、羈人怨客，其流離於兵火、慘迫於賦税，一切可驚可愕、欲歌欲泣之狀，無不寫之於詩，而詩遂與《三百篇》相表裏焉。夫先生平昔所爲詩甚富，此

〔一〕以下施閏章詩評，輯自康熙刻本《慎墨堂名家詩品·愚山詩鈔》卷上。原題「吴郡鄧漢儀孝威論次，陽羡陳維崧其年同閲」。

寧足盡先生？而是卷已見其崖略，其增榮益輝於拙選，而可傳於後世無疑也。詩諸體具備，計一百七十六首，凡舊刻《燕臺八子》及吴孟舉《八家詩選》已刻者，兹皆不載，而詩俱精能，無可揀汰，遂盡梓云。

《警志詩》「匪哀匪慕，泣涕如雨。愴如亡子，初見父母」：瞻慕聖德，實有此情。⊙意既警悚，詞復聳厲，洵爲勖德之篇。

《誡弟》「憂來隨人，顧影沾衣。翩翩鴻雁，焉知我悲」；「維耜維耨，三歲不穡。一歲倍獲，卒食乃力」；「人亦有言，鄙近矜遠。匪耳之提，我淚則泫」：孝友之言，宜莊敬讀之。

《神搤虎詩》：事奇而詩古。

《責子》「黄髮皤皤，昨日如漆。喪亂蠭興，帝怒人逸」：卓見。⊙意言堅苦。

《將進酒》「雜奏心相憐」：微妙。⊙盡態極妍。

《少年行》「英聲振海陬，勝氣浮雲端。竦身登山嶽，小勇寧足觀」：寫得豪氣勃勃。

《君子有所思》「貴盛有隕歇，珠玉成埃塵」：鐘鳴漏盡，知幾者罕，此詩允當書紳。

《秋胡行》「色飛目奪心憐」：六字情語。⊙光禄以繁，少参以簡，各極情思之美。

《陌上桑》「金爵墮草間，霜露沾羅襦。三日罷膏沐，秀色揚鮮膚」：玉彦遭亂，光影愈爲可憐。

「傍有冢上松，昨夜聞啼烏。烏啼亦不雙，雌鳴懷故夫」：點綴入古。「婦言將軍令，勿虐良家姝。健兒聽盆怒，此婦一何愚。我已棄妻子，從軍萬里餘。若不逐人歡，所願誰與俱」：叙得口吻如生。

「垂頭掩雙袂，吞聲泣路衢」：無可如何。⊙金屋名姝，經喪亂之秋而不保厥躬者，多矣。此篇叙置極詳，而末仍含蓄，有不欲盡吐之意。

《雞鳴高樹巔》「上山馬蹄滑，渡河河冰堅。堅冰有時泮，浮雲何當還」：疏老清勁，骨力在三曹間。

《烏生八九子》「投杖前抱持，拉絶弓與弦」：形容入古。⊙潔甚。

《邯鄲才人嫁爲廝養卒婦》「委作溝中泥，寧爲篋中扇。扇棄猶自可，泥污誰忍見」：即本意而敷陳之，情詞斐亹。

《採桑篇》：語無枝葉。

《慷慨歌》「嗟彼子孫誰何人，丈夫各有志，何當爲爾作計身受惡名爲」：問得無端，妙妙！⊙爲吏而貪，大都爲子孫計耳，然身没未幾，而家産且破敗殆盡。愚山此歌，可以教世也。

《折楊柳歌詞四首》其三「策馬顧馬肥，出門顧身强」：樂府化境。⊙聲情逼古。

《讀曲歌九首》其三「雙鳥不肯棲，汝從何處宿」：問得好。其四「東家石榴樹，纍纍自成子」：比興得體。其五「歌到懊儂曲，墮儂一生淚」：妙在「一生淚」三字。◎似俚似瑣碎似譬喻，皆入樂府妙境。

《泰山梁甫吟》：「服食求神仙，但爲藥所誤」，是此詩注腳。

《送春曲》「仙人會當老」：轉筆好。⊙「何事戀馳暉，歌且舞，送君歸」：翻意甚妙。

《棗棗曲》：思婦詞寫來藴藉。

《病兒辭》：「嬌兒泣咽旋復吐，中宵索母嚙枯乳」：如見其事。「烏啼啞啞，天黑暮雨，醫當從何來？門外水深三尺許」：妙。⊙摹寫盡情盡態，得古樂府之神髓。

《荻港謡》「有客移船聞鬼語」：只一語找出，妙妙。⊙字字峭健。

《新安客》「握手稱弟兄，何意乃父子」：新安人必有之事。⊙每至窮村荒鎮，無不有新安人經營子母者。詢之，離鄉殆不可年計矣，而忍於棄其室家，其風頗惡。試以愚山先生此詩示之。

《獨山婦獨山，地名；婦，余氏婦也》「中庭有苦李，纍纍垂隤垣。開花自結實，好惡那得論」：著此閑語，妙妙。「阿姥知釜肉，故嗔背姥餐。吾老乏藜藿，新婦私饔飧。婦慚矢皦日，强起聲暗吞。持刀未割炙，癡兒啼怒喧」：老態如是，無乃貪鄙。「啖之卻牽衣」：此亦近暴。「富家有牛賣，貧家止雞豚。語婦汝作祟，鬻汝充官錢。生兒好還我，慎勿復相煎」：字字是焦仲卿詩。「作計論錢帛，各用青繩穿」：瑣屑得妙。「四命争須臾，老樹號烏鳶」：結案。「里嫗責細故，盡室悲摧殘。傳戒後世人，骨肉應相憐」：婉以勸之。⊙此亦稱姑惡矣，而委婉以保全，非至孝，孰能與？斯世人多愚，而婦性尤決裂，釀成四命之禍，真慘不忍讀。

《海魚篇》「生爲蛟龍畏，死爲鰕鱔餐」：然則貴盛之勢，豈可長恃？

《抱松女》「松可斷兮，女不可轉。徹松根兮，凝碧血。永千古兮，松化石」：此女以詩而傳不朽。

《敝袴翁》「里中嘈嘈環顧笑，言平生親故無升斗，今日傾筐持爲官長壽」：應有此笑。「白身充富户」：「充」字妙。⊙嘗見一老士大夫擁貲百萬，纖毫不以假人，而虎冠一呼，出重貲以求免禍，事畢且自賀曰：「吾事解矣。」然則天下之敝袴翁，亦何纍纍若若也。

《述祖文學諱弘道，字允生，學者稱中明先生。崇祀學宫及所在書院》：中明先生砥躬倡道，固爲儒宗；而非愚山，亦無繇宣揚祖烈。

《述考》：語非泛設，音有餘愴。

《詠古雜詩》其一「喟焉睠周道，止策還優遊」：知止者誰？⊙收結見本意。其二「宣尼志删述，筮賁有餘哀」：仰屋梁而著書，不若澄懷觀道。其三「吞聲拊缶歌，千秋爲流涕」：昌言不諱，固屬盛世。其四「種蘭思花多，種瓜思蔓長。姬周本忠厚，弱祚逾夏商」：創業必需忠厚，固根本之論。其五：黨人風節矯矯，而亦微傷於激，故士以中正爲貴。其七：令人警醒。其八「烈士寸心合，萬事輕秋毫」：輕交所以鮮終。其九「詩人罕聞道，栗里有征士」：聞道固作詩之本源。其十「衆醉思獨醒，轉歎於陵子」：功利之汩人久矣。其十一「未知葬者誰，父老傳至今」：庶幾聖者。其十二「欲挽天河水，俯澄濁海流」：思平世亂而樂聚賢才也。其十三「本自非骨肉，寄生亦纏綿」：比喻得妙。⊙惻然有感於人倫之際。其十四「兩生不肯行，倔彊非世儒」：禮樂難興，非祇一日。其十五「生爲鸞鳳吟，死爲猿狖悲。猶言慕揚馬，誰與曾閔期」：令雕文之家，爲之心冷。

《茗隖行避亂時作。山曲皆産茶，故名》其一「眼前看孤孫，問是誰家子」：老狀如見。⊙「男兒值亂世，固窮未云鄙。空鬱負米心，窮岫無甘旨」：仁孝之旨，形於楮墨，令我感歎。其二「妾身不足惜，所念懷中兒」：真。⊙：此《彭衙》之遺篇。其三「捫足息巖陰，一坐不能起」：真。⊙離亂依人光景，歷歷在目，與梅村《礬湖篇》詳略不同，情況則一。其四「願爲雙飛燕，銜土掩遺屍。白骨横纍纍，夫婿知阿誰」：此婦固可敬。⊙上念祖母，下念妻子，而末及路傍之婦，情事寫得一一逼真。惟子建、仲宣有此筆墨。

《過石臼湖》「勞生害水族，人物兩索寞」：憂生愛物之指，每形感歎。

《古意》：前似古箴銘，後似古謡曲。

《夢先母》「明發拜松楸，當聞母歎息」：矯然。⊙精誠所感，固有如是。

《叔父寄敬亭茶》「枝枝經手摘，貴真不貴多」：一則《茶經》。

《長牌驛》「昔時阡陌地，今爲麋鹿場」：一語收足全篇。

《琴溪》「騰身得所歸，滅跡不回頭」：康樂神髓。⊙詩亦嬋媛迷離。

《哭石湖邢夢貞》「杖策稍出門，蒙袂返蓬室。藴此憂生嗟，彌促引年術」：一代詞人，而周恤者寡，可爲哀痛。⊙先生於邢、顧之没也，惓念其遺文不置。近貽書於予，復以表章揚商賢相屬，是真古人。

《悼亡》其一「泛泛鷟征路，行行辭故廬。稚子集高堂，賓御臨長衢。回首還入户，顧望立踟蹰」：從離家寫去。其二「兒女在重泉，母子久離别。逝者會有聚，生者從此絶」：數語真而慘。⊙

篤於伉儷之言，其真剴處有過安仁矣。

《發濟南示諸生》：音節古，情款厚。

《平山堂》：平山舊址改爲僧寺，無復廬陵故觀矣。今觀察金公一旦新之，巍焕殊於往昔。

《董仲舒祠》：典雅精確。

《湖西行》「所慚務敲朴，以榮不肖軀」：此慚今所無。⊙投劾不難，而婉轉勸輸，是實慈腸，實經濟。

《大坑歎》「叢山如劍戟，灌木蔽嶔岑」。其水獨南流，溪谷皆阻深。山民鳥獸居，不馴非自今」：筆筆騷賦。「殺人税無出，遲迴傷我心」：何等心腸。⊙新淦地極險阻，萑苻所聚，而獨以德感，此元次山一流人。

《竹源坑》「反戈相啖食，收骨無兒孫」：聲調逼古。⊙「人亡畝税在，淚罷還吞聲」：以殺戮之餘而復加征斂，民何以堪。此詩字字沉痛。

《宿黄梔鋪》「敕吏慎勿擾，芻粟可自具」：此是仁者。「明旦風雨中，雞鳴驅馬去」：光景逼真。⊙凡荒慘之地，米薪俱無，不獨一黄梔鋪也。詩能描寫真的。

《買書》「枕藉同寢處，窮年常晏如」：如此宦況，惟愚山有之，他人但積金盈箱耳。

《憫鳩》「轉側苦回飈」：好摹寫。「忍拙守故宅，不敢辭飄摇」：可憫處正在此。「生成艱萬類，嗟我中心勞」：遒甚。⊙仁者之言，讀之長人道念。

《寄王宗伯敬哉先生》：逼真建安。

《烏象口》「驛使性如雷，唤渡猶嫌遲。舟師骨欲折，往往遭鞭笞。鞭笞且隱忍，毋使行子啼」：此定是作威而不恤民命者。⊙天下好事往往爲若輩所壞，言之可勝太息。

《江上翁》「請翁勿復陳，吾亦掩雙耳」：結得遒古。⊙捉船之患，在在苦之；至焚舟而逃，民之生氣盡矣。每讀一過，揮淚盈紙。

《青原謁五賢祠》「如何丁我躬，吾黨竟顛頽。題字破莓苔，振衣獨遐思」：斯文自任，盡此數言。⊙盛衰之際，寫得濃至。

《金牛泉》「泠泠無冬春，潺潺自風雨」：悠然泠然。「前山正寒翠，木石坐堪數」：畫。⊙數筆蒼遠，如不欲更著墨。

《懷舊篇寄嚴都諫顥亭》其一「古人去我久，同時良獨難」：慨然遠想。其二：古音獨彈，次首憫念三子，尤多哀蹙。

《懷李暘若廉使》「别時各壯年，倏忽鬢髯蒼。孤居日已老，九折路何長。安得隨越鳥，從子以南翔」：俱從肝鬲流出。

《軍家兒》「東家瓜蔓弱，結子過牆去」：比興入古。「縣吏覓根株，追呼匿無所。中夜促兒逃，暗驅出門户。野火延枯桑，那得相憐取」：今之縣吏以此爲能。「兒啼夜安歸，失足沉寒溪。朝爲懷中兒，夕作溝中泥」：慘絶。⊙官但知勾丁而不顧兒之死亡也。讀至中夜一段，悲風四來，神鬼爲泣。

《沙溝行》：驛路荒涼，而水陸交困，是誰爲念彼民瘼者？

《秋日酬鄧孝威見寄》其一「白髮忽已繁，壯遊藹如昨。豈不思溯從，道走然疑作」：秀潔難名。其二「春江無好月」：佳。⊙風崇三謝，而義藴各出。

《行經兗州懷東魯諸生》「寒暑甫三徂，詩書就奔迫。道旁少居人，所見無縫掖。良士匿幽棲，珠玉媚山澤」：言之可傷。⊙去官曾幾時，而風景倏變，是堪三歎。

《憶昔》「猶憎主人聒，張燈唤客行」：真。「未曉如有營」：妙。⊙衰遲情事迥異少壯，豈獨行路爲然。

《河間城北值楊絅如同年》：感歎情深，絶無支飾。

《伏生祠堂行》「火然不到胸中字」：奇語。⊙典則可誦。〔一〕

《萬竹園醉歌贈鄧元昭同年》「飄摇萬事君休問，惟有浮雲無是非」：吾兄宜領此指。

《程穆倩印藪歌》「九月邗關木葉下，山人邂逅同僧舍。自言好古非雕蟲，篆籀周秦足方駕。詰曲迷離多不辨，相逢十人九人詫」：穆倩固當以篆籀傳。

〔一〕以下施閏章詩評，輯自康熙刻本《慎墨堂名家詩品·愚山詩鈔》卷下。原題「吴郡鄧漢儀孝威論次，鹿城徐乾學原一同閲」。

《天逸歌雪後醉歌（主人梅幼龍，耦長携酒）》「一冬無雪春雪好」：突兀。「雪殘半露青峰小」：畫。「前年鐵騎城頭嘶，出門一步迷東西。芳春暇日此歡宴，何辭斗酒聽黄鸝」：興致淋漓。⊙一路筆情繚繞，皆臻佳勝。

《北風行懷方爾止》「潯陽帆向章門落，相逢正傍滕王閣。一樽未盡又開船，浦雲山雨悲離索」：此等風神，昔維嘉州，今則信陽。「六月王師移鐵騎，窮秋絡繹將軍至。滿眼江山牧馬場，潦倒儒冠置何地」：筆力雄放。⊙氣極雄健，才極縱横，而情事無不妥帖周至，可謂盡七古之能事。

《百丈行》「縣官懼罪急如火，預點民夫向江坐。拘留古廟等羈囚，説來不來饑殺我」：如聞其聲。「自從伏波下南粤，蠻江多少人流血。百丈不斷腸斷絶，流水無情亦嗚咽」：蓋不獨兵船所憂，更在差使。⊙《石壕》、《春陵》而後，又見此詩。

《南浦逢同年王願五（自翰林出督糧儲）》「漕折争言便民力，追呼榜繫如浮囚。糴糧三石當一石，倒廩傾倉還賣牛。玉粒徵收又難運，兵船絡繹無餘舟。催科箕斂敢言拙，遺黎溝壑何人收」：説及時事，直截痛快，何減監門之圖。⊙瞥爾相逢，卻説及轉漕利弊，瞭如指掌，豈草草作贈答者。

《送梅耦長歸宣城》「愛爾芙蓉艷朝日，長歌爲我散愁疾。嗛嗛寸心兩不忘，共采春華佩秋實」：風姿秀拔。

《送高阮懷、梅幼龍歸里》「霜催木落風怒號，移觴密坐淹今宵。美人遲暮思公子，君去誰知我鬱陶」：風騷蓋代。⊙風藻洋洋，神骨自爾挺拔。

《寄贈徐山甫廣文》「貧交苦愛蔡芹溪，相過索飲醉如泥」：如此廣文最是難得。

《人生歎》：東坡晚年亦以文字爲戒，然自是脱離不得。

《送張大參虎別》「湖西三郡皆瘡痍，山連楚粤多嶮巇。爾我犄角猶難治，君去愁將一木支」：有心當世之言。「相思江上樹，江雲忽已暮。惆悵春光好，卻共美人去。白鷺洲前青雀舟，蕭灘望斷倚高樓。相期斗酒難相值，心逐長江千里流」：情緒㜷㜷。⊙情長氣足，染墨便有江湖萬里之勢。

《建蘭歌》「昔時花少覺花好，今日花多任花老」：人情往往如是。⊙詩亦芳蘭竟體。

《紫芝歌》「嘉禾不書莨楚嗟，忍拾山菌侈奇瑞」：不可無此正論。「老夫齒落鬢已斑，胡爲澒洞局曲風塵間。五芝倘許斧子食，會當餐英茹實使我光澤成朱顔」：以此意作結，自妙。⊙層層嘆發。

《鷺洲講會歌》「哲匠經營相繼起，飛甍畫棟臨江水。弦歌終歲白蘋邊，冠蓋連鑣碧雲裏。百年聚散等飛蓬，或争腐鼠矜雕蟲。今日何日復良會，再陳俎豆考鼓鐘」：叙次點染皆妙。「清光爲照遠來客，向夕洲前月如雪。請看萬古螺江水，日夜長流無斷絶」：風韻悠然。⊙先生講學螺川，遠邇鱗集。此詩殆其實譜。

《冬雷行》「朝訇東南暮東北，翻盆驟雨荒城摧。乾坤户牖何不閉，顛倒八極聲喧豗」：摹擬處神似少陵。⊙筆下亦有𤇾雷驟雨之勢。

《浴鶴》「屈曲盤旋不得意，怒飜盆水滿平地」：有此等事，卻難得摹擬盡致。筆下宛有雙輪盤舞。

《與無夫行》「君不見，草深野曠狐縱横，荒田夾岸無人耕」：幾入無人之境矣，且奈之何。

《臨江太守行》「牛背牧兒不肯下」：光景絶妙。⊙「臨江江水見江底，太守酌之甘如醴。臨江野田半荊棘，太守見之涙沾臆」此太守固可頌。

《江亭短歌送周釜山同年》「釜山作詩愚山眠，自憎病滯楚江邊。青楓暗日秋雨急，臨當送别心茫然」：起法超絶。「君不見，汝鄉王顧與沈吴，轉眼舊遊皆老夫。蒓羹千里四鰓鱸，安能往就傾玉壺。又不見，蔣大鴻，董蒼水，其人未見才並美，安能同坐九峰巔，笑看漁父滄波裏」：點次數子，有不衫不履之致。「行矣相思我與爾」：簡妙。⊙胸懷蕭落，是嵇、阮一輩人。

《三洞天》其一「日抱松根下」：奇。

《天逸閣尋邢孟貞，是亡友梅朗三故居》「鶯花仍不減，腸斷爲誰哀」：深秀。

《慈仁寺松》「支離爾何意，不厭卧長安」：覔人尋味。

《真定道中》：圓秀。

《晚渡黄河》「堤防總逝波」：五字抵一篇奏疏。

《入華陽》「甫從山半落，日在谷中陰。卻愧蘇門嘯，空聞鸞鳳音」：韻。

《力疾赴官比部奉别家叔父辛卯》「寧儉補家貧」：有味。⊙讀罷黯然。

《淳湖尋邢景之》「四海倦遊後，始疑汎愛非」：厚。

《使過陽信，抱關無吏，諸生數輩出樽簋曰：吾輩皆誦習先生文章，毋庸驛吏也。留詩贈之》：其事可傳。魯地風俗猶厚。

《自潯陽至長沙雜詠》「波緑澄湘浦，天青合洞庭」：讀二語，如身在瀟湘。

《九日廬山尋瀑布絶頂處》「奔雷飜絶壁，晴雪下高天」：善狀。

《西澗值葛元士》「亂來歡聚少，祇訝鬢毛蒼」：風格似右丞。

《旅中七夕》「莫説雙星會，徒添兩淚流」：淒然。

《薊門》：温潤。

《舟中立秋》「急雨亂灘舟」：畫。

《董侍御玉蚪宅同汪茗文、葉子吉諸公限生字》：明秀。

《夜别吴少司寇匡從》「升沉憑道合，老大鬭身强。驛路梅花發，懷君何處將」：與少陵「客子」句意各别。

《雪中望岱嶽》「影落燕齊白，光連天地寒」：是雪中。

《石亭寺》「誰使高僧誚，歸心此夜多」：妙絶。

《客新安得鄧孝威廣陵書奉寄》「愁深人共老，書到眼初明」：對句健。⊙一首中備無限曲折。

《寄懷汪舟次司訓贛榆》「憶昔西山宿，高歌豈宦情」；「憂時休悵望，弦誦是平生」：結與起相照，詩律甚細。

《送梅耦長讀書水西寺》：風神濯濯。

《溪館》「藤花小落過松鼠，林雨初收嚦竹鷄」：工緻。⊙全副精神。

《湖田督刈》「忽見麻姑好山色，卜居長擬作潛夫」：淹潤。

《歙城連雨》「過橋雲氣沾藜杖，動地泉聲到石門」：鍊。

《泰安過趙侍御飲花下》「共喜繁華舒醉眼，不勞白髮損春心」：此等處極似少陵。

《寄顧寧人》：贈寧人字字穩帖。

《登白鷺州閣是前賢講學處》「壓江城郭山光碧，破浪帆檣雲氣深」：蒼秀。⊙「鵝湖鹿洞尋常事，不信風流限古今」：末語有倡起理學意。

《愚樓夜送吴夷公同年得寒字》「同籍客多成短髮，十年書不到長安」：是劉隨州佳處。

《送張清江升暘之任思任》「木落洞庭天際遠，猿啼瘴海雨中寒」：情事雅貼。

《已出都門龔中丞書至》：秀氣浮於紙上。

《清河縣得村字》「地連河岸漁家少，草滿田園井税存」：此語尤苦。⊙不僅摹寫荒殘，而賦税驛遞之苦，一一傳出，是留心民事者。

《敬亭山同諸子》「古塔夕陽分野寺，丹樓春色冠雲岑」：調宏語鍊。⊙通首無懈句。

《送吴九表叔還里》「故園蕪廢親交老，此夜歸心并逐君」：清思矯出。

《懷曹侍御秋岳備兵陽和》：正是箇中語。

《家硯山侍御按鹽河東》：整雅。

《暮抵西山香城寺懷伯衡》「茅屋數家桊葉下，山程十里水聲中」：如畫。⊙「正是登高時節近，故人相望隔江東」：中唐佳處。

《送徐原一入楚訪李元仗學使》：無不圓愜。

《至南旺》「明朝望鄉淚，寄不到江頭」：妙。

《從制府江行》「可憐芳草緑，不避馬蹄生」：含蓄。

《夜涼》「殷勤語紈扇，又是一年情」：蕭然。

《雲山洞》：可以參禪。

《漫河沙》「不知腸斷續，行人各掩面」：自然入妙。

《山行》「春深無客到，一路落松花」：悠然。

《許雪懷還龍溪》「半江紅葉裏，獨送一帆歸」：畫。

《見粤客馬鞭是人面竹》「忍留人面在，日逐馬蹄看」：借物説來，妙妙。

《值青州人便走筆寄劉止一》「舊日何戡無恙否，離亭半曲淚痕多」：那不關情。

《宿郯城聞僕夫言次日四十里外即江南界》「忽訝燈花成一笑，郵亭明日是江南」：喜極語。

《讀漁洋山人集漫題王阮亭集名》「萊陽大雅益都清，各自論詩擅一城。玉樹臨風今獨秀，新城不説濟南生」：此論最平。

《官庭草》「庭草不妨秋色滿，好留蛺蝶上階飛」：幽而妍。

《夢張旭之》「不記分明作何語，争題粉壁兩三行」：雖是夢中，亦是佳話。

《過新廊感懷方、顧二宅》：方今已自寧古赦歸，而顧長已矣，能無三歎。

《偶興》「可怪春光似孤客，一心日夜只思歸」：慧才妙舌。

《寄劉覺岸同年》：二公皆夙根人，故贈答自别。

《龍窩》：劉賓客、張司業之遺音。

《逢南浦客寄周伯衡、宋其武》：曩時施、周、宋皆觀察江西，稱一時盛事，風雅之客滿座。

《緑雪》其一：是能領茶之神韻者。

梁清標

玉立、蒼巖，直隸真定人。《使粤詩》。〔一〕

棠村先生《使粤詩》傳至江東，人矜拱璧。儀先採數十首入《詩觀》二集中，猶未厭群望。蛟門舍人乃捐貲盡刻之，而屬儀編次，儀因歎先生之於詩學甚勤而且精也。夫先生位列上卿，機務叢集，顧獨於吟詠一道，晨夕不廢。即使粤之役，其間光嶺之迢遥，賓客之雜遝，侯吏之迎送，而輿馬

〔一〕以下梁清標詩評，輯自康熙刻本《慎墨堂名家詩品·使粤詩》卷上。原題「吴郡鄧漢儀孝威論次，江都汪懋麟蛟門同閲」。

之喧闐亦甚，非撚鬚苦吟時矣。而況羊城返旆之期，正湘江舉燧之日，雖使車邀有呵護，而人情未免倉皇。乃公則倚棹停驂，銜杯把炬，凡嶺南之山川人物、煙雲花鳥，一一繪之於詩，而詩皆奇麗精雄，與火齊木難、翠羽明珠交相映發，殊若不知有風鶴之警者。於是不獨服先生之詩學勤而且精，而更服先生之整暇，爲足定變而禦亂也獨是。丙申冬日，儀曾陪合肥先生之嶺南，而合肥則從兵革豹虎中，與儀刻燭聯吟，夜分不寐，各著有《過嶺集》。今合肥已逝，而儀乃評跋棠村先生使粤之作，亦恨不能從香嚴閣中展讀棠村斯編，共爲歎賞。則平津秋閉，紅粉樓閒，覽斯集者應同泫然矣。

《奉使出都》「蕭疏短鬢飛塵裏，西指青山尚故鄉」：悠然不盡。

《弘恩寺》「石堂沉歲月，隨意野花開」：語固可感。

《初過家》「煙樹認鄉關」：一「認」字，非遠客還家者，不能知其妙。

《發真定》：真情真景，一筆寫出。

《里門留别二家兄次原韻》「五嶺重過識舊遊」：從舊遊上發想，便有情味。

《趙州橋》「橋上秋風變柳條」：詩意復蕭蕭。

《趙郡懷古》「西風仍捲戰場沙」：颯颯欲動。

《柏鄉道中拜漢光武祠》其二「莫怪蕭王多瑞應，曾聞龍準斬蛇來」：語有光焰。

《偶談平原君事》：説得平原語塞，覺斬美人頭一事忍甚矯甚。

《内丘署中次快庵韻》「山行今日始，登頓客心孤」：老極。

《謁吕翁祠》「黄粱元易熟，辛苦夢中身」：唤醒大衆。

《叢臺懷古》其二：滄溟有此風調。

《邯鄲行》：「蛾眉掩黄土，妝閣生莓苔。主父空宫走麋鹿，袨服舊市藏蛇虺」：賦才詩思，淋漓欲絶。⊙「我來解鞍日方午，憑闌四顧傷今古。不盡飛塵衮衮來，愁對洺醪淚如雨」：極繽紛歷落之致。

《宿磁州》「鄴下詞人地，漳南古戰場。濁醪難共醉，此夕是他鄉」：高健，如秋隼搏空。

《渡漳河》：曹家父子，若論憐才一節，自不可埋没，故棠村先生亦姑許之。

《銅雀臺歌》「臨江横槊氣安在，桑田三見爲滄海。空臺落日狐兔多，西陵松柏霜皮改」：數言足弔阿瞞。⊙叙次盛衰，淋漓感歎，所謂「六朝如夢鳥空啼」也。乃公又何須馬上辛苦耶。

《宜溝道中有懷》「前路近淇園，菉竹干層霄。睠言懷古人，千秋何寂寥」：遠懷征君，風期固自寥邈。

《渡淇水》：「青山從面起，疑作凍雲看」：畫不出。

《謁殷太師比干墓》：通首英毅。

《途中聞龔芝麓宗伯凶問，爲詩哭之》其一「後堂煙冷閒絲竹，淝水蕭蕭更不春」：先生没，豈獨淝水不春而已。其二：公與合淝同心匡救，侃侃多正言。於其没也，寧無深痛？

《渡黄河》「風閃驛燈寒過雁，路沿堤柳夜多霜」：雄秀。⊙蒼莽蕭瑟，此詩兼有。

《過汴城》其二「舊事好詢梁父老，衹今何處吊侯生」：高凉復渾成。

《汴上喜晤同年馮蘧海》「天涯執手繁臺暮，旅次篝燈古驛昏」：暮景別。

《雪苑酬贈陳子萬，兼訊其年》：其年驚才絶艷，吾黨共推；而彈鋏吹簫，罕有過而問者。司農能念蘆中人，真堪感泣。

《過宋吊侯朝宗》「阮籍風流今頓盡，元龍湖海昔難除。客譚鉤黨前朝事，兒讀名山舊著書」：恰是吊朝宗語。

《拜張六王祠歸德古睢陽》「六矢當年知號令，千秋爲厲見旌旗」：使事如此之妙。⊙追寫往烈，英氣如生，應有啾啾鬼泣。

《留別宋牧仲》：牧仲世其家學，才藻紛馳。昔年予客黄州，聞甚嚴客禁，遂不敢通謁，與徐子亦史痛飲十日而別。

《大店曉行，用何子受韻》「亦是古來豐沛地，難將風物問山樵」：語健而氣厚。

《宿臨淮》「客話江南酒未闌」：雋語，如初出口。

《望虞姬墓》「朱顏原不負英雄」：賴有此耳。

《旅夢》「津吏喚人斜月落，不知身在古淮南」：所謂「遠遊令人瘦」。

《包龍圖祠》：用故事能以己意行之，自爾超卓。

《舒城懷古》「此地周郎有舊丘」：隱括周郎事，極爲雋令。

《梅心驛》「燭暗虎風生」：涼涼畏人。⊙「山鬼吹燈滅」是此時光景。

《山行》「霧市起山腰」：新警。

《拜左忠毅公祠》：二詩可呼忠魂而使立。

《靳紫垣中丞召飲四宜亭賦謝》「樽前帆影暮」：鍊句精妙。

《皖江登舟，寄懷同年劉潛柱》「東望冶城今掛席，潯陽九派雁行分」：結得縹緲。

《舟中同門人龍二爲坐雨》：「樓船柔櫓破寒江」：「破」字絶妙。

《小孤山雨泊》其二「破浪疑蹲虎，中天戴巨鰲。峰連江岸拆，雨暗柁樓高」：刻畫小孤，可云深警。其三「彭郎休睥睨，此地是清都」：雅貼。

《登小孤山謁天妃祠，用壁間李中丞韻》「飛閣鳴鼉鼓，仙飆送客舟」：壯采欲飛。

《遊湖口石鐘山，次壁間韻》其一「江聲晴到閣，巖響夜聞鐘」：鎔鑄得好。其二「列炬探幽處，晨爲洞壑留」：次第。「倚杖瞰飛流」：好。◎有此二詩，可謂不負石鐘。

《舟過潯陽》「舟停湓浦衫應濕，虎嘯溪橋客獨還」：妙在於活。⊙：用事善於脱化，遂爾亭亭濯濯。

《彭蠡湖》「廟貌康郎舊鼓鼙」：語有史識。⊙全詩秀令，而中有不磨處，以其識高。

《鞋山》「龍吹孤嶂雨，帆掛九江霞」：好。⊙鍊語甚奇。

《舟望》：夜静江空，心眼頓曠。

《舟過匡廬，不能躡屐登覽，遠望憮然，聊賦四詩，以識嚮往》其四「天風吹入晴窗裏，攜得煙嵐滿客裳」：青翠欲滴。◎四詩俱是遥望語氣，而蒼秀之色撲人眉宇。

《仲冬十五夜》「寒來枕上無南北，一聽漁歌思渺然」：含情邈然。

《哭座師羅吴皋先生》：求遺草，問豐碑，公之於師生之誼也重矣。

《章門追悼熊雪堂先生》其一「青山遺老存亡愾，華髮同官去就心」：二語盡新建之大概。⊙先生負膺門重望，愛汲引同聲，乃屢疏乞歸。猶憶南轅抵涿鹿，尚惠貲及書。丙申再謁之於章門，有詩奉贈，而今人琴邈矣。讀司農公二詩，爲之感悼。

《董右君中丞招飲滕王閣》其一「夜色管弦天上樂，客心風雪嶺南舟」：如此對仗，自然之極。其二「襟帶東南霸氣孤，畫簾横吹俯江湖。琳宫猶鎖蛟螭宅，芳渚誰摹蛺蝶圖」：氣概雄偉，足壓萬人。「春轉吴天壯酒壚」：「壯」字人不能下。

《雪夜姚少參、黄學憲諸君召飲，再登滕王閣》其二「吴楚天開暮雪樽」：闊。⊙情事寫得斐亹。

《旌陽萬壽宫宫燬，今又修復》「波立蛟龍孤劍盡，月臨鐘鼓百靈朝」：聲勢震動。⊙比於少陵《玉臺觀》之作。

《過東湖》「百戰僅存高蹈地，千秋獨著少微星」；「寂寞經過人不見，章門雨雪一燈青」：清疏澹老，以弔孺子，差爲不負。

天地，九點煙中界海山」：奇曠。

《至南雄》「戰後人家今幾在，十圍榕樹喜猶存」：精力百倍。

《初渡》「朔雁重來天外影，椰樽一醉日南花」：精麗中有無數包括。

《拜先大人祠》：生祠之濫，有身甫解任而已廢爲馬廄者。今尊君大夫祠，閱兵火之後，歲時之久，而榱題無恙。公以尚書奉使拜其祠下，真盛事哉。

《太平橋》其一「斜風細雨太平橋」：韻甚。⊙亦自小滄桑。

《贈興隆庵老僧寂法》「來尋舊雨知誰健，雪滿僧顛是故人」：與念張徽、何戡同意，⊙諷讀一過，覺江山寥闊，興亡在眼，詩之大有關係者也。

《始興道中》「灘瀠石墨斜分黛，寒逼蠻煙故起峰」：上句確，下句奇。

《曲江讌集用許渾韻》「天外罇罍沾醉易，嶺南花鳥入愁多」：全首骨力，在此一語。⊙「鮫珠夜自出江波」：使郢州拈毫，豈能過此。

《舟過韶陽》：字字典切。

《登觀音巖》「盤磴斜通蓮炬紅，法雲倒湧琳宫黑。㕓窟陰森鬼斧開，丹露窈窕星辰逼」：四語寫盡奇景，然最真確。「石轉灘迴迷背向」：《水經注》中語。⊙此巖壁立萬仞，而中有層窟，晝燃燈火，俯視官舟，真如一葉，洵奇觀也。此詩形容，可謂盡致。

《過曹溪》：六祖衣鉢尚在，公豈無瞻拜之思？特以使節匆匆，故未暇訪南華舊跡耳。

《彈子磯》其二「鳴瀧石氣尊」：好。⊙粤山多怪而此磯最雄，詩亦稱之。

《過湞陽》：秀處典處，皆能踞勝。

《峽山》其一「天留江路細，石蹴浪花飛」：是真景。其二「虎氣暗桄榔」：好。◎此最粤江奇勝處，二詩寫得曲盡。

《遊飛來寺》「風雨光中珠殿出，藤蘿陰裏玉環來」：奇麗。

《三水道中》其一「土俗中原隔，孤吟感物華」：結得老。其二：字字是粤中真景實事。

《將抵南海》其二「窗昏海氣腥」：好。⊙殊方風俗，寫得荒落盡情。

《嶺南除夕》「衙齋守歲孤燈夕」：大家舉止。⊙「頌椒徒有閨中婦，那識蕭蕭髮又新」結復婣婣。

《人日》：立春以後四詩，總是懷歸之意。

《元夕》其三：光艷。其四「嫖姚雅擅軍中樂，吹碎鄉心玉笛前」：自是嶺外人語。其六：廣州繁盛自昔所稱，今猶不減耶。

《登北城望粤秀山》其一「北指越王臺尚在，雄圖寂寞竟如何」：風神摇曳。

《雨中束裝》其一「海雨送歸人」：妙。⊙輕逸。〔一〕

〔一〕以下梁清標詩評，輯自康熙刻本《慎墨堂名家詩品·使粤詩》卷下。原題「吴郡鄧漢儀孝威論次，江都汪懋麟蛟門同閲」。

《舟發羊城》「身輕喜捲詩書去，晴晝雕籠放白鵬」：又老又媚。⊙「不知滄海上，天遣幾時回」。南海風帆，自昔所歎，而今何時乎。公之歸也，喜而欲狂，固其宜矣。

《贈同年唐巖長》：語真情厚，非尋常酬贈之作。

《留别芝五省元》「袖寒倚竹畫雙蛾」：芝五才思藻麗，與翁山、元孝正堪頡頏。

《留别何玉其孝廉》「今日扁舟江上别，南天烽火重踟躕」：依依在此。

《花田多種素馨，粤女穿花餙髻，昔人有風流惱陸郎之句，今名白蜆殼，數欲往遊未果》：曩時士女春遊，多從海珠寺放舟至花田，言南粤宫人葬處，其花多異香。

《歸舟漫興》其一「木客晝藏春霧裏，鼉更晚動亂峰前」：淹潤華典之作。其二「四山花氣漲春雲」：佳甚。「十載江湖銷戰伐，戈船此日又移軍」：結有力量。⊙老臣憂國，不得不言及此，豈得漫以煙雲花月之句了之？

《雨過峽山》「二月聽新鶯」：老。⊙想其北歸，懷抱極好。

《舟霽》：寫得如許秀艷。

《清溪道中》「猿嘯白雲裏」：好。⊙「逆流上急灘，春風剪江水」；「袖染清溪雲，帆載南華雨」：嶺南多雨，經春尤甚。詩中寫出蕭涼真景。

《過平圃》：極切嶺南。

《歸至南雄老吏來迎》「北指梅關涕幾行」：情深一往。

《重遊南雄郡署》其一、其二：二絶總是睹物思親之意。其三：今昔之感，令人情動。

《留别金繩武制府》「軍令如霜談笑裏，紅螺蘸甲剌桐開」：風艷。

《發雄州》「昔遊詎忍忘，鄉心苦已迫」：情真之語。⊙乘傳蠻鄉，追思先烈，正自少此一段文字不得。

《雨中過嶺》「春禽送客啼」：韻絶。⊙昔年花朝度庾嶺，亦在雨中。讀司農詩，摇摇輒憶舊遊也。

《舟發南安見梨花》：好。

《過南康縣》「下水歸帆一瞚，窗中看遍春山」：南康城中焚燒已盡，而灘行係下瀨，順流看山，大是自在。

《王蓼航邀登鬱孤臺並示詩集賦贈》「雁行珍重河梁酒，花落鷹啼已隔年」：風神無限。

《灘路喜晴》「舟子下灘真絶技，征夫過嶺似還家」：情事逼真。⊙歸舟光景，自是不同。

《贛江歸舟》其二「不道客心方歷亂，媚人江路野棠開」：苦語殊韻。其三「更愁前路逢寒食，何處青簾問酒家」：風調固佳。

《曉發萬安》「布穀一聲催播種，始知帆過百嘉村」：昔年過萬安，城中多虎，而縣令依百嘉村以居，不知今竟何如。

《送羅弘載歸越》「旁午軍書須自愛，羅含宅裏聽春禽」：公可謂愛才之至矣，結語無限珍重。

《送吕松若門人之錢塘》：秀氣滿紙。

《雨村》「何事飛花偏惱客，春光半減亂流中」：偏覺有致。

《市汊乍晴》「乍覺輕煙寒食近，粟留聲裏賣稠餳」：秀絶。

《章門遇方樓岡館丈兼懷邵村》：極貼二方，不爲泛語。

《清明舟中》「萬里軍聲客早還」：極是樂事。

《過星渚》其二「故人今是石鐘山」：非情深山水，不能作此語。

《江上與陸恂若言别》「長攜藥物蠻煙裏，同繫鄉愁戰馬中」：情事寫得流美。

《上巳江行》其一「囀枝百舌九江春」：新句。其二「漢使歸來多戰伐，謾誇駟馬醉臨笻」：結處説到時事，何等雍容藴藉。其三「避喧人自掩柴扉」：江村風景。其四「御裓飄然五嶺客，星灣回首黛眉低」：喜甚。

《皖江阻風得見家書》其一「何處林香多醉客，高眠閒煞里中兒」：人知公擁節南遊以爲榮適，而不知懷抱有難遣者。閒煞里中兒，固非誑語。

《望潛山二喬故居》「霸氣銷沉人不見，碧煙如黛鎖春潮」：偏爲二喬，有此傷感。

《荻港》「落花曉雨江南」：六字可畫。

《過蕪湖》其一「懷古傷離無限思，楊花如雪筍如拳」：三復彌見風流。其二：用故事，卻如此之妙。

《寄錢塘令家侄承篤，兼懷徐電發》「春潮夢憶錢塘弩，瘴海歸停白下船」：秀琢。⊙冶湄令錢塘，軍興之時，悉索敝賦而不廢詠歌，與電發實有同聲之好。棠村先生此詩，允足弘長風流矣。

《采石磯》「金粉江山過六朝」：清艷。⊙詩思清韶，正與江山映發。

《金陵道中》「士女如雲聞唳鶴，青郊閑卻踏青鞵」：寫時事，如此風騷。

《過項王祠》其一：亞父老計，自不可埋没。其二「牧兒横笛項王祠」：淺語，令人神傷殊甚。

《抵白門》其一「簫鼓秦淮仍昔否，鳴蛙兩部夕陽中」：諷讀彌見其佳。

《舟中寄懷汪蛟門》其一「春帆早過二梁山」：安愜之甚。⊙「同調每思千里駕」時公欲過廣陵，以王程甚迫，取道滁陽。其二「去日新詩贈遠行，珠官回首幾含情。五溪又裏南征甲，一客方依丙舍耕」：情致娓娓。「青草瘴中全病骨，白鷗汀畔望蕪城」：詩心欲澹欲警。◎蛟門每爲予言：「司農情深吐握，尤喜與草茅之士唱予和女，固吾黨所共瞻仰也。」讀二作情詞婉戀，足見一斑。

《江浦道中》「六朝送盡暮江聲」：公生長燕趙，而所爲詩最秀麗明蒨，如吴越間人。以此興懷六朝，居然過江風調。

《偶感》其一「祇今猶説富平侯」：人情可哀。◎無限豪華，忽焉灰冷，今且縣官收其宅第，冤鬼嘯其丘墳。昔之狎客佳人，縹緗寶玉，竟安在哉。讀四詩可爲垂戒。

《醉翁亭》「客眺雙峰縮夕陽」：「縮」字警。

《豐樂亭》「流水聲中太守樽」：好絶。

《關山》「清流關下澌澌水，戰地於今半草萊」：可勝折戟沉沙之感。

《三月三十日宿州旅中》：唐人送春詩少此風艷。

《永城道中》「馬煩車殆斜陽裏，卻憶澄江下水船」：陸陸馳驅，往往作此想。

《過商丘》「兔園依舊蘼蕪緑，寂寞梁王好客樽」：每於結處有繚繞餘音，他人未免情枯才竭。

《大梁懷古》「零落憲王新樂府，夜深誰炙紫鸞笙」：極蕭瑟，極風流，此是才人絶唱。

《曉渡黄河》「一水中原嗟力盡，十年築舍借籌多」：關心河防，言之沉切。

《重過圓津庵》：紅塵鞅掌，得此一片清涼地，自爾胸襟頓豁。

《渡滹沱》「人歸趙苑彦初定，馬渡滹沱樹乍分」：是從嶺外歸來語。

《中山道中》「往來最愛垂楊路，又聽黄鸝唤遠人」：「最」字、「又」字中藏無限風情。

《次韻寄鄧孝威》其一「十九年來風物换，依然拱北有高樓」：含蓄。其三「至今春滿越王城」：僕豈敢當。⊙僕題公詩尾四章，即蒙揮毫寄答，情文兼至，如對同堂，愧薄劣不足當獎飾耳。

謝良瑜〔一〕

《甲申秋杪江行紀事》：寫亂中之景，固爲切至。

《過淮陰有感》「野店鶯花三月醉，荒祠風雨六朝煙」：風俊。⊙「雙親定有倚閭泣，日望歸帆天際懸」：風流駘蕩，故覺筆姿爲勝。

《五月十四日喜雨，招齊元卿、焦藴輝、杜曉園諸子讌集》「雨歇天連芳草碧，樽開人對芰荷香。

〔一〕以下輯自《畦園詩集》，康熙刻本。

尋蔬不遠通魚市，作賦應知近墨莊」：昔人論詩忌忙。詩能免此一字。

《印象禪僧寓法華堂對榴花有感，依韻奉答》「草木辭故鄉，榮瘁亦有鍾。而況人世間，寥廓淒故容」：其理難解。⊙一榴花因地各別，叙述處固令人三復。

《送友恭弟之粵東驛傳道任》「人驚花鳥三春異，海傍山樓百粵新」；「嶺上看梅望寄頻」：極其貼合，而更以新思妙筆出之。

《寄懷靖安堡馬文河代玉男作》「擊缶還同慷慨聲，灌夫意氣真堪重。締交今日結同心，思君憶君空復情。臨風把酒還同昨，霜落烏啼憶遠征」：遇真知己，自應有擊筑横刀之概。此詩風情磊落，令人指顧生豪。〔一〕

《閻子聖來以生豆腐餉客，詩以解嘲命次原韻又和一律》「不受鹽梅甘晚節，猶賢藜藿莫相商。何時得遂君延攬，珍錯傳呼盡女郎」：妙在總出言外，得豆腐神氣。

《秋霖嘆》「野泣雜霖雨，冷煙飛斷蓬。躬耕懷舊土，俱爲河伯宫」；「那堪復滔溢，民阨數豈窮」：維揚屢被水患，此詩樸直，彌見沉痛。

《趙校書春日見過留飲度曲，戲贈之》「風前乍見飛飛燕，柳外初聞嚦嚦鶯。紅袖香分高閣静，翠眉青映遠山横。卻憐入座非司馬，莫向旁人玉筯傾」：玉環、飛燕，有意無緣，白首情深，知音夢

〔一〕以上輯自《畦園詩集》卷一。

遠。校書何幸而得此憐惜？

《王五輯挽詞並序》：雖掩泣而歌，令人不無警惕。五輯於泉下有知，當悔不暇而愧不暇矣。

《四月十三倦極，時舊路嶺見桃花争艷》「豈是崎嶇馬蹄滑，東皇緩度萬重山」：結得悠遠。〔一〕

《張鵠止由安寧牧遷慶陽府佐，過里見顧，感而成詩》「立登卿相信綢成，定遠還嗤是老兵。二十年來三黨變，六千里外一身輕」：筆高思傑。⊙「南滇喜有籊輿臥，北地應知竹馬迎。誰説華堂非晝錦，親朋已畏黑貂生」：但説做官有何神興？此能出以感慨，令人生氣勃然。

《寄懷俞水宗女樂》其二「風流隔代懷張禹，可許彭宣到後堂」：歌舞借人看，水宗固所不吝。

《夏日同何御鹿過興教寺訪鄧孝威未值》「世藉風期存砥柱，天留詞賦耀名山」：何惓惓鄙人若是！惜當年不向甓社湖干訪之。

《迷樓懷古》「畫棟凌空知佛寺，風鈴遥度説迷樓」；「杜鵑啼上柳梢頭」：神思淒涼而妙兼風度，令人想二八女郎低唱曉風殘月時。

《初冬焦蘊輝復有南游之役，賦此惜别》「慣看古木群鴉集，恰怪長空獨鶴飛。荏苒黄花秋色澹，伶仃白髮故人稀」；「琴劍輕攜莫緩歸」：送老友自有此深情篤論，此道今人不彈。

《先荊十週忌泫然有感》「吹棘徒生五子恨，鼓盆未死十年心」；「曾約西莊偕隱計，鹿門今撫斷

〔一〕以上輯自《畦園詩集》卷二。

弦琴」：字字真，筆筆痛，令人憎伉儷之重。〔一〕

《次韻孫汲山喜晤話舊》「開眼盡爲趨市客，何人不負下車盟。到門千里休題鳳，悦耳三春好聽鶯。老去相憐惟爾我，誰能解此歲寒情」：汲山重友誼，黄金一揮而盡，今貧且病，猶戀戀疇昔之故人，近日交壇中所未有也。讀先生詩，爲之感歎！

《高湘穀邀同藴輝、虞颺、庭柏、僧子升、姪孫六、兒樹，遊梁溪秦氏園林，即用遊秦園爲韻，藴輝、樹兒各賦》其三「秋色留餘態，寒花静不言。板橋流水外，恍惚似桃園」：時習浮蔓，請以此種藥之。

《十月十三京口同焦藴輝遇蔣伯齡，招飲舟中》「□值皆青眼，如新感白頭」：對妙。⊙遇知己卻有此番綢繆，筆筆蒼健。

《謝孫方仙見惠白葡萄枝》「摘來釀酒遺張讓，博得涼州未可知」：用事最妙。

《贈程而聯》「世道思哀郢，天心篤少微」：思沉筆堅，故無浮氣。

《老農吟》「平生不羨通侯印，爲種湖濱二頃田」：安分知足語。

《謝友人送紫菱》「念子盈筐遺遠道，歌聲猶聽在湖邊」：有韻。

《真州謁文丞相祠》「千秋猶自存生氣，異代依然識古顔。自昔鞠躬臨瀚海，尚餘遺恨在燕山」：黄冠之説，向竊疑其矯誣。得先生昭揭，真文山知己。

〔一〕以上輯自《畦園詩集》卷三。

《以橘酒寄佟孚六郎中》「聞道此中人善弈，何妨談笑一飛觴」：韻致悠揚，讀過如坐春風中。

《重陽日孚佑庵問道，周定陽、史健陽、許石陽一時偶集》「鐵馬樓頭戰欲酣，西風吹雁度晴嵐」：起得突兀。⊙開筆森奥，總非恒境。

《飛騎貢冰鰣恭紀二律》其一「騰驤驛遞三千里，潑刺江飛四月天。端密春冰蒙玉匣，到來能使御庖鮮」：説貢鰣有關係，不僅色調之鮮妍。

《答龔半千》「山到清涼容着屐，湖開玄武但存磯」：秀色清思，應攜上清涼亭子讀之。

《春日范十山薦畫師，次其原韻奉懷》「知是衰年躭醉臥，故令佳客製煙嵐。圖成五岳蒙君惠，繡佛還將共一龕」：蕭蕭有世外風。〔一〕

李贊元〔二〕

《獻花崖》「巖花徒自發，山鳥亦空飛。惟見荒巒下，蒼苔冷夕暉」：筆極高老，純乎高、岑。

《遊水西寺訪楚水和尚不遇》其一「未逢慧遠笑，空帶夕陽歸」：蒼秀絶倫。

《燕子磯》「傷心六代興亡事，楊柳灘頭起暮煙」：不屑爲山水間好語，獨有世代陵谷之感。筆

〔一〕以上輯自《畦園詩集》卷四。

〔二〕以下李贊元詩評，輯自康熙師白堂刻彙印本之《出門吟》、《悔齋集》、《又新集》。

老識高。

《過烏衣巷故里》其二：神情迢邈，故乃筆墨俊異。

《端午秦淮》「白下湖山千載舊，天中風日一朝新。碧潭倒照青樓影，錦瑟空愁白髮人」：俯仰風物，固自筆彩動人。

《廣陵懷古》「邗上緑楊纔拂岸，秦中白骨已成丘」：憑弔哀涼，而藏旨深切。

《西湖》：全詩清麗，可與許郢州對壘。

《鷓鴣啼》「如何不早啼，郎已出門去」：意在言表，妙妙！

《江南曲》「潮水有去來，郎心無定向」：是《子夜》聲情。

《睡起》「莫云客夜全無事，夢裏常吟未穩詩」：譚友夏詩云：「雨滴孤身酒醒後，詩成中夜不眠時。」是此光景。

《過青溪有感》「繡户朱簾紅杏墻，風吹蘭麝滿溪香。於今已作榛蕪路，任是無情亦斷腸」：板橋舊巷，可勝傷感。〔一〕

《未央宫》「不盡黍離感，空宫寄恨長」：「寥寥秋苑内，明月爲誰光」：詩情哀惋，而筆自壯健。

《銅雀臺》「陵花殘野火，臺瓦覆沙場。歌吹誰能聽，綺羅空自香」：只作哀歎，不用譏貶，固高。

〔一〕以上據《出門吟》。

似唐初四子。

《湯陰岳忠武廟》「黄龍不痛飲，鐵馬自悲鳴。四字痕猶赤，兩宫愁未平。淒風繞柏樹，遺恨在休兵」：「柯如青銅根如石」，以擬此詩。

《大隱園》其二「泉聲簷外度，花氣月中聞。密樹多藏雨，長歌半入雲」：秀極。⊙似子美《何將軍山林》詩。

《汴梁懷古》：淒艷沉雄，必傳之作。

《金陵春興》其三「桃葉渡頭舟自泛，雨花臺上月空明。烏衣舊巷門庭换，莫聽淒涼燕子聲」：偉麗之中，兼以哀激。〔一〕

《和龔文思長干塔燈》：何等氣象，惟報恩塔方可敵此詩。〔二〕

孔尚任〔三〕

《渡黄河》「此處源流誰探取，秋風初動使臣嗟」：愀然有瓠子之感。

〔一〕以上據《悔齋集》。

〔二〕以上據《又新集》。

〔三〕以下孔尚任詩評，輯自康熙介安堂刻本《湖海集》。

《黄河舟中遇雪山僧，步魏貞庵先生原贈韻》「性不解禪因，頗愛宿僧院」：鄙性亦然。⊙「茫茫水東歸，兹味終不變」：先生亦夙慧者，一渡黄河，便增道念。

《淮上有感》「爲問瓊筵諸水部，金樽倒盡可消愁」：一詩見公憂民之意。

《宿邗關》「笙歌不待開花沸，金粉常時過夜還」：三、四寫盡邗關之景。⊙「二分明月今仍照，感慨誰來宿水關」：滿樓紅袖，徹夜笙歌。今俱付之一夢，可勝太息！

《遊平山堂》：堂構非舊，風物猶存，一詩可勝俯仰。

《蜀岡觀音閣是迷樓故址》「香消粉壞何年恨，且解征衣唤釣船」：此地爲吴絳仙梳妝閣。今白楊黄土，不勝蕭瑟。此詩可招艷魂而使起。

《紅橋》「酒旆時摇看竹路，畫船多繫種花門」；「可惜同遊無小杜，撲襟絲雨乍消魂」：風流旖旎，應是才人，故多情語。

《揚州》：阮亭已作京官，猶屬穆倩鐫一印章曰「王揚州」，可知意在竹西、平山間也。東塘異時將無同？

《夜過射陽湖》「船沖宿鷺當窗起，燈引秋蚊入帳飛」：真境創句。⊙「誰知冷落漁歌隊，風雨萍踪夢紫微」：「處江湖之遠，則憂其君」，公之謂與！

《朦朧淤口有感》「繁文厭考桑經注，故道難尋禹紀碑」：河徙不常，治河亦無定策，五、六可謂切中。

《過訪黄仙裳依韻奉答》「爐中劍佩存高義，窗外禽魚化至仁」；「曾吟好句百回新」、「親見東籬漉酒巾」：筆端瀟灑絶塵。

《宿宜陵望東原懷宗定九》「三宿宜陵三夜雨，東原悵望指秋煙」：風流繾綣，似晉魏人作情語。

《維揚舟中即事》「自笑開衙隨水部，偏宜鼓棹答漁歌」：妙在無一字不真率。⊙「摩挲倦眼親書少，料理新鬚覽鏡多」：詩是放翁佳處。

《有事維揚諸開府大僚招讌觀劇》「客客對列成肆市」：令人失笑。「絮語熱言須附耳」：宦款如此！「須臾禮成各舉觴，一箸一匕聽侑史」：官席可厭處。「亦有侏儒嬉諧多，粉墨威儀博衆喜」：小丑之能事。「無情哭難笑不易，人歡亦歡乃絶技」：大是苦事。⊙摹寫官酒，十分盡致。

《秦郵舟中李厚餘法曹以舊詩見示，喜讀終卷，因寄近感》「蒓絲海螯飽村釀，往往中夜起清謳」：轉折深微，純是杜老而帶昌谷幽怪之氣。「一讀一喜一看君，顔色眉鬚倍不群」：傾蓋之樂。⊙「漏移燭銷談轉微，有時太息不一語。丈夫見義無不爲，亦有格格礙喉處。勸君勸我莫蹙眉，同是清癯在逆旅」：或語或默，或箴或賞，相遇總在文字之外。

《渡揚子江望京口》「輕帆不見風濤險，已過金焦又問江」：實有此境。

《焦山捫瘞鶴銘》「江流消一丈，山壁下千尋。不怕龍蟠窟，能知鬼哭心」：沉雄高老，俯睨一切。

《焦山周鼎歌》「此鼎一辱丞相嵩，不如刦灰落眢井。嵩家驕子兼猥奴，玩弄曾與溺器等。千石槲椒百斛珠，紛紜書帕日笑領。饕餮雙眼從傍觀，炙手勢熖只駒影」：分宜一説，始自西樵，今又得東塘暢之。

《司徒廟詩》「一旦勢權移，祠中氣冰冷。垣頹漸不修，生位委溷穽」：末段借司徒祠，説得生祠索然氣盡，可存鑒戒。

《補種平山堂楊柳》：風流不減張緒。

《江都董子祠訪鄧孝威，時選詩觀三集》「垂老能吟梁父句，不妨雪雨撲匡牀」：令我寂寞。

《維揚聞顔修來考功訃，北郭爲位而哭之》「幾見孤掌能獨鳴，痛乎斯道由天廢。深冬北郭木葉飛，舊壠新墳靠古寺。楮錢灰撲冶遊船，玉簫吹過埋人地。平山自古弔文章，此處招魂設君位。精靈來去拜香煙，野曠天低哭盡致」：山東兩考功極惹人哭，詩亦哽咽盡慟。

《海陵署中喜故人周石舟千里來訪，不得消息者蓋十二年矣》「海風吹凍雨，空庭暮鴉竅。剥啄來何子，覿面識鬚眉。驚喜淚滿眼，握手無一辭」：起首十字得奇勢，入後叙次，英氣露眉宇間。似太原公子神采之揚揚也。⊙「屈指十二載，促膝今在斯。鏌鋣土花滿，珠履污泥緇。見君意慘澹，使我氣衰頹」：叙知己夜話，不嫌瑣屑盡致，詩亦仿佛少陵。

《厚餘又以和韻緘寄賦答》「高手不從時尚體，佳篇只叙眼前情」：此東塘詩訣。「對此開函愁暮雨，紅箋老眼就燈檠」：誰能寫出。⊙居然劍南。

《旅夢》「客睡看窗何曾著，絲竹隨風落枕頭。一品一撥幾回曲，都作思鄉情斷續」：「楊柳依依，雨雪霏霏。」想使臣孝思之所感，頓見於夢。「持節私歸應譴罪，兒驚束裝即離別」：夢境迷離，寫來幽長。⊙忠孝至情，以旅夢出之，不堪多讀。

《厚餘早晚送詩戲作答之》其一「誤我高眠多少夢，辛勤功課怨蒙師」：東塘動止可傳，詼諧皆雅。

《除夜大雪，黄仙裳、交三父子攜辛盤過署館，適李厚餘緘詩索和，即席同秦孟岷、徐丙文步韻卻寄》「空衙守歲惟椒酒，老友辭年費菜盤」：亦是旅中快事，異時東華早朝，當相念也。

《除夜有感》「千愁總累持家婦，百計難歡憶子人。宦後山田多曠廢，窮來國税太因循。東歸亦是爲農圃，敢怨辛勤作使臣」：總是實情苦語。〔一〕

《海陵元旦朝賀》「香薰御座籠煙白，雪點朝衣襯袖紅。不改笙簧司拜起，依然劍珮列西東。使臣匹馬滄江遠，祝禮堯天處處同」：冠裳珮玉，雅頌之音。

《春正二日李厚餘、吴蕺山、黄仙裳、交三、秦孟岷、徐丙文偶集寓園得晴字》「江頭海岸家無信，好友同官話有情。又似除年詩社散，擁門殘雪少人行」：濃情澹筆。

《宗定九自廣陵來訪，同黄仙裳、交三、秦孟岷即席分賦》「一棹衝煙兩日忙，來尋荒署古梅香」：全是典致。

〔一〕以上據《湖海集》卷一。

《元夕前二日黄仙裳、交三、宗定九、閔義行、王漢卓、秦孟岷集予署園，即席分賦》「滿城燈火思兒女，大海風煙逐笠簑」：蒼老。⊙情細調高。

《元宵苦雨，喜史蕉飲自廣陵來訪》「攜手無言書出袖，登堂急拜雪盈墀」：許渾、趙嘏有此雋吻。⊙「歎息相逢何太晚，廣陵高會少君詩」：真是憐才愛客。

《早春將有海上之役，黄交三以五詩相送，賦此留别》其三「野水晴天孤坐處，初鶯曉柳憶君詩」：風景妙絶，其情致何減龍標。

《元宵懷李厚餘，兼柬徐丙文》「同人祇我添寥落，樓上銜寒望海波」：摇摇不能自主。

《夜過海上大東河》「煙荒水漫望難真，欲纜孤舟少四鄰」：自命何等，海月於以不孤。「清冷帆頭一片月，海邊初照作詩人」：蕭然天際。⊙此況原不惡。

《寒食前一日予自海上還，仙裳、義行、漢卓、交三同集署園，即席分韻》「唤友鶯聲驚客舍，消魂柳色似家山」：輕盈縹緲，饒有思緒。

《清明海陵北灣舟中作》「淮南景物黄金柳，使客行蹤緑水蘋」：清華。⊙「祇覺鄉園另有春」：不禁客感。

《米家遺石歸冒辟疆寫卷索題》「拜石高風始老米，袖中巖壑雲濤起。世人繭足五嶽遊，寧知一拳具山體」：□空玲瓏，那能不愛。「劇愛非關壘塊形，朝摩夕玩有妙理」：真鑒家。「君愛古石人愛君，瞻仰法物豈徒爾」：别有寄託。⊙僕與方虎俱有作，而東塘更别有思理。

《將之海上，同社許漱石、鄧孝威、黄仙裳、上木、儀逋、交三、徐小韓、浴咸、丙文、夔擄、柳長在、繆墨書、陸太丘、楊東子、朱魯瞻、宫叙五、姜尺玉、家樵嵐釀金張宴，折柳贈别，即席分韻，再倡疊和》：「四座銷魂改舊歡，落紅飄絮欲離難。何須惆悵攀楊柳，且對笙歌賞牡丹」：每逢讌集，幾欲壓倒元、白。人誰無此心，苦無此才耳。「近郭湖光連夜雨，侵樓海氣一春寒」：高調雄思。⊙是日折柳，又以闕里先生爲絶唱。

《又依韻答徐浴咸》「南國尊罍空眷戀，東山書信太沉浮。如錢蓮葉平鋪水，似雪楊花滿載舟」：只自寫懷抱，不沾沾於贈人，風情最爲迢遞。

《寄答丁飛濤》「入夢湖廣青未了，隔山雨氣冷相吹」：韻到神來。⊙先生論詩論人，另有裁鑒。

《西團》「百夫當有長，小吏亦能尊」：非小吏不能尊也。「雨腳平垂野，潮頭直到門」：五、六變俗爲雅，真高手。⊙蒼辣。

《陳鶴山過訪西團，惠新茶一瓶，予方扶病》「訪路無人經草蕩，分衙有吏住叢祠」：落落有致。

《海陵留别鄧孝威將之都門》「樓上酒籌須記憶，瓶中花片未闌珊」：清新流麗。「風帆早起懷人處，自寫新詞衹自看」：摇曳動人。⊙君之行也，不名一錢，惟有詩卷。余贈别有「蕭條襆被原臣節，辛苦詩篇在使車」之句。

《視工海上，命陳芳見贈長歌，病未能答，被召北上，至淮揚卻寄》：陳芳長歌極佳，先生還須一和。近有楊生古存和之。

《黄仙裳、交三移樽舟中餞别，即席分韻》其一「前番折柳情千尺，今日情深又幾何」：送别之景，如在目前，可謂詩中有畫。

《再題東原草堂並謝留飯》「花朵蕭疏簷不礙，詩篋狼籍壁難容」：眉山兄弟之間。「野外盤餐渾太古，淹留飽看手栽松」：遒老。⊙東原地僻，同人難到，先生命駕訪之，古道照顔色矣。

《喜晤龔半千，兼謝見遺書畫》「幅幅江山臨北苑，年年筆硯選中唐」：確。

《杜于皇再至廣陵，老矣，過予舟索飲，喜賦》「暑天勞杖屨，索酒到扁舟」：狂奴故態。⊙于皇竟客死揚州矣，余有詩哭之，未能盡，須東塘補之。

《邗上又晤丘柯村》「鄉人賴有柯村老，結社聯吟壯膽多」：余極推柯村之詩，勒成《詩品》，而南遊不遂，且奈之何。先生此詩，真柯老知己。

《前冬過建隆寺，晤倪永清，今復同遠峰訪余舟中，賦贈》「寒泉老柳寺門荒，曾訪高蹤坐夕陽。雪片一天吹被冷，梅花整樹插瓶香」：探喉而出，天造地設，不可移易。此境人不知，知亦不能傳也。「選樓我服君高手，廛市誰容爾俠腸」：寫出倪髯。⊙奥鬱之氣，磅礴筆端。

《過訪遠峰並謝答顧》「青苔封破履，白日坐昏燈」：静極。⊙「不嫌煙火市，爲我策孤藤」：字字新鍊，而無斧鑿之痕。

《示族孫伯籃》「吾宗多長厚，爾器亦温文」：似老杜「吾宗老孫子」一首。

《停帆邗上，春江社友王學臣、望文、卓子任、李玉峰、張築夫、彝功、友一招同杜于皇、龔半千、吴菌次、丘柯村、蔣前民、查二瞻、閔賓連、義行、陳叔霞、張諧石、倪永清、李若谷、徐丙文、陳鶴山、錢錦樹、僧石濤集秘園，即席分賦》「客催白舫争先到，花近紅橋賭勝栽」：秀貼。

《久纜維揚復至海上留别諸子》「常愁海氣吹梅雨，似愛鶯聲住柳風」：清新之氣撲人。

《再過海陵，俞錦泉中翰留觀家姬舞燈，即席作》其四「題成把向諸君看，終是郊寒島瘦時」：流香諸女郎曰不然。

《舞燈行留贈流香閣》：開闔頓挫、斷續迴環、鋪陳起結，一絲不亂，而看去有矯若遊龍、翩若驚鴻之狀。一讀一讚歎，百讀百讚歎，其在龍門、少陵之間。〔一〕

《端陽後五日宋既庭招飲，同蔣玉淵、柳長在、李湯孫分賦》「官閒且管樽前句，葵盛能開節後花」：唐人妙句。⊙「親逢著作東吴老，那似尋常對絳紗」：惟既庭足當斯語。

《館拱極臺撥悶》「辛官亦且乘漁艇，水鳥公然宿縣樓」：昭陽《竹枝》也。「雨餘荷氣忽成秋」：六句有不知其然而然之妙，杜老《夔州》之作。⊙的是劉隨州。

《蔣玉淵攜選詩自武昌至昭陽賦贈，兼呈李厚餘》「卻羡鄰侯交最早，忘形酬和幾時休」：洮洮清便。

《瓶中荷花》「白白紅紅何處好，精神卻在案頭瓶」：鮮極。

〔一〕以上據《湖海集》卷二。

《拱極臺樓上憶顔修來》「每日荷風吹淚眼，裁書此景報誰知」：真有人琴之慟。

《拱極臺張宴口號》「詩成方喚渡船來」：亦是佳話。

《李湯孫招宴棗庭，同宋既庭、蔣玉淵、朱天錦、汪柱東、徐丙文、陳鶴山、黄含礜分韻，賦苦熱詩》「穩坐耐酷威，入門驚綺席」：得法。「主人賢而妙，分題聽客歸」：這會快活。「我家舞雩下，種棗大成圍」：餘情甚妙。「遠憶同坐友，此時正浴沂」：先生神往矣。⊙苦熱詩分韻者九人，人各一意。此詩結語，高出天際。

《昭陽李令攜樽北臺讌集即事賦謝》「滿縣荷風香裏坐，一船酒具柳邊行。筵前背客開鄉信，扇底聽歌感舊情」：佳令，故應得此好詩。

《爲蔣玉淵題馭鹿圖》「一鹿能同八駿遊，並轡風雲六月息。青牛西出白馬東，鹿背馱書參其中」：玉淵實事。⊙玉淵以布衣交王公，長揖高論。此詩借圖寫照，曲盡鬚眉。

《拱極臺僧舍送周生赴武林移家》「雨暗新官柳，蘿歆舊女墻」：秀貼。

《俞陳芳自海陵來顧》「載來佳品充寒館，袖出新詩在雨船」：娟潤。

《送繆墨書試南闈》「高秋憑爽氣，飛動應先知」；《送王歙州之金陵》「詩篇堪過日，水檻又宜秋」：二作圓潤如珠。

《題歙州天女圖卷》「洛神不曾行雲雨，只向人間賺賦篇」：趣。

《閔賓連寄所輯黄山志賦答》：送無言詩文有絶妙者，而《志》中不録，今恐零落殆盡。

《搜行篋得單生良璧所製刀，作單刀行》：與子美《大食刀歌》同垂不朽。

《和黄仙裳仙舟圖詩，爲田綸霞先生停舟招隱作也》「蕭條只採詩千首，夢寐難忘帝萬機」：獨出生面。⊙「使君高義尋常少，感得漁樵淚染衣」：和仙舟圖詩者多矣，如此做法，方信有大手筆。

《中秋于役射陽，邀汪柱東過船小飲》「佳節驚心起百憂，勞勞又向射陽遊」：爽。「近海村煙無好月，當官簫鼓作中秋」：奇而真。⊙中晚做法，仍是盛唐。

《題畫一絶》「憑几聽茶響」：幽趣。

《食秦郵董酥，同陳鶴山、顔遇五、從子衍栻分韻》「呱呱索飯啼，舉火那能再？百錢買董酥，何如粳一袋」：時時心在民瘼，便事事心在民瘼。何意一飲一啖，亦見關切。先生拯溺心腸，遑遑至此！他人之食董酥者，真同嚼蠟矣。

《家樵嵐齋中觀玉簪、玉玦》「市羅碔砆紛奚爲，真贋難欺君子目」：是。「雲氣波紋透入骨」：好賞鑒。「眼中見多難彷佛，衆人爭誇識者誰」：好笑。「觀爾佩服古人風，自應長貧在板屋」：其人如玉，在板屋宜也。⊙樵嵐道氣如玉。讀此詩，不特如見兩玩，並見樵嵐道氣也。至其詩，則出入高、岑而逼少陵。

《得金歌》「幕客咨嗟吏人稀，躊躇無計看窗户」：如畫。「拯饑拯溺大臣心，天下無如博士苦」：妙語透骨。⊙「袖出白金潤赤貧，歸來馬步健如虎。僮僕癡飽笑言稠，主人落筯淚如雨」：先生居官奉使，而境況如此，可想見其清風高節。然非如此窮，安得有如此詩。

《仲冬望日大集名士五十人於瓊花觀看月，即席分體五古，鬮韻得阮字》「明月占二分，瓊花無雙本。好月照奇花，清光開混沌」：起手扼住全題，筆力高厚。「一咏間一觴，鴉過江天晚。舉頭素月明，淒涼憶隋苑。况對瓊花臺，霓裳去未遠」：寫一時情事如畫。「不見舊時花，吹簫步月返」：結得迢邈。⊙丁卯冬，先生舟泊維揚，舍館未定，而廚傳蕭然，乃高會同人，聯吟達旦。其興致超曠爲何如？分韻詩情事既悉，風調更遒。建安《公讌》諸篇，恐縟麗有餘，蒼古不及耳。

《天寧邸署招蔣玉淵、何蜀山、黄儀逋、汪柱東、卓子任、尚以朋、家樵嵐擁爐看雪分韻》「索句同爐火，雪深不下簾」：詩概軒軒，有王恭鶴氅之致。

《賦得明月照積雪》「月出古殿角，萬象淒以潔」：叫明雪月，方不蒙混。「佇立矚長空，寒光一碧接。大地入冰輪，瓊瑶琢宫闕」：上下一片。⊙離離合合，光彩晶融，正由天機，非關刻畫。

《乞米行，寄謝俞錦泉中翰》「風雨滿天須早起，吾生兩餐非偶然」：苦境。「得之不得辨欲理，清心歷數古時賢」：真學問。「豈必乞食即可耻」：大是。「早船南發暮船歸，十斛粳米潔如雪。炊煙高起過鴉驚，諸僕匆忙心眼悦。天下有人飯王孫，門且不叩况腰折。寄語馮諼焚券客，佳話好留乞米帖」：世人誰肯？無怪士之行乞也。⊙公境愈窮而詩愈工，此篇與《得金歌》並傳佳話。

《歲暮還自海上，寓維揚天寧寺東館》「相逢慚愧雙蓬鬢，不見宫鶯兩歲餘」：沉雄。

《蔣玉淵同寓天寧寺，戲作遺之》「問字經壇僧弟子，聽鐘齋院丐賓朋」：玉淵作客揚州，苦境難堪，五、六寫出，反令人絶倒。真太史公筆也。

《送汪柱東南歸，時同寓天寧寺》：消魂之作，不堪多讀。東塘好句，非泛泛贈投者。

《除夕同蔣玉淵、陳鶴山、顔遇五、侄衍栻分韻》「筵前真笑平時少，客裏貧交到處多。同坐除年心事異，都將眼淚滴笙歌」：忠孝纏綿，可被笙歌。〔一〕

《戊辰元旦寓維揚天寧寺待漏館，早起即事》「新詩老酒趣相兼」：一團天趣。「無窮爆竹争寒夜」：是揚州。「有意春風揭曉簾」：佳句。⊙「一瓣爐煙望闕添」：似昔人應制詩，而蕭疏樸老。忠愛至情，不以粉飾取工也。

《人日泊舟秦郵》「不見江南春，但見江北霧。長年慣操舟，揖汝問前路」：一結憂從中來。先生早年學《易》，其寡過矣乎？

《登文遊臺同李松嵐、端梅庵、徐夔攄》「俯瞰裏外湖，一堤通飛瀑。海氣極蒼茫，曉昏接煙竈」：臺上實景。「何處問遊蹤，枯骨引鴉噪」：下河可憐。⊙先生遊覽所及，莫不留心民瘼。經濟文章，並讓獨步。

《孫鍾郎移具秋燈閣，招同王汲公、端梅庵、李吉四、徐夔攄對雪小飲》「淮南有主飯王孫」：可飯。「且把一樽消百感，相逢心事未全論」：意到筆隨，自古詩人無此快暢。

《鈕燈行》「一到江南貨可居，頓使樓臺增燦爛。家家仿樣娱時人，誰知鈕氏年年换。好奇偏

〔一〕以上據《湖海集》卷三。

是廣陵商，新勝街頭仰面贊。嗚呼人巧終何窮，客去燈殘發三歎」：每於微物，必寓損益調燮之意。先生真經濟人也。

《詠魚魫燈》「山花垂曉露，海日上春竿」：妙句。⊙「熟透櫻桃顆，擎來瑪瑙盤」：琢句精工，不亞少陵詠物諸律。

《寄田綸霞先生》「月落雨來時，漫興得八九」：真杜句。⊙章法、句法，真樸高老，而情致依依，見於筆墨之外。真漢魏人作情語也。

《宋牧仲大參過廣陵不值賦寄》「瓜洲雪浪廣陵煙，十里笙歌水驛連」：風華秀整。⊙全首唐調，尤有真氣。

《卓子任至署館論詩，時盆蘭初放》「不信詩全警，常愁字未安」：生新。⊙繾綣之情，溢於辭外，已入杜老堂奥矣。

《六合石子》：六合産石子，五色可玩，從未見之吟詠。此詩原本太古，傳龍馬神龜之理，真是補鍊手段。不知者但贊其刻劃精妙，則淺矣。

《贈平山道弘上人》：道弘真修行人，得先生此詩，逾加精進矣。

《馬卒歌北調》其一「一聲高唱似涼州，觸起英雄萬古愁。歌者舉頭頻顧客，不知雙淚爲誰流」：歌悲壯，詩亦悲壯。公何不使反之，而即以此詩和之乎？

《簡天寧寺雪公》「極頂禪樓封玉座，簇新宸翰裹黄綾」：中唐名句。⊙「接我還同塵世法，榻前誰識古時僧」：雪悟真法正果，感動人主，實淮南第一高僧，而又精通翰墨，喜交文士。先生數與倡和，蓋不減坡翁之與印公矣。

《成都費此度屢訪論學》「垂老名成隨社懶，經春雪大出村遲」：蒼秀。「同坐春風花好處，忘言卻到古皇時」：點染有致。⊙句句燕峰心事，以健筆寫出，删盡時蹊。

《清明紅橋竹枝詞二十首》其三「長橋掛在緑楊樹，新月蛾眉色又紅」：似六朝人語。⊙寫出紅橋真境。其四「一曲紅橋三里水，清明消盡滿城魂」：婉而多風。⊙「放衙誰認使君尊」：只起一句，已見先生風流藴藉，非紗帽遊山之輩可比。其七「一缸雪酒三升水，慣賺閒人看柳條」：令人失笑。⊙讀之令人解頤。其八「相逢半尺挨肩過，粉氣衣香古上風」：此諷刺之作，説得無痕。其十三「少化紙錢多剩酒，猜拳驚起九泉人」：揚州自隋帝幸後，繁華餘習未盡，拜掃多集親族角飲爲事。此一詩不獨得《竹枝》正體，可作當頭棒喝。其十七「橋下墳園嶺下莊，與人兩腳早晨忙」：愈俚愈雅。⊙「小姑又怕桃花謝，要約阿婆早進香」：真摯之中，筆欲飛舞。其十八「年年例有清明雨，儘着尋花濕透衣」：「例」字妙。⊙冒雨尋花，乃是揚人韻處，雨亦成「例」，天官故爾爾也。

《消愁》「煙藏曉柳濃連郭，雪化春流響向東」：奇情奥句，以遊戲出之。

《僧廊》「枯槎豈是封侯具，好賦須憑送閣風」：此首飄飄有凌雲氣，蓋泰來之期也。

《送楊東子入都謁選》「臨行笑我生疏手，不寫長安札一封」：東子謁選入都，得此壯行色，勝於黄金矣。

《賣馬》其二「今歲方貪乳，加鞍恕稍遲」：結句語婉意篤。◎四作純似杜矣。杜老之詩真而厚，宋人之詩真而薄。先生立意作真詩，故無往不宜。

《送從子衍栻還東魯》「每夜説窮愁，燈窗兩相視」：愁況如畫。⊙似老杜示臘月栽竹之作，瑣細周到，友愛溢於言表。真可爲法也。

《雨後方樸士招同桑楚執、蔣前民、宗子發、殷簡堂、朱天飲、喬東湖、方寶臣、張諧石、吴雲逸、陳鶴山集借園送春分賦》「黄鳥筵邊撩久客，玉簫花下響新愁」：大雅静好之音，真堪起衰扶弊。

《閒庭》「静坐還憂清福折，人能敢去與天争」：公之閒題漫興，皆似放翁，而公從未一讀宋人詩，可知風氣故應如此。先生與造物遊，末句已道破也。

《夜飲倣時體同陳鶴山分韻》「不醉渾如少一事，吟成還擬典宫袍」：子瞻在黄州雖窘約，時偏生出許多快活，此學道力也。東塘將無同？

《待漏館官廳題爲曉鶯堂》其一「館名待漏緣何事，只有鶯聲似漢宫」；其二「留題記取聽鶯處，好作重來種柳人」：二絶都韻。

《挽雪公》「閒堂雨地生春草，大樹風枝叫夜烏」：荒涼在目。「早晚參時多偈語，何如此日説真無」：雪公應點首。⊙雪悟死，而接待無人矣，能無深念。

《月夜曉鶯堂同王歙州、魏中峰、張諧石、卓子任、鄭若千、陳鶴山分韻》「滿天好月開蕭寺，一路垂楊接海雲」：開敞，復秀動。

《僻住》其二：東塘自謂兩詩近劍南，然骨力高勝，非俗調可及。

《寓邸漫興南柯夢處》「官雖欲做忙何事，詩不能工負此窮」：自解自歎，一肚皮不合時宜。

《銅鈑船》「大人九卿職，銅鈑九府錢。兩者居相似，威靈皆通天。世人敬官亦敬錢，敬之緩急尚有辨。官未成時曰豎儒，錢未成時曰銅鈑。銅鈑赫赫放闕行，豎儒到處人白眼」：雖借銅鈑而爲説法，然錢神有靈，自古言之。〔一〕

《驛亭乞》「乞兒甘貧不甘辱，無罪那知官小大」：是有激其言之。

《五月又過海陵，留黄仙裳、月舫、交三父子寓邸，小飲分賦》「詩興疏如違老友，宦情冷似着輕衫」：用險韻，轉有彈丸脱手之妙。

《五月六日集繆墨書宅觀葵，同鄧孝威、黄仙裳、交三、楊古存、俞陳芳、陳鶴山分韻》「盃中眼淚多於酒，客裏人情熟似家」：海陵人情樂有孔先生，於此詩略見，不比杜少陵「一飯跡便掃」也。

《喜樂弟子瞽工徐義尋予廣陵》：不徒紀相遇之奇，而中有感歎。與《江南逢龜年》情事固自不同。

《聽徐浩然琵琶》其二「今日琵琶前日調，燈前想起舊風流」：固覺今昔有殊。

《載酒登法海寺平樓，偕黄儀逋、卓子任、陳鶴山，訪盧歇庵、于臣虎，消夏竟日分韻》「長流溪

〔一〕以上據《湖海集》卷四。

水通何處，冰冷窗風異世間」：令我神往。「入座齊開輕白祫，隔江相就好青山」：極切極妙。⊙讀過泠泠有天風襲人。

《又至海陵，寓許漱雪農部間壁，見招小飲，同鄧孝威、黄仙裳、戴景韓話舊分韻》「柴桑閒友伴，花草老心情。所話朝皆换，其時我未生」：漱翁以八十四老人，詩酒之興不減。一夕快談，差銷旅寂，然不堪爲門外人道。

《雨夜同黄儀逋飲朱天錦寓邸，聽絲索分賦》「歧路逢君衣有淚，傾囊結客酒爲家」：劉長卿每有此等句。⊙天錦喜客，固其天性，尤於冷落時倍有周旋。與東塘公真有入林之契。

《曹郎弦索行》：狼山白三工琵琶，久爲吴梅村祭酒所賞。余在雉皋，雪天酒夜，曾聆其妙音。今賓朋雲散，璧雙亦作古人，乃有曹郎夙經傳授，得其神解。近於博士孔君座上撫弄弦索，聞者色變。孔君援筆爲歌行贈之，其詩佳妙不減婁東，而後世贊曹郎者一如白三。從此海内，又添一段佳話矣。

《酒間贈何龍若，兼示黄儀逋》「飛來似孤鶴，空庭立高潔」：寫出龍若。「況有黄生狂，肝膈信口説」：寫出儀逋。「黄生深躂余，握手覷何鐵」：如畫。⊙龍若、儀逋同寓海陵，皆奇士也。詩中能傳其性情。

《聞楚警》其一「遥傳江縣破，久斷賈船行」：真杜。⊙「官燈催驛馬，今夜走兼程」：氣局高老。

《獅昂上人初入天寧寺方丈》「竹邊客榻還容住，月夜茶樽又得同」：先生久寓天寧，以方丈爲主翁，故賦其事。

《逢寧都魏和公、昭士父子，談翠微峰之勝，詩以紀之》「入關劃然天忽濶，阡陌縱橫水潺潺。易堂主人有仙意，佃漁應是好容顔」：摹寫翠微峰，似一篇《桃源記》。

《戡定》：二作識高筆老，真管、葛命世之才。

《徐松之自淮上來，同寓蕭寺》「吟詩江上垂垂老，結社淮南處處家」：臞庵薄遊江淮，詩雖富而遇甚窮，此篇全爲寫出。

《書錢節婦傳略》：序次嚴整，中多刻骨之論，老手也。

《廣陵中秋同張諧石、王漢卓、陳鶴山賞月分韻》「太平風物舊揚州，況賦新詩庾亮樓」：起得高華。「難逢明月三分足，有數才人一座收」：快事。⊙翩翩然，有遺世獨立之致。

《郭皋旭過訪》「讀之首未終，掩卷覷我面」：活畫。「嗟哉今時人，面諛背攻戰」：切時病。⊙先生交情認真，詩不妄投，即此可見。

《題從子衍栻畫，贈郭皋旭》：予最愛石村之畫，屢爲題跋，而恨未獲片楮，匡山受此佳詩妙染，令人生妒。

《丁廉使名煒》：作此，用樂府題寫時事，波瀾起伏，用筆最妙，當細讀之。

《典裘》「秋風秋風漸吹霜，羸體何以住江曲」：讀此詩，未免有地主之愧。

《喜鄧孝威中秘病愈來尋》「相隔未三月，千古思何窮」：分寸甚細。「雙眼厭時態，所幸耳稍聾」：是我心事。「南鄰迓朱轂，北鄰縶青驄」：句法古。⊙予與孔公爲忘形交，蓋孤僻性同也。

《亂後寄家書》「附以平安書，迅速託驛使。泥滑到日遲，吾母幾時喜」：先生孺慕天真，信口述之，皆可名世。

《樵嵐生日》「豈無好容顏，大都付鬱悒」：髮白以此。「高堂聞之喜，喜兒交君子」：是母，是子。⊙「吾亦九月生，吾母隔千里」：賀生日而以養母爲詞，立言可法，結語尤見至性。

《卓子任饋盤中果妝花朵》「磁盤如青天」：便奇。「細看皆果仁，瓜子香橼片」：説破好笑。「登高風雨多，兄弟隔鄉縣。手把茱萸杯，淚向盤中濺」：必有歸結。⊙小小題目，定有深心，豈時輩能學？

《九日同人邀梅花嶺登高分韻》「不知何代行宫路，只見今秋種菊畦」：可歎。「脱帽頻搔衰鬢笑，看山忽爲古人啼」：胸懷自别。⊙登高之會，人如觀濤，詩則較勝。先生獨以感慨出之，又覺不同。

《送柳長在謁選北上》「此時此地送行卮，同客同愁久未離」：疊字妙。「海上還能攜我手，花前不肯少君詩」：風流藴藉。⊙送行詩成帙，不及此作之慰藉。

《題李荃揆小照》「老松三兩樹，松梢秋滴露。大旗落月邊，隱隱見鸞輅」：四句寫景，幽雅、威武逼露。「有人獨巡營，虎頭兼虎步」：畫出荃揆。「手柔弓燥報君時，不看爾笑看爾怒」：英雄面貌，一筆寫盡。⊙筆意奇横，不失規戒。

《寫照歌贈李左民》：左民爲寫真第一手，以神肖而不以形肖，惟先生能知之。

《繆墨書納麗吉席上詠香櫞，同楊古存、姚恭士、黄交三、朱魯瞻、俞陳芳分韻》「結就團圓繫帳初」：巧湊。「梔子同心且漫賦，潘郎恰得果盈市」：二句更巧。⊙詠物體切時事，尤精工。

《五藉園留謝朱魯瞻》其二：五藉園爲陳雁群讀書處，今歸魯瞻矣。孔公借寓，地以人傳。

《吴菌次太守七十》「憶予童子年，避師買辭賦。開卷見君詩，乃謂古人句」：序得瑣屑可喜。「何以侑兕觥，巫祝君所惡。岸幘坐華筵，交情聊復訴」：結上文。⊙「譬彼愛周郎，故使曲有誤。一笑飲一觥，可令顔色駐」此等壽言，匪夷所思。

《污池水》：得《三百篇》不删淫詩妙理。

《渡揚子江》「年年渡江人，到江亦錯愕。風猛舟力全，中流忽一躍」：勿以易而忽之。「轉舵如收繮，眼疾手須惡」：英雄語。「江心無四鄰，顧盼將誰託」：怕人。⊙深得處世御事之法，勿泛泛讀過。

《宿惠山》「藏煙澗道冬流水，釀酒人家夜有燈」：思路入細，真境。「自是名山當驛路，卻教忙客訪詩僧」：説來好笑。⊙景外之景，味外之味，孰能領略。

《遊秦太史園》：寫景必真，寫情必遠，何等筆力。

《汪鈍翁先生過訪》「一冬雪片遲，古寺留黄葉。艤舟老樹根，問君新别業」：從往訪談起，而寫景有致。「名德孰如君，貴長猶不挾」：他人羞死。⊙「但恐老闇人，惡我妨静攝」：鈍翁閉門謝客久矣，而不能不接孔公，足見兩公之臭味也。

《法螺寺老梅歌》「門東一株枯可憐，窈窕小梅豈堪補」：詠老梅俱以小梅比並，一褒一貶，固有所警。

《諸友招集載園，寒夜圍爐分韻》「人來淮海同爐火，冰滿關河阻布帆」：載園在維揚，爲火傳之寓。是日同社三十人釀酒招公，以公將有海陵之移也，故公詩多去就之感。

《贈陳健夫》其二「來尋松下寺，親贈扇頭吟」：只如説話。⊙健夫天下才，好遊好交，與東翁尤有水乳之契。

《題洛陽看花圖，送家樵嵐之中州》其一「寫圖聊爲看萱人」：樵老宦而貧，有老母在堂，不得已爲負米之舉。同人贈言雖多，先生一篇一意，皆寓勸勉慰藉，非泛泛題一看花圖也。其六「身從錦繡叢中過，看爾文章變幾分」：又是勉勵意。先生文心，真是錦繡。

《坐松歌，爲崔青峙題照》：筆墨俱在人世蹊徑之外。

《留贈馬右伊》「碌碌閒官從懶惰，深深古寺易黄昏。恰分米處天飄雪，正有花時酒到門」：匆忙中用此妙句。⊙右伊年富好學，能尊禮先生，可謂知所依歸矣。此詩亦深感其惠。先生之遇，可慨也。

《除夜感懷》其二：水窮山盡，另闢奇境，真非人意可及。〔一〕

〔一〕以上據《湖海集》卷五。

《寓僧樓，新正次夜大雪，同茅與唐小飲》其一「貪眠僧最早，儘下雪多深」：新奇之句。⊙「誰念從征者，天寒慨古今」：奉使星軺，而以僧樓夜雪了新正興致。妙在極寫淒清，毫無怨處。

《新正十一日黄儀逋、戴岳子過訪，同茅與唐小飲分韻》：冷落中對冷落友，詩不覺其酸楚矣。

《元夕船泊漁村作》：君子于役，具見經綸，不是尋常元夜。

《十六夜回寓，與茅與唐飲佛閣》「饑寒滿眼燈收市，簫鼓無聲月上松」：老友春筵，窮得有趣。

《寓天寧寺杏園聞百舌》「子規亦是消魂鳥，那得撩人淚似麻」：比「芳草南來怨鷓鴣」尤多惋切。

《題馬桐岡郡丞桐陰教子圖，執經者即右伊、賓五》「天晴留曉月，花放滿春江」：閒題險韻〔一〕，而穩稱如此。

《贈百舌》「客中聽爾慣，莫傍曉妝樓」：讀之如牀頭春曉，聒入耳中。結更消魂。

《杏園春雨同陳健夫、阮月樵、卓子任、茅與唐分賦》「簾邊舊燕雙愁濕，墻上新枝亂吐紅」：自然妍麗。

《纔見》「風裏煙筒噴腦麝，雨中纓帽濕櫻桃」：二句可作典故。⊙無限感慨，最奇最新之作。

《過平山僧院看梅》「曉禽傍窗鳴，開窗愛春霽。梅花落地多，無錢酒難貰」：起處如西山爽氣。

〔一〕輯者按：此詩似非險韻。

《擬三月上巳駕駐金山祓禊於大江應制，限州字》：合岑、王而出，唐後無此應制。

《三月三日迎駕至江口，蒙召登舟，賜御宴一盒，恭謝用前韻》「堪憐憔悴巡湖海，又得從容拜冕旒」：何等忠愛。⊙勞臣謝恩，寫出真誠處，更得對君大體。

《再賜果餅四盤，志感用前韻》「提攜亦有青絲絡，不得東歸奉白頭」：忠孝之音。⊙結處不能再讀，洵是風雅之遺。

《駕轉揚州，休沐竟日，恭紀用前韻》：畫出從來未有奇觀。

《送駕至淮上恭賦》：從古星軺，未有饑餓如公者。昨迎駕江頭，蒙撤宴賜食，慰勞再四，萬姓觀瞻，驚喜傳播，淮揚人士方知孔公爲眷顧賢臣，榮寵可謂至矣。而公澹泊斂退，絶無矜張之容，真難及也。

《送卓子任至武林》「聽歌暖日遮新扇，買酒春風指舊樓」：韻極。

《神傘行》：妖民迎神賽會，暴殄金帛，揚州爲甚。先生目擊心傷，作此以刺，非談神説鬼，爲欺世之辭也。

《清明方樸士招同茅與唐、閔賓連、吴叠峯、陳鶴山、鄭若千紅橋泛舟分賦》：瀏亮清新，不信天地間乃有此響。

《送吴薗次歸遊黄山分韻》「故國村原迎眼近，當年朋舊入心來」：入木三尺。⊙開闢不少。

《下河局散將北歸，黄上木移樽寓樓，招同仙裳、交三、戴文簡話別分韻》：駐節三年，空多議論，先生自嘲，先生自解。

《歌筵有贈疊前韻》：酒筵歌席，不忘軍國大事，真名臣也。

《聽女部歌徐浴咸、朱天錦、俞陳芳送春新詞》「一春閒恨因芳草，滿紙新聲付美人」：妙句。「只恐曲終燈又灺，臨行惆悵損精神」：有感之言。⊙言外有意，三復不厭。

《清江浦有感》「水路官栽防岸柳，酒樓人看過關船」：誰能道出。⊙先生爲治河之使，每見洪波巨瀾，生愁生怨，情見於詩。 忠君愛民之念切矣。

《過黃河送同事先歸者》其一「何事先來歸卻後，送人人去我如何」：思路纏綿。

《舟載車》：直寫題面，意有所指，真古樂府。 拜服，拜服！

《碌碌》「安得此樓一夜生四足」：奇想驚人。

《立夏前一日繆湘沚攜具招同黃仙裳留春分賦》「南浦買來舟載恨，長亭栽就柳消魂」：句法新極。⊙「明日東風何處村，留君信宿掩柴門」：去留數矣，一逢節序，能不黯然！〔一〕

《文選樓》「蕭梁何處宮，只餘太子席」：予選《詩觀》，借榻樓上，賓客多至者。誰謂筆墨無權也。〔二〕

〔一〕以上據《湖海集》卷六。

〔二〕以上據《湖海集》卷七。

宗元鼎〔一〕

《春夜看歌者演牡丹亭曲》：此詩當與湯臨川原曲並傳。

《廣陵懷古》「繁華空博數年夢，流水不回千載堤」：俯仰興衰，令人淒然流涕。

江　闓

《江辰六詩集》：沖澹深粹，出於自然，此淵明詩不可及處，此子獨領會得。〔二〕

〔一〕以下輯自宗元鼎《芙蓉集》卷七。

〔二〕此條輯自《江辰六文集》卷首《題辭》，康熙刻本。

慎墨堂詩話卷四十三

筆記四十四條〔一〕

1．余於辛巳小春，遇眉史於半塘，後歸白門，中阻亂離，不得書問者七年矣。庚寅楓林之遊，於虞山幾幸得見，而竟不獲面，怨恨之情形於顔色，因成此詩。無何扁舟來訪，重過横塘。其丰神筆墨，事事絶人，而擇木未棲，不無薄命之感，遂書此册贈之。山梅將放，余别去問道靈巖，眼見落英如雨，不知飄墜何處，忽生惆悵。不能就黄蘗老人了此綺語機緣也。

2．虞山宗伯詩序：「往歲吴門歌者入燕，過余言别，有龜年湖湘之歎，爲書斷句十四首。龔孝升在長安倚而和焉，傳寫至濟上，盧德水酒間曼聲諷詠，泣下沾襟，坐客皆淒然掩淚。」梅農云：合肥詩「香韉紫絡度煙霄，金管瑶笙起碧寥。誰唱涼州新樂府，舊人彈淚覓紅桃」；「長恨飄零入雒身，相看憔悴掩羅巾。後庭花落腸應斷，同是陳隋失路人」，皆其可感可泣者也。熊侍郎文舉亦有

〔一〕以下據天津師範大學圖書館藏民國鈔本《慎墨堂全集》之《慎墨堂筆記》輯録，原題「海陵鄧漢儀孝威著，邑後學夏荃退庵輯」。

詩云：「金臺玉峡總滄桑，細雨梨花枉斷腸。惆悵虞山老宗伯，浪垂清淚送王郎」；「人間幽夢幾曾醒，玉茗檀痕字字靈。彈動琵琶天欲老，傷心寧爲牡丹亭」。戴司農明説詩云：「瑶箏紫穀大房西，久别寧王譜未迷。莫向五雲深處唱，年來太液草萋萋。」俱淒惋可誦。

3．戴司農明説有《題李五弦少司馬陳姬遺像詩》四首，屬范吏部士楫點定。吏部僅録其一：「菡萏餘香鸚鵡身，瓊簫聲落鏡中春。何年留得霓裳曲，痛煞開元未死人。」詩真藴藉，吏部亦可謂具眼。又有《題徽宗鷹》詩：「雪後天高雙羽輕，金睛斜瞬暮雲平。誰知艮嶽山頭雁，風雨年年罵蔡京。」合肥每喜向座客誦之。

4．廣平申涵光序：「張蓋，字覆輿，吾永之東橋人，介士也。然其初以狂著，少負制舉名，非所好，好詩。時郡人無稱詩者，聞詠哦聲，則增飾傅會以爲笑，蓋獨好之。所爲詩輕脱自喜，往往不中繩尺。家固窶，竭貲力爲服飾綦履，佩玉、飄長帶，如貴介甚都。時人狹邪，流連竟日夜。城頭水次，則洞簫出諸袖中，嗚嗚自得。善草書，所遇無不書，或求之，乃遂不書。故舊每欲得書，輒匿楮紈，不令見。已自尋得之，便索筆急書，惟恐奪去。故遠近傳，蓋狂士。狂士甲申後忽自摧折，以次當貢太學，不受，自脱諸生籍。閉門獨坐，讀杜詩，歲常五六過。詩亦精進，得少陵神韻。對客竟日不一語，曰：『無所當語者。』以母夫人饘粥不繼，間授徒自給，性不耐，未幾輒罷。好獨行曠莽林薄間，自作手語，時人莫測也。故人仕宦者招置幕中，敬禮之，偶一語不合，遂拂袖去。未幾得狂疾，築土室於村外，蔽塞絶人跡，穴而進飲食，歲時一出拜母，雖妻子不見也。人潛聽之，時有泣聲，或朗誦五經，自後不復作詩。申子曰：跡蓋所爲，前後若兩人，類有所感發者，古獨行之流與？詩在前不復論，録其甲申以後諸作，語不馴雅者又削去。嗚呼！其足見蓋者幾何哉？」

5．丁未客箬山，羅霆章鏡庵以《從征美人燈詩》見示，凡九十首。余同戴尚書巖犖坐茅氏之聚星堂，共爲點定，得詩三首。萊陽宋荔裳琬：「瘦削腰支似沈郎，若爲烽燧向沙場。夫人城外木蘭戍，太乙宮中韎韐妝。衫映猩紅天不夜，劍横鷁練雪生光。更闌可怕金吾問，新佩銅符出上陽。」杜子濂淶：「明璫抹額兩相宜，疑是吴宫夜獵時。碎錦裲襠星歷亂，團花衫袖玉參差。雲中旌旆遊龍賦，馬上琵琶火鳳詞。坐封煙花裁露布，功成先拜小姑祠。」丁素涵瀠：「不須脂粉自容輝，束素腰身掛鐵衣。豈是烏孫初款塞，何來神女突重圍。鳳尖紅印桃花色，犀帶香吹柳葉飛。悄竊銅符行海上，鮫宫新捧夜珠歸。」他如王玉映端淑：「比月每煩歌吹引，如花偏稱錦貂妝。」宋荔裳又一首：「未到關山愁雨雪，爲防火伴斂容光。」曹顧庵爾堪：「翠鈿不夜珠生暈，錦袖迴風劍有光。」徐咸池叔夏：「還擬鏡臺妝盡改，教人終夜辨雄雌。」周子俶肇：「銀樹花間呈小隊，碧油幢裏倚新妝。」馮幼將肇杞：「夜闌旭日紅昇海，莫憾軍中氣不揚。」雖非全錦，亦自可誦。

6．僕幼時讀書吴門之西郊。一日過林若撫。适邵僧彌攜所畫《梅花草堂圖》相訪，因共坐香月窗。僕出近詩數首相質，僧彌於窗下微吟細哦，深加賞味，實僕此時於詩道毫未有窺也，距今三十年矣。丁未冬仲，偶讀吴宫詹梅村所撰僧彌墓誌，歎其後裔凋零，一子覆舟身殞，一子跛，今在玄墓爲僧，怊悵久之。同時更有清壑道人胡梅，字白叔，目雙瞽，賣藥爲生，工於詩，僕時過其家，必小飲留飯而去。曾遊虞山，錢宗伯牧齋贈以三十金，一夕爲盜攫去，僅存襆被，尚對客朗吟云：「盜廉猶捨蘆花被，妻老原無杏子衫。」其興致如此，然亦無嗣云。

7．庚辰訪朱隗雲子於鹿城旅次，雲子時有《詩家平論》之選，極談詩指，深爲雋上。迨丁酉余過吴門，則雲子化去久矣。其弟陵望子，收拾所遺詩文，手録成帙，索余爲序。余以匆匆去廣陵，未之能應。今望子亦没，不知其稿尚存否？葉襄，字聖野，曾刻《紅藥堂詩》行世，與余論詩極合。丙戌訪余吴趨，語余云：「元微之《連昌宮詞》、白樂天《長恨歌》，皆唐人極有關係詩，而鍾、譚不録，所以爲舛。」今亦棄世，其遺稿尚多付之斷煙荒草，不問可知也。

8．己卯，余應試白門，過李如穀吴滋憲副園，因留余飲，出扇作詩贈行，文不加點，詩云：「挾策將爲破浪遊，青雲片片起清秋。壯懷已試天香手，逸興何妨桃葉舟。應有莫愁爲捧硯，如逢孫楚且登樓。恨余昔日先歸棹，不及君今聽鹿呦。」前輩之待後生，殷勤如此，甚可感也。

9．張詞臣幼學云：「余僻處海陬，不知江山之間有偉人也。因龔半千而知王自牧，又因自牧而知韓畊良、經正昆季。自知二韓而知以琴名者，有李季寅、謝千里；知以圖篆術數名而有慷慨烈士風者，有吴燦生；知以詩文名而高卧山中者，有楊爾成；知博交而多才者，有爾成之兄爾寧；知不學而能詩且多奇節者，有劉儀光；知坐隱者，有張文延、夏申之。」

10．吴橋范文貞公爲留京大司馬，雅畜聲伎，其裝旦者名秋水。乙丑，余與同人集飲市隱園，見秋水當場演劇，杜于皇指示之曰：「此吴橋昔所珍愛者也。」即席因同龔芝麓奉常賦斷句數首以贈。比乙未，飲戴巖犖司農京邸，見有侍史在側。司農曰：「此子姓胡名昌，吴下人。昔在吴橋相公家，秋水裝旦、胡昌裝生，頗稱娩美。相國騎箕後，昌遂依余，余家焉。」衆欷歔久之。李學士坦園時在座，曰：「天寶舊人，亟宜贈之縑帛。」

11．乙巳春日，偶遊東村，見壁間有沈復曾林公《夢成簡庵》詩一首，詩云：「極目干戈悲歲華，別來處處問雲槎。黄金有價詩名薄，白壁誰投客路賖。飛蓋不忘京雒夜，芳蘭猶怨楚江花。林青月黑關河遠，夢裏霜風滿碧紗。」時林公化去已八年矣，余題其後云：「我友八年没，飛花野冢春。何期村墅路，猶見墨痕真。舊夢摇滄海，殘樽哭故人。溪南無恙在，應與共酸辛。」是年初夏，余過商丘，則簡庵於是春已没。溪南之訪竟爲虚語，能無泫然？

12．延令伎張生香，余曾與之共飲，雖不炫才而詩句妍秀。其《依韻答雪園見贈》云：「風塵牢落且隨聲，不道名流物色慇。敢擬宓妃波上影，虚瞻神女嶺頭雲。傷心芳草愁難繫，望斷王孫夢已分。只恐東風無定準，相思僅見酒微醺。」又《和寒食見懷》一首：「頗知寥落殢蕭齋，況復相牽志肯乖。好夢未回依枕簟，癡魂欲斷怯環釵。方悲柳絮霑難脱，敢擬琴心遽可偕。珍重青衫休更濕，恐嫌清範重優俳。」其和章如此類者甚多，後竟杳然不知所往。

13．辛卯，余驅車河北，見驛亭旅舍女郎之題壁，如葉子眉、宋惠湘、陳秀蘭輩，不可勝數。雖真贋不可知，然喪亂以來，紅妝艷質流落於風塵兵馬間者多矣，其怨而留題或有也。龔芝麓曰：「宜彙爲一編，以志閨恨而傳芳名。」

14.閩中黄明立先生爲南雍丞，居金陵，老而好學不倦，人士宗之。余曾有詩寄懷云：「屐聲秋欲冷，各各見無緣。遠望長干道，頻思叔度賢。江深寒到夢，春淺樹如煙。曾有青溪約，因風欲放船。」蓋庚辰年作也。今其令嗣虞稷俞邰，博覽能世其家學。余曾向宛陵沈泌方鄴言，欲訪之金陵，尚未果。

15.吴纘姬孝廉，沉毅負才略。預知登州之變，即移家還海陵。甲申在維揚，與黄中丞家瑞、馬兵憲鳴騄，倡義社，以扁舟邀余共事。余有詩答之云：「門前楊柳繫輕舠，尺素披來念我勞。西地清魂縈故闕，一天細雨濕征袍。中原門户江淮重，藩鎮軍容節制高。消息朝廷遲北伐，新亭置酒莫牢騷。」竟不赴其約，後纘姬亦避地吴中。江南平，田居，不復上公車，鬱鬱以死。

16.熊公雪堂文舉以天官郎主陝西鄉試，自矜所拔名士殆盡。一日，其門生韓詩聖秋過謁曰：「公誠得士，然不能收劉客生，士論以爲憾。」公曰：「吾亦知其人，奈何遺之。」亟向方伯索其落卷，則爲經房一廣文抹去，公未之寓目也。公作一詩，亟命駕詣其廬，謝冬烘之罪。時秦士傾動，客生之門乃更光耀。

17.丁未冬，雪後至南山寺寂香庵，見堂前有《秋日南山寺訪季公孟》詩，乃河南右布政春所龔大器作也，詩云：「古寺依南郭，禪房苔蘚封。寒雲棲白石，靈籟動青松。客思驚秋笛，梵音下暝鐘。故人天北至，良夜喜重逢。」詩甚渢渢，有王、孟之致。

18.久不見龔定山近詩，丙午夏，戴紳黄司李揚州，招飲抱琴堂，出其送行二首見示，詩云：「隋苑風花杜牧詩，錦驄蹀躞好春時。潮從瓜步帆前落，簫向紅橋月下吹。謝氏一庭能夢草，王家累葉總臨池。遥知文選樓開處，無數芸籤待玉蕤。」「文紀丰稜起惠文，登車春色早絪緼。遺民一下丹書淚，横海全消鐵甲軍。何遜官梅香似雪，戴禺園草碧如雲。停杯爲唱驪駒曲，花事三分已二分。」聞其爲即席次韻之作，清圓秀令，猶似當年龔研脱手彈丸時也。

19．三十年前讀書吴門，遇閩中林六長銓，索余爲《括蒼除夕買硯》詩，今乃見其姓氏於《東日堂集》中。

20．子美評同時諸子詩，於孟襄陽曰「清」，於王右丞曰「秀」，於岑嘉州曰「多新語」，於高常侍曰「法如何」，於畢曜曰「舊小詩」，於李太白曰「清新俊逸」。古人之不妄許可也如此。

21．子美《贈嚴武》詩曰：「新詩句句好，應任老夫傳。」儼然以詞壇前輩自待。

22．嘗與山東王西樵士禄論詩云：「今人盛詆歷下，不知于鱗自中原、萬里、黄金、白雪而外，有一種雄秀高鍊之作，迥非時賢可及，必另評細賞，乃見力量。今人不多讀書，不深心詩格，逐隊駡人，恐終爲識者所嗤笑耳。」西樵歎以爲知言。

23．錢牧齋宗伯，每出愛乘小艇，艙中僅容几榻。丙申冬，余宿半塘人家，牧翁泊舟塘下，時冰霜滿眼。凌晨早遣蒼頭邀至舟中，則牧翁已盥罷，方據案作小楷。題一山僧畫册，題畢同余啖粥。啖已，出笥中詩帙相示，則録余燕市詩數首在上，手自丹黄，細加評跋，且作一序文見贈。余謝不敏。牧翁曰：「子詩良佳，僕非輕諛人者。」因謂余曰：「昨自雲間來，以詩刻投者可盈數尺許，閲罷竟無一字。」余驚問故。牧翁曰：「非無一字，只是中間無一意思耳。」因登虎丘，置酒清歌，極歡而散。

24.資福寺爲弁山幽麗處，緑筠堂一碧無際，翠欲侵衣。秋日，余來游此，適值連雨，因止宿山齋。萬峰飛瀑，吹來檐宇，夢魂殊爲清絶。寺僧霞允，工詩且好客，剪蔬烹茗，了無倦色。壁間有前太守吴文企白雪題詩云：「行到寺邊寺，坐看山外山。講堂分户牖，野雪對溪灣。暗水香厨引，高雲絶頂還。僧茶亦宦味，空跡問潺湲。」余次其韻，凡得八章。雨三日始霽，登輿向龍華寺去，一路行樹山泉，引人著勝，弥令人情深丘壑也。

25.王雪蕉云（名相業）：「詩忌底語，禪無死句。『月到上方諸品浄』，底語也；『心持半偈萬緣空』，死句也。若『日色冷青松，長廊春雨響』，則不可思議耳。」

26.姜給事如農埰詩，身没後始出，其格體老秀，似出其弟如須垓吏部上。

27.今詩專尚宋派，自錢虞山倡之，王貽上和之，從而汎濫其教者，有孫豹人枝蔚，汪季甪懋麟，曹頌嘉禾，汪苕文琬，吴孟舉之振。而與余商略，不苟同其説者，則有施尚白閏章，李屺瞻念慈，申孚孟涵光，朱錫鬯彝尊，徐原一乾學，曾青藜燦，李子德因篤，屈翁山大均等人。

28.錢虞山選歷朝詩，極詆李空同。龔孝升曰：「空同詩，自弘正傳來二百餘年，到老先生眼中，似未可輕罵。」

29.梁公狄初與豫章王于一交，兩人相論詩，每篇成，不即示草率，相攜至荒臺古寺、車馬不經處，始出詩共讀，狂呼驚拜，或至痛哭而後返。每在酒座，主客獻酬，公狄獨據席出袖中白板扇字，高聲三讀，不覺四座有人。其所讀必王豫章詩。

30.錢虞山之箋杜，胡孝轅之抹杜，申凫盟之駁杜，方尔止、顧修遠諸家之注杜，均屬支蔓。而尤可笑，則新安張黄嶽之改杜。余笑謂張曰：「僕自今讀古人詩文，頗覺有膽。」張名習孔，曾爲山左提學，家饒，治鹽鐵於維揚。

31.周櫟園司農好提拔士類。揚州諸生汪舟次楫以詩造謁，公大稱賞，磨墨數升，謂其座客曰：「我今閱新名士詩。」濃圈極贊，且遍爲游揚，汪遂大噪。泰州處士吴賓賢嘉紀居東淘鹵澤中，善病，工詩。與汪舟次密，言之於周，且代贊其詩。周急欲一見，曰：「使賓賢病且死，而吾終不得識面，豈非生平一大缺事？」比相見，乃極歡，且選梓其詩以行。二君由是知名當世。

32.櫟園周公爲詩，縱横塗改，盡紙之全幅，不一字苟下。秋岳曹公爲詩，先寫古人詩一首於壁間，務使己詩與之相敵而後已。禹峰彭公全以氣勝，酒酣放筆，儵時間可得數十首。

33.曹秋岳溶喜爲排律，每稱關中李子德因篤爲足接踵少陵。余在京師叩之，李曰：「此不過詩之一體，非所貴。曹昔在大同，以此體屬和，故謬爲曹所奬賞耳。」詩必以古體爲主，今人不會做古詩，只算得半箇詩人也。

34.曹秋岳每不喜粤東屈翁山大均之詩，謂其學李青蓮。夫青蓮詩豈易到，曹之評鑒偏矣！然屈晚年詩，實不逮前，固有公論。

35. 李太虛宗伯明睿問余曰：「王于一詩何如？」余應曰：「好。」宗伯曰：「不過翦綵爲花耳。」盖于一詩學孟津，頗傷於氣耳。

36. 王覺斯鐸在京師，隔日必過戴巖犖明説邸中，索其兩日所爲詩。戴辭以無有，王曰：「士大夫鹿鹿車馬酒食間，不親文墨，豈惟塵俗而已？」自此戴雖酬應怱冗，必預爲一兩詩以待。

37. 楊龍友監軍，風流俊雅，而能死縉雲之難。錢虞山題其畫册，極稱之。合肥和韻，輒多微辭。盖龔甚怨貴陽，故並不滿龍友。

38. 影園黄牡丹盛開，鄭超宗大集名士數十人賦詩，製一金巵，擬壽詩狀元。乃糊名易書，馳使數百里，請定於錢虞山。虞山甲乙回，拆視之，狀頭乃嶺南黎美周遂球也。美周至吴中謁謝錢，如門生見座主礼。

39. 文太青翔鳳官南光禄，署國子、鴻臚、京兆三篆，風雅之士趨之如歸。秣陵諸生傳遠度有「紗帽山人文太青」之句，當時艷傳之。

40. 劉公戢嘗言中州有二寶：何大復詩集、侯朝宗文集是也。余遊兩河間，歸德、汝寧兩郡守以此二種見贈，余載之驢背以歸。

41. 王藉茅無咎任江南藩司，王于一訪之。藩伯云：「君無須他求，只捉刀代作金陵懷古詩，當有厚贈。」藩伯命數十題，于一草畢，大加歎賞，解囊三百金。藩伯係孟津尚書子，有詩名。

42. 閻古古尔梅於合肥宗伯座上賦詩，有「螳螂誤入琴工指，鸚鵡虛傳鼓吏名」之句，一時名流咸爲閣筆。

43．昔唐伯虎學畫於周東村，而大過焉。或問之，曰：「彼欠我胸中數卷書耳。」董思伯稱李長蘅詩騷子史博通淹貫，一一發之於畫，故尔超超逸品。觀此可知，不讀書人必不善畫，縱窮工極緻，只匠筆耳。史遷作《史》而不免於疏，少陵作詩而不免於拙，亦足本色勝。

44．空同自序《弘德集》，有曰：「余之詩，非真也，文人學士韻言耳。出之情寡，而工之詞多，每欲改之，以求其真，然今老矣。」空同晚年，其有悔心乎？弇州既老，日手淵明詩不置，服膺東坡之文，知其悔之也深矣。臨川湯義仍始爲文，務學六朝。晚讀鄉先正書，有志曾、王之學，而歎年已往，學之未就，亦皆與空同、弇州同其悔者也。

慎墨堂詩話卷四十四

詞話

李元鼎

《文江酬唱》：文江詞清真澹雅，而無富縟之累；深微高邈，而無膚淺之譏；體格樸雅，而風神自爾秀暢；胸懷磊落，而氣韻復極安閒：其得《花間》之正傳者乎？〔一〕

吴偉業〔二〕

《臨江仙·逢舊》「緑窗人去住，紅粉淚縱横」：總是無聊情緒，借紅袖發之。以爲流連金粉，非善知宫尹者。

〔一〕此條輯自聶先、曾王孫編《百名家詞鈔》，康熙刻本。

〔二〕以下輯自吴偉業《梅邨詞》，康熙刻本。

《滿江紅·讀史》「論富貴，刀頭取辦，只應如此。十載詩書何所用？如吾老死溝中耳」；「揮麈休譚邊塞事，封侯拂袖歸田里。待公卿、置酒上東門，功成矣」：寫得豪情雄氣，鼻端火出。大丈夫草檄枕戈，取黄金印如斗大，意氣不應如是耶？

《滿江紅·蒜山懷古》「落日樓船鳴鐵鎖，西風吹盡王侯宅。任黄蘆苦竹，打荒潮，漁樵笛」：其聲悲激，其情危苦，正須用漸離之筑、正平之鼓、雍門之琴、白江州之琵琶以和之。

《燭影摇紅·山塘即事》：有前此之熱鬧，越顯得後面之淒涼。然世上豈有不散之筵席者？於此當徵道力。

宋琬〔一〕

《點絳唇·劉峻度席上聽女郎度曲》「子夜清歌，隔簾疑在青天外。瓊簫玉管，莫把鶯喉礙。紗帽籠頭，卸卻殘粧戴。嬌羞壞，廣場無奈，初學男兒拜」：無限憐惜。杜書記席上覓紫雲時，少此風致。

《西江月·舟中見麗人》：僕吴江舟中有句云：「不識吴娘何處住，垂虹橋外滿人家」，與茘裳同一情癡矣。

〔一〕以下輯自宋琬《二鄉亭詞》，康熙刻本。

《虞美人·過錫山秦園訪留仙太史不遇作》：讀過，輒憶留雲堂聽曲時。

《蝶戀花·桃葉渡舊用小舟亂流而濟，今易以橋，往來差便而名實不副，慮往跡之湮也，作此詞》「寄語黄姑依樣學，填河不復勞烏鵲」：使君自是讀書人。

《滿路花·胭脂井》「泉下芳魂，至今遺恨擒虎」：風流事少不得如此下場頭，説來悽艶欲絶。

《滿江紅·從姜九綺季索畫》：綺藻之中兼有神興，固爲風流獨舉。

《賀新郎·登燕子磯閣望大江作》「俯層闌，黿鼉出没，雪山噴薄。況是清秋明月夜，何處船樓吹角。早驚起，南飛烏鵲。估客船從巴蜀下，看帆檣、半向青天落。吾欲醉，騎黄鶴」：雄情豪致，絡繹本趨，俛仰河山，更自百端交集。

龔鼎孳〔一〕

《西江月·爲陳郎新婚》「十里春風，人面二分，明月揚州」；「芙蓉初日照樓頭，蓮子從今得耦」：雅艶絶倫。

《滿庭芳·韋公祠西府海棠數本繁艶甲於京師，春時朝士讌賞不減慈恩牡丹也。滄桑數變而此花不改。三月十八日與諸子社集其下感幸繫之》：廢園平臺，野花蔓草，如聽綉嶺宫人唱紅豆秋

〔一〕以下輯自龔鼎孳《香巖詞》，康熙刻本。

槐之曲。

《薄倖·春明寄懷》：龍女織絹，都非恒製。要是五代人語，非兩宋人語。

《賀新郎·代人贈别》「此别竟無魂可斷，笑消魂兩字言情淺」：「無魂可斷」一語，當使和天都《瘦馬圖》「求雲踏霧，乘雲幻想無端，那管愛河直墮。」

陸求可〔一〕

《念奴嬌·花朝》：覺得芳菲滿眼。

《漁家傲·夏晴》「戲着小童敲石磬，清苔滿地，沾泥濘。茅屋常關，欄獨凭」：難得有此冷僧。

《生查子·夏閨》「夏日原長，今年覺短，更兼小膽空房，易怯脩眉，照鏡生愁，瘦堪憂。腰肢不待高秋」：佳人從來怯夏，寫得婉轉可人。

《初蘂香·初秋》「琅玕青簟初收起，涼來矣。招摇西指銀河徙，天上雙星歡喜」：無多語，勝讀《秋水》篇。

《品令·冬遊》：輕颺脱灑，藐姑射之神仙絶無煙火色相。

《千秋歲引·晚景》「紅纓鬚隨獵馬返，黄蘆雁觸漁舟起。滿江楓，幾村柳，鳥歸矣」：桑梓返

〔一〕以下輯自陸求可《月湄詞》，康熙刻本。

照，一幅周綸《村居得意圖》。

《殢人嬌·湖上柳》「識小蠻腰細，東風急。三眠乍起，共波光争碧」：六橋濯濯，不似灞上銷魂。極有分寸。

《江城子·畫眉》「語多情，瘦棱棱，試向菱花一照，便分明半額。不知如意否？休閣筆，爲君增」：閨房艷事。

《贊成功·雞冠》「頻摇絳幘，如報霜天」：「如報霜天」，妙處不可思議。

《瑞鶴仙·讀書》「笑魯魚亥豕，千秋塵滿，古人活現，却未許粗人夢見。仗何人炯炯雙眸，斬盡葛藤一片」；「留戀子虚烏有，怪誕齊諧，何須高捲。不求甚解。持此法，思過半。十三經，廿一史，從吾好，值得心煩意亂」：如此讀書，可謂「雙眸炯炯」，直是千古高儁，更仗何人！

梁清標〔一〕

《歸自謡·惜春》「欲留無計眉慵盡，簾鉤亞，鶯兒苦把東風罵」：仄峭尖新，花間妙詣。

《少年游·春愁》：「一半梨花」生派得妙。「酒醒殘月」，正復不堪爲懷。

《醉春風·除夕》：慨世語然自温厚，何必劉四駡人？

〔一〕以下輯自梁清標《棠村詞》，康熙刻本。

《瑶臺第一層·江亭讌集》：先生使粵全稿，僕已盡攬其勝，得此詞又如對海上三山。當日應徐無恙否？八口可安林壑」：關山烽火言念舊游，不禁情詞感激，諷讀一過，如聞哀箏秋雨。

《大江西上曲·寄羅弘載越中》「問道戍堞、烽煙、戈船、鼙鼓，宛委軍聲惡。

《霜飛葉·冬日寄懷杜子静》「看今古茫茫，問誰是市中屠狗、西州豪傑」；「悵離群，回首處，碣石風高，滹沱冰結」：其聲涼以思，趙瑟燕歌，可一洗吴兒箏笛手。

孫枝蔚〔一〕

《採桑子·題焦山僧房》「老僧頭白焦山頂，不管興亡。安穩禪牀，卧對江南古戰場」：固自英爽，有伯符當年氣概。

《浣溪沙·寓豊城壽昌寺作》：四首讀來極是慘澹。

《浣溪沙·問怨》：「心煩剪壞寄郎衣」，固是别出新意。

《鷓鴣天·壽家無言》「塵中自有延齡術，請學吾兄也獨眠」：「獨眠」是桴庵秘訣，他人學不得。

《長相思》：爾止詩晚年多頽唐放筆，僕曾於宋澄嵐、李叔則兩先生座間直言之。然其詩樸老處正復不少，行當與溉堂共選而行之。○四詞可謂極其悲痛！友朋之情，於是乎爲至矣！

〔一〕以下輯自孫枝蔚《溉堂詩餘》，康熙刻本。

《秦樓月・客京中二首》其一「黄花與我同無恥。同無恥，朱門相見，何如栗里」：遊戲得妙，然非溉堂先生不能作是語。其二「西山聞是登臨處，何人天壽山中去。山中去，十三陵寢，淒涼煙樹」：僕近題友人昌平詩有句云「未尋天壽路，空哭戰場春」，與溉堂同此情也。

《小重山・凌聖調年十七，乍離江都慈幃，入京就婚，花燭之夕，爲賦此詞》「上堂何日拜賢姑，知今夜花燭，眼模糊」：花燭詞無此雅正之音。諷以歸「拜賢姑」，具見古道。

《踏莎行・台山遠望圖》「生綃寫出老龍身，與君鬢色青無異」：結句是李長吉錦囊中語。

《踏莎行・拙鸜鵒爲主人所惡，大風寒，無人肯爲移架煖處，鵒益默默就死而已，予憫焉，偶讀李空同李氏大傳，至吏隱公爲訓導時，上提學御史閻禹錫書，中謂此鳥不籠緤之，不宛轉相道，假以歲年，即鮮有能語者，以喻己變俗之難及閻責効之非，既深賞其言得先王造士之法，而又哀拙鵒之窮非其罪也，作二詞呈主人》其一「滿天風雪正愁人，如何忍置寒簷下」：仁者之言。

《南柯子・望江邊村舍》「可羨居人，賣酒作生涯」：頻年作客，羨江頭賣酒翁真是天上。然宦海浮沉，更有甚于作客者。

《菩薩蠻・歲暮題書尾寄揚州》其一「自從書信斷，只道郎將返。讀了恨燈花，欺儂也似他」：「恨燈花」還是第二。其四「遠處正多疑，休教回信遲」：「遠處」二句細膩之極。

《臨江仙・五日壽王天葉》：字字確切天葉。

《江城子・賦錢，戲爲既恨復憶之語》「孔方畢竟與誰親，謂他昆，不曾聞。糊口如予，手足恐難論」：世間恁風雅事，無錢做不得，奈何以孔方忽之？親之如兄，固爲不錯。

《蝶戀花·送王仔園之金陵》「歌舞南朝天易曉，一霎君臣，一霎閒花草」：南渡情事，盡於「一霎君臣」二語，不數「潮打空城寂寞回」也。

《沁園春·戴務旃攜具過寺寓》：溉堂詞豪健如饑鷹獨出，此更細膩，覺機軸殊爲不凡。

《沁園春·調務旃重九前辭予歸家》：柔情昵致，纏結筆端，固是孫郎自爲寫照。

《沁園春·題想園、想想園》：題虛詞實，寫得繽紛錯落，皆極珠玉之光。

《念奴嬌·陪諸公宴集城北園林，限屋韻，坐有魚較書》「多少興亡，看過了，且看湘裙六幅」：是時名流駢集，亦復佳製如林，讀至「多少興亡」二語，不覺齊爲服拜，不減孟襄陽微雲之吟、劉賓客石頭之唱也。

《燭影搖紅·同曹顧庵、鄧孝威、雷伯籲、孫介夫飲王西樵司勳寓園，聽雲然女史度曲，分韻得六字》：竹屋天寒，華燈酒密，妙依紅袖，細寫烏絲。此會幾如隔世，寧不念司勳，發玉麈黄土之悲也。

《漢宫春·飲瞿生宅，月下聽客彈琵琶，是陳隋間曲調，感而賦之》「四條弦子，把陳隋，兒女魂勾」：「四條弦子」數語，可謂驚魂動魄。

王士禄

《念奴嬌·小春紅橋讌集，同限一屋韻》：一往情深，當于行間字外遇之。

《念奴嬌・讀曹顧庵學士五詞奉柬，用顧庵「西樵、其年長調先成」韻》：麗詞豪氣，有揮斥千秋之概。此道新闢，蠶叢應推吏部。

《念奴嬌・送李雲田往吴門，次留别韻》：佳事如此多矣而不傳，賴徐、庾之筆，乃覺艷思飛動，千古所以凡視詞人。

《念奴嬌・次韻陳其年贈阿秀，并示西樵之作，兼答鄧孝威、李雲田、陳散木、范汝受》：真實受用，乃能寫出風流如許。「佳客且教題鳳去」：如此柔情，客雖去不嗔也。

曹爾堪

《念奴嬌・送朱近脩還海昌，兼懷宋既庭先還吴門》：是集既庭先還，不與，近修亦即言發。同人席罷祖行，猶有秦晉大夫歌詩遺意。

《念奴嬌・寄懷紀伯紫之薊門、杜茶村之淮陰》：眼底一場春夢，筆端萬斛明珠傾瀉奔湧，不見其盡。學士詞源，殆穿天心、出月窟矣。

陳世祥

《巫山一段雲・四月二十日》「衣帶鎮相憐」：五字得艷情三昧。「小窗心性夕陽天」：讀之令人惝怳移時。

《念奴嬌・次季希韓留飲韻,兼送其暫歸》「酒碗淋漓成墨瀋,幻出龍蛇千幅」:顧庵奇句往往出以樸老,散木奇句往往出以仄拗,各是體中獨至。〔一〕

《念奴嬌・次學士即席韻,兼呈宋荔裳觀察、王西樵司勳》:霓裳妙曲,散序偶傳,故非人間所有。

《念奴嬌・訊孫豹人移居》:以典午語致爲詞,是超超玄著。

季公琦

《念奴嬌・送其年歸陽羨,兼索讀烏絲全集,次學士韻》「鷓鴣啼入斑竹」:其年還陽羨,一時名士皆有贈句,擬繪圖歸之,第「鷓鴣」句畫不出耳,推爲壓卷何疑?

宗元鼎

《點絳唇・春盡》「綠沉芳樹,半濕斜陽暮」:是春盡好光景。〔二〕

《念奴嬌・疊前韻柬汪舟次》:體韻遒舉,風采飄然。〔三〕

〔一〕以上兩條輯自陳世祥《含影詞》,康熙刻本。

〔二〕此條輯自宗元鼎《芙蓉集詩餘》,康熙元年刻本。

〔三〕王士禄以下諸條,凡不出註者,皆由裴喆博士輯自《廣陵倡和詞》,康熙刻本。

董元愷

《臨江仙·閨望集唐句》：舜老集唐諸詞，可謂無雙。〔一〕

陳維崧〔二〕

《采桑子·題畫蘭小册》「杜蘭香去多時了。碎錦零紗，飄泊誰家，賸有眉樓小篆斜」：柳花閣上風致，令人不堪迴想。

《念奴嬌·讀曹顧庵新詞兼酬贈什即次曹韻》：風期歷落，令人想王大將軍歌老驥時。

江闓〔三〕

《天仙子·閨思》「耐將息，莫教春損壞」：「損壞」屬「春」上，妙。

《望仙門·登文殊臺望瀑布》：「空青齊作白雲流」，未經人道。

〔一〕此條輯自董元愷《蒼梧詞》卷四，康熙刻本。

〔二〕以下輯自陳維崧《迦陵詞》稿本，裴喆博士提供。

〔三〕以下輯自江闓《春蕪詞》，康熙刻本。卷上署「黄岡杜濬于皇/吴縣鄧漢儀孝威選」。

《畫堂春·途次有懷小女》「剛聞鵲噪報將知，轉重悲淒」，「羈愁未敢多題」：苦情實境，實憶內耳。好與「怕傷郎又還休道」對歌。

《臨江仙·開先寺》「孤雲眠貼地，雙劍落虛空」；「荒臺哀帝子，終歲紫苔封」：畫亦不到。

《御街行·題程穆倩禽蟲寓言後》其二：與荔翁壽穆倩詞競勝。

《百字令·書武昌漢壽亭侯祠》「江東未下，磯頭長自嗚咽」；「底死殷勤留不住，千里終歸昭烈」：道出英雄心事，當撾禰鼓歌之，使聲殷天地。

附録一　鄧漢儀傳記資料

(一)徵辟始末〔一〕

家君謝棘闈事數十年矣，四壁蕭然，手不釋卷。近發篋中稿，丹黄以付剞劂。四方郵筒所寄，彙稿充棟，披閲無暇晷。時往來邗江，寓文選樓中，有終焉之意。

戊午春，余侍家君來揚。雨中，程穆倩先生忽投一札云：「昨宵汪蛟門舍事席上見報云：皇上有徵辟之典，中堂已呈薦曹溶等名。且云，將來源源推轂，未有不首舉先生之説。」家君哂之，曰：「諸公皆素列青紫者，未嘗下及布褐之流。且我輩泉石煙霞，家貧親老，安能遠作數千里之遊乎？」未幾，宗鶴問云：「有李因篤、陳維崧等名。」一時維揚諸名鉅俱有彈冠之意，而家君澹如也。

一日東歸掃墓，始抵家，喘未定，而户外轟然剥啄甚急，心竊怪之。及啓户，乃知爲薦舉人。時薦家君者，乃刑部譚公宏憲也。譚公素與家君一面耳。當時輦上諸公通聲氣者不一人，而譚公

〔一〕此文輯自清夏荃編《辟蠹山房叢書》，泰州圖書館藏清鈔本，原署「海陵鄧勱相方回著　鄉後學夏荃退庵校」。

獨有此舉。家君意獨鬱鬱，以祖母春秋高也。乃至金陵，商於金副憲，懇其轉達慕公題疏，終隱以遂厥志。金公訝曰：「此何心哉？我本職宜開薦，今未薦君，反阻其事耶？雖然，君北上乏貲，舟車之費，義所不辭。」乃分俸勸駕，意極殷殷。

歸家，府縣敦迫，親友咸勸行甚力，家君乃與孫丈豹人共買舟至京師。孫亦無干進意，時部限八月抵京，已踰重九矣。計試期已過，不日即偕南歸也。不意試期遥遥，乃造戴公雲極家，託其覓寓。戴公喜，因留寓焉。時令兄經碧太史亦在薦列，遂朝夕盤桓，相倡和爲樂。家君素有足疾，意厭塵囂，長閉門嘯詠自怡。而長安道上車馬輿蓋，賓客雜遝，日常數十次迎送，起居殆無停晷，幾與吐哺握髮相似。好事者日僕僕於黄沙中，延門造謁，傴僂鞠躬於王公大人前。或廣筵拘攣、煩文苛禮；或酒不終席，日常數家。較之鄉居時，偕一二知心，把酒嘯傲於蓬蒿間，解衣磅礴，談古今事，醉或賦詩起舞，如嵇、阮輩，以彼易此，真不啻霄壤也。家君因謝絶雜賓，不妄投刺，以是稍得清静。性尤畏與冠蓋相接，而往來最厚者，祇施愚山、陳其年、孫豹人、李武曾、申周伯、汪舟次數人。即輦上諸大老，非素稱神交者，未嘗一通姓字。如王公敬哉、梁公蒼巖、宋公蓼天、李公容齋、王公阮亭，皆夙交神契，故往謁焉。時敬哉長相問候，數開園設席，招家君飲，輒索題園詩，數以詩句請正於家君。至老好學不衰，虚心下士，真魯靈光也。昔曾以全集屬爲點定付梓，今來京已評跋詳細。王公大喜，將剞劂焉，會寢疾騎箕而止。老成耆舊，固已音塵歇絶矣。又魏環溪總憲雅愛家君文，渴欲一面，愚山時促往會。家君曰：「吾素性懶於曳裾，以彼總憲門庭車馬赫奕，公事鞅掌，吾一介單寒，奚必晉謁爲煩？　即魏公，亦豈以余不謁爲罪哉？」施公曰：「不然，魏君者，乃公卿之最賢者也，雖門庭如市，而心實如水。　彼位列中丞，豈少貴游？　而獨慕君與其年，各思得一面而交歡，豈常人耶？　君不可不往。」家君乃往謁焉。　隨投隨會，一見如平生，談笑半晌而別。　數日後復相邀，至則無貴人，惟薦辟三四君，殽核簡澹，數簋而已。　語客曰：「長安道上，非無五侯之鯖，余蕭然杯酒，屈諸君，聊叙闊衷耳。」家君啖之殆盡，相與談叙甚歡，魏公亦大喜。　又相國李公霨爲學士時，曾於合肥龔公家通往來，後以全稿緘寄，選付梓人。　今奉召來京，李公急欲相晤。　時向李屺瞻道及，即二戴先生謂經碧太史、紳黃大行人亦勸其往謁，而家君終不一往，乃持《詩觀》二集託屺瞻致之。　余間勸其往謁，家君曰：「余恨不旦暮南歸，豈有意仕進，乃僕僕平津耶？」又高供奉士奇，常在帝左右，昔以詩緘寄，渴慕甚殷，豫使人於慈仁寺相尋未得，及晤其年先生，始知來京，屬以必欲相晤，並手書亦然。　家君終未之會。　其年曰：「彼亟思一聚，以出入綸扉，從未出外城會客。　君若會渠，須隔晚進内城臥，始得會，自水乳也。」家君曰：「渠忙甚，吾不便相擾，且道途甚遥，步履爲艱，吾與若心相結可也。」時都中喜招客聚飲者，若司馬宋公德宜、學士李公天馥、宫詹沈公荃等，讌集至數十人，皆一時名流，號稱盛舉。　而宫詹酒半，復出所藏皇上御書大字示客，索題觀御書詩，家君遂得七言古一首記之。　又主政曹正子，與家君稱夙契，亦屢會賓客，常數十人，大有孟嘗意。　家君序其詩甚詳。

家君閒與余過龔公宅，每指其居，黯然久之。　曰：「昔余遊京華，下榻合肥家。　時公爲總憲，門庭喧雜，賓客煩劇，而公尚與余賦詩飲酒，殊豪上也。　後屢招渡盧溝，吾以親老爲辭，意從此不復夢見長安。豈期忽有此舉，乃重至西州耶！」今龔公久已化去，雖翟公之門無恙，而人琴之痛實深，遂成絶句，以述感云。時秋將盡，落葉滿地，邊風漸勁，黄沙十丈，泥人面目，透入衣襟，遍體都黑。家君益畏奔馳，時向慈仁松下小憩半刻，徐步而歸。

及冬，風聲轉厲，朔雪時飛，擁爐呼酒，猶覺嚴寒。常慮家下釜魚無以將母爲念，時矯首南望。不賴聖恩深厚，俯念寒儒旅食無資，時詔司農月給銀米若干，庶得覓便緘寄，用充薪水。時祖母年逾八十，母親病肺未瘳，而家書罕至，故常憔悶。夏子九叙公車北上，始得家書，知其平安，乃益喜。

冬盡，客京師已四閲月，而試期尚杳。戴太史曰：「皇上以天氣嚴寒，稍待陽春，乃有期耳。」至己未仲春，旨下，命吏部點名，以便考試。時徵辟諸君不願進考者紛紛陳詞，若杜越、傅山等以老免，嵇宗孟等以病免。而李因篤以親老乞免，屢控未允，至是復欲陳詞。家君曰：「是可以援例矣。」爰謀於豹人曰：「渠若能免吾輩，即行此事，得放歸山林，與子解維南發，豈不大快。」因往詢李公天生。曰：「君且勿急，稍俟余行，昨已投詞銓部矣，若蒙俞允，即可效尤耳。」未幾，銓部不允，云：「非真正耄耋及病廢者不准。他如養親等例，不敢上奏。」家君因勢不能免，遂於三月朔日黎明赴部，偕薦辟諸公進内聽試。叩首行禮畢，吏部引至太和殿體仁閣下，候旨命題。須臾，内閣傳旨，乃《璿璣玉衡賦》、《省耕詩二十韻》。日午，皇上命光禄賜飯，極豐其饌，吏部侍郎、掌院學士等陪飯。試畢，家君出獨早，衆訝上。曰：「吾既無意仕進，復何用搜索枯腸，自苦乃爾乎？但得報罷，吾願畢矣。」時傳旨云：賦必用四六序文，方中式。家君獨未用焉。次日，聖駕出回，乃命内閣閱卷，得若干人；皇上復翻卷，定前後去取，得若干人。時内閣馮公議，以欽取諸人纂修明史，用光盛典。疏奏之，可之，下部議行。吏部議以諸人俱用原銜修史，修成議叙，皇上徑除翰林院。諸公相慶，以爲百年盛事云。

家君因未用四六，故未録，遂益喜，以爲「聖恩寬厚，得放還桑梓，負米養親，以克副初願，吾之不取，勝於取者多多矣」。計欲覓伴南歸，遍謝長安諸友，束裝將去。不意吏部復傳旨。時過友人江辰六寓，江君亦在未取之列，云：「吏部明晨傳諸公宣旨，吾輩雖未收録，亦不可不往。」家君曰：「夫宣旨者，乃欽取諸公；若我輩，似不必多此一行也。」是夕，關中王公孫蔚招飲，座中有屺瞻、豹人兩公。語及宣旨，家君與孫先生意不欲往，王公力勸其行，家君謹諾。語余曰：「諸公勸余輩聽旨甚切，吾可不一往耶？」明日赴銓部，諸公俱在。宣罷，諸公欲散，家君亦下階將歸，忽文選郎楊公名耀疾呼副郎于公沚，拉家君至堂上曰：「皇上有美意，命部院會議，擇年老有才學名望者，優加職銜，以寵諸君。諸君奈何自匿？而且職銜之榮非冠帶比，君才學素著，豈能没没耶？」即引見。冢宰彙名起奏，惟家君暨王嗣槐、申維翰、孫枝蔚、丘鍾仁、王方穀數人得旨加銜。他如傅山、杜越二公以年將九旬先歸，亦在此列。後數日，復傳未録諸公俱到吏部，又傳薦舉人員俱至午門外，命閣下部院審視，終未收一人，其慎重如此。至四月部議，除府學教授。上以所擬輕，命更議，復晉詹事府司經局正字，上猶以職銜輕。馮相國在旁曰：「加他翰林院待詔可也。」皇上意未可，遂徑授內閣中書舍人銜，下部施行。皇上復褒嘉，云「才學素著，因其年邁，優加職銜，以示恩榮」等語。人咸異之，以爲聖心極重此舉，優待諸公，皆是殊禮，有出於人情願望之外者。即如給俸、賜饌等事，皆出自上意，非群臣贊勷之力。諸君感頌，又烏可已。

時益都馮相國館客王仲昭來言，故歷知聖意隆厚如此。仲昭先生復偕申周伯至寓舍云：「聖恩不可測，益都公有美意，欲奏留我輩史館修史。臺垣頗聞，有人亦欲奏留。此良機也，諸君可勉爲之。」家君意怫然，遂偕至豹人先生寓。曰：「我輩年高學深，家有老親，恨不旦夕驅車疾返，豈能喔咿囁嚅於翰院諸公下乎？使我實有雄飛之志，久已閉門磨礲，當場逞雄角勝，一展生平之長耳。何至日飲酒與諸故人游，以潦草應試耶？行矣，南歸！勿復以我爲念。」王先生知志不可奪，又難獨行其事，遂告馮公寢其議。夏五謝恩畢，束裝將去，施愚山、王阮亭、丘曙戒、曹峨眉、李屺瞻、喬石林、莊澹庵、江辰六諸君子各贈以詩。一時四方之士聞之，曰：「若鄧、孫數人，皆海內切望，今遽税駕返故山，不復珥筆承明、上列班馬之儔耶！」咸爲歎息。孫豹人、申周伯兩公約偕買舟南歸。家君以水淤河涸，路多阻滯，遂卜五月之望，獨驅車出都門，未周月遂抵家云。

余小子不敏，叨侍家君遊京師，故歷知其詳。不揣固陋，謹述其薦辟顛末，並皇上擢銜盛意，用誌勿諼。時辛酉立夏，三男勷相恭記。

徵辟之役，三男同予抵京，故見聞獨詳，叙置最確要，是他日年譜中第一段要緊文字。予還山日久，舊事都忘。甲子長至後一日得見此册，豈不同於《東京夢華録》、《清明上新河紀》耶？舊山叟書，時年六十有八。

（二）小傳彙鈔

徵君姓鄧氏，名漢儀，字孝威，號舊山。蘇州人，徙家泰州。少穎悟，讀書日記數千言。長，工屬文，十九歲補吴縣博士弟子員。廬州太守某稱文章宗匠，決龔宗伯鼎孳中式不爽；見先生文，許其必遇。而是科忽以足疾輟試，遂棄去。生有至性，孝于親友，於昆弟尤好施與，立身則嶄然不可撼。一日過南陽宿荒店，時流賊殘破之後，居民家室不全。僕役乘閒出飲，漏下二鼓，忽一婦闖入户，先生叱之，不爲動。生平著述甚富，遊淮有《淮陰集》，居揚有《官梅集》，遊粤有《過嶺集》，遊潁有《濠梁集》，游燕有《燕臺集》，遊越有《甬東集》，膺薦有《被徵集》。皆逐年編紀，手自删定。詩餘、古文數百篇，藏於家。所選《天下名家詩觀》初、二、三集，搜羅富而抉擇精，同時司選事者無慮十數，皆海内聞人，咸斂手拱服於先生。嘗與虞山宗伯論詩，大旨主於清和。其言曰：「孤桐片玉，自有天律，清也；朱弦疏越，一唱三歎，和也。」宗伯深韙其言。與修《揚州府志》、《江南通志》，公以其言爲論定。戊午春詔舉宏博科，户部郎中談皆宏憲以先生名應，力辭不獲。是年秋，偕三原孫枝蔚應詔入都。己未三月廷試時，奉旨賦用四六序方入格，先生未用，遂不録。與枝蔚均以年老學優賜内閣中書舍人銜。當軸惜其才，欲薦入史館，以母老遄歸。盤舞膝下，徜徉吟詠。康熙己巳卒於家，年七十有三。

沈龍翔《鄧徵君傳》，《海陵文征》卷十九，道光二十三年刻本鄧漢儀，孝威，泰州人，吴縣籍。有《輟耕堂詩餘》。

鄒祗謨《倚聲初集》卷首爵里二，順治十七年刻本

鄧漢儀，孝威，泰州籍，吴縣人。由博學宏詞科授中翰。

郎遂《杏花村志》卷五，康熙二十四年刻本

鄧漢儀，字孝威，江南泰州人。舉博學鴻詞，以年老授中書舍人回籍。有《過嶺集》。

王士禛《感舊集》卷十四，乾隆十七年刻本

鄧漢儀，字孝威，泰州人。淹洽通敏，貫穿經史百家之籍，尤工詩學，爲騷雅領袖。太倉吴偉業、合肥龔鼎孳皆與爲倡和，登壇執牛耳者數十年。康熙己未舉博學宏詞科，漢儀奉召赴京試，授中書舍人，即辭歸。偃仰山林，日以吟觴自適。暇或扁舟至郡，坐卧董子祠中，執經問業者車馬塞衢巷。念詩學荒蕪，乃品次近代名人之詩爲《詩觀》，凡四集。别裁僞題，力追雅音，海内言詩之家咸宗焉。

雍正《揚州府志》卷三一

鄧漢儀，字孝威，泰州人。少工詩。應博學宏辭科，授中書舍人。所著有《詩觀》全集。

乾隆《江南通志》卷一六六

鄧漢儀，字孝威，泰州人，嘗選名家詩刊行，當世人服其精當。順治中，劉觀察招至潁，寓鼂藻園，有與潁人倡和詩。

乾隆《潁州府志》卷八

鄧漢儀，字孝威，泰州人。博洽通敏，尤工於詩。與太倉吴梅村主盟風雅者數十年。康熙十

八年舉博學宏詞，以年老授中書舍人。歸寓董子祠，執業就問，車馬塞市。其《過梅嶺》詩「人馬盤空細，煙嵐返照濃」，王文簡極稱之。嘗論近代人之詩爲《詩觀》若干卷。中有應禁之人，奉旨抽燬行世。

阮元《淮海英靈集》丁集卷一，嘉慶三年刻本

鄧漢儀，字孝威、號舊山。博洽通敏，尤工於詩。與太倉吴偉業主盟風雅者數十年。康熙十八年舉博學宏詞，以年老授中書舍人。與修《揚州府志》、《江南通志》，皆以其言爲論定。詩主清和，嘗云：「孤桐片玉，自有天律，清也；朱弦疏越，一唱三歎，和也。今之爲詩者，望車塵，乞泠炙，有市心焉。其詩以俗氣應之，如商女貲高，不復能唱渭城也。兢錐刀，飾竿牘，有争心焉。其詩以沴氣應之，猶心在捕蟬，殺氣著於弦上也。故詩必無流辟，無噍殺，謬謬乎其音，温温乎其德，庶幾詩人之清和，可以語温柔敦厚之教歟！」卒年七十有三。著有編年詩、各體文若干卷，詩餘一卷。又輯近代人之詩爲《詩觀》四集，中有應禁之人，奉旨抽燬行世。

道光《泰州志》卷二四

鄧孝威，名漢儀，號鉢叟，泰州人。著有《過嶺集》。康熙己未召試，以年老授中書舍人。嘗坐文選樓選詩，爲《詩觀》初二三集、别集《蕭樓集》。

張穆《閻潛丘先生年譜》，道光二十七年刻本

有鄧漢儀者，字孝威，泰州人也。己未召試，以年老授官正字歸。與國初諸老游，洽聞廣見。

所選《詩觀》凡四集，投贈稱盛。其《度梅嶺》詩，爲漁洋尚書所激賞。

李元度《國朝先正事略》卷三九，同治八年刻本

時同舉鴻博，又有泰州鄧漢儀，字孝威，以年老授中書舍人，亦工詩。遊跡所至，輒以名集，逐年編紀，凡七集，詩家咸推重之。

《清史稿》列傳二七一

附録二　鄧漢儀論詩序跋尺牘輯録

宗梅岑芙蓉集序

久知蕪城有宗子定九也，然僅讀其文，未見其人與詩。讀宗子之詩，則自避兵東陽始。盖當迭起弦歌、駢羅俎豆，士之負奇儁英能者，類皆窮幽發藻，刻意於文，以故郵函往來，悉皆董帷《繁露》之篇、揚亭《法言》之製。至若烽煙障地，鼙鼓震天，淒愴則月暈孤城，愁慘則霜芬夜幕；河橋夢斷，江山路難，灞陵回首以沾悲，偃師還望而擊涕。況復家遠洛陽，人羈漳水，望鯉書於萬里，盱鴿信以各天。當此之時，登閣而標句清新，懷人而發言哀斷。吟章諷什，於此爲多，豈非詩者所以遣離愁而銷寂寞者哉？宗子望重才奇，固宜賦奏《淩雲》，文成吐鳳。乃當竹西煙燼、隋宫蒿萊之日，單舸東下，言憩他邦。雖好友如雲，良會不輟，然憶瓊花而太息，夢官閣以徘徊。人固有情，誰能無感！余披其《芙蓉》近刻，或若李陵歧路之吟，或似白傅江州之曲；或山陽聞笛，感歎舊知；或易水悲歌，淒其去國。要知王、謝子弟，一旦别離故巷，飄泊風塵，回想烏衣，正多神愴。流音矢咏，淒惋何窮？而宗子雖流離困頓之餘，飲酒讀《騷》，逸情弗倦。尚搴薜荔而懷公子，結蓀椒而望美人。夜雨秋風，砧聲可聽，我與宗子當日在江潭澤畔、蒹葭白露中也。

吴門鄧漢儀孝威氏拜題〔一〕

東郊草堂集序

憶丙申九月，予客西子湖頭，與張郊青、步青兄弟締交甚愜。别後南北暌阻，魚雁茫然。迨辛丑九月，予與辟疆、其年送客至邗上，則步青已先在，握手論心，流連永夕。計星霜已六易，而我兩人懷抱尚依依如昔也。步青更出其《廣陵遊草》示予。步青以諫獵之才，值登樓之會，意有所觸類，皆淋灕染翰，俯仰興歌。而一時相爲倡答者，若力臣、師六、雲郭、玉少、定九、鶴問諸子，皆吾黨磊異之士。予草土之人，閉户銜哀，了無撰述，而羡步青之研思掞藻，卓擅名家。且步青已上書金門，擢孝廉上第，而抒懷託嘯，深有惋結者。是其興會，固非他人所可解語也。〔二〕

積書巖詩序

昔在京師，雲間田子髴淵謂余曰：「河朔詩人，當以申子鳧盟爲獨步。其詩秀樸蒼渾，少陵

〔一〕此文輯自宗元鼎《芙蓉集》卷首，康熙元年刻本。

〔二〕此文輯自陶元藻《全浙詩話》卷四十，嘉慶元年怡雲閣刻本。

之嫡派也。」予時未甚讀鳬盟詩，謹心識之而去。既令弟觀仲同訂盟於慈仁松下，觀仲出詩一卷示予，則鳬盟詩也。余時攜韓子聖秋、吴子岱觀輩，踞牀快讀，不覺淋漓贊歎：「甚矣！田子鬅淵之言之不我欺也。」然又自疑：以太行、滹沱形勝甲天下，其間林壑奧異，風物廣衍，類必有才人傑棲焉，故能高踞群流，獨臻勝境。卓哉！先生行當倡道蘇門、講業河間，豈僅風雅一席爲雄霸也哉！又劉子玉少自北歸，謂余曰：「今年鳬盟貢京師，行拂袖歸，有終焉之志。」蓋予雖未識鳬盟，而知鳬盟最深。讀其「論交鳴鏑下，哭廟野雲間」之句，知其胸懷有最苦者，而津逮亦以博學宏才示爲廊廟用。崎嶇轉徙，依人索米於江淮漢海之間，是豈材盡出諸子下，而士各有志不能相强？此真風雅所由出，而世之鹿鹿車塵者，未足與語也。鳬盟亦刻其詩於海陵，又復訂使君索余作序。予忝深知，不敢有卻，因序津逮，並及鳬盟。恨我鬅淵不能共賞此也。

康熙壬寅蜡月既望，同學弟鄧漢儀拜書於真州邸中。〔一〕

申鳬盟詩選序

余嘗歎世之爲詩者，每較量於聲音字句之間，而不深考其義藴之所存，是以互相訾議而卒未

〔一〕此文輯自河北省博物館藏《申涵光、鄧漢儀、丁浴初行草書册》。

有定。夫尼父之論詩，極之興觀群怨，而本之事父事君，以傍及夫鳥獸草木。夫言詩至尼父，則亦可以止矣。乃世之學者，不深原夫性情風教之際，而徒彈射夫歷下、竟陵，追逐夫華亭、婁上，庸知爲大雅之所斥而不見收也哉。予十五遊吴會，稱詩於西郊諸子間，繼而浪跡依人，轉徙於燕、趙、齊、豫、楚、粤之交。嘗遍識天下之詩人，以求所合於尼父論詩之旨者，而卒不多見。迨交廣平申子觀仲，而乃得縱觀凫盟之詩，凫盟之詩，非今人之所謂詩也。溯源於樂府，取法於少陵，而温柔敦厚，一皆秉夫《三百》之遺意。故其指叙蒼涼，《小雅》之諷諫也；哀樂中情，《國風》之贈答也；稱引先世，「蓼峨」之微情也；顧瞻宫闕，「率土」之深感也。以至零篇雜著，莫不討核源流，兼通謡俗。凫盟之詩，詎不岸然爲雄於當代哉！乃凫盟不以予爲謭劣，眷惠特深。辛丑，劉子玉少自燕京歸，述凫盟殷勤至意，且索予全詩甚急。今春，劉使君雲麓出一函見授，則凫盟所寄，兼屬予訂其《聰山詩集》者。夫予生淮南，凫盟生河北，地方相距二千里，乃凫盟於予獨愛慕、贊述，有若同堂兄弟，講業論志而晨夕不離者。此亦足以見凫盟知人取友、伐木和平之誼，而非若世之恃才凌忽、馳逐聲名，以求一時之快意者矣。今天下之詩，莫盛於河朔，而凫盟以布衣爲之長。其所交如殷子伯巖、張子覆輿、劉子津逮，皆負卓犖之才，堪與古人相上下。而征車所至，公卿大夫能文章篤聲氣者，皆願交凫盟，以求縞紵之合。然凫盟業日上、道日隆，而氣益謙下，必欲屢進愈臻，以祈無負夫尼父論詩之旨，而大翊乎性情風教之際。則凫盟之所造，寧有量與？凫盟之詩，嚮賀宣三爲丹陽令，曾刻之江南，今雲麓使君又爲詳加評跋，授之剞劂。而路子蘇生語予則曰：「凫盟笥中詩甚多，高邁絶倫，類不肯令世人見。」然則鼂盟之不可盡有如是夫？

康熙癸卯季夏二日，南陽同學弟鄧漢儀題於虎静庵。〔一〕

定園詩集序

滄州戴巖犖先生以讜言直節著於時，兼以詩歌古文辭走宇内，宇内聞而震之。其古文辭，研齋、茶村、果庵諸君已序之矣。先生以《定園詩》屬儀序，儀非能知先生詩者。顧以周旋先生最久，莫如儀，誼無所辭。因不即序先生詩，而以所親炙於先生者序先生詩焉。憶壬辰歲，余浪遊燕都，客龔芝麓先生家，與巖犖先生邸相對，時時過從。讀先生詩輒歎折，而先生復貽書相及，有「間讀大什，止窺豹斑，專請全稿，以削柴栅」之語。余益歎先生之道高而心下也。繼先生以少司農出參宛藩，招余同往。余與先生涉洹水，望銅臺，尋荆卿之故居，撫韓陵之片石。爰渡黄河，弔楚漢用兵、鴻溝割地處。昆陽戰壘，其尚有白水君臣之舊跡乎？已憩紫山，眺淯水，卧龍遺岡，巃嵸在望，緬思三顧之風流，慨然久之。余與先生經月行陰燐灌莽中，皆不廢詩，而先生詩益峻。南陽兵革之餘，城郭煨燼，先生結又茅廬，日嘯詠其中。每一詩成，必令余和，和則舉酒相樂，率以爲常。時同唱和者，則穰城彭禹峰、長公經碧云。嗣余别去，乙未再見公於京師，而公已召用爲地官

〔一〕此文輯自申涵光《聰山集》卷首，康熙刻本。

尚書，不復詩。余又别去，公則謝病居里門，不復詩。丙午，次公紳黄爲揚州法曹，迎養公於官廨。余與話舊抱琴堂，把苦相勞。時公方事導引，便不復詩。然則公作詩之年，自京師諸老賡酬而外，所最盛者，莫若謫官南陽與鄧生相周旋之日也。而余因有感焉：歲月如流，萍蹤莫定。試披公集，曩所與酬和京師者，其人已强半不可詰，而菰蘆賤士如儀者，尚從江介，獲侍公遊，不可謂非大幸而已，有作詩不作詩之異焉。然公之標日月而峙天壤者，讜言直節，足邁千秋，不專藉詩以傳，而詩與古文辭已卓然並傳。又公自抱疴來，闡心理學，嚴事蘇門。近渡大江適梁溪，拜顧端文、高忠憲兩先生之祠廟，訪其遺書，求識其子孫，蓋有斯文在兹之任。是讜言直節且不足盡，而況詩歌與古文辭耶！如先生者，允足傳矣。至若儀者，自傷匏落，徒負大君子惠教之意，先生憐我，其又何以勖之哉！

康熙丁未夏五朔日，東吴盟小弟鄧漢儀頓首題於邗上之天寧寺。〔一〕

瞿山詩略慎墨堂原序

在昔，門地之盛、風物之優，莫踰於六代。然考諸史乘，求其文采標映，蟬聯數百載而不歇者，蓋亦稀有。即李、杜稱千古詩宗，而其後寥寂鮮聞。何、李崛興弘正間，儼與唐匹敵，而子孫且凋

〔一〕此文輯自戴明説《定園詩集》卷首，康熙刻本。

落殆盡。惟宣城梅氏，自都官以來，代以詩雄長江左。季豹、禹金諸前輩，其彰彰者。今更有淵公先生，體氣清華，姿制茂異，當山水秀逸之地，騁朝夕晤對之娱，發爲詩歌，既沖遠而雅静，復高健而英奇，當代詩流未有能過之者。僕於是竊羡淵公際會之美，爲足助發其才思也。夫士或生長單寒，又僻處荒陋，無煙嵐洞壑以暢其觀，無族姓賓朋以長其益，雖稍負通才，粗曉吟事，亦悒悒終矣。而淵公無是數者，獨覃思著作，與古人並驅。當其閉户幽嵓，則玉軸、牙籤、書箋、畫絹，零亂几案；而駕言出游，則興寄蕭遠，名流勝士雜遝與俱，雅足供倡酬而攄懷抱。雖淵公才藻足以籠蓋當時，而未嘗不歎其有以自適也。今軍旅方興，有志之士或馳驅戎馬間，而非其所樂；巖疆守吏且枕戈擐甲之未休，而尺寸究未有所効。以視淵公動静之分，不誠天人之别哉。僕託跡邗江，距敬亭且數百里，言念高賢，實切褰裳之願。乃淵公屢惠尺書，且以近日所删《天延閣詩略》見寄。清秋多暇，謬事品評，因竊歎都官以後詩人如此之盛，而淵公之才爲足繼都官而流暉競爽，是不可以不記也。

吴郡同學弟鄧漢儀孝威氏拜題。〔一〕

〔一〕此文輯自梅清《瞿山詩略》卷首，康熙刻本。

詩觀序

《十五國名家詩觀》之選成，予反覆讀之，作而歎曰：「嗟乎！此真一代之書也已」。當夫前朝末葉，銅馬縱橫，中原盡爲荆榛，黎庶悉遭虜戮。於是乎，神京不守，而廟社遂移，有志之士爲之哀板蕩、痛仳離焉，此其時之一變。繼而狂寇鼠竄於秦中，列鎮鴟張於淮甸，馴至甌閩黔蜀之間，兵戈罔靖而烽燧時聞，此其時爲再變。若乃乾坤肇造，版宇咸歸，使仕者得委蛇結綬於清時，而農人亦秉耒耕田，相與歌太平而詠勤苦，此其時又爲一變。夫惟變之之極，故其人之心力才智亦百出而未有窮。其歷乎興革理亂、安危順逆之交，中有所藏，類不能默然而已。以故憂生憫俗、感遇頌德之篇，雜然而作。一時公卿以迄韋布，其號爲能詩，沉雄、古麗、安雅、柔澹，以幾於漢魏四唐之盛者，蓋指不勝屈。而世之選者，顧乃遺大取小，專採夫一二花草風雲、薘祝飲讌、閨幃臺閣之辭，以是諛説時人之耳目，而於鋪陳家國、流連君父之指，蓋或闕焉，烏在追《國》、《雅》而紹詩史也？予生也晚，然適當極亂極治之會，目擊夫時之屢變，而又舟車萬里，北抵燕并，南遊楚粵，中客齊魯宋趙宛洛之墟，其與時之賢人君子論説詩學最詳，而猥蒙不棄，其以專稿賜教者日盈箱笥。爰因家居寡營，乃發舊簏，取諸名家之詩，芟繁就簡，彙次成書。不意此選之遂足紀時變之極，而臻一代之偉觀也。昔吴公子札來聘宗邦，請觀周樂，其論斷古帝王以及列國之聲詩得失升降，錙黍弗爽，故龍門氏稱其閎覽博物焉。予才萬不逮吴公子，而幸值鼎新之運，俾草茅跧伏之士優遊鉛槧，以勿負歲時，亦一樂也。而今天子且博學好古，進諸文學侍從之臣，臨軒賦詩，以繼夫柏梁、昆明之盛事。然則太師陳詩以觀民風，是編也，其亦可以備咨諏而佐紀載也矣。

南陽鄧漢儀序，時康熙壬子季秋望日。

詩觀初集凡例 十三則

詩道至今日，亦極變矣。首此竟陵，矯七子之偏而流爲細弱，華亭出而以壯麗矯之。然近觀吴越之間，作者林立，不無衣冠盛而性情衰。循覽盈尺之書，略無精警之句。以是叶應宫商、導揚休美，可乎？或又矯之以長慶、以劍南、以眉山，甚者起而噓竟陵已熠之焰，矯枉失正，無乃偏乎？夫《三百》爲詩之祖，而漢魏、四唐人之詩昭昭具在，取裁於古而緯以己之性情，何患其不卓越，而沾沾是趨逐爲？故僕於是選，首戒幽細，而並斥浮濫之習，所以云救。

僕歷年來浪遊四方，同人以詩惠教者甚衆，藏之笥篋，不敢有遺。庚戌家居寡營，乃發舊篚，取諸同人之詩，略爲評次，蓋閱兩寒暑而始竣厥事。

是選衹就篋中所存論次行世，未敢廣布徵檄，迺同里諸子惠而好我，傾囊見賜。辛亥久駐維揚，諸公過存，辱以專稿見餉，兼以南北郵筒繹絡相望，遂成鉅觀。

同人不分仕隱，詩到者即爲登選。乃有交誼夙敦而篇章難覓者，僕亦聽之。至郵筒遠寄，或致浮沉，實非僕咎。

選數多寡，實非有意，皆因其卷之繁簡、地之遠近。然「楓落吴江」，一語足傳；何必連篇累牘，乃足垂世？

照《國雅》例，概不稱先生、夫子；照《詩志》例，不書官爵。詩隨到隨梓，不序前後。

釋子詩雜同人之中。閨秀詩另爲一帙，尤嚴贋本，已登《翠樓》諸集者不載。

圈點略標眉目，評語俱極短簡，不敢濃圈密贊，亦不敢引經據史。

僕至邗，同人即貽以公書，戒以「寧嚴毋濫」。僕始終守此盟，一人不敢妄入。

温柔敦厚，詩教也；罵坐非，傷時尤非。故僕以「慎墨」名其堂，芟除不遺餘力。

淮揚當事主持斯事者，則轉運何公雲壑林、李公星河景麟，明府孫公樹百蕙，功爲甚鉅。

是編謀始，則宫子紫陽偉鏐、丁子謙龍日乾、陳子念共忠靖、宗子梅岑元鼎、張子桐仙琴；贊襄者則黄子仙裳雲、宗子鶴問觀、桑子楚執豸、許子師六承家、江子辰六闓、季子希韓公琦、范子汝受國禄、華子龍眉衮、許子元錫納陛；其客邗面訂是選者，則杜子于皇濬、張子穉恭恂、孫子豹人枝蔚、計子甫草東、趙子山子澐、宋子既庭實潁、彭子中郎始奮、魏子冰叔禧、朱子錫鬯彝尊、諸子駿男九鼎；而捐貲最多者，則黄子天濤九河、顧子臨邗九錫、范子獻重廷瓚，功不可泯。

是編行後，即謀二集。鴻章賜教，祈寄至泰州寒舍，或寄至揚州新城夾剪橋程子穆倩、大東門外彌陀寺巷華子龍眉宅上。其京師則付汪子蛟門，白門則付周子雪客。郵寄最便。

壬子仲冬，鄧漢儀書於慎墨堂。

耐軒集序

余選《天下名家詩》竟，而獨喟然歎折於張子桐仙之詩。或曰：「天下大矣，能詩之家衆矣。即以同里論，工爲詩者不下十餘家，而獨歎折於張子桐仙，何與？」曰：是非汝所知也。夫詩道至大，《三百篇》中，列國之治亂繫焉，民生之愉戚關焉。上而揚祖德、箴君過，下而賢士贈貽、僚友諷諫，以至行役征夫、里巷婦女，莫不各言其情，而朝廷採之，被於管弦而不廢，詩顧不大與？近之爲詩者，多爲細瑣柔曼之音，甚而香奩昵褻、麯櫱荒淫，靡不播之篇章，矜爲麗製。詩道之卑，於是乎不可問矣。張子桐仙澹泊寧静，久以斯道自期許，未嘗亟有求於天下。一切宫室田園、輿服狗馬、歌舞博弈之樂，皆弗與焉，而獨上下千古，專精於讀書。其所爲詩，大抵憂時憫俗、懷古景賢、敦本念先、越國過都之作。諸凡淫哇之詞，皆所不涉。余讀之而不禁流連三復，謂深得《三百篇》之旨者，莫張子若也。張子恂恂，時訪予於委巷之中，樵蘇不爨，劇談終日而不倦，何其懷之虚、念之篤與？天下雖定，而太平之業猶賴有所諮訪焉。即淮揚一隅，水災時告，而堤塘屢築屢壞，費以千萬計。近又飛蝗蔽天，失業者衆，非得夙諳古義、留心民瘼之人，未易知此，而張子非其人與？故即同里而論，而人惟張子最，即詩亦惟張子最也。此予之所以歎折，而舉天下之大，不能不爲張子

屈一指也。〔一〕

慎墨堂詩品舊叙

丁巳冬杪，予客維揚之選樓，將戒裝東歸，忽風雪中有宣州老蒼頭從行囊中出詩稿見授，則吾梅子翔先生《石軒集》也。先生貽予書長數尺，垂五古、近體凡四章，老法深情，具見篇幅。予覽之驚嘆：先生真古人哉！已盡發其詩讀之，古體高凉卓邁，近體委婉明秀，軌度悉禀前賢，而風裁仍自己出。都官以後，詩人代興，此其矯然獨立者。蓋先生之閲世深矣。目睹夫征役之繁，兵車之横，雨雹星辰之怪異，而江河旱澇之失宜，於是形爲詩歌，憂傷備至，蓋有《國風》「萇楚」之怨、《小雅》「繁霜」之感焉。又其上而庭幃，下而弟姪，以及名師執友，生死患難、離合悲愉之際，情動於中而辭見乎外，蓋有不知其何以而忽有是詩者。甚矣，先生之閲世深而詩亦爲盡變也。然先生之爲是詩，則更有故。先生蚤年即受鹿溪周先生國士之知，而又從姑山沈先生游。兩先生者，一則立朝偉然，負東漢黨人之節，至南渡之日，爲奸邪排陷而死；一則應辟入都，屢疏指斥樞輔，幾蹈不測，喪亂以後，躬耕藿食者終其身。蓋兩先生者，皆所謂清流之望也，而子翔師之，故能行誼卓然，詩篇亦磊落有正氣。愚山、瞿山二公皆交推以爲弗及，詎虚語哉！今且退居東渚，爲山水幽麗之

〔一〕此文輯自夏荃輯《海陵文征》卷十五，道光二十三年刻本。

區，築室數椽，雜蒔蘭菊，爲讀書譚道之所。朋來則開樽聯吟，翛然自適，若不知有户外事者，而先生於是乎益遠矣。

吴郡同學弟鄧漢儀孝威撰。〔一〕

詩觀二集序

甲寅春，予復至廣陵，選《詩觀》之二集。於時藩兵弗戢，烽達沅湘，山藪群盗，罔知國紀，並事草竊。諸大吏嚴重封疆，羽檄四出。廣陵士女，奔竄江上，爨煙爲之不舉。予時坐昭明文選樓，日披四方所郵詩槀，雖困餒不倦。客有過之者曰：「時事孔棘，子何爲者？」予曰：「不然。夫亂固暫耳，徐當自定。鉛槧吾業，敢自廢乎？」乃未幾而關隴平，未幾而閩越靖，未幾而豫章、横浦、珠崖、象郡捷書且日聞也。七國雖强，豈能越殽澠尺寸？唐時河北諸將雖跋扈，敢終失臣節乎？此予所以當人情騷動時，而選事未嘗或輟也。迨戊午，是選告竣。值天子下明詔，命公卿諸大臣各舉宏詞博學之士，齊集闕下，以待策問。若是書之成，敷揚德化，以助流政教，有適合者。顧予實衰庸淺陋，伏在草莽，惟百里負米，以養八十之慈親。而群下過舉，郡縣敦迫，敢不奔趨以赴盛會？賴國恩浩蕩，終放之江湖，以哀集一代之風雅。兼得勉將菽水，以遂烏鳥

〔一〕此文輯自梅枝鳳《東渚詩集》卷首，嘉慶二十年滿聽樓刻本。

之私情，予也不重有慶幸哉？

時康熙戊午孟秋下浣，南陽鄧漢儀書於古文選樓。

詩觀二集凡例

十四則

一、選詩之指已見初集，兹不更贅。

一、前輩若牧齋、梅村、芝麓、巖犖、雪堂、櫟園諸先生詩，初集選載甚多，此不更録。

一、同人詩已見前集者，兹亦不更採録；惟以新篇賜教者，更爲點定付梓。

一、詩篇隨到隨刻，並不因爵位之崇卑、人物之新舊。借是修隙，豈屬同心？

一、荔裳、西樵、繹堂、顧庵、説巖諸公詩，皆採自吴孟舉選本；阮亭先生則獨登其西山游詩；王敬哉、子雍兩先生詩，高陽、柏鄉兩相國詩，甲寅夏已郵到；益都相國稿無從覓，僅登其一，殊爲歉然。

一、都門諸公稿郵寄獨後，編次參差，幸惟見諒。

一、廣平申鳧盟、遵化周伯衡、松陵計甫草、寧都曾庭聞、潁川劉公㦷諸公，皆與僕交稱莫逆，遺稿在笥，悉爲採登。

一、京師詩得之汪子季甪，蜀中詩得之費子此度，黔中詩得之江子辰六，八閩詩得之黄子俞邰，粤東詩得之李子鏡月，關中詩得之李子屺瞻。

一、諸君郵詩，浮沉者大半。屬有挂漏，非僕之愆。

一、諸公詩皆照原本發梓，惟音韻欠諧、字句重複者則略爲更竄。

一、是編始自甲寅，成於戊午，閲五載而竣事。則以刻貲維艱之故，觀察金公長真首任其事，而轉運薛公淄林、何公雲壑，别駕卞公謙之、俞公彙嘉，大令許公石園及太史徐公健庵，皆捐貲相助，故克有成。

一、《名家詩品》已刻十餘家，皆極精嚴，無敢濫入。

一、是選之後，將謀三集，名流鉅篇，望即惠教。

一、予將遊都門，擬有《京華澄觀録》之選，以揚盛事。

戊午七夕，慎墨堂自述。

樂圃集序

憶乙巳歲，予有東郡之遊。於時偕二三同志登少陵之臺，連袂歌呼相樂也。已而入闕里，拜孔廟，覽其車服禮器之盛。更謁孔林，觀輦道之猶存，瞻檜柏之無恙。竊歎讀聖人之書，一旦遊聖人之里，爲不虚此生也。而顔君修來，相遇適於是時。修來固復聖之裔，年方俊少，而風格秀遠，與予把酒縱談，丙夜散去。蓋未嘗論及詩，而心知修來深思好古，有過人者。既聞修來掇巍科，官近侍；旋自儀部擢銓曹，聲華滿京洛。而修來顧鋭意著述，思激揚風雅之教，以抗衡於韞退、荔裳、西樵、阮亭諸公之間。曹升六舍人、田子綸户部實左右之，而東國之詩於斯爲盛。嘉禾曹顧庵學士自京師過維揚，向予稱道不絶。予曰：「是豈當日洙水之濱，所與把酒縱談者乎？」而未敢輕以尺素相問訊。己未秋，予以金門事竣，息軫邗江，而修來惠然訪予於昭明樓畔。觀其氣度儀表，殊不似昔時，而神益沖退，穆乎君子有道之容，與予叙論舊遊如昨日事。豈若今之得志於時者，一朝高劍佩，美騶從，輒視故人爲不足比數者哉！而修來更出其詩集一帙示予，蒼奇渾奥，能自出機軸，而無一字傍人。其刻畫山水而外，每於國計民生、安危利弊之大，沉痛指切，是以屈子之《離騷》，賈生之奏疏，併合而爲詩者，豈復區分年代、摹擬聲調之家所可及乎？夫曲阜之墟，吾夫子删詩地也。修來産於其鄉，而能倡明四始六義之學，以垂後世，吉甫、奚斯豈能遠過？更其家世忠孝，貽謀未遠，以肅雍之範，樹駿偉之業，其又安可量乎！而予深幸東郡之遊爲不虚也矣！〔一〕

寒碧堂贈詩跋

甲子夏，余來雉皋，下榻無所。巢民先生招余憩跡水繪庵，曰：「但荒穨不堪耳。」余入其徑，見板橋斷拆，滿眼蓬蒿，驚曰：「何爲至此？」徐問先生乃知，二十年來遭歷轗軻，家業愈落，無力可爲

〔一〕此文輯自顔光敏《樂圃集》卷首，康熙刻《十子詩略》本。

修葺，故任鳥鼠蟲蛇寔逼處此。嗟乎！此固昔時畫舫朱欄，美人才子檀板喧闐，綺筵駢集之地，而今一旦至此乎？頗愛寒碧堂澄水淪漪、垂楊映帶，廼掃其階除而止宿焉。風晨雨夕，因漫爲染翰，得詩八章以贈。先生輒歎其佳而未即和答者，知其中有所傷而不能寫之筆墨也。然先生雖處貧窘詬誶之交，而中懷疏豁。時移松選石，内有長齋繡佛之人，解詩工畫外，有家伎品竹調絲，兼與墨客詞人徜徉林壑，飲醇酒而賦新詩。是天雖以貧窘詬誶困先生，而有不能爲之困者，其識定，其神遠也，而先生仍未嘗以此自詡也。《同人集》中有倡必和，而於此三題衹存下里之音，而先生竟缺其白雪。覽者三復流連，亦足增盛衰得失之感也。

小春上浣，同學弟鄧漢儀跋於寒碧後軒。

跋細林山館夜集送别倩扶女郎

甲子夏杪，同人集飲還樸齋。巢民先生話倩扶女郎舊事，兼出寄書及梅村祭酒詩見示，同人約其共和梅村韻招贈倩扶，亦一時韻事。

舊山梅農鄧漢儀跋。

跋七夕匿峰廬倡和詩

七夕令節，巢民先生預訂於匿峰廬讌集。是日，予忽暴下，卧榻不能起，越二日，稍蘇。予念嘉辰未可虚度，而先生雅意又可負乎？乃呼兒覓紙，潦草成五律四章，奉政大方。而先生則於半日内磨墨揮毫和拙韻四首，又和顧同束排律十五韻，既敏且工，跨越原倡。豈惟老而好學、健筆縱横，亦其精神意興，特使才華騰湧而出，能無令諸子咄咄歎羨！

同學弟鄧漢儀跋於寒碧。

如皋縣九日倡和詩小跋

中秋令節，巢民先生以小極鍵關，余戲柬先生，有「紅妝省侍得宜，自當霍然」之語，且口占四斷句，而先生不謂然，蓋意在友朋之會聚也。至九月，先生體已稍健，余偕同束諸子各釀金治具，以籃輿奉約登高，不意先生欣然早命次君青若，布席於匿峰廬之黄花深處矣，因念合肥先生昔在燕京、白門，賦有《重陽登高》四韻，各爲追和，用志弗忘。是時，余以久客空囊，將歸故里，未知明歲登高更在何處？醉把茱萸，漫題數語。

同學弟鄧漢儀書於寒碧。〔一〕

〔一〕以上四篇輯自冒襄《同人集》卷十，康熙冒氏水繪庵刻本。

畦園詩集序

召埭者，因晉謝太傅而名之者也。謝傅出鎮廣陵，修治陂塘以蓄洩水，民享其利，後世思之，比於甘棠之澤，故名曰召埭。數千年來，舊蹤滅没，但見估舶之鱗集，官舫之鼓吹，漁灣蟹舍之櫛比，而求有名人能續文靖之風流者，蓋往往而絶。乃今有鍾山先生，實太傅之苗裔，家居埭上，讀書務實學，兼精通六藝，補諸生，試輒冠軍。立身方正，比户以風。而性好賓客，創建園亭，與諸同人飲酒賦詩其中，日見湖波之澎湃，草樹之迷離，蛟龍魚鳥之出没，則往往形之於詩。而詩則輕快靈圓，每出奇思異彩，座客歎嗟，各爲輟筆。竊謂賭墅之遺風，絲竹之雅韻，東山攜妓之勝情，於先生再見之，而先生顧今已矣。然先生雖没，神氣長存，或與太傅聯袂湖濱，載雲旗而遊碧落，亦未可知。而余則恨未見先生也。今秋，令嗣青雷、皎臨以《畦園詩集》見示，内有一題，乃同何子御鹿訪予與教禪林不值者，有「世藉風流存砥柱，天留辭賦耀名山」之句，夫余則奚敢當？先生之意則諄諄無已，即謂余與先生曾把酒以對湖雲，吟詩以當夜月，又奚不可？而余終欲往游埭上，拜太傅之祠，而訪畦園之勝跡，則今日之序詩，其嚆矢也夫！

康熙乙丑重陽，吴會年家眷弟鄧漢儀拜題於廣陵之文選樓。〔一〕

〔一〕此文輯自謝良瑜《畦園詩集》，康熙刻本。

丘柯村詩序

憶壬辰客京師，與諸城丁野鶴先生寓僅隔垣。先生每於薄暮，拉余入諸貴遊家，登堂大呼，閽者不敢禁。主人聞其聲，輒倒屣迎，命酒雜入座。野鶴縱談詩及里門人物，則亟推丘海石先生，曰：「天下奇士也。」丘先生晚得高要令，弗就，旋捐館。令嗣柯村負異才，於書無所不讀，能取進士第，爲江右撫州推官，將貴盛矣。已而奉裁循例，補黔之施秉縣。縣固在蠻荒瘴癘中，君不鄙其民而教養之，四年有成績，擢水部。忽滇中難作，君移家入山，旋冒風波虎豹之險，間道東歸，則生平壯氣略盡。爰閉門涓上，讀書耕稼以自老。所爲詩，悲歌慷慨，沉鬱頓挫，聽者如聞伍員之簫、雍門之琴、高漸離之筑，爲之裴徊感歎而不能已。丙寅秋，來訪舊交於淮上，特棹扁舟訪余於鑾江，出詩見示。余讀之驚喜，奇奧險怪、偉麗清深，無所不有，總以發抒其胸中抑塞無聊之氣，蓋得騷、杜之深者。然使柯村登樞要，揚揚呵殿於長安，或擁節萬里爲鎮撫重臣，詩雖工，亦不能振拔如是。惟余遭罹兵革，久處困窮，爲詩亦不肯苟且以悦俗，故見君詩不覺有針芥之合焉。余既登君之作於《詩觀》、《詩品》，而復勒全詩以告當世。君歸東武，攜此册登超然之臺而讀之，將見雲山晦冥，海濤怒立，其亦可以自豪而無羨乎當世之富貴利達，則南陽生之識賞，良不誣也！〔一〕

〔一〕此文輯自夏荃輯《海陵文征》卷十五，道光二十三年刻本。

尊道堂集序

司空孫屺瞻先生，以臚傳第二人官翰苑，洊登亞卿，特簡司空。嘗侍讌清宫，扈蹕南苑，極詩歌賡酬之榮。所著《尊道堂詩》，朝宁陵廟，邊關方嶽，河海林泉，以及家庭之哀樂，友朋之宴遊，情無不周，詩亦具備，而皆體宏格正，調高識尊，流麗而沉雄，縱宕而藴蓄。以是網羅群美，籠罩百家，奚疑乎？〔一〕

南堂詩鈔序

海陵使君施溽江先生涖郡三載，爰裒其近作，屬余爲之序。余讀之卒業，歎曰：「公之不可及也！公以五等諸侯之苗裔，不愛茅土之封、玩好之物、衣租食稅之樂，乃退而修文人之業，對策大廷，爲天子所深奬，特授知泰州。泰固名邦，漢時封親藩子弟，曾鑿茱萸灣，置倉海陵，以儲紅粟，而今稍敝。公至，不以貴凌人，一切迎送期會如常儀。又時時循井里，察問父老民間諸疾苦，廉以律身而正以率物，剛以制暴而慈以恤孱。期月之餘，催科不煩，而蒲鞭示意。鄰邑之人咸質虞芮之訟，可不謂教化大行哉？公顧産乎廷禮、子羽之鄉，夙諳風雅而又久遊京洛，與諸

〔一〕此文輯自阮元《兩浙輶軒録》卷五，嘉慶刻本。

名流折衷歷代之正變，商酌六義之指歸，今雖服官臨民、理繁治劇，而筆墨未有廢焉。凡登臨羈旅、宴飲酬贈，以及憫俗憂時，具有韋蘇州、元春陵之遺意。其質處皆華，淡處皆古，高處皆秀，愷切而深中人之心。公自有天然入妙，而非粉繪靡曼家所可望者。諸文學託乘於後車，宜無能贊一詞也。余也懶慢迂疏，不通人事，家雖乏擔石，而衡門晝掩，高卧自如。賴州大夫之賢，實叨庇蔭，且賦詩見贈，奬飾逾涯，而今更命余序其新集。草茅愚見，詎足上測高深，亦足見公之厚道誠心，而非世路形跡之可擬者矣。嗟乎！富厚崇高雖足矜炫，而惟卓然樹立，垂天壤而光日月者，斯堪不朽。今觀公之政事，再覩於文章，余雖欲不歎爲不可及，豈可得哉。鄧漢儀孝威。〔一〕

湖海集序

《湖海詩》數卷，乃國子先生孔君東塘奉使淮揚之所作也。先生以疏濬海口之役，渡黄河、越射陽、下萸灣、入海陵，繼移昭陽，駐草堰，遍歷諸場亭。是皆魚龍噴薄之區，荆榛荒穢之域。先生以王事靡盬，晨夕奔馳，疑其無暇於詩。乃憂國思親，感時閔俗，每於雨雪綿延、風潮激射、禽鳥呼嘯之日，援筆以思，愀然長望，蓋與古大夫奉命出疆，《四牡》、《北山》之什，義有同符。而況

〔一〕此文輯自施世綸《南堂詩鈔》卷首，雍正施廷翰刻本。

東南道誼之儔，江山文藻之彦，既聞聲而景附，復命駕以來遊，有不把酒臨風、聯吟寫志者乎？而先生顧以詩授余，余讀之温柔雅麗，慷慨紛綸，允合古裁，兼拙新秘，其斯爲聖人之後，明始義而叶管弦者與？而以「湖海」名其篇，豈曰元龍豪氣之足尚。當東漢時，元龍守廣陵，築塘濬畝，爲萬世利。揚人至今思之，名爲「愛敬陂」。今先生身乘檋撬，上下川原，俾淮、黄順流，功績殆與相等，則其以「湖海」名其集也固宜。而元龍苦無詩，先生獨洋洋纚纚，含經吐雅，不又高元龍一籌哉。

康熙丁卯中秋，南陽同學弟鄧漢儀題於慎墨堂中。〔一〕

跋曹溶静惕堂詩集卷十三

昔在嶺南與秋岳先生論詩，於七言古必以突兀頓挫爲長。此集叙置，殊有蒼虬夭矯之勢，固與時手平衍者不同。

東吴後學鄧漢儀孝威敬題。〔二〕

〔一〕此文輯自孔尚任《湖海集》卷首，康熙介安堂刻本。

〔二〕此文輯自曹溶《静惕堂詩集》卷十三，雍正三年李維鈞刻本。

詩觀三集序

《詩觀》初、二集之選，行世已久，余擬築室羅浮，優遊暮年，以養親爲志。適朝廷有徵辟盛典，當事謬舉衰朽。力辭不獲，乃買舟北上。於時魁奇俊偉之士，鴻才博學之儒，雲集京師，飛詞振采，皆極一時之盛。獨余留滯都門，深知衰朽之質，不足以揚休盛代，日望還山，得遂養親之志。而四方之士辱蒙不棄，咸以詩稿見投，充盈篋笥。間爲披閱，不禁望洋而歎曰：文章之道，上關國運，今聖天子右文好士，敦尚風雅，共慶人才輩出。其發於詩者，或雄拔岸異，凜乎如虎豹蛟龍之騰集也；或清和閒雅，穆乎如琴瑟鐘鼓之諧聲也；或高華典貴，皇乎如鼎彝球圖之隆重也；或老健蒼深，挺乎如虬松怪柏之堅凝也。諷詠之餘，諸美畢集，誠足以鼓吹休明而爲不朽盛事。夫漢魏、四唐之詩雄視百代，而我朝人才蔚起，詩學大興，較之曩時，何多讓焉。余也不敏，親提鉛槧來京，又值天下名家聚會之日，投詩滿案，無異取琅玕於閬風之苑，探奇珍於罔象之淵，不誠一代之巨觀哉！暨余還山，寓居維揚，擬有《京華澄觀録》之選，而同人見余囊詩甚富，投贈愈多，競勸復選三集。曰：「子之初、二兩集，廣搜博採，極廿餘年之精神命脈，成此大部，心力可謂竭矣。獨是天地之儲才無窮，愈出而愈新，幸遭遇盛時，《長楊》、《羽獵》之篇，『清廟』、『明堂』之什，與夫里巷謳歌、山林嘯詠之詞，皆思獻之彤廷，遠嗣雅頌之遺音者，是非有《詩觀》三集之選也不可。」余深然其言，遂彙集天下名家詩稿，細加評訂，既慎且嚴，歷五載始告厥成。余也雖未獲登天禄石渠，從諸臣後珥筆承明，著爲詩歌，以揚扢熙朝，尚得遂厥初願，於萱庭承顔之暇，而選一代詩詞。俾天下魁奇俊偉之士，鴻才博學之儒，咸登是選，以見聖天子右文好士、敦尚風雅。有此人才輩出之盛，即繼漢魏、四唐而起，亦庶乎可也。余不藉此仰報聖恩於萬一哉！

康熙己巳春杪，南陽鄧漢儀自序於慎墨堂。〔一〕

與袁籜庵

承示諸箋，得吴梅村太史奉贈四詩，風流婉約，真如張緒當年，又如商女隔江唱六朝新曲，可妒亦可憐也。至讀曹秋岳先生「老淚沾歌板，歸裝儉秫田」之句，又爲黯然。世有一代才人如袁令，而竟乏司業酒錢之贈乎？可爲世道歎，并可爲遊人戒矣。

與劉津逮

弟與申子鼂盟素未謀面，乃鼂盟寄江南友人書屢屢稱弟不置，弟豈忘情於鼂盟者哉？鼂盟寄托高遠，所爲詩蒼渾之中乃復秀潤，此正河朔所少。蓋太行、滹沱之間，風氣剛勁，詩不難於壯，

〔一〕此文輯自《詩觀》三集卷首。

而微患莽。若㒸盟者，真𤸫然獨出者矣。弟夙昔爲詩，怕落齊梁人聲口，累年北遊，諸作頗雄健，絶無綺羅花草氣。其得之山川之助邪？恨未繕寫，不能呈足下，并寄㒸盟讀之。

與孫豹人

竟陵詩派，誠爲亂雅，所不必言。然近日宗華亭者，流於膚縠，無一字真切；學婁上者，習爲輕靡，無一語樸落。𤸫之者陽奪兩家之幟，而陰堅竟陵之壘，其詩面目稍换，而胎氣逼真，是仍鍾、譚之嫡派真傳也。先生主持風雅者，其將何以正之？〔一〕

致瞿山〔二〕

弟之寤寐於瞿山先生者也至矣。近得其詩，復得其畫，而恨未獲見其人。然詩畫中具有先生真性情、真標格，則又何必接聲音笑貌，始爲得見先生也。前癸丑所寄佳稿，弟已同耦長兄諸位同時授梓，今印寄覽。後吴門所寄一帙，則尚珍諸篋笥，畫則時時不離愚袖耳。蔡玉老古詩，在陶、謝間，爲近今所少，弟亦録數篇借光拙選矣。兹有旌邑王如成兄，攜弟所選《詩觀初集》來遊珂里，

〔一〕以上三篇輯自周亮工《賴古堂名賢尺牘新鈔》二選《藏弆集》卷七，康熙刻本。

〔二〕此文輯自《小莽蒼蒼齋藏清代學者書札》，人民文學出版社二〇一三年版。

意圖覓利，望先生推分薦揚，俾其稍有所得，則不虚弟一番説項。而先生爲拙選廣通，則感又在弟，不獨王生也，切切！邇來弟又有《詩品》之選，每位一册，而詩有去取，務於精當，不似松陵之一味糊塗。已刻有梁司農、王宗伯、司馬及王給諫北山之集。而阮亭公祖《蜀道集》，先曹升老有寄者，阮老又有改本，云付先生寄與蛟門，今蛟門已於六月六日北上，或竟寄至弟處亦可。蓋蛟老欲刻其詩入《詩品》也，附請。不盡所言，惟餘神往。

弟名單肅，季夏上浣文選樓，冲，維揚鄧孝威寄。

十六家詞序〔一〕

詞學至今日，可謂盛矣，顧理與體有不能不深講者。夫詞而謂之詩餘，則猶未離乎詩，而非下等於優伶之雜曲也。感舊、思離、追歡、贈别、懷古、憂時，昔人皆一一寓之於詞。而今人顧習山谷之空語，倣屯田之靡音，滿紙淫哇，總乖正始，此其理未辨，而傷於世道人心者一也。温、李厥倡風格，周、辛各極才情。頓挫淋漓，原同樂府；纏綿婉惻，何殊國風？而摭拾浮華，讀之了無生氣；强填澀語，按之幾欲晝眠，此其體未明，而有戾於《花間》、《草堂》之遺法者一也。今者婁東、淝水、棠村諸公首建旌旄，而齊魯、吴越、秦楚之間，名流挺出，相與播芳風而恢古烈，猗與盛哉！顧人各

〔一〕此文輯自孫默《十六家詞》卷首，康熙留松閣刻本。

一編，咸矜秘帳，流通都市，裒集爲難。黄山孫子無言，以窮巷布衣，留心雅事，每有佳製，務極搜羅，如饑渴之於飲食，甚至命舟車、裹糧糗，不憚冒犯霜露、跋涉山川以求之。故此十六家之詞，皆其浮家泛宅、殫力疲思而後得之者。予久憩維揚之蕭樓，無言時相過從，每出同人詞稿，互相商略，一語之妙，必共嗟稱；一字之譌，必相較訂。故其十六家詞之成也，謬以相屬爲題數言以行之。顧今日域中作者林立，十六家之外，寧無岸然傑異、堪樹詞場之赤幟者？而無言曰：「吾方以嗚始也。」十六家倡之於前，自此而數十家而百家，兹不其先聲也與？而無言之於詞學之理與體也，信可謂勞苦而功高者矣。

時康熙丁巳六月六日。

附録三　鄧漢儀詩學評論

(一)序　跋

官梅集序

龔鼎孳

「東閣官梅動詩興，還如何遜在揚州。」即景懷人，風流標映，迢迢千載，鬱爲雅談。吾薄游海陵，採綴淵藻，藥生使君贈書盈几，厥有風人之篇，欣荷覽持，衿情相接。中間連璣編具，名彦如林。乍到山陰，目不給賞。瞥見一題《白門喜同社偕集》，曰：「人言吾黨虚名甚，試問當年執政誰？」鐵案峻峋，唾壺欲缺。已盡讀其諸什，絶麗無雙。菰蘆中乃有此人，則吾孝威鄧子也。鄧子以吴趨之妙族，生東陽之秀里。少弄柔翰，長交名流，瓊華敷藻於中外，璧樹含芳於左右。冰紬鮫雨，織子雲油素之書；范艷班香，祧孝穆珊瑚之位。名動卿相，文滿國山，兼以神簡孤超、門風蕭澹。清鮭濁酒，時等味於五鯖；謝米潘輿，尚待資乎三釜。而人惟菊似，客許蓬開，孔座雖登，氣長橫鶚，稽疏獨許，性不馴龍。卓乎孺子之遐標，不愧真長之畏友。即嘯詠日盈於叢竹，而介貞彌表於猗蘭矣。爾其爲詩也，遠規柏梁，近矩魏晉，前追蘇李之轍，後迴鮑謝之斾，以至揚開扢歷，上初下晚。漢妝巫雨，宜大呼上天子之船；御柳宫煙，會特勅入舍人之院。香奩句就，步爲花摇，紈扇笑迴，髻將柳綰。莫不比音八律，絜采七襄。固兼出而並齊，紛云屬其波委也。若乃簫當橋寂，山高紅樹之鵑；角爲晨吹，城墮玉鈞之月。鈿轅繡柱，半藉芳塵；瑶瑟翠翹，同銷煙草。昭明溝古，傷流水之難回；杜牧情多，怪珠樓之似夢。固已身同秋士，賦咽蕪城。飛絮飄摇，蘭成自語；空江杳靄，叔寶能愁。不只閲斜日於鳳臺，遥題吴晉；眺荒潮於越嶠，獨響鷓鴣矣。夫詩之爲道，以言性情。論詩於今，尤必取諸懷抱。懷抱遠者，其人必忠孝，其語必幽深，其取友必簡嚴，而遇物必深厚。正則之想靈叫帝，媿茝讐蘼。捐玦珮於湘君，告然疑於山鬼，頓使離離清蔚，起楚水以波瀾。終古而還，椒者猶椒，桂者猶桂。君子以安其霰雪，美人以爛其車旗。拾遺之困蜀哀江，聽猿拜鳥，驪路腸迴於罷酒，故園眼亂於隨風，乃猶娓娓龍湫，祝春姿於溪壑。解人難索，哭者自哭，歌者自歌，臣子以奉其日星，朋友以召其風雨。蓋兩君子生當憔悴，世隔悲歡。或含辭負屈，絜語如顛；或泛梗依人，低頭忍泣。開萬世柔腸之祖，最宛轉而不聊；入老人失路之心，偏酸辛其有謂。長鑱難託，漁父何知。其别具懷抱，有如此者。孝威逸才曠世，少年負盛名，羽獵上林，方當搴壯。乃吾獨觀其意思所寄，蒼茫綿邈，一往而深。似此心期，不睽今曩。吾安能再把臂於寒溪老樹邊，與我吴陵諸子揖騷而坐杜，兼索水部於季孟之間耶！

丁亥初冬，社弟龔鼎孳拜手題於京口寓樓。

官梅集序

劉孔中

余以乙酉夏來蒞吴州。兵火流落，井邑孤虚。昔人道院清凉之樂，渺乎若不世事也。居頃，流徙日還，門風再集，民謳於塗而士弦於户，參軍、吏部之雅興有修焉，余因採風。而人士輩出，貼經之餘，吟望不輟。余亦不能開何遜之閣，設孔融之樽，然竊有愿焉。户外之屨亦遂幾滿，而鄧子孝威則拔其尤者歟？鄧子姿才敏贍，妙絶時人。每清風朗月，坐余弦酒官梅之下，風流轉佳，引人著勝。郄嘉賓不入幕，則誰可賓者？每入，吟嘯永日，不獵而有喜心。翻蜀郡麻、弄上黨墨，意體互出，句字相生。太沖之賦，不十年而紙筆盈筐；昌谷之囊，輒一出而煙雲滿楮。唱歎滋多，官梅匯集，其亦水部之和歌而廣平之别調乎？詩備諸體，亦極群情，清新掩庾，俊逸駕鮑，沉雄擬杜，遵秀如韋。關河放溜，而未始無聲；霽晚孤吹，而自然入調。既女郎之歌綽板，復老將之戍幽燕。至抽其繭緒，揆厥思愁，觸手蒼凉，喻懷悲壯。大都愁苦之調易工，和平之音難造。矧士各賁志自有，胸中每多塊壘也。今其集授梓，將與同人共讀之，不其香雪亂落，吹滿騷流懷袖耶！

濟南友人劉孔中藥生父題於芙蓉清署。

序官梅集

葉襄

客夏鄧子孝威來吴門，訪余於采山别墅，意況慘悴。兩人各出袖中詩讀之，不禁淚淫淫欲下也。迨别去，寒暑載離，而孝威以《官梅》一編見寄，江楓朗月，把誦徘徊，寧無情之概於中耶？夫士之抱奇情盛藻者，當其遭遇聖明，出入金闥，固侍從而奏《甘泉》之賦，亦從容而扈驪山之遊，著作紛紜，良爲絶盛。至若棲遲草澤，偃蹇歧途，歌五噫以抒哀，悵四愁之莫慰，則或王粲登景升之閣，杜甫遊中丞之廬，任昉賴文憲以知名，袁虎藉仁祖則增價，淵明之逢特進，不乏酒錢，相如之遘臨邛，且多恭敬。則於是飛西園之蓋，傾北海之尊，乂手而温尉遜奇，七歲而陳思退舍。雖不敢擬天禄石渠之勝，然投翰歎息，綺麗難忘，永日行游，極歡廼罷，謂非文人之雅觀、賦手之極觀耶？則孝威之以「官梅」命篇，是殆有懷，弗可抑也。孝威少負英妙之才，江東名流，拱揖恐後，固久聲馳洛下，而譽滿雲間。乃時值仳離，至彈鋏而食苦無魚，閉雪而任從僵卧。當此之際，誠難遣懷。乃長山劉藥生先生，以眼之青，拔眉之白，未即令吟老空谷，嘯盡高臺，廼延司馬之車，爲置梁王之宴。而孝威亦箕踞自若，諷詠連宵，一樹梅花，春愁欲曉。正使水部情魂復起，孤山風格如存。孝威雖貧，藉滿署梅花，覺煙玉佳人，贈我芬馨，累旬不散。則藥生先生之貽孝威，誠何必瑯玕瓊玖之紛若耶？嗟乎！余屈首吴趨，佯狂未敢，每瞻山水，輒起悲哀。而孝威擁桂樹於淮南，搴芙蓉於江上，百篇告就，三斗淋漓。藥生先生其爲詞壇領袖，不真曠代也耶？然孝威雖坐蓮幕、邇琴臺，而惜東門之已蕪，憫人琴之俱化，悲來四座，風雨無端。忽覺靦面傾城，消索殆盡，則猶是「客歲吴王宫畔地，一卷青衫淚濕時」也。

丁亥秋仲，同郡社盟弟葉襄聖野氏題於采山堂。

官梅集序

方苞

士抱曠世之才，而長懷窈窕、結志嶔岑，如井子春、王無功輩，翔溯青霞，猶夷白露，即有賢王公子，欽文好道，招隱山阿，而斜形抗跡，致存高渺。老椒蘭之鬱生，不知城闕之嵯峨。此鸞鶴爲群，忘情當世，其文彩不蔚於空山，風雅無傳於譙會，斯亦已矣。至賦才典麗，氣振青霓，筆塹縱橫，風云頓起，有不思英彥聯鑣，聲歌華闥，而徒刻畫蟲吟、悲嘯宿莽者哉？此鍾子伯敬有云：「鄴下西園，詞場雅事，惜無蔡中郎、孔文舉、禰正平其人以應之。」嗟呼！士有奇才，而又有奇遇，花新酒熟，秘閣談兵，山足水邊，名流造請，勒劍氣而纏綿，對馬首以慨歎，逸情天半，詞炙雕龍，而舉世之人歎若神仙，渺不可匹，豈非士既其才，又既其遇，是可以增長而永譽者歟？我友鄧子孝威，與予生同閭閈，風雨聯吟，往往叩鉢詩成，酒闌紙盡，未嘗不歎士衡之無才，而鄙陳思之不速也。奈白鳳空來，青衫徒濕，才多見擲，季女朝饑。孝威賦招隱之篇，而予亦有行路之歎。嗟乎！士恨不才耳，遇不遇，豈可量哉？嶧龍劉師來牧予州，進同社數子，披其詞藻，鮮不爲刮目，而倍才孝威，時招之讀書芙蓉署，八閱月而《官梅集》成。官閣梅花，何水部之風流具在也。孝威攬義以名厥詩，將亦琴樽高會，附使君之風流以傳遠也。不則巾車漉酒，稚子候門，較賦雪王園，陳詩公讌，固各是千古。孝威誌之，其亦感一時遭逢之雅，而知己爲不可忘也。予故曰：士恨不才耳，遇不遇豈可量哉？

社盟弟方苞伯英題於清漣草舍。

官梅集弁歌 有序　陸　舜

鄧子孝威，與余官閣聯帷，較讐《玉海》，風燈月案，吟嘯閒之。彼此唱酬之樂，不異晨昏。橘裏白眉，匪我過也。鄧子《官梅集》成，而余亦著《琴鶴餘音》之帙。比余附之末，遂當兩部鼓吹。而鄧子則一卷冰雪矣，歌以弁之。

靈禽悲薄暮，奇馬嘶亂流。志士感勝心，淚落關山秋。朱華吐光迷鄴水，臨川巨筆照才子。開元鉛水滴宫人，天寶鮫珠零内使。春燈秋帳官梅閣，有情未免猶如此。喬桑漏月月半明，人人懷抱熒熒清。此夜不必聽玉笛，别有腸肺生商聲。何堪風日新亭上，咫尺之外關山情。澀霜滿櫟動衙鼓，葳蕤漸鎖芙蓉午。空庭晝白形影孤，芒芒百端緒能吐。不著離騷亦屈原，敢賦新蒲如杜甫。白瑁簪來筆筆愁，一草一蟲送悲苦。咄嗟行吟踽踽踏莓苔，自有心胸塊壘來。風光好惡兩無定，逐人嚬笑爲裴徊。吟望强半對搖落，哀不樂兮樂且哀。握君手，飲君酒，桓宣武兮哭種柳。戟君鬚，發君歈，王處仲兮擊唾壺。壺口缺，柳條折，憂從中來，不可漫滅。風景蕭蕭，山河□□。懷以亂深，且與愁結。人情古今，鏦錚筆舌。述懷懷可言，歓恨恨難説。噫吁嘻，痛乎傷哉！鄧□州，八斗才，登臨每上宋公戲馬之高臺。□□□學楊朱泣，塗窮真可悲□□。□□□□□□偪迫纔我非一觴一詠何□□□□□□定因鸝鵡謫，却教抑塞磊落之士疾走□□□。

盟弟陸舜玄升氏題於茱萸酒□。〔一〕

題燕市酒人篇

錢謙益

甲午春，遇孝威於吴門，孝威出燕中行卷，皆七言今體詩。余賞其骨氣深穩，情深而文明，他日當掉鞅詩苑。今年復遇之吴門，見《燕市酒人篇》，學益富，氣益厚，骨格益老蒼。未及三年，孝威之詩成矣。或曰：「孝威詩於古人何如？」案頭有《中州集》，余曰：「以是集擬之，當在元裕之、李長源之間。」或怫然而起曰：「今之論詩者，非盛唐弗述也，非李、杜弗宗也。擬孝威於元季，何爲是諓諓者乎？」余曰：「不然。詩言志，志足而情生焉，情萌而氣動焉，如土膏之發，如候蟲之鳴，歡欣噍殺，紆緩促數，窮於時，迫於境，旁薄曲折，而不知其使然者，古今之真詩也。吾讀裕之、長源詩，《皇極》、《永明》之什，《牛車》、《孝孫》之篇，朔風蕭然，寒燈無焰，如聞歎噫，如灑毛血，斯亦騷雅之末流、哀怨之極致也。孝威以席帽書生，負河山陵谷之感，金甲御溝，銅駝故里。與裕之、長源，共欲歔涕泣於五百年内，盈於志，蕩於情，若聲氣之入於銅角，無往而不一也，安得而不同？子之云盛唐李、杜者，偶人之衣冠也，斷菑之文繡也；我之云裕之、長源者，旅人之越吟也，怨女之商歌也。

〔一〕以上五篇輯自鄧漢儀《官梅集》，南京圖書館藏清無近名齋鈔本。

安得以子之夢夢，而易我之諓諓者乎？孝威自命其詩曰《燕市酒人篇》。嗟夫！白虹貫天，蒼鷹擊殿，壯士哀歌而變徵，美人傳聲於漏月，千古騷人詞客，莫不毛豎髮立，骨驚心死，此天地間之真詩也！子亦將以音律聲病，句抈而字度乎？知孝威命篇之指意，余之以元季擬孝威也，雖諓諓，庸何傷？」孝威悦是言也，以告芝麓先生。先生曰：「善哉！能爲裕之、長源者，望盛唐李、杜，猶北塗而適燕也。」人言長安樂，出門向西笑。孝威自此遠矣！〔一〕

鄧孝威被征詩序

王士禛

客問乎王子曰：「鄧先生被征八詩，何其多楚聲也？」王子曰：「何謂也？」曰：「鄧先生昔嘗北遊蔡州，南遊嶺表矣。遠或萬里，近或一二千里，皆歷歲月之久而始歸。故其爲詩，雕畫土風，莩甲新意，無幾微羈旅侘傺之色。今天子崇文治，思得奇才異能之士備顧問。鄧先生裒然爲舉首，待詔公車，長安公卿大夫莫不喜其來，延至恐後。且京師距淮南二千里，置驛相望，地非遠於嶺南、蔡州也，鄧先生顧悵然若有不自得者。讀其詩，又淒惋哀激，類乎楚聲，是以疑也。」王子曰：「是《三百篇》之志也。詩有六義，正變不同，而皆本於忠孝之旨。《南陔》、《白華》，孝子之所以養也。武王之時，鄉飲酒燕，禮則用之。所謂『笙入立於縣中，奏《南陔》、《白華》、《華黍》』是也。迨

〔一〕此文輯自錢謙益《牧齋有學集》卷四七，康熙二十四年金匱山房刻本。

其後而《陟岵》、《鴇羽》之詩作焉。《陟岵》之次章曰：『母曰：嗟！予季行役，夙夜無寐。上慎旃哉，猶來無棄！』《鴇羽》之次章曰：『王事靡盬，不能蓺黍稷。父母何食！』蓋古之孝子行役於外，不獲養其親，其詞之迫切如此。今鄧先生有母年八十矣，一旦舍甘旨之養，遠來京師，其情之迫切，與《陟岵》、《鴇羽》之詩人無以異，故其言如此。亦猶《南陔》、《白華》之遺意也。昔鄧先生遊蔡州、嶺表，年方壯，母亦未衰，其意怡懌，則其詩之異於今也，宜也。」客曰：「善乎，子之説詩也。夫鄧先生之詩數篇耳，而正變之義具焉，使在採風之世，其不見删於孔子，可知也。」予曰：「然。」遂次其語以爲之序。〔一〕

鄧孝威詩集序

陳維崧

臺君土室，漢世目之逸民；劉氏綵毫，梁室官爲庶子。遐稽曩史，兩見孝威；詎意同時，又逢我友。序閥閲，則鄧仲華簪組之族，門户清通；譜邑里，則吴夫差花月之都，山川綺麗。籍雖茂苑，産實吴陵。諸侯傳寓公之名，才子擅客兒之字。馬卿慕藺，便號相如；傅奕懷賢，爰更幼起。爾其才情遒艷，文藻英新。釋寶誌識徐陵於髫歲，呼以麒麟；陸修静知張融於綺年，遺之鷺羽。東京公子，許以經過；西鄂王孫，嘉其延攬。於是臨風授簡，入夜揮毫，等白璧之一雙，似朱霞之十丈。鏗

〔一〕此文輯自王士禛《帶經堂集》卷四一《漁洋文》卷三，康熙五十一年程氏七略堂刻本。

鏘金石，能驚趙鞅之魂；煜爍煙雲，可致賈妻之笑。書之彤管，紹以牙籤。僕也激賞高文，徘徊麗緒。陸原平之詩賦，道路居多；庾開府之生平，亂離不少。若夫魏主虚帳，韓王故台，昆陽虎鬭之城，涿鹿龍争之地。才人失職，幼即辭家；烈士依人，長而去國。三秋作客，徒悲峽裏之黄牛；五夜思鄉，難忘闕前之白雁。况復燕昭臺畔，猶有遺官；嬴政山頭，非無疑冢。青桐緑竹，盡諸王帶礪之鄉；玉雁金凫，亦列祖衣冠之地。而乃墮名藩之愛子，損長陵之一抔。此也十七世之金甌，彼也千百王之玉體，莫不竄之狐兔，薦以荆榛。見草中之馬耳，能不悲號；攀天上之龍胡，可無痛哭！於是觸目蒼凉，緣情淒厲。或臨文而永慕，乍搦管以微謡。絶非愉懌之音，惟以悲哀爲主。縱使縣名聞喜，豈便爲歡？即令草字忘憂，焉能不歎？嗟乎！蘭因芳損，膏以明煎，自古文人，皆嬰此患。羈雌啁哳，豈有意於謳吟；怨鳥蕭騷，聊自言其辛苦。屬以風高銅柱，同使者以乘槎；月冷珠江，共客星而泛棹。聽蠻方之秦吉，食炎徼之檳榔，《過嶺》一編，乃孝威之近集也。〔一〕

鄧孝威甬上遊草序　李鄴嗣

自建業、京口以至西陵，江南約數千里。稍附江以北有廣陵、海陵，渡浙東則有會稽、句甬，皆所謂文章之藪，山川名勝甲於天下。然余謂：南惟京口，東惟句甬，此二郡，其水俱東海爲江，犇潮

〔一〕此文輯自陳維崧《陳迦陵儷體文集》卷五，康熙患立堂刻本。

潡汐；其山俱崔巍而兀起，城壘峥嶸。每遊陟至此，覺吾曹面目磊砢，氣始得豪。前此文人綺靡之習，以至士女、花鳥、樓臺、舟楫，風華佳麗之狀，始盡爲一變。吾友鄧孝威，海陵奇士也，其生平足跡幾徧天下。然以家在南陽〔一〕，與京口相望，每渡江必登北顧山，望吴大帝、宋公横槊之地，顧盼風生，下筆忼愾。既歷吴中七八郡，更悵然泛浙河以東，抵句甬，覽其山川，虎蹲鳳躍；直上候濤山，尋謝皋羽採藥處，遥見亂礁出没白浪中，日景落壽泠岸。與吾輩三四人狂歌向天末，擊石爲碎。今試讀其《鄧城懷古》、《雜興》及《王忠烈公餐柏亭歌》、《弔錢忠介公》諸詩，上可當銅雀三祖、鮑參軍、杜公，下亦不失爲晞髮老。蓋自二十餘年，四方名士集此，與吾曹相唱和，燕人梁先生、楚人萬先生，而後惟孝威一人而已。夫既於江南數千里山川繡錯中，而獨從此二地得一發其奇，復於二十餘年往來名士、舟車驛舍中，而獨藉此三四人得一發山川之奇，是則文人吐其胸中壘塊，老氣横披，雖所持三寸弱翰，而其勢足與名山巨壑隱然相敵。斯誠古今靈氣所聚，産爲魁奇，不可易得，宜吾目中落落未嘗數見如此人也。他日孝威别我，當與期，計日造京口。孝威登鐵甕城，飲其酒，發吾所遺此中懷古詩，余亦將登百步峰長嘯，誦孝威句甬憑弔諸作，同聲遥應，雖遼然千里，如奏金石於一堂矣。〔二〕

〔一〕「南」，疑爲「東」之誤。

〔二〕此文輯自李鄴嗣《杲堂文鈔》卷二，康熙刻本。

鄧孝威過嶺詩序

陸舜

過嶺詩者，鄧子孝威從龔芝麓先生游粤東而作也。先是，先生游吾里，從游倡和，屨滿蓋陰，而鄧子蚤爲上客領袖焉。既次廣陵，則鄧子俱；既次白門，則鄧子俱；既次他諸名都大郡、好山佳水，則鄧子莫不與俱。刻景檄辭，鞭才赴韻，金罍不夜，蠟屐忘晅，先生可無他人，必不可無鄧子。然則鄧子之與先生，可謂道合忘年、傾倒不近者邪。既先生累官京師，則招鄧子於别署，委蛇退食之暇，即與鄧子吮毫濡墨之會也；憂讒畏譏之日，即與鄧子痛哭流涕之時也。先生未幾而躋崇秩，復未幾而累左遷，一時僚友、朝士、門生、故吏趨避聚散之緣，殊有難可道者。鄧子蕭然一慷慨布衣耳，論交十年，升沉一致，大雅相成，名益海内，可以遠追王、孟，近方陳、董。鄧子有不爲先生重而益以重先生者哉！丙秋粤東之役，先生奉使而南，遇鄧子於江淮之間。既見之，賡不忍釋手，强以從游。而鄧子暢然孤往，襆被未遑自隨也。往返嶺南不下幾千餘里，蠻煙瘴雨，海蜃山嵐，皇華所驅，車船迭進，先生之興不淺，而鄧子之氣益豪。其間山川之盤鬱，雲物之變幻，鳥獸草木之奇，城郭人民之異，觸目者感心，發聲者成韻，而有是集也。題曰《過嶺》，非獨紀時、紀事、紀地、紀從游之盛，將以見鄧子與先生萬里投轄，迥出當時僚友、朝士、門生、故吏趨避聚散之緣之外也。

其亦山中白雲，不可持贈者邪！〔一〕

蕭樓集序

尤侗

昔昭明太子《文選》，如唐山夫人、甄后、昭君、文君、文姬之詩，徐淑之書，蘇蕙之迴文，皆不録。所收者惟班婕妤《怨歌》、曹大家《東征賦》耳。抑何於婦人薄與？即徐陵《玉臺新詠》，亦非皆女子作也。予嘗謂，古今文人才士，其代爲閨情閨怨者，狎昵纏綿，深入兒女三昧；而絶世佳人反不聞唱同聲之歌、壘相思之曲，豈其才盡，亦欲爲畫眉諱耳！譬之畫師，寫人好醜、老少，皆得其真，鮮有能自貌者。然使吴道子、顧虎頭輩對鏡寫照，其妙當如何矣？大抵閨房之作固少，雖有，或秘不傳，如《草堂詞》，自孫夫人、李居士外，亦不多見。而吾友王西樵所輯《燃脂集》，有詞數卷，是知傳者少也。鄧子孝威坐文選樓選《詩觀》，四方郵筒日至，而香奩彤管亦附以來，乃乘暇採爲《蕭樓集》。自此，黄絹幼婦，當與紅杏尚書、花影郎中争妍鬬麗，豈止「緑肥紅瘦」、「柳帶同心」艷吟千古哉！集成，幸持獻太子，太子見之必曰：「嗟乎！使吾早從先生游，《閒情賦》可不删矣。」〔二〕

〔一〕此文輯自陸舜《陸吴州集》，清雙虹堂刻本。

〔二〕此文輯自尤侗《西堂雜組》雜組三集卷三，康熙刻本。

蕭樓集序

吳　綺

帷中續史，雅聞班有大家；閣下傳經，允賴伏存女子。中郎書册，寫之仍屬猜弦；太傅家風，傳者多稱詠絮。人皆有集，還誇劉氏三娘；世豈無才，盡道李公一妹。代威明而作答，群僚翻訝其工；與闢圖以齊名，進士何妨不櫛。盖辰分星月，皆有助於陽燧之光；而天有雲霞，必俯藉乎山河之氣。芙惟去草，雖入夢以成夫；蘭自有花，必含香而待女。此非偶爾，彼亦宜然。豈有筆解畫眉，定有殊於青鏤；人堪傅粉，反不坐於絳紗者乎？吾友鄧子孝威，既登文選之臺，獨樹《詩觀》之幟。窮搜月露，壇方列於四唐；遐慕林風，席更分於三孝。爰成一集，命曰《蕭樓》，將由地以傳人，實因今而溯古。攬其雪詠，盡載瑶函；考厥星源，半生珂里。或琅琊之新婦，原配參軍；或魯國之逸妻，早歸丞相；或伯鸞同隱，賃舂於高士橋邊；或司馬偕歸，聽曲於長卿筵上。玉窗窈窕，原屬神仙；金鎖葳蕤，盡藏書畫。當年借硯，香分玳瑁之斑；盡日含毫，墨點胭脂之暈。水晶簾下，纔看裝梳；軟玉屏中，旋聞揮灑。於是紅窗晝永，碧檻春深。六六蓮陂，問鴛鴦而有對；三三竹徑，説鸚鵡之無聊。則有絳樹諧聲，青蓮協律。剪綵花而寫志，步羅襪以含情。翠幕紅橋，有贈郎之作；玉樓朱户，成寄妹之篇。嘲伊字之無人，笑影兒之與我。則黄花九字，欲登才子之壇；白雪一編，可奪詞人之席矣。其或飄零異地，寄托非人。既所遇之不辰，亦有思而未遂。聞杜鵑於馬上，何日成歡；聽蟋蟀於燈前，非秋亦感。則有篇名《落魄》，集號《斷腸》。攜手無人，豈謂風能吹恨；畫眉何事，那知山可留愁。斯則染蜀井之箋，原同血色；把湘江之管，總是淚痕也。鄧子既掇其華，復裁於古，凡收各調，悉准大晟。拈天女之花，都成寶鬘；拾鮫人之淚，用作明珠。香分麝月，有墨皆芬；彩擷蠶霞，無思不艷。譬之青鸞對鏡，祇現分身；遂使朱鳥臨窗，如將寫照。顰雲笑雨，無不極其妍情；夢峽啼湘，都欲呈其慧態。鐫之琬琰，宜藏金屋之中；函以瓊瑶，當置玉臺之上矣。

謝晉侯詩品序

吴　綺

《三百篇》以來，詩獨盛於仙李；十九首以後，格莫老於浣花。蓋開元之時，亂離多有；而少陵之世，艱險備嘗。故矢諸詠歌，多情深而意厚；見之慨歎，常旨遠而思真。所以天貺神符，有詩王之目；人推傑作，得詩史之稱。壽春晉侯謝先生，夢草華宗，粲花碩彦。廣川射策，遂鼓棹於瀘江；蠻府參軍，乃彈琴於僰道。啼鵑聲裏，僅分百里之符；戰馬叢中，已繪三年之像。而驚傳鼙鼓，影匿烽煙，流離於玉壘山邊，轉徙於錦宫城外。比之彭衙竄月，徒有吟魂；與夫寒峽餐冰，尤增哀意。迨乎羈蹤歷歲，乃得返跡舊都。故壘荒涼，遂觸懷而多感；故山寥落，亦遇物以興思。凡所行遊，率多篇什。兹者吾友鄧子孝威，見其真摯之辭，謂略同於杜老，因加删定之役，遂耑授於棗人。覽之信然，未爲妄也。夫晉侯先生，遇好文之主，讀其賦而願見長卿；以可爲之才，試其能而無殊宓子。行將待以不次，豈但等於能言？獨是子美值安史之秋，麻鞋獨往；而晉侯當滇閩之際，皂帽空存。而卒也蜀道羈棲，終數奇於葱肆；淮山招隱，還志阻於桂巖。蓋惟其遇之同，是以其語之似

也。歲行盡矣，方將作别賦數章；子之往兮，願以代歌騷一卷。〔一〕

跋日損堂詩海陵本

王士禛

節之詩，天才奇恣，元刻載之備矣，後屬唐畊塢。鄧孝威重刻於海陵，删其拗句、拗字不合者，不爲無功，然本色亦稍減矣，即此本是也。並存之。仍題數語，以眎識者。〔二〕

詩觀三集序

張潮

鄧子孝威有《詩觀》之選，初集甫出，不脛而走天下，繼而有二集之選。今三集且復成書矣，或問於予曰：「是三選也，則皆同乎？」予曰：「不同。」夫鄧子選詩之初，固非有意於問世也。投贈既多，涉獵難遍，於是拔其言尤雅者，録而珍之。大都棄瑕取瑜，排砂見寳。故其爲書，皆精金美玉，陸離奪目。其選也，鄧子之自爲政也。然耳目之所及有限，天地之生才無窮，滄海遺珠，其不及收者，蓋亦多矣。二集之選，雖世與鄧子互相爲政，亦出於事勢之所不得不然，然已不能如初集之去取唯意矣。至三集之成，若迫於所不得已，郵筒竿牘日陳於前，欲婉則違於己，欲直則忤於人。與其忤於人也，寧違

〔一〕以上兩文輯自吴綺《林蕙堂全集》卷四，康熙三十九年刻本。

〔二〕此文輯自王士禛《蠶尾續文集》卷二十，康熙五十七年刻本。

於己。則是人自爲政，有非鄧子之所得而操焉者矣。此其故，鄧子知之而未嘗敢以告人。顧以予有參訂之責，獨私爲予言之。予謂鄧子：「東坡有言『凡物皆有可觀，苟有可觀，皆有可樂』。今日之詩，豈遂無可觀乎？是役也，寧少毋多，寧嚴毋濫，則是子仍可自爲政也。其何嗛之有哉？」予因思夫天地之化，日出而不窮，而唯文人之心爲甚。譬之春花秋月，古未嘗或異於今，今未嘗或殊於古。然每當花晨月夕，則人必留連玩賞於其間而不能去，從未聞有習而生厭者。則是三集也，亦猶今春之花、今秋之月，自足以供世人之留連玩賞，其不脛而走天下也，固將與初集、二集有同觀焉耳。惜乎選事未竣，而鄧子忽有騎鯨之變。其令嗣方回，欲與予踵其志而成之。夫予於鄧子存日，尚不欲越俎而代庖，顧於其歿而遂爲蛇足乎？是以仍其舊貫，不復有所增益，而識其大略如此。

時康熙庚午冬月，新安張潮題於詒清堂。

重輯詩觀序

仲之琮

詩發源於《三百篇》，其後遞爲升降，以迄於今。漢魏一升，六朝一降；唐又一升，宋元明又一降；國朝之詩格高而韻遠，體大而味深，軼宋元明而接唐人，至是又一升矣。國朝操選政者不下數十家，然佳者未嘗數數之覯。如《詩存》、《詩永》、《詩最》之類，妍媸並登，多繁蕪未經精擇，正如西子、無鹽同貯金屋，蒹葭、玉樹並植雕欄，令閱者排沙簡金，見寶無多。《篋衍》一選最爲矜貴，然拘於一偏，所收過少，不免論甘忌辛、好丹非素之誚。惟鄧孝威先生《詩觀》初集、二集、三集，廣搜博採，去取允當，諸選無出其右者。曩得其書讀之，或清而腴，或淡以遠，或樸茂温厚，或瑰奇風藻，或渾然天成，或雕琢精工，或氣韻沉雄如幽燕老將，或風流自賞如三河少年。玄圃積玉，無非夜光，誠大觀也哉！雖起唐人於今日，擘牋沫墨於詞場騷壇間，其格力風調亦必無以相過，皆先生精擇之力也。先生即没，其書久不行世，論者皆以爲憾。予於戊辰春過吴陵，購求得之，其中多殘缺不全，且木有腐朽者，字畫亦或模糊，不辨魚魯、豕亥。數年來遍爲蒐求，召剞劂氏於家，殘缺者補之，腐朽者易之，模糊者修之，乃如珠之還、劍之合，復得完善如初。雖後來數十年之詩未得並入集中，能裒集當代才子鉅公佳制，以鳴一時之盛，亦未嘗不可與唐人之《英靈》、《間氣》諸選並垂不朽也。於是不敢藏弆篋中，爲之弁數言於簡端，而以公諸世。

時乾隆十有五年春王正月，如皋後學仲之琮蒼璧題於深柳讀書堂。〔一〕

重輯詩觀二集序

仲之琮

明季鍾、譚，以淒清幽獨之調，矯七子之弊，海内靡然從之。三十年間，相率以不讀書之枵腹，求爲意表之言，物外之象，夢入鼠穴，幻之之鬼國，詩道熸息，而國運從之。我國家鼎新以來，文明日啓，詩教大盛，哲匠宗工森起於其間，根柢深厚、音節和平，一變勝國之陋派，而歸於大雅。於是

〔一〕此文及以下二文輯自中國國家圖書館藏《詩觀》乾隆重修本，編號〇三三二〇。

淫哇絶響，復聞正始之音矣。夫七子詩學盛唐，竟陵見其止於匡廓，所由乘隙而起，而謬種流傳，貽害天下。國朝諸公乃力持唐調以挽之，其以唐人爲師，似與七子無異，而詩則若經緯薰蕕，不可同日而語，何者？彼以剽賊，此以性靈。剽賊則形骸之外，去之更遠，黄茅白葦，彌望皆是，見者易出厭心。性靈則開闔變化，縱横百出，如高嶽聳峙，千巖萬壑，令人登陟不窮。又如大海萬里，魚龍出没，萬怪惶惑，渾渾乎，茫茫乎，非可一覽而悉。孝威鄧先生學植淵宏，識解超異，方執大稱，以稱量天下。《詩觀》初集裒輯雖富，猶未足以盡其美，是以復有二集之選。初集中所登，多得之《國雅》、《詩志》諸選，二集則諸選屐齒之所未及者，復採擷薈萃，且加以壬子後六載中士大夫及騷人墨客、方外之徒郵筒而得者若干篇，其多與初集相埒。後之學者縱觀其盛，洛誦之餘，如玉果璿珠、銀燭金膏，皆可披圖而視，其亦可以飫目而饜心矣夫？

時乾隆十有五年秋八月上浣，如臯後學仲之琮蒼璧氏題於深柳讀書堂。

重輯詩觀三集叙

仲之琮

二集以戊午告竣，至己巳又歷十有一寒暑矣。其間清辭麗句，逸韻雄篇，積累日益多。先生汰其沙礫，採其菁華，彙而輯之，以爲三集。而前之滲漏而未登初、二集者，更搜補於其中。由是滄海無遺珠，而令人有觀止之歎矣。予既卒業，爲掩卷累欷者久之。當楚咻初息之時，別裁僞體，復歸於正。或且厭棄唐人，以爲離之始工，而轉入宋人之流派。高者師法蘇、黄，下者乃效及楊、陸諸人。甚且遺其神明，而獨拾瀋滓。是何異越人之學遠射參天，而發適在五步之内也。先生是選，嚴於採擇。其收入集者，一循唐人之風格，有入於宋人麗厲之習者，皆屏弗取。是書出，而數十年來學者，如得指南車而不迷於所向。於是郊廟之詩肅以雝，朝廷之詩宏以亮，贈答之詩温以遠，山藪之詩幽以曠，刺譏之詩微以顯，哀悼之詩愴以深。莫不得唐人之神髓，而不僅襲其皮毛。風氣遂直接四唐，而超出於宋元明之上。則先生是選之感人心而端世教者，其功誠不容没也。余於國初之詩，常欲與海内詩人共俎豆是選，而奉以爲雅宗，此豈余之阿好也哉？

時乾隆十七年八月既望，如皋後學仲之琮題於避喧書屋。

詩觀題記

鮑倚雲

《詩觀》初集，時論以爲最嚴而覈。要自諸老及十數名家外，附刻者其周旋爲不少矣。是本計十册，得之書賈亂紙堆中，重加裝整。中間丹墨塗乙，亦似老於此道者，惜太簡略。余苦病餘不能讀書，詩興亦闌，舊學遺忘都盡。乾隆丁丑、戊寅間館於岑南，偶作銷夏之課，研朱點勘一過，有選而不加筆者，尊刻本也。

戊寅九月晦日，退餘居士識於筠西半舫。〔一〕

〔一〕此文見臺北中央圖書館藏本《詩觀》，據謝正光、佘汝豐《清初人選清初詩彙考》，南京大學出版社一九九八年版。

詩觀十四卷別集二卷 内府藏本

國朝鄧漢儀編。漢儀字孝威，泰州人，康熙己未召試博學鴻詞，以年老授中書舍人。是編皆選輯國初諸人之作，别集則閨閣詩也。

《四庫全書總目》卷一九四集部四七〔一〕

慎墨堂詩拾序 周庠

鄧先生孝威以辭賦起家，應康熙十八年宏博科，被命入秘省，以是詩名滿海内。其所著《過嶺》、《慎墨堂》諸集，版燬於火，遂罕有窺其全豹者。惟所輯今人之詩曰《詩觀》者，奉旨抽燬應禁之人行世。夫以國家斯文大備，轢古鑠今，猶且睿慮無遺，不忍遐陬僻壤之儒、一篇一詠之美，同歸於澌滅。士生鄉先生後，居相近，復不甚相遠，其著述卓卓有可傳者，顧轉聽其零落散佚而無可稽，亦君子所羞也。昔人謂，杜少陵殘膏賸馥，猶足沾丐後人。退庵學博有慨於斯，廣蒐博採，於蠹簡斷詹中得先生詩若干首，名曰《慎墨堂詩拾》，從其朔也，且示存先生詩什一於千百也。余方從事州志，論次先生之爲人，恨不多見其詩，得斯卷快讀之，乃深歎退庵用心之專且勤。其有功於

〔一〕此文輯自《四庫全書總目》，乾隆刻本。

前哲不淺，殆所謂篤學嗜古之士歟！至先生詩之别裁僞題，力追先正，國初諸公俱論之，故不復云。

道光丁亥孟冬月，東淘愚弟周庠撰。〔一〕

詩觀初集十二卷二集十四卷三集十三卷閨秀别集二卷

國立北平圖書館藏乾隆刊本

清鄧漢儀選。漢儀字孝威，泰州人，康熙中舉鴻博，以年老授中書舍人。淹洽通敏，尤工詩，著有《過嶺集》，王漁洋尤激賞之。是書記明季清初人之詩數百家，大半友好投贈者，不分仕隱，隨得隨梓，不序前後，不書官爵，每人之下，僅書别字、里貫及詩集名目。釋子詩雜同人之中，閨秀詩則另爲一帙。每集皆有自序、凡例。搜輯淹博，戒幽細，斥浮濫，略加點圈評次。一代文物，皆可於此略見。乾隆間入禁燬書目，蓋以其所收勝朝遺民頗多，而所爲詩，故國之痛時流露行間字裏也。

《續修四庫全書總目提要》〔二〕

〔一〕此文據《慎墨堂詩拾》卷首，清鈔本。

〔二〕此文輯自《續修四庫全書總目提要》稿本，由裴喆博士提供。

（二）歌　詠

約鄧孝威共訂杜詩名以清歸破時調也因次元韻之二　丁耀亢

談詩久已謝時能，新調空傳説竟陵。春螅有聲吹細響，乾螢無火續寒燈。亂鳴郊島終難似，厚格楊盧豈合懲。千古高深惟五嶽，君看何處不崚嶒。

《逍遥遊》卷二，順治刻本

毘陵天寧寺答贈鄧孝威　釋今釋

癡愛都歸清夜猿，九招未許弔湘魂。憑君感慨詩中史，剩我蕭條物外尊。誰遣兵荒爭洞壑，尚餘衣食累乾坤。一瓢去就隨人手，片葉書懷且杜門。

《詩觀》初集卷五

贈鄧孝威　朱文心

恍惚前身略識君，鼓刀擊筑舊同群。重來淮海訂詩社，每話肝腸到夜分。天際孤峰横古色，人間九鼎重靈文。好將燕趙悲歌語，還與羊欣寫練裙。

《詩觀》初集卷七

秋日棹舟過鄧孝威先生舊山草堂以先子遺集求入詩選

李善樹

何妨清白子孫貧，頗有詩篇泣鬼神。父執當年存叔夜，騷壇吾黨重陽春。橋廻孤棹銜群鶩，家住清溪繞緑蘋。多謝高賢垂採擇，遺編手捧淚沾巾。

《詩觀》初集卷九

秋深喜鄧孝威見過留飲學莽同賦

許納陛

蕭蕭木葉下孤城，此夜開尊百感生。霜急疏鐘來暮閣，風吹細雨落殘更。新懷欲話逢秋老，舊夢難追藉酒成。海内知音今漸少，名山大業待持衡。時聞鄒訏士之變。

《詩觀》初集卷十

孝威過寓園留飲和見贈韻

席居中

習懶東遊也閉門，緑楊籬畔似山村。久知欒土一枝好，况遇騷壇四海尊。杯裏揺青疏竹影，徑邊堆雪落梅存。予歸君亦維揚去，不用河橋黯别魂。

《詩觀》二集卷七

過海陵與鄧孝威話舊之四

冒襄

顏子扁舟過我時，持君尺素定相知。追隨舊社名人輩，熟讀昭明文選詩。説項三年稱巨擘，爲韓一日置蛾眉。於今名振家成後，翻有微辭憾敬之。

《巢民詩集》卷四，康熙刻本

雜憶平生詩友十四首之六

曹溶

分部甘陵起愛憎，人間甲乙事難憑。男兒也叶秤量夢，文選樓中半夜燈。鄧孝威有《詩觀》之刻。

《静惕堂詩集》卷四四，雍正刻本

寄鄧孝威之三

吴嘉紀

運會今如何，紛紜執管籥。有懷不肯默，緣調發哀樂。歡娱情易靡，悲愁響易索。孰是和平奏，尚須賈人鐸。大雅久荒蕪，斯人起林薄。操持正始音，一唱諧衆作。矯矯泥澤中，何用嗟淪落。時選《詩觀》。

《陋軒詩》卷七，道光二十年刻本

酬鄧孝威廣陵見寄之四 鄧方寓文選樓論次《詩品》 施閏章

變雅日以繁，折衷賴時彦。披榛拾芳草，素心炯可見。蕪城文選樓，萬古月如練。鴻飛寄短章，秋聲起江甸。《學餘詩集》卷十二，康熙四十六年刻本

孝威廣陵書至索近詩感傷故舊凋零 施閏章

淮海三年水，陵陽一夏晴。愁深人共老，書到眼初明。文酒多時別，悲懽百折情。浮名吾意盡，高枕卧山城。《學餘詩集》卷三一

和孝威丹字 孫枝蔚

鄉園惟咫尺，酒食且盤桓。金盡身遲返，書成衆借看孝威詩選初刻成。客逢賢主少，老别故交難。莫愛江南路，楓林葉葉丹。孝威云將渡江。《溉堂集》續集卷四，康熙刻本

次韻答孝威之三、之八　孫枝蔚

君網珊瑚上海船孝威《詩觀》二集又將刻成矣，我惟儲肉似寒鳶東坡詩「凍鳶儲肉巧謀身」。因看載酒填門户，益覺談經讓草玄。

輸君忙處亦長閒，詩品能教謝勝彦。痛飲狂歌仍不減，藏書豈獨愛名山。

《溉堂集》續集卷六

春日鄧孝威見招並贈其長君扶風鄧漢儀，字孝威，吴陵人　宗元鼎

數年聚首隔東陽，此日春風到草堂。賁帛固辭齊綺夏，玉臺成選繼蕭梁。時孝威有《詩觀》之選。賦中白雪争花發，盤裏青芹有鳳將。因愛朗陵佳父子，夜深重舉十餘觴。荀淑爲朗陵侯相。○孝威《詩觀》初集爲一時選部之盛。令子勖采字扶風。有《慎墨堂詩集》。

《新柳堂集》卷四，康熙刻本

文選樓賦贈鄧孝威　何絜

蕭梁遺跡剩危樓，游客翻書坐上頭。六代品題推帝子，一時風雅屬名流。檻憑古塔凌霄月，案擁蕪城半壁秋。爲弔高齋諸學士，較酬輸爾得夷猶。

《晴江閣集》卷五，康熙刻本

丁巳長夏得鄧孝威寄詩即韻奉答四首　李鄴嗣

賀監祠堂下，君來酬唱多。野花紅照路，春水緑生波。鼓角遺民聚，江山名士過。無言此會易，千載聽悲歌。

與君同避世，老眼閱桑田。灑淚登臺日，編書閉閣年。花詢蘭里發，月憶鑑湖圓。可得還江上，來尋詠史船。

高卧昭明閣，重編南國詩。齊梁靡曲盡，漢魏古風遺。掩卷何嘗快，當歌有所思。因持前日淚，遥寄萬年枝。

藥鐺雜詩卷，此外事無餘。已聽先生病，惟懷老友疏。客星何處照，流草數年居。契闊真無信，方開咫尺書。

《杲堂詩鈔》卷五，康熙刻本

丁巳除夕從友人借得詩觀夜讀即賦二首寄孝威〔一〕　李鄴嗣

除夕知遭執友嗔，上書借得一編新。燈花忽照南朝客，詩草遥收東浙人。海内篇章留宿老，

〔一〕此詩亦見《詩觀》三集卷一，題作「丁巳除夕從友人借得鄧孝威先生所選詩觀夜讀却寄」。

年來品目屬遺民。知君下筆昭明閣，千載容誰問後塵。

夢狎蛟龍來往頻，來年意氣各如神。吟詩直欲驅山鬼，飲酒何曾識巷人。自有網羅收一代，肯將壇墠讓千春。四明亦著先賢傳，得似先生鑒别新。

《杲堂詩鈔》卷六

口占贈余二兄鮫巽之揚州五首兼致鄧孝威之四、五

李鄴嗣

撰録名文今古收，南朝前事擅千秋。誰云玄圃風流歇，有客高眠蕭統樓。孝威近寓文選樓。

春水春風正可乘，又攜行李過西興。篋中載得先賢傳，一路看詩到廣陵。余以所選耆舊詩附致孝威。

《杲堂詩鈔》卷七

廣陵五日讌集作之五

贈鄧孝威　計　東

鄧子富文藻，健筆虁龍鱗。足跡半寓内，奇才漸能馴。北至汝與洛，南踰越與閩。登臨極冥搜，山川見精神。作者既自命，删定今詩人。正雅竭揚厲，僞體芟荆榛。耳目一以滌，雲物瞻清新。頗憶吴興遊，正氣能嶙峋。開口駡鼠子，衡鑒澄羣倫。至今逸老堂，風流識天真。

《改亭詩集》卷一，乾隆十三年刻本

懷孝威先生　梅清

大雅南陽客，論詩復幾年。箧從元結述，箋許鄭公傳。老去筆何健，名成隱益堅。素心難問世，滌硯向山泉。

《天延閣後集》卷六，康熙刻本

賀新凉·寄鄧孝威　曹貞吉

才子生南國，坐江樓、擁書十萬，百城難敵。高密元侯門第在，伯道清風奕奕。看威鳳、鸞龍氣色。屈指騷壇誰執耳？羨葵丘、玉帛長干側。千古事，名山得。　慚余潦倒東溟客，望龍門、清塵濁水，蓬蹤疏隔。八月西風吹雁羽，漫學秋蟲唧唧。擱布鼓、雷庭偷擊。汪李比來情更好，似桃花、流水深千尺。空夢到，邗溝碧。

《珂雪詞》卷下，康熙刻本

哭漢儀　曹貞吉

壬辰之春識君面，于時鎩羽歸鄉縣。顛頷風塵千里間，入門下馬恣歡讌。斗酒相看脱寶刀，鬚眉顧盼真人豪。淳于意氣東方舌，笑談磊落輕時髦。荏苒公車二十年，春明常放孝廉船。相逢寂寂對無語，顧予每惜終寒氈。皇帝改元歲在癸，槐黄天碧明湖水。自愧邯鄲步未工，得失摇摇心欲死。先生長笑爲余言，第一科名今在子。桂樹秋高咫尺中，片言契合古人風。電光石火偶然耳，多君水鏡懸雙瞳。陸機入洛還年少，李廣難封歎數窮。潦倒緇塵隨計吏，今年仍策青門騎。志大寧甘伏櫪羞，形癯猶擅雕龍事。涼宵風雨黑如盤，半醉掀髯憂失意。明珠按劍鮫人愁，毰毸長安過夏秋。半剌知君非所願，重來或可追驊騮。詎識廣寧門外路，滔滔不返江河流。噫嘻吁！客遊已經年，還家纔一日。琴書那復陳，穉子空繞膝。悲哉山陽笛，絶矣廣川筆。燕市故人爲此歌，階下秋蟲聞唧唧。

《珂雪詩》五卷之《珂雪二集》，康熙刻本

綺羅香・文選樓坐雨酬鄧孝威見贈却和原韻

董元愷

飛絮愁紅，濕雲粘緑，做盡蕪城朝雨。竟日淒迷，斷送行人來去。望隋苑、柳澀鶯簧，聽竹西、煙迷蛙鼓。只良朋、促坐深杯，酒酣起作回波舞。　蕭樓卧君百尺，却品優月旦，賦題鸚鵡。跋扈文壇，獨擅長城台輔。逢佳麗、擊楫投囊，遇煙花、雕龍繡虎。算從來、出水芙蓉，詩名推謝五。

《蒼梧詞》卷十，康熙刻本

寄鄧孝威　高士奇

南嶽高人隱姓名五代鄧郁有高節，隱於衡山，號南嶽先生，無雙亭畔獨吟行。爲文已變揚雄體，定論能追沈約評。有客歸當三月暮，因風寄與十年情。江花江草空相憶，愁聽枝頭谷鳥聲。

《城北集》卷六，康熙刻本

贈鄧孝威　陳維岳

隋苑鐘聲起夕鴉，陳宮落盡綺窗花。杯酒詩卷滄桑後，閒煞山中鄧仲華。

《皇清詩選》卷二九，康熙二十九年刻本

鄧孝威枉贈詩次韻奉答之三　秦松齡

文選樓依舊，堪君寄跡高。春深隋苑樹，秋急廣陵濤。静理親書卷，幽居避節旄。爲耽蕭寂甚，獨上醉香醪。

《蒼峴山人集》卷三，嘉慶四年刻本

寄鄧孝威　汪懋麟

往昔揚州白露天，池塘猶有未開蓮。此時送客同高眺，無那悲秋是别筵。酒伴更知何地會，詩名浪得幾人傳。著書能事輸君久，顧我羈栖只醉眠。

《百尺梧桐閣詩集》卷九，康熙刻本

讀鄧孝威詩觀選本喜而有贈

潘　耒

中古富藝文，淵海浩無際。昭明曠代才，芟纂功不細。一斧削群材，屹然樹凡例。居繁有倫脊，在美能割制。不受衆目牽，妙取一心契。爾後八代遥，纂言遞相次。精嚴則遜古，出入並如志。輓近文運衰，選事亦滋弊。利齒巧啖名，所録皆並世。高官枉淩壓，盛名見牽綴。汗青須有資，取捨叢謗議。事類撿伍符，情同操贄幣。普天竟同流，識者一歎愾。鄧公文章老，才力本雄邃。激昂討風騷，會心存筵笥。鐘鐸賞奇音，淄澠别真味。清嚴大冢宰，刻覈老獄吏。獨柄無旁撓，擺落名與位。高眠文選樓，樂饑以卒歲。抗手對蕭君，雅道庶無愧。嗚呼三十年，詞客如羹沸。賴君刈蕭蒿，杜蘅吐芳氣。候蟲各鳴時，變風聖不廢。輶軒如采陳，燭龍走荒裔。

《詩觀》三集卷三

攜鄧孝威過嶺集入粤東還過維揚值其方營選政即事賦贈

李念慈

昔我適東粤，得君過嶺詩。攜持舟楫中，每愁蛟龍窺。南上十八灘，還下湞江溪。山川相映發，光芒何陸離。造化幻奇秀，君詩乃過之。我行亦有吟，終然寄藩籬。前有龔先生，與君作同推。粤人謬參稱，顧我顔忸怩。把詩憶昔別，夢寐見容輝。豈期再相見，復此邗江湄。巍巍文選樓，廢爲選佛基。帝儲去千載，與君互相期。篇章走海内，奇賞愜南皮。時倚百尺欄，雜陳列國詞。如踞太華巔，坐攬群峰奇。我不見古人，來者亦如斯。薪盡火不滅，賴有後世知。何幸當吾世，評定稟良規。願言益努力，不忘入粤時。

《詩觀》三集卷四

贈鄧孝威舍人

朱　絲

滄江西笑竟何曾，天子知公下詔徵。到闕名應高李白，還山風直並嚴陵。花林載酒扶春杖，草閣編詩坐夜燈。愧我尚虚牀下拜，龍門何似鹿門登。

《詩觀》三集卷七

董子祠喜晤鄧孝威中翰賦贈

鄭　昂

寂寂荒祠裏，樓高好著書。能鳴昭代盛，不拾六朝餘。碧草鳳池遠，青山鶴髪疏。誰知徵辟後，蹤跡尚樵漁。

《慎墨堂詩拾》附録

文選樓贈鄧孝威先生

陳志襄

劫後樓誰在，蕭梁跡尚存。信知文字貴，不爲帝王尊。樹古龍鱗剥，碑殘鳥跡昏。祇愁風雨夜，淒絶不堪論。

《慎墨堂詩拾》附録

柬鄧孝威

張　韻

風雨高樓户不扃，廣川祠作子雲亭。廿年交誼頭先白，一輩詩人眼獨青。江草江花時取醉，春城春寺路初經。愁中得句須頻寄，我屋郊原空翠屏。

《淮海英靈續集》巳集卷四，道光刻本

懷鄧孝威

潘問奇

昔與南陽叟，蕪城幸過從。鍾山時再望，日日對江峰。晚閉昭明閣，熒熒燈火紅。酒愛竹西路，軒渠成醉翁。論心望夜永，但訝鉦聲重。開窗視河漢，不覺霜露濃。有時事筆札，次第繙郵筒。常思興比義，騷雅無終窮。文章關世運，其勢迭汙隆。慨自正嘉後，詞壇塵霧封。竟陵與歷下，各以偏師攻。飣餖及雞肋，卒之其失同。厥後雲間子，抗懷振國風。所譏肉勝骨，未足鬬蠶叢。高賢墮鬼趣，卑者如疲癃。虞山固文傑，韻府非所工。軍中左右袒，衆喙徒交訌。此豈異人任，先生能折衷。挽流奮一洗，屏翳爲之空。選語必矜貴，涣然若發蒙。深心慎甲乙，六義乃昭融。以兹惠後學，孰曰非元功。海内亦風靡，百川知所宗。維余寡道器，弱冠事雕蟲。自慚巴人調，未敢辱鉅公。何圖先生誼，不忍棄菲葑。遂令瓦缶響，亦復厠黄鐘。别來已數載，耿耿餘心胸。悵此山川阻，無由託雁鴻。何時再接席，把酒陳離悰。

《拜鵑堂詩集》卷三，康熙刻本

悼鄧孝威中翰之三、四

潘問奇

鹿走乾坤飽甲兵，伏虔猶是老經生。三間屋破牽蘿補，十畝田荒仗筆耕。瓦竈烹茶譚世事，金釵畫壁醉詩名。葵丘壇坫存邾莒，牛耳還堅大國盟。先生《詩觀》次集登僕詩甚多。

竭來吾欲走踆踆，策蹇歸尋舊隱淪。尚擬檠尊聯几席，豈期眉宇失江濱。壁餘六一堂中句，書揜昭明閣上塵。同調不堪君見否，十年鬚髮已如銀。

《拜鵑堂詩集》卷四

江都董子祠訪鄧孝威時選詩觀三集

孔尚任

選樓筆硯久淒涼，董子帷前草更荒。藥裹經冬同客住，茶煙到晚爲詩忙。採風一卷添齊魯，主社十年接李王。垂老能吟粱父句，不妨雪雨撲匡牀。

《湖海集》卷一，康熙刻本

哭鄧孝威中翰

孔尚任

吾從先生游，非但論風雅。舉世慕浮雲，誰爲最真者？每於稠人中，服君笑容寡。有時發大言，是非不稍假。交遊盡名卿，帶索出無馬。往往扶童肩，就我索盃斝。飲少醉易成，拭眼淚盈把。逢君垂白年，有胸不及寫。塊然已就棺，無旌辨董賈。酹酒呼先生，從兹喉舌啞。

《湖海集》卷七

（三）雜論

埴從祖廉使公長真鎮，由孝廉康熙癸丑守揚州。時司李王公阮亭方遷官而公至，乃大修平山堂，張淮南詩醼，六七年不怠。南北名士投贄者，多被延接，罔弗各如所欲。府庭創餐勝樓，以居名勝。延鄧君孝威漢儀，選國朝《詩觀》於其中。

金埴《不下帶編》卷一，稿本

廣陵人鄧孝威，嘗於杜于皇所見先君子詩，以入《詩觀》二集。先君子再致書，必毁所刻而後止。

方苞《望溪集外文》卷四《跋先君子遺詩》，咸豐刻本鄧漢儀，字孝威，江南泰州人。康熙己未召試博學鴻辭，以年老授官正字回籍。○孝威與國初諸前哲遊，洽聞廣見。所選《詩觀》共四集，雖未脱酬應，然亦足備後人採擇。嘗度大庾嶺，有句云：「人馬盤空細，煙嵐返照濃。」新城王公賞之。

沈德潛《國朝詩别裁集》卷十二，乾隆二十五年刻本

查《詩觀》係泰州鄧漢儀輯，皆選國初諸家之詩，凡五百餘人。内除錢謙益、屈大均、金堡等詩，及他人亦間有詞含憤激之作，均應抽燬外，其餘應請毋庸全燬。

《軍機處奏准抽燬書目毋庸銷燬各書》，光緒刻本

泰州鄧漢儀選《詩觀》凡三集，初集十二卷，刻於康熙十一年；二集十四卷别集二卷，刻於康熙十七年；三集十三卷别集一卷，刻於康熙二十八年。蓋初、二集爲應詔徵舉以前所輯，三集則在京師有《澄觀録》之選，放歸重輯爲此。二集自序，有「勉將菽水，以遂烏私」之語，其志殆不在精覈矣。

法式善《陶廬雜録》卷三，嘉慶二十二年刻本

丹徒王柳村輯《群雅集》，乞序於法梧門祭酒。祭酒答詩云：「海陵鄧孝威，選詩黄葉村。老年應徵召，襆被春明門。旅夜勤甄綜，雪寒酒弗温。忍饑事吟嘯，坐對孤燈昏。詰朝王新城，狹巷停高軒。漁洋手校本，今尚詩龕存」云云。自注：「新城手校《詩觀》二集，余買自廠肆。」考康熙十七年《詩觀》二集刊成，是年秋，孝威先生應鴻博入都。是集必初印本，先生攜至京師，投贈新城，而

新城爲之校訂者也。得祭酒此詩，後人倍加鄭重矣。

夏荃《退庵筆記》卷一，清鈔本

《揚州府志》、《國朝詩别裁集》皆稱「《詩觀》凡四集」，後人遂有四集之疑。案，孝威先生於康熙九年庚戌選《詩觀》初集，十一年壬子梓行。十三年甲寅選《詩觀》二集，十七年戊午梓行。是年秋應鴻博入都，十八年己未三月朔赴試，四月授内閣中書舍人銜，五月謝恩還山，時公年六十三矣；二十四年乙丑復至郡，寓董子祠，選《詩觀》三集。三集開雕於二十八年，時公已先没不及見，公壽蓋近七十云。三集選事，皆先生三子勷相主之，選政頗濫，安得復有四集之選邪？乾隆十三年，如皋仲蒼璧先生之琮來吾邑，購《詩觀》全板去，板已殘朽。先生鳩工於家，殘者補之，朽者易之，板復完好，印本盛行。如皋黄丈楚橋學圯告余：「蒼翁之購詩板，由胡先生西垞裘錞慫恿之。西垞游泰久，稔知鄧氏板可售。及至皋，下榻蒼翁古樹園，偶言及，翁欣然購之，價止八十金。其修補盡出西垞手。後因書禁嚴，仲氏舉板繳縣解司。然集内祇應禁之人奉旨抽毁，原書仍准行世。惜抽毁後仲氏懼禍，竟未領回。聞全板久貯江寧夫子廟中，悉歸煨燼矣。」今諸集字跡明浄、無仲序者，原板也；字跡稍模糊、有仲序者，修板也。板毁後，書不可多得，三集尤少。余家初、二、三集俱全，先君子所藏，子孫珍之。

《詩觀》無四集，余既辨之詳矣。後閲張山來《友聲集》，中載鄧劭榮字若雍，孝威次子《與山來書》，有「拙選四集已梓多篇，特懇瑶章，以光梨棗」等語。又云：「澹心先生詩，承慨允代梓，位次在四卷之首。必得佳吟，連篇梓去，殊覺可觀」云云。可見當日實有四集之刻矣。時孝威先生亦没，若雍此舉特欲續阿翁選席耳。近《詩觀》初、二、三集，間有傳本，四集則都未之見。當日書成與否，尚未可知。即蒼璧先生《重輯詩觀序》，亦止稱初、二、三集，略未言及四集，是則可疑也。書以俟考。

夏荃《退庵筆記》卷一

龔端毅與鄧孝威先生交最厚，不以窮達易。《定山堂集》中，與先生倡和詩不下數十百首，極綢繆斐惻之致，兩公交情於此可見。先生一日在端毅坐，詠《息夫人詩》云：「楚宫慵掃黛眉新，只自無言對暮春。千古艱難惟一死，傷心豈獨息夫人。」端毅讀之，泣數行下，爲之輟席。先生可謂端毅諍友，而端毅之悔已無及矣。

夏荃《退庵筆記》卷四

人之選詩，各從所好。鄧孝威選漁洋詩，擇其蕭寂淡遠，音在弦外者；沈歸愚選其沉實高華，近唐音者；宋蒙泉所選無體不收，要以神韻爲主；六家詩、四家詩所選入，則以多爲勝。

王培荀《鄉園憶舊録》卷二，道光二十五年刻本

鄧孝威淹洽通敏，爲勝流推重。……詞妍調響，亦梅村、芝麓之亞。所輯《詩觀》，皆同時輩流之作。以布衣舉鴻博，齒已高，授中書舍人。《游天寧寺》詩有「十年親酌曹溪水，我亦江湖破衲僧」之句。鉢叟，其别號也。

楊鍾羲《雪橋詩話續集》卷二，民國刻本

孝威早負詩名，與吴梅村、龔芝麓游，當時名流多申縞紵。所輯《詩觀》四集，搜羅最富，其中遺集罕傳者，頗賴以得梗概。及徵鴻博，已老矣。偕孫豹人、傅青主同授中書舍人，放歸。詩人際遇，固勝於方干身後賜第也。近體雅近錢、劉，七絶態穠意遠，勝處尤多，《息夫人廟》一首爲時傳誦。

徐世昌《晚晴簃詩匯》卷四六「鄧漢儀」，民國刻本

雲士初宰郯縣，有善政，以憂歸，復起宰江陰。風雅好士，選國初詩，名曰《詩平》，博收不逮鄧孝威，約取勝於魏惟度。

徐世昌《晚晴簃詩匯》卷三九「陸次雲」

泰州鄧孝威正字漢儀，編輯《天下名家詩觀初集》八卷，康熙壬子季秋自刊本，《二集》十四卷附《閨秀別集》一卷，康熙戊午孟秋自刊本，《三集》十三卷附《閨秀別集》一卷，康熙己巳春杪自刊本。三集卷端，均刊有「慎墨堂」三字，卷中並有圈點。卷端郡望，或題「東吴」，或「南陽」二字。平江李次青方伯元慶《國朝先正事略》，謂所選詩選凡四集，則未之見也。目録予已録入《再續補彙刻書目》中。

劉聲木《萇楚齋四筆》卷十《鄧漢儀詩觀》，民國十八年排印本

鄉前輩鄧孝威漢儀選《天下詩觀》共四集，雖不免氾濫重複之弊，然不謂之宏富不得也。

《伯山詩話後集》卷一，道光二十九年刻《伯山全集》本

後記

二〇〇四年秋，蒙陸林公不棄，余忝列門墻。未至隨園前，曾讀先生原載於《徽學》第二卷之《清初總集〈詩觀〉所收徽州詩家散論》，那是本人首次接觸《詩觀》。隨先生學習後，先生佈置我閲讀的第一部書就是《詩觀》。閲讀《詩觀》的過程，是一個感受清初詩歌發展史的過程，是一個感受清初詩學的過程。同時，一千八百二十四位詩人的傳記文獻及鄧漢儀大量的評論文字，也使我深感其文獻學及詩學意義和價值，當然也理解了先生較早關注這部清初詩歌總集的原因。此後不久，我向先生請教，可否以《鄧漢儀〈詩觀〉研究》作爲我的學業論文，先生欣然允諾。確定選題後，先生讓我參考了他閲讀《詩觀》時做的大量筆記，且提出了詳細建議。在研究《詩觀》的過程中，先生交代，可輯録其詩人小傳和評點文字，以成《慎墨堂詩話》。在先生指導下，我先做了《慎墨堂詩話輯録叙例》，隨後邊做邊録，慢慢做成了《慎墨堂詩話》初稿。

《慎墨堂詩話》的最早輯録完成于二〇〇七年底，當時僅輯録小傳、詩人總評和每首詩歌的總評。離校後輾轉各地，忙於各種事務，就把這項工作耽誤了下來。二〇一〇年春，先生因病第二次做手術。病床上，先生又提起輯録《慎墨堂詩話》的事，催促我快點完成。這一年我連續跑了幾個圖書館，在原來基礎上補録了夾批文字，並補録了其他詩文集中的序跋、評語及《慎墨堂筆記》、

《徵辟始末》等内容。此年聖誕節，去南京看望先生時，把初稿交給先生。儘管先生身體一直不好，經常躺在病床上，但先生堅持餘下的事情全部由他親自作。一校出來時，他完整地複印一套，我們同時分别校。我校的稿子，先生不放心，總是再細心地看過一遍。中間遇到問題，也隨時請裴喆、張小芳、胡瑜、劉岳磊等到各圖書館幫助查閲、核對。收到二校稿是二〇一五年五月，此時先生已病得非常嚴重，癌細胞轉移到了腰椎及肺部，在忍受巨大病痛折磨的同時，先生仍親力親爲，大部分稿子已校對完畢。留下部分需要認真核對的問題，一再囑託我，特别是學妹張小芳和學弟裴喆，要認真完成。不幸的是，先生於二〇一六年三月九日去世，嗚呼哀哉！先生去世後，未完成的校對任務由弟子張小芳、裴喆和胡瑜完成。

輯録出版《慎墨堂詩話》，是陸林先生多年的夙願，可惜，先生再也看不到這部書的出版面世了。但先生嚴謹治學的態度、視學術爲生命的精神會激勵我們把這部書做好。我們也會把先生的這種精神傳承下去。

輯録這部書的過程中，裴喆、張小芳、劉岳磊提供並協助查閲了大量資料，校對過程中，張小芳、裴喆、胡瑜等付出了艱苦勞動。應該説，没有他們的勞動，就没有這部書的最後成功。深深地感謝他們！中華書局許慶江先生爲本書出版更是費盡了心血，深表感謝！

王卓華　二〇一六年秋於洹上